BASTEI
LÜBBE

# JASON DARK

# JOHN SINCLAIR

## BAPHOMET II

ACHT SPANNENDE GRUSEL-ABENTEUER

BASTEI
LÜBBE

BASTEI LÜBBE TASCHENBUCH
Band 73 960

1. Auflage: Mai 2006

Vollständige Taschenbuchausgabe

Bastei Lübbe Taschenbücher
in der
Verlagsgruppe Lübbe


Lektorat: Peter Thannisch
Titelbild: Craig Aumess / CORBIS
Umschlaggestaltung: Tanja Østlyngen
Satz: Wildpanner, München
Druck und Verarbeitung:
Nørhaven Paperback A/S
Printed in Denmark
ISBN 10: 3-404-73960-4
ISBN 13: 978-3-404-73960-8

# Inhalt

# BAPHOMETS TOTENWÄCHTER

»Lies alles, was vorhergesagt wurde, streiche, was sich bereits ereignet hat, das Übrige wird noch geschehen …«

Diese Worte hatte einmal der Mönch Augustinus gesprochen. Sie waren von dem Mann wiederholt worden, den ich seit einiger Zeit kannte: Abbé Bloch. Er rief mich an und bat mich wieder einmal, nach Paris zu kommen.

Abbé Bloch, Führer der Templer. Ein Warner, ein Mensch, der viel wusste, der die Vergangenheit durchforstet hatte, der noch immer forschte, um das große Unheil aufzuhalten.

»Und so steht es geschrieben, John: Wenn unsere Gruppe einmal vernichtet sein wird, wird Baphomet freie Bahn haben, die Menschen zu unterjochen und die Fahne des Antichrists über den Kirchtürmen wehen zu lassen.«

Es waren interessante Worte gewesen, die mich aus meiner vorweihnachtlichen Londoner Stimmung gerissen hatten. Der Abbé hatte nicht verlangt, dass ich nach Paris kam, aber mir waren die Zwischentöne nicht entgangen. Es musste sich in der Stadt an der Seine etwas anbahnen, mit dem der Abbé allein nicht fertig wurde.

Schon unser letztes gemeinsames Abenteuer in Paris hatte uns die Augen für gewisse Dinge geöffnet, die zwar tief in der Vergangenheit lagen, aber für unsere Gegenwart sehr wichtig waren.

Wir hatten erlebt, wie man damals den Orden der Templer vernichten wollte und ihren Anführer hängte.

Ein Warnsignal, ein Ende und gleichzeitig ein Beginn für die Gruppe, die dem Teufel Baphomet diente und die vier apokalyptischen Reiter hinter sich wusste.

Jahrhunderte waren vergangen, das Mittelalter ging zu Ende, die Neuzeit begann, die beiden Gruppen der Templer waren zerschlagen, aber sie fanden wieder zueinander.

Was einmal so stark begonnen hatte und die Menschen in ihren geistigen Fesseln hielt, konnte nicht so einfach enden. Es sollte endlos sein, wie Himmel und Hölle.

So weit der Abbé. Er hatte mir dies mit ernster Stimme erklärt, und ich sah keinen Grund, ihm nicht zu glauben.

»Aber was weißt du genau?«, fragte ich ihn.

Wir saßen uns in einer kleinen Wohnung gegenüber. Das Haus lag am Ufer der Seine. Wenn das Fenster offen stand, hörten wir das Rauschen der Wellen und sahen hin und wieder Lichtreflexe, die über die Scheibe huschten.

»Man will mich töten, John.«

Ich lächelte schmal. Meine Finger umfassten das Weinglas, in dem der Rotwein, ein Beaujolais, wie Blut aussah. »Das weiß ich doch, mein Lieber.«

»Ja, aber jetzt ist es anders. Ich habe etwas gelesen, das mich stutzig werden ließ.«

»Und?«

Er lehnte sich zurück. Sein Gesicht verschwamm mit den Schatten der Dunkelheit. Die Lampe gab nur einen hellen Klecks ab. Sie brannte unweit des Tisches und leuchtete mehr die schmale Zimmertür an. Auf die Dielen des Fußbodens malte sie einen blassen Kreis.

»Es stand in einem alten Buch.«

»In welchem?«

Der Abbé strich über sein volles Haar. An manchen Stellen war es bereits grau geworden. Für einen Moment schloss er die Augen, sodass sein Gesicht den Ausdruck einer Totenmaske annahm. »Ich kann es dir nicht genau sagen, John, aber es geht die Sage um, dass Nostradamus es geschrieben hat.«

Ich horchte auf. »Du hast das Buch?«

»Ja und nein.«

»Wieso?«

»Mir gelang es, einige Seiten davon zu lesen. Sie befanden sich in einer Ausstellung über altes Schrifttum. In Toulouse habe ich dies gesehen. In der Schrift wurde darauf hingewiesen, dass derjenige sterben muss, der dem Neuen, dem noch einmal Geborenen, im Wege steht.«

Ich lächelte wieder. »Das ist alles sehr vage. Wie alles bei Nostradamus.«

Bloch nickte. »Ich weiß, John. Es ist vage, aber ich verstehe die Zeichen und unsichtbaren Botschaften zu lesen. Auch zwischen den Zeilen.«

»Ging der Text noch weiter?«

Der Abbé nahm einen Schluck Wein. »In der Tat wurde er fortgeführt. Nostradamus sprach vom schnellen Wasser, durch das er geschifft werden sollte, um gefunden und an Land gezogen zu werden. Sie würden wieder einen König bekommen und ihn aufziehen können. Verstehst du?«

»Bisher noch nicht.«

»Ich rede von Baphomet, von dem Neugeborenen, der durch das Wasser getragen wird.«

Dieser eine Satz war trotzdem ein wenig viel auf einmal. Ich holte eine Zigarette aus der Schachtel. Gedankenverloren zündete ich sie an und schaute in die Flamme des Feuerzeugs, als könnte sie mir die Wahrheit erzählen.

»Das kann nicht angehen, Abbé.«

»Was spricht dagegen?«

»Die Tatsachen, Abbé, sprechen dagegen. Sie besitzen auch einen Namen. Vincent van Akkeren.«

»Das weiß ich.«

Ich sprach weiter. »Vincent van Akkeren bezeichnet sich als Stellvertreter Baphomets. Er ist derjenige, der über die abtrünnigen Templer herrschen will. Er hat es sich zur Aufgabe gemacht, die zweite Gruppe, die echten Templer, zu vernichten. Wie könnte er es hinnehmen, dass es einen zweiten Baphomet gibt?«

»Er wird sich damit abfinden müssen.«

Ich wiegte den Kopf. »Machst du es dir da nicht zu einfach?«

Der Abbé schüttelte den Kopf. »Ich glaube Nostradamus. Er kannte sich aus, und er wird es nicht umsonst niedergeschrieben haben. Er wollte uns warnen, auf etwas hinweisen. Ich könnte mir vorstellen, dass van Akkeren und dieses Neugeborene unmittelbar etwas miteinander zu tun haben und sich vertragen werden.«

Ich fragte direkt. »Meinst du, dass van Akkeren ein Kind großziehen wird?«

»Ja.«

»Und wer ist die Mutter?«

Der Abbé hob die Schultern. »Sie muss eine Person sein, die

einen sehr engen Kontakt zum Teufel gehabt hat oder ihn noch immer hat. Eine Hexe vielleicht.«

»Wie ich dich kenne, hast du Nachforschungen betrieben.«

»Natürlich.«

»Haben sie etwas gebracht?«

»Nein.«

»Du vermutest nur?«

»Richtig.«

Ich trank, aß ein Stück Käse und nahm noch einen Schluck. Wir ließen uns beide Zeit, gewisse Dinge genau zu durchdenken. Der Abend und die folgende Nacht waren noch lang genug. »Bist du dir denn sicher, dass dieses Neugeborene heute noch erscheinen wird?«

»Ja, fast. Es treibt den Fluss hinab.«

»Muss damit unbedingt die Seine gemeint sein?«

»Ja, das glaube ich. Hier in Paris hat vieles begonnen, hier hat auch vieles geendet, ich glaube fest daran, dass es hier wieder einen neuen Anfang nehmen wird. Und ich bin ebenfalls davon überzeugt, dass van Akkeren Bescheid weiß.«

»Du vermutest ihn in Paris?«

»Genau. Seine Helfer ebenfalls.«

»Die Reiter?«

»So schlimm es sich anhört, ja.«

Ich dachte nach. »Ist eine Zeit genannt worden?«, fragte ich schließlich?«

»Natürlich nicht. In der Prophezeiung hieß es, dass es dann stattfinden würde, wenn sich van Akkeren aufschwingt, den Thron Baphomets zu übernehmen. Und das hat er getan. Wir haben in wenigen Tagen Weihnachten, John. Du weißt, was dies für die christliche Welt bedeutet. Ich kann mir gut vorstellen, dass die andere Seite einen Gegenpunkt setzen will. Wenn du eine andere Meinung hast, bitte, ich höre.«

»Nein, das kann ich nicht. Ich habe die Schriften nicht gelesen. Aber ich werde dir natürlich helfen.«

»Das wusste ich. Meine Freunde wissen ebenfalls Bescheid. Sie bewachen wichtige Uferregionen.« Er griff in die Tasche seines dunklen Mantels und holte ein Sprechfunkgerät hervor. »Du siehst, auch wir scheuen nicht vor den segensreichen Erfindungen der Technik zurück. Wenn etwas passiert, werde ich es erfahren.«

»Ja, das ist gut.«

Er ließ das Gerät wieder verschwinden, legte die Arme auf den Tisch, beugte sich vor und flüsterte: »Manchmal wünsche ich mir, John, dass ich mich geirrt habe.«

»Weshalb?«

»Weil ich den großen Schatten auf uns zukommen sehe. Er kann alles vernichten. Baphomet ist gefährlich.«

»Das weiß ich, Abbé. Dennoch ist er nur ein Drittel des Bösen. Die anderen beiden teilen sich Asmodis und Beelzebub.«

»Ist Baphomet nicht am aktivsten?«

»Das kann ich nicht sagen, es könnte sein.«

Wir redeten nicht mehr weiter, denn aus der Tasche klang ein Pfeifton. Das Gerät hatte sich gemeldet. Rasch holte der Abbé es hervor und schaltete es ein. Er meldete sich mit einem leisen »Ja?«.

»Es tut sich etwas, Abbé.«

»Wo?«

Bloch wurde ein genauer Standort genannt, er bedankte sich, schaltete das Gerät aus, nicht ohne vorher angeordnet zu haben, dass auch die anderen Wächter gewarnt werden sollten. Danach schob er den Stuhl zurück und erhob sich.

»Wollen wir jetzt schon gehen?«

»Es ist besser. Wir sind näher am Geschehen.«

Er musste es wissen. Ich leerte mein Glas und verließ hinter dem Abbé das Zimmer. Er löschte noch das Licht, und es schien so, als hätte es uns niemals gegeben …

Umklammert vom Boulevard Peripherique und dem Boulevard Bessière liegt das Hospital Bichat, eines der kleineren Krankenhäuser der Stadt. Wer hier lag und sich auskurierte, konnte sicher sein, auch gut behandelt zu werden.

Vom Straßenlärm war nichts zu hören. Die dicken Fenster hielten ihn ab, sodass die Kranken in ihrer Ruhe eingebettet wurden, die sie benötigten.

Ein kleiner Park umgab das Hospital, die Anfahrtswege hatten direkte Verbindungen zu den breiten Straßen. Die einzelnen Häuser zeigten nicht unbedingt den seelenlosen Klinikcharakter, wie man ihn von den Einrichtungen für weniger Begüterte her kennt.

An diesem bewussten Abend hatte die Dunkelheit über Paris eine andere Farbe. Auch über dem Krankenhaus lag dieser graue Himmel, sodass selbst die Reflexe der zahlreichen Lichter eine fahle Farbe angenommen hatten. Weder Mond noch Sterne standen am Himmel, die Bäume im Park vor dem Krankenhaus wirkten im aus den Fenstern fallenden Licht wie gefrorene Schattenwesen.

Im Bichat Hospital wurde Tag und Nacht gearbeitet. Ärzte, Pfleger und Krankenschwestern schufteten in Schichten, manchmal auch übermüdet, aber diese Klinik litt nicht unter so starkem Personalmangel wie andere.

Im Park war es finster.

Zwar brannten Laternen, doch diese Lichtflecken fielen nur sporadisch auf die grauen Asphaltwege und schufen dort helle, auseinander laufende Inseln.

Nur die Zufahrt für die Notaufnahme war hell erleuchtet, und auch am Haupteingang brannten die Lichter in einer wahren Fülle.

Die Seitenwege allerdings lagen im Dunkeln. Sie eigneten sich hervorragend als Verstecke und waren so breit, dass jemand mit dem Wagen hineinfahren konnte.

Wenn das Fahrzeug dazu noch eine dunkle Farbe hatte, war es kaum mehr zu erkennen.

So wie der Mercedes, der dort stand. Menschen saßen zwar darin, nur konnten sie schlecht gesehen werden, weil die Scheiben erstens beschlagen und zweitens getönt waren.

Der Wagen parkte so, dass die Insassen schnell wieder starten konnten, aber ihr Ziel im Blickfeld behielten.

Es war eines der größeren Fenster im zweiten Stock des Krankenhauses. Die hellen Rechtecke wirkten, als wären sie mit der Rasierklinge aus dem Mauerwerk herausgeschnitten. Wenn ein Mensch hinter dieser Milchglasscheibe vorbeiging, verzerrte sich sein Schatten. Er wirkte dann irgendwie monsterhaft.

Auf dieser Etage lag die Entbindungsstation, und dort wurde ebenfalls rund um die Uhr gearbeitet. Wer Geld hatte und etwas auf sich hielt, brachte sein Kind in dieser Klinik zur Welt. Wie Danielle Lagrande, die am frühen Abend mit starken Wehen eingeliefert worden war. Sie lag in einem Einzelzimmer, bezahlt hatte sie im Voraus. Wer sie im Bett liegen sah, wäre nie auf den Gedanken gekommen, dass diese Person etwas Außergewöhnliches getan hatte.

Sie war eine Buhlerin, eine Hexe, denn sie gehörte in die Reihe weiblicher Personen, die sich dem neuen Kult angeschlossen hatten und deren großes Vorbild Lilith, die Große Mutter war, die Schöpferin aller Naturreligionen.

Aber nicht nur Lilith musste man gehorchen, auch den Personen, die ihr nahe standen.

Das war der Teufel!

Er hatte sich ihr zugewandt, und sie hatte gehorcht. Jetzt war es so weit. Das Kind sollte zur Welt kommen, ihr aber sofort wieder abgenommen werden.

Es war ihr egal. Danielle wusste, dass sie nur Mittel zum Zweck war. Ihr Leben diente der Sache. Nach der Geburt hatte sie mit dem Kind nichts mehr zu tun.

Das Krankenzimmer lag nicht im Dunkeln. Eine kleine Lampe verbreitete weiches Licht. Danielle sah das Fenster, den Schrank, daneben die kleine Tür zur Dusche und Toilette, die Bilder an den Wänden, und sie spürte die Unruhe im Leib.

Danielle wusste nicht, wie es anderen Frauen erging, ob sie die gleichen Gefühle hatten und die gleichen Dinge erlebten wie sie. Das konnte sie sich einfach nicht vorstellen. Bei ihr musste es anders sein, weil sie schon die Gedanken des Ungeborenen empfing.

Es waren schlimme, manchmal grausame Gedanken, die von einer finsteren, menschenfeindlichen Welt erzählten, die Danielle noch nie gesehen hatte, von der sie aber wusste, dass es sie gab. Der Teufel hatte ihr versprochen, sich ihr irgendwann zu offenbaren, auch die Große Mutter sollte sie als Lohn für ihre Tat zu sehen bekommen.

Darauf freute sie sich. Das ließ sie die starken Schmerzen der Wehen vergessen.

Sie lag auf dem Rücken und starrte gegen die Decke. Die Lampe malte dort einen hellen Flecken ab, ein Oval, in dem sie plötzlich ein Gesicht sah. Nur schattenhaft, aber sie konnte erkennen, dass es sich dabei um eine Fratze handelte.

War es der Teufel?

Danielles Gesicht wurde starr. Scharf spannte sich die Haut über den Wangenknochen. Sie öffnete die Lippen und saugte den Atem ein. Gleichzeitig spürte sie den Herzschlag, der sich beschleunigt hatte, und sie entdeckte auch das Bild, das in dem hellen Kreis allmählich sichtbar wurde.

Es war ein Gesicht!

Sie konnte nicht erkennen, ob es zu einem Mädchen oder einem Jungen gehörte, aber sie wusste plötzlich mit hundertprozentiger Sicherheit, dass dieses Gesicht etwas mit ihr zu tun hatte.

Ja, es war das Kind, das sie trug!

Danielle dachte nicht darüber nach, wie es möglich war, dass sich sein Gesicht dort abzeichnete, sie spürte nur den starken Druck und auch den Schmerz der plötzlich einsetzenden Wehen, die jetzt überfallartig kamen.

Ihr Gesicht verzerrte sich. Nach wie vor ließ sie die gespenstische Erscheinung an der Decke nicht aus den Augen.

Das Gesicht nahm einen anderen Ausdruck an. Obwohl es einem Baby gehörte, war dennoch der grausame und böse Ausdruck darin deutlich zu erkennen.

Ein Ausdruck, wie ihn auch der Teufel hätte haben können. Und das Gesicht gehörte einem Jungen!

Ihrem Jungen …

Danielle verzog die Lippen. Es sollte ein Lächeln werden, aber es wurde nur ein verzerrtes Grinsen. Sie spürte in ihren Augen das Tränenwasser, bekam Herzflattern und hatte das Gefühl, in einem Kreisel zu hocken, der mit ihr durch die fernen Welten der Galaxis flog.

Die plötzlichen Wehen waren wie ein Schwertstich. Sie zogen durch ihren Leib, schienen ihn aufreißen zu wollen, und das Gesicht über ihr verzerrte sich in einem noch größeren Triumph, während der Kopf gleichzeitig nickte.

Es war das Zeichen!

Das Böse in ihrem Leib wollte heraus, die Stunde der Geburt kündigte sich an.

Der Rufknopf lag neben ihr auf dem Bett. Danielle brauchte ihn nur zu drücken. Das war nicht mehr nötig. Als hätte das Personal ebenfalls eine geheime Botschaft erhalten, so öffnete sich plötzlich die Tür, und die Oberschwester betrat mit schnellen Schritten das Krankenzimmer.

Sie blieb nicht einmal für die Dauer von zwei Sekunden neben dem Bett stehen. Mit einem Blick sah sie, was los war. Die Frau stand kurz vor der Niederkunft.

Die Schwester schlug Alarm. – Hätte sie einen Blick zur Decke geworfen, dann hätte sie möglicherweise das Gesicht erkennen können, so aber lief alles seinen Gang. Danielle Lagrande wurde in ihrem Bett aus dem Zimmer und in Richtung Kreißsaal geschoben.

Auf dem Weg dorthin kümmerte man sich bereits um sie. Ein grauer Schleier hatte sich vor ihr Blickfeld gelegt. Hin und wieder sah sie innerhalb des Schleiers Figuren tanzen, die aussahen, als wären sie mit widerlichen Teufelsköpfen besetzt.

Dass man sie in den Kreißsaal schob, merkte sie nicht mehr. Sie war in einen Zustand übergegangen, den man als Apathie bezeichnete. Wie aus unendlich weiter Ferne vernahm sie die Stimmen. Ein Mann sprach ebenso wie eine Frau. Medizinische Fachausdrücke flogen hin und her. Die Menschen arbeiteten schnell, aber sicher.

Viele Mütter erleben den eigentlichen Geburtsvorgang sehr bewusst, wenn auch unter Schmerzen.

Danielle nicht.

Sie hatte das Gefühl, von einer großen, schwarzen Wolke

umfangen zu werden. Eingebettet lag sie da, während die Wolke von feurigen Händen getragen wurde.

Zeit wurde einfach bedeutungslos. Ob sie Minuten, Stunden oder Tage im Kreißsaal lag, bekam sie nicht mit, aber sie wurde irgendwann wieder sie selbst, schlug die Augen auf und sah über sich einen hellen Fleck. Und sie fühlte sich außergewöhnlich gut. Keine Schmerzen, kein Druck mehr, der sie plagte.

Es war noch immer dunkel, also hatte sie nicht die Nacht über im Kreißsaal oder auf einer Intensivstation verbracht, sie war in ihrem Zimmer.

Danielle schaute auf die Uhr.

Zuerst wollte sie es nicht glauben, sah noch einmal nach, aber die Uhrzeit stimmte.

Die Frau mit den rotblonden, glatten Haaren dachte nach. Gegen acht Uhr hatte man sie in den Kreißsaal geschoben, daran konnte sie sich erinnern. Jetzt war es nicht einmal zwei Stunden später.

Unwahrscheinlich …

Sie drehte sich auf die Seite. Dabei stellte sie fest, dass sie ein frisches Nachthemd trug, und sie fühlte sich auch so stark, um sich hinsetzen zu können.

Fast schwungvoll richtete sich die Frau auf. Nur ein leichtes Schwindelgefühl erfasste sie, das aber sehr schnell wieder verschwand.

In diesem Augenblick öffnete sich die Tür. Wieder kam die Oberschwester, eine ältere Frau mit freundlichem Gesicht und buschigen Augenbrauen. Das Lächeln verschwand von ihren Lippen, als sie die Patientin auf der Bettkante sitzen sah.

»Um Himmels willen, Madame Lagrande. Sie können sich doch nicht hinsetzen!«

Etwas verstört schaute Danielle die Frau an. »Weshalb nicht?«

»Die Geburt liegt gerade mal eine Stunde zurück.«

»Und?«

»Nichts und.« Die beherzte Schwester trat dicht an Danielle heran, legte beide Hände auf deren Schultern und drückte sie zurück. »So, jetzt bleiben Sie liegen. Wissen Sie eigentlich, was da alles passieren kann?«

»Selbstverständlich.«

»Dann wundert es mich, dass Sie so gehandelt haben.«

Danielle lachte. »Ich bin nicht wie andere Frauen. Ich fühle mich blendend. Ich könnte dieses Krankenhaus auf der Stelle verlassen!«

»Das kommt überhaupt nicht in Frage. Sie bleiben so lange hier, wie wir es für richtig halten.«

»Meinen Sie?«

Das Lächeln der Patientin gefiel der Krankenschwester nicht. Es wirkte auf irgendeine Art und Weise falsch und hinterlistig. Sie trat einen Schritt zurück, und ihre Stimme klang spröde, als sie Antwort gab. »Wenn Sie mir nicht gehorchen, muss ich leider die Verantwortung ablehnen und den Arzt rufen.«

»Tun Sie das.«

Die Schwester verdrehte die Augen. »Bitte, seien Sie doch nicht so ungeduldig.«

»Das bin ich auch nicht.« Sie schaute auf die helle Decke und »malte« mit dem ausgestreckten Finger Kreise und Figuren darauf. Plötzlich hob sie den Kopf wieder an und fragte: »Wie geht es eigentlich meinem Kind? Ist es gesund?«

»Ja …«

»Junge oder Mädchen?«

Die Krankenschwester räusperte sich. »Ein Junge.«

»Wie schön.«

»Sicher.«

»Wann darf ich ihn sehen?«

Die Schwester winkte ab. »Nun warten Sie erst einmal ab, Madame. Schlafen Sie sich aus …«

»Ich bin nicht müde.«

»Das kann ich mir nicht vorstellen. Wir werden morgen weiter über dieses Thema reden.«

»Nein, Schwester. Jede Frau, die ein Kind zur Welt bringt, hat das Recht, es auch zu sehen. Weshalb soll das bei mir anders sein?«

»Sie bekommen es ja zu Gesicht.«

Danielle richtete sich abermals auf. Diesmal tat die Schwester nichts. Sie erschrak nur unter dem kalten Blick dieser Augen und wünschte sich plötzlich weit fort. »Ich will es aber jetzt sehen, haben Sie verstanden? Jetzt und sofort.«

»Sicher.«

»Und weshalb enthalten Sie es mir vor?«

Die Schwester hob unbehaglich die Schultern. Sie arbeitete schon lange in der Klinik, drehte sich jetzt um und schaute gegen das Fenster, denn so etwas war ihr in den letzten Jahren noch nie passiert. »Ich will Ihnen eine Antwort geben. Ihr Kind ist gesund. Es ist sehr groß, fast schon so groß wie ein Einjähriger.«

»Dann ist ja alles in Ordnung. So etwas gibt es schließlich.«

»Ja, das kommt vor.«

»Und weshalb darf ich es dann nicht sehen?«

»Es gibt da gewisse Einschränkungen. Sie haben sich bestimmt auf das Kind gefreut und könnten ein wenig enttäuscht sein. Es hat«, die Schwester wischte ihre Handflächen am Kittel ab und atmete schneller. »Es hat eine Anomalie.«

»Mehr nicht?«

Scharf drehte sich die Frau um. »Mehr nicht, sagen Sie. Die Anomalie ist stark ausgeprägt.«

»Wie stark?«

»Das kann man schlecht erklären.« Die Schwester hob die Schultern. »Es ist jedenfalls der Kopf.«

Danielle lächelte weiter. »Ich möchte meinen Jungen trotzdem sehen. Mich kann nichts erschüttern.«

»Wie Sie meinen.«

»Dann komme ich am besten mit …«

»Nein, was denken Sie!? In Ihrem Zustand können Sie doch nicht laufen. Bleiben Sie um Himmels willen liegen. Sie dürfen sich nicht anstrengen, es könnte den Tod für Sie bedeuten!«

»So schlimm wird es schon nicht sein.«

»Ich hole Ihren Jungen.«

Danielle blickte sie scharf an. »Wenn dem Kind etwas passiert, geht dies auf Ihre Kappe.«

Die Schwester versteifte. »Ich bin lange genug in diesem Beruf. Sie brauchen mir nichts zu sagen.«

»Ich meinte auch nur.« Danielle kräuselte die Lippen und sah der Schwester nach, wie sie das Krankenzimmer verließ und die Tür leise hinter sich schloss.

Danach legte sich die junge Mutter wieder zurück und begann zu lachen. Sie freute sich darüber, dass es geklappt hatte. Es war kein lautes Lachen, eher ein stilles, manchmal glucksendes, zwischendurch auch durch harte Klänge unterlegt. »Es hat geklappt. Es hat fantastisch geklappt. Besser hätte es überhaupt nicht laufen können.« Sie rieb ihre Hände. »Was der Teufel anpackt, das gelingt«, flüsterte sie und dachte auch an Lilith, die ihm dabei Hilfestellung gegeben hatte.

Danielle fühlte so etwas wie Stolz. Viele ihrer neuen Freundinnen hatten davon geträumt, aber ihr war es vergönnt gewesen, den Jungen zu gebären.

Einen Namen hatte sie sich nicht auszudenken brauchen. Er stand bereits fest.

Man wollte ihn Baphomet nennen. Vielleicht auch Baphomet II, das war noch nicht sicher. Jedenfalls hatte ein Mächtiger seine Hände im Spiel gehabt und es wie ein guter Regisseur geleitet.

So musste es sein.

Die Welt würde sich verändern. Die Zeichen standen auf Sturm. Und sie, Danielle Lagrande, war ein ungemein wichtiges Glied in dieser gewaltigen Kette gewesen.

Jetzt wartete sie. Da die Türen fast schalldicht schlossen, hörte sie auch nicht die Schritte auf dem Gang und wurde erst aufmerksam, als sich die Tür öffnete.

Die Schwester betrat den Raum.

Auf dem Arm hielt sie das Neugeborene. Ihre Haltung wirkte dabei befremdend. Bei normalen Kindern war es üblich, dass die Schwestern sie anlächelten, wenn sie die Winzlinge den Müttern brachten.

Hier sah es so aus, als wollte die Frau das eingewickelte Wesen jeden Augenblick wegschleudern.

Danielle wartete, bis die Tür ins Schloss gefallen war, und sagte dann: »Kommen Sie ruhig näher. Ich möchte es mir gerne ansehen.«

»Ja, hier.« Die Schwester bückte sich. Sie legte das Neugeborene vor Danielle auf die Decke.

Die Mutter hatte sich aufgesetzt. Sie starrte das kleine Wesen an. Nur das Gesicht schaute hervor und natürlich auch der Kopf.

Ein normaler Mensch wäre zutiefst erschreckt gewesen, nicht so die Mutter. Die Schwester beobachtete sie scharf, und sie sah, wie die Lippen der Frau zuckten.

Sie lächelte.

»Sehen Sie denn nicht das Gesicht und den Kopf?«, fragte die Krankenschwester flüsternd.

»Doch, ich sehe es.«

Mehr erklärte Danielle Lagrande nicht, denn sie sah sich das Gesicht genau an. Der Kopf war tatsächlich größer als der eines normalen Neugeborenen, und die Pupillen schimmerten rot! Die Gesichtsfarbe war braungrau! Deutlich waren rechts und links der Stirn Beulen zu erkennen, die sich später zu Hörnern auswachsen sollten. Die Hörner waren das Zeichen des Teufels!

Es war still in dem Krankenzimmer geworden. Die Schwester wagte kaum zu atmen. Sie stand in einer verkrampften Haltung da, hatte mit einem Schreikrampf der Mutter gerechnet und auch damit, dass sie dieses Kind nicht annehmen würde, aber das geschah nicht.

Das Gegenteil war der Fall, denn Danielle verzog die Lippen zu einem Lächeln.

Es sollte freundlich wirken, aber es war diabolisch, als würde aus ihr der Satan lachen.

Sie hob den Kopf und schaute die Schwester an, die sich unbehaglich bewegte. »Es … es tut mir Leid, Madame, aber wir haben unser Möglichstes getan. Es ist …«

»Ihnen braucht doch nichts Leid zu tun«, gab die Mutter flüsternd zurück. »Überhaupt nichts.«

»Sind Sie denn nicht geschockt?« Die Schwester trat einen kleinen Schritt näher.

»Nein.«

»Aber das Kind ist nicht normal. Es sieht furchtbar aus. Man kann Angst vor ihm bekommen.«

»Das soll man auch!«, zischte Danielle plötzlich.

Jetzt verstand Schwester Claire überhaupt nichts mehr. Sie wusste einfach nicht, was sie noch sagen sollte. Deshalb wiederholte sie die Antwort der Mutter. Allerdings als Frage.

»Sicher.« Danielle nickte. »Sie haben vor kurzem eine historische Stunde erlebt. Sie wird von weltweiter Bedeutung sein, das können Sie mir glauben.«

»Was meinen Sie damit?«

»Ihn!«

Schwester Claire verstand noch immer nicht. Aber sie spürte, dass sich die Furcht und die Ungewissheit bei ihr zu einer bedrückenden Angst verdichteten. Das hier war nicht normal. Es war unheimlich.

»Nun?«, fragte Danielle.

Noch einmal riss sich die Oberschwester zusammen. »Das … das ist doch nicht normal.« Sie räusperte sich. »Entschuldigen Sie, wenn ich das so direkt sage. Aber das Kind, das Sie in den Armen halten, Madame, kommt mir vor wie ein kleiner Satansbraten. Ich habe mal den Film Rosemaries Baby gesehen. Er war einfach grauenhaft. Ich habe mir immer gewünscht, dass mir so etwas nie passieren würde, und ich habe mir eingeredet, dass es ja nur ein Film gewesen ist …«

»Ist es denn passiert?«, fragte Danielle.

»Noch schlimmer!«, hauchte die Schwester. »Ich fühle mich noch schlecht. Und ich bin nun dabei, das ist so grauenhaft. Darf ich Ihnen eine Frage stellen, Madame?«

»Bitte.«

»Wer ist der Vater?«

Danielle ließ sich Zeit mit der Antwort. Sie schaute zuerst das Kind an, dann die Schwester. »Es ist der Teufel!«

Claire nickte. »Der Teufel, ja«, wiederholte sie. »Er ist der … wer ist der Vater?«, schrie sie plötzlich, weil ihr erst jetzt die Bedeutung der Antwort bewusst geworden war.

»Der Teufel!«

Schwester Claire wechselte ihre Gesichtsfarbe. Sie wollte weg, aber sie konnte nicht. Statt dessen hob sie ihren rechten Arm und presste die Hand gegen die Kehle. Als sie sprach, hörten sich die Worte stockend an. »Das … das ist ja furchtbar.«

»Meine ich nicht.«

Claire schüttelte den Kopf. »Sie … Sie haben doch gescherzt, nicht wahr? Das kann doch nicht wahr sein. Sie können mir nicht erzählen, dass dieses Kind den Teufel zum Vater hat. Ihn gibt es nicht.«

»Sie irren sich. Es gibt ihn. Ich habe von einer historischen Stunde gesprochen. Ich halte das Kind in den Armen, das die Herrschaft übernehmen wird. Die dunkle Zeit wird kommen, sie bricht an, und sie wird einen Gegenpol zu der anderen bilden. Das steht fest.«

Claire kam nicht mehr mit. Sie wollte auch nicht, schüttelte den Kopf und sagte: »Ich hole den Arzt!«

»Das werden Sie nicht!«

Die scharfe Antwort ließ sie zusammenzucken. Sie fürchtete sich nicht allein wegen der Worte, nein, etwas anderes war viel schlimmer. Gesprochen hatte nicht Danielle, sondern das Kind.

Claire starrte auf das Bett. Sie konnte in das Gesicht des Babys schauen. Sie sah auch die schrecklichen roten Augen, deren Ausdruck sie an Tod und Vernichtung erinnerte.

Der Mund bewegte sich. Es waren schmale Lippen. Sie waren rau und wirkten grau wie Felsen. Die nächsten Worte hörte sie als Zischen, aber sie betrafen sie direkt.

»Töte sie. Ich will, dass sie getötet wird, Mutter! Sie soll mein erstes Opfer sein!«

Im selben Moment ging das Licht aus!

Schwester Claire wusste im ersten Augenblick nicht, ob sie nur geträumt oder alles tatsächlich erlebt hatte. Sie stand bewegungslos in der Dunkelheit, und der Mordbefehl hallte noch in ihren Ohren nach. Sie konnte es nicht fassen, dass dieses Neugeborene einen so fürchterlichen Wunsch geäußert hatte.

Nur allmählich gewöhnten sich ihre Augen an die neuen Lichtverhältnisse. Wenn sie nach rechts schaute, sah sie den Umriss des Fensters. Blickte sie aber nach vorn, wo das Bett stand, in dem Mutter und Kind lagen, sah sie nur eines.

Das glühende Augenpaar!

Es starrte sie an und schien dabei nur sie anzublicken. Je länger sich die Blicke trafen, um so stärker geriet die Krankenschwester in den Bann des Bösen.

Ihr eigener Widerstand erlahmte. Irgendetwas schien die Seele aus ihrem Körper herausholen zu wollen, damit sie als Hülle langsam und qualvoll verging.

Wer konnte ihr helfen? Vor allen Dingen, wer würde es tun? Bestimmt nicht die Mutter, die ihr Kind sehr mochte, es in den Armen wog und dabei ein Lied summte.

»Das ist grauenhaft«, hauchte Claire. »Nein, das mache ich nicht mit.« Plötzlich hatte sie die Idee. Gedankenschnell schlug sie ein Kreuzzeichen, was dem Kind überhaupt nicht behagte, denn es gab einen wütenden Zischlaut von sich, bevor es den Kopf hob. Es sah aus, als wollte es jeden Augenblick aus dem Wickelkissen springen.

Aber Claire ging es besser. Das hastig geschlagene Kreuzzeichen hatte ihr etwas Mut gemacht. Dennoch wusste sie, dass die große Gefahr nicht vorbei war.

»Haben Sie gehört, was er gesagt hat?«, erkundigte sich die Mutter mit leiser Stimme.

»Ja, das habe ich!«

»Sie werden den anderen Morgen nicht mehr erleben, das kann ich Ihnen versprechen. Baphomet will, dass Sie sterben, und sein Wille ist für mich Gesetz.«

»Nein, ich gehe jetzt.« Die Schwester streckte den rechten Arm aus, als sie zurückschritt. »Dieses Wesen kann mich nicht töten. Ich werde dafür sorgen, dass Sie und dieser kleine Bastard das Krankenhaus verlassen. Haben Sie gehört? Sie werden dieses Haus verlassen, und ich hole die Polizei. Man muss Sie einsperren. Sie sind eine Gefahr für die Menschheit, haben Sie gehört?«

»Das habe ich!«

»Dann gehe ich!« Claire drehte sich um. Sie wollte den Raum so rasch wie möglich verlassen, deshalb rannte sie auch auf die Tür zu. Das Schicksal hatte sich gegen sie verschworen. Kurz bevor sie die Tür erreicht hatte, wurde diese von außen so heftig aufgestoßen, dass Claire nicht mehr ausweichen konnte.

Sie sah noch die Tür auf sich zufliegen und spürte einen Lidschlag später den harten Schlag an der Stirn. Vor ihren Augen blitzten Sterne auf. Claire merkte nicht, dass sie zurückwankte und sich nicht mehr auf den Beinen halten konnte. Sie sackte zusammen, fiel zu Boden und blieb zwischen Tür und Fenster liegen.

Zwei Männer drangen in den Raum. Sie waren dunkel gekleidet. Selbst die Gesichter hatten sie mit schwarzer Farbe geschminkt, aber auf den Stirnen leuchtete das Symbol Baphomets, ein kleiner Teufelskopf mit zwei Hörnern.

Sie bewegten sich geräuschlos, auch die Tür wurde lautlos geschlossen. Dann wandten sie sich dem Bett zu.

»Da ist es«, sagte der eine und schaute auf das Kind, das Danielle ihm zeigte.«

»Ja, unser Fürst.«

»Nehmt es.«

Der zweite Mann griff so vorsichtig zu, als würde er wertvolles Porzellan transportieren. Danielle schwang sich herum, setzte sich auf und drehte sich dabei zur anderen Seite des Bettes hin. Dabei erklärte sie, was Baphomet verlangt hatte.

»Er will, dass die Frau stirbt.«

»So, will er das?«

Danielle stand auf und nickte.

Der Mann mit den leeren Händen drehte sich um und ging auf die Krankenschwester zu. Seine Hände blieben nicht lange leer. Er holte ein Messer hervor und richtete die Klinge nach unten.

In diesem Moment schlug Claire die Augen auf. In ihrem Kopf tobten noch immer die Schmerzen. Sie wusste nicht so recht, wie sie damit fertig werden sollte. Sie erkannte auch so gut wie nichts, nur einen kompakten Schatten und etwas Blankes davor.

Ein Messer!

Es war der letzte Gedanke in ihrem Leben, denn die Hand fuhr einmal herab und traf zielgenau.

Der Mörder richtete sich wieder auf. »Das wäre erledigt«, sagte er mit kalter Stimme und wandte sich an seinen Begleiter. »Sonst noch etwas?«

»Ja, du weißt schon.«

»Sicher.« Der Mörder lächelte und blickte dabei auf das Kind, bevor er sich in Bewegung setzte, das Messer nicht wegsteckte und um das Bett herumschritt.

Sein Ziel war Danielle Lagrande.

Er hatte noch nichts zu ihr gesagt, sie hatte auch keine Frage gestellt, nur die Tür des eingebauten Kleiderschranks geöffnet, um ihre Kleidung zu holen. Als sie sich drehte, wusste sie Bescheid. Im ersten Moment legte sich die Sperre vor ihr Gehirn. Sie schüttelte den Kopf, wollte es nicht glauben, aber der Mörder hob abermals seinen rechten Arm, sodass Danielle direkt auf die Klinge schaute.

»Ich auch?«, fragte sie.

»Sicher. Du hast deine Pflicht getan. Hat man dir das nicht vorher gesagt?«

»Nein, ich …«

»Deine Uhr ist abgelaufen!« Er stach zu.

Danielle wollte noch etwas sagen. Sie kam nicht mehr dazu. Die Frau drückte sich vor, als wollte sie sich verbeugen. Sie presste noch ihre Hände gegen den Magen, dann konnte sie sich nicht mehr halten, fiel zur Seite und blieb tot liegen.

Die beiden Männer nickten sich zu. »Hoch lebe Baphomet«, sagte der mit dem Kind auf den Armen.

»Hoch lebe der Fürst!«

Die beiden verließen das Zimmer. Es waren nur wenige Schritte bis zum Fahrstuhl. Der Gang war leer. Die abendliche relative Ruhe war in das Krankenhaus eingekehrt.

Ohne dass sie gesehen wurden, fuhren sie mit dem Lift nach unten, und niemand hielt sie auf.

Sie kamen auch am Nachtportier vorbei, der erst aufmerksam wurde, als sich die beiden Männer schon im Park befanden.

Der dort stehende Wagen setzte sich langsam in Bewegung. Er fuhr ihnen entgegen, hielt, sie stiegen ein und fuhren davon …

Ich kannte die Pariser Nächte inzwischen und musste zugeben, dass sie mich jeweils eigenartig berührten. Das hier war anders als bei mir in London.

Möglicherweise lag es am Ruf, den diese Stadt genoss. Er war nach wie vor einmalig. Paris ließ sich von anderen europäischen Hauptstädten nicht so einfach den Rang ablaufen.

Wir hatten das Haus an der Seite verlassen und blieben in der schmalen Gasse stehen.

Der Abbé war vorsichtig. Ehe er sich in Bewegung setzte, sah er sich um und vergaß auch nicht, die gegenüberliegende Seite der Straße abzusuchen, wo die Fronten der schmalbrüstigen Häuser ebenfalls dicht an dicht standen.

Hier wohnten Menschen, die nicht viel Geld hatten. Hier war Paris noch echt, sagte man.

Hinter einigen Fenstern brannte Licht. Der Schein fiel durch die Rechtecke oder Kreise und schien sich an der Hauswand festgeklammert zu haben. Zum Fluss hin trennte uns noch der breite Quai L'Hôtel de Ville.

Der Abbé hatte auch einen Parkplatz für seinen Wagen gefunden. Er fuhr einen alten R4, dessen Farbe nicht mehr festzustellen war. Auch zeigte das Auto zahlreiche Beulen, für Paris aber nichts Ungewöhnliches. Die Franzosen sehen dies nicht so eng.

Die Lücke war schmal. Bevor der Abbé aufschloss, blickte er sich noch einmal um.

Auf der Straße befand sich niemand. Nur in einer Hausecke drückte sich ein Pärchen herum und tat das, was ich jetzt auch lieber getan hätte. Aber man kann nicht alles haben.

Bloch stieg ein und öffnete mir die Beifahrertür. Ich klemmte mich in den engen Wagen und schnallte mich an. Die Türen hatten wir leise zugezogen.

»Wohin fahren wir eigentlich?«, fragte ich und hatte meine Stimme unwillkürlich gesenkt.

»Wir müssen zum Fluss.«

»In der Nähe sind wir ja schon.«

Der Abbé nickte. »Da hast du Recht, John, aber wir müssen bis dicht an das Ufer, und zwar in die Nähe einer bestimmten Brücke. Da muss es vorbeitreiben.«

»Ist das weit?«

»Nein.«

Endlich startete der Abbé. Ich erschrak, als der Motor losorgelte.

Bloch bewies, dass er Auto fahren konnte, denn er rangierte geschickt aus der Parklücke. Wir blieben in dem Straßenwirrwarr am nördlichen Seineufer. Wer sich hier auskannte, musste wirklich in Paris geboren sein oder zumindest seit zwanzig Jahren hier leben.

Eine Großstadt kann auch dunkel sein, das merkten wir. Und die Straßen waren ebenfalls nicht so leer, wie wir angenommen hatten. Erst im letzten Augenblick sahen wir die düsteren Gestalten, die sich mitten auf der Fahrbahn aufhielten und nur widerwillig zur Seite traten, als wir uns ihnen näherten.

Der Abbé war sehr schweigsam. Ich stellte auch keine Fragen. Hin und wieder, wenn Licht in unseren Wagen fiel, warf ich ihm einen Blick zu und sah sein angespanntes Gesicht.

Bloch hatte es nicht leicht. Er war ein Rufer in der Weite der Wüste, gleichzeitig ein Sucher nach einem verlorenen Erbe und auch ein Gejagter. Als sich die Templer in zwei Gruppen teilten, da war der Hass bereits gesät worden.

Unvergessen war in meiner Erinnerung der 18. März 1314. Durch eine Zeitreise hatte ich erleben können, wie der große Anführer der damaligen Templer, Jacques Bernard de Molay auf der Ile de la Cité zur Hinrichtung geführt wurde. Er und zwei seiner Getreuen starben einen schrecklichen Tod, das war damals das offizielle Ende des Ordens gewesen.

Aber man irrte sich.

Die drei Großmeister hatten zu viele ihrer Geheimnisse mit ins Grab genommen. In den folgenden Jahren zeigte sich, welche Fehler Philipp der Schöne damals gemacht hatte, als er diese drei Männer hinrichten ließ.

Von den Schätzen des Ordens hatten er und der Papst, bei dem er sich Rückendeckung geholt hatte, kaum etwas gesehen, aber die Templer waren nun endgültig gespalten.

Viele hatten den Tod gefunden, aber zahlreichen unter ihnen war auch die Flucht gelungen.

Sowohl den Templern, die noch ihre alten Ideale verfolgten, als auch der Gruppe, die sich schon vorher dem Teufel Baphomet zugewandt hatte und ihn anbetete.

Die eine Gruppe jagte die andere, denn die Baphomet-Diener wussten, dass ihnen die Männer um Abbé Bloch gefährlich werden konnten.

In diesen Kreislauf war ich hineingeraten, denn einer meiner Vorfahren hatte ebenfalls zu den Templern gehört.

Hector de Valois!

Er war praktisch in mir wiedergeboren, und uns verknüpfte der Faden des Schicksals. Gerissen war er bisher noch nicht. Ich hoffte, dass dies auch so bleiben würde.

Die Ile de la Cité gab es noch immer. Sie war durch mehrere Bogenbrücken mit den Ufern verbunden, aber sie war heute nicht unser Ziel.

Am Quai de la Papée bogen wir ab. Nicht weit entfernt lagen zwei große Bahnhöfe. Auf unserer Seite, die ihre helle Flut in die Nacht hinausschickten.

Vor uns tauchte eine Kurve auf. Sehr eng war sie, und der R4 neigte sich beträchtlich, aber er kippte nicht um. Wir fuhren auf dem direkten Weg zum Fluss.

Jetzt sahen wir eine Brücke. Sie war aus Stein gebaut, und ich fragte den Abbé noch einmal. »Ist sie unser Ziel?«

»Ja.«

»Wie heißt die Brücke?«

»Pont d'Austerlitz.«

Der Abbé suchte bereits einen Parkplatz. Es gab keine offiziellen oder öffentlichen, aber der Streifen zwischen dem Ufer-Boulevard und dem Fluss war breit genug, um dort den Wagen abstellen zu können. Die Reifen wühlten sich durch nasses, weiches Gras. Der Abbé rollte so nahe wie möglich an die Brücke heran und auch sehr dicht an die Uferbefestigung, sodass ich ein komisches Gefühl beim Aussteigen hatte, denn mein Blick fiel sofort auf das Wasser.

Es war dunkel und strömte gurgelnd dahin. Ein Bad hätte ich darin nicht nehmen wollen.

Von beiden Seiten huschten die Wagen über die Brücke. Wir sahen die Lichtkegel ihrer Scheinwerfer durch die Dunkelheit geistern.

Abbé Bloch hatte es eilig. Er ging noch vor mir her. Sein Mantel stand offen und flatterte im Wind. Die Seine roch wie die Themse. Genauso schlimm.

In der Nacht herrschte auf dem Wasser kaum Schiffsverkehr. Wenn Boote fuhren, gehörten sie zumeist zur Einsatzreserve der Flusspolizei.

Der Abbé war im Schatten eines steinernen Brückenträgers stehen geblieben und starrte stromaufwärts. Seine Hände hielt er in den Manteltaschen vergraben. Auch jetzt sprach er nicht. Ich hätte gern gewusst, mit welchen Gedanken er sich beschäftigte, fragte aber nicht und holte zunächst einmal eine Zigarette aus der Schachtel. Die Flamme des Feuerzeugs schirmte ich mit der hohlen Hand ab. Obwohl mir der Abbé den Rücken zudrehte, hatte er etwas bemerkt und wandte den Kopf.

»Man wird den Glühpunkt sehen können.«

»Keine Sorge, ich decke ihn ab.«

Er nickte.

Zwei Minuten vergingen. Ich nahm hin und wieder einen Zug und warf die halbaufgerauchte Zigarette dann zu Boden. Mit dem Absatz zertrat ich die Glut.

Noch eine Stunde bis Mitternacht. Wir verließen uns darauf, dass Baphomet vorbeitreiben würde. Aber die Seine ist breit. Ich konnte mir nicht vorstellen, dass man einen Gegenstand vom Ufer einfach aus dem Wasser holte. Wenigstens nicht ohne Hilfsmittel.

Wahrscheinlich hatte der Abbé dennoch einen entsprechenden Plan. Ich wollte ihn danach fragen, doch dazu kam es nicht mehr, denn das Sprechgerät in seiner Tasche meldete sich.

Sofort gab der Abbé Antwort. Ich hörte nicht, was gesprochen wurde, aber mein Templer-Freund nickte zufrieden, als er das Gerät wieder wegsteckte.

»Es ist gleich so weit.«

»Wieso?«

»Der Gegenstand treibt durch das Wasser. Er muss unseren Punkt bald erreicht haben.«

»Du willst ihn also holen?«

»Sicher.«

»Wie denn?«

Er blickte mich kurz an. Ein spärliches Lächeln lag auf seinen schmalen Lippen. »So ganz unvorbereitet, wie du vielleicht angenommen hast, bin ich nicht. Komm mit.«

Ich hob die Schultern und folgte ihm. Nach drei Schritten schon hatten wir die steinerne Uferbefestigung erreicht. Unter uns klatschten die Wellen im ewigen Rhythmus dagegen.

Der Abbé vor mir wurde plötzlich kleiner. Er war nicht gefallen. Mit zielsicherem Tritt hatte er die erste Stufe einer Treppe gefunden, die ihn direkt zum Wasser führte.

Die Stufen schimmerten trotz des dunklen Gesteins feucht. Sie waren auch glatt. Hier und da wuchs Moos. Ein Geländer gab es nicht. Man konnte den Eindruck haben, direkt ins Wasser zu steigen. Das blieb mir erspart, denn am Ende der Treppe, noch immer im Schatten des breiten, wuchtigen Brückenpfeilers, befand sich eine kleine Plattform aus Steinen, die bei Hochwasser sicherlich überflutet wurde, jetzt aber freilag.

Sehr groß war diese Insel aus Quadersteinen nicht. Sie reichte allerdings aus, um den Ruderkahn aufnehmen zu können, der dort stand und auf uns wartete.

Der Abbé zwinkerte mir zu.

Ich nickte anerkennend. »Gut vorbereitet, das muss man dir lassen, mein Freund.«

»Ja, wir wussten, was auf uns zukommt. Hilf mir mal, den Kahn ins Wasser zu schieben.«

Es war ein Kinderspiel. Der Abbé stieg als Erster ein. Ich folgte mit einem kleinen Sprung, wobei der Kahn ins Wanken geriet.

Bloch ging zum Bug vor und sagte:

»John, du bist jünger. Wenn du so freundlich wärst, die Ruder zu nehmen?«

»Okay, okay, brich dir nur keinen ab.« Ich packte die beiden Ruderstangen und tauchte die Blätter ins Wasser. Es war nicht so einfach, vom Ufer wegzukommen, weil in diesem sanften Bogen die Strömung alles zum Ufer trieb.

Der Abbé unterstützte mich nicht, während ich ruderte. Er war mit einer anderen Aufgabe beschäftigt. Die beiden Alustangen waren mir schon beim Betreten des Kahns aufgefallen. Bloch hatte eine von ihnen in die Hand genommen und zog sie plötzlich teleskopartig auseinander, sodass sie sich auf das Dreifache verlängerten. An der Spitze sah ich den Halbkreis eines Stahlhakens, der wie ein Greiffinger wirkte. Damit konnte man Gegenstände aus dem Wasser holen.

»Das nenne ich eine gute Arbeitsteilung«, sagte ich. »Jetzt brauchst du mir nur noch zu sagen, wohin ich rudern soll, dann ist alles in Butter.«

»Erst einmal auf die Mitte des Flusses, und sieh bitte zu, dass wir uns im Schatten der Brücke halten und nicht zu weit abgetrieben werden.«

»Aye, aye, Sir.«

Bloch ging auf meine etwas lockere Art nicht ein. Er legte die Stange halb ausgefahren wieder zurück ins Boot, griff unter seinen Mantel und holte eine Waffe hervor, die ich schon einmal bei ihm gesehen hatte, als wir das Grab Hector de Valois' fanden und der Abbé zusammen mit seinen Freunden die Werwölfe erledigte.

Es war ein silberner Pflock.

Bloch bemerkte meinen verwunderten Blick. Bevor ich eine Frage stellen konnte, gab er mir schon die Antwort. »Ich werde ihn wahrscheinlich für Baphomet gebrauchen.«

»Du willst ihn sofort töten?«

»Ja.«

»Ist der Pflock stark genug?«

»Das hoffe ich. Wenn nicht, John, wird es noch eine andere Möglichkeit geben.«

»Mein Kreuz?«

»Ja. Du weißt, dass wir keinen Urlaub machen. Ich hatte bestimmte Gründe, dich nach Paris zu holen. Falls wir Baphomet finden, müssen wir ihn vernichten.«

»Und wo könnte er jetzt sein?«

Bloch dachte einen Moment nach, während ich gegen die Strömung ankämpfte. »Meinen Berechnungen und Informationen zu Folge müsste der Gegenstand die Ile de la Cité bereits passiert haben.«

»Dann wäre er bald hier.«

»Ja.«

»Hast du denn erfahren können, worin das Kind, das Baphomet sein soll, liegt?«

Er schüttelte den Kopf. »Weshalb diese Zweifel, John? Es ist Baphomet!«

»Okay, meinetwegen. Damit hast du meine Frage noch nicht beantwortet.«

»Er wird in einem Sarg liegen. In einem weißen Kindersarg aus Holz.«

Ich starrte ihn an und vergaß das Rudern. Es hatte sich schaurig angehört. Mit Särgen hatte ich oft genug zu tun gehabt, ich verspürte kaum eine Gänsehaut, wenn ich einen sah. Aber bei weißen Särgen ist das immer etwas anderes.

Ich ruderte weiter. »Wenn du das sagst.«

»Man hat es mir übermittelt.«

»Und weshalb sollen wir ihm auf einem Fluss begegnen?«, erkundigte ich mich.

»Das kann ich dir sagen. Weil das Wasser Leben bedeutet. Dabei spielt es keine Rolle, ob dieses Leben als schwarz- oder weißmagisch bezeichnet wird.«

»Wer sagt es?«

»Aus den Schriften des Nostradamus habe ich dies entnommen«, erwiderte er.

»Du vertraust ihnen?«

»Völlig.«

»Ich wundere mich nur, dass van Akkeren noch nicht lauert und uns erledigen will.«

Mein Gegenüber nickte. »Auch darüber habe ich mir Gedanken gemacht und bin zu dem Ergebnis gekommen, dass er nicht so ohne weiteres lauern kann. Der Sarg und sein Inhalt müssen eine bestimmte Strecke auf dem Wasser zurücklegen, erst dann sind die Voraussetzungen erfüllt. Wir brauchen uns deshalb also keine zu großen Sorgen zu machen.«

»Das habe ich nicht gewusst.«

Der Abbé lächelte. »Du kannst dich auf mich verlassen. Nimm bitte die Ruder wieder auf, wir treiben sonst zu weit ab.«

»Klar.«

Ich hatte zu tun, um den Kahn wieder unter die Brücke zu steuern. Allerdings befanden wir uns noch nicht auf der Mitte des Flusses, sondern näher am Ufer.

Der Abbé war mit allem ausgerüstet. Den Silberpflock hatte er wieder weggesteckt, dafür holte er einen anderen Gegenstand aus den unergründlichen Taschen seines Mantels hervor. Er hob ihn an und hielt das Nachtsichtglas vor die Augen. Mit wenigen Drehungen an beiden Seiten stellte er noch die Optik ein und nickte zufrieden.

»Kannst du etwas sehen?«, fragte ich ihn.

»Leider nicht.«

»Ich rudere zur Mitte.« Da der Abbé nicht widersprach, setzte ich mein Vorhaben in die Tat um. Ich musste mich ziemlich anstrengen und schaffte es auf Anhieb.

Es war kalt auf dem Fluss. Besonders unter der Brücke zog der Wind und blies in meinen Nacken. Mit der Strömung näherte sich ein Schiff. Es war normal beleuchtet, und der Abbé ließ sein Glas sinken, bevor er sich umdrehte.

»Rudere in den Schatten des Trägers, John. Ich möchte nicht, dass uns die Polizei entdeckt.«

»Wird gemacht.«

Abermals strengte ich mich an. Ich spürte bereits das Ziehen in meinen Armen und den Schultergelenken. Da Arbeit bekanntlich nicht schändet, ruderte ich weiter und erreichte auch sehr bald die dunkle Zone unterhalb der Brücke.

Das Boot befand sich auf einer normalen Patrouillenfahrt,

bei einem Einsatz wäre es schneller gefahren und hätte zudem das Blaulicht eingesetzt. Das Boot passierte uns. Niemand schien uns zur Kenntnis genommen zu haben. Ich ruderte wieder zur Strommitte.

Der Abbé lächelte. »Ich hoffe, wir werden nicht noch einmal gestört.«

»Das wäre günstig.« Ich arbeitete wieder gegen die Strömung und störte mich nicht an dem Mief, der über dem Strom hing. Der Abbé holte abermals das Glas hervor. Er hatte sich hingekniet, weil er so besseren Halt fand.

Nach einigen Sekunden sagte er: »Ich glaube, da kommt etwas auf uns zu.«

»Der Sarg?«

Er hob die Schultern. »Das ist nicht genau zu erkennen, aber die Wellen spielen mit einem Gegenstand.«

»Hell oder dunkel?«

Bloch ließ sich mit der Antwort Zeit. »Eher hell, das könnte der Sarg sein.« Er atmete so laut aus, dass ich es sogar hörte. »Es wäre wirklich ein Ding, wenn wir so ein Glück hätten.«

»Das meine ich auch.«

Ich sah den Gegenstand noch nicht und richtete mich nach den Anordnungen des Templers, der mich dirigierte.

Mal auf die Mitte des Flusses zu, dann wieder mehr zum Ufer, denn der Gegenstand änderte mehrmals seinen Kurs, wie mir mein Freund erklärte.

Die Wellen trieben ihn mal nach rechts, dann wieder nach links, überspülten ihn, drehten ihn, drückten ihn dem Grund entgegen und dann wieder hoch.

Sogar ich erkannte ihn jetzt, obwohl nur wenige Lichtreflexe über das Wasser huschten.

»Wenn das kein Kindersarg ist, heiße ich ab morgen Charlie Chaplin.«

»Du kannst deinen Namen behalten, John, er ist es.« Der Abbé ließ das Glas verschwinden. Mit seiner Ruhe war es jetzt vorbei, denn er packte eine der Stangen und fuhr sie aus. »Vielleicht musst du noch die zweite nehmen, mal sehen.«

»Ich bin bereit.«

Wir starrten dem heranwogenden weißen Sarg entgegen. Einmal geriet er in einen Strudel, da hatte es den Anschein, als würde er sich hochkant aufrichten, dann kippte er wieder nach vorn, und Wellen schlugen über ihm zusammen.

Ich schätzte die Entfernung ab. Nicht mehr als zwanzig Meter wühlte er sich vor uns durch das Wasser. Wenn wir so blieben, würde er steuerbord an uns vorbeitreiben. Ob die Länge der Stange da ausreichte, war fraglich. Ich ruderte in die entsprechende Richtung, um möglichst nahe an den Sarg heranzukommen.

Der Abbé nickte mir zu. Er kniete noch immer, warf einen Blick nach backbord und hielt die Greifstange mit beiden Händen umklammert. Sie ragte weit über den Rand des Bootes hinaus und schwebte über dem Wasser wie eine lange Teleskop-Angel.

Der Sarg trieb doch schneller, als wir angenommen hatten. Zu rudern brauchte ich nicht mehr, die Entfernung stimmte. Wir würden ihn erreichen. Ich holte die zweite Stange, schob sie bis zu ihrer vollen Länge aus und setzte mich auf die Planken.

»Das sieht gut aus«, sagte der Abbé.

Der Sarg glitt heran. Mit dem Oberteil schaute er aus dem Wasser. Wir konnten mit den Haken über den Sarg hinweggreifen und würden ihn an der anderen Seite packen.

»Jetzt!«

Ich richtete mich nach Blochs Anweisungen. Gemeinsam ließen wir die Stangen sinken. Die halbrunden Haken griffen zu wie die Klauen eines Raubvogels. Und sie krallten sich so fest, dass auch die Strömung es nicht schaffte, den Sarg aus diesen beiden Klammergriffen zu lösen.

»Wir haben ihn!«, rief der Abbé. Er lachte laut. »Darauf habe ich gewartet.«

Noch hatten wir den Sarg aber nicht an Bord. Die Strömung wollte ihn nicht hergeben. Das Wasser bestand plötzlich aus Leim. Fast wäre ich noch mit meinem Haken abgerutscht. Der Sarg drehte sich, und wir schafften es, ihn näher an unseren Kahn heranzuziehen. Nur noch wenige Sekunden, dann stieß er gegen die Bordwand.

Ich atmete auf, als ich dieses Geräusch hörte. Ich ließ meine Stange los und griff mit beiden Händen in das winterkalte Wasser der Seine. Es war wirklich eisig. Da ich mich vorgebeugt hatte, um den Sarg unterfassen zu können, spritzte mir Wasser ins Gesicht, sodass ich mich schütteln musste.

»Hast du ihn, John?«

»Ja.«

»Dann hoch damit!«

Der Abbé unterstützte mich. Gemeinsam hievten wir ihn hoch. Über die schmale Bordkante rutschte er hinweg, sodass er zwischen uns auf die Planken polterte, das Boot stark schaukelte, sich aber wieder fing.

Er stand zwischen uns. Auch Bloch war im Gesicht nass geworden. Er wischte die Spritzer weg. Seine Augen leuchteten, der Mund zuckte. »John, wir haben ihn!«

»Das sehe ich. Und jetzt?«

»Wir werden ihn noch nicht öffnen. Ich muss den anderen Bescheid geben, damit sie zu uns stoßen. Wir müssen ihn verstecken. Rudere wieder zur Plattform zurück.«

Ich legte mich wieder in die Riemen, auch wenn meine Schultern schmerzten. Gelobt sei, was hart macht.

Der Abbé schob die Stangen zusammen und legte sie weg. Er hatte die Hände geballt und starrte auf den nassen, weißen Kindersarg. Dabei schüttelte er den Kopf.

»Was hast du?«

»John, wenn ich bedenke, wer darin liegt und wenn ich weiter darüber nachdenke, was geschehen wäre, wenn er es geschafft hätte … mir wird ganz heiß.«

»Noch ist der Sarg nicht offen. Wir wissen nicht, ob Baphomet darin liegt.«

Bloch schlug mit der flachen Hand auf den Deckel. »Und ob, mein Lieber, und ob.«

Der Templer konnte es kaum erwarten, das Ufer zu erreichen. Ich tat mein Bestes, aber die Strömung war stark. Sie schien uns zurückhalten zu wollen.

Über unseren Köpfen sahen wir das breite Unterteil der Brücke wie einen gewaltigen, unheimlich wirkenden breiten Schatten, der die Wasseroberfläche verdunkelte.

Der Fluss war leer. Ich sah kein weiteres Boot. Wir schienen unseren Gegnern tatsächlich zuvorgekommen zu sein.

Die Wellen schoben uns näher an die Plattform aus Stein. Um uns besser halten zu können, nahm der Abbé wieder die Stange zu Hilfe. Er brauchte sie nicht auseinander zu ziehen. Auch bei normaler Länge schaffte es der Haken, sich in eine Lücke zwischen zwei Steinen so festzuklammern, dass wir das Boot bis direkt an die Uferbefestigung heranziehen konnten.

Der Ausstieg war danach ein Kinderspiel. Mein Freund Bloch verließ das Boot zuerst. Ich packte den Sarg, hievte ihn an, Bloch nahm ihn an der anderen Seite entgegen und schob ihn aufs Trockene. Dann verließ ich das Boot.

Bevor es abtreiben konnte, bückte ich mich und befestigte es an der Plattform.

Der Templer untersuchte bereits die Verschlüsse des Sargs. Sie befanden sich an den Seiten.

»Und?«, fragte ich.

»Sieht ziemlich kompliziert aus. Da sind sogar Schlösser, John.«

Ich sah es mir ebenfalls an. Leider hatte sich der Abbé nicht geirrt. »Den kriegen wir ohne Werkzeug nicht auf.«

»Hast du welches?«

Ich nickte. »Was glaubst du, wozu Stangen mit Haken alles gut sind?«

Bloch rieb seine Hände. »Das, mein Lieber, ist die Idee.«

Wir packten beide mit an. An zwei verschiedenen Seiten drückten wir die Haken in die Schlitze zwischen Ober- und Unterteil. Die Hebelwirkung reichte aus, um das Holz anzuknacken. Beim zweiten und dritten Versuch splitterte es, dann hatten wir es geschafft.

Der Deckel hob sich.

Plötzlich war der Abbé in seinem Element. Er fasste mit den Händen nach, zerrte so lange, bis er es geschafft hatte, den Deckel an seiner Seite ein Stück in die Höhe zu stemmen, sodass ein Spalt entstanden war, in den der kühle Wind pfeifen konnte.

Ich drückte noch einmal den Haken dazwischen, nahm auch die Hände zu Hilfe und hätte vor Freude fast gelacht, als mit einem letzten Knacken der weiße Sargdeckel absprang.

Abbé Bloch sprang in die Höhe. »Da ist er!«, schrie er und deutete auf den Inhalt.

Ich saß sehr ruhig vor dem Sarg. Auch mich hatte die Überraschung gepackt. Bisher war ich noch von einer Theorie ausgegangen, die sich der Abbé zurechtgelegt hatte.

Das stimmte nicht.

Das Unterteil der aus weißem Holz hergestellten Totenkiste war mit schwarzem Samt ausgelegt.

Darauf lag das Kind!

Zwar noch ein Baby, aber ungewöhnlich groß für ein Neugeborenes. Ein nackter Körper lag vor mir. Die Haut war graubraun. Baphomet, der Kind-Teufel, hatte Arme, Beine, Hände und Füße. Alles völlig normal. Auch ein Kopf wuchs aus den Schultern.

Größer als bei einem normalen Kind. Das Gesicht zeigte keinen kindlichen Ausdruck. Es wirkte irgendwie verzerrt. Und auf der überdurchschnittlich breiten Stirn sah ich die beiden Beulen, an deren Enden die Haut dünn wuchs, sodass sie aussah, als wollte sie jeden Moment aufplatzen.

Um besser sehen zu können, nahm ich die kleine Lampe hervor und ließ den Strahl über das Gesicht gleiten.

Das Licht schien so etwas wie eine Initialzündung gewesen zu sein, denn kaum hatte es das Gesicht erfasst, da öffnete das Kind die Augen.

Ich starrte in dunkelrote Pupillen.

In Höllenaugen!

»Baphomet! Baphomet!« Es klang wie ein Schrei, wie ein Stöhnen, ein grauenvoller Ruf, eine Verschwörung und wie die innerliche Erlösung einer jahrelangen Qual.

Nicht ich hatte den Ruf ausgestoßen. Es war Abbé Bloch gewesen, der hochaufgerichtet an der anderen Seite des Sargs stand und die Arme so angehoben hielt, als würde ihn jemand mit einer

Waffe bedrohen. In seinen Augen erkannte ich einen kalten, metallischen Glanz, außerdem den Ausdruck einer Bestätigung für seine Annahme. Er hatte hoch gespielt und gewonnen.

»Wir haben ihn!«, keuchte er. Seine Arme sanken nach unten.

Ich hockte noch immer vor dem weißen Kindersarg und blickte hinein. Baphomet lag da unbeweglich auf dem schwarzen Samt. Er sah aus wie ein Toter. Aber er hatte mir durch das Öffnen seiner Augen sehr wohl bewiesen, dass er lebte.

Ich starrte ihn an, er mich ebenfalls.

Nur rührte sich in seinem Gesicht nichts. Kein Erkennen funkelte in den Augen, keine Feindschaft, sie blieben einfach nur still und rot wie das Feuer der Hölle.

Vielleicht würde er wachsen und immer mehr der Statue ähneln, die von den Baphomet-Dienern so verehrt wurde und die ich aus dem kleinen Pyrenäendorf her kannte. Da war sie mir zum ersten Mal begegnet. Ich hatte erleben können, was sie anrichtete und aus normalen Menschen machte, die sie in ihren Bann zog.

»Wir müssen es vernichten, bevor es Unheil anrichten kann!«, erklärte der Abbé mit dumpfer Stimme.

»Nimmst du den Pflock?«

»Ja.«

»Und du bist überzeugt davon, das Richtige zu tun?«, erkundigte ich mich.

Er nickte fest.

Ich erhob mich ebenfalls. Wir standen uns gegenüber, nur getrennt durch den weißen offenen Kindersarg. Über uns, auf der Brückenstraße, flutete der Verkehr vorbei. Manchmal hörten wir das Rollen der Reifen, hin und wieder auch die Hupe eines Autos, dessen Fahrer unbedingt überholen wollte.

Aber das da oben war eine andere Welt. Wir befanden uns unter der Brücke, wir hätten dort oben in nicht einmal einer Minute sein können, trotzdem kam es mir so vor, als wäre diese Welt Lichtjahre vor mir getrennt.

Der Abbé sah mich an. Sein Gesicht war hart. Die Züge wirkten wie grau gepuderter Stein. Seine Lippen lagen so dicht aufeinander, dass sie nur noch einen Strich bildeten.

»Ich muss es tun«, sagte er und schob seine rechte Hand unter den langen, dunklen Mantel. »Er ist kein Vampir, aber ich muss ihn töten, als wäre er einer. Verstehst du das?«

»Du wirst es schon wissen.«

»Ich danke dir, John, dass du mir keine Hindernisse in den Weg legst.«

»Wie sollte ich?«

Er hielt den Silberpflock mit der rechten Hand umklammert. Sehr langsam hob er den Arm. Dabei senkte er auch den Blick. Auf mich wirkte es so, als wollte er genau maßnehmen.

Weit holte er aus.

Ich verfolgte mit meinem Blick diese Bewegung und sah deshalb auch die Schatten oben auf der Kaimauer.

Mein Herzschlag stockte.

Auf dem Rand standen sie in einer Linie und strahlten das Grauen ab.

AEBA – die Horror-Reiter!

Der Abbé und ich schwebten gemeinsam in Lebensgefahr. Nur hatte ich es etwas besser, weil ich nicht derjenige war, der den Kind-Dämon töten wollte.

Wenn der Arm nach unten fuhr und den Körper dieses Bastards traf, würden die Horror-Reiter eingreifen und den Abbé vernichten.

Er hatte nichts bemerkt, weil er ihnen den Rücken zudrehte. Sein Sinnen und Trachten galt der Vernichtung dieser gefährlichen Brut.

»Nein!«, brüllte ich genau in dem Augenblick, als der rechte Arm nach unten fuhr. Gleichzeitig warf ich mich vor, drehte mich dabei ab, damit ich nicht in die Stoßrichtung des Pflocks geriet. Dann rammte ich beide Fäuste gegen die Brust des Abbés.

Der wurde von dieser Aktion völlig überrascht. Für einen Moment erkannte ich noch den erstaunten Ausdruck auf seinem Gesicht, dann krachte er gegen die Kaimauer und sank dort zusammen.

Auch ich hämmerte gegen das Gestein, fing den Aufprall mit der Schulter ab und drehte mich gleichzeitig so, dass ich mit dem Rücken an der Kaimauer klebte und in die Höhe schielen konnte.

Bloch hatte natürlich zahlreiche Fragen, aber die erstickten schon im Ansatz, denn die Horror-Reiter griffen ein.

Als er sich mir zuwenden wollte, schleuderten sie aus der Höhe glühende Seile oder Lassos nach unten, die sich zielsicher um den hellen Kindersarg legten, sodass er vor unseren Augen in die Höhe gezogen wurde.

Der Abbé schrie auf. Noch nie hatte ich ihn so fassungslos oder von der Rolle erlebt. Er konnte nicht begreifen, dass man ihm das wegnahm, wonach er so lange gesucht hatte. Deshalb vergaß er auch seine Sicherheit, stürmte vor und wollte sich an den Sarg hängen.

Er befand sich schon im Sprung, als ich startete. Und ich war schneller als er. Mit beiden Händen bekam ich ihn zu packen, umklammerte ihn wie ein kleines Kind und riss ihn zurück. Gemeinsam prallten wir wieder gegen die Kaimauer.

Er wollte sich losreißen, konnte sich aber aus meinem Klammergriff nicht lösen. Nach wie vor hielt er seinen Silberpflock fest. Er wollte sogar den Arm drehen und mir den Pflock ins Gesicht stoßen, überlegte es sich aber im letzten Moment anders.

Sekunden vergingen. Der Abbé atmete schwer. In seinen Augen lag der Vorwurf gegen mich. »Du trägst die Schuld daran!«, keuchte er. »Du allein. Kein anderer.«

»Ich habe dir das Leben gerettet!«

»Nein, der Sarg …«

»Wäre so oder so verloren gewesen. Du kommst gegen die vier Horror-Reiter nicht an.«

Das musste Bloch einfach wissen. Ich merkte, wie sich seine Haltung entspannte, und ließ ihn los. Er ging nicht einmal nach vorn, lehnte sich zurück und berührte die Mauer. »Sie sind wohl längst weg, nicht wahr?«, fragte er.

»Bestimmt. Es hatte keinen Sinn für dich, es zu versuchen. Sie hätten dich vernichtet.«

»Das glaube ich mittlerweile auch.« Er hob die Schultern. »Wie sagt man noch? Wie gewonnen, so zerronnen.«

»Wir werden ihn uns zurückholen!«, versprach ich.

Er lachte leise und bitter. »Wie denn?«

Eine konkrete Antwort konnte ich ihm auch nicht geben und schritt so weit vor, dass ich an der Kaimauer hochschauen konnte. An deren Rand war von den vier Reitern nichts mehr zu sehen. Sie hatten sich in die Dunkelheit verzogen und würden ihrer eigentlichen Aufgabe nachgehen.

»So ist denn die Voraussage des Nostradamus erfüllt worden«, erklärte der Abbé leise. »Baphomet ist durch das fließende Wasser geschwommen und hat so seine Taufe erhalten.« Er schüttelte den Kopf. »Ich begreife es nicht. Was hätten wir nicht alles verhindern können.«

»Die Jagd geht weiter.«

»Und wohin wird sie uns führen?«

»Keine Ahnung. Aber die Horror-Reiter hinterlassen Spuren. Daran glaube ich fest.«

Bloch holte das Sprechgerät aus der Tasche und setzte sich mit seinen Leuten in Verbindung. Ich stieg derweil die steilen Stufen der Treppe hoch. Meine Sicht wurde besser, aber die vier Reiter und ihre Beute waren nicht zu sehen.

Ich wartete auf den Abbé. Er folgte mir langsam und zog ein zerknirschtes Gesicht, aus dem die Enttäuschung kaum weichen wollte. Einige Male wischte er über seine Stirn, schaute gegen den Himmel, als könnte er dort die Dinge finden, die ihm entglitten waren.

»Was sagen deine Freunde?«

»Sie sind enttäuscht.«

»Das kann ich mir vorstellen.«

Bloch räusperte sich. »Damit konnte keiner von uns rechnen. Ich dachte eher an van Akkeren. Vielleicht müssten wir ihn suchen, um auf die Spur der Helfer zu treffen.«

»Das ist gegessen wie getrunken, Abbé. Weshalb soll sich van Akkeren zeigen? Er hat das, was er wollte. Daran können wir nichts mehr ändern. Ich frage mich nur, wo Baphomet hergekommen ist.«

»Das wüsste ich auch gern.« Bloch schaute über den Fluss. »Wie ist er entstanden?«

»Er war ein Kind.«

»Ein Baby, sah aber größer aus, und das Teuflische an ihm war auch schon vorhanden.«

»Wurde er geboren?«, spann ich den Faden weiter.

»Wenn ja, von wem?«

Ich dachte nach. »Als Mutter käme möglicherweise eine Hexe in Betracht oder irgendeine Person, die der Hölle sehr nahe steht.«

»Kann er auch ein künstliches Geschöpf sein? Wie der Golem?«

»Daran glaube ich nicht. Sie halten die alten Regeln ein und werden ein entsprechendes schwarzmagisches Weihnachtsfest feiern wollen.«

»Das wäre schlimm.«

»Meine ich auch. Wenn ja, so frage ich mich, wo sie dieses Fest feiern werden.«

»Ich weiß es nicht, aber es gibt genügend einsame Orte. Auch hier in Paris.«

Wir waren während des Gesprächs weitergegangen und blieben neben dem R4 stehen.

»Soll ich dich in dein Hotel bringen, John?«

Ich lächelte den Abbé an. »Willst du mich loswerden?«

»So ungefähr.«

»Und was ist der Grund?«

»Ich muss mich mit meinen Freunden treffen und mit ihnen einiges bereden.«

»Ja, aber bring mich bis zum nächsten Taxistand, vorausgesetzt, es gibt hier in der Nähe einen.«

»Das geht in Ordnung.«

Der Abbé und seine Templer-Freunde waren schon ein seltsames Volk. Obwohl wir zusammenarbeiteten, wenn es sich nicht anders vermeiden ließ, wurde ich dennoch den Eindruck nicht los, dass sich keiner von ihnen in die Karten schauen lassen wollte. Sie zogen sich meist zurück, sie bildeten ihren eigenen Club und gewährten einem Fremden so gut wie keinen Einblick.

Ich fand ein Taxi. »Du hörst von mir«, sagte der Abbé, als ich einstieg und mich zum Hotel fahren ließ …

Am anderen Morgen schneite es.

Ich wohnte in keinem Luxusschuppen, sondern in einem kleinen Hotel, mit nur wenigen Zimmern. Sie waren ebenfalls sehr klein, dafür sauber, wie auch die Dusche und die Toilette. Frühstücken durfte ich in einem Wintergarten. Man glaubte, im Freien zu sitzen. Dicke Flocken fielen aus dunklen Wolken. Sie berührten aber nicht meinen Kopf, auch wenn es so aussah. Vor mir fielen sie auf das durchsichtige Dach und zerschmolzen dort.

Kaffee und Croissants gab es. Dazu Butter und Marmelade. Die Besitzerin kam, eine schon ältere Frau, sie brachte mir zwei Zeitungen.

»Wenn Sie lesen möchten, Monsieur …«

»Ja, gern.« Ich bedankte mich mit einem Lächeln und schaute zu, wie sich Madame zurückzog. Sie ging so steif und gerade, als hätte sie einen Ladestock verschluckt. Auf mich machte sie den Eindruck einer »grande dame«, die es eigentlich nicht nötig hatte, Zimmer zu vermieten. In Wirklichkeit sah es wohl anders aus.

Ich aß das Hörnchen und trank die Tasse leer, bevor ich sie mir erneut füllte. Noch ein weiterer Gast hockte in der Ecke, halb versteckt hinter einem Blumenkübel. Manchmal hörte ich sein Schmatzen und auch das Rascheln des Papiers, wenn er die Zeitung umschlug.

Das brachte mich auf die Idee, ebenfalls zu lesen. Ich hatte ja Zeit, da ich noch immer nicht wusste, wo ich bei diesem Fall ansetzen sollte. Eigentlich war Abbé Bloch für mich der wichtige Mann. Er hatte die besseren Beziehungen, er kannte sich aus, und er würde herausfinden müssen, wo sich die Templer versteckt hielten.

Ich steckte mir die Verdauungszigarette an, paffte die ersten Wolken, schob den Stuhl zurück und griff zur Zeitung. Auf der Titelseite stehen in der Regel Berichte über aktuelle weltpolitische Ereignisse, aber in diesem Fall hatte man die Seite zweigeteilt.

Zwei Morde und die Entführung eines Kindes erschütterten Paris! Ich holte tief Luft. Auf einmal brach mir der Schweiß aus. Das musste an dem heißen Kaffee liegen, aber auch an der Furcht, denn ich hatte noch mit Bloch darüber gesprochen, dass dieser Baphomet von jemandem geboren sein musste.

Man berichtete nicht nur, es waren auch Fotos zu sehen. Einmal das Gesicht der ermordeten Krankenschwester, zum anderen das der Mutter, deren Kind entführt worden war.

Beide Frauen waren durch Messerstiche ums Leben gekommen. Man hatte ihnen keine Chance gelassen, und sie waren in einem Zimmer gefunden worden. Die Polizei stand vor einem Rätsel. Das wurde zwar offiziell nicht zugegeben, doch als Polizist ist man es gewohnt, zwischen den Zeilen zu lesen, und das tat ich.

Mich interessierte besonders die junge Mutter. Der Name war auch genannt worden.

Danielle Lagrande!

Gehört hatte ich ihn noch nie, ging aber weiterhin davon aus, dass diese Frau zumindest zu einem schwarzmagischen Clan gehört hatte, wenn sie nicht eine Hexe gewesen war.

In London wäre es mir ein Leichtes gewesen, herauszufinden, wer diese Frau gewesen war. Hier in Paris lagen die Dinge anders. Da war ich ein Fremder. Zwar kannten mich einige Kollegen, doch ich war nicht im offiziellen Auftrag in Paris. Wenn ich sie jetzt um Hilfe bat, würden sie sich zumindest wundern und ein wenig dumm aus der Wäsche schauen.

Aber es ging kein Weg daran vorbei. Nur durch die Tote war die Spur vorhanden. Ich musste wissen, wie sie früher gelebt und welche Verbindungen sie gehabt hatte.

Zum Schluss des Artikels versprach der Reporter, auch weiterhin am Ball zu bleiben.

Ich hatte keine Lust mehr, die Zeitung durchzublättern, faltete sie zusammen und legte sie neben die Tasse auf den Tisch. Gedankenverloren starrte ich in den Rauch der Zigarette und auch gegen die Scheibe. Es schneite noch immer. Die Flocken tauten sofort weg, der Boden hatte noch die Wärme vergangener Tage gespeichert. Jenseits der Glaswand wuchsen dunkle Hinterfronten hoch, doch hier im Wintergarten konnte man sich wie im Paradies fühlen.

Der andere Gast erhob sich. Ich hörte das Schaben seines Stuhls und auch sein Räuspern. Danach klangen Schritte auf, gedämpft durch einen dünnen, hellgrünen Teppich.

Normalerweise verabschiedet man sich beim Verlassen des Frühstücksraums. Der Gast hatte es nicht nötig. Ich wunderte mich darüber und drehte mich halb auf meinem Stuhl.

Ich sah ihn in meiner Nähe.

Und ich sah noch mehr.

Aus seiner Faust ragte ein Messer!

Er hätte es mir eiskalt in den Nacken gestoßen. Mein schnelles Umdrehen vereitelte seinen Plan zunächst, denn ich wurde noch schneller, als ich mich vom Stuhl warf.

Ich hörte ihn lachen, während ich mit der Schulter aufkam und mich herumdrehte.

Da sprang er schon. Der rechte Arm mit der Klinge in der Hand beschrieb einen Halbbogen. Er wollte mir den Stahl jetzt durch die Brust stoßen, beging aber den Fehler, sich mir zu sehr zu nähern.

Ich trat zu.

Mein Rammtritt erwischte ihn dort, wo es einem Mann besonders wehtut. Vor mir krümmte er sich, sein Gesicht verzerrte sich. Er hatte eine dunkle Gesichtsfarbe, war ein Mann aus Nordafrika. Die Haare waren lang und wuchsen nur auf der hinteren Seite des Kopfes. Dafür flatterten sie auch im Nacken.

Bevor er seinen Schmerz überwunden hatte und einen zweiten Angriff starten konnte, war ich wieder auf den Beinen, griff zur Beretta und befahl: »Das Messer weg!«

Er starrte mich an, ohne etwas zu tun.

»Hast du nicht verstanden?«, fauchte ich ihn an. »Weg mit diesem verdammten Zahnstocher!«

Er grinste, spreizte den rechten Arm ab und öffnete die Faust. Das Messer fiel nach unten und blieb mit der Spitze im Teppichboden stecken. Der Griff wippte noch nach.

Ich war dem Flug der Stichwaffe nicht mit Blicken gefolgt. Vielleicht hatte der andere darauf gewartet. Er zeigte sich enttäuscht und sehr willig, denn auf meinen nächsten Befehl hin drehte er sich um.

»Vor bis zur Glaswand!«, erklärte ich ihm. »Einen Schritt davon weg, dann lehne dich vor!«

Er tat alles. Ich konnte ihn untersuchen, fand aber keine zweite Waffe mehr.

Da ich keine Lust hatte, noch länger herumzustehen, durfte er sich setzen. Auch ich nahm Platz. So hockten wir uns am Tisch gegenüber, und der Bursche blickte in die Mündung meiner Waffe. »Nun mal von vorn«, sagte ich. »Wer hat dich geschickt?«

»Niemand.«

»Aber du wolltest mich töten.«

»Ja.«

»Weshalb?«

Seine Hände lagen auf dem Tisch. Jetzt hob er Daumen und Zeigefinger der Rechten an und rieb beide Kuppen gegeneinander. Das internationale Zeichen für Geld.

Ich lachte hart. »Berauben wolltest du mich?«

»Sicher.«

»Das glaube ich nicht.«

»Es ist meine Spezialität.«

Ich wechselte das Thema. »Wie heißt du?«

»Georges Haddhi.«

»Franzose?«

»Ja, aber meine Eltern stammen aus Algerien.«

»Was hat dir Vincent van Akkeren dafür bezahlt, dass du mich killst? Wie viel?«

»Ich kenne den Mann mit diesem Namen nicht.«

Mir fiel ein, dass auch die beiden Frauen im Krankenhaus mit einem Messer getötet worden waren. Ich sprach ihn darauf an und sagte ihm auf den Kopf zu, dass er damit zu tun gehabt habe.

Haddhi grinste nur und hob die Schultern. Aus dieser »Antwort« konnte ich mir meinen Reim machen.

»Ich bin gespannt, mein Freund, ob du dich der Polizei gegenüber auch so gesprächig zeigen wirst. Ich möchte nicht in deiner Haut stecken. Die Kollegen sind sehr sauer. Sie haben die Nase voll von Morden oder Terroranschlägen. Die Chance, die ich dir gebe, ist besser. Du sagst mir alles, was du weißt, und erzählst mir auch, wo ich deine Auftraggeber finden kann.«

»Es gibt sie nicht.«

»Dann gibt es auch Baphomet nicht, oder?«

»Wer ist das?«

Dieser Kerl blieb cool. Wahrscheinlich gehörte er zur Gruppe der käuflichen Killer, die jeden Job annahmen, wenn er nur genügend Geld einbrachte.

Mich wunderte es nur, dass er mich so rasch gefunden hatte. Also stand ich bereits unter Kontrolle, nur hatte ich leider davon nichts bemerkt.

»Da Sie nicht reden wollen, Mister, werde ich nicht umhin können, die Polizei zu rufen.«

»Tu das!«

Er gab sich verdammt sicher. Ein Telefon fand ich hier nicht, deshalb rief ich laut nach der Wirtin. Sie hörte mein Rufen beim dritten Mal und erschien.

Als sie uns sitzen sah und auch meine Waffe bemerkte, blieb sie stehen. Ob sie blass wurde, konnte ich nicht sehen, aber sie ging jedenfalls keinen Schritt weiter.

»Dieser Mann hat mich töten wollen. Ich möchte, dass Sie die Polizei alarmieren.«

»Ja, Monsieur.«

Die Frau verschwand, und ich wandte mich wieder dem Killer zu, der noch immer einen sehr gelassenen Eindruck auf mich machte. Er sah aus, als könnte ihn nichts erschüttern.

»Darf ich rauchen?«, fragte er.

Da ich ihm jede Bosheit zutraute, fiel meine Antwort negativ aus.

Er hob die Schultern. »Du bist schlimmer als ein Bulle.«

»Vielleicht bin ich ein Oberbulle.«

»Auch die sterben schnell.«

»Aber nicht durch dich.«

Ich hörte Schritte, schaute aber nicht zur Seite, denn es konnte nur die Wirtin sein, die den Wintergarten betrat. Sie kam jetzt näher. Auf ihrem schmalen Gesicht lag eine dünne Puderschicht von rosaroter Farbe.

»Ist alles klar?«, fragte ich sie.

Die Frau nickte. »Die Leute werden bald hier sein.«

»Das ist gut.«

Sie warf einen scheuen Blick auf den Killer, verließ den Raum aber nicht, sondern schlug einen Bogen und trat noch näher. Neben mir blieb sie stehen. Ihr scheuer Blick fiel auf das im Fußboden steckende Messer. »Hat er sie damit töten wollen, Monsieur?«

»Ja.«

»Weshalb wollte er das tun?«

»Das kann ich Ihnen leider nicht sagen. Ich sehe ihn heute zum ersten Mal. Aber er wird der Polizei sicherlich berichten.«

Bei meinen letzten Worten fing Haddhi an zu grinsen. Er schien sich seiner Sache sehr sicher zu sein. Und das war auch nicht gespielt. Irgendeinen Trumpf musste er noch in der Hinterhand halten.

Nicht er war der Trumpf, sondern die Frau. Auf sie hatte ich nicht mehr geachtet, das war mein Fehler. Als ich das leise Zischen vernahm, war es bereits zu spät.

Da traf das Sprühgas meine Augen. Es trieb von der Seite her auf mich zu, und ich fand nicht mehr die Kraft, mich dagegen zu schützen. Auf einmal war ich blind, Tränen schossen mir aus den Augen. Ich hörte die Frau mit wütender Stimme kreischen.

»Verschwinde endlich!«

»Ich muss ihn …«

»Hau ab!«

Schattenhaft sah ich vor mir eine Bewegung. Der Killer war aufgesprungen und hatte sich geduckt. Er lief dorthin, wo sein Messer steckte. Wahrscheinlich wollte er den Job doch durchführen. Ich drehte den rechten Arm und schoss.

Ein Fluch schwang mir entgegen. Ob ich Haddhi erwischt hatte, war für mich wegen des Tränenschleiers unmöglich zu erkennen. Halbblind taumelte ich zur Seite, stolperte über einen der Pflanzentöpfe und warf ihn um. Dann hörte ich ein Geräusch, das wie ein Schuss klang. Aber es war nur das Zufallen der Tür.

Ich weinte.

Es war ein richtiges Heulen, und es tat mir gut, denn das Tränenwasser spülte mir das Gas aus den Augen. Meine Nase lief ebenfalls. Eine Minute später war mein Taschentuch nass, die Augen gerötet.

Das Zimmer war leer. Ein umgestürzter Stuhl und der auf dem Boden liegende Blumenkübel blieben als Spuren zurück. Von Haddhi sah ich ebenso wenig etwas wie von der Wirtin. Die beiden hatten mich sehr elegant reingelegt. Ich glaubte auch nicht daran, dass die Frau die Polizei angerufen hatte.

Ich brauchte dringend klares Wasser, um mir die Augen auszuspülen.

Nicht weit entfernt befanden sich Toiletten und auch ein kleiner Waschraum. Auf dem Weg dorthin begegnete mir niemand. Ich wusch mir das Gesicht und die Augen. Zwar blieb ein Brennen zurück, aber ich konnte wieder normal sehen.

Im Wintergarten sah ich die dunkle Blutspur auf dem Teppich. Von mir stammte sie nicht. Wahrscheinlich hatte ich den Killer trotz meiner Behinderung erwischt. Ausgeschaltet worden war er nicht, er hatte fliehen können.

Wo steckte die Wirtin?

Sicherlich hatte auch sie sich abgesetzt. Was hätte sie noch länger hier halten sollen?

Ich rief trotzdem nach ihr, erhielt natürlich keine Antwort und unterzog mich der Mühe, das kleine Hotel zu durchsuchen. Was ich nicht für möglich gehalten hätte, trat ein.

In der kleinen Küche fand ich sie. Steif hockte sie vor dem Holztisch mit der grauen Platte und starrte mir entgegen. Ich zog einen Stuhl heran und setzte mich.

»Was haben Sie sich eigentlich dabei gedacht?«, fragte ich leise. »Wollten Sie sich mitschuldig an einem Mord machen?«

Stumm schüttelte sie den Kopf.

»Weshalb taten Sie es dann?«

»Er gab mir Geld.«

»Aha. Wie viel?«
»Dreitausend Franc.«
»Das ist nicht wenig.«
»Ich weiß.« Sie nickte. »Aber ich wusste nicht, was er tatsächlich vorhatte. Er erklärte mir, dass Sie ein Spion wären und auch mit den Terrorbanden arbeiteten. Da dachte ich ...«
»Sie brauchen nicht weiterzureden«, unterbrach ich sie. »Ich weiß, wie solche Dinge laufen.«
»Es tut mir Leid. Ich wusste nicht, dass dieser Mann ...«
»Geschenkt, Madame. Kannten Sie ihn?«
»Nein.«
»Hat er bei Ihnen gewohnt?«
»Auch das nicht. Er kam erst am frühen Morgen, nachdem Sie schon aufgestanden waren, sich aber noch oben in Ihrem Zimmer aufhielten. Wir schlossen das Geschäft ab.«
»Sonst wissen Sie nichts?«
»Nein.«
Ich fragte sicherheitshalber noch einmal nach. »Die Polizei haben Sie auch nicht angerufen?«
»Natürlich nicht.«
»Das dachte ich mir.« Ich stand auf. »Jetzt können Sie einiges gutmachen, Madame. Es ist Folgendes: Falls jemand für mich anruft, hinterlegen Sie mir bitte eine Nachricht. Ich werde in den nächsten beiden Stunden bestimmt unterwegs sein.«
»Sehr gern.« Auch sie erhob sich. Beide schwiegen wir, weil im Flur das Telefon läutete.
»Entschuldigen Sie«, sagte Madame und verließ die Küche. Es dauerte aber nicht lange, da rief sie nach mir.
»Wer ist es denn?«, fragte ich, als ich den Hörer entgegennahm.
»Ein Gespräch aus London, Monsieur.«
Sie irrte sich. Aus London hatte mich niemand angerufen. Das Telefon stand in Paris, denn dort am Flughafen befand sich mein Freund und Kollege Suko.

Dabei hatte er so gut wie nichts mit dem Fall zu tun gehabt. Dass er überhaupt darauf aufmerksam wurde, konnte man als Zufall bezeichnen, der schließlich der größte Helfer der Polizisten ist.

Es begann wie so oft mit reiner Routine. Wer Bürodienst hatte, kam nicht umhin, sich die Meldungen der vergangenen Nacht durchzulesen. Dort wurde berichtet, was an Verbrechen in der Millionenstadt London passiert war.

Vom schweren Diebstahl, Mord, Überfall, Vergewaltigung, es gab nichts, was dort fehlte.

Doch an diesem besagten Morgen kam Suko nicht dazu, die Meldungen durchzulesen. Er befand sich noch in seiner Wohnung, als bereits das Telefon klingelte.

Sir James Powell war am Apparat. Nach einem knappen Morgengruß bat er Suko, den Koffer zu packen und zum Flughafen zu fahren. Das Ticktet nach Paris lag bereit.

»Nach Paris?«, fragte Suko. »Aber da ist doch John.«

»Sehr richtig.«

»Was soll ich dort?«

»Ich werde am Flughafen in der VIP-Lounge auf Sie warten und Ihnen alles weitere berichten.«

»Natürlich, Sir.«

Suko trank eine Tasse Tee. Das Taxi hatte er sich sofort nach dem Anruf bestellt. Was er mitnehmen wollte, schleuderte er in den Koffer. Dann rauschte er nach unten.

Wenn Sir James so sprach, war etwas im Busch. Man konnte zwar nicht sagen, dass London bald im Flammen aufgehen würde, aber ein großes Ereignis kündigte sich an.

Noch kamen sie einigermaßen durch. Der Fahrer, ein mürrischer Knabe, schimpfte über das Wetter und geizige Fahrgäste. Suko hörte nicht hin. Ihn beschäftigten andere Gedanken.

John befand sich in Paris, er musste so rasch wie möglich in die Stadt an der Seine. Welche Verbindung hatte sich da aufgetan?

Eine Antwort würde ihm Sir James geben können.

Der Superintendent hatte sich bestimmt mit dem Hubschrauber nach Heathrow fliegen lassen. Die Lichterkette des Flughafens schimmerte wie ein künstlicher Sternenhimmel in der Dunkelheit. Es würde noch einige Zeit vergehen, bis es hell wurde.

Die Straßen und Anfahrtswege waren gut ausgeleuchtet. Der Fahrer kannte sich aus. Es hatte keine Schwierigkeiten, Sukos Ziel zu finden.

Nicht wenige Menschen hatten sich schon auf dem gewaltigen Areal des Flughafens verlaufen. Dazu zählte Suko nicht. Er fand die VIP-Lounge sehr schnell, wurde durchgelassen, als er seinen Ausweis vorzeigte, und stand schließlich Sir James Powell gegenüber, der in einem weichen Ledersessel hockte und mit einem Mann sprach, den Suko noch nie zuvor gesehen hatte. Zu den Angestellten des Flughafens gehörte er nicht. Der Knabe sah eher aus wie ein Ehemann, der eine Nacht durchgezecht und jetzt Angst vor seiner Frau hatte!

»Das ist Mr. Meredith«, stellte Sir James den Mann vor, der sich an starkem Kaffee labte. »Er ist unser wichtigster Zeuge. Bitte, Mr. Meredith, erzählen Sie Ihre Geschichte.«

Suko hörte aufmerksam zu und erfuhr, dass Meredith tatsächlich einen Nachtbummel durch Soho hinter sich hatte. Er war in der späten Nacht oder in den frühen Morgenstunden zu Fuß nach Hause gegangen, hatte abkürzen wollen und den Weg an der alten Templer-Kirche vorbei genommen, die Suko auch kannte.

»Also, ich kenne ja die Kirche. Manche haben Angst davor, ich nicht. Bis ich sah, wie die Eingangstür aufflog, als hätte ein Riese dagegen geschlagen. Und so ähnlich war es auch. Sie können sich nicht vorstellen, Sir, was ich gesehen habe.«

»Kommen Sie zur Sache, Mr. Meredith!«, bat Sir James.

»Na, natürlich, entschuldigen Sie.« Er wischte über seine Stirn. »Es war einfach schlimm. Aus der Tür kamen vier Gestalten.«

»Männer oder Frauen?«, fragte Suko.

»Das weiß ich nicht. Es waren Figuren. Steinfiguren. Sie lebten, verdammt.«

Suko und Sir James schauten sich an. Sie dachten jeder das Gleiche, ohne dass sie es aussprachen. Die alte Templer-Kirche enthielt eine Reihe von Gräbern. Dort hatte man vor Hunderten von Jahren Templer-Ritter zur letzten Ruhe gebettet. Und diese

Kirche hatte auch eine sehr wichtige Rolle bei einem Fall gespielt, als es um die Verbindung zwischen Richard Löwenherz und dessen Siegel ging. John Sinclair hatte das Siegel an sich genommen und es nach Alet-les-Bains gegeben, wo es jetzt auf dem silbernen Skelett Hector de Valois' lag. Er und Suko waren davon ausgegangen, die Templer-Kirche von ihrer Magie befreit zu haben. Ein Irrtum, wie sich nun herausstellte.

»Es waren wirklich Steinfiguren?«, fragte Suko.

»Ja. Sie sprachen sogar.« Meredith nahm einen Schluck Kaffee und wischte durch sein dichtes Haar. »Ich hörte ihre Stimmen und konnte Worte verstehen.«

»Was sagten sie?«

»Ich hatte mich natürlich versteckt, denn diese Gestalten flößten mir Furcht ein. Ich hörte, wie sie die Stadt Paris erwähnten.«

»Mehr nicht?«

»Ja, aber das war komisch.« Der Zeuge hob die Schultern. »Da fiel ein Name. Baff …«

»Baphomet?«

»Ja.« Meredith nickte heftig.

Sir James räusperte sich. »Ich glaube, Suko, da haben wir eine Verbindung. John ist wegen dieses Dämons nach Paris gefahren. Ich meine, dass er Ihre Unterstützung gebrauchen könnte.«

»Der Ansicht bin ich auch.« Suko wollte noch mehr wissen. »Diese Figuren konnten laufen?«

»Ja und nein.« Meredith hob seinen Arm und unterstrich die nächste Antwort durch diese optische Geste. »Obwohl sie so schwer waren, hatte ich das Gefühl, als würden sie schweben. Sie schienen sich später aufzulösen, sodass ich es für einen Spuk gehalten habe. Als ich aber näher darüber nachdachte, entschloss ich mich doch, die Polizei anzurufen.«

»Sie taten recht daran«, sagte Suko. »Jetzt habe ich noch eine Frage. Wie sahen die Gestalten aus?«

»Das sagte ich doch schon. Es waren Figuren.«

»Welche Farbe hatten sie?«

»Das kann ich schwer sagen, weil es dunkel war. Ich meine aber, dass sie graugrün gewesen sind. Mehr grün.«

»Und sie bestanden trotzdem noch aus Stein?«
»Ich habe nichts anderes erkennen können.«
»Wie bewegten sie sich? Elegant oder hölzern?«
»Alles zusammen.«
Suko fuhr durch sein Haar. Meredith bemerkte die Geste und hob die Schultern. »Es tut mir wirklich Leid, dass ich Ihnen nicht mehr sagen kann. Das ist wirklich alles.«
»Gut, wir danken Ihnen, Mr. Meredith«, erklärte Sir James, blickte auf seine Uhr und erhob sich. Er reichte Suko das Ticket. »Sie müssen sich beeilen, die Maschine startet gleich.«
»Danke, Sir.«
Der Inspektor wartete trotzdem noch, denn der Superintendent brachte zunächst den Zeugen aus dem Raum. Dann kehrte er zurück. »Wir sind mit dem Hubschrauber da. Ich werde dafür sorgen, dass Meredith zu seiner Wohnung gefahren wird.« Er rückte seine Brille zurecht. »Was halten Sie von seinen Aussagen?«
»Einiges, Sir. Haben Sie die Kirche bereits untersuchen lassen?«
»Selbstverständlich. Sie werden sich an die Gräber erinnern können. Es bestanden tatsächlich Lücken in der Reihe. Der Mann hat sich nicht getäuscht.«
»Weiß John Bescheid?«
»Nein, Sie werden ihn vom Flughafen in Paris anrufen. Ich habe die Telefonnummer des Hotels, in dem er abgestiegen ist.« Er reichte Suko den Zettel und ging.
Erst in der Maschine kam Suko wieder richtig zu sich und schüttelte den Kopf. Was man so zwischen Frühstück und Dienstantritt erleben konnte, war wirklich allerhand.
»Geht es Ihnen nicht gut?«, fragte die dunkelhäutige, nette Stewardess, die Sukos Kopfschütteln bemerkt hatte.
»Mir geht es ausgezeichnet, meine Liebe.«
»Das freut mich.«
»Danke.«
Es gibt Dinge, die Suko gut beherrschte. Auch wenn die Entfernung zwischen den beiden Städten nicht sehr weit war, wollte er

trotzdem eine Mütze voll Schlaf nehmen. Wer wusste schon, wann er dazu wieder Gelegenheit fand ...

Es roch nach Moder, nach Feuchtigkeit und nach Verfall. Manche sprachen auch davon, dass es nach fetten Wasserratten roch, aber das war den Templern egal.

Sie hatten sich in dieser Unterwelt getroffen, um vor anderen Dingen sicher zu sein. Hier waren sie ungestört, denn die Katakomben von Paris hatten schon viel erlebt.

Der Abbé hatte vier Helfer mit in die französische Hauptstadt genommen. Andere waren in Südfrankreich geblieben, wo sich ihr Hauptaktionsgebiet befand.

Der Einstieg lag versteckt in einem kleinen Park und war von Fremden nur durch einen Zufall zu finden. Auch die Templer hatten lange danach suchen müssen.

Erwischen lassen durfte man sich nicht. Die Katakomben von Paris, früher weltberühmt gewesen, waren verschlossen worden. Dennoch fanden immer wieder Menschen den Weg in diese Unterwelt.

Die offiziellen Stellen hatten auch das elektrische Licht abgeschaltet. Wer sich hier unten aufhielt, musste sich entweder auf den Schein der mitgebrachten Taschenlampen verlassen oder Fackeln benutzen.

Das hatten die Templer getan.

In den feuchten Wänden gab es genügend Spalten und Risse, in die Fackelstäbe hineinpassten. An zwei verschiedenen Seiten des Ganges steckten sie. Ihr unruhiges Licht geisterte über den Kanal, der wie ein fast ausgetrocknetes Flussbett wirkte, denn der Boden wurde von einer dünnen Schlammschicht bedeckt, unter deren Oberfläche es sich manchmal bewegte, wenn irgendwelche Tiere daherkrochen.

Die Katakomben waren eine Welt für sich. Unheimlich und an gewaltige Grabstellen erinnernd, lagen sie unter der Riesenstadt Paris, in der sich eigentlich nur die Ratten wohl fühlten.

Die fünf Templer hatten einen Kreis gebildet und schauten sich aus starren Gesichtern an. Ihre Blicke sprachen Bände, ihre Augen wirkten leer und enttäuscht. Sie hatten vieles gegeben und alles verloren. Baphomet war geboren, ihr Anführer hatte ihn gesehen, aber nicht töten können.

Jetzt stand er zwischen ihnen und griff unter seinen Mantel. Er holte den silbernen Pflock hervor, schaute seine Freunde an und sagte: »Ich habe versagt. Er lag vor mir. Ich hätte nur damit zuzustoßen brauchen, aber es klappte nicht.«

»Sinclair war es, der dich hinderte?«, fragte einer.

»Ja, und es war gut so. Ich hatte die vier Horror-Reiter nicht sehen können.«

»Wo können sie ihn hingebracht haben?«

Trotz der schlechten Luft atmete der Abbé tief ein. Er ging zur Seite. Die rechte Hälfte seines Gesichts wurde vom Widerschein des Feuers getroffen und sah aus, als würde sie in Flammen stehen. Er schlug mit der freien Hand gegen die feuchte Wand. »Ich weiß es nicht, Freunde. Ich weiß es einfach nicht.«

»Wo könnte er am meisten Unheil anrichten?«, wurde er gefragt.

»Überall.«

»Besitzt er schon seine vollen Kräfte?«

Der Abbé schüttelte den Kopf. »Nein, das glaube ich nicht. Bei ihm wird es so sein wie mit jedem anderen Kind. Es wird sich entwickeln müssen, und man wird ihm Zeit geben, sich zu entwickeln.«

»Dann muss er Helfer haben.«

»Van Akkeren.«

»Wir haben ihn nicht gesehen.«

Bloch trat wieder vor. »Ich auch nicht. Aber John Sinclair und ich gehen davon aus, dass er sich in der Stadt aufhält. Ich kann die Verstecke nicht alle aufzählen, die Paris bereithält, Tausende gibt es bestimmt. Wir haben verloren, Freunde.«

»Willst du den Kampf abbrechen?«, fragte einer nach einer kleinen Pause.

»Einschränken.«

»Wie das?«

»Wir sollten die Forschungen, was unsere Vergangenheit angeht, zurückstellen und zunächst nur nach vorn schauen. Die Konzentration auf Baphomet ist jetzt wichtiger.« Seine Stimme wurde noch ernster. »Wir müssen eine verschworene Gemeinschaft bilden, daran geht kein Weg vorbei. Baphomet darf nicht die Herrschaft erringen, dann haben wir wieder die Zustände, die es schon einmal gab. Wir haben einen Ruf zu verteidigen. Wir sind die Templer des Lichts, nicht die der Hölle.«

Blochs Freunde nickten zu den Worten des Abbé. Jeder von ihnen wusste, dass er ein schweres Schicksal zu tragen hatte, das tief in der Vergangenheit geboren war.

Sie konnten nicht so leben wie andere Menschen. Natürlich gingen einige von ihnen Berufen nach, aber sie waren nie angestellt, stets selbständig und hatten Mitarbeiter, sodass ihre Geschäfte weiterliefen, wenn sie gegen den Dunklen Teil ihres Ordens kämpften.

Der Abbé sprach weiter. »Es ist an der Zeit, Freunde, dass wir auseinander gehen. Wir werden uns irgendwann wieder treffen. Sei es hier in Frankreich, England oder in einem anderen Teil der Welt. Ich gebe euch Nachricht. Ich möchte euch noch einmal danken, dass ihr mir die Treue erwiesen habt.«

Der Abbé trat auf jeden von ihnen zu und verabschiedete sich mit dem Bruderkuss.

Die Gesichter der Männer waren starr. Ihre Gedanken spiegelten sich nicht auf ihnen wider. Jeder wusste Bescheid, die Aufgabe war hart, fast brutal, sie konnte die Männer das Leben kosten, aber das wussten sie, und darauf waren sie vorbereitet.

»Kommt gut heim, Gott segne euch!«, sagte der Abbé zum Abschied mit rau klingender Stimme. Es war vereinbart, dass sie ein Versteck nie zusammen verließen. In zeitlich genau abgestimmten Intervallen gingen sie davon und kletterten wie die Diebe aus den schmalen Löchern der Ausgänge.

Auch jetzt trennten sie sich. Sie kannten die unterirdischen Kanäle und die gewissen Ausgänge, die jeder von ihnen benutzen konnte. Der Abbé blieb noch zurück.

Er würde die Fackeln löschen. Seine Freunde hatten Taschenlampen mitgenommen. Sie gaben genügend Licht, um sich zu orientieren. Es hatte seit langem keine Zeit mehr gegeben, die der Abbé so deprimiert erlebt hatte wie die letzten Stunden. Obwohl er seine Leute aufrichten musste, war er nahe daran, aufzugeben.

Man hatte ihn genarrt, auf falsche Spuren gelockt, die richtige gezeigt, um dennoch zu verlieren.

Der Abbé spürte die Einsamkeit wie eine Bedrückung. Es war nicht die Leere der Katakomben, die sich dafür verantwortlich zeigte, vielmehr sein innerer Zustand, der ihn so aushöhlte und fast sogar willenlos machte.

Die Schritte seiner Freunde waren verklungen. Nicht weit entfernt begannen Quergänge, die man gehen konnte, um die Oberwelt zu erreichen. Die vier Templer waren in den verschiedenen Gängen verschwunden. Bloch wollte ihnen noch einige Minuten geben und dann ebenfalls seinen Weg gehen.

Er dachte an John Sinclair, der ihm das Leben gerettet hatte. Mit ihm wollte er sich noch einmal in Verbindung setzen, obwohl dieser Fall im Prinzip abgeschlossen war.

In den Gängen herrschte eine feuchte Kälte. Sie drang durch den Mantel des Mannes und ließ den Abbé frösteln. Hin und wieder hörte er klatschende Geräusche. Es waren die Tropfen, die von der Decke in den Schlamm oder auf den Stein gefallen waren.

Manchmal huschten Schatten durch die Finsternis der Tunnels. Graue Körper auf vier kurzen Beinen, die sich sehr schnell bewegen konnten. Kanalratten.

Der Abbé dachte daran, dass diese Tiere auch Menschen anfielen, wenn sie hungrig waren, und gerade die Ratten waren es, die sich dort wohl fühlten, wo das Grauen zu Hause war.

Langsam ging er vor und achtete auf das Knirschen seiner Schritte. Eine Fackel nahm er mit, die andere löschte er. Er brauchte die Flamme nur in den feuchten Schlamm zu stecken.

Der Schrei klang urplötzlich auf. Er war grauenhaft, schien grenzenlos zu sein, und das Echo vervielfachte ihn noch.

Der Abbé stand für einen Moment unbeweglich. Er dachte sofort an seine Freunde und lief los.

Dann brach der Schrei ab, mit einem lauten Wehklagen, das in ein Röcheln überging.

Bloch war fast bis zur Kreuzung der Gänge vorgelaufen. Er hatte herausgefunden, dass er sich nach rechts halten musste, wo ein schmaler Tunnel begann, der erhellt wurde.

Eine Flamme tanzte heran.

Für einen Moment dachte Bloch tatsächlich an ein sich bewegendes Feuer, bis er die grausame Wahrheit erkannte.

Wer da auf ihn zulief, war ein von Flammen umhüllter Mensch. Er lebte noch, wedelte mit beiden Armen, taumelte und brach zusammen, bevor der Abbé ihn erreichen konnte.

Aber er sah, wer da getötet worden war.

Einer seiner Freunde, den er vor kurzem erst mit einem Bruderkuss verabschiedet hatte.

Der Templer lag auf dem Rücken. Er hatte sich mit einer letzten Bewegung noch herumgedreht. Sein Gesicht war bereits verbrannt. Es bot einen schrecklichen Anblick, und in einer letzten Geste hob er beide Arme, um die Hände zu falten.

Dann fielen sie herab.

Der Templer war tot!

Die letzten kleinen Zungen tanzten noch über seine aus Asche bestehende Kleidung, und der Abbé überlegte, während Tränen aus seinen Augen rannten, wer diesen Menschen getötet haben konnte.

Es gab eigentlich nur eine Lösung.

Die Horror-Reiter. Sie waren die Leibwächter Baphomets. Sie sorgten dafür, dass er keinen Schaden litt, und nun hatten sie bereits auf diese Art und Weise reagiert.

Abbé Bloch war so geschockt, dass er nicht einmal ein Gebet sprechen konnte. Er starrte über den Toten hinweg in die Finsternis des Tunnels, spürte seine Tränen, schluckte, ballte die Hände zu Fäusten, öffnete sie wieder und dachte über seine eigene Hilflosigkeit nach.

Sie war am schlimmsten.

Er konnte sich nicht dagegen wehren. Wie ein Verlorener stand er da und musste die grausame Rache Baphomets hinnehmen.

Einer seiner Freunde war verbrannt.

Wie war es den anderen ergangen? Würden sie auch im Feuer der Vernichtung sterben?

Die Vorwürfe trafen den einsamen Mann wie schwere Hammerschläge. Er hätte bei ihnen bleiben sollen, vielleicht wären sie dann entwischt. Er hörte Schritte.

Der Abbé drehte sich nicht um, obwohl sie hinter ihm aufklangen. Wer immer es sein mochte, er sollte ihn sehen, ihn vielleicht angreifen, damit es zu einer Entscheidung kam.

Die Schritte verstummten für einen Augenblick, bevor sie wieder aufklangen.

Dazwischen hörte der Abbé ein Stöhnen und schmerzvolles Ächzen, wie es nur ein Mann in großer Not ausstoßen konnte.

»Wer bist du?«, fragte Bloch, ohne sich umzudrehen. »Sag mir deinen Namen – bitte.« Er zitterte an allen Gliedern. Bloch dachte an eine grausame Wahrheit, doch er war zu feige, sich umzudrehen.

Bis er dieses schrille Pfeifen hörte. Und noch einen Laut vernahm er.

Als würde etwas Spitzes über einen anderen Gegenstand hinweggleiten und daran knabbern.

Beide Geräusche zusammen ergaben nur eine Lösung.

Ratten!

Bloch drehte sich diesmal hastig um. Die Flamme an der Fackel machte die Bewegung mit und geriet ein wenig aus der Richtung, sodass sie wie heißer Atem über sein Gesicht strich und die rechte Augenbraue versengte.

Viel mehr konnte er nicht erkennen, weil das tanzende Licht die Stelle, wo die Gestalt stand, noch nicht erreichte. Deshalb ging der Abbé einige Schritte vor. Er spürte dabei das Zittern und das weiche Gefühl in seinen Knien.

Auf dem Gesicht lag der Schweiß. Die Furcht vor dem Unabwendbaren ließ ihn nicht los, so ging er weiter vor und schob die tanzende Lichtinsel der Flamme immer mehr in die Richtung, aus der er die Geräusche vernommen hatte.

Der Erste hatte gebrannt, der Zweite brannte nicht, er war trotzdem kaum zu erkennen.

Gehen konnte er nicht mehr. Mit der linken Schulter stützte er sich an der Gangwand ab, und seine Gestalt befand sich in dauernder Bewegung. Das hatte einen Grund. Nicht nur er selbst bewegte sich, es waren vielmehr die Tiere, die auf ihm hockten.

Fette Tiere mit kurzen Beinen.

Ratten!

Die Freunde des Teufels. Tiere, die von den meisten Menschen gemieden wurden, die schon im Mittelalter die große Plage gebracht hatten, und sicherlich zählten sie auch zu den Wesen, die den Horror-Reitern gehorchten, waren sie es doch letztendlich gewesen, die Hunger, Seuchen und Kriege über die damalige Menschheit gebracht hatten. In ihrem Tross waren stets die Ratten gekommen, und bis heute hatte sich nichts daran geändert.

Abbé Bloch stand da, ohne sich zu rühren. In seinem Kopf jagten sich die Gedanken. Die Falle hatte die andere Seite sorgfältig geplant, jetzt war sie zugeschnappt.

Zwei seiner Freunde hatte es erwischt. Bloch konnte sich ausrechnen, wann er an der Reihe war.

Der Templer, der von Ratten so dicht bedeckt war, dass es aussah, als würde er einen grauen Fellmantel tragen, hieß mit richtigem Namen Josuah Franquet. Er war Anwalt von Beruf. Seine Praxis lag in Lille, die aber würde er nie mehr betreten. Die Ratten hatten sich bereits durch seine schützende Kleidung genagt.

Einen Arm streckte er aus, um sich an der feuchten Wand abstützen zu können. Auch über diesen Arm rannten, zuckten und bewegten sich die hässlichen Tiere. Sein Gesicht war ebenfalls zerbissen worden. Als er zusammensackte, schickte er dem Abbé einen letzten Laut entgegen. Es war das Stöhnen, das ihn in den Tod begleitete.

Erst jetzt kam Bloch dazu, sich zu bewegen. »Nein!«, flüsterte er. »Nein, das ist nicht möglich. Das darf nicht sein. Ich kann es nicht zulassen!«

Er rannte plötzlich vor, seine Hemmungen waren wie weggeschwemmt worden. In einer Hand hielt er die Fackel, mit der anderen holte er den Silberpflock hervor.

Abbé Bloch wurde zu einem rasenden Kämpfer, zu einer männlichen Furie. Mit der Fackel und dem Pflock ging er gegen die Ratten vor. Er traf einige Körper, sah auch welche verbrennen, dann zerteilte er sie mit dem spitzen Stab, er schrie dabei und betete in einem.

Die Ratten verschwanden.

Aufgeschreckt und schrill pfeifend huschten sie in ihre Löcher und Verstecke. Sie sprangen auch über den Kanal hinweg. Ihre fetten Körper klatschten auf die Steine, bevor sie schattenhaft von der Dunkelheit aufgesogen wurden.

Das letzte Tier erwischte er mit einem Fußtritt. Es quiekte, als die Wucht es in die Höhe schleuderte. Der Abbé schaute nicht nach, wo es liegen blieb. Äußerlich erschöpft und innerlich ausgebrannt lehnte er sich mit dem Rücken gegen die feuchte Wand und starrte auf den vor ihm liegenden Freund.

Niemand konnte ihm mehr helfen. Das Rattenheer hatte gründliche Arbeit geleistet.

Bloch schüttelte den Kopf. Das Grauen hielt ihn fest. Er fühlte sich als Versager.

Vor seinem Freund fiel er auf die Knie. Josuah lag schräg auf dem Gehsteig neben dem Kanal. Seine Beine hingen noch über. Das Gesicht sah fürchterlich aus, und der Abbé schloss seinem Freund die Augen. Als er die Hand wieder zurückzog, sah er das Blut des Toten an seinen Fingern. Es klebte auch dann noch daran, als er Josuah die Hände gefaltet und auf der Brust zusammengelegt hatte.

Schwerfällig erhob er sich und nahm die Fackel wieder auf, die ein tanzendes Totenlicht abgab.

»Zwei habt ihr erwischt«, flüsterte er. »Zwei meiner Freunde …« Der Abbé presste die Worte hervor, wobei er hoffte, dass den anderen die Flucht gelungen war.

Er rief sich in Erinnerung, dass die beiden Toten zuletzt gegangen waren.

Dann hatten es die Übrigen vielleicht geschafft!

Er hoffte es für sie. An sein eigenes Schicksal dachte er dabei nicht, obwohl ihm längst klar geworden war, dass er sich in Gefahr befand. Die Horror-Reiter oder Baphomet oder auch van

Akkeren und seine Freunde hatten ihre Schlupfwinkel entdeckt, ohne dass ihnen selbst etwas aufgefallen wäre.

Sie waren sehr geschickt vorgegangen, und sie würden auch weiterhin in den Gängen die Gegner jagen. Platz genug hatten sie.

Mit einem letzten traurigen Blick nahm der Abbé Abschied von seinem Freund, bevor er sich zurückzog. Jeder wollte seinen Weg zum Ausgang gehen, auch er. Bloch musste dorthin, wo sein erster Freund gestorben war.

Dieser Tunnel war schmaler. Durch den Kanal rann etwas Wasser. Ein dünner Fluss, der aussah wie eine Brühe aus matt glänzendem Öl, wenn der Lichtschein darauf fiel.

An den Geruch hatte sich der Abbé gewöhnt, an das Grauen würde er sich nie gewöhnen.

Wieder hörte er nur seine eigenen Schritte. Das Fackellicht spendete ausreichend Helligkeit, um ihn nicht stolpern zu lassen.

Auf halber Strecke der Ganglänge, das wusste Bloch, existierte eine Eisentür. Dahinter lag eine Treppe, die hoch in die Oberwelt führte. Sie endete an einer Bahnlinie. Sobald er in Sicherheit war, wollte er versuchen, sich mit seinen anderen Freunden in Verbindung zu setzen.

So weit kam es nicht.

Er sah nicht einmal die Tür, als er plötzlich das unheimlich und hohl klingende Pfeifen hörte, das durch die Gänge des unterirdischen Labyrinths hallte.

Bloch blieb stehen.

Kalt rieselte es seinen Rücken hinab, als er dem Pfeifen lauschte. Ein Geräusch, das einfach nicht in die Stille hineinpasste, aber dennoch vorhanden war.

Wer pfiff so?

Ratten gaben ähnliche Töne von sich. Aber nicht so laut und heulend. Da mussten schon Hunderte zusammenkommen.

Bloch überlegte, ob er die Flamme löschen sollte. Er gab so ein sehr gutes Ziel ab, auf das seine Gegner sicherlich warteten. Dennoch brachte er es nicht über das Herz und ließ die Fackel an.

So wartete er.

Der Pfiff erklang noch einmal.

Diesmal überraschte er den Abbé nicht, aber die Reaktion wunderte ihn und flößte ihm gleichzeitig Unbehagen ein.

Der Pfiff war kaum verhallt, als er das Trappeln und Trippeln der kleinen Füße vernahm. Das mussten Hunderte oder vielleicht Tausende sein, die da über den Grund der Stollen, Gänge und Kanäle huschten. Füße, die klein waren, sich aber ungemein schnell bewegen konnten.

Eben Rattenfüße!

Der Abbé rührte sich nicht. Sein Gesicht schien ebenso steinern zu sein wie die Gangwand. Er dachte an die Ratten und daran, wie sie seinen Freund getötet hatten.

Sollte ihm das gleiche Schicksal widerfahren?

Es gab eigentlich keine bestimmte Richtung, aus der die Horde hervorströmte, aber eine kristallisierte sich bei genauerem Hinhören doch hervor.

Die Ratten rannten aus der Richtung herbei, aus der der Abbé gekommen war.

Das Trappeln schwoll an.

Es war schon mit einem Brausen zu vergleichen. Dazwischen vernahm er das Klatschen, wenn die fetten Körper aufeinander fielen und sich gegenseitig umrannten.

Er wollte endlich sehen, in welch einer Gefahr er schwebte. Die Fackel gab ihm zu wenig Licht. Deshalb holte Bloch seine Lampe hervor und schaltete sie ein.

Der Strahl war ziemlich breit, auch sehr lichtstark, und er erfasste das Grauen.

Sie jagten in einer breiten Reihe heran. Der Untergrund war nicht mehr zu sehen. Er wurde von der grauen Rattenflut bedeckt, die sich auch durch den Kanal in der Mitte wälzte und ihn ausfüllte.

Die Tiere nahmen keine Rücksicht. Schwächere wurden zertreten oder zerbissen und blieben liegen.

Die anderen aber walzten weiter.

Dem Abbé stockte der Atem. Diese Flut konnte niemand aufhalten, höchstens jemand, der ihnen einen aus Napalm bestehenden Feuersturm entgegenschickte.

Sie machten alles nieder, was sich ihnen in den Weg stellte. Bloch hatte noch einige Sekunden Zeit, bevor ihn die erste Welle erreichte. Er presste sich bäuchlings gegen die Wand und wartete ab, was geschah.

Die Ratten wollten nicht ihn, aber sie mussten an ihm vorbei.

Bloch erlebte schreckliche Sekunden. Er spürte die Körper, wenn sie gegen ihn wuchteten, bevor sie weiterliefen. Manchmal auch die Zähne, die in seine Kleidung hackten, aber sie bissen sich nicht fest, und das war schon ein Vorteil.

Er hatte die Augen geschlossen. Seine Lippen bewegten sich, formulierten Worte, die er selbst nicht verstand. Er fühlte sich wie ein zu Stein gewordener Mensch. Sekunden kamen ihm vor wie Minuten. Und die Rattenplage fand unbeirrbar ihren Weg.

An ihm vorbei …

Vorbei?

Der Abbé konnte es kaum fassen. Er spürte nicht mehr die Füße der Ratten an seinen Beinen, kein Körper sprang ihn an, die Tiere waren verschwunden.

Tief atmete er aus. Als er die Arme anwinkelte und sich von der Mauer abstieß, zitterten sie in Höhe der Ellenbogen. Er war fertig mit den Nerven und wäre fast in den Kanal gefallen, so weich waren ihm die Knie geworden.

Aber der Abbé gehörte zu der alten Garde der Kämpfer, die nicht aufgaben, solange sie noch lebten. Die Rattenplage hatte er überstanden, und er dachte wieder daran, was zuvor passiert war.

Da hatte er die Pfiffe gehört.

So schrill und unheimlich, als hätte sie ein Rattenkönig persönlich ausgestoßen.

Daran aber wollte er nicht glauben. Es musste einen anderen geben, der an diesen kleinen, grauen, hungrigen Nagern Gefallen fand.

Aber wer?

Der Abbé dachte konzentriert nach. Er erinnerte sich an die vier Reiter der Apokalypse. Sie hatten den Tod, die Pest und die grausamen Plagen gebracht.

Unter anderem auch durch die Ratten …

Sein Gesicht wurde noch kantiger, die Gänsehaut dichter, denn er hatte etwas vernommen.

Hufschlag …

Genau aus der Richtung, aus der die Ratten und er gekommen waren. Noch sah er nichts, aber wenig später flammte es dort auf, wo der Gang in den anderen mündete.

Und dort standen sie!

Zwei Reiter der Apokalypse …

Ich war nicht zum Flughafen gefahren, sondern hatte Suko gebeten, ins Hotel zu kommen.

Als er vor mir stand, atmete er auf und schlug mir auf beide Schultern. »Toll, dass du noch vorhanden bist.«

»Wieso?«

»Wenn ich nicht bei dir bin, muss man bei dir schließlich mit allem rechnen.«

»Das hättest du auch bald können.«

»Wieso?«

Ich berichtete ihm, was mir widerfahren war, und Suko wurde leicht blass. Die Wirtin kam, brachte Kaffee und zog sich mit lautlosen Schritten zurück.

»Mein lieber Schwan«, sagte Suko, »das ist ein Hammer. Steckt van Akkeren dahinter?«

»Ich nehme es an.«

»Gesehen hast du ihn nicht?«

Ich schüttelte den Kopf und fragte dann: »Und was führt dich hierher?«

»Ich hatte dir ja schon am Telefon etwas angedeutet, aber ich will noch einmal zusammenfassen.«

Während Suko sprach, rauchte ich eine Zigarette und trank den Kaffee in kleinen Schlucken. Er schmeckte mir nicht besonders, einen Vergleich zu Glendas Getränk hielt er nicht aus, aber was sollte man machen? Auch Suko trank, verzog einige Male das Gesicht und berichtete von den vier lebenden Steinfiguren.

»Sie haben eine Aufgabe zu erfüllen«, sagte er.

»Baphomet?«

»Sicher.«

»Und was haben sie mit ihm zu tun?«, hakte ich nach. »Oder was könnten sie mit ihm zu tun haben?«

Suko hob die Schultern. »Das müssten wir hier in Paris herausfinden. Deshalb bist du ja schließlich hier.«

»Ja.« Ich grinste schief. »Nur frage ich mich, wo Baphomet steckt. Man hat ihn uns wieder abgenommen. Wenn wir ihn finden, dann haben wir auch die steinernen Wächter aus der Templer-Kirche in Soho.«

Suko schielte über den Rand der Tasse hinweg. »Wie groß ist Paris?«, fragte er spöttisch.

»Zu groß.«

»Das scheint mir auch so.«

»Welche Möglichkeiten haben wir überhaupt?«

Ich hob die Schultern. »Wir müssen den normalen Weg gehen. Das heißt, den über die örtlichen Kollegen. Ich berichtete dir ja von dem Zeitungsartikel. Zwei tote Frauen in einem Krankenzimmer. Zum ersten die Mutter, zum zweiten die Krankenschwester, die sicherlich Zeugin war. Da müssten wir einhaken.«

Suko legte die Stirn in Falten. »Ich bin mehr für die tote Mutter.«

»Das ist klar. Wir sollten versuchen, in ihrer Vergangenheit etwas zu finden. Meiner Ansicht nach hat sie in irgendeiner Verbindung zur Hölle gestanden.«

»Zu Asmodis, Baphomet oder Beelzebub?«

»Ich tippe auf Baphomet.«

»Und trotzdem hat sie ihn geboren?« Suko war skeptisch. »Irgendwas gefällt mir daran nicht. Ich kann dir den Grund nicht nennen, denn bisher hieß es doch immer, van Akkeren sei derjenige, der Baphomets Vertretung auf dieser Welt übernommen hat.«

Ich nickte. »Aber er hat nicht allzu viel erreicht.«

»Uns hat er ganz schön Ärger bereitet.«

»Ich gebe dir völlig Recht. Viel ist dabei nicht herausgekommen. Denk an das Richtschwert der Templer. Das haben wir ihm wegschnappen können. Und einen großen Coup hat er danach nicht gelandet.«

»Stimmt.« Suko trank einen Schluck Kaffee. »Irgendwie mag ich das Zeug nicht. Er schmeckt mir einfach nicht. Kommt der dir nicht auch bitter vor?«

»Vergleiche ihn nicht mit Glendas.«

»So meine ich das nicht einmal.« Suko schob die Tasse zur Seite. Er stützte sein Kinn auf die Handfläche. Mit der anderen wischte er über sein Gesicht. »Ist es so warm, dass ich schwitzen müsste?«, fragte er.

»Eigentlich nicht.«

Er nickte. »John, ich sage dir, da stimmt etwas nicht. Irgendjemand will uns da reinlegen.«

Jetzt war auch ich misstrauisch geworden, schaute auf den braunen Rest in meiner Tasse und stand auf.

Diese Bewegung war wie ein Hochhuschen. Im nächsten Moment drehte sich der Wintergarten vor meinen Augen. Suko kreiselte ebenfalls, die Tische auch, die Stühle, die Pflanzen in den Töpfen, und ich war froh, mich wieder auf den Stuhl fallen lassen zu können.

Mein Freund starrte mich an. Sein Gesicht sah ungewöhnlich aus. Die Proportionen hatten sich verschoben. Der rechte Mundwinkel kippte ebenso weg wie das Auge. Auch schwankte er. Einmal vor, dann wieder zurück. Ich hörte seine Stimme.

»John, der verdammte Kaffee. Da hat uns jemand was hineingetan. Ich hätte auf Tee bestehen sollen …« Nach diesen Worten rutschte er mit dem aufgestützten Arm ab und fiel auf die Tischplatte. Dabei kippte die Tasse. Sie drehte sich und blieb dicht am Rand des Tisches liegen.

»Ja, Ihr Freund hat Recht gehabt. Ich habe etwas gemixt.«

Die Frauenstimme kannte ich, wusste aber im Augenblick nicht, zu wem sie gehörte. Mir gelang es, mich umzudrehen. Dabei bewegte ich mich wie ein gichtkranker Greis.

Die Wirtin sah aus wie ein Stock. So in die Länge gezogen, aber mit einem großen Kopf, der ballonartige Ausmaße angenommen hatte. Dennoch sah ich das Grinsen auf dem Gesicht.

»Manchmal sind Polizisten dumm!«, keuchte sie. Jedenfalls hörte sich die Stimme so an. »Sehr dumm sind sie. Und ihr gehört zu den dümmsten Bullen, die mir je begegnet sind. Wenn man nicht alles selbst in die Hand nimmt, klappt nichts.«

Ich konnte mich noch halten, indem ich meinen linken Arm auf die Tischplatte gelegt hatte. Doch der Oberkörper pendelte schon vor und zurück. Als ich die Lehne spürte, blieb ich relativ ruhig sitzen. »Okay!«, presste ich hervor. »Okay, Sie haben uns geschafft. Eine ... eine ... Frage noch.« Das Sprechen fiel mir immer schwerer. »Für wen ... wen arbeiten Sie?«

»Er wird gleich hier sein.«

»Van Akkeren?«

Da lachte sie und ging zur Seite. Ich hatte den Eindruck, als würde sie dabei an einem Gummifaden hängen und mit den Füßen am Fußboden festkleben.

Mir ging es verdammt schlecht. Wenn ich Luft holte, hatte ich den Eindruck, als würden die Lungen nur halb gefüllt. Mein Kopf brannte. Hinter der Stirn hämmerte und tuckerte es. Die Umgebung bewegte sich immer stärker. Der Fußboden stieg hoch.

Erst als ich bäuchlings auf ihn fiel, stellte ich fest, dass ich einer optischen Täuschung erlegen war. Mit Schulter und Stirn schlug ich auf, bevor ich zur Seite rollte. Den Schmerz spürte ich kaum, weil mein Kopf mit Gummi gefüllt war.

Die Wellen trugen mich. Mal schwebte ich oben, dann raste ich hinab in das Tal. Aber ich wurde nicht bewusstlos. Dafür stieg mein Magen hoch in die Kehle. Ich würgte, meine Augen waren weit aufgerissen, die Zunge hing aus dem Mund.

Ich gab ein Bild des Elends ab!

Die Wirtin kam näher.

Sie hatte normalerweise dünne Beine. Ich konnte sie sehen, sie waren so dick geworden, als müssten sie einen Elefanten tragen! Dann beugte sie sich zu mir herab. Ihre Hand tastete über meinen Körper. Mir kam es vor, als würde mich eine Schlange berühren. Sie fasste sehr zielsicher unter mein Jackett und bekam die Beretta zwischen ihre Finger. Ein leiser Triumphschrei löste sich aus ihrem Mund, als sie mir die Waffe dicht vor mein Gesicht hielt.

Einen Moment später berührte sie meine Stirn. »Ich würde gern abdrücken!«, versprach sie flüsternd. »Aber ich darf es nicht. Du hast Glück gehabt, Engländer. Viel Glück …«

Es war mir in dieser Lage egal, ob sie abdrückte oder nicht. Ich fühlte mich einfach zu schlecht.

Aber sie verschwand.

Wahrscheinlich hatte ich das Klingeln überhört. Wenig später erschienen andere Personen.

Eine davon erkannte ich trotz meiner miesen Verfassung und obwohl sein Gesicht sich so verzerrt hatte, dass es schon aussah wie der Kopf eines Haifischs.

Es war Vincent van Akkeren!

»Sinclair, so treffen wir uns wieder!«, sagte er und lachte, und dieses Lachen begleitete mich hinein in die tiefen Schächte der Bewusstlosigkeit …

Abbé Bloch starrte die beiden Horror-Reiter an, die wie Standbilder wirkten, dennoch ein Grauen abstrahlten, das an die Kälte eines Friedhofs erinnerte.

Die beiden Gestalten sperrten den Tunnel ab. Sie saßen auf nachtschwarzen Pferden, die nur noch aus Knochen zu bestehen schienen, über die schwarzes Fell gezogen worden war. Vor den aufgerissenen Mäulern der Gäule dampfte ein feuriger Atem, der wie roter Nebel aussah und sich verteilte.

Bewaffnet waren die Reiter ebenfalls. Sie trugen lange Lanzen. Ihre eigentlichen Körper waren nicht zu sehen, da diese in nachtschwarzen Rüstungen steckten. Auf der Brust waren sie jeweils stärker gepanzert, und dort leuchtete auch ein Buchstabe.

Einmal das A, beim zweiten Reiter das B. Zu diesem Reiterquartett gehörten noch zwei, die Buchstaben auf den Panzern trugen.

Diese bildeten zusammen das Wort AEBA!

Ein Begriff, der in schwarzmagischen Kreisen große Macht besaß. Wer AEBA sah, bekam Angst, denn er kannte auch zumeist die ungebrochene Macht dieser Wesen.

Man sagte ihnen nach, dass hinter ihnen gewaltige Götter der Magie standen, die auch beim Aufbau der Hölle mitgewirkt hatten.

A für Astaroth!

E für Eurynome!

B für Bael!

A für Amducias!

So lauteten die Namen. Und sie hatten bereits in der Vergangenheit Furore gemacht. Albrecht Dürer hatte sie in seinem Gemälde der Apokalypse erwähnt, sie schienen unsterblich zu sein, und sie erschienen immer dann, wenn sich etwas Großes anbahnte.

Wie jetzt!

Der Abbé wischte über sein Gesicht. Er hatte sich noch in der Gewalt, und er wusste auch, dass er auf keinen Fall die Nerven verlieren durfte. Diese Reiter waren gekommen, um zu vernichten. Und wo zwei erschienen, waren die anderen beiden nicht weit.

Sie rührten sich nicht. Wie Standbilder des Schreckens wirkten sie. Nur der rote Feuerschein vor den Mäulern der Tiere hüllte sie ein und ließ ihre Gestalten erkennen.

Bloch musste weg. Er hatte die Tür noch nicht erreicht. Wie viele Schritte es bis zu diesem Zwischenziel waren, konnte er nicht sagen, er machte aber den Anfang und zog sich vorsichtig zurück. Dabei schleifte er mit dem Rücken über die raue Steinwand. Das Geräusch irritierte ihn, wurde jedoch von den Reitern nicht wahrgenommen. Jedenfalls reagierten sie nicht darauf.

Plötzlich blieb der Abbé stehen. Wieder hatte er das hohle Klappern der Hufe vernommen. Diesmal jedoch aus der anderen Richtung. Er ging noch ein paar Meter vor und drehte sich um.

Da waren die anderen beiden Reiter.

Auch sie hockten auf rabenschwarzen Knochenpferden, deren Mäuler und Nüstern vom Feueratem umweht wurde. Aber sie waren nicht allein, denn sie begleiteten den, um den es eigentlich ging.

Baphomet!

Der Kind-Dämon war nicht gewachsen. Er wirkte vor den Reitern noch kleiner. Das zuckende Feuer aus den Mäulern schwebte wolkenartig über ihm, ohne ihn zu verbrennen.

Er war ein Baby, doch das Gesicht hatte nichts Kindliches mehr an sich. Er war der Kopf eines Erwachsenen. Die Augen zeigten alle Bosheit der Welt.

Auf der breiten Stirn wuchsen die kleinen Hörner noch stärker hervor. Es würde nicht mehr lange dauern, dann hatten sie die Haut durchstoßen. Das teuflische Kind trug schwarze Kleidung. Es bewegte sich beim Gehen noch ungelenk, und es wurde von seinen vierbeinigen Freunden begleitet, die sich um Baphomet bewegten, als wollten sie ihm bei jedem Schritt, den er ging, huldigen.

Vierbeinige Freunde waren die Ratten!

Zu Hunderten waren sie aus ihren Verstecken gekommen und durch den Tunnel gejagt. Sie hatten ihn mit ihren zuckenden, wirbelnden und rollenden Leibern ausgefüllt, um den zu empfangen, den sie jetzt begleiteten.

Baphomet fühlte sich wohl zwischen ihnen. Er wurde von diesen Biestern auch nicht angegriffen und kam sich vor wie ein kleiner König inmitten des Grauens.

Wieder dachte Bloch an die Szene am Fluss. Sie hatten ihn gehabt, er hatte den Pflock nur in den Körper zu stoßen brauchen, und alles wäre anders gelaufen.

Glühende Lassos waren durch die Luft geflogen, hatten den Sarg geholt und vor Blochs Augen in die Höhe gerissen.

Glühende Lassos. Geschleudert von den vier Horror-Reitern, die sich jetzt in diesem Tunnel befanden.

Bloch war kein Selbstmörder. Er dachte nur daran, dass die Reiter auch jetzt ihre Lassos einsetzen konnten. Dann wäre er ebenfalls ein Gefangener gewesen.

Er lief schneller.

Es war ihm egal, was Baphomet und die Reiter dachten. Er wollte nur die Eisentür erreichen, die nicht abgeschlossen war. Seine Schritte hallten durch den engen Tunnel, und er vernahm plötzlich einen wütend klingenden Schrei oder Befehl.

Ausgestoßen hatte ihn Baphomet!

Da fiel der Abbé gegen die Tür, packte die Klinke und drückte sie nach unten.

Mit der Tür zusammen schwang er herum, stolperte in den dahinterliegenden schmalen Flur, knallte die Tür wieder zu und legte von innen den Riegel vor.

Tief atmete er durch. Die Fackel hatte er mitgenommen, hielt sie hoch und sah die rostige Eisenleiter neben einem leeren Geräteschrank in die Höhe führen.

Hinter ihm hämmerten die Ratten gegen die Tür. Es waren Geräusche, die Panik auslösen konnten. Die Ratten sprangen dagegen, aber die Tür bestand aus Eisen und hielt den Angriffen stand.

Allerdings würden die Horror-Reiter mit ihren Waffen das Eisen im Höllenfeuer schmelzen können, deshalb verlor der Abbé auch keine Zeit und hetzte die Leiter hoch.

Die Sprossen waren nicht sehr breit und rostig, sodass der Abbé ein paar Mal ausrutschte. Mit einer Hand hielt er die Fackel, nur mit der Rechten griff er nach.

Über ihm malte sich schwach der Umriss des Ausstiegs ab. Es war kein runder Gullydeckel, sondern eine quadratische Klappe, die er mit dem Schulterknochen leicht in die Höhe schieben konnte. Als ihm frische und kühle Nachtluft ins Gesicht wehte, atmete er zum ersten Mal richtig durch, stemmte sich ab und schwang seinen Oberkörper hoch. Die Fackel benötigte er nicht. Voller Wut schleuderte er sie wieder zurück. Als glühender Schweif trudelte sie in die Tiefe, und der Abbé sah plötzlich den gewaltigen Feuersturm, der den Schacht ausfüllte und auch ihm entgegenraste.

Gedankenschnell zog er sich zurück. Er hatte auch den Schatten eines Reiters erkennen können. Für ihn war die Tür kein Hindernis gewesen. Trotz seiner Eile fand Bloch noch die Zeit, die Luke wieder zuzuwuchten. Das dabei entstehende Geräusch war für ihn wie ein festlicher Glockenklang.

Er konnte entkommen!

Einige Schritte lief der Templer zur Seite und sah sich um. In der Nähe liefen die Gleise entlang. Sie führten über einen Damm und waren zu Bloch hin durch eine Mauer getrennt.

Ein Zug donnerte heran.

Er kam wie ein stählernes Monster, das immer länger und auch lauter wurde.

Als fauchende, bösartige Schlange rauschte der Zug vorbei. Die einzelnen Abteile waren erhellt, aber wegen der hohen Geschwindigkeit nicht mehr getrennt, sodass sie auf den Abbé wirkten wie eine helle Lichtleiste.

Er lief in entgegengesetzter Richtung davon, dann er wollte zum Treffpunkt gelangen.

Immer wieder blickte er sich um. Die Horror-Reiter waren auch für ihre Gnadenlosigkeit bekannt. Sie ließen kein Opfer am Leben.

Die Gegend war öde. Sie hatte den Charakter verlassener, alter Vorstadtbahnhöfe. Der Weg wurde noch schlechter. Kein Asphalt bedeckte ihn mehr. Die Mauer zog sich rechts des Templers wie ein langer Schatten hin, der nie abreißen wollte.

Er erreichte einen Platz, auf dem einige Baracken standen. Von verschiedenen Seiten konnte der Platz von Trucks angefahren werden, die auch nahe der Baracken parkten, um am anderen Morgen beladen zu werden.

Der Abbé tauchte in die Schatten der abgestellten Lastwagen. Danach dauerte es nicht lange, bis er die Straße erreichte, die zum Seine-Ufer hinführte.

Sie hatte schmale Gehsteige. Die ersten Häuser wuchsen neben ihm in die Höhe. Hinter manchen Fenstern brannte Licht. Er sah auch Gestalten in den Nischen der Haustüren. Manchmal leuchtete die Glut einer Zigarette auf wie ein ferner, roter Stern.

Niemand hielt ihn auf.

Seine Schritte hämmerten auf dem Belag. Er lauschte den Echos, hörte ein leises Lachen aus einem offenen Fenster schallen und sah den Schatten einer kaum bekleideten Frau.

Ihr Treffpunkt lag in der Nähe. Es war ein altes Gartenhaus, das in einem kleinen Park stand, der eine Insel im Häuserwirrwarr bildete. Auch im Winter, wenn die Büsche kahl waren, wuchsen sie noch so dicht, dass sie den Blick auf das kleine Gartenhaus verwehrten. Der Abbé übersprang die Ecke, er landete auf weichem Boden.

Die Umrisse des Gartenhauses standen vor ihm. Es war fünfeckig gebaut worden. Das Dach bestand aus Holz, war zum Teil zerstört und eingefallen.

So leise wie möglich bewegte sich Bloch auf das Haus zu, in dem sich nichts regte.

Vor dem Eingang blieb er stehen und wollte seine Freunde rufen, als er das Flüstern vernahm.

»Abbé?«

Der Templer entspannte sich. Ihm fiel ein Stein vom Herzen, denn die Stimme gehörte einem seiner Freunde.

»Ich bin hier.«

»Komm zu uns.«

Bloch betrat das Gartenhaus. Aus der Dunkelheit streckten sich ihm helfende Hände entgegen, die ihn führten. »Wir warten noch auf die anderen beiden, Abbé.«

Bloch blieb stehen. »Sie werden nicht kommen.«

»Wieso …?«

»Muss ich noch weiter davon sprechen?«

Das Schweigen stand zwischen ihnen. Die beiden anderen Templer wussten Bescheid. Nein, der Abbé brauchte nichts mehr zu sagen. Sie waren jetzt nur mehr zu dritt.

»Sind sie schlimm gestorben?«

Blochs Augen hatten sich an die Finsternis gewöhnt, sodass er die Gesichter seiner Freunde erkennen konnte. Sie sahen sehr blass und fleckenhaft aus. »Ja«, flüsterte Bloch, »sie haben leiden müssen. Baphomet und seine Helfer kennen keine Gnade.«

»Er hat Helfer?«

»Sicher.«

»Wer steht ihm denn zur Seite?«

»Die Horror-Reiter und eine Armee von Ratten. Er ist in seinem Element.«

Die Templer schwiegen. Sie hingen ihren eigenen Gedanken nach. Schließlich fragte einer: »Was können wir tun?«

Niemand sah das Schulterheben des Templers. »Nichts, fürchte ich. Wir haben eine Niederlage erlitten und sind zurückgeschlagen worden. Das ist im Moment unser Schicksal.«

»Und John Sinclair?«

»Ich werde zu ihm fahren, wenn es hell geworden ist. Mit einem aber müssen wir uns abfinden, Baphomet wurde wiedergeboren und wird zusammen mit van Akkeren versuchen, seine Herrschaft auszuweiten. Uns stehen schwere Zeiten bevor ...«

Die schweren Zeiten lagen hinter uns, aber davon hatten wir nichts bemerkt, wenigstens ich nicht, denn die Bewusstlosigkeit war tief und fest gewesen.

Zu vergleichen mit einem totenähnlichen Schlaf, aus dem ich irgendwann erwachte und feststellen musste, dass etwas Kühles über mein Gesicht strich. Zuerst dachte ich an einen nassen Lappen oder die Zunge eines Tieres, bis mir bewusst wurde, dass diese Kühle keinen Druck ausübte und es sich um den Wind handeln musste.

Also lag ich im Freien.

Ich öffnete die Augen!

Über mir sah ich einen düsteren Himmel, auf dem einige Sterne wie Diamantsplitter funkelten. Unter mir spürte ich Holz.

Dennoch fror ich.

Ich wollte meine Arme bewegen und wusste nicht, wo sie sich befanden. Der Wille war da, aber es half nichts. Ich schaffte es einfach nicht, diese Sperre zu überbrücken.

Der Geist war willig, das Fleisch jedoch schwach.

Und so blieb ich liegen.

Still, starr, regungslos. Meine Gedanken irrten durch den Kopf. Ich rechnete mit vielen Möglichkeiten, schaute wieder hoch zu den Sternen und vernahm ein Flüstern.

Jemand rief meinen Namen.

Ich konzentrierte mich auf die Stimme, bis mir einfiel, dass Suko gerufen hatte.

»Du bist es, Suko?«

»Ja.«

»Verflixt, wo sind wir? Kannst du mich rausholen? Ich schaffe es nicht, mich zu bewegen.«

»So ergeht es mir auch.«

Ich schluckte. »Das Teufelszeug, das wir getrunken haben, war verdammt stark.«

»Ein Nervengift. Es lähmt nur unsere Bewegungen. Hast du schon an dir herabgeschaut?«

»Nein, wie sollte ich?«

»Man hat uns umgezogen. Wir tragen jetzt schwarze Kleidung, als würden wir zu einer Beerdigung gehen.«

»Moment, Alter.« Ich startete einen Versuch und schielte liegend an meinem Körper entlang.

Mein Freund hatte sich nicht geirrt. Wir trugen tatsächlich eine andere Kleidung. Dunkle Anzüge, helle Hemden und Krawatten.

»Schön, nicht?«

»Ich weiß nicht, Suko. Mir scheint, dass man noch einiges mit uns vorhat.«

»Und ob.«

Zwischen uns entstand eine kleine Sprechpause. Der Wind fuhr wieder über mein Gesicht. Er spielte auch mit den in der Nähe wachsenden Bäumen, denn ich hörte das Rascheln von Blättern.

»Und wo befinden wir uns hier?«, fragte ich. »Hast du das herausfinden können?«

»Nicht genau.«

»Sag es trotzdem.«

Ich hörte Suko leise lachen. »Ich habe das Gefühl, auf einem Friedhof zu liegen.«

Ich schluckte und ließ mir Sukos Bemerkung durch den Kopf gehen. »Wie kommst du darauf?«

»Weil man Särge gern auf einen Friedhof stellt.«

Das war der zweite Schock innerhalb weniger Minuten. »Särge«, murmelte ich und schluckte. »Du bist dir sicher?«

»Fast.«

»Kannst du den Kopf drehen?«

»Nein, nur die Augen bewegen. Sieh mal nach rechts und links. Siehst du den Schatten?«

»Moment.« Ich verdrehte die Augen und musste Suko Recht

geben. Die Schatten waren tatsächlich vorhanden. Nicht sehr hoch, gerade so wie ein Sargrand. Direkt gelang es mir nicht, über ihn hinwegzuschauen, aber von der Hand zu weisen war es nicht. Also machte ich mich mit dem Gedanken vertraut, in einem Sarg zu liegen.

Nicht zum ersten Mal, wie ich bemerken möchte. Aber daran gewöhnen würde ich mich nie. In einem Sarg zu liegen, auch wenn er offen war wie hier, hat immer etwas Unheimliches, Makabres an sich. Ein Sarg ist das letzte Haus, aus dem es kein Entrinnen mehr gibt, wenn es einmal ein Dach bekommen hat.

Das Dach fehlte bei uns. Die andere Seite hatte die Särge bewusst nicht geschlossen. Über die Gründe würden wir sicherlich noch informiert werden. Zuvor aber tat sich nichts.

Wir konnten dem Wind lauschen, der über das Gelände wehte und den Geruch von feuchter Erde mitbrachte.

Ich hörte das Klopfen meines Herzens und achtete auf den Rhythmus. Er hatte sich nicht verändert. Das Gift lähmte nur unsere Aktivitäten, alles andere arbeitete normal.

Wenn unsere Gegner erschienen, würden wir alles mitbekommen, ohne uns wehren zu können.

Das war das Schlimme an der Sache.

Aber noch tat sich nichts. Wir hatten Zeit, uns über unsere Lage Gedanken zu machen.

»Was könnten sie mit uns vorhaben?«, fragte ich leise.

»Suko lachte. »Was macht man schon mit Menschen, die in Särgen liegen? Man begräbt sie.«

Der Gedanke daran war mir auch gekommen. Ich schob ihn vorerst zur Seite und erwiderte: »Das hätten die Typen bequemer haben können. Weshalb hat man die Särge offen gelassen und uns nicht begraben? Wir hätten nichts davon bemerkt!«

»Richtig. Vielleicht wollten sie warten, bis wir erwacht sind, damit wir alles mitbekommen.«

»Stimmt, Suko. Das traue ich Baphomet ohne weiteres zu.«

»Du vergisst unseren Freund. Rede nicht nur von diesem verdammten neuen Dämon.«

»Ja, van Akkeren spielt eine wichtige Rolle. Ich aber glaube eher, dass Baphomet hier zu sagen hat. Sie haben ihn van Akkeren vor die Nase gesetzt. Die Hölle will aus ihrer Isolation. Die Menschen bringen nicht genug, das ist meine Ansicht. Denk mal nach, was sie allein an den abtrünnigen Templern hat. Das ist eine Macht, Suko. Wenn Baphomet sie auf seine Seite zieht und van Akkeren möglicherweise die Templer-Schätze findet, hinter denen er her ist, kann das zu einer Katastrophe kommen, denn damit wäre ihm einiges in die Hand gegeben. Das müssen Hunderte von Millionen sein, wenn nicht Milliarden.«

»John, deine Zukunft sieht düster aus.«

»Ich bin nur Realist.«

»Versuch mal, ob du dich aufrichten kannst!«, flüsterte Suko. »Bei mir klappt es nicht.«

Ich strengte mich an, aber ich schaffte es nicht, »Sorry, Alter, das ist nicht drin.« Ich holte tief Atem. »Wenn ich diese Wirtin noch mal zwischen die Finger bekommen sollte, mache ich aus ihr einen Kleiderständer, darauf kannst du dich verlassen.«

»Ja, und ich hänge sie auf.«

Unser Gespräch versickerte. Ich spürte allmählich die Kälte in den Knochen, und auch die Härte unter mir machte mir zu schaffen. Es wurde Zeit dass sich etwas tat.

Und das geschah.

Suko vernahm es zuerst. Er warnte mich mit seiner flüsternden Stimme. »John, da kommt etwas auf uns zu.«

»Schritte?«

»Ja und nein. Es ist mehr ein Schleichen, aber es wird lauter.«

Mein Freund schwieg, sodass auch ich mich konzentrieren konnte und ebenfalls lauschte.

Suko hatte sich nicht getäuscht. In der Tat kam da etwas auf uns zu. Wir hörten es, wir sahen es nicht, und unsere Spannung wuchs. Ich schielte wieder in die Höhe und sah über mir eine Bewegung an der Stelle, wo meine Füße lagen und der Sarg aufhörte.

Eine Gestalt erschien.

Sic tauchte wie ein unheimliches Gespenst aus der Dunkelheit des Friedhofs auf. Sie war groß, wuchtig, konnte sich trotzdem lautlos bewegen und erinnerte an ein Monster aus Stein.

Suko sah das Gleiche, und er gab auch den Kommentar ab. »John, es sind die Wächter!«

Ja, daran bestand kein Zweifel. Wir hatten Besuch von denen erhalten, die eigentlich in der alten Templer-Kirche mitten in Soho hätten liegen müssen.

Die alten Templer-Ritter!

Eine Gänsehaut rann über meinen Rücken. Ich lag wehrlos vor diesem Unheimlichen, der sich am Fußende meines Sargs aufgebaut hatte. Suko starrte ebenfalls auf eine dieser Gestalten, und über mein Gesicht huschte ein Schatten.

Da wusste ich, dass sie sich auch ans Kopfende der Totenkiste begeben hatten und dort Wache hielten.

Stumm blieben sie stehen.

Obwohl die Finsternis über dem Friedhof lag, konnten wir die Wächter gut erkennen. Sie hoben sich vom Hintergrund ab, aber sie sahen anders aus als in der alten Kapelle. Zwar noch so groß und hoch, aber längst nicht mehr so steinern.

Irgendetwas war mit Ihnen geschehen.

Ich sprach Suko darauf an. »Was meinst du? Sind das die gleichen?«

»Ich weiß es nicht.«

»Du hast also auch Zweifel?«

»Ein wenig. Allerdings darfst du nicht vergessen, dass wir in der Kirche nur ihre Gräber gesehen haben und nicht sie selbst. Sie lagen in den Gräbern versteckt, und die Figuren dienten praktisch nur als Verzierung. Das hier sind die echten.«

Noch war alles ein wenig durcheinander, aber Suko hatte im Prinzip recht. Diese Wächter waren nicht mit den Steinfiguren identisch, die in der Templer-Kirche lagen.

Aber was hatten sie mit uns vor? Standen sie auf der Seite Baphomets und damit auch auf der Vincent van Akkerens?

Sicher war ich mir nicht, denn ich ging davon aus, dass man in der Kirche die alten Templer-Ritter begraben hatte, die vor Jahrhunderten im Kampf gefallen waren. Dabei kam es immer darauf an, auf welcher Seite sie gestanden hatten. Gehörten sie dem Ur-Orden an, so konnte ich sie schlecht als Feinde bezeichnen.

Ich betrachtete sie mir genau. Sie rührten sich zwar nicht, dennoch wirkten sie nicht so steinern wie irgendwelche Grabfiguren, die man auf einem Friedhof findet. Mir kamen sie vor wie Menschen, die sich lange, grüne Kutten übergestreift hatten und wie Mönche wirkten, die darauf warteten, in ihre Kirche treten zu können, um sich zum Morgengebet hinzuknien. Von den Gesichtern sah ich nichts, weil die über die Köpfe gestreiften Kutten sie völlig verdeckten. Sie schienen weder Mund, Augen noch Nase zu haben, waren gesichtslose Wesen, die dennoch lebten und von einer fremden, magischen Kraft geleitet wurden.

»John, du kannst denken, was du willst. Ich rechne sie mehr zu Baphomets Seite.«

»Und weshalb?«

»Weil sie an dem Tag erschienen sind, an dem auch Baphomet geboren wurde. Ganz einfach.«

»Da könntest du Recht haben.«

»Mach dir also keinerlei Illusionen, was ihre Funktion angeht. Die sind eher Gegner als Helfer.«

Mir reichte Sukos Pessimismus, deshalb hielt ich sicherheitshalber den Mund.

Und wieder verging Zeit. Die Kälte nahm zu, unsere Bewegungsunfähigkeit aber blieb.

Weder Baphomet noch van Akkeren ließen sich blicken. Sie schienen unbegrenzt Zeit zu haben.

Und dann hörten wir das Flüstern. Es war ein sehr leises Sprechen, sodass wir uns anstrengen mussten, um es überhaupt zu verstehen. Mehr ein Raunen, und es wurde auch nicht lauter, weil vier Münder sich bewegten. Ich sah die Figur am Fußende des Sarges stehen und reden. Dabei tat sich innerhalb des Gesichts etwas. Es entstanden Bewegungen und ein hellerer Fleck.

»Wir sind gekommen, um ihn zu sehen. Wir haben gehört, dass er wiedergeboren wurde. Deshalb mussten wir den alten Friedhof hier besuchen. Wir sind diejenigen, die gekämpft haben, deren Geister in den Zeiten verschollen sind, aber nun gerufen wurden, um unsere Aufgabe zu erfüllen. Wir werden ihn empfangen. Wir kennen ihn, wir kennen seine Helfer. Es hat sich nichts geändert ...«

Suko und ich hatten den Worten atemlos gelauscht. Auch jetzt, als keiner der Wächter mehr redete, konnten wir uns keinen Reim auf die Geschichte machen. Eines aber stand fest. Diese vier Wächter mussten etwas mit Baphomet zu tun haben, das tief in der Vergangenheit seinen Ursprung hatte.

Ich sprach sie direkt an. »Wer seid ihr?«

Zu meiner großen Überraschung erhielt ich eine Antwort. »Baphomets Totenwächter.«

»Und was wollt ihr hier?«

»Wir werden ihn empfangen.«

»Wann kommt er hierher?«

»Irgendwann wird er erscheinen, mehr kann ich euch dazu nicht sagen. Irgendwann ...«

Das war mehr als vage, aber die Zeit schien sich nicht so lange mehr hinzuziehen, denn abermals vernahmen wir Geräusche, die im ersten Moment nicht zu identifizieren waren.

Wir hörten ein geheimnisvolles Rascheln, ein leises Tappen, das sich über dem Boden fortbewegte und an Lautstärke zunahm. Ich hatte darüber nachgedacht, ob man mir wohl die Waffen gelassen hatte. Die Beretta nicht, sie befand sich leider in den Händen der verräterischen Wirtin. Aber wie sah es mit dem Kreuz und dem Dolch aus?

Van Akkeren konnte es anfassen. Sein Gesicht hatte ich noch gesehen. Er war in das kleine Hotel gekommen, um sich von unserer Niederlage zu überzeugen.

Von außen her erhielt der Sarg, in dem ich lag, einen Stoß. Dann kratzte etwas über das Holz, und einen Moment später lugte ein spitzer Kopf mit einem schmalen Gesicht über den Rand nahe meiner Füße.

Es war der Kopf einer Ratte.

Ich wusste Bescheid, denn Baphomet befand sich auf dem Weg, um mit uns abzurechnen ...

Die beiden Getreuen hatten den Abbé überreden können, nicht bis zum Morgen zu warten, sondern das Ziel direkt anzugehen.

Sie wollten zu dem Hotel fahren, in dem John Sinclair abgestiegen war.

Paris war in dieser Nacht ein gewaltiger Moloch. Düster und unheimlich. Ein Tunnel, der alles schluckte, auch das Licht der Scheinwerfer oder das der Lampen.

Es gab nicht oft so finstere Nächte innerhalb eines Jahres, diese hier gehörte dazu.

Eine Nacht, in der einfach etwas passieren musste, wo viele Menschen nicht schlafen konnten, wenn sie sensitiv veranlagt waren und irgendeine Gefahr spürten.

Eine Nacht für Baphomet!

Er hatte sie auch reichlich ausgenutzt und zwei seiner Gegner töten lassen.

So rollte der kleine R4 durch Paris. Der Abbé fuhr nicht. Er saß auf dem Beifahrersitz und starrte gegen die Scheibe, über die hin und wieder von außen die Wischer putzten, um die Feuchtigkeit zu vertreiben. Der Fahrer kannte sich aus. Er nahm Abkürzungen und rollte in die Gassen, die selbst für den nicht gerade breiten R4 fast noch zu schmal waren.

Mitternacht lag hinter ihnen. Ein neuer Tag hatte begonnen. Was er bringen würde, wusste niemand.

Vielleicht wieder den Tod, wieder das Grauen? Niemand kannte die Pläne des neuen Dämons. Er konnte dank seiner Kraft die Welt kippen, aber er würde sich, davon ging der Abbé aus, zunächst auf die Templer konzentrieren und das fortführen, was er in der Vergangenheit begonnen hatte.

Sie bogen in die Straße ein, in der das Hotel lag. Auch hier bestand das Pflaster aus Katzenköpfen. Hin und wieder zeigte es Lücken. Die Reifen rollten darüber hinweg.

Lichtquellen gab es nicht viele in der Straße. Eine davon befand sich auf der rechten Seite. Es war die Leuchtreklame des Hotels. Sie strahlte in einer matten Farbe.

Was in Paris selten war, das passierte hier. Die drei Templer fanden einen Parkplatz nicht einmal weit vom Eingang des Hotels entfernt. Sie brauchten nur einige Schritte zurückzulaufen, um das Ziel zu erreichen.

Der Motor verstummte mit einem leisen Nachdrehen. Als der Fahrer die Tür öffnen wollte, legte ihm der Abbé seine Hand auf den Arm. »Nein, lass es.«

»Wieso?«

»Ich möchte allein gehen.«

Der Mann wurde blass. »Ich verstehe den Grund nicht. Wenn man auf dich wartet, Abbé ...«

Der Templer schüttelte den Kopf. »Ich bin darauf vorbereitet. Ich möchte aber, dass ihr mir Rückendeckung gebt.«

»Dann müssten wir auch um das Haus herum.«

»Sucht bitte nach einer Möglichkeit.« Bloch öffnete die Tür und schwang sich aus dem Wagen. Seine Bewegungen wirkten müde, abgespannt. Das änderte sich, als er auf dem schmalen Gehsteig stand und den Blick nach vorn richtete.

Da ging ein Ruck durch seine Gestalt. Er straffte sich, und es sah so aus, als hätte er einen Entschluss gefasst. Mit zielsicheren Schritten steuerte er auf den Eingang zu.

Die Tür bestand aus Glas. Nicht allein über ihr brannte Licht, auch dahinter im Foyer sah er es schimmern.

Eine Frau durchquerte den Raum. Sie trug ein graues Kostüm, blickte nicht zum Eingang hin und wurde erst aufmerksam, als der Abbé gegen das dicke Glas klopfte.

Die Frau blieb stehen und drehte den Kopf.

Sie musste den Mann sehen, traf jedoch keine Anstalten, der winkenden Gestalt die Tür zu öffnen.

Bloch klopfte noch einmal und hatte Erfolg, denn die Frau kam auf ihn zu. Er konnte ihr Gesicht besser erkennen. Obwohl in den Augen ein fragender Ausdruck lag, entdeckte er die Verkniffenheit und auch den verbissenen Ausdruck.

Sie unterhielten sich durch eine Sprechanlage an der Seite. »Was wünschen Sie, Monsieur?«

»Sie haben ein Hotel. Ich möchte ein Zimmer.«

»Jetzt noch?«

»Ja, ich bin fremd hier und ...«

Die Frau überlegte. Der Abbé versuchte, ein harmloses Gesicht zu machen. Er lächelte freundlich.

»Wo haben Sie denn Ihr Gepäck, Monsieur?«

»Im Wagen.« Bloch drehte sich. »Er parkt ein wenig abseits, einige Schritte von hier entfernt. Wenn ich vielleicht das Zimmer sehen dürfte, wäre es mir sehr lieb.«

»Gut, ich schließe auf.«

Der Templer trat sehr schnell ein, bevor die Wirtin es sich anders überlegen konnte. Eine mollige Wärme empfing ihn. Sie tat gut, und er ging über einen weichen Teppich bis vor zur halbrunden Rezeption aus Holz.

Die Frau überholte ihn. »Ich bin Madame Cinaire. Wenn Sie sich bitte eintragen würden, Monsieur ...«

»Bloch. Ich heiße Bloch.«

»Bitte sehr.« Sie war hinter die Rezeption getreten und schob ihm den Anmeldezettel zu.

Der Templer schüttelte den Kopf. »Es tut mir Leid, Madame, aber ich möchte kein Zimmer bei Ihnen mieten.«

»Nicht?«, fragte sie erstaunt.

»So ist es.«

»Weshalb sind Sie dann gekommen?«

»Weil ich mit einem Gast sprechen möchte, der bei Ihnen wohnt, Madame.«

»Wer ist es?«

»John Sinclair.«

Madame Cinaire erwiderte zunächst nichts. Sie schob nur ihre Hände von der Rezeption und ließ die Arme an beiden Seiten des Körpers herabhängen. »So ist das also.«

»Kann ich ihn sprechen?«

»Nein, Monsieur Bloch.«

»Sie brauchen keine Sorgen zu haben, dass es zu spät ist. Ich kann jederzeit zu ihm.«

Madame Cinaire antwortete mit einem spröden Lächeln und mit folgenden, für Bloch enttäuschenden Worten. »Es tut mir Leid für Sie, aber der Herr wohnt nicht mehr bei uns.«

»Wie das?«

»Er ist ausgezogen«, erwiderte sie herrisch.

»Wirklich?«

Ihr Mund wurde schmal. »Weshalb sollte ich sie anlügen, Monsieur?«

Bloch lächelte. »Ja, Sie hätten keinen Grund dazu, in der Tat. Nur wundert es mich, dass Monsieur Sinclair abreiste oder auszog, ohne mir etwas zu sagen. Wir waren hier verabredet.«

»Hin und wieder ändert man seine Meinung eben und auch seine Vorsätze.« Sie hüstelte. »Ist sonst noch was, Monsieur Bloch? Ich möchte mich nämlich hinlegen.«

»Ja«, sagte der Abbé, »da ist noch etwas. Wissen Sie, Madame, ich glaube Ihnen nämlich nicht.«

Die Frau trat einen kleinen Schritt zurück. »Was fällt Ihnen ein, mich als Lügnerin zu bezichtigen? Sind Sie von allen guten Geistern verlassen, Monsieur?«

»Nein. Ich war selten so klar im Kopf wie jetzt. Deshalb wiederhole ich den Satz. Ich glaube Ihnen nicht.«

Sie räusperte sich. »Und welchen Grund sollte ich haben, Sie anzulügen?«

»Um den herauszufinden, bleibe ich noch.«

Ihr Blick wurde kalt wie der eines Fischs. »Man soll sich mit Typen, wie Sie es sind, nicht einlassen. Wahrscheinlich wollen Sie etwas ganz anderes. Paris ist gefährlich geworden. Die Unterwelt kocht und dehnt sich immer weiter aus. Auch Menschen, die an sich einen harmlosen Eindruck machen wie Sie, versuchen es immer wieder. Bei mir sind Sie an der falschen Adresse. Ich lasse mich nicht ausrauben!«

Bevor der Abbé sich verteidigen konnte, bewegte sie ihre rechte Hand. Die Frau schob sie unter den Tresen, denn dort lag der Gegenstand, auf den sie sich verlassen konnte.

Etwas Dunkles, Kleines, Rundes glotzte den Abbé plötzlich an. Es war die Mündung einer Pistole.

Er hob nicht die Hände, sondern starrte die Waffe an, die ihm keine Furcht einflößte. Etwas anderes war viel wichtiger. Die Pistole gehörte John Sinclair …

Ich starrte die Ratte an, sie richtete ihre kleinen Augen auf mich. Sekunden vergingen, in denen ich das Rascheln und Trappeln kleiner Füße um den Sarg herum hörte.

Dann ging ein Zucken durch den Körper der Ratte, sie stieß sich ab und hockte im nächsten Augenblick auf dem Sargrand. Dort blieb sie sitzen, putzte sich und schien auf ihre Artgenossen zu warten, die zahlreich den Friedhof bevölkerten.

»Ratten!«, hörte ich Suko sprechen. »Verdammt, John, ich kann mir schönere Tierchen vorstellen.«

»Ich auch.«

»Weißt du, weshalb wir für sie plötzlich so interessant geworden sind?«

»Nein, frag Baphomet.«

Unsere Unterhaltung verstummte, weil jeder seine eigenen Probleme hatte, denn es blieb auch bei mir nicht bei der einen Ratte. Andere Tiere sprangen von außen so hoch, dass sie mit einem Satz über den Sargrand hinwegsetzen konnten.

Sie landeten auf mir.

Das war vielleicht ein Gefühl. Beschreiben konnte man es schlecht. Ich spürte die Körper auf meinen Beinen, an den Füßen, den Oberschenkeln, den Waden, auf dem Bauch und dann auf der Brust.

Sie liefen nicht schnell. Ich spürte jedes Mal überdeutlich, wenn sich ihre kleinen Füße bewegten. Sie hockten fett und gierig auf meiner Brust. Sie stanken entsetzlich nach der Kanalisation.

Dort mussten sie auch hergekommen sein, wahrscheinlich angeführt von irgendeinem Dämon oder einer Ratten-Königin, wie ich es vor Jahren schon erlebt hatte.

Es wurden immer mehr.

Noch hockten sie nicht auf meinem Gesicht. Da ich die Augen offen hielt, konnte ich erkennen, wie sich die Körper über den Sargrand wuchteten und auf mir landeten.

Der Druck nahm allmählich zu. Wo sie konzentriert hockten, pressten sie mir den Brustkorb zusammen, sodass ich schon Mühe mit der Atmung hatte.

Starr lag ich auf dem Rücken.

Mein Herz hämmerte wie wild. Angst durchflutete mich. Von

Ratten angeknabbert zu werden war nicht gerade das Wahre. Bisher waren sie nur über den Sargrand in der unteren Hälfte gesprungen. Das änderte sich, als die erste Ratte dicht unter dem Kinn auf meinem Hals landete und ihn mit seinem Gewicht zusammenpresste. Es war ein besonders fettes Exemplar, das widerlich stank. Es blieb dort hocken, beeinträchtigte meine Atmung, und wenig später konnte ich auch nichts mehr sehen. Zwei Ratten zugleich waren auf mein Gesicht gesprungen. Sie krallten sich mit ihren Pfoten fest, und ich spürte den harten Druck der Krallen, die in meine Haut drangen.

Ich hatte die Lippen zusammengepresst. Auf dem Strich, den sie bildeten, stand ein Rattenfuß, sodass ich gezwungen war, durch die Nase zu atmen, was gerade noch klappte.

Zwei weitere Tiere sprangen auf meinen Kopf und klammerten sich in den Haaren fest.

Sie waren jetzt überall.

Auf mir, neben mir. An den Armen, den Beinen, den Füßen. Sie hockten auf dem Magen, der Brust, dem Gesicht, dem Kopf, und wahrscheinlich war ich für einen neben dem Sarg stehenden Menschen nicht zu erkennen. Ich musste aussehen, wie mit einem grauen Mantel bekleidet.

Es wunderte mich, dass sie noch nicht mit ihrer schrecklichen Arbeit begannen. Sie warteten ab. Es schien mir, als hätten sie irgendeinen Befehl erhalten und würden auf den nächsten warten, um endlich zubeißen zu können.

Der erfolgte nicht.

Unter der Rattenflut lag ich nach wie vor begraben, hörte den eigenen Herzschlag als ein Trommeln in den Ohren und hatte Glück, dass ihr Fell meine Nasenlöcher nicht verstopfte, sodass ich durch sie Luft holen konnte.

Es war wohl Illusion gewesen, auf die vier Wächter zu vertrauen. Sie taten nämlich nichts. Ich hörte und sah sie nicht, wahrscheinlich wollten sie als stumme Zeugen meinem Ende beiwohnen.

Die Tiere schienen versteinert zu sein, und so etwas hatte ich noch nie erlebt.

Dann geschah doch etwas.

An mein linkes Ohr presste sich ein Rattenkörper, sodass ich dort nichts hören konnte. Rechts jedoch war es anders. Dieses Ohr lag zum Glück noch frei, und an dieser Seite vernahm ich auch die Schritte.

Jemand ging über den Friedhof und näherte sich uns und den beiden Särgen.

Gleichzeitig hörte ich einen Pfiff.

Irgendwo in der Ferne war er ausgestoßen worden, denn ich hörte ihn nur schwach. Er galt den Ratten.

So wie sie in den Sarg gesprungen waren, verließen sie ihn auch. Als springende, wallende, pelzige Masse hechteten sie aus dem offenen Sarg. Es begann wieder bei den Füßen, der Oberkörper lag auch bald frei, zum Schluss erst verließen sie mein Gesicht.

Ich riss weit den Mund auf, spürte Rattendreck an meinen Lippen, spie das Zeug aus, holte tief Luft und spürte auch die kleinen Wunden auf meinem Gesicht.

Aber ich lebte!

Nichts hatte sich verändert. Nach wie vor fielen die Schatten der stummen Wächter von zwei verschiedenen Seiten in den Sarg und damit auch auf meinen Körper.

Aber es gesellte sich ein dritter Schatten hinzu.

Der Mann, dessen Schritte ich vernommen hatte, trat in die Lücke zwischen den beiden Särgen, sodass er von Suko ebenso gesehen werden konnte wie von mir.

Es war ein alter Bekannter von uns.

Vincent van Akkeren!

Er blieb ruhig stehen und glich dabei einer dieser Statuen, aber wir sahen sein Gesicht.

Ein Gesicht, das menschlich war, von der Sonne wohl leicht gebräunt. Van Akkeren hatte etwas an Gewicht verloren. Die Wangen waren nicht mehr so fleischig wie früher. Sein dunkles Haar lag aufgewellt auf dem Kopf und war nach hinten gekämmt worden. Die Arme hielt er vor der Brust verschränkt. Er trug einen langen, elegant wirkenden, dunklen Mantel. In seiner Pose kam er sich vor wie der große Sieger.

Ich ärgerte mich über ihn, war wütend, dass er es überhaupt geschafft hatte, und sprach ihn nicht an.

Anders Suko. »Hallo, van Akkeren, wir haben Sie schon erwartet. Hätten Sie nicht etwas früher kommen können?«

Er lachte, ohne die Lippen zu bewegen. Grusel-Star hatte er sich einmal genannt. So kam er mir auch vor in seiner düsteren Gestalt. »Du meinst, wegen der Ratten, Gelber?«

»So ist es.«

»Sie gehören nun mal dazu.«

»Seit wann umgeben Sie sich mit den possierlichen Tierchen, van Akkeren? Einmal davon abgesehen, dass Sie für mich eine zweibeinige Ratte sind. Aber das wissen Sie ja selbst.«

»Sie enttäuschen mich, Suko. Ich hatte stets gedacht, dass Menschen wie Sie sich in der Gewalt haben. Diese Verbalinjurien hätte ich aus Ihrem Munde nicht erwartet. Davon einmal ganz abgesehen, ich will gern ihre Frage beantworten. Die Ratten gehören dazu. Nur nicht zu mir, sondern zu einem andern, der sehr mächtig ist, Baphomet.«

»Ein Kind-Dämon!«, meldete ich mich.

»Sehr richtig, Geisterjäger.«

»Und den hat man Ihnen vor die Nase gesetzt. Ich hätte mir so etwas nicht gefallen lassen. Wahrscheinlich waren Sie nicht gut genug, da musste die Hölle zu solchen Mitteln greifen. Sie als Führer der Baphomet-Clique hier auf Erden hat wohl keinen Sinn gehabt.«

Er hob den rechten Arm, ballte die Hand zur Faust und drückte sie unter sein Kinn. »Bisher, Sinclair, habe ich von Ihnen einiges gehalten. Das ist nun vorbei. Ihre dummen Worte treffen nicht den Kern des Problems und dienen allein dazu, die eigene Angst zu verdecken. Ich habe Baphomet erwartet. Es gibt keine Konkurrenz zwischen ihm und mir. Wir beide sind gleichberechtigte Partner. Ich werde seine Entwicklung genau beobachten. Wir werden ihm Tempel bauen, wo er verehrt werden kann, und die Gruppe der Templer, die ihn damals verehrt hat, wird sich auch in dieser Zeit finden lassen. Gerade in dieser Zeit, wo Menschen nach neuen Wegen suchen. Baphomet wird einer der großen Führer werden und eine Sekte bilden, die alles in den Schatten stellt, was es bisher gegeben hat. Wusstest du nicht, dass man die Ratten früher, zur Zeit der großen Pest, als die Todesboten bezeichnet hat? Ist dir das nicht bekannt gewesen, Sinclair?« Er verfiel wieder in den vertraulichen Tonfall. »Willst du das abstreiten?«

»Nein.«

»Dann hättest du nicht so dumm zu fragen brauchen. Die Ratten als Todesboten haben dich besucht. Du weißt, was das bedeutet. Sie haben dir angekündigt, dass du nicht überleben wirst, und dein Freund ebenfalls nicht. Unser Netz ist groß. Wir hatten genügend Zeit, es zu spannen, und ihr habt euch darin verfangen.«

»Und wo steckt dein Helfer?«, fragte ich.

»Bei den Ratten.«

»Ich habe ihn dort nicht gesehen.«

Van Akkeren lachte. »Baphomet ist großzügig. Er weiß, dass wir uns kennen. Deshalb hat er mir den Vortritt gelassen, sodass ich dich begrüßen konnte.«

»Das hast du getan.«

Er nickte und blickte sich um. Zwischen den beiden Wächtern wirkte er ein wenig klein, und gerade dieser Anblick brachte mich auf eine Idee. »Was haben die vier Wächter damit zu tun? Dienen Sie ebenfalls Baphomet?«

»Es sind Templer-Ritter.«

»Das weiß ich auch. Sie lagen in London in der Kapelle. Du wirst dich daran gut erinnern. Nur will ich wissen, welch eine Aufgabe du ihnen zugedacht hast. Reichen nicht die Horror-Reiter zum Schutz des Dämons?«

»Ja und nein. Er soll wissen und auch sehen, dass die Vergangenheit nicht tot ist. Dass sie, die Gegenwart und auch die Zukunft, einen Kreislauf bilden, in den auch die vier Totenwächter hineingehören. Hast du alles genau verstanden?«

»Sicher, nur nicht begriffen. Ich kann mir nur denken, dass es eine Verbindung zwischen Baphomet und den vier Wächtern geben muss und dass diese Allianz lange zurückliegt.«

»So ist es.«

»Und wie ist es gekommen?«

Van Akkeren benutzte als Antwort einen abgedroschenen Satz. »Du darfst wohl alles essen, Sinclair, aber nicht alles wissen. Dieses Geheimnis wird für immer eines bleiben. Du und dein Freund, ihr nehmt es mit in den Tod.« Er sprach schnell weiter. »Glaub mir, ich hätte dich gern selbst vernichtet, wo du wehrlos vor mir liegst, aber darauf habe ich verzichtet. Ich will es Baphomet überlassen. Er soll euch töten.«

Und das würde bei zwei wehrlosen Männern, wie wir es waren, ein Kinderspiel sein. Wir hatten weder die Kraft noch die Chance, uns dagegen aufzubäumen.

Van Akkeren steckte voller Hass. Er würde mit Vergnügen zusehen, wie wir starben.

»Ich wollte euch noch etwas berichten«, fuhr er fort. »Baphomet hat bereits Akzente gesetzt, indem er zwei Menschen tötete.«

»Die beiden Frauen?«, fragte ich.

»Nein, das waren meine Leute. Angemietete Killer, einen von ihnen kennst du.«

»Der mit dem Messer?«

»Sehr richtig. Baphomet hat sich anderer Personen angenommen, die ihn nicht anerkennen wollen. Da gibt es eigentlich nur eine Antwort, Sinclair.«

»Die Templer?«

»So ist es. Baphomet hat sie mit seiner Rattenbande durch die Kanäle gejagt. Der eine verbrannte, der andere wurde von den Tierchen umgebracht.«

»Und Bloch?«

»Steht auf der Liste. Er ist nach euch an der Reihe. Er hat es noch besser, Sinclair. Er lebt etwas länger als ihr. Aber es sind nur Stunden, dann ist er auch aus dem Weg geräumt. Es gibt keinen Fleck auf der Erde, wo er sich vor Baphomet verkriechen kann. Auch euch würde es nicht gelingen.« Van Akkeren nickte. »Das hat für eine Erklärung gereicht. Ich werde jetzt den Platz für ihn und seine Freunde freigeben.« Er hob beide Hände an, als wollte er die Sterne anflehen.

»Baphomet, du Herr der Finsternis. Komm und nimm, was dir gehört. Nimm das Leben dieser beiden Feinde …«

Baphomet hörte ihn.

Er kam …

Der Abbé starrte auf die Beretta. Die Mündung zeigte auf seine Brust, doch das interessierte ihn überhaupt nicht. Er hob den Kopf, starrte Madame Cinaire ins Gesicht und fragte mit tonloser Stimme: »Woher haben Sie die Pistole?«

»Sie lag unter der Rezeption. Ich brauche Sie manchmal, um ungebetene Gäste zu verscheuchen.« Sie nickte dabei. »Und glauben Sie mir, ich habe sie auch eingesetzt.«

»Das kann ich mir vorstellen«, gab der Abbé zu. »Aber die Waffe gehört Ihnen nicht!«

»Wieso?«

»Sie haben diese Pistole gestohlen.«

»Und wem?«

»John Sinclair!« Bloch erkannte, dass er ins Schwarze getroffen hatte, denn die Frau schrak zusammen. Sie hatte sich schnell wieder in der Gewalt und sprach dagegen.

»Ich weiß nicht, was Sie an diesem Mann gefressen haben. Ich kann Ihnen nur sagen, dass er nicht mehr hier wohnt. Und ich will jetzt, dass Sie verschwinden, klar?«

»Noch nicht.«

»Dann werde ich Sie erschießen.«

»Sie bekommen Schwierigkeiten mit der Polizei, Madame. Verlassen Sie sich darauf.«

»Nicht ich. Es gibt hier eine Art von Notwehr, die anerkannt ist. Ich werde unter Eid aussagen, dass Sie versucht haben, mich auszurauben. Das nimmt man mir ab.«

»Wird man Sie nicht fragen, woher Sie die Waffe haben?«

»Das ist schnell erklärt.«

»Man wird die Beretta untersuchen und sehr schnell feststellen, wem sie gehört hat.«

»Es ist meine!«

»Nein. Sie …«

Madame Cinaire schoss. Der Abbé starrte in die blasse Mündungsflamme und glaubte für einen Moment daran, dass jetzt alles vorbei und das Mündungsfeuer das Auge des Todes war. Aber die Kugel fehlte. Sie wischte an seinem Kopf vorbei, und er spürte den Luftzug noch an der Wange. Hinter ihm hämmerte sie dicht neben der Tür in die Wand.

»Das war ein Warnschuss, Monsieur Bloch. Die nächste Kugel werde ich zwischen Ihre Augen setzen.«

»Ich verstehe.«

»Dann verschwinden Sie jetzt besser!«

Bloch holte tief Luft. Er hatte um seine Person keine Angst. Ihm ging es um John Sinclair. Ihm war etwas passiert, man hatte ihn in eine Falle gelockt, und wahrscheinlich spielte diese Frau vor ihm dabei eine entscheidende Rolle.

»Gehen Sie!«

»Jawohl.« Der Abbé drehte sich um. Er beugte seine Schultern nach vorn und machte einen deprimierten, leicht geknickten Eindruck. Hinter sich hörte er die Schritte der Wirtin. Sie ging parallel zur Rezeptionstheke und anschließend durch die Lücke, um an die Vorderseite zu gelangen.

Bloch schielte über seine Schulter hinweg, doch er sah keine Chance, das Blatt zu wenden. Immer blieb die Mündung der Waffe auf seinen Körper gerichtet.

Er blickte auf die Tür.

Draußen huschte jemand vorbei. Er war wie ein Phantom, und Bloch glaubte, in ihm einen seiner Freunde zu erkennen, war sich aber nicht sicher. Dennoch ging er langsamer.

Die Frau blieb ihm auf den Fersen. »Was überlegen Sie noch?«, fragte sie.

»Ich denke über Sie nach.« Bloch blieb stehen.

»Gehen Sie weiter!«

»Ja, ja, natürlich.« Er setzte sich wieder in Bewegung. »Ich denke darüber nach, dass eine Frau wie Sie sich zum Werkzeug schwarzmagischer Kräfte hat machen lassen.«

»Was soll denn dieser Unsinn?«, fragte sie laut.

»Sie dienen dem Teufel, Madame.«

»So etwas hat mir noch gefehlt.«

»Wussten Sie das nicht?« Nach den Worten folgte ein Schrei, denn die Wirtin war lautlos an den Abbé herangetreten und hatte ihm die Mündung in den Rücken gerammt.

Bloch taumelte nach vorn. Er stützte sich an der Tür ab und hörte den weiteren Befehl.

»Öffnen!«

Das Heulen eines Motors war selbst durch die verschlossene Tür zu vernehmen.

Bloch kannte das Geräusch.

Das war sein R4!

Er sah den Wagen herankommen. Das Fahrzeug beschrieb auf der schmalen Fahrbahn einen Bogen, sodass es praktisch mit der Kühlerschnauze auf die Glastür zielte.

Fernlicht!

Vor den Augen des Abbés schienen Sonnen zu explodieren. Hinter sich hörte er einen wütenden Schrei, warf sich zur Seite, und dann fielen die Schüsse …

Er kam, aber ich sah ihn nicht. Dafür hörte ich ein anderes Geräusch, das auch Suko wahrnahm. Jetzt, wo van Akkeren sich zurückgezogen hatte, sprach er wieder mit mir.

»John, das sind Hufschläge.«

»Und sie klingen so verdammt hohl.«

Ich hörte meinen Freund atmen. »Hast du den gleichen Gedanken wie ich?«

»AEBA.«

Ich brauchte nichts zu sagen und auch nichts zu erklären. Dieses eine Wort, das für die vier Horror-Reiter stand, reichte völlig aus. Noch sahen wir sie nicht, aber vor uns, wo die Dunkelheit schwammig lag, wurde sie durch einen rötlichen Feuerschein erhellt.

Er drang aus den halb geöffneten Mäulern der Pferde, auf denen die vier Reiter, schwarz, drohend und unheimlich wie Gespenster hockten.

Sie gehörten zu meinen ältesten Gegnern und hatten bisher alles überstanden. Ich hatte einmal geglaubt, sie aus dem Rennen geschleudert zu haben, aber sie waren wieder erschienen, besonders, als es um die Templer und deren Vergangenheit ging. Da hatten wir erfahren müssen, wie eng die Reiter mit der zweiten Gruppe der Templer verbunden waren.

Sie ritten näher.

Das dumpfe Klopfen der Hufe auf dem weichen Boden hörte sich an wie der Rhythmus des Todes. Sie bewegten sich kaum auf den Rücken der Pferde, saßen da wie Statuen, und auch von ihren Gesichtern war nichts zu erkennen, da sie vor ihren schwarzen Knochenfratzen Visiere trugen.

Auf ihren Brustpanzern leuchteten weiß die Buchstaben, die zusammen das Wort AEBA bildeten. Darauf waren sie stolz. Jeder Buchstabe zeigte den Beginn des Dämonennamens an, der hinter ihnen stand und den Reitern den nötigen Schutz gab.

Sie ließen sich durch nichts aufhalten, ritten nieder, was ihnen im Weg stand, setzten über Büsche hinweg und ebenso über alte Grabsteine. So kamen sie näher, und ich konnte auch sehen, wer sie begleitete.

Baphomet – und die Ratten!

Der Kind-Dämon bewegte sich zwischen den Tieren so sicher, als gehörte er zu ihnen. Er freute sich, ich sah seine langen Arme, die an den Seiten herabhingen und sich im Takt der Schritte bewegten. Man hatte ihm dunkle Kleidung übergestreift. Der große Kopf fiel auf und besonders die breite Stirn. An der linken und rechten Seite standen die Beulen hervor. Da würden einmal Hörner wachsen.

Schon jetzt zeigte das Kindergesicht einen alten, irgendwie erwachsenen Ausdruck. Vom Widerschein des Feuers wurde er umspielt, als er stehen blieb und auf die Särge schaute.

Baphomet war gekommen, um den ersten Mord zu begehen. Er schlich näher. Dabei senkte er den Kopf, als wollte er über den Boden schnüffeln. Seine Nase bewegte sich. Sie war knochig und gleichzeitig dick, hatte einen langen Rücken. Die Nasenlöcher sahen aus wie kleine Nüstern.

Er blieb dort stehen, wo auch van Akkeren sich aufgehalten hatte. Dabei starrte er in die Särge, sah uns an, die Blicke glitten scharf wie Messerkanten über unsere Körper, während sich hinter ihm die Ratten in Bewegung setzten und auf ihn zutrippelten.

Die Ratten kündeten den Tod an. Wenn sie kamen, hatten die Menschen keine Chance.

So war schon vor langer Zeit gesprochen worden, und dies sollte sich nun wiederholen.

Wir konnten nichts tun, lagen starr und warteten darauf, was Baphomet mit uns vorhatte.

Er schob sich zuerst an mich heran. Dabei war er kaum größer als der untere Teil des Sargs. Das Gesicht schaute wie die bemalte Hälfte eines Ballons darüber hinweg und wanderte weiter, je mehr er am Sarg vorbeiging. Er hatte die Hände auf den Rand gelegt. Bei jedem Schritt schabten sie darüber hinweg.

Ich hörte das Geräusch, und es ging mir verdammt durch und durch.

Baphomet blieb dort stehen, wo sich mein Kopf befand. Er starrte mir ins Gesicht.

Kalt und grausam war der Blick seiner Fischaugen. Der Mund bewegte sich zuckend, eine Hand ballte er zur Faust, bevor er sie über den Sargrand hinwegschob und sie wieder spreizte, als er mich anfasste.

Von der Gürtelschnalle hoch glitt sie, geriet an meine Brust, und im nächsten Augenblick schnellte sie hoch. Gleichzeitig drang ein kreischender Schrei aus seinem Mund.

Die Reiter wurden unruhig. Sie wollten ihm zu Hilfe eilen, doch er rannte bereits auf sie zu.

Auch van Akkeren erschien wie ein Geist aus dem Hintergrund. Er packte den Kind-Dämon und hob ihn an. Der zeigte ihm seine Hand.

»Verbrannt!«, schrie van Akkeren. »Seine Hand ist verbrannt, Sinclair! Du bist schuld daran!«

Baphomet kreischte wie ein Affe, der nicht in den Käfig wollte, tobte auf van Akkerens Armen und sprang schließlich zu Boden. Er landete zwischen den grauen Rattenkörpern. Die Tiere huschten erschreckt zur Seite und hörten seinen schrillen Pfiff, der auch an meinen Trommelfellen zerrte.

Das Zeichen zum Angriff.

Van Akkeren bestätigte dies mit seinen nächsten Worten. »Wir alle sehen zu, wenn die Ratten euch zernagen, ihr Hunde!«

Und die graue Flut stürmte auf die beiden offenen Särge zu!

Bloch landete auf dem Boden. Er verstauchte sich die Schulter, aber er wusste, dass ihn die Kugeln nicht getroffen hatten. Möglicherweise hatten sie ihm auch nicht gegolten. Jedenfalls war er noch aktiv und wollte es auch bleiben.

Jetzt drehte er sich um die eigene Achse, nutzte den Schwung aus und kam wieder auf die Füße.

Die Frau stand zwischen Tür und Rezeption. Sie hielt Johns Beretta in der Hand und feuerte gegen die Glastür, die von einer blendenden Helligkeit des Fernlichts erfasst wurde und einen Moment später zersplitterte.

Der R4 raste hindurch.

Es war wie im Film.

Zusammen mit den in den Raum fliegenden Glassplittern drang auch die Kühlerschnauze vor und jagte auf die erschreckt dastehende Frau zu, die nicht mehr schoss.

Der Krach war infernalisch. Er begleitete das Splittern und Bersten. Aus der kleinen Halle wurde ein Tollhaus, und Madame Cinaire kam nicht mehr schnell genug weg.

Der Wagen rammte sie.

Zum Glück hatte der Fahrer auf die Bremse getreten, sodass der Stoß nicht zu heftig war. Die Frau flog zurück. Sie erinnerte an eine Puppe, die schließlich mit dem Hinterkopf gegen das Pult der Rezeption prallte und zusammensackte.

Noch immer fiel Glas aus dem Rahmen, knirschte und splitterte, während der Fahrer die Tür aufstieß und leichenblass aus dem R4 stieg. »Ich habe keine andere Chance mehr gesehen, Abbé«, verteidigte er sich. »Ich dachte, du würdest erschossen.«

»Schon gut, ich danke dir.« Bloch winkte ab, ging zu Madame

Cinaire und wand ihr die Beretta aus den Fingern. Er schlug leicht in ihr Gesicht, aber nach dem zweiten Schlag schüttelte er den Kopf und erhob sich sehr langsam und steif.

»Was ist denn?«, fragte der Fahrer.

Der Abbé holte tief Luft. »Manchmal geschehen Dinge, die kann man als Strafe des Schicksals bezeichnen.« Er deutete auf die Wirtin. »Sie hat eine solche Strafe erhalten. Sie ist tot.«

»Wie kommt das? Ich habe sie nicht …«

»Nein, du hast sie nicht überfahren. Sie fiel nur so unglücklich, dass sie sich das Genick brach.« Der Abbé hob die Schultern. »Weißt du, was das bedeutet, Henri?«

»Nein!«

»Dass wir keine Spur mehr zu unserem Freund John Sinclair haben …«

# SCHANDTURM DER TEMPLER

Die Ratten kamen!

Angetrieben durch den Pfiff des Kind-Dämons Baphomet, wälzte sich die graubraune zuckende Flut der Leiber auf die beiden offenen Särge zu.

In den Totenkisten lagen zwei Menschen, die durch die Einnahme eines teuflischen Gifts nicht in der Lage waren, sich zu verteidigen.

Die beiden waren Suko und ich!

Wir kannten hungrige Ratten und wussten, wozu sie fähig waren. Schon einmal hatten sie auf meinem Körper gehockt und ihn wie mit einem Pelz bedeckt, aber da hatten sie nicht zugebissen und nur demonstrieren wollen, zu was sie alles fähig waren.

Jetzt sollten sie töten.

Die ersten Nager konnten es kaum erwarten. Sie sprangen eigentlich viel zu früh. Zwar wuchteten sie ihre fetten Körper in die Höhe, zum Glück klatschten diese außen gegen die Ränder der Särge. Auch wenn die Ratten es einmal schafften, ihre Pfoten auf den Sargrand zu legen, rutschten sie wieder ab.

Das würde unser Leben nur um Sekunden verlängern, bis plötzlich etwas eintrat, mit dem ich nicht gerechnet hatte.

Eine Stimme klang auf.

Ich hörte sie nur in meinem Gehirn, hatte aber das Gefühl, als würden mehrere Geister oder auch Menschen zu mir sprechen, und sie sagten nur einen Satz.

»Aktiviere deine Waffe!«

Damit konnte nur das Kreuz gemeint sein.

Noch hatte ich eine Galgenfrist. Bewegen konnten wir uns nicht, aber reden.

Und so schrie ich die Formel laut und deutlich, als die ersten Ratten dabei waren, sich über die Ränder in die beiden Särge zu stürzen.

»Terra pestem teneto – Salus hic maneto!«

Die Worte klangen wie ein einziger Schrei, und ich hatte sie wohl noch nie zuvor so hastig und schnell gesprochen.

Die Reaktion trat ein.

Mein Kreuz, von Hesekiel hergestellt, entfaltete seine immense Kraft und überraschte uns wieder einmal völlig …

Er hieß Esquin de Floyran und trug noch die Kutte der Templer, die aber jetzt dreck- und blutverschmiert war. Zeichen seines Leidens, das er unter den Werkzeugen der Folterknechte erfahren hatte.

Er wimmerte, als er auf der Streckbank lag. Es sollte die letzte Stufe für ihn sein, aber wahrscheinlich überlebte er diese nicht. Die beiden Knechte jedenfalls freuten sich und grinsten diabolisch, als sie die Eisenstangen in das Schmiedefeuer hielten, damit das Metall glühend wurde. Sie waren in ihrem Element, in Toulouse und Umgebung wurden sie nur die Grauenhaften Zwei genannt.

Vor langer Zeit hatte man ihnen die Zungen herausgeschnitten, sodass sie nicht mehr sprechen und von ihren Schandtaten berichten konnten. Einmal im Monat durften sie den Kerker verlassen und in die Stadt gehen. Da erhielten sie jeder ein Goldstück. Wenn sie die finsteren Spelunken betraten, nahmen die meisten Gäste Reißaus, und selbst die schlimmsten Huren wollten mit ihnen nichts zu tun haben.

So betranken sie sich fast bis zur Bewusstlosigkeit, und es waren die Helfer des Schlossherrn, die sie in den Morgenstunden aufsammelten und sie wieder in die düsteren Folterkeller sperrten, die nie das Licht des Tages sahen.

Jetzt wollten sie die Streckbank bedienen. Der eine am oberen Ende, der andere am unteren. Aber vorher mussten sie den Gefangenen noch anders quälen, man hatte ihnen da freie Hand gelassen, aber ihnen gleichzeitig eingeschärft, ihn nicht zu töten.

Esquin de Floyran starrte auf das Eisen. »Nein!«, brüllte er. »Ich war gehorsam. In Paris habe ich mit Nogaret, dem Statthalter des Königs gesprochen. Er hat mich gelobt und wollte mich nur aus Paris weghaben …«

Die Stimme des Templers brach ab. Sie endete in einem tiefen Schluchzen. Es hatte keinen Sinn, die Folterknechte konnten nicht reden. Sie würden ihm keine Antwort geben.

Im Gegenteil, sie freuten sich, wenn die Menschen schrien. Einer nahm plötzlich eine lebende Spinne aus ihrem Netz und zerknackte sie zwischen den Zähnen.

Dem Templer wurde fast übel.

Er dachte jetzt über seine Schandtaten nach, aber es war zu spät. Seinen eigenen Orden hatte er verraten. Mit Schimpf und Schande hatten sie ihn ausgestoßen, aber niemand ahnte, dass dahinter ein sehr wohl durchdachter Plan steckte, ausgeklügelt von Guilleaume Nogaret, einem der Mächtigen hinter dem König.

Doch Menschen können nicht über ihren eigenen Schatten springen, das hatte auch de Floyran einsehen müssen. Er war als kleines Rädchen im Getriebe der Macht zerrieben worden.

Er sollte sein Leben auf der Folterbank aushauchen, unter grässlichen Schmerzen und lauten Schreien.

Der Spinnenknacker beugte sich vor. Sein Gesicht näherte sich dem des Templers. Zwischen den Lippen schaute, dünn wie ein Haar, ein Spinnenbein hervor. Die Hand mit dem Eisen wanderte höher. Die Spitze leuchtete in einem hellen Weißrot. Sie würde das Fleisch durchbohren wie ein scharfes Messer.

Der Templer spürte bereits die Hitze. Sie strich über sein Gesicht. Er wusste, dass sie ihn zuerst auf der Brust und dann den Wangen zeichnen würden. Wenn er schrie, würde der zweite Folterknecht an der Kurbel der Streckbank drehen.

Da flog die Tür auf.

So wuchtig und hart, dass sie gegen die Steine der Mauer krachte und wieder zurückschnellte, dabei allerdings von mehreren Stiefelsohlen gleichzeitig abgefangen wurde, denn eine Horde Bewaffneter stürmte in die große Folterkammer.

In den Scheiden steckten die Schwerter. In den Händen aber hielten sie harte Holzknüppel.

Bevor die beiden Folterknechte sich versahen, wurden sie weggezerrt. Intelligent waren sie nicht, aber sie besaßen eine gewisse Bauernschläue. Die sagte ihnen, dass man den Gefangenen befreien wollte.

Das konnten die Folterknechte nicht zulassen.

Sechs Soldaten waren in die Folterkammer gestürmt. Zwei

Gegner hatten sie nur. Es kam zu einer regelrechten Schlacht. Mit den Knüppeln droschen die Soldaten zu. Dabei war es ihnen egal, wohin sie trafen. Die Folterknechte hatten Schädel wie aus Stein.

Irgendwann sackten sie zusammen. Einer von ihnen fiel in das Feuer. Er wälzte sich noch aus den Flammen hervor, dann rollte er über den Boden und brüllte sich fast die Seele aus dem Leib. Schließlich blieb er bewusstlos liegen, wie auch sein Kumpan, der sich, von harten Schlägen gezeichnet, blutend am Boden krümmte.

Auch die Soldaten hatten einiges einstecken müssen, doch sie waren es gewohnt, Schmerzen zu ertragen.

Nur den Gefangenen hatte niemand angerührt. Er lag auf der Streckbank, steckte voller Furcht und wartete darauf, was mit ihm geschehen würde. Zwei Männer traten auf die Bank zu. Die Hartholzknüppel hatten sie wieder weggesteckt. Neben den Griffen ihrer Schwerter ragten sie aus den Hosengürteln.

Dann lösten sie die Stricke.

Esquin de Floyran atmete auf. Er konnte nicht vermeiden, dass Tränen der Erleichterung aus seinen Augen strömten und Spuren auf den schmutzigen Wangen hinterließen.

Wem hatte er die Gnade der Befreiung zu verdanken? Vielleicht seinem mächtigen Helfer im Hintergrund, Nogaret?

Das war ihm in diesen Augenblicken egal. Er hätte alles getan, nur um freizukommen.

Die Soldaten zogen ihn hoch. Sie gingen rücksichtslos vor, schleuderten ihn von der Streckbank, aber der Gefangene konnte sich nicht mehr auf den Beinen halten.

Er brach auf der Stelle zusammen.

Die Geräusche seiner unmittelbaren Umgebung nahm er kaum wahr, aber eines ließ ihn doch aufhorchen und den Kopf anheben.

Es war das typische Rasseln einer Kette!

Schweres Eisen, zusammenfügte Glieder, unzerreißbar und oft mit einer Stahlkugel beschwert. Ohne dass er den Kopf hob, wusste er auch so, für wen die Kette bestimmt war.

Für ihn.

Er geriet von einer Hölle in die andere. Nur konnte die nächste nicht schlimmer sein als die, die er hinter sich hatte. Wer angekettet wurde, dem blieb zunächst eine Folter erspart.

Hände griffen brutal zu und rissen ihn in die Höhe. Man hatte dem Templer bei den Folterungen auch gegen die Kniegelenke geschlagen. Er fand keinen Halt und schrie auf, als ihm jemand in den Rücken trat.

Zu zweit legten sie ihm die Ketten an. Die Soldaten hatten Mühe, das schwere Eisen in die Höhe zu wuchten. Eiserne Ringe legten sich um seine Gelenke an den Armen. Sie waren an den Innenseiten glücklicherweise nicht mit kleinen Nägeln bespickt, denn so etwas Grausames hatten sich ebenfalls Menschen ausgedacht.

Ein dritter Soldat schleifte die Kugel näher. Sie hing am Ende der Fußkette. Den Anfang bildete wieder eine Eisenklammer. Sie schloss einen Kreis um das rechte Fußgelenk.

Fliehen würde er aus eigener Kraft nicht können. Wenn er ging, bedeutete jeder Schritt eine große Anstrengung, da er die schwere Eisenkugel hinter sich herschleifen musste.

Aber Esquin de Floyran war zunächst dieser verdammten Hölle des Folterverlieses entkommen.

Die brutalen Folterknechte lagen noch immer am Boden. Es würde auch dauern, bis sie sich erholt hatten. Danach erstickten sie fast an ihrem Hass und warteten auf neue Opfer. Dieses Spiel kannten sie zur Genüge, und arbeitslos wurden sie nie.

De Floyran konnte kaum von allein gehen. Deshalb packten sie ihn unter und schleiften ihn in den Gang, wo Fackelschein flackerndes Licht verbreitete und dünne Rußfahnen an den Wänden entlangkrochen.

Die schwere Kugel rollte hinter ihm her. Sie wollte bei jedem zitternd gesetzten Schritt das Bein zurückziehen, und der Mann hatte das Gefühl, als würde man ihm den Fuß abreißen.

Er presste die Lippen zusammen. Schreien wollte er nicht mehr. Er hatte genug gerufen. Wurden die Schmerzen zu stark, zuckten hin und wieder seine Mundwinkel.

Der Gang war eng und lang. Auch nicht eben. Manchmal stieg er an, dann fiel er wieder ab. Auf solchen Strecken rollte die Kugel vor. De Floyran wurde mehr als einmal an der Hacke getroffen.

Sie passierten einige Türen, hinter denen die Kammern für Gefangene lagen. Manche Türen waren aus dicken Holzbohlen gezimmert worden, andere bestanden zur Hälfte aus Eisengittern. In den Räumen zwischen den Stäben sah de Floyran manchmal die Gesichter der Gezeichneten. Sie wirkten mehr tot als lebendig.

Sein Verlies lag ziemlich am Ende des Ganges, wo die Decke bereits niedriger wurde und sich der Gestank von Fäkalien gesammelt hatte. Spinnweben zitterten in der Luft und strichen durch die Gesichter der Männer. Keiner von ihnen bemerkte dies.

Einer der Soldaten schloss die Tür auf. In den rostigen Angeln knarrte es, als sie aufgedrückt wurde. Faulig riechende Luft strömte de Floyran entgegen. Harte Fäuste umklammerten seine Schultern und drückten ihn nach vorn. Sie warfen ihn wie einen Hund ins Verlies. Schon bald klebte fauliges Stroh an den Lumpen, die er am Körper trug.

Ein hartes Lachen begleitete das Schließen der Tür, dann ließen sie ihn allein.

Esquin de Floyran lag auf dem kalten Steinboden und rührte sich nicht. Er starrte gegen die Decke, die sich über ihm als graues Schmutzviereck abmalte. Durch seinen Kopf strömten zahlreiche Gedanken, die er nicht richtig einsortieren konnte, aber er war davon überzeugt, nicht mehr auf der Streckbank zu liegen, obwohl er sich manchmal so vorkam, wenn er an seine schmerzenden Gelenke dachte.

Fackeln brannten nicht. Durch ein schmales Gitterfenster unter der Decke sickerte graues Licht. Es reichte aus, um das Verlies einigermaßen auszufüllen.

»Tag!«, flüsterte der Gefangene. »Es ist Tag …« Er konnte es kaum glauben, denn in der langen Zeit hier im Schloss hatte er nie gewusst, ob es Tag oder Nacht war. Außerdem hatte es in der Folterkammer kein Fenster gegeben.

De Floyran drehte den Kopf und lächelte. Er freute sich darüber. In seiner Lage nahm man den kleinsten Hoffnungsschimmer auf. Zunächst einmal blieb er liegen. Es ging ihm zwar nicht viel besser, aber sie kamen nicht mehr, um ihn zu foltern. Das war schon viel wert. Der Steinboden war kalt. Die Feuchtigkeit drang durch seine dünnen Lumpen, erreichte die Haut und ließ ihn zittern.

Irgendwann, der Zeitbegriff war ihm verloren gegangen, fand er dann die Kraft, sich zu setzen. Er musste sich umschauen. Vielleicht gab es irgendwo ein Lager aus muffigem Stroh. Unter dem Fenster hatten sie das Stroh zusammengekehrt. Dort fand er tatsächlich so etwas wie ein Lager, und so kroch er hin.

Er konnte nur kriechen. Die Kugel schleifte er dabei hinter sich her. Der Mann hörte das Rollen des schweren Eisenstücks, das erst zur Ruhe kam, als er sein Lager erreichte.

De Floyran wälzte sich herum und lag auf dem Stroh. Es stank erbärmlich, aber es war wenigstens weich und auch nicht so kalt wie der Steinboden.

Auf dem Rücken blieb er liegen. Die Arme lagen auf seinem Bauch. Beide Gelenke waren mit der Kette verbunden, die ihm nur einen kleinen Spielraum ließ.

Sie war so kurz, dass er seine Arme nicht ausbreiten konnte. Das wollte er auch nicht. Er wollte schlafen, sich erholen. Da sie ihn aus der Folterkammer herausgeholt hatten, mussten sie etwas mit ihm vorhaben. Vielleicht hatten sie sich endlich überlegt, wie wichtig seine Aussagen gewesen waren.

Mühsam drehte er den Kopf zur Seite und starrte auf die Tür. Daneben bewegte sich plötzlich etwas. Zuerst hatte er das dunkle Halbrund vor der Wand für einen Fleck gehalten.

Nun richtete sich dort ein Schatten auf.

Nein, ein Mensch.

Und der sprach Floyran an. »Hat man Euch auch so mild behandelt wie mich, Monsieur?«

Esquin de Floyran sagte zunächst einmal nichts. Er blieb starr liegen, schaute auf seinen Leidensgenossen, atmete und röchelte in einem. Die Überraschung war gelungen.

»Wer … seid Ihr, Monsieur?«

»Ein armes Schwein wie Ihr. Aber lassen wir die Förmlichkeiten weg. Ich heiße Bertrand.«

»Und ich bin Esquin.«

»Gut, mein Freund, gut.« Bertrand lachte. »Wie lange, glaubst du, kannst du noch das Tageslicht sehen?«

»Ich weiß es nicht.«

»So lange, bis man dich holt. Und dass sie kommen werden, daran gibt es keinen Zweifel.«

»Was machen sie dann mit uns?«

Bertrand lachte kichernd. Dazwischen fragte er: »Man hat dich angekettet, wie?«

»Ja.«

»Dann komme ich, warte. Mir geht es noch etwas besser.«

»Warst du nicht in der Folterkammer?«

Bertrand lachte wieder. »Was hätte ich dort gesollt? Mein Vergehen ist klar.«

»Was hast du getan?«

»Später.«

Esquin de Floyran schaute zu, wie sich sein Leidensgenosse bewegte. Zuerst sah er ihn kaum, nur einen Schatten, der allmählich vorkroch. Es gab innerhalb der Mauern keinerlei Einrichtungsgegenstände. Nicht einmal einen Krug, in den man hätte Wasser hineinkippen können. Nur die Strohlager und die beiden Ringe in den Wänden, an die Gefangene manchmal angekettet wurden.

Bertrand kroch über den Boden. Vielleicht wollte er nicht aufstehen, möglicherweise konnte er es auch nicht.

De Floyran setzte sich hin. Es bereitete ihm Schwierigkeiten, auch deshalb, weil er sich mit seinen Armen nicht abstützen konnte. Das Klirren der schweren Kettenglieder begleitete seine Bewegungen.

»Bleib ruhig, mon ami«, sagte Bertrand. »Ich bin hier schon länger und kenne mich aus.« Er setzte sich ebenfalls auf das Lager. »Bin gespannt, wann sie mich holen.«

»Zur Folter?«

»Nein.«

»Aber freilassen wird man dich auch nicht?«

Bertrand schabte durch sein verfilztes Gestrüpp, das einmal einen Bart gebildet hatte. Er hatte dunkles Haar. Jetzt war es ebenfalls verfilzt und schmutzig. Die Nase zeigte einen Knick nach rechts. Sie musste irgendwann einen Schlag abbekommen haben. »Weißt du eigentlich, Esquin, wo wir uns hier befinden?«

»In einem Verlies und nicht in der Folterkammer.«

»Dafür in der Todeszelle des Schlosses von Toulouse, mon ami. Wer hier herauskommt, wird zum Henker geschafft. Sie sind sehr gnädig und haben der Todeszelle ein Fenster gelassen. Manchmal kommt der Henker und schaut herein. Dann grinst er und freut sich über die Ängste der Gefangenen. Er ist ein Schwein.« Bertrand schwieg und wartete auf eine Antwort. Als die nicht erfolgte, fragte er: »Weshalb sagst du nichts? Hat es dir die Sprache verschlagen?«

»Im Augenblick ja.«

»Es ist nun mal so. Daran können wir beide nichts ändern. Ich weiß nicht, wen sie zuerst holen. Möglicherweise sterben wir auch gemeinsam. Wer kann schon in ihre verdammten Gehirne schauen? Aber ich sage dir eines: Ich werde nicht schreien, wenn ich dem Henker gegenüberstehe. Ich spucke ihn sogar noch an.«

Esquin nickte. »Was hast du getan?«

»Ich habe einen Soldaten erschlagen. Er kam in mein Haus und wollte sich an meiner blinden Tochter vergehen. Da habe ich ihn erschlagen. Es ist das Recht eines Vaters, so zu handeln.«

»Das sahen die anderen nicht so.«

»Leider.« Bertrand lehnte sich mit dem Rücken gegen die Wand. »Außerdem hat er zur Leibwache des Papstes gehört. Die Männer waren auf dem Weg nach Paris und haben hier Station gemacht. Mein Pech, dass ich dies nicht wusste.«

»Was wollten die Leute denn?«

»Ich habe keine Ahnung. Man flüsterte etwas über einen Feldzug gegen einen Orden.«

»Die Templer!«, stieß de Floyran hervor.

Bertrand erschrak fast. »Du bist gut informiert, wie mir scheint.«

»Ja, das bin ich auch«, erklärte er. »Ich bin sogar sehr gut informiert.« Er nickte.

»Bist du vielleicht einer von ihnen?«

De Floyran lachte. »Ich war es. Man hat mich ausgestoßen.«

»Was hast du getan?«

»Nicht viel. Ich wollte nur nicht teilen.«

»Berichte. Wir haben Zeit, mon ami, viel Zeit.«

»Ich habe auch jemand getötet, aber das war nicht der eigentliche Grund. In der Komturei,[1] in der ich lebte, wurden Gold und Schätze gesammelt. Alles nur für den Orden, verstehst du? Zu viel für den Orden, wie ich gemeint habe.«

Bertrand lachte krächzend. Er streckte den Arm aus und bildete mit der Hand eine Kralle. »Wie ich dich einschätze, hast du sicherlich zugegriffen.«

»Das tat ich.«

»Man erwischte dich.«

»So ist es. Sie hielten Gericht über mich. Ich rechnete mit einem schweren Urteil, aber sie stießen mich nur aus. Ich musste die Komturei unter Schimpf und Schande verlassen und galt als vogelfrei. Das ist sehr schlimm. Jeder Templer hätte mich töten können. Wenn jemand ausgestoßen wird, spricht sich das schnell herum. Ich bin geflohen und habe Frankreich verlassen.«

»Wo bist du hingegangen?«

»Nach Italien. Ich wollte dort bei anderen Brüdern Zuflucht finden und ihnen berichten, aber dort wurde ich ebenfalls nicht aufgenommen. Dann wandte ich mich an die weltlichen Herrscher, denn ich wusste, dass diese den Templern nicht wohlgesonnen waren. Und ich habe viel von ihnen gewusst. Ich kenne sie …«

»Weiter, weiter …«

»Ich habe einen Provinzgouverneur erstochen, der mir nicht zuhören wollte. Dafür sollte ich in den Kerker, aber ich floh weiter.«

»Das ist ja eine unglaubliche Geschichte«, flüsterte Bertrand. »Wo hat dich dein Weg noch hingeführt?«

»Ich ging wieder nach Frankreich. Dort fand ich bei Nogaret Gehör. Er ist sehr mächtig, er herrscht heimlich über Paris. Außerdem ist er ein Vertrauter des Königs.«

---

1 Verwaltungsbezirk eines Ritterordens

»Den Mann kenne ich nicht.«

De Foyran nickte. »Oh, das ist ein Fehler. Guilleaume Nogaret war ehemals Professor der Rechte in Montpellier, bis der König von seinen Fähigkeiten hörte und ihn sehr mächtig machte. Jetzt herrscht Nogaret über zahlreiche Provinzen, und er ist ein Mann, der die Templer hasst. Er will sie vernichten. Man sagt, dass er bereits an einem geheimen Plan arbeitet, um dies zu schaffen. Schließlich besitzt der Orden viel Geld, und dem König geht es schlecht, wie jeder weiß. Er braucht Geld, das kann er sich von den Templern holen, wenn er den Orden zerstört. So einfach ist das.«

»Was hat Nogaret mit dir gemacht?«

»Er empfing mich. Ich habe einige Tage bei ihm gewohnt. Bei ihm wurde ich bewirtet wie ein hoher Staatsgast. Mir ging es gut, und er versprach mir sogar die Straffreiheit.«

»Aber du sitzt jetzt in der Todeszelle.«

De Floyran nickte. »Leider sitze ich hier. Dabei war vieles abgesprochen. Um den Schein zu wahren, wurde ich nach Toulouse in den Kerker geschafft. Erst in die Folterkammer, jetzt hierher. Ich weiß nicht, wie es jetzt weitergehen soll.« Der ausgestoßene Templer senkte den Kopf.

Bertrands Augen nahmen einen lauernden Ausdruck an, bevor er fragte: »Wer weiß alles von dieser Verschwörung zwischen dir und Nogaret?«

»Nur wir beide.«

»Und jetzt ich.«

»Sicher, aber du kannst nichts sagen. Du sitzt ebenso in der Zelle fest. Man wird dich holen und töten.«

Bertrand nickte. »Ja, das stimmt. Wir können jetzt in Selbstmitleid vergehen oder aber zusehen, dass die Zeit verkürzt wird, dass wir nicht an unser Schicksal denken, verstehst du?«

»Das verstehe ich. Aber was soll es?«

»Du hast viel erlebt, mon ami. Willst du mir nicht davon berichten?«

»Was meinst du damit?«

»Nun – vielleicht von deiner Zeit in der Komturei. Wie ich hörte, haben sich dort schlimme Dinge ereignet.«

»Das stimmt.«

Bertrand legte eine Hand auf die Schulter seines Leidensgenossen. »Du brauchst sie mir nicht zu erzählen, aber wenn es dich belastet, lade es dir von deiner Seele.«

De Floyran überlegte. »Meinst du wirklich?«

»Ja.«

Der andere hob die Schultern. »Was soll ich da sagen?«

»Alles.«

»Es ist schlimm, sehr schlimm.« Der Templer hustete so stark, dass sein Körper regelrecht durchgeschüttelt wurde. Wahrscheinlich war eine Lungenentzündung im Anmarsch.

»Ich höre zu.«

Ein Lächeln zuckte über das Gesicht des Templers. Plötzlich fragte er: »Glaubst du an den Teufel?«

»Ja.«

»Auch an Gott?«

»Sicher.«

»Beide gibt es, ich weiß es. Eigentlich sollten die Templer nur an Gott glauben, aber das taten nicht alle.«

Bertrand schaute seinen Leidensgenossen groß an. »Willst du damit sagen, dass es unter euch auch Ketzer gab?«

»Und wie.«

»Los, berichte.«

»Es gab Ketzer und Ketzerinnen. Hexen, verstehst du? Frauen, die heimlich in die Komturei schlichen und sich mit den Templern vergnügten. Dann beteten sie gemeinsam den Teufel an. Sie feierten ihn wie einen Gott. Sie führten Schwarze Messen durch, und sie riefen immer wieder seinen fürchterlichen Namen.«

»Was sagten sie denn?«

»Baphomet. Immer wieder Baphomet. Ihm huldigten sie. Er war für sie der Größte.«

»Weiter, weiter …«

De Floyran war in seinem Element. Er hatte seine Scheu überwunden und redete, was ihm einfiel. Er erging sich in Einzelheiten. Beide Männer vergaßen die Zeit und merkten nicht, wie draußen die Sonne weiterwanderte und die Dämmerung den Tag ablöste. Der Verräter erzählte von den schlimmsten Gräueltaten, von Menschenopfern auf dem Altar des Bösen.

Bertrand hörte zu. Irgendwann, es war schon dunkel, hatte sich Floyran heiser geredet. Wenn er sprach, konnte er nur noch flüstern, und er legte sich erschöpft hin. Seine Arme waren schwer geworden.

Jemand öffnete die Tür. Zwei Soldaten kamen herein und brachten brackiges Wasser. Einer hielt die Fackel. Er schaute Bertrand dabei an. Dieser schlürfte das Wasser aus der Schale, schielte über deren Rand hinweg und nickte.

Der Soldat nickte zurück.

Esquin hatte davon nichts bemerkt. Er trank das Wasser, als wäre es kostbarer Wein, und leckte sogar noch die letzten Tropfen vom Boden ab. Die Soldaten rissen den Männern die Schüsseln aus den Händen und kümmerten sich nicht um deren Bitten, ihnen doch noch weitere Schlucke zu bringen. Mit wuchtigen Schritten verließen sie den Raum und hämmerten die Tür hinter sich zu.

Bertrand nickte. Er reckte sich. »Das Wasser hat gut getan«, sagte er. »Ich fühle mich direkt besser.«

»Frisch für den Henker, wie?«

»Man weiß ja nie, wann er kommt. Aber das ist egal, mon ami.« Er rückte wieder näher an Esquin heran. »Sag mir eines«, flüsterte er, »stimmt es wirklich alles, was du mir da berichtet hast?«

»Ich schwöre es.«

Bertrand nickte. »Und du hast auch dabei mitgemacht?«

»Wieso?«

»Ich meine nur.«

In der Zelle war es dunkel geworden. Obwohl die Männer nahe zusammen saßen, konnten sie sich nur schattenhaft erkennen. Dennoch glaubte Bertrand, einen misstrauischen Ausdruck auf den ausgemergelten Gesichtszügen des Templers zu sehen. »Warum willst du das wissen?«

»Ich wäre auch gern dabei gewesen.«

Der Templer schüttelte den Kopf. »Das möchte ich dir nicht wünschen, mon ami. Nein, das ist nichts für dich. Überhaupt nichts. Nicht jeder kann es verkraften.«

»Aber du hast es.«

»Ja.«

»Dann hast du nicht nur gestohlen?«

»Baphomet lehrt, dass Gold und Geld für die Menschen sehr wichtig sind.«

Bertrand winkte ab. »Das haben auch andere erkannt, die jeden Tag in die Kirche gehen. Unser König ebenso wie Papst Clemens V. Die beiden stecken unter einer Decke, sagt man.«

»Ich glaube es auch. Wir Templer sind dem Papst ebenfalls ein Dorn im Auge. Nogaret meinte, dass bereits geheime Pläne geschmiedet werden, um ihre Macht zu brechen.«

»Was würde danach mit ihnen geschehen?«

»Man wird sie jagen.«

»Und auch töten?«

»Bestimmt. Es darf keiner der Nachkommen erfahren, was tatsächlich geschehen ist. Man wird die Templer ausrotten. Nichts soll zurückbleiben, nichts soll mehr an sie erinnern. Sie haben ihre Pflicht getan, und der König kann sich sogar auf die Rückendeckung der mächtigen Dominikaner verlassen.«

»Ja, das glaube ich auch.« Bertrand stand auf.

»Wo willst du hin?«, fragte Floyran, als er sah, dass der Mann zur Tür schritt.

»Ich will hier raus.«

Esquin lachte. »Das schaffst du nicht. Die Kerkertür ist von außen verriegelt.«

»Trotzdem will ich hier nicht länger bleiben. Ich kann es einfach nicht mehr. Du hast mir Dinge erzählt, die mich verwirren. Sie sind zu schlimm und grauenhaft. Ich kann mit einem heimtückischen Mörder nicht mehr zusammen sein. Verrecken sollst du!«

Der verräterische Templer verstand die Reaktion des Zellengenossen nicht. Er hatte Mühe, die richtigen Worte zu finden, und fragte schließlich: »Hast du nicht selbst gewollt, dass ich dir von den Dingen berichte?«

»Ich?«

»Ja!«, schrie Esquin, so laut er konnte. »Ja, du hast es gewollt. Du hast mich so lange gequält, bis ich …«

»Ach, rede nicht.« Bertrand war plötzlich ein anderer Mensch geworden. Er stand schon vor der Tür und hämmerte mit beiden Fäusten gegen das Holz. Dabei schrie er, dass es die Wächter hören mussten. »Holt mich hier raus, verflucht! Ich will nicht mehr mit ihm zusammen sein. Ich will nicht mehr!«

De Floyran verstand die Welt nicht mehr. Er konnte auch nichts sagen.

Und Bertrand hatte Erfolg. Es kamen die beiden Soldaten, die ihnen das Wasser gebracht hatten. Sie öffneten die Tür, packten Bertrand und schrien ihn an. Im Hintergrund war ein dritter Wächter zu sehen.

»Was ist los?«, fuhr man Bertrand an.

»Ich muss hier raus. Ich kann nicht mehr mit ihm zusammen sein. Er ist des Teufels!«

Der Soldat lachte nicht mehr. Dafür nickte er und sagte: »Gut, wenn du willst.«

De Floyran verstand die Welt nicht mehr. Aber er sah, wie sich Bertrand zum letzten Mal umdrehte und sein Gesicht dabei vom Widerschein des Fackellichts erleuchtet wurde.

Die Lippen hatten sich zu einem Grinsen verzogen. In seinen Augen lag ein bestimmter Ausdruck, der den verräterischen Templer nicht nur misstrauisch machte, sondern auch bei ihm einen Kronleuchter aufleuchten ließ.

Man hatte ihn reingelegt.

Es war ein teuflischer Plan gewesen. Er hatte alles verraten, und dieses Wissen würde Bertrand schamlos ausnutzen. Seine letzte Bemerkung kurz vor dem Verlassen der Zelle ließ darauf schließen. »Ich darf mich sehr herzlich bei dir bedanken, mein Freund. Es war alles sehr wichtig für mich.«

Dann ging er, begleitet von den beiden Aufpassern, und de Floyran hörte das Lachen seines Zellengenossen noch im Gang.

Er aber blieb zurück und wartete auf den Henker …

Der kam im Morgengrauen, als in dem Gefängnistrakt die Ruhe eingekehrt war. Die schweren Schritte waren nicht zu überhören, und er stieß die Zellentür noch härter auf, als es sonst die Soldaten taten.

Dann betrat er die Zelle.

Er trug schwarze Kleidung. Sein Kopf und das Gesicht lagen noch frei. Der Henker hatte einen breiten Schädel, ein flaches Gesicht und eine rote Narbe auf der linken Wange. Begleitet wurde er von vier Soldaten. Zwei blieben an der Tür stehen, die anderen beiden kamen auf de Floyran zu und hievten ihn hoch.

Er hatte sich unwillkürlich schwer gemacht, aber daran störten sich die Knechte nicht. Trotz Kette und Kugel rissen sie ihn hoch, und er hing in ihren Griffen wie ein Gelähmter.

»Jetzt wirst du sterben!«, versprach man ihm.

De Floyran konnte nicht sprechen. Seine Kehle saß zu. Er hätte gern um sein Leben gefleht, aber er wusste auch, dass dies keinen Sinn hatte. Sie hatten sich einmal entschlossen, ihn zu vernichten, und würden dabei bleiben.

Der Henker starrte ihn schon an. Das Fackellicht ließ den Mann noch grausamer und schlimmer aussehen. Sein Blick glich gefährlichen Dolchen. Er war gleichzeitig lauernd und voller Freude.

Sie schleiften ihn in den Gang. Laufen konnte de Floyran nicht mehr. Die Todesangst hatte seine letzten Kräfte aufgezehrt. Durch einen schmalen Ausgang betraten sie den Schlosshof. Es war noch kühl, aber über den Bergen ging bereits die Sonne auf und schickte ihre ersten Lichtstrahlen über die Mauern und an den vier Wehrtürmen vorbei. Sie tupften auch gegen den Richtblock aus starkem Eichenholz, der auf einem Podest stand, zu dem Stufen hochführten.

Die schaffte der Mann auch nicht mehr. Er wurde hinaufgezogen, und seine Knie schlugen dabei hart gegen die Stufenkanten, was er kaum noch merkte.

Erst als er neben dem Richtklotz lag, nahmen ihm die Soldaten die Ketten ab und rollten die schwere Kugel in den Hof.

An der Westseite, wo die Mauer sehr hoch war, standen Soldaten und wollten der Hinrichtung zuschauen. Einer löste sich aus der Reihe, ging quer über den Hof und reichte dem Henker das Schwert.

Es lag quer über den Unterarmen des Mannes. Mit einer stolzen Geste nahm der glatzköpfige Henker es an sich, ließ es einmal durch die Luft sausen und nickte zufrieden. Die nicht weit entfernt stehenden Soldaten hatten das pfeifende Geräusch vernommen.

Der Henker behielt das Schwert in der Hand, als er die Stufen hochschritt. Er schaute über den Richtklotz hinweg in den Korb. Dort sollte der Kopf hineinrollen.

Über die wulstigen Lippen des Mannes huschte ein zufriedenes Lächeln. Es war wie immer. Nichts hatte sich verändert. Der Henker war ein Mensch, der beim Töten Routine hatte. Und er kannte sie alle. Die Weichen, die Harten, die Jammernden, die Fluchenden.

Er hatte Männer gesehen, die stolz in den Tod gingen, und er hatte welche erlebt, die ihm das Schwert entreißen und ihn selbst köpfen wollten.

Esquin de Floyran dagegen lag neben dem Richtklotz, jammerte nicht, aber atmete schwer, als würde ihn eine gewaltige Last zu Boden drücken.

»Kannst du aufstehen?«, fragte der Henker.

Der Mann reagierte nicht einmal.

Dafür spie der Henker aus. Er mochte es nicht, wenn er die Delinquenten auf den Richtblock heben musste. Mit der linken Hand packte er den Todeskandidaten im Nacken, hievte ihn hoch und schleuderte ihn so auf den Richtblock, dass der Hals bereits in der Kerbe lag.

»Willst du noch etwas sagen?«, fragte er und hob bereits das Richtschwert mit der breiten Klinge.

»Nein ...«

»Kein Priester war bereit, dir die letzten Sekunden im Leben zu verschönern.« Der Henker lachte. »Du musst wirklich ein ganz besonderer Mensch gewesen sein.«

Esquin de Floyran hob noch einmal den Kopf. Sein Gesicht hatte sich dabei verzerrt. Trotz der schlechten Lage konnte er auf eine Schlossmauer schauen, und er sah auch dort die Fenster.

Eines, es reichte bis zum Boden und glich schon einer Tür, stand weit offen.

Dort stand eine Gestalt. Vom Sonnenlicht wurde sie umschmeichelt, deshalb war sie deutlich zu sehen. Der Mann wirkte sehr sauber, und er trug elegante Kleidung. Nichts erinnerte mehr an die Lumpen, die seinen Körper in der Todeszelle bedeckt hatten.

Es war Bertrand!

Und er lächelte. Dabei hob er sogar die Hand, mit der er dem Todgeweihten zuwinkte. Er war der Verräter, er hatte den Templer ausgehorcht und genoss nun seinen Triumph.

Wer seine Hintermänner waren, wusste Esquin nicht. Aber er wollte dem Mann noch eines sagen.

»Baphomet!«, schrie er Bertrand entgegen. »Baphomet ist stärker als ihr. Das lasst euch gesagt sein. Mein Blut wird vergossen, aber sein Blut wird wie eine Woge über euch kommen und euch ertränken …«

Mehr konnte er nicht sagen. Als er noch einmal Luft holte, hörte er bereits das Pfeifen der niedersausenden Klinge über sich.

Einen Moment später war alles vorbei …

Oder nicht?

Der Henker, der Esquin de Floyran hingerichtet hatte, starrte entsetzt in den Korb. In ihm musste eigentlich der Kopf des Mannes liegen, aber der war verschwunden!

Im Fenster stand noch immer Bertrand. Als ihm der Henker zuwinkte, hob der Mann die Schultern, drehte sich um und ging davon. Er ließ einen Menschen und Mörder zurück, der begann, an seinem Verstand zu zweifeln.

Als er die Stufen hinabschritt, kamen die Soldaten. Sie redeten wirr durcheinander, bis ein Hauptmann erschien und Ordnung in die Reihen brachte.

Man begab sich auf die Suche nach dem Kopf. Der Morgen verging, der Mittag kam, aber der Schädel des Toten war noch immer nicht gefunden worden.

Schließlich sprach einer das Wort aus, an das viele gedacht hatten. »Teufelswerk!«

Ja, es musste das Werk des Satans sein. Eine normale Erklärung jedenfalls fanden sie nicht.

»Was sollen wir tun?«

Der Hauptmann wusste auch keinen Rat. Er wollte sich erst mit dem Herrscher des Schlosses besprechen.

Zu dieser Zeit befand sich Bertrand bereits auf dem Weg nach Paris, um demjenigen einen Bericht zu geben, der mit ihm zusammen den Plan ausgeklügelt hatte.

Es war Guilleaume Nogaret. Dieser Mann brauchte die Aussagen eines unbescholtenen Bürgers, um die Vernichtungsaktion gegen den Templerorden einleiten zu können.

Was damals in Toulouse mit einer Verschwörung begonnen hatte, sollte später in Paris auf der Ile de la Cité, der Juden-Insel, blutig beendet werden.

Den Kopf fand man nicht.

Es wurde schließlich angeordnet, dass man den Torso verscharrte. Ohne Grabstein, ohne einen christlichen Segen. Irgendwo auf freiem Feld, wo der Teufel schalten und walten konnte.

Bauern berichteten später, dass sie, wenn sie an dem Grab vorbeigingen, ein furchtbares Heulen gehört hatten und einen bleichen geisterhaften Schädel sahen, der über der Stelle schwebte, wo der kopflose Leichnam begraben lag …

Ich hatte mir zwar abgewöhnt, an Wunder zu glauben, aber hin und wieder gibt es Situationen, die mich daran zweifeln ließen.

So wie jetzt!

Die Ratten waren gesprungen, ich hatte die Formel laut gerufen, und plötzlich war alles anders gewesen.

Licht und Dunkelheit umgaben mich gleichzeitig. Das eine ging in das andere über, sodass sich graue Schatten bildeten, durch die ich mich bewegte, als würde ich an einer sehr langen Leine geführt.

Ich befand mich in einer anderen Dimension!

So weit konnte ich denken, und ich erinnerte mich auch wieder an die Stimmen der Totenwächter, die mir zum Ruf der Formel geraten hatten. Also mussten sie mehr wissen als ich.

Wo hatten sie mich hingeschleppt?

Die Schatten, zuerst noch scharf voneinander getrennt und dabei eine regelrechte Grenze bildend, wurden fließend, bewegten sich, kreisten und stiegen aus ihrer Flächenhaftigkeit hervor, um ein dreidimensionales Gebilde zu formen.

Eine Botschaft?

Aus dem Gebilde drang plötzlich das Flüstern der Stimmen. Obwohl vier sprachen, hörte es sich an, als würde nur einer reden.

»Wir haben euch gerettet. Die Ratten hätten euch sonst zerfleischt. Das wisst ihr …«

Ich antwortete, ohne den Mund zu bewegen, denn ich formulierte die Worte in meinem Kopf, und die Botschaft wurde von ihnen verstanden. »Dafür danken wir euch.«

»Das müsst ihr auch …«

Diese Antwort begriff ich nicht. Aber ich hatte das Gefühl, dass etwas dahinter steckte. »Wie habt ihr das gemeint?«

»Wir lassen euch die Wahl!«, hörte ich das Flüstern.

»Welche?«

»Ihr könnt wieder zurück in die Särge, und alles wird von vorn beginnen. Oder ihr beweist uns eure Dankbarkeit, denn auch wir benötigen manchmal Hilfe, um einem alten Fluch entweichen zu können. Ihr seid in der Lage, ihn zu zerstören.«

»Was ist das für ein Fluch?«

»Der Fluch Baphomets …«

Ich überlegte. Leider konnte ich mich nicht mit meinem Freund Suko besprechen. Er befand sich bestimmt in meiner Nähe, nur hatten wir keinen Kontakt miteinander. Mir war dieser Fall mehr als suspekt. Begonnen hatte er für mich in Paris. Der Anruf meines Templer-Freundes Abbé Bloch hatte mich erreicht, und ich war in die Stadt an der Seine gejettet. Ich hatte zuvor nicht gewusst, was mich dort erwartete, um so größer war meine Überraschung gewesen, als der Abbé mit der vollen Wahrheit herausrückte. Wir beide sollten die Wiedergeburt Baphomets verhindern.

Die Wiedergeburt hatten wir nicht vermeiden können, aber uns war es gelungen, den Sarg einzufangen, mit dem das teuflische Kind die Seine hinabtrieb. Wir hatten ihn an Land gezogen, geöffnet, und der Abbé wollte seiner Aufgabe nachkommen, als Baphomet von seinen Beschützern Hilfe erhielt.

Die mörderischen Horror-Reiter erschienen, und sie entführten den Sarg vor unseren Augen. Mit ihm natürlich auch Baphomet, sodass wir das Nachsehen hatten.

Mich lockte man in meinem Hotel in die Falle. Zuvor aber war Suko in Paris eingetroffen, weil sich in London in einer alten Templer-Kirche Gräber geöffnet hatten und die Toten freiließen. Die Spur wies nach Paris.

Suko kam also, weil er ahnte, dass beide Fälle zusammenhingen, und wir liefen ausgerechnet in die Falle der Hotel-Wirtin, die uns mit einem Gift ausschaltete.

Bevor ich bewusstlos wurde, sah ich noch den Mann, der sich eigentlich als Baphomets Stellvertreter bezeichnete.

Vincent van Akkeren. Sein grinsendes Gesicht hatte ich mitgenommen auf die lange Reise der Bewusstlosigkeit, aus der ich erst wieder in einem Sarg liegend erwachte und feststellte, dass ich mich ebenso wenig rühren konnte wie der neben mir liegende Suko.

Um die Särge herum gruppierten sich die vier Gestalten, die in Soho ihre Gräber verlassen hatten, und sie waren es dann auch gewesen, die mir den Ratschlag gegeben hatten, das Kreuz zu aktivieren.

Jetzt befanden wir uns im Nirgendwo.

»Hast du dich entschieden, John Sinclair?«, hörte ich die Frage. »Du kannst dir nicht mehr viel Zeit lassen. Wir können das magische Feld nicht mehr lange halten.«

»Was muss ich tun?«

»Uns helfen.«

»Wie?«

»Indem ihr zurück in die Vergangenheit reist und die Schandtürme der Templer besucht.«

»Wieso Schandtürme?«

»Sie gehören zu einem Sitz der Gruppe, die einem Dämon namens Baphomet dient. Da sollt ihr hin und uns von einem alten Fluch erlösen, über den ihr noch mehr erfahrt.«

Hatte ich eine Wahl?

Wohl kaum, aber ich wollte dennoch erfahren, was geschah, wenn wir den Fluch gelöscht hatten.

»Dann wird alles so sein wie früher.«

»Geraten wir wieder in die Särge?«

»Nein …«

Ich musste den Geistern glauben und stimmte zu. Das tat ich auch in Sukos Namen, der selbst nicht angesprochen worden war.

»Viel Glück«, hörte ich die Stimme. »Wir werden uns sicherlich noch begegnen …«

Ich hörte ein lautes Brausen, und im nächsten Augenblick brach das magische Feld zusammen …

Die beiden Särge waren leer!

Und Baphomet, der Kind-Dämon kreischte wie von Sinnen. Er wollte sich einfach nicht mehr einkriegen, stand zwischen seinen wimmelnden Rattenkörpern und stampfte einige Male mit dem rechten Fuß auf, wobei er van Akkeren und auch seine vier Horror-Reiter anschaute, die es ebenfalls nicht verstanden hatten, der Magie entgegenzuwirken.

Die Tiere hielten die Särge besetzt. Sie wälzten sich in den offenen Totenkisten, als gäbe es dort eine Beute. In ihrer wilden Gier knabberten sie sich gegenseitig an.

Darum kümmerte sich niemand. Etwas anderes war für van Akkeren und Baphomet viel wichtiger.

Sie sahen die Totenwächter nicht mehr. Die Kühle der Nacht schien sie aufgesaugt zu haben. Noch deutlich erinnerten sich beide an das gleißende Licht, sie hatten den Ansturm der fremden Magie nicht abwehren können und dabei Schmerzen gelitten, doch als es vorbei war, da standen auch die Totenwächter nicht mehr an ihren Plätzen.

Während Baphomet vor Wut auf den Boden stampfte, schlenkerte er auch seine rechte Hand. Er hatte sie sich verbrannt, als sie das Kreuz des Geisterjägers berührt hatte. Die schwarzgraue Fläche würde für immer bleiben.

Mit seinem großen Kopf und den leicht vorstehenden Beulen

auf der Stirn wirkte Baphomet tatsächlich wie ein kleiner Teufel. Er sah nicht einmal komisch aus, war ein rasendes Etwas geworden und brüllte van Akkeren an, der nichts unternahm.

Er wusste, dass er in das zweite Glied der Kette gerückt war. Er hatte hinnehmen müssen, dass Baphomet über ihm stand.

Obwohl er offiziell erst knapp zwei Tage existierte, war er bereits gewachsen, und sein Kopf nahm ebenfalls an Größe zu sowie die Breite seiner Stirn.

Er tobte zwischen den Grabsteinen umher, suchte nach Verantwortlichen für das Geschehen und war manchmal von feurigen Streifen umhüllt, die aus seinen Nasenlöchern schossen.

Bis er ruhig wurde.

Breitbeinig kam er auf van Akkeren zu. Das Gesicht war verzerrt, sein Mund war breit wie der eines Froschs. »Wir müssen sie holen!«, sprach er mit dumpfer Stimme, die überhaupt nicht zu seiner Gestalt passen wollte.

»Ja, aber wo? Wo können sie sein?«

»Du wirst es herausfinden.«

Diese Aufgabe hätte van Akkeren auch freiwillig übernommen, ohne dass ihm jemand etwas sagte. Leider wusste er nicht, wo er den Anfang machen sollte. Laut sinnierte er: »Wo könnte er sein?«

»Nicht in der Hölle!«, kreischte Baphomet. »Das hätte ich schon mitbekommen.«

»Wissen es die Templer?«

»Bloch, der uns entkam?«

»Ja.«

Baphomet ballte die kleinen Krallenhände zu Fäusten. »Such ihn. Such ihn und frage ihn aus. Foltere ihn, lass ihn schreien, und dann töte ihn!« Mehr sagte dieser kleine Teufel nicht. Er jagte auf seine vier Beschützer zu, die im Hintergrund standen, und sprang zu dem ersten Dämon auf das rabenschwarze Pferd.

Sekunden später jagten sie davon. Sie waren auf dem Weg in Baphomets Reich …

Die Glastür war zerstört, seit einer der Templer mit seinem R4 hindurchgerast war. Zwischen unzähligen Glassplittern lag die Leiche einer hageren Frau.

Sie hieß Madame Cinaire und war die Besitzerin des Hotels. Abbé Bloch hatte sie besucht, um mehr über den Verbleib seines Freundes John Sinclair zu erfahren.

Die Frau hatte sich als standhaft erwiesen und wollte nichts sagen. Statt dessen hatte sie den Abbé mit einer Waffe bedroht und erklärt, dass John Sinclair ausgezogen sei.

Der Abbé glaubte ihr nicht, denn die Waffe hatte nicht ihr, sondern Sinclair gehört.

Zu einer weiteren Auskunft war sie nicht bereit gewesen und hatte Bloch zwingen wollen, das Hotel zu verlassen. Dazu war es nicht gekommen, denn Henri, einer der beiden Begleiter des Abbé, hatte durch die Glastür gesehen, was sich im Innern abspielte. Er war mit dem Wagen durch den Eingang gerast.

Beide bedauerten sie den Tod der Frau, die sich bei dem Unfall das Genick gebrochen hatte.

»So kommen wir nicht weiter«, sagte der Abbé und hob die Schultern.

Henri stand neben dem Wagen. »Ich würde vorschlagen, dass wir verschwinden. Der Krach ist gehört worden. Man wird die Polizei alarmiert haben.«

Bloch nickte. »Fährt der Wagen noch?«

»Bestimmt.«

»Dann gehen wir.«

»Und Justus?« Henri meinte den dritten im Bunde, der an der Rückseite hatte Wache halten sollen.

»Ich bin hier.« Justus meldete sich von der Tür her. »Euer Krach war nicht zu überhören. Aber Henri hat Recht. Wir sollten wirklich verschwinden, die Gegend hier wird bereits rebellisch.«

Sie stiegen ein.

Henri fuhr wieder. Er ließ den Motor an und rollte rückwärts durch die zerstörte Tür. Die Reifen fuhren über die Glasscherben hinweg, die unter dem Druck zerknirschten, aber der Fahrer schaffte es, den R4 auf die Straße zu bringen.

Dort ließ er auch die Scheinwerfer ausgeschaltet, denn aus den Eingängen der sehr dicht stehenden Häuser liefen die Gaffer, um nachzusehen, was passiert war.

»Gib Gas!«, verlangte der Abbé.

»Und wohin fahren wir?«

»Erst einmal weg.« Bloch wusste, dass sie noch längst nicht in Sicherheit waren. Wie er Vincent van Akkeren kannte und einschätzte, würde der nicht aufgeben, sie zu jagen. Schon deshalb nicht, weil Baphomet lebte und er etwas gutzumachen hatte.

Erst als sie das Ende der Straße erreichten, schaltete Henri das Licht ein.

Justus hockte auf dem Rücksitz und hatte sich gedreht. »Einige rennen hinter uns her!«, meldete er. »Sie kriegen uns nicht.«

»Das will ich auch gemeint haben.«

»Sollen wir nicht die Polizei benachrichtigen und erklären, was geschehen ist?«

Abbé Bloch schüttelte den Kopf. »Nein, noch nicht.«

»Und wo willst du jetzt endlich hin?«

»In den Süden.«

»Nach Alet-les-Bains?«

»So ist es.«

»Aber was sollen wir dort?«

»Es ist unsere Welt. Dort hat vieles seinen Anfang genommen. Ich will bei Hector de Valois bleiben.«

»Er lebt nicht mehr.«

»Aber sein Skelett befindet sich in der Kathedrale der Angst. Dort herrschen andere Gesetze.«

Henri fragte: »Geben wir Paris dann auf?«

»Vorerst ja.«

Abbé Bloch führte die Templer an. Er war ein Großmeister des Ordens. Was er anordnete, das hatte zu geschehen, und so widersprachen seine Freunde auch nicht.

Sie mussten aus dieser Ecke raus und eine Ausfallstraße in Richtung Süden erreichen.

Noch kurvten sie durch einen Bezirk, in dem nicht gerade die reichsten Menschen wohnten. Es gab keine breiten Boulevards, nur ziemlich enge Straßen, und auch die eingeschalteten Laternen waren nicht zahlreich vertreten.

Ein dunkles Paris, das jedoch mit einem Mal erhellt wurde, denn ihnen kam ein schwerer Wagen entgegen. Und dessen Fahrer hatte das Fernlicht eingeschaltet.

»Ich kann nichts mehr sehen!«, rief der blonde Henri, trat auf die Bremse und riss eine Hand vor seine Augen, um sich vor dem Licht zu schützen.

Dabei verriss er das Lenkrad. Hinzu kam die Feuchtigkeit auf dem Pflaster, wo die Reifen nicht mehr den Halt fanden, den sie gebraucht hätten.

Mit dem Heck zuerst rutschte der R4 nach links. Diese Kraft schob ihn weiter, direkt mit der schon leicht demolierten Kühlerfront auf einen Laternenpfahl zu.

Er prallte dagegen.

Zuerst sah es so aus, als wollte sich die Laterne vor dem kleinen Wagen verbeugen, dann löste sich die Kuppel, fiel herab und landete krachend auf dem Dach des Wagens, wo sie zersplitterte.

Henri fluchte. Er wollte aussteigen, als die Tür bereits von außen aufgerissen wurde.

Hinter der Mündung einer Waffe starrte ihn das flache Gesicht eines Mannes an.

Auch an der Rückseite riss jemand die Tür auf. Hier erschien ebenfalls ein Waffenlauf. Überlang, wie auch der an der Vorderseite. So sahen Pistolen aus, die einen Schalldämpfer trugen. Wer mit diesen Waffen hantierte, der wollte auch töten.

Zweimal erklang das Geräusch, das sich anhörte, als hätte jemand eine Champagnerflasche geöffnet. Zwei Menschen sanken auf ihren Sitzen zusammen. Und der Abbé saß vor Grauen steif.

Er konnte sich nicht rühren, weil er das Schreckliche noch nicht begriffen hatte.

Der Killer, der Henri erschossen hatte, lief um den Wagen herum und riss die Fahrertür auf. Er presste dem Abbé die Waffe gegen die rechte Wange und sagte nur: »Steig aus!«

Bloch gehorchte. Wie in Trance bewegte er sich, löste den Gurt und schwang sich aus dem Wagen.

Der Killer fasste ihn mit einem Klammergriff im Nacken an. Zwei Handbreiten darunter drückte er dem Abbé die Mündung der Waffe ins Kreuz. Er dirigierte ihn dorthin, wo ein großer schwarzer Wagen stand, bei dem jetzt wieder das Abblendlicht eingeschaltet worden war.

Abbé Bloch wurde in den Fond geschoben. Die Tür knallte zu. Erst jetzt erwachte der Templer aus seiner Erstarrung, senkte den Kopf und schüttelte ihn, als könnte er dieses gewaltige Grauen einfach nicht begreifen.

Er nahm nicht einmal den Mann wahr, der ebenfalls im Fond hockte und dem Fahrer ein Handzeichen gab, endlich zu starten.

Erst als der Wagen anrollte, meldete er sich. »Hallo, Abbé Bloch. So sehen wir uns wieder ...«

Der Templer nickte, und er gab eine Antwort, wie sie nur höchst selten aus seinem Munde kam.

»Van Akkeren, Sie sind ein verdammter Bastard!«

Die Welt hatte uns wieder!

Eine normale Welt, die dennoch nicht so normal war, denn wir befanden uns in der Vergangenheit. Ich wusste nicht, in welch einem Jahrhundert, aber es war kein Winter, das spürte ich an der lauen Luft, die mich umfächerte.

»Manchmal erlebt man eben Dinge, die darf man nicht erzählen, ohne von anderen für verrückt gehalten zu werden«, hörte ich Sukos Stimme, drehte mich um und blickte in sein verwundert aussehendes Gesicht.

»Ja, das stimmt wohl.«

»Hat man auch mit dir gesprochen, John?«

Ich nickte.

»Dann weißt du ja, was wir zu tun haben.«

»Nichts weiß ich, gar nichts.«

»Doch! Zurück in die Zukunft.«

»Leider sind wir nicht im Kino.« Ich holte tief Luft, die wunderbar nach Gewürzen schmeckte und für meine Lunge wie ein

Labsal war. »Wir müssen einen alten Fluch löschen und die Schandtürme der Templer finden.«

Suko hob die Schultern. »Dann machen wir uns mal auf die Suche. Vielleicht finden wir auch ein Taxi.«

Auf die Suche machen, das war leichter gesagt als getan. Keiner von uns wusste, wo er anfangen sollte und in welch einer Richtung überhaupt die Türme lagen. Wir wussten nicht, wozu sie gehörten, zu einer Burg, einem Schloss oder einfach nur als turmartige Felsen in der Landschaft umherstanden.

Die Umgebung war bergig. Mir fiel ein, dass die Stadt Toulouse erwähnt worden war. Sie liegt ja im Süden Frankreichs. Man kann sie als Tor zu den Pyrenäen bezeichnen, aber als wir in Richtung Süden schauten, sahen wir von der gewaltigen Gebirgskette noch nichts. Wo sie liegen musste, zitterte ein breiter Dunststreifen.

Wir selbst befanden uns auf einer Ebene, die nur mit wenigen Gewächsen bedeckt war. Wälder gerieten überhaupt nicht in unser Blickfeld. Dafür entdeckten wir einen staubigen Weg, der in ein Tal hineinführte.

»Den nehmen wir«, sagte Suko.

Ich hatte nichts dagegen. So machten wir uns auf die Wanderschaft. Zwei Menschen, die aus der Zukunft in die Vergangenheit gekommen waren, um einen alten Fluch zu löschen, der mit den Schandtürmen der Templer zu tun haben musste.

Zwar war ich den vier Totenwächtern dankbar, dass sie uns gerettet hatten, dennoch hätten sie uns mehr Informationen mit auf den Weg geben können. Auf dieser fast baumlosen Ebene gab es keinen markanten Punkt, der als Orientierung hätte dienen können.

Auf diesem Pfad gingen wir ins Tal.

Es war nicht sehr tief, das stellten wir mit einem Blick fest, und wir konnten auch erkennen, dass es sich wie eine gewaltige Schüssel ausbreitete. Die Hänge waren nicht sehr steil, hier aber bewachsen, denn uns fielen die fast geometrisch angelegten Flächen der Weinstöcke auf.

Suko nickte. »Zu trinken wird man uns wohl geben.«

»Hast du Durst?«

»Ja.«

Wir schauten uns nicht nur die Weinberge an, sondern auch das, was unterhalb von ihnen lag. Eine Ortschaft, gar nicht mal klein und überragt von einer mächtigen Burg, die tatsächlich vier Türme hatte.

Die Schandtürme!

Aus dieser Höhe und aus der Entfernung wirkten sie verhältnismäßig klein, doch ich konnte mir vorstellen, dass sie riesig waren, wenn man daneben stand.

»Ist schon beachtlich«, sagte Suko.

»Ja.«

»Die Türme haben wir, fehlt uns nur der Fluch.«

»Den suchen wir jetzt.«

Suko grinste. Er hatte bestimmt eine lockere Antwort auf der Zunge, schluckte sie aber herunter.

Uns fiel noch etwas auf. So groß der Ort auch war, wir entdeckten kaum Leben in ihm. Die Menschen mussten sich in ihre Häuser zurückgezogen haben, als fürchteten sie sich vor irgendwelchen Dingen.

Die Zeit verging. In etwa zwei Stunden sollte die Sonne untergehen.

Der Wind hier oben war sehr warm. Auch die Talschüssel war aufgeheizt worden, und wir kamen ins Schwitzen.

Die ersten Weinhänge umfingen uns. Die roten Trauben waren noch nicht vollreif. Sie würden noch Sonne gebrauchen. Ich ging deshalb davon aus, dass wir im Hochsommer gelandet waren.

Der Wein nahm uns die Sicht auf den Ort. Wir vernahmen auch keine Geräusche aus der Tiefe, nur das Zirpen der Grillen umfing uns. Ein herrlicher Sommertag, wie er auch in unserer Zeit hätte sein können und nicht einige Hundert Jahre zuvor.

»Was sagt dir dein Gefühl, John?«, fragte Suko.

»Gar nichts.«

»Das ist schlecht.«

»Wieso?«

»Du hast doch meist Vorahnungen.«

»Vielleicht haben mich diese im Stich gelassen, oder sie kehren zurück, wenn wir die Schandtürme besichtigen und versuchen, den alten Fluch zu finden.«

»Er muss mit den Totenwächtern zusammenhängen«, sagte Suko, der sehr ernst geworden war. »Weißt du, welch ein Gefühl ich habe?«

»Wie denn?«

»Dass wir sie noch sehen, und zwar so, wie sie einmal gewesen sind. Nicht als Statuen oder Geister.«

»Möglich ist alles.«

Wir erreichten wenig später einen Platz, von dem aus wir freie Sicht auf das Dorf hatten. Auch jetzt, wo wir die Hälfte der Strecke fast hinter uns gelassen hatten, kam es uns leer und ausgestorben vor. Niemand bewegte sich über die schmalen Straßen zwischen den schlichten Häusern mit ihren weißen oder grauen Steinwänden.

»Als hätten sie das Dorf verlassen«, flüsterte ich.

Vor uns lag ein kahler Fleck. Steinig und auch staubig. Der Wind trieb Fahnen darüber hinweg. Er streichelte die Steine und Felsen, die auf dem Boden ein wirres Durcheinander bildeten. Über uns war der Himmel von einem seichten Hellblau, in das einige Wolken hineinstachen, als wären sie durch Pinselstriche gezeichnet worden.

Plötzlich hörten wir Schritte.

Sofort zogen wir uns zurück. Noch brauchte uns niemand zu sehen. Die Schritte waren unter uns erklungen. Wir vernahmen auch das Kollern kleiner Steine, die ihren Halt verloren hatten, weil sie berührt worden waren.

Suko und ich hatten uns tief geduckt und hinter zwei Steinen Deckung gefunden. Vorsichtig schielten wir um die Ecke und sahen plötzlich einen schmalen Schatten, dem einen Moment später eine Gestalt folgte.

Eine Frau!

Nein, eigentlich noch ein junges Mädchen von höchstens zwanzig Jahren.

Sie keuchte. Ihr Gesicht war von der Anstrengung des Laufens hochrot angelaufen. Das lange Blondhaar wehte im Wind. Ihr Gesicht war rund, leidlich hübsch, und was der tiefe Ausschnitt des Kleides zeigte, erfreute so manches Männerauge.

Suko warf mir einen verständnislosen Blick zu und hob die Schultern. Auch ich wusste nicht, was die Kleine hier wollte, denn es sah nicht so aus, als wollte sie noch weiter den Berg hochgehen. Wahrscheinlich hatte sie ihr Ziel erreicht, um hier eine Aufgabe zu erledigen.

Wir würden sehen.

Das Mädchen schritt dorthin, wo die meisten Steine lagen. Sie umging sie in einem Kreis, und uns fiel eigentlich erst jetzt auf, dass auch die Steine einen Kreis bildeten.

Das hatte etwas zu sagen.

Während die Kleine ging, beugte sie ihren Kopf den Steinen entgegen und murmelte Worte, die so leise gesprochen waren, dass wir sie nicht verstehen konnten.

Aber einen Namen hörten wir doch, und der ließ uns beide zusammenzucken.

Baphomet!

»Hier sind wir richtig«, sagte Suko, hielt aber sofort den Mund, denn das Mädchen war stehen geblieben.

Hatte sie uns gehört?

Die Unbekannte lauschte. Sie drückte ihr Ohr in die Windrichtung, mehr sahen wir nicht, weil wir uns beide noch mehr zusammengeduckt hatten und hinter den Felsen verschwanden.

Etwa 30 Sekunden vergingen, dann bewegte sich Suko wieder vor und schielte am Felsen vorbei. Er nickte mir zu, ein Beweis, dass alles in Ordnung war.

Auch ich sah dorthin, wo sich das Mädchen im hellblauen Kleid befand. Sie hatte den Kreis noch immer nicht verlassen, stand breitbeinig da, reckte und streckte sich. Die Bewegungen hatten etwas Laszives an sich. Es sah aus, als wollte sie sich für einen Zuschauer zur Schau stellen.

Damit konnten wir wohl nicht gemeint sein. Die Unbekannte ließ ihren Blick in den Himmel schweifen, die nähere Umgebung interessierte sie überhaupt nicht.

Dann sank sie zu Boden. Mich erinnerte sie an eine Tänzerin, die dem Publikum einen schönen Tod vorführte.

Sehr grazil setzte sich das Mädchen nieder. Die hohen Steine deckten sie jetzt. Wir konnten nur dann etwas von ihr sehen, wenn der Wind mit ihren Haaren spielte und einige Strähnen am Felsen vorbei zur Seite wehte.

Suko deutete mit dem Finger in die Höhe und schaute mich dabei fragend an.

Ich war einverstanden und stand als Erster auf. Die Kleine saß so, dass sie uns den Rücken zudrehte. Wenn wir uns sehr langsam bewegten, würde sie uns nicht hören.

Wir nahmen sie praktisch in die Zange und näherten uns von zwei verschiedenen Seiten. Abermals hörten wir ihr Flüstern, das nur aus einem Begriff bestand.

Baphomet!

Verdammt noch mal. Was hatte eine Person wie diese junge Frau mit dem Teufel Baphomet zu tun? Wenn sie eine Hexe war, davon hatte es leider welche gegeben, dann stand sie nicht Baphomet nahe, sondern Asmodis, dem anderen Teil des absolut Bösen.

Sie wirkte nicht wie jemand, der eine bestimmte Person beschwören wollte. Dieses Mädchen rief nach ihr, und es schien sich sicher zu sein, dass sie die Person genau an dem Ort im Kreis der Steine finden konnte.

Wir gingen jeder noch zwei Schritte vor und blieben dann stehen. Über die Rundungen der Steine schielten wir hinweg auf das helle Haar und den Rücken des Mädchens.

Es saß noch innerhalb des Steinkreises, hatte sich aber zur Seite gebeugt und den Kopf so weit gesenkt, dass Haarsträhnen den staubigen Boden berührten. Den Blick hielt sie auf eine bestimmte Stelle gerichtet, der rechte Arm war ausgestreckt.

Und sie sagte wieder den Namen.

»Baphomet!«

Diesmal sprach sie mit einer Stimme, die fremdartig klang. Sie glich mehr einem Röhren.

Das Wort war kaum verklungen, als die Unbekannte zusammenzuckte. Wir hörten ihren durchdringenden Schrei, sahen sie kippen, sprangen vor und erkannten, was geschehen war.

Aus dem Boden ragte ein brauner, leicht faulig wirkender Arm, dessen Hand den Ellbogen der Blondine umklammerte …

Ich wollte nicht erst um die Steine herumlaufen, stützte mich auf einem ab und flankte über ihn hinweg. Auf der anderen Seite tat Suko das Gleiche, sodass wir gemeinsam neben der Unbekannten landeten und stehen blieben.

In diesem Augenblick brach dicht vor meinen Fußspitzen abermals die staubige Erde auf, und ein zweiter Arm erschien. Er war ziemlich schnell. Wer immer dort unten begraben lag, musste wissen, dass Menschen über ihm standen, denn wie ein zuschnappendes Maul wollten die Finger mein Fußgelenk umklammern.

Ich war schneller, hob den Fuß und trat auf die Klaue.

Die Masse unter mir war sehr weich. Ich hatte das Gefühl, auf Pudding getreten zu sein. Im rechten Winkel zum Armgelenk blieb die Hand auf dem Boden liegen.

Suko hatte sich inzwischen um das Mädchen gekümmert. Er fasste sie unter, aber die andere Hand wollte einfach nicht loslassen. Sie war wie eine Klette. Je weiter Suko die junge Unbekannte zog, um so mehr drückte sich der Arm aus der Erde.

»John, hilf mir!«

Er hatte englisch gesprochen, das Mädchen konnte ihn kaum verstehen, dennoch reagierte es. Es wand sich unter Sukos Griff und schrie immer wieder: »Non, non, nicht! Das darf man nicht. Ihr seid des Todes, wenn Ihr es tut.«

Das glaubten wir zwar nicht, aber wir wollten ihre Warnung auch nicht einfach in den Wind schlagen. Sicherlich hatte sie ihre Gründe, so zu handeln.

Vor uns war ein Untier.

Wir sahen die angefaulten, halbverwesten Hände, Arme und auch die Schultern.

Aber wir fanden keinen Kopf. Er schien ihm abgetrennt worden zu sein.

So war es bestimmt auch gewesen.
Jetzt kehrte der Hingerichtete plötzlich zurück.
Unseren Augen bot sich ein unheimliches Bild. Der Kopflose klammerte sich mit einer so starken Kraft am Arm des Mädchens fest, dass ihr das Blut abgeschnürt wurde. Sie musste Schmerzen spüren, doch kein Laut drang über ihre Lippen.
Was wir hier erlebten, war unheimlich und grauenhaft. Auch rational nicht erklärbar. Dass es überhaupt geschehen konnte, daran trug allein eine gefährliche Schwarze Magie die Schuld, die dafür gesorgt hatte, dass dieser Torso wieder zum Leben erwacht war.
Das Mädchen hatte nach Baphomet geschrien, seine Magie musste mit im Spiel sein.
Die Klaue hielt weiterhin den Arm umklammert. Staub umwallte den aus der Erde steigenden lebenden Toten ohne Kopf. Lehmklumpen wurden in die Höhe geschleudert, rollten zur Seite, und wir schauten tatenlos dem Drama zu.
Zuletzt erschienen die Beine.
Oberschenkel, Knie, Waden und Füße. Wie auch der andere Teil des Körpers, so waren sie ebenfalls mit auf der Haut klebenden Kleiderfetzen bedeckt.
Mit einem letzten, sogar raumgreifenden Schritt schaffte das Monster es, sich zu befreien.
»Weg!«, rief das Mädchen plötzlich. »Lasst mich los! Ihr dürft ihn nicht stören. Ich muss sein Opfer werden, sonst geht das Grauen weiter. Lauft, Fremde, lauft …«
Das taten wir nicht.
»Willst du es machen?«, rief Suko.
»Okay.«
Mein Freund zog die Beretta und warf sie mir zu. Meine Waffe hatte mir die heimtückische Wirtin leider abgenommen.
Das Mädchen starrte mich an. Sie kannte keine Pistole, ahnte jedoch, dass ich etwas Bestimmtes vorhatte.
Ich zielte genau und schoss!
Die Kugel drang dorthin, wo bei einem Menschen normalerweise das Herz schlägt. Aber hier schlug nichts. Geweihtes Silber

riss ein Loch, sogar Staub wölkte aus der Wunde, und der Griff des Monsters wurde schwächer. Die Hand löste sich vom Arm der Blondine, der Arm fiel nach unten, danach sackte der Körper in sich zusammen.

Neben dem Loch blieb er liegen, während die Blonde auf einen Stein fiel, dort hocken blieb und beide Hände gegen ihr Gesicht schlug. Sie begann zu weinen.

Suko und ich verstanden die Welt nicht mehr. Eigentlich hätte sich die Kleine freuen müssen, denn wir hatten sie vor einem schrecklichen Ende bewahrt. Statt dessen erweckte sie den Eindruck, als hätten wir genau das Falsche getan.

Der Fall lag komplizierter, als ich angenommen hatte. Suko stand vor dem Mädchen und hob die Schultern. Er wusste auch nicht, wie er anfangen sollte.

Ich kam ihm zu Hilfe. Suko machte mir Platz, und ich setzte mich neben das Mädchen. Nicht weit entfernt lag der Torso. Meine Kugel hatte ihn vernichtet, allerdings löste er sich nicht auf.

Das Mädchen tat nichts. Es saß apathisch neben mir und zuckte zusammen, als ich mit meiner Fingerspitze ihre Schulter berührte. Endlich hob sie den Kopf.

Ich lächelte sie an.

Ihre Augen waren verweint, das Kleid schmutzig. Sie roch nach Schweiß und rückte ängstlich von mir ab.

»Bleib hier«, sagte ich.

»Non, non. Ich kann nicht.« Sie presste eine Hand gegen den Mund, schaute mich an, dann Suko und wollte aufspringen. Dabei trat sie auf den langen Saum ihres Kleides, stolperte und wäre gefallen, hätte mein Freund sie nicht aufgefangen.

»Langsam, langsam«, sagte er und setzte das Mädchen wieder an seinen Platz.

Ich hoffte, dass sie etwas von ihrer Schüchternheit verloren hatte, und fragte nach ihrem Namen.

»Dominique.«

»Das ist doch immerhin etwas.« Dann stellte ich Suko und mich vor. »Wir könnten Freunde werden.«

»Nein.«

»Warum nicht?«

»Ihr ... Ihr seid nicht von hier. Ihr seid Fremde. Ich will mit Fremden nichts zu tun haben, versteht Ihr?«

»Nicht ganz, aber ich kann begreifen, dass du misstrauisch bist. Vor allen Dingen wegen Baphomet.«

Dominique schrak zusammen, als ich den Namen erwähnte. Ich schien damit etwas Unantastbares angerührt zu haben. »Sprecht den Namen nicht so aus«, flüsterte sie. »Er ist gefährlich.«

»Das war er.«

»Ich gehöre ihm.«

Mit dieser Antwort hatte sie uns überrascht. »Wieso gehörst du ihm?«

»Das ist klar. Sie haben mich dazu ausersehen. Ich musste mich opfern. Wir wollen ihm beweisen, dass wir mit der Sache damals nichts zu tun gehabt haben.«

»Mit welcher Sache?«

»Es ist schon gut.«

Ich fragte sie anders. »Du bist also an diese Stelle gegangen, um Baphomet zu treffen?«

»Nein, nicht ihn.«

»Gut, wen dann?«

»Das ist ein verfluchter Platz. Sie haben ihn hier oben verscharrt, wo die Erde des Teufels ist. Nach der Hinrichtung wurde er von einigen Soldaten an diesen Fleck gebracht und begraben. Man sagt dem Ort nach, dass hier Baphomet erschienen sein soll. Hier wächst nichts mehr. Keine Blume, kein Wein, kein Gras. Alles wirkt so leer und verbrannt. Das ist der Ort für ihn gewesen.«

»Von wem sprichst du?«

»Er hieß Esquin de Floyran. Er war ein Templer, ein Verräter. Man hat ihn geköpft, aber der Kopf verschwand, und den Körper verscharrte man hier.«

»John«, sagte Suko, »der Name ist mir nicht unbekannt. Den haben wir schon gehört.«

»Meine ich auch.«

Dominique fragte: »Stammt ihr aus Paris? Oder vielleicht aus einem fernen Land?«

»Das ferne Land ist schon eher richtig.«

»Deshalb seid ihr so ungewöhnlich gekleidet.«

Ich achtete nicht auf ihre Worte und nickte Suko aufmunternd zu. Mein Freund gab eine kurze Erklärung ab. »Esquin de Floyran«, sagte er. »Durch sein Handeln und angebliches Verrätertum hat er praktisch den Vernichtungsfeldzug gegen die Templer eingeleitet. Durch ihn konnte Nogaret seine Intrigen spinnen, das ist Historie. Man hat nie erfahren, was genau mit Floyran passierte. Man weiß nur, dass er getötet wurde.«

»Als Geköpfter«, bemerkte ich.

»Und jetzt haben wir seinen Körper noch einmal getötet, als er aus der Erde kam.«

»Fragt sich nur, wo sich der Kopf befindet.«

Wir wussten keine Antwort, dafür Dominique. »Der Kopf«, hauchte sie. »Der Kopf ist dabei am wichtigsten. Er darf nicht mehr töten.«

»Moment, wieso darf er nicht mehr töten?«

»Wie ich es Euch sagte, Ihr Herren. Ich bin dazu auserwählt worden, ihn gnädig zu stimmen.«

Das sind ja Methoden wie im Mittelalter, wollte ich sagen, doch mir fiel gerade rechtzeitig genug ein, dass wir uns ja in dieser Zeit befanden. »Noch einmal von vorn, bitte, Dominique. Ich komme da nicht ganz mit, und mein Freund auch nicht. Du hast dich für ihn opfern wollen?«

»Nein, für das Dorf und die Menschen.«

»Weshalb denn?«

»Damit er nicht mehr mordet.«

»Wer? Der Körper …«

»Der Kopf, edler Herr. Ja, der Kopf. Er erscheint plötzlich und tötet grausam.«

Allmählich sahen wir klarer. »Wie viele Menschen sind schon getötet worden?«, wollte Suko wissen.

»Viele. Er kommt immer dann, wenn man ihn nicht erwartet. Des Nachts, auch tagsüber. Er besitzt die Kraft Baphomets, dem er gedient hat. Versteht Ihr?«

»Nicht ganz«, gab ich zu.

»Was soll ich Euch noch sagen?«

»Alles!«, verlangte ich.

»Es ist der Kopf de Floyrans, der so mordet. Hier hat man seinen Körper begraben. Er war Baphomet immer zugetan. Und Baphomet hat ihn nicht verstoßen. Er ist die Kraft, die den Kopf leben lässt. Schon nach der Hinrichtung, so erzählt man sich, verschwand er aus dem Korb. Wenig später begannen die Morde.«

»Wann passierte die Hinrichtung?«, fragte ich.

»Das ist nicht lange her. Ich habe die Wochen und Tage nicht zählen können.«

»Und jetzt tötet er?«

»Ja, er nimmt schreckliche Rache. Die Menschen in Belpech haben Angst. Sie wollten Baphomet ein Opfer bringen. Mich haben sie auserwählt. Deshalb bin ich hergekommen.«

»Und du hast dich nicht geweigert?«, fragte ich überrascht.

»Nein, das konnte ich nicht. Einer musste es tun. Sie haben mir gesagt, dass sie mich nach meinem Tod als Heilige verehren würden. Ich wäre gern gestorben. Aber Ihr seid gekommen. Jetzt wird wieder alles von vorn beginnen.«

»Das Töten?«

Dominique nickte und wischte die Tränenreste aus ihren Augen.

Was sollte man dazu sagen? Wir hatten es hier mit einem mordenden Kopf zu tun, denn wir waren fest davon überzeugt, dass es ihn gab. Wie auch den Torso, denn ihn hatten wir schließlich aus dem Grab klettern sehen.

»Dieser Körper wird niemanden mehr töten können«, versprach ich. »Wir haben ihn vernichtet.«

»Aber nicht den Kopf.«

Ich lächelte der Blondine aufmunternd zu. »Keine Sorge, den schaffen wir auch noch.«

Das Mädchen schaute mich sehr skeptisch an. Dominique hatte uns einiges berichtet, aber nichts Entscheidendes.

Das meinte auch Suko. »Ob sie mehr über die vier Totenwächter weiß?«

»Kaum.«

»Fragen wir sie.«

Ich dachte an die Burg mit den vier Türmen. »Wem gehört dieses Schloss?«

»Unserem Landsherrn in Toulouse.«

»Er wohnt auf dem Schloss?«

»Nein. Das sind die Edelmänner de Vintusse. Es sind Brüder, sie sollen auch zum Orden der Templer gehören. Sie haben an den Kreuzzügen in das Gelobte Land teilgenommen. Man erwartet sie heute zurück. Vielleicht sind sie auch schon da.«

»Brüder?«, hakte ich nach. »Wie viele sind es denn?«

»Vier.«

Suko pfiff durch die Zähne. »Da haben wir ihn ja«, murmelte er. »Das ist der springende Punkt.«

»Scheint mir auch so.«

»Was meint Ihr damit?«, fragte Dominique.

Ich winkte ab. »Nur so. Uns wäre es recht, wenn wir in den Ort gehen könnten. Und zwar mit dir.«

Dominique erschrak zutiefst. »Nein, das kann ich nicht machen. Auf keinen Fall.« Sie stand auf und streckte mir abwehrend die Arme entgegen. »Es geht nicht.«

»Und weshalb nicht?«

»Man wüsste sofort, dass ich meiner Aufgabe nicht nachgekommen wäre, und würde mich in den Kerker der Burg sperren. In diesen Verliesen sind schon viele Menschen gestorben. Sie siechten dahin, man hat sie gefoltert. Sie waren Verdammte.«

»Wir könnten dich beschützen, Dominique. Außerdem würden das die vier Ritter kaum zulassen – oder nicht?«

Sie hob ihre Schultern. »Ich kenne die ehrenwerten Herren nicht. Dazu kann ich nichts sagen.«

»Du hast Angst?«

»Ja.«

Ich stand auf und strich über ihre Wange. »Keine Sorge, wir werden mit Baphomets Dienern schon fertig, und den Kopf finden wir auch, darauf kannst du dich verlassen. Damit du dich beruhigst, Dominique, werden wir die Dunkelheit abwarten, bevor wir in das Dorf gehen. Wie hieß es noch gleich?«

»Belpech.«

»Gut. Werden die Bewohner hierher kommen, um zu schauen, ob du dich Baphomet geopfert hast?«

Sie hob die Schultern und schaute sich nach meiner Frage etwas ängstlich um. Aber wir waren die einzigen Personen in der Nähe. Auch vom Dorf her hörten wir keinerlei Geräusche.

»Es ist ein verfluchter Ort«, flüsterte Dominique. »Sie haben ihn hier nur verscharrt. Seit dieser Zeit traut sich niemand mehr, diese Stelle zu betreten.«

»Und jetzt auch nicht?«

Sie nickte. »Es ist auch keiner mit mir gekommen. Sie haben mich nicht begleiten wollen und verlassen sich darauf, dass Baphomet mich geholt hat.« Dominique senkte ihre Stimme. »Er wird es bestimmt noch einmal versuchen, das weiß ich.«

»Nur keine Hast«, gab ich trocken zurück. »Außerdem sind wir noch da. Mit diesem Vogel haben wir so unsere Erfahrungen gesammelt, verlass dich darauf.«

»Ich weiß nicht so recht.«

Meine Hand legte ich auf ihre Schultern. »Du begibst dich jetzt unter unseren Schutz, Dominique. Wir werden gemeinsam in den Ort hinabsteigen und auch der Burg einen Besuch abstatten.«

»Das ist nicht erlaubt.«

»Weshalb nicht?«

»Die Herren wollen es nicht.«

»Aber wegen dieser Burg sind wir gekommen. Wir wollen uns ihre Türme genau ansehen. Nennt man sie nicht Schandtürme der Templer?«

»Ja – so sagt man.«

»Weißt du denn, woher der Name stammt?«

Dominique bekam große Augen. »Nein, das hat man mir nicht erzählt. Die Menschen sprechen selten darüber. Ich glaube, sie haben auch sehr große Angst.«

»Für mich sind sie feige.«

»Was ist das?«

Ich lächelte. »Schon gut, verlassen wir diesen ungastlichen Ort.«

Das Mädchen war einverstanden. Obwohl wir sie jetzt näher

kannten, gab sie mir dennoch einige Rätsel auf. Dominique war bereit gewesen, sich Baphomet zu opfern. So etwas kostete Überwindung, das tat man nicht von ungefähr. Da brauchte man eine lange Vorbereitung. Sie hatte sich schnell damit abgefunden, wieder zu den Lebenden zu gehören. Meines Erachtens zu schnell.

»Hast du auch einen Nachnamen?«, wollte ich wissen.

»Ja. Ich heiße Bertrand.«

Mit diesem Namen konnte ich nichts anfangen, auch Suko hob nur die Schultern.

Bevor wir gingen, warfen wir noch einen letzten Blick auf die von uns zerstörte Gestalt.

Sie lag auf dem Boden und sah so aus, als hätte sie sich darin festgekrallt. Die Beine hingen noch in der aufgewühlten Erde, aus der das untote Grauen gestiegen war.

Es gab mehrere Wege, die nach Belpech führten. Da sich Dominique am besten auskannte, überließen wir ihr die Führung.

Die Sonne war bereits gesunken. Ihren Ball konnten wir nicht mehr sehen. Allerdings leuchtete die dunkelrote Glut noch den Himmel aus, als hätte jemand die Klappe eines riesigen Ofens geöffnet.

Feuer am Himmel. War das ein Zeichen?

Leichtfüßig schritt Dominique vor uns her. Ihr weiter Rock schwang bei jedem Schritt, der Saum schleifte manchmal über den Boden, sodass Staubwolken in die Höhe quollen.

Dieser Platz, auf dem nichts wuchs, wirkte tatsächlich inmitten der Rebstöcke wie ein Stück verbrannte Erde. Er schien mit einem gewaltigen Messer aus den Hängen herausgeschnitten worden zu sein.

Die Wege waren schmal. Rechts und links standen die Reben. An ihnen hingen die Trauben, und wenn wir hinunter ins Tal schauten, konnten wir den Ort kaum sehen, dafür aber die Burg, die immer mächtiger und gewaltiger wurde, je mehr wir uns ihr näherten.

Die vier Türme waren riesige Klötze. Miteinander verbunden durch dicke und auch hohe Mauern, die erst dort endeten, wo sich die Spitzen der Türme befanden.

Sie waren rund und hatten einen gewaltigen Durchmesser. Schießscharten harkten Lücken in das Gestein. Aber wir sahen auch die Pfähle, die von den einzelnen Türmen in die Höhe stachen.

Ich sprach Dominique darauf an.

»Es sind die Schandpfähle, hat man mir gesagt.«

»Für wen?«

»Mörder und Diebe. Verbrecher und schlimme Gestalten. Wer einmal an die Schandpfähle gebunden wurde, der war verloren. Sie haben dort Menschen verhungern lassen, aber auch Tiere angelockt.«

»Vögel?«, fragte ich.

Das Mädchen nickte heftig. »Ja, die Adler aus den Bergen. Sie kamen und töteten.«

»Ohne Grund?«

Sie hob die Schultern. »Ich weiß es nicht. Aber man sprach von einem Lockstoff, der die Vögel herbeiruft. Genauer kann ich es nicht erklären. Das wäre auch etwas für den mordenden Kopf.«

Ich schielte sie von der Seite her an. Im Prinzip hatte sie Recht. Wenn jemand an einen Pfahl gebunden war, würde er keine Chance mehr haben, sich gegen den Kopf zu verteidigen.

Die Hänge der Weinberge endeten tatsächlich erst dort, wo bereits die ersten Häuser standen. Zumeist alte Schuppen, in denen Holz und Werkzeug aufbewahrt wurde.

Über den Bergen lag nach wie vor der feuerrote Schein einer versinkenden Sonne. Für uns sah es so aus, als würden die Kanten, Gipfel und Sättel in Blut gebadet. Ein schaurig-schönes Bild, auch etwas für Romantiker.

Bevor wir die Weinhänge verließen, hielt ich Dominique fest. »Ich habe noch eine Frage. Weshalb sehen wir keine Menschen in Belpech?«

»Sie haben Angst.«

»Vor dem Kopf?«

»Ja.«

»Er dürfte doch jetzt nicht mehr morden, wo du dich angeblich geopfert hast.«

»Ja, das kann sein, aber sie werden es prüfen wollen.«

»Dann lass sie kommen.«

»Ihr seid sehr mutig.«

Ich lachte. »Das bleibt nun mal nicht aus.«

Wir schauten auf das Dorf. Um die Burg zu erreichen, mussten wir entweder um den Ort herumgehen oder mittendurch. Sie stand wie ein schützendes Denkmal im Hintergrund. Eine gewaltige Trutzburg, in deren Mauerschatten sich die Häuser duckten und klein wie Spielzeug wirkten. Ich konnte verstehen, dass sich die Menschen früher gern im Schatten einer so gewaltigen Burg angesiedelt hatten.

Wind strich über unsere Gesichter. Dominique fror ein wenig. Ihre Haare wehten hoch, und wir mussten noch darüber reden, ob wir das Dorf durchqueren sollten.

Suko war dafür, Dominique nicht. »Wenn sie mich sehen, werden sie uns steinigen.«

»So leicht nicht, meine kleine Freundin. Wir werden ihnen erklären, dass wir einen Teil dieses Mörders vernichtet haben. Komm jetzt, ich bin auf gewisse Dinge sehr gespannt.«

Nur zögernd setzte sich Dominique Bertrand in Bewegung. Auch Suko und ich waren gespannt, was die folgenden Stunden bringen würden …

Sie brachten zunächst einmal die Schatten der in die Talschüssel fließenden Dämmerung, die wie Tücher in die Wege hineinkrochen und sich auch über die Häuser legten.

Es gab keine Ordnung, wie man sie von anderen Dörfern her kannte. Die Häuser standen kreuz und quer. Manchmal höher, dann wieder tiefer, auch versetzt gebaut, aber sehr dunkel.

Nur in den wenigsten Häusern hatte man die Talglichter angezündet. Der Schein war blass. Wenn er die Fenster erreichte, fiel er kaum nach draußen.

Vergeblich suchte ich nach einer Hauptstraße. So etwas gab es in Belpech nicht. Dafür schmale Wege, manchmal auch Plätze, wo Karren standen oder auch Weinfässer lagerten. Sie waren ein bevorzugter Sitzplatz für Katzen.

»Wie ausgestorben«, sagte ich und schüttelte den Kopf. »Die scheinen zu wissen, was ihnen blüht.«

»Mich würde interessieren, ob die Brüder Vintusse schon angekommen sind«, sagte Suko.

Dominique hatte die Frage gehört und hob die Schultern. »Das kann ich nicht sagen.«

»Wo könnte man das denn erfahren?«, erkundigte ich mich. »Gibt es hier ein Gasthaus?«

»Ja, ein Weinkeller, wo ausgeschenkt wird.«

»Dann lass uns dort hingehen.«

»Der Wirt lässt uns nicht rein. Er ist ein gläubiger Mann. Auch er hat Angst vor dem Teufel.«

»Die werden wir ihm schon austreiben«, sagte ich lachend.

»Ihr müsst vorsichtig sein. Die Menschen hier sind Fremden gegenüber nicht freundlich gesonnen.«

»Mal sehen. Aber jetzt führ uns bitte hin, Dominique.«

Es passte dem Mädchen nicht, das sahen wir ihm an. Ihre Lippen lagen fest aufeinander. Manchmal schluckte sie auch, sah sich scheu um, als hätte sie Furcht davor, aus einer dunklen Gasse heraus oder finsteren Tür beobachtet zu werden.

Bestimmt hatten uns die Bewohner längst gesehen. Zwei Fremde und eine lebende Dominique, die eigentlich auf dem Platz des Teufels hätte liegen müssen.

Dominique hielt sich im Schatten der Häuser. Manchmal, wenn sich der Staub gesenkt hatte, fiel uns wieder der Geruch auf, der über dem kleinen Ort lag.

Es roch nach Wein, nach Trauben und Most.

Kein unangenehmer Geruch, der sich mit der allmählichen Kühle der Dunkelheit mischte.

Das Gasthaus oder die Probierstube, wie immer man es nennen wollte, lag auf einem kleinen Platz, wo zwei krumme Bäume wuchsen, deren Blattwerk im Wind zitterte.

Das Haus sah mehr aus wie ein Stall. Es war ziemlich breit. In der Mitte wurde es durch eine Tür in zwei Hälften geteilt. Die Fenster, rechteckige Ausschnitte im Mauerwerk, erinnerten in ihrer Größe an querliegende Schießscharten.

Es brannte Licht. Ein dünner Schein leuchtete die Vierecke von innen her aus. Dominique blieb stehen und hielt meinen Arm umklammert. »Wollt Ihr wirklich das Haus betreten?«

»Ja. Wir haben auch Durst.«

Sie nickte ergeben. »An mein Schicksal denkt Ihr dabei nicht?«, hauchte sie.

»Doch, immer, denn wir werden dich beschützen.«

»Das wird kein Mensch schaffen. Andere Mächte haben hier die Kontrolle übernommen.«

»Welche?«

Sie schaute mich aus ihren großen Augen mit einem rätselhaft wirkenden Blick an. »Ich weiß es nicht.«

Bestimmt wusste sie mehr. Ich hoffte nur, dass sie sich uns anvertrauen würde.

Wir hatten lange genug gewartet. Ich machte den Anfang und schritt auf das Gasthaus zu. Die dunkler gestrichene Holztür ließ sich nur mühsam aufstoßen. Sie schleifte über den Boden und knirschte in den Angeln.

Über die Größe des Gastraums wunderte ich mich, weil ich ihn mir kleiner vorgestellt hatte. Als Lichtquellen dienten mehrere Schalen. Sie waren mit einer brennbaren Flüssigkeit gefüllt und hingen an eisernen Trägern unter der Decke.

Sitzbänke gab es ebenso wie einfache, rohe Holztische. Drei Fässer Wein sah ich auf einem Podest stehen, das man wohl als den Vorläufer einer Theke bezeichnen konnte. Hinter den Fässern, wo sich eine Wand herzog, hingen Tonkrüge an hölzernen Stempeln, die im Gestein der Wand befestigt waren.

Kein Gast war in diesem Weinhaus. Der Boden bestand aus festgestampftem Lehm.

Ich drehte mich um.

Suko stand direkt hinter mir. Dominique hielt sich nahe der Tür auf. Sie machte den Eindruck, als wollte sie sich jeden Augenblick umdrehen und verschwinden.

Ich winkte ihr zu.

Nur zögernd kam sie näher. »Was wollt Ihr noch hier?«, fragte sie. »Es ist niemand anwesend.«

»Wo kann sich der Wirt denn versteckt halten?«

»Ich weiß es nicht.«

»Immerhin hat er das Licht nicht gelöscht«, sagte Suko. »So ganz kann er doch nicht verschwunden sein.«

»Eben.«

Ich ging vor bis zu den Weinfässern, blickte zu Boden und sah eine offene Luke. »Suko, komm.«

Mein Freund blieb neben der Luke stehen, aus der es kühl hervorströmte. Wir hörten ein rollendes Geräusch. Wahrscheinlich bewegte dort unten jemand ein Weinfass. Dann klangen Schritte auf. Wenig später wurde das Ende der nach unten führenden Leiter vom Umriss einer Gestalt verdunkelt.

Wir traten zurück.

Dominique Bertrand hatte sich auf eine Bank gesetzt. Sie hockte dort wie vorhin auf dem Stein und sah aus, als hätte sie alles verloren.

»Er kommt!«, flüsterte ich ihr zu.

Auch Suko und ich zogen uns so weit zurück, dass wir im Schatten zwischen den Lichtquellen standen. Wenn der Wirt den Keller verließ, würde er uns nicht sofort entdecken können.

Wir hörten seine Schritte. Er setzte sie schwer und polternd, als er die Leiter hochstieg. Seine Gestalt erschien, dann knallte die Luke zu. Staub trieb in die Höhe, und der Wirt richtete sich auf. Er stand neben den Fässern, seine Gestalt wurde immer größer, und ich musste ehrlich zugeben, dass er zu den Typen gehörte, die kleinen Kindern Furcht einflößen konnten.

Er war groß, stand gebückt, das Gesicht verschwand fast völlig unter den wirr und lang wachsenden Haaren. Unter den rechten Arm hatte er einen großen Krug geklemmt. Bevor er dazu kam, ihn aus dem Fass mit Wein zu füllen, ging ich vor.

Suko kam von der anderen Seite, und der Wirt konnte unsere Schritte nicht überhören.

Er bewegte sich nicht mehr. Wir sahen trotz der nicht gerade idealen Lichtverhältnisse, wie es ihm kalt über das Gesicht lief, soweit es von Haarsträhnen befreit war.

Er starrte uns an, stellte den Krug plötzlich zur Seite und nahm eine sprungbereite Haltung an. Aus seinem Mund drang ein leicht grunzendes Geräusch.

»Hallo, Dijou …«

Nicht wir hatten den Namen ausgesprochen, sondern Dominique. Der Wirt hatte die Worte gehört. Er legte seinen Kopf schief und lauschte. Er sah aus wie ein Ungläubiger, als könnte er es nicht fassen, die Stimme eines Mädchens zu hören, das eigentlich längst hätte tot sein sollen.

Hastig schlug er ein Kreuzzeichen.

»Ich bin kein Geist, Dijou. Ich lebe noch.«

Der Wirt ging zurück. Er berührte die an der Wand hängenden Becher und Krüge, sodass diese mit dumpf klingenden Tönen gegeneinander schlugen.

»Woher …?« Zum ersten Mal redete er. Wir hatten Mühe, das Wort zu verstehen.

»Die beiden fremden Messieurs haben mich gerettet, Dijou. Ich bin kein Opfer Baphomets geworden, wie du siehst. Nein, das bin ich nicht. Das will ich auch nicht mehr sein. Ich bin eine Bertrand.«

Ich drehte mich zu Dominique um. »Welche Bedeutung hat der Name Bertrand?«

»Eine große«, erwiderte sie und erhob sich langsam. »Sogar eine sehr große.«

Ich wollte nachfragen, aber Dijou kam mir zuvor. »Du musst gehen, Verfluchte. Du kannst nicht länger bei uns im Dorf bleiben. Geh zum Teufel! Geh dorthin, wo dein Vater bestimmt längst ist. Er hat das Unglück über dieses Dorf gebracht. Er hat sich an andere verkauft. Er hat uns verraten. Er brachte uns den Fluch. Esquin de Floyran ist tot, aber er lebt noch. Das weißt du. Das wissen wir alle sehr genau. Deshalb hättest du dich opfern müssen, um uns zu retten.«

»Niemand wird sich opfern«, sagte ich.

Der Wirt drehte sich mir zu. Die Haare umgaben sein Gesicht wie ein Vorhang. Ich sah kaum, dass er die Lippen bewegte. »Was wisst ihr denn schon, ihr Narren? Ihr seid fremd. Geht, verlasst den Ort, bevor es zu spät ist. Diese Nacht hat entscheidend werden sollen. Wir hätten den Fluch löschen können. So aber wird er uns weiter plagen wie ein Strafgericht des Allerhöchsten.«

»Und wenn wir ihn ausrotten?«

Der Wirt lachte. »Das kann nur sie. Ja, sie allein. Sie ist eine Bertrand. Wir hatten dir angeboten, deinem Vater nach Paris zu folgen. Du bist hier in Belpech geblieben. Jetzt musst du auch die Folgen tragen, Dominique.«

»Was hat denn der Vater so Schlimmes angestellt?«, wollte Suko wissen.

»Er war ein Intrigant. Ein Verbündeter der Mächtigen. Er hat in einer Zelle mit de Floyran gesessen. Der erzählte ihm alles. Er berichtete über die Gräueltaten der Templer, die in der Burg hier geschehen sind. Es war schlimm, sie war eine Komturei des Teufels. Das wussten auch die Menschen hier. Aber wir haben es hingenommen. Nichts sollte an die Außenwelt dringen, doch das war früher gewesen. Die Burg ließen die Templer im Stich. Wir vergaßen, was sie getrieben hatten, denn die Edlen de Ventusse übernahmen sie. Dann aber kam de Floyran. Zu ihm steckte man Bertrand in die Zelle. Angeblich soll er gemordet haben. Jetzt glaubte es keiner mehr von uns. Es war ein Spiel. De Floyran durchschaute es nicht. Er vertraute Bertrand und berichtete ihm von den schrecklichen Gräueltaten der Baphomet-Templer. Dominique war nicht dabei, aber sie gehört zur Familie, und nur sie kann den Fluch löschen.« Er holte tief Luft. »Als de Floyran hingerichtet wurde, da verschwand Bertrand. Man spricht davon, dass er in Paris Auskunft gegeben hat.«

Das konnte durchaus stimmen. Ich dachte wieder an das gewaltige Intrigenspiel, das ins Leben gerufen worden war, um den Orden der Templer zu vernichten. Von irgendeiner Seite musste Nogaret, der Vertraute des Königs, seine Informationen erhalten haben.

Das war aller Wahrscheinlichkeit nach dieser Bertrand gewesen. Er hatte auch das Ende des Templer-Ordens eingeleitet. Die Dinge, die man ihm im Kerker erzählt hatte, waren publik geworden und hatten somit den Anstoß zur Vernichtung gegeben.

Suko nickte mir zu. Durch diese Gestik erkannte ich, dass auch er so dachte wie ich.

Der Wirt schüttelte sich, als hätte man kalten Wein über ihn gekippt. »Alle Bertrands müssen sterben!«, flüsterte er. »Alle. Erst dann ist dieser Fluch gelöscht.«

Ich winkte ab. »So einfach ist das nicht. Ich will wissen, ob du den Kopf damit meinst.«

»Ja.«

»Hat er getötet?«

Dijou nickte heftig. »Schon oft. Wir alle haben Furcht. Wir verkriechen uns in den Häusern. Wir gehen nicht in die Weinhänge. Wir können nichts erreichen, wir ...«

»Schon gut. Wie viele Opfer hat es gegeben?«

»Fünf.«

Der Wirt hatte eine Hand gehoben. Ich schaute auf seine ausgebreiteten Finger. Sie zitterten leicht.

»Habt ihr sie begraben?«

»Ja.«

»Wie hat man sie getötet?«

»Der Kopf biss ihnen in den Hals. Immer und immer wieder. Er verfolgte sie, er raste hinter ihnen her. Es war furchtbar.« Dijou rollte mit den Augen. Seine Angst war nicht gespielt. »Erst durch ihren Tod«, sagte er, auf Dominique zeigend, »wird sich alles ändern. Glaubt es mir. Erst durch ihren Tod.«

»Sind alle im Dorf dieser Ansicht?«

»Ich verstehe nicht.«

»Denken hier alle Menschen so?«

»Ja, das stimmt.«

Ich nickte. »Gut, dann werden wir etwas unternehmen. Wann ist der Kopf zu sehen?«

»Er erscheint, wann immer er will. Meist in der Dunkelheit.«

»So wie heute, nicht?«, fragte Suko.

Dijou nickte.

»Und wie entsteht er?«, fragte mein Freund weiter.

»Aus dem Nichts. Er ist einfach da. Manche sagen, dass es vorher blitzt ...«

»Hat er auch etwas mit dem Schloss zu tun?«

»Ich weiß es nicht. Die Edlen sind heute eingetroffen.«

»Vier Ritter?«, fragte ich.

»Ja. Es sind Kreuzzügler, auch Templer. Die Gebrüder de Vintusse. Sehr reich und vornehm. Sie gehören zum Adel. Man hat ihnen die Burg zum Geschenk gemacht.«

»Mit den Schandtürmen«, bemerkte Suko.

Ich legte die Stirn in Falten. Vielleicht konnte mir der Wirt Auskunft darüber geben. Zuvor jedoch bat ich um einen Becher Wein. Auch Suko erhielt einen. Er reichte ihn aber weiter an Dominique, die den Roten durstig trank, was Dijou wiederum nicht gefiel, wie ich seinem Gesicht ansah. Er protestierte aber nicht.

»Gibt es denn eine Verbindung zwischen der Burg und dem Schädel?« Ich stellte das leere Glas zur Seite. Der kühle Wein hatte mich ein wenig erfrischt.

»Niemand weiß es.«

Ich nickte dem Mann zu. »Gut, dann werden wir dich jetzt verlassen und zur Burg gehen.«

Seine Augen weiteten sich. »Das ... das ist nicht möglich. Das ist nicht erlaubt.«

»Weshalb nicht?«

Er hob nur die Schultern.

Suko hatte sich schon umgedreht. »Komm, Dominique, du wirst uns führen.« Gehorsam ließ sie sich von meinem Freund unterhaken. Sie verließen als Erste das Gasthaus.

Dijou und ich blieben zurück. Der Wirt stand unter Strom. Ich merkte ihm an, dass es in ihm arbeitete. Einen Schritt trat ich auf ihn zu und stand so nahe, dass ich die Ausdünstung seiner Kleidung riechen konnte. Es war ein säuerlicher Gestank.

»Was hast du jetzt vor?«

»Nichts, gar nichts.«

Er log das Blaue vom Himmel herunter. Ich bekam sein schmutziges Hemd dicht unter dem Hals zwischen die Finger und drehte den Stoff zusammen. »Du wirst nichts machen, hast du verstanden? Gar nichts. Du wirst auch niemanden warnen!«

Er nickte, aber es war fraglich, ob ich ihm überhaupt glauben konnte. Als ich ihn losließ, atmete er auf. Mit dem Handrücken wischte er über seine Lippen. »Wer seid Ihr?«, keuchte er.

»Fremde.«

»Aus Paris?«

»Nein, aus einer …« Ich winkte ab. Es hatte keinen Sinn, ihm dies erklären zu wollen. Ich dachte darüber nach, ihn »schlafen« zu legen, verzichtete aber darauf und hoffte nur, dass seine Furcht groß genug war, ihn vor Fehlern zu bewahren.

»Danke für den Wein«, sagte ich noch und verließ das Gasthaus.

Dominique und Suko hatten vor der Tür gewartet. Sie standen im Schatten, ich sah sie erst im letzten Augenblick, als mir mein Freund entgegentrat.

»Es ist alles ruhig!«, meldete er.

»Gut.«

»Allerdings glaube ich an eine trügerische Ruhe.« Suko sah sich um. Er deutete dabei auf die dunkel gewordenen Hausfronten. Manchmal leuchtete ein armselig wirkendes Licht hinter den Fenstern. »Das Gefühl, von vielen Seiten beobachtet zu werden, das steckt in mir. Es lässt sich nicht vertreiben.«

»Das ist auch so«, flüsterte Dominique. »Hier in Belpech haben die Mauern Augen und Ohren.«

»Wird man uns verfolgen?«, fragte ich.

Sie hob die Schultern. »Wäre ich allein gewesen, ja. So aber seid Ihr bei mir. Da werden sich die Menschen nicht trauen. Sie kennen Euch nicht. Sie wissen nicht, wer ihr seid. Vielleicht später.«

»Dringen sie auch in die Burg ein?«

Dominique schüttelte heftig den Kopf. »Das werden sie nicht wagen. Nein, das glaube ich nicht.«

»Dann lasst uns von hier verschwinden.« Ich drehte mich ohne Vorwarnung um und sah den Wirt in der offenen Tür stehen. Er starrte uns nach, wie uns die Dunkelheit verschluckte. Hoffentlich hielt er sich zurück.

Dominique kannte sich aus. Sie versprach, uns auf dem schnellsten Weg zur Burg zu führen. Hinter dem Gasthaus begann ein schmaler Pfad, der bereits nach wenigen Metern anstieg und einen Hang hinaufführte. Er lag nicht frei. Zu beiden Seiten duckten sich die Häuser. Manche so niedrig, dass ich über sie hinwegschauen konnte.

Es war sehr dunkel. Eine bläuliche Finsternis, in der noch der

Geschmack von trockenem Staub lag. Das Zeug hatte sich wie feiner Puder auf unsere Gesichter gelegt. Ich schmeckte ihn.

Licht brannte hinter den Fenstern keines. Manchmal starrten wir in die viereckigen Öffnungen hinein, ohne auch nur eine Bewegung wahrnehmen zu können.

Hoch über uns waren die ersten Sterne am Firmament erschienen. Sie grüßten als hellgelbe Diamantsplitter, und zwischen ihnen stand, wie herausgeschnitten, die Sichel eines Halbmonds.

Darunter, trutzig und für die Ewigkeit gebaut, sahen wir die Burg. Sie erinnerte an eine Festung. Auch auf ihr leuchtete keine Fackel. In der Finsternis stand sie stumm und drohend.

In diesem Augenblick, wir hatten die letzten Häuser fast hinter uns gelassen, blitzte es schräg über und gleichzeitig auch vor uns auf. Suko war vorgegangen Er blieb stehen. Neben mir verhielt auch Dominique ihren Schritt, und ich vernahm ihren leisen Ruf.

»Das ist der Kopf!«

Sie hatte sich nicht geirrt. Genau an der Stelle, wo wir das Blitzen gesehen hatten, materialisierte sich ein Gegenstand hervor.

Der Mörderschädel!

Zunächst taten wir nichts!

Wir standen da und sahen ihn an. Trotz der Dunkelheit konnten wir Einzelheiten erkennen, weil im Innern des Kopfes eine gewisse Helligkeit rotierte, die auch gegen die Haut strahlte, und sie gab das Licht nach außen weiter.

Es war ein Menschenkopf mit einem Haarwirrwarr auf dem Schädel, der mich an Draht erinnerte. Mir kam die Haut schmutzig und eingefallen vor. Das hinter ihr leuchtende Licht hatte einen grünroten Schimmer. Es ließ auch deutlich die Spuren, Wunden und Kratzer auf den Wangen erkennen, und wir sahen das weit geöffnete Maul.

Ob dieser Schädel nun mit Vampirzähnen ausgerüstet war, ließ sich nicht sagen. Zudem zeigte es sich nicht lange genug, denn blitzschnell huschte er weg.

»Das … das war er …« Dominique sprach so schnell wie nie. »Jetzt sind wir verloren.«

»Weshalb?«

»Jeder, der den Schädel sieht, ist verloren. Glaubt mir.«

Suko hob die Schultern. »Dann hat er bei uns aber einiges zu tun«, erwiderte er trocken.

»Ihr habt keine Furcht?«

»Nein.«

»Deshalb werden wir auch weitergehen«, fügte ich hinzu.

Es war Dominique nicht recht, das merkten wir sehr deutlich. Mit beiden Händen hielt sie meinen Arm fest. Ihr Zittern war genau zu spüren. »Baphomet ist stark«, flüsterte sie. »Das haben auch die Templer gewusst. Viele dienten ihm …«

»Aber es ist nicht sein Kopf.«

»Ihr Zweifler. Seine Kraft steckt in dem Kopf.«

»Die werden wir ihm schon austreiben«, erwiderte ich überzeugt.

Sie schaute mich an, als hätte ich etwas Unanständiges gesagt.

Die letzten Häuser hatten wir bald hinter uns gelassen, ohne dass ein Angriff erfolgt wäre. Wenn wir jetzt nach vorn blickten, sahen wir nur die Burg.

Wieder einmal wirkte sie größer. Zum Greifen nahe kam sie mir fast vor. Auch jetzt entdeckten wir kein Licht, und ich hoffte nur, dass die Tore nicht verschlossen waren.

Als ich das erwähnte, lachte Dominique leise. »Ich kenne noch einen anderen Weg«, flüsterte sie.

»Woher?«

Sie zierte sich ein wenig, rückte dann aber mit der Sprache heraus und gab ein kleines Geheimnis bekannt. »Es war so, dass ich früher mal hingegangen bin.«

»Und?«

»Die jungen Männer liebten eben junge Mädchen. Ich habe dort viel geholfen …«

»Verstehe schon. Und auch vieles gesehen.«

»Oui!« Sie senkte den Kopf und strich dabei Haarsträhnen zur Seite. »Es blieb nicht aus.«

Ich hätte nachhaken können, aber ich ließ das Thema vorerst. Das Schloss war wichtiger.

Von der Kuppe des Hügels hatte es so ausgesehen, als wären die Häuser dicht an die mächtigen Mauern herangebaut worden. Jetzt aber erkannten wir den großen Zwischenraum, der sich vom Ende des Dorfes bis hin zur Burg zog.

Eine freie Fläche, die einfach sein musste. Wurde die Burg einmal angegriffen, so mussten die Feinde dieses deckungslose Stück überqueren, was ihnen bestimmt nicht gut bekam.

Auch wir überquerten es. Suko hielt noch immer die Spitze, und Dominique ging neben mir.

Unsere Füße wirbelten den Staub vom trockenen Boden hoch. Im fahlen Schein der Halbmond-Sichel glänzte er manchmal wie pures Silber. Der Weg war beschwerlich und auch steinig. Die Burg schien kaum näher zu rücken. Innerhalb der Talschüssel lastete noch die Wärme des vergangenen Tages. Wir kamen ja aus dem Winter, sodass wir ins Schwitzen gerieten, weil wir die Temperaturen nicht gewohnt waren und auch nicht die richtige Kleidung trugen.

Der Wind kühlte ebenfalls kaum ab, und auch der Schädel ließ sich nicht mehr blicken.

Dominique dachte öfter an ihn. »Er ist in der Nähe«, sagte sie leise. »Ich spüre es genau. Er weiß auch über uns Bescheid. Er wird uns verfolgen.«

»Keine Sorge, wir packen ihn schon.«

Der Weg führte ständig leicht bergauf.

Plötzlich war der Schädel da!

Zum Glück hörten wir noch das Heulen, flirrten herum und sahen ihn in Kniehöhe über den Boden huschen.

Mit einem gewaltigen Satz sprang Suko nach links weg und zog seine Waffe.

Ich holte den Dolch hervor, während sich Dominique von mir losriss, sich zu Boden warf und ihr Gesicht gegen die angewinkelten Arme presste …

Es gibt wohl nur wenige Menschen, die Spaß daran hatten, wenn man sie beleidigte. Van Akkeren gehörte dazu, denn er lachte nach den Worten des Abbé. Möglicherweise war er sich seiner Sache auch so sicher, dass er darüber hinwegging.

Urplötzlich brach sein Lachen ab. Knallhart stellte er seine erste Frage: »Wie viele Ihrer Freunde haben Sie mit nach Paris gebracht, Abbé?«

»Vier.«

»Und keiner lebt mehr.«

»Ich weiß«, erwiderte Bloch gepresst.

»Daran können Sie schon erkennen, dass ich es ernst meine. Ich lasse nicht mit mir spaßen.«

»Das hatte ich auch nicht vor.«

»Kann ich mir vorstellen, Abbé. Eigentlich hätte ich Sie auch vernichten müssen, aber Sie haben Glück gehabt, dass ich Ihnen eine Galgenfrist einräume. Daran trägt indirekt Sinclair die Schuld.«

»Inwiefern?«

»Weil er und dieser verfluchte Chinese verschwunden sind. Sie wissen ja, wie weit oben sie auf meiner Liste stehen. Ganz oben, Abbé. Ich hatte sie in meiner Gewalt. Sie lagen schon in den Särgen. Baphomet schickte seine Ratten, weil sie hungrig waren, da verschwanden sie plötzlich. Das kann ich nicht hinnehmen.«

»Und was habe ich damit zu tun?«, erkundigte sich Bloch.

Van Akkeren deutete mit dem Finger auf ihn. »Sie haben höchstwahrscheinlich dafür gesorgt, dass er verschwinden konnte.«

»Das ist ein Irrtum.«

Van Akkeren lachte. »Versuchen Sie nicht, mich zu belügen. Das schaffen Sie nicht.«

»Ich weiß nicht, wo er steckt. Wäre ich sonst zu diesem Hotel gefahren?«

Van Akkeren überlegte. »Ja«, sagte er, »was wollten Sie eigentlich dort?«

»Mit Sinclair reden.«

Der Grusel-Star, wie sich van Akkeren gern zu nennen pflegte, zog die Mundwinkel so weit nach unten, dass seine Lippen einen Halbmond bildeten. »Sie haben schon besser gelogen, Abbé.«

»Ich sagte die Wahrheit!«

»Tatsächlich?«

»Ja.«

Van Akkeren holte Luft. »Würden Sie auch dabei bleiben, wenn ich Sie foltern ließe?«

»Sicher.«

»Ich könnte es auf einen Versuch ankommen lassen.«

»Kann ich Sie daran hindern?«

»Nein, Abbé, das können Sie nicht. Nur habe ich Sie für vernünftiger gehalten. Ich wusste nicht, dass Sie so an Ihrer dummen Meinung hängen. Die Männer, die ich bei mir habe, sind im übrigen Spezialisten, was Mord und Folter angeht. Sie haben einige Dinge in Südamerika gelernt. Ich bin wirklich gespannt, wie lange Ihr Widerstand anhält, Abbé.«

Bloch schaute starr geradeaus. »Als zivilisierter Mensch sollten Sie sich schämen, überhaupt an so etwas zu denken.«

Van Akkeren lachte. »Ja, da haben Sie Recht«, sprach er noch in sein Lachen hinein. »Manchmal aber muss man sich auf alte Traditionen besinnen. Da gehört Folter eben dazu. Als ich noch Filme drehte, kann ich Ihnen sagen, da …«

»Ich kenne dieses düstere Kapitel aus Ihrem Leben. Bitte schweigen Sie darüber.«

»Ich erinnere mich gut daran. Da habe ich Methoden erfunden, die sehr wirkungsvoll sind. Aber was soll ich sagen?«, redete er im Plauderton weiter, »Sie werden ja alles am eigenen Leibe erfahren können. Und dies im wahrsten Sinne des Wortes.«

Obwohl sich van Akkeren noch in Einzelheiten erging, schaffte der Abbé es, innerlich abzuschalten.

Der Fahrer lenkte den Mercedes quer durch Paris. Vorbei an berühmten Stätten und Plätzen, die im vorweihnachtlichen Lichterglanz erstrahlten. Der Verkehr hatte sich um diese Zeit beruhigt. Man kam überall gut durch. Die Reise führte in den Westteil der Stadt, wo sich als breiter Grünstreifen der weltberühmte Bois de Boulogne hinzieht. Dieser von Straßen durchzogene Park, in dem sich sommertags und vor allen Dingen in den Nächten die Subkultur traf.

Im Park lagen auch die beiden großen Rennplätze. Der eine an der West-, der andere an der Ostseite.

Aber bis zum Park fuhren sie nicht. Sie bogen vorher ab, in die schmale Rue Voltaire, wo viele Häuser leer standen, weil die Mieten zu hoch waren.

Ein Haus hatte van Akkeren gekauft. Es war ein Neubau. Man hatte dafür einen Altbau abgerissen.

Das Haus hatte nur zwei Etagen. Beide gehörten van Akkeren, und es gab eine Tiefgarage, in die der Wagen hineinrollte, nachdem sich das Tor durch das Einschalten der Fernbedienung angehoben hatte.

Die hellen Glotzaugen der Scheinwerfer streiften durch den Komplex und spiegelten sich im Lack zweier anderer Fahrzeuge, die ebenfalls van Akkeren gehörten.

Vor einem Pfeiler stoppte der Mercedes. Der Abbé durfte aussteigen. Er hatte während der Fahrt versucht, den Innenriegel der Tür zu öffnen, doch dieser ließ sich nicht bewegen.

Er musste sich gegen die Säule stellen und wurde von einer schallgedämpften Waffe bedroht.

Van Akkeren ging derweil auf eine feuerfeste Stahltür zu und schloss sie auf.

»Leider gibt es keinen Fahrstuhl«, sagte er. In der Garage hallte seine Stimme nach. »Aber Sie sind ja sportlich, Abbé, und werden diese Kleinigkeit bestimmt schaffen. Kommen Sie her!«

Bloch trat auf die offen stehende Tür zu. Dahinter lag ein Flur. Van Akkeren hatte das Licht eingeschaltet. Es fiel auf die kalten Marmorplatten des Fußbodens und der ebenfalls aus Marmorstufen bestehenden Treppe.

»Gehen Sie hoch und bleiben Sie vor der ersten Tür stehen!«, befahl van Akkeren.

Die Treppe hatte nur fünf Stufen. Dem Abbé kamen sie vor wie das letzte Stück bis unter den Galgen. Hinter sich hörte er die schleichenden Schritte seiner Bewacher. Die Mündungen der beiden schallgedämpften Waffen glotzten in seinen Rücken wie tote Augen.

Er stoppte vor der Tür. Sie war in einem sanften Grün gestrichen.

»Sie können die Tür jetzt öffnen!«, erklärte van Akkeren. Er hielt ein schmales Stück Kunststoff in der Hand, nicht größer als ein Taschenrechner. Durch Fernbedienung öffnete sich die Tür, und der Templer schaute in einen breiten Flur, dessen Ende ein Bogengang zierte, unter dem er in das andere Zimmer treten konnte.

Es glich einem kleinen Saal. Der Parkettboden war frisch versiegelt und roch noch. Als Lichtquelle diente ein unter der Decke hängender Ring aus Röhren. Die Wände waren weiß gestrichen. Kein Bild bedeckte sie, und Bloch sah auch kein einziges Möbelstück. In einer Zimmerecke war ein ebenfalls weißer Kamin eingebaut worden. Auf dem Rost lag ein wenig Asche, ansonsten sah er unbenutzt aus.

»Bis zur Wand!«, befahl van Akkeren.

Als Bloch nicht sofort gehorchte, erhielt er mit der Mündung einen Stoß ins Kreuz, dass ihm die Luft wegblieb. Er keuchte und stellte sich für einen Moment aufrecht.

Der Abbé verbiss sich die Schmerzen. Er hatte sich vorgebeugt und an der Wand abgestützt, wo seine Handflächen feuchte Flecken hinterließen.

»Drehen Sie sich jetzt um!«

Der Abbé gehorchte.

Vincent van Akkeren stand vor ihm, eingerahmt von seinen beiden Folterknechten. Typen mit flachen Gesichtern und kalten Fischaugen. Sie waren keine Persönlichkeiten mehr. Die Folter hatte sie abgestumpft. Diesen Männern war egal, ob sie starben, sie hatten sowie nichts, an das sie glaubten. Es war schon bemerkenswert, dass van Akkeren es immer wieder schaffte, sich diese Leute heranzuholen.

Im Gegensatz zu seinen Killern steckte er nicht in einer Lederjacke, sondern trug einen grauen Kaschmirmantel im Raglan-Schnitt. Der Gürtel hing locker-lässig um seine Hüfte. Das weiße Hemd und die gestreifte Krawatte passten ebenfalls zu dieser Erscheinung. Van Akkeren trat stets elegant auf.

»Haben Sie es sich überlegt, Abbé?«, fragte er.

»Tut mir Leid. Da gab es nichts zu überlegen.«

Van Akkeren nickte und hielt den Kopf gesenkt. Er starrte auf seine Schuhspitzen. »Sie haben es sich selbst zuzuschreiben, was jetzt folgt. Ich will wissen, wo Sinclair und der Gelbe stecken. Eine Chance noch, Abbé. Sagen Sie es mir!«

»Ich weiß es nicht!«, presste Bloch hervor. »Und wenn Sie mich totschlagen, ich kann Ihnen nichts anderes sagen.«

»Totschlagen werden wir Sie nicht! Noch nicht«, schränkte der Grusel-Star ein, bevor er seinen beiden Killern zunickte und mit kalter Stimme befahl: »Fangt an ...!«

Der Kopf war schnell, verdammt schnell sogar. Es war auch für einen guten Schützen wie Suko schwer, ihn mit einer Kugel zu erwischen. Zudem hatte Dominique einen Fehler gemacht, als sie sich von mir löste. In ihrer Angst taumelte sie von mir weg, genau in die verkehrte Richtung, denn sie lief in die Flugbahn des von innen her leuchtenden Schädels hinein.

Ich schrie eine Warnung. Das Mädchen hörte nicht oder wollte nicht hören.

Da schoss Suko.

Er hatte nicht eine Sekunde länger mehr warten dürfen, sonst hätte er Dominique in Gefahr gebracht. Die Kugel jagte zwar in die Richtung des heranwirbelnden Kopfes, aber sie verfehlte ihn. Ein zweiter Schuss war nicht mehr möglich, da sich Dominique bereits zu nahe an dem Schädel befand, der sie dann erreichte.

Vor ihr stieg er in die Höhe. Dominique konnte die Arme hochreißen und den ersten Angriff abwehren. Sie drehte sich dabei zur Seite und sackte auch in die Knie, während sie mit beiden Händen nach dem Kopf schlug.

Der Schädel bewegte sein Gebiss wie ein Nussknacker. Er klappte es auf und zu, versuchte dabei, den Hals zu erwischen, aber die heftig schlagenden Hände trieben ihn zurück.

Schießen konnte Suko nicht. Der Kopf befand sich zu nahe an der Gestalt des Mädchens.

Er griff zur Peitsche.

Während er vorlief, beschrieb er den Kreis, und die drei Riemen rutschten aus der Öffnung. Sie waren immens stark, das hatten schon viele Dämonen zu spüren bekommen. Wo sie trafen, vernichteten sie auch. Leider kam mein Freund nicht mehr dazu, diese Waffe einzusetzen. Der Kopf schien die Gefahr gerochen zu haben. Bevor Suko auf Schlagweite herangekommen war, drehte er ab und jagte kometenhaft in den dunklen Himmel hinein.

Dominique lag auf dem Boden. Sie hatte sich zur Seite gedreht und die Beine angewinkelt. Dabei lag ihr Kopf vergraben in den Unterarmen. Aus dem Mund drang ein leises Schluchzen. Sie schrie auf, als ich sie an der Schulter berührte.

»Keine Sorge!«, sagte ich beruhigend. »Die Gefahr ist vorbei. Der Schädel musste fliehen.«

Dominique stand langsam auf. Ich hielt sie fest, als sie sich umsah. »Stimmt das auch?«, hauchte sie.

»Ja.«

»Wieso war das möglich?«

Ich hob die Schultern und lächelte. »Wenn man sehr starke Waffen besitzt, scheint der Gegner das manchmal zu riechen. So ist es auch hier gewesen, meine Liebe.«

»Ja, vielleicht.«

Suko hatte seine Peitsche wieder weggesteckt. Allerdings ließ er sie ausgefahren, nickte mir zu und meinte: »Ich habe das Gefühl, dass man es nicht gern hat, wenn wir uns der Burg nähern.«

»Kann sein.«

»Was ist der Grund?« Die Frage war an Dominique gerichtet.

Sie hob die Schultern. »Ich … ich weiß ihn nicht.«

»Aber du warst doch öfter da.«

»Schon«, gab sie zu.

Mir gefiel es nicht, dass sie so wenig über dieses Thema sprach. Da musste einfach noch mehr sein. Ich redete sie hart und direkt an. »Dominique, du musst uns sagen, was du weißt! Verstehst du das?«

Sie schaute aus großen Augen in mein Gesicht. In der Dunkelheit wirkte ihr Gesicht plötzlich elfenhaft zart. »Ich verstehe es.«

»Dann rede.«

»Das kann ich nicht. Mein Mund ist versiegelt, begreift Ihr? Man darf über die Dinge nicht sprechen.«

Ich fuhr durch mein Haar. »Über welche Dinge nicht? Die sich hinter den Mauern abgespielt haben?«

»Ja, ja.«

»Ging es um Baphomet?«

»Es wurde viel über ihn gesprochen.«

»Das hast du gehört?«

Sie nickte.

»Und weiter? Bist du nur ins Schloss gegangen, um so etwas zu hören? Oder hast du auch mitgemacht?«

»Nicht freiwillig.«

Meine Augen wurden schmaler. »Man zwang dich also dazu?«

»So ist es.«

Ich holte tief Luft. War es sinnvoll, nach Einzelheiten zu fragen? Ich war kein akustischer Spanner, aber ich wollte wissen, wie weit dieses junge Mädchen unfreiwillig gegangen war. Danach fragte ich sie auch. Suko stand derweil in der Nähe und beobachtete die Umgebung.

Sie schämte sich, verkrampfte die Hände und senkte den Kopf. »Ich habe vieles erdulden müssen, aber zum Letzten ist es nicht gekommen, das schwöre ich Euch.«

»Was war dieses Letzte? Oder was hatte es sein sollen?«

»Ich sollte mich ihm weihen, haben sie verlangt.«

»Ihm hingeben?«

»Ja, damit ich als Jungfrau Baphomet gehöre!«

»Beides ist nicht geschehen!«, stellte ich fest. »Damit bist du glimpflich davongekommen.«

»Das sieht nur so aus, Monsieur. Das sieht wirklich nur so aus. Ich kam ins Dorf. Man wusste ja von meinen Besuchen bei den Rittern. Im Dorf redete man über mich. Ich war eine Hure. Irgendjemand hat berichtet, dass ich mit einem Dämon gebuhlt hätte. Von da an war ich ausgestoßen. Mein Vater konnte mir auch nicht helfen. Er ging nach Paris. Ich blieb hier und soll nun für ihn sühnen. Deshalb bin ich zu diesem Platz gegangen. Ich wollte so nicht mehr leben.« Sie senkte den Kopf und begann zu weinen.

Dominique musste Schreckliches hinter sich haben. Ich kannte die Menschen. Wenn sie einmal jemand gefunden hatten, den sie fertig machen konnten, gaben sie so leicht keine Ruhe mehr. Aber auch die dämonische Seite hatte sich das Mädchen als Feindin ausgesucht und machte Jagd auf sie. Sie befand sich zwischen den Fronten. Nur wir konnten ihr helfen.

Daran wollte Dominique nicht glauben. »Jetzt werdet Ihr mich wohl verachten …«

Es war fast wie in einer Schmierenkomödie, aber für mich gab es einfach keine andere Antwort. Und als edle Retter fühlten wir uns auch nicht. »Nein«, sagte ich, »ganz bestimmt nicht. Wir verstoßen dich nicht. Du hast wahrscheinlich durch uns die Chance, aus dieser Sache heil herauszukommen.«

Ihr Blick zeigte Erstaunen. »Ich begreife das nicht. Wo kommt Ihr her? Wie ist das alles möglich?«

»Nenne es Schicksal.«

Dominique merkte wohl, dass wir nicht mehr weiter diskutieren wollten, und fügte sich. »Ins Dorf zurückkehren kann ich nicht mehr. Man hat mich mit Euch weggehen sehen. Mir bleibt nur der Weg zur Burg, und dort lauert sein Geist. In den Mauern hockt das Böse.«

Ich winkte ab. »Wir werden ihm schon den Stachel ziehen.«

Suko übernahm wieder die Führung. Er gab sehr genau Acht, aber ein erneuter Angriff erfolgte nicht.

Wir mussten noch einen weiten Bogen schlagen, um das Tor zu erreichen, das verschlossen war.

Mächtige Flügel wuchsen in der Mitte zusammen. Der Riegel musste innen liegen. Wer das Tor auframmen wollte, der hatte seine Mühe damit. Wahrscheinlich hielt es sogar Kanonenkugeln stand.

Ich blickte an der mächtigen Mauer hoch. In der oberen Hälfte wurde sie von der Dunkelheit verschluckt. Nur sehr schwach konnte ich einen der Türme erkennen.

»Der zweite Eingang ist nicht sehr weit von hier«, flüsterte Dominique. »Ich führe euch.«

Wir waren froh, dass sie sich wieder gefangen hatte. Der Mauerschatten war breit genug, um uns Deckung zu geben. Wer nicht gerade die Augen einer Katze hatte, würde uns kaum entdecken können.

Belpech lag rechts von uns. Wenn überhaupt in dem Ort ein Licht zu sehen war, dann nur ein schwacher rötlicher Schein.

Geröll, Steine und Staub bedeckten den Boden. Hin und wieder berührten die kargen, kniehohen Pflanzen unsere Waden, wenn wir zu dicht an ihnen entlangstrichen.

Das zweite Tor war bald erreicht. Es war wesentlich kleiner als das erste, lag auch etwas versteckt in einer Nische, sodass kaum Tageslicht darauf fiel.

»Es ist bestimmt nicht verriegelt!«, flüsterte Dominique. »Jedenfalls war es das früher nie.«

»Für dich stand es offen?«, fragte ich.

»Ja, ich bin ja oft gekommen.«

Suko schaute sich bereits die Klinke an. Sie hing wie ein dunkler Tropfen nach unten und passte sich der Handfläche an. Das Eisen war noch warm von der Sonneneinstrahlung des Tages.

»Ihr müsst ziehen«, sagte das Mädchen. »Das Tor klemmt immer.«

»Das merke ich«, kommentierte Suko, packte noch kräftiger zu und hatte Sekunden später das Tor so weit offen, dass wir uns durch den Spalt schieben konnten.

Der Schlosshof war leer und dunkel. Die tiefen Schatten überwogen. Er musste sehr groß sein. Wegen der Dunkelheit konnten wir ihn kaum überblicken.

Die Burg selbst bildete ein Viereck. An den Ecken bewacht durch die hohen breiten Türme, eben die Schandtürme der Templer. Nicht eine Fackel leuchtete, nirgendwo brannte eine Kerze, die Ruhe war bedrückend. Kalt strahlte das Licht der Sterne. Staub lag in der Luft und kitzelte unsere Nasen.

Pflaster bedeckte den Innenhof zum Teil. Es war unregelmäßig hoch verlegt worden und bildete einen Stolperteppich. Wir ließen unsere Lampen stecken, da sich Dominique auch in der Dunkelheit gut auskannte. Sie hielt mich an der Hand und zog mich hinter sich her wie ein kleines Kind.

Der Haupttrakt war so hoch, dass er uns den Blick auf den

Himmel verwehrte. Ich konnte mir kaum vorstellen, dass die Burg bewohnt war. Das sagte ich Dominique auch.

Sie schüttelte den Kopf. »Die Ritter sind da. Ich weiß es.«

»Und woher?«

»Ich habe sie gesehen.«

»Andere nicht?«

»Nein. Sie kamen fast zurück wie Diebe in der Nacht. Vielleicht haben sie eine Niederlage erlitten und möchten unter sich sein. Ihr werdet bald ein Zeichen sehen, dass sie hier sind.«

»Da bin ich gespannt.«

Wenig später hüllten uns Schatten anderer Gebäudeteile ein. Wir nahmen einen typischen Geruch wahr. So rochen Pferde.

Dominique löste sich von mir und verschwand wie ein Schatten. Ich hörte ihre Stimme. »Kommt her, dann könnt Ihr es sehen.«

Ich folgte ihr, Suko ging mir nach und war kaum zu hören, so leise trat er auf.

Eine Stallumgebung mit Boxen und Futterräumen sowie Sattelkammern und einer kleinen Werkstatt, wo das Zaumzeug repariert wurde, hatte uns aufgenommen.

Diesmal pfiff ich auf die Vorsicht und schaltete meine kleine Leuchte ein. Dominique gab einen überraschten Laut von sich. Für sie musste das Licht aus meiner Hand kommen. So etwas hatte sie noch nie gesehen, und sie sprach von einem Zauber, als sie sich zurückzog.

Suko beruhigte sie, während ich den Strahl nach links schwenkte, wo ich die abgeteilten Boxen sah. Die meisten waren leer. Über vier Ränder hinweg schauten die Köpfe der Pferde.

Die Reittiere der Ritter!

Ich trat zu Dominique. »Gratuliere, du hattest Recht.«

Sie starrte noch immer auf meine Lampe. »Was ist das?«

»Du wirst es wohl nie in deinem Leben noch einmal sehen, Mädchen. So etwas wird später hergestellt werden.«

»Was heißt später?«

Ich streichelte ihre Wange. »Führ uns ins Schloss, ja?«

Sie nickte, und so verließen wir wieder die Stallungen. Den gewaltigen Wohntrakt betraten wir durch einen Seiteneingang.

Die Tür quietschte erbärmlich in den Angeln. Der Laut hallte durch die vor uns liegenden Räume, die leer waren.

Ich betrat die erste Halle mit einem Gefühl, das ich als Kind gehabt hatte, wenn ich in das festlich geschmückte Weihnachtszimmer ging. Sehr vorsichtig setzte ich meine Schritte und leuchtete die große, leere Schlosshalle mit dem Lampenstrahl aus.

Ein kalt wirkender Steinboden reflektierte einen Teil des Lichts. Wände und Decke zeigten eine gerade, schnörkellose Architektur. Dies hier war die typische romanische Bauweise, keine verspielte Gotik.

»Und wo halten sich die Ritter meistens auf?«, wandte ich mich flüsternd an Dominique.

»Ich weiß, dass sie nach ihrer Rückkehr stets zu den Betstühlen gingen.«

Suko lachte leise. »Hatten sie es so nötig?«

»Ja«, erwiderte das Mädchen ernst. »Sie sprachen immer von einer Schuld, die sie auf sich geladen hatten. Sie mussten einfach sühnen. Versteht Ihr das?«

»Noch nicht ganz. Vielleicht werden wir von ihnen die Erklärungen erhalten.«

»Es ist gleich hinter dieser Halle«, berichtete Dominique mit leiser Stimme. »Macht bitte keinen Lärm. Sie wollen nicht gestört werden.«

»Ja, das kann ich mir vorstellen.«

So ganz traute ich den Worten des Mädchens nicht. Auch Suko war skeptisch, wie ich am Heben seiner Schultern erkannte. Wir hatten jetzt beide unsere kleinen Lampen eingeschaltet, folgten den Strahlen und schritten dabei auf eine große Doppeltür zu, die sich verhältnismäßig leicht aufstoßen ließ, als die vorgehende Dominique es schaffte, mit beiden Händen die Flügel aufzudrücken.

»Sie sind da!«, flüsterte sie.

Ich hatte sie zwar noch nicht gesehen, glaubte ihr aber und schob mich an ihr vorbei.

Suko folgte mir auf dem Fuß.

Diese Schlosshalle war wesentlich kleiner als die, die hinter uns lag. Auch hier herrschte die strenge Geometrie vor, und wir sahen etwas, das uns staunen ließ.

An einer Seite des Raumes standen die vier dunklen Betstühle der Ritter. Sie sahen aus wie kleine Buden, in die man sich verkriechen konnte. Ob jemand darin saß, konnten wir erst erkennen, als wir die Vorhänge zur Seite zogen.

Suko und ich hatten einen freien Blick in die Bet- oder Beichthäuschen.

»Nein!«, hörte ich das scharf gesprochene Wort meines Partners und wusste, dass er das Gleiche entdeckt hatte wie ich.

Der Mann vor mir hockte zusammengesunken auf der Bank. Vom Kinn her rann ein breiter Blutstreifen und versickerte in seiner Kutte.

Der Ritter war tot!

Ich ballte die freie Hand zur Faust, blieb sekundenlang stehen, hörte Dominique schluchzen, öffnete zusammen mit Suko die nächsten beiden Gebetsstühle und entdeckte das Gleiche.

Vier Ritter – vier Tote!

Es sah so aus, als hätten sie sich selbst die Kehlen durchgeschnitten, denn ihre Dolche hielten sie nach wie vor fest, und wir sahen auch das Blut an den Klingen.

»Wieso, John?«, fragte mich mein Freund.

»Ich weiß es nicht. Hast du eine Erklärung, Dominique?«

»Non, non.« Sie gab die Antwort hastig. Vielleicht log sie auch.

»Der Kopf ist es wohl nicht gewesen«, bemerkte Suko, »dann hätten sie nicht ihre Messer in den Händen.«

»Ja, sie taten es selbst.«

Suko ging an mir vorbei. »Sieh dir mal ihre Kleidung an, John. Fällt dir was auf?«

»Sie tragen keine Rüstungen.«

»Das meine ich nicht.« Der Inspektor ließ den Lampenstrahl auf- und abwandern. »Es ist vielleicht gewagt, aber ich erinnere mich an die Totenwächter. Trugen sie nicht die gleiche Kleidung?«

»Ja, das stimmt.«

»Eben.« Mein Freund schüttelte den Kopf. »Weiter, John, weiß ich allerdings auch nicht.«

Ratlosigkeit ist keine gute Motivation. Ich ging an den Gebetsstühlen entlang. Die Vorhänge zitterten leicht im Windzug oder wenn ich sie mit den Schultern berührte.

Die vier Ritter hatten die gleichen Haltungen eingenommen. Sie waren nach rechts gefallen, stützten sich an den seitlichen Wänden ab. Die Köpfe waren nach vorn gesunken, die Kinne berührten die Brust, wo sich die Kleider mit Blut vollgesogen hatten. Es war noch nicht getrocknet. Sehr lange konnten die Ritter noch nicht tot sein.

»Sie müssen an diesem Abend gestorben sein«, sagte ich leise. »Und ich frage mich weiter, ob ihr Tod mit unserer Reise zusammenhängt.«

»Bestimmt«, meinte Suko. Er stand neben dem Mädchen.

Dominique begann zu reden. »Ihre Schuld ist einfach zu groß geworden. Sie mussten es tun. Wahrscheinlich haben sie eingesehen, dass sie den falschen Weg gegangen sind.«

»Und was jetzt?«, fragte ich.

Sie hob die Schultern. »Ich weiß es nicht genau. Ich glaube aber nicht, dass sie ihren ewigen Frieden gefunden haben.«

Diese schlicht gesprochenen Sätze ließen mich aufhorchen, denn in ihnen steckte eine tiefe Wahrheit. Es war gut möglich, dass sie ihre Ruhe nicht gefunden hatten und ihre Seelen in irgendwelchen geheimnisvollen Reichen umherirrten, geleitet durch die Kraft des Dämons Baphomet.

Der ewige Friede war etwas, was sich jeder Mensch wünschte. Egal, wie es in seinem Leben ausgesehen hatte. Die Seelen der Ritter hatten ihn nicht. Waren wir deshalb gekommen, um ihnen dazu zu verhelfen? Und welche Rolle spielte dabei der Schädel?

»Hört ihr die Stimme?«, fragte Dominique plötzlich, trat zurück und breitete die Arme aus. Suko verfolgte sie mit dem Lichtstrahl. Sie breitete die Arme aus. Diese Geste wirkte theatralisch und gleichzeitig wie einstudiert. Das Mädchen sah jetzt wieder aus wie zwischen den Steinen, als es sich dem Götzen hatte opfern wollen.

»Wir hören nichts«, sagte ich.

Sie nickte. »Aber sie sind da. Sie rufen mich, nein, sie rufen uns. Wir sollen ihnen folgen.«

»Und wohin?«

Ihre Armbewegung wirkte schlangenhaft. »Weit weg, wo wir nicht hinschauen können, versteht Ihr das?«

»Nein, leider nicht ...«

Dominique nickte. »Es war auch nur ein Wunsch. Ich werde ihn befolgen.« Sie sah uns fest an. »Ich gehe jetzt!«

»Und wohin?«

»Auf die Türme. Auf die Schandtürme. Ich muss für meine Taten büßen. Ich bin eine Ausgestoßene, und ich werde es bleiben, es sei denn, ich gehe in den Tod ...«

Ich wollte ihr nacheilen, als sie sich in Bewegung setzte, aber Suko machte mich auf etwas aufmerksam.

»John, die Toten!«

Auf der Stelle kreiselte ich herum, leuchtete gegen einen der Gebetsstühle und sah, wie sich der Ritter bewegte.

Er hob seinen Kopf an!

Es war eine Bewegung, die mir durch und durch ging, die mich bannte, denn am Hals klaffte ein breiter Schnitt.

Der Ritter saß noch immer, aber er wurde von Sekunde zu Sekunde kräftiger und drehte seinen Schädel.

Ein Schuss krachte.

Viermal hörte es sich an, als hätte jemand geschossen. Es war nur die zufallende Tür, die dieses Echo erzeugt hatte. Somit waren Suko und ich allein.

»Wir wissen, wo sie hinwill, John. Lass uns bleiben.«

Ich traf auch keinerlei Anstalten, den Raum zu verlassen. Die Ritter waren jetzt wichtiger.

Der erste verließ den Gebetsstuhl. Er sah aus wie ein Gespenst. Das Gesicht bleich wie der Mond, mit einem leichten grünen Schimmer unterlegt, als würde die Haut schimmeln. Die Augen waren runde Flecke, sein Mund stand offen.

Er konnte sich nicht mehr halten, fiel vor dem Gebetsstuhl zu Boden, stützte sich aber mit beiden Händen ab. Die Haut dort zog sich dünn wie Seidenpapier über die Knochen.

Dann kam er hoch.

Schwerfällig, wie ich es von den Zombies, den lebenden Toten, gewohnt war.

Ich half ihm nicht. Er blieb breitbeinig vor mir stehen, stierte mich an, und es sah so aus, als würde er das, was einmal seine Lippen gewesen waren, zu einem breiten Grinsen verziehen.

Seine Gestik sagte mir, dass er etwas von mir wollte, und auch die drei anderen Ritter hatten es in ihren Gebetsstühlen nicht mehr ausgehalten. Normalerweise begegnete ich den Zombies mit einer Kugel aus der Beretta. Sie trug ich jedoch nicht bei mir. Ich hätte die Zombies auch anders vernichten können, aber das war nicht der Sinn der Sache.

Sie wollten etwas von uns.

»Verdammt, wenn sie sprechen könnten«, sagte Suko und ballte vor Wut die Hand zur Faust.

»Dominique hat sie gehört.«

»Sie kannte sie auch von früher her. Ich würde sagen …«

Den Satz konnte mein Freund nicht mehr aussprechen. Jemand stieß hinter uns die Tür auf.

Danach ging alles sehr schnell. Wir sahen noch die Horde, erkannten die hassentstellten Gesichter, dann fielen sie über uns her wie die Ameisen. Wehren konnten wir uns kaum.

Ich wehrte Knüppelschläge noch zweimal ab. Beim dritten und vierten Mal hämmerten sie mich zu Boden, und für mich erloschen sämtliche Lichter …

Suko erging es nicht anders.

Dominique rechnete damit, es noch zu schaffen. Sie wusste, dass die Nacht des Schreckens begonnen hatte, wenn die Toten erwachten und das Zeichen gesetzt wurde.

Die Toten lebten, die Lebenden würden bald sterben, der Himmel erschien in einer blutigen Farbe, alles war verkehrt, Gott hatte die Welt verlassen, der Teufel würde sie übernehmen und seine Spuren hinterlassen.

Die Zeit des Niedergangs war erreicht.

Das blonde Mädchen hastete durch die Halle. Die beiden Fremden würden sich wehren können, vielleicht schafften auch sie noch die Flucht, bevor es zu spät war. Sie jedenfalls wollte vorher verschwunden sein.

Der Eingang stand noch offen. Dominique drückte sich durch den Spalt, lief die ersten Schritte in die kühlere Nachtluft hinein und bemerkte aus dem rechten Augenwinkel den Schein, der sich über den Himmel gelegt hatte.

Ein roter Schein.

Ähnlich wie Blut …

Obwohl sie es eilig hatte, stoppte sie ihre Schritte. Ihr Atem ging heftig. Schweiß bedeckte ihre Haut, er vermischte sich mit dem Schauer, und Dominique drehte sich langsam um. Vor ihren Augen wurde es manchmal schwarz. Die Aufregungen der letzten Minuten und der hastige Lauf sorgten dafür.

Dann legte sie den Kopf in den Nacken. Ihr Herz schlug schneller. Eine Hand presste sie unter die linke Brust, und sie sah das mächtige Zeichen zwischen den Türmen.

Ein gewaltiges T!

So groß wie die Schandtürme, dabei so rot wie die Farbe des Blutes.

Das T der Templer!

Bisher hatte sie davon nur gehört. Wenn die Menschen aus dem Ort die schlimmen Geschichten erzählten, hatte sie oft genug den Worten gelauscht. Dabei hatte sie sich gefürchtet. Die Angst war stets in ihren Körper gekrochen, doch nie hatte sie dieses Gefühl so stark gespürt wie jetzt.

Schrecklicher hatte sie sich das Zeichen nicht vorstellen können. Es stand zwar sehr klar in der Luft, trotzdem tat sich etwas in seinen Umrissen. Die Konturen waren nicht so scharf. An dem Buchstaben liefen dicke Tropfen herab, als hätte ein großer Pinsel erst vor kurzem das Zeichen gemalt, wobei die Farbe noch trocknen musste.

Als Kind hatte sie bei schrecklichen Zeichen stets ein Kreuzzeichen geschlagen. Danach war es ihr jedes Mal besser ergangen, da hatte sich das Gefühl der Furcht zurückgezogen.

Nicht so in dieser Nacht!

Außerdem fürchtete sie sich davor, das Zeichen zu schlagen. Sie hatte Schuld auf sich geladen und war dem Dämon Baphomet gefolgt. Dominique steckte in einem Zwiespalt.

Sie wusste auch, dass die Männer und Frauen aus dem Dorf das Zeichen sehen würden. Auch sie verspürten Furcht, das wusste Dominique, doch sie konnten sich auch wehren und dem Grauen entgegentreten.

Sie ging zurück und streckte dabei abwehrend ihre Arme aus. Doch sie hatte gleichzeitig, ohne es zu wissen, einen schweren Fehler begangen. Dominique spürte ihn erst, als jemand seine Hand auf ihre Schulter legte und das Mädchen nach rechts drückte.

Sie schrie.

Der Laut hallte über den Burghof und übertönte gleichzeitig die schweren Schritte der anderen. Wie aus dem Nichts waren sie plötzlich da und kreisten Dominique ein.

Vielleicht hätte sie noch eine Chance zur Flucht gehabt. Jetzt war es zu spät.

Die Angst überschwemmte sie. Das Zittern rann durch ihre Knochen. Dominique blickte nach vorn und auch zur Seite. Sie suchte nach einem Ausweg, aber sie standen da wie ein Ring aus Steinen. Sie hatten Fackeln mitgebracht, zündeten sie an, sodass die tanzenden Feuer aus ihren starren Gesichtern böse Fratzen machten.

»Was wollt ihr?«, schrie Dominique. »Was wollt ihr denn von mir?« Sie deutete schräg in die Höhe. »Seht ihr nicht, was sich dort abspielt? Da ist das Zeichen. Das T für die Templer. Sie sind eure Feinde, nur sie allein. Nicht ich!«

Man ließ Dominique nicht mehr weitersprechen. Zu dritt stürzten sie sich auf sie.

Das Mädchen leistete nicht einmal Widerstand. Es war einfach sinnlos. Sie sah noch die Arme, die zahlreichen Hände und spürte die ersten brutalen Schläge.

Dann brach sie zusammen.

Dabei schrie sie nicht einmal. Sie wusste, dass es vorbei war und dass sie diesmal verloren hatte.

Es waren nur wenige, die sich um Dominique kümmerten. Die anderen Männer drangen in das Schloss ein, um sich ihrer weiteren Aufgabe zu widmen …

Zuerst war es die Kühle, die wie lange, streichelnde Finger in mein Gesicht fuhr und dafür sorgte, dass ich aus der dumpfen und tiefen Bewusstlosigkeit wieder erwachte.

Zwinkernd und zögernd öffnete ich die Augen, spürte die Schmerzen im Kopf und wusste nicht, wo sich das Zentrum befand, denn alles brannte. Von der Stirn bis zum Hinterkopf.

Ich stöhnte, wollte mich dennoch bewegen und stellte fest, dass es nicht ging.

Ich hing fest!

Zunächst blieb ich ruhig. Die Ruhe war wichtig. Nur so konnte ich mich konzentrieren und mich mit meiner bescheidenen Lage befassen. Ich hatte Kontakt zum Boden, aber hinter mir, und eng gegen den Rücken gepresst, spürte ich einen gewissen Widerstand.

Was konnte das sein?

Ich dachte nach, was mir allerdings schwer fiel, denn hinter der Stirnplatte spielten sich Szenen ab, die mir das Wasser in die Augen trieben. Es war ein bohrender, hämmernder und zuckender Schmerz, der auch die Ohren erreichte. Auch spürte ich die Nässe am rechten Haaransatz. Dort musste von einem Treffer die Haut aufgeplatzt und Blut aus der Wunde gelaufen sein.

Wie lange ich bewusstlos gewesen war, konnte ich nicht bestimmen. Jedenfalls war der Tag noch nicht angebrochen. Die Dunkelheit lag auch weiterhin über dem Land, doch etwas hatte sich verändert. Ich konnte es nur mühsam erkennen und begreifen, glaubte auch zuerst an eine optische Täuschung, aber die war es nicht.

Durch das nächtliche Dunkel zog sich tatsächlich ein dunkelroter Schein, als hätte jemand ein gewaltiges, mit Blut gefülltes Gefäß ausgekippt.

Blut und Finsternis.

Zwei Dinge, die zusammengehörten, legte man schwarzmagische Perspektiven an.

Ich aber war kein Dämon, kein Magier, ich stand leider innerhalb des Zentrums.

Zwar blieb der Schmerz, aber ich war es gewohnt, aus ähnlichen Situationen zu erwachen, und schaffte es auch, darüber nachzudenken.

Zunächst konzentrierte ich mich auf meine nähere Umgebung. Meine Beine waren frei, doch die Arme konnte ich nicht bewegen. Sie waren nach hinten gezerrt und dort festgebunden worden, wobei die Stricke auch noch um meinen Körper liefen.

Und der harte Gegenstand in meinem Rücken war ein Pfahl!

Jetzt kehrte die Erinnerung wieder zurück. Ich sah mich vor der Burg stehen und hinaufschauen.

Vier Türme, vier Pfähle!

Wie karge Arme ragten sie in die Höhe und waren im Steinboden des Turms verschalt.

Es war genau das eingetreten, wovor ich mich gefürchtet hatte. Ich hing gefesselt am Schandturm der Templer, und wahrscheinlich war es nicht nur mir so ergangen.

Einige Minuten Erholung gönnte ich mir, um danach den Kopf vorsichtig zu bewegen. Es klappte, ohne dass große Schmerzwellen durch meinen Schädel schossen. Mein Blick glitt über das Verbindungsstück der Mauer zwischen den beiden Türmen. Das rötliche Licht gab so viel Schein ab, dass ich auch den nächsten Turm sehen konnte.

Dort stand ebenfalls jemand gefesselt an einem dieser verdammten Pfähle und hielt den Kopf gesenkt. Das lange Blondhaar wehte im Wind. Also hatten sie auch Dominique erwischt. Sie würde das gleiche Schicksal erleiden wie ich.

War Suko vielleicht die Flucht gelungen?

In den letzten Sekunden vor meinem Blackout hatte ich ihn kaum gesehen. Ich wusste nur, dass er sich verzweifelt gewehrt, es aber bestimmt nicht geschafft hatte.

Und richtig.

Suko stand links von mir. Er war ebenfalls aus seinem Zustand erwacht und hatte bemerkt, dass ich den Kopf gedreht hatte. Im selben Augenblick schrie er mir etwas zu. Dabei musste er sich anstrengen, denn der hier oben wehende Wind riss ihm die Worte vom Mund.

»Keine Chance, John. Sie haben uns fertig gemacht wie die kleinen Kinder.«

»Hast du sie gesehen?«, rief ich zurück.

»Noch nicht. Nur gehört. Sie müssen sich vor der Burg befinden. Ich vernahm Stimmen und auch das Klirren von Pferdehufen.«

»Kannst du dir vorstellen, was sie damit bezwecken?«

Suko lachte sogar. »Denk mal darüber nach, was die Indianer getan haben, als sie ihre Gefangenen an den Marterpfahl banden.«

»Danke, darauf verzichte ich.«

»Die Fesseln sitzen verdammt stramm. Ich habe schon versucht, sie zu lockern, war aber nichts drin. Hier können wir nur auf ein Wunder warten, John.«

Suko befand sich zwar in der gleichen Lage wie ich, dennoch stand er zur Quelle des Lichtscheins günstiger. Ich fragte ihn nach der Ursache des Scheins und erhielt auch prompt die Antwort.

»Es ist das T, John.«

»Wieso?«

»Das T der Templer. Übergroß wächst es aus dem Boden des Turms hoch und ist blutrot.«

Mir verschlug es die Sprache. Ich kannte das Zeichen natürlich. Es konnte positiv als auch negativ gewertet werden. Da war man sich eigentlich nie sicher.

In diesem Falle aber glaubte ich an eine negative Wertung. Dieser Buchstabe war in der Lage, den Tod zu bringen, aber auch das Leben.

»Und vergiss den Schädel nicht, John!«

Suko sagte die Worte in dem Moment, als wieder eine Schmerzwelle durch meinen Kopf raste. Ich presste die Zähne zusammen und schwieg zunächst. Dafür konzentrierte ich mich auf meine nähere Umgebung. Die Fesseln ließen mir einen gewissen Spielraum. Nicht allein den Kopf konnte ich nach vorn bewegen, auch meinen Oberkörper, sodass sich der Blickwinkel veränderte.

Mir gelang es, über den Rand des Turms hinweg in die Tiefe zu schauen.

Im Burghof sah ich die Reiter!

Es mussten die Männer aus Belpech sein. Sie hatten sich im Burghof versammelt, hockten auf den Rücken ihrer Pferde oder waren zu Fuß. Einige von ihnen hielten brennende Fackeln in den Händen. Wenn diese bewegt wurden, zeichnete der Feuerschein einen roten Hauch durch die Schwärze der Finsternis.

Einige starrten zu uns hoch, schrien und winkten.

Aus dem Hintergrund ritten drei Reiter herbei. Womit sie bewaffnet waren, konnte ich nur raten, aber ihren Haltungen war zu entnehmen, dass sie Bögen trugen und die Sehnen auch gespannt hielten. Also lagen Pfeile darauf.

Sie schossen, sobald sie den besten Schusswinkel erreichten.

Die Pfeile sah ich erst später, als sie fast die Burgmauer erreicht hatten und regelrecht darüber hinwegflogen.

Ich verkrampfte mich. Suko musste es ähnlich ergehen. Dominique aber reagierte durch einen lauten Schrei.

Die Pfeile trafen nicht. Ich hörte das Ratschen, wenn sie mit ihren Spitzen gegen das Gestein prallten.

Einer zupfte am Stoff meines rechten Hosenbeins, hatte aber nicht mehr genügend Schwung, um hindurchzufahren und mich zu verletzen.

Die konnten uns nicht gefährlich werden.

Sie schossen noch einmal. Ein Pfeil flog zwischen Dominique und mir hindurch, ein anderer traf über meinem Kopf den Pfahl, der mich hielt.

Dann war auch die zweite Angriffswelle vorbei. Ich sprach das Mädchen mit lauter Stimme an und musste mehrmals rufen, bevor es überhaupt reagierte und den Kopf wandte.

»Ihr hättet fliehen sollen!«, schrie sie mir zu. »Jetzt werdet Ihr auch sterben.«

»Wer will uns töten?«

»Baphomets Rache!«

»Nicht die Menschen aus Belpech?«

»Nein, doch ja«, verbesserte sie sich. »Sie schauen nur zu. Sie wissen ja Bescheid, was sich hier abgespielt hat.«

»Wo sind die Ritter?«

»Ich weiß es nicht. Sie haben doch in den Gebetsstühlen gesessen.«

»Nein, sie erwachten wieder zum Leben. Sie konnten ihre Stühle verlassen. Es sind Zombies geworden.«

»Was ist das?«

»Lebende Tote!«

Dominique schwieg. Wahrscheinlich hatte meine Antwort sie regelrecht geschockt.

Die vier untoten Ritter waren unsere Feinde. Gleichzeitig auch ein Hoffnungsschimmer. Da sie lebten, hatten sie eine bestimmte Aufgabe zu erfüllen. Ich wünschte mir, dass sie in einem unmittelbaren Zusammenhang zu uns stand, schließlich hatten ihre Geister uns geholt, und die Körper waren aus der Kapelle in Soho geflohen.

Ich dachte darüber nach, wie sie dort wohl hineingekommen waren, als Tote oder Untote. Da war noch vieles unklar, aber man ließ mir keine Zeit, die Gedanken weiter zu verfolgen, denn ein bekanntes Geräusch klang in meiner Nähe auf.

Ich hatte es schon einmal gehört, als sich die Gefahr uns genähert hatte.

Jetzt war dieses hohl klingende Pfeifen wieder da.

Und da sah ich ihn.

Es war der Kopf des Verräters!

Er war wieder sehr schnell und umkreiste uns wie ein Planet die Sonne. Ausgerechnet jetzt hatte ich nicht die Hände frei. Dieser verdammte Schädel konnte mit uns machen, was er wollte.

Ich verfolgte ihn, so gut es ging. Abrupt stoppte er, dabei blieb er in der breiten Lücke zwischen Dominique und mir stehen. So weit über dem Boden, dass er sich in Gesichtshöhe befand und wir ihn sehr gut erkennen konnten.

Ein verzerrtes Gesicht, ein halb geöffneter Mund, fratzenhaft und widerlich der Anblick. Graues Haar, verfilzt, verdreckt und von innen grünlichrot leuchtend.

Es war ein Monsterschädel, kein Schrumpfkopf, aber mit Höllenfeuer getauft.

Ich blickte an ihm vorbei auf Dominique. Das Mädchen verging fast vor Angst. Sie hatte sich jahrelang vor diesem Anblick gefürchtet, und jetzt war sie wehrlos.

Der Schädel schien darüber nachzudenken, wen von uns er zuerst angreifen sollte.

Auch von den im Burghof befindlichen Menschen musste er gesehen worden sein. Entsprechende Kommentare und Rufe ließen darauf schließen.

Dann passierte es.

Der Schädel schüttelte sich, drehte sich um die eigene Achse, und noch immer war nicht klar, wen er sich ausgesucht hatte.

Bis er Kurs auf Dominique nahm.

Sekunden später begann das Grauen!

Ich habe schon viel in meinem Leben gesehen und erlebt. Aber diese Momente werde ich nie vergessen. Die Tat an sich war schon fürchterlich, und als ebenso schlimm empfand ich die Tatsache, dass ich in der Nähe stand, gefesselt war und nicht eingreifen konnte.

Der Schädel übte eine schreckliche Rache. Ausgerechnet an dem Menschen, der ihm nichts getan hatte.

»Nicht!«, brüllte ich. »Verdammt, komm zu mir! Ich werde dich …« Meine Stimme erstickte, als ich sah, wie sich Dominique wand, trotzdem nicht freikam und auch dem Schädel nicht entgehen konnte. Sie schrie noch. Es waren Schreie, die mein Herz zerschnitten.

Ich sprach die Formel.

Es war die letzte Möglichkeit, das Mädchen zu retten. Vielleicht brachte die Weiße Magie die Kraft auf, auch den Schädel zu zerstören, aber es war vergeblich.

Für einen Moment tauchte man mich und meine nähere Umgebung in gleißendes Licht, das mich blendete und dann zusammenbrach, sodass ich wieder klar sehen konnte.

Der Schädel war verschwunden.

Nur Dominique hing noch in ihren Fesseln. Ihr Körper war nach vorn gesunken. Hätten ihn die Stricke nicht gehalten, wäre er gefallen. Blut tropfte aus der Höhe des Halses zu Boden. Ich wusste, dass ihr niemand mehr helfen konnte.

Es ist schwer für mich, die Gefühle zu beschreiben, die mich damals erfasst hatten.

Hass, Wut und Hilflosigkeit übermannten mich wie ein gewaltiger Sturm. Vom Burghof her schallten die Schreie der Zuschauer an der Mauer hoch.

Die Menschen hatten alles mitbekommen und sich wahrscheinlich daran ergötzt.

Ich hätte in sie hineinschlagen können. Meine Gefühle trieben mir das Wasser in die Augen, sie drückten mir gleichzeitig die Kehle zu, und ich hörte Sukos Frage.

»Ist sie tot?«

»Ja!«, schrie ich. »Ja, verdammt! Wir konnten nichts tun!«

Der Inspektor schwieg. Ich hatte die Schmerzen in meinem Kopf vergessen. Hinter meiner Stirn brauste es. Das Gefühl der Hilflosigkeit wuchs noch weiter an, denn die Rache des Kopfes würde weitergehen. Schließlich befanden sich zwei weitere Opfer in seiner Nähe.

Noch ließ er sich nicht blicken. Vielleicht wollte er unsere Todesangst verlängern.

Dafür geschah etwas anderes.

Aus der Tiefe des Burghofes vernahm ich das Brausen. Es war kein Sturm oder Wind, akustische Laute drangen zu mir hoch. Ein Zeichen, dass die Menschen dort sangen.

Sie feierten den Tod, sie feierten die Rache und mussten doch wissen, dass auch sie auf der Liste dieses mordenden Kopfes standen, der einmal einem gewissen Esquin de Floyran gehört hatte.

Wo steckten die vier untoten Ritter? Welchen Part in diesem Spiel hatten sie übernommen?

Ich drehte den Kopf und hielt nach ihnen Ausschau, aber sie

zeigten sich nicht. Vielleicht würden sie erst kommen, wenn uns der Schädel getötet hatte.

Wen suchte er sich als Nächsten aus? Zugleich würden Suko und ich nicht sterben, der eine erhielt noch immer eine Lebensfrist von Sekunden oder Minuten.

Woher er kam, wusste ich nicht.

Aber er war da. Ich vernahm die typischen Geräusche, dieses leise, widerlich klingende Pfeifen, und wenige Atemzüge später tanzte er zwischen uns, als würde er auf der Bühne eines Kasperletheaters seinen Auftritt haben und an einem langen Faden hängen, den jemand hektisch bewegte.

Sein Gesicht sah noch schrecklicher aus, weil noch das Blut der Toten an seinen Lippen klebte.

Mir drehte sich bald der Magen um.

»Einer von uns ist dran!«, hörte ich Suko sagen. »Einer von uns, John!« Seine Stimme klang ruhig. Er hatte sich unwahrscheinlich in der Gewalt.

Noch überlegte der Schädel.

Dann hatte er sich entschieden.

Und zwar für mich!

Sie hatten es hart gemacht, und der Abbé lag gekrümmt und stöhnend am Boden. Van Akkerens Leute kannten sich aus. Sie wussten genau, wo man hinzuschlagen hatte, ohne dass äußere Zeichen zurückblieben. Bloch wunderte es, dass er überhaupt noch atmen konnte. Immer wenn er die Luft einsog, hatte er das Gefühl, dass seine Lungen platzen würden.

Hinzu kamen die dumpfen Echos in seinem Kopf. Er war dort zwar nicht geschlagen worden, aber die Schmerzen zogen durch den gesamten Körper.

Van Akkeren ging wie ein Uhrwerk, das jemand eingeschaltet hatte, in dem Raum auf und ab.

»Wir können jetzt unsere Werkzeuge nehmen!«, klang die Stimme eines der beiden Peiniger auf.

»Ja, das wäre nicht schlecht.«

»Sollen wir, Chef?«

Van Akkeren lachte. »Wartet noch. Vielleicht ist der Abbé vernünftig geworden.«

Er trat näher.

Bloch hörte seine Schritte, die lauter wurden, dann verstummten. Der folgende Tritt war nicht heftig geführt worden, aber er erwischte Bloch dort, wo es wehtat, sodass dieser aufstöhnen musste.

Van Akkeren lachte leise. »Drehen Sie sich mal auf den Rücken und sehen Sie mich an, wenn ich mit Ihnen spreche!«

Das tat der Abbé. Es fiel ihm schwer. Seine Glieder schienen in Feuer gebadet zu werden, das Gesicht war verzerrt.

Kalt blickte van Akkeren auf ihn herab. Er war ein Mensch, der kein Erbarmen kannte.

»Hast du es dir überlegt?«

Bloch gab zunächst keine Antwort. Die Gestalt verschwamm vor seinen Augen. Sie schien sich auf einem Boot zu bewegen, über das jedes Mal die Wellen zusammenschlugen.

»Antworte!«

»Nein, ich ...«

»Also nicht!«

»Ich weiß nicht, wo sich Sinclair und Suko aufhalten. Ich kann es Ihnen nicht sagen. Es ist furchtbar. Sie sind vielleicht geflohen. Sie haben sie doch gehabt!«

Der Blick des Grusel-Stars nahm noch an Kälte zu. »Sie sind vor unseren Augen verschwunden, Abbé. Die beiden haben sich gewissermaßen aufgelöst. Können Sie uns das erklären?«

Bloch suchte nach einer Möglichkeit, die nächste Folter hinauszuziehen. »Vielleicht kann ich es.«

»Dann los.«

Er atmete ein. Das Stechen in der Brust war einfach grauenhaft, aber er brauchte die Luft. »Man hat sie geholt. Sie ... sie werden eine Dimensionsreise gemacht haben. Verstehen Sie? Eine Reise durch Zeit und Raum, magisch gelenkt.«

Van Akkeren überlegte. »Soll ich das glauben?«

»Das müssen Sie wohl. Ich weiß keine andere Erklärung.«

Der Holländer schaute seine beiden Killer an. »Was sagt ihr dazu, Freunde?«

»Der will uns zum Narren halten!«

Van Akkeren nickte. »Ja, das meine ich auch. Wir sollen zum Narren gehalten werden.«

»Nein, so ist das nicht!«, meldete sich der Abbé, dem die Unterhaltung überhaupt nicht passte. »So etwas gibt es, auch wenn es unglaubwürdig klingt. Sie müssen sich damit abfinden.«

Van Akkerens Antwort klang kalt. »Wenn sich jemand mit irgendetwas abzufinden hat, sind Sie das, Abbé, und nicht wir. Haben Sie das verstanden?«

»Ja.«

»Noch einmal. Wo stecken die beiden?«

»Irgendwo in einer anderen Dimension. Das müssen Sie mir einfach glauben.«

Van Akkeren war es leid. Er wandte sich an seine Killer. »Wer von euch will es übernehmen?«

»Ich!«

»Also gut, Serge!«

Der mit Serge Angesprochene schob sich an van Akkeren vorbei, um in die direkte Nähe des Abbés zu gelangen. Er sprach zu ihm, während er sich bückte. »Was ich gleich mit dir anstellen werde, hast du dir in deinen kühnsten Träumen nicht ausdenken können, das kannst du mir glauben. Ich brauche nicht einmal eine Waffe zu nehmen, noch mache ich alles mit den Händen, aber wenn ich erst meine kleinen Streichhölzer hervorhole, wird es schlimm.«

Bloch sah das schmierige Grinsen im Gesicht dieses Sadisten. Der Mann freute sich auf seine Tat. Er war ein hundsgemeiner, ruchloser Mörder, und er lachte, als der Abbé ihm abwehrend die Arme entgegenstreckte.

»Das wird dir auch nicht helfen!«

Bloch wusste genau, dass er aus diesem Zimmer nicht lebend herauskam, wenn die anderen es nicht wollten. Als er seine Arme in die Höhe reckte, dachte er wieder an die Szene im Wagen und daran, wie gnadenlos die Männer geschossen hatten.

Er und die Templer waren eine verschworene Gemeinschaft. Sie hatten sich gegenseitig versprochen, die Aufgabe bis zum bitteren Ende durchzuführen. Das schloss auch den Tod ein.

Vier waren gestorben. Man hatte sie überrumpelt, einmal in den Kanälen, die anderen im Wagen. Wenn van Akkeren auch ihn erledigte, dann hatte er gewonnen. Die Bruderschaft würde auseinander fallen.

Das alles überlegte der Abbé innerhalb weniger Sekunden. Er musste einfach etwas tun. Sie unterschätzten ihn und seinen Lebenswillen. Vielleicht lag darin noch der Hauch einer Chance für ihn.

Serge, dieser flachgesichtige Bastard mit den Kieselsteinaugen, zerrte ihn hoch. Er lachte den Abbé dabei an. »Du kannst alles versuchen. Dich schwer machen, dich sträuben, du wirst trotzdem dem Tod nicht entgehen. Das schwöre ich dir!« Seine Augen wurden noch größer und kälter.

Im nächsten Augenblick riss er den Abbé herum und ging gleichzeitig vor. Er schleifte Bloch weiter, bis dieser mit dem Rücken gegen die Wand stieß.

»Da bleibst du stehen, wenn du …«

Bloch fiel nach vorn. Es sah so aus, als wollte er Serge umarmen wie einen Freund. Darauf basierte der Plan des Abbé. Niemand sah seine Bewegung. Er hatte den rechten Arm angewinkelt und die Hand unter sein Jackett geschoben.

Dort verwahrte er etwas.

Mit einem heftigen Ruck riss er den Pflock hervor. Serge war mit seinen Gedanken wohl schon bei der grausamen Tortur, die er mit dem Abbé vorhatte.

Jedenfalls reagierte er zu spät.

Bloch war ein Mensch, der das Leben liebte und auch schützte. In diesem fürchterlichen Augenblick aber konnte er nicht anders. Seine rechte Hand umklammerte den Silberpflock.

Dann stieß er zu!

Für diesen kurzen, ihm aber lang erscheinenden Moment hielt er die Augen geschlossen. Seine linke Hand lag auf der Schulter des Peinigers, er hielt sich praktisch an ihm fest und sah dabei in das Gesicht des Mannes, dessen Augen zum ersten Mal so etwas wie einen Gefühlsausdruck zeigten.

In den Pupillen breitete sich ungläubiges Staunen aus. Dann zuckten die Mundwinkel, Serge zog die Lippen zurück. Ein zischender Laut drang aus seinem Mund, zusammen mit einem rosarot gefärbten Speichel.

Der Abbé hatte seine »Arbeit« noch nicht beendet. Er stieß Serge zurück und fasste mit der linken Hand zu.

Es war ein blitzschneller Griff, und er hatte Glück, dass es ihm gelang. Plötzlich hielt er die schallgedämpfte Waffe des Killers in der Hand. Gleichzeitig kippte Serge um und schlug schwer auf.

Der andere Killer und van Akkeren hatten jetzt freie Sicht auf den Großmeister der Templer.

Und sie wollten nicht glauben, was sie sahen.

Ihre Augen nahmen einen ungläubigen und starren Ausdruck an. Van Akkeren wirkte so, als würde er grinsen, aber niemandem war nach Spaß zumute. Am allerwenigstens dem Abbé.

Er ging vor und wunderte sich, woher er die Kraft nahm. Aber die Schmerzen hatte er unterdrücken können. Es ging um sein Leben. Er hatte Schwierigkeiten mit dem Blickwinkel, manchmal sah er die beiden Männer nur verzerrt, und er hoffte, dass sie nichts davon mitbekamen, wie schlecht es ihm ging.

»Er ist tot!«, flüsterte Bloch. »Ich habe ihn töten müssen, denn er wollte mein Leben. Wenn ihr nicht genau das tut, was ich verlange, wird es euch ebenfalls so ergehen.«

»Du hast ihn gepfählt wie einen Vampir!«, sagte van Akkeren.

»Ja!«

»Dafür reiße ich dir das Herz aus dem Leib!«

»Noch habe ich die Waffe!«

Van Akkeren senkte den Blick. Er starrte auf das Blut, das von der Pflockspitze zu Boden tropfte und dunkle Flecken auf dem Parkett hinterließ.

Der zweite Killer aber bewegte sich. Er wollte den Tod seines Kumpans nicht hinnehmen. Vor allen Dingen nicht von einer Person wie dem Abbé.

Sehr vorsichtig bewegte er sich auf die Wand zu und hob den rechten Arm bereits an.

Bloch tat nichts.

Der Killer wurde frecher.

Einen halben Schritt brauchte er noch, um günstig zu dem Abbé zu stehen. Dann zog er. Es war wie in einem Western. Er riss die Waffe hervor und hätte es vielleicht bei normaler Lauflänge geschafft, aber er dachte nicht mehr an den Schalldämpfer, der die Pistole verlängerte. Bis er den Lauf herumgeschwungen hatte, verlor er Zeit.

Sie reichte Bloch.

Zweimal schoss er, und ein drittes Mal drückte er noch ab, denn er musste mit links schießen.

Der Killer wurde getroffen. Zwei Kugeln fehlten, aber eine davon traf ins Zentrum.

Der Mann kam nicht einmal zu einem Reflex. Sein Blick brach schon, als er noch stand.

Dann fiel er um.

Und Bloch hatte die Waffe augenblicklich wieder geschwenkt. Jetzt starrte van Akkeren in die Mündung. Der Grusel-Star war plötzlich bleich geworden.

»Nun hast du Angst!«, flüsterte Bloch. »So eine verdammte Angst, wie auch ich sie gehabt habe. Du hast Angst vor der Kugel, die dich zerreißen wird, wenn ich schieße. Du dreckiger Mörder, du hundsgemeiner Schuft, du Sadist du!«

Er schrie van Akkeren an. Es musste einfach hinaus, und dann rannte er vor.

»Töten sollte ich dich. Von Kugeln durchlöchern, du … du …« Abbé Bloch schoss nicht. Er brachte es einfach nicht fertig, einen Wehrlosen zu erschießen. Mochte dieser Mensch noch so viel Schuld auf sich geladen haben, es gab gewisse Grenzen.

Statt dessen schlug er zu.

Bloch hatte viel Kraft in diesen Hieb gelegt. Er zog den langen Lauf quer über den Kopf und die Stirn des Grusel-Stars, sah das Aufplatzen der Haut, das Blut aus der Wunde strömen und bekam mit, wie van Akkeren zusammenbrach.

Bloch kümmerte sich nicht mehr um ihn. Er verließ das Haus und rannte weinend und völlig erschöpft in die dunkle Nacht hinein …

Der Schädel wollte mich!

»John, versuche alles!« Ich vernahm Sukos Worte wie durch einen Filter und ging nicht darauf ein, weil sich der Kopf dicht vor mir aufhielt und in den Augen ein tödliches Licht brannte, das von Mord und Grauen sprach.

Er wollte mich niedermachen – und stieß zu.

Vielleicht hätte er mir den Hals aufgerissen, wenn ich nicht rechtzeitig genug meinen Kopf gedreht hätte.

Sofort kehrte er zurück, nachdem er einmal den Pfahl umkreist hatte. Sein Maul hatte sich geöffnet. Das Lachen war leise, ein wenig lauter dafür seine Stimme.

»Ich bin verflucht worden, ewig zu leben. Ich soll mich an denen rächen, die mir Unheil zugefügt haben. Das waren die vier Ritter. Ihr Bruder, Bertrand de Vintusse, hat mich damals verraten. Und das nehme ich nicht hin. Ich werde all diejenigen vernichten, die mit ihm zu tun hatten. Auch dich!«

»Ich kenne sie nicht.«

»Doch, sie sind deine Freunde. Sie haben dich geholt. Sie starben, aber sie haben die anderen getäuscht. Es sah so aus, als hätten sie Selbstmord begangen, doch es gibt eine Rückkehr für sie. Sie werden als lebende Tote weiter den Kampf gegen die Feinde aufnehmen, zu denen auch ich gehöre. Das darf ich nicht zulassen. Sie sind verflucht, sie haben sich von den Templern getrennt, um Baphomet zu huldigen. Diese Burg wurde zu seinem Tanzplatz, doch es kam bei ihnen die Reue, und sie wollten wieder zurück. Ihre Seelen sollten später ihre Ruhe finden, aber ich will es nicht …«

»Aber sie werden überleben!«, rief ich.

»Nicht, solange ich bin!«

»Doch, ich weiß es!«

»Niemand kann es wissen. Nur Baphomet. Ich folge seinen Befehlen. Auch in seinem Namen muss ich seine Diener vernichten. Ihr Bruder Bertrand ist schon tot, sie aber leben noch …«

»Dann hole sie dir!«, schrie ich den Kopf an.

»Erst dich, dann ihn!« Damit meinte er Suko.

»Und weshalb wurde das Mädchen getötet? Es hat dir nichts getan, zum Henker!«

»Auch sie ist zu ihnen gegangen. Sie hat Baphomet ebenfalls verraten. Sie hätte sich ihm opfern können, aber ihr habt sie davon abgehalten. Deshalb gab es nur den Tod für sie. Versteht ihr das? Die Schandtürme der Templer werde ich in Gräber umwandeln.«

»Bist du stark genug, um auch die vier Ritter zu töten?«

»Sie sind schon tot.«

»Trotzdem leben sie«, widersprach ich. »Da musst du dir schon etwas Besonderes einfallen lassen.«

»Das werde ich auch!« Plötzlich warf er sich vor. Wieder zielte er auf meinen Hals.

Was ich tat, das tat ich aus einem Reflex heraus. Die Fesseln ließen mir einen gewissen Spielraum. Ich drehte mich etwas zur Seite und drückte gleichzeitig mit aller Kraft meinen Oberkörper in die Höhe, sodass der Schädel nicht genau den Hals treffen konnte.

Er rammte gegen meine Brust. Ziemlich weit oben, aber dort befand sich auch noch das Kreuz.

Sie berührten sich!

Ich hörte den irren, wilden Schrei, der aus der Kehle des Schädels drang. Er flog zurück, als hätte er von mir einen Tritt erhalten. Es sah so aus, als würde er über den Rand des Turms hinwegkippen, aber er prallte gegen die Kante und fiel wieder zurück.

Vor meinen Füßen blieb er liegen.

Es war ein schauriger Anblick. Ich konnte, wenn ich den Blick senkte, genau in sein Gesicht sehen und erkannte, dass ihm der Kontakt mit dem Kreuz gar nicht gut bekommen war.

Die Farbe oder das Licht, das in seinem Innern noch grünrot aufgeleuchtet war, verlor an Intensität.

Tief aus dem Innern des Schädels und wie aus einer anderen Welt hervorkriechend, schob sich eine Schwärze in den Schädel hinein, die ein fauliges Aussehen hatte.

Sie überdeckte das rotgrüne Licht, schluckte es einfach, und auch das Auge wurde davon erwischt.

Es sah nicht mehr so hell aus. Im Hintergrund begann es zu brodeln. Die Pupille wurde erst grau, dann dunkel.

Aber der Kopf gab nicht auf.

Während die linken Hälften der Lippen allmählich grau wurden und anfingen zu faulen, drang aus dem rechten Mundwinkel ein Laut hervor, der mich an das Heulen eines Tieres erinnerte.

Vielleicht gab dieses Geräusch dem Schädel Kraft, denn er versuchte wieder, sich in die Höhe zu wuchten.

Es gelang ihm kaum.

Zwar hob er vom Boden ab, doch er tickte bei der nächsten Berührung auf wie ein Ball, sodass er sich mir hüpfend näherte, um mich doch noch packen zu können.

Die Beine hatte man mir nicht gebunden. Ich trat zu. Eine blitzschnelle Bewegung, der auch der Kopf nicht mehr ausweichen konnte. Er prallte gegen den Rand des Turms und überschlug sich dort.

»Mach nur so weiter, John!«, hörte ich Suko rufen. »Verdammt, du schaffst es.«

Der Schädel kam wieder.

Er rollte praktisch heran, doch das Faulen nahm mit einer erschreckenden Geschwindigkeit zu, sodass es bereits mehr als die Hälfte des Gesichts überschattete.

Er würde nicht mehr die Kraft finden, jemanden zu töten. Er schaffte es nicht einmal mehr, sich vom Boden zu erheben, so rollte er sich in meine Nähe, und ich verpasste ihm den nächsten Tritt.

Diesmal trat ich von oben zu.

Ich setzte meine rechte Sohle in das verfilzte graue Kopfhaar und drückte zu.

Wäre es still gewesen, hätte ich das Knacken vernommen. So aber ging dieses Geräusch im leisen Rauschen des Nachtwindes unter, und sehr bald war der Widerstand verschwunden.

Ich schaute hin.

Eine graue Masse lag vor mir. Asche, vermischt mit weichen Knorpel- oder Knochenstücken.

Das Ende eines Albtraums!

Aber nicht für Suko und mich. Noch hingen wir gefesselt an diesen verdammten Pfählen, und ich hörte Sukos Ruf. »John, das war gut.«

»Kann sein, aber ich fühle mich mies.«

»Bei mir dauert es nicht mehr lange, dann habe ich es geschafft. Die Fesseln sind schon locker.«

»Wirklich?«

»Ja, das Holz war an einigen Stellen glatt. Durch heftige Bewegungen bekam ich Spielraum. Warte ab, es dauert nicht mehr lange.«

»Okay.«

Ich hielt mein schweißnasses Gesicht gegen den Wind, damit die Feuchtigkeit getrocknet wurde. Zwangsläufig blickte ich auch dorthin, wo sich Dominique befand.

Sie hing wie eine Puppe in den Stricken, die sie mit dem Pfahl verbanden.

Manchmal hörte ich Suko ächzen und stöhnen. Er beeilte sich, denn wir wussten nicht, was uns noch erwartete.

Von den im Burghof versammelten Menschen hörte ich nichts mehr. Vielleicht hatten sie sich auch zurückgezogen, aber dieser Wunsch erfüllte sich nicht.

Ihre Stimmen, Tritte, Rufe und Wutausbrüche vermischten sich zu einem wilden Geschrei, als sie plötzlich auf den Türmen erschienen. Bei Suko und bei mir.

Ich hatte nicht gesehen, woher sie gekommen waren, aber ich war plötzlich umringt.

Fackelschein umtanzte und blendete mich. Wilde Gesichter starrten mich an. In den Augen las ich ein tödliches Versprechen. Sehnige Fäuste umschlossen Lanzen, Bögen und Äxte.

Ich schrie sie an, deutete mit einem Nicken an, dass sie zu Boden schauen sollten, um sich den Kopf anzusehen.

Das taten sie nicht. Statt dessen zog einer ein langes Messer aus der Scheide, wie man es zum Abtrennen von Fell benutzte, wenn das Tier erlegt war.

Andere traten zurück, weil sie dem Mörder nicht im Weg stehen wollten.

In den Augen las ich Hass. Die Lippen wirkten wie nasse, dünne Schläuche.

Der Mann winkelte den Arm an. Was der Schädel nicht geschafft hatte, wollte er vollenden. »Baphomet«, sprach er. »Du gehörst zu Baphomet. Euch hat der Teufel geschickt. Euch ...«

Da peitschte der Schuss. Der Messermann vor mir blieb steif stehen, seine Augen wurden groß, und ich sah, wie aus seiner rechten Schulter Blut als kleine Fontäne sprudelte.

Gleichzeitig erklang Sukos Stimme auf.

»Niemand bewegt sich!«

Er hätte auch englisch sprechen können, die Wirkung wäre sicherlich die gleiche gewesen. Sieben Männer hatte ich gezählt, und es gab keinen, der nicht wie festgewachsen auf dem Fleck stand.

Eine Schusswaffe kannten sie nicht. Sie waren zur Seite gewichen, bis an die Brüstung des Turms, nur der Mann mit dem Messer stand noch vor mir, obwohl er sich plötzlich bewegte und anfing zu zittern. Sein rechter Arm hing nach unten, als würde er nicht zu ihm gehören. Plötzlich wurde er bleich und taumelte zur Seite. An der Brüstung stützte er sich ab.

Aus meinem Mund löste sich ein zischender Atemzug. Das war verdammt knapp gewesen.

Suko gab eine weitere Anweisung. Er schrie sie vom anderen Turm her zu mir herüber.

»Befreit ihn! Schneidet ihm die Stricke durch. Und keine falsche Bewegung.«

Einer löste sich aus der Gruppe. Als er sein Messer zog, hatte ich ein komisches Gefühl, aber der Mann stach nicht zu, er säbelte tatsächlich an den Fesseln herum.

Sie fielen.

Der Mann sah aus, als wollte er trotzdem noch zustechen, doch dann ging er zurück und ließ mich in Ruhe.

Obwohl ich nicht mehr gefesselt war, ging es mir nicht viel besser. Ich spürte die Schwäche in den Beinen, die Kniegelenke waren weich, sie zitterten, das Blut rann jetzt wieder normal durch meine Adern, ein leichter Schwindelanfall überfiel mich, und ich war gezwungen, mich am Pfahl festzuhalten.

Hatte ich es geschafft?

»Okay, John, wir können den Turm verlassen. Der Ausstieg befindet sich hinter dir …«

Suko hätte sich die Worte sparen können, denn plötzlich erschienen sie wie aus dem Nichts.

Ich sah es an den Reaktionen der Menschen vor mir. Ihre Gesichter versteinerten, die Körper versteiften, zwei von ihnen ließen ihre Waffen fallen und schlugen hastig Kreuzzeichen.

Ich drehte mich herum.

Dabei fiel mein Blick durch eine Lücke zu dem Turm hin, auf dem Suko stand.

Neben ihm sah ich die Gestalt.

Es war einer der untoten Ritter.

Und auch auf meinem Turm stand er, und auf den beiden anderen hatten sie ebenfalls ihre Plätze gefunden.

Vier Schandtürme gab es. Vier Ritter waren vorhanden, und sie hielten die Schandtürme besetzt.

Sie sagten nichts. Sie standen da, und sie sahen so aus, wie ich sie kennen gelernt hatte, als ich im Sarg lag.

Was hatten sie vor?

Jedenfalls verbreiteten sie Angst, wie ich den Mienen der Menschen entnehmen konnte.

Ich ging auf die Gestalt zu, streckte meinen Arm aus und hörte plötzlich die Stimmen von vier verschiedenen Seiten auf mich eindringen.

»Nein, berühre keinen Toten!«

Die Worte waren so warnend gesprochen worden, dass ich meine Hand zurückzog und ihren nächsten Worten lauschte, die mir vieles erklärten …

Sie bedankten sich!

Es war ein Dankeschön, wie ich es selten vernommen hatte. Eigentlich noch nie, aber ich nahm es hin, und ich freute mich auch darüber, denn wer sich bedankte, von dem drohte keine Gefahr mehr.

»Du hast es geschafft, den Schädel zu vernichten. Damit sind auch wir frei, denn unser Bruder Bertrand de Vintusse hat große Schuld auf sich geladen. Er war der Verräter an der guten Sache. Er hat sich vor den Pflug der Mächtigen in Paris spannen lassen, ohne zu ahnen, dass wir, seine Brüder, einen anderen Weg gingen. Wir hatten auf unserer Burg Kontakt zu einem anderen Götzen aufgenommen, von dem flüsternd gesprochen wurde. Es war Baphomet. Wir wollten seinen Zauber erleben, denn man sprach von Reichtum und Macht, den derjenige erringt, der ihm dient. Auch wir wollten mächtiger werden, studierten die geheimen Schriften und holten uns ein junges Mädchen aufs Schloss, das mit ihm buhlte. Aber es kamen die Tage und Nächte der Reue. Wir geißelten uns selbst für unser Tun und wussten gleichzeitig, dass wir die Schmach nicht auf diese Art tilgen konnten. Zu tief hingen wir bereits in den Fallstricken des Bösen. Baphomet hatte uns das ewige Leben versprochen, wenn wir als seine Wächter den Ruf seines Namens in die Welt trugen. Vielleicht befand sich der Keim des ewigen Lebens schon in uns, wer konnte das sagen, aber wir wollten nicht. Wir merkten, dass der Weg falsch gewesen war. Das große Grauen würde über uns kommen und nicht die Erlösung, von der die Menschen träumen. Und so versuchten wir, zurückzukehren. Unsere Schuld war zu groß. Wir bekämpften das Böse, aber es saß nach wie vor fest in uns. So entschlossen wir uns zum Tod. Wir begaben uns in die Gebetsstühle und schnitten uns mit den eigenen Messern die Kehlen durch. Wir waren tot und lebten dennoch weiter. Du siehst uns vor dir, John Sinclair. Alles, was du hier erlebst, ist bereits geschehen. Baphomets Kraft, die uns das ewige Leben gegeben hat, transportierte uns in die Vergangenheit. Aber in unseren Brustkörben wohnten zwei Seelen. Eine gute und eine schlechte. Beide Seiten kämpften nun gegeneinander, und der Joker war der Kopf.«

»Welche gewann?«, rief ich.

»Keine bisher. Wir waren verflucht. Als Untote ritten wir Seite an Seite in den Heeren der Kreuzritter mit und kämpften gegen die Ungläubigen. Wenn uns Pfeile durchbohrten, standen wir wieder auf. Irgendwann einmal führte uns der Weg nach England. Und dort ereilte uns das Schicksal. Ein Großmeister der Templer erkannte und tötete uns mit einem geweihten Dolch. Er hoffte, den Fluch von uns genommen zu haben. So wurden wir in der Templer-Kapelle bestattet. Aber wir lebten weiter und bekamen mit, wie die Macht Baphomets wuchs. Dagegen mussten wir angehen, waren aber zu schwach und suchten einen Helfer. Wir fanden ihn in dir, John Sinclair …«

»Wie konnte ich euch helfen?«

»Du kamst nach Paris, um die Wiedergeburt Baphomets zu verhindern. Auch wir hatten das vor, es gelang uns jedoch nicht. So schmiedeten wir einen Plan, indem wir Baphomet täuschten und uns auf seine Seite stellten. Durch unser Dasein besaßen wir die Macht, dich in eine andere Zeit zu bringen. In die Zeit, wo alles begonnen hatte. Da bist du nun. Du kehrtest in die Vergangenheit zurück und hast den Schädel getötet, der die Schmach über unsere Familie gebracht hat. Wir sind erlöst und kehren dorthin zurück, wo wir hergekommen sind. In die Kapelle.«

»Und wir?«

Unter der Kapuze war das Gesicht nur undeutlich zu erkennen. Ich glaubte aber, ein Lächeln zu sehen.

»Was rückwärts führt, das gelingt auch in die andere Richtung. Baphomets Geburt haben wir nicht verhindern können. Er wird seine Macht ausbreiten. An euch stellen wir die Forderung: Stoppt ihn, wo immer ihr auf ihn und seine Diener trefft. Er darf nicht so mächtig werden, dass er die Menschen unterdrückt und ihnen seinen Willen aufzwingt. Das ist meine Forderung an euch, bevor wir uns zur endgültigen Ruhe legen. Wir spüren, dass unsere Schuld gesühnt ist. Eine andere Dimension wird unsere Seelen aufnehmen. Sie lockt bereits mit Klängen, die kein Mensch je gehört hat. Sie …«

Vor meinen Augen verschwammen die Türme, die Gesichter, der Pfahl und auch die tote Dominique.

Die Zeiten schoben sich zusammen, packten mich, bildeten eine Lücke, und die Schwärze fraß mich auf wie das gierige Maul eines Ungeheuers …

Ich fror!

Ob es Suko ähnlich ging, wusste ich nicht, dafür hörte ich ihn sprechen. »Ich kann mich bewegen, John.«

Die Worte gaben mir Mut. Mit einem Ruck richtete ich mich auf, blieb sitzen, spürte den dumpfen Druck im Kopf und auch die leichten Schmerzen, aber das alles war vergessen, als wir in die Dunkelheit schauten und schwach die Umrisse der alten Grabsteine sahen.

Ich blickte zur Seite. Suko saß ebenfalls in der offenen Totenkiste und sah zu mir herüber. Er fuhr über sein Gesicht. »Sag ehrlich, haben wir geträumt?«

»Ich glaube nicht.«

»Dann erinnerst auch du dich an ein Mädchen namens Dominique, an eine Burg, die Türme und den Schädel …«

»Ja.« Ich hatte Mühe, meine Beine hochzuheben und aus der Totenkiste zu klettern. Suko erging es besser.

»Bist du okay?«, fragte er besorgt.

»So gerade noch.«

Suko deutete nach vorn. »Wenn mich nicht alles täuscht, haben wir hier einmal van Akkeren und die Horror-Reiter gesehen.«

»Du täuschst dich nicht.«

»Und jetzt?«

Mir war bereits beim Verlassen des Sargs etwas aufgefallen. Jetzt ging ich vor und blickte genauer hin. Sie lagen zwischen den Gräbern, auf den Wegen, den Grabsteinen und Platten. Eine graue widerliche Masse.

Ratten …

Tote Ratten!

Ich schluckte meinen leichten Ekel herunter und wischte mit dem Handrücken über die Stirn. Dann nickte ich meinem Freund zu. »Willst du etwas sagen?«

»Nein, aber die Ratten sind ein Beweis dafür, dass Baphomet tatsächlich hier gewesen ist.«

Er hatte sie im Stich gelassen und sie getötet, aus welchem Grunde auch immer. Wahrscheinlich in einem Anfall von Hass, weil sie uns nicht zernagt hatten.

Wir verließen den Friedhof, ohne dass wir aufgehalten wurden. Irgendwann fanden wir ein Taxi und ließen uns in die Nähe des Hotels bringen. Zum Glück waren wir nicht bis dicht vor das Hotel gefahren, denn die Gasse war hell erleuchtet, und es wimmelte von Polizei. Wir erfuhren aus Gesprächen der Neugierigen, dass es Tote gegeben hatte.

»Sollen wir uns zu erkennen geben?«, fragte Suko.

»Es ist besser.«

Die französischen Kollegen waren nicht begeistert, dass wir uns in Paris aufhielten. Aber ich kannte einige Beamte und konnte die Bedenken anderer zerstreuen.

Man hätte uns natürlich nicht geglaubt, deshalb mussten wir die Wahrheit ein wenig umgehen.

Sorgen bereitete uns auch das Verschwinden des Abbés. Wir hätten seinen Aufenthaltsort gern erfahren, aber da war nichts zu machen. Und auch von van Akkeren hörten wir nichts.

Am nächsten Tag gingen die Ermittlungen weiter. Ich telefonierte mit London, und Sir James bat uns, wieder zurückzukommen. Er regelte das mit den französischen Kollegen.

So bestiegen wir am Nachmittag ein Flugzeug, das uns in die Heimat brachte.

Dort angekommen, sagte Suko zu mir: »Weißt du eigentlich, John, dass wir morgen Weihnachten haben?«

Ich blickte ihn an und schüttelte den Kopf. »Das hatte ich glatt vergessen.«

»Ich nicht.« Sukos Stimme klang bedrückt. »Ein Fest ohne Shao.« Er hob die Schultern. »Ich weiß nicht, was ich dazu sagen soll …«

»Am besten denkst du nicht daran, Alter«, erwiderte ich und schaute in die vom Himmel fallenden, tanzenden Schneeflocken …

ENDE

# MONSTERRACHE

James Bealer fieberte dem großen Geld entgegen. An den Tod dachte der dabei nicht, obwohl ihn eine Stille umgab, wie sie in einer Gruft nicht anders hätte sein können.

Es war die Stille des Wassers, der tiefen See, wo alles verschwamm und das Schweigen zu einer Last wurde. Die giftgrüne Welt ließ keinen Sonnenstrahl mehr durch. Fische, die sich hier unten lautlos bewegten, schwammen oft dicht an den Taucher heran, um im nächsten Moment abzudrehen.

Bealer hatte die starke Lampe am Gürtel festgehakt. Der breite helle Strahl half ihm, sein Ziel zu finden, aber noch war er vom Meeresboden weit entfernt.

Minuten später sah er den Schatten.

Das Wrack!

Hätte er auf dem Trockenen gestanden, Bealer hätte gelacht oder sich die Hände gerieben, so aber leuchteten seine Augen hinter dem Sichtvisier für einen kurzen Moment auf, und er verstärkte seine Schwimmbewegungen.

Von der Backbordseite her näherte er sich dem schräg auf Grund liegenden Schiff.

Es war nicht sehr groß, mehr ein Küstenfrachter, der nur selten auf die ruhige See hinausfuhr und an einer Insel anlegte, mehr aber nicht. Ihn interessierte auch nicht das Schiff direkt, ebenfalls nicht die offizielle Ladung – Eisenringe und Dichtungsnuten für ein Kraftwerk –, nein, es war die andere Fracht, auf die es ihm ankam. Von ihr wusste kaum jemand etwas, aber sein Chef hatte es herausgefunden und Bealer, einen ehemaligen Kampfschwimmer der Navy, mit diesem Job betraut.

Er näherte sich dem Wrack.

Es lag da, einem Gemälde gleich. Fische umschwammen es oder glitten hinein. Sie waren die stummen Begleiter und Zeugen des Schiffsuntergangs gewesen.

Der Taucher glitt über die Reling hinweg, drehte sich nach links und sah das gewaltige Loch im Boden. Der Kahn war bei stürmischem Wetter gegen einen Felsen geschleudert worden. Dessen scharfe Steine hatten die Verkleidung aufgerissen, als bestünde sie aus Papier.

Bealer tauchte in das Loch. War es in der normalen See schon düster gewesen, so kam er sich jetzt vor wie ein Frosch, den ein gewaltiges Maul verschluckt hatte.

Wertvolle Dienste leistete ihm die Lampe. Sie zeigte ihm den Weg, den er zu nehmen hatte.

Die silbrig glänzenden Leiber kleiner Fische huschten an ihm vorbei, als er sich langsam auf den noch vorhandenen Schiffsboden sinken ließ und mit beiden Füßen Kontakt bekam.

Er blieb stehen, da er sich zunächst orientieren musste. Bealer befand sich nahe der Laderäume, die sich mehr mittschiffs und zum Heck hin befanden. Die Räume waren nicht sehr groß, konnten durch Schotts abgetrennt werden.

Zielstrebig führte er seine Suche fort. Der Strahl tastete wie ein verlängerter Arm in jeden Winkel, leuchtete ihn aus, aber er fand noch nicht das, was er suchte.

Bealer ging davon aus, dass die heiße Ware irgendwo in den Lagerräumen versteckt worden war. Sein Vorrat an Sauerstoff reichte für zwei Stunden. Wenn er bis dahin nichts gefunden hatte, musste er noch einmal auftauchen und die Flaschen wechseln.

Schlimmer war schon die Kälte. Trotz des Thermo-Neoprenanzugs, den er übergestreift hatte, würde sie irgendwann in seine Knochen dringen und ihn unbeweglich machen.

Er begann seine Suche mit System. Einige der großen Holzkisten waren so aufgeweicht, dass sich die schwere Ladung ins Freie gedrückt hatte. Die großen Metallringe lagen auf dem Boden verteilt und wirkten wie ein Spielzeug für Fische.

Mit kräftigen Beinbewegungen schwamm er nach einer gezielten Durchsuchung des ersten Laderaums in den zweiten hinein, leuchtete nach rechts und schrak heftig zusammen, als er die Berührung an der linken Schulter spürte, die dann weiterglitt und seinen Hals ertastete.

Er drehte den Kopf.

Bealer war abgebrüht, die Jahre beim Militär hatten ihre Spuren hinterlassen, doch als er den treibenden Körper sah, der mit seinen ausgebreiteten Armen wie ein toter Fisch wirkte, überlief es ihn doch kalt und heiß zugleich.

Er hatte einen Toten gefunden!

Bealer war irritiert. Seines Wissens hatte sich die Mannschaft trotz widriger Umstände retten können. Wer also war dieser Mann?

Der Taucher holte sich den Toten heran. Mit der linken Hand umfasste er den Schulterknochen, drehte die Leiche und richtete den Lampenstrahl direkt in deren Gesicht.

Es wirkte hässlich und abstoßend. Dabei sah es aus wie ein aufgepumpter Ballon, und Bealer beobachtete, wie der Kopf plötzlich kippte, als hätte man ihn angeschnitten.

Er blieb aber auf dem Hals. Dennoch stimmte etwas nicht mit ihm, denn diesem Mann war das Genick gebrochen worden. Deshalb stand der Kopf auch in einem so unnatürlichen Winkel vom Körper ab.

Der Tote trug noch seinen Taucheranzug, der allerdings in Fetzen von seinem Körper hing. Auch die Haut war aufgerissen. Die Wunden hatten sich nicht geschlossen, sie sahen an den Seiten aus wie dicke, wulstige Gebilde und konnten Ekel erzeugen.

Bealer sah die Sache aus anderen Augen. Er bemühte sich um einen gewissen Realismus und dachte über den Toten nach. So wie er ums Leben gekommen war, sah es aus, als wäre er gefoltert worden. Und zwar von einem Ungetüm oder Ungeheuer, das sich hier irgendwo versteckt hielt. Da der Taucher daran jedoch nicht glaubte, rechnete er eher damit, dass eine andere Gruppe ihre Hände mit im Spiel gehabt haben konnte.

Vielleicht die Konkurrenz, die ebenfalls etwas von der Ladung erfahren hatte.

Er jedenfalls war gewarnt worden.

Seine Hand löste sich von der Leiche, die augenblicklich von der leichten Strömung gepackt und zur Seite getrieben wurde.

Bealer schwamm weiter.

Er bewegte dabei nur seine Beine, glitt in Kopfhöhe über dem Boden hinweg und hatte seine Blicke überall. Noch einmal wollte er eine solche Überraschung nicht erleben.

Drei Laderäume durchsuchte er. Er fand weder die heiße Ware noch einen zweiten Toten.

Bealer blieb allein …

Allmählich machte ihm die Kälte zu schaffen. Der Schutz innerhalb des Anzugs war nicht so gut, als dass er alles abgehalten hätte.

Im Lampenstrahl entdeckte er eine Leiter an der Wand. Die eisernen Sprossen führten hoch und endeten dicht vor der breiten Ladeluke, die geöffnet war.

Bealer stieß mit ausgestreckten Armen hoch. Kurz vor Erreichen des Ziels bewegte er seine Hände fächerartig, verließ die unteren Bereiche des Wracks und hatte plötzlich das Gefühl, nicht mehr allein zu sein. Er wusste nicht, was da lauerte, aber irgendetwas hielt sich verborgen.

Er drehte sich.

Den Schatten sah er, als es bereits zu spät war. Er kam von der Seite, war im Dunkel des Wassers geboren, schlug und schnappte gleichzeitig zu. Bealer spürte den fast wahnsinnigen Schmerz im rechten Handgelenk, drückte sich zur Seite und blickte der Stablampe nach, die man ihm aus der Hand geschlagen hatte.

Wer war es gewesen?

Die Lampe trudelte in den Laderaum. Sie verbreitete einen hellen, teppichartigen Fleck, der immer mehr verschwamm und noch vor dem Erreichen des Grundes von der Finsternis aufgesaugt wurde.

Eine Lampe war wichtig, aber nicht lebenswichtig. Deshalb tauchte James ihr auch nicht nach. Die noch unbekannte Gefahr wollte er nicht gerade im Stauraum auf sich ziehen.

Wo steckte sie?

Er schaute nach vorn und sah etwas, das nicht in diese Umgebung passte. Einen zitternden, länglichen Gegenstand, sehr groß, weitaus stärker als ein Mensch und hier unter Wasser zu Hause.

Leider in der diffusen Dunkelheit nicht zu erkennen, aber größer und drohender werdend, als er auf ihn zukam. Als würde ihm ein heller Berg entgegenkippen, so wirkte dieses Gebilde, das sich auch strecken konnte, denn Bealer sah lange, klauenartige Gegenstände, die wie Greifzangen eines Scherentieres wirkten.

Bealer kam trotzdem weg. Das verdankte er seinen ausgezeichneten Reflexen. Er tauchte unter, zwei kräftige Bewegungen der Beine brachten eine gute Distanz zwischen ihn und den Angreifer, sodass er für die nächsten Sekunden Ruhe hatte.

Aber was folgte dann?

Bealer ging davon aus, dass ihm dieses Wesen unter Wasser haushoch überlegen war. An der Oberfläche sah dies anders aus, deshalb musste er unbedingt hoch und an Bord klettern. Sein Boot schwamm gut verankert auf dem Wasser.

Es war gefährlich, so hastig aufzutauchen, doch ihm blieb keine andere Wahl. Bealer vertraute dabei auf seine Konstitution und auch Kondition. Von beidem besaß er genug.

Er blickte nicht mehr zurück, nur noch nach oben und bemerkte nicht, wie der Schatten von der rechten Seite kam. Erst als es zu spät war, sah er ihn. Dabei hatte er jedoch den Eindruck, dass der Schatten die Seiten sogar gewechselt hatte, er befand sich plötzlich überall.

Von einer Sekunde auf die andere hatte sich seine Umgebung verändert. Der Tod hatte Arme, und Bealer glaubte, zwischen die Backen eines Schraubstocks geraten zu sein, so grausam und brutal wurde er umklammert. Er fühlte den harten Druck an der Hüfte, den Schultern, auch am Hals, und er dachte daran, dass ihm wohl das Schlimmste passieren würde. Jeder Taucher hatte Angst vor dem radikalen Luftraub unter Wasser. Wenn ihm das Mundstück entrissen wurde und Wasser in seinen Mund drang.

Er bewegte seine Beine, begann zu trampeln, suchte nach Widerstand, fand keinen, denn das Wesen, das sich hinter ihm aufhielt und ihn umklammerte, schwang jedes Mal herum.

Der Griff an seinem Nacken verstärkte sich. Er drückte den Kopf des Mannes nach vorn, als sollte dieser sich vor seinem Gegner verbeugen. Noch bekam er Luft, das aber änderte sich wenig später, denn eine zweite Hand war plötzlich da und fuhr von oben her über sein Gesicht. Da glitten fingerartige Gegenstände über seine Stirn, um sich bis zum Mundstück vorzutasten. Sie fanden den Schlauch, umklammerten ihn und rissen daran.

Bealer presste die Lippen zusammen. Er wollte den Tod so lange hinauszögern wie möglich. Vielleicht erhielt er noch eine Chance, dem Grauen zu entgehen, doch es war vergeblich. Die Kräfte des Unheimlichen erlahmten nicht. Sie nahmen noch an Stärke zu.

Unter Wasser spielte sich ein stummer, verbissener, lautloser Kampf ab, den der Mensch nicht gewinnen konnte. Eine Klaue riss die Sichtmaske von seinem Gesicht ab, fasste gleichzeitig nach dem Atemschlauch, und das Mundstück öffnete die Lippen des Mannes von innen her, als es hervorgezogen wurde.

Bealer hatte die Augen weit aufgerissen. Wie den Schatten einer Schlange sah er das Mundstück und den daran hängenden Schlauch vor seinem Gesicht tanzen.

Dahinter einen großen, gelben Fleck, der sein gesamtes Gesichtsfeld einnahm.

Das Monster!

Ein Untier aus der Tiefe, ein Killer, vielleicht Fisch, vielleicht Mensch. So etwas wie in Loch Ness vielleicht.

Wasser war in Bealers Mund gedrungen. Er schluckte es automatisch, aber er brauchte Luft.

Da erwischte ihn der Schmerz. So schlimm, wie er ihn nie zuvor erlebt hatte. Es gab keine Stelle am Körper, die nicht in Mitleidenschaft gezogen wurde, vom Hinterkopf bis hin zu den Füßen wütete er und verzehrte einfach alles.

Auch sein Leben ...

Bealer starb und bemerkte nicht mehr, was das Monster noch alles mit ihm anstellte.

Durch die Tiefe der See trieb ein Wesen, das einmal ein Mensch gewesen war.

Der unheimliche Mörder aber verschwand. Er hatte bereits sein zweites Opfer gefunden.

Jeder, der sich dem Schiff näherte, sollte sein Leben verlieren. So leicht konnte der Fluch nicht gelöscht werden ...

Das Gesicht des Mannes, grau wie Granit, hatte einen anderen Farbton angenommen. Eine gewisse Bleiche schlich sich in die graue Farbe ein. Sie sah aus wie ein Schatten, deshalb wirkten die Augen noch dunkler.

Der Mann stand neben dem Toten und starrte ihn an. Dass die Leiche einmal ein Mensch gewesen war, konnte er gerade noch erkennen, obwohl das Wasser den Körper bereits gezeichnet hatte. Er wirkte aufgedunsen, fast ballonartig. Die Augen waren aus den Höhlen gequollen, der Mund wirkte wie ein schiefsitzendes Maul, aus dem Finger und Tang hervorstachen, als hätte man diese nachträglich hineingestopft. Die Finger gehörten zur rechten Hand des Toten, die abgerissen worden war.

»Sie kennen den Mann, Mr. Costello?«

Logan Costello, das Granitgesicht und mächtiger Mafiachef, drehte sich zum Sprecher hin um. »Sollte ich ihn kennen, Mister?«

Der junge Polizeioffizier nickte. Er hatte Mühe, dem Blick des Mafioso standzuhalten. Noch nie hatte er so kalte, grausame Augen gesehen. »Ja, das sollten Sie.«

»Weshalb?«

»In seiner Kleidung fanden wir einen Hinweis auf Sie.«

»Auf mich persönlich?«

»Nein, aber die Telefonnummer wies auf Ihre Firma hin, Mr. Costello, wenn Sie verstehen.«

»Ich verstehe nichts.«

»Kannten Sie den Mann also?«

Costello ging einen Schritt zurück. Seine Gesichtsfarbe veränderte sich dabei nicht. Das kalte Licht im Leichenschauhaus erreichte jeden Winkel und jeden Fußbreit Boden. »Ich kenne ihn nicht.«

Der Beamte presste die Lippen zusammen. Er glaubte Costello nicht, konnte dies aber nicht sagen und nickte.

»Kann ich gehen?«, fragte Costello.

»Selbstverständlich. Dem steht nichts im Weg. Wollen Sie sich den Toten nicht noch einmal genauer anschauen?«

»Nein!«

Es war eine knallhart gesprochene Antwort, die Costello gegeben hatte, und sie hatte endgültig geklungen. Costello kümmerte sich nicht mehr um den Polizisten. Mit festen Schritten ging er zum Ausgang. Er wirkte manchmal ein wenig wie der leider viel zu früh verstorbene Schauspieler Jean Gabin. Besonders in diesen Augenblicken, wo er seine Hände in die Außentaschen des offenen Mantels vergraben hatte und mit zielsicheren Schritten dem Ausgang entgegenging.

Wer ihm begegnet wäre und ihn angeschaut hätte, dem wäre es nicht möglich gewesen, die Gedanken des Mannes zu erraten, die sich hinter der breiten Stirn abspielten.

In Costello kochte es. Er war sauer, aufgeputscht. Er kam sich vor wie ein Vulkan, in dessen Tiefe es brodelte. Natürlich hatte er den Mann gekannt, sehr gut sogar. Schließlich hatte Bealer von ihm persönlich den Auftrag erhalten, das versunkene Schiff und dessen Ladung zu suchen. Er konnte nicht begreifen, dass der Taucher umgebracht worden war, und er fragte sich, wer dafür die Verantwortung trug.

Vor dem roten Backsteingebäude wartete sein Wagen nebst Fahrer und Leibwächter. Costello war nach Dover gefahren, um sich den Toten anzusehen. Es gefiel ihm nicht, dass Bealer eine gewisse Telefonnummer bei sich getragen hatte. Es war abgemacht gewesen, dass er nichts haben sollte, was auf eine Verbindung zu Costello schließen lassen konnte. Der Mafioso sah Schwierigkeiten auf sich zukommen. Er konnte sie nicht gebrauchen. In den letzten Monaten hatte er Ruhe gehabt, und seine Geschäfte waren hervorragend gelaufen.

Jetzt dieser plötzliche Einbruch.

Neben dem Wagen blieb er stehen. Es war ein großer Mercedes der Luxusklasse. Man öffnete ihm die Tür, der Leibwächter war ausgestiegen. Sein bulliger Körper deckte den Mafioso.

»Fahr noch nicht ab!«, befahl Costello seinem Fahrer und kletterte in den Fond. Es roch noch nach Leder und Holz, so neu war das Fahrzeug. Costello schaute aus dem Fenster. Er sah dem Verkehr zu, ohne ihn richtig wahrzunehmen, denn seine Gedanken kreisten um James Bealer. Dass er tot war, darum kümmerte er sich nicht mehr. Für Costello war wichtig, wie der Mann ums Leben gekommen war.

Das war kein einfacher Mord gewesen, kein simples Ertrinken. Man hatte ihm eine Hand abgerissen und sie ihm in den offenen Mund gestopft, zusammen mit Algen oder Tang.

Das Genick war ebenfalls gebrochen worden, als wäre der Taucher in eine Eisenklammer geraten. Hinzu kamen die Wunden. Groß, schrecklich, aufgerissen.

Da stimmte etwas nicht!

Logan Costello war ein mächtiger Mann. Er hielt die Fäden der Unterwelt fest in beiden Händen. Ihm entging nichts. Er kontrollierte und beherrschte sein Revier. Scotland Yard hatte schon alles versucht, seine Kreise einzuengen oder völlig zu unterbrechen. Das war selbst dieser Polizeiorganisation nicht gelungen, und dies hatte seinen Grund.

Der Teufel persönlich hatte über Costello seine schützende Hand gelegt. Der Mafioso paktierte mit den Mächten der Finsternis. Er war ihnen sehr zugetan, und Asmodis persönlich hatte ihn auf dem Weg des Verbrechens begleitet und ihn geleitet.

Die Rückendeckung war also da. So hatte Costello unbesorgt in die Zukunft schauen können. Aber jetzt schien ihn der Satan verlassen zu haben. Er ging davon aus, dass Bealer von einem Wesen gekillt worden war, das er als nicht menschlich ansah.

Es gab dafür einen anderen Begriff.

Schwarzmagisch …

Kein Mensch brachte einem anderen diese Wunden bei. Man schnitt dem Toten auch nicht die Hand ab und steckte sie ihm in den Mund. So etwas taten Killer nicht. Ihnen reichte es, wenn der Gegner ertrank oder von einem Harpunenschuss ins Jenseits befördert wurde. Was bei Bealer eingetreten war, musste mit Dingen zusammenhängen, die jenseits des menschlichen Verstandes lagen.

Costello aber wollte Gewissheit haben. Er konnte sich nicht vorstellen, vom Satan hintergangen worden zu sein. Er wusste allerdings auch, dass Asmodis in den eigenen Reihen Feinde hatte. Vielleicht wollte man auch ihm einen Streich spielen.

Ferner dachte der Mafioso nicht daran, das Rauschgift an Bord des versunkenen Schiffes einfach sausen zu lassen. Wenn er das Heroin hob, hatte er einige Millionen Pfund gewonnen. Dieses kleine Küstenmotorschiff war in Südfrankreich ausgelaufen und, an der Küste entlang, nach Norden getuckert. Im Kanal aber hatte es ihn erwischt. Da war es gesunken. Das lag einige Zeit zurück, als die Herbststürme über der Nordsee tobten. Die Besatzung hatte sich retten können. Sie war nicht eingeweiht, nur der Kapitän wusste Bescheid, und ihm wollte Costello auf die Füße treten und einige Fragen stellen.

Seine beiden Leute hatten kein Wort gesagt. Sie saßen stumm wie Puppen auf Fahrer- und Beifahrersitz.

Costello schaute nach links.

Dort befanden sich die Stufen, die zum Eingang hochführten. An der Tür erschien der Polizeibeamte, der Costello einige Fragen gestellt hatte. Der Mann warf einen Blick auf den Mercedes, bevor er mit etwas zögernd wirkenden Schritten die Treppe hinabging.

Costello starrte in das Gesicht des anderen. Es zeigte einen entschlossenen Ausdruck.

»Fahrt los! Aber langsam, und bleibt mit dem Bullen auf einer Höhe!«

»Okay, Chef!«

Der Wagen rollte lautlos. Costello ließ die gepanzerte Seitenscheibe nach unten fahren und beugte sein Gesicht aus dem Fenster, als er mit dem Beamten auf gleicher Höhe war.

»Was werden Sie jetzt tun?«

Der Inspektor drehte den Kopf. »Ihnen, Mr. Costello, gebe ich darüber keine Auskunft.«

Das Granitgesicht verzog die Lippen. »Einen guten Rat gebe ich Ihnen, mein Freund. Stören Sie meine Kreise nicht. Es könnte Ihnen nicht bekommen.«

»Soll das eine Drohung gewesen sein?«

»Nein, ein Ratschlag, nur ein Ratschlag.«

»Darauf verzichte ich!«

»Los, Gas!« Costello ließ die Scheibe wieder in die Höhe surren. Der Wagen wurde schnell.

Zurück blieb der Inspektor. Seine Hände hatte er geballt. Er wusste, wer Costello war, und schüttelte leicht den Kopf, über den der Wind fuhr und mit seinen Haaren spielte. »Nicht mit mir, Costello, nicht mit mir. Ich kusche nicht …«

Suko und ich saßen wie die Schulbuben im Büro unseres Chefs, der uns über den Schreibtisch hinweg musterte. »Wie war es in Frankreich?«, fragte er lächelnd.

»Haarig«, erwiderte ich.

»Wieso?«

»Templer sind keine Chorknaben«, meinte Suko.

Sir James nickte. »Das weiß ich.« Er legte einen Bleistift zurecht. »Haben Sie denn Fortschritte gemacht, was das Geheimnis und die Historie der Templer angeht?«

»Kann man wohl sagen, Sir. Wir haben durch unsere Reise in die Vergangenheit Dinge erlebt, die heute noch Bedeutung haben. Um Fälle aufzuklären, muss man hin und wieder die Ursachen bekämpfen. Leider hat Abbé Bloch vier gute Männer verloren. Der Kampf wird härter werden, das sehe ich voraus.«

Sir James nickte. »Das war abzusehen. Dennoch sollte man nicht nur eingleisig fahren.«

Ich spitzte die Ohren. Wenn unser Chef so redete, hatte er meistens etwas in der Hinterhand. »Denken Sie da an eine bestimmte Sache, Sir?«

»Ein neuer Job?«, fragte Suko.

»So könnte es sein.«

»Sie wissen es noch nicht genau?«

Sir James lächelte und strich über seine Stirn. »Das ist alles ein wenig vage. Während Sie in Frankreich waren, ist hier auch etwas geschehen.«

»Hängt es mit der Templer-Kirche in Soho zusammen?«, fragte Suko.

»Nein, das hat damit nichts zu tun. Die Meldung kam von den Kollegen aus Dover. Es geht um eine Leiche.«

»Kennen wir den Toten, Sir?«

»Ich glaube nicht, Suko. Er heißt James Bealer und ist Taucher von Beruf gewesen. Er hat mal in der Navy gearbeitet, wurde dort aber unehrenhaft entlassen. Die Strömung spülte ihn an den Strand.« Bei diesen Worten holte Sir James ein Hochglanzfoto hervor und schob es über seine Schreibtischplatte auf uns zu.

Ich legte es so hin, dass wir es beide betrachten konnten. Sir

James ließ noch mehr Aufnahmen folgen. Der Tote war aus verschiedenen Blickwinkeln fotografiert worden, und Suko als auch ich verspürten leichtes Magendrücken, als wir uns die Fotos ansahen.

»Der sieht nicht gut aus«, meinte mein Freund.

»Sie sagen es.«

»Wer hat ihn …?«

Sir James winkte ab, bevor ich meine Frage hatte aussprechen können. »Wir wissen es nicht, John. Es ist Ihre Aufgabe, es herauszufinden. Bealer war eine Wasserleiche. Er wurde angeschwemmt.«

Ich runzelte die Stirn. Irgendwie hatte ich den Eindruck, dass Sir James mir etwas verschwieg. Er kam mit den Informationen nur kleckerweise heraus. »Da der Mann noch Reste seiner Taucherkleidung trägt, gehe ich davon aus, dass er irgendetwas unter Wasser gesucht hat.«

»So kann man es sehen.«

»Wonach tauchte er?«

Sir James lehnte sich zurück und hob die Schultern. »Das weiß keiner von uns.«

»Könnte es jemand wissen?«, fragte Suko.

»Ja.« Unser Chef beugte sich wieder vor. Er nahm die Brille ab und reinigte die Gläser. Dabei gab er seine Antwort. Er sprach die Worte locker, aber hinter ihnen steckte eine nicht zu unterschätzende Brisanz. »Informiert über seine Aufgabe müsste ein gemeinsamer Bekannter von uns sein. Logan Costello!«

»Ach«, sagte ich.

Suko schwieg. Er drehte nur seinen Kopf und blickte mich an. »Ich weiß nichts, Alter.«

»Und Costello angeblich auch nicht«, erklärte Sir James.

»Was Sie ihm nicht abnehmen?«

»Genau.«

»Wie kam man auf die Spur?«

»Die Kollegen in Dover fanden in seiner Tasche eine Telefonnummer, die eine Verbindung zu Costello herstellte.«

Ich war skeptisch. »Zu ihm persönlich?«

»Nein, das nicht. Zu einem seiner Betriebe. Sie kennen das ja. Costello kann man kaum direkt erreichen.«

»Dann hat der Taucher für ihn gearbeitet«, sagte ich.

»Davon gehen wir aus. James Bealer muss für Costello einen Auftrag übernommen haben, der so gefährlich und riskant war, dass er ihn das Leben gekostet hat.«

»Haben Sie sich Gedanken darüber gemacht, Sir, was dieser Auftrag hätte beinhalten können?«

»Natürlich. Nur bin ich zu keinem Ergebnis gekommen. Costello selbst streitet alles ab.«

Ich veränderte meine Sitzhaltung und schlug die Beine übereinander. »Sie haben mit ihm bereits geredet?«

»Nein, nicht ich. Die Kollegen aus Dover kümmerten sich um ihn. Er hat die Sache wichtig genommen, da er selbst in die Stadt gefahren ist, um sich den Toten anzusehen.«

»Wie war das Ergebnis?«, fragte Suko.

»Negativ. Costello kannte den Mann angeblich nicht. Es war nichts anderes vorauszusehen.«

Ich nickte. »Das kann sich wohl jeder denken. Der gibt nichts zu.«

Suko atmete seufzend. »Ich frage mich nur, wonach der Mann gesucht haben könnte.«

»Wonach taucht man schon?«

»Nach einem Schiff?«

Ich nickte. »Fast immer.«

»An was haben Sie denn gedacht?«, erkundigte sich Sir James.

Ich lächelte. »Vielleicht nach einem Schatz. So etwas ist ja heute modern.«

»Vielleicht.«

»Sir, Sie wissen etwas!«

Unser Chef lächelte schief. »Eigentlich nicht. Man hat die Leiche natürlich untersucht und auch anhand der Strömungsverhältnisse herausgefunden, wo sie eventuell ins Wasser gefallen sein könnte.« Sir James drückte sich sehr vorsichtig aus.

»Und?«

»Etwa zehn bis zwanzig Meilen süd-östlich von Dover.«

»Das ist vage.«

»Sehr richtig.«

»Sie haben bestimmt nachgeforscht, Sir«, sagte Suko lächelnd.

»Ja, ich habe mich mit dem Amt für Schifffahrt und Seeüberwachung in Verbindung gesetzt. Ich ging davon aus, dass dieser Mann keinen Schatz suchte, sondern nach einem Schiff tauchte. Es ist leicht zu erfahren, welche Schiffe im letzten Jahr dort gesunken sind. Viele waren es nicht. Zwei insgesamt. Es gerieten zwar mehrere in Seenot, aber zur Katastrophe kam es nur bei zwei Kähnen.« Sir James nahm einen Schluck Wasser, das kohlesäurefrei war. »Ein Schiff können wir streichen. Es sank viel weiter nördlich. Blieb nur noch die ›Coast Star‹ übrig.«

»Küstenstern?«, wiederholte ich. »Kein Hochsee …?«

»Nein, nein, John, ein Küstenmotorschiff. Es fuhr unter englischer Flagge und transportierte Waren aller Art. Jedenfalls war es kein Passagierschiff. Die Mannschaft hat sich retten können, der Kapitän ebenfalls. Er befindet sich noch in London.«

»Hat er kein neues Schiff bekommen?«, fragte Suko.

»Nein, diese Havarie hängt ihm wohl nach. Vielleicht möchte er auch nur ausspannen. Wer weiß das schon? Jedenfalls habe ich den Namen dieses Mannes. Cole Wilson.«

»Wir sollen ihn also besuchen?«

»Das wäre nicht schlecht.«

Suko und ich erhielten die Adresse. Cole Wilson wohnte am Stadtrand, ziemlich weit im Norden, in Wood Green.

»Ich habe mich schon erkundigt«, sagte unser Chef. »Wilson hat ein Zimmer in einem Heim für Seefahrer.«

»Ist er schon älter?«

»Über fünfzig erst. Man hat mir gesagt, dass er die Katastrophe zwar körperlich überstanden hat, seelisch allerdings sehr unter dem Verlust seines Schiffes leidet. Sie müssen damit rechnen, dass er Ihnen nicht die Auskünfte geben kann, die Sie vielleicht erwarten.«

»Sie meinen, dass er nicht richtig im Kopf ist?«

»Das könnte sein.«

»Mal sehen.« Wir standen auf und verließen das Büro. Im Gang fragte Suko: »Ein Routinefall, John?«

Ich verzog den Mund. »So sieht es aus. Aber denke daran, wie oft wir uns schon geirrt haben, wenn ein Fall so harmlos begann ...«

Über Weihnachten waren Unmengen von Schnee gefallen. Das Tauwetter folgte auf dem Fuß und hatte die meiste Pracht verschwinden lassen. Was jetzt noch auf Wiesen oder an Straßenrändern lag, waren nur noch schmutzig-graue Flecken.

Sie verteilten sich auch auf dem braun wirkenden Rasen, der das Heim für Seeleute umgab. Es lag in einem kleinen Park und wurde eingerahmt von blattlosen Bäumen, deren Äste wie kahle Arme um sich greifen wollten.

Selbst die Mauern des Hauses sahen an diesem trüben Wintertag grau aus. Fenster reihten sich an Fenster. Die Scheiben schimmerten matt. Es war windig geworden. Bei diesem Wetter hielt sich kein Mensch im Park auf. Auch die Tür des Heims war verschlossen.

Suko und ich suchten einen Parkplatz für unseren Leih-Rover. Wir konnten uns den Fleck aussuchen und stellten den Wagen dort ab, wo eine Hecke die Grenze des Grundstücks markierte. Unser Rover stand dort nicht allein. Einige andere Fahrzeuge hatten dort ebenfalls ihre Plätze gefunden.

Über einen aufgeweichten, schmalen, gewundenen Pfad näherten wir uns dem Eingang. Er war verschlossen und umrankt von einem blattlosen Rankengewirr.

Zu klingeln brauchten wir nicht, denn die Tür wurde plötzlich geöffnet. Ein Mann verließ das Haus, eingepackt in einen Wintermantel und seinen Stock wie einen Degen haltend. Ich schätzte den Mann auf mindestens 80 Jahre. Er sah aus wie der Seebär persönlich. Sein Gruß war militärisch knapp und sehr forsch.

Suko grinste, als wir die Halle betraten. Dass hier Seeleute wohnten, war auf den ersten Blick zu erkennen. Das große Steuerrad an der Wand, ein nachgebautes Schiff der East Indian Company unter der Decke, die Bilder an den Wänden, die nur Motive zeigten, wie sie die Seefahrer auf allen vier Weltmeeren sahen, und auch die Tafel mit den Ehrenabzeichen an der Wand war Zeuge und Erinnerung an Zeiten, die hinter den meisten hier Lebenden lagen.

Eine Frau trat auf uns zu.

Sie trug ein graues Kostüm, wirkte sehr resolut und war auch ziemlich kernig gebaut.

»Sie wünschen?«, erkundigte sie sich.

»Wir möchten zu Cole Wilson«, sagte ich.

Zuerst musterte sie mich, dann Suko. »Was wollen Sie denn von ihm?«

»Das möchten wir mit ihm selbst besprechen.«

Sie legte die Stirn in Falten. Auf ihrer Oberlippe wuchs ein dunkler Damenbart. »Der Kapitän erhält selten Besuch. Aber heute scheint es sich zu drängen.«

»Wieso?«, fragte ich.

»Sie sind nicht die Einzigen. Vor etwa einer Viertelstunde kamen schon zwei Männer, die nach ihm fragten.«

Wir wurden misstrauisch. »Und? Was haben Sie den Leuten gesagt?«

»Zu dem Kapitän hochgeschickt.«

»Sind die Männer noch da?«, fragte Suko.

»Ich habe sie nicht wieder das Haus verlassen sehen.«

»Wo können wir Mr. Wilson finden?«

Die Frau fühlte sich für ihren Schützling verantwortlich. »Moment noch, ich kann eigentlich nicht zulassen, dass vier Personen den Kapitän besuchen. Ihm geht es nicht sehr gut. Er hat seelische Probleme, wissen Sie …?«

Ich zeigte ihr meinen Ausweis.

»Vom Yard sind Sie?« Die Frau wurde nervös.

»Ja.«

»Was hat der Kapitän denn angestellt?«

»Nichts. Wir wollen ihn nur über einige Dinge befragen, das ist alles. Sie brauchen sich keine Sorgen zu machen.«

»Nun ja, gut.« Sie schluckte. »Zimmer 80 im dritten Stock.«

»Danke sehr.«

Wir nahmen nicht den Lift und liefen durch das breite düstere

Treppenhaus mit den gelb angestrichenen Wänden, an denen ebenfalls Bilder hingen. Diesmal zeigten sie nur Schiffe.

Natürlich sprachen wir auch über den Besuch, der bei Cole Wilson war. Suko konnte sich ebenso wenig einen Reim darauf machen wie ich. Schließlich blieben wir bei dem Namen Costello hängen.

Ich schüttelte den Kopf. »Das Granitgesicht wird sich kaum dazu herablassen und einen Mann wie Wilson besuchen.«

»Er nicht unbedingt ...«

Wir hatten die dritte Etage erreicht. Im Vorflur saßen einige Männer um einen runden Tisch herum und spielten Karten. Sie ließen sich von uns nicht stören.

Mir gefiel das Haus nicht besonders. Es erinnerte an eine Mischung aus Altersheim und Krankenhaus.

Das Zimmer 80 lag ungefähr in der Mitte. Die Tür war braun gestrichen, lag in einer kleinen Nische, aber wir traten noch nicht ein, sondern lauschten an der Tür.

Zu hören war nichts.

Suko deutete auf die Klinke, die ich nach unten drückte und so die Tür dann ruckartig aufstieß. Das war nicht sehr höflich, aber darauf konnten wir keine Rücksicht nehmen.

Sehr groß war der Raum nicht. Mehr lang als breit. Er hatte ein Fenster der Tür genau gegenüber. Dort befand sich auch die schmale Couch mit den beiden Sesseln und dem Tisch dazwischen.

Auf der Couch hockte Cole Wilson. Eingerahmt war er von zwei Typen, die sich nach unserem Eintritt sofort umgedreht hatten und uns in die Gesichter starrten.

Das waren vielleicht Typen.

Suko und ich hatten einen Blick für Menschen. Das waren Kerle, die man als Schläger bezeichnen konnte.

Cole Wilson saß zwischen ihnen, als wäre er auf der Sitzfläche festgeklebt. Er wirkte schmal und ängstlich, die beiden anderen Männer rahmten ihn ein wie Türme.

»Guten Tag«, grüßte ich.

Der Kerl rechts von uns, er trug noch einen weichen Hut, sagte nur ein Wort: »Raus!«

Ich blieb stehen und lächelte. »Nein, Mister, das soll uns der Kapitän selbst sagen. Sollen wir gehen, Mr. Wilson?«

Der magere Mann saß da wie ein Häufchen Elend. Seine Haut war blass und dünn. Das graue Haar hing ihm in die Stirn. Unter dem Auge schimmerte ein dunkler Fleck, als hätte ihn dort ein Faustschlag erwischt. Wilson trug eine grüne Strickjacke, eine dunkle Hose und ein kariertes Hemd. Seine Hände hielt er fest zusammengepresst. Die Augen in seinem schmalen Gesicht wirkten wie dunkle Knöpfe.

Eine Antwort gab er uns nicht.

Der hutlose Mann ging auf Suko zu. Dabei atmete er ein, sodass sich die braune Lederjacke vor seiner Brust spannte. So wie er auf meinen Freund zuging, konnte es nur bedeuten, dass er ihn mit Gewalt aus dem Zimmer bugsieren wollte.

»Lass es sein!«, warnte Suko.

Der Hutlose grinste schief und holte aus. Er hatte eine Faust wie ein Hammer. Sie hätte Suko irgendwo zwischen Brust und Kinn erwischt, aber mein Freund machte es sehr lässig und trotzdem gekonnt.

Er lag plötzlich in der Luft und trat mit dem rechten Bein zu. Es schien immer länger zu werden, und der Tritt passte genau.

Der Mann musste das Gefühl haben, gegen eine Wand geschlagen zu haben, so erschütterte ihn der Aufprall. Wahrscheinlich hatte er sich auch etwas gebrochen, jedenfalls ging er keuchend in die Knie und begann zu jaulen.

Der andere griff zur Waffe.

Ich war schneller. Plötzlich starrte er in die Mündung der Beretta, sah mein Kopfschütteln und nickte. »Schon gut, schon gut. Ihr habt gewonnen, Freunde.«

Mich irritierte die plötzliche Friedfertigkeit des Mannes, und ich fragte: »So schnell gebt ihr auf?«

»Wieso?«

»Hat euch Costello nicht geschickt?«

»Wir hassen Gewalt, Mister. Ihr Bullen seid darin eben anders.«

Als der Hutlose das Wort Bullen hörte, blickte er auf und drehte seinem Kumpan den Kopf zu. Der strich mit zwei Fingern über die dunkle Hutkrempe und grinste. »Ja, es sind Bullen. Wir werden uns verabschieden. Bis später, Käpt'n.«

Cole Wilson nahm ihn nicht zur Kenntnis. Der Hutlose quälte sich auf die Beine. Er bedachte Suko mit Mordblicken, während er mit der Linken seine rechte Hand umklammerte.

So einfach wollte ich die beiden nicht davonziehen lassen. »Moment noch«, sagte ich zu dem Hutträger. »Was haben Sie von Cole Wilson gewollt?«

Der Typ hatte feuchte Lippen, die er jetzt zu einem Schweinemund zusammenzog. »Wir wollten einem älteren Herrn einen Besuch abstatten. Mehr nicht, Mister.«

»Wie schön.«

»Noch etwas?«

»Ja. Worüber haben Sie sich unterhalten?«

»Über nichts.«

»Stumme Besucher?«

»Sie kamen uns eben dazwischen.«

»Was hätten Sie den Mann denn gefragt?«

»Ich weiß es nicht mehr.«

»Okay, Mister, Sie können gehen.« Ich nickte ihm zu. »Bestellen Sie Costello einen Gruß.»

»Wer ist das?«

»Sagen Sie ihm, dass wir beide mal wieder miteinander reden müssen. Wobei ich dann die Fragen stelle.«

»Wovon träumen Sie nachts, Mister?«

»Hau ab, Mann!«, sagte ich.

Die beiden gingen. Suko war nicht damit einverstanden. »Machen wir nicht einen Fehler, sie laufen zu lassen?«

»Die hätten den Mund nicht geöffnet.«

»Kann sein.«

Suko schloss die Tür, während ich mich in den Sessel rechts neben Cole Wilson setzte.

Er starrte mich an. Ich sagte meinen Namen, erntete aber keine Reaktion. Er hob nur den Arm und tastete dorthin, wo die Stelle unter dem Auge blau angelaufen und leicht geschwollen war.

»Hat man Sie geschlagen?«, fragte ich.

»Nein. Ich habe mich gestoßen.« Er sprach langsam, als müsste er sich die einzelnen Buchstaben erst zusammensuchen.

So ganz glaubte ich ihm das nicht, aber es war momentan zweitrangig. Dass er vielleicht etwas wusste, davon war auch Costello ausgegangen. Sonst hätte er seine beiden Schläger nicht geschickt.

Ich lächelte ihn an. »Sagen Sie, Kapitän, sind Sie in der Lage, uns einige Auskünfte zu geben?«

»Worüber?«

»Sie hatten ein Schiff ...«

Er glotzte mich an. »Ja, das hatte ich. Es ging im Sturm unter. Und ich bin schuld.«

»Das können Sie doch so nicht sagen ...«

»Ich habe mich nicht auf den Wetterbericht verlassen. Ich hätte es wissen müssen.«

»War der Sturm so arg?«, fragte Suko.

Der Kapitän senkte den Blick auf die Tischplatte. »Nein, gar nicht mal. Ich hätte es auch geschafft, aber da war etwas viel Schlimmeres. Ich wusste, dass wir dem Schicksal nicht entrinnen konnten. Das wusste ich genau. Es war einfach grauenhaft.«

»Was denn?«

»Unsere Ladung.«

Ich lächelte. »Die war doch normal.«

»Ja, offiziell. Aber ich habe noch etwas an Bord genommen. Dafür erhielt ich sehr viel Geld. Man überreichte es mir in Marseille. Dort sind wir ausgelaufen.«

»War es Rauschgift?«

Wilson begann zu kichern. Er benahm sich wie ein Kind, warf sich zurück und wieder vor. »Das ... das war es.«

Suko und ich wechselten einen Blick. Allmählich klärte sich der Fall. Er war sehr simpel.

»Und dieses Rauschgift ist mit gesunken – oder?«, fragte ich.

»Ja.«

»Sind die beiden Männer deshalb gekommen?«

»Vielleicht.«

»Man hat bereits danach getaucht«, sagte ich. »Aber der Taucher starb. Er ist nicht ertrunken, wie man hätte annehmen können. Man brachte ihn unter Wasser um.«

»Ja?« Seine Augen wurden groß.

»Ich lüge Sie nicht an.«

Er nickte heftig. »Das … das glaube ich sogar. Keiner kann ihm entkommen.«

»Wem?«

»Dem Fluch«, flüsterte er. »Es gibt einen Fluch, der über dem Schiff liegt. Man darf ihn nicht stören. Er vernichtet, verstehen Sie? Er kennt überhaupt kein Pardon.«

»Was ist das für ein Fluch?«

»Sie ist die Wächterin des Schiffes. Sie hütet es, auch wenn es längst gesunken ist.«

»Wer ist sie?«

»Die Wasserhexe!«

Ich schüttelte den Kopf. »Tut mir Leid, Käpt'n, davon habe ich noch nie gehört.«

Cole Wilson verzog die Lippen. »Das glaube ich euch gern. Ja, das glaube ich. Die Wasserhexe kennt kaum jemand, aber sie ist sehr, sehr schlimm. Sie ist grauenhaft, verstehen Sie?«

»Vielleicht. Aber was hat sie mit Ihrem Schiff zu tun?«

»Sie beschützt es. Sie lässt keinen Fremden heran. Sie ist überall. Sie ist ein Geist und ein Monster. Auch mich wird sie töten.«

»Als Beschützerin?«, fragte Suko.

»Ja, denn ich habe ihr unrecht getan. Ich hätte nicht über sie reden sollen. Das will sie nicht, verstehen Sie? Sie will es nicht, dass man über sie spricht. Aber ich habe es getan. Dafür wird sie sich schrecklich rächen, glauben Sie mir.«

»Meinen Sie, dass sie aus dem Wasser steigt?«

»Sie ist überall.« Er nickte inhaltsschwer und wischte über sein schweißfeuchtes Gesicht. Dann schüttelte er sich, als hätte man Wasser über ihn gegossen.

»Aber nicht hier – oder?«

»Sie ist Geist und Ungeheuer«, flüsterte Wilson. »Glaubt es mir. Geist und Ungeheuer. Sie lebt nicht nur im Wasser oder auf einem Schiff. Sie kann auch durch die Lüfte fliegen.«

»Haben Sie die Wasserhexe denn gesehen?«, erkundigte ich mich.

»Ja, auf dem Schiff.«

»Dann kann sie sich noch an Bord befinden?«

»Bestimmt.«

»Und Sie haben die Wasserhexe an Bord genommen?«

»Ich bekam sie als Schutz.«

»Von wem?«

Er wechselte das Thema. »Haben Sie noch ein wenig Zeit? Dann kann ich es Ihnen erzählen, denn ich spüre, dass mir nicht mehr viele Stunden bleiben.«

»Bitte, erzählen Sie. Wir haben Zeit, so lange Sie wollen. Zudem glauben wir Ihnen die Geschichte, Mr. Wilson.«

»Das müssen Sie.« Er nickte und lehnte sich wieder zurück. Bevor er mit seiner Erzählung begann, dachte er noch nach. Sein Blick nahm dabei einen schwärmerischen Ausdruck an. »Mein Schiff war schon alt, als ich es erwarb. Aber ich war in das Schiff verliebt. Ich habe es in Dover bekommen, das liegt jetzt mehr als zehn Jahre zurück. Es hat einem alten Kapitän gehört, der mit ihm lange Zeit über das Meer gefahren ist. Und dieser Mann erklärte mir auch, dass sich etwas auf dem Schiff befindet, was ich niemals von Bord nehmen darf.«

»War es die Wasserhexe?«, fragte ich.

»Nein, die Mumie.«

»Wie?«, rief Suko.

»Die Mumie des Zauberers, eines alten Schamanen, der dem Schiff seinen Segen gegeben hat. Aber es ist am besten, wenn ich von vorn beginne, verstehen Sie?«

»Sicher.«

»Dann hören Sie zu …«

Die Gestalt des Mannes, die mal mehr tot als lebendig gewirkt hatte, wurde von einem Strom der Kraft durchströmt. Wir bekamen eine so gute Erzählung zu hören, dass wir die Bilder wie einen Film vor unseren Augen ablaufen sahen …

Der Mann ohne Hut hatte seinen richtigen Namen vergessen. Seit mehr als zwanzig Jahren nannte man ihn Hammer. Er war einmal Boxer gewesen, auf die schiefe Bahn geraten und vom Netz der Unterwelt aufgefangen worden, was ihm eine trügerische Sicherheit gab.

Seit vier Jahren stand er in Costellos Diensten und hatte es hier zu einer traurigen Berühmtheit gebracht. Unter seinen Fäusten waren schon Konkurrenten gestorben, aber so etwas machte Hammer nichts aus. Er war ein Mann ohne Gewissen.

Wie sein Kollege Parker, der den Hut fast nie abnahm. Wer ihn nicht kannte, belächelte ihn zumeist, wenn er die weiche Krempe zurechtrückte. Es war bei ihm ein Zeichen, dass er sich entschlossen hatte, irgendetwas zu tun. Oft genug war dies schon in einen Mord ausgeartet.

Im Gang erlitt Hammer einen leichten Wutanfall. »Wir hätten die Bullen trotzdem massakrieren können und …«

»Sei nicht dumm, Hammer.«

»Wieso?«

Vor dem Lift blieben sie stehen. Parker lächelte kalt. »Was meinst du, was Costello mit uns gemacht hätte?«

»Er wäre froh gewesen, wenn …«

»Du hast den Blonden und diesen Chinesen nicht einmal erkannt. Aber ich wusste, wer sie waren.«

»Und?«

»John Sinclair und Suko.«

»Habe ich schon mal gehört.«

»Wie schön für dich.«

Beide stiegen in den Lift. Hammer starrte auf seine Hand.

»Ist was gebrochen?«, fragte Parker.

»Weiß ich nicht.«

»Lass sie röntgen.«

Hammers Augen begannen zu funkeln. »Wenn nichts passiert ist, hole ich mir den Chink.«

»Er ist besser als du«, erklärte Parker kühl.

Hammer lachte kichernd. »Ich kenne da Tricks, von denen wagt der nicht einmal zu träumen.«

Parker gab keine Antwort. Außerdem hatte der Lift im Erdgeschoss gehalten. Die Männer stiegen aus. In der Halle saßen inzwischen einige Bewohner des Heims. Sie unterhielten sich und erzählten, wie konnte es anders sein, von den alten Zeiten, als noch jeder von ihnen zur See gefahren war und man noch den ganzen Kerl forderte.

Auch die Verwalterin war anwesend. Sie trug unter dem rechten Arm eine Akte, sah die beiden Männer, blieb stehen und fragte: »Ist alles in Ordnung bei Ihnen?«

»Ja.«

»Sie sind klargekommen?«

Parker gab wieder die Antwort. »Natürlich. Der Kapitän hat sich über unseren Besuch gefreut.«

»Sind die beiden anderen Herren noch oben?«

»Ja.«

Parker und Hammer gingen. Der Schläger war sauer. Draußen holte er tief Luft. »Am liebsten hätte ich die Alte in den Boden gestampft, so neugierig wie die war.«

»Sie hat hier das Sagen.«

»Leider.«

Böiger Wind fuhr durch den Park und in die Gesichter der Männer. Sie mussten über den schmalen Weg laufen, um ihren Wagen zu erreichen.

Hammer schimpfte über seine Hand, die noch dicker wurde. Seine Racheversprechen waren fürchterlich und glichen sich bereits den Methoden des Mittelalters an.

Parker sagte nichts. Er ging schneller, weil er sich unbedingt mit Costello in Verbindung setzen wollte. Leider gab es in dem braunen Lancia, den sie fuhren, kein Telefon. Je früher ihr Chef Bescheid wusste, um so besser war es.

Parker schloss die Tür auf. Er stand im Wind und wartete, bis Hammer ihn erreicht hatte.

»Was hast du?«

Parker hob die Schultern. »Riechst du nichts?«

»Nein, wieso?«

Der Mann hielt seinen Hut fest und grinste. »Ich habe das

Gefühl, als würde es hier nach faulem Wasser oder altem Tang stinken.«

»Davon merke ich nichts.«

»Egal. Steig ein.«

Parker öffnete die Beifahrertür, die Zentralverriegelung funktionierte nicht mehr, und schaute zu, wie Hammer in den Wagen kletterte. Seinen rechten Arm hielt er angewinkelt, und er drückte noch immer die Fläche der linken Hand gegen seine geschwollene rechte.

Hammer spürte kaum die Sitzfläche unter sich, da erwischte es ihn. Aus dem Fond erschien der Arm, ein schleimiges, grünes Etwas, dem er nicht mehr ausweichen konnte, denn der Arm presste sich gnadenlos gegen sein Gesicht.

Hammers Schrei erstickte in einem Gurgeln. Er konnte noch über die Hand hinwegschauen, sah durch die Scheibe gegen die Hecke, die eine Sekunde später vor seinen Augen regelrecht zerplatzte, als ihn ein beißender Schmerz in den Tod riss.

Vom Genick strahlte er ab. Dass sein Kopf in einem unnatürlichen Winkel zur Seite hing, bemerkte er nicht mehr. Da hatte es den Schläger bereits erwischt.

Parker lebte noch.

Er war es gewohnt, schnell zu reagieren. Hier aber stand er neben dem Wagen wie eine Pappfigur. Er konnte einfach nicht fassen, was da vorgefallen war.

Okay, er hatte den Geruch wahrgenommen, da war er schon skeptisch geworden, aber dass er den Tod des Kumpans hatte mit ansehen müssen, wollte in seinen Schädel nicht hinein.

Wer sich dort im Fond aufhielt, war durch die getönten Scheiben ebenfalls kaum zu erkennen. Ein menschenähnliches Wesen vielleicht, gelb und auch grünlich schimmernd, mit langen, algenartigen Killerarmen, die eiskalt zugriffen.

Er hatte unbewusst seinen Revolver gezogen. Nur schoss er nicht. Irgendwie wusste er, dass es sinnlos war, Kugeln zu verschwenden.

Statt dessen ging er zurück, sah, wie Hammer auf dem Beifahrersitz zusammensackte und sein Kopf sich dabei zur Seite drehte, wie bei einem Menschen, dessen Genick gebrochen ist.

Parker hatte es plötzlich eilig. Noch nie zuvor war er vor einer Sache so geflohen. Jetzt rannte er, was seine Kraft und auch seine Füße hergaben. Er wollte weg, nur weg. Es interessierte ihn nicht mehr, was mit seinem Kumpan passiert war. Es hatte ihn erwischt, okay, und Parker musste zusehen, dass er selbst mit dem Leben davonkam.

Er lief gegen den Wind. Eine Bö war so stark, dass sie ihm den Hut vom Kopf riss. Zum ersten Mal seit langer Zeit lief er ohne die schützende Bedeckung. Die wenigen Haare wurden in die Höhe gewirbelt.

Irgendwann hatte er das Ende des Parks erreicht. Wie ein Betrunkener fiel er gegen die bunte Plakatsäule, stemmte sich dort ab und musste sich zunächst einmal beruhigen und einen klaren Gedanken fassen. Was er hinter sich hatte, war unglaublich, kaum zu fassen, das war der reinste Nerventerror, der so blutig geendet hatte.

Im Wagen hatte der Killer gelauert. Als hätte er genau gewusst, dass sie zurückkommen würden. Parker hatte keine genaue oder direkte Erinnerung an ihn, er konnte sich aber vorstellen, es mit keinem Menschen zu tun gehabt zu haben.

Schwerfällig ging er weiter. Den Kopf hielt er gesenkt, manchmal schüttelte er ihn auch. Dann wieder blieb er stehen und blickte den Weg zurück, den er gegangen war.

Zu sehen war nichts Außergewöhnliches. Es gab keinen, der ihn verfolgte. Wahrscheinlich hatte sich das Wesen mit einem Opfer zufrieden gegeben.

Dann sah er die Zelle. Wie ein hoher roter Kasten mit Fenstern stand sie da. Soweit Parker erkennen konnte, war sie leer. Das täuschte. Ein pummliger, ziemlich kleiner Teenager telefonierte mit seiner Freundin. Auf so etwas hatte Parker gewartet.

»Hör auf!«, sagte er.

Das Mädchen schaute ihn nur groß an, redete aber weiter und streckte ihm sogar die Zunge raus.

Parker packte zu. Er schleuderte das Mädchen so wuchtig durch die offene Tür, dass es auf den Gehsteig fiel, vor Schreck stumm war, dann hochsprang und wegrannte.

Für Parker war der Weg frei.

Er rammte die Tür hinter sich zu und wählte eine bestimmte Nummer, die in keinem Telefonbuch stand. Die ölige Stimme eines jüngeren Mannes, der als Sekretär fungierte, meldete sich.

»Ich brauche den Boss!«

»Wer sind Sie?«

Parker konnte den Knaben nicht ausstehen. »Verdammt, du Fatzke, gib mir den Chef! Hier ist Parker!«

Der Mann schien Order zu haben, bestimmte Anrufe sofort durchzustellen. Costello meldete sich sehr schnell.

»Es ist schief gelaufen, Chef. Hammer ist tot.«

»Wieso?«

Parker berichtete, und Costello hörte zu. Nach etwa zehn Sekunden unterbrach er den Anrufer. »Komm sofort her. Ich bin im Paris.«

Das war ein Lokal, bistroartig und im Stil der zwanziger Jahre aufgezogen. Costello hatte es einrichten lassen. Die Preise waren hoch, und so verkehrte dort nur ein bestimmtes Publikum.

Parker verließ die Zelle und holte sich ein Taxi. Wohl war ihm nicht. Er hatte schon oft genug gehört, dass Costello Versager gern in die Themse schickte, und zwar mit einem Eimer voll Beton an den Füßen …

*Aus den Erzählungen des Kapitän Cole Wilson:*

Ich hatte mich schon gewundert, dass man mich zu dieser einsamen Stelle hinbestellte, aber die Umstände waren sowieso nicht normal. Meines Erachtens verkaufte der Kollege das Schiff einfach zu billig.

So ging ich schließlich in einer finsteren und windgepeitschten Nacht zum Treffpunkt, der ebenfalls sehr einsam lag. In einer schmalen Bucht an der Küste, wo die Felsen sehr hoch und kaum bewachsen waren. Auch der Weg, den ich gehen musste, war sehr steinig, aber der alte Kapitän wohnte nun mal so einsam.

Ich stemmte mich immer wieder gegen den Wind und dachte

daran, dass ich doch eigentlich wahnsinnig war, so etwas zu tun, aber ich war jung und wollte ein Schiff haben.

Endlich hatte ich den steilen Weg hinter mir. Ich schaute über die schmale Bucht hinweg und konnte in der Ferne das Meer sehen, obwohl es dunkel war. Hin und wieder schimmerten die Kämme der sich brechenden Wellen wie weiße Geister.

Es war ein Gebiet, in dem die Menschen noch an Geister glaubten, an die geheimnisvolle Elfenwelt, an Hüter des Meeres, an Wassernixen und Seeungeheuer.

Auch mir hatte man die Geschichten erzählt, aber ich hatte darüber gelächelt.

Doch jetzt, als ich auf dem schmalen Weg über den Felsen einherschritt, fielen mir die alten Geschichten wieder ein, und ich dachte daran, dass sie vielleicht ein Körnchen Wahrheit beinhalten konnten.

Sehr bald schon sah ich das Haus.

Es stand zwar allein, war trotzdem geschützt, weil es sich mit der Rückseite gegen einen kleinen Hügel duckte. Im Haus brannte ein einsames Licht. Ich sah den Schein, wenn ich gegen eines der Fenster blickte und fragte mich zum wiederholten Male, weshalb der alte Mac mich in dieses Haus bestellt hatte und nicht auf das Schiff, das ich kaufen wollte und kurz besichtigt hatte.

Aber der Kapitän war eben ein komischer Kauz, das hatten auch schon andere gesagt.

Ich erreichte das Haus und stand auf den Platten, die er selbst vor der Tür in den weichen Boden gelegt hatte.

Ich musste mich ducken, damit mich die Kante des vorstehenden Dachs nicht streifte. Der Wind fing sich hier. Ich hörte sein Jaulen und Heulen, als wären tausend Geister aus der Hölle befreit worden. Das Dach rappelte. Lose Schindeln warteten nur darauf, von den Armen des Windes gepackt und in die Höhe geschleudert zu werden.

Ich klopfte wuchtig gegen die Tür, damit man mich auch hörte, aber es öffnete niemand.

Da fasste ich mir ein Herz, drückte beide Hände gegen die Tür und stieß sie auf.

»Komm nur herein, mein junger Freund«, vernahm ich die raue Stimme des Kapitäns. Man hörte aus dem Klang die Seeluft hervor, die er Zeit seines Lebens geatmet hatte.

Ich duckte mich, spürte auf dem Rücken den Schauer und betrat ein Haus, das mir vorkam wie das Innere einer alten Welt, in der ich mich fast gefangen fühlte, als ich auf den Befehl des Kapitäns hin die Tür wieder geschlossen hatte.

Ich ließ meine Blicke durch eine Hütte wandern, die so fremdartig war. Obwohl es auch in dieser Gegend bereits elektrischen Strom gab, brannten unter der Decke zwei Öllampen, die einen bestimmten Geruch absonderten, den ich nicht mochte. Er legte sich wie Blei auf meine Zunge und schmeckte auch widerlich.

Die Hütte bestand aus einem Raum. Zur Rückseite hin lief sie flacher zu, da schien die Decke dem Boden entgegendrängen zu wollen. Dort war es wesentlich niedriger. Außerdem roch es nach einer Beize, mit der das Holz bearbeitet worden war.

Zwischen den Möbeln standen die Erinnerungsstücke des Kapitäns. Ein Sextant, ein altes Fernrohr, ein Kreiselkompass, der in einer Holzeinfassung schwang.

Mac selbst war auch da. Wie konnte es anders sein, er lag in einer Hängematte im Hintergrund des Raumes. Es schien ihm recht gut zu gehen, ich hörte sein Lachen.

»Komm näher, Söhnchen, oder soll sich ein alter Seebär wie ich erst noch aus der Matte rollen?«

»Nein, nein, Sir, das geht schon in Ordnung.«

»Ich warte auf dich.«

Vorsichtig näherte ich mich dem Alten. Ich verfluchte dabei meine schmutzigen Schuhsohlen, die Spuren auf dem Boden hinterließen. Er war so blank gescheuert wie die Deckplanken auf einem Segelschulschiff.

Der Kapitän lag so, dass er von seinem Platz aus in das fast herabgebrannte Kaminfeuer schauen konnte. »Söhnchen, leg ein paar Scheite nach. Mich friert etwas.«

»Gern«, sagte ich.

Drei Holzscheite legte ich ins Feuer und sah dem dabei aufstiebenden Funkenflug nach. Wie ein glühender Regen verschwanden sie in der Kaminöffnung. Auch die Flammen freuten sich über die neue Nahrung. Sie fauchten in die Höhe wie tanzende Geister.

»Ja, das war gut«, lobte mich der Kapitän. Er konnte das Feuer von seinem Platz in der Hängematte genau beobachten. Widerschein streifte sein Gesicht. »Jetzt kannst du zu mir kommen.«

Ich ging hin. Wohl fühlte ich mich nicht. Ich hatte plötzlich das Gefühl, mich selbst zu überfordern. Am liebsten wäre ich wieder gegangen, so zögernd waren auch meine Schritte, aber der alte Kapitän lachte mich irgendwie aus, und das stärkte mein Selbstvertrauen wieder. Deshalb trat ich fester auf.

Neben Mac und mit der Schulter an einen Stützbalken gelehnt, blieb ich stehen.

»Sieh mich an, Junge«, verlangte er, »so wirst du auch einmal aussehen, wenn du alt geworden bist.«

»Das kann schon sein.« Ich blickte in sein faltiges Gesicht. Von einem weißen Bart wurde es umrahmt. Er war kurz geschnitten, sodass er aussah wie Rasierschaum. Der alte Kapitän trug einen Pullover mit Querstreifen und eine Hose mit ausgestellten Beinen.

»Nimm dir einen Schemel«, sagte der alte Kapitän. »Du brauchst nicht zu stehen, wenn du mit mir redest.«

»Danke.« Ich holte mir den harten Hocker heran, nahm Platz und saß jetzt tiefer, als der Kapitän lag. Als er mich anschaute, verzog er die Lippen. Dann hob er einen Arm, als wollte er mir zuwinken. »Ich weiß, dass es für dich ein schwerer Schritt war, ein Schiff zu kaufen. Aber wenn jemand Kapitän ist, will er auch ein Schiff haben – oder?«

»Das ist wahr.«

Im Liegen nickte der Alte. »So habe ich früher auch gedacht, und ich möchte dir sagen, dass du eine gute Wahl getroffen hast. Eine sehr gute sogar. Die Coast Star ist ein Schiff, das sich sehen lassen kann. Du wirst es nicht bereuen, sie gekauft zu haben.«

»Noch habe ich sie nicht.«

»Ja, das stimmt, und ich möchte dir auch noch etwas dazu sagen.« Der alte Kapitän drehte sich in der Hängematte mühsam zur Seite. Er verzog dabei seinen Mund in die Breite und sah aus, als wollte er jeden Augenblick anfangen zu lachen.

Ich wartete ab. Etwas unheimlich war mir schon zumute. Dieser Kapitän wirkte auf mich wie jemand, der viel weiß, aber nur einen Bruchteil davon preisgibt.

»Aber da ist noch etwas«, sagte der Mann. »Das solltest du unbedingt wissen, mein Sohn.«

»Ich höre.«

Der Kapitän drehte sich auf den Rücken und starrte gegen die Decke, wo die flackernden Schattenlichter aus dem Kamin bizarre Tänze aufführten. Er schaute ihnen zu, überlegte seine Worte und fragte dann mit leiser Stimme: »Glaubst du an Geister?«

»Nein.«

»An Kobolde, an den Klabautermann, an einen Zauberer oder Schamanen, wie er von den nicht zivilisierten Völkern verehrt wird? Glaubst du daran, mein Söhnchen?«

»Nein!«

Der Kapitän drehte sich herum. »Oh, das solltest du aber, mein Kleiner. Ja, du solltest daran glauben. Es ist wichtig, wenn du mein Schiff kaufen willst.«

»Was hat so etwas denn damit zu tun?«

»Warte ab. Jedes Schiff hat sein Geheimnis, seinen Geist, auch bei dem Schiff, das ich dir verkaufen will, ist das der Fall. Es ist nicht leer, verstehst du?«

»Nein, überhaupt nicht.«

»Jemand befindet sich immer an Bord. Und dieser Jemand gehört auf das Schiff, so wie ein Ruder auf ein Schiff gehört.«

»Ein Mensch?«, fragte ich.

»Aber nein, Cole, kein Mensch. Etwas Besonderes. Menschen sind nichts Besonderes. Ich möchte, dass du es behältst, wenn du das Schiff gekauft hast. Ist das versprochen?«

»Ich weiß nicht, was …«

»Ob es versprochen ist?«

Der Kapitän hatte so scharf gesprochen, dass ich einen heißen Schreck bekam. Ich bejahte schnell.

Der alte Mac lachte. »Das ist gut, mein Söhnchen, sogar sehr gut.

Jetzt musst du ihn auch nehmen, aber er wird dir Glück bringen, das kann ich dir versprechen.«

»Wer oder was ist es denn?«

»Ach, Söhnchen, sei nicht so neugierig, du wirst es gleich sehen, und du musst es auf dem Schiff lassen, wenn du es einmal auf Deck gebracht hast. Das ist versprochen.«

Der Kapitän redete noch weiter. Ich verstand ihn zwar, begriff ihn aber nicht. Er wälzte sich aus der Hängematte, blieb davor stehen und reckte seine müden Glieder. Sein breiter Mund verzog sich zu einem Lächeln. »Gleich ist es so weit.«

Ich stand da und hob die Schultern. Der Kapitän war kleiner als ich. Er ging gebeugt, als hätte er Gicht. Seine Augen mussten früher einmal einen harten Glanz verströmt haben. Jetzt blickten sie müde und waren zu Boden gerichtet.

»Du kannst mir ruhig folgen«, flüsterte er und winkte mit seinem dicken Zeigefinger. »Es passiert dir nichts.«

Ich hob die Schultern und schritt hinter ihm her. Er führte mich dorthin, wo der Schein des Feuers nicht hinreichte und der Raum im tiefen Schatten lag. Er gebot mir, stehen zu bleiben, und ging selbst in die Hocke. Ich sah, wie er sich bewegte und dabei die Arme ausstreckte, als wollte er in der Dunkelheit irgendetwas suchen oder ertasten.

»Ja, hier ist es«, flüsterte er. Im selben Augenblick hörte ich das Schaben, als er über die rauen Holzbohlen etwas zu sich heranzog, das ich nur undeutlich erkennen konnte.

Es war keine Kiste. Wenig später wusste ich, was dort vor mir stand.

Ein schlichter Holzsarg!

Ich musste mich erst fassen und hatte Mühe, einen Laut der Überraschung zu unterdrücken. Damit hatte ich nicht gerechnet. Mein komisches Gefühl bestätigte sich. Über meinen Rücken floss ein Schauer. Ich wischte fahrig an meiner Wange entlang, während meine Lippen zuckten.

»Nun?«, fragte der Kapitän. Er hockte neben dem Sarg und

hatte seine Handflächen auf den Deckel gelegt. Hier erreichte ihn der Widerschein des Kaminfeuers und tanzte fleckenhaft über sein Gesicht.

»Damit habe ich nicht gerechnet«, gab ich zu.

Er nickte. »Das dachte ich mir, aber es ist wichtig, dass du beides zusammen kaufst. Das Schiff und den Sarg. Verstehst du das?«

»Ehrlich gesagt nicht.« Ich war nervös und trat von einem Fuß auf den anderen.

Der Kapitän nickte. »Ich werde es dir erklären, mein Sohn. Ich sage dir alles, und ich gebe dir damit auch ein großes Geheimnis preis, wenn du verstehst.«

»Noch nicht …«

Er lachte leise. »In dem Sarg hier liegt etwas, von dem ich bereits gesprochen habe.«

»Ein Toter?«

»Ja, so kann man es sagen. Aber nicht alles, was wie tot aussieht, ist auch wirklich tot.«

»Aha.«

Er lachte mich aus. »Deine Antwort zeigt mir, Söhnchen, dass du mich nicht verstanden hast.« Er blieb hocken und strich mit seinen Händen dort entlang, wo Ober- und Unterteil aufeinander lagen.

»Wollen Sie den Sarg öffnen?«

»Ja!«

Ich schaute mir seine Maße noch einmal an und verglich sie mit denen eines normalen Sarges. Dieser hier war kleiner und auch schmaler als ein normaler. Wer darin lag, konnte eigentlich nicht die Größe eines ausgewachsenen Menschen haben. Ein Kind passte hinein, mehr auch nicht.

»Was sagst du?«

»Nichts.«

»Du hast Angst – oder?«

»Auch.«

Er kicherte. »Das brauchst du nicht, wenn du dich an die Regeln hältst. Ich habe auch keine Angst gehabt und bin immer gut damit gefahren. Dir wird es ebenso ergehen. Der Sarg muss immer auf dem Schiff bleiben. Er ist dein Beschützer. Kein Orkan wird dir je etwas anhaben können, wenn du gut auf ihn achtest. Nichts Böses wird an Bord klettern, so lange dieser Sarg dein Schiff beschützt.«

Ich nickte, obwohl ich ihm nicht glaubte, weil ich mir unter seinen Worten einfach nichts vorstellen konnte. Aber der Mann ließ sich nicht beirren. Er hielt das Oberteil mit beiden Händen umfasst, drehte es etwas und hob es an.

»Da!«, rief er.

Ich trat näher, blickte in den Sarg und spürte, wie sich meine Kehle zusetzte.

Ein Mensch lag dort nicht, auch kein Kind. Es musste ein Erwachsener gewesen sein, aber es war eine Mumie!

Wieder rührte ich mich nicht vom Fleck, kam mir vor wie jemand, der träumt, und erst die Stimme des Kapitäns riss mich aus diesen Träumen hervor. »Na, ist er nicht wunderbar?«

Eine Antwort erhielt er von mir nicht. Meine Kehle saß zu. Ich musste schlucken, wollte lächeln oder grinsen, doch mein Gesicht blieb starr.

»Hast du Angst?«, fragte er mich.

Ich hob die Schultern. »Vielleicht. Man sieht nicht jeden Tag einen Toten, dazu noch einen, der so aussieht.«

»Für mich ist er wunderbar.«

»Aber ich ...«

»Er ist dein Beschützer. Er wird dich und dein Schiff beschützen. Und dies nicht nur heute und morgen, sondern solange du lebst und das Schiff führen wirst.«

»Das verstehe ich nicht«, sagte ich.

»Es ist ganz einfach. Sieh ihn dir genau an.« Als ich zögerte, fasste er mich an die Schulter und schob mich noch näher auf den Sarg zu. »Es ist eine Mumie«, flüsterte er, »aber eine besondere. Sie ist tot und lebt trotzdem.«

»Wie soll ich das verstehen?«

»Der Körper schrumpfte, und gleichzeitig konzentrierte sich

seine Kraft. Was du hier siehst, ist die Hülle. Aber lass dich nicht täuschen. Dieser Mensch, den du jetzt als Mumie siehst, war mehr als ein Mensch. Er war ein Zauberer, ein Schamane. Erinnere dich, dass ich davon gesprochen habe. Von Zauberern und Schamanen, und er gehört dazu, denn er hat das Wasser beherrscht. Er kann dich beschützen, und er kann dich vernichten.«

Ich hatte die Worte sehr wohl gehört, trat aber vom Sarg zurück, weil er mir unheimlich vorkam. Ich wollte nicht unbedingt in seiner Nähe sein und blickte über ihn hinweg in eine andere Richtung.

Dann ging ich zum Tisch und setzte mich vor ihm auf einen Stuhl. Schwer stützte ich meine Arme auf. Ich sah so aus, als würde ich über irgendein Problem nachdenken, aber das war nicht der Fall. In meinem Kopf hatte sich eine Leere ausgebreitet, die einfach keine Gedanken mehr zulassen wollte.

Ich hörte die schweren Schritte des Kapitäns, der schließlich neben mir stehen blieb. Er beugte sich vor, dabei fiel sein Schatten über die Tischplatte.

»Du kommst nicht mehr zurecht – oder?«

»So ist es.«

»Hast du Furcht?«

»Ja.«

Ich hörte ihn seufzend atmen. »Du brauchst weder Frucht noch Angst zu haben. Ich habe doch davon gesprochen, dass er dich beschützen wird. Und dieses Versprechen wird auch eingehalten, vorausgesetzt, du hältst dich an die Regeln.«

»An welche?«, stöhnte ich.

»Lass ihn an Bord. Verstecke ihn gut.« Der Kapitän holte sich den Hocker heran und setzte sich mir gegenüber. »Und nun, mein Söhnchen, höre mir genau zu. Es ist sehr wichtig und für deine Zukunft entscheidend, was ich dir jetzt sage.«

Ich schaute auf, weil ich das Drängen in seiner Stimme nicht überhört hatte.

Das Gesicht des Kapitäns hatte einen sehr ernsten Ausdruck angenommen. »Wie ich dir schon sagte, es ist sehr wichtig für deine Zukunft, mein junger Freund. Du musst den Sarg unbedingt an Bord behalten, dann passiert dir überhaupt nichts, denn die Kraft des alten Schamanen legt sich wie eine schützende Hand über dein Schiff.«

Ich ließ die Worte nachwirken und stellte erst dann eine Frage: »Wer ist diese Mumie, und wo kommt sie her?«

»Ich habe sie ausgegraben.«

»Du?«

»Ja. An einem von den Menschen verfluchten Ort. Sie ist uralt. Man spricht von einem Druidenpriester, der abtrünnig geworden ist und ins Wasser ging, um dieses Element zu beschwören und sich untertan zu machen. So erzählt es die Legende.«

»Und was stimmt daran?«, fragte ich.

»Alles. Dieser Schamane hat es geschafft, Herr über die Seeungeheuer zu werden. Als er diese Auflage hinter sich hatte, da legte er sich schlafen und hoffte darauf, dass ihn irgendwann jemand finden würde. Ich habe ihn gefunden und mich mit ihm beschäftigt. So erfuhr ich auch über sein Schicksal.«

Ich hob die Schultern. Meine Antwort fiel wenig überzeugt aus. »Dann muss ich ihn wohl oder übel nehmen.«

»Ja, so ist es.«

»Gibt es noch eine Bedingung?«, erkundigte ich mich, ohne zu wissen, dass ich damit einen weiteren Kern getroffen hatte.

Der alte Kapitän nickte. »Diese Bedingung existiert tatsächlich. Du solltest sehr genau hinhören, was ich dir jetzt sage, und auch daran denken, dass du meine Worte für immer behältst.«

»Bitte, ich höre.«

»Wo Licht ist, da gibt es auch Schatten. Wo das Böse ist, da befindet sich auch das Gute. So ist das nun mal im Leben. Du solltest dich aber hüten, Böses zu tun. Wenn du etwas Böses tust, wird der Schutz für dein Schiff nicht mehr gewährleistet sein.«

»Was willst du mir damit sagen?«

Der alte Kapitän schaute mich ernst an. »Du darfst nicht von den Pfaden der Tugend abweichen, das ist alles, mein Freund.«

»Und wenn ich es tue, dann …«

»Wirst du einen furchtbaren Albtraum erleben. Dann weckst du Kräfte, die du nicht mehr kontrollieren kannst. Dann werden die Kräfte des Meeres über die Menschen kommen wie gewaltige Ungeheuer, um sie schließlich zu verschlingen.«

Ich hob die Schultern. »Wenn du das so sagst, werde ich dir glauben.«

»Das musst du auch.«

Ich reichte ihm die Hand. Er zögerte, bevor er einschlug, und schaute mir starr ins Gesicht. Sein Blick fand den meiner Augen. Forschend starrte er mich an.

Ich lächelte, wurde aber ernst, als ich seine Stimme hörte: »Hoffentlich machst du alles gut, mein Freund …«

»Und? Haben Sie alles gut gemacht?«

Cole Wilson hörte meine Frage und schüttelte den Kopf. »Nein, ich habe nicht alles gut gemacht.« Er schien aus einem tiefen Traum zu erwachen. Seine Hände zitterten, als er sie gegeneinander legte und uns anblickte. Müde waren seine Augen geworden, müde und ängstlich. »Kann ich vielleicht einen Schluck Wasser haben?«, bat er.

Ich stand auf und ging zum Waschbecken. Darüber hing ein etwas blind gewordener Spiegel. Ich füllte das Glas bis zur Hälfte und brachte es dem alten Kapitän.

Ja, er war mit seinem Schiff alt geworden, und er hatte sich nicht an die Regeln gehalten, wie er selbst zugab. Cole Wilson trank das Wasser in langsamen Schlucken. Erst als er das Glas geleert und sich geräuspert hatte, blickte er uns wieder an.

Suko erinnerte ihn an sein Vorhaben. »Sie wollten noch berichten, wie es dazu kam, dass Sie plötzlich das Versprechen brachen.«

»Ja, natürlich. ich fasse mich jetzt kürzer. Nachdem ich das Schiff in Besitz genommen hatte, starb der alte Kapitän. Ich hatte ihm noch versprochen, ihm ein würdiges Grab zu geben. Also fuhr ich ihn auf seinem ehemaligen Schiff hinaus und übergab ihn den Wellen. So hatte er es sich von mir gewünscht. Die Mumie hatte ich natürlich mit auf das Schiff genommen, und sie brachte mir tatsächlich Glück. Mein Geschäft florierte. Der Zweite Weltkrieg war vergangen, die Wirtschaft war dabei, sich zu regenerieren, die Menschen brauchten Dinge, um ihr Land aufzubauen. Ich transportierte Waren von einem Land zum anderen. Ich musste eine Mannschaft anheuern und konnte sie auch immer bezahlen. Es sprach sich herum, dass ich immer Leute suchte, daran war kein Mangel in den folgenden Jahren. Aber die Zeiten änderten sich. Tiefs kamen, Wirtschaftskrisen erschütterten auch meinen kleinen Fährbetrieb. Ich schlug mich manchmal mehr schlecht als recht durchs Leben, aber ich wich nie vom rechten Pfad ab. Bis zu dem Zeitpunkt, als es nicht mehr anders ging. Da nahm ich in Marseille eine Fracht an Bord, die zu den verbotenen gehört.«

»Rauschgift?«, fragte ich.

»So ist es.«

»Wer sprach Sie an?«

»Irgendein schmieriger Unterweltler, dessen Namen ich nicht einmal kenne. Der Lohn war gut, mein Gewissen aber nicht, denn ich erinnerte mich an das Versprechen, das ich einmal gegeben hatte. Und mit Übernahme der Fracht hatte ich etwas Unrechtes getan. Es erwischte mich im Kanal. Zuerst ging noch alles glatt, bis wir in einen Orkan gerieten, dem unser Schiff nicht mehr trotzen konnte. Es sank. Meine Mannschaft und ich konnten uns retten, aber ich wusste, dass ich etwas Schreckliches getan hatte. Ich wurde meines Lebens nicht mehr froh und verkroch mich in diesem Heim.«

»Ist das Rauschgift noch an Bord?«, fragte ich.

»Ja.«

»Dann ist alles klar«, meldete sich Suko. »Wahrscheinlich hat Costello mit einem Händler in Marseille zusammengearbeitet. Cole Wilson sollte das Zeug nach London schaffen, das Schiff sank, jetzt will Costello das Zeug haben und kennt natürlich dieses Versprechen und diesen Fluch nicht. Etwas anderes kann ich mir nicht vorstellen.«

Ich stimmte meinem Partner zu.

»Fragt sich nur«, sagte Suko, »was da genau freigeworden ist. War es die Mumie?«

»Bestimmt.«

»Und sie mordet?«

Cole Wilson hob die Schultern. »Ja, sie wird sich schrecklich rächen. So steht es auch in der Legende, und so habe ich es noch in Erinnerung, wie mir der alte Mac berichtete.«

»Wer stünde auf ihrer Liste?«, fragte ich.

»Alle!«, flüsterte Wilson. »Alle, die damit zu tun haben. Auch ich.«

»Sie leben.«

»Noch, Mr. Sinclair.«

»Ich nehme an, dass Sie auch noch weiterleben werden, wenn Sie nicht gerade dort tauchen, wo Ihr Schiff gesunken ist. Dort nämlich hat es einen Taucher erwischt. Er wurde umgebracht, und zwar auf sehr schreckliche Art und Weise. Wir gehen davon aus, dass es sich bei dem Taucher um einen Mann dieses Logan Costello handelt.«

»Der kann ja auf das Rauschgift nicht verzichten«, flüsterte Cole Wilson.

»Das stimmt.«

Der Kapitän sah uns müde an. »Die beiden Männer hätten mich vierteilen können. Ich hätte ihnen nichts sagen können. Für den Rest meines Lebens werde ich büßen müssen. Ich habe Schuld auf mich geladen und kann nur auf meinen Tod warten.«

Lachend winkte ich ab. »So eng, Mr. Wilson, sollten Sie das nicht sehen.«

»Es stimmt aber.«

Der Mann sah uns mit einem Blick an, in dem Wissen lag. Er drehte auch den Kopf. »Ich weiß nicht so recht«, sagte er. »Bisher traf alles ein, was man mir prophezeit hatte. Der alte Mac warnte mich auch vor den Folgen, die für mich tödlich sein werden. Ich rechne damit, dass ich sterben werde. Mich trifft die Rache des alten Schamanen.«

»Dann müsste er herkommen«, sagte Suko.

»Ihm ist nichts unmöglich.«

Ich hatte eine Idee. »Sollen wir Ihnen Schutzhaft gewähren, Mr. Wilson?«

Der alte Seebär blickte mich fast traurig an. »Nein, meine

Herren, ich brauche keine Schutzhaft mehr. Ich kann nur noch hoffen, dass man meiner Seele gnädig sein wird. Und ich sage Ihnen, die nächste Nacht werde ich nicht mehr erleben. Mein Mörder ist bereits unterwegs, das können Sie mir glauben.«

»So schlimm wird es schon nicht sein.«

Er streckte uns seinen rechten Arm entgegen. »Warten Sie es ab. Ich lüge nicht.«

Da er so überzeugend geredet hatte, sprach ich das Thema der Schutzhaft nicht mehr an. Suko nickte mir zu. Ein Zeichen, dass er den Besuch für beendet hielt.

Ich erhob mich. »Sollte uns noch etwas zu diesem Komplex einfallen, Mr. Wilson, werden wir uns an Sie wenden.«

»Wollen Sie dann mit einem Toten sprechen?«

Ich schüttelte den Kopf. »Mr. Wilson, reden Sie sich doch nicht selbst ins Grab.«

»Er ist schon da!«, sagte er.

»Wer?«

»Der Tod!« Wilson hatte das Wort geflüstert, und seine Augen weiteten sich dabei.

»Wie kommen Sie darauf?«, fragte Suko.

»Ich rieche und spüre ihn. Er hat dieses Haus bereits betreten, ich kann es genau merken.«

»Wieso riechen?«

Sein Blick wurde etwas verhangen. »Es ist das Wasser, der Geruch des Wassers, der in meine Nase steigt. Es riecht faulig. Nach altem Tang und auch nach alten Gebeinen, nach dem Meeresgrund, nach Salz und Wind. Das Monster, die Mumie, sie liegt nicht mehr unter Wasser. Sie hat ihren alten Sarg längst verlassen …«

»Also ich rieche nichts«, sagte ich und wandte mich an meinen Freund. »Du etwa, Suko?«

»Nein, auch nicht.«

»Gehen Sie, meine Herren, und lassen Sie mich in Ruhe sterben. Das ist eine letzte Bitte.«

Uns war schon komisch zumute, als wir uns der Tür näherten. Suko zog ein finsteres Gesicht.

Bevor ich die Tür öffnete, warf ich noch einen Blick zurück. Cole

Wilson saß auf dem alten Sofa. Er wirkte sehr traurig, seine Gestalt war in sich zusammengesunken. Den Kopf hatte er vorgebeugt, sein starrer Blick fiel auf die Tischplatte vor ihm. Er beachtete uns nicht mehr. Dieser Mann war innerlich schon tot.

Suko verließ als Erster das Zimmer. Auf dem Gang holte er tief Luft und wartete, bis ich die Tür geschlossen hatte. »Die letzten Worte haben mich doch etwas geschockt, John. Hast du was gerochen?«

»Nein.«

»Dann muss Wilson eine sehr starke Einbildungskraft besitzen.«

»Möglicherweise befindet sich das Monster tatsächlich nicht mehr weit von ihm entfernt.«

»Dann wäre es hier im Haus.«

»Ja.«

»Eine Mumie, die das Wasser verlassen hat? Ich weiß nicht so recht. Wie sollte sie hergekommen sein?«

»Das kann ich dir leider auch nicht erklären.«

Wir nahmen diesmal den Lift. Unten in der Eingangshalle wurden wir von den Seebären bestaunt, und die Verwalterin trat uns entgegen, um sich zu verabschieden. »Haben Sie etwas erreicht?«

»Ja«, sagte Suko. »Weshalb sollten wir nicht?«

»Nun, Mr. Wilson ist etwas komisch. Ich würde sagen, er ist ein verschlossener Mensch.«

»Er hat auch ein schweres Schicksal hinter sich.«

»Da sagen Sie etwas, Mister. Ein Kapitän, der sein Schiff verliert, wird seines Lebens nie mehr froh.«

»Dann hat er hier keine Freunde?«

»Nein, er ist ein Einzelgänger. Sein Essen nimmt er auch stets allein im Zimmer zu sich.«

Ich nickte. »Wenn Sie uns einen Gefallen tun könnten, wären wir Ihnen sehr verbunden.«

»Welchen?«

»Geben Sie ein wenig auf ihn Acht.«

»Wie Sie meinen. Aber …«

Bevor sie weitere Fragen stellen konnte, meldete sich das Telefon. Sie musste gehen.

Auch wir verschwanden.

Es hatte angefangen zu regnen. Die langen Wasserschleier wurden vom Wind getrieben und peitschten schräg gegen uns. Da reichte nicht einmal ein Schirm, um sich vor ihnen zu schützen.

Wir duckten uns und wollten so schnell wie möglich zum Wagen. Ich lief schon vor. Es war Suko, der noch einmal einen Blick an der Fassade des Hauses hochwarf.

»Da, John!«

Ich stoppte, drehte mich und sah meinen Freund geduckt stehen und mit einer Hand schräg die Hauswand hochzeigen.

Er meinte das Fenster, das zum Zimmer des Kapitäns gehörte. Dort löste sich die Scheibe.

Die einzelnen Scherben flogen im hohen Bogen weg und rasten der Tiefe entgegen.

Ihnen folgte noch etwas.

Ein dunkles Bündel, das sich plötzlich auseinander faltete, Arme und Beine hatte und zu einem Menschen wurde.

Es war Cole Wilson!

Wir konnten nichts für ihn tun!

Keiner schafft es, einen Körper aufzufangen, der aus dem dritten Stock fällt. Zudem ging alles blitzschnell und auch lautlos, denn nicht ein Schrei löste sich von den Lippen des Kapitäns.

Er schlug auf.

Ein wirbelndes Bündel, das zwischen uns und der Hausfassade zu Boden schlug. Karge Sträucher schützten ihn vor unseren Blicken.

Ich blieb stehen und warf noch einen langen Blick zum Fenster hoch. Eine Bewegung sah ich dort nicht, dennoch musste ich wieder hoch und den Killer suchen.

Und Cole Wilson hatte mit seiner Prophezeiung genau ins Schwarze getroffen. Der Tod war tatsächlich schon zu ihm unterwegs gewesen, als wir mit ihm gesprochen hatten.

Suko kam zurück. Sein Gesicht zeigte einen verbissenen Ausdruck. »Sorry, John, da ist nichts mehr zu machen. Er ist tot.«

»Das habe ich mir gedacht.«

»Hätten wir es verhindern können?«

»Nein, aber wir können den Mörder jagen.«

Das taten wir auch. Die Leiterin bekam spiegeleiergroße Augen, als sie uns sah. Sie telefonierte noch immer und sah dann zwei Schatten an ihrer Bude vorbeihuschen.

Der Lift stand günstig. Suko und ich zogen schon in der Kabine unsere Silberkugel-Berettas. Es dauerte uns viel zu lange, bis der Lift endlich in der dritten Etage stoppte.

Leer lag der Flur vor uns.

Ich lief vor, während mir Suko die entsprechende Rückendeckung gab. Danach schützte ich ihn, damit er sich an der anderen Seite der Zimmertür aufbauen konnte.

Mit einem Blick und dem folgenden kurzen Nicken verständigten wir uns. Ich griff zur Klinke, öffnete ruckartig die Tür und ließ Suko den Vortritt. Er schnellte geduckt in den Raum, während ich auf der Türschwelle stehen blieb und über ihn hinwegzielte.

In ein leeres Zimmer wies die Berettamündung. Jedenfalls sahen wir keinen Killer.

Suko, der an der Wand hockte, entspannte sich wieder und drückte sich hoch. »Verschwunden«, sagte er. »Der Killer ist einfach verschwunden.«

»Falls er überhaupt anwesend war.«

»Wie meinst du das denn?«

Ich entspannte mich wieder. »Er könnte auch Selbstmord verübt haben.«

»Nicht schlecht, Mr. Holmes«, sagte Suko und ging zum Fenster. Die Scheibenreste hingen wie lange Messerschneiden im Rahmen. Dementsprechend groß war beim Hinausbeugen die Verletzungsgefahr. Suko hatte nach draußen geschaut und drehte sich jetzt wieder um. »Hier scheinen nur Schwerhörige zu leben«, sagte er.

»Wieso?«

»Dass einer der Heiminsassen aus dem Fenster gestürzt ist oder gestürzt wurde, fiel niemandem auf. Zumindest hätte man das Splittern der Scheibe hören müssen.«

»Vergiss nicht, dass diese Leute auch nicht mehr die Jüngsten sind.«

»Sicher.«

Wir suchten nach Spuren. Nichts wies darauf hin, dass Cole Wilson Besuch gehabt haben könnte. Hätte er mit seinem Mörder gekämpft – wer immer es auch gewesen sein mochte – hätte dieser Kampf Spuren hinterlassen müssen.

»Selbstmord oder ein Geist«, sagte Suko. »Suche dir aus, was besser passt.«

»Beides gefällt mir nicht.« Ich sagte nach dieser Antwort: »Wilson hat Recht gehabt, Suko.«

»Inwiefern?«

»Hier riecht es so komisch.«

Suko starrte mich an und sah, dass ich nicht scherzte. Auch er schnüffelte jetzt und nickte nach einer Weile sehr bedächtig. »Eines muss man dir lassen, Alter, du hast wirklich einen guten Geruchssinn. Hier riecht es tatsächlich.«

»Und wonach?«

»Ich würde sagen, nach Meer, Algen, Wasser ...«

»Das aber faulig ist.«

»Genau.« Suko nickte. »Nach Moder.«

Bisher stand die Tür noch offen. Ich ging hin und schloss sie. »Falls du an einen Unsichtbaren denkst, der kann vielleicht auch durch geschlossene Türen gehen.«

Ich deutete auf das Sofa. »Stell du dich mal ans Fenster, Alter.«

»Und dann?«

»Bleibst du stehen.«

Ich wusste nicht, ob meine Methode einen Erfolg zeigen würde, aber ich wollte es einfach probieren. Dieser faulige Geruch war nicht normal. Er deutete darauf hin, dass sich außer Cole Wilson noch jemand im Zimmer befunden haben musste.

Suko schaute mir zu, als ich das Kreuz hervorholte. Sein leichtes Nicken bewies sein Einverständnis.

»Ich gehe davon aus, Suko, dass dieser Besuch, falls er tatsächlich hier gewesen sein sollte, aus der Tiefe des Meeres gekommen ist. Da käme ja eigentlich nur diese Mumie in Frage, die angeblich der treue Begleiter des Schiffes war.«

»Kriegst du sie denn mit deinem Kreuz?«

»Weshalb nicht?«

»Der Kapitän sprach von einem Druiden.«

»Mal sehen.«

Ich ging in die Mitte des Raumes und drückte den Rücken gegen die Wand, in eine Lücke zwischen zwei Bilder, die als Motive gemalte Schiffe zeigten.

Dann sprach ich die Formel. »Terra pestem teneto – Salus hic maneto!«

Einen Moment später hörte ich den Schrei …

Nicht ich hatte geschrien, auch Suko nicht. Ein anderes Wesen, bisher im Unsichtbaren versteckt gewesen, hatte sich auf diese Art und Weise bemerkbar gemacht.

Das Kreuz in meiner rechten Hand strahlte seine Lichtenergien ab, die im Anfang noch silbrig waren, später aber einen grünlichen Farbton annahmen und sich auf einen bestimmten Gegenstand konzentrierten.

Es war die Mumie!

Herausgerissen aus ihrer Unsichtbarkeit, bot sie einen schrecklichen Anblick. Ein grünliches Wesen mit einem hässlichen Schädel, in dem die Krötenaugen wie eingedrückt zu sein schienen. Darunter sah ich einen spitzen Mund, schon mehr ein Maul, und der übrige Körper wirkte eingeschrumpft oder sah aus wie eingepackt.

Kein Anblick für schwache Nerven, und auch ich spürte, dass sich mein Herzschlag verdoppelt hatte. Sie stand da und tat nichts. Ich rechnete damit, dass sie schreien würde oder uns angriff, doch auch das tat sie nicht. Sie wurde von den grünen Strahlen umhüllt – und verschwand vor unseren Augen wie auch die Strahlen.

Wir waren wieder allein …

Suko schüttelte den Kopf und trat langsam näher. »Ich glaube«, sagte er, »das war sie.«

»Und ob.«

»Vom Schiff hierher, das ist eine Leistung.«

»Vergiss nicht, dass sie sich unsichtbar machen kann und die Kraft der Druiden besitzt.«

»Die dem Kreuz widersteht.«

»Auch.«

»Was willst du jetzt tun?«

»Er ist weg«, sagte ich. »Dieser Schamane hat sich zurückgezogen. Für uns gibt es eigentlich nur eine Möglichkeit.«

Suko nickte. »Ich weiß, aufs Wasser.«

»So ähnlich.«

»Und wann?«

»Morgen spätestens.«

Wir wollten den Raum wieder einmal verlassen, als wir dicht vor der Tür Stimmen hörten. Sie wurde heftig aufgestoßen. Die Heimleiterin stand vor uns, blass im Gesicht und weinend.

Hinter ihr drängten sich zahlreiche Heiminsassen. Sie alle sahen traurig und auch wütend aus.

Ich wusste sofort, was passiert war, und fragte die Frau: »Haben Sie ihn gefunden?«

»Ja. Er lag vor dem Haus.«

»Wir wissen es.«

»Sind Sie tatsächlich Polizisten? Ich meine, Sie können mich auch getäuscht haben …«

»Nein, Sie brauchen keine Angst zu haben, Mrs …«

»Miss Oldenroy.«

»Okay, Miss Oldenroy.« Ich schob sie in den Raum. »Sehen Sie sich das zerstörte Fenster an. Dann sagen Sie mir, was wir uns dabei denken sollen.«

Sie sah hin und schüttelte den Kopf. »Wer hat die Scheibe eingeschlagen?«

»Wahrscheinlich er selbst«, sagte Suko.

Ihr Blick wurde starr. »Bedeutet das Selbstmord?«

»So sehen wir es.«

Sie nickte und hob die Schultern. »Er ... er war noch nicht sehr lange bei uns, und ich möchte auch nichts Schlechtes über ihn sagen, aber er konnte sich in die Gemeinschaft nicht einfügen. Kapitän Wilson blieb immer ein Einzelgänger. Er muss schwere Sorgen gehabt haben, dass er sich zu so etwas hat hinreißen lassen.«

»Die hatte er.«

»Wissen Sie davon?«

Ich lächelte. »Ja, nur werde ich darüber nicht reden. Es ist eine dienstliche Sache.«

Miss Oldenroy nickte. »Ich verstehe schon. Tun Sie Ihre Pflicht.«

Suko hatte das Zimmer längst verlassen und die Kollegen angerufen. Auch ein Selbstmord muss untersucht werden. Zudem glaubte ich nicht daran, auch wenn alles darauf hinwies. Da mittlerweile schon sehr viel Zeit vergangen war, würden wir es an diesem Tag nicht schaffen, die Stelle zu erreichen und genauer zu untersuchen, wo die ›Coast Star‹ gesunken war.

Allerdings erlebten wir noch eine Überraschung, als wir abfahren wollten. Suko entdeckte den Wagen, der nicht weit von unserem Rover abgestellt war. Er fiel auch nur auf, weil eine Tür nicht verschlossen war. Sie stand so weit offen, dass der Oberkörper des Fahrers ein Stück heraushing. Als Suko die Tür ganz öffnete, kippte ihm der Mann entgegen.

»John!«

Ich war schon bei ihm.

Kalt rann es mir den Rücken hinab. In meinem Magen bildete sich ein Klumpen. Bevor dieser Mann gestorben war, hatte ihn sein Mörder grausam gequält. Wir sahen die tiefen Wunden und den ungewöhnlich zur Seite gedrehten Kopf, der anzeigte, dass dem Toten das Genick gebrochen worden war.

»Wie bei James Bealer!«, flüsterte ich.

Suko nickte. »Wahrscheinlich war es sogar der gleiche Täter.«

»Die Mumie?«

Er hob die Schultern. »Weißt du eine bessere Theorie?«

»Nein, mein Freund. Ich weiß nur, dass wir sie allmählich vernichten sollten, bevor es noch mehr Tote gibt.«

Dem fügte Suko nichts hinzu. Er fing aber an, den Toten zu untersuchen. Papiere fanden wir nur spärlich. Wir kannten den Knaben. Es war der hutlose Besucher gewesen, der mit seinem Kumpel zusammen Cole Wilson hatte in die Mangel nehmen wollen.

Der Führerschein war nur noch ein Lappen. Mit dem Namen konnten wir nichts anfangen, aber wir waren uns sicher, dass Logan Costello allmählich sauer wurde.

Dieser Fall hatte ihn einen zweiten Mann gekostet. Aber wie ich Logan Costello kannte, würde er die Herausforderung annehmen. Er war ein Mann, der so leicht nicht aufgab.

Wir aber auch nicht!

Eigentlich hätte sich Logan Costello wohl fühlen können. Sein neueröffnetes Café war vom Publikum angenommen worden. Der Laden florierte, aber Costellos graues Gesicht war noch grauer geworden, und dieser Ausdruck sprach bei ihm Bände.

Sein Gefühlsleben stand innerlich auf Sturm. Das wusste auch Parker, der vor ihm saß und aussah wie ein kleiner Sünder. Er hatte Durst, aber er wagte nicht, sich etwas zu bestellen. Hinter ihm standen zwei Männer, die die kleine Nische innerhalb des Cafés zum großen Raum hin abdeckten.

Costello trank Rotwein. Wieder nahm er einen kräftigen Schluck und putzte mit der Zunge einige Tropfen von der Unterlippe weg. Es sah aus, als würde er Blut ablecken.

»Und du konntest nichts machen?«

»Nein, Chef, nichts.«

»Wie sah der Mörder aus?«

»Das … das war ein Ungeheuer. Sie kennen Hammer, Sir. Er ist verdammt kräftig, aber gegen dieses Monster war er machtlos. Es stank nach altem Wasser oder verfaulten Pflanzen, als wäre es direkt aus der Tiefe des Meeres gekommen.«

Costello schaute hoch. »Vielleicht ist es das auch.«

Parker wunderte sich. »Sie glauben mir?«

»Ja.«

»Aber wieso? Vielleicht habe ich mich getäuscht. Ich meine, es ist ja möglich, dass ...«

»Wir haben es hier mit Dingen zu tun, die du nicht überblicken kannst«, erklärte der Mafioso. »Du kannst froh sein, dass es dich nicht erwischt hat, Parker.«

»Ja, das bin ich.«

»Allerdings hasse ich Versager, wie du weißt.«

Parker bekam eine Gänsehaut. Er kannte diesen Spruch und nahm allen Mut zusammen. »Soll ich irgendetwas wieder gutmachen, Sir?«

»Sicher.«

»Und was?«

»Ich gebe dir die Chance, den Tod deines Partners und Freundes zu rächen. Ist das nichts?«

Parker blickte auf und sah in die Eisaugen des Mannes. Sie zeigten auch weiterhin kein Gefühl. Keiner seiner Leute hatte Costello je anders schauen sehen. Costello nickte. »Ja, du hast die Chance.«

»Und wann?«

»Meinetwegen sofort. Melde dich bei Limori. Er wird den Einsatz leiten.«

»Danke, Sir, danke.« Parker wollte aufstehen, doch das Granitgesicht schlug einmal kurz auf den Tisch. »Einen Rat gebe ich dir noch, Parker. Nimm zuvor Tauch-Unterricht.«

Als Parker seinen Chef sprachlos anstarrte, gab dieser den Bodyguards ein Zeichen. Sie schnickten nur mit den Fingern, da war es Parker klar, dass er verschwinden musste.

Er ging und Costello erhielt neuen Wein.

Das war genau der Zeitpunkt, als zwei neue Gäste das Lokal betraten. Die beiden waren Suko und ich ...

Der Typ hätte mich an der Tür fast umgerannt. Erst im letzten Augenblick erkannte ich ihn. Es war der Knabe, der zusammen mit dem hutlosen Cole Wilson gekommen war.

»Halt ihn fest, Suko!«

Mein Freund stand günstiger und schnappte blitzschnell zu. Der Mann drehte sich noch im Griff meines Partners und hörte den Chinesen sagen: »Auch ohne Hut machst du eine miese Figur.«

»Verdammt, lass mich …« Jetzt erkannte er uns, staunte uns an und begann dann zu grinsen. »Ach, die Bullen.«

»Richtig«, sagte ich. »Im Gegensatz zu dir haben wir es nicht so eilig. Lass uns gemeinsam in die Pinte gehen.«

»Ihr werdet euch wundern.«

»Über Costello?«

»Ja.«

Suko schob ihn vor wie eine Puppe. Gegen die Kräfte des Inspektors konnte der Knabe nichts ausrichten. Er wurde von Suko durch das Café geschoben.

Ich erhaschte inzwischen einen Blick auf das Publikum. Es war altersmäßig gemischt. Jedoch sah ich ziemlich viele junge Leute, so knapp über zwanzig, die nicht eben zu den Ärmsten unter der Sonne zählten.

Jede Großstadt hatte ihre »beautiful people«. London bildete da keine Ausnahme. Das waren Männer und Frauen, die nur Geld, schicke Kleidung und Karriere im Kopf hatten.

Sie lehnten in ihren weichen Kaschmiranzügen lässig an der Bar, führten die nichtssagenden Unterhaltungen ebenso lässig und schlürften auch lässig ihre Drinks.

Eines musste man Costello lassen. Der Knabe wusste genau, wo das Geld gemacht wurde.

Mir lief ein Mädchen in den Weg, das ein sehr teures Designer-Strickkleid trug. Der Blick, mit dem sie mich bedachte, sprach schon von einer gewissen Menschenverachtung. Vielleicht gefiel ihr auch meine Winterlederjacke nicht, aber daran störte ich mich nicht.

Zwischen all dem Glitzerkram wieselten Kellner hin und her. Sie wirkten ebenso blasiert wie die Gäste.

Costello hielt sich im hinteren Teil des Cafés auf. Früher fand man ihn des Öfteren in Nachtbars, heute war er etwas seriöser geworden, aber das nur äußerlich.

Er war auch nie allein.

Als man uns entdeckte, standen plötzlich drei Männer auf. Typen mit harten Gesichtern und Schultern wie Kleiderschränken. Ich sah auch Costello. Er hockte an einem runden Tisch, trank Rotwein und telefonierte.

»Jetzt geht es euch dreckig!«, versprach Parker.

Die drei Kleiderschränke versperrten uns den Weg. Sie trugen Waffen, das sah ich, aber sie konnten auch lesen und starrten meinen Ausweis an, den ich ihnen entgegenhielt.

»Wenn ihr unbedingt Ärger mit dem Yard haben wollt, versucht es. Ich glaube nicht, dass euer Chef damit einverstanden sein wird.«

»Moment«, sagte der Mittlere und trat an Costellos Tisch. Der hatte den Hörer aufgelegt, hörte sich die geflüsterte Meldung seines Laufburschen an und starrte zu uns herüber.

Ich grinste ihn an.

Er verzog nicht einmal seine Mundwinkel, aber niemand störte uns, als wir auf seinen Tisch zugingen.

»Hallo, Costello«, sagte ich.

»Sinclair und der Chink.«

»Ja.«

Wir setzten uns. Suko hielt Parker so fest, dass er sich nicht befreien konnte.

Costello schaute mich an. »Schade, ich hätte dich gern tot gesehen, Geisterseher.«

»Das weiß ich. Beim letzten Mal hat es nur nicht geklappt.«

»Wir wiederholen es.«

Ich lächelte ihn an. »Vielleicht schon bald. Schließlich müssen Sie ja die Ladung bergen.«

»Welche Ladung?«

»Das Rauschgift.«

»Und wo soll das liegen?«

»Dicht vor der englischen Küste, im Kanal. Dort ist die ›Coast Star‹ schließlich gesunken.«

»Was Sie nicht sagen.«

»Deshalb kam ich zu Ihnen.«

»Und weshalb lassen Sie Parker nicht los?«

»Er ist Zeuge. Außerdem rannte er so schnell weg, als er uns sah. Als hätte er ein schlechtes Gewissen.«

»Ich gab ihm einen Auftrag.«

»Sollte er wieder jemand besuchen? Vielleicht den Kapitän des gesunkenen Schiffes?«

»Ich weiß nicht, was Sie wollen, Sinclair. Sie können mir nichts. Sie kommen hier in mein Café und belästigen mich. Was also ist los?«

»Ich wollte Sie nur vom Tod eines gewissen Cole Wilson in Kenntnis setzen. Wilson war der Kapitän der ›Coast Star‹.«

»Das weiß ich jetzt. Es tut mir Leid für den Mann.«

»Sollen wir Ihnen das glauben?«, fragte Suko. »Davon abgesehen, der Kapitän kam auf eine ähnlich schlimme Art und Weise ums Leben wie Ihre beiden Leute.«

»Darf ich erfahren, von wem Sie reden?«

»Ja. Bealer und der Begleiter dieses netten Herrn hier, der sich nicht von mir lösen kann.«

»Kennst du die Namen, Parker?«

»Nein, Sir.«

Costello hatte seine Leute gut gedrillt. Die hätten sich eher die Zunge abgebissen, als etwas zuzugeben.

»War noch was, Sinclair?«

»Im Moment nicht. Vielleicht sehen wir uns noch.«

Costello hob sein Glas. »Dann möchte ich Sie aber so steif und starr sehen, wie dieses Gefäß ist.«

Suko erhob sich als Erster. Er schleuderte Parker zur Seite, der von anderen Typen aufgefangen wurde, damit er nicht zu Boden fiel. Ich stand auch auf.

Unbehelligt verließen wir das Café.

»Costello ist am Ball«, sagte ich vor dem Laden. »Ich rechne schwer damit, dass wir ihn an der Unglücksstelle treffen.«

»Gemeinsames Tauchen also?«

Durch die gespitzten Lippen blies ich den Atem aus. »Davon bin ich nicht überzeugt.«

»Aber wie willst du anders an das Rauschgift und diese Mumie herankommen?«

»Vielleicht sollten wir mal die Navy fragen.«

Suko hatte begriffen. »Ein U-Boot?«

»Wäre zumindest nicht schlecht.«

Er schlug mir auf die Schulter. »Ganz im Gegenteil. Wenn es kein Phantom-U-Boot ist, bin ich sogar sehr dafür.«

»Dann wollen wir mal unserem lieben Sir James ein Feuer unter dem Hintern machen.«

Der Superintendent hörte sich unseren Wunsch wenig später an, während er in den grauen Himmel starrte, der über London lag. »Muss es unbedingt ein U-Boot sein?«

»Es reicht schon, wenn man uns in die Nähe bringt. Alles andere wird sich ergeben.«

»Sie wollen es als Startrampe benutzen?«

»So ungefähr.«

Sir James lächelte. »Das wird sich, so glaube ich, einrichten lassen …«

»Wir danken Ihnen, Sir«, sprach Suko auch in meinem Namen mit …

Costello war ein Mann, der eigentlich alles hatte. Was er nicht besaß, das konnte er besorgen. So verhielt es sich auch mit dem hochseetüchtigen Schnellboot, dessen Auslaufen er persönlich beobachtet hatte, bevor er sich zufrieden zurückzog.

Geführt wurde dieses Boot von einem Mann namens Limori. Er war kein Seemann oder Kapitän, dafür ein Typ, der Nerven aus Stahl besaß, als perfekter Kämpfer galt, gut organisieren konnte und als Söldner schon in zahlreichen Teilen der Welt seine blutigen Spuren hinterlassen hatte.

Trotz seiner 50 Jahre nahm Limori es mit den Jüngeren leicht auf. Er zeigte ihnen oft genug, wo ihre Grenzen lagen.

An Bord trug er seine Lieblingskleidung. Er nannte es Kampfanzug. Hose und Jacke bestanden aus schwarz eingefärbtem Stoff. An seinem Gurt klemmten ein Kampfmesser, eine kurzläufige MPi und ein Schnellschussrevolver, dessen Kaliber Elefanten auseinander reißen konnte, wenn richtig getroffen wurde.

Die Besatzung bestand aus zehn Leuten. Fünf davon waren

ausgebildete Taucher. Es verstand sich von selbst, dass alle in Diensten des Mafioso standen.

Sie waren nicht direkt von Dover gestartet. Etwas südlich davon aus einer schmalen Bucht. Und ihr Kurs führte auch in Richtung Südosten in das graue Wasser des Kanals hinein.

Limori war mit dem bisherigen Ablauf zufrieden. Er verlangte nicht viel. Nur unbedingten Gehorsam. Wer nicht spurte, den machte er eiskalt nieder.

Die meisten Männer kannten Limori nur vom Hörensagen. Er gehörte zu den Leuten, die Costello meist in Reserve hielt und nur für bestimmte Aufgaben aktivierte.

Nur der Chef persönlich wusste, wie viele dieser Männer der Truppe angehörten. In seinem unmittelbaren Dunstkreis sprach man nur flüsternd davon. Die Zahl war kaum zu schätzen. Die einen sagten zehn, die anderen näherten sich mehr der Zahl hundert.

Limori gehörte zu den Perfektionisten. Nichts überließ er dem Zufall. Er kontrollierte lieber dreimal, ob seine Anordnungen auch befolgt wurden, das hatte er bei den Söldnern gelernt, bei denen es ohne Disziplin einfach nicht ging.

Die Küste war noch in Sicht, als sich Limori unter Deck begab, wo die Taucher warteten. Er hatte ihnen aufgetragen, die Ausrüstung noch einmal zu checken und genau zu kontrollieren, doch als er den Raum betrat, hockten sie in ihren Kojen, spielten Karten, und einer von ihnen saugte an einer Zigarette.

Limori ging immer leise, egal, wohin er sich begab. Auch jetzt hatte er da keine Ausnahme gemacht, deshalb hatten ihn die Taucher nicht bemerkt. Sie wurden erst aufmerksam, als sich der Mann räusperte.

Als sie hochschauten, wurde so manches Gesicht bleich. Sie kannten Limoris Härte. Zudem hatte er Rauchverbot erteilt. Wer sich da erwischen ließ, dem ging es meist schlecht.

Der Raucher drückte seinen Glimmstängel hastig aus, aber Limoris Falkenaugen hatten längst gesehen, was anlag. Noch sagte er nichts, wartete mit vor der Brust verschränkten Armen und schaute die Taucher kalt an.

»Alles okay?«, fragte er.

»Sicher.«

Er ging durch den Raum, kontrollierte die Pressluftflaschen, die Thermoanzüge aus Neopren und sah auch die Waffen durch. Kampfmesser, Harpunen und Sprengstoff, der auch unter Wasser zu zünden war.

Vor dem Raucher blieb er stehen. Bevor sich dieser versah, presste ihm Limori die Stiefelsohle gegen die Brust und kippte ihn nach hinten. Der Mann fiel und röchelte, denn er spürte einen Moment später den Druck nach oben wandern. An seinem Hals konzentrierte er sich, sodass der Fuß ihm die Luft absperrte.

»Hat dir der Glimmstängel geschmeckt?«, fragte Limori.

»Nein, ich …«

»Ob er dir geschmeckt hat?«

»Nein!« Der Taucher war rot angelaufen.

»Dann würg ihn aus!«

Es war eine Quälerei, die Limori mit dem Taucher veranstaltete. Niemand half dem Mann. Sie alle wussten, dass er gegen ein Verbot verstoßen hatte. Als es vorbei war, lag der Taucher keuchend und völlig entnervt am Boden.

Limori nickte den anderen Männern zu. »Bringt ihn wieder auf die Beine. Wir brauchen ihn noch.«

»Ja.«

Bevor er den Raum verließ, huschte ein Grinsen über sein Gesicht. »Und keinen Unsinn, meine Freunde, sonst hagelt es einiges, das euch nicht gefallen wird. Manchen Toten geht es besser als meinen Feinden.«

»Okay, Limori, wir halten uns daran.«

Der Anführer ging. Auf Deck richtete er sein Gesicht gegen den Wind, bevor er sich auf den Weg zum Ruderstand begab, der fast einer kleinen Brücke glich.

Ladd war ein Kumpel von Limori. Er konnte alles lenken, was sich auf dem Wasser bewegte, auch dieses Boot bereitete ihm keine Schwierigkeiten. Wie immer trug er seine flache Mütze und den Rollkragenpullover, unter dessen Wolle sich die Muskelpakete abzeichneten.

»Wie ist die See?«, fragte Limori.

»Günstig für diese Jahreszeit.«

»Und zum Tauchen?«

»Die See geht ein wenig hoch. Sie ist unruhig. In der Tiefe wird davon nichts zu merken sein.«

»Wann erreichen wir das Ziel?«

Ladd wandte Limori sein Gesicht zu. Die linke Hälfte war durch Narben entstellt. Ladd war einem Säure-Attentat nur mit Glück entgangen. Das Zeug hatte seine Augen treffen sollen, war dann nur gegen das Gesicht geklatscht. »Das ist schwer zu sagen. Ich würde meinen, dass wir noch dreißig Minuten unterwegs sind. Können auch einige mehr werden.«

»Das ist gut.«

»Sicher.«

Limori schlug Ladd auf die Schulter. »Ganz ehrlich, wie siehst du den Einsatz?«

Ladd lachte. »Was möchtest du hören?«

»Hast du nicht ein komisches Gefühl dabei?«

»Sollte ich das?«

Limori blickte durch die Scheibe auf das graue Wasser, das gegen das Boot anrollte. »Du hast dich oft auf deine Vorahnungen verlassen, Ladd, spürst du hier etwas?«

»Sollte ich das?«

»Ja, weil ich auch ein so komisches Gefühl habe, verstehst du? Ein verdammt komisches.«

»Du rechnest mit Schwierigkeiten?«

»Und wie!«

»Wer sollte uns im Weg stehen? Und wer wäre so stark, dass wir ihn nicht aus dem Weg schaffen könnten?«

Limori strich über seine Wangen. »Ich rechne mit menschlichen Feinden. Dabei denke ich an Bullen, aber ich rechne auch mit Dingen, die man nicht erklären kann.«

Ladd verzog die breiten Lippen. »Kannst du dich trotzdem nicht konkreter ausdrücken?«

»Es hängt mit dem versunkenen Schiff zusammen. Dieser Kahn wird von einem Geheimnis umgeben.«

»Na und?«

»Manches Geheimnis ist tödlich!«

Ladd begann zu lachen. »Ich verstehe dich nicht, Partner. Aus deinen Worten spricht so etwas wie Furcht. Limori, das kenne ich überhaupt nicht bei dir.«

Der Söldner zögerte mit der Antwort. »Furcht ist es nicht direkt. Irgendwie kommt mir dieser Einsatz nur anders vor als die, die wir sonst fahren. Es hat schon Tote gegeben.«

»Wo?«

»Im Wrack. Man sagte es mir. Wir müssen Acht geben. Man spricht von einem geheimnisvollen Killer, der unter Wasser sein Unwesen treibt.«

»So ein Harpunentyp?«

»Weiß ich nicht. Es gibt keine näheren Angaben über ihn.«

Ladd lachte. »Hat es schon je einen Typen gegeben, mit dem wir nicht fertig geworden sind?«

»Eigentlich nicht.«

»Da hast du's.«

Limori lachte ebenfalls und schlug dem Steuermann auf die Schulter. »Okay, mach deinen Job. Ich gehe an Deck.«

Dort fand er die anderen Söldner. Auch Parker war da. Er trug keinen Hut, der Wind hätte ihm die Kopfbedeckung sicherlich vom Schädel geweht. Der Mafioso machte einen unglücklichen Eindruck. Auf den Schiffsplanken fühlte er sich überhaupt nicht wohl, und Wasser mochte er auch nicht. Zudem hatte er sich schon einmal übergeben, auch jetzt sah er wieder ziemlich grün im Gesicht aus.

Limori blieb vor ihm stehen. »Du bist es nicht gewohnt, über Wasser zu reisen.«

»Nein.«

»Du musst dich aber zusammenreißen.«

»Ich versuche es.«

»Weißt du eigentlich mehr?«, fragte Limori.

Parker presste seine Hand gegen die Lippen, weil es ihm wieder hochkam. »Wie meinst du?«

»Über unseren Auftrag.«

»Eigentlich nicht. Aber da liegt der Stoff, den wir bergen sollen. Das ist alles.«

»Hört sich einfach an.«

»Klar, für einen Fachmann.«

»Das bin ich ja«, sagte Limori. »Und trotzdem hat es Ärger gegeben. Tote, nicht wahr?«

Parker nickte.

»Warum?«

»Ich habe keine Ahnung. Da unten scheint einiges nicht in Ordnung zu sein. Man spricht von einem Seeungeheuer oder ähnlichem. Ein Seemonster, das auf Menschen lauert.«

Limori grinste. »Also auch auf uns.«

»Klar. Aber ihr seid doch ausgerüstet. Ihr sollt das killen, was immer dort lauert.«

»Was könnte es denn sein?«

»Ich habe keine Ahnung«, sagte Parker und wandte sich ab. Er lief schnell, da er sich wieder übergeben musste.

Limori hob die Schultern und gesellte sich zu seinen Männern, die an Deck saßen und vor sich hinstarrten.

»Brauchen wir wirklich nicht zu tauchen?«, wurde er gefragt.

»Nein.«

»Was sollen wir dann hier?«

»Rückendeckung geben.«

»Gegen wen?«

»Keine Ahnung.«

Etwas schlug plötzlich gegen das Schiff. An der Backbordseite hatte der Kahn diesen Schlag erhalten, und der Schall pflanzte sich durch den Rumpf fort.

Sofort war Limori noch wacher als sonst. Er ging ins Ruderhaus, um von Ladd eine Erklärung zu bekommen, doch der Mann wusste auch nicht, was geschehen war.

»Ich habe es gehört und gespürt.«

»Können wir irgendwo aufgelaufen sein?«

»Nein.« Ladd schüttelte den Kopf. »Es gibt hier keine Felsen. Das Meer ist tief.«

»Was war es dann?«

»Sieh mal nach, Limori. Vielleicht findest du große Treibholzstücke auf den Wellen.«

»Und daran glaubst du?«

»Das ist wahrscheinlicher als Felsen dicht unter der Wasserfläche. Du kannst dich darauf verlassen.«

»Wir werden sehen.« Limori verließ das Ruderhaus. Er scheuchte seine Leute hoch, die ebenfalls Ausschau nach Treibholz halten sollten. Sie entdeckten nichts.

»Dann war es eben eine besonders starke Welle«, sagte der Söldner und ballte seine Hände zu Fäusten.

Die Männer schauten ihn an, als würden sie daran nicht glauben. Auch Limori persönlich wusste, dass er mit seiner Meinung unter Umständen falsch liegen konnte.

Er suchte Parker. Noch immer traute er dem Burschen nicht. Der wusste bestimmt mehr.

»Parker, verdammt! Wo steckst du?«

Die Stimme hallte über das Deck, doch der Gerufene gab keine Antwort. Limori lief zum Heck – und blieb wie angewurzelt stehen, denn er sah Parker plötzlich.

Nur stand er nicht mehr normal an Deck. Er hing über der Reling. Und sein Kopf befand sich im Klammergriff gnadenloser Skelettklauen …

Wir hatten »unser« U-Boot bekommen!

Es war für Sir James recht leicht gewesen, eine Erlaubnis für uns zu erhalten. Wir hatten das Boot auf dem Wasser bestiegen und befanden uns nun auf der Fahrt zu unserem Ziel.

In der Kapitänsbude hockten Suko und ich zusammen, schon umgezogen. Die Taucheranzüge, von innen gut isoliert, lagen um unsere Körper wie eine zweite Haut.

Der Kapitän hieß Brody. Er kam zu uns und brachte heißen Tee mit. »Trinken Sie den. Wir haben ihn mit einigen Präparaten gewürzt.«

»Aufputschmittel?«, fragte Suko.

»Wenn Sie Traubenzucker und Vitamine als Aufputschmittel bezeichnen, muss ich Ihnen Recht geben.«

»Nein, nein, das nicht.«

Wir tranken den Tee, der ein wenig nach Zitrone und Apfelsine schmeckte, in kleinen Schlucken. Brody schaute uns dabei zu. Er gehörte zu der jüngeren Generation von Offizieren und schüttelte den Kopf.

»Was haben Sie?«, fragte ich.

»Tut mir Leid, aber ich begreife nicht, was Sie auf diesem alten Wrack wollen.«

»Etwas suchen.«

»Das dachte ich mir. Und was?«

»Sie können schweigen?«

»Natürlich.«

»Es geht um Rauschgift. Heroin wahrscheinlich. Um dieses Zeug vor anderen Leuten in die Finger zu bekommen, nehmen wir die Mühe auf uns. Und es lohnt sich, kann ich Ihnen sagen.«

Der Kapitän nickte. »Das meine ich auch. Sie haben zudem noch Glück, denn die Stelle, wo Sie tauchen werden, liegt nicht so tief, als dass wir sie in einen Druckanzug stecken müssten.«

Suko grinste. »So etwas wäre in der Tat fatal gewesen.«

Ich blickte auf meine wasserdichte Uhr. »Wie lange sind wir noch unterwegs?«

»Es kann sich höchstens noch um eine halbe Stunde handeln.«

»Sollten wir nicht in die Druckkammer gehen?«

»Die Gleiter stehen längst bereit, Mr. Sinclair. Der Rest ist eine Sache von Minuten.«

»Gut.«

Wir tranken den Tee und schwiegen. Auch der Commander sagte nichts. Er besaß ein Gespür dafür, dass wir Ruhe brauchten, um uns auf unseren Einsatz zu konzentrieren.

Jeder hing seinen Gedanken nach. Ich wusste nicht, was uns erwartete. Es konnte die Hölle sein. Schon einmal hatten wir einen Vorgeschmack dessen bekommen.

Wer da unten in der Tiefe lauerte und ob es tatsächlich die Mumie des Schamanen war, das würde sich noch herausstellen.

Wir verließen uns auf die normalen Waffen. Allerdings hatten wir auf die Berettas verzichtet, dafür sollten wir Harpunen bekommen und auch breitklingige Tauchermesser.

Als Brody sich erhob, standen auch wir auf. Er nickte uns zu. »Dann wollen wir mal.«

Wir mussten in die Druckkammer, wo die letzten Vorbereitungen getroffen wurden. Da wurden uns die Pressluftflaschen angelegt, und wir sahen auch die Gleiter.

Die Geräte wurden von Elektromotoren angetrieben und hatten an den Hecks sogar einen Schiffspropeller. Als ich ihn betrachtete, kam ich mir vor wie der gute James Bond, der sich in seinen Filmen so manches Mal auf diese Gleiter verlassen hatte.

Das Boot machte keine Fahrt mehr. Wenn wir die Druckschleuse verlassen hatten, mussten wir uns auf die Kompasse an unseren Handgelenken verlassen.

Lampen gab man uns auch mit. Die Anordnungen wurden nur im Flüsterton weitergegeben. Jedes zu laut gesprochene Wort hallte nach.

Ich wollte noch wissen, wie die See aussah.

»Relativ ruhig an der Oberfläche«, erwiderte Brody. »Sie kommt mir schon vor wie die Ruhe vor dem Sturm. Fertig?«, fragte er dann.

»Ja.«

»Dann viel Glück.«

Wir schoben die Mundstücke zwischen die Lippen, atmeten einige Male durch und traten auf die offene Luke zu. Die Gleiter passten hindurch. Das Wasser in der Luke sah schwarz aus.

Suko verschwand zuerst darin.

Ich folgte ihm, spürte den Sog, der mich packte, als sich vor mir eine Klappe öffnete, durch die wir in das freie Wasser stoßen konnten. Mit dem Commander war alles abgesprochen. Er wusste auch, wann er uns wieder aufnehmen sollte.

Außerdem besaßen wir jeder ein Funkgerät, mit dem wir Kontakt aufnehmen konnten.

Sekunden später hatte uns die schweigende Welt der Tiefsee verschluckt. Ich hielt mit beiden Händen die Griffe des Gleiters fest und hatte das Gefühl, ihn zu schieben und nicht, wie es tatsächlich war, von ihm gezogen zu werden.

Sehr schnell verschwamm der Umriss des U-Boots. Für uns gab es nur noch ein Voran, aber kein Zurück …

Limori glaubte an einen Traum. Sogar an einen Albtraum. Was er da mit eigenen Augen sah, konnte einfach nicht wahr sein.

Aus dem Wasser und trotz des fahrenden Schiffes war eine Gestalt aufgetaucht, wie es sie nicht geben durfte, weil solche Art von Monstern normalerweise nur die Seeleute erfanden, wenn sie ihre Geschichten erzählten.

Aus dem Wasser war ein Skelett erschienen. Gelbgrün, bedeckt mit Algen und Tang, aber mit gewaltigen Klauen versehen, die tiefe Wunden in Parkers Kleidung und auch in die Haut gerissen hatten.

Das Untier wollte killen!

Und Parker hatte keine Chance mehr. Limori sah, wie das Skelett ihm das Genick brach.

Dann schleuderte es den Toten auf das Deck und starrte den Söldner an, dessen Finger bereits die beiden großkalibrigen Revolver umklammerten und hervorrissen.

Er schoss.

Die Kugeln hämmerten gegen die Knochen oder klatschten in die widerliche Algenmasse, aber sie richteten keinen Schaden an. Im Gegenteil, das Monster begann zu leuchten. Der Schein war urplötzlich da und umflorte den Körper, der sich von einer Sekunde zur anderen auflöste.

Limori schrie einen Fluch.

In das Echo seines Wortes hinein hörte er die schnellen Schritte seiner Männer, die von den Schüssen aufgeschreckt worden waren, auf ihn zurannten und fragten, was es gegeben hatte.

»Da, Parker!«

»Tot?«

»Ja.« Limori ging hin und kniete sich neben ihn. Er schüttelte den Kopf, als er den zerschundenen Körper sah. Parkers Blick zeigte noch die Überraschung, die er während des plötzlichen Überfalls empfunden hatte.

Die anderen Männer umstanden ihren Boss und schauten ihn fragend an, als dieser den Blick hob. »Ihr wollt wissen, wie es passiert ist, wie?«

Die Männer nickten nur.

»Ich weiß es auch nicht.«

»Aber du hast geschossen.«

»Klar!«, schrie Limori. »Ich habe auf ein gewaltiges Skelett geschossen, das aus dem Wasser kam und Parker packte. Aber dann löste es sich auf. Es begann grün zu flimmern und war verschwunden. Wollt ihr noch mehr wissen, ihr Affen?«

Die Männer schwiegen betreten. Keiner wollte es recht glauben. Es war auch niemand da, der widersprach, zu tief steckte die Angst vor Limori in ihnen. Sie kannten seinen Jähzorn, der aufbrandete wie ein plötzlicher Orkan.

Limori stand auf. Er zeigte auf jeden einzelnen der Leute. »Ab jetzt herrscht Alarmstufe eins. Ich will, dass sich Wachen an Deck befinden, dass das Wasser beobachtet wird und so weiter. Bei der geringsten verdächtigen Bewegung sagt mir Bescheid.«

»Und was ist mit den Tauchern?«, fragte jemand.

»Was soll damit sein? Sie werden ihrer Arbeit nachgehen wie vorgesehen. Dafür werden sie bezahlt.«

»Trotz des Monsters?«

»Ja, trotz des Monsters. Ich lasse mich hier nicht vertreiben. Das hat noch niemand geschafft. Hört ihr, noch niemand!«

»Schon gut, Chef!«

Limori war nervös. In den letzten Minuten hatte sein Weltbild einen gewaltigen Sprung bekommen. Er war stets der Meinung gewesen, dass alles rational erklärbar war und ihn nichts erschüttern konnte. Das stellte sich nun als Irrtum heraus.

Er ging zu Ladd. Der Kumpel aus alten Zeiten hatte sich nicht aus dem Ruderhaus gelöst. »Die Schüsse«, sagte er, »ich will nicht fragen, was sie bedeuteten, aber …«

»Wir haben Besuch bekommen. Und es hat Parker erwischt.«

»Tot?«

»Ja. Es kam aus dem Meer. Ein gewaltiges Monster, kein Seeungeheuer, ein Skelett.«

Ladd verzog die Lippen.

»Sag jetzt nichts!«, flüsterte Limori. »Glaub mir nur. Es killte Parker, riss ihn auf, brach ihm das Genick. So einfach kann man sterben, wenn man nicht Acht gibt.«

»Und was ist mit dir?«

»Ich weiß es nicht. Ich weiß nicht, was ich tue, wenn ich angegriffen werde. Das Scheusal ist kugelfest. Die anderen wissen es nicht. Ich sage es nur dir.«

Ladd nickte. »Das ist hart.«

»Wann sind wir am Ziel?« Limori wechselte das Thema.

»In diesen Augenblicken.«

»Okay, stell die Maschinen ab. Ich gehe zu den Tauchern und sage ihnen Bescheid.«

Limori verschwand. Von den Männern unter Deck wurde er bereits erwartet. Sie blickten ihn scharf an. »Es ist geschossen worden«, stellte einer von ihnen fest.

»Ja.« Mehr wollte Limori zu diesem Thema nicht sagen.

Aber der Frager war neugierig. »Was war der Grund?«

Der Chef starrte den Taucher an. »Ich musste ein Exempel statuieren. Jemand tanzte aus der Reihe. Ihr wisst, wie es ist, wenn man mir nicht gehorcht. Da fliegen eben die Kugeln.«

»Er ist tot?«

»Genau. Man hat mir nicht gehorcht. Pech für den Knaben, aber ich bin eben besser.« Er hielt den Männern die Tür auf. »Geht an Deck. Euer Job beginnt, wir haben das Ziel erreicht.« Von dem Skelett hatte er aus guten Gründen nichts erzählt. Limori wollte die Männer nicht nervös machen. Spezialisten sind sensibel, und Taucher gehören nun mal zu diesen hochsensibilisierten Leuten.

Der Frager ging als Letzter. Er blieb vor Limori stehen und schüttelte den Kopf. »Ich glaube dir nicht, Chef. Nein, ich glaube dir nicht. Die Schüsse hatten bestimmt einen anderen Grund.«

»Und welchen?«

»Ich werde es noch herausbekommen.« Der Mann ging zu den anderen Tauchern an Deck. Er stellte sich dort auf, schaute über das Schiff, konnte aber nichts Außergewöhnliches erkennen. Es gab einfach keine Spuren, und die Männer, die vielleicht mehr hätten wissen müssen, schwiegen.

Ladd hatte die Motoren nicht ganz abgestellt. Sie liefen in einer Stärke, die der Strömung trotzte und dafür sorgte, dass der Kahn praktisch auf der Stelle liegen blieb.

Limori gab seine Anweisungen. Die Taucher hörten zu. Sie bekamen noch einmal die Lage des versunkenen Schiffes mitgeteilt und wurden auch über ihren genauen Job informiert. Es ging einzig und allein darum, das Rauschgift zu bergen. Nichts anderes hatte die Männer zu interessieren.

»Noch Fragen?«, erkundigte sich Limori.

Der Sprecher hatte noch eine. »Welche Gefahren können uns dort unten erwarten?«

»Keine!«, log Limori.

»Tatsächlich?«

»Wenn ich es sage, dann stimmt dies auch. Merkt euch das. Haie gibt es hier nicht, und die Konkurrenz hat von dem Zeug auch noch nichts spitzgekriegt.«

»Okay, wir verlassen uns auf dich!«

»Das könnt ihr.«

Die anderen Männer sagten nichts. Limori war der Boss, und er hatte zu bestimmen. Die fünf Taucher steckten ihre Mundstücke zwischen die Lippen. Schweigend schauten die anderen Männer zu. Wohl jeder dachte an das gewaltige Monster, und keiner von ihnen wollte in der Haut dieser fünf Männer stecken. In Limoris Gesicht bewegte sich nichts. Er sah zu, wie die Taucher der Reihe nach ins kalte Nordseewasser sprangen. Die langen, grauen Wellen des Kanals schluckten die Männer wie große Mäuler.

An der Reling blieb Limori stehen. Über ihm wirbelten dunkle Wolken am Himmel. Sie sahen regen- oder graupelschwer aus. Der Wind hatte aufgefrischt. Böig und unangenehm kühl blies er über Deck.

Ladd hatte das Ruderhaus verlassen und ging auf Limori zu. »Kannst du ungefähr sagen, wie lange die Männer unten bleiben werden?«

»Kommt darauf an, wie schnell sie das Zeug gefunden haben.«

»Und wo liegt es?«

»Ich weiß es nicht.«

Ladd runzelte die Stirn. »Du hast also keinen Lageplan gefunden?«

»Nein.«

»Und das Monster?«, fragte Ladd.

Limori hielt sein Gesicht in den Wind. »Ich habe ihnen nichts davon erzählt.«

»War das gut?«

Limori hob die Schultern. »Sie sollen unbelastet tauchen. Außerdem gehen wir ebenfalls ein Risiko ein.«

»Das stimmt.«

»Sieh dich um«, sagte Limori. »Ich habe die Wachen aufgestellt. Es herrscht Alarmstufe eins. Sobald dieses Skelett noch einmal auftaucht, werden wir schießen. Diesmal sind wir vorbereitet, darauf kannst du dich verlassen.«

»Dann willst du nicht fliehen?«

»Auf keinen Fall.«

Ladd warf noch einen Blick über den grauen Wellenteppich. »Du bist der Chef«, sagte er, nickte und nahm wieder seinen Platz hinter dem Ruder ein. Für die anderen Männer begann das Warten. Keiner sprach darüber, aber jedem stand die Furcht ins Gesicht geschrieben …

Die Anwesenheit des Monsters drückte auf ihr Gemüt …

Die Unterwassergleiter waren hervorragend. Wir brauchten uns nicht anzustrengen, nur zu lenken. Die Motoren waren stark genug, um uns durch die schweigende Unterwasserwelt zu schieben.

Sie bot kein prächtiges Bild wie in den Tropen. Grau und grün präsentierte sie sich. Fische tummelten sich im nassen Element. Ihre Körper blinkten manchmal auf, wenn sie die Strahlen unserer Unterwasserlampen durchschwammen.

Wir glitten nebeneinander dahin. Der Abstand zwischen uns betrug ungefähr zwei Yards. Manchmal drehte Suko den

Kopf, schaute mich an, nickte mir zu, und ich nickte zurück. Die Zeichensprache klappte, auch wenn wir keine Tauchprofis waren.

Wann wir genau unser Ziel erreichen würden, konnte keiner von uns sagen. Jedenfalls waren wir nicht vom Kurs abgewichen. Zudem waren wir in eine günstige Strömung geraten, die uns noch zusätzlich unterstützte und uns vorschob.

Ein versunkenes Schiff, Rauschgift und eine Mumie! Diese drei Dinge waren interessant. Irgendwie gehörten sie auch zusammen, nur wusste keiner von uns, wie die Verbindung genau war. Ich hatte mir auch den Besuch bei Cole Wilson noch einmal durch den Kopf gehen lassen. Das Monster war urplötzlich erschienen, quasi aus dem Nichts, aber es war auch zuvor schon anwesend gewesen, jedoch unsichtbar.

Genau dieser Punkt bereitete mir Sorgen. Es konnte durchaus sein, dass wir es auch hier mit einem Unsichtbaren zu tun hatten und dass er uns unter Kontrolle hatte.

Auch jetzt …

Aber die See schwieg. Die Strömung schob uns weiter, wir sahen die Fische mit ihren schlanken Leibern und den großen Glotzaugen. Noch hatten wir den Grund nicht erreicht und glitten in einem schrägen Winkel dem Meeresboden entgegen.

Je tiefer wir kamen, um so finsterer wurde es. Die Dunkelheit des Meeres hüllte uns ein. Es war gut, dass wir unsere Lampen eingeschaltet hatten. Sie waren sehr stark.

Wenig später sahen wir zum ersten Mal den Grund. Der Boden war nicht glatt. Eine hügelige, graue Schattenlandschaft öffnete sich unter uns, bedeckt mit Steinen oder Felsen, durchzogen von kleinen Tälern und Hügeln.

Nur das Wrack sahen wir nicht.

Suko schwamm näher an mich heran. Er löste eine Hand vom Gleiter und deutete mit dem Daumen in die Tiefe.

Ich war einverstanden, auf den Grund zu tauchen. Suko machte den Anfang.

Es sah aus meiner Perspektive so aus, als wollte er den Gleiter in den schlammigen Grund rammen, doch Suko tippte ihn im letzten Augenblick an, sodass er dicht über dem Boden dahingleiten konnte.

Ich schwamm über ihm. Aus verschiedenen Höhen durchschnitten die Lampenstrahlen die Dunkelheit des Wassers. Nach meinen Berechnungen konnte es nicht mehr lange dauern, bis wir das Ziel erreicht hatten.

Dann sahen wir den Schatten.

Er war groß, wuchtig, kompakt, und er gehörte zu keinem Felsen, der auf dem Grund lag. Dieser Schatten war ein künstlicher Gegenstand, der nicht auf den Meeresgrund gehörte.

Es war das Schiff!

Auch Suko hatte es gesehen. Er schwamm unter mir schneller und winkte mir gleichzeitig zu.

Auch ich beschleunigte die Geschwindigkeit. Manchmal kam ich mir vor, als würde ich in gläserne Wolken hineintauchen. Das Schiff war jetzt deutlicher zu erkennen. Beim Sinkvorgang hatte es sich zur Seite geneigt und war gekippt. Ob es mit dem Heck oder mit dem Bug zuerst den Grund berührt hatte, war nicht zu erkennen gewesen, jedenfalls hatte es sich zur Seite geneigt und war so liegen geblieben.

Suko ließ sich wieder in die Höhe treiben, damit er mich erreichte. Ich merkte ihm die Freude an, das Wrack endlich gefunden zu haben, und ließ ihn vorschwimmen.

Wenn wir das Schiff durchsuchten, waren die Gleiter hinderlich. Aus diesem Grunde mussten wir sie irgendwo befestigen. Nebeneinander schwebten wir über das Deck, sahen unter uns die Aufbauten, die Brücke, die Masten und auch die große Fläche mittschiffs, unter der die Laderäume lagen.

Eine Luke stand offen. Sie bildete ein schwarzes Rechteck und wirkte unheimlich.

Suko deutete genau in die Richtung, ich aber hatte etwas anderes vor und schwamm auf einen Mast zu. Er lag so günstig, dass wir die Gleiter dort befestigen konnten. Beide besaßen für diese Dinge eine Spezialkette mit entsprechenden Schlössern. Sie bestanden aus zwei Metallringen, ähnlich wie eine Handschelle. Die dazugehörigen Schlüssel trugen wir an unseren Uhrarmbändern.

Die Sache war schnell erledigt. Danach überprüften wir noch unsere Waffen.

Es war alles okay. Auch die Harpunen, die wichtigsten Dinge, befanden sich in einem einwandfreien Zustand. Suko hatte noch seine Dämonenpeitsche mitgenommen. Ich verließ mich mehr auf mein Kreuz und natürlich auf den Silberdolch.

Schräg unter uns befand sich die offene Ladeklappe. Sie war ideal für neugierige Fische. Suko und ich sahen die Körper hinein- und auch herausschwimmen.

Diesmal glitt ich vor. Im schrägen Winkel tauchte ich der offenen Ladeluke entgegen. Ich wusste nicht, wie das Schiff in seinem Innern aussah, und rechnete mit einem großen Raum, doch ich sah mich getäuscht. Der Lampenstrahl zeigte mir, dass die Räume im Bauch des Schiffs durch Schotts in Größe und Form verändert werden konnten. Man konnte ihnen verschiedene Größen geben.

Suko folgte mir. Ich erwartete ihn wassertretend und gab ihm Zeichen. Er verstand die Bewegungen, nickte und schwamm nach rechts davon. Schon bald war er hinter einer Wand verschwunden, sodass auch der Lampenschein nicht mehr zu sehen war.

Ich nahm die andere Richtung.

Erst jetzt spürte ich das beklemmende Gefühl, das wohl jeden Taucher irgendwann einmal überkommt. Ich kam mir eingeschlossen vor, ungemein einsam, auch wenn mich Fische umgaben und handnah vor meiner Tauchermaske vorbeiglitten.

Der Lichtkegel zerrann, wenn er ein Ziel traf. Ich konnte erkennen, dass die Wände und Schotts Rost angesetzt hatten, sah auch einen Teil der Ladung, die sich nicht gelöst hatte, und dachte daran, dass es eine verdammte Sucherei geben würde, bis wir das Rauschgift fanden. Zudem suchte ich nach Spuren einer anderen Besichtigung. Es waren sicherlich Männer vor uns hier gewesen. So leicht gab ein Mann wie Logan Costello nicht auf. Der würde Himmel und Hölle in Bewegung setzen, um das Zeug zu bergen. Schließlich stellte es einen Millionenwert dar.

Wieder durchschwamm ich eine Tür. Sie wirkte wie ein dunkler Ausschnitt innerhalb der Wand.

Dahinter war es ebenso dunkel wie in den Räumen zuvor. Aber ich war nicht allein.

Urplötzlich erschien der Schatten. Er kam von oben, wurde von kleinen Fischen begleitet, die wie Parasiten an ihm hingen.

Sofort blieb ich stehen, trat Wasser und hob meinen rechten Arm, um den anderen anzustrahlen.

Mein Herz schlug schneller, als der Kegel direkt in das Gesicht fiel und den Hals sowie einen Teil der Schulterpartie erfasste. Es war ein Toter, der durch den Bauch des Schiffes trieb. Eine schreckliche, widerliche Gestalt, gezeichnet durch Wunden und einen schrägsitzenden Kopf, dessen Haltung überhaupt nicht zum Körper passte. Man musste diesem Menschen das Genick gebrochen haben.

Als würde er geschoben, so trieb er auf mich, sodass ich zur Seite glitt, um nicht von ihm berührt zu werden. Wie lange er schon tot war, konnte ich nicht sagen. Jedenfalls war sein Gesicht gezeichnet. Das Wasser hatte die Haut aufquellen lassen. Das rechte Auge hing halb heraus.

Die Leiche trieb vorbei und berührte die Wand, von der sie leicht abprallte.

Ich drehte mich, tauchte unter dem toten Körper hinweg, verließ den Raum und sah den Schein von Sukos Lampe.

Ich gab ihm mit dem Licht ein Zeichen, indem ich meine Lampe mehrmals ein- und ausknipste.

Suko hatte verstanden und kam.

Ich winkte mit dem Finger, schwamm vor und zeigte ihm die Leiche, die in der Strömung tanzte. Es sah aus wie in Zeitlupe. Dann hatte sie sich wieder aufgerichtet, schabte an der Wand entlang und drehte sich.

Suko blickte mich fragend an.

Ich hob die Schultern. Eine Erklärung für dieses Phänomen hatte ich nicht, konnte mir aber vorstellen, dass dieses Monster den Mann getötet hatte. Möglicherweise war er der Erste gewesen, der das Rauschgift gesucht hatte.

Ich winkte meinem Freund zu. Er verstand das Zeichen. Gemeinsam verließen wir diesen Laderaum, um das Innere des

Schiffs weiter zu erforschen. Noch kontrollierten wir die Ladung nicht, das konnten wir später übernehmen, wir wollten die Mannschaftskabinen finden und natürlich die des Kapitäns. Er hatte von der Fracht gewusst, hatte durch sie das Unglück auf sich geladen. Vielleicht lag sie dort, wo er sich aufgehalten hatte.

Wir nahmen den gleichen Weg, den wir gekommen waren, und schwebten schon bald durch die Luke wieder aus dem Schiffsbauch hervor, sodass wir uns über Deck bewegten.

Nahe der Brücke fanden wir einen Niedergang, schwebten ihn hinab und sahen eine offen stehende Tür, die schief in den Angeln hing. Suko quetschte sich als Erster hindurch. Ich folgte ihm mit leichten Schwimmbewegungen. Ein Gang tat sich vor uns auf. Er war nicht breit. Rechts und links zweigten Türen ab. Sie führten in die einzelnen Kabinen. Die Räume waren nicht groß. Drei Betten standen jeweils in einer Kabine. Der kleine Tisch war ebenso festgeschraubt wie die drei Stühle. In den Spinden an den Wänden hingen noch die Kleidungsstücke. Teilweise hatte sich der Stoff auch aufgelöst und wehte uns in langen Fetzen entgegen.

Vier Kabinen, in denen die Mannschaft ihre freie Zeit verbrachte, durchsuchten wir, ohne dass wir einen Erfolg erzielten. Uns schwamm auch keine Leiche mehr entgegen. Im Gang trafen wir wieder zusammen. Suko streckte den Arm aus.

Wenig später erreichten wir die Kabine des Kapitäns. Dieser Raum war größer. Cole Wilson hatte sogar Bilder an die Wände gehängt. Sie bewegten sich im Rhythmus der Strömung.

Diesen Raum durchsuchten wir genauer.

Wir konnten uns nur sehr langsam bewegen. Ich kam mir vor wie jemand, der in der Raumkapsel hockt. Das Wasser stemmte uns doch einen gewissen Widerstand entgegen.

Wir teilten uns die Aufgabe. Es war ein kreisförmiges Suchen. Wir schauten überall nach, in den Einbauschränken, unter dem Bett. Ich nahm Bilder von der Wand, aber wir entdeckten nichts.

Schließlich blieb nur noch der Boden übrig. Er war mit einem Teppich belegt. Das Wasser hatte ihn mürbe gemacht und ihn gleichzeitig auch an verschiedenen Stellen aufquellen lassen, sodass er hügelige Hindernisse bildete.

Suko hob die Schultern, als ich in die Tiefe deutete, nickte dann ergeben und half mir dabei, den Teppich zu entfernen. Es war leichter, als wir gedacht hatten. Das Material hatte sehr gelitten. Wir nahmen unsere Messer und schnitten es ein.

Glück, Zufall, Intuition?

Vielleicht kamen alle drei Dinge zusammen. Jedenfalls hatten wir plötzlich Glück. Unter dem Teppich fanden wir tatsächlich die Umrisse einer weiteren Luke, die durchaus den Eingang zu einem Versteck darstellen konnte. Suko hielt sich neben mir auf. Er hob beide Hände, dann deutete er mit der Klinge in die Tiefe.

Es war klar, dass wir ohne Hilfsmittel die Luke nicht aufbekamen. Wie es Cole Wilson geschafft hatte, war uns ein Rätsel, wir aber mussten unsere Messer einsetzen.

Von zwei verschiedenen Seiten nahmen wir die Aufgabe in Angriff. Die Klingen waren sehr stabil, zum Glück auch so dünn, dass sie genau in die Spalte hineinpassten.

Wir schoben sie so tief hinein, wie es eben möglich war, und benutzten die Messer als Hebel.

Bei den ersten beiden Versuchen klappte es noch nicht. Erst beim dritten Anlauf tat sich etwas. Da bemerkten wir, dass sich die Klappe bewegte und wir sie anheben konnten.

Zuerst nur ein kleines Stück, doch mit einer größeren Kraftanstrengung hob sie sich immer weiter an. Ich hatte das Gefühl, als würde uns schmutziges Wasser entgegenquellen. Wir drückten die Klappe noch weiter hoch, Suko packte sie am Rand, sodass er sie umkippen konnte und sie auf der anderen Seite zu liegen kam.

Freie Sicht.

Ich leuchtete schon hinein. Der Raum war nicht sehr groß, ein kleiner, viereckiger Schacht, der sich hervorragend als Versteck eignete.

Auch für Rauschgift!

Etwas lag auf dem Grund des Schachts. Es war zunächst schwer für uns, es zu erkennen, aber es hatte ebenfalls viereckige Umrisse.

Ich tauchte in den Schacht. Die Pressluftflaschen hinderten mich daran, mich mit dem gesamten Körper in den Schacht hineinzudrücken, aber es reichte auch so. Wenn ich den Arm ausstreckte, gelang es mir, nach dem Gegenstand zu fassen, der auf dem Grund lag.

Es war eine dicke Schutzhülle aus Plastik. Weich wie Gummi, dennoch widerstandsfähig. Meine Finger wühlten sich hinein. Ich musste mich schon anstrengen, um den Sack anheben zu können.

Suko half mir dabei. Gemeinsam hievten wir ihn aus seinem Versteck und legten ihn neben der Luke zu Boden.

Wie viele Kilo schwer der Sack war, konnte keiner von uns sagen. Jedenfalls musste es ein Vermögen an Heroin oder Kokain sein, das vor uns lag. Und wir hatten es gefunden!

Suko nickte mir zu.

Ich deutete auf den Sack und dann zur Tür hin. Ein Zeichen, dass ich vorhatte, zu verschwinden.

Auch Suko war einverstanden. Gemeinsam fassten wir den Sack an, drehten uns um und wurden von Lichtstrahlen geblendet. Ohne dass wir etwas bemerkt hatten, war Besuch gekommen.

Ich sah die Taucher in der offenen Tür. Sie trugen schwarze Anzüge und hielten die bereits gespannten Harpunen auf uns gerichtet. Ein Zeichen, dass sie nicht gewillt waren, uns lebend entkommen zu lassen.

Costello war mal wieder verdammt schnell gewesen!

An Deck des Schiffes wurde selbst ein Mann wie Limori nervös. Zu den Tauchern bestand zwar eine Funkverbindung, aber bisher hatte sich niemand gemeldet.

Um überhaupt etwas zu tun, kontrollierte er seine Leute. Er lief praktisch die Wachen ab und schärfte den Männern ein, bei verdächtigen Bewegungen sofort Alarm zu schlagen.

Die Leute wussten, worauf es ankam. Er entnahm es ihren kalten, angespannten Gesichtern.

Dann ging er zu Ladd auf die kleine Brücke. Der Mann ließ sein Glas sinken, als er Limoris Schritte hörte. Ladd nahm einen Schluck Kaffee und fragte: »Alles okay?«

»Noch.«

Ladd grinste. Er hatte ein schmales Gesicht. Sein dunkles Haar war nach vorn gekämmt. Unregelmäßig fielen die Strähnen in die Stirn und zeichneten sich dort ab wie die Zinken eines Kamms. »Wir kennen uns jetzt verdammt lange, Limori, noch nie habe ich dich so nervös gesehen. Selbst bei harten Einsätzen nicht.«

»Vielleicht werde ich alt.«

Ladd lachte. »Aber du doch nicht. Nein, es ist etwas anderes, mein Freund. Stimmt's?«

»Ja, Bruce. Es ist die verfluchte Ungewissheit, die mich gepackt hält. Dieses verdammte Nichtwissen, was noch auf uns zukommt. Ich weiß, dass in der Tiefe etwas lauert, aber ich weiß nicht, was es ist. Verstehst du? Das macht mich verrückt. Im Dschungel oder der Savanne, da haben wir genau gewusst, wer unser Feind war und wo er sich versteckt hielt. Wir konnten ihn zwar nicht sehen, aber wir haben geschossen und ganze Landstriche in Brand gesetzt. Aber was ist hier? Nichts. Nur Wasser unter dem Kiel, und im Wasser treiben sie sich herum, verstehst du das?«

»Ja, ich weiß, was du damit sagen willst.«

»Deshalb kann ich keine Ruhe finden.«

»Meinst du denn, dass dieses Ungeheuer sich die Taucher holen wird?« Da Limori vorerst keine Antwort gab, schenkte Ladd ihm Kaffee in einen zweiten Becher und reichte ihn dem Freund.

»Ich rechne damit.«

»Hast du sie gewarnt?«

Limori schaute Ladd über den Becherrand hinweg an. »Nein, das habe ich nicht.«

Bruce verzog die Mundwinkel. »War das fair?«

»Kommt darauf an, wie du es siehst. Wir haben hier einen verdammten Job zu erledigen. Die Männer wissen, dass wir uns nicht auf einer Spazierfahrt befinden. Sie alle haben eine harte Ausbildung hinter sich, und sie haben sich auf die Gefahren unter Wasser eingestellt.«

»Aber bestimmt nicht auf Monster.«

»Damit habe ich auch nicht gerechnet.«

Bruce Ladd leerte seinen Becher und stellte ihn weg. »Was willst du machen, wenn das Monster wieder erscheint und unser Schiff angreift?«

»Ich weiß es nicht.«

»Schießen?«

»Hat wohl keinen Sinn.«

»Dann müsstest du eine andere Waffe nehmen, falls du sie an Bord hast. Gibt es da etwas?«

Limori nickte langsam. »Ja, mir fiel ein, dass wir auch Flammenwerfer mit dabei haben.«

»Nicht schlecht, der Gedanke.«

Limori hob die Schultern. »Ich sehe sonst keine andere Möglichkeit. Tut mir Leid.«

»Wo sind sie denn?«

»Ich werde sie holen.«

Limori verließ das Ruderhaus und nahm einen Helfer mit. Die beiden verschwanden unter Deck.

»Hör zu, Eric«, sagte Limori, als er das Licht in einem der Stauräume einschaltete. »Wir werden uns die Flammenwerfer besorgen, die hier liegen.«

»Ich will nicht fragen, für wen, aber …«

»Das ist auch besser so.«

Drei Flammenwerfer waren nur vorhanden. Nicht jeder konnte also einen bekommen. Einen nahm Limori selbst an sich, die anderen beiden sollte Eric verteilen.

»Kann ich keinen nehmen?«

»Dann müsstest du eine andere Wachposition einnehmen.«

»Okay, mache ich.«

»Dann pack dir einen.«

Limori ging wieder zu Ladd. »Das Meer ist ruhig«, erklärte Bruce.

»Was hast du denn erwartet?«

»Ich weiß es nicht. Jedenfalls Schwierigkeiten.«

»Mal den Teufel nicht an die Wand.«

Ladd lachte. »Ist er nicht schon gekommen?«

»Bis später.« Limori verließ die Brücke und hatte seinen Fuß kaum auf das Deck gesetzt, als er den lauten Ruf von der

Bugwache her hörte. Dort stand der blonde Eric und winkte aufgeregt.

»Ihr anderen bleibt auf euren Plätzen!«, schrie Limori. Er selbst rannte los.

Eric hatte sich gedreht und schaute ihm entgegen. Aufgeregt wischte er durch sein Gesicht. »Das Wasser kommt mir vor, als würde es kochen.«

»Wo?«

Eric zeigte über Bord. Auch hier war das Meer eine graugrüne, wogende Fläche. Doch etwa zwanzig Yards vor dem Bug des Schiffes tat sich etwas.

Da kochte das Wasser.

Es schien in der Tiefe erhitzt zu werden. Keiner der Männer hörte das Brodeln, aber beide sahen den Schaum, der sich kreisförmig an der Oberfläche ausbreitete.

Gewaltige Blasen stiegen aus der Tiefe, quirlten, zerplatzten. Tropfenfontänen spritzten in die Höhe, und ein kreisförmiger Schaumteppich hielt sich fast an einer Stelle.

Limori war ratlos. Es kam selten vor, dass er nicht wusste, was er unternehmen sollte. In diesem Fall aber konnte er nur die Schultern heben.

»Da sind Knochen!«, schrie Eric.

Limori hatte sich gerade abgewandt. Jetzt blickte er wieder hin und musste Eric Recht geben.

Aus der Tiefe wurden Knochen in die Höhe geschleudert. Menschliches Gebein, auf dem weder Fleisch noch Haut klebte. Es glänzte vor Nässe und wirkte wie abgenagt.

Die Knochen sprangen aus dem Wasser. Einige waren ziemlich lang, andere wieder kürzer, und zum Schluss folgte als Krönung des Ganzen ein blanker Schädel.

»Scheiße!«, schrie Eric. »Wer ist das?«

»Parker!«

Eric blickte Limori starr an. »Das ist doch nicht wahr, zum Henker!«

»Doch, es ist wahr. Irgendjemand hat Parker in die Tiefe geholt und zum Skelett gemacht.«

»Wahnsinn!«, brüllte Eric.

Limori wollte nicht, dass der Mann die anderen Leute ansteckte. Er schlug ihm gegen die Brust. »Reiß dich zusammen, verdammt! Wir dürfen die Nerven nicht verlieren!«

Die Wucht des Treffers hatte Eric um die eigene Achse gedreht. Er stand jetzt mit dem Rücken an der Reling. Seine Hände umklammerten die Maschinenpistole. Es sah so aus, als wollte er sie herumschwingen, aber er riss sich zusammen.

»Lass es!«, sagte Limori.

Eric nickte.

Limori ging einen Schritt zurück. Die direkte Sicht auf das Wasser war ihm durch Erics Körper genommen. Deshalb konnte er auch nicht das Monster sehen, das sich aus der düsteren Tiefe des Kanals in die Höhe geschoben hatte.

Ein Arm schnellte vor.

Blitzartig, mit den Augen kaum zu verfolgen und erst sichtbar, als sich die Klaue um den Hals des Mannes klammerte.

Sie riss Eric hoch.

Bevor Limori eingreifen konnte, stand Eric bereits auf der Reling. Nur für einen kurzen Moment berührte er sie mit den Füßen. Dann kippte er nach hinten weg.

»Eric!« Limori brüllte den Namen, sprang vor und löste den Flammenwerfer vom Gürtel.

Sein Kumpan lag bereits im Wasser.

Der Körper war schon zur Hälfte untergetaucht. Nur noch die Arme schauten hervor. Er schwenkte sie wild, schlug um sich, war aber nicht in der Lage, das Skelett zu treffen oder dessen harten Griff von seinem Hals zu lösen.

Das Monster zog ihn in die Tiefe. Dabei wirkte die Maschinenpistole in seiner Hand wie ein lächerliches Spielzeug. Noch einen letzten Schrei stieß er aus, und Limori konnte Eric und das Monster genau erkennen.

Es war wieder dieses gelbliche Skelett, um dessen Knochenkörper dennoch ein leicht grünlicher Schein lag, der nicht von dieser Welt zu stammen schien.

Obwohl Limori höher stand, kam ihm das Monster unnatürlich

groß vor. Ja, es musste einfach größer sein als ein Mensch, und es hatte die Kraft eines Riesen.

Mit einer Hand hielt es Eric fest. Noch hatte es den Mann nicht unter Wasser gezogen. Es schien den an Bord stehenden Limori verhöhnen zu wollen, der jetzt seinen Flammenwerfer hochriss und auf das Skelett anlegte.

Da verschwand es.

Ein letzter Schrei wehte über das Wasser. Mehr war von Eric nicht zu hören. Die gnadenlose Tiefe des Kanals fraß ihn buchstäblich auf. Er hatte keine Chance mehr.

Das Meer kochte weiter. Limori sah das Brodeln des Wassers, als würde es erhitzt. Sein Gesicht war hart, die Augen hatten den Glanz verloren. Er versuchte vergeblich, nach beiden zu suchen, sie ließen sich nicht mehr blicken, und das Wasser deckte den Mantel des Schweigens über diese Stelle, wo Eric verschwunden war.

Auch das Brodeln nahm ab. Einige Blasen zerplatzten noch, schaukelten auf den Wellen, dann waren auch sie verschwunden. Nichts deutete mehr darauf hin, welches Drama sich an dieser Stelle abgespielt hatte.

Limori überlief eine Gänsehaut. Er ballte seine freie Linke so stark, dass die Fingernägel in die Hand schnitten. Dann drehte er sich langsam um.

Die beiden übrig gebliebenen Männer hatten ihre Plätze verlassen. Sie wollten auf Limori zugehen, aber sie blieben stehen, als sie in sein Gesicht schauten.

Es war verkantet, hart, die Haut schien nur noch aus Papier zu bestehen. Als er die Schultern anhob, deutete er damit an, dass auch er keinen Rat wusste.

Er ging auf die Leute zu. »Okay, Männer«, sagte er mit spröder Stimme. »Eric lebt nicht mehr.«

»Wie Parker?«

»Ja.«

»Das Monster holt sich einen nach dem anderen!«, flüsterte der Sprecher. »Erst Parker, jetzt Eric. Ich frage mich, was mit den Tauchern geschehen ist. Sie waren zu fünft.«

Limori gehörte zu den Menschen, die Probleme direkt angingen. »Wir müssen damit rechnen, dass sie nicht mehr leben.«

»Und wir?«

»Ich weiß nicht«, erwiderte Limori.

»Verdammt, sag etwas. Wir wollen hier nicht krepieren. Dieses Ungeheuer holt einen nach dem anderen. Ich will irgendwann im Bett sterben und nicht ersaufen.«

»Reiß dich zusammen, Rick.«

Der mit Rick angesprochene Mann wies auf seinen Begleiter. »Guthry denkt ebenso. Es tut mir Leid, Kumpel, aber wir wollen nicht mehr. Es gibt nur noch eine Chance für uns. Wir müssen so schnell wie möglich von hier verschwinden. Noch ist Zeit. Scheiß was auf die Taucher. Mein Hemd sitzt mir näher als deren Schwimmflossen.«

Limori nickte. Die Männer konnten jedoch nicht erkennen, ob es sich dabei um ein Einverständnis handelte. »Ich rede mit Bruce Ladd.«

»Aber schnell.«

Da explodierte Limori. Wie ein Dampfhammer kam seine Faust von unten nach oben. Sie explodierte an Ricks Kinn. Der Mann wurde rücklings auf die Planken geschleudert, war aber hart im Nehmen, rollte sich herum und brachte die MPi in Anschlag.

Er schaute genau in die Mündung der anderen Waffe. »Lass es«, sagte Limori. »Und wenn du dir vor Angst die Hosen voll machst, noch bin ich hier der Chef. Deine große Schnauze kannst du dir sparen. Aber wir reden noch darüber, falls wir hier herauskommen. Entweder gehen wir gemeinsam unter, oder wir überleben.«

Rick betastete sein Kinn und wischte auch Blut von der Lippe. »Okay, okay, du hast gewonnen. Ja, du hast gewonnen. Ich … ich konnte nicht anders. Sorry.«

»Schon gut.« Limori passierte ihn und ging auf die Brücke zu. Dort wartete Ladd schon.

»Diesmal habe ich alles gesehen.«

»Ja – und?«

»Ich habe auch alles gehört, Limori. Wir sollten wirklich von hier verschwinden. Gegen diese Bestie kommen wir nicht an.«

»Ich bin noch nie weggelaufen.«

»Ich auch nicht. Aber heute ist es besser, wenn wir uns zurückziehen. Das ist kein normaler Gegner.«

Limori nickte. Es war ihm zuwider, doch Bruce Ladd hatte Recht. Die andere Seite war immer stärker. Vor allen Dingen konnte sie überraschend und urplötzlich zuschlagen. Ohne Vorwarnung.

»Sollen wir?«, fragte Ladd. »Hast du dich entschieden?«

»Ja.« Limori nickte. »Schmeiß die verdammten Maschinen an. Volle Kraft voraus. Dover ist ...«

Er sprach nicht mehr weiter. Auch Ladd sagte nichts, denn beide hatten den dröhnenden Laut vernommen, der sich durch den Schiffsrumpf fortpflanzte.

Irgendetwas war gegen die Bordwand geschlagen, und zwar mit einer solchen Stärke, dass es das Boot fast zerrissen hätte.

Limori fuhr herum.

»Es ist da!«, schrie Ladd. Er wartete Limoris Antwort nicht erst ab, sondern verließ die Brücke. Kaum hatte er seinen Fuß an Deck gesetzt, als das Schiff von einem zweiten Schlag erschüttert wurde. Irgendetwas brach mit einem hässlichen Knirschen, dann bekam der Kahn von einem Augenblick zum anderen eine solche Schlagseite, dass sich niemand mehr auf den Beinen halten konnte.

Die sich an Deck befindlichen Männer fielen hin, rutschten über das Deck, und auch Limori wurde quer durch das Ruderhaus geschleudert. Mit dem Rücken krachte er gegen eine Konsole. Er befand sich in einer Haltung, die es ihm ermöglichte, gegen eine Scheibe zu schauen, und er sah dahinter das Grauen.

Wie ein von Mythen umwehter Titan stieg das gewaltige Skelett aus dem Wasser und kletterte an Bord ...

Wir hatten uns reinlegen lassen!

Ich spürte den Druck im Magen, als hätte mir dort jemand einen Hieb verpasst.

Auch Suko hatte bemerkt, in welch einer fatalen Lage wir steckten. Er befand sich neben mir und hatte die Hände vom Körper abgespreizt, ein Zeichen, dass er nichts unternehmen wollte.

Würden sie schießen?

Zunächst einmal nicht. Durch Bewegungen gaben sie uns zu erkennen, dass wir zurückzugehen hatten.

Das taten wir auch.

Jetzt konnten sich die Taucher vordrängen. Wir stellten fest, dass wir es nicht nur mit zwei oder drei Gegnern zu tun hatten, sondern mit fünf Männern. Hinter den drei sich in der Kabine befindlichen sahen wir noch zwei andere.

Es lag auf der Hand, dass auch sie hinter dem Rauschgift her waren. Diese Arbeit war ihnen durch uns abgenommen worden. Darüber ärgerte ich mich gewaltig.

Einer bückte sich, ohne dass er in die Schussrichtung seiner Kumpane geriet. Mit beiden Händen nahm er das Zeug und schleifte es aus der Kapitänskabine.

Die drei anderen bedrohten uns nach wie vor mit ihren Harpunen. Zusätzlich steckten in ihren Gürteln noch schwere Tauchermesser.

Was konnten wir tun?

Zunächst einmal nichts. Wir waren im Wasser immer langsamer als ihre Pfeile. Hart abgeschossen, würden sie sich raketenartig durch das Wasser pflügen.

Der Taucher, der das Rauschgift weggeschleppt hatte, kehrte zurück. Er nickte seinen Kumpanen zu und hob die Harpune so an, dass der Pfeil auf uns wies.

Suko und ich kamen uns vor wie vor einem Hinrichtungskommando. In wenigen Sekunden würden die Pfeile in unsere Körper jagen.

Da brach plötzlich vor uns der Boden auf!

Limori hatte seinen Rücken gegen die Konsole gepresst. Er stand ebenso schief, wie das Schiff lag. Seltsamerweise dachte er darüber nach, wie es dem Skelett wohl gelungen sein konnte, ein schweres Boot wie dieses aus der Schwimmlage zu hebeln.

Doch er wusste auch, dass es dabei war, ihn als nächstes Opfer zu holen. Es würde durch die Scheibe des Ruderhauses klettern, nachdem sie von ihm zertrümmert worden war.

Dann schlug es zu.

Eine gelbliche Knochenfaust näherte sich der Scheibe von außen und rammte sie auf, als bestünde sie aus Papier. Die Splitter und Scherben flogen dem Mann entgegen. Er tauchte zur Seite und riss den Flammenwerfer in dem Augenblick in die Höhe, als das Skelett mit einem weiten Schritt die Brücke betrat.

Limori »schoss«.

Aus dem Rohr fauchte die gelbrote Lohe hervor, und sie fand mit tödlicher Sicherheit ihr Ziel. Das Feuer fächerte gegen die unheimliche Gestalt aus dem Meer. Jetzt musste sie zerschmelzen, brennen oder was immer auch. Aber es geschah nichts.

Das Skelett wurde umflackert. Einzelne Flammenarme umtanzten es wie ein Vorhang, der es nicht mehr loslassen wollte, und Limori gab noch einmal Stoff. Er schrie dabei und glaubte, selbst vom Feuer der Hölle umhüllt zu sein. Diesmal fächerte er die Flamme von unten nach oben. Er sah, dass sein Gegner nach hinten zurückwich, um dann in Richtung Reling zu laufen.

Limori brauchte Sekunden, um dies zu begreifen. Er brüllte dann auf. »Verdammt, ich habe ihn gepackt. Ich habe dieses verfluchte Monster erwischt.«

Nichts hielt ihn mehr auf der Brücke. Er stolperte durch die Tür, glich instinktiv die Schlagseite des Schiffes durch seine Bewegungen aus und hetzte weiter, den Flammenwerfer stets im Anschlag.

Es war zu spät.

Das Skelett stand bereits auf der Reling und setzte mit einem gewaltigen Sprung über Bord. Die nächste Lohe fauchte über den Rand des Schiffes hinweg. Sie zerflatterte fauchend in der kalten Luft.

Limori blieb breitbeinig und leicht geduckt stehen. Sein hartes Gesicht zeigte ein verzerrtes Grinsen. Er drehte sich um, rief nach den anderen und spürte den kalten Wind im Gesicht.

Rick, Guthry und Ladd waren noch da. Sie hatten Deckungen gefunden, aus denen sie sich jetzt hervortrauten.

Ladd schüttelte den Kopf. »Verdammt«, sagte er. »Wie hast du das geschafft, Limori?«

»Mit Feuer!« Die Augen des Mannes glänzten wild. »Ich habe es vertrieben, hört ihr? Ich werde es wieder vertreiben, wenn es sich noch einmal über Bord schwingt.« Er holte tief Luft. »Jetzt können wir fahren. Wir …«

»Fahren nicht!«, schrie Ladd.

Limori fuhr herum. »Weshalb nicht?«

»Wir haben ein Leck!«

»Was?«

»Ja, das Skelett hat ein Leck in die Bordwand geschlagen.«

Im ersten Augenblick wusste der Mann nicht, was er dazu sagen sollte. »Und die Pumpen?«, fragte er.

»Sind außer Betrieb!«

»Wie das denn?«

»Es hat im Maschinenraum einiges zerstört!«, schrie Bruce. »So sieht es aus, verdammt. Wir müssen auf dem Wasser bleiben.«

»Und mit dem Kahn sinken, wie?«, fragte Guthry.

Ladd schüttelte den Kopf. »So schlimm ist es nicht. Immerhin haben wir zwei Rettungsboote an Bord.« Er sah Limori an, weil er ihm die Entscheidung überlassen wollte.

Limori nickte. »Und es gibt keine andere Chance?«

»Denk an die Schlagseite. Sie wird zunehmen. Das Leck ist verdammt groß. Es strömt zu viel Wasser hinein.«

»Wir müssten also sofort von Bord?«

»Das wäre besser!«

Limori passte es nicht. Die Rettungsboote waren wesentlich kleiner als das Schiff. Er hatte das Monster nicht vernichtet. Sollte es aus der Tiefe erscheinen, würde es keine Mühe haben, die beiden Boote umzukippen.

»Entscheide dich!«, drängte Ladd.

Limori nickte. »Okay, in die Boote.«

Die Männer waren erleichtert und rannten zum Heck, wo sie die beiden Boote zu Wasser lassen konnten. Ladd war ein Mann, der auch dies beherrschte. Durch Hebel und Winden schaukelten die beiden Rettungsboote der Wasserfläche entgegen.

Es waren weiß angestrichene Kähne. Unter einer wasserdichten Ölhaut verborgen, lag in einem Boot eine Rettungsausrüstung. Damit konnte man schon überleben.

Während sich das Schiff weiter neigte, arbeiteten die vier Männer verbissen. Ladd gab die Anweisungen. Er war wieder ruhig geworden und sah, dass die Boote sicher auf der Wasserfläche landen würden.

Sie sprangen hinein. Noch waren die Rettungsboote mit dem Schiff verbunden.

Schnell lösten die Männer die Haken.

Sie waren frei.

Ladd und Limori befanden sich in dem einen, Guthry und Rick in dem anderen Boot. Wellenkämme packten die beiden Schiffe, hoben sie an und trugen sie fort.

Sehr schnell entstand zwischen den vier Männern eine größere Distanz, über die hinweg Ladd den anderen zurief, den Außenborder unter der Plane hervorzuholen.

»Ihr müsst ihn anbringen. Wir haben genug Treibstoff, um die Küste erreichen zu können.«

»Okay.«

»Außerdem müssen wir vom Schiff weg. Wenn es sinkt, reißt uns der Strudel unter Wasser.«

»Verstanden.«

Die Außenborder wurden über die Heckreling gekippt. Sie sprangen sofort an.

»Und jetzt weg!«, schrie Limori.

Wellen trugen sie hoch. Sie sahen, wie ihr Schiff an Schlagseite zunahm. Es würde nur noch Minuten dauern, dann sank es.

»Und die Taucher?«, fragte Ladd noch.

»Sie haben nicht das Glück gehabt wie wir.«

»Meinst du, das Ungeheuer hat sie zerfetzt?«

»So ähnlich.«

Bruce Ladd schüttelte sich. Er kannte die Männer zwar nur vom Ansehen, dennoch hatte er Mitleid mit ihnen. Zudem dachte er daran, wie leicht ihnen das Gleiche hätte passieren können.

Die Knochen, die vor kurzem an die Oberfläche gespült worden waren, schaukelten noch immer auf den Wellen. Weißgelbe Gebeine und ein Totenschädel, zu dem sich plötzlich ein zweiter gesellte. Er tauchte wie ein Korken auf und hüpfte auf den Wellen.

»Das ist Eric!«, keuchte Bruce Ladd.

»Ja, er hat Pech gehabt.«

»Und was machen wir, wenn das Skelett erscheint?«

Limori hob seinen Flammenwerfer an. Er sprach in das Tuckern des Außenborders hinein. »Ich habe gesehen, dass dieses Monster Angst vor Feuer hat. Wir werden es zerschmelzen. Wir brennen ihn einiges auf den Pelz, darauf kannst du dich verlassen.«

Ladd hob nur die Schultern. Er kümmerte sich um das Ruder des Rettungsbootes. Als einer der beiden Schädel zum Greifen nahe an der Bordwand entlangtrieb, rann ein Schauer über seinen Rücken. Es war nicht zu erkennen gewesen, wem der Kopf gehört hatte.

Das Schiff sank.

Es sah ungewöhnlich aus. Zuerst erschien es so, als wollte es mit dem Bug zuerst aus dem Wasser steigen. Er bäumte sich regelrecht auf und schien Luft holen zu wollen.

Dann sackte es ein. Als hätte das Meer sein Maul geöffnet und noch einmal kräftig Atem geholt. Mit dem Heck zuerst verschwand es in den Fluten. Der Bug schaute noch hervor wie das Gebilde eines Künstlers. Dann sackte auch der vordere Teil des Schiffes weg.

Ein gewaltiger Strudel entstand, ein Sog, der sich ausbreitete und auch die beiden Rettungsboote nicht verschonte. Sie wurden von ihm noch erfasst, durchgeschüttelt und fast um die eigene Achse gedreht. Aber sie waren schon zu weit von der Unfallstelle entfernt, um ernstlich in Gefahr zu geraten.

Ladd nickte. »Wir sind wirklich noch früh genug von Bord gekommen, Partner.«

Limori zeigte ein knappes Grinsen. »Das meine ich auch.« Dann wurde er wieder ernst. »Wie sieht es mit dem Kurs aus. Liegen wir richtig?«

»Ich schaue nach.« Ladd orientierte sich mit Hilfe des Kompasses, schüttelte aber den Kopf und schlug einen Kurswechsel vor.

»Sag das auch den anderen beiden!«

Bruce wollte hinüberschreien, aber das Wort blieb ihm im Hals stecken, denn urplötzlich nahm das Wasser unter ihnen einen anderen Farbton an. Es leuchtete und schimmerte in einem satten Grün, als würden sie über eine große Wiese fahren.

Das war nicht alles.

Hatten sie bisher nur die dunkelgraue Oberfläche gesehen, so war diese plötzlich durchsichtig geworden. Aus der Tiefe her strahlte das Licht und breitete sich kranzförmig aus. So weit und auch hoch, dass es sogar die Oberfläche erreichte.

Die Männer vergaßen ihre Flucht. Sie hockten an der schmalen Reling, schauten hinüber und sahen das, was sich unter Wasser abspielte, wie durch ein Glasfenster …

Die beiden Taucher waren ebenso überrascht worden wie wir. Sie vergaßen das Schießen, denn der Schiffsboden wurde von einer gewaltigen Kraft zerschmettert.

Uns flogen Bohlen, Teppichstücke oder was immer es sein mochte, um die Ohren, aber das war nicht alles, denn die Kraft des Ungeheuers zerstörte auch die Wände der Kabine.

Ein Skelett erschien!

Ein gewaltiges, grüngelbes Etwas, eingehüllt in Aibonlicht, mit einem riesigen Schädel und ebenfalls grünlich leuchtenden Augen.

Jetzt schossen die Taucher!

Zu spät. Nicht wir wurden von den Harpunenpfeilen durchbohrt, sondern das übergroße Skelett.

Sie jagten in seinen Körper, blieben stecken, aber das machte dem Monster nichts aus. Es wurde wütend, und es begann mit seinem grausamen Werk. Wir standen diesmal günstig, im Rücken des Monsters. Es warf sich vor, schleuderte ein Stück Kabinenwand zur Seite und kriegte einen der Taucher mit beiden Knochenpranken zu fassen.

Zum Glück war die Sicht nicht mehr so gut, so konnte ich nicht alle Einzelheiten erkennen.

Das Skelett tötete den Mann innerhalb von Sekunden und schleuderte ihn dann fort.

Es lief durch die Lücke, wo einmal die Wand gewesen war. Suko packte mich an der Schulter. Er drehte sich gleichzeitig und deutete in die Höhe. Wir mussten raus aus diesem verdammten Wrack, kamen auch weg, während unter uns ein mörderischer Kampf entbrannte.

Und wir schwammen ins Licht.

Hinein in eine zitternde, grünliche Helligkeit, die sich wie ein Teppich aus Glas im Wasser ausbreitete. Die absolute Ruhe umgab uns, und es kam mir vor wie ein Traum.

Ich schaute nach rechts.

Entfernungsmäßig nicht abzuschätzen, sah ich einen Schatten aus der Höhe dem Boden entgegensinken.

Er sah aus wie ein Schiff. Aber das interessierte uns im Augenblick nicht. Wir schwammen einen Bogen, drehten dann und schauten nach unten, wo das Wrack lag.

Ja, wir sahen es sehr deutlich. Wie unter einer flachen Glaskuppel, und es war dort zerstört worden, wo sich die Kapitänskabine befand und sich das Skelett zum ersten Mal gezeigt hatte.

Ich fühlte mich auf einmal besser. Es kam mir vor, als hätte mir jemand ein Aufputschmittel gegeben. Irgendeine Kraft war dabei, die Kontrolle über uns zu bekommen.

Ich hörte Sukos Stimme. Es war eigentlich unmöglich, dass wir uns verständigen konnten, schließlich steckte ein Mundstück zwischen unseren Lippen. Demnach mussten es seine Gedanken sein, die ich akustisch vernahm.

»Das ist Aibon.«

»Ja, Suko.«

Mein Partner drehte sich überrascht um, als er meine Antwort vernommen hatte. Er schwamm auf mich zu. »Du kannst meine Gedanken hören?«

»So ist es.«

»Ich deine auch.«

»Gut, das hat etwas mit diesem Zauber zu tun.«

»Aibon?«, fragte er.

»Was sonst?«

Aibon, das geheimnisvolle Land, das eng mit dem Dunklen Gral verknüpft war, hatte uns schon seit Jahren Rätsel aufgegeben. Aibon – das bedeutete eine Märchenwelt der Feen, der Elfen, der Gnome und der gefallenen Engel.

Eine Shakespeare-Welt, die zwischen dem Diesseits und dem Jenseits ihren Platz gefunden hatte, die schon zu Beginn der Zeiten, als sich Gut und Böse trennte, entstanden war und nun eine Zwischenwelt markierte.

Aibon war auch das Land der Druiden. Wenn sie starben, wartete dieses Paradies auf sie.

Und hatte uns Cole Wilson nicht erklärt, dass auch die geheimnisvolle Druidenwelt eine Rolle spielte? Der Schamane, der sich stets an Bord seines Schiffes befand, war dafür der beste Beweis. Wilson hatte nicht nur von einem Schamanen gesprochen, auch von einer Mumie. Wir aber hatten ein Skelett vor uns gesehen.

Gewaltig, übergroß, größer vielleicht als zwei aufeinander gestellte Menschen.

Möglicherweise gab es sogar zwei Monster. Einmal das Skelett und zum anderen die Mumie. Wobei sich letztere noch auf dem Schiff versteckt halten musste.

»Du hast mir aus der Seele gedacht«, hörte ich Sukos Stimme. »Auch ich bin ähnliche Richtungen gewandert.«

»Fragt sich nur, was wir machen.«

»Er wird uns holen wollen, John.«

»Tot oder lebendig?«

»Bisher hat er nie jemand am Leben gelassen.«

Da hatte Suko leider Recht. Ich stellte meine Gedanken ab und blickte mich um. Neben mir sah ich meinen Freund. Sogar die Augen hinter dem Sichtschirm der Maske konnte ich erkennen, denn unsere Umgebung hatte sich lichtmäßig stark verändert.

Sie war grün geworden. Aibons Einfluss griff bereits nach uns.

Kapitän Cole Wilson hatte den Fluch ins Leben gerufen. Aber wer konnte ihn löschen? Und wie schafften wir so etwas?

Ich fand leider keine Lösung. Auch Suko dachte ähnlich wie ich. Gedanklich schlug er vor, wieder aufzutauchen.

»Ohne die Gleiter?«

»Die müssen wir zurücklassen.«

Ich war dagegen. »Wir werden allein sein, Alter. Allein im Kanal.«

»Die Taucher sind auch von einem Schiff gekommen. Das müssen sie einfach sein.«

»Ich habe ein Schiff sinken sehen.«

»Was schlägst du vor?«

»Wir müssen zurück. Es hat keinen Sinn, die Flucht zu ergreifen. Am besten wird es sein, wenn wir uns dem Skelett stellen. Nur so können wir den Fluch löschen.«

»Dann willst du es vernichten?«

»Ja.«

Der Inspektor hob die Hand. Unter der Maske verzog sich sein Gesicht zu einem breiten Lächeln. »All right, Alter, ich wusste ja, dass es darauf hinauslaufen würde. Dann komm.«

Bevor ich noch eine gedankliche Erwiderung geben konnte, hatte er schon abgedreht und glitt vor mir schräg in die Tiefe und dem Wrack entgegen. Allerdings änderte Suko seinen Kurs sehr bald. Er wollte vom Heck her das Ziel anschwimmen.

Damit war auch ich einverstanden.

Uns trieb ein länglicher, dunkler Gegenstand in den Weg. Es war der Taucher, dessen schnellen Tod ich leider miterlebt hatte. Die Strömung hatte ihn aus der unmittelbaren Nähe des Schiffes geholt, und so fand er seine Bahn.

Zwischen Suko und mir trieb er hindurch. Er sah scheußlich aus. Sein Kopf hing zur Seite. Er wirkte wie abgeknickt. Die Arme pendelten von seinem Körper ab wie zwei Gegenstände, die überhaupt nicht dazu gehörten.

Fünf Taucher hatten wir gesehen. Einer von ihnen war tot. Die anderen vier auch?

Ich traute diesem Schamanen oder dem Skelett alles zu. Kapitän Wilson hatte ein schreckliches Erbe hinterlassen. Man konnte ihm indirekt die Schuld am Tod der Männer geben.

Ich hatte mein Kreuz aus der kleinen Tasche am Gürtel geholt und es umgehängt. Wie bei Suko und mir, so war auch dieser Talisman von einem grünlichen Schleier umgeben. Ein mattes Licht, wie nachgezeichnet, manchmal zitternd, je nach dem, wie sich das Kreuz bewegte.

Unter uns lag das Wrack.

Wir schwebten über das Deck. Nur sehr leicht bewegten wir beide unsere Füße. Jedes Detail trat jetzt klar und scharf hervor. Wir konnten unter uns alles erkennen, nur die Taucher entdeckten wir nicht und ebenfalls nicht das Skelett.

Beide befanden sich vorderschiffs, wo wir auch die Ausmaße der Zerstörung entdeckten.

Suko trat Wasser.

Ich glitt an ihn heran und konnte seine Gedanken empfangen. »Irgendwie habe ich den Eindruck, John, als würde das Skelett nur auf uns allein warten – oder?«

»Wie kommst du darauf?«

»Es ist einfach ein Gefühl. Wir stehen vor der Entscheidung.« Er blickte mich an. Ich sah seine Augen hinter der Maske unnatürlich groß. »Wir müssen langsam zu einem Entschluss kommen, John. Wirklich.«

»All right, ich werde in das Schiff tauchen.«

»Nein, das brauchst du nicht!«

Es waren harte und scharfe Worte, die da mein Gehirn getroffen hatten. Suko hatte nicht zu mir gesprochen, eine fremde Stimme war hinter der Stirn erklungen.

Der Schamane?

»Wer bist du?«, formulierte ich in Gedanken.

»Die alten Völker, die einmal hier waren, haben mich prota magicus genannt. Es waren Römer, die mich sahen, die mit mir etwas anfangen konnten, denn ich zeigte ihnen die Tür ins Reich der Magie, der wunderbaren Zauberei, die Aibon beherbergt. Ich habe in Aibon gelebt, aber auch auf der Erde. Ich lebte in den grünen Wassern des Landes, ich war etwas Besonderes. Ein alter Schamane, mal Mann, mal Frau, ein Zwitter. Deshalb wurde ich auch als Seehexe bezeichnet. Ein Wesen, das Aibon die Unsterblichkeit gegeben hat, verstehst du?«

»Ja, ich glaube ...«

»Du bist mir nicht unbekannt, obwohl ich dich heute zum ersten Mal sehe. Ich kenne dich, ich weiß etwas von dir, denn du bist ein Mensch, der bereits einen Blick in das wunderbare Land tat. Du hättest wissen müssen, dass man alte Regeln nicht brechen darf. Und wer sie bricht, den trifft die Strafe. In meinem Bereich bin ich allmächtig. Alle Menschen, die sich gegen mich stellen und damit auch den Fluch ignorieren, müssen sterben. Sie haben es versucht, sie leben nicht mehr.«

»Auch die Taucher nicht?«

»Einer ist ...«

»Die anderen, meine ich.«

»Sie sind eingesperrt. Ich werde sie nicht mehr freilassen. Aber erst muss ich mich um dich kümmern.«

»Ich wollte mich ebenfalls mit dir beschäftigen, Schamane. Zeige dich. Aber schnell ...«

Ich hörte ein Lachen, das wie Glockenklänge in meinem Gehirn widerhallte. »Wenn ich etwas hasse, sind es Aufforderungen von Menschen. Möglicherweise bin ich längst in deiner Nähe. Nur siehst du mich noch nicht. Ihr Menschen habt Augen, um zu sehen, manchmal aber sind sie verschlossen. Ich war schon bei euch, als ihr mit dem Kapitän gesprochen habt. Gib Acht, ich komme. Er hat den Fluch gelöscht, ich bin frei, und du wirst mich sehen können.«

Zwar hatte ich am Rücken keine Augen, aber Suko hatte sich so gedreht, dass er die Wasserfläche hinter mir beobachten konnte. Da von ihm keine Warnung erklungen war, konnte ich mich beruhigt auf das Gebiet unter mir konzentrieren.

An Deck sah ich die Bewegung. Ein dunkler Punkt oder Gegenstand schwebte darüber hinweg und schoss plötzlich in die Höhe.

Kein Skelett, eine Mumie!

Ich erinnerte mich wieder an die Erzählungen des Kapitäns. Er hatte ebenfalls von einer Mumie gesprochen.

Jetzt sah ich sie, und sie bewegte sich auf mich zu.

Ich hatte die Harpune!

Noch ließ ich sie näher herankommen. Bisher hatte ich die Waffe noch nicht einzusetzen brauchen, das sollte sich ändern, ich musste nur die nötige Distanz haben, um einen Treffer garantieren zu können.

Die Mumie schwebte auf mich zu, als würde sie von unsichtbaren Händen geleitet.

Ich schaute sehr genau hin und konnte bereits ihr Gesicht erkennen. Es war widerlich. Es sah aus wie ein eingeschrumpfter Apfel. Die Haut bestand einzig und allein aus einem Netz von Falten, heller als die dunkle Haut, in der allerdings grüne Augen auffielen.

Die Arme lagen dicht am Körper. Sie wurden ebenso wenig bewegt wie die Beine.

Ein besseres Ziel hätte mir der Schamane nicht bieten können. Noch einmal nahm ich Maß.

Dann drückte ich ab.

Der Pfeil durchschnitt das Wasser. Er wäre schräg in den Körper hineingefahren, aber der befand sich plötzlich nicht mehr da. Nichts war dort, er hatte sich aufgelöst, und mein abgeschossener Pfeil zischte ins Leere.

Dafür hörte ich einen Schrei, der mir fast die Trommelfelle sprengte. Diesmal musste ich herum – und sah nicht nur Suko, auch den Schamanen. Er hatte sich verwandelt.

Aus der Mumie war ein gewaltiges Skelett geworden!

Und in seiner rechten Klaue zappelte Suko!

Im ersten Augenblick war mir dies nicht aufgefallen, ich hatte mich nur über die Haltung meines Freundes gewundert, sein Kopf wies nach unten – jetzt sah ich, dass er nicht anders konnte, denn der rechte Knöchel wurde von der Skelettfaust umklammert.

Und welch ein Monster!

Zweimal, dreimal so groß wie ein Mensch? Vielleicht vergleichbar mit dem Schwarzen Tod, einem meiner ersten gefährlichen Gegner, den ich ebenfalls nur als Skelett gekannt hatte?

Dieses hier war anders. Gelb wie Knochen, gleichzeitig von

einem grünlichen Schein umgeben, der an den Gebeinen zu haften schien. Ein gewaltiger Schädel mit grünen Augen oder was immer diese Masse sein mochte, die in den Höhlen leuchtete.

Tang bedeckte Teile des Körpers und hing von den Schultern herab.

Ein widerliches Scheusal und dabei brandgefährlich. Mörderisch, stets bereit, zu töten.

Suko hatte es schon, die andere Hand schwebte im Wasser. Die Knochenfinger waren ausgebreitet, sie kamen mir vor wie weiße abstehende Dolche, und das vor mir waagerecht schwebende Monster streckte in diesem Moment seinen Arm aus.

Die Hand näherte sich mir.

Es war wie auf dem Bildschirm oder der Kinoleinwand. Näher und näher kam sie, sodass sie sich vergrößerte und schließlich mein gesamtes Blickfeld einnahm.

Ein Albtraum.

Ebenso wie die Stimme, die ich kratzig in meinem Schädel hörte und die mein gesamtes Denken einnahm.

»Aibon hat sich geöffnet, Aibon hat sich gezeigt, aber Aibon wird euch verschlingen …«

»Das hat man mir schon einmal gesagt«, erwiderte ich in Gedanken. »Ich wollte dir gegenübertreten, Schamane. Einmal Mumie, einmal Skelett, du verteilst das Grauen. Aber glaube nur nicht, dass ich Furcht empfinde. Wir werden es ausfechten.«

Ich hatte bei diesen Worten nur meine Arme bewegt und die Kette mit dem Kreuz über den Kopf gestreift. Zum Glück war die Kette lang und breit genug, sodass sie auch an den Luftschläuchen vorbeistrich.

Sehr nahe war die Hand gekommen. Das Skelett konzentrierte sich auf mich, Suko glaubte es sicher, ein Irrtum, denn mein Freund und Kollege war nicht umsonst ein exzellenter Kämpfer.

Das bewies er in diesen Augenblicken.

Trotz seiner miesen Lage gelang es ihm, eine Hand so am Körper hochzuschieben, dass er den Griff der Dämonenpeitsche umklammern konnte. Er zog sie hervor, musste einen Kreis schlagen, sodass die Riemen aus der Öffnung rutschen konnten.

Das schafften sie trotz des Wasserdrucks. Allerdings lag der schwerste Teil der Arbeit noch vor meinem Freund. Er musste die drei Riemen so in die Höhe schwingen, dass er mit einem Schlag den Arm oder einen anderen Körperteil des Skeletts erwischte.

Es konzentrierte sich auf mich.

Ich sah nur die gewaltige Hand, die mich mit einem Druck der Knochenfinger zerquetschen würde. Sie hatte Genicke gebrochen und schreckliche Wunden zugefügt, doch ich vertraute auf mein Kreuz.

Die Formel konnte ich nicht rufen, aber ich schwamm der Hand entgegen und presste das Kreuz gegen die Knochen.

Magie macht vieles möglich. Diesmal hörte ich keine Stimme, sondern einen wirren Schrei. Das Skelett zog die Pranke zurück, ich sah noch einen Abdruck auf der Knochenfläche, dann zog sich der Körper zusammen. Besseres konnte dem kampfbereiten Suko nicht passieren.

Er hatte endlich eine andere Position eingenommen und konnte zuschlagen.

Sehr langsam nur fächerten die drei Riemen auseinander. Es schien so, als wollten sie das unheimliche Knochengestell überhaupt nicht berühren, dann hatten sie Kontakt.

Wieder erklang ein Schrei.

Das Skelett rollte herum. Sein Arm und die linke Knochenhüfte waren getroffen worden. Die Dämonenpeitsche, eine mächtige Waffe, hatte einen Teil der Arbeit geleistet und den Knöchernen angeschlagen.

In einer Reflexreaktion hatte er seine Klaue geöffnet, sodass Suko wegschwimmen konnte.

Auch ich schwamm.

Es sah aus wie Todesmut, aber es war eiskalte Berechnung, als ich mich auf den Knöchernen zubewegte. Vielleicht wollte der Schamane noch weg, ich aber war schneller. Ich umschwamm ihn in Schädelhöhe, schwang meinen Körper herum und kam von der Rückseite, während Suko sich wieder auf einen Schlag konzentrierte.

Dann war ich am Kopf, und ich hatte meinen Dolch gezogen.

Von hinten führte ich die rechte Hand um den Schädel herum, sodass sich die Klinge nicht nur dem vorderen Gesicht näherte, auch dem rechten Auge.

Genau in das Rund setzte ich die Klinge!

Ich spürte kaum Widerstand, zog das Messer sofort wieder hervor und versuchte beim zweiten Auge das Gleiche. Da rutschte ich am Schädel ab, drehte den Dolch jedoch, sodass die Klinge beim zweiten Versuch hineinfahren und das Auge zerstören konnte.

Als ich die Waffe wieder hervorzog, folgte der Schwall einer dicken, grünen Flüssigkeit wie zwei Ströme. Sie verteilten sich im Wasser und sahen aus wie Teppiche aus grüner Farbe.

Ich stieß mich mit den Füßen noch ab und sah, dass auch Suko zur Seite schwamm.

Wir waren gerade noch rechtzeitig weggekommen, denn der Todeskampf des Monsters begann.

Diesmal kam es nicht mehr frei. Die Waffen der Weißen Magie hatten dafür gesorgt. Wir sahen den Kampf nicht nur, wir hörten auch die schrecklichen Schreie in unserem Kopf widerhallen.

Es waren Laute, die wahnsinnig machen konnten, aber da mussten wir durch. Es gab keine Alternative für uns. Ich tauchte weg, auch Suko schwamm zur Seite, es hatte keinen Sinn, wir hörten die Schreie trotzdem. Das Skelett führte wilde Tänze auf. Es schwamm Spiralen, auch Kreise, tauchte in die Tiefe, kam wieder hoch, um einen Moment später wieder dem Meeresboden entgegenzujagen.

Es krachte in das Schiff hinein.

Seine Schreie verklangen und die Welt des gläsernen Grüns um uns herum. Aibon trat zurück.

Das normale Wasser umgab uns, erschwerte die Sicht, sodass wir vom Wrack nur noch den Schatten sahen, wenn wir mit unseren langen Lichtfingern darüber hinwegstrichen.

Wo war der Schamane?

Wir sahen ihn nicht mehr, aber über das Deck trieb eine lange Spur aus Sand.

Keiner von uns glaubte daran, dass es tatsächlich Sand war. Wahrscheinlich waren es die Überreste des Schamanen, die sich im Wasser verteilten.

Und wir sahen die Taucher. Es musste ihnen gelungen sein, sich zu befreien. Zu viert und hintereinander stießen sie aus einer offenen Luke irgendwo am Schiff.

Suko deutete nach oben.

Ich nickte.

Ab an die Oberwelt!

Die gar nicht so freundlich aussah, als wir endlich auftauchten und in der Nähe zwei Boote sahen, auf die sich vier Männer verteilten. Die Männer sahen uns, sie waren schwer bewaffnet, aber sie schossen nicht. Wir zogen uns trotzdem zurück und schwammen unter Wasser weiter, um möglichst Distanz zwischen sie und uns zu bringen. An die Gleiter dachten wir im Moment nicht mehr. Wir wussten auch nicht genau, wie viel Zeit vergangen war, denn die letzten Minuten waren mir vorgekommen wie eine kleine Ewigkeit.

Weshalb uns die Taucher verfolgten, konnte ich nicht sagen. Jedenfalls taten sie es, wie ich mit einem Blick über die Schulter feststellen konnte.

Die Boote begleiteten sie und überholten sie auch. Noch schoss niemand, aber wir konnten uns ausrechnen, wann sie uns eingeholt hatten.

Dazu kam es nicht mehr.

Ein zweites Ungeheuer erschien. Diesmal eines aus Stahl, ein Wunderwerk moderner Technik, ein U-Boot.

Unser Boot! Und auch die Rettung.

Nicht nur wir hatten das U-Boot gesehen, die Verfolger ebenfalls. Sie zogen die Konsequenzen und sich selbst zurück.

Es dauerte nicht lange, da konnten wir durch den Turm auf der Brücke des U-Boots in den warmen Bauch klettern. Der Kapitän persönlich empfing uns. Er lächelte. »Wir haben uns Sorgen gemacht. Zudem sank ein Schiff, es gab einige Bewegungen in der Nähe, da wollten wir nachschauen.«

»Daran haben Sie gut getan, aber wir müssen noch einmal zurück.«

»Was?«

»Ja, wir haben das Rauschgift gefunden. Es liegt im Wrack.« Von der Mumie erzählten wir nichts.

Bei unserem nächsten Ausflug in die schweigende Welt wurden wir von einigen Marine-Tauchern begleitet. Wir schwebten über das Deck und gelangten in die Kabine des Kapitäns, die aussah, als hätte ein gewaltiger Orkan alles zerrissen.

Das Gift sahen wir auch.

Die Hülle hatte alles überstanden. Als ich meinen Dolch zog, ließ man mir den Vortritt.

Ich schnitt den weichen Kunststoff auf, und das Wasser fuhr gierig in die Lücke hinein. Suko, die Taucher und ich schauten zu, wie ein Millionenvermögen weggeschwemmt wurde.

Zum ersten Mal in diesem verdammten Fall konnten wir uns richtig freuen. Durch die Vernichtung des weißen Gifts hatten wir wahrscheinlich einige Leben gerettet.

Die Gleiter nahmen wir mit. Wir waren beide froh, dass sie uns wieder in Richtung U-Boot transportierten …

ENDE

# DROGENTEUFEL VON STONEHENGE

»Pete, du kannst sagen, was du willst, aber hier ist es mir nicht geheuer.«

Der junge Mann mit den gelbeschmierten, aufrecht stehenden und weißgrau gefärbten Haaren nickte. »Stimmt genau, Süße.«

»Dann lass uns gehen!«, zischte Lizzy Moreno.

»Nein, wir bleiben!«

Lizzy atmete hörbar ein. Es hatte keinen Sinn, Pete zu widersprechen. Tat sie es dennoch, wurde er gemein, und das wollte Lizzy auf keinen Fall erleben. Sie kannte seine Wutausbrüche. Manchmal wunderte sie sich, dass sie überhaupt noch mit ihm ging, aber es gab keinen anderen Menschen, der ihr zuhörte, wenn sie Probleme hatte.

Sie lauschte dem Klatschen der Tropfen. Es hörte sich unterschiedlich an, ob die Tropfen nun auf die Steine schlugen oder auf die schlammigen Wege.

Hin und wieder fielen auch dicke, nasse Schneeflocken aus den düsteren Wolken. Dazu blies ein unangenehmer Wind, der wie mit gierigen Händen durch die Kleidung der beiden jungen Leute fuhr und Kälteschauer auf ihrer Haut hinterließ.

Lizzy befand sich zum ersten Mal an diesem Ort, von dem sie schon sehr viel gehört hatte.

Es war Stonehenge!

Ein unheimlicher Flecken Erde, über den schon viel geredet und noch mehr geschrieben worden war. Es gab Menschen, die ihn für eine vorchristliche Zauberstätte hielten, ein geheimnisvoller Treffplatz der Druiden, beherrscht von einer gefährlichen Magie, die in archaischer Zeit ihren Höhepunkt erlebt hatte.

Was es genau war und weshalb man die Steine von Südwales in die Nähe von Salisbury in die Grafschaft Wiltshire geschafft hatte, darüber stritten sich die Experten. Jedenfalls waren die Steine rund 3 500 Jahre alt, und sie hatten alles überdauert.

Aus der Luft gesehen, wirkten sie klein. Stand man aber neben, zwischen oder unter ihnen, kamen sie einem Menschen vor wie gewaltige Kolosse oder himmelhohe Wände, die kaum zu bezwingen waren.

Auch Lizzy hielt sich in der Nähe eines Steins auf. Als senkrechte Wand baute er sich vor ihr auf. Nicht weit entfernt stand ein zweiter Stein, ein dritter lag über den beiden und bildete eine Brücke. Der Regen hatte eine nasse Schicht auf die Haut gelegt, und wenn der steife Wind um die Ecken pfiff und sich irgendwo fing, gab er Geräusche von sich, die an das geisterhafte Heulen irgendwelcher Kobolde erinnerten.

Pete Talbot war schon einige Schritte vorgegangen. Er drehte sich jetzt um und winkte. »Komm endlich.«

»Nein, nicht noch weiter.«

»Wir müssen unseren Treffpunkt erreichen. Noch befinden wir uns im äußeren Ring.«

»Da kannst du auch allein hingehen!«

Pete nahm die Lampe und strahlte seine Freundin an. Die wurde geblendet, riss den Arm hoch, um sich so zu schützen. »Lass das doch, verdammt.«

»Bleib cool und komm mit.«

Lizzy ging zögernd weiter. Wieder durchfuhr es sie kalt, und sie dachte daran, dass sie sich für diese Jahreszeit viel zu dünn angezogen hatte. Aber sie wollte ihrem Image treu bleiben.

Die roten Strümpfe umspannten Lizzys Beine wie eine zweite Haut. Der Minirock war wieder modern. Ihrer hatte ein Zebramuster. Schwarz und weiß gestreift. Darüber trug sie eine billige Jacke aus dünnem Ledererersatz. Passend zu den Strümpfen waren ihre Haare gefärbt. Als wilde Mähne hatte Lizzy sie nach hinten gekämmt. Ihre Ohren lagen frei. An den Läppchen glänzten faustgroße Platten.

Talbot begann zu lachen. »Was hast du eigentlich?«, fragte er. »Hier stört uns niemand.«

Lizzy blieb bibbernd stehen. »Trotzdem ist es mir unheimlich.«

»Das kann passieren, aber die Geschichten sind nicht wahr, die man sich so erzählt. Oder hast du hier Geister gesehen?«

»Nein, das nicht. Aber wieso Geister?«

»Das sagt man doch. Hier soll es spuken. Alte Druiden-Geister machen die Gegend unsicher. Ich habe mal gelesen, dass die Steine mit Druidenblut getauft sein sollen.«

»Und dann kommst du hierher?«

»Hier sind wir ungestört. Ich kann mir keinen besseren Platz für die Übergabe des Stoffs vorstellen.« Er räusperte sich. »Ich sage dir, Lizzy, wenn wir das Zeug verkauft haben, sind wir fein raus. Dann machen wir einen drauf. Acapulco oder so.«

Sie schaute ihren Freund an. Pete war ein gedrungener Typ, kaum größer als sie, aber ziemlich breit in den Schultern. Wenn er sich prügelte, wirkte er meist wie ein Rammbock, so ging er in seine Gegner hinein. Seine Jacke war mit silberfarbenen Nietenköpfen besetzt, der breite Gürtel ebenfalls, und die beiden Fahrradketten hingen nicht nur zur Zierde daran. Pete hatte oft genug bewiesen, dass er damit umgehen konnte.

Lizzy nickte. Sie hatte sich damit abgefunden, nicht zurückzugehen. »Wann kommt der Kerl denn?«

»Keine Ahnung.«

»Und wer ist es?«

»Einer der Großen, glaube ich.«

»Das glaubst du.«

»Klar, das muss er sein. Wer kann schon so viele Scheine für den Stoff hinlegen?« Seine Stimme hatte aggressiv geklungen. »Das wird hier eine Schau, kann ich dir sagen.«

»Mir wäre ein Schirm lieber.«

»Mach dir nicht in die Hose. Man muss auch mal etwas einsetzen, wenn man was verdienen will.«

Lizzy hob die Schultern. Sie war von oben bis unten nass. Sogar die dünnen Strümpfe klebten wie feuchtes Papier an ihren Beinen.

»Erzähle mir was von denen, die hier leben.«

Pete glotzte sie an. »Wieso?«

»Ja, hier haben doch welche gelebt.«

»Und wer?«

»Diese Dru …«

Er winkte ab. »Druiden, meinst du.« Pete grinste breit. »Das ist Legende, sage ich dir. Die ist aufgebracht worden, damit nicht so viele Leute zu den Steinen kommen.«

Sie winkte ab. »Ich habe doch gelesen, dass die hier sogar schon Pop-Festivals abgehalten haben und es anschließend so aussah wie auf einem Rummelplatz.«

»Stimmt. Das war einmal. Die Typen von der Verwaltung, die für diesen Komplex verantwortlich sind, haben dem inzwischen einen Riegel vorgeschoben. Es gibt diese Massenaufläufe nicht mehr. Ist alles vorbei, Süße. Wir sind ungestört.«

»Mir wäre der Trubel lieber.«

Pete Talbot spie aus. »Erzähl hier keinen Schmant. In einer Stunde ist alles erledigt, dann knistern die Scheine in meinen Taschen. Schon morgen früh geht's rund.«

Das Gespräch über Geld hatte Lizzy Morenos Bedenken ein wenig zerstreut. »Wie viel wird es denn sein?«

»Hunderttausend!«

Lizzy stand einen Moment still. Dann fuhr sie herum. »Was sagst du da? Hunderttausend?«

»Ja.«

Lizzy wollte lächeln, doch ihre Grimasse zeigte einen anderen Ausdruck. »Du … du legst mich rein. Willst mich in Sicherheit wiegen, zum Teufel.«

»Nein, Lizzy. Das stimmt alles schon. Ich will dir sagen, dass du dich auf mich verlassen kannst.«

»Und wo hast du den Stoff? Das ist doch viel.«

»Versteckt.«

»Hier?«

»In der Nähe.«

»Wer kommt denn?«

»Ich habe da eine Adresse herausgefunden. Ein Dealer aus London. Sogar ein großes Tier, verstehst du?«

»Nein.« Sie fröstelte wieder. »Und ich bin auch froh, dass ich nichts verstehe.«

»Okay, meinetwegen. Aber jetzt komm weiter. Wir müssen in den inneren Ring.«

»Da ist es doch noch unheimlicher – oder?«

»Kann schon sein.« Pete ging vor. Lizzy folgte ihm. Sie verspürte wieder das Gefühl von Furcht. Die Steine waren dunkel. Nur an manchen Stellen, die besonders nass waren, wirkten sie heller.

Die Erde war feucht und nass. Jeder Schritt wurde von schmatzenden Geräuschen begleitet.

Hoch, kantig und manchmal auch an kompakte Schatten erinnernd, wuchsen die Steine vor ihnen gegen den dunklen Himmel. Auf halbem Wege verschwanden sie, da schienen sie von der Finsternis verschluckt zu werden, als hätten über ihnen urwelthafte Drachen ihre Mäuler geöffnet. Zwischen den stummen Zeugen einer fernen Vergangenheit fühlte sich Lizzy unwohl. Selbst die Aussicht auf viel Geld konnte ihr bedrückendes Gefühl nicht verscheuchen. Es blieb wie eine Klammer, die ihren Magen festhielt.

Der Himmel war in Bewegung geraten. Wind spielte mit den Bergen aus Wolken. Er trieb sie vor sich her, wie er gerade Lust hatte, und fegte an manchen Stellen das Firmament sogar frei. Dann blinkte ab und zu ein fahlgelber Stern auf, und er kam Lizzy zu diesem Zeitpunkt noch weiter entfernt als sonst vor.

Ihr Freund ging sehr schnell. Es gab Straßen innerhalb der Steine, die sternförmig zu einem bestimmten Ort führten. Einem Platz, wo sich früher angeblich die Druiden-Priester getroffen und ihre geheimen Versammlungen und Beschwörungen abgehalten hatten.

Der Wind und der Regen fanden ihren Weg. Sie wischten durch Lücken und jaulten leise an den kantigen Ecken der Steintürme entlang. Sensible Menschen konnten Furcht bekommen. So erging es auch Lizzy. Wenn sie sich zu sehr auf einen Punkt konzentrierte, hatte sie manchmal den Eindruck, als würden sich die Steine bewegen, sich vor ihr verbeugen, um sie zu begrüßen.

Die Furcht und die Beklemmung wichen auch nicht, als Pete sich umdrehte und ihr zuwinkte. »Geh endlich schneller. Wir sind gleich da. Du brauchst nur geradeaus zu gehen.« Ohne auf eine Antwort zu warten, beschleunigte er seine Schritte und ließ Lizzy Moreno noch weiter zurück.

Manchmal ging sie so dicht an den Steinen entlang, dass sie diese mit der Schulter streifte. Dabei hatte sie jedes Mal den Eindruck, von einer kalten Hand berührt zu werden, und sie schauderte zusammen.

»Bitte, Pete, lauf nicht so schnell.«

Er hörte nicht, Lizzy hatte einfach zu leise gesprochen. Zudem war Pete in der Dunkelheit verschwunden. Er hatte auch seine Lampe nicht eingeschaltet. Lizzy sah nichts mehr von ihm. Selbst seine Schritte waren auf dem weichen Boden nicht zu hören.

Das Mädchen fühlte sich allein. Verlassen zwischen all den steinernen Wächtern, die überall standen und sie stumm anzuglotzen schienen.

»Pete, nun bleib doch stehen!« Diesmal rief sie die Worte, und sie vernahm ihre Stimme als Echo, das von einer Steinfläche zur anderen wanderte.

Nur reagierte ihr Freund nicht. Lizzy schien für ihn Luft geworden zu sein. Er hatte sich sein Ziel ausgesucht und wollte es unbedingt erreichen.

Vor Wut stampfte das Mädchen mit dem Fuß auf. Sie hörte es klatschen, als die Sohle gegen die weiche Erde gedrückt wurde. So weit war es schon gekommen. Da hatte sie sich entschlossen, mitzugehen, und jetzt ließ sie dieser Typ einfach allein. Wie eine Gefangene kam sie sich in dieser Gegend vor.

Lizzy blieb trotzdem nichts anderes übrig, als Pete Talbot zu folgen. Schon nach dem ersten Schritt hatte sie den Eindruck, nicht mehr allein zu sein.

Irgendetwas störte sie.

Lizzy blieb stehen. Sie duckte sich ein wenig, spürte den Wind in den Haaren und auch über ihren Rücken gleiten. Die Augen hielt sie weit offen, dennoch konnte sie in der Dunkelheit kaum etwas erkennen. Zu schwarz und zu dicht waren die Schatten.

Wie Watte umgab sie die Finsternis, sodass sie glaubte, keine Luft mehr zu bekommen. Der Regen fiel nicht mehr. Was jetzt noch zu Boden tropfte, war Wasser, das von den oberen Kanten der Steine floss.

Allein oder nicht allein?

Äußerlich konnte das Mädchen nichts erkennen, aber da war etwas. Lizzy spürte es genau. Jemand beobachtete sie.

Aber wer und wo?

Sie drehte sich auf der Stelle, sah aber nichts. Die Finsternis war einfach zu dicht. Kein Mond, kein Stern gab Licht, und doch war jemand da, daran glaubte Lizzy fest.

Wenn sie sich drehte, sah sie gegen einen Stein, da spielte es keine Rolle, in welch eine Richtung sie schaute. Überall wuchsen die dunklen Schatten in die Höhe.

Und sie hörte den Wind.

Ein geheimnisvoll klingendes Säuseln und Flüstern, wie Musik, die seicht und leise zwischen den Steinen einherwehte. Melodien aus der Unendlichkeit, aus einer anderen Welt …

Lizzys Herz schlug schneller. Nicht umsonst erzählte man sich über das Gebiet von Stonehenge die rätselhaftesten Dinge. Hier sollte es spuken, nicht geheuer sein. Hier würde das Grauen zwischen den Steinen lauern und Botschaften von fremden Sternen oder aus fernen Welten übermitteln. All das war gesprochen worden, und Lizzy wusste es auch. Dieses Wissen überkam sie wie ein plötzlicher Einfall.

Ausgerechnet jetzt war ihr Freund verschwunden.

»Verdammt, Pete, du bist ein Scheusal!«, keuchte sie. Voller Wut ballte sie die Hände. »Ein verfluchtes Scheusal. Du hast mich allein gelassen, du …«

Sie brach ab, weil sie an ihrem eigenen Zorn fast erstickte. Aber ihre Augen weiteten sich plötzlich, weil sie etwas entdeckt hatte. Nicht weit entfernt, etwas schräg, wo die Finsternis von einem hohen Schatten geteilt wurde, sah sie das Leuchten.

Geheimnisvoll und fahl, von einer grünlichen Farbe, in der die Schwärze überwog. Zuerst konturenlos, dann sich aus dem Stein heraus konzentrierend.

Ein Gesicht!

Lizzy Moreno bewegte sich nicht. Dafür drang etwas anderes tief aus ihrer Seele hoch.

Angst …

Furcht vor dem Kommenden, vor dem unheimlichen Zauber, der diese Steine überdeckte. Eine geheimnisvolle Kraft, nicht fassbar, nicht erklärbar, vielleicht auch nicht messbar.

Und das Gesicht!

Es war da, es hatte Bestand, kein Lichtreflex oder eine optische Täuschung.

Lizzy Moreno wusste selbst nicht, woher sie die Kraft nahm,

sich dem Stein zu nähern, in dem sich das Gesicht befand. Ihre Schritte setzte sie zögernd, dabei schleiften die Sohlen über den feuchten Boden. Sie spürte die von den Steinkanten fallenden Tropfen, die ihren Kopf trafen und den Nacken hinabrannen.

»Pete, du verdammter Hund!«, flüsterte sie plötzlich, um sich Luft zu machen. »Das hast du genau gewusst. Ja, das wusstest du.« Sie ballte die Hände zu Fäusten, weil der Zorn sie fast auffraß. »Du wusstest, dass hier etwas passiert …«

Das Gesicht bewegte sich.

Es war ein Zucken, das über die fahlen Wangen lief. Gleichzeitig auch die Stirn erfasste, sodass diese ein regelrechtes Muster bildete. Lizzy stand unbeweglich, sie starrte jetzt die Lippen im Gesicht an, denn auch diese hatten sich in die Breite gezogen, als würde der flache Schädel sie angrinsen.

Furchtbar …

Lizzy hätte ihrem Freund eigentlich nachlaufen müssen, doch das tat sie nicht. Statt dessen ging sie auf den Stein zu, wo sich das Gesicht abmalte.

Sie streckte beide Arme aus, weil sie es berühren wollte. Das kostete sie eine starke Überwindung, und als sie mit den Fingerkuppen über die Stirn fuhr, drang ein Schrei aus ihrem Mund. Lizzy zog die Hände blitzartig zurück, brachte die Finger dicht vor ihre Augen und sah die schwarzen Flecken auf den Kuppen.

Wie verbrannt sah das Fleisch aus!

Das Mädchen schüttelte sich. Plötzlich konnte es nicht mehr an sich halten. Tränen flossen aus ihren Augen. Sie presste die verbrannte Hand zur Faust zusammen, die Wangen zuckten, als sie seufzend weinte, sie drehte sich – und sah auch die anderen Gesichter.

Vier weitere schwammen in ihrer unmittelbaren Umgebung wie in einem Meer der Finsternis.

Sie zitterten, sie zuckten, und sie sahen aus, als wollten sie jeden Moment auf sie zuschweben.

Lizzy wusste nicht, was sie noch tun sollte. Die Panik überschwemmte ihr Denken. Wenn sie nach rechts lief, würde sie ebenfalls erwischt werden. Das Gleiche geschah auf der anderen Seite. Es gab eigentlich nur einen Ausweg für sie.

Nach vorn zu laufen, den gleichen Weg zu nehmen, den auch ihr Freund gegangen war.

Lizzy riss den Mund auf und holte tief Luft. Sie nickte hart, als sie einen Entschluss gefasst hatte. »Ja!«, keuchte sie. »Ja, ich werde es tun! Ihr habt gewonnen, ihr verdammten Geister. Ihr seid stärker als ich. Pete, verdammt!« Diesmal schrie sie den Namen ihres Freundes, erhielt aber keine Antwort.

Er musste sie doch gehört haben. Vielleicht wollte er auch nicht antworten. Lizzy Moreno dachte darüber nicht länger nach. Sie blieb auch nicht mehr auf dem Fleck.

Weg wollte sie, nur weg.

Und so begann sie zu rennen.

Es war ein Laufen in die Finsternis hinein, in eine Dunkelheit, die ihr vorkam, als wäre sie körperlich vorhanden, die nur darauf wartete, sie berühren zu können.

Lizzy bewegte ihre Beine automatisch. Sie hörte das Klatschen der Füße auf dem weichen Boden, den manchmal braunes Wintergras bedeckte, der dann wieder nur aus feuchtem Lehm oder Schlamm bestand. Sie sprang und lief durch Pfützen. Wasser spritzte hoch und gegen ihre Waden.

Lizzy kümmerte sich um diese Dinge nicht. Sie wollte ihr Ziel erreichen, nur das zählte.

Aber was erwartete sie dort?

Wieder Gesichter, die so bösartig starren konnten und in deren Augen ein Versprechen lag, das nur mit dem Tod enden konnte? Vielleicht, aber sie würde auch auf Pete treffen, und das war wichtig. Sicherlich wusste er einen Ausweg aus dieser Misere. Schließlich hatte er ihnen die ganze Sache eingebrockt.

Lizzy rannte weiter.

Steine, Schatten, Dunkelheit, ein feuchter, rutschiger Boden, ein Weg, der sie immer tiefer in diesen Wirrwarr führte oder in die magische Geometrie von Stonehenge hinein, für die man noch immer keine Erklärung hatte.

»Pete, Pete!« Manchmal lösten sich die Schreie aus ihrem Mund.

Sie rief und weinte, sie bekam schreckliche Beklemmungen, sodass sie bald nicht mehr rufen konnte.

Dann erhielt sie Antwort.

Lizzy war im ersten Augenblick so überrascht, dass sie die Worte einfach ignorierte.

Bis sie eine zweite Antwort vernahm.

Und die bestand aus einem tiefen Stöhnen, als würde jemand schreckliche Qualen leiden.

Lizzy blieb nach einer Rutschpartie stehen. In ihrem Kopf hämmerte es. Es fiel ihr schwer, klar zu denken. Sie blickte nach rechts und links, dann nach vorn und flüsterte den Namen ihres Freundes.

Er gab keine Antwort.

Nach einer Weile wurde Lizzy klar, dass sie selbst etwas tun musste. Bevor sie ging, schaute sie sich um. Die unheimlichen Gesichter sah sie nicht mehr, sie waren von der Finsternis verschluckt worden. Aber auch vorn, wo Pete eigentlich sein musste, konnte sie nichts erkennen.

Aber da musste sie hin.

Diesmal ging sie langsamer. Lizzy setzte ihre Schritte sehr vorsichtig. Sie wollte auf keinen Fall in ihrem blinden Eifer einen Fehler begehen.

Trotz der Furcht erinnerte sie sich daran, was Pete ihr gesagt hatte. Er hatte von einem Zentrum gesprochen, einem Kreis, dem inneren Kreis der Steine, wo sich die Wege trafen. Eigentlich dem Opferplatz. Genau dort hatte er sich mit dem Großdealer treffen wollen.

Das Mädchen merkte, dass sich die Umgebung änderte. Zwar konnte Lizzy noch die Steine erkennen, aber die Lücken zwischen ihnen waren größer geworden.

Befand sie sich etwa vor dem Zentrum?

Sie ging noch weiter. Vorsichtig setzte sie einen Fuß vor den anderen. »Pete …?«

Da erklang die Antwort. »Lizzy …« Aber wie hatte sie sich angehört! Als würde Pete unter schrecklichen Schmerzen leiden, und die Angst des Mädchens steigerte sich noch mehr.

Sie ging auch den Rest der Strecke.

Da sah sie Pete liegen.

Ein dunkler »Hügel«, der sich vom Schwarz des Bodens abhob.

Sie lief auf Pete zu.

Diesmal rannte sie, kam näher, sah jetzt besser und erkannte, dass ihr Freund kniete. Er hatte eine breitbeinige Haltung eingenommen, sein Rücken bildete ein Hohlkreuz. Es sah so aus, als könnte er sich nur noch mit äußerster Kraft halten.

»Pete, lieber Himmel, was ist denn?«

Er ächzte, als Lizzy die letzten Schritte ging, zu Boden blickte und rechts neben ihrem Freund etwas Blinkendes im weichen, nassen Gras liegen sah.

Ein Messer!

Lizzy wurde fast schlecht vor Angst. Ihr Freund hatte die Arme angewinkelt und die Hände gegen die Brust gepresst. Er hatte die Finger dabei gespreizt, sodass Lizzy das Blut aus der Brustwunde strömen sah.

Lizzy senkte den Kopf. Die eigenen Bewegungen kamen ihr fremd vor. Sie fühlte sich wie eine Person, die neben dem eigentlichen Vorgang stand und nicht unmittelbar betroffen war.

»Pete, was hat man mit dir gemacht …?«

»Lizzy!« Er hatte Mühe, die Worte zu formulieren. »Lizzy, ich … ich werde sterben …«

Das Mädchen hatte schon viel Schreckliches in ihrem jungen Leben gesehen. Lizzy entstammte einem Elternhaus, das den Namen überhaupt nicht verdiente. Was sie jetzt allerdings erlebte, das übertraf die Ereignisse der Vergangenheit bei weitem.

Ihr Freund wollte sterben. Den einzigen Halt, den sie je gehabt hatte. Und plötzlich flammte so etwas wie Widerstand in ihr hoch. Sie fiel auf die Knie, rutschte auf Pete zu und stützte ihn ab, weil sie jeden Augenblick damit rechnete, dass Pete fiel.

Er schwankte, auch als er festgehalten wurde. Sein Gesicht glänzte. Es war nicht nur die Regennässe, die auf seiner Haut lag, auch der kalte Schweiß der Angst.

»Du wirst nicht sterben, Pete. Nein, du wirst nicht sterben. Du kannst mich nicht allein lassen …«

»Dieses … dieses Schwein!«, keuchte der junge Mann. »Dieses verdammte Schwein …«

»Wer, Pete, wer?«

»Ich wollte ihn treffen. Er war auch da. Aber er hatte das Messer. Ich sah es zu spät. Ich gab ihm den Beutel. Er nahm ihn an sich und stach zu. Blitzschnell, weißt du. Ich konnte noch schlagen, traf sein Gesicht, er ließ das Messer los, es rutschte aus der Wunde. Jetzt liegt es neben mir. Verdammt, Lizzy. Das brennt so. Die Brust ist mit Feuer gefüllt. Es tut so verflucht weh …«

»Okay, okay, Pete, wir schaffen das schon. Ich werde einen Arzt besorgen, glaub mir.«

»Das hat keinen Sinn.«

»Sag nicht so etwas!«

»Lizzy, ich bin zwar noch nicht alt, aber mir hat mal jemand gesagt, dass man es spürt, wenn man stirbt. Der hatte Recht. Ich spüre es, dass wir es nicht schaffen. Wenigstens ich nicht. Aber der andere Hundesohn ist mit dem Rauschgift entwischt. Den musst du dir holen. Er hat mich auf dem Gewissen.«

»Hör auf zu reden, Pete. Scheiße, Mensch, hör auf zu reden. Du darfst nicht sterben. Was soll ich denn dann machen? Du bist doch der Einzige, der zu mir gehalten hat. Pete, ich …«

Er klammerte sich an sie. »Glaub mir, Lizzy, ich habe dich auch gemocht. Irgendwie sind wir gleich. Der Deal war nur eine Nummer zu groß für uns. Wir hätten klein anfangen sollen. Jetzt ist es zu spät …«

Pete Talbot wurde schwer in Lizzys Armen. Sie sah ein, dass er diese Haltung nicht beibehalten konnte, und drückte ihn langsam zurück.

Auf dem Rücken blieb er liegen. Sein Gesicht war so bleich wie die Züge einer Leiche. Er schaute in die Höhe und sah die Brücke von unten.

»Hier sterbe ich«, flüsterte er. »Auf dem Gelände der Druiden hauche ich mein Leben aus …«

»Das kannst du nicht sagen.«

»Doch, Lizzy. Es brennt so. Der Tod wühlt in meinen Eingeweiden. Man hatte mich gewarnt. Ich hätte auf die Warnungen hören sollen. Das ist ein verfluchter Ort, Lizzy, verstehst du? Ein verfluchter Ort. Hier haben mal andere gehaust – Geister, die uns über waren. Sie sind noch immer hier, ich spüre es. Sie beobachten uns. Gesichter …« Er wollte noch mehr sagen, ein Hustenanfall unterbrach ihn.

Lizzy erkannte, dass eine dunkle Flüssigkeit über seine Lippen drang. Es war Blut, wahrscheinlich war bei dem Stich auch die Lunge getroffen worden.

Lizzy weinte. Sie wusste jetzt, dass ihr Freund Recht hatte. Er konnte nicht überleben. Vielleicht hätte er eine Chance gehabt, wenn ein Arzt in der Nähe gewesen wäre. Das war nicht der Fall, und so würde er sterben. Das Leben rann aus seinem Körper, und sie, Lizzy, saß neben ihm und schaute zu.

Manchmal war das Leben eine Strafe …

»Geh du wenigstens!«, flüsterte Pete. »Geh du weg. Vielleicht kannst du mich rächen. Ich habe meinen Mörder gesehen. Es ist ein großer Kerl. Sie nennen ihn Hadib. Merk dir den Namen gut. Hadib. Er kommt, glaube ich, aus Marokko, ich weiß es aber nicht genau, jedenfalls lautet der Name Hadib. Ihn darfst du nicht vergessen …«

»Nein, den vergisst sie nicht!«

Es war eine fremde, flüsternde, andere Stimme, die plötzlich in der Dunkelheit aufklang. So kalt und voller Wissen.

Lizzy konnte nicht anders. Sie musste einfach aufschreien, drehte sich und sah, wie eine fremde Hand aus der Dunkelheit auftauchte und nach dem Messer griff.

Bevor Lizzy noch reagieren und die Klinge an sich nehmen konnte, hatte der andere bereits gehandelt.

»So«, sagte er, »jetzt bist du dran!«

Noch immer kniete Lizzy neben ihrem schwerverletzten Freund, dessen röchelnde, schwere Atemzüge die Stille unterbrachen. Er lag auf dem Rücken, manchmal tropfte Wasser in sein Gesicht und auch gegen den Körper des Mädchens, aber darauf achtete Lizzy nicht.

Sie hatte nur Augen für den Fremden.

Wie ein düsteres Monster stand er vor ihr. Er trug eine Lederjacke, die feucht schimmerte. Sein Haar wuchs so dicht wie ein Pelz. Von seinem Gesicht war nicht viel zu sehen. Ein bisschen fahle Haut schaute aus dem Gestrüpp. Der Mann hatte eine angespannte Haltung angenommen. Das Messer ragte mit der glänzenden Klinge aus seiner rechten Faust. Es wies schräg auf Lizzy. Er brauchte es nur zu werfen, um das Mädchen tödlich zu treffen.

»Ich wusste doch!«, flüsterte der Mann, »dass er nicht allein gekommen ist. Ich habe mich nicht getäuscht. Ich konnte euch beobachten. Ja, das konnte ich …«

»Bitte, was … was …?«

Er schüttelte den Kopf. »Nein, Süße, du brauchst nicht zu betteln. Tote Zeugen sind die besten!«

Lizzy hatte die Worte vernommen, und sie wunderte sich, dass sie nicht in Panik verfiel. Statt dessen sagte sie: »Reicht Ihnen denn ein Toter nicht, Sie Killer?«

»Er ist noch nicht tot!«, erwiderte Hadib spöttisch.

»Aber er wird sterben!«, schrie sie den Mann an. »Ja, er wird sterben, das weiß ich!«

»Und du auch!«

Der Killer sprach gelassen, doch diese Unbefangenheit schwand, als er in das Gesicht des Mädchens blickte, das plötzlich nicht mehr so ängstlich wirkte, dafür aber einen harten und entschlossenen Ausdruck angenommen hatte.

Hadib trat einen kleinen Schritt zurück. »Hast du keine Angst vor dem Tod?«, fragte er.

»Nein!«

»Bitte!«, flüsterte der sterbende Pete. »Bitte, Lizzy. Wenn eben möglich, lauf weg. Ich kann dich nur darum bitten. Renn, versuche alles, aber lauf weg.«

Lizzy legte ihm einen Finger auf den Mund und wunderte sich darüber, wie kalt seine Lippen waren. Es war bereits die Kälte des Todes, die auch durch sein Gesicht kroch.

Seltsamerweise brach Lizzy nicht zusammen. Sie wunderte sich, dass sie sogar mehr Kraft bekam und sich aufstemmen konnte.

Der Mann mit dem Messer hatte seine Überraschung verdaut. »Ha«, sagte er, »willst du im Stehen sterben?«

»Nein.«

Er fintierte. Das Mädchen sah den schmalen, blanken Stahl auf sich zuschießen, blieb stehen und verfolgte die Klingenspitze. Dicht vor ihrer Brust beschrieb sie einen Halbkreis, ohne auch nur die Kleidung zu ritzen. »Beim nächsten Mal sitzt der Stich!«

Lizzy schüttelte den Kopf. »Das glaube ich nicht. Du kommst nicht dazu!«

Hadib lachte und warf das Messer in seine linke Hand. »Wer sollte mich daran hindern? Du?«

»Nicht ich. Sieh nach oben!«

Der Killer tat es. Er hatte nur einen kurzen Blick riskieren wollen, doch plötzlich erstarrte er. Was er über sich sah und was das Mädchen zuerst entdeckt hatte, war kaum zu fassen.

Der Stein, der das waagerechte Brückenteil bildete, »brannte«. Er glühte in einem unheimlichen Feuer, löste sich auf …

Hadib sah den ersten Tropfen fallen. Er wollte ihm ausweichen, es war zu spät.

Das schmelzende Gestein fiel nach unten, trotz der Drehung klatschte es auf seine rechte Schulter, und der Mann stieß einen röhrenden Schrei aus. Er taumelte zur Seite, während Lizzy günstiger stand, denn sie wurde nicht getroffen.

Sie starrte in die Höhe, hatte den Kopf dabei weit zurücklegen müssen und glaubte, innerhalb des Steins ein Gesicht zu sehen.

Ein grünliches Gesicht …

Sehr alt war es. Die Haut wurde von einem Netzwerk aus Falten und Runzeln durchzogen. Ein Mund, der wie ein welliger Strich wirkte, dazu ein breites Kinn und Augen wie Kugeln.

Ein wissendes Gesicht, sehr weise, aber auch sehr hart.

Das Stöhnen des Killers brachte sie wieder zurück in die Wirklichkeit. Sie sah den Mann, der mit sich und seiner Verletzung kämpfte. Er stand unter einem großen Druck. Die Schmerzen waren stärker als sein Wille zum Mord. Es gelang ihm nicht mehr, den rechten Arm zu heben. Er hing an seiner Seite herab, als würde er nicht mehr zu ihm gehören. Schmerz zeichnete sein Gesicht. Als er versuchte, den Arm zu heben, schaffte er die Bewegung nicht einmal im Ansatz.

Wie Säure hatte der große Tropfen seine Kleidung zerfressen. Auch die Haut musste einiges abbekommen haben, sonst würde der Mann nicht unter diesen Schmerzen leiden.

Er keuchte, starrte Lizzy an, und in seinen Augen stand ein Flehen um Hilfe.

»Nein!«, sagte sie und schlug einen Bogen, weil sie dem nächsten fallenden Tropfen unbedingt ausweichen wollte. »Ich hatte dir doch versprochen, dass so etwas nicht läuft. Du wirst nicht mehr dazu kommen, mich zu töten. Du stirbst …«

Hadib warf sich vor. Er konnte nur noch seine linke Hand gebrauchen, das reichte, aber es reichte nicht, um die Klinge in den Leib des Mädchens zu stoßen.

Lizzy konnte ausweichen, sodass der Killer ins Leere lief. Das Mädchen schlug zu.

Es war ein harter Handkantenschlag, der ihn erwischte. Pete hatte ihr mal beigebracht, wie man zu schlagen hatte, und an diese Regeln erinnerte sich das Mädchen wieder.

Hadib konnte sich nicht mehr auf den Beinen halten. Er stolperte über seine eigenen Füße, fiel zu Boden und rammte die Messerklinge dabei tief in die weiche Erde.

Lizzy kam über ihn wie eine Furie. Sie trat, schlug, spie und war wie von Sinnen.

Er versuchte sich zu wehren. Es war schlecht möglich, da er nur einen Arm einsetzen konnte. Zwar hatte er die Klinge wieder aus dem Boden gerissen und wälzte sich auch herum, aber er schaffte es nicht, den Stahl in den Körper des Mädchens zu stoßen.

Lizzy war zu schnell.

Und sie trat zu.

Dabei bewies sie Treffsicherheit und Glück, denn ihre Stiefelspitze hämmerte gegen das Gelenk des Killers, dessen Arm durch die Wucht zurückgeschleudert wurde. Der Griff lockerte sich, sodass Lizzy ihm die Waffe entreißen konnte.

Sie hielt sie mit beiden Händen fest, als sie vorsprang und aus der Reichweite des Mannes gelangte. Auf dem weichen Boden geriet sie ins Rutschen. Ein langer Schritt, der fast zum Spagat wurde, aber sie konnte sich fangen und herumwirbeln.

Jetzt sah sie den Killer vor sich. Er hockte geduckt am Boden und wirkte wie ein kleiner Hügel oder ein sprungbereites Raubtier. Nur hatte er nicht mehr die Kraft des Tieres, sein rechter Arm war fast ebenso zerstört wie der Ärmel. Die Haut wirkte wie mit Säure übergossen, der Mann musste schlimme Schmerzen haben, dennoch schaffte er es, sich in die Höhe zu stemmen. Jetzt sah Lizzy, dass der verletzte Arm von einer dünnen Schicht aus Rauch umzittert wurde. Die Schwaden schienen an Kleidung und Haut regelrecht festzuhängen.

Er ging, als hätte er getrunken. Den gesunden Arm streckte er vor. Seine Hand öffnete und schloss sich dabei, dann streckte er zwei Finger vor und zielte damit auf Lizzy.

»Du hast das Messer!«, keuchte er. »Aber du wirst es nicht schaffen, mich umzubringen. Ich bin stärker, ich bin …« Er stürzte vor und wollte die Messerhand des Mädchens zur Seite schlagen.

In diesem Moment verließen Lizzy die Nerven. Sie verlor die Übersicht, stach auch nicht zu, sondern wedelte mit der Klinge, während sie gleichzeitig zurückging.

Damit hatte auch Hadib nicht gerechnet. Er konnte den Schlag nicht ansetzen, wurde aber von der Klinge erwischt, die quer über sein Handgelenk in die Haut schnitt.

Da schrie er auf, blieb stehen und stellte sich auf die Zehenspitzen. Aus der frischen Wunde floss Blut und tropfte zu Boden.

»Du verdammte... du verfluchte...« Er röchelte und konnte nicht mehr weitersprechen. Alles drehte sich vor seinen Augen. Die unmittelbare Umgebung wurde zu einem rasenden Kreisel, und da gab es keinen Gegenstand, an dem er sich festhalten konnte.

Hadib fiel zu Boden. Er schlug schwer auf. Mit dem Gesicht prallte er in das nasse Wintergras und blieb liegen, ohne sich zu rühren.

Auch Lizzy bewegte sich nicht. Sie stand da und starrte über den Mann hinweg. Ihr Blick fiel auf den Stein, der noch immer glühte und dicke Tropfen absonderte, die glücklicherweise den schwerverletzten Freund nicht trafen.

Das Mädchen sah noch mehr.

Dass sie das Zentrum des magischen Ortes erreicht hatte, war ihr längst klar geworden. Sie stand genau in der Mitte, und sie drehte sich sehr langsam um.

Lizzy sah die Gesichter.

Die Steine standen sehr weit entfernt. Sie bildeten einen großen Kreis, aber einige von ihnen waren deutlich zu erkennen, weil in ihrer Fläche die alten Gesichter schimmerten.

Fahl und grünlich, wie mit kurzen Farbstrichen überpinselt. Vier Gesichter zählte sie, vier Steine, in denen ein uraltes, unheimliches Leben steckte.

Lizzy wusste nicht, was dies zu bedeuten hatte. Sie glaubte an einen Zauber und kam mit dieser Annahme der Wahrheit sogar sehr nahe. Mehr aber wusste sie nicht.

Hitze stieg durch ihren Körper. Lizzy wusste, dass sie einen roten Kopf bekommen hatte. Die Kälte war vorbei. Innerliche Furcht hielt sie umfangen.

Der Killer lag auf dem Bauch. Er hatte auch seinen linken Arm unter dem Körper vergraben. Tot war der Mann nicht. Aus seinem Mund drang ein leises Röcheln.

Lizzy nahm an, dass ihr Hadib nicht mehr gefährlich werden konnte, und sie ging mit steifen Schritten dorthin, wo Pete, ihr Freund lag. Die Angst nahm zu. Diesmal ging es nicht um ihre eigene Bedrohung, sie fürchtete sich vor Petes Ende. Diesen Augenblick der Wahrheit zu verkraften, war mehr, als ein Mädchen wie Lizzy vertragen konnte.

Neben Pete ging sie in die Knie!

Er lag da, als schliefe er.

Sein Gesicht sah entspannt aus, sogar friedlich. Kein Zeichen des Schmerzes mehr.

Für Lizzy hatte es einen zu friedlichen Ausdruck angenommen. Sie hatte zwar in ihrem Leben bisher noch keinen Toten direkt aus der Nähe gesehen, aber sie wusste von Erzählungen, dass Tote so aussahen. »Pete?«, fragte sie mit einer Stimme, die auch einer Fremden hätte gehören können. »Pete, hörst du mich?«

Er gab keine Antwort.

Lizzy begann zu weinen. Sie wollte es noch immer nicht wahrhaben, strich über das Gesicht des Jungen und zog seinen Kopf so nahe an sich heran, dass sie den Ausdruck seiner Augen sehen konnte.

Den gab es nicht mehr …

Die Augen waren leer. Pupillen wie Glas, so starr und leblos. Kein Pulsschlag, kein Zucken unter der dünnen Haut, wo die Halsschlagader lag, dafür den dunklen Blutfleck auf der Brust, mit dem sich anschließenden Wundkanal.

Es gab keinen Zweifel mehr. Pete Talbot war tot. Er hatte den Messerstich nicht überstanden.

Lizzy löste ihre Hand von seinem Gesicht. Sie konnte ihn plötzlich nicht mehr berühren, aber sie selbst bewegte sich ebenfalls nicht. Aus einem jungen Menschen schien eine Statue geworden zu sein. Lizzys Kopf war nach vorn gesunken. Eigentlich hätte sie weinen müssen, aber das tat sie nicht. Sie saß da, stierte neben dem Toten zu Boden, wollte an etwas denken, doch ihr Gehirn war leer.

Noch nie zuvor hatte sie so etwas erlebt. Der einzige Mensch, der ihr und dem sie Vertrauen entgegengebracht hatte, lag nun vor ihr und rührte sich nicht mehr. Das Leben war aus seinem Körper geronnen.

Lizzy hielt Wache neben einem Toten.

Ja, Totenwache …

Etwas rann über ihre Wangen. Es waren doch Tränen, aber sie kamen ihr vor wie Eiskristalle. Ob sie Minuten oder Stunden an der Leiche verbracht hatte, war ihr nicht bewusst. Sie starrte ins Leere und spürte gleichzeitig den Tränenschleier, der sich vor ihre Augen gelegt hatte. Deshalb sah sie alles noch verschwommener.

Manchmal erreichte ein schmerzvolles Stöhnen ihre Ohren. Es war der Killer, der nicht weit entfernt im nassen Gras lag. Lizzy kümmerte sich nicht um diese Laute.

Aber etwas anderes ließ sie dennoch aufhorchen.

Schritte!

Gleitende, durch das Gras und die Nässe schleifende Schritte, die von mehreren Seiten auf sie zukamen.

Spinnenbeine schienen unter Lizzys feuchte Kleidung zu kriechen und den Rücken hinabzukrabbeln. Etwas setzte sich in ihrem Nacken fest und bildete einen Ring.

Es kostete sie Überwindung, sich zu bewegen. Plötzlich konnte sie wieder denken. Sie glaubte auch nicht, dass sie sich die Schritte eingebildet hatte. Nein, die waren tatsächlich da.

Das Mädchen drehte sich. Ihre Knie berührten noch den Boden und schleiften über die feuchte Erde, wo sie sich eindrückten und auch Spuren hinterließen.

Erst als sie in den freien Raum und auf den Platz schaute, sah sie, was sich dort tat und dass sie sich keinesfalls getäuscht hatte.

Aus fünf verschiedenen Richtungen näherten sich die unheimlich wirkenden Kuttenträger …

Auch jetzt bewegte Lizzy sich nicht. Sie hatte den Eindruck, dass sie dies nicht durfte. Jede Bewegung konnte sie verraten, aber es war dennoch Unsinn. Die fünf Gestalten hatten sie bestimmt schon entdeckt, denn der rote Widerschein des schmelzenden Gesteins fiel auch auf sie.

Die Gestalten kamen von allen Seiten. Sie schritten gemessen dahin und wussten genau um ihre Würde. Die Farbe ihrer unheimlich wirkenden Kleidung war für Lizzy nicht zu erkennen. Die Kutten konnten schwarz, grün oder ebenso gut braun sein.

Bei jedem Schritt schwangen sie hin und her. Mit ihren Säumen schleiften sie über die Füße und Knöchel der Männer, die auch Kapuzen über ihre Köpfe gestreift hatten.

Sie waren sehr weit geschnitten, fielen über die Stirnen bis hin zu den Augenbrauen, sodass von den Gesichtern der Ankömmlinge so gut wie nichts zu erkennen war.

Obwohl die Männer aus fünf verschiedenen Richtungen kamen, hatten sie sich so abgesprochen, dass jeder von ihnen einen bestimmten Punkt innerhalb des Steinkreises zu einer ebenfalls bestimmten Zeit erreichen konnte.

Dort trafen sie zusammen!

Sie bildeten einen kleinen Kreis, ließen noch so viel Zwischenraum, dass sie sich zueinander verneigen konnten, was sie auch taten, als sie, ebenfalls mit gemessenen Bewegungen, die Köpfe senkten.

Es schien ein Begrüßungsritual zu sein, das Lizzy mit fiebernden Blicken beobachtete.

Sie selbst tat nichts. Lizzy blieb auf dem Boden hocken. Einmal dachte sie an Flucht, aber es war sinnlos, die fünf Männer waren immer schneller als sie.

Hadib schaffte es, den Kopf zu heben. Wahrscheinlich hatte er ebenfalls etwas gehört, aber er konnte sich nicht aufstemmen, dazu fehlte ihm die Kraft.

Schwer fiel er wieder zurück.

Die fünf Kuttenträger kümmerten sich nicht um ihn. Sie lösten den Kreis auf, schwangen zurück und bildeten schließlich eine Reihe wie zum Appell angetretene Soldaten.

Lizzy begann zu zittern. Die Männer standen so, dass sie angestarrt wurde.

Zehn Augen fixierten nur sie, und einer der Kuttenträger streckte plötzlich seinen Arm aus, sodass der Zeigefinger direkt auf sie wies. Dann hörte Lizzy die Stimme.

Sie klang so anders, so fremd und dumpf, als käme sie aus einer tiefen Höhle. »Du wirst es sein, die dem Druiden das Leben gibt. Du bist sein Opfer für uns …«

Sprechen konnte Lizzy nicht.

Dafür sah sie das Nicken der anderen vier Männer und wusste nun, dass ihr Schicksal besiegelt war …

Vorgenommen hatte ich es mir schon oft, aber diesmal setzte ich das Vorhaben in die Tat um.

Ich fuhr nicht mit dem Wagen zum Dienst, sondern nahm die U-Bahn. Das war bequemer, da gab es keinen so großen Stress, und da konnte man auf das miese Januarwetter pfeifen, das uns bisher Kälte, Schnee, Regen und Sturm gebracht hatte.

Dieser Tag war wieder einmal so. Da mengte sich alles zusammen, und der Wind blies den ganzen Mischmasch durch die

Straßen, sodass er nicht nur die Autofahrer behinderte, auch die Fußgänger, die sich unter ihren aufgespannten Regenschirmen duckten.

Auf die Idee, mit der U-Bahn zu fahren, waren auch andere Menschen gekommen. Als ich mich endlich in den Wagen gequetscht hatte, kam ich mir vor wie in Tokio, wo die Fahrgäste so eng standen, wie sonst nur die Sardinen in der Büchse lagen.

Es war ein Tag, an dem es sogar Spaß machte, im Büro zu hocken. Bei Schneeregen ging niemand gern hinaus.

Suko war schon da. Ich hatte mich etwas verspätet, roch aber den Kaffee, den Glenda gekocht hatte, und das hob meine Laune. Ich rieb mir die Hände, als ich den Mantel an den Haken gehängt hatte, und nickte Glenda zu. »Wie bist du denn gekommen, schönes Kind?«

»Geflogen!«

»Und?«

»Ich bin nicht einmal nass geworden.«

»Ich auch nicht. U-Bahn.«

Glenda lächelte hinterlistig. »War sie voll?«

»So wie Bill Conolly zu Silvester.« Den letzten Tag des vergangenen Jahres hatten wir gemeinsam verbracht und uns gehörig einen auf die Lampe gegossen.

»Von dir hat man ja auch einiges gehört.«

»Was denn?«, fragte ich unschuldig.

Glenda drückte mir eine Hand in den Rücken. »Geh schön in dein Büro und schlaf dich aus.«

Suko spielte mit einem Lineal, warf es in die Luft und fing es wieder auf. »Auch schon da?«

»Wie du siehst. Entschuldige, dass ich dich bei einer wichtigen Arbeit störe.« Ich stellte zuerst die Tasse ab und ließ mich danach auf meinem Schreibtischstuhl nieder.

»Ich denke nach.«

»Wirklich? Und worüber?«

»Wie bekommen wir den Tag herum?« Suko beugte sich vor. Er zielte mit dem Lineal auf mich. »Wenn ich dich so ansehe, habe ich das Gefühl, dass du keine Lust hast.«

»Stimmt.«

»Und was sollen wir machen?«

»Auf den Anfall von Arbeitswut warten.«

»Der ist schon da.«

Ich lachte. »Bei wem denn?«

»Bei uns. Akten aufarbeiten. Spesen machen und so weiter. Alles was noch vom letzten Jahr liegen geblieben ist, soll aufgearbeitet werden.«

»Wer sagt das?«

»Unter anderem ich.«

»Und über anderem?«

»Sir James und irgendein Zampano von der Buchhaltung. So ein komischer Erbsenzähler, der alles genau wissen will. Für die Revision, du verstehst das ja.«

»Klar, nur begreife ich es nicht.«

Suko deutete zum Fenster. Hinter der Scheibe sah es grauweiß aus. Da kam einiges aus den Wolken. »Du kannst ja auch durch die Straßen laufen und Dämonen suchen.«

»Danke. Dann sehe ich lieber dein Gesicht.«

»Sei nicht spöttisch, John. Du solltest mir dankbar sein, dass ich schon drei Plätze bei Mario und Franco reserviert habe. Glenda, du und ich werden unsere Mittagspause dort verbringen, aber die müssen wir uns erst verdienen.«

»Zumindest den Hunger«, schränkte ich ein.

»Auch den.«

Ich winkte ab. »Sorry, Partner, aber ich sehe schon, dass mit dir heute einfach nicht zu reden ist. Du hast wirklich einen Anfall von Arbeitswut, der mich erschreckt. Aber ich will dich nicht verschrecken, so mache ich eben mit.«

»Danke.«

Ich stürzte mich tatsächlich in die Akten. Auch Glenda musste uns helfen, sie setzte sich zu uns ins Büro. Schließlich war es so weit, dass wir die Zeit vergaßen.

Es rief auch niemand an, es kam kein Besucher, und erst als Glenda mit einem leisen Schrei auf den Lippen von ihrem Stuhl hochsprang, wurden wir aufmerksam.

»Was ist denn los?«, fragte ich.
»Die Pause.«
»Schon vorbei?«
»Nein, sie fängt gerade an.«
»Dann aber avanti.«
Der Tisch war freigehalten worden. Das kleine italienische Lokal war im Nu brechend voll. Keiner der Kollegen hatte an diesem Tag Lust, weit zu laufen. Zwar fiel im Moment kein Niederschlag mehr, aber die dicken, grauen Wolken kündeten neuen an.

Ich bestellte Lasagne und einen trockenen Weißen dazu. Glenda aß nur Salat. Suko haute ordentlich rein, und es wurde richtig gemütlich.

Klar, dass wir die Pause überzogen und im Büro keine Lust mehr hatten, etwas zu tun.

Wir lechzten nach Kaffee.

Glenda erbarmte sich und kochte eine Kanne, die sie auf unseren Schreibtisch stellte. Der Großteil der Arbeit lag tatsächlich hinter uns. Wir machten die Beine lang, tranken Kaffee und kamen ins Erzählen. Das vergangene Jahr lief noch einmal vor unserem geistigen Auge ab. All die gefährlichen Abenteuer, die wir erlebt hatten und die schließlich in meinem »Tod« gipfelten.

Viele Fragen waren offen geblieben, auch die Sache mit Shao, die von der Sonnengöttin Amaterasu gerufen worden war, um ihr Erbe anzutreten. Seit Wochen hatten wir nichts mehr von ihr gehört. Suko hatte ihr Verschwinden noch immer nicht überwunden.

So verging der Nachmittag. Es wurde dunkel, Schneeregen fiel vom Himmel, und in den Straßen schoben sich wieder die Blechschlangen Yard um Yard voran.

Suko wollte mich mitnehmen, ich aber entschied mich für die Tube.

»Da wird es jetzt auch voll sein.«
»Weiß ich, Suko. Deshalb warte ich noch.«
»Freiwillig Überstunden?«
»So freiwillig nun auch wieder nicht. In einer Stunde sieht das wieder anders aus.«

»Okay, wie du meinst. Sehen wir uns heute Abend noch?«

»Ich glaube nicht. Eigentlich wollte ich mich hinlegen.«

»Falls du es dir anders überlegst, gib Bescheid.«

Suko und Glenda gingen gemeinsam, während ich im Büro zurückblieb, mich ans Fenster stellte und in die Dunkelheit schaute. Der Schneeregen fiel wie ein nicht abreißender Schleier an der Scheibe vorbei. Der Wind kam von Westen und wehte die langen Fäden in die entgegengesetzte Richtung. Vom Himmel war nichts zu sehen, und auch die zahlreichen Lichter sahen aus wie schmutziggelbe Luftballons.

Als ich Schritte hörte, drehte ich mich um. Sir James stand im Zimmer, sah sich um und nickte. »Sie sind noch da, John.«

»Ja, Sir.«

Er ging bis zum Schreibtisch vor und blieb stehen. »Wie war der Tag?« Bei der Frage kräuselten sich seine Lippen zu einem Lächeln.

»Besser als erwartet.«

»Wirklich?«

»Bei einem Wetter wie diesem arbeite ich sogar Akten gern auf.«

»Es war wichtig.«

»Leider.«

»Und was macht der andere Job?«

»Die Erkältung vom letzten Tauchversuch habe ich immer noch.«

»Sie tun mir Leid«, sagte Sir James. »Aber trösten Sie sich, John. Das Rauschgift ist nicht an den Mann gekommen.«

»Ja, Costello wird toben.«

»... und nach neuen Möglichkeiten suchen. Aber das ist nicht unser Bier. Ich habe den Kollegen vom Narcotic Department einige Tipps gegeben. Sie sollen die Augen in den nächsten Tagen besonders weit offen halten.«

»Das war wohl richtig.«

»Bestimmt.«

»Sir, mit neuen Fällen kann ich Ihnen noch nicht dienen. Das Jahr ist jung.«

»Keine Templer?«

»Nein. Ich schätze, dass van Akkeren und Baphomet zunächst einmal einiges ausloten werden. Sie sind ja zu einer Macht geworden, wenn ich die Horror-Reiter noch hinzurechne.«

»Leider.« Sir James schaute auf seine Uhr. »Mein Fahrer wartet. Ich will noch in den Club. Wollen Sie ein Stück mitfahren? Wie ich hörte, sind Sie ohne Wagen.«

»Danke, Sir. Ich nehme die U-Bahn.«

»Vernünftig, John, vernünftig. Bis morgen früh dann.«

»Schönen Abend noch, Sir.«

Mein Chef ging. Ich pflanzte mich hinter den Schreibtisch, legte die Beine hoch und rauchte noch eine Zigarette. Dazu genehmigte ich mir einen Schluck Whisky. Eine Flasche stand immer im Schreibtisch, und Gläser waren ebenfalls vorhanden.

Irgendwie bekam ich nicht den Dreh, aufzustehen. Wie immer war es warm im Büro, ich wurde schläfrig, und mir fielen doch tatsächlich die Augen zu. Als ich erwachte – und das ziemlich schreckhaft – hatte ich die mir gesetzte Zeit schon um eine halbe Stunde überschritten.

Ich sprang auf und schüttelte den Kopf. Wenn mich Suko oder Glenda so erlebt hätten, sie hätten sich nicht mehr eingekriegt. So konnte ich mich recken und strecken und wieder schnell fit werden.

Mein Mantel hing wie eine einsame Fahne am Haken. Ich streifte den alten Burberry über, stellte den Kragen hoch, löschte das Licht und verließ das Büro.

Auf dem Gang tummelten sich zwei Putzfrauen. Sie schleppten mit Wasser gefüllte Eimer.

Ich grüßte freundlich und stieg in den Lift.

In der Halle traf ich noch andere Kollegen, die ebenfalls Überstunden gemacht hatten.

Einer meinte: »Du siehst verschlafen aus, Sinclair.«

»Ich bin auch müde.«

»Haben die Geister dich geschafft?«

»Nein, die Büroluft.«

Er lachte und zog ab. Die meisten fuhren mit ihren Wagen. Ich verließ die Halle und sah mich draußen kurz um. Es war zum Heulen. Der Schneeregen fiel fein wie Pulver. Wo auf den Gehsteigen weniger Menschen herliefen, lag ein dünner Matschfilm.

Einen Schirm hatte ich nicht mitgenommen. Den Weg bis zur U-Bahn kämpfte ich mich durch. Als ich endlich in den Schacht eintauchte, waren meine Haare nass, und einige Tropfen rannen mir auch unter den Hemdkragen. Der große Strom war verschwunden.

Zwar würde ich nicht allein in einem Wagen fahren, aber so dicht gedrängt wie am Morgen stand ich nicht. Im Sommer tut die Kühle in den U-Bahn-Schächten oft gut, im Winter weniger. Da zieht es meist aus allen Ecken und Kanten. Auch jetzt blies der Wind in die Ein- und Ausgänge, schaufelte Abfall vor sich her und spielte mit leeren, weggeworfenen Cola- oder Bierdosen, die scheppernd über den Boden rollten.

Ich musste noch etwas warten, ging zu einem Kiosk und schaute mir die Zeitungen an. Am Abend waren noch einige Blätter erschienen. Sie aber interessierten mich nicht.

Dann rollte der Zug ein. Ich wurde unwillkürlich an den Fall des Abflammers erinnert, auch diese gefährliche Sache hatte in einem U-Bahn-Schacht begonnen.

Menschen stiegen aus, andere ein. Wir waren ein gemischtes Publikum. Junge, Ältere, Männer, Frauen, auch Jugendliche, die wegen ihrer Kleidung besonders auffielen.

Leder, Nieten, Helme auf den Köpfen, manche grellbunt, andere wiederum rabenschwarz.

Ich ging in einen Wagen, wo mich die Typen nicht störten, denn sie brachten zusätzlich noch ihre Radios mit und hatten sie auch eingeschaltet, sodass die Rockklänge peitschend und hart durch die Wagen dröhnten. Wer sich den Randalierern widersetzte, hatte es oft genug schwer zu büßen.

Einen Sitzplatz fand ich ebenfalls. Meine Füße schleiften über Papier. Ich knüllte es zusammen und schleuderte die Kugel zielsicher in einen Abfallkorb.

Mir schräg gegenüber saß ein Mann im dunklen Mantel. Er hatte sich mit dem Schulterbogen gegen die Fensterscheibe gelehnt und starrte auf den Bahnsteig. Der Kragen seines Mantels stand aufrecht. Er berührte fast den Rand des dunklen Huts, dessen Krempe leicht gebogen war und Schatten in die Stirn warf.

Zwei Frauen ließen sich mir gegenüber nieder. Sie stellten die Einkaufstüten zwischen ihre Füße am Boden ab und begannen mit einem Gespräch über Sonderangebote, die es jetzt überall in den Kaufhäusern und Geschäften gab.

Der Zug fuhr an. Ein kurzes Rucken, dann beschleunigte er sehr schnell. Die hellen Lichter des Bahnsteigs huschten vorbei und wurden zu gelben Nebelstreifen.

Wir tauchten in den Tunnel, und an der Tür erschienen die vier jugendlichen Rocker, Punker oder wie immer sie sich nannten. Da es eng war, mussten sie hintereinander gehen.

Der erste hatte weißblond gefärbtes Haar, das auf seinem Kopf lag wie angeklatscht.

Er trug Lederkleidung und unter dem linken Arm ein Radio, das zwei Lautsprecher hatte, die aussahen wie Augen aus Metall. Die Augen des jungen Mannes aber waren dunkel. Sein Blick wieselte, er schätzte blitzschnell die Personen ab, die außer ihm und seinen Kollegen innerhalb des Wagens saßen.

Auch mich sah er an. Ich schaute nicht provozierend zurück, aber gleichgültig.

Der Typ musste weitergehen, weil ihm der Hintermann in den Rücken stieß. Es war ein Farbiger. Er hatte einen tänzelnden Gang und lauschte der Musik aus einem Walkman. Dabei schnickte er mit seinen langen Fingern, deren Nägel er schwarz bemalt hatte. Er trug eine rote Mütze, die an ihrer Oberseite einen Knoten hatte.

Die beiden letzten waren kleiner und auch jünger als die ersten. Sie waren so genannte Mitläufer. In ihren Gesichtern leuchteten noch die Pickel der Pubertät, aber sie hatten schon die verschlagenen Blicke der Schläger aus der Gosse.

Ein Quartett, das mir nicht gefiel. Noch wies nichts darauf hin, dass sie Putz machen würden. Die beiden Frauen mir gegenüber hielten krampfhaft ihre Tüten fest, und die Gesichter waren bleich geworden.

Der Blonde und der Farbige setzten sich dem Mann gegenüber, der seinen Mantelkragen hochgeschlagen hatte und noch immer aus dem Fenster schaute, als gäbe es dort etwas Besonderes zu sehen.

Der Farbige ließ sich zuerst auf die Bank fallen, streckte die Beine aus und berührte den Mann im dunklen Mantel, der sich darum nicht kümmerte.

Der Blonde fiel ebenfalls auf die Bank. Er drehte sich so, dass er seine Gehstelzen in den Gang strecken konnte und andere Fahrgäste darüber hinwegsteigen mussten.

Eine Provokation. Ich hoffte nur, dass es dabei blieb.

Es blieb nicht dabei, denn er stellte sein Radio an. Die Rockgruppe Deathrow testete das Durchhaltevermögen ihrer Zuhörer. Wenn man länger zuhörte, gab es bestimmt taube Ohren und dicke Birnen. Dieses Quartett fand jedoch Gefallen an der Musik. Schon bewegten sie ihre Körper im harten Rhythmus.

Die beiden Frauen mir gegenüber drückten sich in die Ecke und warfen mir scheue Blicke zu. Dann packten sie ihre Taschen, standen auf und verließen den Wagen unter dem Lachen der vier Krakeeler.

Ich blieb sitzen.

Der Mann im Mantel ebenfalls. Er tat völlig unbeteiligt, und das passte dem Strohblonden wohl nicht. Ich sah, wie er seinem Kumpan zunickte und dieser sich schon die Hände rieb.

Wahrscheinlich wollten die dem Fahrgast eine Lektion erteilen. Doch zuvor stoppte der Zug.

Sofort wurde die Musik abgedreht. Die Typen bekamen jetzt lange Hälse, weil sie unbedingt mitbekommen wollten, wer einstieg. Sie hatten Pech. Wahrscheinlich waren sie schon von draußen gesehen worden, jedenfalls stieg kein neuer Fahrgast in unser Abteil.

Das ärgerte die Krawallmacher. An ihren Gesichtern war dies abzulesen. Bisher hatten sie die Lage nur sondiert, jetzt wollten sie Action. So war es oft bei Fahrten mit der Tube. Manchmal näherten wir uns den New Yorker Verhältnissen, besonders am Abend, wenn der Berufsverkehr schon vorbei war.

Die Jüngsten machten den Anfang. Sie standen auf, reckten sich und ließen die Muskeln spielen. Lässig lehnten sie sich gegen die Haltestangen. Einer von ihnen strich mit der Handfläche über die Stange, als wollte er sie streicheln. Auf seinem Gesicht lag dabei ein breites Grinsen. Wahrscheinlich hatte der Kerl eine Macke.

Sie standen so, dass weder ich noch der ruhig dasitzende Mann zum Ausstieg gehen konnten, ohne an ihnen vorbei zu müssen. Zur anderen Seite hin würden der Blonde und der Dunkelhäutige Acht geben.

Wenn ich in die Scheibe schielte, sah ich die Jüngeren. Zwar nicht sehr klar und deutlich, aber die Vorfreude auf irgendetwas war ihnen anzumerken.

Ich kannte Fälle, da waren Fahrgäste auf der Fahrt ausgeraubt worden. Wenn der Zug an der nächsten Station stoppte, lag schon alles hinter ihnen.

Wir fuhren an.

Den kurzen Ruck kannte ich bereits. Mein Körper geriet für einen Moment in Bewegung, der helle Bahnsteig blieb zurück, dann schluckte uns der Tunnel. Die üblichen ratternden Geräusche begleiteten die Fahrt. Auf dem Boden bewegten sich die weggeworfenen Gegenstände. Dosen rollten von einer Seite zur anderen, Papier bewegte sich, alles vibrierte, auch die vier Mugger.

Zwei standen plötzlich neben und vor mir. Einer hielt sich noch im Mittelgang auf, der andere hatte sich direkt vor mir aufgebaut und breitbeinig seinen Platz gefunden, sodass er die Schwankungen ausgleichen konnte. Es waren die beiden jüngeren Kerle, die so provozierend vor mir standen und abwarteten.

Sie wollten Geld.

»Gibst du deine Mücken freiwillig, oder sollen wir dich zusammenschlagen?«

Ich saß noch immer, blickte den Sprecher von unten her an und sah das Grinsen auf seinem Gesicht. Auch in den Augen leuchtete es. Dieser Knabe wollte Ärger haben, das war sicher.

Und er war nervös. Mit der flachen Hand schubste er mich hart an. »Los, hol die Scheine raus!«

»Nein!«

Der Knabe lachte schrill. »Habt ihr das gehört?«, fragte er seine Kumpane. »Der will sein Geld nicht rausrücken. So ein geiziges Schwein.« Er wollte wieder zuschlagen, diesmal in mein Gesicht, aber das traf er nicht, denn ich erwischte ihn zuvor mit einem Tritt gegen das Schienbein.

So schnell geführt, dass von den anderen kaum jemand etwas gesehen hatte.

Aber die Reaktion des Getroffenen war dementsprechend. Der Knabe jaulte auf, stand plötzlich nur auf einem Bein, hielt das andere angewinkelt und presste seine Hand gegen die getroffene Stelle.

Ich stand ebenfalls auf.

Von rechts griff der Freund an. Er rannte gegen mich und musste das Gefühl haben, vor eine Mauer gelaufen zu sein, denn ich schleuderte ihn zurück.

Rudernd taumelte er durch den Gang und landete irgendwann auf seinem Hintern.

Hinter mir hörte ich ein widerliches Geräusch. Es war ein Schnacken, das entsteht, wenn die Klinge eines Stiletts aufspringt. Ich wirbelte herum.

Der Blonde und der Dunkelhäutige taten nichts. Sie schauten zu, grinsten und kauten ihre Gummis.

Der Kleine war wie von Sinnen. Er wollte zustechen, ich ließ ihn dazu nicht kommen, trat ihm die Beine weg und säbelte mit der Handkante zu, sodass er zwischen die Sitze fiel und dort liegen blieb.

Das passte den anderen Typen nicht.

Jetzt standen sie auf.

Der Dunkelhäutige hob beide Hände. »Schon gut, Mister, schon gut. Mischen Sie sich nicht ein!«

»In was?«

»War nur ein Spaß, wirklich.«

»Solche Späße mag ich nicht.«

»Dafür wir …« Er tänzelte vor mir auf dem Fleck und bewegte dabei die Hände. Wahrscheinlich wollte er mich ablenken, und das schaffte er auch fast, denn das Geräusch in meinem Rücken ahnte ich mehr, als ich es hörte.

Ich duckte mich sofort und warf mich zur Seite.

Der Hieb hätte mich am Kopf getroffen. Er war mit einem Totschläger geführt worden, so streifte er mich nur, zudem dämpfte die Kleidung etwas, aber ich war trotzdem aus dem Konzept gebracht worden, da ich auf einem Sitz gelandet war und plötzlich in die Mündung einer Kanone blickte, die der dunkelhäutige Junge mit beiden Händen festhielt. Er hatte sich vor mir aufgebaut, stand breitbeinig, um nicht zu fallen, und nickte mir zweimal zu.

»Hör zu, Mann, das war bis jetzt Spaß. Nun nicht mehr. Wir machen ernst, Bastard, klar?«

»Sicher!«

»Hol deine Scheine heraus und wirf sie einem meiner Freunde zu. Aber vorsichtig. Mein Zeigefinger zuckt hin und wieder!«

»Nimm die Kanone weg!«

»Nein!«

Ich griff noch nicht in die Tasche, sondern schielte an ihm vorbei. Der Junge mit den blonden Klatschhaaren hatte sich ebenfalls erhoben und griff den bisher ruhig dasitzenden Mann an.

Er packte ihn mit beiden Händen. Sein Radio stand auf der Sitzbank. Der Mann wurde in die Höhe gerissen. Er kam mir vor wie eine Puppe, weil er sich nicht wehrte.

»Auch deine Scheine wollen wir!« Bei diesen Worten schlug der Blonde seinem Opfer mit der flachen Hand ins Gesicht.

Ich wollte mich wieder meinem Gegner zuwenden, als der andere Fahrgast den Kopf drehte, sodass er den Blonden ansehen konnte. Auch ich sah in sein Gesicht. Der Hut hatte sich etwas nach hinten verschoben, sodass es gut zu erkennen war.

Ein flaches, fast ausdrucksloses Gesicht, aber eines war darin anders.

Die Augen.

Sie leuchteten in einer schockgrünen Farbe!

Plötzlich waren der Farbige und die Kanone vergessen. Ich konzentrierte mich einzig und allein auf den Mann mit den grünen Augen, deren Farbe völlig unnatürlich war.

Wieso grün?

Unnatürlich und gleichzeitig wieder normal für eine bestimmte Gruppe von Personen.

Ich wusste Bescheid.

Dieser Fremde war ein Druide!

Für mich gab es keinen Zweifel. Ich kannte Druiden mit grünen Augen und hatte sie schon in Aibon erlebt. Der Blonde wusste nicht Bescheid, allerdings zeigte er sich irritiert, denn auch er schaute in das Gesicht mit den grünen Augen.

»Verdammt!«, ächzte er.

Der Mann sagte nichts, er handelte. Blitzschnell griff er zu, bekam das Handgelenk des U-Bahn-Räubers zu fassen und drückte es so hart zusammen, dass der Blonde aufschrie.

Sein Kumpan mit der Waffe wollte eingreifen. Auf mich achtete er nicht mehr, er kreiselte herum und legte die Waffe auf den Hutträger an. Verdammt, der stand dicht vor einer Dummheit.

Ich war schneller als er.

Mein Schlag traf seine Hand und hämmerte sie in die Höhe. Der Farbige schrie auf, kassierte den nächsten Treffer, brach zusammen, ich aber fing ihn ab und hämmerte sein rechtes Handgelenk gegen einen Haltepfosten, sodass er gezwungen war, die Waffe fallen zu lassen.

Ich kickte den Revolver weg, hörte das Jammern und sah, dass der Blonde am Boden lag.

Der Druide stand vor ihm. Er schaute über den Körper hinweg. Seine Augen hatten ihre Farbe nicht verändert. Das Grün war nach wie vor vorhanden. Er fixierte mich.

Es war nur eine kurze Zeitspanne, in der wir uns ansahen. Ich wusste Bescheid. Er auch über mich?

Natürlich wollte ich mich mit ihm beschäftigen, aber es ging nicht so einfach. Wir liefen bereits in die nächste Station ein. Der Zug verringerte seine Geschwindigkeit, zudem wollten die beiden jüngeren U-Bahn-Mugger noch etwas erreichen.

Sie hingen mir am Hals. Ich hatte Mühe, sie abzuschütteln. Als der Zug stoppte, konnte ich mich festhalten, die Kerle allerdings taumelten an mir vorbei in den Gang.

So hatte ich freie Bahn.

Wo steckte der Druide?

Er stand bereits an der Tür, die sich mit einem Zischlaut vor ihm öffnete. Dann trat er hinaus auf den Bahnsteig. Ohne Hast und Eile, ein normaler Fahrgast eben.

Ich hatte es da eiliger. Mit gewaltigen Schritten kam ich voran und erreichte die Tür, noch bevor jemand einsteigen konnte. Wir befanden uns in Soho, Haltepunkt Oxford Circus. Hier herrschte auch um diese Zeit noch ein gewaltiger Trubel. Wer eine bestimmte Person verfolgte, konnte sie leicht aus den Augen verlieren.

Ich nahm die Ausgänge aufs Korn. In der U-Bahn war der Mann aufgefallen, hier im Gedränge weniger, denn alle Menschen waren dick angezogen. Viele trugen auch dunkle Kleidung und Hüte, sodass es für mich nicht einfach war, den Druiden zu finden.

Ich schob mich an den entgegenkommenden Fahrgästen vorbei, dachte daran, dass er in die Höhle laufen würde, doch ich irrte mich. Der Mann ging an den Gleisen entlang, drehte sich dann nach rechts und lief dorthin, wo es eine Treppe gab, die in die tiefere Etage führte. Von dort liefen ebenfalls Züge ab.

Ich atmete tief aus und ließ mir etwas mehr Zeit, denn der Mann mit dem Hut hatte es ebenfalls nicht sehr eilig. Er ging zügig, drehte sich nicht einmal um und schritt leichtfüßig die Stufen der Treppe hinab. Ich blieb ihm auf den Fersen und fragte mich, was er vorhatte.

Mein Feierabend war längst vergessen. Ich wollte wissen, was der Mensch mit den grünen Augen im Schilde führte. Möglicherweise stieg er in einen anderen Zug.

Zwischen ihm und mir befanden sich einige Menschen. Auch wenn der andere sich umdrehte, würde er mich nicht so schnell entdecken können.

Wir erreichten den tiefer gelegenen Bahnsteig, wo es leerer war. Auf den Bänken lümmelten sich einige lichtscheue Gestalten herum. Ein Musikus klimperte auf einer Gitarre. Er hatte Handschuhe übergestreift, nur die Finger lagen frei. Neben ihm blieb ich stehen, denn auch der Druide ging nicht mehr weiter. Wenn er jetzt in meine Richtung sah, deckte mich der Musiker mit seinem Körper.

Ein Druide mitten in London. Das war äußerlich ein Mensch, aber gleichzeitig eine Person mit ungewöhnlichen Fähigkeiten. Ein Mann, der brutal sein konnte, der Kraft besaß und bei seinen Gegnern kein Pardon kannte. Das hatte ich bereits in der U-Bahn erlebt.

Jetzt machte er wieder einen völlig harmlosen Eindruck. Er stand von der Hauptgruppe der Fahrgäste ein wenig abseits, hatte die Hände in die Manteltaschen gerammt und hielt den Blick zu Boden gerichtet.

»Soll ich was für dich spielen?«, fragte der Musikus.

»Nein.«

»Dann verzieh dich aus meinem Dunstkreis.«

»Gern.« Ich grinste ihn an und schlenderte weiter, um mich zu den anderen Fahrgästen zu gesellen.

Der Druide warf mir nicht einen Blick zu. Er sah so aus, als hätte er mich nicht bemerkt. Ich baute mich so auf, dass die Menschen zwischen uns standen, und wartete auf den Zug.

Er rauschte Sekunden später ratternd heran. Wieder begann das gleiche Spiel. Türen schwangen auf, Menschen verließen die Wagen, andere stiegen ein.

Auch der Mann mit den grünen Augen und ich.

Ich ging in den gleichen Wagen, nur ließ ich genügend Distanz zwischen uns.

Er hatte sich hingesetzt, auch ich nahm Platz und achtete dabei auf seinen Hut, der über die Rückenlehne hinwegschaute.

Wir befanden uns jetzt in der Central Line. Es war die Strecke, die man zuerst gebaut hatte. Sie durchschnitt die Riesenstadt London von West nach Ost. Die letzte Station im Westen war Ealing Broadway. Dort konnte man in die Eisenbahn umsteigen. Ich war gespannt, wie weit der Mann noch fahren würde. Die ersten Stationen lagen noch in der City. Bond Street, Marble Arch, Lancaster Gate. Menschen stiegen aus und ein, aber der Mann mit den grünen Augen blieb auf seinem Platz hocken.

Erst als wir uns der Station Holland Park im Stadtteil Kensington näherten, stand der Fremde auf und begab sich zum Ausstieg. Ich lief ihm nicht nach, da ich die zweite Tür des Abteils nehmen wollte.

Die Haltestelle lag an der Holland Park Avenue. Man musste sie nur überqueren, um in den Park zu gelangen. Ich kannte mich in dieser Ecke ziemlich gut aus.

Hier wirkte die Station leer. Mit dem Betrieb in der City überhaupt nicht zu vergleichen.

Vor dem Mann mit den grünen Augen erreichte ich den Bahnsteig. Als er ausstieg, wandte er mir den Rücken zu, sah sich auch nicht um und begab sich geradewegs zum Ausgang.

Leichtfüßig lief er die Treppe hoch, erreichte die Oberwelt und wandte sich der Fußgängerbrücke zu, die über die Holland Park Avenue hinwegführte, sodass Spaziergänger den Park gefahrenlos betreten konnten. Ich hatte Glück oder Pech, das kam auf den Blickwinkel an, denn niemand außer uns beiden näherte sich dem Aufgang der Brücke. Deshalb ließ ich den Abstand ziemlich groß.

Erst als der Mann mit den grünen Augen die Treppe fast hinter sich gelassen hatte, setzte ich mich in Bewegung. Ich hielt mich dabei dicht am Geländer, um ein wenig mit dessen Schatten zu verschmelzen. Unter uns rauschten die Wagen vorbei.

Es begann wieder zu nieseln. Feiner Schnee fiel vom Himmel. Körnig wie Zucker verteilte er sich auf den Straßen und Wegen, wo er nicht wegtaute, da die Temperatur in den letzten Stunden weiter gesunken war.

Ich ließ die letzten Stufen hinter mir, betrat die eigentliche Brücke und blieb auf der Stelle stehen.

Der Mann mit den grünen Augen hatte mich erwartet. Er stand nur zwei Schritte von mir entfernt, die Hutkrempe leicht nach oben gebogen, sodass ich sein Gesicht sehen konnte.

Zwei Laternen standen auf der Brücke. Allerdings weiter von uns entfernt, sodass unsere Gesichter im Schatten lagen. Dennoch konnte ich erkennen, dass der Mann mich nicht aus grünen Augen anschaute.

Er nickte mir zu. »Hier bin ich«, sagte er. »Sie können mir jetzt sagen, aus welch einem Grunde Sie mich verfolgen.«

Ich hob die Schultern. »Möglicherweise haben wir den gleichen Weg, Mister.«

»Das glaube ich nicht.«

»Wäre das so ungewöhnlich?«

Seine Stimme klang dunkel und blieb auch ruhig, als er weitersprach. »Wir sind mit den gleichen U-Bahnen gefahren, haben beim ersten Mal zusammen im Wagen gesessen und uns gegen diese Typen verteidigen müssen. Vielleicht war das Zufall, alles weitere allerdings sehe ich als eine bewusste Provokation an.«

Ich lächelte. »Da bin ich anderer Ansicht. Habe ich Ihnen etwas getan?«

»Das würde ich Ihnen nicht raten. Aber Sie interessieren sich für mich.«

»Das kann ich nicht leugnen.«

»Weshalb?«, fragte er.

Ich hob die Schultern und sagte dann: »Ich habe Sie in der U-Bahn bewundert, wie Sie es fertig gebracht haben, diesen nicht gerade schwachen Angreifer zu besiegen. Sie fassten ihn an und drückten ihn auf seinen Sitzplatz. Das war schon gut.«

»Sie haben sehr gut beobachtet.«

»Und mir ist noch etwas aufgefallen.«

»Was, bitte?«

»Ihre Augen veränderten sich. Die Pupillen nahmen plötzlich eine schockgrüne Farbe an. Wollen Sie mir erzählen, dass dies vielleicht normal ist?«

Er senkte den Blick. »Schockgrün«, murmelte er. »Und Sie sind sicher, keiner Täuschung erlegen zu sein?«

»Ja!«

»Dann schauen Sie mich jetzt an. Sehen Sie in den Augen etwas von der Farbe, die Sie gemeint haben, Mister?«

Er kam sogar noch näher, damit ich ihn genau betrachten konnte. Sein Alter war schwer zu schätzen. Es lag irgendwo zwischen 40 und 50. Er hatte eine längliche Nase mit einem sehr breiten Rücken. Das Kinn und die Wangen zeigten dunkle Bartschatten.

»Nun?«, fragte er.

»Sie haben Recht. Ich sehe keine grünen Augen.«

Er nickte. »Da diese Sache nun geklärt ist, möchte ich Sie bitten, mir von den Fersen zu bleiben. Ich mag es nicht, wenn man mich verfolgt. Haben wir uns verstanden?«

»Natürlich.«

»Dann richten Sie sich danach.«

»Einen Augenblick noch, Mister Unbekannt. Sie reagieren so, als hätten Sie etwas zu verbergen. Haben Sie das?«

Er starrte mich hart an. »Nein!«

»Ich bin anderer Meinung.«

»Dann sagen Sie sie, damit ich weitergehen kann. Es macht keinen Spaß, im Schneetreiben zu stehen.«

»Das kann ich Ihnen nachfühlen.«

»Was war da noch?«

Ich ging das Thema direkt an. »Sie sind ein Druide, Mister. Oder zumindest jemand, der dieser alten keltischen Priesterkaste nahe steht. Das beweisen Ihre grünen Augen. Es hat keinen Sinn, das zu leugnen. Ich weiß es besser!«

Der Fremde erwiderte nichts. Er musterte mich nachdenklich, dann lächelte er knapp. »Hat Ihnen schon jemand gesagt, dass Sie Unsinn reden?«

»Ja, aber es war ein Lügner.«

»Hören Sie mit Ihren dummen Verdächtigungen auf. Ich kenne keine Druiden.«

»Sie haben nie etwas davon gehört?«

»Höchstens am Rande.«

»Das müsste doch ausreichen. Sie können sagen, was Sie wollen. Ich halte Sie für einen Druiden. Wahrscheinlich haben Sie auch den Namen Aibon gehört.«

Bei meiner ersten direkten Ansprache hatte er sich noch in der Gewalt gehabt. Das änderte sich blitzartig. Plötzlich schoss seine Faust so schnell vor, dass ich nicht mehr ausweichen konnte. Die Hand griff zu und bekam den Mantelkragen zu fassen. Er drehte den Stoff herum und schnürte mir so langsam die Luft ab.

»Was haben Sie von Aibon gesagt, Mister? Woher kennen Sie den Namen? Raus mit der Sprache!«

Mein Grinsen fiel etwas verzerrt aus. »Sie geben also zu, dass Sie damit zu tun haben.«

»Ich will eine genaue Antwort. Was haben Sie herausgefunden? Was wissen Sie über die Steine?«

»Welche?«

Ich erhielt keine Antwort auf meine Frage, statt dessen änderte sich seine Augenfarbe. Tief aus den Pupillenschächten stieg eine grüne Flut hoch, die einen metallischen Glanz annahm.

Das Grün der Augen schockierte mich. Das Gesicht schien tatsächlich nur daraus zu bestehen. Sie schauten so klar, so kalt und auch mit einer gewissen Grausamkeit.

Es hatte sich nicht nur durch die Augenfarbe verändert, er bewies mir auch, welche Kräfte ihm die Verwandlung gegeben hatte. In der U-Bahn hatte ich etwas davon erlebt, jetzt wurde es mir am eigenen Leib demonstriert. Bevor ich etwas dagegen unternehmen konnte, verlor ich bereits den Kontakt mit dem Boden.

Der Mann mit den grünen Augen hob mich an wie ein kleines Kind. Ich schien für ihn überhaupt kein Gewicht zu haben. Er trug mich fort, drehte sich, hob mich noch höher, sodass ich einen Moment später über das Geländer gereicht wurde und über der Fahrbahn schwebte.

Das war vielleicht ein Gefühl.

Der Druide hielt den Arm waagerecht ausgestreckt. Er stand sehr dicht am Geländer, und ich hing in seinem Griff wie eine kleine Puppe. Unter mir rauschten die Wagen vorbei. Ich sah die huschenden Bahnen ihrer Scheinwerfer über den nassen Asphalt hinweggleiten und erkannte auch die kleinen, tanzenden Flocken im Lichtkreis der beiden Laternen.

»Ich brauche den Griff nur zu lösen, dann bist du in Sekundenschnelle tot«, sagte er und bewegte bereits die Finger …

Als Suko die Wohnungstür aufschloss, wusste er sofort, dass er Besuch hatte. Er reagierte entsprechend, zog seine Beretta, machte kein Licht und presste sich im Dunkeln rechts neben der Tür gegen die Dielenwand. Dort blieb er stehen, den Arm halb erhoben, bereit, sofort auf einen Dieb oder Einbrecher zu feuern.

Der Wohnraum lag im Dunkeln. Das Flurlicht versickerte in der Diele. Die Tür zum Wohnzimmer stand halb offen und zeichnete sich als ein schräger Schatten ab.

»Ich weiß, dass du misstrauisch bist, Suko«, hörte er eine leise Stimme aus dem Wohnzimmer. »Aber du kannst die Tür ruhig schließen. Es besteht keine Gefahr.«

Suko lächelte und senkte den Arm, bevor er die Beretta wieder verschwinden ließ und das Licht einschaltete, das die Diele erhellte. Der Inspektor kannte den Besucher, schließlich war Myxin kein Unbekannter. Er und der kleine Magier hatten des Öfteren zusammen Fälle gelöst.

Suko drückte die Wohnungstür ins Schloss und betrat den Wohnraum. »Konntest du dich nicht anmelden?«, fragte er, als er auch dort Licht machte.

»Ich liebe eben Überraschungen.«

Myxin, der kleine Magier mit der leicht grünlich schimmernden Haut, hatte es sich in einem Sessel bequem gemacht und die Beine ausgestreckt. Wie immer trug er einen langen Mantel, der eigentlich viel zu groß für diese schmächtige Gestalt war. Man konnte Myxin durchaus als alterslos bezeichnen. Er war eine mystische Gestalt und lebte seit über 10000 Jahren. Auf dem längst versunkenen Kontinent Atlantis war er geboren worden, hatte dort der Schwarzen Magie gedient und war von einem ebenfalls schwarzmagischen Feind, dem Schwarzen Tod, in einen zehntausendjährigen Schlaf versetzt worden, aus dem ihn Suko und dessen Freund John Sinclair befreit hatten.

Jetzt lebte er zusammen mit Kara, der Schönen aus dem Totenreich, bei den flaming stones, den Flammenden Steinen, die für einen normalen Menschen nicht sichtbar waren. Kara und Myxin hatten dort ihre zweite Heimat gefunden und sich ausgerechnet, dass sie die Steine als Fluchtstätte oder Refugium für Verfolgte einrichten wollten.

Es war nicht so recht gelungen, denn der Dritte im Bunde, der Eiserne Engel, hatte die Stätte verlassen und war bisher noch nicht wieder aufgetaucht.

Deshalb war Myxin sicherlich nicht gekommen, und Suko fragte auch nicht danach.

Er nahm ihm gegenüber Platz. »Wie geht es Kara?«, erkundigte er sich.

Der kleine Magier lächelte. »Sie wartet bei den Flammenden Steinen.«

»Gut.«

»Ich hörte, dass Shao etwas zugestoßen sein soll?«

Suko nickte. Sein Gesicht nahm einen betrübten Ausdruck an. »Ja, sie ist ebenfalls verschwunden, ähnlich wie der Engel. Amaterasu hat sie geholt, damit sie ihr Erbe antreten kann.«

»Und wie sieht das aus?«

Suko hob die Schultern. »Das weiß ich leider nicht, mein Freund. Ich hatte keinen Kontakt mehr zu ihr. Shao ist mir genommen worden, aber deshalb bist du bestimmt nicht gekommen.«

»Nein, das nicht.« Myxin schaute zu Boden. »Es geht eigentlich um die Steine.«

Suko legte die Stirn in Falten. »Sind sie wieder von einem Dämon manipuliert worden?«

»Zum Glück nicht. Aber sie haben mir eine Botschaft übermittelt, als ich ihre Magie anzapfte.«

»Welche?«

»Es geht um andere Steine, die wesentlich berühmter sind. Sie stehen in der Nähe von Salisbury.«

»Stonehenge!«

»So ist es.«

Suko schüttelte den Kopf. »Bisher gab es keine Gemeinsamkeiten zwischen den Flammenden Steinen und Stonehenge. Sollte sich da etwas getan haben?«

Myxin hob die Schultern. »Ich bin mir nicht sicher. Es könnte aber möglich sein.«

»Wie das?«

»Man weiß ja heute, dass die Steine von Stonehenge aus Südwales vor langer Zeit an diesen jetzigen Standort gebracht worden sind. Der Grund ist nach wie vor unklar. Es muss mit den Gestirnen und deren Kreislauf zusammenhängen, nicht umsonst hat man sie als Kreis aufgestellt. Eine Kultstätte war es bestimmt. Nicht umsonst fällt zur Sommer- und Wintersonnenwende am 21. Juni und 21. Dezember das erste Licht der aufgehenden Sonne über eine lange, ebenfalls aus alter Zeit stammende Straße genau auf einen Altarstein im Mittelpunkt des Steinrings. Das alles ist bewiesen und errechnet worden, und es hat eigentlich mit unseren Flammenden Steinen nichts zu tun.«

»Dachtest du bisher.«

»So ist es«, gab Myxin zu.

»Und jetzt?«

»Bin ich unsicher geworden, Suko. Ich habe den Eindruck gewonnen, dass es dennoch eine Verbindung zwischen den flaming stones und Stonehenge gibt.«

Der Inspektor nickte. »Wenn du das sagst, könnte es stimmen. Was macht dich so relativ sicher?«

»Unsere Steine haben sich gemeldet. Als Kara und ich sie beschworen und sie ihre blutrote Farbe annahmen, wurden sie gleichzeitig auch zu einem Spiegel, der uns Bilder zeigte, die nicht von einer anderen Welt stammten, sondern von Stonehenge. Wir sahen fünf verschiedene Steine, die ebenfalls rot aufleuchteten. Für dieses Gebiet ist es mehr als ungewöhnlich.«

Suko nickte. »Das meine ich auch. Ich habe schon viel über Stonehenge gehört, aber dass die Steine je geleuchtet hätten, ist mir noch nicht aufgefallen. Es scheint auch keine Zeugen dafür gegeben zu haben, sonst hätte man etwas darüber gelesen.«

»Nur Kara, du und ich wissen Bescheid.«

»Was hast du vor?« Suko lächelte bei der Frage. Er kannte die Antwort bereits, und Myxin bestätigte seine Annahme auch.

»Ich möchte mit euch hin.«

»Euch?«

»Auch mit John.«

»Sorry, Myxin, aber John ist noch nicht da.«

»Ist er unterwegs?«

»Er wollte mit der U-Bahn fahren. Eigentlich hätte er längst in der Wohnung sein müssen.«

»Das stimmt, auch ich fand sie leer, als ich ihr einen kurzen Besuch abstattete.«

»Sollen wir ohne ihn reisen?«, fragte Suko.

»Könnte ihm etwas passiert sein?«

Der Inspektor hob die Schultern. »An einem Fall haben wir

momentan beide nicht gearbeitet, aber man kann ja nie wissen. Feinde gibt es schließlich genug.«

Myxin wies auf das Telefon. »Du solltest nachforschen. Vielleicht sitzt er noch im Büro.«

Suko rief an. Er bekam keine Verbindung. An der Zentrale sagte man ihm, dass John das Haus bereits verlassen habe.

»Dann müsste er eigentlich schon hier sein«, murmelte Suko, als er auflegte. »Vielleicht hat er noch Durst bekommen und ist auf einen längeren Schluck eingekehrt. Wenn man ohne Wagen ist, geht das leicht.«

»So lange möchte ich nicht warten«, erklärte Myxin.

»Das heißt, du willst ohne ihn nach Stonehenge.«

»Nur mit dir.«

»Weshalb hast du Kara zurückgelassen? Sie und ihr Schwert hätten uns vielleicht helfen können.«

Der kleine Magier winkte ab. »Ich möchte jemand bei den Flammenden Steinen wissen.«

Suko nickte. »Verstehe schon.« Er stand auf und holte aus der Küche eine Flasche Mineralwasser und zwei Gläser. »Wie sieht es aus, Myxin, was befürchtest du genau?«

»Ich weiß es nicht. Mir ist nur bekannt, dass fünf Steine geleuchtet haben.«

»Einmal?«

»Nein, ich beobachtete dieses Phänomen schon mehrere Male. Es gibt mir zu denken.«

Suko wunderte sich. »Mir ist rätselhaft, welche Verbindung es zwischen Stonehenge und den flaming stones geben könnte. Da bin ich echt überfragt.«

»Es haben nicht alle Steine in Stonehenge geleuchtet. Nur fünf von ihnen, die im inneren Kreis stehen. Und da muss es einfach eine Verbindung geben.«

»Woher stammen die Flammenden Steine?« Suko trank einen Schluck Wasser. »Doch aus Atlantis.«

»Das stimmt.«

»Und Stonehenge gehört eigentlich nach Südwales. Südwales und Atlantis. Ich sehe da keine Verbindung.«

Der kleine Magier gestattete sich ein Lächeln. »Ich auch nicht, Suko. Aber um das herauszufinden, werden wir reisen müssen.«

»Das Wetter ist schlecht.«

Myxin stand jetzt ebenfalls auf. »Stört es uns?«, fragte er mit einem seltsamen Unterton in der Stimme.

»Eigentlich nicht.«

»Wozu seine Kräfte verkümmern lassen, wenn man sie besitzt und dementsprechend einsetzen kann«, sagte Myxin, griff unter seinen Mantel und holte einen Gegenstand hervor, der ebenfalls von dem versunkenen Kontinent stammte.

Es war die Totenmaske aus Atlantis!

Eine fünfeckige grüne Maske, die an ihren Enden fünf Augen hatte, deren Pupillen von unterschiedlichen Farben waren. Suko deutete auf die Maske. »Fünf Augen, fünf Steine«, sagte er. »Könnte es da einen Zusammenhang geben?«

»Ausschließen will ich nichts«, erwiderte Myxin orakelhaft. »Obwohl ich keinerlei Beweise habe.« Er winkte mit einem seiner schmalen Finger, die ebenfalls von einer grünlichen Haut überzogen waren. »Komm näher zu mir, Suko.«

Der Inspektor wusste, was folgen würde. Er stellte sich vor den kleineren Myxin hin und schaute in Richtung Boden. Dabei sah er, wie der Magier aus Atlantis seine Totenmaske nahm und sie gegen sein Gesicht presste.

Dann streckte er seine Arme vor. Suko spürte die Berührung der Hände, er versteifte sich und hatte wenig später das Gefühl, sich allmählich aufzulösen.

Noch einen Gedanken konnte er fassen, und er dachte dabei an die Steine in Stonehenge.

Dann geriet er zwischen die Dimensionen, und die wundersame Reise nahm ihren Lauf …

Ich schwitzte und fror gleichzeitig. Dabei stand ich Ängste durch, die meinen Magen zusammendrückten. Vorwürfe machte ich mir auch, weil ich den Kerl vor mir unterschätzt hatte. Seine grünen Augen sahen mich an wie das kalte Licht von Laternen.

»Jetzt zitterst du«, flüsterte der Druide. »Ich merke es genau. Du hast schreckliche Angst, dass ich dich loslassen könnte und du mit zerschmetterten Knochen dicht vor einem Wagen landest und überfahren wirst.«

Manchmal ist der Rückzug die beste Taktik. So auch hier. »All right«, keuchte ich, »du hast gewonnen.«

»Habe ich das wirklich?«

»Ja, wenn ich es dir sage …«

»Aber ich will noch mehr wissen. Du hast den Namen Aibon erwähnt. Woher kennst du ihn?«

»Ich … ich war schon da.«

Für einen Moment bekamen die grünen Augen einen noch eisigeren Ausdruck. Ich rechnete schon damit, losgelassen zu werden, aber der Druide, dessen Namen ich bisher nicht einmal kannte, überlegte es sich zum Glück anders. »Das kann nicht sein«, sagte er flüsternd. »Das ist unmöglich. Wenn Menschen nach Aibon gelangen, kehren sie nicht mehr zurück.«

»Ich bin zurückgekehrt.«

»Dann musst du etwas Besonderes sein. Eine Person, die …«

»Vielleicht bin ich das.«

Er schwieg für einen Moment. Ich hatte das Gefühl, dass unter mir die Tiefe zunahm und zu einer drohenden Schwärze wurde, die alles verschlang. Zwischen uns tanzten die dünnen Flocken, legten sich auch auf mein Gesicht und schmolzen auf der warmen Haut schnell wieder weg.

»Ich kann dir nicht glauben. Nein, es ist einfach nicht wahr.«

»Der rote Ryan. Miriam di Carlo. Wenn du Aibon kennst, müssten dir die Namen etwas sagen. Und auch die Schwester des roten Ryan, Ziana, die einmal Sängerin bei einer Popgruppe gewesen war …«

»Ja, das stimmt.«

»Glaubst du mir jetzt?«

»Ich weiß nicht.«

»Du bist stärker als ich«, sagte ich. »Deshalb mache ich dir einen Vorschlag. Ich werde dir mehr über Aibon berichten, wenn du mich wieder auf festen Boden stellst.«

Er dachte nach. »Welcher Trick steckt dahinter?«

»Keiner. Ich sagte schon, dass du stärker bist. Was soll ich gegen dich ausrichten?«

Die meisten Menschen sind für Schmeicheleien empfänglich. Da machte auch dieser keine Ausnahme. Zudem hatte er bewiesen, wie sehr er mir überlegen war.

Ohne den Arm anzuwinkeln, hob er mich hoch, schwang mich über das Geländer und stellte mich so heftig ab, dass ich in die Hocke ging. Für einen Moment wurde mir schwindlig. Es war schon ein komisches, wenn auch gutes Gefühl, wieder festen Boden unter den Füßen zu spüren.

Der Schwindel verging, ich schielte hoch und sah den Druiden vor mir stehen. Er hielt den Blick gesenkt und schaute aus seinen schockgrünen Augen auf meinen Kopf und Rücken.

»Du kannst aufstehen«, sagte er gnädig.

Ich erhob mich langsam. Bisher hatte dieser Unbekannte die Regie übernommen, das wollte ich ändern.

Der Schnee hatte eine weiße Schicht auf mein Haar gelegt. Auch der Hut des Mannes zeigte jetzt diese Farbe. Nur rann mir das Schmelzwasser in den Nacken. Ich schüttelte den Kopf, als ich aufstand, und sah die Tropfen zur Seite fliegen.

Natürlich hatte ich gelogen, als ich davon sprach, nichts mehr zu unternehmen. So einfach ließ ich mich nicht fertig machen, auch nicht von einem Druiden.

Seine Haltung drückte eine ungemein starke Selbstsicherheit aus. Er war der große Gewinner, das wollte er mir auch zeigen. »Was hast du noch über Aibon zu sagen?«

»Nicht viel, mein Freund …«

Er trat einen drohenden Schritt vor, ich aber hob die Hand und sagte: »Lass mich ausreden.«

Der Druide blieb stehen.

»Zu sagen habe ich über Aibon nicht viel, aber ich möchte dir etwas zeigen.«

»Was?«

»Gedulde dich noch einen Moment.« Während der Worte hatte ich schon die Arme angehoben und dorthin gefasst, wo sich das schmale Band der Silberkette um meinen Hals drehte. Ich brauchte nur daran zu ziehen, um das Kreuz hervorzuholen.

Das geschah mit einem Ruck.

Plötzlich hielt ich es in der Hand und drehte die Kette so, dass der Druide das Kreuz anschauen musste.

»Das ist es!«, rief ich und war diesmal schneller als er, denn ich presste ihm den silbernen Talisman mitten ins Gesicht …

Zwischen Haut, Kreuz und meiner Hand tat sich etwas. Dort entstanden plötzlich grüne Flammen, die wie ein Vorhang über das Gesicht des Druiden tanzten. Und wie so oft, wenn das Kreuz mit einer Aibon-Magie in Berührung kam, hatte es eine grüne Farbe angenommen.

Aibon, das war ein Zwischenland. Ein Reich, das zwischen dem Guten und dem Bösen lag.

Eine Welt der Märchen, Legenden, die entstand, als Luzifer vom Erzengel Michael in die Hölle geschickt wurde. Mit ihm waren unzählige Engel gefallen, die in der Hölle zu seinen Dienern wurden. Aber nicht alle hatten die Hölle erreicht. Einige von ihnen waren unterwegs »hängen geblieben«, und so hatten sie das Reich zwischen den Welten mit dem Namen Aibon erschaffen.

Ein Paradies mit kleinen Fehlern. Aus gefallenen Engeln waren andere Wesen geworden. Elfen oder Elben, wie man früher gesagt hatte. Auch Trolle, Feen und Schlangen bevölkerten das Land. Luftgeister sorgten für Atem, und die »fairing troopers«, die reitenden Feenritter waren schon von Shakespeare erwähnt worden.

Das alles hatte ich schon gesehen. Ich wusste auch, dass in Aibon das Rad der Zeit stand. Dieses Gebilde war untrennbar mit meinem Schicksal verbunden.

Und da Aibon aus der großen Auseinandersetzung zwischen Gut und Böse entstanden war, reagierte seine Magie auch auf die Kraft meines Kreuzes. Nur eben anders als sonst.

Mein Kreuz zerstörte den Druiden nicht, es schwächte ihn nur und saugte seine Kraft aus ihm heraus.

Jetzt kniete er. Er hatte sich einfach nicht mehr auf den Beinen halten können. Die Hände hielt er gegen das Gesicht gepresst, wo ihn die Flammen erwischt hatten.

Das grüne Feuer brannte nicht mehr. Ich hielt das Kreuz nach wie vor fest und trat mit der Fußspitze leicht gegen seine rechte Schulter. Dabei sagte ich: »Nicht immer sind die Druiden stärker als die Menschen. Es gibt auch Ausnahmen.«

Er sah aus wie ein Häufchen Elend. Schneeflocken umtanzten ihn, seine Schultern zuckten, aber er nahm die Hände noch nicht von seinem Gesicht weg.

»Sieh mich an!«, verlangte ich.

Er hatte den Befehl vernommen, aber nur zögernd sanken seine Hände nach unten.

Ich sah das Gesicht.

Trotz der Dunkelheit war zu erkennen, wie sehr es sich verändert hatte. Kein grünes Leuchten strahlte mir aus den Pupillen entgegen. Im Gegenteil, sie wirkten völlig anders, erloschen, kalt – und leblos.

Wie bei einem Blinden …

War er blind?

Der Druide drückte den Rücken durch und hob den Kopf an. Er schaute in die fallenden Flocken hinein und bestätigte durch seine flüsternd gesprochenen Worte meine Annahme.

»Blind! Ich bin blind. Man hat mir das Augenlicht genommen. Du hast es mir genommen. Du hast das Feuer in mir gelöscht. Sei verflucht dafür, Fremder. Sei verflucht!«, schrie er, reckte einen Arm und ballte dessen Hand zur Faust.

Dann sank er nach vorn. Es sah so aus, als wollte er sich auf die weiße, dünne Schneeschicht legen.

Ich fing ihn ab und zog ihn auch auf die Beine. Jetzt sah ich sein Gesicht dicht vor mir. Nicht allein die toten Augen schreckten mich, auch die Haut hatte sich verändert. Sie wirkte wie die einer Mumie.

Hinter mir hörte ich Schritte und Stimmen. Ein Mann und eine Frau erschienen. Sie hatte sich bei ihm eingehängt, und er hielt den Schirm, dessen Dach beide vor den meisten Flocken schützte.

Als sie auf einer Höhe mit uns waren, blieben sie stehen. »Ist dem Mann nicht gut?«, wurde ich gefragt. Der Sprecher hatte seinen Schirm angehoben und schaute darunter hervor.

Ich winkte ab. »Es geht schon. Mein Freund hat nur zu viel getrunken.«

»Ja, dann ...« Die beiden gingen weiter.

Ich hörte noch, wie die Frau sich über die Droge Alkohol lautstark beschwerte.

Erst als beide im Schneetreiben verschwunden waren, übernahm ich wieder die Initiative.

»Ich kann mir vorstellen, Mister, dass Sie nicht ohne Grund hier sind. Wo wollen Sie hin?«

»Ich wohne in der Nähe.«

»Das ist gut.«

»Wollen Sie mit?«

»Ich bin Ihnen etwas schuldig. Deshalb werde ich Sie nach Hause bringen. Wie heißen Sie eigentlich?«

»Maiden.«

»Okay, Mr. Maiden. Sie können sich bei mir einhaken. Beschreiben Sie mir den Weg.«

Er tat es nicht. »Wer sind Sie?«, fragte er. »Wer bist du, dass du Aibon trotzen kannst?«

»Ich heiße John Sinclair ...«

Erst nach einigen Sekunden erfolgte eine Reaktion. »Ja«, sagte er, »John Sinclair. Man kennt dich.«

»Du auch?«

»Ich hörte von dir.«

»Von wem?«

»Die Stimmen wisperten es mir zu. Aibons Wind flüsterte deinen Namen.« Eine ungewöhnliche Antwort hatte er mir gegeben. Für mich hatte es keinen Sinn, weiter nachzuhaken. Er schüttelte den Kopf und zeigte mir damit an, dass er nicht bereit war, noch mehr über dieses Thema zu reden. Ich legte meine Hand auf seine Schulter und bedeutete ihm, sich in Bewegung zu setzen.

Wir mussten aufpassen. Die Schneeschicht war glatt. Besonders gefährlich wurde es an der Treppe, denn auch auf den Stufen lag ein dünner, weißer Schleier.

Sehr vorsichtig schritten wir sie hinab. Der blind gewordene Druide hielt sich dabei am Geländer fest. Die Holland Park Avenue hatten wir überquert und wandten uns jetzt direkt dem Ziel zu. Maiden führte mich in die Ladbroke Road, eine schmalere Straße, wo ältere Häuser standen. Manche beherbergten mehr als vier Wohnungen, andere wiederum waren im Villenstil gebaut, hatten stuckverzierte Fassaden, wo ebenfalls der Schnee eine Schicht gebildet hatte. Er lag auch auf den am Straßenrand parkenden Wagen.

»Wie weit müssen wir gehen?«

»Wenn du die vierte Laterne siehst, musst du stehen bleiben«, erwiderte der Blinde.

»Gut.«

Zwei Laternen hatten wir schon passiert. Durch ihre Lichtscheine tanzten die Flocken wie kleine Zuckerkörner. Bis zur übernächsten Lichtquelle war es nicht mehr weit. Neben der Laterne blieben wir stehen.

»Und jetzt?«, fragte ich.

»Wende dich nach rechts.«

Das tat ich. Hinter uns fuhr langsam ein großer Wagen vorbei. Die Reifen schmatzten durch den Schnee. Ich musste ein kleines Tor aufstoßen, um in einen baumbestandenen Vorgarten treten zu können. Ein schmaler Weg führte auf die Treppe zu, deren drei Stufen direkt vor der Haustür lagen.

»Wohnst du allein?«

»So ist es.«

»Das Haus ist ziemlich groß …«

»Ich erbte es von meinem Vater.«

»Hat er sich auch mit Aibon und dem Druidentum beschäftigt?«, wollte ich wissen.«

»Nein.«

Vor der Haustür blieben wir stehen. Schon auf dem Weg hatte ich gesehen, dass hinter keinem der Fenster Licht brannte. Die Scheiben wirkten auf mich wie blaugraue, in die Hauswand gemalte Vierecke.

»Den Schlüssel!«, forderte ich.

Der Blinde griff in seine rechte Manteltasche und holte ein dunkles Etui hervor. »Es ist der mittlere der drei Schlüssel«, erklärte er mir.

Bevor ich aufschloss, fragte ich ihn: »Was erwartet mich in deinem Haus, Maiden?«

»Leere.«

»Tatsächlich?«

»Ja.«

»Sonst nichts?«

Zu meiner Überraschung nickte er. »Es ist besser, wenn wir sofort in den Keller gehen. Dort habe ich mein Refugium eingerichtet.«

»Und was bedeutet das?«

»Du wirst es sehen. Lass uns ins Haus gehen. Mich friert allmählich.«

Den Gefallen konnte ich ihm tun. Auch ich hatte keine Lust mehr, länger im Schnee zu stehen. Die Tür ließ sich leicht aufschließen. Ich drückte sie nach innen und schob den Blinden über die Schwelle, der seine Arme vorgestreckt hatte.

Den Lichtschalter hatte ich schnell gefunden. Die Lampe erhellte eine breite Diele, die einen dunkelbraunen Parkettfußboden hatte. Alte Sessel bildeten eine Gruppe. In der Mitte stand ein runder Tisch mit einer grünen Glasplatte. Die breite Treppe führte in die oberen Etagen. Sie begann dicht neben einem Kamin.

»Wie kommen wir in den Keller?«, fragte ich.

»Wir müssen uns links halten!«, hörte ich die Antwort. »Es ist ein großes Gewölbe. Siehst du die breite Tür an der Wand?«

»Natürlich.«

»Das ist der Weg.«

Der Blinde ging schon vor. Er kannte sich gut aus, das war klar, öffnete die Tür, blieb aber stehen, weil er allein wohl die Treppe nicht hinabsteigen wollte.

»Du kannst meinen Arm halten.«

Er umklammerte ihn mit der linken Hand. Sein Griff war normal, von der alten Kraft spürte ich nichts mehr.

Sehr langsam stiegen wir die Stufen hinab und betraten einen

Keller, der gewaltige Ausmaße hatte. Ich konnte sie erst richtig einschätzen, als wir den Bogen hinter uns gelassen hatten und ich auf der Treppenstufe überrascht stehen blieb.

Damit hatte ich nicht gerechnet. Nicht mit dem, was dieser Keller in sich barg.

Eine Deckenleuchte, die aus zahlreichen kleinen Kugeln bestand, verbreitete ein glimmendes Licht, das ebenfalls einen leicht grünlichen Schein hatte.

Er fiel fächerartig über das Gebilde, das mir zwar bekannt vorkam, weil ich es auf zahlreichen Bildern gesehen hatte, aber dort war ich noch nicht gewesen.

Es waren die Steine von Stonehenge!

Für eine Weile sprach keiner von uns ein Wort. Auch Maiden ließ mich mit Fragen in Ruhe, aber er spürte etwas von meiner Überraschung. Seine Frage stellte er flüsternd.

»Überrascht, John Sinclair?«

»Das kann man wohl sagen.«

»Du kennst das Gebiet sicherlich.«

»Ja, es ist Stonehenge.«

»Der Zauberort alter Druidenpriester. Es ist unsere Heimat. Wir fühlen uns dort wohl.«

Ich warf ihm von der Seite her einen Blick zu. »Das ist mir zwar ein Rätsel, ich will dir trotzdem glauben. Sicherlich wirst du mir auch einige Erklärungen geben.«

Er nickte, sagte aber: »Schau es dir zunächst genau an, denn es ist sehr wichtig.« Maiden stand am Rand der Treppe. Er hatte eine Hand auf das Geländer gelegt. Der leere Blick schien nach innen gerichtet zu sein. Augen, die aussahen wie verkratztes Glas, ein blinder Mensch, den ich trotzdem nicht unterschätzen durfte.

Mein Blick fiel in den großen Keller.

Er bestand nur aus einem Raum. Vielleicht hatte man Mauern abgerissen, um diese Größe zu schaffen. Die Deckenleuchte war von einer besonderen Güte, denn ihr Licht strahlte auch in die Ecken und Winkel.

Wie gesagt, ich hatte noch nie zwischen den Steinen von Stonehenge gestanden, wusste aber über die ungefähren Ausmaße Bescheid. Wissenschaftler hatten ein Gebiet ausgemessen und sich auch weiterhin mit dieser jungsteinzeitlichen Kultstätte beschäftigt. Die Höhe der Steine erreichte oft eine Maßeinheit von über fünf Yards, und die Steine, die hier im Keller standen, waren nur um die Hälfte niedriger.

Also gewaltig!

Dementsprechend hoch war auch der Keller. Die zweidimensionalen Perspektiven bestanden aus einem anderen Verhältnis.

Man hatte die Länge und die Breite mehr konzentriert. Ob die Anzahl der aufgestellten Steine stimmte, wusste ich auch nicht zu sagen, jedenfalls war ich beeindruckt. Ich konnte auch die Wege erkennen, die hin zum Zentrum führten.

»Wie gefällt es dir?«, hörte ich die Stimme des Blinden.

»Ich bin überrascht.«

»Es ist gut, es ist ein Lebenswerk.«

Ich ging wieder auf ihn zu und blieb neben ihm stehen. »Nur für dich, mein Freund?«

»Nein, für uns.«

»Ihr seid zu mehreren?«

»Ja, wir sind fünf.«

»Weshalb gerade diese Zahl?«

Er lachte und gab dann Antwort. Ich wunderte mich über seine plötzliche Redseligkeit. »Weil es fünf Steine in Stonehenge gibt, die nicht dazugehören.«

»Das verstehe ich nicht …«

»Es ist ganz einfach. Sie sind Fremdkörper. Sie haben mit der alten Druidenmagie der Jungsteinzeit nichts zu tun. Sie kommen woanders her, man kann sie als Kuckuckseier bezeichnen, die eine andere Macht dazwischen gestellt hat.«

»Du weißt, woher sie stammen?«

»Ja, meine Freunde und ich haben es nach langem Suchen herausgefunden. Wir führten magische Berechnungen durch und ebenfalls Beschwörungen. Dann kamen wir zu einem Ergebnis, das uns alle sehr überrascht hat. Fünf Steine sind von einem anderen Kontinent an diesen Fleck gebracht worden. Ich weiß nicht, wie man es schaffte, aber sie sind da!«

»Verdammt, woher kommen sie denn?«

»Aus Atlantis!«

Ich schluckte. Diese Antwort haute mich zwar nicht gerade aus den Schuhen, aber sie war doch eine Überraschung. Damit hätte ich nun wirklich nicht gerechnet.

»Du sagst nichts, Sinclair.«

»Ich bin ein wenig perplex.«

Maiden lachte. »Das kann ich mir vorstellen. Du magst Aibon vielleicht kennen, aber Atlantis ...«

»Wenn du dich da nur nicht irrst, mein Freund. Auch der Kontinent Atlantis ist mir nicht unbekannt. Wenn ich dir sage, dass ich seinen Untergang miterlebt habe, würdest du mir das glauben?«

Er ließ sich Zeit mit der Antwort. Dann nickte er. »Ja, mittlerweile glaube ich dir alles.«

»Wie schön.«

»Da du einmal hier bist, wirst du mich sicherlich auch in das Zentrum begleiten – oder nicht?«

»Dagegen habe ich nichts. Ich weiß nur nicht, welche Überraschungen mich dort erwarten.«

»Kann man dich noch überraschen?«

Ich wechselte das Thema. »Wo befinden sich deine anderen vier Freunde oder Verbündete?«

»In der Nähe.«

»Hier im Keller?«

»Möglich ...«

Es passte mir nicht, dass er in Rätseln antwortete. Vorhin hatte er sich klarer ausgedrückt. »Gut, Maiden, kommen wir wieder auf die fünf fremden Steine zurück. Was ist damit? Sie stören euch doch, wenn ich dich richtig verstanden habe.«

»Das stimmt.«

»Und was wollt ihr dagegen unternehmen?«

Er atmete tief ein, bevor er weitersprach. »Wir wollen Stonehenge endlich wieder in seinen ursprünglichen Zustand versetzen. Aus diesem Grunde haben wir es uns zur Aufgabe gemacht, die fünf Fremdkörper zu zerstören. Hast du verstanden? Wir wollen sie vernichten!«

»Die schweren Steine?«

»Ja, was sonst?«

Ich schüttelte den Kopf. Die Geste galt mir selbst, nicht ihm, der sie nicht sehen konnte. »Es tut mir Leid«, sagte ich, »aber ich kann dir nicht folgen. Was ihr vorhabt, ist ein Frevel. Stonehenge ist ein Zeugnis der Jahrtausende. Das ist wertvoll wie Mondstaub. Ihr dürft keinen der Steine zerstören. Wer gibt euch das Recht, an diese Dinge überhaupt nur zu denken?«

»Wir nehmen es uns.«

»Und woher?«

»Die Stätte der Druiden muss rein bleiben. Wir wollen keine Fremdkörper in ihr. Das ist unsere Aufgabe.«

»Als Menschen oder Druiden?«

»Vielleicht sind wir beides«, erklärte er, »Mensch und Druide. Du kannst es dir aussuchen.«

Ich schaute ihn mir genau an, weil mir ein bestimmter Verdacht gekommen war, sprach aber noch nicht darüber. Maiden allerdings ahnte, was in mir vorging. Er musste in der letzten Zeit sehr sensibel geworden sein und erkundigte sich deshalb, ob etwas wäre.

»Ja, in der Tat. Mir ist ein bestimmter Verdacht gekommen, den ich gern bestätigt hätte.«

»Und welcher?«

»Ich habe dir berichtet, dass ich mich in Aibon relativ gut auskenne. Ich weiß um die Wesen, die dort existieren. Ob Tiere, Fabelgestalten oder Menschen, sie alle haben dort eine Heimat gefunden. Aber ich weiß noch mehr. Ich kenne die Wächter dieses Landes, die überall unterwegs sind, um Aibon vor Angriffen zu schützen. Weißt du bereits, von wem ich spreche, Maiden?«

»Sag es!«

»Die Männer in Grau!«

Meine Antwort stand, ich musste nur warten, wie er reagieren würde. Sehr genau achtete ich auf seine Reaktion. Er stand bewegungslos, sagte nichts, bis er langsam nickte. »Ja, ich kenne die Männer in Grau. Ich kenne sie sehr gut.«

»Weil du dazu gehörst!«

Maiden widersprach nicht. Er starrte nur aus seinen leeren Augen nach vorn. Seine Lippen bewegten sich, dann lächelte er sogar, und ich redete weiter.

»Ihr könnt alles versuchen. Euch verstellen oder verkleiden, aber eines könnt ihr nicht. Eure wahre Herkunft verleugnen. Ich weiß, mit wem ich es zu tun habe, und ich gehe davon aus, dass du, Maiden, zu den Männern in Grau gehörst.«

»Du hast Recht«, sagte er leise.

»Und deine vier Freunde ebenfalls.«

»Genau. Da du uns so gut kennst, wirst du auch wissen, dass wir eine Aufgabe immer zu Ende führen. Wir müssen die fünf Steine zerstören. Koste es, was es wolle. Die alte Stätte darf nicht entweiht werden oder nicht entweiht sein.«

»Sie war es über mehr als 3000 Jahre. Weshalb diese plötzliche Eile? Warum habt ihr nicht schon früher reagiert?«

»Weil sich die bekannte Welt in einem gewaltigen Umbruch befindet. Das wird dir zwar nicht so klar sein, aber achte auf die Zeichen. Die Menschen wenden sich wieder den geheimnisvollen Dingen und Lehren zu, über die sie früher gelacht haben. Sie spüren in ihrem Innern, dass sie nicht die Einzigen sind. Wiedergeburt, Reinkarnation – das sind doch Dinge, auf die es letztendlich ankommt. Man muss klare Fronten schaffen. Nichts darf verwischen, gar nichts. Wir sind die Hüter des Landes Aibon, und wir führen dieses Paradies zum Sieg.«

Das waren große Worte, fürwahr. Ich konnte mir durchaus denken, dass die Männer in Grau die nötige Kraft besaßen, um ihr Vorhaben durchführen zu können.

»Jetzt weißt du alles, John Sinclair. Ich werde gehen und das Gebiet betreten. Willst du mit?«

»Welch eine Frage!«

»Dann wirst du auch in den Zauber des Landes Aibon geraten. Seine Kraft ist durch uns grenzüberschreitend geworden. Du wirst die Vernichtung der echten Steine miterleben können. In dieser Nacht ist es so weit, dessen sei dir sicher.«

Er fügte nichts mehr hinzu und setzte sich vorsichtig in

Bewegung. Als ich ihn stützen wollte, schlug er meine Hand zur Seite und zischte ein »Lass das!«.

»Bitte.«

Er ging vor. In diesem Keller kannte er jeden Fleck, denn er bewegte sich mit der Sicherheit eines Sehenden. Als er die letzte Stufe hinter sich gelassen hatte, schritt er zielsicher auf den Weg zu, der als Straße bezeichnet werden konnte, die geradewegs zum runden Zentrum der Steine führte.

Ich folgte ihm, und schon bald rahmten mich die ersten Steine ein. Links und rechts des Weges standen die hohen Brocken von unterschiedlicher Größe und Breite.

Obwohl es sich bei diesen Steinen nur um eine Nachbildung handelte, war es für mich ein ungewöhnliches Gefühl, zwischen ihnen einherzuschreiten.

Sie standen und warfen Schatten, die Maiden und mich aufzusaugen schienen.

Ich schielte auf mein Kreuz, das ich aus der Tasche holte. Es hatte seine Farbe verändert. Ein leichtes, schwammig wirkendes grünes Licht zeichnete die Umrisse nach. Der Schleier funkelte, als würden in ihm winzige Wunderkerzen abbrennen.

Es gab keinen Zweifel. Dieser Keller beherbergte eine fremde Magie, die Kraft der Männer in Grau.

Ich wusste auch über ihre Gefährlichkeit Bescheid. Sie besaßen als Waffen flache Steine, die in der Lage waren, dämonische Gestalten aufzulösen, und zwar spurlos.

Das hatte ich schon bei Vampiren erlebt und anderen schwarzmagischen Geschöpfen.

Im Prinzip standen mir die Männer in Grau nicht feindlich gegenüber. Ich wusste allerdings nicht, wie sie reagieren würden, wenn sie erfuhren, dass ich einem von ihnen zur Blindheit verholfen hatte. Dann sahen sie sich geschwächt, und sie würden alles daransetzen, um einen Feind Aibons zu vernichten.

Maiden ging schneller. Es kam mir vor, als könnte er es nicht erwarten, endlich sein Ziel zu erreichen. Er hatte von vier Helfern gesprochen. Sosehr ich mich auch anstrengte, ich entdeckte sie nicht. Bestimmt hatten sie sich hinter den Steinen verborgen, und davon gab es schließlich genug in diesem Kellerraum.

Da nichts passierte, gegen das ich mich wehren musste, hatte ich Zeit, mir die Steine anzuschauen.

Über sie floss der grünliche Schimmer des Lichts. Sie waren unregelmäßig hoch und auch nie egal breit. Manchmal wirkten sie wie krumme, senkrecht aufgestellte Bögen, dann wiederum ähnelten sie mehr den Armstümpfen von Riesen.

Mit dem Knöchel schlug ich hin und wieder gegen sie, weil ich feststellen wollte, aus welch einem Material sie bestanden. Das war leider nicht herauszufinden. Sie waren zwar hart wie Stein, dennoch glaubte ich nicht, dass sie auch aus Stein bestanden. Das musste irgendein anderes Zeug sein, aus dem man sie hergestellt hatte.

Maiden störte sich daran nicht. Auch als Blinder ging er unbeirrt seinen Weg, umflort von den grünlichen Strahlen, die breit wie ein Zelt auf uns niederfielen.

Der Weg brachte uns direkt in den Mittelkreis, dem Zentrum des magischen Platzes.

Was hatten sich Wissenschaftler und Forscher schon den Kopf über Stonehenge zerbrochen. Man hatte eine eigene Kommission ins Leben gerufen. Seit einigen Jahren war Stonehenge zu einem Zielort eines bestimmten Jugendtourismus geworden. Es hatten bei den Steinen sogar Popkonzerte stattgefunden. Bekannte Rockgruppen waren aufgetreten und hatten die Fans wie Magnete angezogen. Nach diesen Konzerten war oft genug ein Chaos zurückgeblieben. Nicht nur eingerissene Zäune, auch Müll und Abfall, um den sich niemand kümmerte.

Dem hatte die Verwaltung jetzt einen Riegel vorgeschoben. Stonehenge war für derartige Veranstaltungen gesperrt, mochte die New-Age-Welle auch noch so überschlagen.

Interessant waren auch die aus Steinen bestehenden Brücken. Über zwei senkrechten Balken lag ein waagerechter, als sollte dieser einem darunter stehenden Menschen Schutz und Hilfe bieten. Was diese Brücken genau zu bedeuten hatten, war bisher auch noch nicht bekannt.

Kurz vor Erreichen unseres Ziels drehte sich Maiden noch einmal um. Er sah mich nicht und fragte nur: »Bist du auch noch hinter mir, John Sinclair?«

»Selbstverständlich.«

»Dann wirst du es gleich erleben. Du kannst wählen. Entweder stellst du dich auf unsere Seite, oder du bist unser Feind. Was ist dir lieber?«

»Es kommt auf die Situation an.«

»Sie wird dir fremd vorkommen.«

»Das kann ich mir denken.«

Er ging weiter. Es waren nur noch wenige Schritte bis zu unserem großen Ziel.

Als der Blinde stehen blieb, ging auch ich nicht mehr weiter. Von dieser Stelle aus hatte ich einen guten Blick auf den Innenkreis und das Zentrum.

Zuerst irritierte mich ein wenig das Licht. Es schien hier heller. Bis ich sah, dass die Strahlen teilweise senkrecht auf ein Ziel fielen, das aus einer dunkelgrünen Glasplatte bestand, die einen direkten Kontakt mit dem Boden hatte.

Flach lag sie darauf und bildete einen Kreis. Er war ziemlich groß und in fünf Segmente geteilt. Vier davon waren belegt. Die Teile erinnerten mich an Tortenstücke, die man vorgeschnitten hatte. Jedes Segment lief zum Kreisinnern hin spitz zu und endete in einem kleineren Kreis, in dem das grüne Leuchten eine besonders hohe Konzentration erreichte.

Ich schaute über die Körper hinweg und stellte fest, dass innerhalb des kleinen Kreises die Dinge lagen, die ich bei dem Mann in Grau vor mir schon vermisst hatte.

Es waren die mit einer magischen Strahlung versehenen Steine, die sie sonst immer bei sich trugen.

Die vier Druiden lagen auf dem Rücken. Sie hielten die Augen halb geschlossen, die Füße waren dem Innenkreis entgegengestreckt und berührten sich fast. Im Gegensatz zu Maiden trugen sie dunkle Kutten. Lange Umhänge, deren Säume bis zu den Knöcheln reichten.

Sie kümmerten sich nicht um uns, aber Maiden drehte sich so, dass ich ihn sehen konnte.

»Was ist?«, fragte ich ihn leise.

»Ich brauche meine Kutte.«

»Willst du dich auch in den Kreis legen?«

»Ja, eine Kammer ist frei.«

»Kammer nennt ihr das.«

Er nickte. »Sie muss besetzt werden. Sie ist wie ein magisches Raumschiff. Nur durch sie können wir den Weg zu dem Ort schaffen, wo die Steine stehen, die wir zerstören werden.«

»Ich habe nichts dagegen.«

Er schritt um die Hälfte des Kreises herum und ging zu einer Stelle, wo seine Kutte hing. Ein wenig unsicher wirkte er, als er sie an sich nahm, doch die Sicherheit kehrte zurück, als er sie um seinen Körper gelegt hatte.

Unter der Kutte schien er regelrecht aufzublühen. Uns trennte der Kreis. Über seine dort liegenden Freunde hinweg begann er zu sprechen. »Du hast mich blind werden lassen«, flüsterte er. »Du hast mir das Augenlicht genommen, aber dies ist nicht für immer, das kann ich dir schwören. Nein, ich werde die Kraft finden, um es zurückzubekommen. Hast du verstanden, John Sinclair?«

»Es würde mich sogar beruhigen.«

»Lüg nicht.«

»Du musst es wissen.«

Noch immer hatte sich keiner seiner Freunde um uns gekümmert, so betrat Maiden den Kreis, stieg über ein Beinpaar mit der Sicherheit eines Sehenden hinweg und legte sich, obwohl er blind war, in das freie Segment.

Er hatte jetzt die Lücke geschlossen und nahm dabei die gleiche Haltung an wie seine vier Freunde. Ich beobachtete sein Gesicht und schaute zu, wie er die Augen schloss, obwohl er das nicht nötig hatte. Spaltbreit nur ließ er sie offen. Die Stücke zwischen dem unteren Lidrand und dem Augendeckel schimmerten dabei wie weiße, auf dem Rücken liegende Halbmonde.

Da alle fünf Personen lagen, kam ich mir vor wie ein Fremdkörper. Ich wusste selbst nicht, ob ich stehen bleiben oder den Kreis umrunden sollte. Dann entschied ich mich für eine dritte Möglichkeit. Ich sprach Maiden an.

»Wie läuft die Sache jetzt ab? Ihr wollt euch doch nach Stonehenge teleportieren.«

»Willst du mit?«, fragte er gegen.

»Ja.«

»Dann komm zu uns.«

»Der Kreis ist besetzt. Ich …«

»Du brauchst nur über unsere bereits entspannten Körper hinwegzuschreiten und dich in den kleinen Kreis zu stellen. Er ist groß genug, um dich aufzunehmen.«

»Werde ich auch in Stonehenge ankommen?«

Er lachte leise. »Wo sonst?«

»Ich denke auch an die Möglichkeit, zwischen den Dimensionen zu verschwinden.«

»Es ist dein Risiko, aber auch wir gehen den Weg.«

Meine Bedenken waren zwar nicht ausgeräumt, aber ich hatte A gesagt, also musste ich auch B sagen.

Da die Druiden oder Männer in Grau sehr dicht nebeneinander lagen, war es gar nicht einfach, über sie hinwegzusteigen. Ich bewegte mich sehr vorsichtig, da ich keinen Körper schmerzhaft berühren wollte, um sie nicht aus der Trance zu reißen.

»Ich spüre, wie du dich bewegst«, hörte ich Maidens Stimme. »Aber du kannst ruhig auf sie treten. Sie werden nichts merken. Die Trance ist zu tief, glaub mir.«

Ich machte die Probe aufs Exempel. Mit dem rechten Fuß trat ich auf die Brust eines Druiden und merkte keine Reaktion. Auch als ich mich mit beiden Füßen auf den Körpern abstemmte, vernahm ich keinen Laut der Beschwerde oder des Schmerzes.

Ich erreichte den kleinen Mittelkreis und stellte mich auf die dort liegenden Steine.

Kaum hatte ich sie berührt, als ich das ungewöhnliche Kribbeln spürte. Es rann wie Strom durch meinen Körper, und dies entgegen der Erdanziehungskraft von unten nach oben.

Die Füße, die Beine, die Hüften, die Brust, die Arme, der Kopf – alles wurde von dieser magischen Kraft durchströmt, und ich erlebte ein anderes Bewusstsein.

Ich hatte den Eindruck, als würde sich mein Horizont erweitern.

Zwar stand ich nach wie vor im Keller, aber meine Sicht ging weit darüber hinaus.

Mauern, Steine, der Weg, die Körper, ich sah sie nah und trotzdem fern. Die Perspektive war verzerrt. Ich hätte hingreifen können, ohne allerdings etwas zu fassen. Manchmal schwebte ich über allem, dann wiederum stand ich fest auf dem Boden. Ein Wechselspiel, für das ich keine Erklärung hatte.

Der Vergleich mit einem Standplatz auf einem schwankenden Floß war ebenfalls nicht falsch, und gleichzeitig überkam mich eine innere Ruhe, die alle Angst und Befürchtungen zur Seite drängte. Ich wollte auch nicht mehr weg, hätte es vielleicht nicht gekonnt, weil ich in dem magischen Druidenkreis gefangen war.

Wenn ich Luft holte, wurden Hals und Lunge von einer regelrechten Reinheit durchflossen. Ein wunderbares Sauerstoff-Gemisch, das es auf der Erde nicht gab, dafür jedoch in einem anderen Land.

Aibon …

Ja, es war schon das Luftgemisch, das ich aus diesem geheimnisvollen Land kannte, das manchmal mit dem Begriff Paradies umschrieben wurde.

Jeder Atemzug tat gut. Ich trank ihn förmlich und legte meinen Kopf in den Nacken, um gegen die Decke zu schauen, wo das grünliche Licht abstrahlte.

Es wirkte auf mich wie eine Sonne.

Eine Aibon-Sonne, die mit ihrer Kraft dieser Druiden-Welt das Leben einhauchte.

»Du kannst den Kopf wieder senken«, vernahm ich die flüsternde Stimme des Druiden Maiden.

Ich war überrascht. Woher wusste er, der Blinde, wie ich mich bewegt hatte?

»Kannst du wieder sehen?«

»Ja, man gab mir das Augenlicht zurück. Nichts ist für immer, wenn man auf Aibon und dessen wunderbare Kräfte vertraut. Du verstehst, was ich damit sagen will?«

»Sehr gut sogar.«

»Dann bereite dich innerlich auf die Reise vor. Kläre dein Hirn, konzentriere dich auf Stonehenge. Ich spüre, dass die Kräfte stark genug sind, um uns an das Ziel zu bringen. Du bist zwar kein Druide, aber du stehst auf den geheimnisvollen Steinen, die das eigentliche Zentrum dieses Kreises bilden. Bei dir ist die Magie besonders stark. Du wirst sie für deine Zwecke ausnutzen können, glaub mir.«

»Ich vertraue euch diesmal.«

Maiden amüsierte sich. »Was bleibt dir anderes übrig, mein Freund? Mitgegangen, mitgefangen, das ist nun mal so. Aber du brauchst dich nicht zu fürchten. Wenn du die Männer in Grau kennst, zu denen wir nun mal gehören, wirst du auch wissen, dass sie nichts Falsches im Sinn haben. Sie wollen nur die äußeren Gefahren von ihrem Paradies abwenden. Habe ich dir genug erklärt?«

»Eigentlich schon. Aber wie wollt ihr diese Entfernung überbrücken? Dahinter bin ich noch nicht gekommen.«

»Allein durch die Kraft unserer Gedanken. Sie und die Magie der Steine werden dafür sorgen.«

»Ich verlasse mich darauf.«

»Das musst du auch.«

Der letzte Dialog hatte mich von den eigentlichen Problemen abgelenkt. Jetzt erst kam ich wieder dazu, mich auf die Umgebung zu konzentrieren, und ich stellte fest, dass sich die Kraft aus den Druiden-Steinen um einiges verstärkt hatte.

Sie floss wie ein warmer Strom durch meinen Körper und umkreiste auch mein Herz, sodass sich dessen Schlag beschleunigte. Ich merkte den leichten Schwindel, der sich in meinem Kopf festsetzte, und hatte für einen Moment den Eindruck, als würde sich das grüne Licht über meinem Kopf um das Doppelte verstärken.

Das jedoch war ebenso Einbildung wie der Tanz der Steine.

Wellenberge und -täler umgaben mich. Das Licht hüllte mich ein. Ich sah die Gesichter der fünf Druiden, wie sie sich kreisförmig bewegten, als wollten sie die Rundung auf dem Boden mit ihren Körpern noch einmal nachvollziehen.

Dann begann die Reise.

Von allen Seiten drang etwas auf mich ein, dem ich mich nicht entgegenstemmen konnte. Allerdings glühte ich auf und wurde von einem grünen Strahlenkranz umweht.

Dafür sorgte schon mein Kreuz, das von der anderen Magie ebenfalls betroffen war.

Im nächsten Moment hatte ich keinen Halt mehr. Die Steine schmolzen unter mir weg. Ich fiel und schwebte gleichzeitig. Soeben bekam ich noch mit, dass ich meine Arme in die Höhe riss, als wäre über mir eine Reckstange, an der ich mich abfangen konnte.

Dann lag diese Welt hinter mir.

Ein Tunnel riss mich an und in sich.

Dann konnte ich nur noch hoffen, dass die Druiden mich nicht belogen hatten …

Lizzy Moreno wusste nicht, wie sie aus dieser Lage noch entkommen sollte. Sie war für sie lebensgefährlich geworden, und der junge Mann, der eventuell noch einen Ausweg gewusst hätte, war getötet worden.

Fünf Gestalten waren erschienen.

Kuttenträger, die einen unheimlichen und bösen Eindruck machten. Sie stemmten sich gegen den Wind, der ihre Kutten eng gegen die Körper drückte.

Ihre Gesichter waren nur undeutlich zu sehen. Wenn der Wind den vorderen Rand der Kapuzen ein wenig anhob, konnte das Mädchen die Bleichheit der Haut erkennen und auch die scharf gezogenen Falten darin.

Da wusste sie Bescheid.

Sie hatte diese Gesichter schon einmal entdeckt. Und zwar inmitten der Steine, wo sie regelrecht aufgeglüht waren. Aber sie erinnerte sich auch an die letzten Worte der fünf.

Man wollte sie als Opfer haben!

Wie es Lizzy schaffte, sich auf die Füße zu stemmen, wusste sie selbst nicht. Jedenfalls stand sie zitternd da und suchte noch immer nach einem Ausweg.

Da blieb nur die Flucht.

Aber wohin?

Der Weg nach vorn war ihr durch die fünf Gestalten versperrt. Zurück konnte sie wohl, aber sie würde sich innerhalb des Wirrwarrs aus Steinen und schmalen Wegen verirren. Außerdem waren ihre Gegner in der Überzahl.

Schnee und Regen fielen als Gemisch vom Himmel. Der Wind war eisig und schien die Nässe gefrieren zu wollen.

Lizzy gelang es nicht einmal, die Hände zu Fäusten zu ballen, so klamm waren sie geworden. Die Angst legte ihr einen dicken Klumpen in den Magen. Wenn sie sich bewegte, hatte sie das Gefühl, auf rutschiger Seife zu stehen. Schnee und Regen klatschten gegen sie. Manchmal verschwammen auch die Gestalten hinter diesem dichten Vorhang.

Und doch erhielt sie eine Galgenfrist oder eine Hilfe, je nachdem, wie man es sah.

Hadib, der Dealer, bewegte sich. Er hatte einiges abbekommen, doch er gehörte zu den zähen Typen, die erst aufgaben, wenn kein Leben mehr in ihnen steckte.

Und er lebte noch!

Wahrscheinlich hatte er das Rauschgift an sich genommen. Pete Talbot hatte es unter seiner Jacke getragen, versteckt in wasserdichten und stoßfesten Beuteln und befestigt an seinem Gürtel.

Hadib stand auf.

Das Messer besaß er nicht mehr. Schmerzen tosten nach wie vor durch seinen Arm. Er stand schwankend wie ein Grashalm im Wind, fand sich nicht zurecht, drehte sich leicht und sah die fünf Gestalten.

Jetzt machte Hadib einen Fehler. Er schrie zwar nicht, aber der Laut der Überraschung wurde von den fünf Kuttenträgern gehört.

Drei von ihnen drehten sich um.

Hadib hob einen Arm. Aus der Messerwunde an seiner Hand floss noch immer Blut. »Wer seid ihr?«, keuchte er.

Die drei Kuttenträger gaben keine Antwort. Statt dessen gingen sie auf ihn zu.

Immer im Gleichschritt, wie Soldaten, die zur Exekution eines Gefangenen gingen.

Und Hadib wusste Bescheid. Er war selbst ein Dealer, möglicherweise ein Killer, kannte Tricks und wusste auch, wie sich andere bewegten, wenn sie eine bestimmte Aufgabe zu erledigen hatten.

Der Auftrag dieser drei Kuttenträger war klar:

Mord!

Hadib schüttelte den Kopf. Vielleicht war das Schweigen für ihn am schlimmsten, denn er unterbrach es mit einer keuchenden Frage: »Verdammt, was wollt ihr von mir? Weshalb kommt ihr auf mich zu? Wollt ihr mich killen?«

Sie gaben ihm keine Antwort.

»Verdammt, ich habe euch etwas gefragt. Sagt doch was! Kann ich was für euch tun? Ich habe euch nichts getan. Wo kommt ihr überhaupt her?« Seine Stimme überschlug sich. Todesangst und Panik schwangen in seinen Worten mit.

Da die drei Unheimlichen weitergingen und die Distanz auf Hadib schmolz, ging er zurück. Einen Schritt, dann den zweiten, den dritten. Er taumelte dabei und versuchte es wieder.

»Redet doch, ihr Hundesöhne! Ich habe euch nichts getan. Wollt ihr Geld haben?« Er wartete, erhielt abermals keine Antwort und schüttelte den Kopf. »Nein? Wollt ihr das nicht? Okay, Freunde, okay. Ich kann euch was geben, was mehr wert ist als lumpiges Geld. Stoff, versteht ihr? Rauschgift. Wenn ihr das verkauft, seid ihr reich. Stinkreich, kann ich euch sagen. Ihr könnt euch viel kaufen. Das sind ...«

Sie wollten nicht und gaben ihm auf ihre Art und Weise eine Antwort. Die drei Druiden lösten die Reihe auf. Sie teilten sich. Zwei von ihnen bildeten eine Zange, deren Mittelpunkt der Dealer war. So brauchten sie nur noch zuzugreifen.

»Ihr seid doch verrückt!«, keuchte er. »Ich habe euch ein Angebot gemacht. Mehr kann man nicht tun. Was wollt ihr denn noch?«

»Dich!«

Jeder von ihnen hatte gesprochen. Dennoch hörte es sich an, als hätte nur einer geredet.

Hadib schüttelte den Kopf. »Ich?«, fragte er. »Wieso? Was wollt ihr denn von mir, verdammt?«

»Deinen Tod!«

Er blieb stehen. Seine Bewegungen wirkten wie eingefroren, und auf seiner Haut schien plötzlich ein Eisfilm zu liegen. Er schüttelte den Kopf.

Auch Lizzy hatte die Szene mit ansehen müssen. Für sie bestand keine unmittelbare Lebensgefahr. Sie hatte sich mehr auf den Dealer konzentriert. Jetzt schrie sie mit lauter Stimme dem Killer eine Warnung zu.

»Hau doch ab, verdammt, du Mörder! Wir sitzen im gleichen Boot. Merkst du das nicht?«

Hadib war unbelehrbar. »Du!«, brüllte er zurück. »Nur du bist schuld. Ja, es ist deine Schuld, verdammt. Ich habe es gewusst. Man kann dir nicht trauen. Du bist ein verdammtes Weibsstück, das kann ich dir sagen, du …«

Seine nächsten Worte erstickten, denn die drei Druiden griffen urplötzlich an.

Lizzy presste vor Angst eine Hand gegen ihre Lippen. Sie spürte den nassen Schnee nicht mehr, die Windböen trieben gegen ihren Körper. Sie sah nur noch die Gestalten, deren Kutten plötzlich aufwallten, als sich die Männer hektisch bewegten.

Sie schleuderten den Dealer zu Boden.

Er krachte auf den Rücken. Schmerzen durchtosten seinen Körper. Er wollte sich wieder aufrichten, aber ein Bein war schneller, und der dazugehörige Fuß presste sich hart auf seine Brust, sodass er wieder zurückgedrückt wurde.

»So nicht!«

Sie starrten ihn an. In ihren Gesichtern bewegte sich nichts. Kalt und hart blieben sie. Nur die Kutten wurden vom Wind bewegt, sodass der Stoff kleine Wellen schlug.

Drei Füße drückten schließlich gegen seinen Körper und pressten ihn zu Boden.

»Rühr dich nicht!«, drang es dumpf aus den Mündern der Kuttenträger. »Keine Bewegung!«

Hadib lag still. Er atmete so laut, dass diese Geräusche sogar das

Klatschen des Schneeregens übertönten. Dann bückten sich zwei Druiden und hoben ihn an.

Lizzy bekam große Angst vor Überraschung. Diese Männer, normal gewachsen, mussten die Kräfte eines Riesen besitzen, denn so wie sie den Mann in die Höhe zogen, sah es aus, als geschähe dies mit einer nahezu spielerischen Leichtigkeit.

Sie benutzten jeweils nur eine Hand, und es kam Lizzy vor, als würde der andere über dem Boden schweben. An der rechten Schulter wurde er gehalten und gleichzeitig an einem Bein.

So trugen sie ihn weg.

Sie gingen quer über den kreisförmigen Platz, der das Zentrum von Stonehenge bildet, und plötzlich erlebte Lizzy die nächste Überraschung.

Drei fahlgrüne Lichtspeere durchbrachen die Dunkelheit und konzentrierten sich auf einen Gegenstand, den das Mädchen wegen der Dunkelheit bisher noch nicht gesehen hatte.

Es war ein Altar!

Er stand in der Mitte des großen, runden Geländes und war aus Steinen errichtet worden. Eine große Platte fand durch zwei senkrechte Stützen den nötigen Halt.

Die alte Opferstätte eben …

Das begriff auch Lizzy. Und sie verstand nun ebenfalls, aus welch einem Grund der Dealer dorthin geschleift wurde. Man wollte ihn töten. Wie schon vor langer Zeit, als Stonehenge noch als Kultstätte für Steinzeitmenschen gegolten hatte und der Altar wahrscheinlich errichtet worden war.

Lizzy dachte sogar weiter.

Zuerst nahmen sie sich Hadib vor. Sie würde folgen und ihr Leben ebenfalls auf dem Altar aushauchen. Beide hatten sie die Stätte entweiht, das konnten die anderen nicht zulassen.

Noch immer wusste sie nicht genau, wer sie eigentlich waren. Sie sahen aus wie Menschen, aber sie schienen übermenschliche Kräfte zu besitzen. Abermals hievten sie den Dealer mit einer spielerisch anmutenden Leichtigkeit an und legten ihn rücklings auf den Altar.

Als sein Körper die nasse Platte berührte und gleichzeitig den

Druck spürte, flackerte so etwas wie Lebenswille in ihm hoch. Er riss den Mund auf, ein gellender Angstschrei drang über seine Lippen. Ein »Neiiinnn!« wetterte als Echo zwischen den aufrecht stehenden Steinen.

Die fünf Druiden kannten kein Pardon. Mit ihren harten Händen drückten sie den Mann auf die Altarplatte. Zwei von ihnen standen an einer Seite. Der dritte drehte Lizzy den Rücken zu, und sie sah, wie die drei zugleich die noch freien Arme hoben.

Die Lichtstrahlen, die breit aus ihren Handflächen zu dringen schienen, konzentrierten sich jetzt auf einen Punkt.

Es war der Altar. Noch strahlten sie in einem bestimmten Winkel ab, sodass der Dealer nicht berührt wurde.

Aber die drei Druiden hatten etwas vor. Sie bewegten ihre Hände wieder gemeinsam, die Strahlen näherten sich Hadib, und er wurde von ihnen getroffen.

Lizzys Herz schlug bis zum Hals. Sie konnte nichts für ihn tun, ihn nur beobachten, und sie sah ihn plötzlich überdeutlich in einem grünen Licht. Er wirkte wie ein Schattenriss, und er bäumte sich plötzlich auf, denn die Hände hatten ihn losgelassen.

Es sah so aus, als könnte er sich von der Altarplatte rollen und den Häschern entkommen, doch es war ein tödlicher Irrtum. Die Strahlen waren auch in seinen Körper gedrungen. In der Haltung, in der er sich befand, starb er auch.

Sein Körper zitterte. Lizzy hatte den Eindruck, als würden die Umrisse zerfließen.

Das geschah in der Tat.

Sie zerflossen nicht nur, sie brachen auch zusammen, und wo Hadib noch vor Sekunden gelegen hatte, quirlte für einen kurzen Moment eine Staubwolke, die menschliche Umrisse hatte und dann vom Wind gepackt und weggeweht wurde.

Aus, vorbei …

Hadib gab es nicht mehr. Ein Mensch hatte einfach aufgehört zu existieren. Der Altar hatte sein Opfer bekommen, und eine alte Tradition war weitergeführt worden.

Das wollte in Lizzys Kopf nicht hinein. Sie weinte und streckte ihr Gesicht den fallenden, dicken Tropfen entgegen, während sich die drei Druiden so weit über die Altarplatte beugten, dass sie den Stein mit ihren freiliegenden Stirnen berühren konnten.

Sie bedankten sich für die Hilfe, die sie erhalten hatten, und auch die beiden Gestalten in Lizzys Nähe beugten ihre Oberkörper dem Boden entgegen.

Das Mädchen wusste selbst nicht, woher es den Mut nahm, sich zu drehen. Ein Jetzt-oder-nie-Gefühl durchzuckte sie, und Lizzy drehte sich so schnell wie noch nie. Wenn sie floh, musste es ihr gelingen, in die Räume zwischen den Steinen zu gelangen. Nur dort konnte sie sich vor den Verfolgern für einige Zeit verbergen.

Bevor sich die Kuttenträger wieder aufgerichtet hatten, war sie schon verschwunden. Ob die Männer hinter ihr herschrien und wie sie das Mädchen veranlassen wollten, endlich zu stoppen, war Lizzy egal. Sie wollte nur weg.

Die Steine bildeten für sie Deckung und Fluchtweg in einem. Man hatte sie damals so angelegt, dass sie Straßen und Gassen bildeten, die allesamt hineinführten in einen Wirrwarr, in dem sich kaum jemand zurechtfinden konnte.

Die aufrecht stehenden Steine griffen nach dem Mädchen. Jedenfalls schien es Lizzy so, als sie zwischen diese kantigen Säulen tauchte und deren Schatten über sie fielen, als wollten sie die Flüchtende verschlucken.

Einen großen Nachteil hatte sie ebenfalls. Es war der weiche, feuchte und auch rutschige Boden, auf dem sie kaum Halt fand, wenn sie sich schnell bewegte.

Sie rannte mit großen Schritten, lief auch geduckt und hatte den Kopf nach vorn gedrückt. Manchmal peitschte der Wind so hart durch die Lücken, dass ihr Lauf fast gestoppt oder sie zur Seite gedrückt wurde. Auch den Schnee, den Regen und den Wind sah sie als ihren Feind an. Pfützen hatten sich auf dem Boden ausgebreitet. Wenn sie hineintrat, spritzte das Wasser so hoch, dass es sogar gegen ihr Gesicht klatschte.

Am meisten Angst hatte sie vor den geheimnisvollen grünen Strahlen. Das Bild vom Tod des Dealers hatte sich in ihrem Gedächtnis unauslöschlich eingeprägt. Solange sie lebte, würde sie es nicht vergessen können. Das war wie ein immer wiederkehrender Albtraum.

Noch war sie nicht erwischt worden. Sie wusste aber auch, dass sie nicht nur geradeaus laufen durfte. Lizzy kam von ganz unten. Sie hatte in der Riesenstadt London schon als Kind lernen müssen, wie man überlebte, und zu diesen Regeln gehörte es auch, sich stets Verstecke zu suchen oder welche zu besitzen.

So auch hier.

Der Weg führte geradeaus weiter. Er war aber relativ deckungslos, sodass Lizzy nichts anderes übrig blieb, als nach rechts oder links in die Lücken zwischen die Steine zu tauchen.

Sie entschied sich für die rechte Seite. Die Kurve bekam sie nicht ganz, mit der linken Schulter prallte sie noch gegen eine Kante, handelte sich eine schmerzhafte Prellung ein, taumelte aber weiter, drehte noch den Kopf und konnte von Glück sagen, das sie diesen Haken geschlagen hatte, denn durch die mittlere Straße huschte der tödliche grüne Schein. Ein Licht, das mordete und geisterhafte Schatten auf die uralten Zeugen der Vergangenheit warf.

Lizzy schüttelte so heftig den Kopf, dass die Wassertropfen in alle Richtungen davonwirbelten. Auch hier war sie nicht sicher. Sie stand allein gegen fünf Feinde, die dieses Gelände hervorragend kannten. An ein Entkommen war wohl nicht zu denken. Wo immer sie auch hinlief, die Kuttenträger kannten bestimmt Abkürzungen und würden dann vor ihr stehen mit ihren gefährlichen Waffen, die Menschen in Staub auflösen konnten.

Der Lauf hatte sie angestrengt. Obwohl sie in ihrem Alter eigentlich eine gute Kondition hätte haben müssen, bereiteten ihr die nächsten Schritte schon Schwierigkeiten. Die Beine waren einfach zu schwer geworden. Es dauerte seine Zeit, bis sie einen Fuß gehoben hatte. Zudem drehte sie sich um, keuchte und spürte die Erschöpfung. Das Blut hämmerte hinter der dünnen Haut an der Stirn. Ihr Kopf glich einem Mühlrad, das sich drehte und gleichzeitig zermalmte.

Mit schleppenden, schweren Schritten bewegte sie sich weiter. Bei jedem Atemzug brannte es in den Lungen. Von dort aus zogen die Stiche durch den gesamten Oberkörper.

Irgendwann kam der Zeitpunkt, da musste sie sich einfach ausruhen. Sie drückte sich nach links, wo ein sehr hoher Stein stand und einen Schatten auf sie warf.

Mit der Schulter und dem Oberarm berührte Lizzy den Stein. Die Beine waren wie bleierne Stelzen. Sie brachte die Füße kaum noch hoch, und sie schlich wie ein total erschöpftes Wesen an der breiten Seite des Steins entlang, bis sie dessen Ende oder die Kante erreicht hatte.

Genau dort erwischte es sie.

Sie sah vor sich eine schattenhafte Bewegung. Etwas, das an eine dunkle Schlange erinnerte, schnellte auf sie zu und legte sich gedankenschnell um ihren Hals, bevor sie hinter die Schmalseite des Steins gerissen wurde und ihr Schrei noch im Ansatz erstickte …

Diese Zeitreisen waren immer gleich und trotzdem anders. Wahrscheinlich kam es dabei auf die jeweilige Magie an. Diese hier wurde von Aibon getragen, denn auch als die vertraute Umgebung vor meinen Augen verschwand, spürte ich noch die herrlich erfrischende Luft, die mich umwehte und so tief durchatmen ließ.

Ich war auch nicht in die absolute Schwärze gefallen, wie ich es von anderen Reisen her kannte. Mich trugen regelrechte Wellen aus grünem Licht weiter und drückten mich hinein in ein Meer, das nicht zu fassen war, aber den Namen Aibon trug.

Es leitete mich weiter …

Begleitet wurde ich von fünf Druiden, die ich ebenfalls erkannte. Sie umwehten mich wie Schatten, sodass ich mir vorkam wie in einem kleinen Pulk von Fallschirmspringern.

Dann verschwanden sie.

Es war, als hätte man sie einfach weggerissen. Ich schwebte allein weiter, das grüne Licht blieb, schwächte sich jedoch ab und war urplötzlich verschwunden.

Eine andere Luft traf mich.

Kalt und eisig wehte sie in mein Gesicht, in das gleichzeitig auch

Tropfen klatschten. Dick, nass, auf der Haut schmelzend oder als kleine Wasserströme über mein Gesicht nach unten rinnend.

Das war Schneeregen, der sogar kalt in meine weit geöffneten Augen drang.

Zudem hatte ich wieder festen Boden unter den Füßen und merkte auch, dass ich im Schlamm stand.

Die Druiden hatten mich nach Stonehenge schaffen wollen. Wenn mich nicht alles täuschte, hatte ich mein Ziel erreicht.

Von der Physis her ging es mir ausgezeichnet. Ich fühlte mich wohl, auch kräftig genug und innerlich gefestigt, die Auseinandersetzung bestehen zu können.

Von meinen fünf Begleitern sah ich leider nichts. Sie mussten an einer anderen Stelle dieses Gebietes gelandet sein. Wenn ich an die Größe dachte, konnte ich mir ausrechnen, dass ich lange suchen musste, um auf sie zu treffen.

Die Druiden sah ich nicht, dafür aber die hochgewachsenen Gebilde, für die Stonehenge so berühmt geworden war.

Die Steine ...

Trotz der Dunkelheit sahen sie gewaltig aus. Sie kamen mir vor wie Spielzeuge von Riesen, die diese einfach weggeschleudert hatten.

Endlich stand ich zwischen den echten Steinen, auf einem historischen Boden, umgeben vom Atem der Steinzeit.

Ich schüttelte dieses Gefühl ab, weil andere Dinge wichtiger waren. Die fünf Druiden hatten diese Reise nicht umsonst unternommen. Sie wollten das zerstören, was nicht in die Reihenfolge der Steine hineingehörte. Fremdkörper aus Atlantis.

Konnte ich das zulassen?

Im Prinzip ja. Was gingen mich schließlich die Steine an? Andererseits wäre es wirklich interessant, Reste des alten Kontinents auch in dieser Zeit zu besitzen. Sie hätten für Wissenschaftler ein hervorragendes Forschungsobjekt abgegeben, deshalb sollten sie nicht zu Asche oder Staub zerfallen.

Vielleicht konnte ich die Männer in Grau dazu überreden, ihren Vorsatz noch einmal zu überdenken, obwohl ich diesbezüglich nicht viel Hoffnung hatte. Was sich Aibons Hüter einmal vorgenommen hatten, das führten sie auch bis zum bitteren Ende durch.

Ein ungewöhnliches Geräusch ließ mich aufhorchen. Zunächst fand ich nicht heraus, um was es sich handelte. Erst erklang ein Stampfen, danach ein Klatschen, als wäre jemand ins Wasser getreten. Die Geräusche liefen unregelmäßig ab, und sie hörten sich an wie Schritte, die jemand setzte, der vom langen Laufen ziemlich erschöpft war.

Ich drückte mich zurück, sodass mich der hohe Stein vor den Blicken des Ankömmlings deckte.

Die Schritte näherten sich. Ich hielt den Atem an, lauschte konzentriert und rechnete mir aus, wann die betreffende Person den Stein erreicht haben musste.

Dazwischen vernahm ich noch ein anderes Geräusch. Es klang wie ein heftiges Atmen oder Keuchen. Mal ein Schluchzen oder ein helles Weinen, und ich wusste, dass sich meinem Versteck eine Frau näherte.

Dann war sie da, eine Gestalt erschien, ich griff blitzschnell zu, legte meinen rechten Arm um ihren Hals und presste in der nächsten Sekunde die andere Hand auf ihren Mund.

»Ruhig«, sagte ich leise, aber deutlich dicht an ihrem Ohr. »Sei ganz ruhig, Mädchen!«

Dass es ein Mädchen war, hatte ich auf den ersten Blick erkannt. Auf den zweiten stellte ich fest, dass es sich bei der Kleinen um eine Punkerin handeln musste. Sie war wenigstens so angezogen und hatte ihr Haar entsprechend dieser Mode gekämmt.

Und die Kleine war völlig fertig. Ich schleifte sie in die seitliche Deckung des hohen Steins, drehte sie und presste sie mit dem Rücken gegen den harten Widerstand.

»Ruhig«, sagte ich, »ganz ruhig, Kleine …«

Sie atmete ein und aus, als ich meinen Griff lockerte. Aus großen, angstgeweiteten Augen starrte sie mich an, sah mein Lächeln, aber die Furcht blieb.

»Sie brauchen keine Angst mehr zu haben«, sagte ich ruhig. »Wir sind in Sicherheit.«

Ich hatte sie losgelassen, sah aber ihre Schwäche und das Zittern der Knie, deshalb stützte ich sie noch ab, sonst wäre sie womöglich gefallen.

»Wo … wo ist Ihre Kutte?«

Diese Frage überraschte mich. »Von welcher Kutte sprechen Sie?«

Bei der nächsten Antwort verzerrte sich ihr Mund. Auf den Lippen glänzten noch Regentropfen. »Verdammt, du hast die Kutte ausgezogen, nicht wahr?«

»Ich habe sie überhaupt nicht getragen.«

Die Antwort begriff sie nicht. »Wie … wieso!« Sie wollte zurücklaufen, ich hielt sie fest.

»Mädchen, ich gehöre nicht zu ihnen.«

Da sie die Hände freihatte, wischte sie mit einer das Wasser aus dem Gesicht. Noch immer las ich Unglauben in ihren Augen. »Aber wer bist du dann? Gehörst du zu Hadib?«

Verdammt, wer war das nun schon wieder? »Keine Ahnung, einen Hadib kenne ich nicht.«

»Der ist doch nicht allein gekommen. Bei so einem Geschäft nimmt man Rückendeckung.«

»Welches Geschäft?«

»Schnee, Koks, Stoff.« Sie presste die Hand vor die Lippen, aus Angst, schon zu viel gesagt zu haben.

»Ich glaube, du hast mir einiges zu erzählen. Wie war noch gleich dein Name?«

»Ich bin Lizzy.«

»Okay, Lizzy. Sag mir, was hier läuft. Was wird hier gespielt? Du hast von Rauschgift gesprochen, das hast du doch mit dem Wort Stoff gemeint, oder?«

»Ja.«

»Und ein Hadib wollte es verkaufen?«

»Nein, mein Freund.«

»Der ist auch hier?« Allmählich wuchsen mir die Überraschungen über den Kopf. Auch wurde die Zeit knapp. Ich wollte schließlich bei den Druiden sein, wenn sie anfingen, die Steine zu zerstören. Statt dessen stand ich hier im Schneeregen und wartete darauf, dass mir Lizzy eine Geschichte erzählte.

Sie ließ sich noch etwas Zeit, bevor sie nickte, die Schultern anhob und mit leiser Stimme sagte: »Es ist sowieso alles egal. Okay, Mister, ich erzähle sie dir.«

In den nächsten zwei Minuten bekam ich spitze Ohren. Auch wenn Lizzy einiges durcheinander warf und die Reihenfolge nicht einhielt, so schaffte ich es dennoch, mir ein Bild von der Sache zu machen und war überrascht, was in dieser entscheidenden Nacht alles auf dem Gebiet von Stonehenge passiert war.

Dass Drogenhändler sich ausgerechnet dieses Areal ausgesucht hatten, war für mich unverständlich.

»Okay, Mann«, sagte Lizzy, »jetzt weißt du alles. Hast du sonst noch Fragen?«

»Wieso?«

»Weil ich abhauen will!«, schrie sie mich an. Ihre Nerven spielten ihr einen Streich. Sie trat mit dem Fuß auf. »Ich will hier weg, kannst du das verstehen? Ich bin nicht so cool wie du. Ich habe schließlich einiges hinter mir, capito?«

»Klar. Aber wie du mir die Sache geschildert hast, Lizzy, kann ich dich nicht allein laufen lassen.«

»Weshalb nicht?«

»Sie werden dich jagen und fassen.«

»Aber dich doch auch, Mann.« In einem Anfall von Trotz reckte sie ihr Kinn vor.

»Stimmt. Nur bin ich hier erschienen, um diesen fünf Typen Einhalt zu gebieten.«

Zum ersten Mal seit wir uns kennen gelernt hatten, lachte sie. Es war leider kein freudiges Lachen. Schrill klang es und irgendwie bösartig. Dann schloss sie den Mund und schüttelte den Kopf. »Du bist ja noch wahnsinniger als die Typen, die ich kenne. Was du vorhast, ist einfach irre, das kann nicht gut gehen.«

»Wir werden sehen.«

»Ich haue ab!«

»Du bleibst, Lizzy! Das heißt, du kannst dich verstecken«, fügte ich noch rasch hinzu, als ich ihren Gesichtsausdruck sah. »Wenn diese fünf Gestalten mich sehen, werden Sie sich auf mich konzentrieren. Da bist du Nebensache.«

Lizzy überlegte. »Meinst du wirklich, dass du gegen eine so große Übermacht ankommst?«

»Ich weiß noch nicht, ob wir so krasse Feinde werden, dass es um Leben und Tod geht.«

Das Mädchen senkte den Kopf und hob die Schultern. Plötzlich fing Lizzy an zu weinen und lehnte sich an mich. Ich fuhr durch ihr klatschnasses Haar.

»Okay, Kleine, du hast viel mitgemacht, aber den Rest stehen wir gemeinsam durch. Klar?«

»Ich … ich weiß nicht …«

»Du musst es.« Heftig nickte ich ihr zu. »Zeig mir den Weg! Geh ihn wieder zurück.«

Sie zitterte. Als sie sich duckte und den Rücken krümmte, wirkte sie in ihrer Jacke wie eine grün gefärbte Katze, die sich in der Erde verkriechen wollte.

»Es muss sein«, sagte ich.

Sie streckte die Arme aus und stemmte die Handflächen gegen die Kniescheiben. »Okay, ich gehe mit dir.«

»Dann bitte.« Ich überließ ihr den Vortritt. Wir gingen durch eine sehr schmale Gasse, flankiert von den gewaltigen Steinen, die Schatten warfen und aussahen wie die Körper langgestreckter Dinosaurier. Lizzy war zunächst noch ziemlich forsch gegangen, wurde aber langsamer, je mehr sie sich der Einmündung dieser schmaleren Straße in den Hauptweg näherte, der direkt zum Zentrum führte.

Wie verloren und zwergenhaft klein wirkte sie, als sie sich gegen eine Steinkante lehnte. Sie brauchte nur den Kopf zu drehen, um auf die breite Straße schauen zu können.

»Und?«, fragte ich sie.

»Da ist es.«

»Was?«

»Der eigentliche Weg. Er führt dorthin, wo mein Freund gestorben und Hadib, der Dealer, verglüht ist. Da kannst du sie auch sehen, so wie den Altar.«

»Okay«, sprach ich gegen das Klatschen des Schneeregens an. »Bring mich hin, Lizzy.«

»Immer ich. Es ist nicht weit, du wirst es allein finden.«

»Das werde ich auch«, erwiderte ich und hakte sie unter. »Ich sage dir schon Bescheid, wenn du dich verstecken kannst.«

»O Scheiße!«, keuchte sie kopfschüttelnd. »Auf was habe ich mich da nur eingelassen.«

»Dealen ist auch nicht das Wahre.«

»Habe ich doch nicht, verdammt.«

»Okay, komm weiter.« Sie lief neben mir her. Tapsig, aber auch bereit, sofort umzudrehen und wieder zu fliehen oder sich hinter einem der Steine zu verstecken.

»Das ist dieser verfluchte Weg!«, sagte Lizzy. »Da hätten sie mich fast mit dem grünen Licht erwischt.« Wieder deutete sie nach vorn. »Eigentlich müssten wir es schon sehen.«

»Aber nur, wenn sie leuchten«, gab ich zurück.

»Kann sein.«

Ich schob sie weiter, starrte dabei nach vorn und konnte auch das Ende des Weges erkennen.

Da war der Kreis, das Zentrum. Da bewegten sich die fünf Männer in Grau. Zwar sah ich nur drei von ihnen, dachte mir aber die anderen beiden hinzu. Meine junge Begleiterin war stehen geblieben. Sie deutete nach vorn. »Da sind sie ja. Ich ... ich gehe nicht mehr weiter, okay?« Sie schaute mich fragend an. »Den Rest kannst du allein machen.«

»Ist schon gut.« Ich wischte Wasser von meinen Augenbrauen weg. »Hier gibt es genug dunkle Orte, wo du dich verstecken kannst.«

»Ja, das mache ich auch. Und du willst wirklich allein dorthin gehen, Großer?«

»Es ist mein Job.«

»Was bist du denn?«

»Du würdest mich einen Bullen nennen.«

Diesmal wurden ihre Augen noch größer. Sie starrte mich an, presste die Hände gegen die Wangen, und ihr Mund bildete eine Schnute. »Ach du mein lieber Vater«, sagte sie.

»Wie das Leben so spielt, Lizzy. Bis später – und beachte meinen Rat. Auch wenn er von einem Bullen kommt.«

Ich grinste knapp und ging.

Das Wetter war mieser als mies. Hinzu kam die Dunkelheit. Manchmal tintig und dick wie die Wolken, die der Wind über den Himmel trieb. Erkennen konnte ich sie kaum. Wenn ich hochschaute, sah ich über mir nur ein graues, tanzendes Meer, aus dem ein Gemisch von Schnee und Regen fiel.

Einmal drehte ich mich um. Von Lizzy sah ich nichts mehr. Sie hielt sich im Schatten eines Steines verborgen.

Stonehenge ist gewaltig. Bisher kannte ich nur einen kleinen Ausschnitt, war aber froh, so dicht am Zentrum gelandet zu sein. Der Weg war nicht mehr lang, dafür breit und umsäumt von den wuchtigen Zeugen einer fernen Vergangenheit.

Bisher hatte Stonehenge in meinen Fällen keine Rolle gespielt. Es wäre auch ein Wunder gewesen, wenn dies sich nicht geändert hätte. Vor mir öffnete sich der Weg. Zwar lag der zentrale Kreis nach wie vor hinter dem Schleier aus Schneeregen, aber die Gestalten dort waren für mich dennoch zu erkennen.

Lizzy hatte von den grünen Strahlen gesprochen, die allerdings sah ich nicht.

Ich wurde noch vorsichtiger und blieb dort stehen, wo an der linken Seite der hohe Stein die Grenze an der Einmündung bildete. Auch ich drückte mich in den Schatten und wollte zunächst als stummer Beobachter stehen bleiben.

Das Mädchen hatte von zwei Toten berichtet. Einer war verschwunden, den anderen, Lizzys Freund, entdeckte ich, da ich nicht weit von der Stelle entfernt stand.

Er lag rücklings unter einer Steinbrücke, die, Lizzys Erzählungen nach, auch geglüht haben sollte. Der leblose Körper glich einem schmalen Schatten, über dem der Schneeregen tanzte.

Fünf Gegner hatte ich. Wichtig für sie war der große Steinaltar in der Mitte.

Möglicherweise ein magisches Zentrum, obwohl dies bis heute niemand bewiesen hatte. Aber wer sich in Gefahr begibt, kommt darin um, heißt ein altes Sprichwort. Das hatte auch für die Dealer Gültigkeit gehabt.

Die fünf Druiden standen nicht zusammen. Sie hatten sich

versetzt voneinander aufgebaut, weil sie jeweils fünf bestimmte Ziele anvisieren wollten.

Es waren die Steine, die sie nicht in dieser alten Kulturstätte haben wollten. Reste des versunkenen Kontinents Atlantis, von denen niemand wusste, wie man sie überhaupt hertransportiert hatte.

Noch standen sie stumm da. Auch ich erkannte nicht, um welche Steine es sich handelte.

Dann hörte ich eine Stimme. Welcher der fünf gesprochen hatte, konnte ich nicht herausfinden, aber ich hörte die Worte durch das Rauschen des Regens ziemlich deutlich.

»So werden wir die Reinheit von Stonehenge wieder herstellen. Es darf einfach keine Fremdlinge geben, auch wenn manche Menschen anders denken, und die Stätte hier als historisch bezeichnen. Wir werden sie aus der Formation herausbrennen, nichts anderes ist unsere Aufgabe, Brüder. Deshalb haben wir uns hier zusammengefunden. Nehmt eure Waffen, die man euch in Aibon anvertraut hat, und tut endlich das, auf das wir uns vorbereitet haben. Vernichtet die Fremdkörper.«

Die Druiden bewegten die Arme. Sie hoben sie synchron an. Sicherlich hielten sie die Steine bereits in den Händen, allerdings für mich nicht sichtbar.

Es wurde spannend.

Ich fühlte mich zwar nicht unmittelbar bedroht, dennoch verspürte ich leichtes Magendrücken. Was sollte ich tun? Versuchen, die Männer in Grau an ihrem Vorhaben zu hindern? Ging mich die Sache überhaupt etwas an? Was spielte es für eine Rolle, wenn fünf Steine plötzlich aus dem Verbund fehlten?

Möglicherweise hatten sie Recht mit ihrer Theorie. Vielleicht bildeten die Fremdlinge sogar einen Gefahrenherd innerhalb des Verbundes, den bisher außer ihnen niemand erkannt hatte.

Es war vertrackt, doch manchmal hat man im Leben Glück. Da wird einem die Entscheidung buchstäblich im letzten Augenblick abgenommen.

So erging es mir.

Plötzlich hörte ich eine Stimme. Wo der Sprecher stand, war für mich nicht zu sehen. Die Stimme jedenfalls schien aus mehreren Lautsprechern zu dringen, so ähnlich klang sie, füllte das Zentrum vor mir fast aus.

»Nein, ihr werdet das Erbe nicht zerstören!«

Nicht die Worte überraschten mich, es war vielmehr der Sprecher oder Rufer, den ich hier nie vermutet hätte, den ich aber sehr gut kannte.

Myxin, der Magier!

Er und Suko hatten die magische Reise zu den Steinen ebenfalls gut überstanden, und Suko musste sich auf Myxins Anweisung hin zunächst mit der Rolle des Statisten zufrieden geben, was ihm nicht passte, wogegen er aber auch nicht protestierte.

»Bleib du als meine Rückendeckung!«, hatte der kleine Magier gesagt, um anschließend die Vorgänge zu beobachten. Die Totenmaske hielt er in der rechten Hand. Myxin stand innerhalb des Schattenraumes zwischen zwei Steinen und war nicht zu sehen.

Er beobachtete die fünf Druiden, flüsterte hin und wieder einen Kommentar, wobei er sich noch bestätigend zunickte.

Suko passte es nicht, dass man ihn bisher nicht so recht eingeweiht hatte. Deshalb fragte er noch einmal: »Warum willst du die Steine unbedingt retten?«

»Ich muss erhalten, was noch aus meiner Heimat stammt.«

»Und wenn es dem Bösen dient?«

Myxin antwortete, ohne sich zu dem Inspektor umzudrehen. »Diese Steine sind ein Beweis für die Existenz von Atlantis. Ebenso wie die flaming stones. Stonehenge ist etwas Besonderes. Es wird noch kommen, das spüre ich, und ich möchte das alte Erbe unseres Kontinents hier erhalten. Zudem kann ich durch die flaming stones mit diesen hier Verbindung aufnehmen.«

»Was würde das bringen?«, fragte Suko.

»Vielleicht die Spur zum Eisernen Engel. Alles ist möglich, Suko, sage ich dir.«

»Du musst es wissen. Nur werden die Gegner nicht freiwillig aufgeben. Weißt du inzwischen, wer sie sind?«

»Ja, ich fühle es. Bei ihnen kann es sich nur um die Wächter Aibons handeln. Es sind Druiden oder zumindest Menschen, die sich mit den alten keltischen Bräuchen und Menschen identifizieren. Sie wollen die Stätte für sich haben und Fremdkörper ausmerzen. Das ist sogar aus ihrer Sicht legitim, nur kann ich es nicht zulassen.«

»Sie werden nicht freiwillig aufgeben.«

»Ich weiß. Und ich hoffe dann, dass du auf meiner Seite stehen wirst. Oder?«

»Ich lasse dich nicht im Stich.«

Wohl war Suko zwar nicht, aber er zählte Myxin zu seinen Freunden. Wenn der kleine Magier so handeln wollte, hatte er sicherlich seine Gründe. Myxin schob sich noch weiter vor, und auch Suko hielt es nicht mehr in seiner Deckung.

Er ärgerte sich über das Wetter. Der Schneeregen war einfach zu dicht. Myxin und Suko gelang es nicht, den gesamten Platz zu überblicken. Der Inspektor sah wohl die hochwachsenden Umrisse des Altars in der Mitte, aber auch sie verschwammen immer mehr, wenn der Wind die Bahnen aus Schnee und Regen herantrieb.

»Jetzt verteilen sie sich«, sagte der kleine Magier mit leiser Stimme. »Sie nehmen schon Aufstellung.«

»Visiert jeder von ihnen ein Ziel an?«

»So ist es.«

»Und willst du eingreifen?«

»Ich warte noch etwas. Ich will sie überraschend treffen, kurz bevor es geschieht.«

»Wie kannst du gegen sie ankämpfen?«

»Ich werde meine Kräfte einsetzen, verstehst du? Teleportation und auch die Maske.«

»Viel Glück.«

Es wurde Zeit. Die fünf Druiden machten sich bereit. Suko, der hinter Myxin stand, erkannte, dass ein Zucken durch den Körper des kleinen Magiers rann.

Einen Moment später ging er vor. Noch während er den zweiten Schritt setzte, klang seine Stimme auf.

»Nein, ihr werdet das Erbe nicht zerstören!«

Myxin hatte die Worte so laut gesprochen, dass sie von allen fünf Druiden vernommen worden waren. Sie hatten die Steine vernichten wollen, doch als sie den Befehl vernahmen, ließen sie die Arme langsam sinken.

Und Myxin schritt auf den Platz hinaus. Er ging in das Zentrum, eine kleine Gestalt nur, umwirbelt von dicken Schneeflocken und auch Regentropfen, aber er besaß eine innerliche Größe, die auch nach außen abstrahlte.

Yard für Yard legte er zurück. Der Blick war starr geradeaus gerichtet. Sein Gesicht bildete eine Maske, und er hatte mit seinem Kommen die fünf Druiden überrascht.

Ihre Hände, die jeweils einen Stein umklammert hielten, sanken nach unten, aber sie strahlten den Schein ab, der sich nicht auf die Steine konzentrierte, sondern an einem bestimmten Punkt zusammenlief, wo er einen großen Kreis von fahlgrüner Druidenfarbe bildete, der so weit ausuferte, dass auch der kleine Magier davon erfasst wurde und er deshalb stehen blieb.

Einer gegen fünf!

Myxin zeigte Mut. Er wirkte ein wenig verloren vor den hochgewachsenen und versetzt dastehenden Gestalten, die an Bühnenfiguren erinnerten und auf den Ruf »Action« warteten.

Der erfolgte nicht.

Dafür übernahm der kleine Magier wieder das Wort. »Ich will nicht, dass ihr ein Erbe zerstört. Es stammt aus meiner Heimat, von einem Kontinent, den es nicht mehr gibt, der in einer Wolke aus Feuer und Rauch von den Fluten des Meeres verschlungen wurde. Ich bin traurig, dass es Atlantis nicht mehr gibt, der Untergang hat mich zu einem Heimatlosen gemacht, und ich möchte, dass die Dinge bestehen bleiben, die auf Atlantis hinweisen. Deshalb will ich nicht, dass die Steine zerstört werden. Ich hoffe, mich klar genug ausgedrückt zu haben.«

»Das hast du«, sagte einer der Druiden und trat einen winzigen Schritt vor. Er streckte seinen freien Arm aus. Die Spitze des Zeigefingers wies auf den kleinen Magier, und der Arm malte sich innerhalb des Lichtkreises als Schatten ab.

»Dann geht und lasst Stonehenge in Ruhe!«

»Nein, wir werden bleiben«, widersprach der gleiche Sprecher. »Wir sind gekommen, um die Steine zu vernichten. Das musst du einfach einsehen, Mann aus Atlantis.«

»Ich bin Myxin, der Magier.«

»Auch wenn du ein Magier bist, kannst du uns nicht davon abhalten. Die fünf Steine sind Fremdkörper. Dies hier ist eine heilige Stätte der Druiden. Sie war es immer, und sie soll es auch immer bleiben. Verstehst du? Die Steine gehören nicht in den Kreis. Schon lange hatten wir den Vorsatz, sie zu zerstören, jetzt setzen wir ihn in die Tat um.«

»Ich werde euch daran hindern!«

»Du kannst es versuchen, aber du wirst scheitern, Magier«, erklärte der Druide. »Wir sind besser, das lass dir von uns gesagt sein. Viel besser und auch viel stärker. Wie willst du gegen uns ankämpfen? Wir besitzen die Macht und die Kraft des Landes Aibon. Das wirst du wissen. Leider sind auch wir nicht allwissend, deshalb möchten wir von dir erfahren, wie die Steine herkommen konnten und wer sie an diese Stelle geschafft hat. Kennst du diese Person?«

»Nein!«

»Dann gibt es wohl keine Erklärung.«

»Das würde ich nicht sagen. Es gibt eine alte Sage, eine Legende, die man sich in Atlantis erzählte.«

»Wie lautet sie?«

»Ihr Inhalt ist für euch nicht interessant. Ich will nur sagen, dass es sie gibt.«

»Wird auch darin erzählt, wer die Steine hergeschafft hat?«

»Ja. Man spricht von einem geheimnisvollen Zauberer, von einem Spiegelmenschen.«

»Davon haben wir nie gehört.«

»Wie solltet ihr auch? Ihr habt nicht auf dem herrlichen Kontinent gelebt. Er war meine Heimat, das kann ich nur immer wieder sagen. Ein wunderbares Land, das ich auch heute noch liebe und dessen Erbe ich erhalten will.«

»Auch wenn es dein Leben kostet?«

»Das ist nicht sicher.«

Zwei Druiden lachten den kleinen Magier aus. »Wie willst du allein gegen uns ankommen?«

»Ich bin nicht allein.«

»Wir sehen niemanden.«

Myxin drehte den Kopf zur Seite. »Suko, ich möchte, dass du dein Versprechen einlöst.«

»Okay.«

Der Inspektor löste sich aus seiner Deckung. Er ging mit gemächlichen Schritten und blieb rechts neben Myxin stehen, wo er wie ein Standbild wirkte.

Das überraschte die Druiden. Sie waren tatsächlich für einige Sekunden sprachlos, fingen sich aber wieder, und der Sprecher sagte mit höhnisch klingender Stimme. »Damit seid ihr zwei, aber wir sind mehr als doppelt so viele.«

»Irrtum, Freunde, ich bin auch noch da …!«

Den Satz hatte ich gesprochen und trat beim ersten Wort schon vor, sodass man mich nicht nur hören, sondern auch sehen konnte. Ich war von den Socken gewesen, als ich die Stimmen meiner beiden Freunde gehört hatte. Damit hatte ich nie im Leben gerechnet. Wieso Myxin und Suko hier nach Stonehenge gekommen waren, würde ich bestimmt noch erfahren. Zunächst einmal galt es, sich auf das Wesentliche zu konzentrieren.

Und auch Suko sowie Myxin waren völlig überrascht worden. Das hatten sie nicht erwartet.

Der kleine Magier sagte nichts. Er starrte mich nur an, aber ich sah das feine Lächeln auf seinem Gesicht, das mich an eine grünliche Maske erinnerte.

Suko »sprach« mit den Augen. Aus ihnen las ich die große Frage, die hieß: Du, John?

Ich nickte ihm zu, redete aber gleichzeitig die Druiden an. »Myxin hat nicht nur einen Helfer, sondern auch mich. Jetzt sind wir drei gegen fünf, ein schon besseres Verhältnis.«

Diesmal übernahm Maiden das Wort. »Sinclair, du Verräter.

Ich hätte dich töten sollen. Ich hatte die Chance, aber ich war zu dumm, um sie zu nutzen. Du hättest fallen müssen. Dein Körper wäre überrollt worden, aber ich habe es nicht getan. Ich war gnädig zu dir und ...«

»Blieb dir etwas anderes übrig?«, fragte ich gegen. »Wir sind weder Freunde noch Partner, daran solltest du dich erinnern. Ich stand euch neutral gegenüber, aber ich will nicht, dass ihr das zerstört, was einmal zu einem großen Kontinent gehört hat und für die heutige Menschheit sehr wertvoll ist.«

»Damit stellst du dich gegen Aibon.«

»Ich weiß.«

»Kannst du das verantworten? Willst du ein Feind dieses Landes werden, Sinclair?«

Ich bewegte mich voran. Erstens stand ich in einer Pfütze, und zweitens wollte ich die Druiden besser erkennen können. »Wer sagt mir denn, dass Aibon mein Feind wird, wenn ich euch in eure Schranken weise?«

»Weil wir in Aibons Auftrag handeln.«

»Das glaube ich euch zwar, aber die Mächte und Kräfte in Aibon kennen auch das Risiko. Sie haben euch geschickt, aber keine Garantie für eine Wiederkehr gegeben.«

»Du redest riskant.«

Ich schüttelte den Kopf und widersprach Maiden. »Ich sage es nur so, wie ich es sehe, und ich werde Recht behalten.«

»Das lassen wir dahingestellt!«, erklärte der Druidensprecher. »Wir sind gekommen, um sie zu zerstören. Wir haben lange Vorbereitungen in Kauf nehmen müssen, und niemand wird uns von unserem Tun abhalten können. Das verspreche ich euch. Auch ihr nicht!«

Ich wollte noch eine Antwort geben, aber der kleine Magier kam mir zuvor. »Lass es, John, wir haben es mit Unbelehrbaren zu tun. Aibon wird auf sie verzichten können.«

»Wir besitzen die Steine«, sagte der Druide scharf. »Damit lösen wir Menschen auf. Solltest du es nicht wissen, frag deinen Freund Sinclair. Er hat es schon gesehen.«

»Menschen ja, auch mich?«

Sekundenlang herrschte Schweigen. Die Druiden wussten nicht, wie sie Myxins Antwort einordnen konnten.

»Bist du kein Mensch?«

»Versucht es.«

»Du siehst so aus wie sie.«

»Fast«, korrigierte Myxin den Sprecher. »Ich sehe nur fast so aus, aber ich bin ein Magier, der bereits seit über zehntausend Jahren existiert. Bisher hat es niemand geschafft, mich zu vernichten, obwohl es zahlreiche Gegner versucht haben. Der Schwarze Tod oder Asmodina, die Tochter des Teufels. Ich existiere noch immer, die anderen aber sind in die finstersten Schlünde der Hölle zurückgestoßen worden. Auch euch wird es so ergehen, wenn ihr nicht von eurem Vorsatz ablasst.«

Die Worte waren nicht ohne Eindruck auf die Druiden geblieben. Ich konnte erkennen, wie sie die Köpfe wandten, um sich gegenseitig anzuschauen. Waren Sie unsicher geworden?

Ich mischte mich ein. »Es ist wohl für uns alle besser, wenn ihr aufgebt«, sagte ich. »So kann das Töten vermieden werden.«

»Wir haben einen Auftrag«, erklärte Maiden. »Als Männer in Grau oder Hüter des Landes Aibon sind wir dazu verpflichtet, unsere Aufträge durchzuführen.«

»Auch bis zum Tod?«, fragte Myxin.

»Er bedeutet uns nichts!«

War das glaubhaft? Ich ging davon aus. Wer zu Aibon gehörte, der wusste auch, dass er Opfer bringen musste. Mein Nicken bestätigte Myxin und Suko, dass ich so dachte und dass ich sie auch von meinen Gedanken überzeugen wollte.

Der Inspektor war etwas in den Schatten getaucht. Er hatte seine Peitsche nicht gezogen, dafür hielt er eine andere Waffe in der Hand. Es war der Stab Buddhas, durch dessen Magie es Suko gelang, die Zeit für fünf Sekunden anzuhalten. In dieser Spanne würde kein Mensch, der das magische Wort vernommen hatte, sich bewegen können.

Schon oft hatte Suko eine Situation durch den Einsatz des Stabes entschärft. Wo andere Waffen direkt vernichteten, wollte er eine Lage nur stoppen.

Bestimmt waren die Druiden nicht über die Kraft dieser Waffe informiert. Und sie waren auch weiterhin nicht bereit, einen Kompromiss zu schließen. Im wirbelnden Schneeregen, der über dem Zentrum von Stonehenge niederging, sollte sich unser aller Schicksal entscheiden.

Einer nur konnte gewinnen.

Die Druiden versuchten es. Ihr Anführer gab den Befehl. »Zerstört die Steine!«

Blitzschnell bewegten sie ihre Arme. Auch wir würden in den Bereich der fahlgrünen Lichtstrahlen geraten, aber noch schneller als die Druiden war Suko.

Er schrie das magische Wort.

»Topar!«

Alles in Rufweite erstarrte!

Nur einer konnte sich bewegen, und der Inspektor wurde zu einem rasenden Wirbelwind. Die fünf Sekunden waren eine verflucht kurze Zeitspanne. Wahrscheinlich war es verrückt gewesen, die Magie des Stabes einzusetzen, aber Suko versuchte es.

Er startete auf dem weichen Boden, wo er nicht so gut wegkam und stets Gefahr lief, mit dem einen oder anderen Bein wegzurutschen und wertvolle Zeit zu verlieren.

Wie ein springender Schatten jagte er auf die fünf Gestalten zu. Er hatte vor, sie der Reihe nach zu entwaffnen, ihnen die Steine aus den Händen zu reißen, und Suko erreichte den Ersten, der wie eine Figur vor ihm stand, den rechten Arm angewinkelt und leicht erhoben, die Hand ausgestreckt und dabei die Fläche zu Suko hingewandt.

Mit den Fingerspitzen umklammerte er seine Waffe, aber Suko hämmerte gegen das Gelenk, sodass der flache Stein zu Boden fiel und liegen blieb.

Den zweiten Druiden erreichte Suko mit einem gewaltigen Sprung. Er schlug auch sofort zu, erwischte das Gelenk, sodass der Stein ebenfalls zu Boden geschleudert wurde.

Noch blieb Zeit, und der Chinese bewegte sich wie ein Tänzer, der mehrere Figuren in einer bestimmten Zeit zu tanzen hatte. So konnte er auch den dritten entwaffnen.

Dann war die Zeit vorbei.

Es erwischte Suko, als er sich den zweitletzten Druiden vornehmen wollte.

Der führte plötzlich seine Bewegung fort, in der er gestört worden war, und hätte Suko auch erwischt, wenn dieser nicht gedankenschnell weggetaucht wäre, sodass der Strahl über seinem Kopf hinwegglitt.

Der Inspektor rammte den Druiden, der sich nicht mehr auf den Beinen halten konnte und auf den weichen Boden fiel. Dabei jagte der grüne Strahl in den dunklen Schnee- und Regenhimmel.

Suko trat gegen die Hand, schleuderte den Arm zurück, erhielt aber selbst einen Schlag in den Rücken.

Myxin hatte eingegriffen.

»Lass mich es machen!«, rief er, als Suko nach rechts wegtaumelte. Der Inspektor rollte sich mit der Schulter über den Boden ab.

Er sah Myxin vor sich stehen, doch der kleine Magier hatte sich verändert.

Von seinem eigentlichen Gesicht war nichts mehr zu sehen, denn er trug die Totenmaske …

Auch ich hätte gern in die Auseinandersetzung eingegriffen, doch auch mich hatte es erwischt. Ich stand steif wie ein Brett, und als die fünf Sekunden schließlich vorbei waren, handelte Myxin.

Ich vertraute meinem Kreuz, das mich schon des Öfteren vor Aibon und dessen Gefahren beschützt hatte, aber ich brauchte es nicht einzusetzen, denn Myxin übernahm die Initiative.

Er hatte Suko aus der unmittelbaren Gefahrenzone geschleudert und stellte sich den fünf Druiden.

Der Inspektor kam auf die Füße. Er lief geduckt und einen Bogen schlagend auf mich zu. Kein Wort der Erklärung gaben wir. Suko fragte nur: »Wird er es schaffen?«

»Ich hoffe es, aber ich will keine Toten …«

Mein Freund hob nur die Schultern.

Drei Steine lagen am Boden. Sie glühten nicht mehr, da sie keinen Kontakt mehr zu den Personen hatten, zu denen sie im Prinzip gehörten. Aber zwei Druiden besaßen noch ihre Waffen, und sie waren auch bereit, sie gegen Myxin einzusetzen.

Nur trug der jetzt die Maske!

Suko flüsterte: »Wenn das nur gut geht.«

»Wen meinst du damit?«

Er wischte Wasser aus seinem Gesicht. »Beide.«

»Wir sollten die drei anderen im Auge behalten«, schlug ich vor. »Ich kann mir nicht vorstellen, dass sie nicht eingreifen.«

»Okay.«

Noch hielten sich die drei Druiden zurück. Sie standen aber dicht neben ihren Steinen und brauchten sich nur zu bücken, um sie aufzuheben. Die zwei übrigen besaßen ihre Waffen noch, zögerten aber, sie gegen Myxin einzusetzen.

Wahrscheinlich jagte ihnen der Anblick der Maske eine gewisse Furcht ein.

Sie hatte sich tatsächlich verändert. Das Besondere an ihr waren die fünf Augen an den Ecken.

Sie leuchteten in unterschiedlichen Farben. Blau, grün, braun, violett und rot, wenn man von links nach rechts zählte. Die Maske war holzfarben und passte sich der Gesichtsform des kleinen Magiers an. Dort, wo sich seine Augen befanden, hatte die Maske zwei ovale Öffnungen. Die Nase war nur angedeutet, der Mund ein Strich, wie eine gekippte Mondsichel.

Glatt die Wangen, die Stirn und auch das Kinn. Die Maske verzerrte ein Gesicht, aber in ihr steckte eine tiefe Kraft, die Myxin nutzen konnte, da die Kraft der Maske auf den kleinen Magier überging.

Die beiden noch bewaffneten Druiden wussten nicht, wie sie sich verhalten sollten. Vielleicht hatten sie schon einmal von der Maske gehört, sie aber noch nie gesehen. Jetzt mussten sie diesen Anblick ertragen, was ihnen nicht gefiel.

Myxin sprach sie an. »Ich bin nicht mit dem Vorsatz gekommen, euch zu töten. Ich will nur, dass die Steine gerettet werden. Deshalb rate ich euch zum letzten Mal, aufzugeben. Geht aus diesem Gebiet fort. Stonehenge ist so lange ein Tabu für euch, wie ihr versucht, die Formationen zu verändern. Die Zeugen der keltischen Druidenkultur und das Erbe aus meinem Kontinent haben über lange Zeiten zusammengestanden und sich vertragen. Es ist nichts passiert. Magie neben Magie. Ein wunderbares Zusammensein, es soll nicht gestört werden.«

»Es gehört uns!«

»Das hast du schon einmal gesagt. Es soll auch so bleiben. Mit den Steinen aus Atlantis.«

Überlegten die Druiden?

Jedenfalls zögerten sie, und das gefiel auch Suko und mir. »Ich glaube, John, dass sie einsehen, hier nicht gewinnen zu können.«

»Warte ab.«

»Die Chance ist bald vertan!«, erklärte Myxin. »Ich kann nicht mehr lange warten.« Seine Stimme klang ungewöhnlich fremd. Sie drang kaum durch den schmalen Mundspalt und fand ihren Weg als Echo an den Seiten der Maske ins Freie.

»Nein!«

Es war der Anführer der Druiden, der das Wort gesagt hatte, und es klang endgültig. »Wir werden unseren Auftrag erfüllen. Wir sind keine Verräter Aibon gegenüber. Die Männer in Grau müssen das Paradies schützen. Und ich zähle das Gebiet von Stonehenge dazu. Es ist ein Randgebiet des Paradieses, vielleicht der endgültige Zugang für Aibon. Wir dürfen keine Fremd- und Eindringlinge dulden. Nimm unseren Kampf nicht als persönlichen Hass, aber es geht nicht anders. Wir werden sie zerstören, Myxin. Jetzt!«

Die beiden Druiden rissen ihre Hände so weit hoch, dass die Strahlen aus den Steinen jagen und direkt ins Ziel treffen konnten.

Das war Myxins Maskengesicht!

Für Suko und mich hatte es keinen Sinn, einzugreifen. Dieser Kampf gehörte Myxin. Er wusste, was er konnte und welche Kräfte er besaß. Nicht umsonst hatte er sich den beiden gestellt, und er ließ es auch zu, dass die Strahlen die Maske trafen.

Sie erinnerten an Laserlicht, nur nicht so schmal und konzentriert, mehr als breite Bänder zu sehen.

Und sie schossen voll hinein.

Jeder andere wäre zerstört worden, nicht aber der kleine Magier. Das grüne Licht füllte die Maske voll aus, es gab ihr ein fahleres Aussehen, aber die fünf Augen reagierten unglaublich schnell. Sie genau waren es, die die zerstörerische Strahlung auffingen, sie sogar noch bewahrten und dann wirkten wie ein Spiegel, in dem sie die Kraft der Steine reflektierten.

Der kleine Magier stand auf dem weichen Boden wie ein Fels in der Brandung. Er rührte sich nicht, konzentrierte sich einzig und allein auf die Kraft der Totenmaske, die ihn nicht im Stich ließ.

Zuerst erwischte es den Anführer der Druiden. Sein Strahlen kehrte zurück.

Voll, brutal und vernichtend!

Es schlug ein, erfasste zuerst das Gesicht, dann den Körper, und urplötzlich stand der Druide in hellen Flammen.

Es war kein normales Feuer, auch kein grünes Druidenfeuer, nein, die einzelnen Flammenarme leuchteten in den Farben, wie sie auch die Augen der Maske zeigten.

Blau, grün, braun, violett und rot!

Sie waren getrennt. Ein Blumenkelch konnte kaum anders sein. Von den Fußspitzen breiteten sie sich aus und öffneten sich wie ein Kelch, sodass sie die gesamte Gestalt wie lodernde, tanzende und greifende Arme umfassen konnten.

Der Druide hatte keine Chance!

Er wehrte sich auch nicht. Dafür konnten wir durch die Flammen schauen und erkennen, wie er verging.

Aus dem Mann in Grau wurde eine bleiche Totengestalt, ohne erkennbares Gesicht oder Geschlechtsmerkmale. Einfach ein Korpus, der zwar auf zwei Beinen stand, mit einem Menschen jedoch nicht zu vergleichen war.

Bis er zerstrahlte.

Dafür sorgte der Stein. Er selbst zerplatzte, sonderte dabei grelles, grünes Licht ab. Seine gesamte noch in ihm steckende magische Energie konzentrierte er jetzt gegen seinen Träger.

In einer Wolke von grünem Licht verschwand der Anführer der Druiden, als hätte es ihn nie gegeben.

Der zweite hielt sich noch auf den Beinen. Auch ihn umtanzte das bunte Feuer. Er wollte den Stein wegschleudern, ich erkannte es an seiner Bewegung, aber diese Waffe schien plötzlich mit seiner Hand verwachsen zu sein.

Er löste sich nicht mehr.

Und der Mann in Grau verging. Aibons Kraft hatte nicht ausgereicht, um der Totenmaske zu widerstehen. Die Waffe aus Atlantis hatte sich letztendlich als stärker erwiesen.

Licht, Farbe, magische Strahlung, die den Schneeregen grün aussehen ließ, kündeten vom Ende der Druiden.

Damit hatte Aibon zwei seiner Wächter verloren.

Aber drei waren noch da. Und die wurden von Myxin angesprochen. »Ihr habt gesehen, was geschah. Deshalb frage ich euch, ob ihr den gleichen Weg gehen wollt. Vor euren Füßen liegen die Steine. Bückt euch, hebt sie auf, ich warte.«

Es sah so aus, als wollten sie der Aufforderung folgen. Da mischte ich mich ein, lief vor und sprach Maiden direkt an.

»Lass es sein, Maiden. Es hat keinen Sinn, glaube es mir. Es bringt nur die Vernichtung.«

Der Druide schaute mir entgegen.

»Wirklich, ich meine es gut mit dir.«

Als ich stehen blieb, hatte auch er sich entschlossen, denn er nickte mir zu. »Ja, John Sinclair, ich werde deinen Rat befolgen. Wir kämpfen nicht. Und wir versprechen, dass wir die Steine auch später nicht zerstören werden. Ein Wort, das gilt, denn Aibon ist das Paradies und kein Land der Verräter.«

Er fügte nichts mehr hinzu, bückte sich aber und hob seinen Stein auf. Jedoch nur, um ihn in die Tasche zu stecken. Dann gab er den anderen beiden ein Zeichen.

Sie rahmten Maiden ein und gingen davon, ohne sich noch einmal umzudrehen.

Sehr bald hatte sie die Dunkelheit verschluckt. Auch der Schneeregen lag wie ein dunkles Tuch zwischen ihnen und uns.

Ich atmete befreit auf, wandte mich Myxin zu und sah, dass er die Totenmaske abnahm. »Mit dir, John, habe ich nicht gerechnet, bei aller Liebe nicht.«

Ich hob die Schultern. »Du weißt doch, für Überraschungen bin ich immer gut.«

»Manchmal sogar für böse«, sagte Suko und schlug mir erleichtert auf die Schulter …

Obwohl wir dieses Gebiet bei dem widerlichen Wetter gern verlassen hätten, blieben wir noch, denn Myxin zeigte uns die Steine, die aus Atlantis stammten.

Ich wunderte mich darüber, denn sie sahen nicht anders aus als die übrigen. »Woher weißt du das?«

»Ich sah Gesichter in ihnen.«

»Wo?«

»In den flaming stones. Sie wiesen mir den Weg nach Stonehenge. Es waren die Gesichter der Druiden, die sich in den Steinen zeigten. Sie spürten bereits die fremde Magie und wollten sich dagegen zur Wehr setzen. Vielleicht kam es deshalb zu dieser Brücke zwischen den beiden Orten, wo Steine aus Atlantis stehen.«

»Ja, das ist möglich. Und ich habe ebenfalls schon von den Gesichtern gehört.«

»Von wem?«, fragte Suko.

»Das Mädchen heißt Lizzy.« Ich schlug mir gegen die Stirn. »Mein Gott, die habe ich ganz vergessen.«

»Ich dich aber nicht, mein kleiner Bulle!«, meldete sich das Punker-Girl plötzlich. Es kam lächelnd näher. So regennass sah Lizzy aus, als wäre sie eingelaufen. »Ich habe zugeschaut, kann aber nichts begreifen. Das glaubt mir keiner.«

»Ist auch nicht nötig«, erwiderte ich.

Sie fasste nach meinem Arm. »Und weißt du, was das Schlimmste an der ganzen Sache ist, Bulle?«

»Nein.«

Sie schüttelte den Kopf. »Ich erkenne mich selbst nicht wieder. Soll ich es sagen?«

»Wir warten darauf.«

»Verdammt, Sinclair, verdammt. Ich habe sogar ein wenig Angst um dich gehabt. Stell dir vor, ich hatte Angst um einen Bullen. Das halte ich doch im Kopf nicht aus. So ein shit!« Sie trat mit dem Fuß auf und wirkte fast ein wenig wie die Märchenfigur Rumpelstilzchen.

Wir aber mussten lachen. Ich wurde als Erster wieder ernst und gab eine Antwort. »Auch wenn man allem abgeschworen hat, Lizzy, ist es doch sehr schön, dass das wiederkehrt, was das Menschsein letztendlich so herrlich macht und uns von anderen Kreaturen unterscheidet, trotz der Fehler, die wir haben.«

Sie schaute mich an. Der Regen rann in kleinen Bächen über ihr blasses Gesicht. Dann nickte sie und sagte leise: »Ich glaube, Bul... äh ... John, du hast Recht ...«

ENDE

# DER HEXENSTEIN

*Liebe Gruselfreunde,*
*jeder, der nach Kandersteg fährt und das Gasterntal besucht, kann den Hexenstein besichtigen. Er befindet sich genau dort, wie in meinem Roman beschrieben. Ich selbst habe schon einen Stein auf ihn geworfen und hielt ebenfalls die alte Gasternbibel in den Händen. Der Wirt des Lokals »Zum Steinbock« besitzt sie.*

*In dieser Geschichte spielen Personen mit, die tatsächlich existieren. Ob es auch die Gasternhexe gibt, von der in Kandersteg so oft erzählt wird, das kann jeder versuchen herauszufinden, der das einsame Tal besucht. Ich wünsche viel Spaß und einen möglichst rutschfesten Hexenstein beim Werfen.*

*Jason Dark*

Er sah nichts!

Weder den rasenden Zug noch die Dunkelheit.

Er spürte auch nicht die Druckwelle, die ihn mit ungeheurer Wucht gegen die Tunnelwand schleuderte, von der er abprallte, um auf die Schienen geworfen und von den Rädern erfasst zu werden.

Wie Kreissägen schnitten sie in Arme und Beine, aber dadurch starb er nicht, denn er war bereits tot – und lebte trotzdem.

Er war ein Zombie!

Irgendwann hatte die höllische Fahrt des Zuges ein Ende. Der Zombie lag zwischen Gleis und Tunnelwand, und zwar so, dass er dem verschwindenden Autozug nachschauen konnte, dessen rote Schlussleuchten von der Dunkelheit verschluckt wurden.

Der Zombie blieb liegen!

Er konnte nicht aufstehen, es hätte ihn zu viel Kraft gekostet, und er spürte den wütenden Schmerz in seinem Körper. Besonders an der Stelle, wo ihn die Klinge beim Handgemenge mit seinem Gegner getroffen hatte.

Die Wunde würde ihn nicht sein unseliges Leben kosten, schließlich hatte der Dolch dem Zombie gehört, und er war auch nicht aus geweihtem Silber gewesen.

Ein Engländer war sein Gegner gewesen, ein Mann, den er zunächst unterschätzt hatte, der aber das Grauen in dem kleinen Bergdorf Kandersteg hatte stoppen können.

John Sinclair hieß der Mann. Der Zombie würde diesen Namen nie vergessen. Er hatte sich in seinem Inneren eingegraben. Wenn der Zombie irgendwann die Kraft fand, sich aus dem Tunnel zu befreien, wollte er es diesem Sinclair zeigen. Und allen anderen, die ihm in den Weg liefen.

Nur brauchte er auch eine gewisse Unterstützung. Ein starker Helfer musste her!

Der Tunnel war unter großen Mühen in das Bergmassiv getrieben worden. Er verband das Berner Oberland mit dem Wallis und war ungewöhnlich stark frequentiert. Bei seinem Bau hatte es viele Opfer gegeben. Aber das lag alles zurück, und daran wollte der Zombie, der auf den Namen Thomas hörte und einmal als Oberkellner im Royal-Hotel Gemmi gearbeitet hatte, nicht denken.

Ihn interessierte die Gegenwart.

Er musste überleben. Dass ihm dies gelingen würde, daran gab es für ihn keinen Zweifel, auch wenn ihm der Zug mit seinen scharfen Rädern schwer zugesetzt hatte. Aus diesem Grunde war der Zombie längst nicht mehr so beweglich wie sonst.

Er kroch voran. Den Kopf konnte er kaum heben. Aus seinen starren, leblosen Augen starrte er in den schwachen rötlichgelben Lichtschein, der unter der Decke eine hellere Insel bildete.

Da musste er hin!

Die Schienen glänzten wie matte Spiegel, und als der Zombie endlich das Licht erreichte, kippte er nach hinten, wo sich in der Tunnelmauer eine Nische befand.

Hier fühlte er sich einigermaßen sicher. Ein Versteck, in dem er vorerst bleiben und seine Wunden lecken konnte. Er hockte in einer schrägen Haltung, mit dem Rücken an der kalten Wand. Doch er als Zombie spürte weder Hitze noch Kälte. Er sah zwar aus wie ein Mensch, war trotzdem keiner, sondern ein lebender Toter.

Lange hatte er sein Unwesen in Kandersteg getrieben, bis man ihm auf die Spur gekommen war. Zusammen mit den lebenden Toten, die aus den Gräbern des kleinen Friedhofs gestiegen waren, hatte er das kleine Luxus-Hotel in eine Hölle verwandelt. Seine Tarnung war gut gewesen. Keinem Gast hatte auffallen können, wer sich tatsächlich hinter dem Aussehen des smarten Thomas verbarg. Eine Bestie in Menschengestalt, ein grauenvolles, seelenloses Monster, gnadenlos und eiskalt. Allein darauf geeicht, Menschen zu töten.

Das war nun vorbei.

Aber nicht für immer.

Thomas spürte, dass er sich rächen musste. Rächen an den Menschen und auch an einem Mann namens John Sinclair. Aber das brauchte Zeit. Nicht Tage, auch nicht Monate, es konnten ruhig Jahre vergehen. Irgendwann würde er eine Chance erhalten.

Er lehnte den Kopf zurück. Seine Augen waren weit aufgerissen, ohne allerdings etwas erkennen zu können. Aus dem Mund drangen stoßweise keuchende und grunzende Laute.

Er schüttelte sich. Da der Mund offen stand, floss speichelähnliche Flüssigkeit heraus. Er wischte sie weg, als würde sie ihn stören.

Auf seine Helfer konnte er sich nicht mehr verlassen. Die hatte dieser Sinclair getötet. Und als Einzelner richtete er auch nicht viel aus. Im Augenblick waren die Menschen wachsam, zu wachsam für ihn, aber er kannte sie sehr gut. Die Zeit heilte alle Wunden. Irgendwann würde Gras über die Sache gewachsen sein, und dann war seine Zeit gekommen, da konnte er zurückschlagen, noch härter und gnadenloser als zuvor. Nur musste er sich ein Versteck suchen.

In der Nische wollte er nicht bleiben. Die Gefahr einer Entdeckung war einfach zu groß. Der Tunnel wurde regelmäßig überprüft, und noch sollten die Menschen denken, dass es ihn nicht gab.

Ein Ungeheuer brauste plötzlich an der Nischenöffnung vorbei und drückte die Luft als Schwall herein, sodass seine Kleiderfetzen anfingen zu flattern.

Das Rattern der Räder, das Schaukeln der Wagen, die schnell vorbeifließenden, gelblichen Lichtstreifen der Wagenbeleuchtungen – all das gehörte einfach dazu und war ebenso schnell verschwunden, wie es gekommen war.

Fast einen Tag blieb der Zombie in der Nische liegen, ohne entdeckt zu werden.

Er wusste nicht, ob es draußen hell oder dunkel war. Der Tunnel war ein einziges Verlies, da schmolzen die Zeiten zusammen.

Thomas konnte froh sein, dass ihm die rasenden Räder weder Arme, Beine noch den Kopf abgetrennt hatten. Zwar zeigte sein Körper tiefe Wunden, auch von Stichen, doch aus diesen Wunden floss kein roter Lebenssaft.

Nur ein schleimiges Zeug, gelblich, auch weiß schimmernd, und dazwischen manchmal hellgrün.

Das brachte ihn nicht um. Und was ihn nicht umbrachte, machte ihn auch nicht kampfunfähig.

Wenn Zombies je einen Schock erleiden können, so hatte er einen abbekommen. Aber der ging vorbei. Sein Instinkt sagte ihm, dass es an der Zeit war, den Tunnel zu verlassen und sich woanders für lange Zeit ein Versteck zu suchen.

Thomas kroch aus der Nische heraus. Er stemmte sich wie ein Betrunkener in die Höhe, hatte erst Mühe, das Gleichgewicht zu finden, dann fiel er gegen die Wand, wobei seine Füße auf dem feuchten Untergrund abrutschten und er sich im letzten Augenblick noch an den Schienen stützen konnte.

Schließlich stand er.

Schwankend, kaum in der Lage, sich in Bewegung zu setzen. Sein Kopf pendelte einmal nach vorn, dann wieder nach hinten. Thomas suchte das Gleichgewicht und fand es.

Plötzlich fühlte er sich so sicher, dass er die ersten Schritte wagen konnte. Die Tunnelwand diente ihm dabei als Stütze. Er schabte mit der Schulter ebenso oft dagegen, wie er sich mit der Hand und dem Ellbogen abstützte, aber nur so kam er weiter.

Schritt für Schritt - Meter für Meter. Irgendwann, er hielt den Kopf wieder einmal erhoben, sah er einen dunkelgroßen Umriss – die Tunnelausfahrt.

Gleichzeitig aber wurde sie von einem kompakten Schatten verdunkelt, als ein Zug einfuhr.

Die Stirnlampen der Lok sahen aus wie helle Glotzaugen. Sie näherten sich schnell, die beiden Lichtkegel huschten durch die Finsternis, zerrissen sie an einigen Stellen und hätten den Zombie sicherlich auch erfasst.

Thomas ließ sich so schnell fallen, als hätte man ihm die Beine unter dem Körper weggezogen. Er landete auf dem Boden, blieb liegen und rührte sich nicht, bis ihn der Spuk passiert hatte.

Danach raffte er sich wieder auf.

Torkelnd wie ein Betrunkener wankte er dem Ausgang zu, erreichte ihn, drückte sich rechts daneben in die Büsche, die unter seinem Gewicht brachen, und dachte daran, dass der Tunnel endlich hinter ihm lag.

Die Hölle hatte ihn ausgespuckt, und das sollten die Menschen zu spüren bekommen.

Thomas hatte sein Versteck gefunden. Nicht weit von Kandersteg entfernt, wo es ein Hochtal gab, über das man sich die schlimmsten Geschichten erzählte.

Das Gasterntal.

Eng, unheimlich, durchtost von einem klaren Gebirgsbach. Allein der Zugang zum Tal war ein Abenteuer für sich, denn der schmale Weg führte an der Felswand entlang, wand sich in Kehren durch unheimlich wirkende Tunnels und besaß als Begleiter den stets rauschenden Gletscherbach.

Ein Tal, in dem es Gasthäuser gab, das seine Geschichte hatte und im Winter wie tot wirkte. Die Menschen verließen im Herbst die Gasthäuser und ihre Wohnungen, um nach Kandersteg zu gehen. Niemand kam auf die Idee, während des großen Schnees freiwillig im Gasterntal zu bleiben. Für den Zombie war es jedoch ein ideales Versteck.

Für Monate fand er dort Unterschlupf, fiel wie ein Biber in den tiefen Schlaf, doch seine Sinne arbeiteten wie Sensoren. Er sandte böse Gedanken aus, denn er wusste, dass es etwas in seiner Nähe gab, mit dem er paktieren konnte.

Noch meldete sich niemand. Thomas gab nicht auf – und hatte Erfolg.

Jemand antwortete ihm.

Schwach, sehr schwach nur, mit Hilfe der Telepathie konnte er aber den Namen der anderen hören.

Es war die Hexe vom Gasterntal!

»Komm!«, hörte er sie flüstern. »Komm her. Komm zu mir. Wir beide, wir werden es schaffen ...«

»Wo bist du ...?«

Er hörte ihre Stimme wieder. »Du wirst mich finden – und befreien ...«

»Ja«, antwortete er, »ich werde kommen, und ich werde dich finden, meine Freundin ...«

Minuten später schon war das Grauen wieder unterwegs ...

Kandersteg lag begraben unter einem dicken, gewaltigen Leichentuch. Der Schnee war in diesem Jahr in Massen aus den dunklen Haufenwolken gefallen und hatte das Leben erstickt.

Aber das schien nur so. In den Hotels und Gaststätten rüstete man sich für die Saison, die kurz vor Weihnachten begann. Da kamen die Touristen, die Langläufer und auch die Slalom-Artisten, für die der Schnee mehr war als nur gefrorenes Wasser.

Kandersteg war ausgebucht.

Dennoch konnte man es nicht mit den Rummelorten der Prominenz vergleichen, wo der Skizirkus alles andere hinwegschwemmte. Vor allen Dingen die winterliche Ruhe, die für viele Menschen wichtig war, denn Spaziergänge in der klaren Winterluft konnten eine wunderbare Erholung bieten.

Dafür war Kandersteg bekannt. Neben dem Wintersport fanden die Besucher noch Zeit, sich zu erholen und die Landschaft, an vielen Stellen noch unberührt, zu genießen.

Ein Traum in Weiß!

Dick verschneite Wege, Bäume mit einer Puderzuckerschicht überzogen, weiße Hänge und ebenfalls eingeschneite und vereiste Berggrate, auf die das Sonnenlicht schien, gebrochen wurde und strahlende Reflexe gegen einen postkartenblauen und wie erstarrt wirkenden Winterhimmel warf.

Häuser, tief verschneit und mit weißen Hauben bedeckt, duckten sich wie Farbtupfer gegen Hänge, auf denen der Tiefschnee lag. Graue Rauchfahnen krochen aus den Öffnungen der Schlote, als könnten sie sich nicht entscheiden, ob sie in die klare Luft steigen oder wieder zurückkehren sollten.

Hoch über allem standen die Eisgletscher!

Ein majestätisches Bild. Stolz grüßten sie hinab in das Tal. Funkelnd vor Licht auf der Sonnenseite und bläulich schimmernd an den Stellen, wo Schatten ihre langen Bahnen warfen.

Eine Landschaft aus spiegelndem Eis, aber wehe dem, der sich darin verirrte und sich nicht auskannte. Er würde in dieser Hölle elendig erfrieren.

Die nicht eingefrorenen Wasserfälle wirkten wie lange, graue Zungen, die in die Tiefe leckten. Sie sprangen über Felsvorsprünge hinweg, an deren Kanten lange Eiszapfen hingen, deren lanzenartige Spitzen wie Dolche aus Eis in die Tiefe wiesen.

Stille hüllte die Bergwelt ein. Das Schweigen des Winters ließ manchen Spaziergänger nur flüstern oder auch vor Ehrfurcht erstarren, wenn er diese grandiose Hochgebirgswelt sah.

Anders war es in den Tälern, wo die Orte lagen. Zwar lief das Leben hier hektischer ab, allein durch die anfahrenden Wagen, aber auch hier hatte der Winter Früchte getragen. Der große Lärm hielt sich in Grenzen, und die oft klirrende Kälte ließ die Bewegungen der Urlauber einfrieren.

Nicht jeder konnte sich den Luxus erlauben und sich zurück in sein Zimmer oder Haus ziehen. Es gab zahlreiche Menschen, die arbeiten mussten.

Zu ihnen gehörte auch Helmut Kaiser. Ein hochgewachsener Mann mit dunklen Haaren und einer ebenfalls dunklen Brille. Helmut Kaiser war Deutscher. Er gehörte zu den Menschen, die während der Saison in den Hotels arbeiteten und dafür nur eine befristete Aufenthaltserlaubnis erhielten. Kaiser war angestellt im Royal-Hotel Gemmi. Dort war er Chef de rang, praktisch derjenige, der die Brigade der Ober kontrollierte.

Obwohl Helmut Kaiser noch nicht sehr lange diesen Arbeitsplatz innehatte, wusste er über die unheimlichen Vorgänge Bescheid, die sich vor rund zwei Jahren innerhalb des Hotels abgespielt hatten. Er kannte auch Thomas, den Zombie. Dieser Mann war sein Vorgänger gewesen, und wenn die Gäste am Abend an der Bar saßen, sprachen sie natürlich immer wieder über diese unheimlichen Vorgänge, die nie vergessen wurden, denn sie hatten das Hotel erschüttert.

Einheimische gingen sogar noch weiter. Sie redeten davon, dass man Thomas nie gefunden hatte. Nicht einmal bei einer großangelegten Suchaktion. Es waren keine Überreste entdeckt worden, und man ging schließlich davon aus, dass die Räder des fahrenden Zugs den Zombie vernichtet hatten.

Die Züge fuhren mehrmals stündlich durch den Tunnel, Tag für Tag. Nie war etwas passiert.

Auch Helmut Kaiser dachte kaum an seinen Vorgänger. Zumindest nicht tagsüber. Nur wenn sich die Bargespräche um diese Geschichte drehten, dann berichtete er.

Im Winter wurden die Nächte lang. Wenn Helmut Kaiser Bardienst hatte, kam er nie vor zwei Uhr ins Bett. So war es auch an diesem Mittwoch. Zwei Ehepaare hatten einfach kein Ende finden können und den Champagner fließen lassen. Eines dieser Ehepaare war Stammgast. Vor Jahren hatten sie den Schrecken sogar miterlebt.

Heinz Stahlmenger, ein Mann aus dem Ruhrgebiet und Besitzer eines kleinen Kaufhauses. Er schaute schließlich auf seine Uhr, nachdem ihn seine dunkelhaarige, hübsche Frau mehrmals angestoßen hatte. »Heinz, es wird Zeit, wir müssen gehen.«

Stahlmenger lächelte verschmitzt. Die Augen hinter seinen Brillengläsern begannen zu funkeln. »Müssen wir wirklich?«, wandte er sich fragend an Helmut Kaiser.

Kaiser erhob sich zu seiner vollen Größe. Er überragte 1,90 Meter spielend. »Das liegt an Ihnen, Herr Stahlmenger.«

»Dann gehen wir.«

Stahlmenger bezahlte. So konnte Helmut die Bar endlich schließen. Als er das Licht löschen wollte, hörte er Schritte. Sie waren in der gediegen eingerichteten Rezeptionshalle aufgeklungen. Also befand sich noch jemand auf den Beinen.

Glücklicherweise kein Gast, sondern Herr Contini, der zweite Mann nach dem Besitzer. Herr Contini war derjenige, der alles kannte, der alles wusste, der für jeden Gast Verständnis hatte und sich um die kleinen und größeren Sorgen seiner Besucher kümmerte.

Er trug einen dunkelblauen Anzug und ging nicht vor bis zur Bartheke. Neben dem Sitz des Barmusikers blieb er stehen, rückte seine Goldrandbrille zurecht und strich über das kurzgeschnittene schwarze Haar, durch das sich die ersten grauen Fäden wie Spinnweben zogen. »Alles klar, Helmut?«

»Ja, ich kann schließen.«

»Das ist gut.« Contini sprach schnell. »Haben Sie morgen in der Früh schon Dienst?«

»Nein, erst zum Nachtessen.«

»Ich möchte Sie bitten, etwas früher zu kommen, da wir neue Gäste erwarten.«

»Mach ich.«

Contini lächelte knapp. »Dann wünsche ich Ihnen noch eine gute Nacht, Helmut.«

»Danke gleichfalls, Herr Contini.«

Helmut Kaiser löschte auch die restlichen Lichter und holte seinen dicken Mantel. Er wohnte nicht am Hotel im Personalanbau, seine Bleibe befand sich einige hundert Meter weiter, abseits der Hauptstraße.

In einem chaletartigen Haus hatte er sich ein Zimmer gemietet, das ihm ausreichte.

Als er nach draußen trat, spürte er die klirrende Kälte, die ihm regelrecht entgegengedrückt wurde. Kaiser stellte seinen Mantelkragen hoch und klappte die Ohrenschützer der Mütze nach unten. Glücklicherweise war es windstill. Es hatte auch nicht geschneit, und so schritt er durch einen leeren, fast gespenstisch anmutenden Winterort, in dem alles eingefroren zu sein schien.

Er hörte das Knirschen des harten Schnees unter seinen Sohlen, der dort bläulich schimmerte, wo ihn das Licht der Laternen erreichte. Aus südlicher Richtung hörte er das Rauschen der Kander, eine nie abreißende Begleitmusik bei Tag und Nacht.

Er hielt sich auf der linken Gehseite, wo auch das Hotel lag.

Die kalte Luft machte ihn wieder munter, sodass Helmut Kaiser die Umgebung mit wachsameren Blicken sah. Auch die Berge wirkten dunkel. Sie erinnerten ihn an mitten in der Bewegung eingefrorene Schattenspiele, über die sich jedoch ein letzter heller Glanz gelegt hatte, der von der weißen Schneefläche ausging.

In einem dunklen Blau grüßten die Gletscher, und darüber stand wie ein Bild gezeichnet - der unendliche Himmel mit seiner herrlichen Sternenpracht.

Dennoch sehnte sich Helmut Kaiser nach der wärmeren Jahreszeit. Die allerdings würde hier in Kandersteg, wo zu Ostern meist noch Schnee lag, auf sich warten lassen.

Er ging etwas forscher weiter und hatte schon fast den Weg erreicht, der nach links abbog und zur Kirche führte, als ihm die schnell laufende und leicht schwankende Gestalt auffiel, die ihre Schritte in seine Richtung lenkte.

Im Licht einer Laterne erkannte Kaiser einen relativ kleinen Mann, der wild gestikulierte und schließlich keuchend vor dem Deutschen stehen blieb.

Jetzt erst erkannte Kaiser ihn. Der Mann lebte hier in Kandersteg, war Einheimischer und gehörte zu den Personen, die Stock und Stein kannten. Obwohl Kaiser eine Alkoholfahne entgegenwehte, stellte er fest, dass Giancarlo Grinzer nicht betrunken war, sondern nur völlig verängstigt.

»Was ist los?«, fragte Kaiser. Seine Stimme klang ziemlich unwirsch. Er hatte keine Lust, sich länger als nötig in der Kälte aufzuhalten.

Giancarlo Grinzer klammerte sich an ihn. »Ich habe ihn gesehen, verdammt!«, keuchte er. Dabei drang Speichel aus seinem Mund, der Kaisers Gesicht traf. »Ich habe ihn gesehen. Hast du gehört?«

»Ja, ja!« Helmut Kaiser drehte den Kopf zur Seite. »Das weiß ich inzwischen. Du hast ihn gesehen. Und wen?«

Grinzer drehte sich um und ließ Kaiser los. Er schaute die Hauptstraße hoch, die mit einer Schicht aus festgefahrenem Schnee bedeckt war. »Er war an der Brücke.«

»Wer denn, zum Teufel?«

Grinzer lachte und nickte zugleich. Er wischte über seinen Mund. In den Barthaaren glitzerte Eis. »Teufel ist gut!«, flüsterte er. »Vielleicht war es sogar der Teufel oder einer seiner Diener.«

»Wer war es nun?«

»Thomas!«

Kaiser lachte leise. »Na und?«

Mit dieser Reaktion war Giancarlo Grinzer überhaupt nicht einverstanden. »Na und, sagst du? Mehr nicht?«

»Was soll ich sagen, verdammt?«

»Das war Thomas.«

»Lass mich in Ruhe!« Kaiser wurde allmählich sauer. »Wenn du deinen Freund Thomas …«

»Er ist nicht mein Freund. Wie sollen lebende Tote meine Freunde sein, Helmut?«

Kaiser war schon einige Schritte gegangen. Als er die laute Frage hörte, blieb er stehen und drehte sich um. »Das möchte ich noch einmal wiederholt haben, Meister.«

Grinzer tat ihm den Gefallen. »Es ist der Thomas gewesen. Dein Vorgänger im Hotel.«

»Lag der nicht im Tunnel?«

»Ja.«

»Dann ist er längst vermodert, Grinzer. Hast du verstanden?« Er ging wieder auf den Bärtigen zu. »Dein Thomas ist vermodert, zerfallen. Was weiß ich alles.«

Giancarlo starrte den Mann an. »Nein, das kann nicht sein. Ich habe ihn gesehen.«

»Ja, du hast zu viele Obstwässerli getrunken.«

»Stimmt nicht. Ich bin nicht betrunken.« Der Schnee knirschte, als Giancarlo vorging. »Ich habe ihn gesehen, davon bringt mich niemand ab, auch du nicht.«

»Wie lange ist es her, dass er Amok lief? Zwei Jahre?«

»Ungefähr.«

»Mach dir doch nicht ins Hemd, Grinzer! Er kann nicht gesehen worden sein, glaube mir.«

Grinzer nickte. »Du irrst dich. Man hat auch seine Leiche nie gefunden, obwohl sie den Tunnel untersuchten. Viele im Dorf glauben das Gleiche wie ich. Aber bei mir ist es jetzt anders. Ich weiß, dass er lebt. Ich habe ihn gesehen.«

»Und was tat er?«

Er ging durch das Dorf. Er schritt über die Straße und blieb an der Brücke stehen. Dort, wo der Weg zum Bahnhof führt.«

»Und du hast ihn trotz der Dunkelheit erkannt?«

»So dunkel ist es nicht. Der Schnee macht die Nacht hell. Da kann man einiges sehen.«

Helmut Kaiser winkte ab. »Es tut mir Leid, aber ich glaube dir kein Wort, Grinzer.«

Giancarlo deutete in Richtung Brücke. »Du kannst mit mir kommen. Ich zeige ihn dir, wenn er noch dort ist.«

»Bitte.«

»Gut, wir gehen auf die andere Seite.«

Beide Männer überquerten die Straße. Grinzer war ängstlicher als der Deutsche. Er schaute sich öfter um, sah dann nach vorn, aber auch nahe der Brücke war es ruhig. Niemand zeigte sich dort. Bei dieser Kälte hielten sich die Menschen in den Häusern auf, da waren sie sicherer.

Es war nicht weit. Der Weg stieg leicht an. Vor ihnen lagen die von den Bergen in den Ort geworfenen Schatten wie lange, graublaue Flächen. Der Schnee war auf seiner Oberfläche gefroren und funkelte manchmal wie ein Diamantenfeld.

»Wenn ich den an der Brücke nicht sehe, Grinzer, ist etwas im Busch. Das verspreche ich dir!«

»Willst du mich schlagen, Helmut?«

»Nein, dann musst du einen ausgeben.«

»Umgekehrt auch?«

»Ja.«

»Einverstanden.«

Die letzte Bemerkung hatte Kaiser stutzig werden lassen. So sicher hatte sich Giancarlo nie gegeben. Er musste tatsächlich etwas gesehen haben. »Ich kann natürlich nicht versprechen, dass er sich noch an der Brücke aufhält«, sagte Grinzer. »Er sah so aus, als wollte er irgendwo hingehen.«

»Aber nicht in unser Hotel – oder?« Die Frage sollte lässig klingen, und Kaiser merkte selbst, wie es in seinem Hals kratzte.

»Das weiß man doch nie.«

Der Gehsteig verengte sich, weil die Häuser etwas vorgebaut

standen. Unter anderem auch ein hölzerner Andenkenladen, der ein langgezogenes Dach hatte. Da die Bude selbst tiefer lag als das normale Straßenniveau, konnte ein normaler Erwachsener, wenn er nicht Acht gab, leicht mit dem Kopf gegen die Dachrinne stoßen.

Kaiser wusste das natürlich. Da er genau an der Seite ging, duckte er sich – und bekam trotzdem den Schnee in den Nacken. Er fiel auch auf seine Schulter, als hätte man ihn vom Dach geschaufelt.

Kaiser blieb stehen. Er schüttelte sich und sah auf Grinzers Rücken. Der Einheimische merkte erst jetzt, dass sich Helmut nicht mehr an seiner Seite befand.

»Was ist los?«, fragte er.

Kaiser schüttelte sich. Der Schnee rann von seinem Mantel. »Mich hat hier irgendeiner beworfen.«

»Ich war es nicht«, erklärte Giancarlo und schaute unwillkürlich zum Dach des niedrigen Hauses hoch.

Da stand die Gestalt. Aufrecht und breitbeinig, damit sie auf der glatten Fläche Halt hatte. Sie zeichnete sich wie ein Scherenschnitt von der hellen Fläche ab. Dahinter befand sich der dunkle Himmel. Es passte alles, bis auf den Mann selbst. Der hätte eigentlich tot sein müssen, das sah auch Kaiser, und er hörte die Stimme des Einheimischen dünn und zitternd wie brechendes Eis.

»Das ist Thomas ...«

Helmut Kaiser hatte Thomas nie persönlich kennen gelernt, nur Bilder von ihm gesehen. Auf den Fotos war er ein Mensch gewesen. Jetzt sah er zwar auch aus wie ein Mensch, dennoch hatte er sich verändert. Man konnte ihn höchstens noch als Gestalt bezeichnen. Sein Gesicht war kaum zu erkennen. Dafür die Kleidung, die nur noch aus Fetzen bestand. Sie war für diese Kälte viel zu dünn. Nichts wärmte, aber das brauchte wohl nicht zu sein. Ein lebender Toter fror eben nicht.

Kaiser kam sich vor wie ein Eiszapfen. So stark hatte ihn der Anblick getroffen. Er dachte über die Fotos nach, die er von

Thomas gesehen hatte. Wenn er sie mit der Gestalt verglich, die vor ihm auf dem Dach stand, waren Ähnlichkeiten nicht abzusprechen.

Das konnte Thomas sein.

Der Meinung war auch Giancarlo Grinzer. Er holte hechelnd Luft, bevor er den Arm ausstreckte und einen flüsternden Kommentar abgab. »Das ist er, das ist dieser verfluchte Zombie. Ich erkenne ihn, ich …« Er verstummte, weil sich Thomas plötzlich in Bewegung setzte. Er schob sich auf der knisternden Schneefläche vor, sodass einige kleine Eisstücke in Bewegung gerieten und über die Dachkante rutschten. Sie trafen die beiden dicht davor stehenden Männer, die stumm zuschauten. Nur Giancarlo klapperte mit den Zähnen.

Thomas erreichte den Rand. Kaiser und Grinzer rechneten damit, dass er dort stehen bleiben würde.

Sie irrten.

Urplötzlich ließ sich Thomas fallen. Er kippte nach vorn, steif wie ein Brett. Dabei streckte er noch die Arme aus und spreizte sie so weit ab, dass er einen der beiden Männer erwischen konnte.

Es war Giancarlo Grinzer, der plötzlich die kalte Totenklaue in seinem Gesicht spürte, nachdem sie die Mütze von seinem Kopf gerissen hatte und über die Haare geglitten war.

Grinzer rutschte aus. Er fiel hin, überrollte sich, um den nachgreifenden Zombieklauen zu entgehen, aber die waren flinker.

Bis Kaiser handelte.

Er lief noch einen Schritt, holte weit aus und trat zu. Er traf den Kopf des Untoten. Er hätte ihn auch von den Schultern reißen können, so wuchtig hatte Helmut mit seinem schweren Schuh zugetreten, und er rettete Giancarlo Grinzer das Leben, denn der Zombie musste ihn einfach loslassen.

Seine Gestalt überschlug sich. Sie rutschte auf der glatten Fläche weiter, drehte sich und landete letztendlich auf der Straße, wo sie im rechten Winkel zum Kantstein liegen blieb. Das Gesicht lag im Schnee, die Gestalt sah so aus, als wollte sie ihn schlucken, und Kaiser ging auf sie zu, um ihr den Rest zu geben.

Dagegen hatte Grinzer etwas. Er raffte sich auf und wankte

Kaiser in den Weg. »Nein, das kannst du nicht machen. Er ist stärker als wir. Er bringt uns um!«

»Unsinn, ich …«

Helmut Kaiser verstummte. Der Zombie hatte sich aufgestützt. Er drehte den Kopf, sodass beide Männer sein Gesicht sehen und sich davon überzeugen konnten, dass Thomas vor ihnen stand.

Grinzer nickte noch und sprach seine Gedanken aus. »Großer Vater, er ist es. Er ist es wirklich …«

Helmut Kaiser sagte nichts. Er, der wirklich nicht auf den Mund gefallen war, beobachtete stumm, wie Thomas sich noch höher drückte und sie anstarrte.

Er hatte kein Gesicht mehr, es war im Laufe der Zeit zu einer widerlichen und bösen Fratze geworden. Schrecklich anzusehen und auf furchtbare Weise entstellt. Nicht dass Fetzen aus dem Gesicht gerissen worden wären und Hautlappen fehlten, nein, es war der Blick und der Schmutz auf der fahlen Haut, der dem Gesicht diesen Ausdruck gab.

Ein lebender Toter gab nie auf. Er versuchte alles, um die Menschen zu töten, die sich in seiner Nähe befanden.

Giancarlo Grinzer wusste dies, er hatte über Zombies gelesen, aber Kaiser schien die Gefahr nicht zu erkennen. Er blieb nicht nur stehen, er bewegte sich sogar auf Thomas zu.

Grinzer bekam ihn soeben noch zu packen. Er hatte mit beiden Händen zugegriffen und riss Kaiser zu sich heran. »Verdammt, wir müssen verschwinden, der macht uns alle.«

»Wieso? Ich …«

Thomas stand schon. Und Kaiser sprach nicht mehr weiter, weil er sah, was der Zombie mit beiden Händen umklammert hielt. Woher der Eiszapfen stammte, wusste keiner von ihnen. Jedenfalls hatte er im Rinnstein gelegen, und er wurde in der Hand des Untoten zu einer mörderischen Waffe. Da wusste auch Kaiser, dass es besser war, die Flucht zu ergreifen, obwohl sich der Zombie nicht sehr schnell bewegte. Sein Hochheben der Arme geschah im Zeitlupentempo. Den dickeren Teil des Zapfens hielt er mit beiden Händen fest und schwang die Arme nach hinten, sodass der Zapfen über seinem Kopf schwebte.

Da drehten sich die beiden Männer. Sie starteten genau in dem Moment in verschiedene Richtungen, als der Zombie den Zapfen schleuderte, der sich in der Luft einige Male drehte, dann Kaisers Rücken in Hüfthöhe streifte, abprallte und an einer Fensterecke gegen die Holzwand des Hauses schlug. Dort bekam er einen so starken Drall, dass er die kleine Scheibe des Fensters zerstörte.

Die Scherben segelten in das Innere des Hauses, der Eiszapfen aber fiel vor die Hauswand und blieb im Schnee liegen.

Kaiser und Grinzer liefen weg. Hinter dem Haus trafen sie zusammen. Grinzer wartete schon an einer Schneewehe. Er keuchte. In seinen Augen glänzte es feucht. »Verdammt, wir haben Glück gehabt, Helmut. Ich habe es dir gesagt. Du wolltest mir nicht glauben …«

»Ja, schon gut, schon gut. Ich habe dir ja geglaubt.«

»Das meine ich auch.«

»Und jetzt?«

Giancarlo hob die Schultern. »Ich weiß es nicht. Wir müssen die Leute warnen und ihnen sagen, wer sich hier herumtreibt.«

Helmut Kaiser lachte. »Wenn das so einfach wäre. Nein, mein Freund. Wir können den Ort nicht evakuieren lassen. Tut mir Leid, das ist einfach nicht drin.«

»Aber wie …?«

Kaiser legte den ausgestreckten Zeigefinger auf seine Lippen. »Warte ab, mein Freund.«

»Bitte.«

Sie lauschten, denn sie hatten Schritte vernommen. Die Tritte wurden langsam gesetzt, und sie knirschten über den Schnee.

Kam der Zombie? Suchte er sie bereits, um das zu vollenden, was er bereits begonnen hatte?

Keiner wusste es. Die beiden Männer standen wie Eiszapfen in der drückenden Kälte. Ihre Augen waren weit geöffnet, sie schauten in die Richtung, aus der der Zombie kommen musste.

Kein Schatten erschien neben der seitlichen Wand der Andenkenbude. Auch die Geräusche der Tritte im Schnee nahmen ab. Ein Zeichen, dass sich der Untote von ihnen entfernte.

Kaiser und Grinzer warteten so lange, bis nichts mehr zu hören war. Dann erst lösten sich die beiden aus ihrem Versteck und bewegten sich über den glatten Schnee und im Schutz der Hauswand auf die Straße zu.

Sie war leer.

Selbst auf der gegenüberliegenden Seite war nichts von der Gestalt zu sehen.

»Haben wir geträumt?«, fragte Grinzer.

Helmut Kaiser schüttelte den Kopf und deutete zu Boden. »Nein, wir haben nicht geträumt. Da sind Spuren im Schnee, und die stammen nicht von uns. Das war er.«

Grinzer nickte bedächtig. Er starrte in die Nacht, wobei er flüsternd wiederholte: »Ja, das war er. Das war dieser verfluchte Zombie, diese Brut, dieser Untote …«

»Lass gut sein, Giancarlo«, unterbrach Kaiser ihn. »Wir müssen auf jeden Fall etwas unternehmen.«

»Und was?«

Helmut Kaiser hob die Schultern. »Das weiß ich auch nicht genau, aber ich könnte mir vorstellen, dass derjenige sich noch einmal in Kandersteg sehen lässt, der Thomas schon einmal erledigt hat.«

»Du denkst an diesen Engländer?«

»So ist es!«

Grinzer dachte eine Weile nach, dann nickte er. »Ja, Helmut, das ist die Lösung. Vielleicht hat er Zeit und kommt. Eine andere Chance sehe auch ich nicht …«

Wer sagt, dass Wintertage in den Großstädten romantisch und herrlich sind, der gehört meines Erachtens zu den Leuten, die andere auf den Arm nehmen wollen.

Gut, wenn der Schnee frisch gefallen ist und noch in den Parks liegt oder an den Ufern irgendwelcher Seen und Teiche, die das Stadtbild verschönern, da würde ich noch zustimmen, aber wenn man als Fußgänger oder Autofahrer über gefrorenen Matsch gehen und fahren soll, bleibt von einer Romantik keine Spur mehr. Dann ist das schon alles verdammt bescheiden.

Ich ärgerte mich auch über den Winter, der wie ein weißes Untier über die Insel gekommen war. Er hatte den Schnee und die Kälte gebracht. Die Menschen waren nicht vorbereitet gewesen. Es hatte Tote gegeben, Autos waren in den Schneeverwehungen steckengeblieben, und an manchen Stellen, besonders in den eingeschneiten Orten auf dem Land, war die Energieversorgung zusammengebrochen.

Davon blieben wir in London verschont, doch ich wusste von den Hiobsbotschaften aus den Zeitungen.

Wie viele Londoner hatte ich den Wagen stehen lassen und fuhr mit der U-Bahn ins Büro. Jeden Tag stand ich am Morgen eingekeilt zwischen meinen zeitungslesenden Landsleuten, und auch ich las auf der Fahrt meine Gazette.

Ich kam am Morgen stressfrei an. Suko, der sich mir angeschlossen hatte, ging es ebenso.

Wie immer war Glenda Perkins, unsere gemeinsame Sekretärin, schon anwesend. Der Kaffeeduft schwängerte das Vorzimmer, sodass ich das Leuchten in die Augen bekam, als ich den Morgengruß ins Büro schmetterte.

»Du bist ja heute in Form«, sagte Glenda. »Liegt etwas Besonderes an, John?«

»Nur seine Ohren«, bemerkte Suko.

»Zum Glück«, erwiderte Glenda trocken, »sonst hätte er damit segeln können.«

Ich schlüpfte aus der dicken blaugrauen Lederjacke und schüttelte den Kopf. »Sagt mal, habt ihr euch abgesprochen, mich zu ärgern?«

Glenda lächelte unschuldig und holte eine Tasse aus dem Schrank. »Nein, wie kommst du darauf?«

»Ach, nur so.«

»Möchtest du einen Kaffee?«

»Soll ich mal nein sagen?«

Glenda hob die Schultern. »Wenn du magst, bitte.«

»Ha, das könnte dir so passen. Ich möchte heute morgen sogar zwei Tassen.«

»Das, mein lieber John, muss ich mir noch überlegen.« Sie drehte sich gekonnt um, und ich schaute auf ihr strammes Hinterteil, das sich unter dem Stoff der seidigblau schimmernden Cordhose sehr deutlich abzeichnete.

Glenda war schon eine Augenweide. Auch der lässig und lang fallende Pullover konnte ihre Figur nicht verbergen. Sie strahlte wie immer einen gewissen Sex aus, und das wusste sie auch.

Ich nahm die Tasse mit ins Büro. Als Glenda sie mir überreichte, lächelte sie sonderbar.

»Was hast du?«, fragte ich.

Ihr Lächeln blieb. »Ach, nichts.«

»Doch, da ist was.«

»Wie kommst du darauf?«

Ich hob die Schultern. »Du siehst eben so anders aus. Als wüsstest du etwas, das du mir nicht sagen willst.«

»Stimmt.«

Ich hatte mich schon umgedreht, um das Büro zu betreten, wo Suko bereits hinter dem Schreibtisch saß. Erst stellte ich die Tasse ab, hängte danach noch die Jacke an den Haken und fragte dann: »Was ist denn nun los?«

»Ich habe mir Urlaub genommen.«

»Wie?«

»Ist das ein Verbrechen?«

»Nein, nein.« Hastig winkte ich ab. »Das kommt für mich nur so überraschend.«

»Und für mich auch«, bemerkte Suko.

»Heute werde ich noch bleiben. Aber morgen habe ich dann einige Tage frei. Ich werde wegfahren.«

»Wohin denn?«, fragte ich.

»Mal sehen. Vielleicht in die Berge.«

»Reicht dir der Schnee hier nicht?«, fragte Suko.

»Das kann man doch nicht miteinander vergleichen. Der Wintersport ist etwas völlig anders, weißt du das nicht?«

»Kommt darauf an«, meinte mein Freund. »Aber wo willst du denn hin?«

»Darüber denke ich noch nach. Ich habe bereits ein Ziel ins Auge gefasst. Auch Sir James hat zugestimmt.«

Ich trank die ersten Schlucke. »Welches Ziel meinst du denn, Glenda?«

»Das werde ich dir nicht verraten.« Sie ging zur Tür und schloss sie hinter sich. »Viel Spaß, ihr beiden«, hörten wir sie noch sagen.

Ich blickte Suko an, er mich. Beide schüttelten wir die Köpfe. »Verstehst du das, Suko?«

»Nein.«

»Glenda hat etwas vor, sage ich dir.«

»Warum auch nicht. Sie ist eine erwachsene Frau und kann tun und lassen, was sie will.«

»Ja, das bestreite ich nicht. Mich wundert nur ihre Eile. Davon hat sie uns gestern nichts gesagt.«

»Vielleicht ist es ihr erst nach Dienstschluss eingefallen.«

»Aber so eine Reise muss doch geplant werden. Die kann man nicht übers Knie brechen.«

»Glenda schon.«

Ich zuckte mit den Schultern und widmete mich wieder meiner Kaffeetasse. Die braune Brühe schmeckte wie immer hervorragend. Glenda war die beste Kaffeeköchin der Welt. Ihre fachlichen Qualitäten standen der Kochkunst zudem in nichts nach.

»Bist du sauer?«, fragte Suko und beugte sich dabei vor.

»Weil sie fährt?«

»Ja.«

Ich winkte ab. »Unsinn. Ich gönne Glenda den Urlaub. Sie hat ihn sich verdient. Die Berge im Winter sind wirklich etwas Besonderes. Ich würde gern mit ihr fahren.«

»Kannst du doch.«

»Was sagt Sir James?«

»Irgendwann musst du ja deinen Urlaub nehmen.«

»Klar. Dann kann ich direkt ein halbes Jahr wegbleiben.« Ich dachte nach. »Obwohl mich der Gedanke daran fasziniert, wenn ich ehrlich sein will.«

»Dann mach's.«

Das Klingeln des Telefons bewahrte mich vor einer weiteren Antwort oder Ausrede. »Ist bestimmt für dich«, sagte Suko und schob mir das Drehgestell zu, auf dem der Apparat stand.

Ich nahm ab, meldete mich brav und vernahm eine etwas dünn klingende Stimme. Es war auch kein Engländer, obwohl er englisch sprach, aber er kannte mich, denn er begrüßte mich mit einem locker klingenden »Guten Morgen, Geisterjäger«.

»Ja, Guten Morgen, Mister …«

»Sagen Sie, lieber Herr, oder Grüezi …«

Ich schaltete schnell. »Das hört sich nach Schweiz an.«

»Natürlich. Ich rufe aus Kandersteg an.«

»Ach.«

»Jetzt sind Sie sprachlos, wie?«, fragte der Anrufer und fügte ein Lachen hinzu, das mir bekannt vorkam.

»Soll ich Ihren Namen raten?«

»Nein, das würde vielleicht zu lange dauern, mein Lieber. Ich werde Ihnen etwas verraten. Heinz Stahlmenger. Kandersteg, der Zombie Thomas, der tödliche Vatertag …«

»Natürlich!«, rief ich gedehnt. »Entschuldigen Sie, aber im ersten Moment bin ich nicht auf Sie gekommen. Außerdem ist es noch früh.«

Heinz Stahlmenger lachte. »Hat Ihnen Ihre Sekretärin nichts von meinem ersten Anruf gesagt?«

»Nein. Wann riefen Sie denn an?«

»Vor einer halben Stunde. Als sie hörte, wer ich bin und wo ich mich aufhalte, kam sie sofort auf die Idee, sich ein paar Tage Urlaub zu nehmen und in den Wintersport zu fahren.«

»Nach Kandersteg.«

»Selbstverständlich.«

»Diese Schlange«, sagte ich. »Sie hat mir zwar erzählt, dass sie in Urlaub fahren will, sagte aber nicht, wohin die Reise gehen soll. Ausgerechnet nach Kandersteg.«

»Hier ist es doch herrlich.«

»Stimmt. Das kann ich nicht abstreiten, Herr Stahlmenger. Ich selbst habe mich in den Ort verliebt.«

»Und Ihre Sekretärin will ihn jetzt auch kennen lernen. Aber sie möchte nicht allein fahren. Wissen Sie, Glenda Perkins scheint an Ihnen zu hängen. Sie möchte, dass Sie sie begleiten.«

»Können Sie Gedanken lesen?«, fragte ich.

»Nein, warum?«

»Weil ich vorhin darüber nachdachte, dass ein Urlaub jetzt sehr schön sein kann.«

»Ja, das stimmt. Wir haben herrliches Wetter. Der Schnee liegt dick, Sie werden sich erholen können. Wir könnten die Abende an der Bar aufleben lassen, wenn Sie, John, die Sache erledigt haben.«

»Welche Sache?«

Bisher hatte Heinz Stahlmengers Stimme locker geklungen. Das änderte sich blitzartig, als er mir die Antwort gab. »Thomas ist wieder aufgetaucht!«

An diesem Morgen schaltete ich nicht sehr schnell. »Thomas«, wiederholte ich murmelnd. »Helfen Sie mir mal auf die Sprünge.«

»Der Zombie oder Teufelsdiener. Sie haben im Tunnel gegen ihn gekämpft, und er ist vom Zug gefallen und zwischen die Räder des Zuges geraten. Aber jetzt ist er wieder da.«

Ich saß steif auf meinem Platz. Plötzlich sah ich alles wieder vor mir. Nicht den Ort oder das Royal-Hotel Gemmi, nein, den durch den Tunnel rasenden Zug, und ich sah auch die bleiche Gestalt des Zombies, der sich auf dem Zug befunden hatte und zwischen den Autos umherturnte. Er hatte damals fliehen wollen, aber ich war ihm auf den Fersen geblieben und hatte ihn stellen können.

Der Kampf zwischen uns war mörderisch gewesen. Ein Fight auf Leben und Tod. Ich hatte ihn schließlich gewonnen und Thomas vom Zug gestürzt. Ein ungutes Gefühl war bei mir zurückgeblieben, denn ich war nicht dazu gekommen, ihn mit einem gezielten Treffer völlig zu vernichten. Und jetzt sollte er zurückgekehrt sein?

»Sind Sie noch dran, John?«

»Ja, das bin ich.«

»Was sagen Sie dazu?«

»Erst einmal nichts.«

Stahlmengers Stimme wurde ernst. »Es ist kein Witz. Ich hätte Sie zwar auch gern wiedergesehen, aber nicht auf diese Art und Weise. Er ist wieder da. Man hat ihn gesehen. Zwei Zeugen waren es, auf die wir uns verlassen können.«

»Ich glaube Ihnen.«

»Werden Sie kommen?«

»Das muss ich wohl.«

»Sie können ja Ihre Sekretärin mitbringen. Das Problem der Unterkunft haben Herr Contini und ich schon für Sie beide geregelt. Sie können im Gemmi wohnen.«

»Fantastisch.«

»Dann steht Ihrer Abreise nichts im Wege?«

»Höchstens mein Chef.«

»Aber John. Den können Sie doch überzeugen. Ich glaube auch nicht, dass Sie hier Urlaub haben werden. Noch ist nichts passiert. Ich rechne aber fest damit, dass Thomas nicht ohne Grund erschienen ist. Er sucht Opfer, aus welchen Gründen auch immer.«

»Ja, Heinz, Sie haben Recht. Sollte er tatsächlich zurückgekehrt sein, kann es eine mittlere Katastrophe geben.«

»Meine ich auch. Wir werden Sie in Zürich abholen lassen. Sie telefonieren mir bitte nur noch durch, wann Ihre Maschine dort landet. Der Airport ist frei.«

»Und wie kalt ist es bei euch?«

»Oh, richtig winterlich. Aber es gibt Mittel, die wärmen durch. Sowohl von außen als auch von innen.«

»Die werden wir dann probieren.«

»Ich freue mich, John.«

Suko hatte mitgehört. Jetzt grinste er von einem Ohrläppchen zum anderen. »Winterurlaub, John, hast du nicht davon gesprochen?«

»Zumindest daran gedacht.«

»Jetzt kannst du los.«

»Sicher.« Ich nickte und blickte gleichzeitig zur Tür, weil ich nach Glenda rufen wollte. Vielleicht hatte sie mitgehört oder an der Tür gelauscht. Jedenfalls betrat sie langsam das Büro und lächelte dabei verschwörerisch.

»Du hast es gewusst«, sagte ich.

»Klar.«

»Und Sir James?«

»Hat nichts dagegen, dass du fliegst.«

»Was ist mit dir?«

»Ich nehme offiziell Urlaub und begleite dich. Während du hinter dem Zombie herjagst, begebe ich mich auf die Bretter.«

»Toll.«

»Finde ich auch.«

»Du kannst schon packen. Wir werden gegen Mittag fliegen. Die Karten liegen bereit. Am Abend können wir bereits in Kandersteg sein. Und morgen früh stehe ich schon auf den Brettern.«

»Langlauf oder Slalomschreck?«, fragte Suko.

»Das Erste.«

»Ist auch besser so«, sagte ich. »Eine Sekretärin mit Gipsbein oder Gipsarm ist auch nicht das Wahre.«

»Was traust du mir alles zu, John?«

Ich stand auf und legte meine Fingerspitzen unter ihr Kinn. Dabei schaute ich Glenda in die Augen, sah darin das verräterische Glitzern und erwiderte: »Sehr viel, meine Liebe, wenn nicht alles …«

»Wir werden sehen, John …«

Erwachte Kandersteg am Morgen zum Leben, so war das Schweigen der winterlichen Bergwelt vorbei. Man hatte die Strecke, die zur Autoverladung führte, als Ortsumgehung gebaut, aber auf den Straßen herrschte dennoch Betrieb. Dick vermummte Menschen, zum größten Teil mit Skiern bepackt, liefen zu den Loipen oder den beiden Liften, wovon einer zum Oeschinensee hochführte und der andere zu einem weiten Hochtal, das den Namen Sunbühl führte.

Nur ins Gasterntal ging niemand. Hier war die Natur noch unberührt. Da hatte niemand den Schnee niedergewalzt.

Der Weg, der sehr kurven- und kehrenreich in das Tal hineinführte, begann am Ortsende von Kandersteg und mitten im Wald. Bis hierher verliefen sich noch die Spaziergänger, danach war Schluss.

Und doch gab es einen, der den Weg hinein ins Gasterntal gefunden hatte. Spuren im tiefen Schnee zeugten davon, und es waren die gleichen Abdrücke, wie Helmut Kaiser und Giancarlo Grinzer sie in der Nacht gesehen hatten.

Der Zombie war unterwegs!

Kälte, Eis und Schnee störten ihn nicht. Auch nicht der scharfe Wind, der hin und wieder über den Weg wehte und Schneewirbel kreisen ließ.

Er dachte nur an die Stimme.

Es war die Stimme einer Fremden. Trotzdem kam sie ihm schon so vertraut vor. Die Hexe vom Gasterntal hatte ihn gerufen. Sie musste sehr mächtig sein, denn sie hatte einmal das Tal beherrscht. Aber das war lange her. Menschen war es gelungen, sie zu fangen, aber nicht zu töten. Sie hatten sie verbannt, und den Ort wollte Thomas finden.

Das Tal lag um einige hundert Meter höher als der Ort Kandersteg. Der Hinweg war für den ungeübten Wanderer ziemlich beschwerlich, doch wer trainiert war, betrachtete ihn als einen herrlichen Spaziergang.

Dem Zombie war es gleich, ob die Strecke bergauf- oder bergab führte. Er spürte nichts, er war kein Mensch, er hatte keine Gefühle. Ihm machten Kälte und Hitze nichts aus, er ging wie eine Maschine und tauchte auch so in den ersten Tunnel ein, durch den die Straße führte.

Der Zombie stutzte plötzlich, als er in den Schnee hinausging und Spuren darin fand.

Spuren von Skiern …

Bevor er den Tunnel verließ, hob er witternd den Kopf. Er konnte die Menschen riechen, die zu seinen potentiellen Opfern gehörten. Sie besaßen eine typische Ausstrahlung, die ihm vom Wind entgegengeweht wurde. Aber hier nahm er nichts wahr.

Vorsichtig ging er die letzten beiden Schritte, um anschließend wieder im tiefen Schnee zu versinken, der ihm an einigen Stellen bis zur Hüfte reichte.

Rechts von ihm befand sich die graue Wand. Auf den Vorsprüngen lagen Schneehauben. Es waren auch einige weiße Flächen an der Wand zu erkennen, wenn der Wind den Schnee vor sich hergeschoben oder verweht hatte, aber am meisten fielen die gewaltigen Eiszapfen auf, die über die Kanten hinweg nach unten hingen und mit ihren Spitzen bedrohlich über dem Kopf des Zombies schwebten.

Er stampfte weiter. An der linken Seite begleitete ihn das rauschende Geräusch eines Gletscherflusses, der von den hohen Berggraten nach unten floss und später in die Kander mündete.

Das Wasser schimmerte graugrün. Wo es über die gewaltigen Steine schoss, schnellte und hüpfte, wirbelte Gischt auf, sodass die Fluten aussahen wie Schaumstreifen.

Ein grandioses Bild, auch im Winter. Der Zombie kümmerte sich nicht darum. Unentwegt bewegte sich der untote Leib weiter, dabei den Spuren der Skier folgend.

Der nächste Tunnel erschien vor ihm. Wie auch der erste war er eine krumme Röhre. In seinem Innern stand die Kälte wie eine Wand. Die Temperaturen lagen hier zweistellig unter dem Gefrierpunkt.

Und der Untote wankte weiter. Er war über und über mit Schnee bedeckt. Die weiße Pracht klebte an seiner Kleidung, sie pappte im Gesicht ebenso wie an den Armen und Beinen.

Er fror nicht.

Zudem hörte er plötzlich eine Stimme. Die Hexe rief ihn.

»Gleich bist du bei mir, mein Freund. Ich warte auf dich. Ich freue mich darauf …«

»Ja, ich komme …«

»Geh über die Steinbrücke. Danach wirst du den Stein im Wasser liegen sehen. Du kannst ihn nicht verfehlen. Er sieht aus wie ein schräg liegendes Buch.«

»Ich werde ihn suchen und finden …«

Bis zur Brücke musste er noch einige Kehren umwinden. Manchmal ging er im Schatten der Felswand weiter, dann wiederum an der anderen Seite des Wegs, wo ein Sicherheitsgitter den Spaziergänger vor einem Absturz bewahrte.

Nach der folgenden Rechtskurve sah er den Beginn der Brücke. Ein Monument aus Gebirgssteinen, mit einer hohen und breiten beiderseitigen Brüstung versehen und einem großen Halbbogen aus Stein darunter. Er überspannte die Flussbreite und gab der

Brücke den nötigen Halt. Unter dem Bogen schäumte das Wasser her. Hier war die Schlucht am breitesten, später würde sie sich wieder verengen.

Der Zombie wanderte über die gebogene Brücke, sank tief in der weißen Pracht ein und verfolgte gleichzeitig die Spuren, die Skier hinterlassen hatten.

Zwei Menschen waren vorbeigefahren, denn Thomas sah vier Spuren im Schnee.

Ihm sollte es recht sein …

Er hatte die Worte der Hexe nicht vergessen. Nicht weit von der Brücke entfernt sollte an der rechten Seite der Hexenstein liegen, in dem die Hexe gefangen worden war. Er hatte lange genug in Kandersteg gelebt, um auch den alten Aberglauben zu kennen, nach dem Gasterntalwanderer vor dem Hexenstein stehen bleiben und einen kleinen Stein darauf werfen sollten. Blieb der geworfene Stein darauf liegen, durfte der Wanderer passieren und hatte, der Legende nach, den Segen der Hexe erhalten.

Es lagen zahlreiche Kiesel und flache Steine auf der Schräge. Fast jeder Spaziergänger versuchte es, wenn er die Stelle passierte. Und im Sommer waren es nicht wenige.

Hinter der Brücke durchschnitt er eine Linkskurve. An der linken Seite strömte jetzt der Bach entlang. Er war hier nicht so tief, sodass der fast viereckige, große, schräg stehende Stein deutlich hervorschaute. Auf ihm lag eine dünne Eisschicht, in der viele Kiesel gefangen waren.

Thomas verlangsamte seine Schritte. Die letzten Meter schlich er dahin und blieb dicht am Rand des steilen Abhangs stehen. Unter dem schäumte das grüngraue Wasser wie eine lange, nie abreißende Zunge vorbei. Er sah nur den Stein.

Auf telepathischem Wege nahm er wieder mit dem Bösen Kontakt auf. »Ich bin da!«

»Das weiß ich, mein Freund.«

»Und wo bist du?«

Er hörte ein Kichern, und es kam ihm vor, als hätte der Stein zu ihm gesprochen. »Ich stecke vor dir. Man hat mich gebannt. Ich will, dass du mich befreist.«

»Wie kann ich das?«

»Du musst die Bibel holen …«

Er riss die Arme hoch und ging zurück. Dabei schüttelte er sich wie ein nasser Hund, sodass Schneeflocken von seinem Körper flogen. Das Wort Bibel hatte ihn gestört. Er hasste es, wenn solche Dinge ausgesprochen wurden.

Die Hexe schien seine Befürchtungen bemerkt zu haben. »Keine Sorge, es ist die Gasternbibel. Wenn du sie geholt hast und eine bestimmte Seite aufschlägst, wirst du mich befreien können, denn dort stehen die alten Worte. Man hat sie damals niedergeschrieben, damit sie nicht in Vergessenheit geraten.«

»Wo finde ich das Buch?«

»Gehe ins Tal und gehe den Weg durch, bis du an das Gasthaus ›Zum Steinbock‹ gelangst. Dort befindet sich die Bibel. Das Haus ist menschenleer, die Bewohner haben es im Winter verlassen, aber die Bibel ließen sie zurück. Sie schlossen sie ein.«

»Wenn ich sie habe, komme ich zurück?«

»Ja, dann wirst du reden.«

Der Zombie spürte den Wind, der aus der Höhe kam und gegen seinen Körper wuchtete. Schnee wurde in die Höhe geweht und wie eine lange Fahne über das Wasser getragen.

»Hast du alles verstanden?«

»Das habe ich. Aber ich möchte dich gern sehen. Ich habe dich gehört, ich weiß, dass wir zusammengehören. Kannst du dich nicht zeigen, Hexe?«

»Ja, das versuche ich. Konzentriere dich und schau dabei auf den Stein. Sieh genau hin, blicke nur ihn an, denn er allein ist wichtig. Da ich durch dich Unterstützung gefunden habe und das Böse sich hier konzentriert, könnte es mir gelingen.«

»Ich warte …«

Thomas starrte nur den Stein an. Er nahm sein gesamtes Blickfeld ein. Noch blieb er normal. Er sah nur das glatt wirkende Wasser, das über ihn hinwegfloss, manchmal direkt sprang und hinter dem Stein zu einem schäumenden Wirbel wurde.

Aber die Hexe hatte nicht gelogen. Innerhalb des Steingefüges tat sich etwas.

Die Umrisse blieben, der Stein veränderte sich nicht. Er wurde weder größer noch kleiner. Aber aus der Tiefe stieg etwas hervor. Zuerst war es nicht zu erkennen, weil es aussah wie ein Gebilde aus Spinnweben.

Dann wurde es deutlicher.

Zwei Augen, eine Stirn, Haare – ein Gesicht. Uralt, unheimlich, verbraucht aussehend. Eingefallene Wangen, eine klumpige, dennoch spitz wirkende Nase und darunter ein verkrümmter Mund.

Die Hexe!

Sie zeigte sich jedoch nur in Umrissen, als hätte jemand mit einem Stahlnagel das Gesicht in den Stein geritzt.

»Du siehst mich?«, hörte Thomas ihre Frage.

»Ja.«

»Ich habe nicht gelogen. Ich bin da …«

»Aber du kannst den Stein nicht verlassen – oder?«

»Nein, ich werde erst wie du, wenn es dir gelingt, die Bibel zu holen und daraus vorzulesen. Dann kannst du mich erkennen, dann wirst du mich ganz sehen, wenn ich aus dem Stein klettere und dich begleite. Ich werde an deiner Seite sein und …« Ihre Stimme wurde schwächer, auch die Umrisse blieben nicht mehr so klar. Es sah so aus, als würde das über den Stein huschende Wasser sie auslöschen.

Sekunden später zeigte er wieder seine normale breite Fläche, auf der die kleinen, von Wanderern geworfenen Steine lagen.

Der Zombie wusste Bescheid. Er war den Weg nicht umsonst hochgegangen, und das lange Warten im Tunnel hatte sich für ihn gelohnt. Er drehte sich um, stemmte sich gegen den Wind, der gedreht hatte und scharf in sein Gesicht schnitt, wovon er nichts merkte. Die Schlucht öffnete sich. Weit mehr als die Hälfte des Weges lag hinter dem Zombie. Der Rest war ein Kinderspiel.

Er wusste nun, dass die Hexe existierte, und war beruhigt. Doch ein anderes Problem gesellte sich hinzu. Die vier Spuren im Schnee, wo zwei Langläufer hergefahren waren.

Menschen - Beute …

Der Wind drang aus dem offenen Tal in die Schlucht hinein. Er wirbelte den Schnee vom Boden hoch und drehte ihn zu Spiralen, die gegen den wandernden Zombie wuchteten.

Ihm machte es nichts aus. Stur ging er seinen Weg, kämpfte sich, als er das Ende der Schlucht erreichte und das eigentliche Gasterntal betrat, auch durch den Tiefschnee, wobei er einmal bis zur Brust einsank und sich hektisch sowie mit unwillig klingenden Lauten befreite. Er wandte sich nach rechts und sah dort eine fast freie Fläche. Der Schnee war zur Seite geschaufelt worden. Man hatte einen Weg geschaffen, der zu einem Haus führte, das völlig eingeschneit war. An den Seiten türmten sich die Schneehaufen, auf dem Dach lag die dicke, schwere und weiße Pracht.

Das Haus hatte zwei Kamine. Und aus beiden stieg eine weißgraue Rauchfahne, manchmal vermischt mit kleinen, glühenden Holzteilen, die raketenartig in die klare Luft geschossen wurden.

Der Zombie blieb stehen. Er beugte sich nach vorn. Es sah so aus, als würde er fallen, aber er hielt sich auf den Beinen und schnüffelte wie ein Tier.

Er hatte etwas gerochen.

Menschen!

In seinem fratzenartigen Gesicht zuckten die dünnen Wangen, als er sich mit staksigen Schritten in Bewegung setzte …

Dieter Birner und Jeanette Masic, beide Schweizer, hatten sich auf der Uni in Zürich kennen gelernt. Sie studierten Ökologie und wollten Umweltforscher werden. Die gemeinsame Liebe zur Natur führte sie zusammen.

Birner stammte aus Adelboden. Dieser Ort, noch höher gelegen als Kandersteg und auch berühmt für seine Skimeisterschaften, lag in einem Nachbartal.

Als Einheimischer kannte Dieter selbstverständlich auch das Gasterntal, wusste um dessen Legende, aber auch um dessen Berühmtheit und Unberührtheit.

Vor einigen Jahren hatte man hier die Außenaufnahmen zur Neuverfilmung des Streifens »Via Mala« gedreht. Da war die

Umwelt durch das Filmteam gestört worden, aber das lag so weit zurück, dass darüber kaum mehr gesprochen wurde.

Im Sommer kam jeder in das Gasterntal hinein, im Winter war es schwieriger. Nicht allein die Witterung trug daran die Schuld, es ergab sich auch ein anderes Problem.

Wo sollte man wohnen?

Zwar existierten einige Gasthöfe, nur wurden die beim Einbruch der kalten Jahreszeit verlassen und verriegelt.

Dieter Birner hatte Beziehungen. Deshalb erhielt er auch die Erlaubnis, für drei Wochen mit seiner Verlobten ins Gasterntal zu ziehen, und zwar dort, wo das Tal begann und die enge Felsschlucht aufhörte.

Der Wanderer betrat eine weite Hochebene, eingerahmt von schroffen Bergen, deren felsige Wände mehrere Wasserfälle ausspien. Die Wassermassen sammelten sich in einem kleinen See, der den Gebirgsbach der Gasternschlucht speiste.

Vier Tage bewohnten die beiden jungen Leute jetzt eine Gaststätte, die den Namen »Waldhaus« trug.

Er bestand zu Recht, denn das Haus war aus Holz gebaut, schon sehr alt, schief, dazu mit einem krummen Dach, aber im Innern sehr gemütlich und vor allen Dingen warm, denn der gewaltige Kachelofen gab eine solche Hitze ab, dass er das gesamte Haus erwärmte.

Dieter und Jeanette hatten sich zurückgezogen, um endlich mal allein sein zu können, allerdings wollten sie auch ökologische Studien betreiben, zudem bereitete sich Dieter auf seine Promotion vor.

An diesem Morgen waren sie länger in den alten Betten geblieben und hatten sich geliebt. Jeanette kuschelte sich noch wohlig in die Kissen, während Dieter bereits im Gastraum arbeitete.

»Jeanette?«, schallte seine Stimme hoch.

»Ja.« Sie gab ihrer Stimme einen müden Klang.

»Willst du nicht aufstehen?«

»Nein.«

Sie hörte sein Stöhnen und lächelte spitzbübisch. »Komm, mach keinen Ärger. Du weißt, dass wir heute einiges vorhaben. Zudem kommt gegen Mittag der Wagen mit dem Nachschub von Kandersteg hoch. Also raus aus den Federn!«

Jeanette quengelte. »Hol mich doch.«

»Nein, es ist bereits zehn Uhr. Ich bin dabei, das Frühstück zu machen.«

»Was gibt es denn?«

»Das Gleiche wie gestern. Müsli.«

»Auch Kaffee?«

»Aber nur, wenn du endlich aufstehst.«

»Erpresser!«, rief sie zurück.

»Das ist deine Schuld, Liebling. Du hättest früher aus den Federn kriechen sollen.«

»Es ist so schön warm.«

»Hier unten auch.«

Jeanette merkte, dass sich ihr Verlobter nicht umstimmen ließ. Außerdem war es wirklich besser, wenn sie aufstand, da am Mittag der Nachschub anrollte.

Sie schwang die schlanken Beine aus dem Bett. Jeanette trug nichts als ihre blanke Haut. Sie war sehr schlank und hatte einen knabenhaften Körper.

Elektrisches Licht stand den beiden nicht zur Verfügung. Sie mussten, wenn es dunkel geworden war, auf Petroleumlampen zurückgreifen. Auf einer Kommode stand die Schüssel mit Wasser, Dieter hatte Schnee hereingeholt und tauen lassen, deshalb war es noch sehr kalt. Jeanette bekam eine Gänsehaut, als sie sich wusch und anschließend die Zähne putzte.

Sehr schnell stieg sie in ihre Kleidung. Auf einen BH verzichtete sie, dafür streifte sie ein Hemd über und schlüpfte anschließend in den dicken, gestreiften Norwegerpullover, dessen Saum die gleiche grüne Farbe hatte wie die Thermohose, die bei dieser Kälte mehr als nötig war. Das Haar kämmte sie nicht. Jeanette hatte Naturlocken. Sie hatte sie von ihrem jugoslawischen Vater geerbt.

Über die Holztreppe schritt sie nach unten. Die Holzschuhe klackten bei jedem Auftreten. Es war nicht zu überhören, dass jemand in den Gastraum kam, wo die beiden die Tische zusammengeschoben hatten und nur den größten für sich beanspruchten.

Dieter erwartete sie und sah ihr entgegen. »Na, ist es nicht warm?«, fragte er.

»Schon fast zu warm.«

»Warte ab, die Temperaturen fallen. Außerdem müssen wir noch raus und uns die markierten Bäume ansehen.«

»Meinst du, dass sie stark unter der Kälte zu leiden haben?«, fragte das Mädchen.

»Ja, aber sie widerstehen. Und ich will genau herausfinden, weshalb.«

»Du bist wieder von einem Arbeitseifer, der mich abschreckt.« Jeanette ließ sich am Tisch nieder, den ihr Verlobter bereits gedeckt hatte. Der Kaffee, auf dem alten Ofen mit der Eisenplatte gekocht, war noch heiß und tat sehr gut.

Sie tranken ihn aus dicken Steingutbechern, saßen sich gegenüber und blickten sich über die Ränder der Tassen hinweg an, Jeanette sah das Lächeln in den Augen ihres Verlobten und fragte, als sie den Becher wegsetzte: »Ist was?«

»Nein.«

»Weshalb schaust du mich so an?«

»Weil ich dich mag.«

»Das musst du noch beweisen.«

»Wieso? Ich habe dir oft genug gesagt ...«

Sie winkte hastig ab. »Sagen ist leicht, handeln ist da besser. Du hättest mich noch im Bett lassen sollen, das wäre besser gewesen.«

»Nein, auch Strenge gehört zur Liebe. Nimm was von dem Müsli. Es schmeckt gut, sättigt und ist gesund.«

Die nächsten Minuten vergingen schweigend. Beide aßen und hingen ihren Gedanken nach. Bis das Mädchen auf die Idee kam und das Radio einschaltete. Es lief auf Batterie. Der Empfang war nicht besonders, aber das Rauschen nahmen sie in Kauf.

»So fühle ich mich wohler«, sagte Jeanette. »Und wenn wir wieder in Zürich sind, gehen wir in die Disco. Da tanze ich eine Nacht durch, bis die Socken qualmen.«

»Ich lösche sie dann.« Mit einem Stofftuch wischte sich Dieter den Mund ab und stand auf.

»Wo willst du hin?«, fragte Jeanette, weil sie sah, dass ihr Verlobter zur Tür ging.

»Ich muss Holz für den Ofen holen. Wir haben nicht mehr genug. Kommst du mit?«

Jeanette schaute aus dem kleinen Fenster in die weiße Winterwelt und schüttelte den Kopf. »Nein, ich räume ein wenig auf und spüle das Geschirr.«

»Wie du willst.«

Die schnee- und wasserfeste Kleidung hatten sie über die Garderobenhaken neben der Treppe gehängt. Innen vor der Tür standen, auf einem ausgebreiteten Aufnehmer, die dicken Schneestiefel, in die Dieter Birner schlüpfte.

Er winkte seiner Verlobten, die am Tisch stand, kurz zu und öffnete die Tür.

Eisige Luft wehte in den Raum, sodass Jeanette trotz des wärmenden Pullovers die Schulter fröstelnd in die Höhe schob. Ihr Verlobter wollte schon gehen, als ihn ein Ruf zurückhielt.

»Dieter!«

»Was ist denn?« Er drehte sich um.

Jeanette schaute ihn an. Sie sah plötzlich besorgt aus. Der Ausdruck lag auch in ihren Augen. »Gib auf dich Acht, mein Schatz!«

»Ja, natürlich, aber wieso sagst du das plötzlich? Ich fahre doch nicht weg. Ich gehe nur um das Haus und hole Holz.«

»Trotzdem.« Ihr Gesicht verdüsterte sich. Schatten flossen über ihre Wangen. »Ich habe so ein komisches Gefühl, als würde irgendetwas passieren.«

»Man hat keinen Schneesturm angesagt, hier gibt es keine wilden Tiere mehr, der Schnee ist auch nicht so hoch, als dass man darin versinken könnte, wir leben in einer winterhaften Postkartenromantik. Was also willst du mehr?«

»Es war nur so gesagt.«

»Okay, meine Liebe. Bis gleich.« Er schlüpfte durch die Tür und zog sie sofort hinter sich zu.

Jeanette sah ihm noch durch die Scheibe nach, bis er nach rechts verschwunden war.

Ich weiß nicht, ob das richtig gewesen ist, sich hier einzuigeln, dachte sie und machte sich daran, den Tisch abzuräumen. Zum Spülen brauchte sie heißes Wasser. Sie stellte eine Schüssel auf den Ofen und goss Schneewasser hinein.

Als sie nach einer Viertelstunde mit dem Abwasch fertig war, wollte sie nachsehen, wo Dieter blieb. So lange dauerte es doch nicht, einige Scheite Holz zu holen.

Ob er noch zu den Bäumen gegangen war, die sie untersuchten? Wenn ja, war sie sauer, da hätte er wenigstens etwas sagen können.

Jeanette schrak zusammen, als sie draußen einen dumpfen Laut hörte. Irgendjemand musste gegen die Wand geschlagen haben, genau dort, wo sich der Holzstapel befand. Hoffentlich war er nicht umgekippt und hatte Dieter unter sich begraben.

Eigentlich konnte das nicht der Fall gewesen sein, denn die einzelnen Holzstücke waren fest verankert worden. Dieses Geräusch musste eine andere Ursache gehabt haben.

Eigentlich hätte Jeanette nachsehen müssen. Aber sie wollte nicht in die Kälte. So blieb sie im Gastraum und wartete.

Zehn Minuten wollte sie ihrem Verlobten noch geben. Ihr Blick fiel auf die alte Uhr an der Wand. Sie zählte mehr als 70 Jahre, lief aber noch.

Die Minuten vergingen. Allmählich ging Jeanette die Stille auf die Nerven. Sie war schon froh, wenn im Kamin das Feuer knisterte.

Die zehn Minuten waren fast um, als das Mädchen andere Geräusche vernahm. Das Knirschen des harten Schnees draußen. Wenig später tappende Geräusche auf dem Holzvorbau.

Langsam erhob sich Jeanette. Sie kannte die Schritte ihres Verlobten, die hörten sich anders an, auch wenn er schwer zu tragen hatte.

Jeanette lief zur Seite, um aus dem Fenster zu schauen. In diesem Augenblick wurde die Tür mit großer Wucht aufgestoßen.

Jeanette sah sie wie einen Schatten in den Raum schwingen.

Und dann flog, von zwei Händen geworfen, die blutüberströmte Leiche Dieter Birners in den Raum!

Das ist ein Albtraum. Das darf alles nicht wahr sein! Nein, das gibt es nicht in Wirklichkeit. Du musst dich geirrt haben. Öffne die Augen, und alles ist vorbei!

Diese und ähnliche Gedanken schossen Jeanette Masic durch den Kopf, bis sie merkte, dass sie nicht träumte.

Schock und Schrecken machen zuerst sprachlos. So auch bei Jeanette. Sie stand unbeweglich auf dem Fleck und starrte die blutüberströmte Gestalt ihres Verlobten an. Eines toten Verlobten. Um das feststellen zu können, brauchte sie keinen Arzt.

Allmählich löste sich die Starre. Es begann am Gesicht. Die Unterlippe zitterte zuerst, danach der gesamte Mund, dann die Wangen und plötzlich der Körper.

Erst sanft und leise drang der Schrei in ihr hoch. Ein schluchzender Laut, Zeuge eines tiefen seelenfressenden Schmerzes, der jedoch immer lauter wurde und sich zu einem nervenzerfetzenden Kreischen steigerte. Schließlich hatte der Laut nichts Menschliches mehr an sich.

Die Tür stand offen, frostige Kälte drang in das Gasthaus, der Schrei fand seine Bahn. Er fuhr hinein in das weite Tal und wurde als Echo zurückgeworfen.

Da stand ein liebender Mensch, der seinen Schmerz über den Tod seines Partners hinausschrie. Vögel, die hier überwinterten, flatterten in die Höhe und flogen erschreckt davon.

Dann ebbte der Schrei ab. Die Stimme versagte. Jeanette spürte, wie ihre Beine nachgaben. Die Knie wollten das Gewicht nicht mehr halten. Sie ging taumelnd zurück, ohne es selbst zu merken. Jeanette war totenbleich geworden. Und als sie den Kopf hob, sah sie den Mörder.

Er stand in der offenen Tür.

Aufgewirbelter Schnee umrieselte ihn wie ein dünner Vorhang. Er legte sich auch vor sein Gesicht, das Jeanette trotzdem erkennen konnte.

Es war eine böse Fratze.

Und es passte zu der Gestalt, die Lumpen trug, von Wunden gezeichnet war und einen tumben Gesichtsausdruck hatte. Der Mund stand offen, und die Augen wirkten wie zwei glanzlose Laternen.

Der Killer stand breitbeinig. An den Füßen trug er zerfetztes Schuhwerk. Die Arme baumelten rechts und links des Körpers herab. In der rechten Hand hielt er die Axt.

Damit wurde das Holz zerkleinert, doch dieser unheimliche Killer hatte sie als Mordwaffe zweckentfremdet.

Er bewegte sich leicht. Einmal schwang er nach vorn, fing sich wieder und kippte zurück. Fiel aber nie um, er hielt sich, sah schwach aus, das aber war er auf keinen Fall.

Er hatte Dieter Birner getötet und starrte jetzt Jeanette an.

Auch sie sah in das fremde Gesicht, entdeckte aber kein Erkennen in den Augen.

Wie tot wirkten sie ...

Und auch der Mörder. Er glich mehr einem Toten als einem Lebenden. Noch immer stand er in der Tür, umtanzt von feinen Schneekörnern. Sein Körper bildete eine Silhouette, und erst jetzt bewegte er pendelnd seinen rechten Arm.

In der Hand schaukelte die Axt mit!

Ein Zeichen für Jeanette. Ihren Verlobten hatte er schon getötet, jetzt war sie an der Reihe.

Der Killer ging vor. Er hielt den Kopf schräg. Diese Haltung verstärkte den tumben Ausdruck in seinem Gesicht noch, und sie steigerte auch die Angst der jungen Frau.

In ihrem Magen schienen Steine zu liegen. Sie wusste nicht mehr, was sie denken sollte, ihr Blickfeld wurde voll von diesem maschinenhaften Monster eingenommen.

Es betrat den Raum.

Zwar setzte es seine Beine ein wenig plump vor, dennoch kippte es nicht um, nur bei jedem Zurückziehen des Fußes schleifte die Sohle über den Holzfußboden und gab ein Geräusch von sich, das an das Singen einer Kreissäge erinnerte.

Die Worte entsprangen ihrem Unterbewusstsein. Sie dachte

nicht darüber nach und sprach sie einfach aus, formulierte sie zu einem simplen Gebet. »Lieber Gott, zeig mir einen Ausweg ... bitte ...!«

Der Zombie tat den nächsten Schritt, und dabei schwang er bereits den rechten Arm mit dem Beil hoch. Die scharfe, dunkel gefärbte Schneide schien für einen Moment in der Luft zu stehen, bevor sie sich nach unten senkte und dicht über den Bohlen einherschwang. Jeanette vernahm den pfeifenden Laut, der ihr einen kalten Schauer über den Rücken jagte.

Noch einen Schritt weiter, und der Zombie hatte sie erreicht. Dann würde er zuschlagen und sie töten.

Töten!

Dieses eine Wort ließ in ihrem Kopf die Alarmklingel rasseln. Das Schrillen schmerzte, unter der Schädeldecke tobte es sich aus, und ihr Gesicht versteinerte.

Der Zombie schlug zu.

Ihr kam es vor, als wäre ihre letzte Sekunde angebrochen ...

Dass sie dem Hieb trotzdem entging, erschien ihr wie ein Wunder. Sie hatte sich im letzten Moment zur Seite werfen können, die mörderische Waffe wischte an ihr vorbei und jagte in die Tischplatte!

Um den nächsten Hieb führen zu können, musste der Zombie das Beil erst mühsam aus dem Holz hervorziehen.

Jeanette gewann kostbare Sekunden. Sie hatte sich nach ihrem Sprung fangen können, nur ein Stuhl war umgekippt, sie selbst stand auf den Beinen und direkt im Kältezug, der ihr durch die offen stehende Tür entgegenwehte.

Ihr Gesicht war feuerrot, da tat die Kälte gut.

Der Killer war noch immer damit beschäftigt, die Axt aus der Tischplatte zu ziehen. Seine beiden Hände, deren Haut aufgeschwemmt wie dicker Teig wirkte, umklammerten den Griff und zogen gemeinsam.

Da rannte Jeanette los. Um schneller zu sein, schleuderte sie die Holzschuhe von den Füßen.

Auf dem glatten und feucht gewordenen Holzboden rutschte sie dicht vor der Tür noch aus und driftete nach rechts, wobei sie gegen die Türkante fiel, sich dort abstützen konnte und einen Moment später ins Freie sprang.

Ihre Füße versanken im Schnee, bald reichte er bis zu den Kniekehlen. Es war eine mühsame Sache, im tiefen Schnee zu laufen, deshalb warf sich Jeanette nach rechts, um auf den Weg zu gelangen, den Dieter geräumt hatte.

Die Kälte war böse und bissig. Sie drang schon sehr schnell durch die Haut, aber Jeanette spürte sie in diesen Augenblicken der schrecklichen Angst nicht. Sie musste rennen, um dem Tod zu entfliehen, der ihr im Nacken saß.

Rutschend und stampfend rannte sie auf dem Weg. Er endete nach ungefähr hundert Metern. Dann musste sie wieder durch den tiefen Schnee, durch den der Killer sie jagen würde.

Trotz allem hatte Jeanette Masic einen großen Fehler begangen. Sie hätte nicht den bequemen Weg wählen sollen. Es wäre besser gewesen, sich gleich durch den Schnee zu kämpfen und zu versuchen, die Schlucht zu erreichen.

Jeanette, noch auf dem geräumten Weg, drehte sich um. Da sah sie den Zombie. Sie glaubte, ihr Herz würde vereisen.

Der Mörder hatte das Haus bereits verlassen. Vor der Tür hob sich seine unheimliche Gestalt ab, mit schon erhobener und wurfbereiter Axt.

Auf die Schneide der Klinge fiel ein Lichtstreifen aus dem Azurblau des Himmels. Sie leuchtete für einen winzigen Moment auf.

Ein Todesleuchten, denn der Zombie schleuderte das Beil.

Es kam schnell, zu schnell für Jeanette, und es überschlug sich einige Male in der Luft.

Jeanette wollte weg. Sie rannte in ihrer Panik weiter auf dem Weg. So hatte sie keine Chance. Die Axt riss sie in die Dunkelheit des Todes …

Kandersteg hatte mich wieder!

Ich kannte den Ort ja schon und auch die kurvige Zufahrt, bevor man ihn erreichte.

Glenda und ich waren vom Flughafen abgeholt worden. Das

Hotel hatte einen Wagen nach Zürich geschickt. So konnten wir beide auf der Reise die winterliche Umgebung genießen.

»Wie im Märchen«, flüsterte meine schwarzhaarige Sekretärin. »Es ist wie im Märchen.«

»Was?«, fragte ich.

»Der Schnee.«

Ich hob die Schultern und drückte mich tiefer in die Polster des Mercedes. Der Wagen war mit griffigen Winterreifen ausgerüstet, so überwand er auch die ziemlich steilen Abschnitte bei Kandergrund.

An den Seiten sah ich die Hinweisschilder auf die Autoverladung Lötschbergtunnel. Wir waren nicht allein unterwegs. Die meisten steuerten die Verladestation an, um mit ihren Fahrzeugen auf den Autozug zu fahren, der sie ins Wallis brachte.

»Kennst du auch die Namen der Berge?«, fragte Glenda, die nur noch aus dem Fenster schaute.

»Ja.«

»Dann zähle sie mal auf.«

Ich winkte ab. »Nein, ich bin nicht in der Schule. Außerdem habe ich einige vergessen.«

»Du bist ein schlechtes Vorbild, John. Ich will sie dir sagen. Blümlisalp, Doldenhorn, Balmhorn, Fründenhorn …«

Ich klatschte in die Hände. »Woher weißt du das?«

»Man muss sich eben vorher informieren.«

»Wunderbar, meine Liebe. Wenn du so gut Bescheid weißt, wirst du dich sicherlich in Kandersteg zurechtfinden.«

»Heißt das, dass du mich wegschicken willst?«

»So ungefähr. Ich werde mich allein auf die Suche machen, falls Thomas wieder aufgetaucht sein sollte.«

»Aber ich …«

»Glenda, du bist gekommen, um hier Urlaub zu machen. Das solltest du nicht vergessen.«

»Ja, ja, immer ich.«

Ich streckte meinen Arm aus und deutete über den leeren Beifahrersitz. »Da vorn beginnt bereits Kandersteg.«

»Das habe ich schon gesehen.«

»Wie ist deine Meinung?«

Glenda lächelte. »Ich glaube schon, dass mir der Ort gefallen könnte. Hier ist nicht so viel Rummel wie woanders.«

»Ja, das hält sich in Grenzen.« Ich drehte mich zum Fenster. »Im Sommer herrscht hier weniger Betrieb. Da gibt es Tage, wo der Ort ausgestorben ist.«

»Ist dann keiner mehr …«

»Nein, so meine ich das nicht. Die Leute sind dann auf den Bergen. Viele nehmen Kandersteg als Ausgangspunkt für ihre Touren. Dann wirkt der Ort verträumt und schön.«

Im Winter sah es wirklich anders aus. An den Straßenseiten türmten sich Schneewälle. Man hatte die weiße Pracht nicht vollständig von der Fahrbahn geräumt. Der Wagen rollte über eine glatte, nicht sehr dicke Schneeschicht.

Ich erklärte Glenda einiges, was ich über Kandersteg wusste. Wir rollten an den ersten Hotels und Pensionen vorbei. Auch an kleinen Chalets, die an Touristen vermietet wurden. Manchmal enthielten sie auch drei oder vier Ferienwohnungen.

»Wo liegt das Hotel?«, fragte Glenda.

»An der Hauptstraße, linke Seite.«

Den Fahrer kannte ich nicht. Er musste neu sein. Es lag schon zwei Jahre zurück, dass ich in Kandersteg mein Unwesen getrieben hatte. Erinnerungen wurden wieder wach. Ich dachte an die schrecklichen Szenen im Hotel, das damals von drei lebenden Leichen überfallen worden war. Sie waren durch die großen Glasfronten an der Rückseite gekommen und hatten die Gäste beim Dinner überfallen.

Nun, es war relativ glimpflich abgelaufen. Sollten sich aber die Angaben des Zeugen bewahrheiten und Thomas, der Anführer, wieder unterwegs sein, sah es abermals böse aus.

Wir fuhren die letzten Meter. Ich sah bereits das im Landhausstil gebaute Hotel. Es lag, wie alle anderen Häuser auch, verschneit hinter einem künstlich angelegten, zugefrorenen Teich.

Auch die Zufahrt zum Hotel war geräumt worden. Die Schneehaufen lagen so weit entfernt, dass jeder Gast bequem aussteigen konnte. Direkt vor dem Eingang hielt der Wagen an.

Der Fahrer stieg aus und öffnete Glenda die Tür. Ich verließ den blauen Mercedes ebenfalls so rasch wie sie, stemmte die Arme in die Hüften und schaute mich um, während ich gleichzeitig die klare, kalte Winterluft einatmete.

Sie war so herrlich rein. Noch besser als im Sommer. Ein blauer Himmel lag wie eine unendliche Decke über den schneebedeckten Graten und Gipfeln. Die Gletscher grüßten uns mit ihren blanken Zungen aus bläulich schimmerndem Eis.

Auf den Gehsteigen sah ich dick vermummte Spaziergänger. Auch ich hatte den Kragen meiner Jacke hochgestellt. In der Tasche steckte eine mit Fell gefütterte Wollmütze.

Glenda trug ebenfalls dicke Winterkleidung. Eine Thermohose und eine gefütterte Steppjacke. Nur so konnte man die Temperaturen aushalten. Unser Fahrer hatte die Haube des Kofferraums hochgeklappt und begann damit, das Gepäck auszuladen. Ich wollte ihm dabei zur Hand gehen, er wehrte aber ab, zudem drückte jemand die Glastür des Hoteleingangs von innen her auf, blieb auf dem kleinen Steinpodest stehen und breitete die Arme aus.

»Mr. Sinclair, ich heiße Ihre Partnerin und Sie herzlich willkommen.«

Ich drehte mich um und lachte.

Auch der Mann strahlte. Natürlich kannten wir uns. Es war Herr Contini, die gute Seele des Hauses, die hier zur Begrüßung vor die Tür getreten war.

Ich freute mich über die Herzlichkeit, mit der ich willkommen geheißen worden war. Auch Glenda wurde begrüßt, als wäre sie längst ein Stammgast hier.

Wir hatten zwei Einzelzimmer bestellt und auch bekommen. »Treten Sie ein, um das Gepäck wird man sich kümmern«, sagte Herr Contini und führte uns in die warme Halle.

Schon jetzt brannte der Kamin. Er befand sich in der Bar, doch der Widerschein der Flammen huschte auch über den Teppichboden in der Rezeption.

»Sie haben etwas verändert!«, stellte ich fest.

»Wieso?«

»Neue Möbel in der Lobby.«

»Das ist richtig, Mr. Sinclair. Es musste sein.« Contini hob die Schultern. »Sie kennen ja den Besitzer. Wenn er nicht umbauen oder neu einrichten kann, ist er nicht glücklich.«

»Das kann ich mir vorstellen.«

Glenda stand neben mir und sah sich ebenfalls um. Herr Contini bemerkte dies und fragte, ob es ihr gefiele.

»Ja«, sagte sie und nickte heftig. »Es ist wunderschön hier. Da wird der Urlaub zum Erlebnis.«

Contini deutete eine Verbeugung an. »Ich danke Ihnen, Miss Perkins. Wir werden uns bemühen, Sie in jeder Hinsicht zufrieden zu stellen. Darf ich Ihnen dann die Zimmer zeigen?«

»Gern.«

Mit dem Lift fuhren wir in die erste Etage hoch. Dort befand sich der breite Gang, den ich schon kannte. Herr Contini ging vor. Am Ende des Ganges lagen unsere Räume. Es existierte auch eine Verbindungstür, die sich im Bedarfsfall öffnen ließ.

Gediegen eingerichtet und groß genug waren die Zimmer. Das Bad blitzte vor Sauberkeit, die Handtücher dufteten frisch, als Willkommensgruß stand eine Schale mit Obst auf dem Tisch, und es lagen auch einige Zeitschriften bereit.

»Gefällt es Ihnen, Miss Perkins?«

»Sehr schön.« Glenda stand am Fenster und blickte durch die Scheibe auf die herrliche Bergwelt.

Ich ging zu ihr.

»Der Garten wird Ihnen verändert vorkommen«, erklärte Herr Contini.

Da hatte er Recht. Auf dem Pool lag eine dicke Eisschicht. Alles wirkte wie eingefroren, aber ich sah auch die Liegestühle im Schnee. Drei von ihnen waren belegt. Sie standen im Schein der Sonnenstrahlen, die so wärmten, dass sich zwei nur mit Bikinis bekleidete Frauen bräunen konnten.

»Wäre das nichts für dich?«, fragte ich Glenda.

Sie nickte. »Nicht schlecht.«

»Okay, du kannst es dir ja überlegen.«

»Und du?«

Ich strich über ihre Wange. »Vergiss nicht, dass ich dienstlich hier bin.«

»Wolltest du nicht noch ein paar Tage dranhängen?«

»Mal sehen.«

Glenda reckte sich. »Ich werde jetzt ein Bad nehmen. Danach sehen wir weiter.«

»Tu das.«

Herr Contini führte mich in mein Zimmer. Unterdessen wurde das Gepäck gebracht. Als der Helfer sein Trinkgeld erhalten und wieder verschwunden war, drehte ich mich um und sah Herrn Contini an. Dessen Gesichtsausdruck hatte sich verändert. Er wirkte längst nicht mehr so freundlich und fröhlich wie bei unserer Ankunft. Jetzt war das Gegenteil der Fall. Die sonnenbraune Haut spannte sich hart über den Wangenknochen, ich entdeckte auch den ernsten Ausdruck in seinen Augen und sah das Nicken des Mannes.

»Sie haben Sorgen!«, stellte ich fest.

»Ja, das kann man wohl sagen.« Contini holte tief Luft. »Ich wäre froh gewesen, wenn sich die Zeugen geirrt hätten, aber das sieht nun leider nicht danach aus.«

»Wieso?«

»Vor gut einer Stunde fanden wir zwei schrecklich zugerichtete Leichen. Er ist also wieder unterwegs. Thomas ist nicht tot.«

Ich starrte ihn an. »Wo fanden Sie die Leichen?«

»Im Gasterntal.«

»Das kenne ich nicht.«

»Es ist ein Hochtal und im Winter unbewohnt. Dennoch hatten sich zwei Studenten in einem Gasthaus einquartiert. Wie ich hörte, wollten sie Forschungen betreiben. Er arbeitete zudem an seiner Promotion. Sie, seine Verlobte, half ihm dabei. Es muss die beiden kalt erwischt haben. Die Männer, die ihnen Lebensmittel hochbrachten, fanden ihn im Haus. Das Mädchen lag tot im Schnee. Momentan ist unser Arzt dabei, die Leichen zu untersuchen.«

Ich war bleich geworden. Nie hätte ich gedacht, so schnell mit den brutalen Tatsachen konfrontiert zu werden.

»Gehen wir wieder nach unten?«, fragte mich Herr Contini.

»Dort können wir alles bereden. Vielleicht wollen Sie die Toten auch sehen.«

»Nein, das wohl nicht, aber Sie haben Recht. Lassen Sie uns gehen. Jede Minute ist kostbar.«

Diesmal nahmen wir die Treppe. In der elegant eingerichteten Halle standen vier Spaziergänger, die ihre Schlüssel holten und noch unter dem Eindruck ihrer Wanderung standen, denn sie schwärmten von dem herrlichen Tag. Zum Essen verabredeten sie sich im Hotel.

Dann der Besitzer. Er sah mich, seine Augen wurden groß, er lächelte und drückte mir beide Hände.

»Fein, fein, dass Sie den Weg wieder zu uns gefunden haben.« Sein Gesicht wurde schlagartig ernst. »Sie werden sicherlich schon vernommen haben, was geschehen ist.«

»Herr Contini berichtete es mir.«

»Bitte, Mr. Sinclair, versuchen Sie alles, um das Grauen endlich zu stoppen.«

»Ich werde mich bemühen.«

»Sie entschuldigen mich dann, ich muss mich leider noch um andere Dinge kümmern.«

»Verständlich.«

Der Besitzer ging. Erst jetzt fiel mir der hochgewachsene Mann auf, der im Hintergrund gewartet hatte. Er trug bereits seine Berufskleidung, einen schwarzen Frack.

»Das ist Herr Kaiser!«, stellte mir Contini den Mann vor. »Er ist der Zeuge, der Thomas gesehen hat und in unserem Hause sein Nachfolger geworden ist.«

Herr Kaiser war noch größer als ich. Durch die Gläser seiner Brille schaute er mich an und sagte: »Wir haben auf Sie gewartet, Mr. Sinclair. Ich hoffe, dass Sie auch diesmal den Fall lösen werden. Den ersten kenne ich nur vom Hörensagen.«

»Damals war es schlimm.«

»Und es könnte heute noch schlimmer werden«, fügte Herr Contini hinzu.

Ich wandte mich an den Zeugen und bat ihn, einen Bericht abzugeben. Kaiser ließ sich nicht lange bitten. Er war ein guter

Beobachter und erklärte knapp und präzise, ohne dabei etwas Wichtiges zu verschweigen.

Sehr aufmerksam hörte ich ihm zu und nickte, als er mir den Zombie genau beschrieb.

»Ja, das ist Thomas gewesen. So habe ich ihn noch in Erinnerung, obwohl der Fall länger zurückliegt.«

»Anscheinend lässt er Kandersteg in Ruhe und hat sich das menschenleere Gasterntal ausgesucht. Weshalb?«, fragte Contini.

»Die Frage wollte ich Ihnen gerade stellen.«

Contini hob die Schultern. »Es tut mir Leid, aber ich kann Ihnen darauf keine Antwort geben.«

»Vielleicht ich, meine Herren.«

Von uns unbemerkt, war ein Mann erschienen, dessen Stimme ich noch in Erinnerung hatte. Als ich mich umdrehte, sah ich ihn. Er stand nahe der Treppennische, lächelte und kam auf mich zu, um mich zu begrüßen. »John Sinclair«, sagte er, »es ist lange her, dass wir uns gesehen haben.«

»Und trotzdem haben wir uns erkannt.« Ich lachte.

»Ja, gemeinsam durchstandene Gefahren schweißen eben zusammen«, erklärte er.

Heinz Stahlmenger war ein Mensch mit Humor. Als ich ihn anschaute, hatte sein Gesichtsausdruck jegliches Lächeln verloren. Die Augen zeigten einen sehr ernsten Ausdruck, die Lippen waren leicht gekrümmt, und er hob die Schultern. Dann nahm er seine Brille ab, um die Gläser zu säubern. In seinen Augen lag ein Ausdruck, der Furcht zeigte, die in ihm wühlte, »Sie haben vorhin vom Gasterntal gesprochen, wo die beiden Toten gefunden worden sind. Und Sie suchen ein Motiv, das ich zu kennen glaube.«

»Und welches?«

Stahlmenger räusperte sich, bevor er antwortete. »Das Gasterntal und die Hexe vom Gasterntal.«

Ich schaute ihn ebenso fragend an wie Contini, der sich schließlich gegen die Stirn schlug. »Natürlich, diese Sache. Dass ich darauf nicht gekommen bin.«

»Was meinen Sie?«

Heinz Stahlmenger blickte Herrn Contini an. »Soll ich ihm die Geschichte erzählen?«

»Das wäre nett. Sie sind ja schon fast ein Einheimischer. Ich muss mich um andere Dinge kümmern.«

»Gut.« Stahlmenger deutete in die Lobby hinein. »Gehen wir, dort ist es bequemer.«

Wir fanden unsere Plätze in einer Sitzecke. Die Sessel waren nicht zu weich gepolstert. Zudem glichen sie mehr den Stühlen aus der Zeit des Rokoko, so geschwungen war die Linienführung der Sitzmöbel.

Stahlmenger kam noch nicht sofort zum Thema. Er wollte wissen, wie es mir in der Zwischenzeit ergangen war.

Ich lachte leise. »Sie können sich ja vorstellen, was in zwei Jahren alles passieren kann. Und es ist viel geschehen, sage ich Ihnen, aber ich habe überlebt.«

»Das freut mich.«

»Sind Sie, Herr Stahlmenger, noch mit irgendwelchen außergewöhnlichen Dingen in Kontakt getreten?«

»Nein, auch bei mir zog der Alltag ein. Sie wissen ja, ich habe ein Kaufhaus in Schwerte, die Konkurrenz ist groß. Da bedarf es einiger Anstrengungen und Ideen, um durchzukommen.«

»Das kann ich mir vorstellen.«

Ein Ober erkundigte sich nach unseren Wünschen. Wir bestellten beide Tee.

Als er gebracht wurde und wir die ersten Schlucke genommen hatten, drehte sich Heinz Stahlmenger um und schaute durch die breite Fensterscheibe nach draußen, wo auf den kahlen Zweigen der Bäume eine helle Puderschicht lag.

»Das ist wie ein Wintermärchen«, sagte er und räusperte sich. »Man kann sich kaum vorstellen, dass in die unberührte Natur des Gasterntals das Grauen eingezogen ist.«

»Sie kennen das Tal?«

»Ja, und auch seine Geschichte.«

»Aber nicht die echte Historie?«

»Nein, das nicht. Oder die auch.« Er beugte sich vor. »Es gibt da noch eine alte Sage, die sich um das Gasterntal dreht und die man von jedem Einheimischen hören kann.«

»Eine Hexen-Legende?«

Er nickte. »So ist es.«

»Erzählen Sie.«

Stahlmenger holte tief Luft und trank einen Schluck von dem würzig duftenden Tee. »Vor einigen Jahrhunderten lebte im abseits gelegenen Gasterntal eine namenlose Hexe, die Angst und Schrecken verbreitete. Sie soll Menschen zu sich ins Haus gelockt und mit ihnen Dinge angestellt haben, wie sie auch im Märchen Hänsel und Gretel niedergeschrieben worden sind. Also sehr schlimme Sachen. Wie ein Märchen endete auch die Geschichte. Furchtlose Menschen fanden sich zusammen und gingen gegen die Hexe vor. Man verbrannte sie nicht, wie es im Märchen steht, in diesem Fall wurde die Hexe gebannt. Und zwar in einem Stein.«

Ich runzelte die Stirn. »Im Gasterntal?«, fragte ich.

»Ja, auf dem Weg zum Tal. Wenn Sie dort hergehen, werden Sie noch heute den Stein sehen können.« Stahlmenger zeichnete mit der Hand eine schiefe Ebene. »So ungefähr steht er seit langen Jahren im Wasser. Er ist viereckig, als hätten ihn die Menschen damals besonders geformt und bearbeitet. Noch heute gibt es einen alten Aberglauben in Kandersteg. Wenn jemand den Stein passiert, muss er einen Kiesel- oder Schieferstein nehmen und ihn so auf den Hexenstein werfen, dass er darauf liegen bleibt. Erst wenn dies der Fall ist, hat er den Segen der Hexe und darf das Gasterntal betreten.«

Ich lächelte schmal. »Eine hübsche Geschichte. Aber kann sie etwas mit der Rückkehr des Zombies zu tun haben?«

Heinz Stahlmenger breitete seine Arme aus. »Das müssen wir eben herausfinden.«

Ich kam wieder auf die Hexe zu sprechen. »Deren Geist ist also in dem Stein gebannt worden.«

»Ja.«

»Gesetzt den Fall, dies stimmt, ist es vielleicht möglich, dass sich die Hexe befreien kann?«

Stahlmenger hob die Schultern und nickte gleichzeitig. »Das ist eine andere Geschichte.«

»Erzählen Sie!«

»Bei Ihrem ersten Besuch haben Sie wahrscheinlich nichts davon gehört. Oder hat Ihnen jemand etwas über die Gasternbibel erzählt?«

»Nein.« Stahlmenger lächelte. »Die Gasternbibel ist ein uraltes Buch. Jetzt fast dreihundert Jahre alt. 1696 angefangen, wird sie heute noch weitergeschrieben. Der Wirt eines alten Berglokals ist jeweils der Besitzer. Das Buch wurde von Generation zu Generation weitergegeben und befindet sich nur in den Händen der Wirtsfamilie. Es wird geführt wie ein Tagebuch. Wenn Sie darin lesen, werden Sie feststellen, dass alle herausragenden Ereignisse, die im Laufe der Zeit passierten, niedergeschrieben wurden. Ob heiße Sommer oder eiskalte, lange Winter. Ob Vieh erfroren oder Menschen unter extremer Kälte starben, das alles finden Sie dort. Selbst Tschernobyl ist erwähnt worden und die Angst der Menschen vor der Strahlung ...«

»Was hat das mit der Hexe zu tun?«, fragte ich, einen Schluck Tee dabei nehmend.

»Augenblick, darauf komme ich noch. In den Anfangstagen oder Jahren des Buches schrieb man nicht nur die äußerlichen Bedingungen nieder, nein, man beschäftigte sich auch mit den legendenhaften Geschichten. Mit den Sagen aus diesem Tal. Die Bergwelt war für die Menschen damals nicht tot, sie lebte, und sie lebte auch mit dieser Hexe vom Gasterntal. Soviel bekannt ist, muss in der Gasternbibel ein Spruch stehen, der besagt, wie die Hexe befreit werden kann.«

»Also raus aus dem Stein?«

»Ja.«

Ich dachte nach. Heinz Stahlmenger störte mich nicht bei meinen Überlegungen. Wenn ich die Geschichten miteinander verglich und sie auch verband, hatte ich eigentlich einen roten Faden gefunden. Der Zombie, die Hexe und die Gasternbibel.

Das Buch befand sich im Gasterntal in einem alten Haus. Möglicherweise war Thomas auf dem Weg dorthin gewesen, um das Buch an sich zu nehmen und die Hexe, wenn er den Erlösungsspruch gesagt hatte, befreien zu können. Er suchte einen Helfer, er brauchte ihn, denn vor zwei Jahren hatten ihm auch drei Untote zur Seite gestanden. Das würde sich hier in veränderter Form wiederholen.

»Haben Sie die Lösung, Mr. Sinclair?«

»Ich glaube schon.«

»Da bin ich gespannt.«

Ich berichtete Stahlmenger von meinen Vermutungen und sah sein heftiges Nicken. »Kein Widerspruch, Mr. Sinclair, wirklich nicht.«

Ich leerte mein Teeglas. »Wissen Sie noch mehr über die Gastern-Hexe?«

»Nein, das ist alles.« Stahlmenger blickte aus dem Fenster. »Mehr brauchen wir auch nicht zu wissen. Ich gehe inzwischen davon aus, dass sich Thomas im Gasterntal aufhält, um die Bibel zu holen.«

»Dann müssen wir auch dorthin.«

»Sicher.« Der Deutsche wirkte sehr nachdenklich. »Nur ist der Weg ziemlich beschwerlich. Im Sommer ist der Zugang zum Tal nur zu bestimmten Zeiten offen. Allerdings nur für einen Autofahrer, denn der Weg ist so schmal, dass zwei entgegenkommende Wagen nicht aneinander vorbeifahren können.«

»Und im Winter?«

»Kommen Sie nur mit Spezialfahrzeugen hoch.«

»Man kann aber auch fliegen«, bemerkte ich und wollte damit auf ein bestimmtes Thema hinaus.

Stahlmenger hatte mich sofort verstanden. Er lächelte breit, als er sagte: »Sie denken an einen Hubschrauber?«

»Nicht nur das. Auch an einen bestimmten Piloten.«

Heinz streckte die Beine aus. »Ja, ich bin gekommen, um auch zu fliegen. Ich möchte noch einige Winterflüge absolvieren. Ein Hubschrauber steht bereit.«

»Worauf warten wir dann noch?«

Als ich aufstand, streckte mir der Mann aus dem südlichen Ruhrgebiet die Hand entgegen. »Augenblick, Mr. Sinclair, so einfach ist das nicht. Im Sommer haben Sie da keine Last mit, aber im Winter kann das Geräusch eines fliegenden Hubschraubers Lawinen auslösen. Ich werde mich erkundigen, wie es damit aussieht.«

»Haben wir denn Lawinenwetter?«

»Nein, eigentlich nicht. Der Schnee auf den Hängen und Gipfeln liegt sicher und fest. Tauwetter hat ebenfalls nicht eingesetzt, sodass wir einen Flug riskieren können. Sicherheitshalber möchte ich dennoch nachfragen.«

»Tun Sie das.« Ich ließ mich wieder zurückfallen, während Heinz Stahlmenger die Lobby verließ.

Abgelöst wurde er von Herrn Contini, der auf mich zukam. Ich bot ihm einen Platz an.

»Nun?«, fragte er. »Haben Sie einen Weg gefunden?«

»Ich hoffe es.«

»Und welchen?«

»Zunächst gehen wir davon aus, dass nicht eine unbedingte Gefahr für den Ort besteht. Meiner Ansicht nach bewegt sich dieser Zombie durch das Gasterntal, weil er an einem bestimmten Ziel interessiert ist. An der alten Gasternbibel.«

Contini schaute mich groß an. »Wie kommen Sie zu dieser Querverbindung, Mr. Sinclair?«

Ich erklärte es ihm. Als ich meinen Bericht beendet hatte, nickte er und gab mit plötzlich Recht. »Ja, daran habe ich nicht gedacht. Das könnte aber der Punkt sein, wo man einhaken müsste.«

»Ich sehe darin die einzige Lösung.«

Er lächelte schmal. »Dass Sie und Heinz Stahlmenger ein gutes Team bilden, haben Sie ja bereits bewiesen, wenn ich mal zwei Jahre zurückdenke.«

»Ich hoffe, dass wir auch jetzt Erfolg haben.«

Stahlmenger kehrte zurück. Als ich sein Nicken sah, wusste ich, dass es geklappt hatte.

»Wir können fliegen, Mr. Sinclair.«

»Sagen Sie einfach John.«

»Okay.«

Contini atmete auf und strich über seine Wangen. »Da kann ich Ihnen beiden nur viel Glück und alles Gute wünschen.«

»Ja, drücken Sie uns die Daumen«, sagte Heinz Stahlmenger. »Wenn alles vorbei ist, machen wir hier ein Fass auf, dass die erstarrten Wände des Hotels wackeln.«

In der Halle traf ich auf Glenda. Sie hatte sich frisch gemacht und umgezogen. Die dicke Winterkleidung stand ihr gut. Die dunkle Brille hatte sie sich auf die Stirn geschoben. Das breite rote Band schützte nicht allein die Ohren, es stand auch im Kontrast zu ihrer schneeweißen Winterkleidung.

Ich machte Glenda und Heinz Stahlmenger miteinander bekannt. Meine Sekretärin nickte. »Ja, Ihren Namen, Herr Stahlmenger, habe ich damals oft gehört. Sie sind auch Pilot?«

»Ich stehe vor der Prüfung.« Er deutete nach draußen. »Wir werden jetzt fliegen.«

»Du auch, John?«

»Sicher.«

Glendas Blick wurde lauernd und wissend. »Hat dieser Flug etwas mit dem Vorhandensein des Untoten zu tun?«, erkundigte sie sich mit leiser Stimme.

»So ist es.«

»Dann wisst ihr schon Bescheid?«

»Wir haben zumindest eine Vermutung«, schränkte ich ein.

Glenda hob die Schultern. »Wenn du beschäftigt bist, John, sehe ich mir mal den Ort an.« Ihre Lippen zuckten, sie hatte Mühe, weiterzusprechen. »Und gib auf dich Acht.«

»Mach ich, Glenda.«

Sie ging, von unseren Blicken begleitet. »Eine sehr nette Person«, sagte Heinz.

»Ja, das stimmt.«

»Und nur Sekretärin?«, fragte er mit einem Augenzwinkern.

»Nicht ganz.«

Heinz lachte. »Verstehe schon.« Er schlug mir auf die Schultern. »Kommen Sie, der Hubschrauber wartet.«

Auch Herr Contini verabschiedete uns. »Ich bete dafür, dass Sie es schaffen. Nicht noch einmal so ein Grauen wie vor einigen Jahren. Das überstehen wir nicht.«

»Wir werden uns bemühen«, sagte ich.

Draußen setzte ich meine Mütze auf. Die wichtigsten Waffen trug ich bei mir. Ich hatte auch meinen magischen Bumerang eingesteckt, auch wenn diese Waffe sehr unhandlich war.

Das Wetter war fantastisch, die Stimmung der Menschen einfach optimal, aber uns blieb das Lachen im Halse stecken …

Der Zombie war wieder unterwegs, und er hatte seine Beutewaffe, die Axt, mitgenommen. Die beiden Leichen interessierten ihn nicht mehr. Er hatte sie als eine schaurige Mahnung oder Warnung für die Lebenden zurückgelassen.

In diesem Hochtal räumte niemand den Schnee weg oder fuhr ihn platt. Der Zombie musste sich durch die hohen, schneeweißen Wehen kämpfen, und er wühlte sich vor wie eine Maschine. Das war er im Prinzip auch. Ein lebender Toter kennt keine Erschöpfung. Er steht immer wieder auf, wenn er geschlagen wird, er kann Ewigkeiten durchwandern, ohne eine Pause einzulegen.

Es dauerte nicht mehr lange, bis er den Gletscherfluss erreichte und auch den Wald sah, in den er eintauchen musste. Thomas kannte das Gasterntal wie seine Westentasche. In seinem normalen Leben hatte er es oft Touristen gezeigt.

Sein Ziel war das Gasthaus »Zum Steinbock«. Dort wurde die Gasternbibel aufbewahrt, auf die es ihm allein ankam. Das Gasthaus lag höher als der kleine See, den er passierte. Die Steigung würde mitten im Wald beginnen.

Thomas bewegte sich durch eine schweigende Welt. Der auf den Bäumen liegende Schnee war zum Teil so hart gefroren, dass er schon Eisklumpen bildete. Hin und wieder strich Wind durch das Tal, bewegte dann die starren Zweige und sorgte auch manchmal dafür, dass Schneebrocken abfielen. Wenn er von einem getroffen wurde, machte ihm das ebenso wenig etwas aus wie die Steigung, die er jetzt in Angriff nahm. Mit beiden Armen ruderte er durch die weiße Pracht. Er hatte nicht den schmalen Pfad durch den Wald genommen, sondern den offiziellen Weg, der ihn direkt zu seinem Ziel brachte.

In Kehren drehte sich der Weg in die Höhe, lief manchmal eben weiter und stieg dann wieder an.

Am Himmel stand eine weißgelbe Sonne. Ein strahlender Ball, der seine Strahlen über die helle Schneefläche schickte und diese an manchen Stellen so aufglänzen ließ, als wären die Spiegel aus Eis.

Oft wirbelte ihm Schnee entgegen, den der Wind mitbrachte, das aber störte ihn nicht. Thomas hatte nur Augen für die Umgebung. Er glotzte förmlich hinein und schwang bei jedem Schritt die Axt. Längst hatte ihre Schneide die rote Färbung verloren, sie glänzte wieder wie blank gescheuert.

Der Wald lichtete sich. Thomas hatte an einigen Stellen freien Durchblick und wusste nun, dass er von seinem Ziel nicht mehr weit entfernt war. Das Gasthaus lag auf der linken Seite. Es gehörte zu den wenigen Häusern innerhalb des Hochtals.

Als der Zombie es vor sich sah, blieb er stehen.

Das Gasthaus »Zum Steinbock« lag unter der dicken Schneedecke fast versteckt. Die schrägen Dachhälften schlossen mit den Hängen ab.

Um das Lokal zu erreichen, musste er auf eine Plattform steigen, an die sich eine Holztreppe anschloss. Die Tür lag unter einem kleinen Vordach verborgen, das ebenfalls eine Schneehaube zeigte. Überhaupt war vom hellbraunen Holz des Hauses so gut wie nichts zu sehen, weil die weiße Pracht alles verdeckt hatte.

Selbst die Stufen konnte der Zombie nicht erkennen, als er sie hinaufging.

Vor der Tür blieb er stehen. Über ihm rieselte Schnee von der Dachkante. Die Körner fielen in seinen Nacken, wo sie nicht sofort wegschmolzen, weil seine Haut ebenfalls kalt war.

Er störte ihn nicht. Dafür hob er den rechten Arm und legte die Hand mit der teigig wirkenden Haut auf die gebogene Klinke. Er wollte ausprobieren, ob das Haus abgeschlossen war.

Ja, es war.

Der Zombie trat einen Schritt zurück, damit er den nötigen Platz hatte, um ausholen zu können. Bis zu den Schienbeinen war er im Schnee versunken, wuchtete seinen Oberkörper nach vorn und drosch so hart zu, wie er nur konnte.

Etwa in Gesichtshöhe hämmerte die Axtklinge gegen die Tür. Sie riss noch kein Loch, nur einen tiefen Keil in das Holz, den die nächsten Schläge vergrößerten.

Der Untote, eine graue Gestalt auf dem weißen Schnee, arbeitete wie besessen. Und er zerhämmerte die Tür tatsächlich. Sogar das Schloss schlug er aus der Verankerung.

Mit dem Fuß rammte er die Tür auf. Sie schleifte ein wenig über den Boden, dann blieb sie offen. Die Lücke war so groß, dass der Zombie hindurchschreiten konnte.

Mit einem schweren, hölzern wirkenden Schritt betrat er den Gastraum, in dem es ebenfalls kalt war. Man bezeichnete ihn als Kaminstube, aber der gemauerte Kamin war längst erloschen. Ein wenig kalte Asche lag noch auf dem Rost. Die Tische standen in der normalen Formation. Die Stühle hatte man mit den Sitzflächen auf die Tische gestellt.

Alles bestand aus Holz. Die hellen Wände, die Balken unter der Decke, Tische, Stühle. Es wirkte trotz der Kälte und Leere noch immer gemütlich.

Dafür hatte ein Untoter keinen Blick. Zudem musste er noch eine bestimmte Aufgabe erledigen.

Er wollte die Gasternbibel!

Nach rechts musste der Gast gehen, um die kleine Theke zu erreichen, hinter der sich ein Regal befand, in dem noch die Schnapsflaschen standen. Manche mehr, andere weniger gefüllt. Das Regal selbst wurde vom Durchgang einer offen stehenden Tür unterbrochen. Dahinter lag, ziemlich groß, eine Küche, in der die Gerichte zubereitet wurden, die auf der kleinen Speisekarte standen. Sehr einfache und schmackhafte Mahlzeiten, wie man sie fast überall in den Berggasthöfen erhielt.

Für so etwas hatte ein lebender Toter keinen Sinn. Seine Aufgabe war eine andere.

Und er hörte die Stimme. In der Ferne war sie aufgeklungen, als lägen Galaxien dazwischen. Aber er wusste sofort, dass seine große Helferin, die Hexe, zu ihm gesprochen hatte.

»Ich spüre, dass du am Ziel sein musst, Thomas. Stimmt das?«

»Ja.«

Sie lachte leise, und auch dieses Lachen vernahm er relativ deutlich. Danach fragte sie. »Ist dir nicht aufgefallen, dass du dich als Zombie gedanklich mit mir unterhalten kannst? So etwas ist einem lebenden Toten sonst nicht gegeben, aber du kannst es, und das ist das Besondere an dir, mein Freund. Ich habe dafür gesorgt, dass du so etwas wie Verstand bekommst. Du kannst mich hören, verstehen und begreifen. Deinen Artgenossen ist dies nicht gegeben. Allein durch meine Kraft war es möglich …«

»Was soll ich tun?«

»Die Gasternbibel holen.«

»Ich sehe sie nicht.«

»Das kann ich mir denken. Die Leute halten sie immer gut versteckt. Geh dorthin, wo sie im Sommer schlafen. Ich bin sicher, dass du sie an diesem Ort finden wirst.«

»Ja, ich gehe.«

Schwerfällig ging der Zombie auf die Theke zu. Dort stützte er sich für einen Moment ab, gab sich Schwung und erreichte den Durchgang zur Theke.

Von dort schaute er in die saubere und aufgeräumte Küche, wo die Platte des großen Ofens glänzte und die Töpfe und Pfannen in den Regalen standen oder an Haken an der Wand hingen.

Der Zombie entdeckte auch weitere Türen. Welche er genau nehmen musste, wusste er nicht. Er probierte die rechte und erreichte einen schmalen Flur. Die sehr enge Treppe wand sich in die obere Etage, wo sich die kleinen Gästezimmer befanden. Sie lagen noch über dem Anbau, der das Matratzenlager beherbergte.

Thomas zog sich wieder zurück. Er wollte die zweite Tür nehmen. Als er sie aufgezogen hatte, fiel sein Blick in das Schlafzimmer, wo zwei hölzerne Betten standen. Sie waren so angestrichen wie die Decke und der Fußboden.

Hier sollte sich die Bibel befinden. Erst als Thomas in das Zimmer hineingegangen war, entdeckte er den Holzschrank an der rechten Wandseite. Er war ziemlich breit und hatte fünf Türen, die allesamt offen standen. Deshalb sah er auch in der linken Tür das verschlossene Fach. Es hatte eine Klappe und an der rechten Seite ein Zylinderschloss.

Einen Schlüssel besaß Thomas nicht, ihm reichte die Axt. Er benötigte zwei kräftige Schläge, um das Fach zu öffnen. Dabei flogen ihm die Holzsplitter um die Ohren. Dass einer davon in seiner rechten Wange stecken blieb, störte ihn nicht. Es quoll auch nicht ein Tropfen Blut aus der Wunde.

Der Zombie hatte das Fach mit vorsichtigen Schlägen geöffnet, er wollte seine Beute auf keinen Fall zerstören.

Mit der Hand griff er in das Fach hinein und umklammerte die so wertvolle Bibel.

Es war ein sehr dickes Buch. Ungefähr 40 cm lang und 30 cm breit. An den beiden Deckelkanten befanden sich braune Metallbeschläge. Obwohl es schon fast 300 Jahre alt war, zeigte sich dieses Buch noch gut erhalten. Thomas klemmte seine Beute unter den linken Arm, drehte sich um und verließ den Raum. Als er die Küche durchwanderte, hörte er die Stimme der Gastern-Hexe in seinem Kopf.

»Du hast das Buch, nicht wahr? Ich spüre es genau. Es befindet sich in deinem Besitz.«

»Ja.«

»Dann schlage eine bestimmte Seite auf, die ich dir gleich nennen werde.«

Erst in der Gaststube erhielt der Zombie die neueste Information. Ihm wurde auch geraten, das Buch sehr vorsichtig zu behandeln, nichts sollte zerstört werden.

»Es ist ziemlich vorn. Im Jahre 1699 musst du nachschauen. Dort wirst du den Spruch finden, und ich gebe dir die Kraft, ihn auch lesen zu können. Wenn du die Seite gefunden hast, reiße sie heraus, nimm sie mit und komm zum Stein.«

»Ich habe verstanden.«

»Dann beeile dich, denn ich spüre eine Gefahr, die in der Nähe lauert.«

»Welche?«

»Ich kann es dir nicht sagen, aber sie ist vorhanden. Sie ist stark, kann uns gefährlich werden, glaube mir …«

»Ja, ich beeile mich.«

Die graue, widerliche, mit Wunden bedeckte Gestalt ließ sich an einem der Tische nieder. Dann öffnete der Zombie das Buch.

Auch jetzt befolgte er den Rat der Hexe und ging sehr vorsichtig zu Werke. Nur nichts zerreißen oder zerstören. Die neuere Zeit interessierte ihn nicht, er wollte zurück in die vergangenen Jahrhunderte, wo die Macht verschiedener Dämonen, Geister und Hexen noch größer gewesen war. Nach einigen Minuten hatte er es geschafft, die Seite aufzuschlagen, die so wichtig war. Andere Seiten waren bei dieser Arbeit zum Glück nicht zerstört worden.

Und plötzlich las er.

Ein Zombie, der tatsächlich lesen konnte! So etwas gab es normalerweise nicht, aber er war praktisch über den Spruch gestolpert und formulierte ihn in Gedanken!

Es waren Hexenworte, die da standen. Geschrieben in einer alten, fremden und düster klingenden Sprache, denn die dunklen Vokale überwogen bei den Worten.

Während er die Worte im Geist nachformulierte, sah er so etwas wie eine Reaktion.

Die Buchstaben füllten sich mit Leben. Sie schienen in Flammen zu stehen. Weil sie rötlich aufleuchteten, hoben sie sich deutlich vom Papier ab.

Aber sie verschwanden nicht. Kaum hatte er die Formel gelesen, da nahmen sie wieder ihre normale graue Farbe an, als wäre mit ihnen niemals etwas geschehen.

Dafür hörte er die Stimme.

Die Hexe meldete sich wieder. Sie redete mit ihm, und sie beglückwünschte ihn dazu.

»Das hast du gut gemacht, mein Helfer. Ich spüre bereits die Wirkung, obwohl uns noch vieles trennt. Aber die Kraft strömt allmählich wieder zurück. Komm zum Hexenstein und komm bitte schnell.«

»Ja, das verspreche ich.«

Der Zombie riss die Seite aus dem Buch und stopfte sie in seine rechte Hosentasche, die noch heil geblieben war. Dann stolperte er hinaus in den weißen Schnee, fiel der Länge nach hinein, raffte sich wieder hoch und lief weiter.

Viel schneller als auf dem Hinweg. Er wollte die mächtige Gastern-Hexe auf keinen Fall enttäuschen …

Unter uns lag eine herrliche, bizarre, fantastische, für mich aber fremd wirkende Welt aus Eis, Schnee, Bergspitzen, Hochtälern und schroffen Felsen. Sie alle waren zusammengewachsen, bildeten dabei eine Einheit und stellten eine grandiose Kulisse da.

Ein Wunder der Natur!

Nach dem Start und beim ersten Überfliegen war ich aus dem Staunen nicht herausgekommen. Ich hatte mir noch eine dunkle Schneebrille geben lassen. Eis und Schnee reflektierten das Sonnenlicht sehr stark.

Durch die Brille sah ich die Berge in einem bläulichen Schimmer liegen, wie auch die Fläche des Oeschinensees, über den wir hinwegflogen.

Ich wurde das Gefühl nicht los, dass Heinz Stahlmenger bewusst einen kleinen Umweg flog, um mir diese prächtige Landschaft zu präsentieren. Sie war auch einmalig.

Auf dem zugefrorenen See liefen die Menschen Schlittschuh. In der Nähe bewegten sich Langläufer, Abfahrtsläufer jagten die Hänge hinab.

»Gefällt es Ihnen, John?«, fragte mich Heinz Stahlmenger, der sehr sicher flog.

»Und wie. Wir haben auch ein Glück mit dem Wetter.«

»Jetzt aber zum Gasterntal. Außerdem dürfen wir nicht zu lange in der Luft bleiben. Ich habe Angst vor einer Vereisung. Sie verstehen?«

»Klar.«

Wir drehten noch einen großen Bogen, um danach das eigentliche Ziel anzusteuern. Manchmal winkten uns Skifahrer zu. An der Seilbahnstation Oeschinensee herrschte Hochbetrieb. Die Urlauber wirkten in ihrer farbigen Kleidung tief unter uns wie bunte, mechanische Spielzeugfiguren.

Heinz Stahlmenger winkte mir zu. »Jetzt geht es direkt zum Gasterntal.«

»Können wir dort landen?«, erkundigte ich mich sicherheitshalber noch einmal.

Er lachte und nickte dabei. Dank der Glaskanzel hatten wir fast eine Rundumsicht.

Ein wunderbarer Flug war dies.

Wir verloren wenig später schon an Höhe, weil Heinz Stahlmenger dicht über die enge Schlucht des Tals hinwegfliegen wollte, um mir einen ersten Eindruck zu gestatten. Die Rotorblätter schleuderten den unter uns liegenden Schnee zu gewaltigen Wolken in die Höhe.

Dennoch gelang es mir hin und wieder, Blicke in die Schlucht zu werfen, durch die ein Wildbach mit elementarer Wucht schoss. Es war noch nicht das eigentliche Tal, aber jetzt kam es mir vor, als wollte Heinz Stahlmenger landen.

Ich ließ mir noch Zeit mit der Frage und stellte sie erst, als wir den Ausgang der Schlucht erreicht hatten, noch in der Luft schwangen, um dann tiefer zu gehen.

»Sind wir schon …«

Heinz ließ mich nicht aussprechen. »Nein, noch nicht, John. Ich wollte Ihnen zuvor den Hexenstein zeigen. Wir brauchen nicht weit zu laufen.«

»Okay.«

Schnee wirbelte hoch, wurde zu einem kreisenden Nebel, der unsere Sicht bei der Landung stark behinderte. Stahlmenger setzte trotzdem sicher auf.

Ich hatte meine gefütterte Mütze auf den Kopf gedrückt und stieg gleichzeitig mit dem Piloten aus.

Sein linker Arm, den er ausstreckte, wies nicht auf den Schluchteingang, er zeigte in die entgegengesetzte Richtung, wo ein kleines Haus unter den Schneemassen begraben lag.

»In diesem Gasthaus ist es passiert. Da hat man die Toten gefunden. Das heißt, der Junge lag im Gastraum, das Mädchen vor der Tür im Schnee.«

»Sollen wir dort noch hin?«

»Nein, wieso? Spuren werden wir da nicht finden.« Stahlmenger ging schon vor. »Kommen Sie, wir sehen uns den Hexenstein an, der sehr wichtig werden wird, habe ich das Gefühl.«

Ich nutzte die Spuren, die Fahrzeuge aus Kandersteg hinterlassen hatten. Da konnte ich besser gehen. Vor mir schritt Heinz Stahlmenger her. Auch er rutschte einige Male, fiel aber nicht hin.

Der Weg führte bergab. Erst jetzt sah ich, wie düster die Schlucht war. Düster, unheimlich und eng. Die hohen Wände warfen einen beklemmenden Schatten, außerdem war es saukalt.

Auf den Vorsprüngen, Felsnasen und Kanten lag der dicke Schnee. Eiszapfen, oft meterlang, hingen an den Felsen wie Speere und Lanzen aus Glas.

Der Weg war sehr kurvenreich und manchmal leider sehr eng. Zum Glück gab es die Spuren, an die wir uns halten konnten. Es war oftmals nicht zu erkennen, wo der Wegrand endete und der steile Abhang begann.

Heinz Stahlmenger drehte sich um. »Sie werden gleich eine alte Steinbrücke sehen, John, und noch vor der Brücke befindet sich der Hexenstein im Wasser.«

»Gut.«

Allmählich wurde mir das Gesicht kalt. Ich rieb des Öfteren meine Nase, damit sie mir nicht einfror, während die Ohren glücklicherweise gut geschützt waren.

Heinz Stahlmenger hatte es gesehen. »Keine Sorge, John, allzu weit ist es nicht mehr.«

Ich sah bereits die Steinbrücke. Sie war viaduktähnlich angelegt worden. Unter ihr toste der Gletscherbach.

Das Wasser besaß Gewalt und Kraft. Blaugrün sah es aus. Manchmal, an dunklen Stellen, wirkte es grau, dann wieder schaumgekränzt und fast so weiß wie Schnee.

Heinz Stahlmenger ging jetzt schneller. Noch vor der Brücke blieb er stehen, drehte mir sein Profil zu und streckte den Arm aus, sodass der Zeigefinger auf den Gegenstand wies, der für uns so interessant geworden war.

Der Hexenstein!

»Da liegt er nun«, sagte der Deutsche. Vor seinen Lippen dampfte der Atem.

Ich schaute mir das Relikt an. Ein normaler Stein, wenn auch aussehend, als wäre er von menschlichen Händen bearbeitet worden, weil Ecken dieser Art die Natur einfach nicht formte.

Der Stein stand schräg in den Fluten. Wir konnten direkt auf seine Platte schauen, worauf zahlreiche kleine Steine lagen, die

Wanderer geschleudert hatten, damit ihnen die Hexe freien Zutritt zum Gasterntal gewährte.

»Nun?«

Ich hatte Stahlmengers Frage gehört, wollte noch Erkundigungen einziehen, als ich plötzlich ein bekanntes Brennen auf der Brust spürte. Mein Kreuz »meldete« sich.

Ich trat einen Schritt zurück. Dabei musste mein Gesicht seinen Ausdruck verändert haben, und das war auch Stahlmenger aufgefallen, denn er fragte: »Haben Sie etwas, John?«

»Kann sein. Sie erinnern sich an mein Kreuz?«

»Klar.«

»Es meldet sich. Das Metall hat sich tatsächlich erwärmt.« Ich schüttelte darüber den Kopf.

»Und was bedeutet das?«

»Ganz einfach, Heinz. In dieser unmittelbaren Umgebung lauert eine starke schwarzmagische Kraft. Sie strahlt aus und hat dabei auch mein Kreuz getroffen, das sich natürlich gegen diesen Einfluss wehrt und mich gleichzeitig warnt.«

»Was sollen wir tun?«

Ich winkte nach der Frage ab, ging wieder vor und sah mir den Hexenstein an. Das Wasser jagte über ihn hinweg wie eine Schicht aus Glas. Im Sommer lag er sicherlich frei, jetzt führte der Wildbach sehr viel Wasser, sodass auch der Stein in Mitleidenschaft gezogen worden war.

Wir brauchten nichts zu tun, denn der Stein reagierte von allein. Er blieb zwar äußerlich der gleiche, aber in seinem Innern tat sich etwas. Das Gefüge veränderte sich. Mir kam es vor, als würde es sich zusammenziehen und sich auf einen bestimmten Punkt in der Flächenmitte konzentrieren.

Auch Heinz Stahlmenger hatte dies bemerkt. Er stieß mich an. »Verdammt, John, da ist was!«

»Glaube ich auch.« Im nächsten Augenblick hatte ich mein Kreuz hervorgeholt und ließ es an der Silberkette über dem Wasser pendeln. Es schwang vor und zurück, und es strahlte seine Magie ab, die auch den Stein traf.

Dessen Innenleben ging weiter. Wir sahen auf einmal die

Umrisse im Gefüge, die noch nicht zur Ruhe gekommen waren, aufeinander zuglitten und sich zu einem Gesicht formten.

Das Gesicht einer Frau – einer Hexe!

Uralt, böse, abweisend und fratzenhaft. So illustrierten die Zeichner der Märchenbücher die Hexen. Noch steckte kein Leben in dem Gesicht. Es sah nach wie vor aus, als wären die Umrisse von einem Meißel in das Gestein gehauen worden.

Neben mir atmete Heinz Stahlmenger schwer ein und aus. »Das ist es, John!«, hauchte er. »Verdammt, das ist die Verbindung zwischen Zombie und Hexe. Wir haben sie.«

»Ich glaube auch.«

Stahlmenger blickte sich um. »Aber wo steckt dieser verfluchte Untote jetzt?«

Ich konnte ihm keine Antwort geben, weil ich mich zu stark auf das Gesicht der Gasternhexe konzentrierte. Sie bewegte ihren Mund, klappte ihn auf und zu, verzog die Lippen. Zum ersten Mal las ich aus den Zügen ein gewisses Gefühl.

Es war der Hass auf die Menschen, die ihr nicht nahe standen. Sie hasste, sie wollte vernichten, aber sie konnte nicht, weil sie eingeschlossen war.

»Wir müssen den Stein zerstören«, sagte Heinz. »John, das sind wir uns schuldig.«

»Klar, das müssen wir. Fragt sich nur, wie wir das anstellen sollen. Können Sie in das Wasser steigen …?«

»Nein.«

»Ich will auch nicht das Kreuz werfen.«

»Schießen Sie doch eine Silberkugel ab.«

Die Idee war gut. Ich holte die Beretta hervor, zielte und feuerte. Die Detonation wurde vom Rauschen des Wildbachs übertönt. Die Kugel traf natürlich, aber sie richtete auf dem Gesicht keinen Schaden an. Als deformierter Querschläger jagte sie davon. Mehr hatte ich nicht erreicht.

Das Gesicht behielt seinen Ausdruck bei. Stahlmenger hatte sich vorgebeugt und schaute über den Rand des Abgrunds hinweg. Sein Gesicht zeigte gleichzeitig Staunen und eine innere Abwehr, als könnte er das alles nicht fassen. Er schüttelte auch den Kopf und flüsterte: »Ich weiß es nicht. Ich weiß nicht, wie stark diese Hexe ist. Für mich ist der Stein und seine Magie stärker als ein Zombie. Den kann man schließlich mit geweihten Silberkugeln töten, nicht wahr?«

»So ist es.«

»Aber die Hexe, wir ...«

»Lassen wir den Stein vorerst in Ruhe«, erklärte ich. »Er ist momentan nicht wichtig. Sie haben mir von der Gasternbibel berichtet. Den Zombie haben wir noch nicht zu Gesicht bekommen. Meiner Ansicht nach befindet er sich auf dem Weg ins Tal und sucht das Buch.«

Heinz Stahlmenger wischte sich über das Gesicht. »Ja, das ist mit dem Hubschrauber ein Katzensprung.«

»Dann lassen Sie uns fliegen. Die Hexe ist gefangen. Sie wird es auch bleiben. Vorausgesetzt, wir sind schneller als dieser Zombie.«

Da uns die Zeit im Nacken saß, beeilten wir uns auf dem Rückweg. Der Kreislauf wurde gefordert, trotzdem blieb uns die Kälte in den Gliedern stecken.

Am Ausgang der Schlucht schauten wir in die leere Talebene hinein, wo nur das verschneite Gasthaus und der abgestellte Hubschrauber besonders auffielen.

Heinz Stahlmenger beeilte sich mit dem Einstieg. Auch ich warf mich auf den Sitz und schaute zu, wie der Deutsche die Startvorbereitungen traf. Wenig später stoben wir aus einer Wolke von Schnee in die Höhe und stiegen dem blauen Himmel entgegen, wo die Sonne allmählich tiefer gesunken war und ihre Strahlen die Schlucht nicht mehr erreichten.

»Sie können ja mal Ausschau nach dem Zombie halten!«, rief mir Stahlmenger zu.

»Das mache ich!«

Heinz Stahlmenger ließ die Maschine absacken, ein wenig zu schnell für mich, denn mein Magen näherte sich ungeahnten Höhen. Ich wurde etwas blass, sah das verzeihende Grinsen auf dem Gesicht des Piloten und drohte scherzhaft mit dem Zeigefinger.

Unter uns »floss« die Landschaft hinweg.

Freie, schnee- und eisbedeckte Flächen wechselten sich ab mit kleinen Seen, von denen einige zugefroren waren. Auf einer Eisfläche hockten rabenschwarze Vögel und stoben ängstlich davon, als wir uns lautstark näherten.

Das Tal war gewaltig, aber nicht nur flach, denn vor uns lagen mit Schnee bedeckte Mischwaldhügel. Vorboten einer ansteigenden Hochebene, wo wir den Berggasthof »Zum Steinbock« und die Gasternbibel finden würden.

Rechts und links grenzten hohe, manchmal sehr dunkle Felsen das Tal ab und gaben ihm das unheimliche Aussehen. Stahlmenger flog für kurze Zeit nahe einer Felswand entlang. Da merkte ich erst, wie riesig diese war und wie klein wir mit unserem Hubschrauber dagegen sein mussten. Kaum größer als ein sich schnell bewegender Punkt.

Den Zombie sah ich nicht, obwohl ich so gut wie eben möglich den Grund absuchte. Leider bot der Wald zahlreiche Verstecke, die er sicherlich ausnutzen würde.

»Nichts!«, rief ich dem Deutschen zu.

Heinz Stahlmenger nickte nur. Sein Gesicht zeigte Konzentration. Die Züge hatten sich verhärtet. Sie wirkten wie eingefroren. Auf der Stirn lagen die Sorgenfalten in einem waschbrettartigen Muster.

»Was haben Sie?«

»Es ist nicht einfach, einen Landeplatz zu finden. Das Gelände ist einfach zu uneben, außerdem würden wir im Tiefschnee versinken. Mist auch! Ich hatte damit gerechnet, aber immer noch gehofft, dass es trotzdem klappt.« Er streckte einen Arm aus und deutete schräg in die Tiefe. »Dort unten liegt unser Ziel. Es ist das Haus, von dem Sie nur die Frontseite erkennen können. Alles andere ist zugeschneit.«

Stahlmenger flog einen Bogen, sodass wir praktisch schräg über der Frontseite standen. Hier schien auch noch die Sonne. Ihre Strahlen warfen einen hellen Lichtteppich gegen die Eingangsfront, und ich konnte erkennen, dass irgendetwas mit der Tür geschehen war. Sie schien offen zu sein.

Das sah auch Heinz Stahlmenger. »Der Zombie war sicherlich vor uns da!«, rief er.

»Können Sie tiefer gehen?«

»Das schon, John, aber Sie würden nichts sehen, weil die Maschine den Schnee aufwirbelt.«

»Machen Sie es trotzdem.«

»Und dann?«

»Steige ich aus.«

»Was?«

»Ja, Sie werden doch irgendeinen Haken und ein Seil oder eine Trittleiter haben, über die ich mich wieder hochhangeln kann.«

»Das finden Sie hinter sich.«

»All right, ich hole es mir.« Ich schnallte mich los und fand die Sachen. Heinz Stahlmenger regte sich auch weiterhin auf, ich aber ließ mich nicht beirren. Rasch befestigte ich die Haken der Leiter an den Sprossen dicht hinter dem Ausstieg.

Stahlmenger schaute mir zu und gab mir noch einige Tipps.

»Ich gehe noch tiefer!«, rief der Deutsche. »Warten Sie mit dem Öffnen der Tür!«

»Klar.«

Heinz Stahlmenger hatte Recht behalten. In gewaltigen Wirbeln stieg der Schnee vom Boden hoch und vernebelte unsere Sicht. Zum Glück war es windstill, sodass Stahlmenger den Hubschrauber in der Luft schweben lassen konnte.

Der Deutsche wollte noch nicht, dass ich den Ausstieg öffnete. Erst als er vorsichtig die Maschine gedreht hatte, gab er mir das Zeichen.

Ich öffnete die Ausstiegstür. Der Lärm von Motor und Rotor verwandelte sich zu einem höllischen Krach, der in meinen Ohren dröhnte. Flocken wirbelten in den Hubschrauber, peitschten gegen mein Gesicht, bissen in die Haut, sodass ich gezwungen war, die Augen für einen Moment zu schließen. Ich senkte den Kopf und warf die Leiter nach draußen. Sie faltete sich auseinander und klatschte unter mir in den Schnee, was ich noch soeben erkennen konnte.

»Viel Glück, John!«

Ich hörte die Worte des Deutschen zum Abschied. Mittlerweile hatte ich eine gewisse Übung und kannte mich mit Strickleitern aus.

Die Kälte biss sofort wieder zu. Der Schneewirbel machte mich fast blind. Wenn ich etwas erkannte, dann nur als Schatten, wie die leicht grau scheinende Fläche unter mir.

Ich kletterte hinunter, sprang und landete im Schnee, der an dieser Stelle zum Glück nicht so tief war. Er reichte mir nur bis zu den Knien. In einer Verwehung zu landen war nicht eben schön.

Geduckt kämpfte ich mich weiter. Stahlmenger hatte mir das Haus gezeigt, ich wusste genau, in welche Richtung ich zu gehen hatte. Nur mühsam kam ich voran. Dabei nahm ich die Arme rudernd zu Hilfe. Endlich hatte ich den tanzenden Flockenwirbel verlassen, die Sicht war wieder klar, Sonnenschein fiel auf die weiße Fläche und noch immer gegen die Vorderfront des Gasthauses.

Der Name »Zum Steinbock« war nicht zu lesen. Schnee hatte den größten Teil des Hauses zugeschaufelt. Die Tür lag frei, und ich sah die Spuren, die zu ihr hinführten.

Minuten später stand ich davor. Die Beschädigungen sagten mir genug. Wir waren zu spät gekommen.

Ich konnte das Haus ohne große Vorsichtsmaßnahmen betreten, denn eine zweite Spur lief von der Tür weg. Also hatte der Zombie es vorgezogen, den Weg wieder zurückzugehen.

Die Tür war durch schwere Hiebe aus den Angeln gerissen worden. Auch die Umgebung des Schlosses zeigte die Zerstörungen. Ich betrat den Innenraum, der aufgeräumt wirkte und sicherlich, wenn das Kaminfeuer brannte, eine urgemütliche Atmosphäre ausstrahlte.

Davon war jetzt nichts zu spüren.

Holztische, deren Platten blankgewischt waren. Die Stühle waren hochgekantet worden, doch auf einem Tisch lag ein anderer Gegenstand, den ich hatte finden wollen.

Die Gasternbibel!

Ich holte durch die Nase Luft und wunderte mich darüber, dass die Bibel aufgeschlagen war. Der Besucher vor mir musste sie durchgeblättert haben, wobei er es anscheinend so eilig hatte, dass er die Bibel einfach liegen ließ.

Ich brauchte nicht lange zu suchen, um erkennen zu können, was der Besucher getan hatte.

Eine Seite war herausgerissen. Nicht fein säuberlich, ziemlich wütend, sodass die Trennstelle ein Wellenmuster bildete.

Die wichtige Seite. Wahrscheinlich die, die unmittelbar mit der Hexe zu tun hatte.

Zwar saß mir die Zeit im Nacken, dennoch sah ich mir die Gasternbibel aus reinem Interesse an.

Es war ein außergewöhnliches Buch, das mir in die Finger gefallen war. Man sah ihm sein Alter an. Ich schlug es auf und blätterte sehr vorsichtig die Seiten um.

Derjenige, der die Bibel als Tagebuch fortführte, hatte sich immer Mühe gegeben, alles so in die Reihe zu bringen, dass es auch der Nachwelt gut lesbar und verständlich erhalten blieb.

Ich nahm mir die Zeit und durchsuchte noch die hinter der Theke liegenden Wohnräume. Dabei geriet ich auch in den Schlafraum, wo ich ebenfalls die Zerstörungen sah. Das Versteck der Bibel hatte den Hieben der Waffe nicht widerstehen können.

Ich verließ den Gastraum. Draußen blendete mich die Sonne, sodass ich die dunkle Brille aufsetzte. Der Hubschrauber stand auch weiterhin in der Luft.

In meiner eigenen Spur ging ich wieder zurück, kämpfte mich durch den Schneewirbel und bekam die Leiter zu fassen. Als ich in den Hubschrauber kletterte, schaute mich Stahlmenger gespannt an. Ich berichtete ihm erst, als die Luke wieder geschlossen war.

»Wir sind zu spät gekommen, Heinz.«

»Was heißt das?«

»Die Gasternbibel ist zwar vorhanden, aber jemand war vor uns im Gasthaus und hat eine bestimmte Seite herausgerissen.«

Stahlmenger fluchte. »Und wer könnte das gewesen sein?«

»Unser Thomas.«

»Thomas ist gut. Unser noch besser.« Er sah mich fragend an. »Was machen wir jetzt? Haben Sie einen Vorschlag, John?«

»Wir müssen wieder zurück. Thomas ist nicht ohne Grund

gekommen und hat der Bibel das Blatt entnommen. Er wird mit seinem Fund zu einem bestimmten Ziel unterwegs sein.«

Der Deutsche nickte. »Dann weiß ich Bescheid. Das kann nur der Hexenstein sein.«

»Richtig!« Ich schrak zusammen, als Stahlmenger startete. Wie eine wütende Hornisse jagte der Hubschrauber in den strahlendblauen Winterhimmel …

Thomas war selig. Sofern man bei einem Zombie überhaupt von diesem Begriff sprechen konnte. Er hatte es geschafft und die Seite an sich genommen. Er war derjenige, den sich die Hexe ausgesucht hatte, und er würde sie nicht enttäuschen.

Den Rückweg wollte er wesentlich abkürzen, sodass er sich kurzerhand in das Gelände schlug und auch keine Rücksicht darauf nahm, ob er in Schneewehen hineinsprang. Oftmals überschlug er sich an den Hängen und raste wie eine dunkle Kugel, dabei eingehüllt in weiße Wolken, dem nächsten Ziel entgegen.

Der Zombie überwand die Strecke rasch. Die Hexe hatte sich bei ihm noch nicht wieder gemeldet. Statt ihrer Stimme vernahm er ein anderes Geräusch, das ihn aufblicken ließ.

Das Rattern einer Maschine … Instinktiv verschwand er zwischen Baumstämmen, sodass er eine gute Deckung fand. Über ihm flog die Maschine hinweg. Ein Hubschrauber, nicht sehr groß, mit zwei Männern besetzt.

Schnell war er vorbei.

»Komm, komm schnell. Sie waren bereits bei mir!« Thomas erschrak über die plötzliche Stimme.

»Wo?«, fragte er.

»Am Stein, und sie haben mich gesehen.«

»Ich habe sie auch gesehen. Sie flogen …«

»Du musst schneller sein als sie, mein Freund. Nur dann können wir das Gasterntal in eine Hölle verwandeln.«

»Ich werde mich noch mehr beeilen.« Thomas verließ sein Versteck. Der lange Weg hatte Spuren bei ihm hinterlassen. Auf seiner kalten Haut klebte der Schnee. Auch das Gesicht hatte darunter gelitten. Seine teigige Haut trat nur an bestimmten Stellen hervor. Die anderen Teile waren schneebedeckt.

Als er das Rauschen des Wassers hörte, war er froh. Nach wenigen Minuten lag nicht nur der Höhenunterschied hinter ihm, er hatte auch den Wald verlassen und hetzte nun über die freie Fläche. Seine Bewegungen waren unsicher, die Arme pendelten und schwangen auf und nieder. Er hielt den Kopf nach vorn gedrückt, spürte aufkommenden Wind, der gegen seinen Rücken blies, sodass er noch schneller lief und sogar den Eindruck hatte, fliegen zu können.

Er hielt sich in Flussnähe, wo der Schnee nicht so hoch lag. An diesen Stellen kam er besser weg. Das Wasser floss, an den Uferrändern jedoch klammerten sich Eisschollen fest, oft zackig wie Spiegelscherben aussehend.

Büsche säumten den Uferrand. Manche hingen über, wurden im Sommer vom Wasser umspült, jetzt sahen sie aus, als würden sie aus dem dünnen Eis am Rand hervorstechen.

Wenn dem Zombie die gefrorenen Zweige im Weg standen, brach er kurzerhand hindurch. Nichts hielt ihn auf, und bald schon verließ er die Uferregion des Flusses und hetzte über ein weites Schneefeld, über das bereits die ersten Schatten der Felswände fielen und ihm einen grauen Anstrich gaben.

Er atmete nicht und rannte weiter. Es war ein Laufstil, den man schlecht einordnen konnte.

Das Geräusch des Hubschraubers vernahm er nicht mehr, dafür hörte er wieder die Stimme der Hexe, die ihn zu einer noch größeren Eile antrieb.

»Ich spürte, dass du es schaffst. Ja, ich merke es genau. Du kommst mir immer näher. Bald bist du wieder bei mir, dann kann ich endlich befreit werden …«

Thomas strengte sich noch mehr an. In seinen völlig verschmutzten Haaren klebte der Schnee. Manchmal liefen Wasserbahnen über sein aufgedunsenes Gesicht, in dem sich ebenfalls die Dreckspuren wie die Kriegsbemalung bei einem Indianer abzeichneten.

Er und die Hexe!

Sie beide würden sich wunderbar ergänzen und die Umgebung in eine Hölle verwandeln.

Schon sah er vor sich den Platz seiner ersten Bluttat. Das kleine Gasthaus am Eingang der Schlucht lag einsam und verlassen. Man hatte die Toten fortgeschafft.

Die Schatten holten ihn auch hier ein. Wenn die Sonne verschwunden war, würden die Temperaturen wieder sinken. In der Nacht war die Kälte besonders arg. Sie ließ das gesamte Gasterntal erstarren und verwandelte es in eine tote Winterwelt.

Der Zombie eilte links am Waldhaus vorbei und entdeckte auch hier die Spuren derjenigen, die sich ebenfalls ins Gasterntal begeben hatten und seine Feinde waren.

Als er die Schlucht betrat, hatte er noch so viel Schwung, dass er auf dem bergab führenden Weg ausrutschte, hinfiel, sich überschlug und weiterrollte. Fast wäre er noch im eisigen Wasser des Wildbachs gelandet, doch an einem aus der Erde wachsenden Stein konnte er sich abstützen.

Er raffte sich auf. Mit breitbeinigen Bewegungen stakste er weiter, behielt sein Gleichgewicht und sah schon bald die Steinbrücke, unter der ein tosender Wildbach herfloss.

Noch vor der Brücke lag der Stein!

So etwas wie ein Lächeln zuckte über seine Lippen. Die Augen waren weit aufgerissen. Sie glichen Kugeln, die aus den Höhlen zu quellen schienen. Seine Bewegungen wirkten schlenkernd, er schleuderte bei jedem Schritt die Arme hoch, als wären irgendwo Stangen, an denen er sich festhalten konnte.

Dann blieb er stehen, drehte sich um und sah vor sich den schrägen Hexenstein.

Er sah auch das Gesicht und hörte gleichzeitig die Stimme der Gastern-Hexe.

»Du bist da. Jetzt kann nichts mehr passieren. Ich habe dir die Sprache deshalb gegeben, damit du in der Lage bist, die Worte laut vorzulesen, die zu meiner Befreiung führen. Lange genug haben es die Menschen verstanden, die Worte zu verbergen. Das ist nun vorbei. Du bist gekommen, um sie zu lesen. Fang an!«

Der Zombie ließ die Axt fallen. Mit einem dumpfen Laut landete sie neben ihm im Schnee. Dann holte er die aus der Bibel herausgerissene Seite hervor und faltete sie auf.

Wind fuhr kalt durch die Schlucht, erfasste auch das Papier und knickte es. Der Zombie musste es mit seinen beiden Pranken festhalten, beugte sich vor und schaute über den Rand hinweg auf den Stein.

Dort zeichnete sich das Gesicht der alten Hexe ab. Eine widerliche Fratze, hässlich, angsteinflößend, aber darauf lauernd, endlich befreit zu werden.

Er begann zu lesen. Die Worte kamen nicht flüssig aus seinem Mund, eher stockend, wie bei einem Kind, das sprechen lernt.

»Vorbei sind die Zeiten der Qual und der Schmerzen. Vorbei ist die Vergangenheit, die unwürdige Gefangenschaft. Für dich, o Wesen des Teufels, soll nur noch die Zukunft zählen, damit du sie dem Bösen weihst. So schreiben es die Schwarzen Gesetze vor, denen auch du gehorchen musst ...« Es folgten einige Sätze aus der Hexensprache. Unheimlich klingende Worte, ein jedes drohend ausgestoßen und sehr laut, damit es auch von der Hexe vernommen werden konnte.

Auf der schrägen Seite des Steins zeigte sich noch immer ihr Gesicht. Aber es war nicht mehr so starr. Allmählich bewegten sich die Linien in ihrem Gesicht. Da zuckten die Lippen, auch an den Kopfseiten begann das Zittern.

So wie das Gesicht erschienen war, verschwand es auch wieder, und der Zombie, der genau in dem Augenblick die Beschwörung abbrach, starrte auf den leeren Stein.

Seine Arme sanken nach unten. Er schüttelte den Kopf und ahnte, dass er einen Fehler gemacht hatte. Er hatte die Hexe durch die Worte nicht vertreiben, sondern holen wollen.

Das war nicht geschehen.

Thomas konnte es einfach nicht begreifen. War denn alles umsonst und ohne Sinn gewesen?

Er stand im eiskalten Winterwind, der mit den Fetzen seiner Kleidung spielte, starrte auf das schnell fließende und tosende Wasser des Wildbachs und hörte plötzlich ein anderes Geräusch, das ihm überhaupt nicht passte.

Er kannte es, hatte es schon auf dem Hinweg vernommen. Es waren die typischen Laute, die ein herbeifliegender Hubschrauber abgab, der sicherlich bald über der Schlucht erscheinen würde.

Die Gastern-Hexe blieb verschwunden!

Aus dem Maul des Zombies drang ein röhrendes Geräusch, ein tiefes Stöhnen oder Ächzen. Sein rechter Arm sank herab, die Faust öffnete sich, und das Papier fiel zu Boden. Es sah aus, als würde es im Schnee liegen bleiben, aber ein Windstoß erfasste das herausgerissene Blatt und trug es weiter. Er trieb es über den Rand hinweg, sodass es in die Tiefe gedrückt wurde, das Wasser des Wildbachs erreichte und von den Fluten weggeschwemmt wurde.

Ein Fehler, eine Enttäuschung. Die Beschwörung hatte nicht geklappt. Dafür kamen die Feinde. Sie waren nicht mehr weit entfernt. Der Hubschrauber flog bereits über das kleine Berggasthaus hinweg und setzte zur Landung an.

Der Zombie bückte sich und hob seine Axt auf. Er würde sich den Menschen stellen und sie niedermachen.

Dabei schaute er zu, wie der wendige Helikopter landete. Im Wirbel seiner Rotorblätter stiegen Schneewolken in die Höhe. Sie nahmen dem Zombie die Sicht auf den künstlichen Vogel.

Bis er den Schrei hörte!

Irre, wahnsinnig, überlaut, und selbst das Tosen des Wildbachs übertönend.

Thomas drehte sich um.

Der Stein gab seine Magie frei – und auch die Hexe. Er wurde nicht zertrümmert, doch aus seinem Innern drang etwas hervor, das wie ein langer, roter, feuriger Streifen aussah und an der Schluchtwand in die Höhe stieg.

Eine Gestalt. Knallrot, an manchen Stellen dunkel wie Blut und am Kopf so aussehend wie das Hexengesicht im Stein.

Der Zombie beugte sich zurück. Er riss sein Maul weit auf. Laute des Triumphes drangen über seine Lippen, Schreie der Erlösung, denn ein Traum war endlich Wahrheit geworden.

Er hatte die Gastern-Hexe befreit und brauchte keine Angst mehr vor seinen Feinden zu haben …

Wir hatten uns beeilt. Heinz Stahlmenger hatte sein Bestes gegeben. Er war geflogen, was die Maschine hergab, dennoch hatten wir den Zombie nicht entdecken können. Sein Vorsprung war einfach zu groß gewesen. Zudem konnte man einen Untoten nicht mit einem normalen Menschen vergleichen. Zombies brauchen keine Pause, sie können rennen bis in alle Ewigkeiten.

Heinz Stahlmenger sah mir meine Not an. Er hob hin und wieder die Schultern, enthielt sich aber eines Kommentars. Ich atmete schließlich auf, als ich die Umrisse des Gasthofes »Waldhaus« unter uns liegen sah. Wir schwebten darauf zu, gingen gleichzeitig tiefer, sodass es wirkte, als wollten wir auf dem schrägen Dach landen.

Stahlmenger setzte den Hubschrauber jedoch butterweich vor dem Haus auf den Boden. Ich sah wieder nichts, kletterte dennoch aus der Maschine und lief geduckt die ersten Schritte durch den Schneewirbel.

Hinter mir »falteten« sich die Rotorblätter zusammen. Der Motor lief allmählich aus. Letzte Flocken peitschten noch in meinen Nacken, als ich weiterlief und den direkten Weg zur Schlucht einschlug. Hinter mir hörte ich die Schritte des Deutschen durch den Schnee stampfen. Ich blickte über die linke Schulter zurück und rief dem Mann zu, möglichst vorsichtig zu sein.

Düster und drohend sah der Schluchteingang aus. Die Sonne war bereits tief gesunken. Die Wände bildeten jetzt lange Schatten, die auf Wasser und Wege fielen.

Auch das Wasser hatte eine andere Färbung angenommen, und die Steine, über die die Fluten flossen, erinnerten mich an starre Köpfe.

Mehr rutschend als laufend betrat ich die Schlucht, immer auf der Suche nach Thomas, dem Zombie.

Ich sah ihn nicht.

Dafür hörte ich Stahlmengers Frage: »Haben Sie ihn schon entdeckt, John?« Er hatte gegen das Rauschen des Wildbachs anschreien müssen. Meine Antwort bestand aus Kopfschütteln.

Wichtig war der Hexenstein. Ich hoffte stark, dass er den Geist oder die Gestalt der Hexe noch in sich barg, aber als ich ihn erreichte, blickte ich auf die völlig normale Oberfläche, über die das Wasser in rasender Schnelle glitt.

Keine Spur von der Gastern-Hexe!

Mein Blick glitt über die Brücke. Für einen winzigen Moment glaubte ich, jenseits einer Kurve einen rötlichen Schein über die Schluchtwände huschen zu sehen. Das konnte auch eine Täuschung sein. Schnee klebte in meinem Gesicht. Ich wischte ihn weg, öffnete den Reißverschluss der Jacke und holte mein Kreuz hervor. Es hatte bei meinem ersten Besuch reagiert, auch jetzt hoffte ich darauf, wurde jedoch enttäuscht, denn es tat sich nichts.

Das geweihte Silber blieb kalt.

Für mich war es der Beweis, dass die Hexe nicht mehr im Stein steckte. Thomas musste sie befreit haben.

Neben mir kam Heinz Stahlmenger rutschend zum Stehen. Er keuchte vom Lauf. »Und?«, erkundigte er sich. »Haben Sie schon eine Spur entdecken können?«

»Nichts, gar nichts.«

Er war kleiner als ich und musste zu mir hochschauen. »Wissen Sie, was das bedeutet, John?«

»Ja.«

»Dann haben wir verloren?«

Ich hob die Schultern. »Das will ich nicht unbedingt sagen. Zumindest muss es dem Zombie gelungen sein, die Hexe zu befreien. Mein Kreuz hat nicht reagiert. Wo sie sich allerdings befindet, ist mir unbekannt. Ich habe sie bis jetzt nicht gesehen.«

»Zwei Gegner«, sagte Stahlmenger. »Einer für Sie und der andere …«

»Hoffentlich nicht für Sie, Heinz.« Ich schaute ihn an. »Am wohlsten wäre mir, wenn Sie Ihre Maschine besteigen und wieder nach Kandersteg zurückfliegen würden.«

Er lachte mich an oder aus. »Und Sie hier allein lassen?«

»Dämonen, Gespenster und Geister zu jagen ist mein Job. Vergessen Sie das nicht. Sie sind ein Laie, Heinz.« Während dieser Worte drehte ich mich immer wieder um, weil ich von den beiden irgendetwas sehen wollte.

Die Schlucht blieb leer. Nur das Tosen des Wassers drang echohaft an unsere Ohren.

Ich sah wieder den Stein an. Nichts, aber auch gar nichts zeichnete sich dort ab.

Im nächsten Moment hörten wir das Gelächter. Es brach über uns herein wie ein Sturmwind. Die blanken Felswände verstärkten es noch, bildeten Echos, wobei das eine in das andere hineinglitt und das Lachen zu einer akustischen Grußbotschaft des Teufels anschwellen ließ.

Ein Gelächter, das Angst einjagen konnte. Nicht umsonst sah ich auf Stahlmengers Gesicht die Gänsehaut. Wir warteten still ab, bis das Gelächter verstummt war und wir nur noch das Rauschen des Wildbachs hörten. Ich sah Stahlmengers Nicken. »Ja, John, Sie haben sich nicht geirrt. Das war sie. Das war die Hexe, und Thomas hat es geschafft, sie aus dem verfluchten Stein zu befreien.«

»Sie weiß jetzt auch, dass wir in der Schlucht sind«, fügte ich hinzu. »Mit dem Gelächter hat sie uns ihre Macht bewiesen.«

Der Deutsche schüttelte sich. »Ich habe schon viele Leute lachen hören, aber nicht so.«

»Hexen sind keine Menschen, Heinz.«

»Was hat sie damit bezweckt?«

»Eine Demonstration ihrer Stärke. Sie wollte uns zeigen, dass sie sich vor uns nicht fürchtet. Dass sie die Herrin in dieser Schlucht ist. Ihr gehört alles, es steht unter ihrer Kontrolle, wie schon einmal vor Jahrhunderten.«

»Wir werden sie also suchen müssen.«

»Ja, falls sie sich nicht von allein zeigt und uns angreift.«

»Rechnen Sie denn damit?«

Ich wiegte den Kopf. »Nicht direkt, wenn ich ehrlich sein soll. Ich glaube eher, dass sie ihren Helfer, den Zombie vorschickt, damit er uns zuerst aufs Korn nimmt.«

»Den müssten wir schaffen.«

»Im Prinzip ja. Aber diese Wesen sind auch hinterlistig und gemein, wenn Sie verstehen.«

»Sie denken an eine Falle?«

»Genau.«

Stahlmenger sah sich um. »Ja, die Schlucht ist wie geschaffen dafür. Aber wo sollen wir anfangen, können Sie mir das sagen? Wahrscheinlich müssen wir die Schlucht durchwandern und damit rechnen, dass hinter jedem Vorsprung oder jeder Kehre das Grauen lauert.«

»Dieses Risiko müssen wir eingehen. Es gibt keinen anderen Weg.«

Er nickte.

»Noch können Sie fliegen, Heinz. Ich nehme den Kampf gegen die beiden auch allein auf.«

Er schüttelte heftig den Kopf. »Ich habe vor zwei Jahren nicht gekniffen und werde es auch jetzt nicht tun.«

»Okay.«

Wir warfen noch einen letzten Blick auf den Hexenstein, bevor wir uns in Bewegung setzten.

Heinz Stahlmenger gab mir noch einige Instruktionen über Länge und Beschaffenheit des Schluchtwegs. »Wir müssen außerdem zwei Tunnel durchqueren.«

Ich blieb stehen. »Sind sie sehr lang?«

»Nein, aber düster.«

»Also ideal für einen Angriff.«

»Das kann man sagen.«

»Bleiben Sie auf jeden Fall hinter mir, Heinz. Wenn die Hexe und der Zombie erscheinen, übernehme ich die Sache.«

»Ist klar.«

Nur noch wenige Schritte waren es bis zur Brücke. Unter ihr lagen zahlreiche Steinhaufen. Manche Felsen wirkten wie die Wurfgeschosse von Titanen. Das Wasser umspülte sie, und wo es nicht hinkam, schimmerte blankes Eis auf dem Gestein.

Ich dachte an meinen Bumerang. Unter Umständen musste ich ihn gegen die Hexe einsetzen. Über ihre Größe und über ihr Aussehen war ich nicht informiert. Sie konnte klein wie ein Zwerg sein, aber auch übergroß wie ein Riese.

Alles war möglich …

Auf der Brücke fühlte ich mich seltsamerweise etwas unwohl. Ich hatte den Eindruck, als würde das Gestein unter dem Schnee leicht zittern. Das konnte ich mir jedoch auch einbilden. Andererseits traute ich es der Hexe zu, dass sie die Brücke zerstörte.

Als wir die Mitte erreicht hatten, passierte es. Der Angriff erfolgte urplötzlich, aber er traf uns nicht direkt, wir wurden auch nicht verletzt, nur hatte die Hexe unter der Brücke gelauert und schoss nun mit einer wahnsinnigen Geschwindigkeit hervor.

Beide schraken wir zusammen, als wir das unheimliche Heulen und Pfeifen vernahmen, das ihren Auftritt begleitete. An der rechten Seite des mit Schnee bedeckten, breiten Steingeländers der Brücke sahen wir ihre Gestalt in die Höhe schießen.

Ein dunkelroter kometenhafter Streifen. Ein fürchterliches Gesicht, übergroß, faltig, runzelig, hässlich, mit einer gebogenen Knochennase, ballongroßen Augen und einem widerlichen Maul, das offen stand und dabei gebogen war wie ein liegender Halbmond.

Zwei lange Arme wischten uns entgegen. Beide erhielten wir einen Schlag, der uns in den Schnee schleuderte. Vor unseren Augen jagte die Hexe als rötliches Wesen in die Höhe, sodass sie sogar das Ende der Felswand erreichte und dort verschwand, als würde sie in das Gestein hineinkriechen.

Wir rappelten uns hoch. Automatisch klopften wir uns den pappigen Schnee ab, als wir uns dabei umsahen.

»Sie ist weg!«

Stahlmenger hatte die Worte so leise gesprochen, dass ich sie praktisch von seinen Lippen ablesen musste. Ich nickte.

»Aber sie wird zurückkehren. Das war nur der Auftakt«, sagte ich.

»Sollen wir weitergehen?«

»Sicher. Vergessen Sie nicht, dass es noch einen zweiten Gegner gibt, den wir nicht unterschätzen dürfen.«

»Aber einen Zombie können Sie mit einer Kugel aus geweihtem Silber erledigen, John.« Fast beschwörend blickte mich Heinz bei diesen Worten an. Er hatte die Brille abgenommen, um die Gläser vom Schnee zu reinigen.

»Sie haben Recht. Nur müssen wir daran denken, dass er sich bewaffnet hat. Wurde bei der Untersuchung der Leichen nicht festgestellt, dass die Wunden von Axthieben stammten?«

»So ist es.«

»Er wird die Axt noch in seinem Besitz haben.« Nach diesen Worten ging ich weiter und verließ die Brücke.

Wir sahen die Spuren im Schnee, auch die des Fahrzeugs, das von Kandersteg hochgekommen war und dessen Fahrer die Toten gefunden hatte. Obwohl mich das Tosen des Wassers umgab, kam ich mir einsam vor. Diese Schlucht war wirklich bedrückend. Sie konnte einen Menschen schon gemütskrank machen. Die Schatten nahmen an Dichte zu. Zahlreiche Stellen und Vorsprünge waren schon nicht mehr klar zu erkennen. Besonders dann nicht, wenn auf ihnen kein Schnee lag. Der Frost hatte die Oberfläche der weißen Schicht glatt werden lassen. Eis glitzerte wie kleine Diamanten.

Vor uns lag eine enge Kurve. An der linken Seite wuchsen die Felshänge über. Ich musste mich ducken, um nicht mit dem Kopf anzustoßen.

Die Tiefe der Schlucht blieb nie gleich. Im Laufe der Jahrtausende hatten sich wellige Formationen gebildet, kleine Hügel oder Talrinnen, bestückt mit kantigen Steinen.

Wir hatten die Stelle erreicht, wo die Schlucht am tiefsten war. Aus Gründen der Sicherheit war der rechte Wegrand mit einem Zaun versehen worden.

Aus der Tiefe stieg eine eisige Kälte empor. Sie kam mir vor wie der Hauch des Todes. Der Grund war kaum zu erkennen. Wir ahnten das schäumende Wasser mehr, als dass wir es sahen.

Ich ging weiter. Heinz Stahlmenger blieb dicht hinter mir. »Da vorn liegt der erste Tunnel«, sagte er.

Noch konnten wir die Öffnung erkennen. Sie wirkte wie ein halbrundes, dunkles Loch. Was dahinter lag, verschluckte die Dunkelheit. Wie mir der Deutsche erzählte, beschrieb der Weg im Tunnel einen Bogen.

»Wir müssen hindurch«, sagte er.

»Ideal für den Zombie. Einen besseren Hinterhalt hätte er sich nicht wünschen können.« Ich schob meine Hand unter die ärmellose Weste, die ich noch trug, und fasste nach der Beretta. Der Griff war kühl und glatt. Meine Finger glitten über ihn hinweg, und ich spürte so etwas wie ein beruhigendes Gefühl.

»Lassen Sie mich zuerst den Tunnel betreten«, riet ich Stahlmenger, als dieser vorgehen wollte.

»Wie Sie wollen, John. Er ist nicht lang, aber dunkel und unübersichtlich.«

»Klar.«

Ich hatte im Laufe der Zeit einen sechsten Sinn dafür bekommen, was Gefahren anging. Deshalb stürmte ich den Tunnel nicht. Vorsichtig und tastend setzte ich meine Schritte. Die Sohlen schleiften dabei über die glatte Schneefläche.

Direkt vor dem Eingang stoppte ich. Eiskalte Luft wehte mir ins Gesicht. Ich hatte das Gefühl, in eine Höhle gehen zu müssen, die kein Ende hatte.

Hinter mir blieb es normal. Heinz Stahlmenger stand mit leicht gespreizten Beinen nahe des Zauns. Eine Hand lag auf dem runden Handlauf. »Sehen Sie etwas, John?«

»Nein, noch nicht.«

Bevor ich den Tunnel betrat, ließ ich meinen Blick noch einmal über die Felsen wandern.

Da war nichts zu sehen. Sie schwiegen sich aus. Die einbrechende Dunkelheit hatte sie verändert. Manche von ihnen hatten Formen, die mich an böse, gewaltige Gesichter erinnerten, von deren Nasen lange Eiszapfen nach unten hingen.

Dann ging ich.

Den ersten Schritt, den zweiten. Beim dritten geriet ich bereits in den Schatten des Tunnels. Die hervorströmende Kälte umfasste mich wie Arme aus Eis.

Und ich hörte den Schrei.

Hinter mir, gellend, angstvoll.

Ich flirrte herum.

Die Hexe war da, und sie hatte sich Stahlmenger geschnappt!

Noch in der Bewegung hörte ich dann das laute Brechen, als der Sperrzaun zerknackt wurde. Die Hexe besaß eine immense Kraft. Metall widerstand ihr nicht und erst recht kein Mensch.

Stahlmenger hatte sich noch zurückschwingen wollen, das war

aber nicht mehr möglich gewesen. Die gewaltige Klaue der Hexe erfasste ihn und drückte ihn zusammen, als wäre die Klaue ein Gewinde. Ich sah den Arm, eine Schulter der Hexe, dann wurde Heinz vom Boden hochgerissen und über das zerbrochene Gitter geschleudert.

Ich wollte ihm nach, blieb aber schon im Ansatz stehen, denn die Hexe lockerte ihren Griff.

Heinz wusste, was auf ihn zukam. Er versuchte sich verzweifelt am Gelenk wie ein Turner an der Reckstange festzuklammern, aber das ließ seine Gegnerin nicht zu.

Sie wollte, dass er in die Tiefe fiel.

Ich griff zum Bumerang, kam jedoch nicht dazu, ihn einzusetzen, denn die zweite Gefahr näherte sich mir aus dem Tunnel.

Es war Thomas, der Zombie!

Er rannte herbei, wirkte auf mich wie ein Gespenst und schwang dabei seine mörderische Axt …

Obwohl ich von unserem zweiten Gegner gewusst und auch mit einem Angriff gerechnet hatte, war ich trotzdem überrascht. Nicht so sehr wegen der Tatsache des plötzlichen Auftauchens, nein, mir ging es um die Person des Zombies, mit dem ich schon vor mehr als zwei Jahren auf Leben und Tod gekämpft hatte.

Thomas war mir noch sehr gut in Erinnerung geblieben. Er hatte sich aber nicht so verändert, als dass ich ihn nicht erkannt hätte. Seine Gestalt war mit Schnee und Dreck verklebt, die Kleidung bestand aus Fetzen, das Gesicht zeigte ebenso einige Wunden wie der Körper. Sie waren in der Zwischenzeit blutlos und ohne Kruste zusammengewachsen. Sein Haar wirkte wie strähniger Draht, die Bewegungen waren nicht sehr schnell, doch er wurde vom Schwung seiner Angriffswucht getragen, als er mir die Schneide der Axt in den Kopf schmettern wollte.

Ich warf mich in den Tunnel hinein und gleichzeitig zur Seite. Leider kam ich nicht mehr an meine Beretta heran und hatte noch das Pech, direkt vor dem Tunnel auf einen Eisklumpen zu treten und auszurutschen.

Ich fiel, prallte rechts gegen die kalte Steinwand und stieß mir noch an der niedrigen Decke den Kopf, sodass ich für einen Moment Sterne sah und völlig durcheinander war.

Bevor ich zu Boden stürzen konnte, hatte ich mich gefangen und zugleich gedreht. Auch der Zombie war nicht untätig geblieben. Für einen Moment zeichnete sich seine Gestalt im Eingang der Tunnelöffnung ab, ich sah noch die Bewegung seiner linken, freien Hand, die er zum Schlag erhob, und wollte zur Beretta greifen.

Eine Kugel reichte!

Vielleicht hatte ich mich zu sehr auf diese Tatsache konzentriert. Jedenfalls sah ich den Gegenstand, der auf mich zuwirbelte, viel zu spät. Der Zombie hatte ihn geschleudert. Ob Stein oder Eisbrocken, das spielte keine Rolle. Ich zog noch den Kopf ein und bemerkte in derselben Sekunde, dass ich viel zu spät reagiert hatte.

Etwas knallte gegen meine Stirn, und wieder platzten Sterne wie ein gelber Funkenregen vor meinen Augen auf. Die Haut war an der getroffenen Stelle weggeplatzt. Aus der Wunde sickerte Blut, ich wurde nicht bewusstlos, nur schwächer, und mein einziger Gedanke drehte sich darum, diesen Horror zu überleben.

Gebückt taumelte ich tiefer in den Tunnel. In meinen Ohren lastete ein dumpfes Gefühl, ich riss die Beretta hervor, hörte hinter mir wuchtige Schritte und schoss einfach über die Schulter.

Das Echo des Schusses wetterte zwischen den inneren Tunnelwänden und hallte in meinen Trommelfellen.

Da die Schritte hinter mir nicht verklangen, war mir klar, dass ich nicht getroffen hatte.

Nur weg! Raus aus diesem Tunnel!

Er führte tatsächlich in eine Linkskurve, die ich zu spitzwinklig anging und deshalb gegen einen Mauervorsprung stieß.

Ich drehte mich, die Waffe machte die Bewegung mit, als ich Thomas dicht vor mir sah.

Wieder sauste die Axtklinge nach unten.

Irgendwie kam ich weg. Meine Reflexe war ausgezeichnet. Ich spürte keinen Schmerz, vernahm auch kein dumpfes Geräusch, dafür aber ein helles Klirren, als Metall auf Stein traf.

Er hatte mich nicht erwischt.

In meinem Kopf tuckerte der Schmerz. Noch immer rann Blut aus der Wunde, doch mein Sehvermögen war zum Glück nicht beeinträchtigt worden. Vor mir erkannte ich den Ausgang des Tunnels. Auch an dieser Seite zeichnete er sich als von der Erde hochwachsender Rundbogen ab.

Wie oft hatte ich schon gegen Zombies gekämpft, aber selten so eine Mühe gehabt wie hier!

Ich lief weiter.

Die Angst vor der Axt saß mir im Nacken, deshalb setzte ich auch zu einer Zickzack-Fährte an, um die Trefferchance meines Verfolgers zu verringern.

Ich kam unbehelligt raus, sah den Weg wieder, den hellen, dicken Schnee, und konnte mich am Gitter abstützen, bevor ich wieder auf einem der hinterlistigen Eisbrocken ausrutschte.

Ich drehte mich um.

Blut war mir in mein Auge gelaufen. Es nahm mir einen Teil der Sicht. Ich wischte es weg, drückte den linken Arm nach hinten und stützte mich mit der Hand auf der waagerecht laufenden Planke der Sicherung ab.

Die andere brachte ich in Schussposition.

Thomas kam noch nicht. Ich ging ihm auch nicht entgegen und wartete. Allmählich beruhigte sich mein keuchender Atem, auch das Zittern hörte auf. Ich musste ihn einfach erledigen, denn auf mich wartete noch die verfluchte Hexe.

Für einen Moment dachte ich an Heinz Stahlmenger. Ich hatte ihn nicht fallen sehen, rechnete jedoch damit, dass sich die Gastern-Hexe auf so grausame Art und Weise gerächt hatte.

Aus dem Tunnel klangen mir Geräusche entgegen. Schleifende Schritte, ziemlich unregelmäßig, denn auch der Zombie wusste, dass ich nicht waffenlos war.

Schon einmal hatte Thomas verloren.

Mein Blick traf die Tunnelöffnung im schrägen Winkel, sodass ich sie nicht ganz überschauen konnte. Natürlich rechnete ich mit einem hinterhältigen Trick, und das war auch gut so.

Thomas kam nicht selbst, er schickte statt dessen seine Mordwaffe auf die Reise.

Die unheimlich hart geworfene Axt fegte aus der grauen Öffnung, überschlug sich in der Luft, ich sah noch dieses gefährliche Blitzen und ging volles Risiko ein, als ich mich nach hinten schleuderte, über das Geländer hinweg.

Dahinter begann nicht sofort der Abgrund, es war noch ein schmaler Steg darunter, auf dem ebenfalls eine Schneehaube lag. In sie fiel ich hinein, während über mir die Axt hinwegwischte und irgendwo in der Schlucht landete.

Jetzt war der Zombie waffenlos, und das hatte ich gewollt!

Kam er?

Ich wartete. Auch Thomas war schlau, sodass ein kleiner Nervenkrieg begann.

Viel bewegen konnte ich mich auf dem glatten Schnee nicht. Ich lag zwar schräg, schloss mit dem Kopf bereits am Rand des Vorsprungs ab. Die Mütze hatte ich während des Kampfes verloren. Es fiel mir erst jetzt auf, als der nasse Schnee auf der Kopfhaut klebte.

Wann würde er erscheinen? Er musste einfach den Tunnel durchqueren. Es gab keine andere Möglichkeit, denn außen herum konnte er auf keinen Fall gehen.

Da waren der Abgrund und die steile Felswand mit ihrem rutschigen Eis und festgefrorenem Schnee in den Höhlen und Spalten.

»Johnnnn …«

Beim ersten Mal glaubte ich, mich getäuscht zu haben. Wer konnte schon meinen Namen rufen?

Dann drang der dünne Schrei ebenfalls an meine Ohren, und ich vernahm wieder das eine Wort: »Johnnnn …«

Mein Gott, da rief Heinz Stahlmenger. Er musste sich irgendwo unter mir befinden und um Hilfe rufen. Wo er steckte, konnte ich nicht sehen, außerdem wagte ich nicht, mich zu bewegen, so lauschte ich weiter der Stimme, die das dumpfe Rauschen des Wildbachs übertönte.

Heinz Stahlmenger befand sich in großer, wenn nicht in Lebensgefahr. Konnte ich ihn aus dieser Gefahr herausholen? Ich versuchte, ihm zumindest Hoffnung zu geben, deshalb antwortete ich ihm.

»Alles okay, Heinz, ich bin noch da!«

Pause, dann wieder die dünne Stimme. »Der Zombie … was ist …?«

»Er lebt noch.«

»Beeilen Sie sich, John! Ich kann mich hier nicht mehr lange halten. Ich liege auf einem Felsvorsprung. Irgendwas ist mit meinem Bein …«

»Und die Hexe?«

»Nicht da!«

Sie nicht, aber Thomas. Er hatte eine günstige Zeit abgewartet und kam auch nicht langsam und etwas behäbig, wie die Zombies es an sich haben, aus dem Tunnel, nein, er hatte es raffiniert angefangen, duckte sich und rollte sich dabei über den Boden, sodass dünner Schnee wolkenartig aufstob.

Ich richtete mich auf, die Sicht wurde mir genommen, aber ich wusste, wo er sich befand.

Als er hochkam, schoss ich.

Einmal, zweimal und auch ein drittes Mal.

Ich hörte keinen Schrei, sah aber innerhalb der Flockenwolke zuckende Bewegungen, als würde der Zombie mit einem makabren Tanz beginnen, der ihn zu Boden schleuderte, dann wieder in die Höhe trug, und ihn im nächsten Augenblick, wie von einem Faustschlag getroffen, abermals in den Schnee schickte, wo er liegen blieb und sich nicht mehr rührte.

Ich hatte ihn geschafft!

Sekundenlang blieb ich in der Haltung und wirkte mit meinem halb ausgestreckten Arm wie eine Eisfigur. Dann endlich bewegte ich mich und kam auf die Füße.

Ich war leicht unterkühlt, ging breitbeinig und mit steifen Schritten auf das Bündel zu, das mitten auf dem Weg lag, ein Untoter war und auf den Namen Thomas hörte.

Nein, gehört hatte!

Drei Silberkugeln überstand auch er nicht. Während ich auf den leblosen Körper starrte, lud ich automatisch die Waffe nach. Thomas lag halb auf der Seite und halb auf dem Rücken. Eine Kugel war ihm in die Wange gefahren. Ich sah zwar das Einschussloch, aber kein Blut. Dafür eine andere, sirupdicke Flüssigkeit von graugrüner Farbe, die wie ein Wurm aus der Wunde kroch.

Ich schüttelte den Kopf. Um einen normalen Zombie erledigen zu müssen, hatte ich zweimal nach Kandersteg fahren müssen. Eigentlich ein Unding, aber die Sache war noch nicht beendet.

Die Gastern-Hexe hatte ihren Helfer für alle Zeiten verloren. Um so grausamer würde sie zurückschlagen, um sich an Stahlmenger und mir zu rächen.

Noch hielt sie sich verborgen, aber sie besaß in Heinz Stahlmenger einen Trumpf, den ich nicht unterschätzen durfte.

»Johnnn …« Ich hörte abermals seinen verzweifelt klingenden Ruf und konnte ihm endlich eine positive Antwort geben.

»Thomas ist erledigt. Er hat meinen Kugeln nicht widerstehen können, Heinz!«

Stahlmenger antwortete nicht. Ich rief noch einmal nach ihm und hörte dann erst seine Antwort. »Holen Sie mich hier weg, John!«

»Wo stecken Sie denn?«

»Noch vor dem Tunnel …«

»Okay, ich komme.« Diesmal lief ich schneller durch den Tunnel. Es war auch niemand da, der mich aufhielt. Bei jedem Schritt spürte ich das Tuckern im Kopf, aber damit musste ich mich abfinden. Blessuren gehörten einfach zur Tagesordnung.

Ich ließ den Tunnel hinter mir, rief nach Stahlmenger und vernahm seine Antwort deutlicher. Sie wurde zusammen mit dem Rauschen des Wassers aus der Schluchttiefe hochgetragen.

»Schauen Sie nach unten. Soviel ich weiß, gibt es da einen schmalen Pfad, der bis zum Wasser führt. Ihn können Sie gehen. Nur der Schnee, der wird …«

»Ruhe jetzt, Heinz!« Ich hatte mich bereits über das Geländer geschwungen, stand nun direkt vor dem Abgrund, der gar nicht mehr so steil aussah. Nur den Pfad sah ich nicht, allerdings zwei nur zur Hälfte mit Schnee bedeckte Steine, die auf mich wie Markierungspunkte wirkten und möglicherweise den Beginn des für mich nicht sichtbaren Pfades anzeigten. Ich probierte es einfach.

Mit dem Schuh schabte ich Schnee zur Seite, drehte mich und ging schräg in die Tiefe.

Das alles konnte natürlich auch eine Falle der Gastern-Hexe sein, doch dieses Risiko musste ich eingehen.

Es war eine Quälerei. Ich klammerte mich, wenn es möglich war, mit den Händen an den Steinen fest, rutschte auch mal bäuchlings über den Boden und hörte den Ruf des Deutschen.

»Ich sehe Sie, John! Sie sind auf dem richtigen Weg!«

Ich gab keine Antwort. Ich brauchte die Luft. Manchmal glitt auch Schnee nach, war schneller als ich und traf meinen ungeschützten Kopf, wo er wieder in den Haaren kleben blieb und einfach nicht wegtauen wollte.

Je tiefer ich gelangte, um so besser klappte es. Der Zufall hatte mir tatsächlich den schmalen, gewundenen Pfad gewiesen, der zum Wasser hinführte. Auch ich konnte mich besser bewegen, und bald vernahm ich die Stimme des Verletzten sehr deutlich.

»Sie sind gleich bei mir. Sie müssen noch um einen Felsen.«

»Den schaffe ich auch!«, keuchte ich.

Leider wurde es noch einmal schwierig. Der Pfad unter mir war verdammt glatt und vereist. In die Tiefe schaute ich nicht. Mir reichte das Rauschen des Wassers.

Aber hoch über mir hatte der Himmel bereits seine Farbe gewechselt. Er ging allmählich über in ein dunkles Blau. Klappte es? Ja, ich schaffte auch den Rest und sah Heinz Stahlmenger auf einem genügend großen Vorsprung hocken, der auch mir noch Platz bot.

Der Deutsche grinste mich an. Schnee hing an seiner Kleidung, auch in seinem Gesicht klebten Flocken.

Ich keuchte, holte Luft und nickte ihm zu. Noch kniete ich vor ihm. Dann stellte ich die erste Frage. »Wie schwer ist Ihre Verletzung, Heinz? Können wir zusammen nach oben?«

Er beugte sich etwas vor, blickte mich aus großen Augen an. In seinen Augenwinkeln entdeckte ich das gefrorene Tränenwasser. Sehr langsam schüttelte er den Kopf. »Ich bin nicht verletzt, John ...«

»Was?«

Heinz hob die Schultern. »Es ... es tut mir Leid, mein Freund, aber ich musste es ...«

»Warum?«

Die nächsten Worte tropften fast über seine Lippen. »Sie hätte mich sonst getötet. Die Hexe wollte mich als Geisel haben, um für Sie die Falle zu stellen. Sie weiß, wie mächtig Sie sind, John, dass Sie einen Zombie leicht erledigen können. Ich kann Ihnen nicht sagen, wie Leid es mir tut, aber verstehen Sie mich. Ich habe auf Sie und Ihre Kraft vertraut. Vielleicht schaffen Sie die Hexe. Wenn nicht, sterben wir beide.«

Ich brauchte Heinz Stahlmenger nichts zu verzeihen, da ich mir vorstellen konnte, unter welch einer seelischen Hölle er gelitten hatte. Vielleicht war er daran sogar innerlich zerbrochen. Und im Prinzip hatte er Recht. Ich hätte mich sowieso der Hexe stellen müssen, nur gefiel mir dieser Platz nicht.

»Sie … Sie sagen nichts?«

Ich streckte meinen Arm aus und schlug ihm auf die Schulter. »Keine Sorge, Heinz, das schaffen wir schon. Ich hätte an Ihrer Stelle kaum anders gehandelt.«

»Ist das Ihr Ernst?«

»Mein voller.«

Und dann war es wieder da. Dieses wahnsinnige Gelächter, das wir schon einmal gehört hatten. Es erfüllte die Schlucht, bildete unheimliche, hallende und böse klingende Echos, die uns entgegentobten.

Heinz Stahlmenger zuckte zusammen. Es war ihm anzusehen, dass er sich am liebsten im Fels verkrochen hätte, und ich sah auch den roten Schein, der über die Wände glitt.

Die Hexe musste sich hinter mir befinden.

Sehr langsam drehte ich mich um – und sah sie.

Die Gastern-Hexe schwebte über der Schlucht. Sie hatte die Ausmaße eines Riesen und ebenso gewaltige Arme. Zwischen ihren riesigen Pranken hielt sie über dem Kopf einen riesigen Felsbrocken, den sie jeden Augenblick auf uns niederschleudern konnte …

Heinz Stahlmenger hatte Angst, und ich ebenfalls. Dieses Gebilde war so furchterregend und dämonisch, dass empfindliche Menschen bei seinem Anblick einen Schock erlitten.

War sie auch ein Mensch? Besaß sie einen Körper, oder bestanden die Umrisse nur aus Geist?

Vielleicht aus beidem, denn Kopf und Arme waren Materie, während der übrige Körper verwischte und in seiner Geometrie mehr dem roten Schweif eines Kometen glich.

Urhässlich zeichnete sich das Gesicht vor dem dunkleren Hintergrund ab. Die gleichen Züge, die ich innerhalb des Steins gesehen hatte, nur ins Riesenhafte vergrößert.

Ich drehte mich langsam hoch, dagegen hatte die Hexe auch nichts. Wenn man überhaupt von einem Gefühl sprechen konnte, das sich in ihrem Gesicht abzeichnete, dann kam nur eines in Frage.

Hass!

Möglicherweise auch der Wille zur Vernichtung. Und das sagte sie uns auch.

Sie konnte reden, sprach mit einer Donnerstimme, die Echos erzeugte, sodass es sich anhörte, als entstünde bei einem Mikrofon eine Rückkopplung, wobei ein Wort in das andere überging.

»Ich habe euren Tod beschlossen, das solltet ihr euch merken. Ich werde euch vernichten, zermalmen, indem ich diesen Felsbrocken nach unten schleudere.«

»Weshalb?«, schrie ich ihr entgegen.

»Weil du und dein Freund das Böse ausmerzen wollen, das sich all die Jahre gehalten hat. Dies allein ist der Grund. Die Menschen damals wussten, weshalb sie das Gasterntal mieden. Sie spürten, dass hier seit Urzeiten etwas lauerte, das nur in der Hölle geboren worden sein konnte. Es gibt viele Orte des Grauens auf der Welt. Dieser hier gehört dazu, und das ist mein Platz, den ich mir nicht nehmen lassen werde. Auch nicht von euch. Ich werde wieder hier herrschen. Ich habe den Diener gefunden, der mich erlöste. Nicht umsonst wurde das Buch immer verschlossen und versteckt gehalten. Bei der Übergabe warnte man vor dieser einen Seite, die nicht in fremde Hände geraten sollte. Aber so etwas währt nicht ewig. Ich habe den Zeitpunkt erkannt.«

»Dein Diener ist tot!«, hielt ich ihr entgegen.

»Ich wusste, dass du stärker bist als er. Er war für mich nur

Mittel zum Zweck. Ich werde mir einen anderen holen. Menschen kommen oft genug in das Tal. Gern hätte ich mir auch die geschnappt, die im letzten Sommer durch das Tal gegangen sind. Ich habe sie gesehen, wenn sie vor dem Stein stehen blieben, über ihn lachten, aber dennoch einen Schauer verspürten, falls sie die Geschichte kannten, die sich um den Stein rankte. Sie haben die kleinen Steine geworfen und sind weitergegangen in dem Bewusstsein, mich gnädig gestimmt zu haben. Ich bin nicht gnädig, ich will herrschen. Als Herrscher kennt man keine Gnade. Man wird eure zerschmetterten Leichen finden. Vielleicht zwischen den Felsen oder im Wasser, ich weiß es nicht genau. Dann aber wird man wissen, dass es die Hexe tatsächlich gibt.«

Wie sollte ich sie stoppen? Bestimmt nicht mit einer Kugel. Möglicherweise gelang es mir, wenn ich den Bumerang schleuderte, das aber kostete Zeit.

Die Hexe würde immer schneller sein.

Und das Kreuz?

Es war kein Allheilmittel, aber es konnte vieles bewirken und sich auch gegen die Hexen richten, wie ich erfahren hatte.

Ich hatte es in die rechte Tasche meiner Jacke gesteckt, ließ die Hand hineingleiten, umfasste das Kreuz und spürte dessen Wärme. Es reagierte schon.

Heinz Stahlmenger sagte nichts. Er hockte neben mir, und ich hörte sein scharfes Atmen. »Dann haben wir wohl keine Chance mehr«, sagte ich, dabei die Hand mit dem Kreuz aus der Tasche ziehend.

»Nein!«, schmetterte mir die Hexe entgegen. »Nein, ihr habt keine Chance, ihr …«

»Darf ich noch etwas sagen?«

»Nur einen Satz!«

Und den rief ich so laut, wie ich nur konnte.

»Terra pestem teneto – Salus hic maneto!«

Das Kreuz strahlte, die Hexe zitterte. Ihre Gestalt war plötzlich lichtumflossen. Wir hörten sie jaulen und schreien, als wollte sie mit diesen Geräuschen die Felsen zerschmettern. Aber sie konnte nicht anders. Die geballte Kraft meines Kreuzes hatte sie voll erwischt und bewegungslos gemacht.

Die Hexe schrie weiter, stand steif, bewegte sich nicht vom Fleck, aber sie zitterte.

Ich zog den Bumerang hervor. Stahlmenger stellte eine Frage, auf die ich keine Antwort gab. Statt dessen schwang ich meinen rechten Arm weit zurück.

Es musste ein erstklassiger Wurf werden, die Hexe durfte einfach nicht überleben.

Ich warf die silberne Banane.

Sie jagte wie ein Geschoss aus meiner Hand und raste ihrem Ziel entgegen. Hinein in das Licht tauchte sie, glühte für einen Moment auf, als wollte sie zerplatzen, flog weiter und raste mit großer Geschwindigkeit auf ihr Ziel zu.

Treffer!

Genau zwischen Kinn und Brust. Die Waffe durchschlug den Hals.

Ich hatte schon erlebt, dass Schädel von Dämonen einfach wegflogen, das war hier nicht der Fall.

Die Gastern-Hexe explodierte in einem feurigen Wirbel aus Funken und rotem Licht. Flackernd tanzte der Widerschein zwischen den Schluchtwänden und schuf eine geisterhafte Atmosphäre. Sogar der Schnee nahm für einen Moment eine rote Färbung an, bevor alles wieder zusammenbrach und die Düsternis Einzug hielt.

Die Hexe war verschwunden, ebenfalls der Felsbrocken, der innerhalb des magischen Lichts einfach weggeschmolzen war.

Mein Bumerang kehrte zielsicher zurück, sodass ich ihn mühelos auffangen konnte.

Ich drehte mich zu Heinz Stahlmenger um.

Der starrte mich an. »Das … das darf doch nicht wahr sein«, flüsterte er. »Verdammt, das ist einfach …«

Ich hob die Schultern. »Heinz, die Hexe ist nicht mehr da. Wir haben sie erledigt.«

»T … tatsächlich?«

»Ja.«

Er schloss die Augen und sagte mit leiser Stimme: »Ich glaube, jetzt werde ich erst einmal beten …«

Als wir den galerieartigen Pfad trotz großer Schwierigkeiten sicher, aber völlig erschöpft erreicht hatten, fielen wir uns in die Arme und waren froh, es geschafft zu haben. Heinz Stahlmenger starrte auf den reglosen Körper des Zombies, schüttelte sich und flüsterte: »Wenn ich daran denke, wie oft ich mit Thomas an der Bar gesessen und ein Glas getrunken habe, kann ich das noch immer nicht begreifen. Wie schon vor zwei Jahren.«

»Diesmal ist es endgültig ausgestanden.«

Wir nahmen nicht mehr den Weg zum Hubschrauber zurück. Heinz war der Ansicht, dass es keinen Sinn hatte, ihn zu starten. Der Rotor war eingefroren.

Also liefen wir zu Fuß zurück nach Kandersteg. Es dauerte eine Weile, bis wir das Gasterntal hinter uns gelassen hatten und an der Hauptstraße standen. Dort hatten wir das Glück, ein freies Taxi zu finden. Der Fahrer brachte uns zum Royal-Hotel Gemmi, wo Herr Contini uns anstarrte, als kämen wir vom Mars. Mit eckigen Bewegungen trat er hinter der Rezeption hervor.

»Sie?«, hauchte er.

»Ja«, sagte Heinz Stahlmenger, »wir.«

»Ohne Hubschrauber?«

»Der steht am Waldhaus, aber das ist zweitrangig. John Sinclair hat es geschafft. Es gibt keinen Thomas mehr.«

»Und die Hexe?«

»Auch nicht«, sagte ich leise.

In der Halle war es warm, und ich hatte das Gefühl, allmählich aufzutauen. Zusätzlich überfiel mich die Erschöpfung, sodass ich nichts mehr sagte, sondern hoch in mein Zimmer ging, mir ein Bad einließ und mich ins heiße Wasser legte.

Dort fand mich dann Glenda, kurz bevor ich einschlief. Sie machte mich wieder wach, stellte keine Fragen und meinte nur, dass sie ein Bad vertragen könnte.

»Bei dir?«, fragte ich grinsend.

»Nicht unbedingt«, erwiderte sie und begann damit, sich zu entkleiden …

Nun ja, manchmal muss man auch Kavalier sein. Es sei nur so viel noch gesagt. Glenda und ich blieben noch vier Tage in Kandersteg, und jeder Tag wurde zu einem Erlebnis. Dafür sorgten nicht zuletzt Heinz Stahlmenger und seine Frau, mit denen wir feierten, dass sich die Balken bogen.

# MEINE TOTENBRAUT

»Ja«, sagte Suko und bewegte den Kopf vor und zurück. »Da sieht man wieder, wie erholsam ein Job bei Scotland Yard sein kann. Braun gebrannt, so richtig in Form, natürlich bereit zu neuen Schandtaten. Stimmt es, oder habe ich Recht?«

»Beides.«

Nach dieser »Begrüßung« fielen wir uns in die Arme. Suko war zum Flughafen gekommen, um Glenda und mich abzuholen. Der Inspektor hatte nicht gelogen. In der Tat sahen wir erholt aus. Die Wintersonne der Schweiz hatte dafür gesorgt.

Vier Tage hatten wir nach getaner Arbeit Urlaub genossen, und die waren erfüllt gewesen mit langen Spaziergängen und einigen Skilanglauf-Versuchen. Und gefeiert hatten wir, denn in Kandersteg hatte ich inzwischen Freunde gefunden.

London hatte ich bereits telefonisch über meinen Erfolg verständigt, sodass Suko bei unserer Ankunft keine großen Fragen zu stellen brauchte. Die Maschine aus Zürich war am späten Nachmittag gelandet, ins Büro wollte ich nicht mehr gehen, aber ich hatte Durst und fragte meine Freunde, ob sie etwas trinken wollten.

Glenda war dafür, Suko auch, und so suchten wir uns ein kleines Restaurant aus, chic eingerichtet mit viel Messing und Mahagoni. Man konnte italienisch essen, aber keinem von uns stand der Sinn nach einer schnellen Pizza.

»Kaffee, stark«, sagte Glenda und streckte die Beine aus, bevor sie die Arme hochreckte und die Hände hinter dem Kopf verschränkte. »Ich brauche einen doppelten Espresso.«

»Und du, Suko?«

»Mineralwasser.«

»Dann bin ich wieder der Einzige unter uns, der fremdgeht«, erklärte ich und bestellte einen Rotwein. Sukos Blicke trafen einmal Glenda, dann mich, und er schüttelte einige Male den Kopf, wobei ein Lächeln über seine Lippen glitt.

»Was hast du?«, fragte ich ihn.

»Seid mir nicht böse, aber ihr kommt mir vor, als wärt ihr noch gar nicht richtig auf der Welt.«

»So kann es sein«, erwiderte Glenda. Ihre Augen zeigten einen träumerischen Ausdruck. »Ich habe noch immer das Gefühl, in der Wintersonne zu sitzen und gegen die schneebedeckten Berge zu schauen. Es war einfach zu schön, ein herrliches Erlebnis. Ich hätte noch bleiben können. Leider waren die Zimmer wieder vergeben, aber diese Tage werde ich so schnell nicht vergessen.«

»Und ich musste hier in London hocken«, beschwerte sich Suko.

Glenda strich schnell über seine rechte Wange. »Du tust mir direkt Leid, mein Armer.«

»Lüge. Ich sehe dir an, Mädchen, dass du lügst.«

»John, muss ich mir das gefallen lassen?«

»Im Prinzip nicht«, sagte ich lächelnd. »Aber er hat ja Recht.«

»Ihr Männer haltet immer zusammen.« Glenda zog den Reißverschluss ihrer dreiviertellangen Winterjacke nach unten und fragte gleichzeitig: »Was ist eigentlich mit unserem Gepäck?«

»Dafür wird gesorgt.«

»Hast du das angeordnet, John?«

»Ja, mittlerweile kennt man mich hier. Wir brauchen es später nur noch in den Wagen zu laden.«

Ein Ober brachte die bestellten Getränke. Er hatte für jeden von uns ein paar freundliche Worte und bewegte sich wie ein Tänzer, als er die Dinge vor uns auf die runde Tischplatte stellte.

Suko formulierte den Trinkspruch. »Dann heiße ich euch in der Heimat willkommen, Freunde.«

Ich musste grinsen. »Du tust gerade so, als wären wir ein Jahr London ferngeblieben.«

»Ich freue mich eben, wenn die Menschen, die mir etwas bedeuten, gesund zurückkehren.«

»Genau, John«, sagte Glenda. »Daran solltest du dir auch mal ein Beispiel nehmen. Ich finde es toll, dass sich auch in der heutigen Zeit noch Menschen um andere Menschen Sorgen machen, wo es doch immer heißt, dass die Welt so kalt und gefühllos sei.«

»Na denn, Cheerio.«

Der Wein schmeckte mittelprächtig. Er war mir ein wenig zu »dünn«. Auf dem Metallstuhl drehte ich mich herum, sodass ich zur Theke sehen konnte. Dort standen die Gäste dicht nebeneinander und tranken ihren Kaffee oder nahmen einen Longdrink. Sie wirkten alle ein wenig in Hast und Eile. Viele schauten auf die Uhr, doch ich ließ mein Inneres allmählich ausklingen.

Bisher war ein Thema vermieden worden, das ich jedoch nicht vergessen hatte und anschnitt. »Suko, was hat es Neues gegeben in der Zeit, in der wir in der Schweiz waren?«

»Kaum etwas.«

»Wieso kaum?«

»Es gab da eine Sache mit einem Rundfunkmann, der angeblich vom Teufel besessen war. Ich habe mich um den Knaben gekümmert und fand ihn nur noch tot.«

»Selbstmord?«, fragte Glenda.

»Ja. Wie kommst du darauf?«

»Nur so. War gewissermaßen eine Eingebung.«

Suko nickte. »Er hatte sich tatsächlich umgebracht. Sich selbst mit einem schwarzen Tuch erwürgt. Er lag in seiner Wohnung vor einem Teufelsaltar. Es war kein angenehmes Bild.«

»Gab es Hintergründe?«, fragte ich. »Hast du nachgeforscht?«

»Ja, aber nichts herausgefunden. Der Mann gehörte wohl keiner Gruppe an. Er war allein.«

»Sollen wir trotzdem am Ball bleiben, oder siehst du den Fall als abgeschlossen an?«

»Er ist vorbei.«

Wenn Suko das sagte, brauchte ich mich nicht in die Sache einschalten. Ich zündete mir eine Zigarette an. »Und sonst war nichts, was aus dem Rahmen fiel?«

»Doch.«

Glenda und ich schraken zusammen, als wir die knappe Antwort des Inspektors hörten. Als Suko unsere gespannten Haltungen und erwartungsvollen Gesichter sah, begann er zu lachen und winkte ab. »Nein, so spannend ist es nicht, Freunde. Nur ungewöhnlich. Es geht auch eigentlich nur John etwas an.«

»Rück schon heraus mit der Sprache!«

»Ich habe des Öfteren Anrufe für dich erhalten.«

»So?« Ich hob die Schultern. »Von wem denn?«

»Von einer Frau.«

Ich kannte meinen Freund. »Wenn du so sprichst, Suko, weißt du nicht, wer mich sprechen wollte.«

»Richtig. Sie hat ihren Namen nie sagen wollen, obwohl ich sie des Öfteren danach fragte. Ist ja verständlich. Immer wieder lehnte sie es ab, sodass ich schon sauer wurde.«

»Hat sie dich wirklich nicht mit Informationen versorgt?«

»Nur ein wenig. Sie sprach davon, dass sie ihren Geliebten suchen würde. Und dass sie ihn nun gefunden hätte.«

Mein Lächeln erstarrte zur Grimasse. Mit dem Zeigefinger deutete ich auf meine Brust. »Und dieser Geliebte soll ich sein?«

»So hörte es sich jedenfalls an. Du kannst es drehen und wenden, John, ich weiß es auch nicht. Ich fragte natürlich nach. Glaube nur nicht, dass ich eine Antwort erhielt. Diese Anruferin suchte ihren Geliebten. Mehr kann ich dir nicht mitteilen.«

Glenda konnte sich ein Lachen nicht verbeißen. »John«, sagte sie und drohte mit dem Zeigefinger. »Ich wusste nicht, dass du so als Geliebter gefragt bist.«

»Ich auch nicht.«

»Nun ja«, meinte Suko mehr scherzhaft. »Wer von uns kennt schon den anderen genau?«

»Hör auf, Mensch! Sag mir lieber, ob du die Stimme erkannt hast. Hat sie jung geklungen, alt, neutral, oder war sie hoffnungsvoll?«

»Fremd.«

Ich trank noch einen Schluck Wein. »Wie fremd?«

»Fremd und anders, John. Ich habe sie noch nie zuvor gehört. Sie besaß einen Dialekt, wie ich meine. Mir kam es vor, als würde es ihr schwer fallen, die Worte zu formulieren. Als müsste sie erst noch nach ihnen suchen.«

»Keine Engländerin?«

»Nein.«

Ich überlegte, auch Glenda dachte nach und sagte dann: »Wie oft hast du Fälle allein angegangen, John? Es gab ja viele Frauen, die dir über den Weg gelaufen sind. Attraktive, weniger attraktive, vielleicht heimliche Verehrerinnen, und Frankreich hat dich ja auch in der letzten Zeit angezogen.«

»Wie kommst du darauf?«

»Weil Suko von einem fremden Dialekt sprach.«

»Die Frau hätte ebenso gut Deutsche sein können …«

Suko hob die Hand. »Das nicht. Ich glaube, dass Glenda mit ihrer Vermutung richtig liegt. Diese Unbekannte sprach tatsächlich mit einem französischen Akzent.«

Glenda nahm die Tatsache noch immer von der amüsanten Seite. »John, was hast du in Frankreich oder Paris alles hinterlassen? Etwa gebrochene Herzen?«

»Kaum.«

»Es ist noch schlimmer, wenn man selbst nicht weiß, was man angerichtet hat.«

»Hör doch auf«, sagte ich, weil ich die Sache als ziemlich ernst ansah. »Da steckt etwas dahinter.«

»Meinst du?«

Suko hatte die Frage gestellt.

»Weshalb hätte mich sonst jemand anrufen sollen?«, fragte ich zurück. »Und nicht nur ein- oder zweimal. Jemand will oder wollte mich dringend sprechen. Wie sah es zeitmäßig aus? Wann erfolgten die Anrufe?«

»Immer tagsüber, nie in der Nacht. Sie erreichten mich stets im Büro, als hätte die Frau genau gewusst, wo sie dich finden konnte. Das ist schon außergewöhnlich.«

»Die Mühe bestimmt, die die Unbekannte sich gegeben hat. Jetzt bin ich ja gespannt, ob sie noch einmal anruft.«

»Wir können noch im Büro vorbeifahren, John. Ich habe einige Anrufe auf Band.«

»Das ist gut.«

»Bringt ihr mich zuvor nach Hause?«, fragte Glenda.

»Klar.«

Den Ober brauchte ich nicht zu rufen, er kam von selbst, allerdings nicht, weil er kassieren wollte.

»Ist ein Mr. Sinclair unter Ihnen?«

»Ja, ich.«

Seine dunklen Augen schauten mich an. »Telefon für Sie, Mr. Sinclair. Bitte, folgen Sie mir.«

Automatisch stand ich auf. Suko und Glenda sahen überrascht aus. »Vielleicht ist sie das«, sagte Glenda.

»Kann sein.«

Im Weggehen hörte ich Sukos Satz. »Woher sollte sie denn wissen, dass wir hier sind?«

»Weiß ich doch nicht.«

Das Telefon stand auf einem kleinen Brett hinter der Theke, neben dem Flaschenregal. Eine Schallschutzhaube schützte sie ein wenig vor neugierigen Ohren. Als ich den Hörer abhob, zitterten meine Finger ein wenig. Reiß dich zusammen, alter Junge!, sagte ich mir selbst, um mich einen Atemzug später zu melden.

»Hallo – habe ich dich endlich am Apparat?«

Ich gab zunächst keine Antwort und lauschte dem Klang der Stimme. Hatte ich sie bereits gehört? Nein, mir fiel im Moment nichts ein. Aber Suko hatte sich nicht getäuscht. Die Stimme der mir unbekannten Frau hatte tatsächlich einen französischen Akzent. »Wer bist du?«, erkundigte ich mich nach der kurzen Pause des Nachdenkens.

Sie lachte. »Deine Geliebte. Ich habe dich lange gesucht und dich endlich gefunden.«

»Wie lange?«

»Zu lange!«, hörte ich die geheimnisvolle und flüsternd gesprochene Antwort.

»Okay«, sagte ich. »Du bist also meine Geliebte. Dazu muss ich dir sagen, dass ich mich leider nicht an dich erinnern kann. Könntest du mir nicht ein wenig auf die Sprünge helfen?«

»Wie redest du denn?«

Diesmal lachte ich. »Was heißt reden? Ich spreche normal, verstehst du das nicht?«

»Du warst sonst anders.«

Ich ging auf ihr Spiel ein. »Mag sein, aber jetzt reagiere ich eben so, wie ich es für richtig halte. Aber ich möchte endlich wissen, wer du bist.«

»Deine Braut!«, hörte ich die Antwort. »Deine Totenbraut …«

Bevor ich noch etwas erwidern konnte, hatte sie schon eingehängt. Ich starrte auf den Apparat und spürte den leichten Schauder auf meinem Rücken.

Totenbraut, hatte sie gesagt!

Meine Güte, wie kam sie dazu? Eine Totenbraut war etwas Unheimliches, sie musste ein Wesen sein, das zwischen dem Diesseits und dem Jenseits existierte.

War sie tot? Existierte sie noch als Geist oder als Zombie, als lebende Tote?

Viele Fragen, keine Antwort. Die Unbekannte hatte es nur geschafft, mich zu verunsichern. Viel schlauer als vor dem Anruf war ich jetzt auch nicht. Im Gegenteil, dieses Gespräch hatte mich doch sehr verunsichert. Ich legte den Hörer auf und drehte mich unter der Haube weg. Als ich zu meinen Freunden zurückkehrte, kam ich mir vor wie jemand, der eine Zeitreise hinter sich hatte und nicht begriff, dass er inzwischen wieder in der Gegenwart gelandet war. Automatisch ging ich zum Tisch, wo mich Glenda und Suko erwarteten und mich fragend anschauten.

»Was ist mit dir, John?« Glendas Stimme klang besorgt.

Ich gab keine Antwort, rückte den Stuhl zurecht und setzte mich. Das Kinn stützte ich auf eine Handfläche, während mein Blick ins Leere glitt, obwohl es aussah, als würde ich Suko anstarren. »Ja«, sagte ich, »sie rief mich an.«

»Kennst du sie?«, fragte Glenda.

»Nein.«

»Keine Erinnerung, John?«

Ich schüttelte den Kopf. »Außerdem hat sie es nicht für nötig gehalten, mir ihren Namen zu sagen.«

Suko drehte sein Glas zwischen den Händen. »Weshalb hat sie dich dann angerufen?«

Ich blickte zum Eingang, wo Gäste kamen und andere das Lokal verließen. »Sie hat mir ihren Namen zwar nicht gesagt, aber sie erklärte mir, wer sie ist.«

Da ich eine Pause einlegte, wurde Glenda ungeduldig. Sie fasste nach meinem Arm und schüttelte mich. »Wer ist sie denn nun, John?«

Bei der Antwort schaute ich Glenda direkt an. »Meine Totenbraut. Sie ist meine Totenbraut.«

Glenda ließ mich los. Erst dann erstarrte sie und blickte ungläubig. »Deine Totenbraut?«, wiederholte sie flüsternd. »Aber das ist doch ein Witz. Nicht wahr, Suko, ein Witz?«

Glenda erhielt von dem Inspektor keine Unterstützung. »Ich weiß nicht, ob John danach ist, Witze zu erzählen. Ich messe der Sache schon eine gewisse Bedeutung zu. Schließlich hat diese Unbekannte mit allen Mitteln versucht, John zu erreichen.«

Glenda verzog die Mundwinkel. »Aber eine Totenbraut. Tut mir Leid, darunter kann ich mir nichts vorstellen.«

»Ich auch nicht«, sagte Suko.

Beide erwarteten von mir eine Erklärung, aber mir blieb nur das Heben der Schultern übrig. »Tut mir Leid, ich kann euch und mir selbst nicht weiterhelfen. Mir ist diese Stimme völlig unbekannt gewesen. Suko hatte Recht. Ich habe ebenfalls einen französisch angehauchten Klangton aus ihren Worten hervorgehört.«

Suko nickte. »Wieder einmal Frankreich. Bald können wir die Zelte hier abbrechen und umziehen.«

»Dann wird sie möglicherweise etwas mit den Templern zu tun haben«, sagte Glenda.

»Damit rechne ich auch.«

»Könnte uns Abbé Bloch weiterhelfen, John?«

»Wenn ich mehr wüsste, ja. Aber ich kenne nicht einmal ihren Namen. Sie behauptete, eine Geliebte von mir gewesen zu sein. Genaue Angaben hat sie nicht gemacht. Das hätten Jahre oder Monate sein können.«

Glenda schlug mit der flachen Hand auf den Tisch, sodass ihre kleine Tasse tanzte. »Ich begreife das nicht.« Sie hob die Schultern und breitete die Arme aus. »Ihr könnt mich für dumm oder nicht aufnahmefähig halten, aber eine Totenbraut ist für mich etwas so Abstraktes, dass ich, soll ich den Begriff näher definieren, das Wort einfach nur analysiere. Die Braut eines Toten. Nur bist du nicht tot, John. Du lebst, deshalb kannst du keine Totenbraut haben.«

»Stimmt!«, sagte Suko.

Ich sah die Dinge etwas anders. »So reden wir, Freunde. Vielleicht hat die unbekannte Anruferin eine völlig andere Vorstellung vom Begriff Totenbraut.«

»Den sollte sie dir aber erklären, John«, sagte Glenda.

»Darauf warte ich. Meines Erachtens wird sie mich noch einmal anrufen. Jetzt hat sie mich neugierig gemacht, mich gewissermaßen gereizt. Der nächste Anruf könnte mehr Informationen bringen. Da werde ich mich auch anders verhalten.«

»Du willst ihn doch nicht abwarten?«, sagte Suko.

»Nein, wir fahren nach Hause.«

»Soll ich mit dir kommen?«, fragte Glenda.

Ich überlegte. »Wäre nicht schlecht.« Ich konnte mir ein Lächeln dabei nicht verkneifen.

Die dunkelhaarige Glenda wehrte sofort ab. »Keine Nachtischgedanken, John. Wenn wir zusammen den Abend und die Nacht verbringen, wirst du mir etwas über deine Geliebte erzählen. Außerdem müssen wir uns noch etwas für den Hunger mitnehmen. Wie ich dich kenne, John, hast du außer Bier bestimmt nichts Essbares im Haus.«

»So ist es.«

Ich winkte den Ober herbei und beglich die Rechnung. Suko war mit einem Dienstwagen gekommen. Er und ich verstauten das Gepäck. Suko sagte dabei: »Auch Shao war einmal die Geliebte eines Dämons, John.«

Ich schlug den Deckel zu. »Meinst du, dass ich als Geliebte eine Dämonin gehabt hätte?«

»Sogar als Braut.«

»Hör auf, Mensch!«

Glenda brachte zwei große Tüten mit. Sie nahm sie mit auf den Rücksitz.

Suko fuhr. Es dauerte ziemlich lange, bis wir unser Ziel erreicht hatten. London war mal wieder dicht. Die Stadt erstickte um diese Zeit im Verkehr. Nach der Kälte- und Eiswelle hatten die Leute wieder ihre Fahrzeuge hervorgeholt. Jetzt strömte warme Luft in die Stadt. Sie hatte Regen und Dunst mitgebracht und den hart gefrorenen Boden aufgetaut. Glatteisgefahr bestand nicht mehr.

Ich drehte den Kopf. »Was hast du denn Feines geholt?«

»Lass dich überraschen.«

Ich lachte leise. »Du weißt ja, Glenda, wir sind im Hotel verwöhnt worden. Einige Vorspeisen vom Wagen, das Hauptgericht und ...«

»Das bekommst du nicht. Außerdem hast du sicherlich ein Kilo zugenommen.«

»Und du?«

»Darüber rede ich nicht.«

Suko lenkte den Wagen in die Tiefgarage, von der aus wir direkt mit dem Lift hochfahren konnten. Wir nahmen Glendas Koffer auch mit zu mir in die Wohnung.

Es war alles so schrecklich normal. Nichts zeigte sich verändert. Bis auf den Staubfilm, der auf den Möbeln lag und Glenda ein Kopfschütteln abnötigte. »Hier müsste mal ordentlich sauber gemacht werden.«

»Bitte, fang an!«

»Das hättest du gerne, wie?« Sie nickte mir heftig zu und verschwand in der Küche.

Suko hatte sich gesetzt, blickte mich an und verzog die Mundwinkel zu einem Lächeln. »Wie fühlt man sich denn so, wenn man von seiner Geliebten oder Braut angerufen wird?«

»Bescheiden. Es war meine Totenbraut, vergiss das nicht.« Auch ich setzte mich.

»Hast du noch immer keine Erklärung?«

»Nein.«

»Aber es beunruhigt dich?«

Ich nickte. »Das kann man wohl sagen. Ich habe nachgedacht, vieles Revue passieren lassen, aber eine Totenbraut ist mir nicht eingefallen. Ich kann mich wenigstens nicht daran erinnern, verstehst du?«

Suko nahm es mit Humor. »Du hast ja laut genug gesprochen. Für einen Witz halte ich das nicht.«

»Ich auch nicht.«

»Warten wir also auf den nächsten Anruf.« Er schnupperte. »Aha, aus der Küche riecht es. Glenda braut etwas zusammen.«

Wir hörten ihre Stimme. »Ihr könnt schon den Tisch decken. Flache Teller und Bestecke.«

»Auch Gläser?«, fragte ich.

»Ja, die für das Bier.«

Ich machte mich an die Arbeit und war kaum damit fertig, als Glenda erschien. »Pizza!«, rief sie. »Ist das nicht etwas Feines?«

»Und wie!«, gab ich zurück. »Hoffentlich ist es kein Gummi- oder Wasserteig.«

»Keine Sorge, ich habe die beste genommen.«

Eine Minute später saßen wir am Esstisch. Es war mir komisch. Zwar sah alles normal aus, dennoch wurde ich den Eindruck nicht los, eine fremde Person in der Umgebung zu haben.

Eine Person, die nicht sichtbar war, die ich aber fühlte, weil sie irgendetwas ausfüllte.

Glenda und Suko aßen. Ihnen schmeckte die Pizza. Ich schob mir nur kleine Bissen in den Mund.

»Was hast du, John?«

Ich sah Glenda an. »Weiß ich auch nicht genau.«

»Deine Totenbraut?«

»Kann sein. Manchmal habe ich den Eindruck, als würde sie unsichtbar zwischen uns schweben.«

Glenda ließ das Besteck sinken und bekam eine Gänsehaut. »Was sagst du da?«

»Entschuldige, aber mir kommt es so vor.«

Sie schaute Suko an. »Was sagst du denn dazu?«

»Es ist Johns Fall.«

»Zum Glück!« Glenda tupfte mit einer Serviette einen Pizzakrümel von der Unterlippe. Sie wollte das Besteck wieder in die Hände nehmen, als sie plötzlich steif sitzen blieb und den Kopf schüttelte. Dabei bewegte sie die Lippen, ohne jedoch etwas zu sagen.

»Was hast du?«

»Dreh dich mal um, John, dann kannst du es sehen.«

Ich tat es, und meine Augen wurden ebenfalls groß. Gleichzeitig wurde meine Vermutung bestätigt. Irgendjemand musste sich im Raum befinden, denn der Hörer des Telefons schwang langsam in die Höhe, ohne dass er von einer sichtbaren Person berührt worden wäre.

»John, deine Totenbraut ist tatsächlich da«, flüsterte Glenda.
Gleichzeitig verlosch das Licht!

*Vergangenheit*

Über den dunklen Mauern des wuchtigen Klosters stand der Mond wie ein rundes, gelbbleiches Auge. Ein fahler Wächter, fern der Erde, Angstmacher für die einen, Hoffnungsträger für die anderen, die ihn anbeteten und sich mit seiner Magie beschäftigten.

Aber das waren die wenigsten Menschen. Die überwiegende Zahl konnte nicht einmal lesen und schreiben, sie nahmen den Lauf der Gestirne als gegeben hin. Auch die Insassen des Klosters kümmerten sich darum nicht. Ihr Leben lief in geregelten Bahnen ab. Wer sich in diese Mauern als Nonne zurückzog, der entsagte der Welt mit all ihren Schwächen, Freuden und Entbehrungen.

Die Schatten eines Hanges fielen gegen die Mauern, als sollten diese gestreichelt werden. Das Mondlicht floss in das Tal unterhalb des Klosters und beleuchtete das schmale Band einer Überlandstraße.

Hinter den Mauern war es ruhig. Die Nonnen lagen längst in ihren karg eingerichteten Kammern, Licht brannte nur im Raum der Äbtissin, im Hauptgang und in der Kapelle.

Am Altar leuchtete das Ewige Licht. Eine winzige rote Flamme, nie verlöschend, geheimnisvoll leuchtend, das aus einer fernen Welt zu grüßen schien.

Die einsame Frauengestalt fiel in der Kapelle kaum auf. Die langen Schatten hüllten sie ein, als wollten sie die Betende beschützen. Sie kniete in der zweiten Reihe schon seit Stunden und störte sich nicht daran, dass die Betbank hart und unbequem war.

Die junge Nonne war in ihr Gebet versunken. Sie wusste, dass es eine entscheidende Nacht war, und sie hoffte, dass sie alles richtig gemacht hatte.

Noch konnte sie zurück und der Äbtissin sagen, dass sie für alle Zeiten in der Geborgenheit der Klostermauern bleiben wollte, dann hätte das Wort Liebe für sie eine andere Bedeutung behalten.

Doch sie hatte eine andere Liebe erlebt, eine herzliche, eine tiefe, eine Zuneigung und Liebe zu einem Mann.

Zwischen ihm und dem Kloster musste sie sich entscheiden. Das fiel ihr so schwer.

Seit Stunden schon hielt sie sich in der Kapelle auf. Manchmal hatte sie ihren Blick gesenkt, schien in Trance zu versinken, bevor sie den Kopf wieder hob, zum Altar schaute und die dort stehende Marien-Statue ansah, die von zwei Kerzen flankiert und angeleuchtet wurde.

Das Licht war sehr weich. Die Flammen bewegten sich kaum, aber wenn sie zitterten und das Licht unruhiger wurde, schien es der Betenden, als würde die Figur anfangen zu leben.

Wieder hob die junge Novizin den Kopf. Ihre blassen Hände lagen auf der schmalen Betbank, die Finger waren zum Gebet geformt, die dunkle Nonnentracht hüllte die Gestalt ein wie ein großer Mantel. Aus dem Ausschnitt der schmalen Haube schaute ein blasses Gesicht mit einer fast durchsichtig wirkenden Haut.

Es war das Antlitz einer jungen Frau. Rein, mit sehr schön geschwungenen Lippen und einem schmalen Kinn darunter. Ein wenig standen die Wangenknochen vor, die Pupillen waren ebenso dunkel wie die Haare, die als Fransen in die Stirn eines von Liebreiz und Anmut gezeichneten Gesichts fielen.

Wieder bewegte die junge Novizin die Lippen. Eine flüsternde Frage drang aus ihrem Mund. »Gib mir Rat, Heilige Mutter Gottes. Ich weiß nicht, für wen und für welches Leben ich mich entscheiden soll. Bleibe ich hier, muss ich dir dienen und habe meine innere Freiheit. Gehe ich fort, gewinne ich zwar die äußerliche Freiheit, aber ich werde an einen Mann gebunden sein, dem ich dienen muss, wie es die alten Regeln vorschreiben, bis dass der Tod uns scheidet …«

Das letzte Wort verwehte, sodass in die Kapelle wieder diese schon feierliche Stille einkehrte. Die Frau horchte in sich hinein, als würde sie auf eine Antwort der Mutter Gottes warten.

Die aber schwieg.

Etwas störte die Betende. Es war ein schleifendes Geräusch.

Sie kannte den Laut. Er entstand immer dann, wenn jemand die Kapellentür öffnete und den Raum betrat.

Durch die kleine Kirche wehte ein Luftzug und erreichte auch die beiden Kerzen, wo die Flammen sich bewegten und diesmal heftigere Muster über die Gestalt der Mutter Gottes warfen.

Die Novizin drehte sich nicht um. Sie lauschte nur auf den Klang der Schritte, die ihr bekannt waren und die sich ihr näherten. Neben ihr blieb die Person stehen.

Die Betende schielte ein wenig zur Seite und sah den Schatten auf dem Boden. Einen Moment später spürte sie die Berührung an der Schulter, die sie versteifen ließ.

»Wie geht es dir, Margaretha?«, vernahm sie die besorgte Stimme der Äbtissin.

»Ich habe noch keine Antwort erhalten, Ehrwürdige Mutter«, flüsterte Margaretha.

Die Äbtissin, 40 Jahre älter, atmete schwer aus, als sie um die schmale Betbank herumging, um diese von der anderen Seite wieder zu betreten. Sie kniete sich neben die Novizin und faltete ebenfalls ihre Hände, aber nicht zum Gebet, denn ein Gespräch war in diesem Moment wichtiger.

»Wie tief ist deine Liebe, meine Tochter?«

»Sehr tief.«

»Zu ihr und zu ihm?«

»Ja, Ehrwürdige Mutter«, drang die flüsternde Antwort in den leeren Raum vor der Betbank. »Ich habe mich noch nicht entscheiden können.«

Margaretha vernahm das leise Lachen. Es hatte einen verständnisvollen Klang. »Damit hast du dich bereits entschieden, mein Kind, glaube es mir.«

Margaretha war überrascht. Sie schob den Stoff der Haube ein wenig zur Seite, damit sie in das Gesicht der Äbtissin sehen konnte. Es war ein gütiges Gesicht. Man sah ihm an, dass diese Frau für viele Dinge Verständnis hatte und nicht nur die strengen Regeln des Klosters kannte. »Wie soll ich das verstehen, Ehrwürdige Mutter?«

»Es ist sehr einfach. Allein deine Zweifel lassen mich wissen, dass du hier nicht so gut aufgehoben bist wie draußen, wo ein Mann auf dich wartet, der dir irgendwann einmal Kinder schenken wird. Wenn du bei uns bleibst, werden die Zweifel nie aufhören. Du wirst oft genug daran denken und dich fragen, ob du auch richtig gehandelt hast. Das ist nicht gut, es würde unsere Aufgabe stören, deshalb ist es besser, wenn du uns verlässt. Schreite hinaus in das Leben und gehe deinen Weg. Du brauchst keine Nacht länger zu bleiben, und die Heilige Jungfrau Maria wird deinen Entschluss verstehen. Du wirst ihr nie so dienen können, wie wir es uns vorgestellt haben.«

»Ist das wirklich Eure Meinung, Ehrwürdige Mutter?«

»So denke ich, mein Kind.«

Margaretha nickte. Dabei presste sie ihre Hände vor das Gesicht. Auch die Äbtissin sollte ihre Tränen nicht sehen. Es waren Tränen des Abschieds. Sie würde noch in dieser Nacht die Geborgenheit des Klosters verlassen und hineintreten in das feindliche Leben, wie es oft genannt wurde.

Die junge Novizin spürte die Hand der Äbtissin auf ihrem Rücken. »Jeder Mensch braucht eine Zuflucht, meine Tochter, auch du. Deshalb verspreche ich dir, dass du stets in dieses Kloster zurückkehren kannst, wenn du dich draußen einmal nicht mehr zurechtfindest. Wir werden dich aufnehmen wie eine verlorene Tochter und dich gegen die Unbill der Menschen schützen. Die Zeiten sind hart, manchmal schrecklich. Sie erfordern den gesamten Mut der Menschen, sich zu behaupten. Du bist jung, du kannst noch viel lernen, und du wirst einen Mann bekommen, der dich sehr liebt, das weiß ich. Er hat es sich nicht nehmen lassen und dir eine Kutsche geschickt, die dich zu ihm bringen soll. Der Kutscher wird so lange warten, bis du das Kloster verlassen hast. Ich habe ihm bereits die Truhe mit deinen persönlichen Sachen anvertraut. Er wird sie verladen haben. Das hier ist ein Abschied.«

Margaretha senkte die Hände und blickte die Äbtissin mit ihrem verweinten Gesicht an. »Wie sich das anhört, Abschied«, flüsterte sie. »Meine Freunde sind hier, ich zweifle plötzlich, ob mein Entschluss richtig gewesen ist.«

»Er war es, mein Kind, keine Sorge. Du hast getan, was du tun musstest. Auch das Leben außerhalb der Klostermauern braucht starke Frauen. Werde stark, meine Tochter! Biete dem Leben die Stirn und verliere niemals deinen Glauben, der dir als dein Begleiter immer den Halt geben wird, den du im Leben brauchst.«

»Danke, Ehrwürdige Mutter.« Margaretha schluckte, bevor sie weitersprach. »Wartet der Kutscher wirklich auf mich?«

»Ja.«

»Dann muss ich jetzt gehen.«

»Das meine ich auch, mein Kind. Ich habe dir deine Kleidung schon zurechtgelegt. Geh in deine Kammer und ziehe dich um. Ich werde auf dich warten.«

»Danke.«

Margaretha erhob sich. Sie spürte den Druck, der einfach nicht weichen wollte, und sie spürte auch das Zittern ihrer Knie bei jedem Schritt, den sie ging. Margaretha schaute stur geradeaus. Sie wollte nicht mehr in die Bänke hineinsehen und auch nicht gegen die Fenster. Diese Kapelle hatte ihr stets einen Schutz gegeben, aber sie sah auch ein, dass sie nicht aus Überzeugung dem Orden hatte beitreten wollen. Ihr Kommen hatte mehr einer Flucht geglichen, einer Flucht vor einem Mann, in den sie sich verliebt hatte. Und dieser Mann, das hatte er ihr versprochen, würde sie auf Händen tragen.

Die Äbtissin ging hinter ihr. An der Tür hatte sie die Novizin erreicht, die ihre Finger in das kalte Weihwasser tauchte und ein Kreuzzeichen schlug, bevor sie die Kapelle endgültig verließ.

Beide Frauen betraten das stille Kloster. Nicht einmal das Ticken einer Uhr war zu hören, nur ihre Schritte warfen schwache Echos, obwohl beide versuchten, so leise wie möglich aufzutreten.

Der Gang, durch den sie schritten, war lang. In regelmäßigen Abständen erhoben sich, steif wie Arme, eiserne Ständer vom Boden, in denen armdicke, gelbweiße Kerzen steckten, die die Nacht über brannten und deren Feuer den Gang schwach erleuchtete.

An den Wänden waren die Schatten zu dunklen Gebilden erstarrt und bewegten sich erst, wenn die Flammen vom Luftzug der vorbeigehenden Frauen gestreift wurden.

Die Kammern der Nonnen lagen in einem anderen Trakt des

Klosters. Eine breite Steintreppe führte zu ihnen hoch. Auch hier gaben brennende Kerzen das Licht ab, das auf die Stufen floss.

Keine Nonne öffnete die Tür, als beide Frauen sich dem Ziel näherten. Rechts von ihnen unterbrachen kleine Rundbogenfenster das Mauerwerk, an der linken Seite lagen die zellenartigen Räume mit ihren kargen Einrichtungen.

Keine Tür war verschlossen, auch die der Novizin nicht. Margaretha betrat den Raum. Es war nicht dunkel. Die Äbtissin hatte vor ihrem Treffen mit der Novizin ein kleines Öllicht angezündet. Die Kleidung lag wohlgeordnet über dem Stuhl.

Margaretha weinte, als sie sich ihrer Tracht entledigte. Das Ablegen war gleichzeitig ein Abschied, und sie streifte die Sachen über, die sie getragen hatte, als sie in das Kloster gekommen war. Ein langes Unterkleid, ein dickeres darüber, dunkel in den Farben gehalten, und ihren umhangähnlichen Mantel, der bei raschen Schritten aufwehte wie eine große Flagge.

Sie strich durch ihr Haar, das sie hochgesteckt hatte, und löste es, sodass die schwarze Flut bis hinab auf ihre Schultern fiel, wo sie sich fächerartig ausbreitete.

Einen letzten Blick warf sie noch auf das Holzkreuz an der Wand. Es war sehr schlicht. Das Öllicht strahlte es von unten her an, sodass es sich deutlich von der Wand abhob.

Darunter stand die schmale Betbank, auf der Margaretha so oft gekniet hatte.

Hastig wandte sie sich um, der Mantel beschrieb dabei einen Halbkreis, als er aufklaffte, und ebenso ruckartig öffnete Margaretha die Tür.

Die Äbtissin hatte im Gang gewartet. »Hast du Abschied genommen?«, fragte sie.

»Ja, das habe ich.«

»Dann werde ich dich noch nach draußen begleiten und dich zur Kutsche bringen.«

»Danke, Ehrwürdige Mutter.«

Schweigend schritten die beiden so unterschiedlichen Frauen nebeneinander her. Die Äbtissin gab der wesentlich jüngeren Person noch Ratschläge mit auf den Weg. »Mein Leben«, so sagte sie, »nähert sich allmählich dem Ende. Ich habe meine Erfüllung gefunden. Sorge du dafür, dass du im Alter das Gleiche von dir behaupten kannst. Erst dann wirst du einsehen, was es bedeutet, Glück zu haben. Bleibe dem treu, auf das du eingeschworen bist. Widerstehe den Versuchungen, widerstehe dem Bösen, denn es lauert überall. Der Teufel beobachtet uns Menschen, er tritt an uns heran, nicht immer sofort zu erkennen, doch derjenige, der im Glauben gefestigt ist, braucht davor keine Angst zu haben.«

»Ich werde mich bemühen«, flüsterte Margaretha.

Die Äbtissin öffnete das Tor. Sie wies in die Kühle der Nacht, wo der Wind gegen die beiden Gestalten der Frauen fuhr und mit ihrer Kleidung spielte. »Schau auf den Weg, meine Tochter. So gerade, wie er unseren Garten durchschneidet, möge auch dein Leben verlaufen. Und jetzt komm, sonst fällt dir der Abschied noch schwerer.«

Margaretha blieb stumm. Der Garten lag in der Dunkelheit. Wegen seiner Hanglage war er mühsam zu bestellen, aber die Frauen hatten es geschafft, ihn in ein kleines Paradies zu verwandeln, das ihnen Nahrung gab und auch die Muße bot, um auszuspannen.

Margarethas Gedanken kreisten um den Mann, der sie heiraten wollte. Er war ein besonderer Mensch und ebenfalls sehr fest in seinem Glauben, was für das Mädchen zählte.

Er würde ihr ein sorgenfreies Leben bieten, aber das allein wollte sie nicht annehmen. Sie hatte sich vorgenommen, etwas für die Armen zu tun und diese da zu unterstützen, wo es nötig war.

An der Rückseite schützten hohe Felsen das Kloster. An der Frontseite jedoch umgab die Mauer es wie ein gewaltiger Wall, und nur das breite Tor durchbrach sie.

Die Äbtissin blieb stehen. »Hier, meine Tochter, endet unser gemeinsamer Weg. Ich werde dir nichts mehr sagen, doch vergiss bitte nie meine Worte.«

Margaretha konnte plötzlich nicht mehr sprechen. Die Kehle saß ihr zu. Das merkte die erfahrenere Frau, umarmte die andere und presste sie fest an sich, bevor sie Margaretha durch eine schmale Seitenpforte nach draußen schob.

Die junge Frau ging nicht sofort den schmalen Trampelpfad hinab, der bleich im Mondlicht schimmerte, das ebenfalls über die wartende Kutsche am Rand des breiten Zufahrtsweges fiel und diese mit einem silbrigen Schein übergoss.

Es war ein prächtiges Gefährt, ebenso prächtig wie die beiden Rappen, die vorgespannt waren. Diese Kutschen konnten sich nur höher gestellte Persönlichkeiten leisten, zu denen ihr Bräutigam zählte. Eigentlich hätte sie sich freuen müssen, statt dessen empfand sie eine unerklärliche Furcht, als ihr Blick die Kutsche erfasste. Sie fühlte sich wie jemand, den man in die eisige Kälte hinausgestoßen hatte, um ihn erfrieren zu lassen. In einer plötzlichen Anwandlung von Schutzsuche drehte sie sich wieder um, aber die schmale Seitenpforte war verschlossen.

Für Margaretha ein Zeichen!

Sie verstand es, blieb nicht mehr länger auf dem Fleck stehen und setzte sich mit unsicher wirkenden Schritten in Bewegung, um ihr Ziel zu erreichen.

Erst als Margaretha die Hälfte der Strecke hinter sich gebracht hatte, sah sie den Kutscher auf dem Bock. Der Mann bewegte sich und sprang auf den Boden. Zwei Schritte ging er vor und erwartete seinen Fahrgast.

Margaretha blieb stehen. Der Mann gefiel ihr nicht. Vielleicht lag es auch am Bart, der sein Gesicht fast vollständig bedeckte und ihm dieses unheimliche Aussehen gab.

»Ich habe lange warten müssen«, sagte er zur Begrüßung.

»Tut mir Leid, es ging nicht früher.«

»Dann werden wir jetzt fahren.« Der Kutscher strich über seine Kleidung und deutete auf die Tür. »Steig ein.«

Margaretha war überrascht. »Wollt Ihr mir die Tür nicht öffnen?«, fragte sie. »Oder hat die Höflichkeit der Kavaliere nicht mehr die Bedeutung wie früher?«

»Ich weiß nicht.« Sein anschließendes Lachen klang rau und wild. Dann aber riss er die Tür auf, stellte sich jedoch hinter Margaretha, die schon das rechte Bein angehoben hatte, um einzusteigen.

Zwei Männer hockten bereits in der Kutsche und beugten sich

vor. Sie saßen sich gegenüber. Ihre Gesichter schimmerten bleich wie die von Leichen. Das jagte ihr Angst ein.

»Nein, ich werde …«

Da packte der Kutscher zu. Margaretha spürte seine harten schwieligen Hände an Stellen ihres Körpers, wo andere sie noch nie angefasst hatten. Sie schämte sich, und gleichzeitig wuchs die Angst, die sie sprachlos machte.

Ein Schrei hätte ihr vielleicht geholfen. Als ihr das klar geworden war, hatte man sie bereits in die Kutsche gepresst, und die beiden dort wartenden Männer fielen über sie her.

Der Kutscher hämmerte die Tür zu.

Margaretha aber hörte sein raues Lachen, das im Reißen des Stoffs unterging, als kalte Klauen ihr die Kleidung regelrecht zerfetzten. Sie merkte nicht einmal, dass die Kutsche anfuhr, vor Angst und Scham war sie ohnmächtig geworden …

Irgendwann erwachte sie und glaubte, tot zu sein. So kalt konnte nur ein Toter sein, denn die Kälte hielt ihren gesamten Körper umfangen. Sie wollte sich bewegen, aber das klappte nicht, da waren Fesseln, die sie hielten.

Wind strich über sie hinweg, ließ sie schaudern, und während sie den Kopf hob, um sich die Umgebung anzuschauen, fiel ihr Blick auch auf ihren eigenen Körper.

Sie war fast nackt!

Man hatte ihr die Oberkleidung genommen, so trug sie nur noch das durchsichtige Unterkleid, das feucht und klamm geworden war und auf der Haut klebte.

Schutzlos war sie den gierigen Blicken der Männer preisgegeben, und sie dachte an die Worte der Äbtissin, die berichtet hatte, wie grausam und gemein die Welt sein konnte.

An das, was ihr in der Kutsche passiert war, wollte sie nicht mehr denken. Es war das Schlimmste, was man einer Frau überhaupt antun konnte. Man hatte sie geschändet, und selbst eine Ohnmacht hatte die Männer nicht davon abhalten können.

Und jetzt war sie allein.

Sie sah über sich die Wolken am nachtdunklen Himmel. Sie spürte den Wind, der sie streichelte und unter ihre dünne Kleidung fuhr. Und sie vernahm ein Geräusch, das nie abriss.

Es war ein leises Rauschen oder Klatschen, als würden Wellen gegen ein Ufer rollen.

Befand sich ein Fluss in der Nähe?

Das musste so sein, Margaretha sah auch den Dunst, der vor ihr lag.

Also hatte man sie in die Nähe des Wassers gebracht. Weshalb? Was hatten die anderen, die Unbekannten, mit ihr vor? So etwas hätte Hector de Valois nie gutheißen können. Margaretha wusste, dass auch er Feinde hatte. Sollte sie diesen Menschen in die Fänge geraten sein?

Sie bibberte vor Angst. Ihre Zähne schlugen aufeinander, und sie schaute dem Spiel der Wolken am Himmel zu, die der Wind vor sich hertrieb wie eine Horde von kleinen Ungeheuern.

Nur ab und zu, wenn die Wolkendecke einmal riss, war das gelbe Auge des Mondes zu sehen. Es kam ihr vor wie ein stiller Beobachter, der sie heimlich betrachtete.

Nachdem sie diese Äußerlichkeiten wahrgenommen und registriert hatte, dachte sie wieder an ihre gegenwärtige Lage und daran, dass sie sich nicht befreien konnte.

Man hatte sie gefesselt.

Ihre Arme lagen so eng am Körper, als hätte man sie dort festgeklebt, und die Stricke waren um ihren gesamten Körper gebunden. Erst dicht unter dem Hals hörten sie auf.

Nur die Füße konnte sie etwas bewegen, aber was nutzte es ihr? Es würde ihr nie gelingen, aufzustehen. Noch etwas spürte sie unter ihrem Rücken. Es war kalt, feucht und rau, sodass einzelne Unebenheiten auch durch ihre Kleidung drangen.

Margaretha wusste zunächst nicht, was sich da unter ihrem Rücken befand, bis ihr schließlich klar wurde, dass es sich um ein körpergerecht geschnittenes Stück Holz handelte.

Der Fluss oder See, das Holz, die Fesseln, drei Dinge, die zusammengehörten.

Das Mädchen war nicht so weltfremd, um nicht zu wissen,

worum es sich dabei handelte. Sie hatte vor ihrer Klosterzeit von gewissen Hexenproben gehört. Man fesselte Frauen oder Mädchen auf ein Holzbrett und warf sie ins Wasser.

Schwammen sie an der Oberfläche, war den Folterknechten und angeblich Gerechten klar, dass es sich um eine Hexe handelte, und sie wurde getötet. Ging das Opfer unter und ertrank, dann war es keine Hexe, aber es war wenigstens in Frieden gestorben.

Eine grausame Methode, die viele Unschuldige das Leben gekostet hatte. Margaretha hatte sich immer gewünscht, nie in eine solche Lage zu geraten, jetzt aber wies alles darauf hin, dass sie dicht vor einer Hexenprobe stand.

Noch ließ man sie in Ruhe, aber sehr lange dauerte diese trügerische Stille nicht mehr, denn sie hörte – noch weit entfernt – Männerstimmen.

Obwohl sie gefesselt war, verkrampfte sie sich noch mehr, und ein Schüttelfrost durchraste ihren Körper. Im Hals saß ein dicker Kloß. Hitzewellen strömten über ihr Gesicht, das Herz schlug schneller, die Augen wurden tränennass.

Es gab bestimmt kein anderes Ziel als sie. Margaretha lauschte auf den Klang der Schritte, und sie sah plötzlich einen rötlichen Widerschein durch die Dunkelheit huschen.

Fackellicht!

Diejenigen, die zu ihr wollten, hatten Fackeln mitgenommen, um in der Dunkelheit ihren Weg zu finden. Sie riefen sich gegenseitig etwas zu, lachten dabei, und Margaretha vernahm auch obszöne Beschimpfungen und schlimme Worte.

Des Öfteren fiel der Begriff Hexe, Tod und auch die Wasserprobe. Damit waren auch ihre letzten Zweifel beseitigt.

Sie kamen von verschiedenen Seiten. Das Licht der Fackel glich sich bewegenden Feuersäulen, die durch die Finsternis getragen wurden. Schon sah sie die ersten beiden Gestalten in ihrer Nähe und erkannte mit Schrecken diejenigen Personen, die sie in der Kutsche überfallen hatten.

Grinsend näherten sich die Kerle. Das Feuer gab ihren bleichen Gesichtern einen blutigen Schein. Die Augen leuchteten wild und gierig, sie starrten die Liegende an, die unter den Blicken fast verging. Margaretha schloss die Augen, sie wollte das Schlimme nicht sehen, und sie riss sie erst wieder auf, als etwas Heißes über die Gesichtshaut strich.

Neben ihr hockte der Kutscher. Auch er war mit einer Fackel bewaffnet und bewegte sie derart, dass der Schein fast ihr Gesicht versengte.

»Nun, kleine Novizin«, flüsterte er, »das hast du dir nicht träumen lassen, nicht wahr?«

Margaretha nahm all ihren Mut zusammen, um dem Mann eine Antwort zu geben. »Das werdet Ihr bereuen, das habt Ihr nicht umsonst getan. Ich werde gerächt. Hector de Valois, der mich ehelichen will …«

Mit der freien Hand packte der bärtige Kutscher ihren Hals und drückte so fest zu, dass sie keine Luft mehr bekam. Dabei zischte er: »Erzähle mir nichts, zum Henker! Was will ein de Valois schon gegen uns ausrichten? Er ist ein Schwächling, ein Niemand, ein Irrer. Du hättest dir einen anderen Kerl aussuchen sollen, nicht ihn!«

»Aber ich liebe ihn.«

Margaretha hatte kaum sprechen können, diesen Satz aber brachte sie hervor, und der Bärtige begann wild zu lachen. »Du darfst ihn nicht lieben, nicht du. Weißt du denn nicht, dass er einer anderen Frau gehört? Hat man dir das nicht gesagt?«

»Nein …«

»Dann sage ich es dir jetzt!«

Wieder nahm Margaretha all ihren Mut zusammen und fragte: »Wem gehört er dann?«

»Einer sehr mächtigen Person, die sich nun mal nichts wegnehmen lässt.«

»Hör doch auf!«, meldete sich einer der Bleichen aus der Kutsche. »Sie wird es ihr selbst sagen.«

Der Kutscher nickte. »Sehr richtig, sie wird hier erscheinen, weil sie die Hexenprobe sehen will.«

Margaretha erwiderte nichts. Der Schrecken saß einfach zu tief. Sie hatte eine kaum erklärbare Furcht vor dem Kommenden, ihr Innerstes schien in Brand zu stehen, und Schauer der

Furcht rannen über ihre Haut. Von wem die Rede gewesen war, wusste sie nicht. Margaretha sah nur die vier Fackelträger vor sich stehen. Sie hatten einen Halbkreis gebildet, hinter ihnen lag das Ufer.

Es waren verkommen aussehende Männer. Personen, die für einen Judas- oder Blutlohn alles taten. Söldner, die ihre eigene Mutter verkauften, wenn es um ihren Vorteil ging. Jetzt standen sie in den Diensten eines Feindes ihres Geliebten.

»Sie kommt!« Der Kutscher sprach die Worte, drehte sich und lief der fünften Gestalt entgegen.

Sie war noch zu weit entfernt, um von Margaretha entdeckt werden zu können. Erst als sie sich näherte, zeichnete sich ihre Gestalt als Schattenriss ab, dann geriet sie in den Schein der Flammen.

Es war tatsächlich eine Frau. Margaretha konnte jetzt zu ihr hochschauen, und sie musste sich eingestehen, dass sie von einer sehr schönen Frau besucht wurde.

Ihre Kleidung glich der, die die Damen am Hof des Königs trugen, so prächtig und kostbar. Der lange Mantel, violett in der Farbe, reichte bis zum Boden. An den Ärmeln und den Säumen war er mit Goldfäden durchwebt, die geheimnisvoll schimmerten, wenn der Stoff bei Gehbewegungen Falten warf.

Die Frau blieb dicht vor dem gefesselten Mädchen stehen und schnippte einmal mit den Fingern. Das Zeichen wurde verstanden. Zwei Fackelträger rahmten sie ein, damit das Licht auf die Fremde und auch auf die Gefesselte fallen konnte.

Margaretha schaute zu ihr hoch. Das Gesicht sah sie sehr deutlich. Ja, es war schön – und auch kalt. Eisigkalt wie das dunkle Blau der Augen, in deren Pupillen das Fackellicht Reflexe hinterließ.

»Du bist es also«, sagte sie nur.

»Wer sollte ich sein?« Margaretha hatte Mühe, die Frage zu stellen. Zu gewaltig war die Angst.

»Du bist diejenige, die von Hector de Valois gefreit werden soll.«

»Das bin ich. Und ich bin stolz darauf, dass er mich erwählt hat. Ich liebe ihn ebenso wie er mich.«

Die Frau hob die Schultern. »Vielleicht, aber ich werde es nicht zulassen.«

Margarethas Augen nahmen an Größe zu. »Wer seid Ihr, dass Ihr so etwas behauptet?«

»Ich bin Diablita!«

Margaretha hörte den Namen, dachte darüber nach, wo sie ihn schon vernommen haben könnte, konnte sich aber nicht erinnern. Der Name war ihr ebenso unbekannt wie die Frau.

Diablita nickte. Sie sah dem Gesicht der jungen Frau an, was sie dachte, und sie vollführte eine wegwerfende Armbewegung. »Er hat mich wegen dir abgewiesen, kleine Hexe, aber man weist Diablita nicht ab, das hätte er wissen müssen. Wenn ich dich jetzt anderen Mächten opfere, wird er davon nichts merken. Deine Spur wird wie vom Wind verlöscht werden oder im Ufersande verlaufen, du kleine Hexe!«

»Nein!«, ächzte Margaretha. »Ich bin keine Hexe. Ich habe mich nie mit Zauberei und finsterem Teufelswerk beschäftigt.«

Diablita lachte. »Das kann ich mir denken, deshalb will er ja dich. Du bist so rein und unschuldig, für viele Männer das Richtige. Aber ich mache ihm einen Strich durch die Rechnung!«

Margaretha wusste nicht, was sie darauf erwidern sollte. Mit kaum verständlicher Stimme fragte sie schließlich: »Was habe ich dir getan, dass du mich töten willst? Ist dein Hass so groß?«

»Nicht mein Hass – oder vielleicht auch. Nein, ich werde den anderen Mächten ein Opfer bringen, deshalb habe ich dich zu dem See bringen lassen, wo du einen bestimmten Tod erleiden wirst. Du wirst tot sein und dennoch leben. Du wirst immer wieder zurückkehren und dich auf die Suche begeben, das verspreche ich dir, mein kleiner, unschuldiger Engel.« Sie fügte ein Lachen hinzu, in das die Männer einstimmten.

Konnte man diese Rede überhaupt begreifen? Der jungen Frau gelang dies jedenfalls nicht, aber die anderen wussten genau, was sie tun würden. Margaretha war ohne ihr Zutun in einen Kreislauf geraten, der sie vernichten würde.

Die Frau und die vier Männer kannten kein Pardon. Sie standen da und schauten lachend auf sie nieder.

Bis Diablita durch eine schroffe Handbewegung das Lachen stoppte. »Meine vier Freunde«, so flüsterte sie, »haben sich ja schon mit dir beschäftigt, glaube ich, aber jetzt werden wir zu den Dingen kommen, die sehr einschneidend sind. Du hättest dir einen anderen Mann aussuchen sollen, nicht Hector de Valois. Ihn will ich haben, und ich werde ihn auch bekommen, denn ich bin eine Königin, und ich habe beschlossen, dass er meiner würdig ist.« Sie streckte den Arm aus und wies mit dem Zeigefinger auf die Gefesselte. »Hebt sie hoch!«

Zwei Kerle reichten. Der Kutscher befand sich darunter, er stank entsetzlich nach Schweiß. Als er das Holzbrett an Margarethas Kopfende packte, bekam sie eine Nase voll davon mit. Über sich sah sie sein Gesicht. Der wilde Bart war ungepflegt und schon verfilzt. Seine Enden kratzten durch ihr Gesicht.

Man hob sie an. Die restlichen Männer hatten die Fackeln ihrer Kumpane übernommen und leuchteten ihnen den Weg, der zum Wasser führte. Diablita schritt neben Margaretha her. Bei jedem Schritt schaukelte die Gefesselte mit, und sie spürte, wie ihr allmählich übel wurde.

»Es ist ein besonderer See, in den wir dich hineinstoßen werden«, erklärte Diablita. »In der Legende heißt es, dass der Teufel dort gebadet habe und seine Spuren hinterlassen haben soll. Du wirst es merken, mein kleiner Engel.«

Margaretha erwiderte nichts. Es kam ihr vor, als würde sie einen Traum erleben, einen schrecklichen Albtraum.

Sie hatten einen schmalen Trampelpfad gefunden, der direkt zum Wasser führte. Je näher sie dem Ziel kamen, um so feuchter und sumpfiger wurde der Untergrund. Jeder Schritt hinterließ einen Abdruck, in dem sich das Wasser sammelte.

Die Grasregion hatten sie sehr bald hinter sich gelassen. Margaretha sah jetzt die dunklen Stöcke, die vom Grund aus in die Höhe wuchsen und wie dicht beieinander stehende Gitterstäbe wirkten. Der Wind war nicht so stark, als dass er sie bewegt hätte, so erinnerten sie an eine Mauer, die von den beiden Fackelträgern mit wuchtigen Tritten durchbrochen wurde, damit sie schnell ans Wasser kamen.

Sie schufen die Gasse, zertraten Schilfrohre oder bogen sie zur Seite, sodass Diablita und auch die beiden Träger den nötigen Platz hatten, um fast ohne Widerstand ans Wasser zu gelangen.

Wäre Margaretha nicht festgebunden gewesen, wäre sie längst vom Bett gefallen. So hielten die Stricke, die jetzt tiefer in ihren Körper schnitten.

Die junge Frau schrie nicht. Ihr Gesicht war bewegungslos. Aus starren Augen schaute sie zum düsteren Himmel, wo sich die Wolken zu skurril anmutenden Figuren vereinten, auseinander gerissen wurden, sodass hin und wieder der Mond sein bleiches Licht auf die Erde streuen konnte.

Das Plätschern der Wellen vernahm sie lauter. Die Füße der Träger versanken im Uferschlamm. Es spritzte, wenn sie ihre Beine wieder hervorzogen. Die beiden Fackelträger standen bereits im Wasser. Sie trugen feste Stiefel, gegen deren Leder die Wellen schlugen und sich manchmal schaumig drehten.

Diablita blieb dort stehen, wo es noch einigermaßen trocken war. Ein leichter Windstoß spielte mit ihrem Haar und wehte es in die Höhe, sodass ihr Gesicht verdeckt wurde. Sie sprach kein Wort und starrte eiskalt auf Margaretha nieder, als diese an ihr vorbeigetragen wurde. In den Augen der schwarzhaarigen Fremden las die junge Frau das Todesurteil.

Urplötzlich spürte sie die Angst. Das Gefühl überfiel sie wie eine Würgeklammer. Sie bewegte den Kopf, riss den Mund weit auf und schnappte nach Luft, doch in ihrem Innern befand sich plötzlich eine Sperre. Sie hörte das hässliche Lachen des Trägers am Kopfende und sah auch, als sie die Augen verdrehte, seinen stechenden Blick.

Die Männer wateten bereits durch das Wasser und blieben erst dann stehen, als es ihnen fast bis an die Knie reichte.

Die anderen beiden leuchteten. Der Schein fiel nach unten und berührte die Wellen des unruhig gewordenen Sees. Sie gaben ihnen eine unheimlich und geisterhaft wirkende Farbe, die aus der dunklen Tiefe hochzusteigen schien.

Diablita war dort stehen geblieben, wo das Ufer noch einigermaßen trocken war. Sie schaute auf den See. Ihre Lippen hatte sie zu einem Lächeln gekrümmt, das keinerlei Freude ausdrückte und so grausam und fürchterlich kalt wirkte.

Den rechten Arm hatte sie erhoben, der Gruß wirkte eingefroren. Ihre Helfer wussten, was dies bedeutete, die beiden Träger fassten das Brett mit der Frau fester und warteten auf den endgültigen Befehl.

Diablita ließ sich Zeit. Sie wollte noch etwas sagen. Aus der Dunkelheit fuhr ein kalter Wind über den See, kräuselte das Wasser noch, sodass es sich hektisch bewegte.

»Du hast ihn mir wegnehmen wollen, mein hübscher Engel!«, rief sie laut. »Aber niemandem wird das gelingen, dafür sorge ich. Es wird eine Zeit kommen, wo er sich wieder an mich erinnert, für dich aber, mein Engel, ist die Zeit endgültig angebrochen. Ich sehe in dir die Erste, die einen magischen Tod erleiden wird. Die Hexenprobe werden wir mit dir durchführen, aber was dich tatsächlich erwartet, ist noch schlimmer, das kann ich dir versprechen. Tod und Grauen, keine Ruhe, stets auf der Suche. Du wirst dich verändern und eine andere Schönheit sein. Eine, die auch dem Teufel gefallen könnte …«

Ihr Arm fiel nach unten.

Das Zeichen für die beiden Träger.

Synchron holten sie aus und schleuderten das Brett mit dem angebundenen Opfer in die kalten Fluten des Sees …

Die eisige Kälte des Wassers war wie ein Todesstoß für sie. Margaretha hörte noch das Klatschen, als sie aufkam, rechnete damit, dass sie auf dem Rücken liegen bleiben würde, doch sie irrte sich, denn das Bett drehte sich herum.

Auf den Bauch und unter Wasser geriet sie, hatte den Mund nicht geschlossen, sodass die Flüssigkeit hineinspülen konnte und sie eine wilde Panik erfasste.

Die Angst, jämmerlich zu ertrinken, wurde in diesen Augenblicken überstark. Sie dachte auch daran, dass noch niemand die Hexenprobe bestanden hatte.

Die Fesseln saßen so hart, dass sie einfach nichts tun konnte.

Bewegungslos blieb sie unter Wasser. Eine Welle rollte heran, drückte sie noch tiefer, schleuderte sie aber auch wieder herum und spülte Brett und Mädchen an die Oberfläche, wo sie in ihrer Verzweiflung laut keuchte und Wasser ausspie.

Es wurde ihr schwarz vor Augen. In diese Dunkelheit hinein blitzte es auf, als würden Sterne vom Himmel fallen und genau über ihrem Kopf zerplatzen.

Das Brett schaukelte auf den Wellen. Nicht weit entfernt standen die vier Männer. Jeder hielt wieder seine Fackel. Vom Ufer her gellte Diablitas schreiende Stimme über das Wasser.

»Ertrinken sollst du, mein Engel, und für immer verflucht sein! Der See des Teufels wird dich nehmen und verschlucken. Es wird hervorbrechen wie ein Orkan und vernichten, was sich ihm in den Weg stellt. Ich weiß, dass es kommt, und keiner, der nicht an ihn glaubt, wird ihm je entrinnen können.«

Zwar hatte Margaretha das Schreien gehört, aber die Worte nicht verstanden. Der Schock und die Angst lähmten auch ihre Sinne. Sie schwamm auf den Wellen, mal höher, dann wieder tiefer, und jedes Mal geriet ihr Kopf dabei unter Wasser, aber sie schluckte die Flüssigkeit nicht mehr, denn sie presste jetzt die Lippen zusammen.

Sie trieb ab!

Zuerst merkte sie es kaum und wunderte sich auch darüber, denn in einem See herrschte keine Strömung, wenn er nicht gerade von einem Fluss durchquert wird.

Was war der Grund?

Eine Welle rollte heran und brachte das Brett mit der darauf gefesselten Margaretha mit.

Die Männer mit den Fackeln befanden sich in ihrem Rücken. Nicht einmal vom Widerschein des Feuers konnte sie etwas erkennen. Und sie hatte das Gefühl, als würde sie weitergeschoben werden, von unsichtbaren Händen, die sich unter das Holzbrett gelegt hatten.

Margaretha ritt auf dem Wellenkamm, bevor das Brett mit dem Fußende zuerst kippte. Sie lag jetzt wie auf einer Rutsche, halb erhöht, und ihr Blick fiel über das Wasser.

Es war dunkel, hatte zudem einen matten Glanz auf der Oberfläche, der jedoch an einer bestimmten Stelle verschwunden war. Dafür zeigte sich ein glasiger Schaumkreis, der sprudelte, als würde das Wasser genau an dieser Stelle kochen.

Und Margaretha trieb, auf ihrem Brett festgeschnallt, dem Schaumkreis entgegen. Diablitas Worte konnte sie nicht vergessen. Von einem Leben als Geist oder Tote war gesprochen worden, und die schöne, eiskalte Frau hatte sie bestimmt nicht ohne Grund in diesen See werfen lassen.

In der Nähe des schäumenden Wasserstrudels drehte sich das Brett bereits um die eigene Achse. Zunächst noch langsam, dann immer schneller, und auch das Wasser sprudelte auf.

Etwas stieg aus der Tiefe.

Sie sah es nicht, sie wusste es. Margaretha dachte wieder an Diablitas grausames Versprechen.

Die junge Frau starrte in die Tiefe.

Sie sah den Kreisel, den Schaum, die rasenden Wellen, die einen langen, nach unten reichenden Hals gebildet hatten, der noch stärker kochte, aber gleichzeitig in eine Gegenbewegung geriet.

Aus der Tiefe oder vom Grund des Sees stieg es an die Oberfläche. Ein gewaltiges Monster, ein schuppiges Etwas, ein Ungeheuer.

Inmitten einer gewaltigen Fontäne schnellte es aus dem Wasser. Margaretha hörte sich schreien, doch dieses Geräusch ging unter in einem Inferno von Brüllen, Toben und Schreien.

Die Hölle hatte ihre Pforten geöffnet, um das Opfer zu verschlingen. Wasserschleier peitschten über Margarethas Gesicht hinweg. Tropfen drangen in die Augen, sie konnte nichts sehen, und wenn, dann erkannte sie alles nur verschwommen.

Maul, Pranken, Fratze, eine gewaltige Wand wuchs vor ihr hoch. Die Bestie war aus der Tiefe gestiegen, um sie zu verschlucken.

Sie riss ihr Maul noch weiter auf, sodass es Margaretha vorkam wie ein gewaltiges Tor, in das Wasser hineinschäumte und gleichzeitig wieder ausgespien wurde.

Sie wurde überschwemmt, überspült, atmete und schrie, das Brett drehte sich, Margaretha geriet unter Wasser, kam wieder hoch, doch die Kräfte zerrten sie weiter.

Es war ein Spiel mit dem Tod, das sie einfach nicht gewinnen konnte. Sie war hineingestoßen worden in das Inferno, in die Hölle aus Wasser, Strudeln und Schaum, und sie sah vor sich das gewaltige Ungeheuer aus den Fluten wachsen.

Wieder kam sie hoch. Das Brett hatte sie gedreht, sodass sie fast stand, als es sich aufrichtete.

Ich fliege in den Himmel, dachte sie. Mein Gott, ich fliege direkt in den Himmel!

War der Himmel dunkel und nicht strahlend, wie immer gesagt wurde? Nein, es war kein dunkler Himmel, sondern die gewaltige Pranke des Ungeheuers, die ihr Blickfeld völlig einnahm.

Und sie fiel nach unten.

Der Schrei drang grell und markerschütternd aus dem Mund der jungen Frau. Sie rechnete damit, erschlagen oder zerfetzt zu werden, und wunderte sich einen Augenblick später, wie sanft die Pranke einen Körper berühren konnte.

Eine tödliche Sanftheit allerdings.

Die Pranke des Monsters brauchte nicht einmal viel Druck auszuüben. Es lief fast wie von allein ab, als die Hand sie fast streichelnd in die Tiefe drückte.

Margaretha konnte nichts tun. Die Fesseln hielten sie eisern fest. Sie bekam nur keine Luft mehr, als sie unter Wasser gedrückt wurde und eintauchte in eine andere Welt.

Eine Welt aus Glas und sanften Tüchern, die sie umfassten wie streichelnde Arme und hineintrugen in den Tod.

Aber sie blieb am Leben. Nicht einmal Schmerzen spürte sie, keinen Druck auf der Brust, die Welt war anders geworden, und ihre Gedanken funktionierten.

Diablita fiel ihr ein. Diablita und deren Versprechen. Sie hatte gesagt, was geschehen würde. Die Strafe für den Frevel sollte endlos währen.

Diablita behielt Recht.

Margaretha merkte sehr bald, dass sie starb. Es war ein anderer Tod, einer ohne Schmerzen, fast wie das sanfte Hineingleiten von einem Leben oder einer Existenz in die andere.

Es gab keine Schmerzen und keine Folter.

Ihr Körper veränderte sich. Das Wasser hinterließ Spuren, schwemmte ihn auf und hinterließ auch seine Spuren.

Die Haut nahm einen grünen Farbton an, ein Beweis, dass Margaretha als Mensch nicht mehr lebte.

Doch Geister können existieren.

Nicht nur heute und morgen. Manchmal auch für lange Zeiten. Und sie warten darauf, dass ihre Stunde kommt.

Margaretha bildete da keine Ausnahme …

*Gegenwart*

Weshalb das Licht so plötzlich verloschen war, konnte keiner von uns sagen. Das konnte an einem Defekt im Sicherungskasten liegen, doch diese Möglichkeit, so wahrscheinlich sie auch im Normalfall sein mochte, wir schlossen sie aus.

Suko und ich waren aufgesprungen. Nur Glenda saß weiterhin im Sessel. Sie hatte sich vorgebeugt und ihre Hände auf die Knie gepresst, während sie dorthin starrte, wo sich das Telefon befand.

»John«, hauchte sie nach Überwindung des ersten Schreckens, »hast du gesehen, was da geschehen ist?«

»Ja, ja …«

Sie musste einfach reden. »Der Hörer ist vom Apparat genommen worden.« Sie hob die Schultern. »Wir werden hier von einer unsichtbaren Person beobachtet. Spürst du sie auch?«

Ich streckte den linken Arm aus und bedeutete ihr, ruhig zu sein. Sie hielt auch den Mund. Inzwischen hatten sich unsere Augen an die Dunkelheit gewöhnt. Das Fenster zeichnete sich genau ab, wir erkannten auch die Umrisse der Möbel, und mein Blick richtete sich auf das Telefon.

Um es besser sehen zu können, musste ich allerdings zwei kleine Schritte vorgehen.

Der Platz, an dem der Apparat stand, den ahnte ich mehr, als dass ich ihn sah. Aber über ihm schwebte etwas in der Luft.

Der Hörer.

Mehr hatte Glenda auch nicht gesehen, kurz bevor das Licht

verlosch. Suko aber handelte schneller als ich, obwohl ich mit dem gleichen Gedanken gespielt hatte.

Er holte die kleine Leuchte hervor und schickte den Strahl dorthin, wo sich Telefon und Hörer befanden. Da er seine Hand von oben nach unten bewegte, gerieten Telefon und Hörer in den hellen Lichtbalken und zeichneten sich deutlich ab.

»John«, flüsterte mein Freund, »erkennst du etwas?«

»Ja, es sieht so aus, als würde dort jemand stehen, der telefoniert. Ein Unsichtbarer.«

»Bestimmt deine Totenbraut. Sie will dir ein Zeichen geben, John. Geh mal hin.«

Ich zögerte noch, weil ich zunächst mein Kreuz hervorholen wollte. Das Silber hatte reagiert und sich leicht erwärmt, denn der silberne Talisman reagierte empfindlich auf äußere, schwarzmagische Einflüsse.

Meine Füße schleiften über den Teppich. Ich musste noch einen Sessel umrunden, um direkt das Ziel ansteuern zu können. Suko löschte die Lampe nicht. Auch Glenda schaute auf das Ziel, und wir drei sahen, dass sich neben dem Telefon etwas bewegte.

Es war kein toter Gegenstand, der in Bewegung geraten war, da zeichnete sich eine Gestalt ab. Wir hatten den Eindruck, als würde die Luft zirkulieren. Ich bat meinen Freund, die Lampe zu löschen.

Es wurde wieder dunkel.

Zunächst sahen wir nichts. Aber neben dem Telefon und dem Tisch, auf dem der Apparat stand, zeichnete sich etwas ab.

Eine Gestalt!

Gespenstisch, durchscheinend, bleich, irgendwie unheimlich. Kein Monster, nein, eine menschliche Gestalt, ein Geist.

»Das ist sie«, hauchte Glenda, »das muss sie einfach sein. John, deine Totenbraut hat uns besucht …«

Ich stand auf dem Fleck wie festgenagelt. Zum ersten Mal sah ich die unheimliche Besucherin. Obwohl sie eine menschliche Gestalt hatte, war sie für mich kein Mensch. Ein Geist hatte sich Einlass in die Wohnung verschafft.

Ich kannte Gespenster oder Geister, die sich nur in ihren Umrissen zeigten. Hier aber war es anders. Zwar sahen wir die Umrisse der Frau, doch da stand jemand, der nicht aus Fleisch und Blut war und trotzdem fast so aussah.

Sie war ungemein bleich, jedoch nicht durchscheinend, denn wir konnten die Knochen hinter der dünnen Haut nicht erkennen. Das lange schwarze Haar fiel bis auf die Schultern und noch darüber hinweg, sodass die Spitzen den Rücken kitzeln mussten. Ein dünnes Kleid hing über ihrer Gestalt. Der Stoff war so durchsichtig, dass wir alles erkennen konnten. Und im Gesicht fielen die pupillenlosen Augen auf. Dafür starrten wir auf zwei rote Punkte und auf einen ebenfalls roten Mund, der in der gleichen Farbe leuchtete.

Halb Mensch, halb Geist, vielleicht auch ein Gespenst, so also sah meine Totenbraut aus.

Auch Glenda hatte ihren ersten Schreck überwunden. »Sie muss doch reden können, John, sie hat am Telefon mit dir gesprochen. Frag sie, was sie von dir will.«

»Kennst du sie denn?«

Suko hatte gesprochen, und ich hob die Schultern. »Tut mir Leid, ich sehe sie jetzt zum ersten Mal.«

»Wie kann sie dann behaupten, deine Geliebte oder Braut gewesen zu sein?«

»Das frage ich mich auch.«

Ich brauchte nichts zu sagen, denn die Totenbraut hatte sich entschlossen zu reden. Als sie die ersten Worte sprach und dabei den Hörer auflegte – ein Freizeichen war nie ertönt –, vernahm ich am Klang ihrer Stimme, dass sie es gewesen war, die mich angerufen hatte.

»Ich habe dich gesucht!«, wisperte sie.

»Warum?«

»Du musst mit mir kommen.«

»Als dein Bräutigam?«, fragte ich, und es klang nicht einmal Spott in meiner Stimme.

»Ja, als mein Bräutigam.«

Ich lachte leise. »Wie sollte ich je dein Bräutigam gewesen sein, wo ich dich nicht einmal kenne?«

»Du wirst dich erinnern.«

»Gut, dann sage mir deinen Namen.«

»Ich bin Margaretha.« Sie hatte den Satz so ausgesprochen, dass jeder sicher sein musste, keine Lügnerin vor sich zu haben. Nur, sie konnte reden und erklären, was sie wollte, ich kannte sie nicht und auch nicht ihren Namen.

»Hast du einmal eine Freundin namens Margaretha gehabt?«, erkundigte sich Suko.

»Ich erinnere mich nicht, und eine Frau wie sie wäre mir in Erinnerung geblieben.«

»Ja«, stimmte Glenda zu. »Das meine ich auch.«

Margaretha stand da und wartete. »Du sollst zu mir kommen. Ich habe dich lange gesucht, Geliebter …«

»Und was soll ich tun?«

»Wir werden alles nachholen, was wir versäumt haben. Freue dich darauf. Ich will dich als deine Braut in die Arme schließen. Du bist es doch, ich weiß es, Hector. Du kannst dich nicht verstellen …«

Den letzten Satz hatte ich kaum noch mitbekommen. Der Name hatte mich geschockt:

Hector!

Ich kannte nur einen Mann mit dem Namen Hector, aber der war schon lange tot. Hector de Valois, ein großer Führer der Templerritter, so etwas wie mein Vorgänger und auch Besitzer des Silberkreuzes, das ich jetzt trug.

Er war praktisch in mir wiedergeboren worden, hatte die Reinkarnation erlebt, und allmählich begriff ich die Zusammenhänge. Margaretha musste seine Braut gewesen sein, nicht meine. Sie hatte – aus welchen Gründen auch immer – überlebt, hatte mich gesucht und endlich gefunden. Ein geisterhaftes, wenn nicht teuflisches Spiel, in das ich hineingeraten war.

»Ich spüre dich«, sprach sie flüsternd weiter. »Du besitzt eine Aura, wie sie auch er besessen hat. Ich habe sie immer gesucht und endlich gefunden. Komm mit mir!«

»Wohin?«

»Auf das Schloss der Dufour, zum See, in die Täler, wir alle warten auf dich.«

»Dann heißt du Dufour?«

»Ja, Geliebter. Erinnerst du dich nicht?«

Mein Lächeln wurde zu einem etwas gequälten Grinsen. »Ja, möglich. Entschuldige, es ist eben lange her.«

»Ich weiß, aber die Zeit wird wiederkehren. Ich habe das Kloster deinetwegen verlassen, Hector, habe mich in Gefahr begeben, aber ich gab nie auf. Ich will dich zum Mann. Komm, ich warte! Das Schloss der Dufour, der See, die weiche Landschaft, der Fluss …!

Beim letzten Wort bereits sahen wir, wie ihre Gestalt sich allmählich auflöste.

Plötzlich war sie weg.

Und im nächsten Augenblick wurde es wieder hell im Zimmer!

Wir schauten uns an.

Glenda sah ebenso verständnislos auf Suko, wie dieser auf mich und ich auf ihn.

»Und?«, fragte der Inspektor, »was stehen wir eigentlich hier herum? Wollen wir nicht essen?«

Ich schüttelte den Kopf. »Wie kannst du so etwas sagen?«

Er winkte ab. »Vergiss es, John! Ich frage mich, ob ich einen Traum erlebt habe oder die Wirklichkeit.«

»Ja, das frage ich mich auch«, meldete sich Glenda.

»Margaretha Dufour«, sagte ich leise. »Ihr müsst den Namen auch gehört haben. Er wird euch doch in Erinnerung geblieben sein. Ich kann mich nicht irren.«

»Nein«, stand Glenda mir bei, »das hast du dich nicht. Sie ist deine Braut gewesen.«

Ich hob den Arm. »Augenblick. Nicht meine, sondern die des Hector de Valois.«

»Für sie macht das keinen Unterschied.«

»Aber für mich.« Ich ließ mich in einen Sessel fallen und schlug die Beine übereinander. »Als hätte ich nicht schon genug Sorgen und Ärger! Da muss man sich noch mit den erotischen Eskapaden seiner Vorgänger herumschlagen. Ein Wahnsinn!«

»Glaubst du an ihre Worte?«, fragte Suko.

»Ich weiß es nicht genau.«

»Es müsste sich doch feststellen lassen, ob es eine Familie Dufour in Frankreich gibt, die ein Schloss besitzt. Vielleicht eines an der Loire, wo doch so viele Schlösser liegen.«

Ich nickte. »Das werde ich in die Hand nehmen. Mal sehen, was die Kollegen alles herauskriegen.«

»Die sollen den Computer laufen lassen!« Suko wollte schon zum Telefon gehen, ich hielt ihn zurück.

»Moment noch. Ich frage mich, was ich tun soll, wenn es die Familie und das Schloss tatsächlich gibt.«

Suko und Glenda blickten einander an, als wollten sie sich gegen mich verschwören.

»Hinfahren«, erklärte der Inspektor.

»Aber nicht allein«, fügte Glenda süffisant lächelnd hinzu.

»Du hast deinen Urlaub gehabt, Mädchen. Ich glaube kaum, dass Sir James dir noch einmal …«

»Wer spricht von mir, John? Du solltest Suko mitnehmen.«

Der Chinese nickte. »Gewissermaßen als Anstandswauwau, damit du keine Dummheiten machst und eine Brautnacht wiederholst.«

Ich winkte ab. »Redet keinen Unsinn!« Danach verfiel ich ins Grübeln. »Es ist komisch. Da lebt man in London, und plötzlich erscheint ein weibliches Gespenst oder gespensterhaftes Wesen, das einen heiraten will.«

»Für Überraschungen ist die andere Seite immer gut.« Suko konnte sich ein Lächeln nicht verkneifen.

»Aber ich bin dagegen. Mir geht die Sache allmählich auf den Geist, verstehst du? Ich kann nicht einmal darüber lachen.«

»Wobei sich die Frage stellt«, fuhr Suko fort, »wie diese Person überlebt hat. Und weshalb hat sie überlebt? Beschäftigte sie sich vielleicht mit Magie?«

Ich erhob mich. Neben dem Sessel blieb ich stehen. »Okay, ich kenne Hector de Valois zwar nicht so gut wie dich, aber ich glaube kaum, dass er sich mit schwarzmagischen Kräften eingelassen hat. Er war ein Templer, er ging seinen Weg, aber er gehörte zur anderen Seite der Ritter. Er war kein Baphomet-Jünger. Im Gegenteil, er hat sie und auch ihre Helfer, die Horror-Reiter, bekämpft. Das Problem, das hier so einfach aussieht, ist in Wirklichkeit viel komplizierter, das kannst du mir glauben.«

»Fahrt hin, und alles wird sich aufklären.«

Ich ging zunächst zum Telefon und rief bei der Fahndung an. Scotland Yard besitzt eine hervorragende Computer-Abteilung, hinter der sich manch staatlicher Geheimdienst verstecken kann, was die Fülle gespeicherter Informationen angeht.

Als der Kollege meine Stimme hörte, holte er tief Luft. Man kannte mich, denn ich kam nie mit einfachen Aufgaben.

»Was ist denn jetzt kaputt, Mr. Sinclair?«

»Noch ist alles heil.«

»Keine Toten?«

»Nein.«

»Das lässt hoffen.«

Wenig später sank die Hoffnung des armen Kollegen, als er erfuhr, was er mir heraussuchen sollte.

»Mehr Wünsche haben Sie nicht?«

»Nein.«

»Und wann wollen Sie das Ergebnis haben?«

»Ich bin in meiner Wohnung. Die Rufnummer haben Sie ja.«

»Okay, wir lassen von uns hören.«

Suko lachte leise. »Der war bestimmt sauer – oder?«

»Kann sein.« Ich ging zur Bar und holte die Whiskyflasche hervor. »Jetzt kann ich einen Schluck gebrauchen. Wer noch?«

»Ich«, sagte Glenda.

»Gern.«

»Auf mich musst du beim Trinken verzichten.« Suko stand auf und reckte sich. Dann ging er in die Küche. Wahrscheinlich holte er sich dort etwas.

Ich reichte Glenda das Glas, wir stießen an und tranken. Sie schüttelte den Kopf. »Das ist fast der perfekte Irrsinn, was wir hier wieder erlebt haben. Das kann man niemandem erzählen.«

»Brauchst du auch nicht. Ich habe gelernt, dass der Irrsinn Methode hat und man sich an ihn gewöhnen kann.«

»Stimmt.«

Suko kehrte aus der Küche zurück. Er trug in der rechten Hand ein Glas Orangensaft. »Den Koffer brauchst du erst gar nicht auszupacken. In Frankreich wird es auch kalt sein.«

»Kommt darauf an, wo ich hinfahre.«

»Und wenn du einmal da bist, John, wie wirst du reagieren? Dich mit der Totenbraut abgeben?«

»Keine Sorge, wir werden keine Hochzeitsnacht nachholen ...«

»Ach, hör auf, so meine ich das nicht!«

»Tut mir Leid, Glenda, ich weiß es nicht. Irgendwie wird sich schon alles ergeben.«

Das Telefon klingelte. Mit einem Sprung war ich aus dem Sessel, der zweite brachte mich an den Apparat, wo ich tatsächlich die Stimme meines Kollegen hörte. »Mögliches erledigen wir sofort. Unmögliches dauert eine Stunde, manchmal etwas weniger.«

»Wie jetzt.«

»Genau, wir haben etwas gefunden. Es gibt ein Schloss Dufour. Château Dufour.«

»Wunderbar. Und wo liegt es?«

»Ziemlich weit im Süden Frankreichs. Schon fast bei Avignon. Aber es liegt nicht direkt an der Rhone.«

»Das ist auch egal. Können Sie mir mehr über die Besitzverhältnisse sagen?«

»Nein.«

»Es hat also keinen Besitzer?« Ich blieb hartnäckig. »Das ist mehr als unwahrscheinlich.«

»Wenn, dann wohl keinen Lebenden. Es muss eine Familie Dufour gegeben haben.«

»Steht das Schloss leer?«

Der Kollege lachte. »Das werden Sie bestimmt feststellen können, wenn Sie hinfahren. Sie wissen doch, dass einige Hotels nahe der Rhone in Schlösser untergebracht worden sind, dass es Besichtigungstouren gibt und Urlaube auf dem ...«

»Alles klar, Kollege. Ich bedanke mich.«

»Kommt noch etwas hinterher?«

»Vorerst nicht.«

»Sie machen mich glücklich, Sinclair, wirklich …«

Ich legte schon auf, weil ich mir sein übertriebenes Gejammere nicht anhören wollte.

Suko und Glenda hatten mitgehört. »Also fahren wir nach Frankreich«, sagte mein Freund.

»Wieder in den Schnee?«

Ich winkte ab. »Keine Sorge, Glenda, ich glaube nicht, dass es in der Gegend von Avignon so kalt ist.«

»Es hat sogar in Nizza geschneit.«

»Dort blieb das Zeug nicht liegen.«

»Ihr müsst wissen, was ihr tut. Und was machen wir mit dem angebrochenen Abend?«

»Pizza essen«, murmelte Suko.

»Die ist kalt.«

Mein Freund reckte sich. »Ich für meinen Teil verschwinde. Wenn morgen früh eine anstrengende Reise vor mir liegt, möchte ich gern ausgeschlafen sein.« Er grinste uns an. »Ihr bleibt ja noch zusammen, wie ich euch kenne – oder?«

»Falls Glenda ihren Entschluss nicht geändert hat.«

»Nein, das habe ich nicht.«

»Okay, ihr beiden.« Suko grinste. »Treibt es nur nicht zu toll. Spart eure Kräfte. Die nächsten Tage können hart werden. Und denkt daran, Hochhäuser haben dünne Wände.«

»Raus jetzt!«, rief ich.

Mein Freund und Kollege verschwand lachend aus der Wohnung. »Er kann es nicht lassen«, sagte ich und räumte gemeinsam mit Glenda den Esstisch ab. In den Gläsern befand sich noch Whisky. Ich füllte meines ein wenig auf, Glenda wollte nicht.

Dann setzten wir uns gegenüber. »Eine Totenbraut«, flüsterte Glenda. »Es ist kaum zu glauben.«

Ich hob die Schultern. »Wahrscheinlich verwechselt sie mich. Aber mach ihr mal den Irrtum klar.«

»Es muss etwas geben, das sowohl Hector de Valois als auch du gemeinsam gehabt haben.«

»Klar, das Kreuz und auch unsere Aufgabe. Er hat Dämonen

gejagt, ich bin ebenfalls hinter ihnen her. Das hat diese Margaretha Dufour eben angezogen.«

»Ist sie ein Gespenst?«

»Ich weiß es nicht. Jedenfalls kein normaler Mensch. So lange würde niemand leben können.«

»Ja, ja, das stimmt.« Glenda nickte nachdenklich. »Sie ist deine Totenbraut, ich kann es nicht fassen, und sie will dich wahrscheinlich heiraten, weil es mit Hector de Valois nicht geklappt hat. Was ist das eigentlich für ein Gefühl, John?«

»Ein komisches.«

»Mehr nicht?«

»Doch, ich verspüre auch so etwas wie Spannung, und ich frage mich schon die ganze Zeit über, wie es dieser Margaretha gelang, so lange zu überleben. Als direkten Zombie möchte ich sie nicht sehen. Sie ist etwas anderes. Nur was?«

»Vielleicht eine Verfluchte.«

Ich nickte. »Gut, Glenda, der Gedanke ist nicht mal so schlecht. Ein Wesen möglicherweise, das nach seinem Tod keine Ruhe gefunden hat. Ja, mit dem Gedanken könnte ich mich anfreunden.«

»Ich bin nur gespannt, was sie von dir will.«

»Das hast du doch gehört. Mich heiraten. Was kann man sonst von einer Braut erwarten?«

Glenda tippte gegen ihre Stirn. »Hast du dich in die Totenbraut verliebt, oder drehst du jetzt durch?«

»Keines von beiden, meine Liebe. Ich habe es ernst gemeint. Sie wird mich in das Schloss locken wollen, um das zu vollenden, was sie einmal begonnen hat.«

»Und du lässt dich darauf ein?«

»Bis zu einem bestimmten Punkt. Ich will wissen, was dahinter steckt. Vielleicht kann ich auch mehr über Hector de Valois erfahren. Da sind Dinge, die ich auf keinen Fall aus den Augen lassen darf.«

»Tja«, sagte Glenda, »da kann man wohl nichts machen.« Sie reckte ihre Arme hoch. Der bunte Pullover spannte sich über ihre Brust. Dann gähnte sie.

»Müde?«, fragte ich lächelnd.

»Ein wenig.«

»Okay, gehen wir schlafen. Wo willst du liegen?«

Glenda senkte die Arme. »Die Couch ist mir für die Länge einer Nacht zu unbequem.«

»Da käme nur noch das Schlafzimmer in Frage. Das Französische Bett ist breit genug.«

»Wer duscht zuerst?«

»Du?«

»Nein, ich möchte noch etwas sitzen bleiben. Geh du schon vor.«

»Okay.« Ich streichelte über ihr Haar und verschwand im Bad, das zum Glück durchgewärmt war. Rasch zog ich mich aus. Wir hatten einen Kurzurlaub in Kandersteg hinter uns, und die Nächte waren stets lang geworden. Glenda hatte bewiesen, welch ein inneres Feuer sie besaß. Ich dachte daran zurück und konnte mir ein Lächeln der Vorfreude nicht verkneifen. Wenig später stand ich unter einem warmen Wasserteppich, der aus zahlreichen Öffnungen in der Duschtasse über mir strömte. Ich seifte mich ein und wollte die Dusche wieder abdrehen, als ein kühlerer Luftzug meinen nackten Körper streifte.

Jemand hatte die Tür geöffnet.

Spaltbreit schob ich den Vorhang zur Seite und schaute in die entsprechende Richtung.

Glenda kam.

Sie hatte sich umgezogen, trug jetzt einen Bademantel, der eigentlich mir gehörte, sah mein Gesicht, lächelte und löste mit einer lässigen Bewegung den Knoten, sodass das Kleidungsstück aufschwang. Beim nächsten Schritt streifte sie ihn von den Schultern und stand so vor mir, wie sie der liebe Gott geschaffen hatte.

»Ist noch Platz?«, fragte sie.

»Für dich immer«, erwiderte ich und schob den Vorhang ganz zur Seite.

Sie betrat die Dusche. Es wurde herrlich eng, ich spürte ihre warme Haut und ihre Lippen, die über mein Gesicht glitten. »Von wegen Totenbraut«, flüsterte sie. »Das kommt gar nicht in Frage.

Ich werde dir zeigen, was eine richtige Braut kann, damit du nicht in Versuchung gerätst, mein Lieber …«

In den nächsten Minuten bewies mir Glenda Perkins, dass es noch andere Dinge im Leben gab, als sich nur mit Geistern und Dämonen herumzuschlagen.

Und ich hatte wirklich nichts dagegen …

*Zwei Tage später*

Die Reise mit Flugzeug und Zug hatten wir gut hinter uns gebracht. In Avignon hatten wir uns einen Wagen geliehen, einen Renault, der noch ziemlich neu war.

Über Europa war der Winter gekommen. Er hatte in den nördlichen Regionen zu Kälterekorden geführt, aber auch den Süden nicht verschont. Auf den Bergen und Hügeln hatten wir Schnee gesehen, in den Tälern war er glücklicherweise getaut, da lagen die Temperaturen über dem Gefrierpunkt. Vom Autovermieter hatten wir uns den Weg erklären lassen, der uns in Richtung Südosten führte, auf die Rhone zu, aber wir brauchten nicht bis an das Ufer des Flusses. Es gab da einen kleinen Ort namens Les Baux, dort lag auch das Schloss.

Wir hatten leider nichts darüber erfahren können. Man konnte uns nur sagen, dass sich in der Nähe noch ein See befand, das war alles. Wir rollten über schmale Straßen unserem Ziel entgegen. Rechts und links wuchsen die Berge hoch. Manchmal weiter entfernt, sodass die Täler breiter waren, dann schoben sie sich den beiden Straßenrändern zu, und wir hatten das Gefühl, durch eine Schlucht zu fahren.

Des Öfteren sahen wir die stolzen Burgen, aber nicht so gut erhalten wie an der Loire. Viele einstmals prächtige Bauten waren nur noch als Fragmente vorhanden, Trümmer und Ruinen.

Das nahm Suko zum Anlass, sich zu beschweren. »So wird es bestimmt mit diesem Château Dufour auch sein, John. Bestimmt hat dich diese Frau geleimt.«

»Abwarten.«

»Glaubst du noch immer, dass sie dich heiraten will?«

Ich fuhr in eine Kurve und musste vom Gas. »Heiraten nicht unbedingt. Sie will doch nur das vollenden, was sie damals mit Hector de Valois angefangen hat.«

Suko musste lachen. »Wenn ich daran denke, dass du möglicherweise für die Sünden eines Hector de Valois büßen sollst, wird mir ganz anders zumute.«

»Das wird sich herausstellen.«

Wir fuhren noch auf einer Hauptstraße, die die beiden Städte Avignon und Arles verband. Laut Karte mussten wir bald abbiegen. Suko sagte mir dann schon Bescheid.

»An der nächsten Kreuzung musst du nach links.«

Der Himmel war wolkengrau. Was dort oben hertrieb, erinnerte mich an gewaltige Berge, die mit Schnee gefüllt waren. Im Osten und weit am Horizont zeichneten sich die verschneiten Berge ab. Ich wunderte mich über den Verkehr und auch darüber, wie die Leute fuhren. Da glaubten manche Lastwagenfahrer, allein auf der Straße zu sein.

Manchmal wurden wir laut hupend überholt.

»Links ab!«

Ich hatte das Straßenschild bereits gesehen und auch den Namen Les Baux gelesen. Auf der Karte war der Ort nur als kleiner Kreis eingezeichnet, wie auch Alet-les-Bains weiter westlich, wo sich die Gruppe der Templer konzentriert hatte und das silberne Skelett des Hector de Valois in der Kathedrale der Angst seinen Platz gefunden hatte. Ob eine Verbindung zur Totenbraut bestand, wussten wir nicht.

Wir brauchten nicht mehr als zehn Kilometer zu fahren, um den Ort zu erreichen.

Les Baux präsentierte sich uns inmitten einer hügeligen Landschaft, die sehr idyllisch aussah. Die Häuser standen nicht wie mit dem Lineal ausgerichtet, man hatte sie an den Hängen gebaut und auch an der Straße. Zumeist bestanden sie aus grauen Steinen. Auf einigen Dächern lag noch eine helle Schneeschicht.

Da die Ortseinfahrt etwas höher lag, hatten wir einen sehr guten Blick über das Land. Zwischen mehreren Hügeln sahen wir auch einen blaugrünen, runden Fleck.

Ein See!

Und nicht weit entfernt, quasi über der Wasserfläche liegend, stand das Schloss wie ein Beobachter aus Stein, der nicht nur auf den See blickte, sondern auch auf den Ort.

»Halt mal an, John!«

Ich stoppte am Straßenrand. Beide stiegen wir aus und hielten unsere Gesichter gegen den Wind, der hier ziemlich stark wehte. Suko deutete zum Schloss. »Sieht das unbewohnt aus?«, fragte er.

»Eigentlich nicht.«

»Es wirkt auch nicht zerfallen.« Er tippte mich an. »Ich glaube, deine Totenbraut hatte Recht. Da wird sich möglicherweise noch etwas tun.«

»Aber keine Hochzeit mit mir.«

»Wäre mal was Neues«, meinte Suko.

»Willst du mich nicht vertreten?«

»Ich werde höchstens dein Trauzeuge sein.«

»Nein, da nehme ich nur Geister.« Mein Blick fiel auf die Uhr. »Wir sollten nicht zu lange hier herumstehen. Ich möchte das Schloss noch im Hellen sehen.«

»Dann komm.«

»Aber nicht direkt zur Burg. In Les Baux bekommen wir sicherlich bessere Informationen.«

Der Ort wirkte verschlafen. Es war einfach zu kühl. Die Menschen hielten sich in den Häusern auf. Über den Kaminöffnungen sahen wir dünne Rauchfäden.

Es gab auch zahlreiche Geschäfte, Häuser mit Hinterhöfen, Restaurants und Bistros. Vor einem Friseurladen stand der Meister und blickte zum trüben Himmel, als würden von dort Kunden kommen.

Ich hielt neben ihm. Neugierig trat er näher. Er war klein, dunkelhaarig, und als Manneszierde wuchs auf seiner Oberlippe ein dunkler Schnauzbart.

»Sie sind fremd«, sagte er sofort.

»Oui, Monsieur, und wir möchten zum Château Dufour.«

Er hob die Augenbrauen, sodass sie zwei Bögen bildeten. »Sind Sie von der Baufirma?«

»Natürlich.«

»Dann sagen Sie mal Ihren Leuten, dass sie sich mit dem Umbau beeilen sollen.«

»Wie weit sind sie denn?«

»Keine Ahnung, ich war lange nicht mehr oben. Aber im Frühjahr sollen die ersten Gäste kommen. Man will aus der Burg ein Romantik-Hotel machen. Was rede ich, das wissen Sie ja.«

»Klar, nur möchten wir gern den direkten und schnellsten Weg zur Burg wissen.«

»Das geht in Ordnung.« Er sprach sehr schnell, sodass ich mich konzentrieren musste, um ihn zu verstehen. Wir bedankten uns recht herzlich und fuhren ab.

Der Weg führte in Serpentinen den Hügel hoch. Schneereste begleiteten uns. Je höher wir kamen, um so größer wurden sie. Zudem blies ein kalter Wind, der mit den kahlen Zweigen der Laubbäume spielte und auch das harte Wintergras bog. Sogar einen Schäfer sahen wir. Er stand bei seiner Herde und sah unserem Wagen nach.

Den See verloren wir nie aus dem Blick. Er begleitete uns auf der Fahrt. Sein Ufer war mit einem Schilfgürtel bewachsen. Boote entdeckten wir keine auf der Wasserfläche. Sie lag still und starr unter uns wie dunkelblaues Eis.

Die letzte Kurve vor dem Schloss schien kein Ende nehmen zu wollen. Büsche wuchsen bis über den Weg. Fahrzeuge hatten tiefe Reifenspuren im feuchten Boden hinterlassen.

Endlich lag die Kurve hinter uns, und wir konnten auf den freien Platz vor dem Schloss fahren.

Frei stimmte nicht ganz, denn wir sahen drei Fahrzeuge. Lieferwagen, die zu der Firma gehörten, die Umbauten vornahm. Eine Mauer, die als äußere Begrenzung zwischen dem Gebäude und einem Innenhof stand, wie wir es von anderen Burgen oft genug kannten, existierte nicht. Dafür sahen wir das Gerüst, das sich an der Vorderfront festhielt. Auf den schmalen Stegen entdeckten wir Arbeiter.

Wir stiegen aus.

Hier oben war es kühler. Unser Blick fiel in das Dorf hinab und auch weiter über die Höhenzüge hinweg, wo wir in der Ferne abermals kleine Orte liegen sahen.

Wer hier im Sommer und bei strahlendem Sonnenschein Urlaub machte, konnte sich freuen.

Das Château gehörte zu den kleineren Bauten. Es glich mehr einem Herrenhaus. Türme sahen wir nicht, dafür eine Fassade, wo zahlreiche Erker und viel Stuck einen etwas kitschigen Eindruck hinterließen. Auf dem Dach standen zwei Türmchen mit spitzen Dächern, auf denen Schnee lag. So sahen sie aus wie mit Puderzucker überstreut.

Unsere Ankunft war bemerkt worden. Die Arbeiter ließen sich jedoch nicht stören, sie störten uns auch nicht.

»Wenn es hier einen Chef gibt«, sagte Suko, »wird er sich sicherlich im Schloss aufhalten.«

»Wieso?«

»Chefs stehen meist nicht im Kalten.«

»Stimmt auch wieder.«

Die Tür stand gerade so weit auf, dass wir hindurchpassten. Wenig später standen wir in einer Halle, die ziemlich groß war, aber mehr einer Baustelle als einem Entree in ein elegantes Schloss glich.

Auch im Inneren waren Gerüste aufgebaut. Die große Treppe nötigte mir ein achtungsvolles Nicken ab. Sie schwebte frei, hatte breite Stufen, bestand aus Holz und glich schon eher einem Kunstwerk. Um sie vor Beschädigungen zu schützen, war dicker Filz auf die Stufen gelegt worden.

Auf dem Boden lag eine Staubschicht, in der sich die Fußtritte der Arbeiter abzeichneten. Schwere und breite Scheinwerfer schossen ihre Lichtstrahlen schräg gegen Decke und Wände, wo abgeschliffen und gemalt wurde.

Auch den Chef entdeckten wir. Jedenfalls hielten wir den Mann im grünen Parka dafür. Er hockte an einem Tapetentisch, den er zu einem Schreibtisch umfunktioniert hatte, und telefonierte. Er sprach nicht, er schrie in den Hörer und redete dabei so schnell, dass wir ihn kaum verstehen konnten. Der Mann war ziemlich groß, er hatte dichtes, dunkles Haar und ein etwas unförmiges

Gesicht mit einer sehr großen, dicken Nase, die leicht gerötet war.

Der Tisch war mit Papieren, Stiften und Zeichnungen übersät. Dass wir vor ihm stehen blieben, nahm er wohl zur Kenntnis, er kümmerte sich aber nicht um uns, sondern redete weiter. Dabei umklammerte er den Hörer so hart, dass ich befürchtete, er würde ihn zerbrechen.

Während er sprach, zitterten die Härchen auf seinem Handrücken. Sie sahen aus wie ein dichter, dunkler Flaum. Irgendwo im Hintergrund dudelte ein Radio. Einer der Arbeiter hatte es neben sich auf dem Gerüststeg stehen.

Schließlich war der Chef fertig. Mit einem wütend gesprochenen »Merde« schleuderte er den Hörer zurück, sackte leicht in sich zusammen und ähnelte dabei einem bayerischen Politiker.

Sekunden vergingen. Der Kerl schien eingefroren zu sein, bis er mit einer ruckartigen Bewegung den Kopf hob und uns aus seinen dunklen Augen fixierte.

»Wer sind Sie, und wo kommen Sie her. Was wollen Sie?«

»Mit Ihnen reden«, erwiderte ich.

»Ich habe keine Zeit, wir sind in Druck. Das verdammte Wetter hat die Arbeiten verzögert. Dann hat uns ein Lieferant draufgesetzt, sodass wir die Bäder oben nicht einrichten können. Sie sehen also, dass ich beschäftigt bin und keine Zeit habe.«

»Wir haben nur Ihre Leute arbeiten sehen«, erklärte ich.

Jetzt sprang er auf. Wir erkannten, dass es sich bei dem Mann um eine Sitzgröße handelte. Wenn er stand, war er kaum größer, dafür sehr breit in den Schultern.

»Was erlauben Sie sich!«, fuhr er uns an. »Soll ich Sie eigenhändig rausschmeißen?«

»Nein, nur ein wenig freundlicher behandeln. Das ist doch nicht zu viel verlangt – oder?«

»Wer sind Sie?«

Suko und ich stellten uns vor und fügten hinzu, dass wir aus London kamen.

»Wie schön für Sie. Na und?«

Mein Blick fiel auf sein linkes Parkarevers. Dort steckte ein

Schild, auf dem auch sein Name stand. Er hieß Perell. Natürlich hatte ich mir eine glaubhafte Erklärung einfallen lassen und rückte damit heraus. »Monsieur Perell, wir sind hier, um uns davon zu überzeugen, wie weit Ihre Arbeiten gediehen sind.«

»Sie hätten noch drei Monate warten sollen.«

»Unsere Kunden wollen aber jetzt schon informiert werden. Wir wollen deshalb noch einige Zusatzseiten in unseren Katalog einheften.«

Er nickte. »Ich verstehe, Sie sind von einer Reisefirma.«

»Ja, Monsieur Perell. Wir arbeiten für World Around.«

»Kenne ich nicht.«

Die kannte ich auch nicht. Ich hatte sie nur soeben erfunden. »Es ist uninteressant, jedenfalls hat man uns geschickt, damit wir uns hier einmal umsehen.«

Er musterte uns scharf. »Wollen Sie sich auch nach konkreten Terminen erkundigen?«

»Das hatten wir eigentlich vor.«

Seine Hand wischte durch die Luft. Es war eine schwielige Hand. Perell kam sicherlich selbst vom Bau. »Nein, und abermals nein. Sie sehen ja selbst, was hier los ist. Wir sind nie in drei Monaten fertig. Wenn Sie unbedingt Ihren komischen Katalog fertig stellen wollen, schreiben Sie hinein, dass die ersten Urlauber hier frühestens im Herbst antanzen können. Der Frühling kommt nicht in Frage, und für den Sommer kann ich ebenfalls nicht garantieren.« Er deutete die Treppe hoch. »Sie können sich gern oben umsehen. Die Badezimmer sehen fürchterlich aus. Wie wir das alles schaffen sollen, ist mir ein Rätsel.« Er begann wieder zu schimpfen. »Es ist auch eine verdammte Schweinerei, dass wir unter Druck gesetzt werden.« Sein ausgestreckter Zeigefinger deutete einmal auf mich, dann wieder auf Suko. »Firmen, für die Sie beide arbeiten, wissen überhaupt nicht, wie der Hase läuft. Die wollen alles schnell haben, um möglichst bald das Klingeln der Geldstücke in den Kassen zu hören.«

»So ist das auch nicht«, schwächte Suko ab.

»Und ob es so ist.« Er holte Luft, um weiterzusprechen, als das schwarze Telefon klingelte.

Perell starrte es ernst an, dann schnappte er den Hörer, riss ihn hoch und presste ihn gegen das Ohr. »Ja, was ist denn jetzt schon wieder los?«

Plötzlich war er ruhig, schüttelte den Kopf und sprach mit leiser Stimme weiter. »Ja, die sind hier. Ich gebe Ihnen einen von Ihnen. Da, für Sie.« Er drückte mir den Hörer in die Hand, während er sich gleichzeitig umwandte, zu seinen arbeitenden Leuten auf dem Gerüst hochschaute und plötzlich zu ihnen lief.

Weshalb er sie anfuhr, hörte ich nicht, denn ich konzentrierte mich auf die weiche Stimme, die aus dem Hörer zu fließen schien.

»Ich begrüße dich bei mir …«

Suko sah, wie mein Gesicht hart wurde. »Hallo, Margaretha«, sagte ich leise.

»Ja, ich bin es.«

»Wir sind in deinem Schloss.«

»Ich sah euch, aber ich muss dir sagen, dass du mich enttäuscht hast. Du hättest allein kommen sollen.«

»Davon hast du nichts gesagt.«

»Ich hatte es mir anders vorgestellt. Schade für deinen Freund. Er wird sterben, wenn wir heiraten.«

»Nun warte erst mal ab. Ich habe dich noch nicht gesehen, Margaretha. Außerdem sind noch andere Personen hier. Das Schloss wird umgebaut, das hättest du wissen müssen.«

»Sie werden bald verschwunden sein. Ich gebe dir noch einen Rat. Wenn du deinen Freund retten willst, sorge dafür, dass er dich verlässt. Ich will dich allein haben.«

»Ja, ich verstehe.«

»Du wirst mich sehen, aber zuvor werde ich noch ein Zeichen setzen, damit alle begreifen.«

In mir schlug eine Alarmklingel an. »Von welch einem Zeichen sprichst du, Margaretha?«

Sie hatte die Verbindung bereits unterbrochen, und auch ich legte den Hörer auf die Gabel.

»Was hat es gegeben?« Suko schaute mich an.

»Nicht viel, mein Lieber, oder doch einiges.«

»Komm, erzähl.«

»Du sollst verschwinden. Sie gibt dir noch eine Chance. Bleibst du, wird sie dich töten.«

Suko grinste schief. »Das wollten schon viele. Deshalb nehme ich es nicht so tragisch. Was will sie wirklich?«

»Zwei Dinge. Zum einen möchte sie mit mir allein sein, zum zweiten will sie ein Zeichen setzen.«

»Welches?«

»Keine Ahnung, Suko. Sie hat von einem Zeichen gesprochen. Was das genau ist, steht in den Sternen.«

»Du bist misstrauisch.«

»Klar.«

Ich drehte mich um. Perell stand noch immer unter dem Gerüst. Er schaute nur hoch und schimpfte seine Arbeiter nicht weiter aus. Mir fiel auf, dass keine Musik mehr erklang.

Dafür hörten wir etwas anderes.

Einen grauenhaften Schrei.

Er war draußen aufgeklungen, und das Echo drang durch den Türspalt in die Halle hinein.

Perell hatte ihn gehört, Suko ebenfalls und ich auch. Wir starteten fast gleichzeitig, nur waren Suko und ich schneller, zudem hatten wir in einem besseren Winkel zur Tür gestanden.

Wir liefen nach draußen und wären fast über den bewegungslosen Körper gestolpert, der verkrümmt und nur ein paar Schritte von der Tür entfernt lag.

Über uns erklang eine gellende Stimme. »Man hat ihn vom Gerüst gestoßen! Man hat ihn vom Gerüst gestoßen …!«

Jetzt endlich löste sich auch der Schreck bei den anderen Handwerkern. Ich hörte sie über Stege laufen und Leitern klettern, da kniete ich bereits neben dem Mann und stellte fest, dass er nicht tot war. Aber er war bewusstlos, konnte sich nicht mehr bewegen und musste schwere innere Verletzungen haben. Beim Aufprall war auch seine Nase zerquetscht worden. Sie bildete einen blutigen Klumpen im Gesicht.

Perell kam fluchend und schimpfend heran. Sein Schatten fiel über mich, ich blickte auf und hörte ihn wieder schreien. »Was ist das denn wieder für ein Mist!«

Ich fuhr hoch. »Mensch!«, schrie ich zurück. »Halten Sie endlich mal Ihr Maul!«

Die Arbeiter hörten uns zu, sie standen nicht weit entfernt. Perell, der Widerspruch nicht gewohnt war, zitterte vor Wut und holte langsam aus, während er die Hand dabei zur Faust ballte.

Aber da war Suko. Er packte zu. Perell musste den Eindruck haben, mit seinem Handgelenk in einem Schraubstock zu stecken, so hart drückte der Chinese zu.

Perell verzog das Gesicht. Schweiß trat auf seine Stirn.

»Reicht es?«, fragte ich.

»Das ist meine Baustelle!«, keuchte er.

»Aber vor Ihren Füßen, Monsieur Perell, liegt ein Verletzter. Ich weiß nicht, wie lange der Mann noch lebt. Vielleicht kommt er durch, wenn er rechtzeitig in ein Krankenhaus geschafft wird. Daran sollten Sie denken.«

»Bon, lassen Sie mich los!«

Suko löste den Griff. Perell drehte sich um, sagte aber nichts und rieb sein Gelenk.

Ein Mann in der Arbeitskleidung eines Maurers drängte sich durch die Zuschauer. Er bewegte seine Arme heftig, das Gesicht war bleich, in seinen Augen las ich das Entsetzen.

»Was ist passiert?«, fragte ich ihn.

»Gestoßen, man hat ihn gestoßen. Vom Gerüst.« Er war so aufgeregt, dass er stotterte.

»Und wer?«

»Es war eine Frau.«

Ein schallendes Gelächter übertönte den letzten Teil der Antwort. Perell hatte es ausgestoßen. »Bist du verrückt? Eine Frau soll Mario vom Gerüst gestoßen haben?« Perell ging geduckt auf den Arbeiter zu und schlug seine Handfläche klatschend gegen die Stirn. »Das ist doch Wahnsinn! So etwas hast du dir nur ausgedacht.«

»Nein, Chef, habe ich nicht.«

»Und wo soll die Frau so plötzlich hergekommen sein? Kannst du mir das sagen?«

»Sie war da.«

»Ach, einfach so?«

»Ja, sie stand neben uns. Und wissen Sie, wie die aussah? Wie ein Geist, ein Gespenst. Sie … sie streckte den Arm aus, berührte Mario, der sagte, dass ihm so kalt wäre, dann stieß sie ihn vom Gerüst. Ich … ich stand daneben und schaute zu.«

Perell drückte seinen Kopf zurück und fing an zu lachen. Das Gelächter hallte über den Vorplatz. »Nein, nein, was bin ich doch von Idioten umgeben! Aber gut, Romain, du hast es gesehen und wirst es auch den Bullen erzählen.«

»Ja.«

»Weißt du, was die mit dir machen? Die nehmen dich fest, weil sie vermuten, dass du Mario vom Gerüst gestoßen hast. Ihr hattet doch oft genug Streit, ihr beiden.«

Romain ging zurück und streckte dabei abwehrend die Hände vor. »Nur beim Kartenspielen, mehr nicht.«

»Das reicht schon.«

»Mir reicht es eigentlich auch«, sagte Suko. »Wollen Sie nicht endlich für den Verletzten sorgen?«

Perell nickte. »Ja, ist gut, wir werden fahren. Feierabend für heute, Männer.«

Suko und ich kümmerten uns um den Verletzten. Behutsam hoben wir ihn an. Wenn er tatsächlich innere Verletzungen hatte, mussten wir sehr vorsichtig sein.

Es wurden Decken bereitgelegt und auf der geschützten Ladefläche eines Wagens ausgebreitet. »Einer von Ihnen muss neben ihm sitzen«, sagte ich. »Er darf bei der Fahrt nicht zu starken Erschütterungen ausgesetzt werden.«

Romain nickte. »Das übernehme ich.«

»Gut.«

Perell fuhr mit seinem eigenen Wagen, einem alten Peugeot 404. Er stoppte noch einmal neben uns und streckte seinen Kopf aus dem Fenster. »Wollen Sie nicht auch verschwinden?«

»Nach Ihnen, Perell. Keine Sorge, wir arbeiten hier nicht weiter.«

»Sie bestimmt nicht.« Er fuhr an.

»Ein widerlicher Mensch«, sagte Suko.

»Ja, nervös und überreizt.«

Suko und ich drückten dem Verletzten beide Daumen, dass er durchkam, während wir dem Wagen nachschauten.

»Das ging schnell«, sagte mein Partner, »als hätten sie es plötzlich mit der Angst zu tun bekommen.«

»Das ist gut möglich.«

»Glaubst du die Aussage dieses Mannes?«

»Sicher. Außerdem hat meine Totenbraut von einer Demonstration gesprochen, die sie uns vorführen wollte. Vielleicht war es auch eine Warnung für dich, damit du verschwindest.«

»Soll ich denn?«

»Ich weiß nicht.«

»Du bist dir also nicht sicher?«

»So ist es.«

Wir standen beide vor dem Schloss. Neben uns wuchs die Fassade hoch mit ihren Gerüsten. Es näherte sich bereits die Dämmerung, der Himmel war dunkler geworden, und der Wind wehte stärker über die Hügelkuppen.

»Lass uns hineingehen«, schlug ich vor.

Suko lachte. »Du hast noch immer keine Lösung gefunden und weißt nicht, ob du mich lieber weghaben willst.«

»So ist es.«

Wir betraten die Halle. Die Männer hatten die Scheinwerfer nicht gelöscht. Über uns vereinigten sich die Lichtkegel zu einer hellen Kuppel.

Unsere Gestalten malten lange Schatten auf dem Boden. Bevor wir uns zu etwas entschließen konnten, schrillte wieder das Telefon.

»Das ist sie«, sagte ich, ging hin und nahm den Hörer. Ich brauchte mich nicht zu melden, denn sie war schneller.

»Jetzt sind wir fast allein!«, hauchte sie.

»Ja, das stimmt. Aber du hast einen Menschen auf dem Gewissen. Vielleicht stirbt er nicht, aber er wird sein Leben lang gezeichnet sein.«

»Ich wollte dir etwas beweisen.«

»Nicht so.«

»Es ist mir egal. Was zählt ein Menschenleben gegen mich?«

Nein, es hatte keinen Sinn, sie vom Gegenteil überzeugen zu wollen. Das wäre mir sicherlich nicht gelungen. Ich stellte die nächste Frage: »Was willst du?«

»Dich.«

»Ja, ich bin hier.«

»Und ich will, dass er verschwindet, dein Freund. Ich gebe ihm noch eine Chance, sonst werde ich ihn vernichten.«

»Wo soll er denn hin?«

Sie lachte leise. Überhaupt hörte sich ihre Stimme an, als wäre sie meilenweit entfernt. »Er kann zum See gehen und auf uns warten.«

»Werden wir auch dort sein?«

»Ja, als Braut und Bräutigam.«

»Gut, ich bin einverstanden.«

»Er soll sofort gehen.«

»Ich rede mit ihm.«

Das Freizeichen erklang, und ich legte den Hörer wieder auf. Suko trat auf mich zu. »Ja, ich kann mir denken, was sie von dir verlangt hat. Sie will, dass ich verschwinde.«

»Genau.«

Er blickte zu Boden. »Und was willst du?«

»Vielleicht das Gleiche.«

»Du begibst dich ohne Rückendeckung in Gefahr, John?«

»Das kann man so nicht sagen. Bisher ist eingetroffen, was sie prophezeit hat. Diesmal sprach sie davon, dass du unten am See warten sollst. Dort wirst du uns treffen.«

Suko legte einen Finger unter sein linkes Auge und zog die Haut nach unten. »Das riecht nicht nur, nein, das stinkt schon nach einer Falle. Oder sehe ich das falsch?«

»Kann sein.«

»John, ich merke, dass du mich loswerden willst. Du möchtest mit deiner Totenbraut allein sein.«

»Sie hat Möglichkeiten, dich zu töten.«

»Das haben andere Dämonen auch«, erwiderte Suko ungeduldig. »Was steckt tatsächlich dahinter?«

»Ich will eben mehr über Hector de Valois herausfinden. Kannst du das nicht verstehen?«

»Schon.«

»Dann tu mir den Gefallen und fahr bitte. Warte am Seeufer, den Weg wirst du sicherlich finden.«

Suko nickte. »Aber eines sage ich dir noch überdeutlich, mein Lieber. Für mich ist das eine Falle, auch am See.«

»Aber erst, wenn wir dort sind.«

»Möglicherweise schon vorher.«

Ich brachte meinen Freund noch nach draußen. Die Umgebung sah aus wie eine Trennlinie zwischen Licht und Schatten. Auf der einen Seite noch die regenklare, allmählich zurückdrängende Helligkeit des Tages, auf der anderen, als Gegenpol, die Dämmerung, die sich als breites Band immer weiter vorschob.

»Mondklar wird es nicht werden«, meinte Suko, als er die Fahrertür öffnete. »Wir könnten mit einer dunklen Nacht rechnen.« Er ließ sich auf den Sitz fallen.

Ich hämmerte die Tür zu, mein Freund kurbelte noch die Scheibe herunter. »Gib auf dich acht, John. Das hier ist ein verdammt böses Spiel, habe ich das Gefühl.«

»Und pass du auch auf.«

»Sicher. Zum Glück kann ich schwimmen.«

Er startete. Ich trat zur Seite, sah Sukos Winken und sah dem Wagen nach, der sich langsam in die erste Kurve hineinschob. Ich wartete so lange, bis ich auch das Geräusch des Motors nicht mehr hörte, und ging wieder zurück in das Schloss, um auf meine Totenbraut zu warten …

Die ersten Minuten ließen sich noch ertragen, danach überfiel mich das Gefühl der Leere und Einsamkeit. Es regte sich nichts. Kein Mensch hielt sich mehr in dem alten Gemäuer auf, das zu einem Romantik-Hotel umgebaut werden sollte.

Es war eine Ruhe, die ich als trügerisch empfand. Hin und

wieder hörte ich aus verschiedenen Richtungen ein Knacken und das leise Summen eines Generators, der für die Stromerzeugung zuständig war. Die Arbeiter hatten alles liegen- und stehen lassen und die Baustelle Hals über Kopf verlassen.

Wenn ich darüber nachdachte, kam ich mir vor wie in einer modernen Filmkulisse, die jemand in ein altes Schloss gestellt hatte. Es war alles unwirklich, draußen nahm die Dunkelheit immer mehr zu, ich war der einzige Mensch weit und breit, spürte den Atem der Natur, der durch die offene Tür in die Halle drang, und drehte langsam meine Runden. Dabei lauschte ich dem Klang meiner eigenen Schritte, passierte den provisorischen Schreibtisch, wo die Unterlagen durcheinander lagen, und hob mit einer spielerisch anmutenden Bewegung den Telefonhörer ab.

Es erklang kein Freizeichen.

Ich verfolgte die Schnur, man hatte einen provisorischen Anschluss erstellt, sie war durchtrennt worden. Meine Totenbraut wollte auf Nummer Sicher gehen.

Ich war bewaffnet. Beretta, Kreuz, auch den Dolch hatte ich mitgenommen. Ungewöhnliche Dinge für eine Trauung, aber soweit wollte ich es nicht kommen lassen.

Ich warf einen Blick in die Höhe.

Gleißendes Licht erfüllte die Decke des Raumes. Sie wirkte wie eine große Kuppel.

Mein Blick wanderte weiter und erfasste die Treppe. Wenn ich sie so ansah, verstärkte sich bei mir der Eindruck, auf einer Bühne zu stehen. Ich schritt der Treppe entgegen. Lichtstrahlen trafen meinen Rücken und warfen von meiner Figur ein Schattenbild.

Vor der ersten Stufe der breiten Treppe blieb ich stehen. Sie schwebte frei, hinter dem ersten Absatz waren zwei Bretter quer von Wand zu Wand genagelt worden, um anzuzeigen, dass ein Durchgang nicht erwünscht war.

Margaretha Dufour ließ sich nicht blicken. Die Totenbraut, die es mit Sukos Abreise so eilig gehabt hatte, spielte mit mir. Ein Psycho-Krieg hatte begonnen, den ich nicht verlieren wollte. Nicht ich wollte etwas von ihr, sondern sie von mir, also würde sie sich melden, auf welche Weise auch immer.

Ich dachte über ihr Schicksal nach. Welches Ereignis konnte sie zu dem gemacht haben, was sie jetzt war? Sicherlich ein schwarzmagisches, aber hatte Hector de Valois sich tatsächlich eine Frau nehmen wollen, die mit der anderen Seite in Verbindung stand?

So etwas konnte ich mir einfach nicht vorstellen. Da mussten noch andere Dinge eine große Rolle gespielt haben.

Noch sah ich sie nicht, war jedoch überzeugt, von ihr aus dem Unsichtbaren beobachtet zu werden. Vielleicht war sie gleichzeitig ein Gespenst und ein Zombie, möglich war schließlich alles. Überraschungen hatten meine Gegner immer auf Lager.

Da platzte der erste Scheinwerfer!

Ich hörte das Splittern, wurde aus meinen Gedanken gerissen, duckte mich unwillkürlich und kreiselte herum, genau in dem Augenblick, als auch der zweite Scheinwerfer zu Bruch ging.

Es war merklich dunkler geworden. Die beiden letzten Scheinwerfer warfen ihre Lichtstrahlen von mir weg, aber auch sie sollten nicht mehr lange brennen.

Das Geräusch des splitternden Glases und der zerstörten Lampen regte mich kaum noch auf, ich wurde von den Überresten nicht getroffen. Statt dessen wartete ich auf Margaretha Dufour.

Sie ließ sich Zeit, machte es spannend und wollte wahrscheinlich das diffuse Graulicht in der Halle ausnutzen, um ihren Auftritt noch spektakulärer zu gestalten.

Dann hörte ich sie. Ich wurde nicht angesprochen, nur ein leises Lachen vernahm ich. Es war über mir aufgeklungen. Ich drehte den Kopf, blickte zur Treppe hin.

Da stand sie.

Margaretha – meine Totenbraut!

Von einem unguten Gefühl konnte Suko schon nicht mehr sprechen, es hatte sich verdichtet und war zu einer regelrechten Psychose für ihn geworden.

Dass er allein fuhr, gefiel ihm ganz und gar nicht. An dieser Falle konnte man riechen, die Totenbraut wollte John Sinclair für sich haben und Suko warten lassen.

Er schaute einige Male in den Spiegel und stellte fest, dass er vom Schloss her nicht mehr beobachtet werden konnte. Deshalb fuhr der Inspektor rechts ran, stoppte und stieg aus. Er wollte die Strecke heimlich und zu Fuß zurückgehen.

Über ihm wehte der Wind. Auf den freien Stellen am Hang lagen die Schneefelder wie gezeichnet. Suko hielt nach einem Weg Ausschau, um sich quer durchs Gelände schlagen zu können, aber er kam nicht dazu, etwas legte sich plötzlich mit einer Totenkälte um seinen Hals, und eine Stimme flüsterte: »Rühre dich nicht von der Stelle, sonst werden dich meine Hände töten!«

Der Inspektor blieb steif stehen. Er atmete flach durch den offenen Mund. Ohne seinen Gegner gesehen zu haben, wusste er, dass es die Totenfrau war, die hinter ihm stand und ihn so überrascht hatte.

Suko senkte den Blick. Er wollte seinen Hals sehen, um die Hände erkennen zu können.

Es war nicht möglich, weil ihm das Kinn die Sicht nahm. Dafür hörte er ihre Frage.

»Warum bist du nicht gefahren, wie ich es dir gesagt habe?«

»Du willst ihn doch töten. Damit du freie Bahn hast, wurde ich weggeschickt.«

»Nein, so ist es nicht.«

»Wie denn?«

»Fahre zum See. Ich bin seine Geliebte, wir wollen den Bund schließen. Dort kannst du uns erwarten. Ich sage dir dies, weil du sein Freund bist.«

»Er wird dich nicht heiraten!«, sagte Suko. »Er heiratet keine Tote.«

Margaretha lachte zischend. »Er muss mich heiraten, denn er hat es damals versprochen.«

»Nicht er, Hector de Valois.«

»Aber John muss alte Versprechen einlösen. Es ist ein Fluch, der ihn begleiten wird. Ich gehe jetzt zu ihm. Fahre du weiter, ich sage es nicht noch einmal.« Die Worte waren kaum gesprochen, als Suko wieder befreit durchatmen konnte, denn die kalten, für ihn nicht sichtbaren Totenhände hatten sich wieder von seinem Hals gelöst.

Er drehte sich um, aber da war niemand mehr. Suko hätte alles für einen Traum halten können, wären da nicht die kalten Stellen an seiner Haut gewesen, die sich anfühlten wie eisige Streifen. Dort hatten die eisigen Finger gelegen, und Suko hatte den Eindruck, als würde die Kälte an sechs verschiedenen Stellen die Haut durchdringen und in seinen Hals ziehen.

Durchatmen konnte er. Die kühle Luft füllte die Lungen aus. Er sah sich noch einmal um, aber in der näheren Umgebung zeigte sich nichts mehr. Die Totenbraut hatte sich zurückgezogen.

Auch Suko ging. Er setzte sich in den Leihwagen und startete. Willig sprang der Motor an. Von nun an führte der Weg nur noch bergab. Er rief sich in Erinnerung, dass der See auf der Herfahrt an der rechten Seite gelegen hatte, also musste er jetzt seinen Blick nach links wenden, um eine Durchfahrt oder den Beginn eines Pfades zu entdecken.

Er schaltete das Fernlicht an. In der dunkler werdenden Luft hatte es einen bläulichen Schimmer, der wie ein Teppich über die am Wegrand stehenden Gewächse strich und diese anmalte.

Suko fuhr sehr konzentriert, obwohl sich seine Gedanken um John Sinclair und die Totenbraut drehten. Sie hatte mit John etwas vor, aber auch mit ihm, sonst hätte sie den Inspektor nicht mit einer so starken Konsequenz in Richtung See geschickt.

Was konnte sich dort abspielen?

Sukos Überlegungen wurden gestört, weil sich die kalten Stellen an seinem Hals noch immer gehalten hatten. Außerdem war die Haut am Hals rauer geworden!

Margaretha hatte ihn reingelegt. Es war ihr gelungen, ihm ihren Stempel aufzudrücken, und Suko unterschätzte diese Verletzung keineswegs. Je mehr Zeit verstrich, um so stärker konnte sie werden. Bereits jetzt spürte er trotz der Kälte ein leichtes Brennen.

Aber er fuhr weiter. Immer hinein in das blassblaue Licht der beiden Scheinwerfer, die den Teppich vor sich hertrugen. Die Hälfte der Strecke hatte er sicherlich hinter sich gelassen. Wenn er keine Abzweigung fand, musste er nach Les Baux und sich von dort aus durchfragen.

Suko hatte Glück. An der linken Seite öffnete sich der Buschgürtel so breit, dass er den Renault hindurchfahren konnte. Zwar geriet er auf einen Trampelpfad, der an die Federung des Fahrzeugs höchste Ansprüche stellte, aber Suko stellte fest, dass er auf direktem Weg zu seinem Ziel gelangen würde.

Die Reise gestaltete sich zu einem Cross-Rennen. Immer wieder musste er Hindernisse über- oder durchfahren. Der Renault bockte, er schaukelte und ächzte, aber er kam durch. Vorerst.

In einer schlangengleichen Kurve umrundete der Pfad sogar einen Wald, führte danach nicht mehr so steil hinab und war jetzt mit dichtem Gras bewachsen.

Letzte, graue Schneeflecken leuchteten wie matte Augen. Der Inspektor merkte auch, dass sich die Beschaffenheit des Untergrunds verändert hatte. Der Boden war weicher und feuchter geworden. Die Gefahr, stecken zu bleiben, hatte sich vergrößert.

Noch vor wenigen Minuten hatte er den See sehen können. Jetzt, da er sich mit ihm ungefähr auf gleicher Höhe befand, war dies nicht mehr der Fall. Suko musste schon so lange warten, bis er das Ende der Strecke und damit auch das Seeufer erreicht hatte.

Es wurde schwieriger, den Wagen zu lenken. Getauter Schnee hatte große Pfützen hinterlassen, die wahre Schlammlöcher bildeten, durch die sich der Renault kämpfte.

Manchmal wich Suko bewusst vom Weg ab und den Schneewasserlöchern aus. Dann fuhr er quer durch das Gelände. Mit der Kühlerschnauze schaufelte sich der Wagen den Weg frei, dann, als der Boden noch weicher wurde, sah Suko ein, dass es keinen Sinn mehr hatte. Zudem war er weit genug an den See herangefahren, dessen Oberfläche wie ein breiter, dunkelblauer, leicht grünlich schimmernder Kreis vor ihm lag.

Er stieg noch nicht aus. Die Konzentration auf die Strecke war verschwunden. Es gab andere Dinge, um die er sich kümmern musste.

Da war sein Hals. Er brannte von innen, als hätte man Feuer in ihn hineingeschüttet. Gleichzeitig war die dünne Außenhaut kalt wie Eis. Suko schaltete die Innenbeleuchtung ein, sah sich den Hals im Spiegel an, erkannte zuerst nichts, bis er den Kopf näher an die glänzende Fläche heranbrachte und dort die Streifen entdeckte, die den fahlen Hautton einer Leiche aufwiesen.

Die Totenbraut hatte ihn geschwächt, daran gab es keinen Zweifel. Und bestimmt nicht ohne Grund.

Im Auto sitzen bleiben wollte er auch nicht länger. Suko öffnete die Tür und stieg aus.

Kaum stand er auf den Beinen, fühlte er die Schwäche. Ihm war zwar nicht schlecht, aber eine gewisse Kraftlosigkeit hatte von ihm Besitz ergriffen.

Es kam so weit, dass er den rechten Arm seitlich ausstreckte und am Wagendach Halt suchte.

Sollte er warten oder zum See gehen? Die Totenbraut hatte vom See gesprochen. Wahrscheinlich war die direkte Ufernähe gemeint gewesen. Er stemmte sich ab. Die ersten Schritte lief er torkelnd. Es sah so aus, als hätte er Mühe, seine Füße anzuheben. Wo er hergegangen war, blieben die Schuhabdrücke zurück.

Aber er riss sich zusammen und ging weiter. Suko gehörte zu den Kämpfern, die nie aufgaben. Da musste man ihn schon bewusstlos oder totschlagen, um ihn außer Gefecht zu setzen.

Der weitere Weg gestaltete sich für ihn zu einer Qual. Mit offenem Mund atmete er, die Schritte waren schwer geworden. Manchmal tanzte der Boden vor seinen Augen wie ein Wellenmeer. Der Wind kam vom See her und fuhr in sein Gesicht. Er bewegte die hüfthohen Gewächse und griff in den Schilfgürtel, um ihn zittern zu lassen.

Auch Suko zitterte. Fieberschauer durchjagten ihn. Die Berührung der kalten Klauen schien ihm eine dämonische Krankheit gebracht zu haben, von der er sich nur schwerlich erholte.

Wie eine an langen Fäden gezogene Marionette taumelte er durch die unheimlich und geisterhaft wirkende Szenerie. Die Wolken wirbelten über den Himmel, der Mond hielt sich verborgen und schaute nur hin und wieder blass und fahl hervor. Die Wasserfläche zeigte ein gekräuseltes Muster. Wellen liefen klatschend gegen das Ufer und rollten zwischen die Schilfhalme.

Suko hielt sich noch immer auf den Beinen. Die Gegenseite hatte ihn überrascht und auch erwischt. Seine Kräfte erlahmten allmählich, aber er hatte den See erreicht.

Nicht überall am Ufer wuchs der Gürtel aus Schilf. Es gab

auch Stellen, die frei waren. Und eine solche Stelle lag vor Sukos Blicken.

Für ihn der ideale Platz, um auf seinen Freund zu warten. Der Boden war schlammig. Suko hob mühsam die Füße und fand sogar eine kleine Erhebung vor, auf der er sich ausruhen konnte. Suko setzte sich so, dass er über den See blickte.

Es ging ihm etwas besser. Mit beiden Händen fuhr er über seinen Hals, fühlte nach und fand tatsächlich die Stellen, wo ihn die Hände erwischt hatten.

Sie brannten!

Vielleicht waren die Streifen rot oder dunkel, die ein Muster auf die Haut gelegt hatten. Jedenfalls hatten sie einen magischen Keim eingepflanzt, gegen den Suko vergeblich ankämpfte.

Die Totenbraut tat so harmlos, doch Suko hatte erlebt, wie grausam und gefährlich sie tatsächlich war.

Er stand auf.

Dabei fühlte er sich wie ein Greis, weil er so schwach war und noch zitterte.

Wieder fiel sein Blick über den See. Dort bewegte sich das Wasser in Wellen, rollte gegen das Ufer, schäumte, roch faulig und trotzdem frisch und begann an einer gewissen Stelle zu kreiseln und Schaumblasen zu produzieren.

Zuerst glaubte Suko an eine Täuschung. Er schrieb dieses Bild seinem Zustand zu, der nicht eben der beste war. Möglicherweise gaukelte man ihm Halluzinationen vor, aber das war echt.

Vielleicht auf der Seemitte oder auch ein Stück davor geriet das Wasser in Bewegung. Der Schaum vermehrte sich. Dicke Blasen entstanden, die zerplatzten, um noch in der gleichen Sekunde neu zu entstehen. Das Rauschen empfand der Inspektor ebenfalls als unnatürlich. Irgendetwas musste sich in dem Wasser befinden, das mit immenser Kraft aufstieg.

Suko vergaß seinen Zustand, er spürte auch das Brennen am Hals nicht mehr, für ihn zählte nur dieser außergewöhnliche und unerklärliche Vorgang.

Welches Geheimnis wollte der See freigeben? Was lauerte in seiner Tiefe und stieg jetzt hoch?

Suko dachte daran, dass man ihn nicht ohne Grund hier ans Ufer geschickt hatte. Möglicherweise sollte er vernichtet werden. Andere Kräfte übernahmen die Kontrolle, und die Totenbraut hatte ihn auf hinterlistige Art und Weise geschwächt.

Wellen rollten heran, schlugen gegen das Ufer, drangen auch in den Wald aus Schilf, sodass sich die Stäbe bewegten und gegeneinander schabten. Die schlagenden und schabenden Laute bildeten eine hart und fremd klingende Begleitmusik.

Der Schaumteppich nahm an Größe zu, die Kreise vermehrten sich, das Wasser »kochte«.

Plötzlich geschah es.

Suko, der Zuschauer, schrieb es zunächst seinem Zustand zu. Jemand gaukelte ihm etwas vor, die Kräfte der unheimlichen Margaretha reichten eben so weit. Aber er hatte sich nicht getäuscht.

Der See entließ das Grauen!

Eine riesige dunkle Wand schnellte aus dem Wasser, peitschte die Wellen noch einmal hoch und war von schaumigen Fontänen begleitet, die wieder zusammensackten und auch den Schlamm mit sich rissen, den sie vom Grund hochgewirbelt hatten.

Nein, es war keine Wand, die Suko sah. Dieses grauenvolle Geschöpf, der Beherrscher des Sees, war ein Monster der Hölle. Ein Abgesandter aus dem Dämonenreich, ein Günstling des Teufels und gleichzeitig eine Kreatur, die morden wollte.

Es hatte einen dunkelgrün schimmernden Körper, gewaltige Arme, die durch Schwimmhäute mit dem Körper verbunden waren. Auch Schultern zeichneten sich ab. Sie wirkten wie eine gerade Linie, waren jedoch von einem mächtigen Schädel unterbrochen, der in der Schultermitte hochwuchs und ein Gesicht zeigte, das Ähnlichkeit mit dem eines Gorillas hatte.

Stumpf, grausam, ausgestattet mit einem gewaltigen Maul. Es war weit aufgerissen. Gefährliche, überlange Reißzähne blitzten wie stählerne Messer. Dazwischen befand sich eine knallrote Zunge. Sie lag wie eingerollt im Schlund.

Auf der Stirn wuchsen kammartige Gebilde, unterbrochen von spitzen Hörnern. Sie erinnerten an verkehrt herum aufgestellte

Elefantenzähne. Hände erinnerten an lange Zinken, die Krallen waren ebenso spitz.

Das aus dem See gestiegene Monster war eine Mischung aus Gorilla und Vampir, jedenfalls ein Riese.

Die Augen konnte Suko nicht erkennen, weil sie sehr klein waren und zwischen Hautfalten verschwanden.

Der Anblick des Monsters ließ Suko das Brennen am Hals vergessen, aber nicht die Schwäche. Er ging davon aus, dass sich diese Kreatur nicht nur im Wasser aufhalten konnte, sondern auch an Land sehr beweglich war.

Und genau dort stand er.

Das Monster blieb noch im Wasser. Seine Füße waren nicht zu sehen, nur der hässliche Schädel und der Oberkörper. Die Bestie bewegte die Beine unter Wasser weiter.

Sie hatte ein Ziel: das Ufer!

Dort stand Suko!

»Willkommen zur Hochzeit«, vernahm ich die flüsternde Stimme der Totenbraut, sah das dünne Lächeln auf ihren blassen Lippen und hörte das Kichern. »Nun sind wir allein.«

Sie hatte sich nicht verändert. Noch immer trug sie das durchsichtige Kleid, das mehr wie ein fein gewobenes Totenhemd wirkte und sehr eng an ihrem Körper lag.

Als Lebende hätte man ihr Gesicht als hübsch bezeichnen können, doch die Zeit hatte Spuren hinterlassen. Die Züge waren hart geworden. Sie hatten sich dem angepasst, was hinter ihr lag. Und die Augen strahlten in einem tiefen Rot. Nicht die Farbe von Blut, auch nicht das Gegenteil davon, also sehr hell, nein, es war eine Mischung, und das Rot ihrer Augen unterstrich noch die unheimliche Aura dieser schmalen Gestalt mit den langen, schwarzen Haaren.

»Ja, ich habe meinen Freund weggeschickt.«

»Ich weiß«, erwiderte sie und behielt ihr Lächeln bei. »Nur wollte er nicht so recht. Da habe ich eben ein wenig nachhelfen müssen, wenn du verstehst.«

Mir wurde es im Hals eng. »Was hast du getan?«

»Ich schickte ihn zum See, wo er auf uns beide warten soll. Keine Sorge, tot ist er nicht, obwohl er es verdient hätte, weil er sich meinen Befehlen widersetzt hatte.«

Ich breitete die Arme aus. »Was sollen wir am See? Reicht es nicht, dass wir hier sind?«

»Doch, auch, aber ich will mit dir die Hochzeit feiern.«

»Du willst das.«

»Sicher.«

»Und wenn ich dagegen bin?«

Sie legte den Kopf ein wenig schief und schaute mich fast bedauernd dabei an. »Das würde mir aber sehr Leid tun, und zwar nicht nur für mich, auch für deinen Freund.«

»Das verstehe ich nicht«, antwortete ich spontan. »Was hat mein Freund damit zu tun.«

»Er würde sterben.«

»Am oder im See?«

»Beides käme in Betracht, denn auch der See gehört mir. Ihm bin ich entstiegen. Er ist mein Reich, verstehst du? In ihm wohnt jemand, den ich schon sehr lange kenne. Ein Wesen, das mich beschützt. Ich stehe mit ihm in Verbindung. Wenn ich ihm den Befehl gebe, deinen Freund zu töten, wird es keinen Moment zögern, das verspreche ich dir.«

»Suko wird sich wehren können.«

Sie schüttelte wieder den Kopf. »Nichts weißt du, gar nichts. Er wird sich nicht mehr wehren können. Er hätte es möglicherweise geschafft, wenn er sich nicht meinen Befehlen widersetzt hätte. Aber ich traf und stoppte ihn. Da war es dann vorbei. Suko geriet unter meinen Bann. Er wird längst gespürt haben, dass er schwach ist. Ich habe ihm einen großen Teil seiner Kräfte genommen. Mein Beschützer ist immer stärker.«

»Wer beschützt dich denn?«

»Er hat keinen Namen, ich habe ihn nur Ding genannt, mehr nicht. Er ist eben das Ding.«

Jetzt war ich auch nicht viel schlauer. Mich irritierte allerdings die Sicherheit, mit der Margaretha sprach. Nichts an ihren Aussagen oder Worten schien gelogen zu sein. Sie gab sich sehr selbstbewusst, und das wusste sie auch.

»Ist das Ding groß?«, fragte ich.

»Eine Bestie, würdest du sagen. Sie hat mich töten sollen, aber so weit kam es nicht. Ich starb auf eine andere Art und Weise, und das Ding nahm mich unter seinen Schutz.«

Ich nickte ihr bedächtig zu. »Dann kann ich dich also als eine Tote bezeichnen, Margaretha?«

»Auf eine gewisse Weise ja. Die Hölle hat mich getötet, aber nicht so getötet, wie sie es eigentlich hätte tun sollen oder wie es von meiner Freundin gewünscht war. Verstehst du das?«

»Kaum.«

»Meine Liebe war einfach zu groß. Selbst der Hass einer Diablita konnte sie nicht zerstören. Ich …«

Ich war zusammengezuckt, als der Name Diablita fiel. Plötzlich hatte mich die Vergangenheit wieder eingeholt. Ich erinnerte mich an die schöne, gefährliche Frau und auch an ihre Killer-Gnome, mit denen sie sich umgeben hatte.

Diablita, das Phantom-Kommando, Hector de Valois, die gefährlichen Ritterspiele – damals hatte es mich in die Vergangenheit verschlagen, wo ich die Dinge hautnah miterlebte.

Auch Margaretha hatte bemerkt, was in mir vorging. Sie sagte: »Ich erwähnte Diablita. Kannst du mit ihrem Namen etwas anfangen?«

»Und ob.«

»Spricht man in dieser Zeit noch darüber?«

»Das nicht, aber mich hat es damals dorthin verschlagen. Ich habe ihr und ihren Mörder-Gnomen gegenübergestanden und habe auch Hector de Valois gesehen.«

»Du warst in meiner Zeit?«, hauchte Margaretha.

»Ja.«

»Aber wir haben uns nie gesehen …«

»Vielleicht gab es dich da schon nicht mehr.«

»Das könnte so gewesen sein. Wie hast du Diablita empfunden? Sage mir die Wahrheit. Ich spüre, wenn du lügst.«

»Ich mochte sie nicht.«

»Dann war sie deine Feindin?«

»Das war sie.«

Margaretha gab noch keine Antwort. Sie starrte mich nur an. Schließlich bestätigte sie durch ihre Antwort meine Worte. »Ja, ich glaube dir, sie muss einfach deine Feindin gewesen sein. Ein jeder, der das Kreuz besitzt, ist ihre Feindin.«

»Du kennst das Kreuz?«

»Hector de Valois zeigte es mir.«

»Sieh her!« Ich fasste die um den Hals hängende Silberkette mit spitzen Fingern an und holte das Kreuz hervor. Offen ließ ich es vor meiner Brust hängen.

Margaretha kam nicht näher. Sie sah es sich an, und sie schien auch keine Angst vor dem Gegenstand zu haben. Schließlich nickte sie. »Ja, das ist es«, sagte sie mit fast singender Stimme. »Das ist das Kreuz des Hector de Valois, der einmal mein Geliebter gewesen ist. Du bist also sein Nachfolger.«

»Und was bedeutet dies?«, erkundigte ich mich.

»Dass ich mich nicht geirrt und ich mir genau den Richtigen ausgesucht habe. Die Prophezeiung ist eingetroffen, jetzt kann ich meine Hochzeit nachholen. Man hat viel in mir zerstören können, aber nicht die Liebe zu dem Mann, der das Kreuz besitzt. Seinetwegen habe ich die schützenden Mauern des Klosters verlassen. Seinetwegen ging ich in die Falle, die mir Diablita stellte, denn sie war vor Hass, Wut und Eifersucht wie blind. Sie wollte nur noch meinen Tod. Verstehst du? Ich sollte nicht mehr leben. Sie wollte mich vernichten, aber sie hat es nicht geschafft.«

»Welchen genauen Grund hatte sie?«, erkundigte ich mich.

»Der Grund hieß Hector de Valois. Diablita hatte sich in ihn verliebt, was ich sogar verstehen kann. Ja, sie liebte ihn, er war ein attraktiver Mann, und manchmal habe ich das Gefühl, dass er noch lebt oder nicht mehr unter der Erde liegt.«

»Das stimmt auch!«

Jetzt hatte ich sie überrascht. »Wieso?«

»Er ist zu einem silbernen Skelett geworden. Wir haben ihn gefunden, ich suchte sein Grab, und es waren die Templer, die mich unterstützten und sein Skelett wegbrachten.«

»Wohin?«, rief sie.

»In die Kathedrale der Angst. Du wirst nichts mehr mit ihm anfangen können. Es ist besser, wenn man ihn in Ruhe lässt.«

Sie schüttelte den Kopf. »Sag mir, weshalb er zu einem silbernen Skelett geworden ist! Warum verging er nicht zu Staub?«

Ich hob die Schultern. »Das gehört zu den Rätseln, die ich gern noch lösen möchte.«

»Ja, natürlich, du hast Recht, man muss es lösen. Vielleicht können wir das zusammen ...«

Ich unterbrach sie. »Was war mit Diablita? Sie hat dich in eine Falle gelockt?«

Es dauerte eine Weile, bis Margaretha reden konnte. Sie schien aus einem tiefen Schlaf zu erwachen, blickte an mir vorbei und nickte bedächtig. »Ja, so war es, John. Als ich das Kloster verließ, wartete bereits die Kutsche. Die Äbtissin hatte mir mitgeteilt, dass Hector de Valois sie geschickt habe. Das stimmte nicht. Diablitas Schergen lauerten auf mich und zerrten mich in die Kutsche, wo sie über mich herfielen und mich entehrten. Es war eine grausame Zeit, die ich nie vergessen kann. Ich wurde irgendwann bewusstlos. Als ich wieder zu mir kam, fand ich mich gefesselt auf einem Brett wieder. Man wollte mit mir die Hexenprobe machen. Diablita und ihre Schergen schleuderten mich in den See, aus dessen Tiefe das Monster stieg. Aber ich wurde dem Teufel nicht geopfert. Diablitas Strafe sah anders aus. Ich sollte ein totes Leben führen, niemals Ruhe finden, immer auf der Suche sein und zwischen den Zeiten wandern. Nur hatte sie vergessen, dass meine Liebe unendlich groß war. Ich verlor zwar Hectors Spur, aber ich wusste von dem Kreuz, und ich wusste auch, dass ich nicht verloren war, solange es noch existierte. Ich wollte meine Hochzeit haben, und ich spürte, dass du es bist, den ich heiraten muss. Denn du trägst nun das Kreuz.«

»Aber ich bin nicht Hector de Valois. Er ist tot, das musst du begreifen.«

»Er ist in dir wiedergeboren. Du stehst nicht allein. Da du der Träger des Kreuzes bist, musst du auch mit ihm Verbindung gehabt haben. Stimmt es?«

»Vielleicht.« Ich hatte nicht die volle Wahrheit gesagt. In der Tat hatte eine Verbindung zu Hector de Valois bestanden. Sein Gesicht hatte sich sogar auf meinem Kreuz gezeigt, als wir es mit dem Totenschiff der Templer zu tun hatten.

»Es stimmt. Wer das Kreuz besitzt, kann nicht schlecht sein. Deshalb werden wir beide den Bund eingehen.«

»Nein!«, widersprach ich. »Das ist unmöglich. Ich bin ein Lebender, du bist eine Tote. Ein Mensch kann keine Tote heiraten.«

Sie versteifte sich. »Nein, ich bin keine direkte Tote. Ich kann reden, ich kann ...«

»Du lebst nicht so wie ich. Diablita hat dich mit einem grausamen, teuflischen Leben bestraft. Es ist schlimmer als der Tod. Ein Mensch muss sterben, so sieht es der Kreislauf der Natur vor. Was aus Erde geschaffen wurde, muss wieder als Erde in diesen Kreislauf zurückkehren. Auch du kannst dich nicht dagegen stemmen.«

»Meine Liebe ist größer. Weißt du, was es für ein junges Mädchen bedeutet, die Klostermauern zu verlassen? In deiner Zeit möglicherweise nicht so viel wie in meiner. Ich habe den entscheidenden Schritt gewagt und das Kloster verlassen, deshalb kann ich von meiner Liebe nicht lassen. Das musst du einsehen.«

»Ich kann es nicht.«

»Gut, ich werde dir die entscheidende Frage stellen. Ich betrachte mich noch als deine Braut. Jetzt möchte ich von dir wissen, ob du mich heiraten willst.«

»Nein, niemals!«

Sie lachte meiner laut gesprochenen Antwort nach, als wollte sie noch das Echo in sich aufsaugen. »Ich verstehe dich nicht, hast du denn keine Angst davor, dass dein Freund von dem Ding vernichtet wird? Es ist mein Beschützer, du hast es nicht gesehen, aber glaube mir, es existiert. In der Tiefe des Sees hockt es und wartet ebenfalls auf die Ereignisse. Hast du davor keine Furcht?«

»Schon.«

Margaretha lächelte. »Wie tief ist also eure Freundschaft? Würdest du den anderen opfern?«

»Das nicht.«

»Dann heirate mich. Eine andere Möglichkeit gibt es für dich nicht. Ich will keine Braut mehr sein, sondern Frau. Du trägst das Kreuz und hast eine Verpflichtung übernommen, daran solltest du immer denken, auch wenn du jetzt John Sinclair und nicht mehr Hector de Valois heißt. Verstehst du das?«

»Ja, ich habe es begriffen.«

»Handle danach. Ich gebe dir nur noch eine kurze Bedenkzeit!«

Verdammt, dieses Wesen hatte mich in einen schlimmen Gewissenskonflikt gebracht. Lehnte ich ab, starb Suko. Sie war so fest von ihren Zielen überzeugt, dass sie im wahrsten Sinne des Wortes über Leichen gehen würde.

Aber konnte ich eine Tote ehelichen? Es wäre eine Farce gewesen, ein Bund, den ich nie eingehalten hätte.

»Die Antwort, John Sinclair!«

»Was geschieht, wenn ich dich heirate?«

Margaretha legte den Kopf schief. »Kannst du dir das wirklich nicht vorstellen? Wir würden leben wie Mann und Frau. Ich würde dich begleiten und dir kein Hindernis sein. Du könntest dich auf mich verlassen.«

»Und wenn es eine andere Frau gäbe?«

»Wäre ich gezwungen, so zu handeln, wie es Diablita getan hat. Ich lasse mir den Mann nicht noch einmal nehmen.«

Für einen Moment schloss ich die Augen. Was mir hier vorgeschlagen wurde, war der reine Irrsinn. »Wenn du so handelst wie sie, stellst du dich mit ihr auf eine Stufe.«

»Ja, ich weiß, aber manchmal muss man sich selbst überwinden, und ich bin so weit. Sagst du ja oder nein? Ich will deine Antwort jetzt haben. Jetzt und sofort. Denke an deinen Freund.«

Es gab für mich keine andere Möglichkeit. Zudem glaubte ich nicht, dass dieses Wesen bluffte. Margaretha war so fanatisch, sie würde alles andere aus dem Weg räumen, um ihr Ziel zu erreichen.

»Ja«, erwiderte ich, »wir werden heiraten …«

Das Monster kam!

Suko sah es wie einen breiten Berg, der sich näher und näher schob. Dabei wühlte es Schlamm und dunkles Wasser vom Grund her in die Höhe, sodass Wellen hochgepeitscht wurden und gegen das Ufer in den Schilfgürtel peitschten.

Es bewegte auch seine gewaltigen Arme und schaufelte sich förmlich den Weg frei.

Der Inspektor konnte nichts tun. Er fühlte sich schwach, gezeichnet von einer lebenden Toten, die an seinem Hals ihre Spuren hinterlassen hatte. Ihre Magie war mächtig, sie schwächte den Menschen, aber Suko war nicht wehrlos.

Noch blieb ihm eine Galgenfrist. Zudem bewegte sich das Monster nicht sehr schnell. Es wirkte so, als wollte es die Lage voll auskosten, um dann richtig zuschlagen zu können.

Suko besaß als Waffe die Beretta, die er aber stecken ließ. Die magische Kraft der Silberkugeln reichte möglicherweise nicht aus, zudem wollte er die Bestie nicht reizen.

Und da gab es noch etwas, das er bei sich trug. Auf diese Waffe hatte er sich bisher immer verlassen können, und er war auch bereit, sie heute wieder einzusetzen.

Die Dämonenpeitsche!

Gegen den monströsen Koloss ein lächerliches Ding, aber Suko wollte die Peitsche auch nicht gegen die Bestie einsetzen, ihm war eine ganz andere Idee gekommen.

Margaretha war es gelungen, ihn magisch zu zeichnen. Die Verletzungen an seinem Hals sprachen Bände, und in der Dämonenpeitsche steckten ebenfalls magische Kräfte.

Es war zuerst nur eine fixe Idee von ihm gewesen, aber er setzte sie sehr schnell in die Tat um und zog die Peitsche aus dem Gürtel. Zwar nicht so elegant wie sonst, seine Bewegungen hatten viel von der Kraft verloren, dennoch war er in der Lage, mit der Peitsche einen Kreis über den Boden zu schlagen, sodass die drei Riemen aus der Öffnung rutschten und mit ihren Enden den feuchten Untergrund berührten.

Suko vergaß das Monster, er konzentrierte sich auf sich selbst und seine Verletzung. Wieder musste er sich hinsetzen. Das Klatschen der Wellen und das Rauschen des wild hochschäumenden Seewassers umgab ihn, doch er ignorierte auch diese Geräusche.

Suko hob die Peitsche an. Er hielt den Griff mit beiden Händen fest und brachte die drei Riemen mit großer Anstrengung so weit hoch, dass er sie um seinen Hals legen konnte.

Sie wirkten dabei wie drei nebeneinander liegende Schlangenkörper. Magie gegen Magie, so hieß die Devise. Suko konnte nur hoffen, dass die Kraft der Peitsche so groß war, die andere Magie zu zerstören.

Mit einer Hand hielt er den Griff fest, die anderen Finger hatte er um die Enden der Peitsche gelegt.

Jetzt konnte er nur noch hoffen!

Und er hatte Glück.

Aber es war ein Kampf, der in seinem Innern tobte, er spürte das gewaltige Brennen nicht nur in der Brust, auch am Hals, wobei er das Gefühl hatte, als würde ein flammender Reifen als Kragen um seinem Hals liegen. Die Welt verschwamm vor seinen Augen. Das Gesicht verzerrte sich, er sah einfach nichts mehr und merkte auch nicht, dass er allmählich zur Seite kippte, den Halt verlor und von seiner Sitzfläche fiel, sich überrollte und am Boden liegen blieb.

Wehrlos …

Suko befürchtete, genau das Falsche getan zu haben, weil er sich nicht mehr rühren konnte, aber das ging vorbei, und er spürte, wie die Kraft langsam zurückkehrte.

Er hatte gewonnen!

Seine Magie war stärker gewesen als die der Totenbraut. Er bekam wieder Luft, das Brennen verschwand. Durch eine zuckende Bewegung rutschten die drei Riemen der Peitsche von seinem Hals und blieben im feuchten Ufergras liegen.

So wie Suko.

Er ruhte sich aus. Alles war ein wenig plötzlich gekommen, aber man ließ ihm keine Zeit.

Als sich ein Sprüh- und Gischtregen über ihn ergoss, wurde er wieder zurück in die Realität gerissen. Er rollte sich auf die Seite und stand auf.

Das Monster war da!

Suko sah die gewaltige Bestie, als er sich drehte, und er sah auch die beiden Arme, die von zwei Seiten auf ihn zukamen wie gewaltige Scherenklammern.

Sie griffen zu.

Zwar tauchte Suko noch zur Seite, doch er schaffte es nicht mehr, diesem Griff zu entgehen.

Von zwei verschiedenen Seiten packten ihn die Pranken, hielten eisern fest und rissen ihn danach in die Höhe, wobei er sich dem weit geöffneten Maul näherte ...

Margaretha zeigte weder Freude, Überraschung noch Jubel. Sie nickte nur und erklärte: »Es war eine kluge Entscheidung von dir, dich so zu verhalten. Damit hast du zumindest ein Leben retten können. Das Ding hätte deinen Freund zerrissen.«

»Warum hat es das bei dir nicht getan?«

»Ich weiß es nicht. Vielleicht habe ich ihm einfach Leid getan, wenn du verstehst.«

»Oder war es Diablitas Magie?«

»Auch. Sie wollte ja, dass ich ewig lebe, aber sie ahnte nicht, dass ich einmal dir begegnen würde.«

Erst jetzt löste sie sich von der dritten Stufe. Sie musste noch zwei weitere hinabschreiten, um die Treppe hinter sich zu lassen. Ich beobachtete sie dabei.

Den Kopf hielt sie stolz erhoben, so gehörte es sich für eine Siegerin. Eine Hand lag auf dem Geländer, sie schleifte über das Holz hinweg, und ich hatte wiederum nicht den Eindruck, dass es sich bei Margaretha um einen weiblichen Zombie handelte, obwohl einiges bei ihr dafür sprach.

Sie atmete nicht. Der Stoff des Kleides war hauchdünn. Innerhalb des Schlosses hatte sich die Kälte festgesetzt, doch Margaretha fror nicht. Es zeichnete sich auch keine Gänsehaut auf ihrem Körper ab. Bei jedem Schritt zitterte der Stoff ein wenig, er schmiegte sich bei den Bewegungen immer enger an ihren Körper. Ich sah das leichte Zittern der Brüste und auch den interessanten Schwung ihrer Hüften. Margaretha war eine schöne junge Frau. Ich verstand Hector de Valois, dass er sich in sie verliebt hatte.

Aber wie bei den berühmten Königskindern war es den beiden nicht gelungen, zueinander zu kommen. Nur war die Geschichte der Königskinder praktisch erledigt gewesen, ich jedoch war hier zwischen die Mühlsteine der in der Vergangenheit liegenden Vorgänge geraten und sollte nun das Erbe Hector de Valois' antreten.

Wahnsinn, eine Tote zu ehelichen. So etwas konnte auch nur mir passieren.

Margaretha hatte die Treppe endlich hinter sich gelassen, drehte sich nach links und kam direkt auf mich zu.

Auch ich blickte ihr entgegen und beobachtete sie genau. Zwar berührte sie bei jedem ihrer Schritte den Boden, dennoch hatte ich den Eindruck, dass sie schwebte. Es war ein leichtes Gleiten, mit dem sie sich mir näherte.

Vor mir blieb sie stehen.

Wir schauten uns gegenseitig an.

Es brannte kein Scheinwerfer mehr, draußen war es inzwischen dunkel geworden, dennoch konnte ich die Gestalt sogar ziemlich deutlich erkennen, denn von ihr strahlte ein weißblaues Leuchten ab, das an der Stirn begann und bis zu den bloßen Füßen reichte, denn Schuhwerk trug meine Totenbraut nicht.

Sie streckte ihren Arm vor.

Meine lagen dicht am Körper. Im nächsten Augenblick spürte ich die Berührung an der rechten Hand, die sie mit ihren langen Fingern umklammerte.

Es war eine eiskalte Totenhand!

In Margarethas Adern schien Fischblut zu zirkulieren, so kühl und eisig fühlte sie sich an. Um mich ansehen zu können, musste sie den Kopf heben.

»Ja, Geliebter, wir gehören zusammen, und wir werden jetzt zur Trauung schreiten.«

Auch das noch, dachte ich, hütete mich jedoch, dies auszusprechen, und fragte statt dessen: »Wo soll diese Trauung stattfinden?«

»Hier, in meinem elterlichen Schloss, das wir beide wieder in Besitz nehmen werden.«

»Nein, nein«, sagte ich schnell. »Das wird kaum gehen. Man ist dabei, es umzubauen, weil ...«

»Nichts wird man, Geliebter. Du wirst schon bald erkennen müssen, wie stark ich wirklich bin.«

»Dann hast du auch den Mann vom Gerüst gestürzt?«

»Das war ich. Du hättest dir die Gesichter ansehen müssen, die sie machten, als ich plötzlich erschien.«

»Es war fast ein Mord!«

»Was sollte ich tun? Ich musste die Menschen weghaben, weil ich mit dir allein sein wollte.«

»Es hätte bestimmt auch eine andere Möglichkeit gegeben.«

Sie hob die Schultern. »Was soll es?! Jetzt sind wir allein und werden zur Trauung schreiten. Komm mit.« Sie fasste mich noch härter an und drückte mich so herum, dass ich nicht anders konnte, als in eine bestimmte Richtung zu gehen.

»Du kennst dich in meinem Schloss nicht aus, Geliebter«, sprach sie mich an. »Ich werde dich deshalb führen, denn du musst die Räume kennen lernen, in denen du einmal mit mir zusammen wohnen wirst. Sie sind nicht so prächtig wie früher, die lange Zeit hat an ihnen gefressen, aber wir werden alles wieder herrichten. Wir beide, wo sich der eine auf den anderen verlassen kann, wie es bei einem Ehepaar sein muss.«

»Und wer wird uns trauen?«, fragte ich.

Sie blieb stehen, auch ich verhielt meinen Schritt. Dies dicht vor einer Tür, die in einer Nische lag und verschlossen war.

»Wir brauchen niemand, der uns traut. Wir schaffen es allein. Du kennst doch die Sprüche, die aufgesagt werden müssen. Ich stelle die Fragen, und du wirst mir die entsprechenden Antworten geben. Weshalb sollte sich da noch ein Priester einmischen? Das dauert viel zu lange.«

»Was geschieht danach?«

»Da möchte ich dich überraschen.« Sie drehte mir ihr Gesicht zu und begann zu lächeln.

Ich dachte über diese Überraschung nach. Wie ich die Frau neben mir einschätzte, würde sie böse sein. Ich dachte an Glenda Perkins. Hatte sie mich nicht sehr intensiv vor der Totenbraut gewarnt? Zwar hatte ich ihre Worte nicht in den Wind geschlagen, aber dass es so ablaufen würde, damit hatte ich nicht gerechnet.

Margaretha Dufour war es tatsächlich gelungen, mich reinzulegen, und ihr Trumpf dabei hatte Suko geheißen. Wie mochte es ihm ergangen sein? Hatte er die Begegnung mit dem mir unbekannten Ding bereits hinter sich? Wenn ja, lebte er noch, oder war er vielleicht schwerverletzt worden und wartete auf Hilfe.

Die Totenbraut neben mir erriet meine Gedanken. »Du brauchst dir keine Sorgen um deinen Freund zu machen. Noch ist er am Leben. Er wird es auch so lange bleiben, wie du das tust, was ich will. Hast du gehört? Stell dich nie gegen mich! Niemals. Sonst wird das Ding deinen Freund sofort vernichten. Ich kann dir die Schmerzen kaum beschreiben, die er dabei erdulden muss.«

»Es reicht!«

Sie lachte leise und öffnete die Nischentür. Ein dunkler, enger Gang tat sich vor uns auf. Es roch feucht, aber auch nach Staub, Mörtel und ausgebrochenen Steinen. Nach den ersten Schritten schon knirschten unter unseren Sohlen die kleinen Steine, die auf dem Boden verteilt lagen. Ich fürchtete mich zwar nicht vor der Dunkelheit, es war mir dennoch unangenehm, durch die Finsternis zu schreiten, aber Margaretha wollte nicht, dass ich die Lampe hervorholte und leuchtete.

»Wir finden den Weg auch so, Geliebter.«

Der tunnelähnliche Gang war länger, als ich angenommen hatte. Er zog sich durch die gesamte Breitseite des Schlosses. Ich roch den Verfall und die lange Zeit, die diese Mauern schon standen.

»Hier habe ich mich als Kind oft bewegt«, erklärte Margaretha. »Es war wunderbar. Später wurde mein Leben zerstört, doch nun soll es wieder so wunderbar werden wie früher. Ich freue mich sehr darüber, ja, ich fange an, glücklich zu werden. Wenn wir beide die Trauung vornehmen, soll es so sein, wie es gewesen wäre.«

»Woher weißt du das denn?«

»Hector de Valois hat es mir gesagt. Er wollte die Trauung unter dem Zeichen seines Kreuzes vollziehen. Dazu kam es nicht mehr, aber wir werden diese Zeremonie nachholen. Ich war glücklich, als ich das Kreuz sah, das du bei dir trägst.«

Ich schluckte. Margaretha hatte die Worte sehr sicher gesprochen. Ich fragte sie: »Und du hast keine Ahnung, dass sich das Kreuz einmal gegen dich stellen könnte?«

»Nein, das habe ich nicht. Hector de Valois hat ihm vertraut, ich tue das Gleiche. Die Liebe zu ihm und dem Kreuz hat mir geholfen, die schwere Zeit zu überstehen. Kannst du das begreifen?«

Meine Antwort war ehrlich. »Nein, Margaretha, ich kann es nicht fassen. Du bist kein Mensch. Bisher hat mein Kreuz auf Wesen, zu denen du gehörst, anders reagiert. Es hat nicht geschützt, es hat getötet.«

»Dann waren sie nur schlecht.«

»Das kann sein.«

Wir hatten mittlerweile das Ende des Ganges erreicht. Die nächste Tür konnte ich nur ahnen, und auch deshalb nur, weil Margaretha stoppte und mich bat, das Gleiche zu tun.

»Warte hier«, sagte sie und verschwand von meiner Seite. Ich hörte ihre Schritte jetzt vor mir.

In der Dunkelheit wartete ich. Ich kam mir vor wie jemand, der mit geschlossenen Augen träumt. Aber ich hatte die Augen offen, und es war kein Traum, den ich erlebte.

Margarethas Schritte verklangen. Eine Sekunde später hörte ich ein schleifendes Geräusch, dann sah ich einen grauen Schimmer, der von oben nach unten fiel und sein Ziel auf dem Boden fand.

Margaretha hatte eine Tür geöffnet und stand im grauen Dämmer. Sie hob einen Arm und winkte mir zu. »Bitte, John, komm zu mir, wir betreten jetzt die Kapelle.«

Mit etwas weichen Knien und einem leicht drückenden Gefühl in der Magengegend schritt ich auf sie zu.

»Du brauchst dich nicht zu fürchten, Geliebter«, sprach sie flüsternd, »alles wird gut werden.«

»Hoffentlich …«

Ich hatte diese Antwort gegeben und war mit meinen Gedanken ganz woanders. Mir kam es schlimm vor, dieses Abenteuer zu erleben. Es war ganz anders als sonst. Es gab keine schweren Kämpfe, keine harten Auseinandersetzungen mit Dämonen, dennoch war es unheimlicher als vieles, was ich vorher erlebt hatte.

Ich steckte in einer Gefahr, die ich nicht fassen konnte. Das Gefühl, belauert zu werden und im Banne eines anderen zu stehen, verstärkte sich immer mehr.

Dazu kam der seichte, geisterhafte Horror, ein Gefühl des Gruselns und diese drückende Spannung vor dem Kommenden.

Als ich mit Margaretha auf einer Höhe stand, drückte sie plötzlich ihren Oberkörper vor und presste sich an mich. Dabei hob sie die Arme, legte sie für einen Moment auf meine Schultern, bewegte sie und führte die Hände hinter meinem Kopf wieder zusammen, sodass sie einen Klammergriff bildeten.

Ich konnte sie selbst durch den dicken Stoff meiner Kleidung spüren. Die Rundungen ihres weichen Körpers, die jungen Brüste, und sie bewegte auch die Hüften.

Aber sie war kalt wie Eis.

Und das erinnerte mich wieder an eine Tote. Ich tat auch nichts, blieb steif stehen, hielt den Mund geschlossen und atmete nur noch durch die Nase.

Margaretha musste doch merken, dass ich nicht so auf sie abfuhr, wie sie es gern gehabt hätte, aber das störte sie offenbar nicht. Sie war so mit ihrer Trauung beschäftigt, dass sie alles andere vergessen hatte oder sich einfach nicht dafür interessierte.

Sie beugte den Kopf vor, reckte sich dabei und stellte sich auf die Zehenspitzen. Ich wusste, was folgen würde, und drückte den Rücken durch. Mit der Schulter berührte ich die Türkante, aber ihre Lippen trafen dennoch meinen Hals.

Es war, als hätte mich ein Toter berührt. Unter diesem leichten Druck erschauderte ich.

»Du willst nicht, mein Geliebter, du willst nicht. Aber das ändert sich, wenn wir Mann und Frau sind …«

Ich musste irgendetwas sagen und flüsterte: »Ja, so lange möchte ich gern noch warten.«

Mit dieser Erwiderung hatte ich ins Schwarze getroffen. Ihre Hände lösten sich von meinem Hals, glitten noch einmal über die Schultern hinweg, dann drehte sich die Totenbraut nach rechts, ging zwei Schritte, blieb stehen und deutete mit dem ausgestreckten Arm in den vor uns liegenden Raum.

»Hier wird der Ort sein, an dem wir Mann und Frau werden. Erst dann kannst du ihn wieder verlassen.«

Die Geste war eindeutig. Sie wollte, dass ich die Kapelle betrat, die als Anbau neben dem Château lag.

Sie war nicht sehr groß – und auch halb verfallen. An beiden Seiten sah ich zahlreiche Fenster. Als graue Öffnungen zeichneten sie sich im Mauerwerk ab. Die meisten hatten kein Glas mehr. Der Wind wehte hindurch, sodass in dem düsteren Raum Durchzug herrschte, der mit den Dingen spielte, die überall herumlagen.

Papier, leere Dosen, alte Kartons, teilweise zerrissen, schaufelte der Durchzug vor sich her oder drehte die Dinge im Kreis. Vielleicht hatte die Kapelle Obdachlosen als Unterschlupf gedient. Auch Jugendliche kamen sehr oft an einsame Orte, um irgendwelche Feten zu feiern, in die keine Eltern platzen konnten.

Mein Blick glitt zur Decke hoch. Das alte Holzgebälk existierte nur noch in Fragmenten.

Irgendwann waren einmal Balken abgebrochen und zwischen die Sitzbänke gefallen. Sie lagen wie große, dunkle Stummel auf den Bänken und hatten diese an einigen Stellen eingeschlagen.

Wer in die Kapelle hineinwollte, musste durch tiefen Staub schreiten, der, falls er nicht verweht worden war, zahlreiche Fußabdrücke aufwies. Automatisch zählte ich die Bankreihen durch. Auf jeder Seite standen sechs. In der Mitte befand sich der Gang, wo meine Totenbraut wartete, mir zuwinkte und mit flüsternder Stimme verlangte, die Tür zu schließen.

»Und jetzt komm zu mir«, sagte sie.

»Wo sollen wir uns trauen?«

»Vorn, da hat der Altar gestanden. Die alte Platte ist noch vorhanden. Ich kann mich daran erinnern, dass ich als Kind oft in die Kapelle gekommen bin, mich vor den Altar gekniet und gebetet habe. Es war wunderbar. Damals hatte ich mich auch entschlossen, in ein Kloster zu gehen, aber ich lernte noch vor dem Eintritt Hector de Valois kennen und auch lieben.«

Margaretha redete viel. Wahrscheinlich war sie froh darüber, etwas loswerden zu können. Sie wartete auf mich im Gang zwischen den letzten beiden Bänken.

Wieder streckte sie mir ihre Hand entgegen. »Wir werden die Kapelle wieder so herrichten, wie sie früher war. Das sind wir ihr einfach schuldig. Ich freue mich darauf, ich habe lange genug warten müssen, nichts kann uns jetzt noch aufhalten.«

Abermals fasste sie mich an und zog mich weiter. Nach zwei Schritten schon hakte sie sich bei mir ein, und so schritten wir wie ein normales Brautpaar zum Altar.

Die Situation kam mir immer unwirklicher vor. Zudem hatte ich noch nicht herausfinden können, wie ich dieser Trauung entgehen sollte. Der seelische Druck, hervorgerufen durch Sukos Gefangenschaft, lähmte meine Gedanken.

Unsere Sohlen wirbelten Staub hoch, wenn sie über den Boden schleiften. Der Wind tat sein Übriges. Manchmal wehte er mir kalt in den Nacken, wenn wir direkt in den Durchzug hineingingen.

»Freust du dich?«, fragte Margaretha plötzlich.

»Ich weiß nicht so recht.«

Sie presste sich gegen meine Seite. »Ja, ich kann dich gut verstehen, Geliebter. Das alles hat dich ein wenig überrascht, aber du wirst dich an ein Leben mit mir gewöhnen, glaub es mir. Hector ist nicht ohne Grund in dir wiedergeboren worden. Auch damit ich endlich mein Glück und meine Zufriedenheit finde.«

Mir kam eine andere Frage in den Sinn. »Wie lange willst du noch leben, Margaretha?«

»Oh, sehr lange. Vielleicht ewig.«

»Dann überlebst du mich.«

»Ja, das sehe ich so. Und wenn du gestorben bist, gehört mir das Kreuz. So beende ich die lange Kette, von der mir Hector berichtet hat.«

»Was sagte er dir?«

»Er sprach über Hesekiel ebenso wie über Salomo und Richard Löwenherz. Er kannte sich aus, er wusste von den Reisen, die sein Kreuz hinter sich hatte. Er war ein besonderer Mensch, der in die Tiefe der Dinge hineinblickte. Er wusste mehr als die meisten.«

Ich blieb stehen, und auch Margaretha verhielt ihren Schritt.

»Was wusste er denn?«, fragte ich.

»Er hat mir nicht alles sagen können …«

»Sprach er mit dir auch über Aibon oder den Dunklen Gral?«

Ihre roten Augen wurden groß. »Ja, beides erwähnte er und meinte, es wäre sehr wichtig.«

»Hat er dir mehr darüber gesagt?« Jetzt fieberte ich einer Antwort entgegen, denn das Geheimnis des Dunklen Grals wollte ich unter allen Umständen lösen.

»Dazu kam es nicht mehr. Er musste verreisen, aber er versprach mir, mich nach der Hochzeit über diese Dinge aufzuklären.« Sie lachte elfenhaft leise. »Doch das ist vorbei, außerdem habe ich dich. Du wirst mir mehr darüber sagen können.«

Ich schüttelte den Kopf. »Leider nein, meine Liebe, so gern ich es getan hätte. Mir ist es bisher leider nicht gelungen, in all diese Geheimnisse einzudringen.«

»Hast du es versucht?«

»Ja, aber es war zu schwierig. Vielleicht bin ich auch noch nicht reif genug, weil ich zu wenig weiß.«

»Auch das hätte er sagen können, und er sprach auch von dem Seher, der ähnliche Dinge sagte.«

Ich fasste sie an der Schulter an und spürte die kalte Haut. »Wusste Hector de Valois, wer sich hinter dem Seher verbirgt? War es eine oder waren es mehrere Personen?«

»Hector wusste Bescheid.«

»Rede bitte.«

Sie wollte nicht. »Hector sagte mir, dass dies Dinge wären, die ich nicht begreifen würde. Deshalb hat er auch mit mir darüber nicht gesprochen. Sie hätten mich zu sehr erschüttert. Vielleicht sogar in meinem Glauben, ich weiß es nicht.«

Es war manchmal zum Heulen. Wieder hatte ich dicht vor dem Ziel gestanden und war enttäuscht worden. Was der Dunkle Gral bewirkte und welche Verbindung es zwischen ihm und Aibon gab, blieb weiterhin im Dunkel der Geschichte und auch der Spekulationen.

Margaretha fasste mich wieder an. »Wir müssen endlich weitergehen und den Altar erreichen. Komm bitte.«

Mir blieb nichts anderes übrig, als mit ihr zu gehen. Trotz der Düsternis gelang es mir, den Altar zu erkennen. Von den Bankreihen und ungefähr in der Mitte gab es tatsächlich einen Altar. Er war sehr schmucklos. Kein Blumenstrauß zierte ihn, kein Bild, auch kein Gefäß. Nur die blanke, staubbedeckte Platte, vor der wir beide stehen blieben und sich Margaretha sogar noch verneigte.

»Das tat ich als Kind auch immer«, erklärte sie und löste sich gleichzeitig von mir.

»Wo willst du hin?«, fragte ich.

Margaretha, schon im Düstern fast verschwunden, blieb stehen. Als sie sich drehte, sah sie wirklich aus wie ein Gespenst. So geisterhaft bleich schimmerte ihr Körper durch den dünnen Stoff des Kleides.

»Ich möchte etwas holen, Geliebter. Bleib du nur stehen und warte ab. Ich bin rasch wieder zurück.«

Sie entfernte sich. Ich lauschte dem Klang ihrer Schritte nach, die bald nicht mehr zu hören waren.

Was hatte sie vor? Jetzt hätte ich verschwinden können, aber ich dachte an Suko und wollte ihn nicht unnötig in Gefahr bringen. Zudem stellte ich mir die Frage, was ich mit meiner Totenbraut anstellen sollte. Ich musste sie irgendwie loswerden, nur über den Weg war ich mir nicht im Klaren. Hätte ein normaler Dämon vor mir gestanden, ein Vampir, Zombie oder Werwolf, wäre die Sache klar gewesen.

Aber so …

Außerdem hätte ich sie wohl kaum aus der Welt schaffen können, auch wenn sich Suko nicht in ihrer Gewalt befunden hätte. Ich sah sie in diesem Fall nicht als Feindin an, zwar auch nicht als Verbündete, möglicherweise als informatives Neutrum.

Es war in der Kapelle nicht still. Geräusche hörte ich immer. Und wenn es nur das hastige Trippeln kleiner Füße war, die über den staubbedeckten Boden huschten.

Wahrscheinlich waren es Ratten.

Ich suchte nach ihnen, drehte mich dabei, aber sie zeigten sich nicht und blieben verschwunden.

Unter den Bänken war genügend Platz vorhanden, wo sie sich verstecken konnten.

Ich blieb auch nicht stehen, umrundete den Altar mehrere Male, holte auch meine Lampe hervor und ließ den hellen Halogenstrahl durch die Kapelle streichen.

Er stach in die aufgewirbelten Staubwolken hinein, glitt auch über die Trümmer und tastete einmal den davonhuschenden Körper einer graubraunen Ratte ab. Sie verschwand hinter einem Balken.

Über mir sah es gefährlich aus. Die Holzgerippe waren von kunstvoll geknüpften Spinnweben umgeben. Die Balken sahen so aus, als würden sie jeden Augenblick nach unten fallen.

Ich hörte Margarethas Schritte, löschte die Lampe und ließ sie wieder verschwinden.

Meine Totenbraut kehrte aus der Richtung zurück, in die sie gegangen war. Wieder tauchte sie gespensterhaft auf. Ich wechselte meinen Standort und blieb vor dem Altar stehen.

Schon jetzt erkannte ich, dass sie etwas in den Händen hielt. Es waren zwei lange Stäbe. Erst beim Näherkommen identifizierte ich sie als Kerzen.

»Sie brauchen wir für unsere Trauung. So war es früher, so ist es heute doch auch noch?«

»Sicher«, antwortete ich und nahm die Kerzen entgegen, die sie mir hinhielt.

»Bitte, stelle sie auf den Altar und zünde sie an! Ich werde dabei gern zuschauen.«

»Wozu?«

»Was fragst du, John? Es ist eine heilige Zeremonie, die wir durchführen. Ein Bund, der ewig dauern wird. Ich heirate nicht nur dich, auch Hector de Valois. Das hat sich Diablita damals nicht träumen lassen. Sie war ebenfalls in Hector verliebt, aber sie hat ihn nicht bekommen, doch ich, ich bekomme ihn.«

Was sollte ich darauf noch erwidern? Ich zündete den Docht der ersten Kerze an der Flamme meines Feuerzeugs an, ließ etwas Wachs ab- und auf die Altarplatte tropfen, damit die Kerze den nötigen Halt hatte, wenn sie stand.

Mit der zweiten verfuhr ich ebenso. Margaretha erklärte mir dabei, wie ich die Kerzen aufzustellen hatte. Sie wollte sie dicht am Rand haben, die Mitte blieb frei, wurde aber vom Schein der beiden Feuerzungen erfasst, die Kreise auf die staubige Fläche malten.

»Ja, das ist gut so«, sagte sie und lächelte.

Es war ein seliges Lächeln, ein Ausdruck, der auch Erinnerungen zeigte. Möglicherweise an die Zeit, die hinter ihr lag, als sie Hector de Valois kennen gelernt hatte.

»Bleib stehen, wo du bist«, bat sie mich, ging um den Altar herum und nahm mir gegenüber Aufstellung. »So können wir uns in die Augen sehen.«

In rote Augen, dachte ich, denn die normalen Pupillen waren bei ihr nicht zu sehen. Auch die Lippen schimmerten in der gleichen Farbe, während das übrige Licht vom Widerschein der sich bewegenden, daumengroßen Flammen erfasst wurde und ein sehr schnell änderndes Muster aus rötlichem Licht und Schatten bildete.

»Bist du bereit?«, fragte sie.

»Ja.«

Sie streckte den Arm aus und führte ihn in die breite Lücke zwischen den beiden Kerzen. »Fass mich an, nimm meine Hand und halte sie während der ganzen Trauung fest!«

Noch zögerte ich. Allmählich wurde es ernst. Ich schaute auf die Flammen. Sie bewegten sich im Durchzug, verlöschten aber nicht. Noch immer hatte ich für dieses Problem keine Lösung gefunden. Alles lief darauf hinaus, dass ich zustimmen musste, um das Leben meines Freundes Suko zu retten.

Eine fatale Lage, in die ich mich hineinmanövriert hatte. Zwar wurde ich nicht körperlich attackiert, aber diese unheimliche Person vor mir hatte mich tatsächlich hilflos gemacht.

Zwischen uns stand das Schweigen. Die Einsamkeit umgab uns, eine Leere, die durch Margarethas Stimme ausgefüllt wurde. »Willst du mir deine Hand zum Bund nicht reichen?«

»Hast du es dir auch überlegt?«

»Denk an deinen Freund!« Sehr scharf hatte sie die Worte ausgesprochen. »Noch wartet das Ding, aber wenn es zuschlägt, ist es aus mit deinem Freund.«

»Was geschieht nach der Trauung?«, fragte ich mit leicht krächzender Stimme.

»Wir werden in unsere Gemächer gehen.«

»Und Suko?«

»Er kann wieder fahren.«

Verdammt noch mal, ich musste ihr in meiner Situation einfach glauben. Für sie war es ernst, ich aber würde diese ungewöhnliche Trauung nicht akzeptieren.

Aber mitspielen …

»Ja, so ist es recht«, sagte sie mit völlig veränderter und weich klingender Stimme, als sie sah, dass auch ich meinen Arm hob und die Hand über den Altar streckte.

Ich fasste die anderen Finger an.

Noch immer waren sie kalt wie Eis. Kein Leben steckte in ihnen. Der Tod hatte hier die Übermacht.

Margaretha hatte den Kopf etwas angehoben, weil sie in mein Gesicht schauen wollte. »Mein lieber John«, sagte sie leise. »So wie du meine Hand hältst, wird es auch in Zukunft bleiben. Ich werde jetzt auf dein Kreuz schauen und die Worte sprechen, die du wiederholen musst, um die Trauung gültig zu machen. Aus der Braut soll eine Frau werden. Hörst du jetzt zu?«

»Ja.«

»Dann sage ich die Worte. Ich, Margaretha Dufour, werde dich, John Sinclair, zu meinem Mann nehmen und dir in guten und in schlechten Zeiten treu zur Seite stehen.«

Während dieser wichtigen Worte spürte ich, dass ihre Hand zitterte. Sie war innerlich erregt.

»So«, sagte sie, »jetzt bist du an der Reihe, John Sinclair. Sprich die gleichen Worte, doch wechsele bitte die Namen aus. Du musst jetzt für dich reden.«

»Kann ich nichts anderes sagen?«

»Nein.«

»Also gut.« Ich nickte. »Ich, John Sinclair …«

»… werde Margaretha Dufour nicht heiraten!«

Wir erstarrten. Nicht ich hatte den letzten Satz gesprochen, es war eine andere Stimme gewesen, die sehr laut und deutlich geredet hatte. Kannte ich sie?

Möglich, doch ich kam nicht darauf, wer dagegen sein konnte.

Anders Margaretha Dufour. Sie riss ihre Hand plötzlich zurück, ging einen Schritt nach hinten und schrie nur einen Satz.

»Was hast du dagegen, Hector de Valois?«

Ja, jetzt wusste ich es wieder. Natürlich, ich hatte die Stimme schon einmal vernommen. Es lag etwas zurück. Wir hatten an der Côte d'Azur ein heißes Abenteuer erlebt und waren dem Totenschiff der Templer begegnet.

Da hatte ich Hector de Valois gehört, da hatte er, der Tote, eingegriffen.

Und jetzt wieder!

Ich hatte nur Augen für Margaretha. Sie stand schräg auf dem Fleck, das rechte Bein leicht eingeknickt und zur Seite gestreckt. Dabei hielt sie Arme halb erhoben und erinnerte mich an die Figur der Lucia di Lammermoor, als sie dem Wahnsinn verfallen war und nicht mehr wusste, was sie tat.

Ihr Gesicht hatte sich verzerrt und wirkte gleichzeitig versteinert. Sie bewegte sich auch nicht. Die Lippen standen offen, der Blick ihrer roten Augen war verdreht, sie schaute hoch zur Decke, als würde sich dort die Gestalt des Sprechers abzeichnen.

Das aber war nicht der Fall.

Hector de Valois zeigte sich woanders, und wie damals schimmerte sein Gesicht in der Mitte des Kreuzes, wo die ehemaligen Zeichen von Lilith geraubt worden waren.

Ich sah es nicht, aber ich wusste es. Ich spürte den Druck des Talismans. Er hatte sich verändert, und erst allmählich bewegte sich Margaretha auch wieder.

Zuerst ballte sie die Finger ihrer linken Hand zur Faust. Dann ließ sie den Arm nach unten sinken, wobei die Bewegung gleichzeitig ein Startzeichen war.

Sie kam wieder vor.

Mich interessierte nur ihr Gesicht, und sie hatte auch keine Augen für mich, sondern schaute auf das Kreuz vor meiner Brust. Als ich den Kopf senkte, konnte ich zwar Hector de Valois nicht erkennen, aber den silbrigen Schein, der über meine Brust floss.

Das Kreuz war aktiviert worden. Der Geist Hector de Valois' hatte dies geschafft. Er schwebte in einer fernen Sphäre, war übergegangen in eine andere Energieform, aber er war vorhanden, denn nichts auf dieser Welt verging.

»Warum?«, flüsterte sie. »Warum sollte ich ihn nicht heiraten? Er ist doch du!«

»Nein, das ist er nicht. Nein, Margaretha Dufour, wir sind verschiedene Menschen, die in verschiedenen Zeitaltern gelebt haben, und du darfst dich da nicht zwischendrängen. Wir haben heiraten wollen, es hatte nicht sein sollen, weil das Schicksal gegen uns war. Deshalb darfst auch du es nicht herausfordern.«

Sie hatte die Worte verstanden, nickte dazu, aber sie war nicht überzeugt worden. »Nein, Hector, so kannst du doch nicht sprechen. Willst du meinem Glück im Wege stehen? Willst du das wirklich?«

»Es ist nicht dein Glück. Eine Tote oder eine Verfluchte kann keinen Menschen heiraten. Sie darf es nicht.«

Margaretha schüttelte den Kopf so wild, dass ihre Haare flogen. »So kannst du nicht sprechen. Nein, so nicht. Ich will ihn heiraten, ich werde ihn heiraten.«

»Das verhindere ich!«, drang es aus meinem Kreuz hervor.

»Wie denn?«, schrie sie.

»Indem ich dich töte!«

Suko sah nur das Maul!

Riesig, gewaltig, eine unheimliche Öffnung, aus dem ein Atem drang, der durchaus der Brodem der Hölle hätte sein können. Und er sah die Zähne, so groß, dass sie schon die Länge von Schwertern hatten, die man aufgerichtet hatte.

Dabei hielten ihn die Pranken fest. Suko hätte schon die Kräfte eines Herkules haben müssen, um sich aus diesen Griffen zu lösen. Seine Hüften wurden zusammengepresst, er missachtete die Schmerzen, das Maul war wichtiger.

Suko schwebte nicht mehr über dem Boden, das Monster hatte ihn so weit zurückgezogen, dass sich unter ihm der Schilfgürtel befand. Die Enden sahen aus wie abgeschnittene Speere.

Warum biss es nicht zu?

Suko wunderte sich darüber, denn lange Sekunden waren bereits vergangen, und das Monster hatte sich nicht gerührt. Es war fixiert auf Menschen, das Grauen leuchtete in seinen Augen, gepaart mit einem Vernichtungswillen, aber es hielt inne.

Suko tat ebenfalls nichts. Er konnte seine Arme noch bewegen, und er hielt in der rechten Hand die Peitsche.

War es möglich, sie einzusetzen? Würde sie die Kraft haben, das Monster zu zerstören?

Noch immer biss es nicht zu, und Suko riskierte es, den rechten Arm zu heben.

Wenn er die Hand etwas bewegte, war es durchaus möglich, dass die drei mit starker Magie aufgeladenen Riemen die Bestie so erwischten, dass sie geschwächt wurde.

Da löste sich der Griff.

Im ersten Moment blieb Sukos Herz fast stehen. Er hatte Angst, und die war berechtigt, denn er fiel in das Uferschilf hinein. Zum Glück trug er dicke Kleidung, dennoch hatte er an einigen Stellen des Körpers das Gefühl, aufgespießt zu werden. Es tat weh, obwohl viele Rohre durch das Gewicht knickten. Suko rutschte ab und fiel auf den schlammigen, nassen Boden, über den die Wellen leckten.

Er lebte, leider auch das Monster!

Suko wühlte sich durch den Schlamm. Um aufzustehen, war nicht genügend Platz vorhanden, so drückte er durch die Kraft seines Körpers die Schilfrohre zur Seite, aber der Monster-Koloss über ihm ließ dem Chinesen keine Chance.

Er kam näher und zerbrach alles, was sich ihm störend in den Weg stellte.

Da knickten die Schilfrohre zusammen. Suko hörte das Knistern. Wasser spritzte gegen sein Gesicht, er hörte die schweren Tritte, wälzte sich kriechend auf die Seite, hob den Kopf dabei an, wobei Dreck und Wasser über seine Haut rannen, und er sah den Schatten ziemlich dicht über sich schweben.

Das war ein Fuß!

Fast so groß wie ein Schrank breit. Unförmig, klumpenhaft, ohne Zehen, aber höllisch gefährlich.

Wenn er sich senkte und Suko nicht schnell genug wegkam, konnte ihn dieser Fuß in den weichen Boden stampfen.

Es gab noch eine Chance, und die ergriff der Inspektor. Er holte seinen Stab hervor, mit dem er die Zeit anhalten konnte, und schrie das eine, wichtige Wort.

»Topar!«

Das Monster erstarrte!

Es konnte nicht mehr zutreten, denn für fünf Sekunden war es zur Bewegungsunfähigkeit verdammt, und diese kostbare Zeit musste Suko ausnutzen.

Er schnellte hoch, wollte wegrennen, aber er befand sich noch immer innerhalb dieses verdammten Schilfgürtels, der zudem sehr breit und sperrig war, sodass es seine Zeit dauern würde, bis Suko ihn durchquert hatte.

Länger als fünf Sekunden!

Suko nahm es trotzdem in Angriff. Er fühlte sich selbst bald wie ein Monster, als er sich den Weg buchstäblich freischaufelte, die Schilfrohre brach, sie wegtrat, durch das Wasser und den Schlamm hetzte und dabei nicht auf die Uhr schaute. Er ging nach seinem Gefühl, drehte sich noch im Schilfgürtel stehend um und sah die heftige Bewegung des Monsters.

Ein Schütteln lief durch die mächtige Gestalt, als hätte es mehrere Stromstöße hintereinander erhalten.

Es war wieder frei!

Doch dann geschah etwas, mit dem Suko nicht gerechnet hätte. Urplötzlich war das Feuer da. Es schlug aus dem Maul und den riesigen Nasenlöchern und flammte an der Gestalt hoch, weil es sie zerstören wollte.

Eine Wolke aus Flammen hüllte die Figur ein. Rauch und Qualm entstanden, vernebelten die Sicht, sodass der Inspektor von seinem mächtigen Gegner kaum etwas erkennen konnte.

Während Suko zurückging, starb die Bestie. Sie gab keinen Laut von sich, aber sie brach auseinander, und die großen Stücke klatschten in den See und zwischen die Schilfrohre.

Suko sah zu, wie das Untier verging. Er konnte aufatmen. Nur wusste er keine Erklärung, weshalb dieser Koloss so plötzlich gestorben war.

Noch bis zu den Knöcheln in Schlamm und Wasser stehend, drehte sich Suko um und schaute in die Richtung, wo das Schloss der Familie Dufour lag.

Dort oben befand sich John. In welch einer Lage er auch immer stecken mochte, möglicherweise hatte sein Einsatz mit der Vernichtung des Monsters indirekt zu tun.

Das wollte Suko genauer wissen. Er rannte mit Riesenschritten zurück zum Wagen …

Margaretha Dufour konnte es nicht fassen. Sie stand da und hatte ihre Arme ausgebreitet. »Du willst mich töten?«, fragte sie mit schriller Stimme. »Du?«

»Ja, ich muss dich vernichten, wenn du nicht zurücktrittst.«

Sie sagte zunächst nichts. Ließ nur ihre Arme sinken und begann mit einer Wanderung. Dabei blickte sie gegen die Decke. Hinter dem Altar zog sie ihre Kreise. Dabei bewegten sich ihre Lippen. Sie flüsterte Worte, die keiner von uns verstand, wahrscheinlich sie selbst nicht einmal. Dann blieb sie stehen, starrte das Kreuz vor meiner Brust an und schüttelte den Kopf, während ihre Lippen zuckten, sodass es aussah, als würde sie gleich anfangen zu weinen.

»Nein, das geht nicht. Du kannst mich doch nicht töten. Du willst mich auch nicht töten, wir haben uns geliebt, wir wollten Mann und Frau werden.«

»Es ist aber nicht dazu gekommen!«, erklärte Hector de Valois. »Das Schicksal hat uns in der Gestalt der Diablita einen Streich gespielt. Hast du verstanden? Wir müssen das Schicksal hinnehmen. Noch einmal. Heirate ihn nicht!«

»Ich werde ihn zum Mann nehmen!«, brüllte sie laut. Es hallte durch die Kirche, und Margaretha hatte die Hände zu Fäusten geballt, um ihren Entschluss auch äußerlich zu dokumentieren.

»Dann musst du sterben!«, vernahm ich die Antwort aus dem Kreuz.

Ich griff nicht ein. Aus dieser Auseinandersetzung musste ich mich heraushalten. Sie wurde von zwei Personen geführt, die eigentlich in die Vergangenheit gehörten, aber sich jetzt, in der Gegenwart, gegenüberstanden.

Erklärbar war dies kaum. Man musste es eben hinnehmen und das Beste daraus machen.

Margaretha lachte, schrie und schluchzte gleichzeitig. »Du willst mich töten? Du, der du mir deine Liebe geschworen hast, willst mich umbringen? Das kann ich nicht verstehen, das …«

»Du bringst nur Unglück, Margaretha. Es ist nicht möglich, dass du eine Ehe mit einem Menschen eingehst. Wir beide sind vom Schicksal Gezeichnete. Wenn ich dich töte, ist dies auch ein Beweis meiner Liebe zu dir, da ich dir somit den ewigen Frieden gebe!«

»Neiinnn …!«

Selten hatte ich eine Person so grell und wütend schreien hören. Sie hatte ihre gesamte Gefühlswelt in diesen einen Schrei hineingelegt, aber Hector de Valois ließ sich von seinem Vorhaben nicht abbringen. Er tat, was er tun musste.

»Ich war gezwungen, meinen Halbbruder zu töten. Bei dir kann ich auch keine Ausnahme machen!«

Ich hatte plötzlich das Gefühl zu verbrennen. Flammte das Kreuz auf, schmolz es, während es vor meiner Brust hing, oder gingen von ihm nur die vernichtenden Ströme aus?

Es waren die für mich nicht sichtbaren Wellen, die Margaretha trafen.

Weder Feuer noch Licht, aber auch die unsichtbare Kraft reichte aus, um es zu beenden.

Sie wurde zurückgeschleudert, fiel mit dem Rücken gegen die Wand und stieg entgegen der Erdanziehungskraft an ihr in die Höhe. Es war ein unheimliches Bild, eine gespenstische, stille Szene, denn ich hörte sie auch nicht schreien.

Wie der Geist Hector de Valois' dies vollbracht hatte, war mir unklar. Höchstwahrscheinlich kannte er mein Kreuz besser als ich. Ich war zur Regungslosigkeit verdammt, stand nur auf dem Fleck und schaute zu, was weiter ablief.

Meine Totenbraut näherte sich der Decke und damit auch den Balkenfragmenten, die dort noch hingen. Sie hatte die Arme ausgestreckt, die Hände schabten über das raue Holz, dann verschwand sie in der Finsternis, denn das Licht der beiden Kerzen reichte nicht bis in diese Höhe.

Ich sah nur noch eine schattenhafte Bewegung, hörte etwas brechen und knacken, zuckte zusammen und starrte nach vorn, als der Körper wieder zu Boden fiel, dicht hinter dem Altar liegen blieb und sich noch einmal aufrichtete.

Ich sah sie vor mir.

Verletzt, gezeichnet, mit eingerissener Gesichtshaut, und ich sah etwas aus ihr herausgleiten, das ebenfalls eine weibliche Form hatte. Geisterhaft und plasmaartig.

Aus seiner unmittelbaren Nähe strömte mir ein geflüsterter Hauch entgegen.

»Schade, Sinclair, fast hätte ich dich gehabt …«

Gleichzeitig brach Margaretha Dufour zusammen und verfaulte vor meinen Augen.

Ich aber dachte über die Stimme nach. Ja, auch sie kannte ich. Sie hatte Diablita gehört.

Mir lief ein Schauer über den Rücken, der auch blieb, weil sich Hector de Valois wieder meldete. »Ich musste eingreifen, denn das Spiel war gefährlich. Sie hat trotz aller Beteuerungen unter Diablitas Einfluss gestanden. Sie war eine Gezeichnete, ihre Liebe reichte nicht aus, um dem Bösen zu entfliehen. So hätte sich Diablita dann an dir rächen können, denn ihre Kraft steckte auch noch in dem Monster, mit dem sich Margaretha verbunden fühlte …«

Ich wollte etwas sagen, Fragen stellen, mich auch bedanken und traute mich, das Kreuz an der Kette über den Kopf zu streifen.

Ich sah Hectors Gesicht nicht mehr. Er hatte sich wieder in seine Sphären zurückgezogen.

»Danke«, flüsterte ich dennoch, bevor ich ging und die unheimliche Schlosskapelle verließ …

Es war niemand da, der mich aufhalten konnte. Ich wollte nicht mehr länger im Schloss bleiben, ging nach draußen und atmete die kühle Nachtluft ein.

Ein Fall lag hinter mir, wie ich ihn noch nie erlebt hatte. Anders, unheimlich, etwas zum Nachdenken und zum Philosophieren. Wieder hatte sich mein Weg mit denen der Gestalten aus dem Geisterreich gekreuzt, und wieder hatte ich auch von der anderen Seite Hilfe erhalten.

Hilfe brauchte auch Suko.

Der Wagen war verschwunden, doch es dauerte nicht lange, da sah ich die beiden Lichtpunkte den Weg herauftanzen. Wenig später stoppte der Renault vor dem Schloss, ein erleichterter Suko stieg aus, lief kopfschüttelnd auf mich zu und sagte: »Ich habe vielleicht etwas hinter mir.«

»Du auch?«

»Und deine Braut?«

»Gibt es nicht mehr.«

Suko schaute mich an. »Ich glaube, John, wir haben uns einiges zu erzählen.«

Das hatten wir in der Tat, und wir fanden heraus, dass Suko gerettet worden war, weil auch Margaretha verging und die Verbindung zwischen ihr und der Bestie nicht mehr hatte bestehen können.

Ich hockte auf dem Beifahrersitz, hatte die Tür geöffnet, rauchte eine Zigarette und starrte in die Dunkelheit. Suko, der es eilig hatte, fragte plötzlich: »Bist du eigentlich noch gern Geisterjäger oder in deinem Job tätig, auch wenn dir diese Dinge passieren wie mit der Totenbraut?«

Ich überlegte einen Moment. »Ja, ich mache weiter, denn irgendwie ist es auch spannend – oder?«

»Da hast du Recht.«

»Okay.« Ich schwang die Beine in den Wagen. »Fahr ab. Vielleicht bekommen wir irgendwo noch etwas zu essen. Ich würde alles nehmen, nur kein Hochzeitsmahl …«

ENDE

# KALIS TÖDLICHER SPIEGEL

Seit Wochen schon waren die Jäger hinter der vierbeinigen Bestie her, die bereits fünf Menschen gerissen hatte. Nur die Mutigsten in der Provinz hatten sich zusammengefunden, und ihnen klangen die Warnungen der Weisen und Alten in den Ohren. Diese Männer hatten Erfahrungen, manche von ihnen sollten sogar mit den Göttern in Kontakt gestanden haben, deshalb wurden ihre Worte sehr genau beachtet.

»Nehmt Netze aus Goldfäden, die ihr zuvor mit dem Wasser des Heiligen Flusses genässt habt, da der große Wischnu euch gnädig gestimmt sein muss. Sonst werdet auch ihr zerrissen, denn der Tiger ist mit den Mächten der Unterwelt im Bunde!«

Sie hatten sich danach gerichtet und waren in den Dschungel gezogen. Dort hatten sie gelebt wie Eremiten, sie beteten, sie wachten, und die Zeit verging, aber sie gaben nicht auf, der Tiger war ihnen einfach zu wichtig.

Manchmal waren sie auch in die Dörfer gegangen, hatten verängstige Menschen aus den Hütten kriechen sehen und mit ihnen über den Tiger gesprochen.

»Er ist ein Dämon!«, wurde ihnen gesagt. »Er tötet nicht, weil er hungrig ist. Er tötet aus Lust. Das machen Dämonen.« Und man berichtete von neuen Opfern, die der Tiger gerissen hatte.

Das letzte Opfer, eine junge Frau, war beim Wasserholen überrascht worden. Ihre Reste waren verbrannt worden, den Jägern wurde noch die Asche gezeigt.

Sie gingen davon aus, dass der Tiger noch in der Nähe lauerte. Wo Menschen waren, fand auch er seine Beute, und so legten sie sich auf die Lauer.

In der ersten Nacht hörten sie nichts, in der zweiten aber vernahmen sie das unheimliche Brüllen, und sie erlebten die Flucht der anderen Tiere mit.

Für die Jäger war es der Beweis, dass der Tiger nicht mehr weit entfernt war und wieder Beute wollte.

Am dritten Tag nach ihrem Besuch im Dorf begannen sie damit, die Falle aufzustellen.

Es dauerte fast bis zum Einbruch der Dunkelheit, bis sie die Netze gespannt hatten. Sie alle waren erfahrene Jäger, jeder von ihnen hatte schon Tiger erledigt. Diesmal gingen sie besonders sorgfältig vor, und sie suchten einen von ihnen aus, der den Köder spielte.

Es war eine mondhelle Nacht. Auch bei Dunkelheit schlief der Dschungel nie. Tiere, die sich tagsüber verborgen hielten, gingen nun auf Beutezug.

In dieser Nacht nicht.

Sie waren sehr ruhig. Die übrigen Tiere merkten, dass etwas in der Nähe lauerte. Es konnte ihnen den Tod bringen, und sie hörten auch immer wieder das wilde mörderische Fauchen des gefräßigen Ungeheuers. Manchmal leiser, dann wieder lauter.

Noch sahen sie ihn nicht. Die Jäger hielten sich verborgen. Sie hofften, nicht so schnell entdeckt zu werden. Wenn der Tiger kam, sollte er die »Beute« sehen. Der Mutigste von ihnen lag unter den Netzen auf einer Lichtung. Er trug nur einen Lendenschurz und hatte sich mit dem Blut eines Tieres eingeschmiert.

Der Mann hieß Singal, war 30 Jahre alt und wollte den Tod des Tigers, weil dieser seinen Bruder gerissen hatte. Er selbst konnte nichts tun, musste sich auf die Netze und auf seine Freunde verlassen können, die unsichtbar im Dickicht hockten und auf den Tiger warteten.

Singal merkte, wie das Blut auf seinem Körper trocknete. Zuerst hatte es noch geklebt, jetzt sorgte es für einen Juckreiz, und es zog auch andere Tiere an.

Da kamen die Käfer, die Kriechtiere, auch die Spinnen. Sie bewegten sich von allen Seiten auf den wie leblos wirkenden Singal zu, der auf dem Rücken lag und aus großen Augen in den dunkelblauen Himmel starrte.

Seine Pupillen wirkten wie gläserne Kugeln, in ihnen spiegelte sich das Mondlicht.

Singal betete. Die Götter mussten ihm beistehen. Wenn nicht, würde der Tiger stärker sein.

Die Kriechtiere hatten ihn erreicht. Dicke Käfer mit glänzenden Panzern glitten krabbelnd an seinem Körper hoch und bewegten sich über seine Brust. Sie erreichten das Gesicht, aber sie krochen nicht in seine Nasenlöcher. Das Blut, mit dem er sich eingerieben hatte, musste für sie ein Lockstoff sein.

Singal wartete.

Er hatte sich in eine Art Trance versetzt, horchte aber gleichzeitig in die Nacht und die Dunkelheit hinein, um den Tiger kommen zu hören. Vom Netz sah er nichts. Die Jäger hatten es so raffiniert und versteckt gespannt, dass die Maschen erst auffielen, wenn man dicht davor stand.

Zeit verstrich …

Aus Minuten wurden Stunden. Singal war für die Kriechtiere wie ein Magnet. Unzählige krabbelten auf seinem Körper. Dies auszuhalten gelang nur wenigen Menschen.

Kurz nach Mitternacht geschah es.

Ein lautes, fürchterliches Brüllen erschütterte die Stille der Nacht. Es war wie ein Zeichen. Die Natur schien zu erstarren, den Atem anzuhalten. Jegliche Geräusche erstarben, nur das Brüllen der menschenmordenden Bestie war zu hören.

Auch die Jäger hatten sie gehört. Sie pressten sich noch tiefer in ihre Deckungslöcher und warteten gespannt auf den Schatten des Tieres. Den Erzählungen der Dorfbewohner hatten sie entnommen, dass der Tiger größer sein sollte als seine Artgenossen. Dazu mit einem wunderbaren Fell versehen, großen Augen, die etwas Besonderes waren.

Man hatte von Spiegeln gesprochen …

Daran wollten die Männer nicht so recht glauben, aber sie warteten mit fieberhafter Spannung. Ihre Waffen hielten sie bereit. Säbel, Lanzen und Speere.

Kein Tier floh mehr. Das Brüllen war einfach zu nahe gewesen. Wären sie jetzt geflüchtet, hätte der Tiger sie leicht packen und auch vernichten können.

So blieben Mensch und Tier vereint in Erwartung des Kommenden und mit der Angst davor.

Selbst die Kriechtiere auf Singals Körper bewegten sich nicht. Sie warteten ab.

Wo steckte der Tiger?

Noch hielt er sich verborgen, aber er würde bestimmt nicht stehen bleiben, er war ein Jäger, der Geruch von Menschen und Blut hatte ihn angelockt. Wahrscheinlich umschlich er bereits die kleine Lichtung, auf der Singal lag, und beobachtete ihn.

Hin und wieder vernahm der mutige Inder ein Rascheln. Er konnte nicht herausfinden, aus welcher Richtung es kam und ob es der Tiger verursacht hatte.

Auf einmal war er da!

Sein Körper war noch nicht zu sehen, doch zwischen den dunklen, wuchernden Pflanzen schimmerten zwei glänzende Kreise – die Augen.

Der Tiger beobachtete.

Er stand da wie ausgestopft, seine Geduld war unerschöpflich. Stundenlang konnte er warten, um im nächsten Augenblick blitzschnell und gnadenlos zuzuschlagen.

Der Wind war eingeschlafen. Wie eine dunkle Mauer umgab der Dschungel die Lichtung. Als der Tiger aus seiner Deckung auf den freien Platz starrte, glich sein Körper einem Schatten, der sich nur vorsichtig bewegte. Er suchte nach einer Lücke, die er durchbrechen konnte. Der Blutgeruch drang in seine Nase und ließ ihn die Vorsicht vergessen. Die hauchdünnen Fäden des Netzes beachtete er nicht. Ihr goldenes Schimmern wurde vom dunklen Grün der Pflanzenwelt völlig verdeckt.

Dann sprang er aus seinem Versteck. Es war ein gewaltiger Sprung, der ihn vom Rand des Dschungels hinaus auf die Lichtung trug, wo der menschliche Köder lag.

Die meisten Jäger sahen diesen Schatten, und auch Singal erkannte ihn plötzlich.

Er riss seine Augen weit auf, als er den Schatten über sich sah. Wenn er sich jetzt senkte und das Netz riss, war Singal verloren.

Der massige Körper wuchtete in den Maschen. Er jagte in dem Augenblick hinein, als Singal einen lauten Schrei ausstieß, sich zur Seite rollte, um auf die Füße zu gelangen.

Der Schrei war gleichzeitig das Signal für seine Freunde gewesen, die den Tiger ebenfalls beobachtet hatten. Sie waren aus ihren Verstecken hochgeschnellt und liefen auf die Lichtung, wo sich das Netz unter dem Gewicht des Tigers dehnte, aber nicht zerriss.

Dann kamen die Jäger!

Sie hatten gesehen, dass der Tiger plötzlich ein Gefangener war, und sie setzten ihre Waffen ein.

Aus dem Dunkel schleuderten sie die Lanzen und Speere, die in den massigen Körper der Bestie hineinhieben. Dabei erklangen dumpfe Schläge, als hätte jemand seine Fäuste gegen das Fell gedroschen.

Schreie erfüllten die Lichtung. Die Jäger stürmten auf den vierbeinigen Killer zu. Sie hatten jetzt ihre Säbel gezückt, um das zu vollenden, was sie mit dem Schleudern der Lanzen begonnen hatten.

Die Säbel hackten in den Tigerkörper hinein. Sie waren scharf geschliffen worden, durchschnitten das Fell und rissen tiefe, oft armbreite Wunden hinein.

Der Tiger kämpfte dennoch.

Er wälzte sich im Netz. Er brüllte und fauchte, dass der Dschungel erzitterte. Jede Kreatur sollte hören, dass der König unter ihnen nicht aufgab, aber die Männer kannten kein Pardon. Nur waren sie so eifrig, dass auch das Netz zerstört wurde. An zwei Stellen riss es, und der Tiger rutschte hinaus.

Einer der Jäger, der bereits zu einem Rundschlag ausgeholt hatte, sah eine Pranke plötzlich dicht vor seinen Augen. Er wollte den Kopf noch zur Seite nehmen, das gelang ihm nicht mehr. Zum Glück spürte er keine Schmerzen, als er durch den unheimlich harten Prankenhieb sein Gesicht und noch mehr verlor. Er war schon tot, bevor er den Boden berührte. Seine Freunde hatten gesehen, wie er starb. Singal schnappte sich den Säbel des Toten. An der Klinge klebte in langen Schlieren das Blut der Bestie.

Singal befand sich wie in einem Rausch. Der größte Teil seines Körpers war noch mit dem eingetrockneten Blut bedeckt. Überall juckte und schabte es, darauf nahm er keine Rücksicht, er wollte den Tod seines Bruders rächen und den Tiger vernichten, der aus dem Netz gerutscht war, sich mit den Vorderpranken abstützte und trotz seiner schweren Verletzungen hochstemmen wollte.

Singal packte den Säbelgriff mit beiden Händen. Er musste die Waffe jetzt einfach festhalten, um einen letzten Rammstoß führen zu können. Er schrie dabei, und als der Tiger seinen mächtigen Schädel noch einmal hochstemmte, stach er zu.

Die Klinge drang zwischen die Augen der Bestie. Für einen Moment glaubte Singal, die Zeit wäre stehen geblieben. Überdeutlich sah er die beiden Augen, die tatsächlich nicht normal waren, sondern aus Spiegeln bestanden.

Darin sah er etwas.

In beiden zeigte sich das gleiche Bild. Ein schreckliches Gemälde, aber fast jeder im Lande kannte es.

Es war das Antlitz der Göttin Kali!

Ein pechschwarzes Gesicht mit rot glühenden Augen, die ebenso leuchteten wie die Innenflächen ihrer Hände. Ihr Haarwirrwarr war blutbefleckt, und um ihren Hals hing eine Kette aus Menschenköpfen.

Ja, das war die Totengöttin Kali. Es gab keinen Zweifel. Und auch Singal gehörte zu den Menschen, die Angst vor ihr hatten. Er wankte zurück und zog dabei die Klinge aus dem Kopf des vierbeinigen Mörders, der tatsächlich noch stand, aber allmählich anfing zu zittern, denn die Lanzenstiche und Säbelhiebe hatten ihm den Rest gegeben.

Keiner griff das Tier mehr an. Die Jäger umstanden es in sicherer Entfernung, schauten nur zu und sahen schließlich, wie der schwere Körper sich nicht mehr halten konnte und zusammenbrach.

Auf der Seite blieb er liegen.

Der Tiger war tot!

Noch immer konnten sie es nicht fassen. Sie schauten sich an, in ihren Gesichtern zuckte es, und es war Singal, der als Erster die Sprache wiederfand. Doch kein Jubelschrei, wie es eigentlich normal gewesen wäre, drang über seine Lippen.

Mit leiser Stimme fragte er: »Habt ihr es gesehen? Habt ihr in seine Augen gesehen?«

Seine Freunde nickten.

»Es waren Spiegel!«, flüsterte Singal und stach den Säbel in den weichen Boden. »Aber das war nicht alles. Ich habe in die Spiegel hineinsehen können und dort ein Bild erkannt. Ein schreckliches Bild, das euch wohl entgangen ist. Das Bild einer Göttin – Kali …«

Jetzt war der Name gefallen. Es gab keinen unter ihnen, der nicht wusste, was dies zu bedeuten hatte. Kali kannte jeder. Man wusste von ihrer großen Macht und von der Schreckensherrschaft, die sie ausübte. Kali war ein grauenvolles Wesen. Sie wurde nur von Menschen angebetet, die man selbst als dämonisch ansehen konnte und die nur die Vernichtung wollten.

»Ja, Kali«, flüsterte Singal noch einmal und stellte danach eine Frage. »Was haben wir nur getan?« Er gab sich selbst die Antwort. »Wir haben einen Götzen oder einen Gott getötet. Möge man uns gnädig sein, meine Freunde …«

Sie schafften den Tiger weg.

Es war eine Heidenarbeit, denn das Tier hatte ein mörderisches Gewicht. Sie mussten sich ungemein anstrengen und es sogar zerteilen, um es abtransportieren zu können.

Sie kannten den Wald und hatten sich schon vor Tagen die entsprechenden Pfade geschlagen. Als sie das Dorf erreichten und die Menschen den toten Tiger sahen, stießen sie ein Freudengeheul aus, in das die Jäger jedoch nicht mit einstimmten.

Sie blieben still, gingen zu ihren Elefanten, luden den Tiger stückweise in die an den Seiten herabhängenden Tragekörbe und machten sich auf den Heimweg.

Sie wussten auch, wo sie die Bestie hinschaffen wollten. Es war ein alter Tempel, in dem ein Weiser lebte und den Göttern huldigte. Er würde bestimmt Rat wissen.

Der Marsch durch den Dschungel dauerte vier Tage, dann erreichten sie eine Hochebene, die mit gelbgrünem Gras bewachsen war. Der Wind strich über die Halme, bog sie alle in eine Richtung, sodass es aussah, als würden sie sich verneigen.

Die vier Elefanten gingen unbeirrt weiter. Der lange Marsch führte sie von Wasserloch zu Wasserloch, wo sie jedes Mal eine längere Pause einlegten.

Erfrischt zogen sie weiter und erreichten schließlich die Berge, wo der Tempel stand.

Gegen Mittag trafen sie ein. Ein heißer Sonnenball stand am Himmel und glühte die Natur aus. Mensch und Tier litten unter den Strahlen. Die Felsen hatten sich aufgeheizt und gaben die Wärme, wenn es kühler wurde, wieder ab.

Die Männer führten die Elefanten in den Schatten, schnallten ihnen die Tragekörbe ab und schleppten sie in die relativ kühle Halle des Tempels, in der sie Andacht und Stille erwarteten.

Sie wollten nicht hinein in den Heiligen Raum, den nur der Einsiedler betreten durfte, um dort Zwiesprache mit den Göttern zu halten. Deshalb blieben sie dicht hinter dem Eingang stehen und genossen die Kühle im Innern.

Ob ihre Ankunft bemerkt worden war, konnten sie nicht sagen. Jedenfalls ließ sich niemand blicken.

Singal gab den anderen Jägern durch ein Handzeichen zu verstehen, dass sie zurückbleiben sollten. Er ging vor bis zum Licht. In zwei flachen Schalen brannte das Feuer. Es sonderte einen dünnen, dunkelblauen Rauch ab, der träge in die Höhe zog und auch die Tempelhalle schwängerte.

Zwischen den beiden Schalen blieb Singal stehen und rief mit lauter Stimme den Namen des Weisen.

»Großer Mahutra, wir sind gekommen, um dir zu zeigen, dass wir es geschafft haben. Du hast uns vor einiger Zeit deinen Segen für die Jagd gegeben. Du hast uns mit Rat und Tat zur Seite gestanden, du hast uns geholfen, jetzt sollst du auch den Erfolg sehen, den wir in den Händen halten. Deshalb bitte ich dich, zu uns zu kommen und dir anzusehen, was wir erreicht haben.«

Er hatte nicht einmal sehr laut gesprochen. Der Tempel hatte eine sehr gute Akustik. Die Stimme des Mannes war auch im letzten Winkel zu hören und würde wahrscheinlich ebenfalls durch die dicken Wände in andere Räume dringen.

Die Strapazen der langen Reise hatten die Männer gezeichnet. Sie sahen erschöpft aus. Tiefe Falten durchfurchten die Haut. Es dürstete sie nach frischem Wasser und Nahrung, aber sie hielten durch, denn so war es abgesprochen.

Und Mahutra kam. Die Jäger sahen nicht, woher. Plötzlich stand er vor ihnen.

Er sagte nichts.

Singal verneigte sich. Die anderen Jäger taten es ihm nach, denn Mahutra war ein geachteter Mann. Sie hatten ihn nicht kommen hören, und auch jetzt, als er näher trat, waren seine Schritte kaum zu vernehmen. Es schien so, als würde er schweben.

Noch hinter dem Feuer blieb er stehen, sodass seine Gestalt höchstens vom Widerschein der Flammen erreicht wurde. Er streckte die Hände aus, und der Rauch gehorchte ihm. War er bisher zur Decke aufgestiegen, so veränderte er nun seine Richtung und glitt auf Mahutra zu. Dabei verdichtete er sich, bildete Wolken, die das Gesicht und die Gestalt des Mannes umschwebten, sodass von ihm kaum mehr Umrisse zu erkennen waren.

Die Jäger richteten sich wieder auf. Keiner von ihnen wagte es, zuerst das Wort zu ergreifen, so etwas überließen sie dem Weisen.

Und er begann zu sprechen. Seine Stimme hallte. Sie schien aus den Wänden zu dringen und hüllte die Menschen wie ein Tuch ein. »Ich sehe, dass ihr den Tiger getötet habt, weil ihr meinen Rat befolgt habt. Seid auch weiterhin so schlau und hört auf meine Worte, denn nicht alles, was tot ist, das ist auch für alle Zeiten vernichtet. Manchmal tötet man eine Kreatur, ohne jedoch den Geist des Bösen, der in ihr gesteckt hat, zu vernichten. Das wollte ich euch sagen.«

»Danke, großer Mahutra«, sagte Singal, »aber wie sollen wir das verstehen?«

»Es ist nicht schwer, wenn ihr mir folgt. Ich möchte euch bitten, mir den Kopf des Tigers zu Füßen zu legen.«

Wenn die Jäger über den ungewöhnlichen Wunsch erstaunt waren, so zeigten sie es zumindest nicht. Singal nickte zum Zeichen seines Einverständnisses und drehte sich um.

Zwei Jäger hatten sich bereits zum Eingang begeben, wo die Reste des Killer-Tigers lagen, auch der Kopf.

Sie bückten sich, packten ihn und hoben ihn gemeinsam an. Sie zitterten unter der Last. Der Schädel des Tigers schien mit Steinen gefüllt zu sein.

Mahutra wartete hinter dem Rauch. Er wirkte wie ein Geist, und auch Singal schaute zu, wie die beiden Träger den Kopf des Tigers zu Mahutras Füßen legten.

Wenn der Weise so etwas anordnete, tat er das nicht grundlos. Dann wusste er genau, weshalb er darum bat. Auf Singals Zeichen hin zogen sich die Männer zurück, jedoch nicht, ohne sich vorher verneigt zu haben.

In der Tempelhalle war es still. Die Jäger hatten großen Respekt vor Mahutra. Sie würden niemals von sich aus das Wort ergreifen, und nicht ohne Grund hatte der Weise ihnen aufgetragen, ihm den Kopf des Tigers zu bringen.

Er war der wichtigste Teil …

Noch lag er unberührt von Mahutra zu dessen Füßen. Der Weise schaute ihn nur an. Die Jäger hatten das Beutestück so hingelegt, dass die Augen in das Gesicht des Weisen starrten.

Es waren Spiegel. Rund, sehr groß, unwahrscheinlich, und Mahutra sprach schließlich Singal, den Mutigen an. »Du hast dich als Köder dem Tiger hingegeben, er hat dich angenommen, das Netz hat dich vor dem Tod bewahrt, aber die Bestie hat dicht über dir sein müssen. Stimmt das?«

»Ja, Mahutra!«

»Was hast du gesehen? Konntest du in seine Augen schauen? Sie sind wie Spiegel, aber gleichzeitig Fenster in eine andere Welt. Öffnungen zu fremden Reichen. Ich spüre, dass dieses Tier besessen war und es auch noch ist, obwohl es sich nicht mehr erheben kann.«

»Ich sah eine schreckliche Gestalt, Mahutra. Etwas Böses steckte in dem Tier. Ein Dämon. Grauenvoll, widerlich, gefährlich. Ich schwebte in plötzlicher Todesangst, als ich die Augen und die Totengöttin über mir schweben sah.«

»Also Kali?«

»Ja, ich wagte den Namen nicht auszusprechen!«, flüsterte Singal und senkte den Kopf.

Mahutra nahm die Ankündigung gelassen hin. Die anderen Männer sprachen auch nicht. Sie schauten zu, wie der Weise mit seinen Händen ungewöhnliche Figuren in der Luft beschrieb und dabei Worte sprach, die sie noch nie gehört hatten.

Nur die Auserwählten kannten die alten Beschwörungsformeln, die von Generation zu Generation weitergegeben wurden, und Mahutra gehörte dazu. Er hatte sich noch keinen Nachfolger auserwählt, aber an diesem Tage, als der Tiger erledigt war, wollte er es tun.

Der Weise rief Singal zu sich.

Der war für einen Moment erschreckt. Er hatte nicht damit gerechnet, zu Mahutra kommen zu dürfen, doch die Aufforderung war gesprochen, er musste sich fügen.

Und so trat er in den Rauch und sah das alte, faltige Gesicht des Weisen schon sehr bald vor sich. Er musste sich verneigen, Mahutra legte ihm beide Hände auf den Kopf, sodass diese Geste aussah, als sollte Singal gesegnet werden.

»Dich, mutiger Singal, habe ich dazu ausersehen, mein Nachfolger zu werden. Ich werde nicht mehr lange leben. Die mächtigen Geister haben längst beschlossen, mich zu sich zu rufen. Noch habe ich Zeit, die ich nutzen will. Wenn ich nicht mehr bin, wirst du sein. Ich werde dich ausbilden und dich in die Geheimnisse der Lebenslehren einweihen. Deine erste Aufgabe hast du schon heute zu erfüllen. Nimm innerlich Abschied von einer Welt, der du bisher angehört hast, aber wenn deine Freunde und auch Fremde dich brauchen, sei immer für sie da!«

Singal verneigte sich wieder. »Das verspreche ich dir. Ich bin mir der Ehre bewusst, Mahutra, aber ich bin ein Unwürdiger, der es nicht verdient ...«

»Du kannst meinen Entschluss nicht ändern. Wir dürfen auch keine Zeit verlieren. Ich habe den Tigerkopf vor meinen Füßen liegen sehen, ich habe hineingeschaut in die Augen, ich sah hindurch, und ich blickte in mir unbekannte Fernen. Die große Gefahr ist jedoch noch nicht gebannt. Nach wie vor schwebt sie über uns. Wir können sie aber verlagern, darum werde ich dich bitten, und es wird deine erste Aufgabe sein. Bist du bereit, Singal?«

»Ja, Mahutra!«

»Dann töte den Tiger!«

Singal war es nicht gewohnt, einem Weisen zu widersprechen,

in diesem Fall allerdings konnte er nicht anders. Er schüttelte den Kopf und sagte dabei: »Er ist doch tot, ich …«

»Hatte ich nicht gesagt, dass nicht alles, was tot aussieht, auch tot sein muss?«

»Ja, das …«

»Es steckt noch Leben in ihm«, flüsterte Mahutra, »und das müssen wir entfernen. Sieh dir die Augen an. Du musst sie herausschälen, das allein ist wichtig. Du musst aus den Augen einen Spiegel fertigen, in dem Kalis Geist gefangen ist. Er darf einfach nicht mehr in diesem Tier wohnen. Hast du gehört?«

»Ja, großer Mahutra.«

»Kalis Geist muss entfernt werden. Er braucht eine andere Wohnstatt. Spiegelnde Augen sollen das werden, wozu sie geschaffen sind. Ein Spiegel. In seiner Fläche musst du den Geist der Kali bannen. Die Totengöttin ist sonst zu mächtig.«

Singal nickte. »Ich werde deinen Ratschlag befolgen, Mahutra. Wann soll ich damit beginnen?«

»Trägst du ein Messer bei dir?«

»Ja, großer Mahutra!«

»Dann nimm es und stich dem Tier die Augen aus. Du wirst sehen, dass sie etwas Besonderes sind. Bewahre sie auf und lasse dir einen ovalen Rahmen aus dunklem Holz geben. Dann wirst du die Spiegelaugen zerdrücken, sodass eine hauchdünne Schicht entsteht, die den Rahmen des Spiegels ausfüllt. So hast du schließlich den Geist der Totengöttin Kali im Spiegel gefangen. Zusätzlich musst du ihn noch beschwören. Ich werde dich die entsprechenden Worte lehren. Hast du mich verstanden?«

Singal verneigte sich und hauchte sein »Ja, großer Mahutra«.

Der Weise war zufrieden. »Ihr anderen aber«, sagte er, »werdet nicht mehr länger in diesem Tempel bleiben können. Geht weg, verlasst ihn und kommt zurück, wenn Singal euch ruft.«

Die Jäger waren es gewohnt, einem Mann wie Mahutra zu gehorchen. Sie drehten sich um und gingen ohne zu murren davon.

Singal aber zog auf ein Zeichen des Alten sein Messer hervor. Es war eine sehr scharfe Klinge, er würde die flache Schneide auch in die Augenhöhle schieben können.

»Jetzt bestehe deine erste Probe«, sagte der Weise.
Und Singal begab sich an sein schauriges Werk …

Verflixt, ich hatte mich verfahren!

Ob Engländer oder nicht, ob an Nebel gewöhnt und mit Regen großgeworden, irgendwann ist Schluss. Da kommt man nicht mehr weiter. Besonders dann nicht, wenn zu der weißen Brühe noch eine Kälte aus den Wolken kriecht, die Eiskeller-Temperaturen bringt und ein schon schönes Kristallmuster auf den Straßen hinterlässt, für das die Menschen das Wort Glatteis erfunden hatten.

Glatteis war gefährlich, manchmal tödlich, und ich war auch, trotz Winterreifen, einige Male geschleudert. Zwar befand ich mich noch im Großraum London, aber ziemlich an der nördlichen Peripherie, in Hendon, wo die Großstadt noch einen ländlichen Charakter hatte. Den Public Park hatte ich bereits umfahren, aber jetzt sah es doch etwas böse aus, denn die langsam treibenden Schwaden nahmen mir den größten Teil der Sicht. Auch das Licht der Scheinwerfer brachte kaum etwas, es wurde bereits nach wenigen Metern verschluckt. Ich hatte den Rover an den Straßenrand gefahren und überlegte, wie es weitergehen sollte.

Konnte ich zu Fuß mein Ziel erreichen, von dem ich nicht einmal wusste, wo es sich befand?

Der Fall war sehr mysteriös. Telefonisch hatte man mir einen Tipp gegeben, zu einer bestimmten Kreuzung zu kommen, dort würde man mich in Empfang nehmen.

Normalerweise wäre ich nicht gefahren, aber der Anrufer hatte einen Namen erwähnt, der mich erschreckte.

Kali!

Ich kannte die indische Totengöttin, wusste genau, wie grausam sie war, und ihre Diener, die über die ganze Welt verstreut waren, standen ihr an Grausamkeit in nichts nach.

Einige Male waren wir schon zusammengetroffen. An diese Treffen erinnerte ich mich nur ungern, denn es war immer haarscharf zugegangen. Den Terror der Tongs hatte ich am eigenen Leibe zu spüren bekommen.

Ich stieg aus.

Ein Straßenschild war vom Auto aus nicht zu erkennen. Deshalb hatte ich auch den Stadtplan mitgenommen. Die Menschen, die mir begegneten, sah ich erst im letzten Augenblick, wenn sie aus der weißgrauen Wand erschienen. Manchmal wichen wir uns gegenseitig aus. Auf den Gehsteigen war gestreut worden. Über den Sand konnte man einigermaßen laufen. Trotzdem bewegten sich die Menschen so vorsichtig wie Marionetten, die sehr langsam geführt wurden.

Ich erreichte eine Kreuzung, sah auch ein Straßenschild und konnte es mühsam entziffern. Ich verglich es dabei mit meiner Karte. Leider befand ich mich noch nicht am Ziel. Ich musste noch etwa einen halben Kilometer fahren.

Den Wagen fand ich sofort wieder. Dahinter hatte jemand sein Motorrad abgestellt, wobei ich den Fahrer der Honda nicht sah. Ich erinnerte mich jedoch, auf meiner Fahrt hierher von einem Motorrad verfolgt worden zu sein. Hin und wieder hatte ich ein im Nebel zerfaserndes helles Auge gesehen. War es Zufall, oder hatte es etwas zu bedeuten?

Die Maschine sah ebenso unverdächtig aus wie mein Rover, in den ich wieder einstieg.

Ich hatte mir den Weg, den ich noch zurücklegen musste, genau eingeprägt und würde ihn auch ohne Karte wiederfinden. Der Treffpunkt befand sich nicht mitten im Ort, er lag ein wenig abseits, zwischen dem Hendon Way und dem Great Northway, die das Gebiet wie die »Arme« einer Zange links und rechts umgaben.

Das Hupen der anderen Fahrzeuge klang dumpf. Der Nebel verschluckte die Geräusche. Auch ich bewegte mich nur im Schneckentempo voran und achtete natürlich auf die bläulich glitzernden Glatteisfallen.

Vermehrt traten sie außerhalb der Orte auf. Hinter mir vernahm ich das Knattern des Motorrads. Auch sein Fahrer hatte nicht mehr länger geparkt. In beiden Spiegeln erkannte ich nicht einmal einen Schatten der Maschine, aber sie wurde beschleunigt, denn plötzlich erschien sie als sich bewegende, kompakte Masse an der rechten Seite, und es sah so aus, als wollte sie mich überholen.

In der Tat rollte der Fahrer vorbei. Ich konnte von seinem Gesicht nichts erkennen. Die Lederkleidung schützte ihn, und der Helm sah aus wie ein futuristischer Gegenstand aus einem Zukunftsfilm.

Ich bewunderte den Fahrer in negativer Weise. Er schien mit dem Glatteis nichts am Hut zu haben, denn bei diesem Wetter schnell zu beschleunigen konnte ins Auge gehen.

Dann war er verschwunden. Die Ampeln tauchten als farbige Punkte innerhalb des Nebels auf. Ich musste noch zweimal stoppen, sah auch andere Fahrzeuge neben mir, aber nicht mehr den Knaben auf seiner Honda.

An der zweiten Kreuzung führte mich der Weg nach rechts. Die Straße nahm an Breite zu. Geschäfte befanden sich an beiden Seiten. Ihre Reklame kostete nur Strom, das Licht selbst brachte nicht viel.

Weiter …

Nach ungefähr zehn Minuten hatte ich es geschafft, den Ortskern zu verlassen. Nur noch wenige Häuser begleiteten die Straße, die sich wieder verengt hatte und dort in einen schmalen Weg auslaufen würde, wo sich der Treffpunkt befand. Auf der Karte war dieser Fleck als unbewohntes Gebiet eingezeichnet.

Ich war wirklich gespannt, wer mich da erwarten würde. Die Stimme am Telefon hatte drängend geklungen, der Anrufer schien in Schwierigkeiten zu stecken, und der Name Kali enthielt Brisanz genug. Was man genau von mir wollte, wusste ich nicht. Ich würde es erfahren, egal, ob Falle oder nicht.

Mit Suko hatte ich darüber nicht sprechen können, er war in einer anderen Sache unterwegs, so war ich praktisch ohne Rückendeckung losgefahren.

Der letzte Fall steckte mir auch jetzt noch in den Knochen. Er war so anders gewesen, denn da hatte mich eine Tote zwingen wollen, sie zu heiraten. Sie sah sich als meine Braut an. Zur Trauung war es nicht gekommen, weil Hector de Valois' Geist sich in meinem Kreuz gezeigt und eingegriffen hatte. Dennoch war bei mir ein bitterer Nachgeschmack zurückgeblieben.

Außerhalb des eigentlichen Ortes lag mehr Eis, so rutschte ich an nicht wenigen Stellen weiter, hatte aber Glück, nicht im Graben zu landen. Manchmal musste ich stark gegenlenken; wer nicht unbedingt fahren musste, der ließ den Wagen daheim oder ging zu Fuß.

Der Nebel drehte sich, er wallte, als wollte er irgendetwas einpacken, das für mich nicht sichtbar war. Ich starrte durch die Frontscheibe und konzentrierte mich auf die Fahrbahn, soweit überhaupt etwas von ihr zu sehen war.

Manchmal lag das Eis wie lange Schlangen auf dem Asphalt. Einige Stellen waren auch nur feucht.

Endlich erschien die Kreuzung!

Die war mehr zu ahnen als zu sehen. Aus der wogenden Watte sah ich rechts und links die Einmündungen der beiden anderen Straßen, und ich erinnerte mich daran, dass der Anrufer von einem kleinen Parkplatz gesprochen hatte, der nahe der Kreuzung lag.

Er musste sich an der linken Seite befinden. Behutsam drehte ich das Lenkrad in die entsprechende Richtung, die beiden Vorderreifen rutschten über einen Eisfleck, verloren ein wenig den Kontakt, fingen sich wieder, und die schmale Einfahrt erschien an der linken Seite, sodass ich auf den Platz rollen konnte.

Soweit ich erkannte, war er leer. Kein anderer Wagen parkte hier. Der unbekannte Anrufer war entweder noch nicht da, oder er hielt sich in der grauen Suppe verborgen.

Ich parkte den Wagen mit der Schnauze zur Straße hin, sodass ich jederzeit schnell wieder starten konnte.

Jetzt begann die Warterei.

Einen genauen Zeitpunkt hatten wir nicht vereinbaren können, das Wetter war einfach zu schlecht. Ich kurbelte die Seitenscheibe ein wenig nach unten, um frische Luft in den überheizten Wagen fließen zu lassen. Dabei wurde ich auf ein Röhren aufmerksam.

Ein Motorrad war vorbeigefahren.

Sollte es der gleiche Feuerstuhl gewesen sein, den ich schon mehrmals gesehen hatte?

Noch gab es keinen Grund zur Beunruhigung. Etwas mehr Sorge bereiteten mir meine unbekannten Partner. Sie hielten von einer gewissen Pünktlichkeit nicht viel, denn sie ließen sich Zeit.

Als fast zehn Minuten vergangen waren, hatte ich von ihnen oder ihm noch immer nichts gesehen, sodass ich mir langsam auf den Arm genommen vorkam.

Mehr als eine Viertelstunde wollte ich dem Unbekannten nicht zugeben. Die Wartezeit verkürzte ich durch Rauchen und blies den Qualm in den wallenden Nebel nach draußen.

Es war eine ruhige Gegend, in der ich mich aufhielt. In letzter Zeit hatten keinerlei Fahrzeuge den Parkplatz passiert. Bis ich den Glimmstängel ausdrückte, hatte sich daran nichts geändert.

Sollte das alles ein Trick gewesen sein?

Etwas beunruhigte mich plötzlich. Mir war aufgefallen, dass sich hinter dem Wagen der Dunst verdunkelte, als würde dort jemand erscheinen. Möglicherweise war es mir auch nur aufgefallen, weil ich des Öfteren einen Blick in den Außenspiegel warf.

Ich schaute noch einmal hin und sah nichts.

Dennoch blieb das ungute Gefühl. Um sicher zu sein, stieß ich die rechte Tür auf und stieg aus. Ich drückte den Wagenschlag leise ins Schloss und blieb neben dem Rover stehen.

Nichts …

Nebel, graue Watte, tanzende Schwaden, die mich einhüllten und über meinen Körper flossen.

Allmählich wurde ich ungeduldig und auch wütend. Ich ging ein paar Schritte zur Seite und geriet prompt ins Rutschen, denn an dieser Stelle glänzte das Eis zungendick.

Dann sah ich ihn!

Er war wie ein Gespenst erschienen, und wuchs hinter dem Heck des Rover empor. Dort hatte er gelauert. Eine dunkle, im Nebel unheimlich wirkende Gestalt, von deren Gesicht ich nichts erkennen konnte, weil ein Helm es verdeckte.

Es war der Motorradfahrer!

Er blieb stehen, auch ich rührte mich nicht. Aber ich spürte mit jeder Faser meines Körpers die Warnung. Was hier geschah, ging nicht mit rechten Dingen zu. Wenn der Kerl harmlos war, hätte er mich nicht zu verfolgen brauchen und mir schon vorher Bescheid gegeben. Natürlich wollte ich wissen, wer er war. Möglicherweise handelte es sich bei ihm auch um den Anrufer.

Ich ging auf ihn zu.

Er war eigentlich kleiner als ich, durch den Helm aber hatte er meine Größe.

Der Mann rührte sich nicht. Starr blieb er stehen und erwartete mich. Seine Arme hingen locker am Körper herab, dennoch war seine Haltung nicht entspannt.

Am Heck des Wagens stoppte ich. Jetzt stand der Mann zum Greifen nahe vor mir. Leider sah ich von seinem Gesicht noch immer nichts, aber hinter dem Sichtschirm erkannte ich ein ungewöhnliches Glitzern, das sich in Höhe der Augen befand.

Ich nickte ihm zu. »Wenn Sie den Helm abnehmen, Meister, können Sie mich hören.«

Er tat nichts.

Ich streckte den Arm aus, um das Sichtvisier in die Höhe zu klappen, als er rasch einen Schritt zurückging.

Der Mann wollte also nicht, dass ich ihn identifizierte. Dafür tat er etwas anderes. Er drehte sich wie ein Tänzer auf der Stelle, seine Hand rutschte in Richtung Hüfte, und hinter seinem Rücken holte er etwas hervor.

Eine Waffe – ein Säbel!

Mord auf einem Parkplatz. Eigentlich nichts Neues, aber ich wollte nicht gerade das Opfer sein. Ich konnte mir auch keinen Grund dafür vorstellen, dass der Kerl mich köpfen wollte, denn darauf lief seine erste Attacke hinaus. Er führte den Säbel mit der leicht gekrümmten Klinge so, dass der Stahl meinen Hals erwischt hätte. Gerade noch rechtzeitig duckte ich mich, sodass die Klinge über meinen Kopf hinwegzischte.

Der nächste Hieb, geführt von oben nach unten, traf den Rover in Höhe des rechten Kotflügels. Das singende Geräusch riss ab. Es blieb als Andenken eine Delle im Blech zurück.

Ich warf mich nach hinten.

Natürlich dachte ich nicht mehr so intensiv an das Glatteis, rutschte aus und landete auf dem Rücken. Der andere warf sich vor, um mich zu attackieren.

Ich riss die Beine hoch. Beide Füße wühlten sich in die dicke Lederkleidung, die Klinge glitt gefährlich nahe an meiner Schulter vorbei, als ich den Kerl hochstemmte und ihm so viel Schwung gab, dass er über meinen Körper hinwegkatapultiert wurde.

Er landete neben dem Rover, und ich hörte den dumpfen Laut, als er mit seinem Helm aufschlug. Schnell drehte er sich wieder herum, sprang auf die Füße, aber da hatte sich auch bei mir etwas getan. Ich war sitzen geblieben, lehnte mit dem Rücken am rechten Hinterrad und ließ ihn in die Mündung der Waffe blicken.

Er blieb stehen.

Seinen rechten Arm hielt er noch ausgestreckt, die Klinge wies in meine Richtung. Sie glänzte fast so wie das auf dem Boden klebende dicke Eis.

»Lass ihn fallen!«, schrie ich.

Ich wusste nicht, ob er mich verstanden hatte, jedenfalls kam er meiner Aufforderung nach. Sein Arm sank langsam nach unten. Die behandschuhte Faust öffnete sich, aber er wollte mich trotz der auf ihn gerichteten Waffe täuschen.

Durch einen Trick brachte er den Säbel in eine Wurfstellung, nur schleuderte er ihn nicht.

Es ging so schnell, dass ich nicht einmal dazu kam, abzudrücken. Irgendwo im Nebel hielten sich meine Helfer verborgen. Sie konnten besser sehen als ich, jedenfalls hatten sie ihr Ziel schon ausgemacht und vernichteten es.

Aus den grauweißen Wolken flogen die langen Gegenstände, die wie blitzende Scherben aussahen.

Doch das waren sie nicht. Ich hörte die dumpfen Schläge, als drei Messer die Lederkleidung des Killers durchbohrten.

Die Treffer rissen ihn herum. Er ging noch, wenn auch mit weichen Knien. Dabei schleifte er an der Seitenfront des Rover entlang, bis er die Kühlerhaube erreicht hatte, den Halt verlor, nach hinten kippte und mit dem Rücken auf die Haube schlug.

Für einen Moment blieb er dort liegen, bis er schließlich auf der etwas schrägen Fläche abrutschte und über die Haube in Richtung Stoßstange glitt. Er fiel und entschwand meinen Blicken.

Ich blieb sitzen.

Der Schock saß mir im Mark. Erst die Lebensgefahr, in der ich geschwebt hatte, dann die plötzliche Rettung wie aus dem Nichts. Wie war sie zustande gekommen?

Ich holte tief Luft und spürte, dass die Kälte in meinem Rachen brannte.

Vor mir sah ich nichts als die grauen Schleier. Sie bildeten einen tanzenden Vorhang, der alles verdeckte, was sich in seinem Innern abspielte.

Ich steckte die Waffe nicht weg. Wer immer in der grauen Welt vor mir lauerte, er hatte mir zwar das Leben gerettet, völlig vertraute ich ihm aber nicht.

Sekunden addierten sich zu einer Minute. Erst als diese Zeit vorüber war, drückte ich mich schwerfällig in die Höhe und blieb neben dem Wagen stehen.

»Wo seid ihr?« Ich hatte mir die Frage einfach nicht verkneifen können. Eine Antwort gab man mir nicht. Der Nebel schluckte alles. Er war dicht, er war kalt und eisig wie der Tod.

Und der hatte den Motorradfahrer ereilt. Ich ging mit etwas weichen Knien zu ihm, schaute ihn mir an. Er lag auf dem Rücken, die Arme vom Körper abgespreizt.

Drei Messer steckten in seinem Körper. Sie hatten ihn tödlich getroffen. Er trug noch immer den Helm, und der war auch nicht verrutscht.

Wieder fiel mir das matte Funkeln unter dem Sichtvisier auf, das ich endlich hochschob. Ich wandte den anderen dabei den Rücken zu, das ließ sich leider nicht vermeiden.

Das matte Funkeln hatte mich schon einige Male zuvor irritiert. Nun sah ich endlich, woher es stammte.

Es waren die Augen!

Nein, als Augen konnte man es nicht bezeichnen, sondern als Spiegel. Jawohl, dieser Tote hatte anstelle normaler Augen ovale Spiegel, die matt glänzten.

Es kostete mich Überwindung, mich auch auf das Gesicht zu konzentrieren und nicht nur die Spiegel zu sehen.

Der Tote war kein Araber, ich tippte mehr auf Pakistani oder Inder. Seine Wangen waren glatt, die Haut sah aus wie mit Öl eingerieben. Auf der Oberlippe wuchs ein dünnes Bärtchen. Darunter sah ich die weichen, vollen Lippen.

Ich runzelte die Stirn. Wer immer dieser Tote sein mochte, ich konnte mir keinen Reim darauf machen, weshalb er gerade mich hatte töten wollen.

Dass er unter einem magischen Einfluss gestanden hatte, sagten mir seine ungewöhnlichen Augen, die nun aus kleinen Splittern bestanden. Ich überwand mich, als ich den Zeigefinger ausstreckte und mit der behandschuhten Spitze sanft gegen das linke Auge stieß.

Dabei hörte ich ein Geräusch, das entsteht, wenn man das Silberpapier einer Tafel Schokolade zusammenknüllt. Auch die Augen- oder Spiegelfläche war so hauchdünn wie das Papier. Ich stieß sogar mit dem Finger hindurch, sodass die Hälfte von ihm in der Augenhöhle verschwand.

Als ich meinen Finger wieder zurückzog, steckte im rechten Auge noch der Spiegel, das linke aber war leer. Es zeigte nur noch eine tiefe, etwas dunkle Höhle.

Was hatte das zu bedeuten? Wie konnte ein Mensch mit Spiegelaugen überhaupt existieren? Normal war das nicht, es sei denn, man hatte ihn magisch beeinflusst, und damit rechnete ich bei diesem Toten.

Er hatte also im Dienste eines Dämons gestanden. Ich musste also herausfinden, in wessen. Das war ja sehr einfach, dachte ich voller Galgenhumor.

Aber der verging mir.

Ich sah die Gefahr nicht, ich spürte sie nur. Da war dieses kalte Gefühl im Nacken, das nichts mit den normalen Temperaturen zu tun hatte. Irgendeine Gefahr war in meinen Dunstkreis geraten, die ich leider noch nicht sehen konnte.

Noch blieb ich in der Hocke, drehte mich langsam um, wollte hochschnellen, da waren plötzlich die langen Schatten da, die wie Krakenarme aus dem dicken Dunst stießen und mich packten.

Die Hände erwischten mich überall. Finger schlugen in meine Schultern, umklammerten die Hüften und waren so stark wie kleine Stahlstifte. Sie wuchteten mich zu Boden, sodass ich auf den Rücken fiel, wieder hochkommen wollte, aber drei Füße stellten sich hart wie Säulen auf meinen Körper.

Zwei drückten gegen meine Brust, der dritte war dicht unter meinem Kinn gegen den Hals gepresst worden. Er brauchte nur seinen Druck zu verstärken, um mir die Luft abzuschnüren.

Ich schloss für einen Moment die Augen, öffnete sie wieder und hörte eine flüsternde, warnende Stimme.

»Rühre dich nicht! Tu alles, was wir sagen. Wir haben dich hier erwartet. Sinclair ...«

»Okay«, keuchte ich, »ihr habt gewonnen. Und wie geht es jetzt weiter?«

»Das wirst du schon sehen. Steh auf.« Im nächsten Moment war der Druck auf meiner Brust ebenso verschwunden wie der am Hals.

Ich rappelte mich hoch und wäre auf der Eisfläche fast noch ausgerutscht, konnte mich jedoch abstützen und mich mit dem Rücken gegen den Rover lehnen.

Die drei Personen standen vor mir. Sie hatten einen Halbkreis gebildet. Ich blickte sie an und nickte ihnen zu. »Soll ich mich für meine Lebensrettung bedanken?«

»Es bleibt dir überlassen.«

Ich verzog die Lippen zu einem Grinsen. »Wie freundlich von euch, Gentlemen.« Dabei schaute ich sie mir an und sah abermals keine Europäer vor mir. Das waren Asiaten, Inder oder Pakistani. Was sie wollten, war mir unklar. Ich wusste auch nicht, in welch eine Gruppe ich da hineingeraten war.

Sicherlich waren sie bewaffnet, aber sie bedrohten mich nicht damit. Und sie trafen auch keine Anstalten, mir die Beretta abzunehmen. Als Zeichen meines guten Willens steckte ich die Waffe weg. Das quittierten sie mit einem Nicken.

Ich hörte Schritte im Nebel. Aus dem Hintergrund schälte sich eine Gestalt. Wie seine Freunde trug auch er dunkle Kleidung, die gefüttert war.

Er blieb neben dem Toten stehen, bückte sich, hob die Leiche hoch und wuchtete sie über seine Schulter. Er verschwand, ohne ein Wort gesagt zu haben.

Ich lauschte seinen Schritten, bis sie nicht mehr zu hören waren. Erst dann wandte ich mich an die drei Männer vor mir. »Und wie geht es jetzt weiter?«

»Wir werden dich mitnehmen.«

»Wie schön. Wohin denn?«

»Man will dich sprechen.«

»Der geheimnisvolle Anrufer?«

»Nein, das war ich«, erklärte der Sprecher. »Derjenige, der dich sprechen will, wartet an einem bestimmten Punkt, zu dem wir dich hinfahren werden.«

»Wer seid ihr? Wo kommt ihr her?«

»Man wird dir alles erklären, nur nicht jetzt.« Der Sprecher ging einen Schritt zurück, dann noch einen, sodass er nur noch als Schatten zu sehen war. Seine Freunde nahmen mich in die Mitte. So flankiert, blieb mir nichts anderes übrig, als ihnen zu folgen.

Wohin, das wusste der Geier. Vorwürfe durfte ich mir nicht machen. Ich hatte mich schließlich auf die Sache eingelassen und würde sie auch durchstehen müssen.

So trottete ich gehorsam zwischen den beiden Asiaten her. Nebel verwischt die Spuren. So war es auch hier. Als ich mich umdrehte, sah ich nichts mehr von meinem Rover. Wir überquerten noch den Parkplatz, als aus dem Nebel plötzlich ein Schatten auftauchte. Es war ein kleiner Lieferwagen mit einer Plane über der Ladefläche. Dort wartete der vierte Mann mit dem Toten.

Als wir kamen, schob er die Plane von innen hoch, sodass ich auf die Ladefläche klettern konnte, die an beiden sich gegenüberliegenden Seiten Sitzbänke hatte, auf denen wir alle Platz fanden.

Der vierte Mann war gleichzeitig der Fahrer. Die anderen sprachen kein Wort, auch dann nicht, als sich der Wagen in Bewegung setzte. Ich hockte auf der Bank, rechts und links die Aufpasser neben mir, und fragte mich, wohin die Reise wohl führen würde.

Auch wenn ich durch die Ladefläche hätte schauen können,

viel wäre nicht zu sehen gewesen. Der Nebel deckte einfach alles zu. Wer sich hier zurechtfinden wollte, musste sich sehr gut auskennen.

Zuerst rollten wir über normale Straßen. Das hörte sehr bald auf, denn die schlechtere Wegstrecke ließ den Wagen schaukeln wie ein Schiff bei starkem Wellengang. Ich fiel gegen meine Begleiter, sie stießen gegen mich, aber wir sprachen nicht miteinander. Ein jeder hing seinen Gedanken nach. Ab und zu streifte ich den Toten mit einem flüchtigen Blick. Durch die Schwingungen rollte die Leiche von einer Seite auf die andere. Man hatte ihr den Helm abgenommen.

Durch Ritzen in der Plane drang nicht nur kalte Luft, auch ein wenig Helligkeit sickerte hindurch. Sie malte Streifen auf den Boden, und der Stoff flatterte hin und wieder so weit in die Höhe, dass das graue Licht auch den Kopf des Toten streifte und ich die beiden Schächte sehen konnte, in denen vor kurzem noch die spiegelnden Augen gesteckt hatten.

Die Schaukelei dauerte nicht ewig. Wir fuhren wieder über eine glatte Fläche und stoppten sehr bald. Für meine drei Begleiter war es das Zeichen, sich zu erheben. Sie hielten die Plane hoch, sodass ich aussteigen konnte.

Bevor ich zu Boden sprang, suchte ich ihn nach Eisfallen ab. Die waren nicht da. Ich sprang in die Kälte und stellte den Kragen meiner dreiviertellangen, schwarzblauen, gefütterten Winterlederjacke in die Höhe, denn der Wind war trotz des Nebels scharf und beißend.

Da ich in die falsche Richtung blickte, drehte man mich herum. Ob wir wieder auf einem Parkplatz gehalten hatten, war nicht zu erkennen. Jedenfalls befanden sich Bäume in der Nähe. Die Natur war tot, sie lebte äußerlich nicht mehr, und die Nebelschleier umwallten die Bäume wie dunstige Leichenhemden.

Ein Weg war erst nach einigen Schritten zu erkennen. Er führte direkt auf einen hohen, breiten Schatten zu, der sich immer weiter aus der Suppe hervorzuschieben schien und den ich schließlich als Haus identifizierte.

Es stand allein in einem Park. Beim Näherkommen stellte ich

fest, dass es sich um eine alte Villa handelte, die verschiedene Baustile miteinander vereinigte. Sogar Säulen waren vorhanden. Sie stützten das über und vor der Tür liegende Dach.

Die Tür war verschlossen. Eine Klingel sah ich zwar, doch einer meiner Begleiter holte einen Schlüssel hervor und drehte ihn zweimal im Schloss. Danach konnte er die Tür nach innen aufstoßen.

Gemeinsam betraten wir das Haus.

Ich war gespannt, was mich erwarten würde. Zunächst eine leere Diele, in der über Eck ein Kamin stand. Es brannte kein Feuer. Dass es trotzdem warm war, dafür sorgten hohe Heizrippen. Ich sah die Treppe und die beiden Glühbirnen, die, an bunten Drähten hängend, von der Decke baumelten und ihr Licht abgaben. Es fiel auch auf die einzige Tür. Sie lag dem Kamin gegenüber und war unser Ziel.

Wieder wurde mir höflich die Tür geöffnet. Dahinter lag ein abgedunkelter Raum.

»Tritt ein!«, flüsterte man mir ins Ohr. »Man erwartet dich bereits.«

Ich war kaum über die Schwelle getreten, als jemand die Tür hinter meinem Rücken schloss.

War ich allein?

Eigentlich nicht, schließlich hatte man mir etwas anderes mitgeteilt. Im Zimmer brannte kein Licht. Ich sah die Umrisse zweier Fenster. Die Scheiben waren durch Vorhänge verdeckt.

Meine Augen gewöhnten sich nur schwer an die Düsternis, ich konnte immerhin die Gestalt erkennen, die vor mir saß. Wahrscheinlich hockte sie an einem Tisch.

Noch gab sie sich nicht zu erkennen. Sie bewegte sich nur, zog an irgendwelchen Bändern, sodass die beiden Vorhänge gleichzeitig zur Seite glitten.

Licht fiel in das Zimmer und traf auch die Gestalt.

Der Mann sagte nichts, ich auch nicht, weil ich einfach zu überrascht war.

Vor mir saß ein alter Freund – Mandra Korab!

In seinem Stammlokal in der Fleet Street, der Zeitungsstraße Londons, war die Heizung ausgefallen, und die Kälte zog allmählich durch Bill Conollys Schuhe hoch in die Beine, wo sie bereits die Waden erreicht hatte.

Der Wirt war natürlich todunglücklich darüber, andererseits freute er sich, dass die Stammgäste trotzdem gekommen waren und die dicke Winterbekleidung anbehielten.

Jeder, der etwas trinken wollte, erhielt vom Wirt einen Gin gratis. Die Theke war umlagert, die beiden Fernseher liefen, in den Ständern standen die druckfrischen Erzeugnisse der Londoner Presse, und von den drei Telefonen war eines immer besetzt.

Bill hatte einen Tisch für sich. Er wartete bereits über eine halbe Stunde auf seinen Gast, der aber war noch nicht erschienen. Allmählich wurde Bill sauer. Eine halbe Stunde Verspätung konnte man zwar auf den Nebel schieben, doch hätte der Mann auch anrufen können.

»Möchtest du noch etwas Hartes, Bill?«, rief der Wirt über die Köpfe der Gäste hinweg.

»Nein, einen Tee.«

»Mit oder ohne Stoff?«

»Lass den Rum weg.«

»Selbst schuld.«

»Weiß ich, aber ich muss noch fahren.«

»Kommt sofort.«

Bill Conolly, der freischaffende Reporter und Journalist, drehte sich auf seinem Stuhl und streckte die Beine aus. Er saß jetzt so, dass er die Tür im Auge behalten konnte.

Der Mann, mit dem er verabredet war, hieß Singal. Er kam aus Indien, und Bill hätte ihn von allein niemals angerufen, wenn es da nicht das Telefonat mit Mandra Korab gegeben hätte, der ihm geraten hatte, sich mit Singal zu treffen, ohne John Sinclair davon zu unterrichten.

Bill hatte nach anfänglichem Zögern zugestimmt, wusste aber nicht, um was es ging. Auch Mandra wollte mit der Sprache nicht herausrücken, Bill sollte sich eben überraschen lassen.

Allmählich wurde ihm die Zeit zu lang. Er nahm sich vor, nach dem Genuss des Tees das Lokal zu verlassen. Da konnte ihm dieser Singal den Buckel runterrutschen.

Aus Indien war er gekommen. Was er in London trieb, war Bill Conolly unklar. Da hatte sich auch Mandra Korab nur unvollständig ausgedrückt, aber es musste sich um eine gefährliche Sache handeln, und sie lief zudem geheim ab.

Gäste kamen, gingen wieder, ein Inder war nicht darunter. Erst als der Reporter die Tasse zur Hälfte geleert hatte und noch einmal daran dachte, dass Mandra ihm geraten hatte, auf die Bedingungen des Inders einzugehen, öffnete sich abermals die Tür, und diesmal war es ein Inder, der das Lokal betrat, dicht hinter der Tür stehen blieb und sich dabei suchend umsah.

Bill hob den rechten Arm und winkte. Der Inder sah ihn, lächelte und ging gemächlich auf Bills Tisch zu. Singal trug einen grauen Mantel, keinen Turban, dafür eine Fellmütze, die besser zu der Kälte passte.

»Mr. Conolly?«, fragte er höflich, verbeugte sich, und Bill stand auf.

»Ja, das bin ich.«

»Mandra Korab wird Ihnen von mir berichtet haben.«

»So ungefähr.« Bill nahm wieder Platz, denn auch der Inder hatte sich gesetzt.

»Sie trinken Tee?«

»Ja, Mister Singal.«

»Ich werde mir auch ein Glas bestellen.«

Das war schnell getan. Der Inder hatte seine Fellmütze abgenommen. Er hatte dichtes, schwarzes Haar, das seidig glänzte. Er trug es streng gescheitelt. Die Stirn wirkte sehr breit, die Nase war schmal, der Mund hatte einen etwas weichen Zug, und die Augen erinnerten den Reporter an dunkle Knöpfe, die tief in die Seele eines Menschen schauen konnten.

Singal erhielt den Tee, bedankte sich, rührte ihn um und sprach dabei über die für ihn barbarische Kälte.

»Auch wir sind daran nicht gewöhnt!«, erwiderte Bill.

»Das kann ich mir denken.« Er wechselte übergangslos das Thema. »Wissen Sie eigentlich, dass Sie sterben sollen, Mr. Conolly?«

Bill blieb steif sitzen. Er runzelte die Stirn und sagte cool: »Sterben muss doch jeder, nicht wahr?«

»Entschuldigen Sie, aber so meinte ich es nicht. Man will sie schon sehr bald töten.«

»Und wer?«

Singal nahm einen Schluck. »Das ist eben die große Frage. Ich würde sagen, die Tongs.«

»Kali?«

Der Inder nickte. »Ja, sie steckt eigentlich dahinter. Sie und ihre Diener haben Ihnen, Ihren Freunden und Ihren Landsleuten furchtbare Rache geschworen. Es liegt schon etwas zurück, da kamen die Tongs nach London, um hier ihren Terror zu verbreiten. Es ging damals um die lebende Statue der Totengöttin, sie konnte vernichtet werden, das haben Ihnen meine Landsleute nicht vergessen. Sie stehen ebenso auf der Liste wie Ihre Freunde John Sinclair und Suko.«

Bill lehnte sich zurück und zündete sich eine Zigarette an. »Reden Sie weiter, Mr. Singal.«

»Ich bin gekommen, um Sie zu warnen.«

»Vor Kali?«

»Ja.«

»Aber Mandra Korab ist ebenfalls hier. Weshalb hat er sich nicht mit mir in Verbindung gesetzt?«

»Weil er mit John Sinclair spricht. Ich habe übrigens Ihren Freund Suko mitgebracht. Er wartet draußen und deckt uns den Rücken. Wir können nicht vorsichtig genug sein.«

Der Reporter schüttelte den Kopf. »Ich verstehe überhaupt nichts mehr. Da kommen Sie nach London, warnen mich, was ich ja gut finde, aber ich möchte Sie fragen, was Sie eigentlich mit dieser ganzen Sache zu tun haben.«

»Ich habe ein schlechtes Gewissen.«

Bill lächelte. »Wer hat das nicht?«

»So meine ich das nicht, Mr. Conolly. Ich besitze ein schlechtes Gewissen, weil ich in gewisser Weise das auslösende Moment gewesen bin. Verstehen Sie?«

»Nein.«

»Ich hatte einen Gegenstand, den man mir entrissen hat. Ich erhielt ihn von meinem Vater, und der wiederum hatte ihn von seinem Großvater übernommen.«

»Was ist das für ein Gegenstand?«

»Ein Spiegel, Mr. Conolly.«

Bill begriff rasch. »Doch kein gewöhnlicher Spiegel, wie ich annehme?«

»Nein, das nicht.«

»Steckt in ihm Kalis Geist?«

»Ja.«

»Erzählen Sie, Mr. Singal. Es interessiert mich.«

Der Mann aus Indien nickte. »Deshalb bin ich zu Ihnen gekommen, Mr. Conolly. In dem Spiegel steckt Kalis Geist. Mein Großvater war ein weiser Mann, das hat mir mein Vater schon immer erzählt. Er selbst hat den Spiegel hergestellt und wusste auch von dem Bösen, das in dem Glas verborgen war. Aus diesem Grunde hielt er den Spiegel stets versteckt, sodass man ihn nicht finden konnte, wenn man nicht eingeweiht war. Vor seinem Tod vertraute er meinem Vater an, wo sich der Spiegel befand, und der berichtete, als er starb, mir davon. Ich kannte also das Versteck und wusste auch, dass Kalis Diener den Spiegel unter allen Umständen zurückhaben wollten. Ich hätte mir eher selbst die Zunge abgeschnitten, als es ihnen zu sagen, aber sie kannten keine Gnade. Man entführte meine beiden Kinder, schickte mir Finger und noch mehr von ihnen, worüber ich nicht reden will, und machte mich mürbe. Ich verriet das Versteck, aber ich bekam meine Kinder nur noch als Tote zurück. Der Spiegel verschwand. Ich war ein gebrochener und gedemütigter Mann, wusste nicht, an wen ich mich wenden sollte, bis man mir den Rat gab, mit Mandra Korab zu sprechen, einem in unserem Lande sehr geachteten Mann. Ich besuchte ihn, er hörte mir zu, und er baute mich wieder auf. Mit ihm war ich der Meinung, dass wir etwas unternehmen mussten. Wir forschten nach, wo sich der Spiegel möglicherweise befinden könnte, und wir erfuhren, dass er außer Landes gebracht worden war. An einem bestimmten Platz wartet er nun, um seine Magie voll entfalten zu können. Durch ihn will Kali Rache.«

»Wissen Sie, wo sich der Spiegel befindet?«

Singal nickte. »Ja, ich weiß es. Wie meine Vorfahren, die übrigens den gleichen Namen trugen wie ich, gelingt es auch mir, mich so in Trance zu versetzen, dass mir seherische Fähigkeiten erwachsen. Der Spiegel befindet sich auf der Insel, die angeblich menschenleer ist. Dort wollen sich die Diener der Totengöttin versammeln, um ihre Rache vorzubereiten.«

»Ich denke, die sind in London?«

»Auch, Mr. Conolly. Hier wollten sie die Menschen töten, die ihren Terror damals stoppten.«

»Das ist ihnen nicht gelungen.«

»Bisher konnten wir es verhindern.«

»Wer noch außer Mandra und Ihnen?«

»Mandra hat aus unserer Heimat Männer mit nach London gebracht, die gewisse Schutzfunktionen haben. Leibwächter, wenn Sie so wollen. Sie machen auch Jagd auf die Tongs.«

»Hat man die Killer erwischt?«

»Nein. Wir befürchten, dass sie sich auf die Insel zurückgezogen haben.«

»Wo auch der Spiegel ist?«

»Sehr richtig.«

»Dann ist ja alles klar.«

Singal lächelte etwas verlegen. »Im Moment sieht es so aus, aber Sie unterschätzen vielleicht die Macht des Spiegels. Er besitzt die Kraft des Tigers, und der Tiger ist in meiner Heimat das stärkste Tier, das man sich vorstellen kann.«

»Was bedeutet das genau?«

»Der Tiger kann – zusammen mit Kali – vieles verändern, Mr. Conolly. Er kann, so erzählt es unsere Geschichte, die Welt aus den Angeln heben. Welche Welt nun gemeint ist, ob nur die damals bekannte oder die gesamte, das weiß ich nicht.«

»Was sollen wir dagegenhalten, Mr. Singal?«

»Es gibt nur eine Chance für uns, Mr. Conolly. Wir müssen den Spiegel zerstören.«

»Wir alle?«

»Ja, Mandra, Ihr Freund Sinclair, Suko und ich.«

»Dann steht uns also eine Reise auf die Insel bevor?«

»So ist es.«

»Und wo finde ich die Insel?«

»Sie ist namenlos. Sie wissen ja selbst, dass man sich Inseln kaufen kann. Sie liegt im Atlantik, zwischen Frankreich und Spanien, mehr nach Spanien hin.«

»Ziemlich weit von hier.«

»Wir konnten sie uns leider nicht aussuchen.«

»Und wie kommen wir dorthin? Wenn sie menschenleer ist, wird es vielleicht nur durch ein Boot …«

»Wir fliegen.«

Bill brummte irgendetwas. »Meinen Sie das im Ernst, Mr. Singal? Wo wollen Sie landen?«

»Ich hatte vergessen, Ihnen zu erzählen, dass eine Landebahn existiert. Zwar nicht für einen Düsenjet, aber für eine Propeller-Maschine. Die Landebahn stammt noch aus dem Zweiten Weltkrieg. Die Insel war damals ein Stützpunkt.«

»Ist die Bahn noch in Ordnung?«

»Das hoffen wir.«

Bill schabte sein Kinn. »Ein bisschen viel, das alles. Sie verlangen einiges von mir.«

»Nicht nur von Ihnen, Mr. Conolly. Ihre Freunde sind ebenfalls davon betroffen.«

»Das ist aber ihr Job.« Bill drückte seine Zigarette aus. »Weshalb nehmen Sie mich überhaupt mit? Ich habe mit der Sache doch nicht viel zu tun.«

»Da haben Sie schon Recht. Nur möchten wir Sie nicht schutzlos in London lassen.« Singal hob warnend einen Zeigefinger. »Sie stehen unter Beobachtung, Mr. Conolly. So paradox es auch klingen mag, nur auf der Insel sind wir sicher. Noch ist sie die Startbasis für Kalis Aktivitäten. Der Spiegel befindet sich dort und muss zerstört werden, bevor er weiteres Unheil anrichten kann.«

»Das sehe ich ein.« Bill hatte eine Idee. »Kann man die Diener der Göttin Kali an irgendwelchen besonderen Merkmalen erkennen?«

Singal nickte. »Ja, Mr. Conolly, einige von ihnen, vielleicht auch alle, haben Spiegelaugen. Ein Beweis, dass Kalis Geist in ihnen wohnt. Wenn wir den Spiegel zerstören, ist auch ihre Existenz beendet. Ich weiß nicht, ob sie sterben werden, zumindest sind sie erlöst.«

Der Reporter atmete tief aus. »Das hört sich ja alles unwahrscheinlich an, Mr. Singal.«

»Das ist es bei Kali immer.«

Bill nickte. »Ja, ich habe sie kennen gelernt.«

»Sind Sie abkömmlich?«

»Jetzt?«

»Ja.«

Bill dachte an seine Familie, aber die war Überraschungen schließlich gewöhnt. »Wie Sie meinen, Mr. Singal. Wann können wir fliegen?«

Der Inder lächelte. »Es ist alles vorbereitet, so hoffe ich. Deshalb war es wichtig, mit Ihrem Freund John Sinclair zu reden. Er hat gute Beziehungen.«

»Das stimmt.« Der Reporter winkte dem Wirt, um die Rechnung zu begleichen. Ein paar Mal schüttelte er den Kopf. Er fühlte sich wie jemand, den man ins eiskalte Wasser geworfen hatte.

Draußen wartete Suko. Er lächelte Bill knapp an. »Keine besonderen Vorkommnisse«, meldete er und deutete auf den Verkehr, der auf der Fleet Street herrschte.

»Dann können wir gehen«, sagte Singal.

»Und wohin?«, fragte Bill.

»Wir fahren zum Airport, denke ich.«

Conolly lachte. »Vorher möchte ich noch meine Familie davon unterrichten.«

»Wenn es sein muss, bitte …«

»Mandra! Mandra Korab! Mein Gott, ist es denn möglich!« Die Erleichterung, die ich verspürte, war deutlich meiner Stimme zu entnehmen. Auch der Inder freute sich, auch wenn man es ihm nicht so anmerkte wie mir. Er hatte sich besser in der Gewalt.

Während ich auf ihn zulief, stand er langsam auf. Dann umarmten wir uns, und ich klopfte ihm auf die Schulter. »Gut siehst du aus, mein Junge. Hast du dich erholen können?«

»Es geht.«

»Und noch immer Ärger mit Kali?«

»Jetzt erst recht. Bitte, John, nimm Platz«, er deutete auf einen Stuhl, »und entschuldige, dass dich meine Männer etwas ungewöhnlich behandelt haben.«

»Zumindest standen sie mir zur Seite, als man mich attackierte. Jemand wollte mir unbedingt den Kopf einschlagen oder von den Schultern schlagen.«

»Da hast du schon einen Vorgeschmack dessen bekommen, was uns bevorsteht.«

»Und immer noch rätsele ich herum.«

»Was ich verstehen kann.«

Mandra musste mir eine Erklärung geben. Ich ließ ihm Zeit. Er schaute vor sich auf den schlichten Schreibtisch. Mein Freund trug europäische Kleidung, auf seinem dunklen Haar jedoch einen kunstvoll geschlungenen weißen Turban. Mandra hatte ein scharfgeschnittenes Gesicht. Er hätte auch als Filmstar seinen Weg machen können, ähnlich wie der Ägypter Omar Sharif. Nicht wenige Frauen flogen auf den Inder, der ziemlich zurückhaltend war. Wenn es jedoch sein musste, mauserte er sich zu einem harten Kämpfer.

»Was machen die Dolche?«, fragte ich.

»Es gibt sie noch.«

»Das ist gut.«

»Ja, das meine ich auch. Nur habe ich vom Rad der Zeit nichts mehr gehört.«

»Hast du denn danach geforscht?«

»Natürlich, weil ich das Gefühl habe, dass es für uns sehr wichtig werden könnte.«

»Da möchte ich nicht widersprechen.« Ich schlug die Hände zusammen. »Verlassen wir das Gebiet der Spekulationen und kommen wir zu dem neuen Fall. Weshalb hast du mir vorher nicht Bescheid gegeben, dass du dich in London aufhältst?«

»Ich durfte es eigentlich nicht.«

»Das begreife ich nicht.«

»Es ist eine geheime Angelegenheit«, erklärte er mir. »Ich bin offiziell gar nicht hier, ich darf offiziell nicht hier sein, obwohl schon einiges durchgesickert ist, wie der Angriff auf dich beweist.«

»Darüber habe ich mich gewundert.«

»Man will dich töten!«

Ich blieb gelassen und winkte ab. »Das wollen viele.«

»Richtig. Aber diesmal stehen auch Suko und Bill Conolly auf der Liste. Kalis Diener haben ein Instrument der Macht in die Hände bekommen, durch das sie sich schrecklich an den Menschen rächen können, die ihnen Schwierigkeiten bereitet haben.«

»Was ist das?«

»Ein Spiegel!«

Ich hütete mich, darüber eine negative Äußerung zu verbreiten, weil ich selbst schon erlebt hatte, wie wichtig Spiegel sein können. Ich kannte Spiegel, die völlig normal aussahen, tatsächlich aber Tore zu anderen Welten und Dimensionen waren. Das alles hatte ich bereits hinter mir, und nun schien sich wieder so etwas anzubahnen.

»Du denkst nach, John?«

Ich verzog die Lippen. »Ja, in der Tat. Ich überlege, ob Dimensionsreisen und ähnliche Dinge damit verbunden sind.«

»Das ist es nicht.«

»Was macht ihn dann gefährlich?«

Mandra legte seine Hände flach auf die Schreibtischplatte. »Ich würde sagen, es ist Kali.«

»Ach. Gehört ihr der Spiegel?«

»Ja und nein. Zumindest befindet sich ihr Geist darin. Das ist immerhin schon etwas.«

»Sogar etwas viel, meine ich.«

Mandra beugte sich vor. »Es geht also um diesen Spiegel, der eine besondere Geschichte hat, denn seine Fläche wurde aus den Augen eines Killer-Tigers hergestellt.«

»Jetzt hast du mich neugierig gemacht.«

»Du bist glücklicherweise so pünktlich gekommen, dass ich dir die Geschichte noch erzählen kann. Hör zu …«

Mandra berichtete, und ich hörte von einem Mann, der Singal hieß. Er war ebenfalls Inder und stark in der Tradition verwachsen. Das musste er auch sein, denn er hatte den Spiegel von seinem Vater geerbt, und dieser wiederum von seinem Vater. Mandra Korab schaffte es auch, mich davon zu überzeugen, dass man aus den Augen eines dämonisch beeinflussten Killer-Tigers eine Spiegelfläche herstellen konnte, sofern sie den Geist der Totengöttin Kali beinhaltete. Ich erfuhr, dass der Spiegel aus Indien fortgeschafft worden war und sich jetzt auf einer Insel befand, die im Atlantik lag, dicht an der spanisch-französischen Küste.

»Dort müssen wir also hin?«, fragte ich, nachdem ich den Bericht verdaut hatte.

»Ja.«

»Wo bekommst du ein Flugzeug her? Oder sollen wir paddeln?«

»Keine Sorge, John, ich habe dir von der Landebahn berichtet, die noch auf der Insel existiert. Außerdem nahm ich mir bereits die Freiheit, eine Maschine zu chartern. Sie steht abflugbereit auf dem Londoner Flughafen.«

»Gut gemacht. Nur – wer fliegt?«

»Ich!«

Meine Augen wurden groß. »Du willst fliegen, Mandra? Aber … aber hast du denn …«

»Ich habe einen Pilotenschein«, unterbrach er mich. »Du kannst sofort mit.«

»Toll und mein Chef?«

»Ich nahm mir die Freiheit, John, ihn zu informieren. Er legte den Mantel über diesen Fall, er wird uns decken, so weit wie möglich, denn nicht nur du musst mit, auch Suko und Bill. Sie alle stehen auf der Liste. Kalis Rache an euch wird furchtbar sein. Ich hätte nicht gedacht, dass der Spiegel einmal eine so große Rolle spielen würde. Aber wir müssen ihn vernichten.«

»Du hast mich überzeugt.« Ich deutete über meine Schulter hinweg, wo die Tür lag. »Was ist mit deinen Leuten, die du mitgebracht hast?«

»Sie werden hier in London bleiben. Ich habe das Haus für eine Woche gemietet.«

»Und der Tote, den wir mitgebracht haben?«

»Er wird so lange aufbewahrt werden, bis wir wieder zurück sind. Das ist alles.«

»Eigentlich müsste ich noch Waffen mitnehmen«, sagte ich leise. »Ich glaube, dass der Würfel und mein Bumerang uns helfen könnten …«

»Hast du dein Kreuz?«

»Natürlich.«

»Das ist wichtig.«

»Wegen der Heiligen Silbe?«

Mandra nickte. »Du hast nichts vergessen, John. Ich freue mich darüber, meine aber, dass es allmählich Zeit wird. Wir sollten zum Airport fahren.« Der Inder erhob sich. »Ich sage noch meinen Leuten Bescheid.« Er verließ das Zimmer und ließ mich zurück.

Ich kam mir vor wie eine ferngesteuerte Puppe. So komisch war ich selten in einen Fall hineingestolpert, und ich konnte mir auch nicht vorstellen, dass es uns so leicht gelingen würde, den Spiegel zu zerstören. Schon des Öfteren hatte ich die Macht und die Kraft Kalis kennen- und fürchten gelernt. Sie war unbeschreiblich. Das Wort grausam oder schrecklich passte zwar zu ihr, trotzdem waren die beiden Begriffe noch untertrieben.

Ich verstand diesen Singal nicht, dass er damals aus den Augen eines Tigers den Spiegel hergestellt hatte. Aber das lag lange zurück, und die indische Mythologie beschritt oft recht seltsame Wege.

Mandra kehrte wieder zurück. Seinen Turban trug er nach wie vor und fast die gleiche Lederjacke wie ich. Waffen sah ich keine an ihm, ging jedoch davon aus, dass er nicht »ohne« herumlief.

»Bist du startklar, John?«

»Sicher.« Ich stand auf. Mandra hielt mir die Tür auf. In der Diele stand der Fahrer. Er verbeugte sich vor Mandra und ging schon vor. Von den anderen Männern sah ich nichts.

Mandra Korab sprach noch einige Worte, bevor er ebenfalls das Haus verließ. Ich stand schon draußen, starrte in den Nebel und schüttelte den Kopf. »Hoffentlich können wir starten, Mandra!«

»Das geht schon klar«, beruhigte er mich. »Ich habe am Flughafen angerufen. Dort hat man mit Hilfe der Technik und durch

Warmluft den Nebel so weit vertreiben können, dass die Starts und Landungen durchgeführt werden.«

»Und du bist ein guter Pilot?«

Mit seiner Antwort bewies Mandra, dass er auch Humor hatte. »Runter bin ich bisher immer gekommen.«

»Ja, fragt sich nur, wie.«

Der Wagen kam. Es war der gleiche, mit dem man mich hergebracht hatte. Auch jetzt kletterte ich wieder auf die Ladefläche. Mandra tat es mir nach.

»Das ist wirklich wie im Kino, wenn ich einen Film über ein Geheimkommando sehe.«

»Der Vergleich stimmt.«

»Aber weshalb diese Geheimnistuerei?« Ich hielt mich fest, weil der Wagen plötzlich anruckte.

»Weil ich die Menschen nicht in der Angst leben lassen möchte. Kali ist grausam. Sie soll erst gar keine Chance erhalten, zuzuschlagen. Außerdem sind deine Freunde und du praktisch gemeinsam aus dem Verkehr gezogen worden. Das sollte möglichst niemand wissen.«

»Dann verstehe ich es.«

Die Fahrt über hingen wir unseren Gedanken nach. Ich fragte einmal: »Es wird Schwierigkeiten geben, nicht wahr?«

»Damit musst du rechnen. Du kennst Kalis Macht.«

»Haben wir es auf der Insel nur mit dem Spiegel zu tun, oder wimmelt es dort nur so von Kalis Helfern?«

»Ich habe dem Eiland noch keinen Besuch abgestattet, John, aber stelle es dir nicht zu leicht vor.«

»Das glaube ich mittlerweile auch.«

Bis zum Airport hatten wir eine gewaltige Strecke zu fahren. Der Mann am Lenkrad musste nördliche Umgehungsstraßen nehmen, auch sie waren vom Nebel nicht verschont geblieben.

Es dauerte mehr als eine Stunde, bis wir das Ziel endlich erreicht hatten.

Die Uhr wanderte auf die Mittagsstunde zu. Mandra lächelte beim Aussteigen schmal. »Auf dem Atlantik ist weniger Nebel, habe ich mir sagen lassen«,

»Und was berichten die Meteorologen über das Wetter?«

»Regnerisch mit Aufklarungen gemischt. Aber Temperaturen über dem Gefrierpunkt.«

»Wenigstens etwas.« Auch ich sprang von der Ladefläche. Uns umgab eine unheimliche Nebellandschaft. Die weißgrauen, breiten Bahnen trieben über die Startbahnen, allerdings waren sie nicht so dicht wie in der Stadt selbst. Ich konnte die Landebeleuchtung erkennen und auch den gewaltigen Tower, wo ebenfalls Lichter blinkten.

Vor einem großen Tor trafen wir Suko und Bill. Der Reporter meinte: »Dann wollen wir uns mal wieder gemeinsam durchschlagen.«

Aus dem Hintergrund näherte sich ein zweiter Inder. Der Mann namens Singal.

Er begrüßte mich, und ich stellte keine weiteren Fragen. Wir mussten uns ausweisen, als wir das Gelände betraten. Die Maschine, die Mandra gechartert hatte, stand noch im Hangar. Sie war mit zwei Motoren ausgerüstet. Der Inder führte den Check durch, während wir nahe dem Rollfeld standen und uns unterhielten.

Bill und Suko hatten den gleichen Informationsstand wie ich. Singal, der möglicherweise mehr wusste, wollte oder konnte nichts sagen. Er hielt sich zurück.

Zehn Minuten später konnten wir das Flugzeug besteigen. Es gab Platz für zehn Passagiere, also genug. Für eine Ausrüstung hatte Mandra ebenfalls gesorgt. Er hatte Lebensmittel und auch Trinkwasser an Bord schaffen lassen. Keinem von uns war bekannt, welche Verhältnisse wir auf der Insel vorfinden würden.

Wir schnallten uns an. Mandra, auf dem Sitz des Piloten, sprach noch mit dem Tower. Wenig später erhielt er die Starterlaubnis. Wir rasten in den Nebel. Ich verspürte doch leichtes Magendrücken, aber der Start verlief glatt.

Es dauerte nicht einmal lange, bis wir die tiefliegenden Wolken durchbrochen hatten und das strahlende Blau eines unendlich erscheinenden Himmels sahen, auf dem wie gemalt der feurige Sonnenball stand.

Wäre es in den Urlaub gegangen, hätte ich mich gefreut. So aber plagten mich düstere Vorahnungen …

Sonne!

Strahlend, herrlich, blendend, aber auch wärmend. Sie begleitete uns den Flug über, und es tat gut, sie zu sehen, nach all der verdammten Kälte, den eisigen Tagen, wo wir fast am Boden festgefroren waren. Kein Nebel mehr, kein Glatteis, die Wolkendecke lag unter uns. Sie sah aus wie ein graues Meer, das bewusst hier oben lag, um das Elend der Städte und der Welt zu verdecken.

Unsere Route war klar. Wir wollten immer über dem Wasser, aber gleichzeitig in Küstennähe bleiben. Wir nahmen Kurs auf den Ausgang des Kanals zum Atlantik hin und flogen so, dass wir die französische Küste im Osten wussten, die allerdings irgendwo unter den Wolken verborgen lag.

Mandra war ein guter Pilot. Er gab sich ruhig und sicher. Als ich auf dem Sitz des Co-Piloten meinen Platz fand, drehte Mandra den Kopf und lächelte mir zu.

»Noch immer überrascht, John?«

»Ja.«

»Ich musste es einfach tun.« Er winkte ab. »Aber lass uns von etwas anderem reden. Wie geht es Jane Collins?«

»Gut, glaube ich.«

»Das glaubst du?«

»Sie lebt mit Sarah Goldwyn zusammen. Du weißt, wen ich meine?«

»Ja, die Horror-Oma.«

»Richtig.« Ich nickte. »Die beiden verstehen sich ausgezeichnet, trotz des Altersunterschieds.« Da wir Zeit hatten, berichtete ich Mandra, was in den letzten Tagen alles vorgefallen war. Besonders Sukos Schicksal interessierte ihn, denn unser gemeinsamer Freund hatte nach dem Verschwinden seiner Partnerin Shao einiges durchgemacht.

»Und sie ist nur als dieses Phantom erschienen?«

»Ja, Mandra. Shao hat den Ruf der Sonnengöttin erhalten.« Ich hob die Schultern. »Damit haben wir rechnen müssen. Sie wird andere Aufgaben übernommen haben.«

»Wie Myxin und Kara, nicht?«

»Ja, auch der Eiserne Engel. Er ist ebenfalls verschwunden. In einer Pyramide, mit einer Frau …« Ich räusperte mir die Kehle frei. »Momentan ist so ziemlich alles durcheinander.«

»Kommt es in die Reihe?«

»Das hoffe ich stark.«

»Gibt es Anzeichen dafür?«

»Leider noch nicht. Man kann nur spekulieren.«

Mandra lächelte. »Tu das, John.«

»Es ist Theorie. Ich denke da an den großen Wandel. Man hat ja einen Begriff dafür gefunden. New Age. Eine neue Zeitalter-Welle, wenn du verstehst.«

»Ich hörte davon.«

»Esoteriker behaupten, dass sich die Erde alle 2000 Jahre wandelt. Ein neues Bewusstsein entsteht! Wir geraten in das Zeitalter des Wassermanns. Da kann es schon zu gewissen Veränderungen kommen, und es ist ja nicht so aus der Luft geholt. Verfolgt man die Geschichte zurück, so hat es Veränderungen gegeben. Ich denke da an die alten Kulturen des Ostens, wobei ich deinen Kulturkreis mit einschließe, denn viele neue Denkweisen und -ansätze sind damals aus Indien und der Umgebung des Subkontinents gekommen.«

»Da hast du Recht.«

Unser Gespräch versiegte, weil wir beide über das Gespräch nachdachten. Trotz aller Umweltbelastungen, trotz vieler Katastrophen war ich dennoch froh, in dieser Zeit zu leben, denn viele Menschen dachten um. Früher schaute man nur aus dem Fenster, heute beginnt die Menschheit damit, auch durch das Fenster hereinzuschauen, das heißt nach innen zu sehen und sich mit den Kräften zu beschäftigen, die im Menschen selbst stecken. Sie waren bisher noch unerforscht wie der Mars.

Unter der Maschine veränderte sich die Wolkendecke. Sie wurde heller, lockerte auf, manchmal gab es breite Risse, die den Blick in die Tiefe freigaben.

»Position?«, fragte ich.

Mandra blickte auf die Instrumente. »Wir haben Brest bereits hinter uns gelassen und fliegen jetzt in den Golf von Biscaya. Eine gute Wetterzone. Ausnahmsweise.«

»Das sehe ich.«

Nicht nur wir beide unterhielten uns, auch Suko und Bill redeten. Wir hatten lange kein gemeinsames Abenteuer mehr erlebt, da gab es einfach viel zu erzählen.

Singal beteiligte sich nicht an der Unterhaltung. Er saß ruhig wie eine Statue auf seinem Sitz, hielt die Augen halb geschlossen und schien in Trance versunken zu sein. Wahrscheinlich meditierte er oder dachte an den Spiegel, den er abgegeben hatte, um das Leben seiner Kinder zu retten. Er hatte sie nicht retten können. Kali war stärker und auch brutaler gewesen. So etwas konnte ein Mensch nicht leicht verkraften.

Ich stand auf und wanderte zum Heck der Maschine. Bill streckte den Arm aus. »Setz dich zu uns, John. Ich kenne einige neue Witze.«

»Inselwitze?«

Der Reporter lachte. »Auch, aber die erzähle ich erst, wenn wir da sind.«

»Ich sehe mal nach, wie es im Heck aussieht.«

»Da liegen die Fallschirme und die Notausrüstung.«

»Ja, ich weiß.«

Die Schirme waren zusammengefaltet worden. Man brauchte sie nur umzuschnallen und zu springen, wenn es nötig war.

Auf Mandra Korab war eben Verlass. Der ließ keine Sicherheitsbestimmungen außer Acht. Auch den Proviant hatte er gut verpackt. Wasserfestes Segeltuch umschloss die für uns lebensnotwendigen Dinge. Wir wussten ja nicht, wie lange wir uns auf der Insel aufhalten würden. Wir hofften nur, dass wir den Spiegel auch dort fanden, um ihn zerstören zu können.

Je südlicher wir flogen, um so freundlicher wurde das Wetter. Die Temperaturen stiegen. Wir bekamen den Eindruck eines ersten Frühlingshauchs. Meine Laune stieg schlagartig. Ich begab mich wieder zu Mandra und ließ mich auf den leeren Sitz fallen.

»Schau nach Osten«, sagte der Inder, dann siehst du die Küste.«

Tatsächlich. Aus der Höhe betrachtet, zeichnete sich die Linie nicht klar und deutlich ab, sie »schwamm« im Dunst.

Zwei Schiffe gerieten ebenfalls in mein Blickfeld. Sie sahen nur fingergroß aus.

»Wie lange, schätzt du, werden wir noch in der Luft sein?«, fragte ich den Inder.

Mandra hob die Schultern. »Vielleicht zwei Stunden.«

»Zeit für ein Schläfchen.«

»Wenn du willst.«

»Ich versuche es. Bis später.« Ich stand auf und ging zum Heck. Bill und Suko lästerten, weil ich die Augen schließen wollte. »Immer die müden Beamten«, hörte ich den Reporter sagen. »Weißt du eigentlich, weshalb Beamte nicht tanzen?«

»Nein.«

Bill grinste mich von unten her an. »Weil es keine Kapellen gibt, die so langsam spielen.«

Ich musste lachen. Auch der Reporter lachte herzhaft mit, Suko ebenfalls. Dem guten Bill fiel immer wieder etwas Neues ein. Er gehörte zu den Menschen, die Witze auch behielten.

»Gut, nicht?«

Ich schlug ihm auf die Schulter. »Klar, nur schade, dass ich mich nicht angesprochen fühle. Du hättest mich mal tanzen sehen sollen, als ich befördert wurde.«

»Muss aber schon lange her sein.«

»Leider.«

Ich verzog mich in den letzten Sitz und streckte die Beine aus. Es war nicht sehr laut in der Maschine. Das Material dämpfte die Geräusche der Motoren und der Propeller. Das satte Brummen machte mich schläfrig.

Sehr bald schon fielen mir die Augen zu. Ich träumte von ungemein großen Spiegeln, zwischen denen ich mich befand. Sie alle gaben mein Bild unterschiedlich verzerrt wieder. Ich war mal groß, mal klein, mal breit, dann wieder so verzerrt, dass ich überhaupt keine Ähnlichkeit mehr mit einem Menschen hatte.

Plötzlich schrak ich zusammen und fuhr in die Höhe, weil mich jemand an der Schulter berührt hatte.

»He, aufstehen!«

Suko stand neben mir und fasste noch einmal nach, damit ich auch richtig wach wurde.

Ich rieb mir die Augen. »Ist es schon so weit?«

»Fast. Mach dich fertig, Alter. Los, hoch mit dir! Keine Müdigkeit vortäuschen, bitte sehr.«

»Ja, okay.« Ich quälte mich hoch. Noch fühlte ich mich matt, regelrecht kaputt, aber das legte sich in den folgenden Sekunden, als ich mich reckte und streckte.

»Hallo, Schläfer«, sagte Bill.

»Ich bin wenigstens fit.«

Er lachte. »Dazu brauche ich nicht zu schlafen. Unsereins ist eben immer auf Draht.«

Ich ging zu Mandra. Er nickte mir zu. »Wir werden bald zur Landung ansetzen.«

Mein Blick streifte die Instrumente. Wir hatten tatsächlich schon an Höhe verloren. Die Wasserfläche war bereits als solche zu erkennen. Ich sah den Schlag der Wellen, sie rollten allesamt, wie von großen Händen geschaufelt, in Richtung Strand. Aber ich entdeckte auch einen breiten Fleck inmitten der Wasserfläche.

Der Inder hatte mich beobachtet. »Das ist die Insel.«

»Willst du sofort landen?«

»Nein, wir werden sie zunächst überfliegen, um uns einen Eindruck zu verschaffen.«

»Das ist gut.«

»Außerdem möchte ich die Landebahn sehen. Sie wird im Laufe der Zeit gelitten haben.«

»Hoffentlich gibt es keine Bruchlandung.«

»Deshalb würde ich vorschlagen, dass du dich hinsetzt und anschnallst, John.«

»Jawohl, Sir!«

Ich nahm meinen Platz ein und schnallte mich an. Mir gegenüber, auf der anderen Seite, saß Singal. Er beobachtete mich mit düster wirkenden Blicken.

»Ist was?«, fragte ich.

Er hob die Schultern. »Wir sollten die Macht der Totengöttin nicht unterschätzen!«, flüsterte er. »Sie besitzt Kräfte, die wir nicht ergründen können.«

»Mal sehen.« Ich hatte jetzt keine Lust, mich in düsteren Prognosen zu ergehen, die würden noch früh genug eintreffen, deshalb schaute ich aus dem Fenster. Die Insel lag als kleiner Fleck im Meer vor uns.

Die Sonne war weitergewandert. Ihre Strahlen fielen schräg auf das Meer. Der Himmel zeigte auch nicht mehr die intensive Bläue. Erste Wolken trieben heran, aber die konnten mich nicht stören. Für mich war es wichtig, dass ich nicht in einen Eiskeller geriet.

Mandra ging tiefer. Der große Wasserteppich geriet in eine größere Unruhe. Die Wellen erinnerten mich jetzt an langgestreckte gläserne Hügel, als sie mit der Dünung des Meeres weiterwanderten. Die Insel wurde größer.

Eine Landebahn konnte ich nicht entdecken. Hoffentlich existierte sie noch.

Auf einmal war alles anders.

Vielleicht war ich der Einzige, der es bemerkte. Die Landebahn war noch vorhanden, aber sie hatte sich stark verändert, denn etwas auf dem Eiland glänzte und schimmerte wie ein gewaltiger Spiegel.

Nicht nur wie ein Spiegel, das war einer.

Kalis Spiegel!

Ich wollte den Freunden Bescheid geben, als uns die Magie des Spiegels voll erwischte.

Zur selben Zeit setzten die Motoren aus!

Sekundenlang taten wir nichts und mussten erst unsere Überraschung verdauen. Jetzt, wo wir das Geräusch nicht mehr hörten, merkten wir erst, wie still es war, obwohl der Flugwind die Maschine umrauschte.

Bill fand zuerst seine Sprache wieder und auch seinen Humor. »Willst du uns ärgern, Mandra?«, rief er nach vorn.

»So bestimmt nicht. Die Motoren sind ausgefallen, tut mir Leid. Ich kann daran nichts ändern.«

»Und jetzt?«, rief Bill.

»Wir haben ja Fallschirme!«, hörte ich Sukos Stimme. Sie klang ruhig wie immer.

»Das nenne ich Vorsorge!« Bill wollte lachen, aber es blieb ihm im Halse stecken.

»Holt die Schirme und schnallt sie euch um!«, rief Mandra. »Und vergesst das Versorgungspaket nicht. Ich versuche derweil, uns näher an die Insel heranzubringen.«

»Uns bleibt auch nichts erspart«, stöhnte Bill. »Da freut man sich auf einen ruhigen Flug, und was kommt dabei heraus? – Verdammt auch!«

Singal sagte nichts. Er hielt sich ebenso zurück wie Suko und ich. Wir alle verloren nicht die Nerven. Bill hatte als Erster die Fallschirme erreicht und verteilte sie.

»Hat einer besondere Wünsche?«, fragte er. Der Reporter hatte sich breitbeinig aufgebaut, um das Gleichgewicht zu halten. Mandra war fast in einen Sturzflug übergegangen.

»Ja«, sagte ich. »Sing noch ein Lied.«

Bill zeigte beim Grinsen die Zähne. »Nur Fliegen ist schöner.«

Ich nahm meinen Fallschirm und schnallte ihn mir um. Einen zweiten brachte ich unter Mühen zu Mandra.

Ich hatte nicht sehr darauf geachtet, wie viel wir an Höhe verloren hatten, aber die Wasserfläche war mittlerweile schon ziemlich nahe herangerückt.

Und ich sah auch die Insel. Von einer Landebahn war nichts zu erkennen, die Reflektionen nahmen uns den größten Teil der Sicht.

Ich hatte Mandra beim Umschnallen des Fallschirms unterstützt. »Lange dürfen wir nicht mehr zögern«, sagte der Inder. »Sonst sind wir zu tief.«

»Wer springt zuerst?«, fragte ich.

»Ihr.«

»Gut.«

Ich stieg zum Heck hoch, wo sich auch der Einstieg befand. Wir überprüften gegenseitig den Sitz unserer Fallschirme und waren zufrieden.

»Das habe ich mir immer gewünscht«, sagte Bill. »Mal mit dir zu springen, John.«

»Ich aber nicht.«

»Spielverderber.«

Uns allen war mulmig zumute, auch dem Reporter. Auf seiner Stirn lagen kleine Schweißperlen.

Singal schwieg. Er stand als Letzter in der Reihe und hielt sich an einer Haltestange fest, ebenso wie Suko. Auch wir taten es den beiden Männern nach.

Wir flogen an die Insel heran. Unter uns schälte sie sich aus dem Meer. Noch glitten wir nicht darüber hinweg, aber schon gab Mandra den Befehl zum Ausstieg.

Es war nicht mein erster Sprung, mich hatte auch nicht dieses Angstgefühl überfallen, komisch war mir dennoch zumute, das merkte ich an meinen weichen Knien.

Suko hatte die Verriegelung der leicht gebogenen Tür gelöst und sie aufgeschoben.

Der Flugwind pfiff in die Maschine und presste sich hart gegen unsere Gesichter. Er nahm mir auch den Atem, der Herzschlag hatte sich beschleunigt, es waren die letzten Sekunden vor dem Sprung, wo jeder irgendwie nervös war, auch ein Profi unter den Fallschirmspringern.

»Raus!«, brüllte Bill gegen das Fauchen des Windes. »Abspringen!«

Bill Conolly machte den Anfang. Er trat noch einen kleinen Schritt vor, kippte dann, ich fing noch einen letzten Blick von ihm auf, dann war er verschwunden.

Suko sprang ihm hinterher, Singal folgte. Ich sah, wie Mandra aufstand und auf mich zulief. »Jetzt du, John!«, rief er. »Ich werfe den Proviantsack hinterher!«

Ich hob die Hand zum Gruß und stürzte mich ins Leere. Der Schreck presste mir den Brustkorb zusammen. Der Wind war stark, auch hier oben lauerte die Kälte. Ich hatte den Mund geschlossen, die Augen ebenfalls und wartete ab, obwohl es mir schwer fiel. Ich musste zunächst aus dem unmittelbaren Sog der

Maschine weg, bevor ich die Reißleine ziehen konnte … neun – zehn – elf …

So zählte ich im Geiste mit – und zog. Mit einer kurzen Verzögerung spürte ich den Ruck. Etwas flatterte knatternd über meinem Kopf auf, entfaltete sich zu einem Rechteck, dann bekam ich den Druck und den Gegenzug voll mit.

Irgendjemand schien sich an meine Arme gehängt zu haben, um mich zurückzuhalten. Ich atmete saugend, der Wind fiel mich an, schüttelte mich durch, spielte mit mir, trieb mich zunächst einmal ab.

Ich drehte den Kopf nach links und sah den großen Schatten in der Luft. Es war die führerlose Cessna, die weiterflog. Irgendwann würde sie ins Meer stürzen.

Hoffentlich hatten wir es da besser und landeten auf der Insel. Schräg unter mir schwebten Bill, Suko und Singal. Auch ihre Schirme hatten sich geöffnet. Rote Streifen liefen über die gelbe Fallschirmseide. Sie sahen aus wie Hosenträger.

Mandra Korab hatte es ebenfalls geschafft. Er hing rechts über mir. Als sich unsere Blicke trafen, hob er den rechten Arm und winkte mir zu. Es war alles in Ordnung. Er hatte es auch geschafft, den Proviantsack aus der Maschine zu schleudern. Der Fallschirm hatte sich automatisch geöffnet.

Da mit meinen Freunden alles klar war, konnte ich mich auf das Ziel konzentrieren. Wir waren günstig abgesprungen, sodass der Wind auf die Insel zutrieb.

Schaute ich schräg in die Tiefe, so nahm sie fast mein gesamtes Blickfeld ein. Sie hatte weiße Ränder, und zwar dort, wo die Brandung gegen die Felsen schäumte.

Da gischteten lange Schaumstreifen in die Höhe. Spritzwasser leuchtete im Licht der Sonnenstrahlen – und natürlich der Spiegel. Der Fleck war nicht zu übersehen, doch er kam mir jetzt wesentlich kleiner vor, als aus dem Flugzeug betrachtet.

Konnte er sich größenmäßig verändern?

Wenn er sich beliebig ausdehnte, um seine magischen Kräfte zu entfalten, sah es ziemlich schlecht aus. Da besaß er mehr Macht, als ich angenommen hatte.

Mein unangenehmes Gefühl hatte mich nicht getäuscht. Wir würden Ärger bekommen.

Der Wind trieb uns weiter. Er war zwar kalt, aber nicht eisig. Hier, im südlichen Frankreich, lagen die Temperaturen Anfang Februar eben höher als in London. Profis unter den Fallschirmspringern fallen nicht einfach in die Tiefe. Sie steuern, bevor sie die Reißleine ziehen, mit dem ganzen Körper. Das konnten wir nicht. Zum Glück trieb uns der Wind in die richtige Richtung, wo der Spiegel wartete.

Schon jetzt sah ich die Hügel, die kleinen Plateaus, auch den Bewuchs, die Felsen. Sie wechselten sich in einem kunterbunten Durcheinander ab. Nur eine Landepiste konnte ich nicht entdecken. Wahrscheinlich war sie im Laufe der Zeit überwuchert worden. Das hätte eine schöne Bruchlandung gegeben.

Ich trieb relativ ruhig dem Ziel entgegen und beschäftigte mich bereits mit dem Gedanken, wie es unter Umständen weiterging. Befanden sich Menschen auf der Insel? Vielleicht die Diener der Totengöttin, die den Spiegel auf das Eiland geschafft hatten?

Wenn sie bewaffnet waren und wir ihnen entgegenschwebten, konnten sie uns leicht mit Kugeln spicken. Der Gedanke daran war mir mehr als unangenehm.

Manchmal blickte Suko zurück. Auch Bill drehte den Kopf. Ich glaubte sogar, ihn grinsen zu sehen.

Über der Insel kreisten Wasservögel. Sie wunderten sich bestimmt über uns.

Der Spiegel befand sich dort, wo das Gelände allmählich bergig oder felsig wurde. Er lag dort wie ein rundes Auge, das in die Höhe zu glotzen schien.

Von einer abstrahlenden Magie spürte ich nichts, dafür etwas anderes. Die Kraft erfasste Bill, Suko und auch Singal. Es war kein Wind, trotzdem wurden sie abgetrieben, und ich konnte beobachten, wie sich der Spiegel allmählich vergrößerte, als wären unsichtbare Hände dabei, die Fläche in alle vier Richtungen zu ziehen.

Ein Vorgang, der mir bitter aufstieß. Er ließ darauf schließen, dass wir nicht nur an einer bestimmten Stelle landeten, sondern in die Spiegelfläche hineintauchten.

Möglicherweise war er sogar das Tor zu einer anderen Dimension. So falsch hatte ich mit meiner Vermutung also nicht gelegen.

Die Spannung nahm zu, auch die Bedrückung. Bill und Suko versuchten vergeblich, der Spiegelfläche zu entkommen. Sie steuerten, sie lenkten gegen, aber die Fläche ließ sie nicht aus ihrem Bann. Sie zog die drei Männer an wie ein Magnet.

Singal tat nichts. Fatalistisch fügte er sich. Es gehörte zu seiner Mentalität, den anderen Kräften zu gehorchen und sich nicht gegen sie zu stellen.

Es waren nur noch ein paar Meter, dann hatten die Männer die Fläche erreicht. Suko hatte während des Flugs ein wenig aufgeholt. Er befand sich mit Bill ungefähr auf einer Höhe. Sie flogen auch nicht weit voneinander getrennt. Dabei unterhielten sie sich mit lautstarker Stimme. Was sie sagten, konnte ich nicht verstehen. Wahrscheinlich suchte jeder von ihnen nach einer Möglichkeit, diesem Bann zu entkommen.

Es klappte nicht.

Ich musste ebenso zuschauen wie der über mir treibende Mandra Korab. Der Vorgang lief mit einer unheimlich wirkenden Lautlosigkeit ab. Es war genau zu erkennen, dass Suko, Bill und Singal die Spiegelfläche fast gleichzeitig berührten.

Jetzt hätten sie sich eigentlich abrollen müssen, um wieder auf die Beine zu kommen.

Das geschah nicht.

Sie sanken ein.

Sehr langsam, aber schneller als bei einem Sumpf. Als wären sie in weichen Pudding gefallen, so griff die Spiegelfläche nach ihnen und zog sie vor unseren entsetzten Augen in eine wahrscheinlich andere Welt oder fremde Dimension.

Als Letzter verschwand Bill. Er drehte sogar noch den Kopf. Ich glaubte, den Schrecken auf seinen Zügen zu sehen, dann war auch er verschwunden.

Suko, Bill und Singal – es gab sie einfach nicht mehr.

Und wir? Ich schaute Mandra an. »Keine Chance, John!«, hörte ich ihn rufen. »Ich weiß nicht, wie ich dagegen ankämpfen soll. Du vielleicht?«

»Nein!«

»Dann werden wir den dreien folgen.«

Er hatte Recht. Ich blickte abermals in die Tiefe. Der Wind hatte mir das Wasser in die Augen getrieben, sie tränten und produzierten dabei einen Schleier, der meine Sicht trübte.

Aber was ich dort unten wahrnahm, war keine Täuschung. Die Spiegelfläche war zwar noch vorhanden, doch sie schrumpfte allmählich zusammen, sodass dort, wo sie sich noch vor Sekunden ausgebreitet hatte, der nackte, felsige Boden zum Vorschein kam.

Wieso geschah dies? Wollte uns der Spiegel nicht?

Er schrumpfte weiter. Je näher wir ihm kamen, um so mehr verkleinerte er sich. Ich kannte seine ursprüngliche Größe nicht, glaubte jedoch, dass er darauf zurückschrumpfen würde.

Bald sahen wir ihn nicht mehr. Vorsprünge verdeckten ihn. Mir schien es, als wäre er in einem Krater verschwunden.

Selbstverständlich bereitete mir das Verschwinden meiner Freunde große Sorge, aber darauf konnte ich mich nicht konzentrieren, jetzt war die sichere Landung wichtiger.

Wo würden wir aufkommen? Hoffentlich an einer ebenen Stelle. Der Proviantsack überholte mich. Schon wenig später landete er auf einem schräg abfallenden Hang, überrollte sich dort und blieb nur liegen, weil sich die Leinen des Fallschirms an großen Steinbrocken verfingen.

Auch ich trieb auf den Hang zu. Verdammt schnell, viel zu schnell, und ich bekam allmählich Herzrasen. Die Oberfläche war nicht glatt. Steine und Büsche klammerten sich an ihr fest. Ich lenkte gegen, wollte weiter nach rechts, wo der Hang zu Ende war, doch der Wind spielte mir einen Streich, weil er aus dieser Richtung wehte und mich nach links trieb.

Die Steine wuchsen. Ihre unebenen Muster schienen zu Gesichtern zu werden, die mich zur Begrüßung höhnisch angrinsten. Es war nicht mehr zu schaffen. Jetzt blieb mir nur die Hoffnung, dass ich ohne Verletzung runterkam.

Die letzten Meter …

Dann der Aufprall. Trotz der Schräge versuchte ich es wie die

Fallschirmspringer zu machen und aus der Landung in eine Laufbewegung zu gelangen.

Das klappte nicht. Es lagen einfach zu viele Hindernisse im Weg. Ein Windstoß packte noch einmal den Schirm, riss ihn zur Seite und mich von den Beinen.

Ich fiel auf die rechte Seite, rollte mich noch über die Schulter ab und geriet auf der schrägen Fläche ins Rutschen, wobei ich Steine und anderes Kleingeröll mitzog.

Glücklicherweise trug ich dicke Kleidung, die sehr widerstandsfähig war. Ich blieb unverletzt, konnte die Arme ausstrecken und mich schließlich an einem schräg wachsenden Busch festhalten, der sich zwar bog, aber nicht knickte.

Geschafft!

Langsam zog ich mich höher an den Busch heran, setzte mich hin und löste den Schirm. Ein Windstoß nahm mir die Arbeit ab, indem er ihn weitertrieb.

Tief atmete ich durch. Herz- und Pulsschlag hatten sich in den letzten Minuten beschleunigt. Nur allmählich kam ich wieder zur Ruhe und sah mich nach Mandra Korab um.

Ihm war es gelungen, weiter oben zu landen, wo das Gelände flacher war. Von dort winkte er mir zu. »Alles klar, John? Keine Verletzungen?«

»Nein.«

»Kannst du den Proviantsack holen?«

»Okay.«

Er lag nicht weit entfernt. Ich hakte die Fallschirmleinen vom Felsen los und zog den schweren Sack hinter mir her, als ich den Hang hinaufstieg.

Mandra kam mir entgegen. Zu zweit verrichteten wir das letzte Stück der Transportarbeit und blieben dort hocken, wo der Inder sicher gelandet war.

Er blickte mich an.

Ich hob die Schultern. »Sorry, Mandra, erwarte von mir keine Erklärung. Ich habe sie nicht.«

»Der Spiegel hat die drei aufgesaugt«, flüsterte er. »Meine Güte, wie war es möglich?«

»Weißt du das nicht?«

»Nein, ich bin noch nicht hinter seine Geheimnisse gekommen. So Leid es mir tut.«

»Wir müssen ihn suchen.«

»Sicher, nur kann er überall sein. Und die Insel ist größer, als sie von der Höhe aussah.«

Da hatte der Inder Recht. Ich ließ meine Blicke in die Runde schweifen, um möglichst alles zu erfassen. Auf der Insel gab es nicht sehr viel Vegetation. Wenn Wald oder Gestrüppgürtel vorhanden waren, lagen sie höchstens in den Mulden und Tälern. Unwegsames Gelände überwog. Das Meer sahen wir nicht überall, weil uns mauerartige Felsformationen den Blick nahmen.

»Die Frage ist, wo wir mit der Suche beginnen«, sagte ich zu Mandra. »Weißt du noch, wo der Spiegel verschwand?«

Er deutete auf eine Felswand, die sich im Westen zu einem Geröllhang senkte, sodass wir dort aufsteigen konnten. »In dieser Gegend.«

Ich stimmte ihm zu, stand auf und ließ mir den Wind ins Gesicht wehen. Ich schaute auch gegen den Himmel, der von einem weißgrauen Wolkenmuster gezeichnet wurde. Das roch nach Regen. »Mandra, du bist ein Mensch, der aus einem anderen Kulturkreis stammt. Was hat es mit dem Spiegel auf sich? Ist er ein Tor?«

»Jetzt bin ich davon überzeugt.«

Ich drehte mich wieder um. »Und zu wem? Zu Kali? Wenn ja, wären unsere Freunde in ihrem Totenreich gefangen.«

»Davon müssen wir ausgehen.«

Ich ballte die Hand. »Du hast davon nichts gewusst und auch nichts gemerkt?«

»Nein. Du müsstest mich kennen, John. Ich hätte sonst anders reagiert. Möglicherweise war ich zu voreilig. Ich habe mich auf Singals Aussagen verlassen. Er hat mir die Funktion des Spiegels und seine Herkunft erklärt. Da musste ich einfach handeln. Ich habe mein Leben dem Kampf gegen die Dämonen und finsteren Götter geweiht. Da steht Kali an erster Stelle. Das wird auch wohl so bleiben.«

»Sorry.« Ich schlug ihm auf die Schulter. »Ich habe dir keine

Vorwürfe machen wollen. Aber verstehe auch mich. Ich weiß nicht, wo vorn oder hinten ist.«

»Klar. Jetzt lass uns den Spiegel suchen!«

Wir blieben auf dem flachen Gelände, bis wir den Hang erreichten, der dorthin führte, wo wir die große spiegelnde Fläche aus der Luft her gesehen hatten.

Der Hang zog sich doch länger hin, als wir angenommen hatten. Zudem war er schwer zu begehen. Zu viele Hindernisse mussten überstiegen werden. Ein böiger Wind fuhr uns in die Seite und spielte auch mit den grauweißen Wolken am Himmel.

Soweit ich bisher hatte erkennen können, war die Insel bis auf Mandra und mich menschenleer. Das brauchte nichts zu sagen. Kali konnte ihre Diener in Verstecken untergebracht haben.

Direkten Kontakt mit dem Grauen oder dem kalten Horror der Totengöttin hatten wir bisher noch nicht gehabt. Aber das konnte sich blitzschnell ändern. Mandra und ich gingen davon aus, dass wir unter heimlicher Kontrolle standen.

Der Hang zog sich länger hin, als es zu Beginn ausgesehen hatte. Mandra trug noch das Funkgerät bei sich, das sich ebenfalls im Proviantsack befunden hatte. Es war sehr leistungsfähig, wir würden auch in einem großen Umkreis gehört werden können.

In den letzten kalten Wochen hatte ich lange nicht mehr so geschwitzt wie bei diesem Marsch. Ich war die Eiseskälte in London gewöhnt, hier lagen die Temperaturen über dem Gefrierpunkt, sodass mein Laufen über den Hang anstrengte.

Mandra trat kraftvoller und zügiger durch als ich. Er erreichte das Ende auch als Erster, wartete auf mich, und gemeinsam blickten wir uns in der neuen Umgebung um.

Ich erinnerte mich an die ersten Aufnahmen, die damals vom Mond gemacht worden waren. So ähnlich sah es auch in unserer Umgebung aus. Ein wildes Gebiet, zwar nicht unbedingt hügelig, mehr eben, aber mit Kratern und Mulden übersät.

Es gab wenig Pflanzenwuchs. Wenn ja, dann dürre Wintergrashalme, die so aussahen, als würden sie jeden Augenblick abfallen.

Hier irgendwo hatten wir den Spiegel gesehen. Jetzt standen

wir in der Öde, vernahmen das ferne Rauschen der Brandung und lauschten den über die Insel wehenden Windgeräuschen.

Für einen Moment dachte ich auch an das Flugzeug. Wir hatten nicht gesehen, wie es ins Meer gestürzt war. Mandra hatte den Kurs noch ändern können, damit die Maschine nicht auf die relativ nahe liegende Küste zujagte.

»Wir sind allein«, sagte der Inder. »Dennoch habe ich den Eindruck, beobachtet zu werden. Kali ist hier. Nicht sie persönlich, aber ich spüre ihren Geist.«

»Im Spiegel gefangen?«

»Die Frage kann man so nicht stellen. Ich glaube nicht, dass er im Spiegel gefangen ist. Kali lässt sich nicht fangen. Wenn sie sich eingesperrt fühlt oder sich einsperren lässt, dann aus freien Stücken. Ich habe sie lange genug studiert, habe mich mit ihr beschäftigt und kenne sie noch besser als Parwati, Schiwas Gemahlin. Solange sie ihre Kette besitzt, wird sie ihre Macht weiter ausdehnen können, wie eben die Fläche des Spiegels.«

Mandra hatte die Worte gesprochen. Sein Gesicht war dabei unbewegt geblieben. Ich kannte ihn gut genug. In seinem Innern musste ein Orkan toben, aber er beherrschte sich. Möglicherweise machte er sich auch Vorwürfe, dass unsere drei Begleiter verschwunden waren. Nur hatte es keinen Sinn, uns mit fruchtlosen Diskussionen die Zeit zu stehlen.

»Den Spiegel!«, erinnerte ich meinen Freund. »Wir müssen ihn finden, Mandra.«

»Natürlich, entschuldige. Ich war mit meinen Gedanken zu weit fort in der Vergangenheit.«

»Wie würde es weitergehen, wenn wir ihn gefunden hätten?«

»Wir können ihn nicht einmal zerstören«, sagte Mandra. »Dann wäre das Schicksal unserer Gefährten besiegelt.«

»Richtig. Aber wir könnten ihm die Kraft nehmen. Ihn beschwören, das Unheil hervorholen.«

»Und wie?«

»Das weißt du selbst.« Ich lächelte. »Aber wie ich dich kenne, wagst du die Möglichkeit kaum auszusprechen. Die Heilige Silbe auf meinem Kreuz ist es.«

»Ja.«

»Somit wären wir nicht ganz ohne Hoffnung.« Ich wunderte mich über Mandra. So kannte ich ihn eigentlich nicht. Er war ein Mann, der kämpfte, doch diesmal schien er mir deprimiert zu sein. Ich wagte nicht, nach dem Grund zu fragen, er musste dies mit sich selbst ausmachen. Dass etwas nicht stimmte, lag auf der Hand.

»Es wird bald dunkel«, flüsterte Mandra. »Lass uns mit der Suche beginnen.«

Ich hatte nichts dagegen und schaute noch zu, wie Mandra das Funkgerät hinter einem Busch verbarg. Wir teilten uns die Aufgabe und suchten die Umgebung von zwei verschiedenen Seiten ab, wobei wir eine große Zange bildeten.

Krater, kleine Mulden, Steine, leichte Hänge, alles noch sehr flach und fast ohne Bewuchs. Wo es feucht war, hatten sich Moose und Flechten gebildet. Sie klammerten sich an dem Gestein fest.

Mich interessierten besonders die flachen Mulden. In ihnen konnte man einen Spiegel verbergen. Aber ich hatte Pech, alles sah völlig normal aus. Nichts wies auf ein Einwirken der Totengöttin hin.

Um Mandra zu sehen, musste ich nach links schauen. Manchmal zeichnete sich seine Gestalt scharf gegen die übrige Umgebung ab. Wenn er mich sah, winkte er zumeist ab, als hätte er auch noch nichts erreicht. Mittlerweile sanken unsere Hoffnungen, und ich wollte schon vorschlagen, ein anderes Gebiet abzusuchen, als der Wind Mandras Ruf zu mir hintrug.

»John, ich …«

Mehr konnte er nicht sagen. Ich rechnete mit einer Gefahr, drehte mich nach links und jagte los.

Mit gewaltigen Sprüngen hetzte ich über das mit Mulden und Stolperfallen bedeckte Gelände. Ich hatte Angst um Mandra. Sein Ruf hatte sich mehr nach einem Hilfeschrei angehört. An manchen Stellen war das Gelände glatt. Besonders dort, wo wenig Sonne hinkam.

»Mandra!«

Ich erhielt auf meinen Ruf keine Antwort. Das bereitete mir

Angst. Wahrscheinlich war er nicht in der Lage, etwas zu sagen. Seine Vorahnungen mussten eingetroffen sein. Wir befanden uns bestimmt nicht allein auf diesem Eiland im Meer.

Ich erreichte ungefähr die Stelle, wo Mandra geschrien hatte. Geduckt hetzte ich noch einige Schritte weiter, stand dann vor einer kleinen Geländeschüssel, und meine Augen wurden groß.

Von Mandra entdeckte ich keine Spur.

Dafür sah ich etwas anderes.

Vor mir stand Kalis Spiegel!

Er sah völlig normal aus. Die Fläche befand sich in einem ovalen Holzrahmen, sah zwar hell aus, aber sie gab mein Spiegelbild nicht zurück. Zudem wollte ich sie nicht als so glatt bezeichnen, wie sie bei einem normalen Spiegel gewesen wäre. Auf der Silberfläche entdeckte ich kleine Einschüsse, so wie bei manchen Steinen die Metallverbindungen durchschimmerten.

Damit der Spiegel nicht umkippen konnte, stand der Rahmen mit seinem Unterteil auf einem kantigen Stein. Er gab dem Spiegel genügend Halt. Ich näherte mich ihm sehr vorsichtig, mein Blick blieb auf der Fläche haften, in deren Mitte ich plötzlich eine Bewegung sah.

Zuerst glaubte ich noch an eine Täuschung, bis ich erkannte, dass sich dort – wenn auch sehr schwach – ein Gesicht abzeichnete. Das Gesicht eines Mannes, der mir gut bekannt war.

Mandra Korab!

In meinem Innern schien etwas zu verbrennen. Die Hitze flutete durch meinen ganzen Körper. Ich spürte den Schwindel, der mich wanken ließ, und war für einen Moment deprimiert, denn nun stand ich allein auf weiter Flur. Die Totengöttin hatte es geschafft, mir auch den letzten Helfer zu nehmen. Jetzt konnte sie mit mir abrechnen.

Ich ballte die Hände. Ein Zeichen ohnmächtiger Wut. Für einen Moment überkam mich der Gedanke, einfach in den Spiegel hineinzutreten und ihn zu zerstören.

Ich ließ es bleiben.

Mandra hatte von der Heiligen Silbe gesprochen. Noch zögerte ich, mich des Kreuzes zu bedienen. Das Aussprechen der Heiligen Silbe bedeutete gleichzeitig eine große Gefahr für denjenigen, der sie sagte. Kein Unwürdiger durfte sie sprechen, nur jemand, der sich in höchster Gefahr befand, durfte sie über die Lippen bringen.

Ich atmete die kalte Luft ein. Über mir schwebte der wolkengraue Himmel. Unbeweglich stand der Spiegel. Er hatte Mandra zu sich geholt. Wie dies geschehen konnte, war mir unklar, ebenso wenig war mir bekannt, wo sich meine Freunde befanden.

In einer anderen Dimension, in einem fernen Reich, das mit nichts zu vergleichen war.

Kalis Reich …

Ich trat so nahe an den Spiegel heran, dass ich ihn mit den Fingerkuppen berühren konnte. Sehr leicht strich ich darüber hinweg, fast streichelnd. Die Fläche selbst fühlte sich warm an, als würde sie von innen beheizt.

Ansonsten erlebte ich keine Reaktion. Kali hielt ihre Magie mir gegenüber zurück.

Noch zurück, denn als ich den Spiegel nicht mehr berührte und wieder vorging, tat sich etwas in der Fläche. Für mich sah es so aus, als würde etwas aus der Tiefe hervorsteigen. Irgendwo in einer anderen Dimension, zwischen Zeit und Raum, für Menschen nicht berechenbar und unfassbar, hatte sich etwas gebildet.

Wesen – Menschen …

Gesichter formten sich so, dass ich sie genau erkennen konnte. Drei Frauen und ein Mann.

Bleiche Gesichter, keine Totenfratzen. Große Augen, schreckensstarr, aufgerissene Münder und eine straff gespannte Haut über den Knochen.

Die Gesichter blieben nicht starr. Sie bewegten sich. Die Lippen schlossen sich wieder, öffneten sich, formulierten Worte, die ich allerdings nicht verstehen konnte.

War es eine Botschaft? Und wer waren diese Personen? Diener der Totengöttin, oder waren es Gefangene?

Sie trieben innerhalb der Spiegelfläche. Manchmal waren sie

sehr deutlich und auch konturenscharf zu erkennen, dann verschwanden sie im Hintergrund und lösten sich auf.

Nichts mehr zu sehen, die glatte Spiegelfläche lag vor mir. Ich strich noch einmal mit den Fingerkuppen darüber. Es gelang mir auch nicht, in die Fläche einzutauchen, wie ich es schon bei anderen Dimensionsspiegeln erlebt hatte.

Mich wollte er nicht.

Dafür geschah etwas anderes. An seiner Rückseite sah ich die feinen Schleier in die Höhe steigen. Dünn und blaugrau wie Zigarettenqualm, sehr fein und schnell wieder zerfasernd.

Eine Erklärung hatte ich nicht dafür. Ich wusste auch nicht, ob es sich dabei um magischen Rauch oder um eine feinstoffliche Plasmawolke handelte, jedenfalls hielt ich mich bereit, gegen plötzlich auftretende Gefahren anzukämpfen.

Der Rauch verschwand. Er trieb sehr langsam dem Rand der Schüssel entgegen, kroch darüber hinweg, wurde vom Wind erfasst und weiter davongetrieben.

Das alles war ohne ein einziges Geräusch abgelaufen. Nur der Wind umwehte mich, und als Klang im Hintergrund vernahm ich das leichte Rauschen der Brandung.

Bis zu dem Augenblick, als ich Schritte vernahm.

Nicht nur an einer Seite der kleinen Mulde, die Trittgeräusche drangen aus vier verschiedenen Richtungen an meine Ohren.

Ich dachte sofort an die Gesichter und stellte automatisch eine Verbindung her.

Sofort verließ ich die Schüssel, baute mich an deren Rand auf und erkannte, was sich da ereignet hatte.

Es waren die Personen, die ich in der Spiegelfläche entdeckt hatte. Drei Frauen und ein Mann.

Doch sie hatten sich auf eine grausame Art und Weise verändert …

Aus ihnen waren Monster geworden. Diener der Totengöttin Kali. Lebende Tote, blutverschmiert, mit zerschnittenen Gesichtern und Kehlen sowie rot befleckten Haaren.

Furchtbare Gestalten, die Angst in mir hochschießen ließen. Ihre Kleidung war zerfetzt und an vielen Stellen so eingerissen, dass die Haut durchschimmerte. Wo keine Blutkruste lag, da war sie weiß-bläulich, als hätten sich dort Flecken gebildet.

Von vier Seiten näherten sie sich mir. Es war klar, dass sie auch mein Leben wollten.

Ich lief ein Stück zur Seite, um eine gewisse Rückendeckung zu haben. Dabei passierte ich eine blonde Frau, deren Gesicht von einem Messerschnitt gezeichnet worden war. Sie kümmerte sich nicht um mich, die vier Personen gingen auf die kleine Mulde zu, wo der Spiegel stand. Sie rutschten über den Rand, schauten dann in die Fläche, und ich beobachtete sie aus der Höhe.

Diesmal blieb sie nicht glatt. Wieder tauchten aus der Tiefe die Gesichter auf. Es waren die der vier so fürchterlich aussehenden Gestalten. Doch die Gesichter im Spiegel zeigten sich so, wie sie einmal gewesen waren. Er hatte sie als Lebende dort eingefangen.

Konnten diese untoten Wesen oder Diener der Kali überhaupt etwas empfinden? Wenn ja, musste dies schrecklich sein, sich selbst im Spiegel so zu erkennen, wie man einmal ausgesehen hatte.

Nebeneinander standen sie. Schauten in die Gesichter, die sie einmal gehabt hatten, und drehten sich plötzlich zu mir um.

Ich wartete, meine rechte Hand lag auf dem Griff der Beretta. Silberkugeln gegen die Monster. Würden sie ausreichen?

So einfach war es nicht. Niemand hatte etwas dazu getan, aber der Spiegel kippte plötzlich nach hinten.

Geräuschlos schlug er auf den Boden, und er vereinigte sich mit der Oberfläche.

Gleichzeitig breitete er sich aus. Zum ersten Mal sah ich etwas von seiner starken Magie, von der unheimlichen Kraft, die ihm die Totengöttin Kali gegeben hatte.

Vor meinen Augen verwandelte sich der Spiegel in ein gewaltiges Meer. Eine breite, lange, auch glitzernde Fläche, wie wir sie schon einmal aus der Höhe her gesehen hatten. Sie schien überhaupt kein Ende nehmen zu wollen, es gab für sie auch keine Hindernisse, denn über alle Unebenheiten kroch sie hinweg.

Die vier Menschen standen jetzt auf der Fläche. Sie hatte sich unter ihre Schuhe geschoben, ohne dass sie die Beine hätten anheben müssen. Normalerweise hätten sich die Gestalten auf der Fläche spiegeln müssen. Das war nicht geschehen. Sie warf kein Bild zurück, möglicherweise verschluckte sie diese auch.

Und doch entstand etwas.

Es wirkte wie ein verlaufenes Gemälde, sehr breit, auch sehr groß, streifig und strähnig, zitternd, sich formend, zu einem Oval werdend, das jedoch Inhalt bekam.

Ein Gesicht entstand innerhalb der Fläche. Riesig, unheimlich und mir zeigend, wer hier das Sagen und die Kontrolle hatte.

Kali kam!

Sie hatte viele Namen, auch zahlreiche Gestalten, aber hier erschien sie in der schrecklichsten, die man ihr gegeben hatte und die man sich vorstellen konnte.

Ein scheußliches Monster, ein Albtraum mit schwarzem Gesicht, vier Armen, roten Augen und Handflächen, verfilzten, blutbefleckten Haaren und einer Halskette aus Menschenköpfen.

So hatte die indische Mythologie sie immer beschrieben, so trat sie auf, wenn sie töten wollte, und so kannten sie ihre Diener, denn die vier Personen, die sich vor dem Gesicht aufhielten, fielen vor ihr in die Knie, um ihr Dankbarkeit zu demonstrieren.

Ich dachte über den Grund nach, weshalb Kali erschienen sein konnte. Sie wollte etwas damit erreichen, und da gab es eigentlich nur eine Antwort für mich.

Rache an der Person zu nehmen, die ihr schon einige Niederlagen bereitet hatte.

Das war ich!

Die vier Diener der Totengöttin erhoben sich wieder mit ungelenken Bewegungen. Sie standen da, drehten sich gemeinsam um und richteten ihre blutverkrusteten Gesichter mir zu.

Der Spiegel breitete sich nicht mehr weiter aus. Er hatte mittlerweile seine volle Größe erreicht.

Auch Kali hielt sich zurück, aber ihr Bild blieb. Wahrscheinlich sollte es die Diener unterstützen, die mir gemeinsam und zugleich ihre Arme entgegenstreckten und die Zeigefinger krümmend bewegten.

Ich kannte das Zeichen.
Sie wollten mich bei sich haben.
»Gut, Freunde!«, flüsterte ich und nickte. »Ich werde zu euch kommen …«

Bill Conolly, Suko und Singal hatten alles versucht, um der Spiegelfläche zu entkommen. Es war ihnen nicht möglich gewesen, sich so zu lenken, dass sie zur Seite treiben konnten. Sie wurden von ihr förmlich angezogen wie von einem Magnet.
»Verdammt!«, schrie der Reporter dem neben ihm schwebenden Inspektor zu. »Da ist nichts zu machen.«
»Ich weiß!«, keuchte Suko.
»Kannst du nichts …?«
»Was denn? Wenn ich den Stab einsetze, haben wir fünf Sekunden gewonnen, hängen aber noch immer fest.«
»Das ist es ja.«
Singal sagte nichts. Er trieb ebenfalls auf die Fläche zu, allerdings mehrere Meter von den beiden Freunden entfernt. Auch sein Blick war auf das Ziel gerichtet, hin und wieder bewegten sich die Lippen, als würde er sich durch flüsternde Worte selbst Mut einflößen.
»Das ist Kalis Rache!«, rief Bill und lachte rau. »Verflucht, sie hat genau gewusst, was sie tat. Und wir sind auf sie hereingefallen.« Bill wollte zu John Sinclair und Mandra Korab schauen, die das Flugzeug ebenfalls verlassen hatten, aber noch hoch über ihnen schwebten, zusammen mit dem Proviantsack.
»Die werden später eintauchen«, sagte Suko. »Gib jetzt Acht, Bill. Es sind nur noch einige Meter.«
»Und ob.«
Es schien dem Reporter, als würde er auf dem letzten Rest der Strecke viel schneller in die Tiefe gleiten. Sicherheitshalber spreizte er die Beine, um bei der Landung Standfestigkeit zu haben, aber das hätte er sich sparen können.
Den ersten Kontakt spürte er wie ein kurzes Vibrieren, das bis zu seinen Knien lief, dann sackte er ein.

Der Spiegel schluckte ihn.

Bill bekam Herzrasen. Er hatte seine Beine verschwinden sehen, die Oberschenkel waren plötzlich nicht mehr da. Sekunden später steckte er bis zu den Hüften im Spiegel, während die anderen beiden neben ihm auch gelandet waren und ebenfalls von dieser unheimlichen Fläche verschluckt wurden. Die Brust, der Hals, dann der Kopf.

Bill riss noch einmal den Mund auf, in seinen Augen leuchtete Panik, er wollte schreien, doch das spiegelnde Tor schnappte zu und ließ ihn nicht mehr los.

Die Männer sackten ab in eine andere Welt. In das Reich der Totengöttin Kali, in die unheimliche Dimension, von der in zahlreichen Legenden berichtet wurde, die man im Mythenspiegel der Inder nachlesen konnte. Eine Welt der Angst, des Grauens, der verlorenen Seelen, der schreienden Toten, die auch die Lebenden gefangen nahm.

Ist so das Sterben?, dachte Bill, der sein Zeit- und Raumgefühl verloren hatte.

Doch er starb nicht. Die andere Dimension fraß ihn und seine beiden Begleiter, aber sie ließ die drei Männer am Leben.

Bill Conolly spürte Kontakt unter den Füßen, und über ihm fiel die Seide des Fallschirms träge zusammen.

Um die anderen Männer konnte sich der Reporter nicht kümmern. Er hatte genug mit sich selbst zu tun, um sich von den Leinen des Fallschirms zu befreien.

Suko und Singal glitten heran. Auch sie landeten sicher und ohne Komplikationen. Von einer Welt waren sie in die andere hineingefallen und waren dennoch immer die Gleichen.

Ein magisches Phänomen, aber auch ein gefährliches. Suko hatte sich ebenfalls von seinem Fallschirm befreit. Er ging auf Bill Conolly zu, während sich Singal zurückhielt.

Der Reporter nickte. Er blickte nach oben, als könnte er den Weg zurückverfolgen. »Jetzt sind wir also hier«, stellte er trocken fest. »Können atmen, können reden und uns bewegen. Die Sache hat nur einen Fehler. Wir befinden uns in einer anderen Dimension, wo es einen Hinweg, aber keinen Rückweg gibt.«

»Das ist nicht so sicher.«

»Kennst du einen?«

»Im Augenblick sehe ich keinen. Außerdem hat Kali etwas mit dieser Reise bezweckt.«

»Sie wollte uns als Gefangene haben.«

Suko ging auf Bills Bemerkung nicht ein. Er drehte sich um und wandte sich an Singal. Der Inder gab keinen Kommentar zum Dialog der beiden ab. Erst als Suko ihn ansprach, bequemte er sich zu einem Nicken.

»Sonst haben Sie nichts zu sagen?«

»Kali wird uns alles Weitere mitteilen. Sie hat uns in ihre Welt gelockt, damit wir büßen. Sie beide und ich. Vielleicht auch noch mehr. So ist es.«

Suko hob die Augenbrauen. »Ich frage mich nur, für was wir büßen müssen.«

»Seid ihr nicht Feinde? Und habe ich mich nicht auch frevelhaft ihr gegenüber benommen?«

»Das kann ich nicht beurteilen. Aber Kalis Freunde sind wir gerade nicht. Wieso auch? Sie ist schließlich die Totengöttin und nimmt auf Menschenleben keine Rücksicht.«

Bill wandte sich an Singal. »Da Sie Kali ja besser kennen, können Sie uns doch sicherlich sagen, wo wir uns hier befinden. Dass wir in Kalis Reich stecken, habe ich schon mitbekommen, ich meine aber, dass es sicherlich aufgegliedert ist. Das ist ihre Welt, so etwas will ich glauben, doch in welch einem Teil dieser Welt sind wir gelandet?«

In Singals Augen trat ein fast schwärmerischer Ausdruck. »Die Welt zeigt Kalis Macht. Wir können überall sein. Jeder Platz ist ein Ort des Schreckens. Ein Hort der Toten, wo die Verdammten leben und ihre Seelen fremde Gestalten annehmen. Kali regiert. Ihr langer Arm streichelt uns.«

Bill strich über sein Haar. »Davon habe ich zwar nichts bemerkt, aber im Prinzip gebe ich dir Recht, Meister. Auch ich säße lieber in einer Bar in Soho.«

Der Reporter ließ seinen Blick schweifen.

Sie waren nicht in einer leeren Dimension gelandet. Dämpfe

schwängerten die Luft, machten sie grau und irgendwie auch dicht, aber die Männer konnten Einzelheiten erkennen.

Zum Beispiel die großen Steine, die wie Denkmäler vom Boden hochwuchsen. Unheimliche Gebilde, manche von ihnen waren schief, andere wuchsen gerade in den Dunst hinein. Sie bestanden aus einem dunklen Material, aber jeder Stein zeigte an einer Seite eine gewisse Kontur, die sich der Reporter genauer ansah.

Er blieb dicht vor einem Stein stehen und erkannte tatsächlich ein Gesicht darin. Nur einen Kopf, aber er reichte aus, denn man hatte auch die Kette aus Schädeln so in das Material geschlagen, dass Kali zu erkennen war.

Der Reporter nickte und drehte sich wieder. »Kali!«, flüsterte er. »Wo man auch hinschaut, ich sehe nur sie. Jeder Stein zeigt ihr verdammtes Bild. Das gefällt mir nicht.«

»Du befindest dich in ihrer Welt«, wurde ihm gesagt.

»Ja, Singal. In ihrem Reich, ich weiß. Aber ich will auch hier wieder hinaus, verstehst du?«

Über Singals Lippen zuckte es. »Das kann ich begreifen, nur wird es uns kaum gelingen. Es sei denn, sie gäbe die Erlaubnis, aber das liegt in ihrem Ermessen.«

Bill hob die Schultern. Er wollte sehen, ob etwas von der Spiegelfläche zu erkennen war, aber über ihnen zeigte sich alles grau in grau. Kein Spiegel, nur ein Himmel, der Angst einflößen konnte. Über oder unter ihm trieben die trägen Dunstschwaden. Auch Schatten waren zu erkennen, die sich inmitten des Qualms bewegten. Bei genauerem Hinsehen waren es große Vögel. Mit trägen Flügelschlägen zogen sie ihre Bahnen und Kreise, als hielten sie Ausschau nach einem Landeplatz.

»Hübsche Tierchen«, sagte der Reporter. »Ich frage mich nur, welche Funktion sie erfüllen.«

»Es sind Adler.«

»Ach, und weshalb gerade Adler?«

»Kali hat den Sieg über die Herrscher der Lüfte errungen. Sie ist hier die Herrin.«

»Das ist uns alles zu vage!«, mischte sich Suko in das Gespräch.

Singal lächelte knapp. »Tut mir Leid, ich habe alles gesagt.«

Suko widersprach. »Das kann ich dir nicht glauben. Ich habe den Eindruck, dass du mehr weißt.«

»Wie sollte ich?«

»Es war einer deiner Vorfahren, der den Spiegel hergestellt hat. Aus den Augen des Tigers, in dem Kalis Geist gebannt war. Jetzt ist er freigekommen …«

»Ich konnte es nicht verhindern.« Singal schlug gegen seine Brust. »Ich habe alles getan, um das Grauen aufzuhalten, es war wohl zu wenig. Ich sagte Mandra Korab Bescheid, von dem ich weiß, dass er ein Feind der Totengöttin ist, aber sie hat ihre Diener überall auf der Welt, und sie wollte Rache. Sie wird sich an euch rächen wollen, und sie wird auch mich nicht wieder freilassen.«

Suko warf Bill einen fragenden Blick zu. Der Reporter hob nur die Schultern. Er fühlte sich nicht kompetent.

Etwas anderes geschah. Sie sahen über sich einen Schatten. Zuerst dachten sie an einen tieffliegenden Vogel, bis sie die menschliche Gestalt erkannten.

Es war Mandra Korab!

Bill flüsterte den Namen des Inders und stellte die Frage nach John Sinclair. Eine Antwort konnte er nicht bekommen, so bemühte er sich, dorthin zu gelangen, wo der Inder allmählich zu Boden sank. Er trieb durch den Dunst, hätte fast noch einen Stein berührt und kam dicht neben ihm mit beiden Beinen zugleich auf.

»Mandra!«

Der Inder drehte den Kopf, ohne Bill eine Antwort zu geben.

»Wo steckt John?«

Mandra ging Bill entgegen. »Ich weiß es nicht genau, aber er ist wohl nicht durch den Spiegel geglitten.«

Bills Gesicht nahm einen erstaunten Ausdruck an. »Nicht?«, flüsterte er. »Verdammt, weshalb nicht?«

»Vielleicht ist er durch sein Kreuz geschützt worden.«

»Aber das ist doch …«

»Vergiss die Heilige Silbe nicht.« Mandra sagte nichts mehr. Er ging zu den anderen beiden, wobei ihn Suko mit einem Nicken und einer Frage begrüßte. »Ist alles klar?«

»So weit ja.«

»Und du weißt wirklich nicht, was mit John ist?«

»Er blieb zurück, während ich in die Spiegelfläche einsank wie in einen Sumpf. Kali will uns haben.«

»Sie hat uns bereits«, sagte Bill.

»Was ist mit dir, Singal? Alles überstanden?«

Der Angesprochene verneigte sich. »Ja, Mandra Korab, ich lebe noch. Ich bin in ihrer Welt.«

»Verdammt, was ist das für eine Welt?«, rief Bill. »Mandra, kennst du dich hier aus? Du bist Spezialist für Dinge, die sich um die Totengöttin drehen. Gib uns eine Antwort.«

»Wenn ich das könnte. Es steht fest, dass wir ihre Gefangenen sind. Die Spiegelfläche war das Tor zu ihrer Welt. Einer Welt des Grauens, der Toten, in der wir uns zurechtfinden müssen. Sie hat ihren Plan, sich zu rächen, erfüllen können. Kali ist und bleibt gefährlich und grausam.«

»Das wissen wir auch«, sagte Bill. »Es ist uns einfach zu wenig, Mandra. Werde doch deutlicher.«

»Kann ich das?«

»Ja, sieh dir die Steine an!«, flüsterte Bill erregt. »In jedem habe ich das Gesicht der Totengöttin erkannt. Es ist hineingemeißelt worden. Wenn du dich davor stellst, wirst du es auch sehen. Sie beobachtet uns, es ist ihre Welt, sie …«

»Ist überall!«, vollendete Mandra. »Ich weiß es. Und sie hat es geschafft, uns zu fangen.«

»Wie wird man uns hinrichten?«, fragte Suko.

Mandra hob die Schultern. »Möglicherweise wird sie eine weitere Kette haben wollen …«

»Aus unseren Köpfen?«

Mandra Korab nickte. »Ja, aus unseren Köpfen, Freunde, aber auf einen Kopf wird sie verzichten wollen, nicht wahr, Singal?«

Der Inder schrak zusammen, als er so heftig angesprochen wurde. »Wie … wie kommst du darauf?«

»Weil du in ihren Diensten stehst und uns verraten hast. Deshalb! Du bist ein Verräter, Singal!«

Mandra Korab hatte die Worte hart und klar gesprochen. Jeder hatte sie verstanden, aber in Bills und Sukos Augen nisteten sich Zweifel ein.

»Wie ist das ...?«

»Halte den Mund, Bill Conolly«, sagte Mandra. »Ich weiß, dass Singal ein Verräter ist, und er weiß es auch. Er hat uns in die Falle gelockt. Sein Großvater mochte ein weiser Mann und auch gegen Kali gewesen sein, aber auf seinen Enkel hat das nicht abgefärbt. Er ist Kalis Blendwerk verfallen, er wurde zu einem Diener, zu einem Tong, der die Aufgabe hatte, uns ins Verderben zu reißen.«

Bill und Suko räusperten sich. Verlegen strich der Reporter durch sein Haar. »Kannst du das beweisen, Mandra?«

»Soll ich, Singal?«

Der Angesprochene hatte sich nicht gerührt. Er stand starr auf dem Fleck, den Mund zusammengepresst und gleichzeitig zu einem leichten Lächeln verzogen, das sich in seinen Mundwinkel eingenistet hatte. Dieser Ausdruck bewies Bill und Suko, dass Mandra sich nicht getäuscht hatte. Singal hob seinen Blick, als wollte er die schwarzen Totenvögel zählen. »Ja, ich diene ihr. Sie hat mir den Auftrag gegeben, euch zu vernichten. Sie wollte ihre Feinde von der Bildfläche schaffen. Kali hat nicht vergessen, was ihr dieser Göttin angetan habt. Ihr habt einen großen Frevel begangen. Man darf Kali nicht herausfordern. Ihr seid unwürdig, ihr seid Frevler und Ungläubige. Wer sich ihr als Feind zu erkennen gibt, den wird sie vernichten. Man hat mir den Spiegel hinterlassen. In ihm sah ich das Auge des Tigers. Vergesst nicht, dass die Spiegelfläche aus Tigeraugen geschaffen wurde.«

»Zog es dich in seinen Bann?«, fragte Bill.

»Kali sprach aus ihm zu mir und gab mir den Auftrag. Man hatte gedacht, sie bannen zu können, aber das gelang nicht. Kali ist für den Menschen, der nicht zu ihr gehört, einfach zu stark. Dies solltet ihr euch merken. Ich baute die Falle auf, ich lockte Mandra aus Indien weg, ich nahm zu ihren Dienern Kontakt auf, ich ...«

»Schon gut.« Suko winkte ab. »Wenn du so gut Bescheid weißt, kannst du uns auch sagen, wo wir uns befinden.«

»In ihrer Welt.«

»Das wissen wir. Aber wo befindet sich die?«

»Es ist der Spiegel gewesen, der euch aufgesaugt hat. Er ist das große Tor in Kalis Reich. Ihr seid ihre Gefangene. Ihr werdet es nicht mehr verlassen können. Die Insel war einst eines ihrer Reiche. Es ging vor langer Zeit unter, sie verschwand in einer anderen Dimension, aber sie kehrte zurück. Die Menschen sahen sie, die Menschen benutzten sie, aber niemand ahnte und wusste, dass die Insel, die an einer anderen Stelle aus dem Meer erschien, eigentlich ihr gehörte. Und Kali ließ den Stützpunkt so lange brach liegen, wie es ihr nötig erschien. Jetzt hat sie ihn wieder aktiviert, um hier ihre Rache vollenden zu können. Der obere Teil befindet sich im sichtbaren Bereich. Der untere aber, wo wir uns aufhalten, ist für das Auge eines Menschen nicht sichtbar. Es ist die Totenwelt der Göttin. Hier wird gestorben.«

»Auch du?«, fragte Mandra.

»Nein, ich kann hinaus.«

»Wie?«

Singal lachte frech. »Das werde ich euch nicht sagen.«

»Kommt John Sinclair noch? Er hat ebenfalls den Spiegel gesehen und wird ihn …«

»Er bleibt, wo er ist. Aber er ist nicht außer Gefahr. Kali hat ihre Diener auch in der sichtbaren Welt versammelt. Dort wird er sterben.«

»Weshalb ließ man ihn nicht in diese Welt? Hat Kali etwa Angst vor ihm?«, forschte Mandra weiter.

»Sie kennt keine Angst!«

»Dann nenne uns den Grund!«

Singal schüttelte den Kopf. »Wenn ihr unbedingt wollt, könnt ihr sie selbst fragen.«

»Das werden wir auch, falls wir sie sehen.«

Der Inder runzelte die Stirn. »Spürt ihr sie nicht?«, hauchte er mit leiser Stimme. »Spürt ihr nicht den Geist der mächtigen Totengöttin? Er ist überall. Er steckt im Boden, er hält sich in den Steinen verborgen, er schwängert die Luft, er hat euch eingekreist. Kali ist mächtig. Ihr gehört hier alles.«

»Nicht ganz«, widersprach Mandra. »Wir gehören ihr nicht. Aber du hast Recht, wir werden sie selbst fragen. Da du so gut Bescheid weißt, kannst du uns auch zu ihr führen. Oder traust du dich nicht?«

»Ich werde vorgehen.« Singal sprach den Satz, drehte sich um und setzte sich in Bewegung.

Bill blickte Suko an und hob die Schultern. »Verdammt, da sitzen wir in der Patsche. Siehst du eine Lösung?«

»Noch nicht.«

»Was ist mit dir, Mandra?«

»Es ist schwierig, Bill. Sie herrscht in dieser grausamen Welt. Sie ist hier die Königin und hat das Sagen. Wir müssen uns leider mit den Tatsachen abfinden.«

Der Reporter nickte. »Nun ja, Freunde, folgen wir unserem Verräter. Mal sehen, was er noch bringt.«

Sie hielten sich zusammen. Singal war bereits im Dunst verschwunden, seine Gestalt glich einem sich nur langsam bewegenden Schatten. Er schritt aufrecht, als wäre er sich seiner Sache ungemein sicher. Ihm konnte nichts passieren, er stand auf Kalis Liste, er hatte ihr vertraut, sie vertraute ihm.

Die Steine kamen den Freunden vor wie Wächter. Wenn sie nahe an ihnen vorbeischritten, erkannten sie auch die Gesichter der Totengöttin. Sie waren jedenfalls sehr grausam gezeichnet. Nie fehlte die Kette aus Menschenköpfen.

Über ihnen rotteten sich die schwarzen Totenvögel zusammen. Sie zogen ihre Bahnen und verfolgten die Gruppe von Menschen. Es war nicht zu erkennen, um welche Art von Vögeln es sich handelte. Sie erinnerten jedoch an Geier.

Das Gelände blieb zunächst eben. Auch die Steine verschwanden nicht, sodass die Freunde die Umgebung allmählich als normal empfanden. Bill fragte seinen indischen Freund: »Woher hast du gewusst, dass Singal ein Verräter war?«

»Ich ahnte es, weil ich nachdachte. Es konnte nur einer sein, eben dieser Singal. Er hat uns hereingelegt. Er war dem Spiegel und damit Kali verfallen.«

»Setzt du noch auf John?«

Mandra hob die Schultern. »Wir müssen es.«
»Und was könnte uns passieren?«
»Der Tod ist in dieser Dimension allgegenwärtig«, antwortete Mandra orakelhaft. »Man wird uns töten wollen, wobei ich mir vorstellen kann, dass Kali ihre Rache noch genießt.«
»Also langsames Sterben?«
»Darauf kann es hinauslaufen.«
»Dann viel Spaß«, sagte Bill.
Sie liefen auch in den nächsten Minuten hinter ihrem Führer her. Der Wald von Steinen wollte kein Ende nehmen, und das beunruhigte den Reporter. »Ich würde gern wissen, was die Dinger hier zu bedeuten haben. Wir sind doch nicht in Stonehenge.«
»Es war ihre Insel«, erklärte Mandra. »Jeder Stein symbolisiert etwas. Ich kann mir vorstellen, dass es sich dabei um Opferstätten handelt. Für einen Stein ist auch ein Mensch gestorben.«
Der Reporter bekam eine Gänsehaut. »Es gefällt mir nicht, mich in Zukunft als Stein zu sehen.«
»Falls du dazu noch in der Lage sein wirst.«
»Stimmt auch wieder.«
Sie erreichten allmählich ein Gebiet, das eine andere Form aufwies. Die Räume zwischen den Steinen waren größer geworden, dafür erkannten sie etwas anderes.
Vom Boden her wuchs etwas Unheimliches in die Höhe. Es war sehr groß, Dunstschwaden umkreisten es, und dicht darüber glitten die schwarzen Vögel mit trägen Flügelschlägen. Die drei Freunde glaubten daran, dass sie das Zentrum dieser Welt erreicht hatten, denn das Unheimliche, das sie zu sehen bekamen, war nichts anderes als eine übergroße Figur der Totengöttin Kali.
Bestand sie aus Stein, aus einem anderen Material oder aus Wachs? Sie fanden es nicht genau heraus, aber sie spürten die kalte, gnadenlose Aura, die diese Statue abstrahlte.
Kali, die Göttin mit den vier Armen, glotzte sie aus hervorquellenden Augen an. Sie waren heller als der übrige Körper. Das Haar stand ab wie Draht. Blutige Flecken verteilten sich darin. Die Kette aus Menschenköpfen bewegte sich sogar, die Handflächen zeigten ebenfalls die blutige Farbe, nur das Gesicht war

tiefschwarz. Schwarz wie die Seele des Todes, schwarz wie das Grauen, das sie abstrahlte.

Man musste schon mehrere Menschen aufeinander stellen, um einen Vergleich zur Höhe zu bekommen. Damit eine kleinere Person das Gesicht besser erkennen konnte, war der mächtige Schädel gekippt. Die sich vom Schwarz des Gesichts abhebenden, helleren Augen schauten auf den Betrachter hinab. Sie waren tot, aber sie lebten dennoch. In ihnen steckte Kalis Geist, eine Ansammlung aller Schrecken, zu denen sie fähig war. Ein furchtbarer Ausdruck, der den Menschen den Tod und die Hoffnungslosigkeit versprach.

Die drei Freunde waren in sicherer Entfernung stehen geblieben. Sie starrten die Figur an. Ihre Blicke glitten auch über die Kette aus Menschenköpfen. Da klafften Münder auf wie Höhlen, da erinnerten die Augen an stumpfes Metall.

»Das ist sie also«, sagte Bill Conolly mit tonloser Stimme. »Verdammt, ich habe das Gefühl, am Ende meines Wegs zu stehen.« Er räusperte sich. »Wie geht es euch?«

»Kaum anders«, erwiderte Suko.

Nur Mandra sagte: »Warten wir ab.«

Damit war Bill nicht beruhigt. »Glaubst du, dass es sich bei ihr nur um eine Statue handelt, oder lebt sie?«

»Ich weiß es nicht. Vielleicht ist sie nur eine Statue und lebt trotzdem. Wer will das wissen?«

»Singal.«

Bill wollte auf ihn zulaufen, aber Mandra hielt ihn fest. »Mach keinen Fehler, Junge! Er wartet nur darauf.«

In der Tat war Singal, der Verräter, dicht vor der Statue stehen geblieben. Er hatte den Kopf in den Nacken gelegt und schaute andächtig zu ihr hoch. Seine Lippen bewegten sich, vielleicht formulierte er Worte. Wenn ja, waren sie so leise, dass sie von den anderen Männern nicht verstanden wurden.

»Wollt ihr nicht zu ihr gehen?«, fragte er und lachte leise. »Ich habe euch hergeführt. Ihr werdet für immer und ewig bei ihr sein können.« Mit einer Handbewegung winkte er die Freunde heran. »Los, kommt, sie wird sich freuen, euch begrüßen zu dürfen. Auch ihre Feinde …«

Die Worte waren nur als Ablenkung gedacht, aber das merkten die Angesprochenen leider zu spät.

Plötzlich begann die Statue der Totengöttin nicht nur zu leben, es geriet auch Bewegung in sie. Von verschiedenen Seiten schossen die Arme heraus. Bevor die Freunde überhaupt begriffen, was sie da in eine tödliche Gefahr brachte, wurde Bill Conolly bereits von einer blutig schimmernden und gewaltigen Handfläche umklammert, die ihn vom Boden her in die Höhe riss und dann an den Körper zog.

Mandra und Suko sprangen noch zur Seite. Bei ihnen sah es aus, als sollten sie Glück haben. Der Inder wollte einen seiner Dolche hervorholen und hatte den Griff bereits berührt, als es ihn erwischte. Sein Arm wurde so hart gegen den Körper gepresst, dass er nicht mehr dazu kam, den Dolch zu ziehen.

Auch ihn riss Kali mit einer ungestümen Wildheit zu sich heran, wuchtete ihn hoch und kümmerte sich mit den beiden anderen Händen um den Chinesen.

Suko war der ersten Klaue entgangen. Er hatte sich zusammenfallen lassen, rollte über den Boden, wollte der Reichweite entkommen und schaffte es bei einer Hand.

Nur vergaß er leider die zweite Pranke. Die schlug von der Seite und ungemein wuchtig gegen ihn, sodass er zu Boden stürzte und sich nicht mehr erheben konnte, denn die Hand drückte so hart auf seinen Rücken, als wollte sie ihn in den Untergrund pressen.

Sie lag mit ihrer gesamten Breite auf seinem Körper, und die dicken Finger begannen mit ihren Greifbewegungen. Sie schoben sich unter Sukos Brustkasten, klemmten gleichzeitig seinen Arm ein und hoben ihn mit einer lässig anmutenden Bewegung so hoch, dass der Inspektor direkt gegen das breite Maul der Totengöttin schauen konnte, das sie spaltbreit geöffnet hatte. Er würde hindurchpassen, aber die Göttin hatte etwas anderes mit ihm vor. Er sollte das gleiche Schicksal erleiden wie seine beiden Gefährten.

Der Arm drehte ab, wurde angewinkelt, sodass Suko an die rechte Seite der Totengöttin geriet. Er spürte für einen Moment den Widerstand, als seine Füße gegen das Gestein gedrückt wurden.

Aber es war kein Stein.

Die Masse gab nach wie Knetgummi. Kali gelang es mühelos, den Inspektor in ihren Körper zu drücken. Dieser Vorgang war unbegreiflich. Die gesamte Gestalt der Göttin schien nur aus einer weichen Masse zu bestehen.

Die Riesenklaue steckte den Chinesen in den Körper, ohne dass Suko etwas dagegen unternehmen konnte. Er musste alles miterleben, er spürte, wie er immer tiefer gedrückt wurde, wie die Beine verschwanden und die Hand höher wanderte, damit sie auch seine Arme so einklemmen konnte, dass er nicht mehr an seine Waffen kam.

Suko war ebenfalls zu einem Opfer der Göttin geworden. Er sah den Körper dicht vor sich, dann einen Kopf, der zur Kette gehörte, und hatte den Eindruck, als wollte ihm der offene Mund noch etwas sagen.

Keuchen und Ächzen umgab ihn. Es waren seine Freunde, die schon in Kalis Körper steckten und vergeblich versuchten, sich wieder zu befreien. Das Zeug hielt wie Leim.

Bis zu den Ellenbogen waren Sukos Arme bereits verschwunden, und noch immer nahm der unheimliche Vorgang kein Ende, denn Brust und Hals wurden ebenfalls umschlossen.

Nur noch Sukos Kopf und der Ansatz des Halses schauten hervor, sodass der Chinese seinen Kopf noch drehen konnte.

Ein fürchterlicher Anblick bot sich ihm. Die Legenden hatten recht, wenn sie von Kali erzählten und sie als grausamste Göttin bezeichneten. Was mit Suko und seinen beiden Begleitern geschehen war, dafür fehlten die Worte.

Sie steckten im Körper der Totengöttin, und nur noch ihre Köpfe schauten hervor.

Wenn Suko nach links blickte, sah er Bills Gesicht. Innerhalb dieser Welt herrschte ein graues Licht. Woher es kam, war nicht zu erkennen, aber er sah deutlich den wie gemeißelt wirkenden Schrecken in den Zügen des Reporters.

Bill hatte Angst, fürchterliche Angst. In seinen Augen stand der Schrei nach Hilfe, aber da war niemand, der ihm hätte beiseite stehen können, denn auch Mandra erging es keinen Deut besser.

Er nahm einen besonderen Platz ein. Der Kopf des Inders schaute innerhalb des Kettenrings aus dem Körper der Göttin. Die anderen Schädel umrahmten ihn. Sein Gesicht wirkte so, als hätte es der Totengöttin noch in ihrer Sammlung gefehlt.

Das musste der Anfang vom Ende sein!

Die drei Männer steckten in der Masse, die nie ruhig war. Suko, Bill und Mandra bemerkten die Wärme, die sie in ihrem Innern abstrahlte und die auch auf ihre Körper überging. Als würde dort allmählich etwas erhitzt werden, das auch in ihre Körper glitt und einen Fieberschauer durch sie jagte.

Nur einer freute sich und genoss seinen Triumph. Der Verräter Singal. Er hatte sich zu den breiten Füßen der Totengöttin aufgestellt und sich verneigt. Erst als die Männer innerhalb des Körpers steckten, erhob er sich.

Singal schaute sie an.

Sie konnten ebenfalls sein Gesicht sehen, das nicht nur einen triumphalen Ausdruck zeigte, auch einen bösen dazu. In den Augen leuchtete die Vorfreude auf den Tod, er legte die Handflächen zusammen, rang die Hände und sagte mit klarer und verständlicher Stimme, dass er es gewesen war, der die Feinde der Kali in eine schier auswegslose Lage gebracht hatte.

»Niemandem«, so rief er laut, »ist dies bisher gelungen. Nur mir. Mir allein. Viele haben es vielleicht versucht, aber ich bin der große Sieger und Gewinner. Ich habe es geschafft. Die Göttin wird mir, Singal, auf ewig dankbar sein und mir noch größere Aufgaben erteilen. Viele haben es versucht. Ein mächtiger Mahdi ebenso wie ein kleiner Diener, der aufsteigen wollte. Aber mir gelang es, denn ich besaß die Augen des Tigers, den Geist der Göttin, den Spiegel, der seine Kraft nicht verloren hat und sie nun abgibt. Es ist das ewige Gefängnis für euch. Ihr werdet leben und seid schon tot, denn Kalis Kette kann noch Köpfe gebrauchen.« Singal begann zu lachen und deutete in die Höhe. »Seht ihr die schwarzen Vögel unter dem grauen Himmel? Sie sind Kali ebenfalls untertan. Sie werden auf meinen oder ihren Befehl hin herbeifliegen und damit beginnen, euch die Augen auszuhacken, so wie man vor langer Zeit die Augen des Tigers genommen hat, um aus ihm den Spiegel zu fertigen. Alles wird sich wiederholen. Nichts bleibt ungerächt, dafür hat Kali Sorge getragen. Doch bevor dies geschieht, werdet ihr die Gnade der Totengöttin kennen lernen. Euch sei ein Blick in die Höhe gestattet, wo die Welt liegt, aus der ihr gekommen seid. Auch dort hat Kali ihre Diener versammelt. Sie sind durch ihren Geist gestärkt worden. Sie haben sich auf grausamste Art und Weise selbst getötet, nur um für sie leben zu können. Als untote Personen, als ihre Diener. Schaut in die Höhe!«

Ein jeder von ihnen befolgte die Aufforderung.

War das, was man vielleicht hätte als Grenze oder Himmel bezeichnen können, vor ihrer Gefangennahme noch wolkig, neblig und grau gewesen, so hatte es sich jetzt verändert. Die graue Farbe allerdings war geblieben, nur sah sie jetzt glatt aus, sie wirkte wie ein gewaltiger Anstrich, weder Anfang noch Ende waren zu erkennen, und in der Farbe erinnerte sie an matt glänzendes Gestein mit zahlreichen silbernen Einschüssen.

Matt und gleichzeitig durchsichtig, denn über der Fläche zeichnete sich ein reales Bild ab.

Das war die Welt, aus der sie gekommen waren. Und dort genau befanden und bewegten sich auch die Personen, von denen sie eine besonders gut kannten.

John Sinclair!

Suko und Mandra schluckten ihre Wut herunter, nur über Bills Lippen floss ein leises Stöhnen, als er seinen Freund John Sinclair sah, der über die Spiegelfläche schritt, aber sie anscheinend nicht erkannte. Der Spiegel war nur von der unteren Seite durchsichtig. Kalis teuflische Kraft schaffte auch dies.

Als würde eine Hand mit einem gewaltigen Wischlappen darüber hinwegwischen, so verschwand das Bild allmählich. Es löste sich auf, das Grau überwog, und die Personen verschwanden.

Dafür lachte Singal, bevor er schrie: »Habt ihr sie gesehen, habt ihr euren Freund erkannt? Er sucht euch, aber er wird euch nicht finden, das schwöre ich. Vielleicht weiß er sogar, wo ihr euch befindet. Er wird sich vor Wut selbst zerstören, weil es für ihn keinen Weg gibt, zu euch zu gelangen, um euch vor einem Tod zu retten, den sich Kali ausgedacht hat. Vier ihrer Diener haben sich dort oben aufgehalten. Habt ihr die Gesichter gesehen? Auch daran trugen die Vögel die Schuld. Sie haben diese Personen angegriffen, sie getötet und ihnen gleichzeitig den Geist der Göttin eingehaucht. Ihr aber werdet nach eurem Tod nicht mehr leben, ihr werdet vergehen, verfaulen und für alle Zeiten in Kalis Körper stecken und ihre magische Kette erweitern. Ich werde zusehen, wie die Vögel sich mit euch beschäftigen.«

Singal war in seinem Element. Mit einer tänzerisch anmutenden Bewegung drehte er sich herum, hob die Arme und klatschte dreimal laut in die Hände.

Ein Echo entstand, das sich noch verstärkte und auch von den gewaltigen schwarzen Totenvögeln vernommen wurde.

Noch zogen sie ihre Kreise, aber sie hatten das Geräusch vernommen, denn aus verschiedenen Richtungen schwebten sie heran.

Insgesamt waren es sechs Totenvögel und Aasfresser, die sich zu einem Pulk vereinigten.

Singals Schrei war nicht zu überhören. Seine Stimme hatte einen tierischen Klang bekommen, als er den nächsten Befehl gab und die Vögel ihre Schwingen ausbreiteten, als würden sie ein gewaltiges Dach bilden. Sie hatten nackte, kahle Hälse, ebenfalls schwarz, auch schmale Köpfe und gebogene Schnäbel, die an geknickte Messerspitzen erinnerten und sicherlich auch so scharf waren.

Bill ließ ein krächzendes Lachen hören. »Suko?«, fragte er. »Willst du wissen, woran ich denke?«

»Lieber nicht.«

»Du denkst wahrscheinlich an das Gleiche – oder?«

»Kann sein!«, erwiderte der Chinese.

»Hört auf!«, vernahmen sie Mandras Stimme. »Sie kommen.«

Tatsächlich lösten sich drei Totengeier aus dem Pulk der Vögel, flogen einen Kreis und ließen sich gleichzeitig in die Tiefe sacken. Es wirkte, als würde ein Stein nach unten sacken.

Bevor sie jedoch auf den Boden klatschen konnten, breiteten sie ihre Schwingen aus, fingen sich ab und schwebten dicht an der Statue entlang wieder in die Höhe.

Dabei huschten sie an Mandra Korabs Kopf vorbei, dessen Gesicht zuckte, als hätte er mit der Kralle oder dem Schnabel einen Hieb erhalten.

Der nächste Vogel nahm Kurs auf Suko, und der dritte kippte Bill Conolly wie ein Wurfgeschoss entgegen.

Ein lauter Ruf durchbrach die Stille. »Das ist Kalis Stunde!«, brüllte Singal. »Das ist ihr Sieg ...«

Ich schritt über den Spiegel!

Die vier unheimlichen Totengestalten hatten mir zu verstehen gegeben, was ich tun sollte. Ich wollte sie nicht enttäuschen, aber ich setzte jeden Tritt vorsichtig, denn ich hatte jedes Mal das Gefühl, als würde die Spiegelfläche brechen. Doch sie hielt mein Gewicht aus. Zwar war sie ungewöhnlich dünn, etwa wie Silberpapier in der Zigarettenschachtel, doch ihre Widerstandskraft stand im umgekehrten Verhältnis zur Dicke.

Meter für Meter bewegte ich mich auf die Gestalten zu. Noch zeigte ich mein Kreuz nicht offen, ich wusste auch nicht, ob es Eindruck auf sie machte, aber ich hatte noch einen Trumpf in der Hinterhand.

Sie glotzten mich an. Bei einer Frau war das Auge verletzt. Ein Blutfaden war über die Wange gelaufen und eingetrocknet. Sie schwang ihren Körper vor und zurück; die Hände schlossen sich dabei jedes Mal zu Fäusten.

Ich blieb in schusssicherer Entfernung stehen und hob den rechten Arm mit der Beretta.

Die Frau mit dem blutigen Auge visierte ich zuerst an. Sie tat nichts, sie stand einfach da und grinste. Doch unter mir geschah etwas.

Zuerst hatte ich den Eindruck, als würde der Boden aufweichen. Ein Irrtum, er wechselte nur seine Farbe, denn das Spiegeln der Fläche verschwand. Es nahm ein stumpfes Grau an und öffnete sich gleichzeitig, sodass ich in die Tiefe schauen konnte – in eine andere Dimension, in Kalis grausame Hölle.

Im nächsten Augenblick hatte ich die vier Diener vergessen.

Das Bild, das sich mir bot, war wichtiger, und ich konnte erkennen, in welch einer aussichtslosen Lage sich meine drei Freunde befanden. Sie steckten in der Gestalt einer abgrundtief hässlichen Figur, wie sie nur die Totengöttin Kali sein konnte.

Ich sah aber auch Singal, der sich so sicher bewegte und keinerlei Angst in dieser Welt zu haben schien.

Das ließ nur den Schluss zu, dass Singal mit Kali und deren Dienern unter einer Decke steckte. Er hatte meine Freunde in die Falle geführt, und er hatte dafür gesorgt, dass sie mit dieser verfluchten Statue eine Verbindung eingegangen waren.

Ich konnte es kaum fassen. Mandra, Suko und Bill steckten in dem gewaltigen Körper, sodass nur noch ihre Köpfe hervorschauten und sich fast mit denen der Kette berührten.

Gab es noch eine Rettung?

Aus eigener Kraft würden sie sich bestimmt nicht befreien können, und ich, der sie sah, stand zwar in der Nähe, war jedoch von ihnen gleichzeitig meilenweit entfernt.

Aus und vorbei!

Bewegung oberhalb der Statue ließ mich aufmerksam werden. Eigentlich hätten die Schatten dicht unter meinen Füßen dahersegeln müssen, aber diese Dimension hatte keine direkte, messbare Tiefe. Da hatten sich die Proportionen so verschoben, dass die vier Schatten auch meilenweit von mir hätten entfernt sein können.

Noch flogen sie ruhig, drehten ihre Kreise und beobachteten dabei. Nur gehörten sie zu Kali, und das wiederum ließ den Schluss zu, dass sie eine bestimmte Aufgabe hatten.

Sie würden den Tod bringen!

Und sie gerieten näher an meine Freunde heran. Noch berührten sie diese nicht, aber es würde nur Sekunden dauern, bis …

Da verschwand das Bild.

Bevor ich dagegen etwas unternehmen konnte, war es auf einmal nicht mehr da. Als ich nach unten schaute, sah ich alles, nur eben nicht mehr die Statue und die Vögel sowie meine Freunde.

Weg, vorbei, verschwunden …

Ich stand da und presste die linke Hand zusammen. Die Silberecken meines Kreuzes stachen schmerzhaft in die Handgelenke. Etwas brauste in meinem Kopf, ich hatte Furcht, sie drückte mir das Herz zusammen, sodass ich Atembeschwerden bekam. Mit der rechten Hacke trat ich auf die Spiegelfläche. Es war ein nutzloses Unterfangen. Sie zeigte sich sehr widerstandsfähig. Mir gelang es nicht, sie zu zerstören.

Lachten die Gestalten vor mir über meine vergeblichen Versuche? Fast hatte ich den Eindruck. Der Wind jedenfalls, der in mein Gesicht fuhr, schien mir ein ähnlich klingendes Geräusch aus der Ferne herbeizutragen. Und das Geräusch blieb. Ich hörte es hinter mir, meine Nackenmuskeln zogen sich zusammen, gleichzeitig veränderte sich der Laut, wurde zu einem Rauschen, das die gesamte Luft erfüllte.

Flügelschlag!

Während der Drehung sah ich den gewaltigen Schatten in der Luft. Es war ebenfalls ein Vogel, der aus einem dichten Wolkenberg herausstieß und matt schillerte.

Aber kein Totenvogel, auch wenn er den Tod bringen würde. Es war Garuda, der Adler, der Todfeind der Höllengöttin Kali …

Der Adler Garuda – Fürst der Vögel. Todfeind der Schlangen, der Inkarnation des Bösen. In alter Zeit hatte er dem Gott Wischnu als Reittier gedient, er hatte den Menschen Schutz vor den Göttern der Unterwelt gegeben und hatte Kalis Macht eingeschränkt.

Er trat in verschiedenen Gestalten auf. Mal als Vogel, dann wiederum als eine Mischung aus Vogel und Mensch.

Hier kam er als der, den ich kannte, denn nicht zum ersten Mal stand er mir zur Seite. Auch ich hatte schon auf seinem Rücken gehockt und war in die Weite der Dimensionen getragen worden.

Wer ihn gerufen hatte, wusste ich nicht, nur freute ich mich, dass er überhaupt da war und mit gewaltigen Flügelschlägen Kurs auf uns nahm. Er zeigte sich mir als eine Mischung aus Mensch und Tier.

Statt einer Nase wuchs aus seinem Gesicht ein gewaltiger Schnabel, der gleichzeitig als Mund diente und in einer geschwungenen

Linie darin überging. Er hatte Arme und Beine wie ein Mensch, doch auf seinen Armen wuchsen die mächtigen Flügel, die es ihm erlaubten, die Lüfte zu durchstreifen. Sein Federkleid schillerte in zahlreichen Farben, und auf seinem Kopf wuchsen dicke Strähnen, die an tote Schlangen erinnerten, die er umgebracht hatte.

Seine Augen zeigten eine ebenfalls dunkle Farbe, und sie bewegten sich während des Flugs wie Kreisel. Er war gekommen, um mir zu helfen, Kali sollte nicht triumphieren.

Auch ihre Diener hatten ihn gesehen.

Sie schrien nicht, ihre Angst äußerte sich in einem stummen Entsetzen. Beinahe zeitlupenhaft langsam bewegten sie sich zur Seite. Sie wollten dem Vogel entkommen, der mit der Gewalt eines Unwetters auf sie zuraste und sich ihrer bemächtigte.

Urplötzlich war er über ihren Köpfen. Mir wurde der Blick genommen, ich wollte das Schaurige auch nicht sehen, sah das heftige Flattern der Flügel und die ruckartigen Bewegungen seines Kopfes, wobei der Schnabel zuhackte.

Auf der Spiegelfläche tobte ein lautloser Kampf ohne Erbarmen. Der Adler rechnete auf furchtbare Art und Weise mit den Dienern der Totengöttin ab.

Einmal nur sah ich, wie eine Frau entkommen wollte, aber ein Schnabelhieb stoppte sie und schleuderte sie zu Boden. Sofort peitschte eine lange Zunge aus dem Maul und rollte sich wie ein Gummischlauch um den Körper.

Es gab sie nicht mehr.

Und es gab auch die anderen nicht. Als sich der mächtige Adler umdrehte, sah ich keinen der Diener mehr.

Mir wurde die Kehle eng. Zwar hatte ich nicht genau mitbekommen, was geschehen war, aber Garuda konnte die Menschen nur verschluckt haben – oder?

Nein, er hatte es nicht getan. Sie waren von ihm mit ungeheurer Kraft in die Unendlichkeit des Himmels geschleudert worden. Ich sah sie als kleine Punkte in die Wolken steigen, wo sie plötzlich aufglühten und verbrannten.

Gleichzeitig bewegte sich die Wolke. Zwar entstand dort

kein direktes Gesicht, dennoch hatte ich den Eindruck, als würde ihr unterer Rand aus einem Maul bestehen, das aufgeklafft war.

Die Erklärung wurde mir auf geheimnisvolle Art und Weise geliefert. Garuda, der sich telepathisch verständigte, erklärte mir, dass Saranja, die Wolkengöttin, sein Flehen erhört habe und ihm als Schutz zur Seite stand. Kali sollte nicht siegen.

»Sie hat aber gesiegt!«, rief ich laut und deutlich. Der Adler würde mich auch so verstehen.

Er drehte seinen Hals. Übergroß kam mir der Schnabel vor. An manchen Stellen schimmerte er wie dunkles Gletschereis. Die Zunge schaute nicht mehr hervor, in seinen Augen las ich eine Aufforderung, die mir schon einmal gegeben worden war.

Ich verstand ihn und kletterte auf seinen Rücken. »Wirst du es schaffen?«, rief ich und dachte daran, dass ich schon einmal auf ihm geritten war. Damals hatte ich auf dem Dach eines Hauses gestanden, in dem ich wohnte. Ich beugte mich vor und presste beide Arme um seinen Hals. So fand ich den nötigen Halt.

»Willst du in Kalis Dimension?«, schrie ich.

Diesmal erhielt ich keine Antwort. Statt dessen breitete er seine Flügel aus und stieg mit mir in die Höhe. Dieser plötzliche Start war zu vergleichen mit dem Anrucken eines Fahrstuhls. Für den Moment bekam ich keine Luft, zugleich befürchtete ich, es trotz allem nicht zu schaffen, weil wir der Wolke entgegenstiegen, in der ich das gewaltige Maul gesehen hatte.

Es klaffte noch weiter auf, im nächsten Augenblick hatte es uns verschluckt.

Ich erlebte eine andere Welt. Mich umgab ein gewaltiges Brausen und Rauschen, das Gesicht sah ich jetzt aus der Nähe. Eine breite Fratze, auch mit Augen und einer Nase. Aber alles diffus und nebelhaft. Das also war Saranja, die den Adler bestärkt hatte und ihm noch mehr Kräfte geben sollte.

Garuda versuchte es.

Noch schneller, als wir hineingeflogen waren, jagten wir wieder aus der Wolke hervor.

Ich klammerte mich verzweifelt fest. Der Wind jagte gegen

mich, riss die Haare hoch, ließ meine Augen tränen, und dennoch sah ich die Spiegelfläche unter mir.

Noch war sie nicht mehr als ein blasser Schatten, aber sie wurde deutlicher, ich erkannte die Umrisse, und einen Lidschlag später hatten wir sie erreicht.

Gedankenschnell fing Garuda den Sturz auf die Fläche ab. Ich wurde in die Höhe geschleudert, zurückgeworfen, klammerte mich noch immer fest und erlebte, wie er seinen mächtigen Schnabel nach unten stieß, sodass die Spitze wie ein Messer über die Spiegelfläche fahren konnte.

Ein lautes, knirschendes Geräusch erklang, als hätte jemand Papier auseinander gerissen.

Was ich kaum für möglich gehalten hatte, dem Adler Garuda war es gelungen. Er hatte die Dimensionen getrennt, um mit mir auf seinem Rücken in Kalis Totenwelt vorzustoßen …

Der erste Vogel war dicht an Mandras Kopf vorbeigeflogen. Er hatte ihn nur mit der Kralle gestreift und trotzdem in seiner Wangenhaut einen Riss hinterlassen, aus dem Blut sickerte.

Mandra bis die Zähne zusammen. Er wollte nicht zeigen, wie sehr die kleine Wunde in seinem Gesicht brannte. Wie es den anderen erging, konnte er nicht sehen, weil er sich voll und ganz auf den Vogel konzentrierte, der sich fast träge in der Luft drehte und dabei beinahe unwillig seine Flügel schüttelte.

Dann flog er ein zweites Mal gegen Mandra an.

Ein schwarzes Ungeheuer, ein König in der Luft, dabei grausam und böse. Die bewegungslosen Augen, die nicht in Höhlen lagen und dafür vorstanden, glotzten Mandra stumpf und böse an. Bevor der Totenvogel ihn erreichte, schleuderte er seinen Oberkörper in die Höhe, fuhr die Krallen aus und hakte sich in Mandras Turban fest.

Der Inder spürte den Druck. Er konnte nichts mehr erkennen, weil ihm die wild schlagenden Flügel die meiste Sicht nahmen, aber er hörte genau, wie der Stoff zerriss und voller Kraft und Wut auseinander gefetzt wurde, damit der Geier freie Bahn hatte.

Der Vogel war nicht aufzuhalten. Brutal und gnadenlos kämpfte er weiter, während Bill und Suko sich der ersten Angriffe dieser Höllenvögel erwehren mussten.

Sie kamen von vorn.

Nach jedem Flügelschlag legten sie die Schwingen an, sodass sie fast wie Pfeile aussahen. Die Schnabelhälften lagen dicht zusammen. Sie sahen wie krumme Messer aus und würden da zuschlagen, wo sie es wollten.

Suko erwischte es als Ersten.

Etwas glitt durch seine Haare, der scharfe Schmerz zog eine Bahn über seine Schädeldecke, dann war der Vogel weg, um zu drehen, weil er einen neuen Angriff starten wollte.

Bill stieß in seiner Furcht einen wilden Fluch aus. Damit konnte er die Bestie nicht stoppen. Flügelschlagend erhob sie sich über ihn, und diesmal drosch sie mit den Krallen zu.

Harte, scharfe Hiebe. Die Krallen drehten sich um Bills Haare und rissen einige Büschel hervor, mit denen der Vogel als Beute wieder gegen den Spiegelhimmel stieß.

Vor der Statue aber stand Singal und erlebte die Stunde seines Triumphes. Er hatte Kali Rache versprochen, und er hatte erreicht, was er wollte.

Über seine Lippen strömten finstere Beschwörungsworte. Jede Silbe begleitete er mit einem heftigen Vorzucken seines rechten Arms, dessen Hand zur Faust geballt war.

Doch die Euphorie wurde zerstört. Er hörte das Geräusch, wusste zuerst nicht, was es bedeutete, bis er einen Blick in die Höhe und gegen den Spiegelhimmel warf.

Dort zeichnete sich ein Riss ab.

Darüber schwebte ein Schatten, nur größer und mächtiger als Kalis Totenvögel.

Garuda war gekommen!

Singal aber fiel auf die Knie, verneigte sich vor Kali, sprang wieder hoch und zog seinen Säbel, den er bisher unter der Kleidung verborgen gehalten hatte.

Der Adler war nicht allein gekommen, auf seinem Rücken hockte der vierte Todfeind.

John Sinclair!

Ich hatte das Reißen dieser verfluchten Dimensionssperre noch in den Ohren, als wir sie schon überwunden hatten. Es war ein fließender Übergang gewesen, ohne anzuhalten oder zurückgeschleudert zu werden. Wir stießen hinein in eine Welt des Todes und des Grauens, wo Menschen einer Göttin geopfert werden sollten.

Noch schwebten wir über den fliegenden Schatten, das jedoch änderte sich sehr bald, als Garuda seine Schwingen ausbreitete und den mächtigen Körper nach vorn kippte.

Plötzlich waren wir dazwischen.

Ich riskierte es, mich nur mit einer Hand festzuhalten. Mit der anderen, der Rechten, holte ich die Beretta hervor, weil ich mich ebenfalls an diesem harten Kampf beteiligen wollte.

Garuda hatte mit seinen Adleraugen im wahrsten Sinne des Wortes die große Gefahr erkannt und änderte blitzartig seinen Kurs, sodass ich Mühe mit dem Gleichgewicht hatte.

Jetzt jagte er auf die Statue zu, und zwar dorthin, wo sich die Gefahr verdichtete.

Zwei geierartige Vögel verdeckten mir den Blick auf Mandra Korab. Ich sah nur, wie sie ihre Hälse bewegten, um mit ihren Schnäbeln in die Richtung des Inders zu hacken.

Dann waren wir da.

Zum ersten Mal erlebte ich Garuda in voller Aktion. Seine Zunge war lang, und sie wurde noch länger. Gedankenschnell wickelte er sie um den Hals eines Geiers, schleuderte ihn hoch und biss gleichzeitig zu.

Der Körper des Vogels klatschte in die Tiefe, wo er liegen blieb. Ich hatte mir den zweiten aufs Korn genommen. Ihn konnte ich einfach nicht verfehlen, auch auf dem Rücken eines ungeduldigen Adlers nicht. Meine Kugel jagte durch das schwarze Gefieder in den hässlichen Körper hinein, der durchgeschüttelt wurde und vor uns wie ein Fahrstuhl in die Tiefe raste. Er berührte noch einmal den Körper der Göttin, prallte dort ab und blieb schließlich tot liegen.

Mir gelang es, einen Blick auf Mandras Gesicht zu erhaschen. Im ersten Moment erschrak ich bis ins Mark. Aus einigen Wunden sickerte Blut, der Kopf lag schief, Mandra sah aus, als wäre er tot, aber seine Lippen bewegten sich.

Die Worte verstand ich nicht. Sie gingen im Flügelschlag des nächsten Totenvogels unter, der sich uns von oben und schräg von der Seite her näherte.

Garuda fuhr herum.

Bevor ich etwas unternehmen konnte, hatte er sich dem Feind bereits gestellt. Beide Körper prallten zusammen. Ich wurde nach vorn geworfen, verlor den Halt und rutschte vom Rücken des Adlers.

Wenn ich jetzt zu Boden prallte, konnte ich mir alle Knochen brechen. Die Beretta fiel in die Tiefe, da ich beide Hände brauchte, um mich festzuhalten. Meine Finger stachen in das Gefieder, und mit der rechten Hand versuchte ich, die Unterseite des Halses zu fassen.

Mittlerweile kämpfte Garuda mit dem Geier.

Die beiden schenkten sich nichts, zudem flog noch ein zweiter herbei, der sich von der Seite her auf Garuda stürzen wollte. Aus der Tiefe vernahm ich Singals heisere Anfeuerungsschreie, zog mich wieder auf den Rücken, sah den Schädel des zweiten Geiers und den hässlichen Schnabel, der nach mir hackte.

Er traf meine Schulter.

Mich rettete die dicke Lederjacke vor einer tiefen Wunde. Sie wurde nur zerrissen, das wärmende Futter quoll aus dem Riss, während ich den Dolch aus der Scheide zog und die Klinge dem Geier bei seinem zweiten Angriff in die Brust stieß.

Sie verschwand fast bis zum Heft. Aus der Wunde strömte eine schwarze Flüssigkeit. Sie überspülte meine Hand, doch ich hatte erreicht, was ich wollte.

Der Geier kippte weg.

Im Todeskampf flatterte er noch mit seinen Flügeln und schlug dicht neben seinen Artgenossen zu Boden.

Der zweite Vogel war von Garuda erwischt worden. Mit zwei Schnabelhieben hatte er ihn so zerbissen, dass er in zwei Hälften zu Boden fiel.

Der Adler merkte, dass ich auf seinem Rücken wohl nicht den richtigen Platz hatte. Im Moment hatten wir eine kleine Kampfpause, deshalb schoss er dem Untergrund entgegen, sodass ich mich von seinem Rücken schwingen konnte.

Das tat ich während des Flugs und streifte noch einmal mit einem Bein über dem Boden. Ich schwang das linke zurück, lief neben Garuda her, verlor trotzdem die Balance und landete auf der harten Erde.

Der Adler stieg wieder in die Höhe, wo noch zwei Geier auf ihn warteten. Sie standen fast in der Luft, bewegten sich nur sehr träge und warteten ab.

Dabei befanden sie sich nicht dicht beisammen, sodass der Adler nicht beide gleichzeitig angreifen konnte. Aber er würde auch so mit ihnen fertig werden.

Ich war nahe der Statue wieder auf die Beine gekommen und dachte daran, dass sich hier unten noch ein Gegner herumtrieb.

Diesmal ein zweibeiniger, Singal mit Namen!

Noch sah ich ihn nicht. Vielleicht hielt er sich versteckt. Bei ihm wusste man schließlich nie, was er vorhatte. Den Dolch behielt ich in der Hand. Wo die Beretta lag, konnte ich nicht erkennen. Sie war irgendwo mit dem Dunkel des Untergrunds verschwunden.

»Singal!«

Ich schrie seinen Namen. Ich wollte ihn, der sich indirekt für all das Grauen, das über uns gekommen war, verantwortlich zeigte, endlich haben und besiegen.

Er zeigte sich nicht.

Über mir tobte der Kampf zwischen den Totenvögeln und dem Adler. Im Moment war nicht zu erkennen, wer sich auf der Siegerstraße befand. Nur einige Federn, durch harte Schnabelhiebe aus dem Verbund gerissen, taumelten zu Boden.

Zum ersten Mal sah ich die Göttin aus der normalen Perspektive. Mein Blick glitt an ihrem Körper hoch. Die mächtige Gestalt stand unbeweglich auf dem Fleck.

Sie hatte eine breite Figur. Aus ihrem Körper wuchsen an bestimmten Stellen die Köpfe meiner drei Freunde. Jeder von ihnen hatte etwas abbekommen, Schnabelhiebe oder Tritte mit den Krallenfüßen hatten ihre Gesichter gezeichnet.

Mandras Kopf befand sich in der freien Fläche an der Brust, die von der oval nach unten hängenden schaurigen Kette begrenzt wurde. Aus dem schwarzen Maul der Göttin floss dünner Rauch, und ich sah auch ihre vier Arme.

Über die Reichweite ihrer Arme konnte ich nichts aussagen. Vorsichtig blieb ich auf Distanz, damit sie mich nicht mit einem schnellen Griff zu fassen bekam.

Singal zeigte sich noch immer nicht. Es gab in der Nähe kaum Verstecke. Er konnte sich höchstens ungesehen hinter dem mächtigen Leib der Göttin aufhalten.

Ich schlug einen Bogen, ging dabei geduckt. Über mir kämpfte Garuda noch immer mit den Totenvögeln.

Dann sah ich meine Beretta. Ich nahm sie trotzdem nicht an mich, weil sie zu nahe an der Statue lag und ich nicht in Gefahr laufen wollte, von einer Hand gepackt zu werden.

Wieder schrie ich nach dem Inder!

In meinem Schrei rammte etwas zu Boden. Rechts von mir schlug der schwere Körper eines Totenvogels auf und zerbrach. Der Adler hatte ihm zu große Verletzungen zugefügt.

Vielleicht war dieser Fall das auslösende Moment, denn Singal hielt sich nicht länger versteckt. Er hatte tatsächlich hinter der Statue gelauert und rannte aus der Deckung hervor. Er bewegte sich dabei mit gewaltigen Schritten. In der rechten Hand hielt er einen Säbel mit leicht gekrümmter Klinge. Die Schneide schimmerte bläulich, sie war höllisch scharf und würde mir mit einem Hieb den Schädel in zwei Hälften zerteilen.

Mein Dolch wirkte gegen seine Waffe wie ein Zahnstocher. Mir blieb nur eine Chance, um nicht tödlich getroffen zu werden. Als er zuschlug, ließ ich mich auf den Rücken fallen und riss gleichzeitig die Beine in die Höhe. Ich rammte meine Füße in seinen Leib, verlängerte den Schwung und schleuderte ihn über mich hinweg. Dabei hatte ich das Glück, von der Klinge nicht getroffen zu werden.

Er klatschte irgendwo in der Nähe auf, kam sofort wieder hoch, aber auch ich stand auf den Beinen.

Singal hatte sich geduckt und breitbeinig hingestellt. In seinen Augen flackerte es. Es war der böse Geist der Totengöttin Kali, der ihn beherrschte.

Die rechte Hand umklammerte den Säbelgriff so hart, als wäre sie mit ihm verwachsen. Dieser Mensch verließ sich voll und ganz auf seine Waffe und auf Kali, der er zu Diensten war.

Er griff noch nicht an, fintierte aber, wollte mich irritieren, damit es mir nicht gelang, den Dolch zu werfen.

Dennoch hob ich den rechten Arm, sprang schräg nach hinten und nahm bereits Maß.

Auch Singal kam.

Es gab für ihn keine andere Möglichkeit. Er musste jetzt zustoßen und schneller sein als mein Dolch.

Da hieb es mich von den Beinen!

Ich hatte die Hand nicht kommen sehen und auch nicht mehr daran gedacht, dass Kali vier Arme mit einer besonderen Reichweite hatte. In Höhe des rechten Knies erwischten mich die Finger und schleuderten mich zu Boden.

Der Schmerz durchwühlte meine Schulter, weil ich mich nach dem Aufprall nicht hatte abrollen können. Viel schlimmer aber war Singal, der nun freie Bahn hatte, auf mich zurannte, den Säbel drehte, sodass seine Klingenspitze nach unten zeigte, damit er mich aufspießen konnte.

Aus seinem Maul drangen heisere Schreie, das Gesicht wirkte wie versteinert, er hatte die Augen weit geöffnet und nahm noch einmal Maß. Ich kam nicht weg. Die Pranke hielt meine Wade umklammert, und doch erhielt ich Hilfe.

Plötzlich war Garuda da!

So schnell, dass ich seinen Flug mit den Augen kaum verfolgen konnte. Er stieß schräg aus der Höhe und war in dem Augenblick über Singal, als dieser zustoßen wollte.

Der Schnabel des Adlers klappte zu.

Ich schloss für diesen Moment die Augen, weil ich das Schreckliche nicht sehen wollte. Nicht einmal einen Schrei gab Singal von sich. Nur das Schlagen der Flügel vernahm ich, als sich der Adler wieder entfernte.

Ich war vorerst gerettet. Die Klinge würde mich nicht erwischen, dafür hatte mich die Totengöttin in ihrer Gewalt.

Ihr Griff war eisenhart. Zum Glück hatte sie nur das rechte Bein umklammert, sodass ich mich bewegen konnte und mich auch herumwarf. Dabei stieß ich mit der freien Hand gegen den Degengriff, schnappte zu und hob die Waffe an.

Auch die Pranke bewegte sich. Es gelang ihr, mich auf den Rücken zu drehen und über den harten Boden zu schleifen. Ich schaute dabei zwangsläufig in die Höhe und sah, dass Garuda den letzten Totengeier verfolgte.

Er konnte mir nicht noch einmal beistehen.

Die Göttin wollte mich haben. Sie zog mich zu sich heran, schräg von oben glitt eine zweite Klaue auf mich zu, deren Finger gespreizt waren. So groß und breit, dass sie mir mit einem Griff den Schädel zerquetschen konnten.

Ich schwang meinen Oberkörper hoch und geriet trotz meiner miesen Lage in eine sitzende Stellung. Den Säbel führte ich als Rundschlag. Jetzt musste es sich herausstellen, ob die Statue aus Stein bestand oder aus einem anderen Material.

Die Klinge blitzte beim Schlag noch einmal auf, dann der Treffer – und durch.

Dicht oberhalb des Gelenks hatte ich die Klaue abgetrennt, die neben mir zu Boden fiel und liegen blieb. Ihre Finger zuckten noch einmal, dann bewegte sie sich nicht mehr.

Ich atmete auf, bevor ich den Säbelgriff mit beiden Händen umfasste und zudrosch.

Diesmal auf die andere Pranke.

Es tat gut, zu sehen, wie sie abfiel und sich der Fingerdruck von meinen Waden löste.

So rasch es ging, schwang ich mich in die Höhe, behielt den Säbel in der Hand und wartete auf die beiden anderen Hände.

Kali griff nicht an. Dafür segelte Garuda zu mir herab und blieb neben mir hocken. Auch der letzte Totenvogel existierte nicht mehr. Bevor ich meinen Blick an der Statue hochwandern ließ, schaute ich den König der Lüfte an.

Irgendwie wirkte er ratlos. Vielleicht traute er sich auch nicht, die Statue anzugreifen. Zwei Hände hatte ich ihr abhacken können, konnte ich sie auch weiterhin zerschlagen?

Auf dem Kampfplatz war eine tödliche Ruhe eingetreten. Die Akteure leckten sich ihre Wunden, und ich sah die drei Köpfe meiner Freunde innerhalb der Statue.

Ihre verzerrten, wundengezeichneten Gesichter, den bittenden Ausdruck in den Augen, ich musste ihnen einfach helfen, aber ich hörte Garudas Warnung.

»Wenn du sie mit der Klinge angreifst und zerstören willst, werden auch deine Freunde sterben!«

»Weißt du das genau?«

»Ja, so ist Kali. Sie hasst dich und mich. Wir haben ihre vier Diener getötet, deren Seelen die Kraft des Spiegels verstärken sollten. Ihre Begleiter, die Totenvögel, sind ebenfalls nicht mehr am Leben, nur noch ihr Hass auf alles Menschliche und Gerechte kocht. Auch ich traue mich nicht, sie anzugreifen, das Leben deiner Freunde wäre ebenfalls nichts mehr wert.«

»Aber es muss eine Möglichkeit geben!«

»Vielleicht!«

»Welche?«

Garuda, der Adler, nickte. Seine Augen glänzten, das legendenhafte Wesen dachte nach.

»Vielleicht gibt es sie – vielleicht …«

»Sage es mir!«

»Du hast dein Kreuz!« Ich hörte die leisen Worte. »Du hast dein Kreuz, und es ist auf ihm die Heilige Silbe der Inder eingraviert.«

»Ja, das stimmt, aber nur die Gerechten dürfen sie aussprechen, und auch nur, wenn sie sich in größter Gefahr befinden.«

»Sind deine Freunde gerecht? Haben Sie sich je Böses zuschulden kommen lassen?«

Das war eine gute Frage, über die ich zunächst einmal nachdenken musste. Nur nicht zu lange, denn wer sagte mir schon, welche Tricks Kali noch in der Hinterhand hielt?

Die Heilige Silbe der Inder, das AUM, stand tatsächlich auf einem Balken meines Kreuzes. Sie ist eine mystische Silbe, eine dreibuchstabige Einheit, ein ineinander verschnörkelter Begriff und das feierlichste aller Wörter Indiens. Dieses Wort steht am Beginn der heiligen Schriften und vor den Gebeten der Inder. Nach einer alten Deutung ist es zusammengesetzt aus den Anfangsbuchstaben der drei Wörter Agni, Varuna (Uaruna) und Marut. Es soll gleichzeitig die drei Elemente Feuer, Wasser und Luft andeuten. Nur ein Gerechter darf die Silbe aussprechen und muss sich dabei einer bestimmten Betonung oder Schwingung bedienen, ansonsten hat es keinen Sinn.

Ich hatte die Silbe schon ausgesprochen und lebte noch immer. In der Zwischenzeit war viel Zeit vergangen. Konnte ich es wagen und auch heute noch alles auf eine Karte setzen?

Ich fragte Garuda. »Gibt es noch eine andere Möglichkeit, meine Freunde zu befreien?«

»Du kannst Kali bitten, sie aus ihren Klauen zu lassen. Darauf wird sie aber kaum eingehen.«

»Das fürchte ich auch.«

»Also sprich die Silbe. Dir bleibt nicht mehr viel Zeit, überlege deshalb nicht zu lange. Kali wird die drei Menschen verschlingen, sie wird sich an ihren Körpern und ihren Seelen stärken. Ich werde dir noch zur Seite stehen und sie ablenken. Achte auf mich, nimm deine silberne Waffe in die Hand und sprich das Wort erst dann aus, wenn ich mich ihrem Gesicht genähert habe.«

Ich nickte. »Gut, ich werde deinen Rat befolgen, Garuda. Möge mir derjenige Kraft und Stärke geben, der über allem steht.«

Garuda erwiderte nichts mehr. Er bewegte seine Flügel dreimal. Dann gelang es ihm, sich in die Höhe zu drücken. Fast senkrecht stieg er an der gewaltigen Statue hoch.

Ich verfolgte seinen Flug, schaute gleichzeitig nach den Gesichtern meiner drei Freunde, in deren Zügen nach wie vor die Qual wie eingemeißelt stand.

Garuda ließ sich Zeit. Er geriet in die Nähe des Gesichts, und da reagierte Kali.

Ich hatte an ihre Hände gedacht, sie aber konnte die Kette aus Menschenköpfen durch geistige Kräfte führen und sorgte dafür, dass sie in die Höhe schwang.

Ihr Ziel war der Adler. Die Kette sollte sich um seinen Kopf und um den Hals legen, um ihn zu erdrosseln.

»Jetzt!«

Er hatte mir den Befehl gegeben. Ich zögerte keinen Lidschlag länger und sprach das Wort, vor dem selbst ich mich fürchtete, aus …

»AUM!«

Ich redete, ich sang, ich rief, ich gab jedem Buchstaben eine gewisse Betonung, wie man es mich gelehrt hatte, als man mir die Bedeutung des Kreuzes erklärte.

Die Vokale ließ ich im Hals über die Stimmbänder vibrieren, aus diesem Grunde hörten sie sich fast so an wie ein feierlicher Gesang. Ich sprach das M im ersten Teil mit offenem Mund, um die Lippen sofort danach zu schließen und es als Echo auslaufen zu lassen.

Und ich hatte laut geredet, damit das Echo durch diese Welt schallte und auch Kali erreichte.

Ich beobachtete zusätzlich die Kette, die nicht mehr weiterschwang, in der Luft blieb, wobei ihre Einzelteile plötzlich kurz aufglühten wie vorbeihuschende Kometen und dann verglühten. Nicht einmal Asche fiel zu Boden.

Stimmen schrien!

Zuerst dachte ich an meine Freunde, aber es waren Schreie, die überall an der Statue aufbrandeten. Sie drangen aus ihrem Maul, den Nasenlöchern, den Ohren. Ungezählte gemarterte Seelen fielen in diesen schaurigen Chorgesang mit ein, und keine von ihnen war sichtbar. Sie hielten sich als unsichtbare Geistwesen innerhalb des Statuenkörpers auf, wobei ihre Schreie allmählich leiser wurden.

Ich stand noch immer auf der Schwelle und hielt mein Kreuz umklammert.

Konnten Mandra, Suko und Bill gerettet werden? Waren auch sie Gerechte, die auf die Silbe ansprachen?

Die Statue rührte sich nicht. Sie brach nicht, sie wackelte nicht, sie zeigte keine Risse im Gefüge, sie blieb einfach stehen. Dennoch geschah etwas mit ihr.

Kali verschwand.

Es dauerte nur Sekunden, bis es mir gelang, in ihr Innerstes hineinzuschauen. Der dichte Körper lockerte sich auf, es gab keine Hindernisse mehr, Grenzen verschwanden, Umrisse zerflossen, als hätte es sie nie zuvor gegeben.

Die Totengöttin konnte der Macht der Heiligen Silbe nichts entgegensetzen. So stark das Böse auch sein mochte, wurde es mit den Mächten des Lichts konfrontiert, und geschah dies im richtigen Augenblick, hatte es nichts mehr entgegenzusetzen.

Wie hier …

Mit dem Verschwinden der Göttin sah ich noch einen strahlenden Lichtpunkt, der aus irgendeiner nicht messbaren Tiefe hervorquoll und zu einer Aura wurde, in der drei Menschen wie Säulen standen.

Es waren meine Freunde.

Auch ein Beweis dafür, dass die Macht einer uralten Kraft sie aus den Klauen des Bösen befreit hatte.

Tief atmete ich aus. Die Luft war so klar, ich hätte sie gern getrunken wie Wasser.

Das Licht brach zusammen.

Ein Windstoß jagte gegen mich, Kälte fuhr über meine Haut, und erst jetzt stellte ich fest, dass ich mich im Freien befand. Ich stand wieder auf der Insel.

Über mir vernahm ich einen heftigen Flügelschlag, blickte noch einmal in die Höhe und sah die mächtige Gestalt des Adlers Garuda einer bestimmten Wolke entgegenfliegen.

Er tauchte darin ein – und war verschwunden.

Dafür hatte ich drei andere Personen wieder.

Suko, Bill und Mandra standen auf dem felsigen Boden, schauten sich um, sahen sich an, blickten mich an und sahen mein etwas schiefes Grinsen, mit dem ich sie und auch mein Kreuz betrachtete, das ich noch immer locker in der Hand hielt.

Bill Conolly fand als Erster die Sprache wieder. »Erst Kali, dann dich, uns bleibt auch nichts erspart …« Beim letzten Wort stockte seine Stimme allerdings. Er konnte nicht mehr weitersprechen, schluckte, und wir fielen uns in die Arme.

Es war die Begrüßung von Freunden, die sich gerettet fühlten aus einer Gefahr, wie sie tödlicher nicht hatte sein können.

Auch mir saß die Kehle zu. Ich stemmte Suko zur Seite und sagte, wobei ich gleichzeitig die anderen beiden mit einschloss: »Ihr seid nicht verletzt?«

»Nein …«

»Verflixt, die Heilige Silbe.«

»Was meinst du damit?«, fragte Bill.

»Schon gut, alter Junge. Ich hoffe nur, dass ihr Kali in Erinnerung behaltet. Schließlich hat sie euch umarmt, nachdem euch ihr Spiegel zu ihr gelockt hat.«

Sie begriffen nicht viel. Nur Mandra zog die Augenbrauen zusammen und nickte. »Eigentlich dachte ich an einen Albtraum. Aber es muss wahr gewesen sein.«

»Es war so, Mandra, und ich bewundere die Heilige Silbe, dass sie es sogar schafft, gewisse Dinge zu löschen. Auch die Erinnerung an das absolut Böse …«

»Ja, das muss wohl so gewesen sein.« Mandra wollte noch etwas hinzufügen, doch ich hatte mich bereits abgewendet und ließ meine drei Freunde stehen.

Bill war wieder die personifizierte Neugierde. »Wo willst du hin, John?«

»Zum Funkgerät. Oder glaubt ihr etwa, dass ich hier auf der Insel versteinern möchte …?«

# TÖDLICHER VATERTAG

Die Frau hieß Evelyn Binussek, saß mir in meinem Büro gegenüber, schaute mich skeptisch an und sagte nach einer Weile: »Ich möchte von Ihnen eine ehrliche Antwort, Mr. Sinclair.«

»Bitte, ich werde mich bemühen.«

Sie winkte ab und lächelte. »Das ist mir eigentlich zu wenig, denn ich bin nicht zum Spaß zu Ihnen gekommen.«

»Das kann ich mir vorstellen, Mrs. Binussek. Wer geht schon grundlos zur Polizei? Dazu noch zu Scotland Yard! Das kostet immer eine gewisse Überwindung.«

Sie senkte den Kopf und nahm die Tasse mit Kaffee in beide Hände. Glenda Perkins, meine Sekretärin, hatte ihr das Getränk gebracht. Sie schaute auf den Kaffee und schüttelte wieder den Kopf. Es musste sie Überwindung kosten, den Satz oder die Frage auszusprechen. Sie hatte auch ausdrücklich darum gebeten, mich allein sprechen zu dürfen, und ich hatte zugestimmt. Mein Freund Suko, mit dem ich das Büro teilte, wollte sich in der Zwischenzeit irgendwie in der EDV beschäftigen.

Jetzt stellte sie die Tasse weg. Dabei atmete sie ein. Für mich ein Zeichen, dass sie sich entschlossen hatte, endlich zu reden. Und dann kam die Frage für mich völlig überraschend.

»Glauben Sie an die Rückkehr der Toten, Mr. Sinclair?«

Mit dieser Frage hatte ich nicht gerechnet. Ich konnte auch sofort keine Antwort finden, strich durch mein Haar und zündete mir eine Zigarette an, um eine kleine Nachdenkpause zu erreichen. Draußen regnete es, aus einem trüben Himmel floss das Wasser.

»Jetzt sind Sie sprachlos, nicht?«

»Nein, das nicht.«

»Und weshalb bekomme ich keine Antwort von Ihnen?«

Ich war ehrlich. »Diese Frage, Mrs. Binussek, hätte ich von Ihnen nicht erwartet.«

»Was dann?«

»Ich weiß es nicht genau. Jedenfalls machen Sie mir nicht den Eindruck, als würden Sie sich mit diesem Metier beschäftigen. Die lebenden Toten …«

»Sagen Sie ruhig *Zombies,* Mr. Sinclair. Ich habe mich vorher informiert.«

»Gut, bleiben wir bei *Zombies.*«

»Obwohl Sie mir meine Frage noch immer nicht beantwortet haben. Glauben Sie daran?«

»Wenn Sie die Rückkehr der Toten im christlichen Sinne meinen, Mrs. Binussek …«

Sie hob die Hände und unterbrach mich. »Nein, nein, ich sagte Ihnen doch, das nicht. Ich meine die andere, die schreckliche, die grauenvolle Rückkehr.«

»Ja, Zombies kann es geben.«

Sie blickte mich starr an. Nichts regte sich in ihrem Gesicht. Ich hatte das Gefühl, als wäre sie blasser geworden. Einige Sommersprossen traten hervor. Evelyn Binussek war ungefähr 40 Jahre alt. Eine aparte Frau mit schwarzen Haaren, die einen kurzen Schnitt zeigten, durch Föhnen etwas aufgelockert wirkten und ihren Kopf umschmeichelten. Sie hatte dunkle Augen und hoch stehende Wangenknochen. Einen schwarzen Pullover trug sie und einen karierten Rock im Schottenmuster. Die Stiefel reichten fast bis zu den Knien. Auf dem Leder waren die Regentropfen bereits getrocknet.

Ihr Atem kam mir auf irgendeine Art und Weise befreiend vor. »Darf ich auch eine Zigarette haben?«, erkundigte sie sich.

»Natürlich, gern.« Ich reichte ihr die Packung, und sie nahm sich ein Stäbchen. Feuer bekam sie ebenfalls von mir. »Ich bin froh, dass Sie mich nicht auslachen, Mr. Sinclair.«

»Wie käme ich dazu?«

»Die meisten Menschen hätten mich ausgelacht.« Sie blies den grauen Rauch seitlich über meinen Schreibtisch.

»Dann wären Sie ja nicht zu mir gekommen, wenn ich ein ›normaler‹ Mensch gewesen wäre.«

»Das sicherlich nicht.«

»Kommen wir mal zur Sache, Mrs. Binussek. Haben Sie einen triftigen Grund, an lebende Tote zu glauben?«

»Den habe ich natürlich. Und nicht ich allein. Meinen beiden Freundinnen ist es ebenso ergangen.«

»Wieso?«

»Gesehen habe ich keinen, nur gehört.«

»Ein Zombie sprach zu Ihnen?« Ich war ein wenig verwirrt.

»Genau das.« Ihre Stimme wurde ein wenig lauter, vielleicht auch schriller. »Es war nicht irgendein Zombie, Mr. Sinclair, sondern mein Mann Claus, der zu mir gesprochen hat.«

»Wobei ich davon ausgehen kann, dass ihr Mann nicht mehr unter den Lebenden weilt.«

»So ist es.«

Ich runzelte die Stirn. Was sollte ich tun? Der Frau glauben oder sie als hysterisch bezeichnen? Eigentlich machte sie einen viel zu normalen Eindruck. Evelyn Binussek sah aus, als stünde sie mit beiden Beinen im Leben. Und sie hatte auch während unseres Gesprächs die Ruhe bewahrt. Ob sie dabei unter starkem Druck stand oder nicht, wollte ich dahingestellt sein lassen.

»Ihr Mann hat sich also mit Ihnen in Verbindung gesetzt?«

»So ist es.«

»Können Sie das beweisen?«

Mrs. Binussek warf mir einen etwas längeren Blick zu, nickte und drehte sich auf dem Besucherstuhl, da sie ihre Tasche an sich nehmen wollte, die sie über die Lehne gehängt hatte. »Ja, Mr. Sinclair, das kann ich beweisen, denn mein Mann wollte dies sogar. Ich nehme es jedenfalls an.« Sie öffnete die dunkle Tasche und nahm eine Kassette hervor. Behutsam legte sie sie auf den Schreibtisch, der zwischen uns stand. »Das ist der Beweis. Darauf befindet sich die Stimme meines Mannes.«

»Und wann hat er mit Ihnen geredet?«

»Vor drei Tagen. Haben Sie einen Rekorder?«

»Natürlich.« Ich öffnete eine Schublade an der Seite des Schreibtisches und holte den Rekorder hervor.

»Die Kassette war leer«, erklärte sie mir. »Es ist also nur die Stimme meines verstorbenen Mannes darauf.«

»Wir werden sehen.« Ich legte das Band ein. Es war still geworden. Nur das Geräusch der zufallenden Klappe war zu hören.

Mrs. Binussek saß schweigend und sehr gespannt vor mir. Ihre dunklen Augen waren starr auf den Rekorder gerichtet. Auf der blassen Stirn sah ich die ersten kleinen Schweißperlen. Sie stand unter einem hohen seelischen Druck, obwohl ihr äußerlich kaum etwas anzumerken war.

Ich drückte die entsprechende Taste und setzte somit das Laufwerk in Bewegung.

Zunächst vernahmen wir beide nichts, außer einem leisen Rauschen, das aus dem Lautsprecher drang.

»Wir müssen noch etwas warten«, erklärte sie.

Ich nickte, lehnte mich zurück und leerte meine Tasse. Kaum harte ich sie abgestellt, als die ersten Töne erklangen. Von einem Sprechen konnte man da noch nicht reden. Es waren lallende, stöhnende Laute. Dazwischen ein widerliches Grunzen, das man auch hätte als Lachen bezeichnen können. Insgesamt gesehen Laute, die einen Menschen erschrecken konnten und die ich von Zombies her kannte.

»Gleich ist es so weit!«, flüsterte sie. Evelyn Binussek umklammerte mit beiden Händen das Leder ihrer Handtasche so hart, dass die Fingerknöchel scharf hervorsprangen. Es musste schlimm für sie sein, die Stimme ihres verstorbenen Mannes zu hören, auch wenn sie die Aufnahme schon einige Male hatte ablaufen lassen.

»Hallo, Evelyn ...«

»Da ist es, Mr. Sinclair!«

Die ersten beiden Worte hatten dumpf und gleichzeitig rau geklungen, allerdings ziemlich gut zu verstehen. Der Gruß eines Mannes an eine Frau, aber irgendwie nicht echt oder ehrlich, sondern heimtückisch gesprochen.

»Na, Evelyn, bist du überrascht, meine Stimme zu hören?«

Ich schaute mir die Frau an. Diesmal sah ich Tränen in ihren Augen.

»Evelyn, ich melde mich bei dir, weil ich nicht tot bin. Ich habe das immer währende Leben. Ich komme zurück. Ich werde am Vatertag meinen großen Auftritt haben. Und nicht nur ich, liebe Evelyn. Du kannst dich freuen, mich wiederzusehen. Du hast mich doch geliebt, oder? Hast du das nicht immer gesagt? Also, freue dich darauf, mich bald in die Arme schließen zu können. Mich, deinen Mann, der gleichzeitig ein Zombie ist, ein lebender Toter. Liebe versetzt Berge, hast du immer gesagt. Sie kann auch Grenzen und tiefe Gräben überwinden. Du warst psychologisch immer so auf der Höhe, hattest für alles Verständnis. Jetzt musst du auch für mich Verständnis haben, wenn ich zurückkehre und meinen kalten Körper an dir wärmen will. Ach, es wird dein…«

»Schalten Sie ab, Mr. Sinclair, bitte!« Evelyn Binussek sprang plötzlich auf. Sie schaute mich flehend an, und ich drückte auf die Stopptaste, genau in dem Augenblick, als ein schauriges Lachen erschallte, das der Sprecher als Ausklang seiner Worte hinzugefügt hatte.

»Möchten Sie einen Whisky?«, fragte ich sie.

»Ja, bitte!«

»Ich holte eine Flasche und ein Glas. Einen Doppelten schenkte ich der Frau ein, die vor Panik grau geworden war. Ich sah zu, wie sie trank. Dabei zitterten ihre Hände, und sie hielt das Glas mit zehn Fingern fest, während sie starr nach vorn schaute.

»War es tatsächlich Ihr Mann, Mrs. Binussek?«

»Natürlich.«

»Nicht dass er die Sätze vor seinem Tod schon auf die Kassette gesprochen hat, um Sie in Angst und Schrecken zu versetzen.«

»Nein, das ist unmöglich. Ich habe die Kassette erst vor zwei Wochen gekauft. Sie sollte für meine beiden Kinder sein. Da ist alles echt, ich habe nichts getürkt. Weshalb auch?« Sie schaute mich an.

Ja, weshalb auch, dachte ich und hob die Schultern, bevor ich wieder meinen Platz hinter dem Schreibtisch einnahm. »Nichts getürkt«, murmelte ich. »Ihr Mann will also als Zombie zurückkommen.«

»Und nicht nur er, Mr. Sinclair. Seine beiden Freunde auch. Es sind also drei.« Zur Unterstreichung ihrer Worte hob sie die entsprechende Anzahl von Fingern und schaute mich starr an …

Das war in der Tat eine Überraschung. Ich räusperte mich.

»Drei?«, fragte ich nach.

»Ja.«

»Aber weshalb kehrt Ihr Mann nicht allein zurück?«

»Das kann ich Ihnen sagen. Weil Jerome, Eric und er gewissermaßen eine Clique bildeten. Die EG-Clique haben sie immer gesagt. Wir sind Engländer, auch wenn sich der Name Binussek nicht so anhört. Silvie und Jerome Woeber kommen aus Belgien,

Brigitte und Erich Buchwald aus Deutschland. Sie wohnen in der Nähe von Köln …«

»Und sie waren oft zusammen?«, fragte ich.

»Seit der Studienzeit. Und Vatertag war ihr höchster Feiertag…«

Evelyn legte ihre Hände gegeneinander. Mit leiser Stimme fuhr sie fort. »Nun hat der Vatertag für mich und die anderen eine sehr tragische und schlimme Bedeutung bekommen. Denn an dem Vatertag vor einem Jahr starben sie alle.«

Ich schwieg für einen Moment. Dann sagte ich: »Die Frage klingt dumm, Mrs. Binussek, aber ich muss es wissen. Starben sie zur selben Zeit?«

»Ja.«

»Und die Umstände?«

»Ich habe keine rechte Ahnung. Wir Frauen waren ja nicht dabei. Sie hatten sich wieder in der Schweiz getroffen und zogen los. Man hat sie später gefunden. In den Bergen, im Gelände, in der Nähe eines Wasserfalls, wo sie ein Picknick machen wollten. Alle waren tot, und die Zungen hingen aus ihren Mündern. Sie waren blau angelaufen, es war wirklich schlimm, Mr. Sinclair.« Evelyn Binussek holte ein Taschentuch hervor und tupfte sich die Tränen aus den Augenwinkeln. »Wir haben sie dann in der Schweiz beerdigt, sie nicht überführen lassen. Ich glaube, dass es ihr Wunsch gewesen ist, weil sie das Land so liebten …«

»Wo ist das denn passiert?«, fragte ich.

»In der Nähe des kleinen Dorfes. Es heißt Kandersteg und ist recht bekannt, weil es am Lötschbergtunnel liegt. Das ist der Zugang zum Kanton Wallis. Dort geht es mit dem Wagen nicht mehr weiter. Sie müssen auf den Verladezug, der Sie und Ihr Auto durch den Tunnel nach Goppenstein bringt. Eine herrliche Gegend, auch ein wunderschöner Friedhof, auf dem die drei Freunde liegen. Aber dass sie jetzt zurückkommen wollen?« Evelyn weinte jetzt lauter. »Ich kann es nicht fassen. Stellen Sie sich vor, mein Mann würde sein Versprechen einlösen. Ein Toter will sich an mir wärmen. Ein Mensch, der ein Jahr in der kalten Erde gelegen hat. Das ist unfassbar, unglaublich.« Sie schüttelte sich, als hätte sie jemand mit eiskaltem Wasser übergossen.

Ich strich über mein Haar. »Ja, das ist in der Tat nicht einfach«, gab ich murmelnd zurück. »Und für Sie wird es vielleicht noch schlimmer, denn ich muss Ihnen eine bestimmte Frage stellen.«

»Bitte, Mr. Sinclair!«

»Hatten die drei Männer vielleicht Kontakt zu irgendwelchen schwarzmagischen Kreisen?«

»Wie meinen Sie das?«

»Glaubten sie an teuflische Kräfte. Haben sie vielleicht der Hölle gedient?«

»Nein, wo denken Sie hin!« Sie schüttelte den Kopf. »Das ... das ist unmöglich. So gut kannte ich meinen Mann.«

»Und wenn er sich mit seinen Freunden getroffen hat?«

»Auch sie waren völlig normal. Man konnte alle drei als gläubig, im kirchlichen Sinne bezeichnen. Da war nichts mit Magie und so. Das hätte ich bemerkt.«

»Okay, lassen wir das vorerst einmal dahingestellt sein, Mrs. Binussek. Etwas anderes will ich Sie fragen. Ihr Mann hat ja davon gesprochen, zurückzukehren. Was wollen Sie tun? Haben Sie sich schon Gedanken darüber gemacht?«

»Nicht nur ich. Auch Silvie Woeber und Brigitte Buchwald. Sie haben zwar keine Nachricht bekommen, dennoch fühlen sie sich betroffen und angesprochen. Aus diesem Grunde haben wir uns auch entschlossen, der Gefahr ins Auge zu sehen.«

»Sie wollen nach Kandersteg?«

»Ja. Und ich möchte Sie bitten, uns zu begleiten!«

»So etwas Ähnliches habe ich mir schon gedacht«, erwiderte ich lächelnd. »Wie sind Sie überhaupt auf mich gekommen?«

»Ich habe mal etwas über Sie in der Zeitung gelesen. Fahren Sie also mit?«

»Wahrscheinlich. Ich muss mich natürlich noch mit meinem Chef absprechen, aber eigentlich steht einer Reise nach Kandersteg nichts im Weg.«

Ihre Augen wurden groß. »Glauben Sie mir wirklich, Mr. Sinclair?«

»Ich gehe davon aus, dass Sie mich nicht belogen haben.«

Ein glückliches Lächeln überflog das Gesicht der jungen Witwe. »Das werde ich Ihnen nie vergessen.«

Ich winkte ab. »So weit ist es noch nicht, Mrs. Binussek. Wir müssen vor allen Dingen versuchen, den Fall so emotionslos wie möglich anzugehen. Sollten wir uns tatsächlich am Vatertag treffen, so halten Sie sich bitte zurück. Das Gleiche gilt für Ihre Freundinnen. Und noch etwas: Lassen Sie Ihre Kinder zu Hause!«

»Das versteht sich.« Sie schaute mich forschend an. »Wann können Sie denn fliegen?«

»Ich weiß es noch nicht genau …«

»Silvie, Brigitte und ich haben bereits gebucht. Wir werden uns in Zürich treffen.«

»Und wo wohnen Sie in Kandersteg?«

»In einem Hotel, in dem auch unsere Männer stets abgestiegen sind. Es ist das Royal Gemmi, das erste Haus am Platz. Ein wunderschönes Hotel. Nicht zu groß, herrlich gelegen, mit einem fantastischen Garten …« Sie schluckte und begann wieder zu weinen. »Nun ja, das ist vorbei.« Evelyn Binussek hatte Mühe, sich zu beherrschen.

»Ich kann Sie im Laufe des Tages also noch erreichen?«, erkundigte ich mich.

»Natürlich.« Sie holte eine Karte aus der Handtasche. »Hier steht meine Anschrift.«

»Danke sehr.«

Bevor sie zur Tür ging, schaute sie mich noch einmal an. »Und Sie werden wirklich alles tun, um diesen schrecklichen Fall aufzuklären?«

»Wenn ich nach Kandersteg komme, sicherlich.«

»Danke, Mr. Sinclair. Auch die anderen beiden werden froh sein, wenn ich es ihnen sage. Ich telefoniere noch mit Belgien und Deutschland.«

»Tun Sie das.«

Ich brachte die verzweifelte Frau noch bis zum Fahrstuhl. Dort drückte sie mir noch einmal die Hand. Als sich die Tür des Lifts schloss und ich zum letzten Mal einen Blick in ihr Gesicht warf, sah ich wieder die Tränen.

»Es wird schon gut werden«, sagte ich.

Evelyn nickte. Die Tür schloss sich, der Fahrstuhl setzte sich in Bewegung, und die Frau war meinen Blicken entschwunden.

Ich blieb noch für einen Moment im Gang stehen und atmete tief durch, während ich über den außergewöhnlichen Besuch dieser Frau nachdachte.

Es war nicht einfach, ihr zu glauben. Andererseits sah ich keinen Grund, dies nicht zu tun. Nach dem Warum und Wieso wollte ich jetzt noch nicht fragen. Ich nahm es zunächst einmal als Tatsache hin, dass Evelyn Binussek Kontakt zu ihrem verstorbenen Mann gehabt hatte. Er hatte sich bei ihr gemeldet, jetzt mussten wir weitersehen.

Mit etwas müde wirkenden Schritten ging ich wieder zurück. Im Vorzimmer sprach mich Glenda, meine Sekretärin, an. »Die Frau kam mir verzweifelt vor.«

»Das war sie auch.« Ich nahm auf der Schreibtischkante Platz. Glenda wusste, was ich jetzt benötigte. Sie schenkte mir eine Tasse Kaffee ein. Ich nahm Zucker und rührte um.

»Willst du es mir nicht erzählen?«

»Doch.« Mit wenigen Worten fasste ich den Bericht der Besucherin zusammen.

Glenda hörte zu und wurde bleich. »Aber das ist ja furchtbar!«, flüsterte sie.

»Falls es stimmt«, schränkte ich ein.

»Und du willst in die Schweiz?«

»Ja. Ich habe mich entschlossen. Denk mal nach! Wenn in einem Urlaubsort wie Kandersteg drei Zombies umherirren, kann das zu einer Katastrophe führen. Du weißt selbst, wozu lebende Tote fähig sind. Die kennen keine Rücksicht. Menschenleben bedeuten ihnen überhaupt nichts.«

»Ich weiß. Willst du allein fahren?«

»Da müsste ich mit Sir James sprechen. Ich weiß nicht, ob Suko mit von der Partie sein wird.«

Wie aufs Stichwort öffnete sich die Tür. Suko betrat das Vorzimmer.

»Habt Ihr von mir gesprochen?«

»Ja.«

»Hoffentlich nur Gutes.«

»Kann man von dir etwas Schlechtes behaupten?«

»Dir traue ich alles zu, John.«

Ich berichtete abermals von der Kassette.

Mein Freund und Kollege wiegte den Kopf. »Kandersteg könnte mir schon gefallen.«

»Mir auch, aber ob es unserem Chef gefällt, dass wir zu zweit fahren, weiß ich nicht.«

»Du kennst ihn ja …«

Das Telefon meldete sich. Glenda hob ab und sagte: »Ja, die beiden sind hier, Sir.«

Sie legte wieder auf. »Ihr sollt zu ihm kommen.«

»Wie klang seine Stimme?«, fragte ich.

»Brummig.«

»Ich sehe meine Flugchancen schwinden«, tönte Suko und bekam auch Recht, denn als sich Sir James meinen Bericht angehört hatte, schüttelte er den Kopf.

»Wenn überhaupt jemand von Ihnen in die Schweiz fliegt, wird es John Sinclair sein.«

»Und weshalb, Sir?«, fragte Suko.

»Weil es sonst Ärger mit der Abrechnung gibt. Ich habe gestern einen Bericht bekommen. Angeblich haben wir zu viel Geld ausgegeben …«

»Unsere Abteilung?«

»Nein, John, aber man klammert uns aus den Gesamtausgaben nicht aus. Es soll gespart werden.«

»Und damit beginnt man bei mir«, stöhnte Suko.

»So ist es leider. Zudem weiß ich noch nicht, ob tatsächlich etwas an der Sache …«

»Sir«, unterbrach ich ihn. »Ich habe die Frau erlebt und auch das Band abgehört.«

»Das heißt, Sie glauben ihr?«

»Ja.«

»Mehr auch nicht. Glauben heißt nicht wissen.«

»Sir, die Beweise muss ich erst beschaffen. Das ist bei jedem Fall so, wie Sie wissen.«

»Ja, ja.« Sir James ging um seinen Schreibtisch herum und ließ sich im Sessel nieder. »Ich verstehe alles, aber da ist dieser verdammte Schrieb gekommen, dass wir sparen sollen. Da muss einer von Ihnen einfach in London bleiben und die Stellung halten. Da die Frau Sie ja angesprochen hat, John, werden Sie auch fliegen.«

»Aber nicht im Gepäckraum.«

»Wieso?« Sir James schaute mich irritiert an.

»Das soll ja billiger sein, habe ich mir sagen lassen …«

Der Schnee war noch nicht getaut, und so lag die weiße Pracht bis in das Tal hinein, in dem der kleine Ort Kandersteg in ungefähr 1100 Meter Höhe liegt.

Weder im Sommer noch im Winter herrscht hier großartiger Touristenrummel. Es gibt keine großen Hotelpaläste, dafür kleine Pensionen, Ferienwohnungen und auch nette Hotels, wo noch der Gast König ist. Die Ruhe des Ortes ist schon als sprichwörtlich zu bezeichnen, obwohl Kandersteg am Lötschbergtunnel liegt. Hier befindet sich die Auto-Verladung für eine wichtige Nord-Süd-Strecke, der Durchgang zum Wallis. Man hatte auch beim Bau der Autostraße mitgedacht, denn die Fahrbahn führte nicht durch den Ort, sondern umging ihn. Urlauber und Einheimische wurden durch keinen Verkehrslärm gestört, es sei denn, der Wind trug die Geräusche der anrollenden Züge herbei, aber das gehörte einfach dazu.

In Kandersteg gab es alles. Lebensmittelgeschäfte, Metzgereien, Andenkenläden, Tearooms, Cafés, auch zwei Seilbahnen. Eine führte hoch zum Oeschinensee, die andere brachte die Besucher in Richtung Gemmipass.

An der Südseite war der Schnee bis auf einige Flecken weggetaut, und da blühten die ersten Blumen bereits auf den Almen. Hin und wieder strich ein warmer Wind durch das Tal, der die Menschen ins Freie lockte. Der Frühling kündigte sich an. Manche Hotels hatten geschlossen. Da wurde geputzt, renoviert und gebaut, um für den Sommertourismus eingerichtet zu sein.

Noch waren die Tage ziemlich kurz, und die Dunkelheit kam immer sehr schnell. Blaugraue Schatten fielen auf den Ort, nur durchbrochen von einzelnen Lichtern, die hinter den Scheiben der Hotels und Pensionen leuchteten. Dann leerten sich auch die Straßen. Es gab kein Nachtleben in Kandersteg, und Touristen, die jetzt hier wohnten, erlebten die absolute Ruhe. Ihre Nerven erholten sich. Besonders ruhig war es auf dem kleinen Friedhof. Er lag nicht weit von der Kirche entfernt, deren Abendglocke schon geschlagen hatte.

Auch die letzte Messe war vorbei, und der Ort schien unter einer Schweigeglocke zu liegen.

Selbst am Bahnhof war es still. Es fuhr an diesem Abend nur noch ein Zug durch den Tunnel, aber der würde später kommen.

Niemand ahnte, dass sich in diesem idyllischen Ort der Schrecken vorbereitete, um grausam zuzuschlagen.

Wer glaubte schon an Zombies oder lebende Leichen. Das waren Dinge, die in das Reich der Fabel gehörten. Es gab zwar einige abergläubische Menschen, aber sie legten mehr Wert auf die alten Geschichten, die mit Kandersteg in einem unmittelbaren Zusammenhang standen, denn man munkelte, dass beim Bau des Lötschbergtunnels nicht alles mit rechten Dingen zugegangen sei. Da waren Unglücke passiert, über die auch Jahre später nur flüsternd gesprochen wurde.

Auch über den Friedhof legten sich die langen, blauen Schatten der Dunkelheit; Wer gute Augen hatte, sah den Kirchturm, der sich scharf von der Finsternis abhob.

Im Hintergrund wuchsen die Berge in den Himmel. Über 3000 Meter hohe, gewaltige Klötze, uneinnehmbar, wie stumme Wächter eines kleinen Tals, das vor Hunderten von Jahren einmal das Ende der Welt bedeutete.

Und das Grauen spürte, dass seine Zeit allmählich gekommen war. Noch hatte es sich zurückgehalten, aber es musste einfach den schwarzmagischen Gesetzen gehorchen und machte sich bereit, seine Wohnstatt zu verlassen.

Noch barg der Friedhof dieses tödliche Geheimnis, und auch nicht der einsame Wanderer, der die Mauer passierte, ahnte etwas davon. Sonst wäre er nicht so fröhlich weitergegangen, um die Hauptstraße zu erreichen, an der auch die Jugendherberge lag.

Seine Schritte verklangen.

Es wurde still…

Wenn die Sonne schien, berührte der Schatten des Kirchturms den Friedhof. In der Nacht war es allein die Finsternis, die den Totenacker wie einen Mantel umhüllte.

Manchmal leuchteten auch die Grabsteine. Es kam stets darauf an, aus welch einem Material sie waren. Nur die Metalleinschlüsse im Gestein gaben das Leuchten ab.

Die Gräber waren sehr gepflegt. Man legte Wert darauf, auch die Ruhestätten der Toten dem allgemeinen Eindruck des Dorfes anzupassen. Viele Gräber wurden einmal in der Woche geschmückt, bekamen frische Blumen oder wurden gereinigt.

Nur die drei hinter der hintersten Ecke des Friedhofs nicht. Sie wirkten verwildert, besaßen auch keinen stehenden Grabstein mehr, und auch Kreuze waren nicht vorhanden.

Dafür flache Steine, die schräg auf dem Boden lagen, sodass man bequem die eingravierten Namen lesen konnte.

Nur die Namen, mehr nicht.

Claus Binussek!

Jerome Woeber!

Erich Buchwald!

Drei Namen, drei Schicksale. Wer die Kandersteger darauf ansprach, der bekam zumeist ausweichende Antworten, weil der Tod dieser drei Menschen einfach nicht in die dörfliche Urlaubsidylle hineinpassen wollte. An einem Vatertag waren sie gestorben. Über die Umstände hatte man nachgedacht, sie aber nie aufklären können.

Man wollte auch nicht reden. Irgendein Geheimnis lag über dem Ableben der drei Männer, und es sollte auch weiterhin ein Geheimnis bleiben.

Aber nicht alles, was in der Erde liegt, will die Erde halten. Wenn ein böses schwarzmagisches Erbe versucht, die Kräfte des Guten zu unterdrücken, müssen sich diese wehren.

Und so geschah es auch auf dem kleinen Friedhof. Man wollte das nicht, was an der Friedhofsmauer lag. Kein mit einem Fluch des Bösen beladener Leichnam sollte die Ruhe der Gerechten stören, deshalb mussten die Toten abgestoßen werden.

Ein Jahr hatten sie unter der Erde gelegen.

Jetzt war die Zeit reif.

Die Toten mussten raus. Der alte Fluch sollte sich erfüllen, und es hatte bewusst die drei Fremden getroffen.

An der Mauer tat sich etwas.

Zuerst flog eine Amsel erschreckt hoch. Sie hatte in den Zweigen eines Baumes geschlafen, war plötzlich erwacht, weil das sensible Tier von einem Hauch gestreift worden war, der von einem Menschen nicht bemerkt worden wäre.

Der Hauch des Bösen …

Und er verdichtete sich. Unsichtbar lag er über dem Friedhof, berührte alles, was sich in seiner Nähe aufhielt, und manche Grabsteine leuchteten plötzlich heller auf.

Daran trug nicht der Hauch die Schuld. Es war vielmehr der Mond, der sich am Nachthimmel zeigte und sein bleiches Licht in Richtung Erde schickte.

Er verschonte auch das kleine Tal nicht, in dem Kandersteg lag. Sein Ziel schien der Friedhof zu sein, über den sich die bleiche Lichtfülle ergoss.

Sie fiel ebenfalls auf die drei schräg im Boden steckenden Grabsteine, sodass die eingravierten Namen der hier Begrabenen deutlich zu sehen waren.

Nahe der Gräber wuchsen Vogelbeerbüsche. Im Sommer warfen sie Schatten, jetzt besaßen sie weder Blätter noch Blüten. Ihre Zweige sahen aus wie kahle, dünne Arme.

Wenn der Nachtwind über die Mauer des Friedhofs wehte und sie berührte, zitterten sie, als würde eine Hand an ihnen rütteln.

Der Boden des Friedhofs war ruhig. Die Toten sollten nicht gestört werden, und doch geschah etwas kaum Glaubliches. Es nahm seinen Anfang an dem Grab, in dem ein Mann namens Erich Buchwald lag.

Zuerst geriet der Grabstein in Bewegung. Jemand stieß von unten gegen ihn, bekam ihn auch ein kleines Stück hochgewuchtet, dann fiel er wieder zurück und blieb schräg liegen.

Ein erster Versuch …

Die Ruhe blieb …

Nach einer Minute ungefähr bewegte sich der Stein abermals. Und diesmal war die unerklärbare Kraft stärker, die gegen seine Unterkante drückte und ihn so weit in die Höhe stemmte, dass er plötzlich auf seiner schmalen Kante stand.

Nicht sehr lange ließ der nächste Stoß auf sich warten. Nach links kippte der Grabstein weg. Mit einem dumpfen Laut fiel er auf den weichen Boden neben dem Grab.

Käfer und Würmer, die an seiner Unterseite Schutz gefunden hatten, krabbelten aufgeregt weg und suchten sich einen anderen Unterschlupf.

Wo der Grabstein gelegen hatte, blieb eine dunkle Stelle. Genau ein Viereck malte sich auf der Grabstelle ab. Feuchter Lehm und bröselige Erde vermischten sich dort, und beides geriet in Bewegung, als etwas aus der Tiefe stieg, nachdem es dort genügend Kraft gesammelt hatte.

Es kam höher und höher, wühlte immer mehr Erde auf, sodass einzelne Krumen schon vom Grab rollten.

Dann durchstieß es den Boden.

Es war eine Hand!

Bleich, mit einer dünnen, manchmal gerissenen Haut versehen und vom Mondlicht gespenstisch angestrahlt, so drang sie aus der Tiefe des Friedhofs an die Oberfläche. Sie blieb für eine Weile in dieser Haltung, bevor sich die Finger bewegten, manchmal eine Faust bildeten, sich danach streckten, als wollte der lebende Tote die Geschmeidigkeit seiner einzelnen Finger prüfen.

Er war zufrieden, denn die Hand schob sich weiter, und ein Teil des Armes wurde sichtbar.

Ein Arm, der ebenfalls noch nicht verwest war und an dem sehr deutlich die Sehnen unter dem dünnen Fleisch und der zart wirkenden Haut zu sehen waren, wenn sie zuckten.

Dreck und Schmier hatten ebenfalls eine Schicht gebildet die auf der Haut lag und ebenfalls am Ärmel des Totenhemdes klebte, das irgendwann einmal weiß gewesen war, jetzt aber grau, stockig und fleckig wirkte.

Ein Toter wollte raus!

Mit der Schulter stemmte er sich gegen das schwere feuchte

Erdreich, sodass auf der Oberfläche des Grabes einiges in Bewegung geriet und die Erde zu beiden Seiten der letzten Ruhestätte wegrutschte.

Schulter und Kopf erschienen!

Ein schreckliches Gesicht. So bleich, wie man es kaum beschreiben konnte, beschmiert mit Dreck und Lehm, einem schiefen Mund, aber noch nicht verwest, sodass bleiche Knochen hervorgetreten wären. Die magische Kraft, die diesen Toten in den Klauen gehalten und beschützt hatte, schien ihn auf eine gewisse Art und Weise konserviert zu haben.

Und er kam weiter. Noch stand er bis zu den Hüften in der feuchten Graberde, schüttelte den Schädel, sodass aus den fahlblonden Haarsträhnen der Dreck geweht wurde.

Ein Zombie war gekommen. Und dieses schlimme Wesen breitete die Arme aus, um sich rechts und links seiner Grabstätte auf dem härteren Boden abzustützen.

Er benötigte noch einen allerletzten Anlauf, um auch die Beine aus dem Erdreich ziehen zu können.

Beim ersten Versuch sackte der lebende Tote wieder zurück. Da wirkte der Boden wie ein Sumpf, der alles umklammern wollte, sodass der Zombie Mühe hatte, sich zu befreien.

Es klappte beim dritten Versuch.

Er war frei!

Den Mund öffnete er weit. Ein erstes Stöhnen drang hervor und unterbrach die Stille des Friedhofs. Es hörte sich triumphierend an, denn dem Zombie gelang es gleichzeitig, auch seinen rechten Fuß aus der Erde zu ziehen. Er hatte freie Bahn.

Für einen Moment blieb er noch neben dem Grab knien, dann schüttelte er den Kopf, als wollte er sich selbst etwas beweisen. Ruckartig stand er auf.

So blieb er stehen.

Der Untote hatte Mühe, sich auf den Füßen zu halten. Als würde ein Orkan über ihn herfallen, so blieb er neben dem Grab, schwankte nach vorn, auch nach hinten, aber er fiel nicht, sondern ging die ersten Schritte nach vorn, wo er die Friedhofsmauer als Ziel anvisiert hatte.

Dort fiel er gegen.

Mit den Händen stützte er sich ab, bevor er eine Hand löste und mit fünf Fingern durch sein fahles und gleichzeitig mit Schmutz bedecktes Haar wischte.

Die letzten Käfer, die sich bisher noch an den Fetzen seines Totenhemds geklammert hatten, flohen und verschwanden zwischen den Bodengewächsen.

Nach wie vor stand der Mond am Himmel.

Ein Gestirn, das Licht aussandte und dafür Sorge trug, damit auch höllisches Leben allmählich erwachte und die entsprechende Kraft bekam, um existieren zu können.

Erich Buchwald, vor einem Jahr auf grausame Art und Weise gestorben, drehte sich um.

Sein stierer, lebloser Blick fiel auf die beiden anderen Gräber, die neben dem seinen lagen.

Auch dort tat sich etwas.

Wie schon bei ihm, waren es zuerst die Grabsteine, die den Druck aus der Erde bekamen und aus ihrer Ruhelage gebracht wurden. Sie fielen ebenfalls um, sodass die Hände freie Bahn bekamen, um aus der Erde zu stoßen.

Krallen erschienen, Schultern, Köpfe …

Es war der gleiche, unheimliche Vorgang wie auch bei Erich Buchwald. Und so verließen Claus Binussek und Jerome Woeber ihre Gräber, ohne dass sie aufgehalten wurden.

Claus Binussek besaß die größeren Kräfte. Er stemmte sogar mit beiden Händen seinen Grabstein noch ein Stück zur Seite, um erst danach den Kopf aus dem Boden stecken zu können.

Im Gegensatz zu Erich Buchwald besaß er dunkles Haar. Wirr lag es auf seinem Kopf, verklebt von Dreck und Lehm. Er hatte die kaum erkennbaren Lippen verzogen, grinste breit und böse, während er versuchte, sein Grab endgültig zu verlassen.

Auch er schaffte es, stieg hervor, blieb neben seiner Ruhestätte stehen und schwankte wie Erich Buchwald, aber er hielt sich auf den Beinen, erreichte die Mauer und blieb davor stehen.

Neben Buchwald fiel er gegen das Gestein, stützte sich zunächst dort ab und drehte sich auch nicht um, damit er dem dritten zuschauen konnte, der aus der feuchten Erde dieses Alpenfriedhofs stieg.

Es war Jerome Woeber!

Der Belgier hatte die meiste Mühe. Keiner seiner beiden Zombie-Freunde kam ihm zur Hilfe. Sie ließen ihn allein, und Woeber nahm mehrere Anläufe, um es zu schaffen. Auch er brachte es hinter sich.

Er kroch aus dem Grab wie ein Mensch aus einem Sumpf, der ihn im letzten Augenblick freigegeben hatte. Mit den Händen nach Sträuchern greifend, an denen er sich festhalten konnte. Ein paar Mal zog er noch die Beine an, bewegte sich trampelnd und erreichte schließlich sein Ziel.

Auf dem Bauch blieb er liegen. Erschöpft konnte er als Zombie nicht sein, aber er wollte Kraft tanken und drehte seinen Kopf so, dass er schräg in den Himmel schauen konnte.

Jerome Woeber suchte den Mond!

Nur er konnte ihm Kraft geben, nur er spendete diesen fahlen, gleichzeitig kräftigenden Schein, der es einem lebenden Toten ermöglichte, seine Pläne durchzuführen.

Jerome Woeber kroch weiter, beobachtet von den leblosen Blicken seiner beiden Artgenossen. Niemand half ihm, als Untoter musste man allein zurechtkommen.

Woeber kam zurecht. Zuerst kniete er sich hin, schüttelte dabei den Kopf und stand mit einem Ruck auf. Es sah so aus, als wollte er nach vom fallen, konnte sich im letzten Augenblick noch halten und drehte sich auf der Stelle.

Die leeren Blicke der drei Zombies trafen sich.

Als Lebende hatten sie zusammengehalten, waren Freunde gewesen, und dies sollte sich auch nicht ändern, obwohl sie nur mehr äußerlich zu den Menschen gehörten.

Das Schicksal hatte sie zusammengebracht und eine Naht geschweißt, die auch der Tod nicht zerreißen konnte.

Jerome Woeber war der einzig Bärtige unter ihnen. In seinem langen Kinnhaar bewegten sich noch einige Käfer, die die fransigen Strähnen zum Zittern brachten. Als Woeber den Kopf schüttelte, lösten sich die Käfer und fielen zu Boden.

Die drei Männer trugen die gleichen zerfetzten Totenhemden. Ein Teil des Stoffes klebte noch auf ihrer Haut, und nichts in ihren leeren Blicken deutete daraufhin, was sie vorhatten.

Es war Erich Buchwald, der den Anfang machte. Er drehte sich um, ließ die Mauer los und schritt auf die Ecke des Friedhofs zu, wo zwei Mauern einen Winkel bildeten.

Er legte die Hände auf den Rand und versuchte, sich in die Höhe zu drücken.

Das gelang ihm erst beim zweiten Anlauf. Mit einer puppenhaft wirkenden Bewegung hob er das rechte Bein, um es ebenfalls auf die Mauer zu legen.

Bald lag er oben.

Er drehte noch einmal den Kopf und schaute auf seine beiden Artgenossen, die noch vor der Mauer standen.

Erich Buchwald machte kurzen Prozess. Er gab seinem Körper den nötigen Schwung und ließ sich an der anderen Seite von der Mauer fallen. Mit einem dumpfen Laut landete er am Boden. Schmerzen verspürte er noch. In dieser Hinsicht unterschied er sich auch nicht von einem Menschen.

Nachdem er aufgestanden war, ging er ein paar zögernde Schritte zur Seite. Kleine, graue Schottersteine knirschten unter seinen nackten Füßen. Sie drangen auch in die Haut, verletzten den Zombie, nur brauchte er sich darum nicht zu kümmern.

Zweimal klatschte es noch.

Als er den Kopf drehte, sah er seine beiden Freunde auf der Erde liegen. Jerome Woeber erhob sich als Erster. Er war voll auf das Gesicht gefallen. Die Nase hatte etwas abbekommen und wirkte wie ein über dem Bart stehender Klumpen.

Auch ihm machte dies nichts aus, er setzte sich breitbeinig und torkelnd in Bewegung, um den Weg gehen zu können, den auch die beiden anderen nahmen.

Ihre Blicke richteten sie dorthin, wo noch vereinzelt Lichter brannten.

Dort lag das Dorf, dort waren die Menschen, und einige von ihnen wollten sie sich holen.

Aber nicht jetzt.

In der folgenden Nacht.
Bis dahin sollten sie noch zittern ...

Die Hütte lag so schräg am Berghang, als würde sie sich ducken und vor den Winterstürmen Angst haben, die hin und wieder mit wahrer Brachialgewalt von den Bergen in das Tal fegten.

Sie hatte alle Stürme überstanden, war aus gutem, harten Holz gebaut, das allerdings im Laufe der Zeit durch die Wechselhaftigkeit des Wetters bleich geworden war, aber nicht verging.

Normalerweise war die Hütte im Winter und in den Übergangszeiten nicht bewohnt. Im Sommer schon, da diente sie als Proviantlager für Mensch und Tier.

Sehr hoch lag sie nicht. Einige Meter tiefer führte ein Spazierweg vorbei. Es war die Strecke, die geradewegs zum Blausee führte, einer Forellenzucht-Anlage, wo die Fische so zahm waren, dass sie den Menschen das Futter aus der Hand fraßen.

Nicht weit entfernt lag eine Zuchtanlage für Bernhardiner, und manchmal konnte man in der Nacht das Gebell der Tiere hören. Nicht in dieser Nacht.

Außerdem hätten die Zombies es nicht gehört, denn der von der Schneeschmelze her gut gefüllte Kanderfluss rauschte wie ein Wasserfall.

Die Zombies stiegen bergan. Sie hatten gegen die Tücke des Geländes zu kämpfen und waren zu Beginn mehr als einmal schon zurückgerutscht, hingefallen und erhoben sich wie Marionetten, um weiterzugehen.

Gesprochen hatten sie nicht miteinander, denn jedem von ihnen war klar, dass allein nur diese Hütte in Frage kam.

Das hatte seinen Grund. Sie war für die Männer immer ein Ausgangspunkt gewesen. Von hier harten sie ihre Wanderungen begonnen, ob sie nun zum Oeschinensee, ins Gasterntal oder zum Gemmipass aufgestiegen waren, die Hütte war so etwas wie eine Zuflucht gewesen.

Ein sehr primitiver Bau. Auch von innen. Es gab nur einen Raum, darüber einen Heuboden, wo das Winterfutter für das Vieh lagerte. Eine Seite wurde von einem Holzstapel eingenommen. Es stand also innen als auch außen das aufgeschichtete, gespaltene Holz.

Wie erwähnt, bewohnt war die Hütte nicht, aber sehr bekannt. Auch unter den jungen Leuten in Kandersteg. Dass sie deshalb als Liebesnest sehr gefragt war, verstand sich von selbst.

Es verging kaum eine Nacht, während der sich nicht jemand in der Hütte vergnügte. Die einheimischen jungen Burschen oder Männer trafen stets geheime Absprachen, wer sie benutzen konnte. Es gab Nächte, da wurde sogar dreimal gewechselt, aber nur in der Hochsaison, wenn auch durch Kandersteg manch einsame Touristin schlenderte und etwas erleben wollte.

In dieser Nacht war die Hütte ebenfalls belegt. Diesmal von keiner Touristin. Das Mädchen arbeitete in einem Kandersteger Hotel. Es machte dort eine Lehre.

Aus dem Tessin stammte die Kleine und hieß Maria.

Der junge Mann wohnte in Kandersteg, arbeitete allerdings in Bern und kam nur am Wochenende nach Hause.

Freitags traf er sich seit geraumer Zeit mit Maria. Da ihr Chef ebenso streng wie die Eltern des Jungen war, blieb den beiden nichts anderes übrig, als sich in der Hütte zu treffen, wenn sie allein sein wollten. Und diese irgendwie verbotene Romantik genossen beide. Da störte sie auch nicht das Heu, in dem sie lagen, denn sie hatte eine dicke Decke mitgenommen, die selbst den stärksten Halmen einen gewissen Widerstand entgegensetzte.

Eine Heizung gab es in der Hütte nicht. Auch kein elektrisches Licht, aber Christian Rügel, so hieß der junge Mann, hatte auch dieses Problem aus der Welt geschafft.

Wenn er zur Hütte ging, trug er eine Taschenlampe bei sich.

Ihren ersten stürmischen Liebesschwung hatten sie schon hinter sich gebracht und lagen beide auf der Decke in völliger Dunkelheit des Heubodens.

Die Kälte spürten sie nicht, denn sie wärmten sich gegenseitig.

Die kleine Flasche Pflümli, die sie mitgenommen hatten, war bereits geleert, und man konnte beide nicht mehr als nüchtern bezeichnen. Sie fühlten sich völlig sicher, im Dorf war abgesprochen worden, dass ihnen die Hütte in dieser Nacht gehörte, und daran hielten sich auch die jungen Männer. Das war ein ungeschriebenes Gesetz.

Maria begann plötzlich zu lachen.

»Was hast du?«, fragte Chris, als sie sich nicht beruhigen wollte.

»Ich dachte gerade daran, was mein Chef wohl sagen würde, wenn er uns hier sähe.«

»Der könnte gar nichts machen.«

Maria hob die linke Hand und ließ sie auf dem Bauch des Jungen liegen.

»Und wieso nicht?«

»Weil du nicht seine Leibeigene bist.«

»Das sag ihm mal. Du kennst ihn doch. Er ist ein Moral-Apostel. Wenigstens hier. Was er macht, wenn er nach Zürich fährt, weiß ich nicht.«

»Da gibt es schon einige Dinge.«

Maria richtete sich auf. »Wieso? Woher weißt du das denn? Warst du schon mal da?«

»In Zürich öfter.«

»Ich meine aber in diesen ... na, du weißt schon.«

»Nein, bin ich verrückt?« Die Stimme klang empört.

»Das solltest du aber sein. Und zwar nach mir.«

Chris lachte. »Das bin ich auch. Sogar sehr verrückt.« Er griff an seiner Freundin vorbei und fand zielsicher die Taschenlampe, die er sofort einschaltete.

»Nein, nicht!«, protestierte Maria. »Du weißt, dass ich es nicht haben kann, wenn es hell ist.«

»Wieso? Darf ich dich nicht ansehen?«

»Doch, aber...«

»Kindchen, stell dich nicht so an. Du bist heiße achtzehn. Und bei deiner Figur ...« Er schwenkte die Lampe im Kreis. Bald traf der Kegel auch das Gesicht des Mädchens.

Maria blinzelte, während sie versuchte, sich unter der Decke zu verstecken. Dagegen hatte Chris etwas. Er riss ihr die Decke weg und warf sich auf seine Freundin, die leise lachte.

»Du bist ja schon wieder in Form«, flüsterte sie.

»Ja!«, keuchte er und knabberte an ihrem Ohr, weil er wusste, dass sie es gern hatte. »Soll ich es dir beweisen?«

»Und wie?«

»Sofort?«

»Noch schneller ...« Ihre Stimme erstickte unter seinem brennenden Kuss und dem Spiel der Zungen.

So lagen sie aufeinander. Gesprochen werden brauchte nicht mehr. Ein jeder von ihnen wusste, was der andere wollte.

Die Natur forderte eben ihr Recht.

Und weiterhin fühlten sie sich so sicher. Ihnen konnte einfach nichts passieren. Sie hatten das herrlichste Liebesnest der Welt. Bald war nur mehr das schwere Atmen der beiden jungen Leute zu vernehmen. Es übertönte sogar das Rascheln des Heus.

Und die Zombies kamen näher.

Auch wenn sie manchmal auf Händen und Füßen gehen mussten, das Ziel ließen sie nie aus den Augen. Hin und wieder sahen sie die Hütte trotz der Finsternis. Immer dann, wenn ihnen keine Bäume mehr die Sicht versperrten. Sie wussten noch aus ihrem vorigen Leben, dass sie dort einiges finden würden. Zum Beispiel, andere Kleidung. Zwar alte, getragene Sachen, aber besser als zerrissene Leichenhemden.

Die Tür war nicht sehr hoch. Zudem hing sie schief in den Angeln und kratzte mit der rechten Seite über den Boden, wenn sie mit einigem Kraftaufwand aufgezogen wurde.

»Bitte, Chris, bitte ...!« Maria war überglücklich. Sie lachte und weinte in einem. Es war so herrlich, sich, ohne Angst zu haben, dem Geliebten hinzugeben.

Auch dem Jungen gefiel es, bis er das Geräusch hörte.

Chris hatte nicht allein in Kandersteg eine Freundin. Auch in Bern ließ er nichts anbrennen. Er wohnte dort bei einer Wirtin, die sehr gute Ohren hatte und immer dann klopfte, wenn es gerade schön wurde. Deshalb hatte er es sich zur Angewohnheit gemacht, auch in extremen Situationen auf umgebende Geräusche zu achten und sofort zu reagieren, wenn sie ihm fremd erschienen.

Wie hier.

Maria hatte das Klopfen oder den dumpfen Laut nicht vernommen. Dafür aber der Junge, und plötzlich versteifte sich sein ganzer Körper.

»Nein, nicht!«, jammerte Maria. »Nicht jetzt, bitte…!« Sie krallte sich an seiner Schulter fest, doch Christian schüttelte den Kopf.

»Da war was«, sagte er.

»Wo?«

»Draußen.«

»Ein Tier?«

Chris lachte leise. »Das will ich hoffen, aber ich glaube es einfach nicht. Es hörte sich eher nach einem Menschen an.«

»O Gott, mein Chef. Der ist mir nachgegangen und steht bestimmt vor dem Haus …«

»Unsinn, mach dir nur nicht in die Hose!«

»Ich habe ja keine an!«

Normalerweise hätte Chris über die Antwort gelacht, jetzt aber war er doch ernster. »Dann zieh dir eine über, mein Schatz. Schnell, zieh dich an!« Er löschte auch die Lampe und achtete nicht auf ihren Protest, weil Maria jetzt im Dunkeln ihre Kleider suchen musste.

Dem Jungen erging es nicht anders. Einige Male kamen sie sich ins Gehege, schimpften auch flüsternd, aber sie schafften es, in die Sachen zu steigen.

Das Heu raschelte, die starken Halme piekten. Chris behielt stets den Ausschnitt der Tür im Auge, der sich an der Wand abmalte. Dort tat sich noch nichts. Die Tür war nicht festgeschlossen, und wer gute Augen besaß, konnte durch den schmalen Spalt nach draußen schauen, wo es etwas heller war.

Chris Rügel glaubte, den hellen Streifen durch einen Schatten unterbrochen zu sehen. Er konnte sich auch geirrt haben, weil der Schatten nicht wieder erschien.

»Bist du fertig?«, fragte er.

»Ja, nur noch die Schuhe.«

»Okay, dann springen wir runter.«

»Und dann?«

»Mal sehen.« Chris lag nicht mehr. Am Rascheln des Heus war

zu hören, dass er sich nach vorn bewegte, und auch die Kante erreichte. Er schaute hinunter. Die Leiter stand ein wenig entfernt. Sie wollte er nicht benutzen. Bei der geringen Höhe konnte man auch springen.

Zudem hatte er darin Routine, kam gut auf, drehte sich um und schaute wieder zurück.

Maria hockte noch immer oben. Er breitete die Arme aus. »Los, Mädchen, spring! Ich fange dich schon auf. Du brauchst keine Angst zu haben. Das schaffen wir.«

»Ja, ja.« Sie stieß sich ab. Dicht vor Chris kam sie auf, der sie sofort festhielt und ihre flüsternde Stimme an seinem Ohr hörte. »Wenn du dich geirrt hast, bin ich sauer.«

»Das werden wir gleich haben.« Chris drehte sich um.

»He, wohin gehst du denn?«, fragte Maria, als sie erkannte, dass er nicht den Weg zur Tür einschlug.

Er ließ sich nicht beirren und hob eine Axt hoch, die neben dem innen gelagerten Holzstapel stand. »Falls man uns zu nahe treten sollte«, flüsterte er.

»Unsinn, das ist…«

Er war näher gekommen und legte einen Zeigefinger auf die Lippen. »Kein Wort mehr«, flüsterte er.

»Und warum nicht?«

»Sei ruhig.« Chris schlich zur Tür. Auf halbem Weg blieb er stehen und beugte sich vor, denn er hatte von draußen ein Geräusch vernommen. Kratzend und auch knirschend, als wenn jemand durch den gefrorenen Schnee lief.

Verdammt, da waren welche!

Nicht nur einer, denn der Schrittfolge nach zu urteilen, mussten es mehrere Personen gewesen sein.

»Du«, hauchte Maria. »Da ist jemand.«

»Habe ich auch bemerkt.«

»Und was jetzt?«

»Du verhältst dich ruhig, sonst nichts. Verstanden?«

»Ja, ja.« Maria hatte den Arm gehoben und ihre Faust gegen die Lippen gepresst. Unter keinen Umständen wollte sie, dass sie durch eine Unbeherrschtheit alles verriet.

Chris schlich zur Tür. Er bewegte sich nur auf Zehenspitzen, um die Geräusche so weit wie möglich zu dämpfen. In seinem Gesicht zuckte nicht ein Muskel. Die Haut war straff gespannt, der Blick starr auf die Tür gerichtet, und er hörte auch wieder die Schritte, die sich von der Seite her näherten und genau vor der Tür verstummten.

Auch Chris stand vor der Tür.

Nur eben von innen.

Er war jetzt hundertprozentig sicher, sich nicht getäuscht zu haben, und er wollte den anderen reinlegen.

Das rechte Bein hob er an und drehte den Fuß so, dass die Sohle auf die Tür zeigte.

Für einen Moment zögerte er noch, dann rammte er seinen Fuß. heftig nach vorn.

Er traf die Tür in der Mitte, und es war ein wuchtiger, kraftvoll geführter Stoß, der selbst diesen klemmenden Eingang nach außen und damit gegen die Person schleuderte.

Er hörte noch den Treffer und den heulenden Laut, den die Person ausstieß.

Er hätte jetzt hinauslaufen können, wollte aber Maria mitnehmen. Deshalb blieb er noch stehen, drehte den Kopf und zischte: »Los, Maria, komm her, verdammt!«

Sie lief auf ihn zu, als Chris den Schatten sah. Der Zweite kam an, und er stellte sich auf die Schwelle.

Claus Binussek war über den am Boden liegenden Erich Buchwald hinweggestiegen und stand geduckt im Rechteck des Eingangs.

Chris Rügel aber sah zum ersten Mal in seinem Leben einen echten Zombie!

Er konnte es nicht glauben, er wollte es nicht glauben, zudem war es einfach zu finster, um zu erkennen, wer den Weg zur Hütte gefunden hatte. Dass von dieser Person eine Bedrohung ausging, spürte Chris sehr deutlich. Zudem nahm er noch einen Geruch wahr, der ihn an Friedhofserde, Gräber und verwelkte Blumen erinnerte, doch diesen Gestank konnte er irgendwie nicht richtig einordnen.

Neben ihm stand Maria. Sie bebte am ganzen Körper, sagte etwas, ohne dass sie sich selbst verstehen konnte, und Chris merkte, dass sich auf seinem Körper kalter Schweiß gebildet hatte.

Der andere ging nicht weiter, aber der Zweite hatte sich bereits erhoben, und auch eine dritte Person war zu sehen.

Drei gegen einen.

Der Junge schwitzte noch mehr. Zwanzig Jahre war er alt, er hatte schon vieles im Kino gesehen, harte Action-Reißer und gefährliche Horror-Streifen, aber das war im Kino gewesen, da konnte man die Bedrohung abschalten, indem man den Raum verließ.

Hier nicht.

In dieser Nacht und in dieser Stunde blieb sie. Keiner der beiden wusste, wer sich dort aufhielt, es war einfach zu dunkel, und Maria bat ihren Freund, die Lampe einzuschalten.

»Mach es, bitte!« Sie umklammerte seinen Arm, aber Chris schüttelte sich los. Plötzlich war er froh, sich die Axt geschnappt zu haben. Er hielt sie in der rechten Hand, in der linken die Lampe.

Da setzte sich der erste Zombie in Bewegung.

Und genau in diesem Moment schaltete Chris Rügel die Lampe ein und hob sie so weit an, dass der gelbe Strahl die Gestalt mit all ihrem Schrecken erfassen konnte.

Nicht nur der Junge schrie auf, es war Maria, die plötzlich anfing zu schreien. Sie schüttelte dabei den Kopf, schlug die Hände vor die Augen, weil sie das bleiche, leicht grünlich schimmernde Gesicht mit den toten Augen nicht mehr sehen konnte.

Es war furchtbar…

Für Maria war diese Person kein Mensch mehr, und auch ihren jungen Begleiter traf das Grauen wie ein Tiefschlag. Diese eckigen Bewegungen, der starre Blick, der irgendwie verdreht sitzende Kopf mit dem verdreckten Haar, das alles passte genau.

Ja, das war einer, ein Zombie!

Chris ächzte vor Angst. Er dachte plötzlich nicht mehr an seine

Waffe, die würgende Angst hatte ihn gelähmt. So etwas konnte es nicht geben.

Claus Binussek machte einen ersten unsicheren Schritt, achtete nicht auf die niedrige Tür, schlug sich die Stirn, geriet aus dem Gleichgewicht und breitete die Arme aus.

Halt konnte er im Raum nicht finden. Dafür stützten ihn seine hinter ihm stehenden Artgenossen ab und schoben ihn über die Schwelle.

Chris war zurückgewichen. Er stand jetzt neben seiner Freundin. Die Lampe zitterte ebenso wie der Junge, und hinter Binussek schoben sich Jerome Woeber und Erich Buchwald in die Berghütte.

Sie alle wirkten wie Marionetten, starr, steif, wie eingefroren. Und sie bewegten sich doch.

Christian Rügels Reaktionen wurden von der Angst diktiert. Obwohl er es nicht bewusst tat, schwenkte er die Lampe, so traf er hintereinander die Gesichter der drei Zombies, wobei eines dem anderen an Bleichheit in nichts nachstand.

Sie alle waren stumpfe, gefährliche Fratzen, hatten nichts Menschliches mehr an sich, und obwohl sie auf gewisse Art und Weise nichtssagend wirkten, ging von ihnen dennoch eine tödliche Bedrohung aus.

Es waren Schatten der Angst, die auch die beiden jungen Menschen nicht verfehlten und ihren Herzschlag in rasende Höhen trieb.

Die drei Zombies verteilten sich im Raum. Noch immer wechselte der Lampenschein zwischen den einzelnen Gesichtern hin und her, blieb nie lange auf einem haften, und plötzlich stöhnte Chris so heftig auf, als hätte er einen Schlag bekommen.

»Was ist los?«, wisperte Maria.

»Du …du …«, ächzte er. »Die …die kenne ich. Verdammt, die habe ich schon gesehen!«

»Die drei hier?«

»Ja!«, schrie er. »Die drei. Das ist unglaublich, einfach nicht zu fassen. Ich habe sie gesehen. Damals, vor einem Jahr ungefähr. Aber da lebten sie noch.«

Das Mädchen hörte kaum die Worte, die es selbst sprach.

»Und was ist jetzt mit ihnen?«

»Sie sind tot.«

Unmotiviert begann Maria zu lachen. »Nein, Chris, nein! Die leben doch, sie …«

»Sind aus ihren verdammten Gräbern gekrochen!«, flüsterte Chris. »Sieh doch, der Dreck, der Lehm, die Leichenhemden. Verdammt noch mal, das passt alles zusammen…«

Maria stand bewegungslos da, war stumm vor Grauen, hatte die Worte trotzdem verstanden und dachte über sie nach. Wie konnte ein Mensch, der seit einem Jahr in der Erde lag, wieder zurückkehren? Der musste doch längst verwest oder verfault sein, so schlimm sich dies auch anhörte. Sie dachte plötzlich an ihren Großvater, der aus Sizilien in den Tessin gekommen war. Der alte Mann hatte auch noch an Spukerscheinungen geglaubt. Die Jüngeren hatten ihn deswegen stets ausgelacht.

Nun das hier…

Das absolute Grauen, der eiskalte, auf das Nervenzentrum zielende Horror in dieser idyllischen kleinen Stadt inmitten der herrlichen Berglandschaft.

Zombies — lebende Tote, der tödliche Wahnsinn. Robotkiller ohne Seele und Leben, die dennoch existierten und einem Trieb gehorchten, der für Menschen nicht zu begreifen war.

Maria stand einfach nur da und hatte Angst. Fürchterliche Angst, doch gleichzeitig erwachte auch in ihr so etwas wie eine Kämpfernatur. Wie hatte ihr Großvater noch gesagt, bevor sie aus dem Tessin ins Berner Oberland ging?

›Mädchen, du darfst alles machen. Es muss nur mit deiner Zustimmung geschehen, und du musst es vor deinem Gewissen verantworten können.‹

Das genau war es, das Gewissen!

Ihr Gewissen würde es niemals zulassen, dass die Zombies sie kurzerhand töteten. Einfach das Leben vernichten, so radikal, ohne Hemmungen. Da musste man etwas dagegen tun.

Und Chris?

Er stand da, auch grau vor Furcht, wenigstens sah er im zitternden Lichtstrahl der Lampe so aus. Da glich er mit seiner Hautfarbe ebenfalls einer der lebenden Leichen.

»Die Axt!«, flüsterte sie scharf. »Verdammt, du hast doch die Axt! Wehr dich, Chris! Tue es für uns, mein Gott…«

»Ja, ja!« Er flüsterte nur noch und ging zurück, wobei er den Kopf schüttelte. »Sie sind es. Sie sind es tatsächlich, verdammt. Die drei sind zurückgekommen!«

Nicht nur das. Sie kamen auch vor, denn hier in dieser einsamen Berghütte bekamen sie genau das, wonach sie so sehr gesucht hatten und das sie auch brauchten.

Menschen!

Und sie liefen vor.

Zunächst einen Schritt, dann den zweiten. Zudem verteilten sie sich, sodass sie einen Halbkreis bilden konnten, vom Lampenstrahl erfasst wurden, der über ihre bleichen Fratzen glitt, sodass manches Mal ein Funkeln in ihre blassen Pupillen trat.

»Lösch die Lampe!«

Maria hatte mittlerweile bemerkt, dass mit ihrem Freund kaum noch etwas los war. Er stand einfach unter einem zu großen Schock. Aus diesem Grunde griff sie selbst ein.

Bevor sich der junge Mann versah, hatte ihm Maria die Lampe aus der rechten Hand gerissen.

Noch einmal leuchtete sie, dann fiel die Dunkelheit über den Raum.

»Was hast du gemacht?«, hauchte der junge Mann.

»Das einzig Richtige, du Narr. Wir haben mehr Chancen in der Dunkelheit. Du hast die Axt. Nimm sie auch!«

»Wie…«

»Schlag uns den Weg frei!«, forderte Maria. »Es geht doch um unser Leben! Oder begreifst du das nicht? Das da sind keine Menschen mehr, das sind Unholde, Bestien…«

»Sicher, schon …«

Weitere Ausreden konnte sich Chris nicht mehr erlauben, denn der erste Schatten tauchte drohend vor ihm auf. Die Finsternis hatte zwar nicht nachgelassen, aber die Augen der beiden jungen Leute hatten sich mittlerweile besser an sie gewöhnt, sodass es ihnen auch gelang, Umrisse zu erkennen.

Sie sahen den Zombie, der als erster auf der Türschwelle gestanden hatte und nach ihnen griff.

Er hatte sich das Mädchen ausgesucht, dessen Blickfeld plötzlich von einer weit gespreizten Hand eingenommen wurde. Sie hatte das Gefühl, von einem kalten Pfannkuchen berührt zu werden. So ähnlich fühlte sich die Totenklaue mit der teigigen Hand auf ihrem Gesicht an.

Die Finger bewegten sich dabei nach innen, um die Haut einzudrücken, und das genau war für Maria das Startzeichen. Mit der schweren Lampe schlug sie zu. Einmal von rechts nach links, dann von oben nach unten. Sie hörte die Treffer, begleitete jeden mit einem Schrei und stellte fest, dass der Druck auf ihrem Gesicht verschwunden war, denn die Lampe hatte es geschafft, den Zombie nach hinten zu schleudern. Damit nicht genug.

Maria trat noch zu.

Sie hatte ihr Bein angehoben, drosch es nach vorn, und der schwere Schuh traf in eine weiche Masse.

Vor ihr verschwand der Schatten. Sie hörte, wie er zu Boden fiel. Dieses dumpfe Geräusch war Musik in ihren Ohren. »Einen haben wir geschafft!«, schrie sie ihrem Freund zu. »Verdammt, wir haben einen geschafft! Los jetzt, zur Tür!«

Das letzte Wort war auch das Zeichen für Christian. Er hatte den ersten Horror überwunden und dachte nur noch daran, sein eigenes Leben zu retten.

Er fühlte plötzlich das Gewicht der Axt, sie kam ihm doppelt so schwer vor, und er packte sie mit beiden Händen, die er hoch über seinen Kopf schwang, mit dem Beil noch die Decke berührte und dann einen wilden Schrei ausstieß, als er sich nach vorn warf.

Geradewegs auf einen Zombie zu.

Ob er merkte, welche Gefahr ihm drohte, war von Chris nicht genau festzustellen, jedenfalls riss der Untote beide Arme hoch, um sich zu wehren.

In seiner wilden Angst schlug der Junge mitten in die Deckung hinein. Auch vernahm er ein schreckliches Geräusch, sah die Gestalt taumeln, schrie selbst, um sich Mut zu machen, und stürzte nach vorn.

Der Zombie lag noch nicht ganz am Boden. Deshalb übersah ihn Chris auch in seiner Panik und stolperte über den Körper. Seine freie Hand griff automatisch nach vorn, da war nichts, an dem er sich festhalten konnte, so knallte er zu Boden, wobei er noch Glück hatte, nicht in die Axt zu fallen.

Aus!, schrie eine Stimme in ihm. Jetzt ist es aus. Er hörte Maria noch schreien und bekam auch den kalten Windzug mit, der durch die inzwischen weit geöffnete Tür fuhr. Den Körper sah er nicht.

Er spürte ihn nur, als er plötzlich mit seinem gesamten Gewicht auf ihn fiel und ihn niederdrückte.

Chris weinte vor Angst. Vergeblich versuchte er, sich in die Höhe zu stemmen und den anderen von sich zu schütteln. Dafür spürte er dessen Hände über seinen Rücken gleiten und merkte mit Erschrecken, wie die Finger immer höher wanderten.

Sie wollten sich um seine Kehle legen!

Zombies töten mit dem, was sie gerade haben. Hier waren es nur die Hände und keine anderen Waffen.

Maria hatte die Tür inzwischen erreicht und sie auch aufgezogen. Zuerst hatte sie nach draußen rennen wollen, denn ihr war nicht entgangen, dass auch der zweite Zombie am Boden lag. So konnte der Weg eigentlich frei sein, da sich der dritte Untote dorthin orientiert hatte, wo auch die Leiter zum Heuboden stand.

Da sah sie das Schreckliche.

Ihr Freund war gestolpert, und ein anderer Zombie hatte sich auf ihn geworfen.

Es war der dritte, der kehrtgemacht hatte, um seinen Artgenossen zu Hilfe zu eilen.

Chris konnte gegen diesen massigen, schweren Körper nicht ankommen. Er war verloren, denn er lag zudem so unglücklich, dass er das Beil nicht einsetzen konnte.

Maria hatte die Chance zur Flucht. Sie konnte ihrem Freund allerdings auch helfen. Nur verlor sie dann wertvolle Zeit, die sich der Untote unter Umständen zu Nutze machte.

Egal, ein Leben war wichtiger.

So lief das Mädchen Maria aus dem Tessin wieder in den Raum

hinein und dachte automatisch an die Worte ihres so weisen Großvaters, der sie vieles gelehrt hatte.

Wieder schlug sie mit der Lampe zu. Von oben nach unten und dabei schräg angesetzt. Bei jedem Hieb schloss sie die Augen, sodass sie nichts zu sehen brauchte. Dafür hörte sie, was geschah. Das allerdings war ihr egal, und sie schlug und schrie so lange, bis sie einen dumpfen Fall hörte.

Der Zombie lag auf dem Boden.

»Chris ...!« Marias Stimme überschlug sich, als sie den Namen ihres Freundes rief. Sie war plötzlich heiser, in ihren Augen brannte es, und der junge Mann hob den Kopf, sah die ausgestreckte Hand und ergriff sie in dem Augenblick, als der zu Boden gefallene Zombie einen Arm ausstreckte und den linken Fuß des Mannes zu fassen bekam.

Für einen winzigen Augenblick erstarrte Chris.

Dann trat er mit dem noch freien Fuß zu. Viermal hämmerte er ihn zurück, traf eine weiche Masse und stellte fest, dass er sich wieder frei und ohne Druck bewegen konnte.

Geschafft!

Mit einem gewaltigen Sprung kam er auf die Füße. Er stieß seinen freien Arm nach vorn, traf seine Freundin in den Rücken, sodass Maria durch den Schwung über die Schwelle katapultiert wurde.

Sie stolperte ins Freie. Der kalte Wind kühlte ihr erhitztes Gesicht, und sie wankte vor bis zu der kleinen Holzbank, gegen die sie fiel und mit der sie gleichzeitig auf dem Boden aufschlug.

Im nächsten Moment war Chris über ihr, denn auch er hatte sich nicht halten können.

Dafür klammerte er sich an dem Mädchen fest. Gemeinsam kugelten sie sich und konnten nicht stoppen, denn hinter der Bank begann direkt ein kleiner Abhang.

In einer Mulde hörte ihre unfreiwillige Reise auf. Keuchend und noch immer aneinander gepresst, blieben sie liegen.

Chris fing sich als Erster. Er begriff plötzlich, was geschehen war. »Maria!«, hauchte er, »verdammt, Maria, wir haben es geschafft! Wir sind diesen Bestien entkommen...«

»Ja, ja«, stöhnte sie und wusste dabei nicht, ob sie lachen oder weinen sollte. Sie hatte sich auf den Rücken gedreht und spürte den Arm des Freundes auf ihrem Körper. »Wir haben es geschafft, du sagst es, Chris. Aber was ist mit den anderen Menschen?«

»Wieso?«

»Denk mal nach. Wir sind ihnen entkommen. Ich kann mir aber vorstellen, dass andere es nicht so gut haben!«

Ruckartig setzte sich Christian Rügel auf. Er konnte über den Rand der Mulde hinwegschauen, schaute den Hang hoch und blickt geradewegs auf den Eingang der Blockhütte, wo er keine Bewegungen mehr feststellen konnte, da sich die Dunkelheit dort zu stark ballte.

Christian stand auf. Er klopfte sich automatisch den feuchten Dreck von der Kleidung. »Wir müssen weg, Mädchen. So schnell wie möglich verschwinden.« Er reichte seiner Freundin die Hand und zog sie in die Höhe.

»Und wohin willst du laufen?«

»Nach Kandersteg.«

»Klar. Zu wem?«

Rügel begann zu lachen. »Sollen wir das denn alles hier für uns behalten? Wir müssen die anderen warnen. Die Menschen können einfach nicht mehr so weiterleben. Das ist eine ungeheure Bedrohung, die über dem Ort liegt. Außer uns weiß niemand davon. Und wir haben höllisches Glück gehabt, dass wir überhaupt mit dem Leben davongekommen sind. Ich … ich wundere mich sowieso, dass ich so ruhig bin. Wahrscheinlich werden die Nachwirkungen noch kommen …«

Seine Freundin nickte. Sie spürte die Kälte der Nacht nicht. Auch sie dachte daran, dass beide noch lebten und dies tatsächlich einem ungeheuren Zufall zu verdanken hatten.

Für Maria war es ein böser Albtraum. Nur hatte dieser Albtraum noch kein Ende gefunden.

Chris fasste seine Freundin an der Schulter. »Lass uns gehen! Ich möchte nämlich noch etwas feststellen.«

»Und was?«

»Der Friedhof ist für mich jetzt wichtig. Ich will sehen, ob die Gräber tatsächlich verlassen sind.«

Maria trat einen Schritt zurück. »Nein!«, flüsterte sie. »Nein, das kannst du von mir nicht verlangen.« Sie tippte sich gegen die Brust. »Ich soll mit auf den Friedhof gehen und nachschauen, ob es dort leere Gräber gibt? Nie, Chris, nie!«

»Dann gehe ich allein.«

Das wollte die junge Schweizerin ebenfalls nicht. Sie blieb bei ihrem Freund. Hand in Hand liefen sie den Hang hinab, scherten sich nicht um Wege, rannten querbeet und auch durch Schneefelder, in die sie manchmal bis zu den Knien einsackten.

In der Nähe des Bahnhofs kamen sie heraus. Chris Rügel sprang auf die Straße und orientierte sich nach links. Dort führte der Weg weiter in den Ort hinein.

Sie mussten unter einer schmalen Eisenbahnbrücke her, sahen wenig später das Freibad, und nur ihre schnell gesetzten Schritte durchbrachen die Stille der Nacht.

Beide sprachen kein Wort. Sie hielten sich nur fest. Das gemeinsam Erlebte hatte sie zu Verbündeten gemacht und regelrecht zusammengeschweißt. Nur auf den Friedhof bekam er das Mädchen nicht.

»Ich bleibe hier«, erklärte Maria entschieden. Sie schaute zu, wie Christian über die Mauer kletterte und an der Innenseite auf den Friedhof sprang.

Der Boden dämpfte seine Schritte. Wind kam von den Bergen und fuhr säuselnd ins Tal. Irgendwo in der Ferne brannten an den Berghängen noch vereinzelt Lichter.

Die Hütte, in der das Schreckliche passiert war, war von dem Mädchen nicht mehr gesehen worden. Sie verschmolz mit der Dunkelheit und war auf diese Entfernung nur bei Tageslicht zu erkennen.

Erst jetzt brach der Schock bei ihr durch. Sie konnte nichts gegen das plötzliche Zittern unternehmen. Es war einfach da, und Maria spürte auch die Weichheit ihrer Knie, als sie sich nach hinten lehnte und mit dem Rücken die Mauer berührte.

Sie bemerkte ihren Freund erst, als er dicht vor ihr stand. Dann aber erschrak sie.

»Keine Angst, ich bin's nur!«

Maria nickte heftig. »Und?«

»Es stimmt!«, wisperte Christian Rügel. »Wir haben uns nicht getäuscht.«

Über die Mauer deutete er hinweg. »Auf dem Friedhof gibt es tatsächlich drei leere Gräber. Diese lebenden Toten sind aus der feuchten Erde gekrochen ...«

Bis Zürich war ich geflogen und hatte das Pech gehabt, neben einem Vertreter zu sitzen, der auch noch im Flugzeug Verkaufsgespräche führen wollte. Bei mir schaffte er es nicht, die Vorzüge seines Rasierapparates so anzupreisen, dass ich ihm einen abgekauft hätte.

Suko war ein wenig sauer gewesen, dass er in London hatte bleiben müssen. Unser Chef hatte sich nicht erweichen lassen. Ich wusste auch, dass diese Sparwellen periodisch anschwappten, mal zuschlugen, dann aber wieder verschwanden. Deshalb nahm ich diese Tatsache nicht allzu tragisch. Das würde alles wieder vergehen.

Wir landeten sicher in Klothen, dem Züricher Flughafen. Dort wollte ich mir einen Leihwagen nehmen und entschied mich für einen BMW der 300er Serie.

Ich hatte schon des Öfteren in der Schweiz zu tun gehabt und kannte auch die Ecke des Berner Oberlandes, in der Kandersteg liegt. Zwar nicht den Ort selbst, in einem Nachbartal jedoch, in Grindelwald, hatte ich es vor Jahren mit Riesenameisen zu tun gehabt, die das Dorf und die Menschen dort überfallen hatten.

Das Wetter war mir hold. Ein nicht ganz klarer Himmel. Die flache, graue Bewölkung zog sich streifenartig hin, und es sah zum Glück nicht nach Regen aus.

Der BMW schnurrte die Kilometer herunter, und die Fahrbahn war auch trocken, sodass ich mich sogar ein wenig entspannen konnte. Bern hatte ich schnell erreicht, und vor mir sah ich schon bald die gewaltige, himmelansteigende Wand des Berner Oberlandes.

Ein mächtiges Gebirge, das an seiner Nordseite vom Thuner und Brienzer See abgeschlossen wurde.

Die Wasserfläche wirkte wie graues Blei. Auf den See umgebenden Bergen war der Schnee noch nicht getaut. Angelboote befanden sich auf dem Wasser, ich sah auch einige Motorboote, die Segler dagegen lagen allesamt an den Piers fest.

Ich musste rechts ab. Der Weg führte nach Zweisimmen und Gstaad. Da wollte ich auch nicht hin, sondern ordnete mich links ein, um nach Adelboden zu gelangen.

Und jetzt ging es hoch.

Je mehr ich Höhe gewann, umso mehr Schnee sah ich auch. Die Straßen waren frei, und auf den Südhängen grüßten schon die Frühlingsblumen, aber die Hänge im Norden waren noch von der weißen Pracht bedeckt.

Ich rollte durch einige kleine Orte, deren Namen ich schnell wieder vergaß.

In Frutigen teilte sich die Straße. Ich musste nach links in Richtung Kandersteg. Durch ein weites Tal rollte der BMW, vorbei an einem Bahnhof. Anschließend liefen Straße und Bahngleise parallel. Es waren nur mehr einige Kilometer bis zu meinem Ziel, und schon bald hinter Kandergrund sah ich das Ortsschild *Kandersteg.*

Sehr hohe Berge umschlossen den Ort. Wäre er nicht nach Norden hin offen gewesen, hätte man ihn als eine riesige Falle bezeichnen können, denn ein gewaltiges Quergebirge versperrte den weiteren Weg nach vorn, sodass es nur noch den Tunnel gab, durch den man in Richtung Süden fahren konnte.

Ich fuhr im Schritttempo. Das störte im Ort keinen, denn schneller fuhr kaum jemand.

Wie hatte mir Evelyn Binussek noch gesagt? Royal Hotel Gemmi sollte das erste Haus am Platz heißen.

Es lag an der »Hauptstraße« auf der linken Seite. Ich fand es auf Anhieb.

Den Brunnen davor, die mit Kies bestreute Auffahrt, rechts und links die Parkplätze, das relativ niedrige, im Landhausstil errichtete Gebäude.

Die Fassade gefiel mir auf Anhieb. Ich war darauf gespannt, wie es innen aussah.

Kein seelenloser, riesiger Hotelpalast, wie mir die Häuser der großen Hotelkonzerne häufig vorkamen, sondern ein Haus, in dem man Gemütlichkeit schätzte und sich der Gast auch sicherlich wohlfühlen konnte.

Wenn nicht dieser verdammte Druck gewesen wäre, hätte ich gern hier Urlaub gemacht!

Ich stieg aus und nahm meinen Koffer. An der Hausfront entlang schlenderte ich auf die gläserne Eingangstür zu, die soeben aufgestoßen wurde. Ein Mann kam heraus. Er war kleiner als ich, hatte blondes gescheiteltes Haar und irgendwie lustige Augen.

Als er mich sah, blieb er stehen.

Höflich grüßte ich.

Der Mann grüßte zurück. Wie er das tat, ließ auf einen Deutschen schließen.

»Sie sind ein neuer Gast?«, fragte er dann.

»Ja.«

Die Augen des Mannes blitzten hinter den Brillengläsern. »Gestatten Sie, dass ich mich vorstelle. Mein Name ist Stahlmenger.«

»Sinclair«, sagte ich. »John Sinclair.«

Herr Stahlmenger lachte. »Sie sind Amerikaner.«

»Nein, Engländer.«

»Oh, eine Überraschung.«

»Wieso?«

»Meist wohnen hier Amerikaner. Das kann ich gut beurteilen, da ich schon einige Jahre herkomme. Aber lassen wir das. Sie werden sich bestimmt umschauen wollen. Vielleicht sehen wir uns heute Abend an der Bar!«

»Gern, Herr Stahlmenger.«

Ich betrat das Hotel und konnte von der Eingangstür aus direkt auf die Rezeption schauen. Daneben befand sich der Eingang zu einem Speiseraum, im rechten Winkel dazu ging es zum Schwimmbad und zu den Aufzügen. Rechts neben der Tür befand sich eine Art Foyer, in dem es sich die Gäste in schweren Ledersesseln bequem machten und durch die großen, halbrunden Scheiben nach draußen schauen konnten.

Ich ging vor bis zur Rezeption. Schon auf den ersten Blick gefiel mir das Haus. Ich hatte das Gefühl, eine andere Welt zu betreten. Eine ruhigere, gelassener als die, die draußen lag.

Aus einem Durchgang hinter der Rezeption hörte ich Schritte. Dann erschien ein Mann im dunklen Anzug. Er war ebenfalls kleiner als ich, trug eine Goldrandbrille und besaß eine beneidenswerte braune Hautfarbe. Freundlich lächelte er und begrüßte mich.

»Mein Name ist John Sinclair«, sagte ich. »Für mich war wohl ein Zimmer bestellt.«

»Ja, natürlich«, der Mann nickte heftig und drehte sich um. Zielsicher fand er den Schlüssel. »Ihr Zimmer liegt in der ersten Etage. Die Damen haben Sie schon avisiert.«

»Dann sind sie eingetroffen?«

»Ja.« Ich bekam den Schlüssel gereicht. »Falls Sie irgendwelche Fragen haben, wenden Sie sich an mich! Mein Name ist Contini.«

»Sie können den Fahrstuhl oder die Treppe benutzen. Haben Sie außerdem noch Gepäck, Herr Sinclair?«

»Nein.«

»Dann wünsche ich Ihnen noch einen angenehmen Aufenthalt in unserem Hause.«

Ich nickte und hoffte insgeheim, dass sich alles als Irrtum herausstellte. Wenn ich mir den kleinen Ort vorstellte und daran dachte, dass sich Zombies in ihm ausbreiten konnten, wurde mir ganz anders.

Von der Größe des Zimmers war ich überrascht. Es war alles vorhanden, natürlich auch ein Bad, ein Fernseher, sogar eine Video-Anlage.

Die herrliche Aussicht genoss ich gratis …

Ein wunderbares Bergpanorama präsentierte sich meinen Blicken. Ich konnte in den Garten schauen, sah einen Pool, den Tennisplatz und eine Reitanlage. Man konnte auch Tischtennis und Schach spielen.

Der Schnee lag noch sehr hoch und war zum großen Teil vereist.

Auf den glatten Flächen spiegelte sich das Licht der Sonne, wurde gebrochen, und ein buntes Farbspektrum bedeckte das Eis.

Auf dem großen Balkon sah ich Liege- und Klappstühle. Decken lagen ebenfalls bereit, aber ich hatte leider keine Zeit, mich hinzulegen und zu sonnen.

Andere Dinge waren wichtiger.

Ein Blick auf meine Uhr zeigte mir, dass der Mittag schon erreicht war. Hunger verspürte ich auch. Bestimmt bekam ich eine Kleinigkeit zu essen. Über die Treppe ging ich wieder nach unten. Ein Zimmermädchen grüßte freundlich, und ich erreichte die Rezeption, wo sich Herr Contini umdrehte, als er mich hörte.

»Ach, Herr Sinclair, die Damen erwarten Sie bereits. Sie möchten in den Speisesaal kommen.«

»Da wollte ich sowieso hin.« Ich hatte schon gehen wollen, als Herr Contini seinen Platz hinter der Rezeption verließ und mich bat, ihm einen Moment zuzuhören.

»Gern.«

»Frau Buchwald erzählte mir, Sie wären Polizist. Scotland Yard-Mann, wenn ich mich nicht irre.«

»Das stimmt.«

»Sind Sie offiziell hier?«

Ich schaute Herrn Contini an. »Sie kennen den wahren Grund meines Urlaubs?«

»Nein. Vielleicht hängt er irgendwie mit dem Todestag der drei Gäste zusammen, die vor einem Jahr auf unerklärliche Art und Weise ums Leben gekommen sind.«

»Das stimmt.«

»Müssen wir etwas befürchten? Der Ruf des Hauses ist nämlich sehr gut. Sie verstehen?«

Ich hob die Schultern. »Wenn ich das alles wüsste, Herr Contini, wäre mir wohler.«

»Natürlich, entschuldigen Sie! Es war halt nur eine Frage.«

»Verstehe.«

»Guten Appetit wünsche ich Ihnen, falls Sie etwas essen möchten!«

»Danke sehr.«

Ich betrat den hellen Speisesaal, der mir sofort gefiel. Trotz seiner Größe war er gemütlich und gleichzeitig auch irgendwie festlich. An der linken Wandseite sah ich einen offenen Grill. Daneben befand sich die Tür zur Küche. Die drei Frauen saßen im hinteren Drittel des Saals. Sie hatten mich bereits entdeckt. Evelyn Binussek war aufgestanden und winkte mir zu.

Ich winkte zurück und sah, dass es noch einen freien Stuhl für mich gab. Mrs. Binussek blieb stehen und stellte mich ihren Freundinnen vor.

Ich lernte Silvie Woeber und Brigitte Buchwald kennen. Beide Frauen hatten blondes Haar. Silvie Woeber trug es kürzer als ihre Freundin. Sie war ziemlich klein, und das runde Gesicht wurde von einer Brille beherrscht, hinter deren Gläser die Augen blitzten. Man sah ihr an, dass ein starkes Temperament in ihr steckte.

Auch Brigitte Buchwald trug das Haar kurz, dazu eine passende Brille. Dabei war sie fast wie ihre Freundin Silvie angezogen: blaue Jeans, Stiefel, heller Pullover.

Evelyn Binussek trug eine dunkle Hose. Dazu einen roten Pullover und eine ärmellose Weste mit tiefen Seitenausschnitten, wie sie jetzt in Mode gekommen waren.

Ein Ober fragte mich, ob ich etwas bestellen wollte. Ich nahm nur einen Salat, wie die Frauen. Statt Wein aber Mineralwasser.

»Wir sind kurz vor Ihnen angekommen«, sprach mich Mrs. Binussek an.

»Dann waren Sie noch nicht beim Friedhof?«

»Nein.«

Ich nahm einen Schluck. »Weshalb nicht?«

»Wir trauten uns einfach nicht«, erklärte Brigitte Buchwald. »Sie müssen das verstehen. Hier haben wir unsere Männer verloren, und sollte sich bewahrheiten, was man uns mitgeteilt hat, so haben wir einfach Angst davor, den Friedhof zu besuchen. Sie verstehen?«

Von Silvie Woeber erntete sie für ihre Worte ein heftiges Nicken.

Ich konnte sie verstehen und fragte, ob jede von ihnen ein Band bekommen habe.

Das war nur bei Evelyn Binussek geschehen.

»Dann hat sich Ihr Mann nur allein gemeldet?«

»So ist es, Mr. Sinclair.«

Wir unterhielten uns in der deutschen Sprache, die wir alle beherrschten. Ich schaute auf die Scheibe und auch gegen die Sonne, die über den Bergen stand.

»Wollen Sie sich die Gräber Ihrer Männer überhaupt anschauen?«, erkundigte ich mich.

»Natürlich«, lautete die einstimmige Antwort.

»Aber mit Ihnen zusammen«, fügte Silvie Woeber noch hinzu. Da der Salat serviert wurde, mussten wir unser Vorhaben bis nach dem Essen aufschieben.

Wir aßen schweigend. Jeder von uns hing seinen Gedanken nach. Und es waren bei den drei Witwen keine fröhlichen. Es fiel mir besonders bei Brigitte Buchwald auf, die sich hin und wieder verstohlen eine Träne aus den Augenwinkeln wischte.

Ich war zuerst mit meiner kargen Mahlzeit fertig, schob den Teller zur Tischmitte hin und wollte das Glas leeren, als jemand quer durch den Speiseraum eilte.

Es war Herr Contini, und er machte einen sehr aufgeregten Eindruck. Als er neben unserem Tisch stehen blieb und sich für die Störung entschuldigte, konnte jeder sehen, wie blass sein Gesicht war.

»Ist etwas passiert?«, fragte ich.

»Das kann man wohl sagen. Deshalb bin ich auch zu Ihnen gekommen.« Er schluckte. »Man kann es als unerklärlich oder schrecklich bezeichnen.« Der Reihe nach schaute er bei seinen nächsten Worten in die Gesichter der drei Witwen. »Die … die Gräber Ihrer Männer sind leider leer«, sagte er mit flüsternder Stimme …

Die Gräber Ihrer Männer sind leer!

An die Worte musste ich denken, als die Frauen und ich uns auf dem Weg zum Friedhof befanden. Von einem Augenblick zum anderen waren die drei wie verwandelt gewesen. Angst, ein ungemein starker Nervendruck, sogar Panik hatte sie erfasst.

Mich hatte es Mühe gekostet, sie einigermaßen zu beruhigen, doch einen Vorwurf konnte ich ihnen nicht machen. Es musste schrecklich für sie gewesen sein, so etwas zu hören und jetzt noch präsentiert zu bekommen.

Die schlimme Tatsache schien sich bisher noch nicht herumgesprochen zu haben, denn ich sah keinen Menschen am Friedhof, der vielleicht auf uns gewartet hätte. Nur das Tor stand offen.

Wir hatten eine Begleitung des Herrn Contini auch abgelehnt. Stumm schritten wir durch die Reihen gepflegter Gräber. Selbst das Weinen meiner Begleiterinnen war verstummt.

Brigitte Buchwald war vorgegangen. Sie lief sehr schnell. Manchmal sprach sie auch. Verstehen konnte ich allerdings nichts.

Ihre Männer lagen in der hintersten Ecke des kleinen Friedhofs. Die Gräber wirkten wie abgeteilt oder inselartig, denn sie waren von drei Seiten durch Büsche eingegrenzt. Den Abschluss bildete dann noch die Mauer.

Fast wäre ich gegen Brigitte Buchwald gelaufen, so plötzlich stoppte sie ihre Schritte und presste die Hände gegen die Wangen. »Mein Gott, das stimmt wirklich!«, ächzte sie.

Auch die anderen traten näher.

Rasch stützte ich Silvie Woeber, denn sie hatte der Schock am härtesten getroffen. Sie weinte, schüttelte den Kopf und lehnte sich an mich.

Evelyn Binussek stand da und starrte ins Leere. Sie bewegte sich überhaupt nicht. Nur ihre Lippen zuckten, und in ihren Augen stand ein unnatürlich leerer Ausdruck, als wäre sie mit ihren Gedanken ganz woanders.

»Mein Gott, das kann doch nicht möglich sein«, hörte ich Silvie Woeber flüstern. »Das ist wider die Natur.«

Da hatte sie völlig Recht. Aber was wusste sie schon von der schwarzen Magie? Dieser gefährlichen Mystik, die im Untergrund lebte und immer wieder versuchte, in den Kreislauf der Menschen einzugreifen, um alles für sich zu gewinnen, denn als Endziel stand die Beherrschung der Welt durch das Böse.

Es gab viele Menschen, die davon wussten und dagegen ankämpften, auch mit unterschiedlichen Mitteln, das gebe ich zu. Bei mir, der ich direkt in der vordersten Linie stand, kam es immer wieder zu gefährlichen Auseinandersetzungen mit den Dienern der Hölle. Ob es nun Zombies, Vampire, Werwölfe, Ghouls oder ganz einfach starke Diener eines noch mächtigeren Dämons waren.

Dazu gehörten natürlich auch die Zombies. Sie waren gefährlich, weil sie direkt auf die Menschen losgingen und diese sich gegen dieses Grauen kaum wehren konnten.

Ich wusste, wie man sie erledigen konnte, aber als viel schlimmer empfand ich die nicht sichtbare Bedrohung mächtiger Gegner, wozu ich auch den Teufel zählte.

Silvie Woeber löste sich von mir, holte ein Taschentuch hervor und schnäuzte ihre Nase. »Es ist so schrecklich, so unbegreiflich«, schluchzte sie, »man kann es wirklich nicht glauben, obwohl ich es mit eigenen Augen sehe.«

Wir alle standen da und schauten auf die Gräber.

Von unten her waren sie aufgewühlt worden. Gewaltige Hände schienen sich den Weg freigeschaufelt zu haben und hatten auch die Oberfläche verändert. Als hätte jemand mehrere Male hintereinander ein Spatenblatt hineingestochen, so wirkte sie auf uns. Kein Blumenschmuck, keine Kränze, keine Vase, umgekippte Grabsteine.

Während ich vor den »offenen« Gräbern stand, verschwand mein guter Eindruck von Kandersteg allmählich, denn ich merkte, dass die unheimliche Atmosphäre, die auf diesem Friedhof lauerte, sich vorbereitete, auch mich zu übernehmen.

Sie kroch gewissermaßen in mich hinein, und ich spürte so etwas wie eine Beklemmung, die, ähnlich einem Ring, meinen Brustkasten umspannte.

»Ich habe es gewusst!«, durchbrach die spröde klingende Stimme der Evelyn Binussek die Stille. »Ich habe es genau gewusst. Dieses Tonband war kein Scherz. Das ist die grausame Wahrheit gewesen. Sie haben ihr verdammtes Versprechen gehalten und sind zurückgekommen.«

»Aber wo sind sie jetzt?« Brigitte Buchwald hatte die entscheidende Frage gestellt.

Ja, wo waren sie jetzt?

Daran dachte auch ich, während über meinen Rücken ein Schauer rann. Es sah so aus, als hätten sie die Gräber mitten in der Nacht verlassen, und die Dunkelheit bot tausend Verstecke, um sich vor den Augen eines Suchenden zu verbergen.

Ich antwortete nicht, dafür glitt mein Blick in die Runde. Ich sah die steilen Berghänge um Kandersteg herum, suchte sie ab. Der Schnee lag stumm, er gab keine Antwort und wirkte wie eine weißgraue, schräg liegende Mauer auf mich.

Nicht eine Bewegung erkannte ich dort oben. Da konnte mir auch eine dunkle Brille nicht helfen, was einen Verdacht in mir bestätigte.

Zudem dachte ich daran, dass Zombies auf Menschen fixiert waren und stets danach trachteten, sich in deren Nähe aufzuhalten. Mit anderen Worten hieß das: Sie mussten sich irgendwo in Kandersteg verborgen halten und auf ihre Stunde warten.

Wann dies sein würde, konnte ich nicht sagen, da die lebenden Toten sich in der Nacht ebenso sicher wie bei Tageslicht bewegten. Ihnen machte der Sonnenschein nichts aus, im Gegensatz zu den Blut saugenden Vampiren. Von der Straße her hörten wir das Hupen eines Autos. Dieses Geräusch schreckte uns aus den Gedanken. Evelyn Binussek drehte mir ihr blasses Gesicht zu, in dem die Haut so unnatürlich dünn wirkte.

»Was sollen wir denn jetzt machen, Mr. Sinclair? Sagen Sie uns, wie geht es weiter?«

»Zwei gute Fragen«, erwiderte ich. »Leider kann ich Ihnen darauf keine genaue Antwort geben. Wir alle müssen uns bewusst sein, dass wir in einer großen Gefahr schweben.«

»Unsere Männer werden versuchen, uns zu töten, nicht wahr?«, hauchte Silvie Woeber.

»Ja, davon gehe ich aus. Es hört sich schlimm an, ich weiß, aber es ist leider so.«

»Und wann könnte das sein?«

Ich hob die Schultern. »Eigentlich jederzeit.«

»Haben Sie denn keinen Vorschlag?«, erkundigte sich Brigitte Buchwald. Sie schaute mich traurig an.

»Nein, keinen sicheren.«

»Nur unsichere?« Evelyn fing an zu lachen. Es klang sehr hart und unecht.

»Leider kenne ich keine Patentlösungen, Mrs. Binussek. Ich habe mir natürlich Gedanken gemacht und würde vorschlagen, dass Sie drei sich im Hotel aufhalten.«

»Sind wir denn da sicher?«, hakte Silvie Woeber sofort nach.

»Nein, das nicht, aber das Hotel ist überschaubar. Dort kennen Sie sich aus. Sie sind, wenn ich mal so sagen darf, nicht fremd. Falls Sie verstehen, was ich meine.«

Die Frauen schauten einander an. »Da haben Sie Recht«, meinte Brigitte Buchwald. »Was haltet ihr davon?«

Evelyn und Silvie waren einverstanden. Sie dokumentierten es durch ihr Nicken.

Ich warf noch einen letzten Blick auf die drei Gräber. Es waren nicht die ersten, die ich in einem derartigen Zustand fand. Schon oft hatte ich es mit Zombies zu tun gehabt. Viel zu oft, meinem Geschmack nach.

Vor einem Jahr waren die Männer gestorben. An einem Vatertag, den sie hatten genießen wollen.

Nun war wieder Vatertag, und sie würden zurückkehren, wie es Evelyn Binussek versprochen worden war. Stellte sich natürlich die Frage, wie die drei Frauen reagierten, wenn plötzlich ihre verstorbenen Männer vor ihnen standen!

Auf jeden Fall würde es bei ihnen zu einer Panik kommen.

Vielleicht gab es auch eine Möglichkeit, ihnen diesen Anblick zu ersparen. Aber nur, wenn es mir gelang, die drei Zombies vorher zu stellen.

Noch ahnte kaum jemand im Dorf etwas von diesem Grauen. Wie Herr Contini reagieren würde, wusste ich nicht, hoffte allerdings, dass er das Geschehen für sich behielt.

Ich schärfte den drei Frauen noch einmal ein, ihm das zu bestellen, und sie versprachen, daran zu denken.

Bis vor den Friedhof begleitete ich sie noch, dann verabschiedeten wir uns.

Evelyn Binussek fragte: »Und wo wollen Sie hin, Mr. Sinclair?«

»Ich schaue mich ein wenig um.«

»Rechnen Sie damit, auf die lebenden Toten zu treffen?«, fragte sie weiter.

»Möglich…«

»Dann wünsche ich Ihnen alles Gute. Und wenn, dann …« Sie schüttelte den Kopf. »Nein, ich sage nichts mehr. Ich kann nichts mehr sagen.« Fast fluchtartig lief sie davon.

Die anderen beiden folgten ihr etwas langsamer.

Ich blieb noch stehen, zündete mir eine Zigarette an und beobachtete, wie der graue Rauch vor meinen Lippen zerfaserte. Dieser Friedhof hatte ein schreckliches Geheimnis offenbart. Aus den Gräbern waren Tote gestiegen, die ein Jahr lang in der feuchten Erde gelegen hatten. Wie mochten sie jetzt aussehen? Verwest, nicht verwest? Durch schwarze Magie konserviert?

Meine Gedanken wurden unterbrochen, da ich Schritte vernahm. Ich schaute hoch und sah einen noch jungen Mann auf mich zukommen. Er betrachtete mich skeptisch, auch ich sah ihn an.

Er sah aus wie viele junge Leute. Trug Jeans, Turnschuhe, einen bunten Pullover und einen Blouson darüber. Sein Haar war windzerzaust, die Lippen hatte er zusammengekniffen, und er blieb etwa einen Schritt vor mir stehen.

»Guten Tag«, sagte ich.

Er nickte. »Sie waren auf dem Friedhof. Ich habe Sie genau beobachtet. Zusammen mit den Frauen sind Sie zu den aufgebrochenen Gräbern gegangen!« In seinem Gesicht las ich das Misstrauen, und die blonden Brauen hatten sich über den Augen zusammengezogen.

»Das stimmt.«

»Dann haben Sie auch die Gräber gesehen?«

»Ja.«

»Wieso?«

»Ich interessiere mich dafür.«

Er hob die Schultern. »Für aufgebrochene Gräber? Das ist mehr als seltsam.« Seine Haltung spannte sich. Sie kam mir plötzlich feindselig vor. Ich ging davon aus, dass dieser junge Mann anscheinend mehr wusste, und beschloss, die Probe aufs Exempel zu machen.

»Eigentlich interessiere ich mich nicht so sehr für aufgebrochene Gräber, sondern für das, was einmal darin gelegen hat.«

»Machen Tote Sie an?«, fragte er aggressiv.

»Wenn sie leben, ja!«

Mit dieser Antwort hatte er wohl nicht gerechnet. Sein Blick wurde böse, er stierte mir ins Gesicht und versuchte, aus meinen Zügen zu lesen, die aber blieben ausdruckslos. »Wie meinen Sie das denn?«

»Ich könnte mich zum Beispiel für Zombies interessieren, wenn Sie es genau wissen wollen.«

»Glauben Sie etwa daran?«

»Ja.«

Die Antwort überraschte ihn, und er wusste nicht, was er noch sagen sollte. Er wechselte das Thema. »Wer sind Sie eigentlich?«

»Ich heiße John Sinclair.« Dem Jungen gegenüber wollte ich mit offenen Karten spielen. Trotz seines Misstrauens vertraute ich ihm. Aus Menschenkenntnis!

Er überlegte einen Moment. »Sie sind kein Deutscher oder Schweizer. Engländer?«

»Richtig.«

»Und was wollen Sie hier in Kandersteg?«

»Vielleicht suche ich Zombies.«

Die Antwort haute ihn zwar nicht von den Socken, überraschte ihn aber so sehr, dass er einen Schritt zurückging. »Was suchen Sie?«, hakte er leise nach.

»Zombies.«

»Hier in Kandersteg?«

»Ja. Haben Sie vielleicht die Toten aus dem Grab geholt, junger Mann?«

Für einige Sekunden war er irritiert. »Nein, nein«, murmelte er. »Wie kommen Sie darauf?«

»Nun, ich fand die leeren Gräber.«

»Sie haben sie also auch gesehen?«

»Das sagte ich schon, aber kommen wir mal zur Sache.« Ich wurde das Gefühl nicht los, dass dieser Bursche vor mir mehr wusste, als er zugab. »In welch einer Beziehung stehen oder standen Sie zu den drei Toten?«

»Ich kenne sie!«

»Lebend oder tot?«

»Beides«, erwiderte er. »Die drei waren mir als lebende Personen ebenso bekannt wie als Tote.«

Diese Antwort überraschte mich, und ich wurde nachdenklich, als ich sie mir noch einmal durch den Kopf gehen ließ.

Ich hakte nach. »Moment mal, Sie sagten, dass Sie die Toten als Zombies gesehen hätten, wenn ich Sie richtig verstand?«

Er gab keine Antwort, wenigstens keine direkte. Stattdessen fragte er: »Kann ich Ihnen vertrauen?«

»Ich bin wegen dieser Sache aus London angereist.«

»Dann sind Sie Zombiejäger?«, erkundigte er sich spöttisch.

»So ähnlich, aber ich habe noch keine Antwort von Ihnen erhalten, Herr ...«

»Ich heiße Christian Rügel. Ja, Mister«, sagte er plötzlich. »Ich habe sie als lebende Tote gesehen, und sie hätten mich und meine Freundin fast umgebracht. Wie die Teufel haben wir uns gewehrt. Mit einer Axt zugeschlagen, aber sie waren nicht zu stoppen. Die wollten uns umbringen ...« Plötzlich sprudelte es aus ihm heraus. Ich sperrte die Ohren weit auf, um kein Wort zu verpassen, denn in Christian Rügel hatte ich einen glaubhaften Zeugen.

Irgendwann hörte er auf zu reden, schüttelte den Kopf und lehnte sich gegen die Mauer. »Okay, okay, jetzt wissen Sie alles, Herr Sinclair. Sie sind der Erste, dem ich es erzählt habe. Vielleicht musste ich mal mit jemandem darüber reden.«

»Ja, das ist auch besser.«

»Besser?« Er begann zu lachen. »Was ist schon besser, wenn man weiß, dass in seinem Heimatort drei lebende Leichen umherirren und jeden Augenblick zuschlagen können.«

»Das kann man auch verhindern?«

»Wer sollte das tun? Sie?«

»Deshalb bin ich gekommen.«

Er blickte mich scharf an. »All right, Sir, ich mache mit. Sie können sich auf mich verlassen. Letztendlich habe ich noch eine Rechnung bei diesem Bart offen. Nie hätte ich gedacht, dass es so etwas auch in Wirklichkeit gibt. Das, was wir erlebt haben, war kein Kino, Sir. Ganz gewiss nicht…«

»Wie weit ist die Hütte von hier entfernt?«, wollte ich wissen. »Kann man hinfahren?«

»Das erste Stück, den Rest müssen Sie schon zu Fuß gehen.«

»Okay, dann begleiten Sie mich! Mein Wagen steht am Hotel. Ich will mir die Hütte ansehen.«

»Da werden Sie die Zombies bestimmt nicht mehr finden«, hielt er mir entgegen.

»Das macht nichts. Vielleicht entdecken wir Spuren.«

Chris Rügel nickte. »Ich bin mit allem einverstanden, was Sie sagen, wenn es nur zum Erfolg führt.« Er presste beide Hände gegen den Kopf. »Stellen Sie sich mal vor, die Zombies schaffen es tatsächlich, hier ihre Opfer zu finden. Nicht auszudenken.«

Vielleicht hatte er von mir eine Antwort erwartet. Ich jedenfalls hielt mich zurück und schwieg. Es hatte keinen Sinn, ins Blaue zu spekulieren. Tatsachen mussten folgen, auch wenn sie noch so schlimm erschienen …

Wir hatten den Wagen tatsächlich stehen lassen müssen und waren den Rest des Weges zu Fuß gegangen. Einen durch das Tauwetter seifig gewordenen Hang hoch, denn ein Pfad oder ein Weg führte leider nicht bis zur Hütte. So hatten wir Mühe, das Gleichgewicht zu halten. Chris Rügel schaffte es besser als ich. Er war trainiert.

Bevor wir die Hütte erreichten, hatten wir sie schon längst zu Gesicht bekommen. Sie machte auf uns einen völlig harmlosen Eindruck. Nichts wies darauf hin, was sich tatsächlich in der vergangenen Nacht in ihrem Innern abgespielt hatte, und eine schiefe, offen stehende Tür war ebenfalls kein Beweis. Das bekam man auch bei normalen Hütten zu sehen.

Es waren nur mehr wenige Meter bis zu unserem Ziel, und die schafften wir auch noch.

Chris blieb stehen. Er deutete zurück auf eine flache Mulde im Boden. »Da haben wir gelegen und gezittert, nachdem wir ihnen entwischt sind.«

Ich nickte. »Sie können sich jetzt noch gratulieren.«

Trotz seiner Beklemmung ließ es sich Christian Rügel nicht nehmen, die Hütte als Erster zu betreten. Die Tür schloss er auch nicht, damit genügend Licht in den Raum fiel.

»Es riecht noch nach ihnen!«, flüsterte der junge Mann. Er stand da und zog die Nase hoch.

Ich roch nichts. Wahrscheinlich bildete er sich das ein, doch als ich naher an die zum Heuboden hochführende Leiter trat, musste ich die Worte des Schweizers bestätigen.

Tatsächlich roch es nach Moder. Das hatte auch seinen Grund, da neben der Leiter Kleiderfetzen lagen, die diesen Geruch ausströmten. Ich bückte mich und hob einen Fetzen hoch.

Er fiel wieder langsam nach unten, aber ich hatte genug gesehen. Was ich in der Hand hielt, waren die Reste eines Leichenhemds. Und die anderen beiden Stücke lagen auch noch in der Nähe.

Chris war näher gekommen. »Sie haben sich umgezogen«, stellte er fest. »Sagenhaft.« Er schüttelte den Kopf. »Manchmal reagieren sie eben wie Menschen.«

Ich bestätigte seine Antwort. »Sie erinnern sich oft an das, was sie während ihres Lebens auch getan haben. Da gehört eben das Umziehen dazu.« Ich ließ den Fetzen wieder fallen. »Können Sie mir sagen, Chris, welche Kleidungsstücke hier lagerten?«

Rügel drehte sich und deutete auf eine Kiste, die neben einem Holzstapel stand. »Darin haben die regenfesten Sachen gelegen«, erklärte er. »Für jedermann zugänglich, auch für Zombies.« Er grinste scharf.

Ich hob den Deckel der Kiste an. »Leer!«, stellte ich fest und wollte noch etwas zu meinem Begleiter sagen, der stand nicht mehr neben mir. Ich sah ihn, als ich mich umdrehte, die Leiter hochsteigen. Er blieb im oberen Drittel stehen und schaute auf den Heuboden. »Tut mir Leid, Mr. Sinclair, da ist auch niemand.«

»Das habe ich mir fast gedacht.«

Er kletterte wieder nach unten, schlug Staub von seinen Hosenbeinen und meinte: »Es tut mir wirklich Leid. Obwohl ich in Kandersteg geboren bin und den Ort gut kenne, kann ich Ihnen nicht sagen, wo diese Typen eventuell stecken könnten. Da gibt es unzählige Möglichkeiten. Denken Sie mal an den dichten Wald. Sie können auch zum Blausee gelaufen sein oder ihr Versteck auf den Höhen haben.«

»Es bleibt uns also nichts anderes übrig, als sie zu erwarten«, erklärte ich.

»Ist es dann nicht zu spät?«, fragte der andere leise.

»Es könnte zu spät sein«, antwortete ich. »Das ist der kleine, nicht unbedeutende Unterschied.«

Chris hob die Schultern. »Wenn ich das richtig sehe, haben wir hier nichts mehr verloren.«

»Exakt.«

Er wollte noch nicht gehen, lehnte sich neben der Tür mit dem Rücken gegen die Innenwand und sagte: »Verdammt noch mal, mir will einfach nicht in den Kopf, dass es diese Bestien überhaupt gibt. Weshalb sind sie aus den Gräbern gestiegen? Die tun doch auch nichts ohne Motiv!«

»Da haben Sie Recht.«

»Und?«

»Es geht wahrscheinlich um eine Rache«, sagte ich. »Diese mir noch unbekannte Rache muss auch mit dem zu tun haben, das sie zu Zombies hat werden lassen. Auch das gibt es. Nichts geschieht eigentlich ohne Motiv, selbst die für uns unerklärlichen, schwarzmagischen Vorgänge sind irgendwo begründet, auch wenn für uns Menschen diese Gründe einfach zu abstrakt erscheinen und deshalb oft ignoriert werden.«

»Meinen Sie das wirklich?«

»Verlassen Sie sich darauf. Ich habe meine Erfahrungen sammeln können. Trotzdem sollten wir das Theoretisieren aufgeben und uns auf den Auftrag konzentrieren.« Ich schaute Chris Rügel scharf an. »Kann ich mich auf Sie verlassen? Stehen Sie auf meiner Seite? Und sind Sie auch verschwiegen genug?«

»Natürlich.«

»Zu keinem weiteren Menschen ein Wort. Auch nicht zu den

Offiziellen hier. Wir lassen die Polizei aus dem Spiel. Das ist eine Sache, die nur uns etwas angeht.«

»Und die drei Frauen!?«

»Das versteht sich.«

»Meine Freundin Maria ist auch noch informiert«, sagte Chris.

»Das weiß ich. Wird sie den Mund halten?«

»Darauf können Sie sich verlassen. Ihr sitzt der Schock noch im Körper, obwohl sie sich nicht so feige benommen hat wie ich. Da bin ich ehrlich genug.«

»Sehr oft sind die Frauen stärker als Männer«, erwiderte ich und verließ die Hütte.

Nach dem Modergeruch war ich froh, wieder die frische Bergluft einatmen zu können. Rechts von mir sah ich den Bahnhof. Die Züge wirkten klein und unecht. Einer kam aus dem Tunnel, der andere stand davor. Noch rollten die letzten Autos auf die flachen Verladewagons.

Hinter mir verließ auch der junge Mann die Hütte. Und beide hörten wir das Knattern in der Luft hoch über unseren Köpfen.

So ein Geräusch kannte ich.

Das Dröhnen des Motors und das Flappern der Rotorblätter vermischten sich zu diesem typischen Inferno, das in dieser Landschaft noch lauter wirkte, weil der Schall von den kahlen Felswänden zurückgeschleudert wurde.

»Das ist bestimmt Herr Stahlmenger mit seiner Maschine«, sagte Chris zu mir.

»Kennen Sie ihn?«, fragte ich ihn.

Er lachte. »Wer kennt ihn nicht in Kandersteg? Er und seine Familie sind oft hier und machen Urlaub. Sie wohnen übrigens in der Nähe von Dortmund, das ist im Ruhrgebiet.«

»Ich weiß Bescheid«, sagte ich lächelnd.

»Ob der hier landen will?«, fragte Chris, mehr zu sich selbst gewandt.

»Was könnte er wollen?«

»Weiß ich auch nicht.«

Wer als Pilot fungierte, konnten wir noch nicht erkennen, da die Maschine direkt aus den Wolken zu stoßen schien. Sie verlor rasch an Höhe und war plötzlich dicht über den Bäumen.

»Der ist ja verrückt geworden!« Chris Rügel musste schreien, um sich bei dem Lärm verständlich zu machen.

Ob er verrückt war oder nicht, das konnte ich nicht beurteilen. Aber ich sah etwas anderes, da sich die Maschine jetzt im Schatten bewegte. Sie war nicht sehr groß, eigentlich zu klein für vier Passagiere. Durch die gläserne Kuppel drang das helle Berglicht, das momentan auch nicht blendete, sodass ich den Piloten namens Stahlmenger und auch die anderen Gestalten erkannte.

Drei bleiche, unnatürliche Gesichter.

Zombies eben!

Und sie wollten uns …

Innerhalb weniger Atemzüge wuchs der Hubschrauber an. Er kam mir plötzlich vor wie ein tödliches Geschoss. Ob Chris die Zombies gesehen hatte oder nicht, das wusste ich nicht. Er reagierte jedenfalls nicht so, wie ich es gern gehabt hätte, denn er musste einfach so schnell wie möglich weg.

Ich handelte.

Mit einem gewaltigen Satz war ich bei ihm und stieß ihn zurück. So heftig, dass er durch die offene Tür in das Innere der Blockhütte fiel, dort zu Boden krachte und sich überschlug.

Eine Sekunde später war ich ebenfalls in der Hütte, warf mich auch zu Boden und duckte mich.

Der junge Mann kam wieder hoch. »Was ist denn?«, rief er.

»Hast du nicht die Zombies in dem Helikopter gesehen?«

Er wurde bleich. »Was?«

»Ja, verdammt, lebende Leichen, und sie haben diesen Stahlmenger in ihre Gewalt gebracht.«

Er sagte nichts mehr, sondern verharrte mit vor Schrecken offen stehendem Mund.

Großartige Deckung gab es hier nicht. Ich hätte mich wohl neben dem Holzstapel an die Wand stellen können. Das wollte ich auch nicht, weil mein Sichtfeld zu sehr beeinträchtigt wurde.

So wartete ich ab und schaute dicht vor der Tür nach draußen, wo der Lärm die einsam stehende Berghütte wie ein Inferno umtoste und durch den Luftzug der Rotorblätter einiges vom Boden in die Höhe gewirbelt wurde. Staub, kleine Steine, auch Zweige und sogar dünne Schneewolken.

Die Maschine befand sich noch in der Luft, aber sie schwebte bereits dicht über dem Grund. Wenn der Pilot landete, musste er sehr Acht geben, da der Untergrund hangartig abfiel.

Er drückte die Maschine nach unten.

Sehr langsam senkte sie sich nieder. Die Kufen bekamen Kontakt, und erst jetzt war ich sicher, dass die drei Zombies aussteigen wollten. Wie es ihnen gelungen war, Stahlmenger zu packen, war auch für mich ein Rätsel. Ich stellte mich auf die neue Lage ein.

Der Pilot öffnete selbst den Ausstieg, bekam einen Stoß in den Rücken und wurde nach draußen katapultiert.

Längst hatte ich meine Beretta gezogen. Im Gegensatz zu starken und mächtigen Dämonen waren Zombies, so gefährlich sie auch sein konnten, mit geweihten Silberkugeln zu töten. Und die steckten nun mal im Magazin meiner Pistole.

Noch fand ich kein Ziel. Stahlmenger torkelte nach draußen, stolperte über seine eigenen Beine, landete auf dem Boden und erhob sich sofort wieder, um auf die Hütte zuzulaufen.

Ich sah ihn auftauchen aus der hochwirbelnden Staub- und Schneewolke. Diese verdammte Mischung nahm mir auch die direkte Sicht auf die Zombies, sodass sie für mich kaum ein Ziel bildeten.

Stahlmenger stolperte in die Hütte. Sein Gesicht war käsig. Er wollte etwas sagen, ich aber packte ihn und zog ihn nach hinten. »Bleiben Sie da!«, brüllte ich.

Ob er sich daran hielt, sah ich nicht mehr. Mein Augenmerk konzentrierte sich auf die Zombies, die ebenfalls den Hubschrauber verließen. Ich sah sie nur mehr schattenhaft, richtete mich auf und ging in einer normalen Haltung zur Tür.

Dort wollte ich sie erwarten und ihnen den Garaus machen. Die würden keine Menschen mehr killen oder ihnen Angst und Schrecken einjagen. Geweihte Silberkugeln waren…

»Sinclair, Sie müssen in Deckung!« Stahlmenger brüllte sich fast die Lunge aus dem Leib. »Die haben Gewehre!«

Ich sprang zurück und warf mich nach links, wo sich auch der Holzstapel befand. An seiner äußeren Seite rutschte ich zu Boden, konnte aber noch aus der offenen Tür schauen und entdeckte innerhalb der Wolke das hellere Aufblitzen der Mündungslichter.

Sie feuerten zu dritt.

Das Krachen der Waffen hörten wir nicht, auch nicht das Pfeifen der Kugeln, aber wir machten uns so klein wie möglich und zogen auch die Köpfe ein.

Hin und wieder hob ich den Schädel nur ein wenig an, um nach draußen zu schielen.

Die Zombies sah ich nach wie vor schemenhaft. Sie wirkten wie Wesen, die mit einem Raumschiff von einem anderen Stern gekommen waren, um sich die Erde untertan zu machen. Nach wie vor konnte ich keinen anderen Ausdruck als das Wort *gespenstisch* für sie finden, so schlimm wirkten sie.

Und sie bewegten sich kaum, standen da und schossen.

Ich kam einfach nicht dazu, einen gezielten Schuss abzugeben. Ihre Kugeln zwangen mich in Deckung.

Irgendeiner musste seine Waffe mit der Mündung nach unten gedrückt haben, denn die Einschläge lagen plötzlich gefährlich dicht neben mir, rissen den Boden auf, schleuderten mir Dreck gegen die Haut und fegten auch in den Holzstapel, wo sie lange Splitter aus dem Material rissen.

Aus welchem Grunde ich plötzlich einen Blick zurückwarf, wusste ich selbst nicht.

Jedenfalls sah ich quer durch den Raum einen geduckten Schatten huschen. Es war der junge Christian Rügel, der seine Stellung wechselte und dorthin wollte, wo sich der Heuboden befand.

Es war verdammt riskant. Ich wollte ihn schon anschreien, als er aus dem Lauf heraus einen grotesken Sprung in die Höhe machte, sich halb drehte und anfing zu schreien.

Dann fiel er zu Boden.

Kugeln hatten ihn niedergeschlagen, und in mir stieg eine mörderische Wut hoch, die ich nur mühsam bezähmen konnte. Dann fielen nur noch vereinzelte Schüsse. Der mörderische Überfall der Zombies war vorbei. Sie verschwanden.

Noch zwei Schüsse gaben sie ab. Die Kugeln taten keinem etwas. Sie jagten in das Holz der Decke.

Auch die Rotorblätter des Hubschraubers drehten sich nicht mehr. Die Maschine stand dort wie ein Gebilde der modernen Kunst inmitten der Bergwelt.

Ich war schon an der Tür. »Kümmern Sie sich um den Jungen!«, rief ich Stahlmenger zu und huschte hinaus.

Noch nahm mir der Helikopter einen Teil der Sicht. Ich rannte auch nicht wie ein Irrer um ihn herum, sondern war sehr vorsichtig, als ich ihn umging.

An seinem Heck blieb ich stehen. Ich nahm den Geruch von Benzin, Abgasen und Öl wahr, schaute den Hang hinab und sah die drei Zombies in Richtung Kandersteg flüchten.

Sie waren tatsächlich bewaffnet. Jeder von ihnen trug ein Gewehr. Was sie an Munition und an anderen Waffen bei sich hatten, konnte ich nicht erkennen. Ich sah sie nur mehr in ihrem steifen, oft schwankenden Gang, manchmal auch stürzen, aber dann weiterrennen.

Der Vorsprung war nicht so groß, als dass ich ihn nicht hätte einholen können. Deshalb jagte ich ihnen hinterher. Wenn sie Kandersteg erreichten, war dort die Hölle los. Mir erging es nicht besser als den lebenden Toten. Auch ich als Mensch hatte so meine Schwierigkeiten, das Gleichgewicht zu halten. Zudem trug ich nur Halbschuhe mit flachen Sohlen, Bergstiefel wären hier vernünftiger gewesen.

Wahrscheinlich kamen die Zombies ebenso schnell oder langsam voran wie ich, sodass sich an der Distanz zwischen uns wohl kaum etwas ändern würde. Sie hatten außerdem noch einen Vorteil. Wenn sie hinfielen und sich irgendetwas aufschlugen, verspürten sie keinerlei Schmerzen, das war bei mir anders.

Ich erreichte eine kleine Bauminsel. Sturmgepeitschte Tannen hatten hier ihren schrägen Halt gefunden. Um sie herum befanden sich Schneenester. In eines davon geriet ich, rutschte tief hinein, kletterte wieder raus und rannte weiter.

Verfolgt von kleinen Bächen oder Rinnsalen, die der in der Höhe tauende Schnee talwärts schickte.

Ich merkte, dass die wilde Verfolgungsjagd an die Kondition

ging. Dennoch dachte ich nicht im Traum an Aufgabe. Ich musste diese Brut stellen und vernichten.

Die kleine Baumgruppe lag hinter mir, ich schaute wieder auf eine freie Fläche, die schwierig zu begehen war, deshalb machte ich es wie die Kinder und rutschte hinab.

Meine Kleidung verlor mit jedem Meter, den ich zurücklegte, mehr an Wert. Kleine, spitze Steine hakten sich fest, stachen auch in die Haut, und ich entdeckte, als ich direkt nach unten schaute, das graue Band der Straße, die sich am Hang entlangschlängelte.

Dort stand auch mein Leihwagen.

Und den hatten die Zombies erreicht. Ich war fest davon überzeugt, dass sie nichts damit anfangen konnten, denn welcher Zombie fuhr schon Auto? Man lernt im Leben eben nie aus, auch ich nicht. Die Zombies verstanden es sehr wohl, das Fahrzeug für ihre Zwecke zu nutzen.

Zwei von ihnen schoben es an. Ein dritter hatte sich gedreht und schaute mir entgegen.

Obwohl die Entfernung zwischen uns noch ziemlich groß war, erkannte ich ihn. Die Frauen hatten mir Bilder von ihren Männern gezeigt. So ungefähr konnte ich mich noch an die Fotos erinnern und wusste auch, dass Jerome Woeber zu seinen Lebzeiten einen Bart getragen hatte.

Er war es, der auf mich schoss.

Zum Glück zielte er nicht richtig. Irgendwo rechts neben mir schlug die Kugel ein, der zweite Schuss traf auch nicht. Zu einem dritten kam er nicht mehr, da er sich beeilen musste, weil seine Artgenossen den BMW mittlerweile angeschoben hatten.

Er rollte schräg über die schmale Straße dem am Rand abfallenden Hang entgegen. Ich hatte zwar abgeschlossen, aber den lebenden Leichen war es gelungen, die Fenster einzuschlagen. An ihren Rändern hielten sich die beiden fest, die auf dem Dach lagen, und Jerome Woeber beeilte sich noch mehr, um die anderen einzuholen.

Mit einem Sprung erreichte er den Kofferraum, umklammerte die Beine seiner Freunde in Höhe der Knöchel. Einen Lidschlag später rumpelte der BMW bereits über die Straßenbefestigung, war auf dem Hang und fuhr abwärts. Meinen Blicken entschwand er.

Ich kam mir noch immer vor wie auf einer Rutsche. Für einen gezielten Pistolenschuss war die Distanz zwischen mir und den Zombies viel zu weit gewesen, ich hatte also wieder das Nachsehen und landete schließlich in einer kleinen, feuchten Hangvertiefung, nicht weit von der Straße entfernt.

Ausruhen galt nicht. Schnell kam ich hoch, glitt schräg die letzten Meter hinab und lief ebenso schräg auf der Straße, an deren linken Rand ich mich stellte und in die Tiefe schaute.

Da rumpelte der Wagen mit den Zombies talwärts. Über Mulden und Senken hinweg, wurde in die Höhe geschleudert wie ein bockbeiniger Esel, fiel wieder zurück, fuhr weiter, und auch die Zombies mussten die Schaukelei ertragen, die ihnen wohl nicht viel ausmachte, da es ihnen nach wie vor gelang, sich gegenseitig und auch am Wagen festzuklammern. Ohne das jemand am Lenkrad gedreht hätte, bekam der BMW einen Schlag, fuhr in eine Rechtskurve und rollte trotzdem weiter.

Ich blieb zurück.

Hatte es überhaupt Sinn, ihn noch zu verfolgen? So recht glaubte ich nicht daran. Der Vorsprung war einfach zu groß gewesen. Zudem hatten die verfluchten Zombies noch Glück gehabt, auch konnten sie sich nahe des Ortes, wo der Wald dichter war, besser verstecken.

Ich wollte schon zurückgehen, als das Echo ein Krachen zu mir hochtrug. Es hörte sich so blechern an, und mir war klar, was es bedeutete. Der BMW war gegen einen Baum gefahren und hatte sich dort regelrecht zusammengeschoben.

Da war nichts mehr zu holen für mich. Die Zombies würden jetzt zu Fuß flüchten.

»Irgendwann!«, flüsterte ich, »stehen wir uns unter anderen Bedingungen gegenüber, das kann ich euch versprechen!« Dann drehte ich mich um und ging den verfluchten Weg wieder zurück …

Herr Stahlmenger, der Pilot, hatte die Blockhütte verlassen und wartete neben seinem Hubschrauber auf mich, der die Landung gut überstanden hatte.

Ich suchte nach Christian Rügel. Stahlmenger hatte meinen Blick bemerkt. »Er ist nicht mehr in der Hütte. Ich wollte mit ihm gerade losfliegen.«

»Ist er tot?«

Etwas länger schaute mich der Deutsche an. »Nein, er ist nicht tot, obwohl er zwei Kugeln abbekommen hat. Ich fliege ihn nach Thun, dort kann er behandelt werden.«

»Wie gefährlich sind die Verletzungen?«

»Ich bin kein Arzt. Er ist einmal am Bein und an der Hüfte getroffen worden. Der Hüfttreffer war zum Glück nur ein Streifschuss.« Stahlmenger hob die Schultern. »Mehr konnte ich nicht tun.«

»Und wie haben Sie die Zombies erwischt?«, fragte ich.

»Sie lauerten mir auf. Ich wollte fliegen, da standen sie plötzlich. Sie kamen aus der Hütte, wo einige Ersatzteile aufbewahrt werden. Sie umstellten und bedrohten mich mit ihren Waffen. Die müssen sie bei einem Einbruch abgestaubt haben.«

»Mich wundert nur, dass man Sie nicht getötet hat.«

Stahlmenger zuckte mit den Schultern. »Im Nachhinein wundert mich das selbst. Meine Güte, was hatte ich eine Angst! Sie hockten hinter mir, stanken nach Moder und Verwesung und befahlen mir, zu dieser Hütte zu fliegen.«

»Wahrscheinlich wussten sie, dass wir hier waren.« Ich nickte gedankenverloren und berichtete in knappen Worten, wie mir die drei entkommen waren.

Stahlmenger war etwas aufgefallen. »Sie zeigen keine Furcht, Herr Sinclair. Kennen Sie sich aus?«

»So ungefähr.«

Der Mann aus dem Ruhrgebiet nickte. »Das hatte ich mir schon gedacht.« Mehr fragte er nicht.

Dafür öffnete er die Cockpittür. Ich schaute ebenfalls in den Copter. Auf zwei Decken lag der Verletzte. Er war sehr bleich geworden und wimmerte leise. Notdürftig hatte ihn Stahlmenger aus der Bordapotheke verbunden. »Ich habe ihm auch eine schmerzstillende Tablette gegeben«, sagte er noch.

Dieser Mann war wirklich gut, weil er stets die Übersicht behielt. Piloten mussten wohl so sein.

»Und wo wollen Sie hin?«, fragte er mich.

»Nach Kandersteg.«

»Wieder den Weg zurück?«

»Was bleibt mir anderes übrig?«

Stahlmenger winkte ab. »Wissen Sie was? Ich lande in Kandersteg kurz zwischen und setze Sie ab. Dann fliege ich weiter zum Krankenhaus nach Thun.«

Ich schlug dem wesentlich kleineren Mann auf die Schulter. »Vor Ihnen kann man Hochachtung haben.«

»Ach, halb so wild. Alles nur eine Sache der Organisation. Früher wollte ich mal Politiker werden, aber mir passte keine Partei.« Er grinste verschmitzt. »Jetzt will ich selbst eine gründen. Die Tombola-Partei. Kann jeder eintreten, der genügend spendet.«

Ich lachte. »Da hätten Sie in Deutschland wohl eine Chance.«

»Sie in England nicht minder«, erwiderte er beim Einsteigen und ließ mich ebenfalls in den Copter.

Glatt und sicher startete er. Ich schaute in die Tiefe. Ich konnte genau erkennen, wie der schräge Berghang unter uns zurückblieb, als wir an Höhe gewannen und plötzlich schon über den schräg wachsenden Nadelbäumen schwebten.

Im direkten Kurs flogen wir auf Kandersteg zu. Und zum ersten Mal sah ich den Ort aus der Luft.

Er verlor nichts von seinem besonderen Reiz, aber ich durfte mich nicht auf diesen Anblick konzentrieren, sondern musste auch nach den lebenden Leichen Ausschau halten, die sicherlich unter uns irgendwo im Gelände herumturnten.

Wir flogen an einem Schneefeld entlang. Wie auch der Pilot, so hatte ich ebenfalls meine getönte Brille aufgesetzt. Unter uns huschte der grauweiße Belag hinweg, er wechselte mit dem Braungrün einer Winteralm ab.

Keine Spur der Zombies.

Einmal glaubte ich, eine Bewegung zu sehen, das konnte ebenso ein Tier sein.

Weit oben, dicht unter einem Gipfel erkannte ich auf einem Vorsprung eine Hütte. Stahlmenger hatte meinen Blick bemerkt und sagte: »Da können Sie hinwandern.«

»Im Winter?«, fragte ich laut zurück.

»Nein, ist mehr etwas für den Sommer. Als ich hier meinen Pilotenschein machte, habe ich Proviant hochgeschafft.«

»Sind Sie immer allein hier?«

Er lachte. »Nicht immer. Während der Sommerferien habe ich auch meine Familie in Kandersteg. Wir sind Geschäftsleute und besitzen ein Kaufhaus. Da muss immer einer da sein, der sich um den Laden kümmert. Bei meiner Frau ist er in guten Händen. Das soll nicht heißen, dass ich blau mache. Im Gegenteil, wenn ich anwesend bin, habe ich auch oft einen Sechzehnstundentag.«

»Wem sagen Sie das?« Auch bei mir gab es manchmal Tage, an denen ich einfach nicht zur Ruhe kam. Das gehört zu meinem Job. Da ich ihn mir freiwillig ausgesucht hatte, darf ich mich nicht beschweren. Ansonsten hätte ich auch die Anwaltskanzlei meines Vaters übernehmen können.

Die lebenden Leichen hielten sich so gut versteckt, dass wir nicht einmal einen Zipfel von ihnen sahen. Der erste Angriff war fehlgeschlagen. Sicherlich bereiteten sie sich jetzt auf den zweiten vor, und der würde sicherlich mit mehr Geschick vorgetragen werden.

Daran dachte ich mit Schrecken. Wenn sie das Hotel überfielen, konnte es böse ausgehen.

Ich hatte kaum den Gedanken geführt, als ich bereits das Royal Hotel Gemmi unter uns auftauchen sah. Wir schienen über das Dach wegzurutschen und erreichten sofort danach die Rückseite, wo Stahlmenger zwischen Pool und Reitplatz landete.

So etwas war wohl noch nicht oft vorgekommen, denn das Personal erschien plötzlich an den Fenstern und lief auch auf die kleine Terrasse, die sich an den großen Speisesaal anschloss.

Sicher setzte der Pilot auf. »Sie waren klasse«, sagte ich zum Abschied und blinzelte ihm zu.

»Bis später.«

»Wann sind Sie zurück?«

»Noch vor Einbruch der Dunkelheit.«

»Okay, guten Flug.« Ich lief geduckt aus dem Drehbereich der Rotorblätter und schaute zu, wie Stahlmenger startete. Der Hubschrauber stieg wie ein übergroßes Insekt in die Luft.

Ein Mann im grauen Anzug erschien. Er stand auf der Terrasse, hatte eine Hand zum Schutz vor den Sonnenstrahlen erhoben und schaute dem Hubschrauber nach.

»Fein, fein«, kommentierte er. »Dieser Mann hat etwas gelernt, das kann man merken.« Er sah mich auf sich zukommen und stellte sich als der Besitzer des Hotels vor.

Als er meinen Namen hörte, fragte er: »Sie sind der Gast aus London?«

»Fein.« Er strahlte mich an. »Nur schade, dass Sie nicht im Sommer gekommen sind. Wir hätten auf dem Thuner See segeln können.«

»Vielleicht klappt es ein andermal.«

»Würde mich freuen.«

Ich hatte es eilig, lief durch den Speisesaal und traf auf Herrn Contini, der ein zusammengeklapptes Schachbrett unter dem rechten angewinkelten Arm trug.

»Alles in Ordnung?«, fragte er mich.

»So gut wie?«

Herr Contini war ein alter Fuchs. Er schaute mich über die Ränder seiner Brille an, und der Blick glitt auch an meiner Gestalt entlang bis zu den Füßen. »Sie scheinen ausgerutscht zu sein, Herr Sinclair.«

»Das passiert hin und wieder.«

»Verstehe schon. Wenn Sie speisen wollen«, er schaute auf seine Uhr, »ab 19.00 Uhr.«

»Danke.«

Ich ging weiter. In der Tat kam ich mir in meiner schmutzigen Kleidung deplatziert vor, aber daran war nun nichts mehr zu ändern. Im Foyer sah ich eine Bekannte in einem der Ledersessel sitzen. Es war Evelyn Binussek. Sie blätterte desinteressiert in einem Modemagazin, als Beschäftigungstherapie.

Sie sah mich auch und stand auf. »Gibt es etwas Neues?«, fragte sie.

»Ja.«

»Was denn?«

Da sie ziemlich laut gesprochen hatte, legte ich einen Finger auf meine Lippen.

»Ach so, ja.« Sie verstand das Zeichen. Ich führte sie in einen der beiden Aufenthaltsräume, wo sich auch die halbrunde Bar und der Kamin befanden. Auch ein Klavier stand dort.

Niemand spielte. Erst am Abend würde der Musiker erscheinen.

Da ich mich mit meinen schmutzigen Sachen nicht setzen wollte, blieben wir stehen. Gespannt schaute mich Mrs. Binussek an.

»Wo sind Ihre beiden Freundinnen?«, erkundigte ich mich.

»In ihren Zimmern. Ich wollte auch hoch und mich umziehen. Aber Sie wissen doch etwas Neues!«

»Das stimmt. Ich habe die drei Zombies gesehen.«

Evelyn Binussek schaute mich an, als hätte ich ihr etwas Verbotenes erzählt. »Was haben Sie?«

Ich wiederholte den Satz.

»Wo denn?«

»Nahe einer Berghütte. Sie kamen mit einem Hubschrauber. Den Piloten hatten sie in ihre Gewalt gebracht. Dann fingen sie an zu schießen, denn sie haben sich Gewehre besorgt.«

»Großer Gott!«, hauchte sie, »das darf nicht wahr sein.«

»Leider ist es eine Tatsache.«

»Aber sie sind Ihnen entkommen?«

»Leider.«

Vor der nächsten Frage hatte sie Angst. Ich sah es daran, wie sie schluckte. »Mein Mann … ich meine … er war doch sicherlich auch dabei. Oder etwa nicht?«

»Doch, er gehörte dazu.«

»Und wie sah er aus?«

Eine zwingende Frage. Was sollte ich aber antworten? Von einem Wesen sprechen, das zwar äußerlich ein Mensch war, aber dennoch keine Seele mehr besaß, sondern sich als lebender Leichnam durch die Gegend bewegte?

»Ich kann es vertragen«, sagte sie. »Bitte, Sie müssen mir einfach erzählen, wie er ausgesehen hat!« Sie fasste nach meinen Händen, schaute mich an, ihr Blick brannte dabei.

»Er muss verletzt gewesen sein«, erwiderte ich leise. Durch Axthiebe. Er sah nicht gut aus.«

Evelyn kniff die Augen ein wenig zusammen. »Wieso Axthiebe? Ist das vor seinem Tod geschehen?«

»Nein, es muss nachher gewesen sein. Wie alles genau zusammenhängt, werde ich Ihnen vielleicht später erklären. Wir sehen uns sicher beim Abendbrot. Ich muss mich auch noch umziehen und über einige Zusammenhänge nachdenken. Das werden Sie bestimmt verstehen.«

»Selbstverständlich, Mr. Sinclair.«

Ich ging hoch in mein Zimmer, betrat das Bad und zog mich aus. Für einen Moment blieb ich vor dem breiten Wandspiegel stehen und betrachtete mein Gesicht.

Auch ich war älter geworden, hatte kleine Falten bekommen. Vielleicht lag es auch an der Bedrohung, die ich spürte. Obwohl ich noch keinen Beweis hatte, war ich fest davon überzeugt, dass die drei Zombies zuschlagen würden.

Und zwar in der Nacht!

Die beiden auf dem Autodach liegenden Toten waren durch den Aufprall des BMW gegen den Baum zu Boden geschleudert worden. Jerome Woeber, der sich am Kofferraumdeckel hatte festklammern wollen, war mit dem Schädel gegen die Heckscheibe geknallt und hätte sie fast noch durchschlagen.

Claus Binussek und Erich Buchwald standen auf. Binussek hatte den Axthieb abbekommen. In seiner rechten Schulter klaffte ein tiefer Spalt. Blut war auch aus der Wunde gedrungen und hatte schon eine Kruste gebildet. Das tat ihm nichts, denn wer ihn töten wollte, musste mit anderen Dingen kommen.

Sie standen auf.

Ihre Gewehre lagen irgendwo im Gras. Sie suchten sie auch nicht mehr, ließen den Wagen stehen und machten sich zu Fuß auf den weiteren Weg, der jetzt talabwärts führte.

Sehr oft wurden sie von den kleinen Waldinseln gedeckt. Immer dann, wenn sie Lücken erspähten, schauten sie auch hinunter in den Ort. Sie beobachteten das Leben und Treiben, sahen die Menschen auf den Gehsteigen spazieren, die Wagen, die langsam über die Straßen fuhren, und sie dachten daran, dass dies alles bald ihnen gehören würde.

Die Gewehre trugen sie zwar nicht mehr bei sich, aber sie waren nicht waffenlos. Beim Einbruch in das Haus hatten sie noch Pistolen, Revolver und auch Messer gefunden.

Keine Küchenmesser, sondern Jagdmesser mit breiten und beidseitig geschliffenen Klingen. Die Stichwaffen steckten in ihren Gürteln. Sie dachten auch daran, dass die Dunkelheit bald kommen würde. Vatertag war. Vor einem Jahr hatte es sie erwischt, da waren sie bei ihrer Wanderung auf das Tunnelwesen gestoßen. Es hatte ihnen zombiehaftes Leben versprochen und sie getötet.

Jetzt waren sie zurückgekehrt, um sich zu rächen und um ihren Namen alle Ehre zu machen.

Langsamer als zuvor schritten sie weiter und blieben mit ihrem sicheren Instinkt in Deckung, als sie plötzlich das Geräusch des fliegenden Hubschraubers vernahmen.

Über sie glitt die Maschine hinweg und verschwand in Richtung Kandersteg.

Eine halbe Stunde später hatten auch sie den Ort erreicht. Und zwar dort, wo nur mehr wenige Häuser standen und der Weg nach Kandergrund führte. Niemand war Zeuge, als sie die Straße überquerten, sich in das Gelände schlugen und hinter den vereinzelt stehenden Häusern sich ihrem eigentlichen Ziel näherten.

Nur einmal schlug ein Hund an. Es war ein Rottweiler. Er hatte die Untoten gewittert, konnte aber nicht eingreifen, da er sich an einer Kette befand.

Erich Buchwald hörte das Gebell, ließ die anderen stehen und schritt auf den Hund zu, der an seiner Kette zerrte, wie verrückt bellte und plötzlich winselte, als der Zombie näher kam. Das Tier hatte gespürt, welch eine Gefahr von diesem Wesen ausging.

Buchwald zog sein Messer. Noch einmal wollte sich der Hund aufbäumen, aber die Hand mit der Klinge war schneller. Keine

Reißzähne hielten sie auf, als sie einige Male von oben nach unten fuhr und dabei immer dunkler wurde …

Die anderen beiden hatten schon einen kleinen Pfad gefunden. Sie gingen ihn entlang, denn er führte zu einem Ziel, das die Zombies schon als normale Menschen kennen gelernt hatten.

Es war die Seilbahnstation zum Oeschinensee. Dort oben hatte es sie erwischt, aber da wollten sie nicht mehr hin, sondern die Dunkelheit im Schutz der Station abwarten.

Und die Dämmerung kam.

Allmählich schlief das normale Leben in Kandersteg ein. Doch das Untote erwachte.

Die drei Zombies setzten sich wie Marionetten in Bewegung, um ihr grausames Finale einzuläuten.

Noch war Vatertag …

Und das wusste auch ich, als ich in einem Anzug die Treppe hinabschritt.

Unter meiner Jacke hielt ich die Waffe verborgen. Wenn die Zombies auftauchten, war ich gerüstet. Ich hoffte stark, sie mit Silberkugel-Treffer erledigen zu können.

Ich dachte automatisch an meine erste Begegnung mit ihnen. Furchtbar hatten sie ausgesehen. Wer ein Jahr unter der Erde liegt, ist eben keine Schönheit mehr. Ich erlebte diese Anblicke zwar nicht täglich, neu waren sie mir auch nicht, sodass sich mein Schrecken in Grenzen gehalten hatte.

Bei den Frauen würde dies nicht so sein. Wie mussten sie fühlen, wenn ihnen plötzlich ihre toten Männer gegenüberstanden, zudem noch in dem augenblicklichen Zustand.

Da mussten sie einfach durchdrehen. Deshalb hoffte ich, ihnen den Anblick ersparen zu können.

Einen Plan hatte ich mir zurechtgelegt. Nach dem Dinner wollte ich mich ein wenig umschauen. Zudem setzte ich auf Herrn Stahlmenger, den Piloten. Er war ein mutiger Mann, sicherlich würde er mir zur Seite stehen und ebenfalls die Augen offen halten. Jedenfalls setzte ich darauf, die Untoten außerhalb des

Hotels zu erwischen, wo sich am Abend kaum Menschen aufhielten.

Ich hatte die Treppe hinter mich gebracht, erreichte eine Glastür, die mir von einem der jüngeren Ober aufgehalten wurde. Ich bedankte mich mit einem Nicken bei ihm, passierte ihn und ging scharf nach rechts, um den Raum zu betreten.

In der Dunkelheit wirkte er ganz anders. An der Decke strahlten die beiden Kronleuchter. Sie gaben ein sehr helles Licht ab, dessen Schein vom Silber der Bestecke, Pfannen und Töpfe zurückgeworfen wurde. Im Kamin brannte das Grillfeuer. Fleisch drehte sich am Spieß. Auf einem langen Tisch waren die Desserts aufgebaut. Herrliche Schlemmereien, bei deren Anblick mir das Wasser im Mund zusammenlief.

Leider würde ich mich dem Mahl nicht in aller Ruhe widmen können, das Wissen um die lauernden drei Zombies hatte meine innerliche Unruhe verstärkt.

Ein wenig unschlüssig stand ich zwischen Tür und Desserttisch, da ich nicht wusste, wo ich Platz nehmen sollte.

Ein Ober trat an mich heran, begrüßte mich und erklärte mir, dass die drei Damen an ihren Tisch für mich einen Platz reserviert hatten.

»Darf ich Sie zu ihnen führen?«, fragte er.

Ich nickte.

Der dunkelhaarige Ober ging vor. Nicht einmal die Hälfte der Tische waren besetzt, da die Saison noch bevorstand. Wir schritten in den hinteren Teil des Speisesaals und bewegten uns auf die große Fensterfront zu, wo die drei Frauen an einem runden Tisch saßen.

Evelyn Binussek winkte mir zu. »Kommen Sie, Mr. Sinclair, hier ist Ihr Platz!«

Ich begrüßte die Frauen, der Ober rückte mir den Stuhl zurecht, dann setzte ich mich zwischen Evelyn Binussek und Silvie Woeber. Blass sahen meine drei Tischnachbarinnen aus, trotz der Schminke, die sie aufgelegt hatten. Sie hatten sich auch umgezogen, trugen elegante Kleider in den schon modischen Farben des nahen Sommers.

Mint, rosa und weiß herrschten bei ihnen vor. Evelyn Binussek hatte sich über ihre Leinenbluse noch eine Strickweste gestreift.

Als Getränk wählte ich Mineralwasser, schaute mir die Menükarte an und fragte mich, wer das alles essen sollte. Ich konnte unter mehreren Vorspeisen wählen, aber auch alle zugleich nehmen. Es war tatsächlich unwahrscheinlich, was hier aufgetischt wurde.

Alles war irgendwie vornehm, aber doch ungezwungen und auf gewisse Art und Weise nett.

Lautlos wurde von einem der Ober ein Vorspeisenwagen herbeigerollt. Ich entschied mich für süßsaure Heringe, die es neben anderen Dingen noch gab.

Die Damen nahmen nichts. Auch keine Suppe. Sie wirkten sehr verkrampft und nervös. Kein Wunder.

Ich schaute nach draußen. Im Garten brannten einige Laternen. Sie gaben nur wenig Licht, der größte Teil der Anlage lag eingepackt in der dichten Dunkelheit.

»Heute ist Vatertag«, sagte Brigitte Buchwald plötzlich. »Noch fünf Stunden …«

Ich tupfte mir mit der Serviette die Lippen ab. »Wie meinen Sie das?«

»Dass wir sie vielleicht noch sehen werden.«

»Mich wundert nur, dass dieser Vatertag von Ihren Männern vorgelegt worden ist. Normalerweise ist er doch ein paar Wochen später.«

»Das ist auch so eine Sache«, erklärte Silvie Woeber. »Unsere Männer sind etwas Besonderes. Sie hockten schon als Studenten zusammen, und sie sind auch stets in dieses Hotel hier gefahren. Hier haben sie gefeiert, getrunken, vielleicht auch geliebt, wer weiß…« Sie hob die Schultern, »und sie haben hier ihre Touren gemacht und ihr Treffen kurzerhand Vatertag genannt.«

»Dann spielt das Hotel eine besondere Rolle für sie.«

»So ist es«, sagte Brigitte Buchwald und stellte mir eine Frage. »Wer hat Sie im Speiseraum begrüßt? War es ein dunkelhaariger Ober um die dreißig?«

»Ja.«

»Er heißt Thomas und war ein Freund unserer Männer. Sie haben viel gemeinsam unternommen, vor allem Bergwanderungen. Da war Thomas ein guter Führer, er kennt die Gegend wie seine Westentasche. Er ist übrigens Deutscher.«

»Weiß er auch etwas über den rätselhaften Tod der drei?«

Brigitte Buchwald schob ihre Brille hoch. »Das nehmen wir sehr stark an. Nur hat er nie darüber gesprochen.«

Ich trank einen Schluck Mineralwasser. »Haben Sie ihn denn danach gefragt?«

»Ja, nur keine Antwort bekommen. Er behauptete stets, dass er nichts wüsste.«

»Wahrscheinlich werde ich ihn fragen müssen«, erklärte ich und schaute zu, wie mein Vorspeisenteller abgeräumt wurde. Unter den angebotenen drei Hauptgerichten hatte ich mich für die Grilladen entschieden. Das Gleiche bekamen auch meine Tischnachbarinnen, die mit fortschreitender Uhrzeit immer nervöser wurden und immer häufiger in den Garten schauten.

»Es ist nichts«, sagte ich lächelnd, da mir ihre forschenden Blicke nicht entgangen waren.

»Wir warten darauf«, erklärte Evelyn Binussek.

»Es ist möglich, dass uns die drei Gestalten bereits beobachten. Dann aber aus größerer Entfernung, weil wir ja gut am Fenster zu sehen sind!«

»Man könnte uns also erschießen«, stellte Silvie Woeber sehr sachlich fest.

»Ja.«

»Dann ist der Platz aber falsch!«, flüsterte Mrs. Binussek.

»Das würde ich nicht sagen. Die Zombies schießen nicht so leicht. Sie haben andere Methoden.«

»Auf Sie hat man doch …«

»Bei mir war das etwas anderes. Sie müssen irgendwie gespürt haben, dass ich ihnen gefährlich werden konnte. Wie dem auch sei, lassen Sie sich jetzt keine grauen Haare wachsen! Essen Sie ruhig! Reißen Sie sich zusammen! Wenn sie kommen, ist noch immer Zeit genug, etwas gegen sie zu unternehmen.«

»Dann rechnen Sie auch damit, Mr. Sinclair?«, fragte Silvie Woeber.

»Natürlich.«
»Und Sie sind so ruhig?«
»Es ist mein Beruf. Ich habe mich schon des Öfteren mit lebenden Toten herumgeschlagen.«
»Stimmt das?«
»Es stimmt, Silvie«, sagte Evelyn Binussek. »Hätte ich Mr. Sinclair sonst geholt?«
»Ja, du hast Recht.«
»Eben.«
Wir hatten die Hauptspeise bestellt und bekamen die Grilladen. Dazu gab es Gemüse.
Außer mir hatte so niemand den rechten Appetit. Ich schaute hin und wieder auf das Fenster. Dabei beobachtete ich auch Thomas, den Ober.
Er bewegte sich lässig und sicher, war braun gebrannt, sein dunkles Haar hatte er sorgfältig gekämmt, und der schwarze Frack stand ihm gut. Dieser junge Mann wusste also mehr. Und wahrscheinlich kannte er auch das Geheimnis um den Tod der drei Männer.
Ich suchte nur mehr nach einer Gelegenheit, um mit ihm allein sprechen zu können. Hoffentlich ergab sich die noch im Laufe des Abends.
Mir schmeckte es ausgezeichnet. Einen Salat hatte ich auch bekommen. Ich führte soeben die Gabel zum dritten Mal an den Mund, als der leise Schrei ertönte.
Ich hatte mich so erschreckt, dass ich mich mit den Zinken fast verletzt hätte.
Brigitte Buchwald saß steif und wie angewachsen auf ihrem Stuhl. Ihr Gesicht war ebenfalls erstarrt und gleichzeitig verzogen, sodass der Mund offen stand. Aus ihren Augen leuchtete der Schreck. Sie blickte zwischen Evelyn Binussek und mir vorbei auf die bis zum Boden reichende Fensterscheibe.
»Was ist denn?«, fragte ich.
»Ich habe ihn gesehen«, sagte sie leise.
»Wen?«
»Meinen Erich!«

Diesmal drehte auch ich mich. Das Murmeln der übrigen Gäste vernahm ich nicht mehr, auch nicht das leise Klappern der Bestecke oder die knappen Anweisungen der Ober. Ich konzentrierte mich voll und ganz auf den Anblick hinter der Scheibe.

Ein dunkler Park. Wenige Lichtinseln, mehr Schatten. Hin und wieder das Glitzern einer Pfütze, wenn sie vom Schein getroffen wurde. Mehr sah ich nicht.

Keinen Zombie …

»Und Sie haben sich nicht getäuscht, Frau Buchwald?«, wandte ich mich an die Frau.

»Nein, ich habe ihn gesehen.«

Ihre Stimme klang abgehackt, als würde ein Computer sprechen.

»Wie sah er aus?«

»Weiß ich nicht. So lange konnte ich nicht hinschauen. Ich sah das weiße Gesicht und wusste genau, dass es meinem Erich gehörte. Ja, es gehörte ihm. Er war es!«

Ich sah ihr an, dass sie kurz vor einem Nervenzusammenbruch stand und musste etwas tun, um sie zu beruhigen. »Bitte, Frau Buchwald, nicht so! Bleiben Sie ruhig, tun Sie uns allen den Gefallen.«

»Aber mein Mann …«

Um ihn werde ich mich kümmern.«

Evelyn Binussek legte ihre Hand auf die meine. »Wollen Sie wirklich nach draußen?«

»Ja, ich muss mich im Garten umschauen.«

»Dann glauben Sie nicht an eine Einbildung?«

»Das bestimmt nicht.«

Evelyn nickte. »Wie Sie meinen, Mr. Sinclair. Man wird sich hier nur wundem, wenn Sie den Tisch verlassen und nach draußen gehen.«

»Das macht nichts. Sie können das Personal und die übrigen Gäste ja beruhigen. Und noch eins. Versuchen Sie, diesen Thomas davon zu überzeugen, dass ich mit ihm reden will.«

»Mal sehen.«

Ich stand endgültig auf. Dabei war ich nicht der Einzige, der dies tat, denn andere Gäste hatten sich ebenfalls erhoben und gingen auf das Dessert-Büffet zu, wo sie unter allerlei Köstlichkeiten wählen konnten.

Ich ließ eine rothaarige Frau passieren und erreichte die Tür zur Terrasse. Sie war sehr breit, ließ sich gut aufhebeln, und bevor irgendjemand etwas davon mitbekommen hatte, stand ich schon draußen.

Die Tür ließ ich angelehnt und hatte sie nur schwach festgedrückt. Dann sah ich zu, so rasch wie möglich aus dem unmittelbaren Lichtschein und in die Dunkelheit des kleinen Parks zu gelangen.

Über einen weichen Rasenboden schritt ich. Schräg näherte ich mich dem Pool, wich dem Schein zweier Lampen aus und erreichte über einen winzigen Hügel das eingezäunte Gelände des Tennisplatzes.

Es war umgeben von Bäumen, die im heißen Sommer der großen Liegewiese Schatten gaben.

Geräusche hörte ich nicht. Ich lauschte auf Schritte, da ich wusste, dass es den Zombies kaum gelang, sich lautlos zu bewegen. Wenn sie einen Fuß vor den anderen setzten, hörte sich dies stets dumpf an, da sie sich längst nicht so geschmeidig wie normale Menschen bewegten.

Als ich durch einen Schneerest schritt, knirschte das Zeug unter meinen Sohlen.

Der Draht des Tennisplatzes glitzerte. Vor der Umzäunung blieb ich stehen und schaute zurück.

Der Speisesaal war auch aus dieser relativ großen Entfernung gut zu erkennen. Ich blickte hindurch, die Kronleuchter ließen das Innere festlich erscheinen, und ich sah auch den Tisch, an dem ich gesessen hatte. Deutlich waren die drei Witwen zu erkennen.

Wenn ein Zombie sie beobachtet hatte, dann konnte er sich sogar hier in der Dunkelheit verbergen.

Tat sich etwas?

Nein, noch blieb alles ruhig. Auch die Frauen waren von keiner Panik ergriffen worden, obwohl sie nicht mehr aßen und sich flüsternd unterhielten.

Im Normalfall hätte ich nicht mehr weitergesucht und mir gesagt, dass sich die Frau getäuscht hatte. Aber ich hatte bereits Bekanntschaft mit den Untoten gemacht, und ich wusste, dass sie gefährlich, raffiniert und auch clever waren.

Vielleicht belauerten sie mich bereits, ohne dass ich es merkte. Ihnen traute ich alles zu.

Der Tennisplatz lag so ziemlich am Ende des Grundstücks. Bisher hatte ich nur einen Teil des Geländes durchsuchen können, aber ich war ja noch nicht fertig!

Ich schlug einen Bogen. An das Hotel schloss sich noch ein Anbau an. Dort lagen die Zimmer des Personals, und in der unteren Hälfte des Anbaus war ein Reitstall untergebracht. Soviel ich wusste, sollte es vier Pferde geben, die den Gästen auch zur Verfügung standen.

So ein Stall eignet sich auch als Versteck. Wäre ich ein Zombie gewesen, hätte ich mich dorthin zurückgezogen.

Bewusst vermied ich den Schein der Lichtinseln, bewegte mich im Dunkeln voran und kam mir selbst vor wie ein Schatten, der mit der düsteren Nacht verwachsen war.

Auch der Himmel zeigte sich bewölkt. Weder Mond noch Sterne sah ich. Das war am Tag anders gewesen, aber in den Bergen wechselt das Wetter schnell.

Ich erreichte den Anbau und schob mich in seinem Schatten näher an den Eingang des Stalls heran.

Der Durchgang war schmal und hoch und wurde von einer Tür begrenzt, die nicht abgeschlossen war, wie ich feststellen konnte, als ich meine rechte Hand auf die eiserne Klinke legte.

Behutsam zog ich die Tür auf. Sofort nahm ich den typischen Stallgeruch wahr, eine Mischung von Tierausdünstung, Heu und einem anderen Geruch, der noch alles andere überlagerte.

Zunächst wusste ich nicht, was für ein Duft da in meine Nase gestiegen war. Es stank irgendwie süßlich, und ich spürte bereits den Geschmack auf der Zunge. Eine ekelhafte Sache.

Rechts und links lagen die Boxen. Mauern so hoch, dass sie mir fast bis zur Brust reichten. Darüber waren sie bis zur Decke hin offen.

Aus der rechts von mir liegenden Box drang der ungemein starke, so eklige Geruch.

Pferde befanden sich wohl nicht im Stall. Jedenfalls hatte ich keine gesehen.

Und dennoch war ein Tier vorhanden. Ich sah es, als ich meine kleine Lampe anknipste.

Der dünne Strahl stach dem Boden entgegen und traf ein Ziel.

Es war der Körper eines Pferdes.

Das Tier lag verkrümmt am Boden. Und jetzt wusste ich auch, woher dieser widerliche Geruch stammte.

Es war das dampfende Blut, das sich überall verteilt hatte. Jemand hatte das Pferd grausam getötet…

Mir drehte sich fast der Magen um, als ich das sah. Gleichzeitig hatte ich auch den Beweis dafür bekommen, dass sich die Zombies in der Nähe aufhielten und den Hotelkomplex erreicht harten.

Ich spürte Fieber in mir aufsteigen, das eine Gänsehaut produzierte, die einfach nicht weichen wollte. Am liebsten wäre ich davongelaufen, stattdessen blieb ich und leuchtete, so gut es ging, die Box aus.

Bis auf das getötete Tier war sie leer. Von einer lebenden Leiche entdeckte ich nichts. Sie hatte nur mehr ihre grausame blutige Spur hinterlassen.

Ich ging einen Schritt zurück, ließ die Lampe eingeschaltet und blieb stehen, um zu lauschen. Vielleicht befanden sich die drei noch in der Nähe und warteten darauf, mich attackieren zu können. Möglicherweise machten sie sich auch bemerkbar. Wenn jemand ging, waren seine Schritte in der Stille zu hören.

Ich vernahm nichts.

Die Stille bekam schon einen gespenstischen Touch. Sie war einfach unnatürlich.

Ich atmete nur durch die Nase. Die Sekunden flossen träge dahin. So ist es immer, wenn man auf irgendetwas wartet, das einfach nicht so recht eintreten will. Kein Zombie meldete sich.

Um sicherzugehen, leuchtete ich noch einmal in die Runde. Nach links drehte ich mich und hörte aus der Box, der ich den Rücken zuwandte, ein schabendes Geräusch. Jemand schob sich hoch.

Ich wollte herumwirbeln und die Beretta ziehen, als es schon zu spät war. Aus der Box hinter mir schob sich ein bleicher Arm, bekam mich an der Schulter zu packen und schleuderte mich so wuchtig zurück, dass ich mit dem Rücken gegen den Mauerrand der Box krachte.

Im nächsten Augenblick drückte der Unterarm wie eine harte Eisenstange gegen meine Kehle …

Die drei Frauen waren allein zurückgeblieben und sahen John Sinclair in der Dunkelheit verschwinden.

Brigitte Buchwald hob die Schultern, als würde sie frieren.

»Was hast du?«, fragte Silvie.

»Wohl ist mir nicht.«

»Hast du auch Angst?«

»Sicher.«

Thomas, der Ober, kam. »Darf ich den Damen noch etwas bringen?«, fragte er freundlich lächelnd.

»Nein, danke«, sagte Evelyn, »es war gut und reichlich.« Die anderen beiden nickten zustimmend.

Thomas schüttelte den Kopf, sodass die Geste schon vorwurfsvoll wirkte. »Sie haben alle drei nicht viel gegessen.«

»Woher wollen Sie das wissen?«, fragte Silvie.

»Als eine Art von Saalchef muss man seine Augen eben überall haben. Welches Dessert möchten Sie denn?«

»Auch keines.«

Thomas zog ein trauriges Gesicht. »Sie enttäuschen mich, meine Damen. Sonst waren Sie doch nicht so.«

»Das stimmt schon, aber wir haben einfach keinen Appetit mehr. Außerdem müssen wir auf unsere Figur achten«, erklärte Mrs. Binussek bestimmt.

Thomas hob bedauernd die Schultern. »Dann kann ich Ihnen auch nicht helfen.« Er wies auf den leeren Stuhl. »Wo ist denn der Herr hingegangen? Schon auf seinem Zimmer?«

»Nein, frische Luft schnappen.«

Der Oberkellner schaute Brigitte Buchwald an. »Was? Hat es ihm nicht geschmeckt?«

»Schon …« Brigitte wurde ein wenig unsicher, weil sie den fragenden Blick der Augen auf sich gerichtet sah. »Er wird gleich zurückkehren. Nur ein paar Minuten wollte er fortbleiben.«

»Natürlich.« Thomas nickte, verbeugte sich kurz und ging wieder davon.

Evelyn spielte mit ihrem Weinglas. »Ob er mehr weiß, als er zugeben will?«, murmelte sie.

»Bestimmt«, antwortete Silvie, und auch Brigitte Buchwald nickte heftig.

»Aber er sagt nichts.«

»Würdest du das Evelyn?« Silvie Woeber beugte sich vor.

»Käme darauf an.«

»Bei ihm sicherlich auch.«

Mrs. Binussek bekam plötzlich eine Gänsehaut. »Ich habe ja keinen Beweis für meine Annahme«, sagte sie leise, »aber ich werde das Gefühl einfach nicht los, dass dieser Thomas mehr über unsere Männer weiß als wir. Der war eben zu oft mit ihnen zusammen. Schon zu ihrer Studentenzeit, als sie immer hierher fuhren.«

»Das muss Sinclair übernehmen. Und wenn Thomas etwas weiß, muss er reden!« Silvie hatte sehr eindringlich gesprochen und schaute ihre Freundinnen mit dem entsprechenden Ernst in den Augen an.

Niemand widersprach.

Brigitte blickte auf ihre Uhr. »Mir kommt es vor, als wäre John Sinclair schon eine halbe Stunde überfällig.«

»Das macht die Angst«, flüsterte Silvie.

»Spürst du sie auch?«

»Und wie.«

»Ich komme mir ebenfalls beobachtet vor«, sagte Evelyn Binussek. »Es scheint so, als würden mich 1000 Augen ununterbrochen unter Kontrolle halten. Dieses Hotel macht mir Angst. Und dann die schrecklichen Umstände, die zu allem geführt haben! Was glaubt ihr, wie ich mich fühlte, als plötzlich vom Tonband die Stimme meines verstorbenen Mannes kam. Das war ein Wahnsinn, ich … ich bin überhaupt nicht zur Ruhe gekommen! Erst viel später fiel mir ein, dass ich etwas unternehmen musste, um …«

Silvie Woeber unterbrach die Freundin. »Ich kann dich verstehen, aber das ist nicht das Problem.«

»Sondern?«

»Wie kann es möglich sein, dass unsere drei Männer nach einem Jahr ihre Gräber verlassen haben? Darauf will ich eine Antwort. Ich … ich kann es einfach nicht fassen! Für mich gibt es keine Erklärung, kein Motiv, aber es muss etwas dahinterstecken, glaub mir. Von John Sinclair wissen wir, dass auch im Reich der Dämonen nichts geschieht, das irgendwie sinnlos ist, obwohl es uns Menschen so erscheint, weil wir nicht so denken. Die drei müssen etwas getan haben, das sie so hat reagieren lassen. Darüber müssen wir uns Gedanken machen.«

»Ich glaube kaum, dass wir einen von ihnen fragen können«, warf Brigitte Buchwald ein.

»Da hast du Recht.«

Und Evelyn Binussek nickte zu den Worten ihrer Freundin Silvie. »Ich tippe noch immer auf Thomas. Er war zwar nicht der vierte im Bunde, aber er kannte unsere Männer verdammt gut. Sie waren Vertraute. Ihn müssen wir zum Reden bringen.«

Wenn man vom Teufel spricht, ist er nicht weit. So lautet das Sprichwort. Plötzlich stand Thomas neben ihrem Tisch. »Darf ich Ihnen noch etwas bringen?«, fragte er höflich.

Die drei Frauen lehnten ab. »Aber wir hätten einen anderen Wunsch«, sagte Evelyn.

»Und welchen? Ich bemühe mich, Ihnen jeden von den Augen abzulesen und zu erfüllen.«

Evelyn lachte über die zweideutigen Worte. »Das kann ich mir denken. Sagen Sie uns lieber, wie unsere Männer vor einem Jahr ums Leben gekommen sind. Das ist mehr wert.«

»Ich war nicht dabei.« Thomas hob die Schultern und breitete gleichzeitig bedauernd die Arme aus.

»Das wissen wir.«

»Dann ist ja alles klar.« Er verbeugte sich wieder und ging.

Die Freundinnen schauten ihm nach. »Der ist mir einfach zu glatt und auch zu undurchsichtig«, erklärte Silvie Woeber. »Man kann ihn nicht packen, das ist es.«

»Leider«, fügte Evelyn hinzu.

»Bleibt uns nurmehr John Sinclair«, meinte Brigitte.

»Und der ist fremd für Thomas.«

»Evelyn, du siehst das irgendwie zu schwarz. Ich für meinen Teil vertraue ihm. Der Mann hat Erfahrung, der weiß, wo es langgeht. Und der kommt schon mit den anderen zurecht, glaub es mir. Vorhin, da hatte ich Angst, als das Gesicht an der Scheibe erschien …«

»Und jetzt nicht mehr?«

»Nein, Evelyn. Ich bin plötzlich nur mehr neugierig geworden. Neugierig auf die Lösung. Dass es eine gibt, steht für mich hundertprozentig fest.«

»Da … da…!« Es war Silvies Stottern, das den Redefluss der Brigitte Buchwald unterbrach.

Frau Woeber hatte sich auf ihrem Stuhl gedreht, damit sie gegen die breite Scheibe schauen konnte.

Diesmal war es kein Gesicht, das sich dort abmalte, sondern die Kontur einer ganzen Gestalt.

Sie ging seltsam schwankend, lief sogar parallel zur Scheibe, geriet auch mal in den Lichtschein einer Lampe, und jede der Frauen konnte erkennen, dass sich die Gestalt der Tür nähern wollte.

Es war einer der Zombies!

Die Frauen zeigten sich so entsetzt und überrascht, dass sie überhaupt nichts mehr sagten. Aber jede von ihnen hatte die lebende Leiche erkannt.

Es war Jerome Woeber!

Silvie, die es besonders anging, saß da, war grau im Gesicht geworden und zerknüllte mit einer Hand den Rand der weißen Tischdecke. »Das kann nicht sein!«, hauchte sie. »Das ist doch …«

»Ja, er ist es!«, flüsterte Evelyn, denn die Gestalt hatte die Tür erreicht und drehte ihnen die Frontseite zu.

Der Bart war deutlich zu sehen. Das verfilzte Haar und er bildeten fast eine Einheit. Woeber trug nicht mehr sein Leichenhemd. Er war in andere Sachen geschlüpft. Zwar war ihm die Hose zu kurz und die Jacke zu lang, dennoch machte er keinen lächerlichen Eindruck.

Im Gegenteil, er war gefährlich, denn in der Hand hielt er einen schweren Revolver, und im Gürtel steckte noch eine Waffe.

Den rechten Arm stieß er vor, berührte die Glastür und drückte sie so heftig auf, dass sie bis zum Anschlag hin schwang.

Dann betrat er mit schwankenden Schritten den Speisesaal…

Der Arm, der sich um meine Kehle gelegt hatte, erinnerte mich an ein hartes Stahlband, so brutal drückte er in mein dünnes Fleisch am Hals und schnürte mir die Luft ab.

Ich war überhaupt nicht mehr dazu gekommen, noch einzuatmen und wurde mit dem Rücken hart gegen die Außenwand der Box gedrückt, während sich mein Oberkörper wie eine gespannte Sehne durch den Druck zurückgebogen hatte.

Riechen konnte ich noch, nahm den Moder- und Verwesungsgeruch wahr und hörte dicht an meinem Ohr die gurgelnden Laute, die aus dem offen stehenden Mund der lebenden Leiche drangen.

Es hatte keinen Sinn, wenn ich es mit Gegendruck versuchte. Der andere befand sich in einer besseren Position und war auch körperlich stärker.

Ich gab seinem Druck so plötzlich nach, dass er selbst überrascht wurde, seinen Griff lockerte, ihn aber trotzdem beibehielt und ich nach hinten kippte, wo es keinen Halt mehr für mich gab.

Schwer fiel ich in das Innere der Pferdebox hinein und landete auf einer dünnen Holzschicht. Der Zombie machte die Bewegung nicht schnell genug mit, und so rutschte ich schon halb aus seinem Würgegriff.

In dieser Lage hätte ich meine Pistole ziehen müssen. Das wollte ich auch, aber der Zombie durchschaute meinen Trick und rammte seine teigige Faust nach unten.

Mir wurden die Nase und der Mund verschlossen. Für einen Moment bekam ich keine Luft, da sie mir der Schmerz raubte, sodass ich in einem Reflex um mich trat.

Ich erwischte ihn am Bein. Er taumelte zurück und wollte mich noch immer nicht loslassen. Seine spitzen Fingernägel wirkten wie kleine Messer, als sie sich in meiner Kleidung festhakten, um mich über den Boden schleifen zu können.

Die Lampe hatte ich verloren. Sie lag im Gang und brannte weiter, sodass wir beide nur mehr Schatten waren, die sich bekämpften.

Wieder kam es mir in den Sinn, dass ich große Gegner schon besiegt hatte. Durch List und Tücke, manchmal auch durch wilde Entschlossenheit. Bei ihm hier bekam ich Schwierigkeiten, denn der Zombie wehrte sich wie ein Mensch.

Er ließ mich einfach nicht dazu kommen, die Waffe zu ziehen. Wieder fiel er auf mich.

Er wirkte wie ein dunkles Gebirge, in dem das Gesicht einem bleichen Schneefeld glich. Die Arme hielt er ausgestreckt. Werfen wollte er mich, bis kein Leben mehr in mir steckte.

Wir krachten zusammen.

Ich riss die Arme hoch, traf ihn mit den Ellenbogen, stieß noch einmal nach und hatte endlich Glück, dass diese verfluchte Horrorgestalt nach hinten gestoßen wurde und mit dem Rücken gegen die Innenwand der Pferdebox krachte.

Eine hölzerne Abtrennung wäre sicherlich zusammengebrochen, die Mauer aber hielt, und der andere federte wieder nach vorn.

Gleichzeitig fuhr sein Arm schräg nach unten. Er wollte an seinen Gürtel, weil dort ein Messer steckte. Hätte er es gezogen, als ich mich noch im Gang befand, wäre ich wohl kaum mit dem Leben davongekommen. So aber ließ er mir die Zeit, nach meiner Beretta zu greifen.

Ich war schnell, mein Gegner ebenfalls. Er war sogar noch um eine Idee trickreicher, da er in den Boden trat und mir allerlei Schmutz entgegenschleuderte. Dadurch wurde ich abgelenkt.

Ich riss die Arme vors Gesicht, das kostete wertvolle Zeit, und der Zombie holte bereits aus.

Es war eine blanke Klinge, die in der Bewegung fahl wie ein

Komet leuchtete, und er schleuderte sie mit einer immensen Wucht.

Ich hechtete quer durch die Box, es war ein wahrer Supersprung. Und das im wirklich letzten Augenblick. Abbremsen konnte ich nicht mehr, voll schlug ich gegen die Boxwand, spürte den stechenden Schmerz an Schulter und Brust, knickte zusammen und drehte mich um.

Die Beretta hielt, und der Zombie war da. Als Schatten wuchs er vor mir auf.

Ich schoss zweimal.

Für einen winzigen Moment wurde die Box vom Schein des Mündungsfeuers erhellt. Das Echo des Schusses wetterte durch den Pferdestall.

Der Schatten wankte.

Wie ein Pendel schwang er von einer Seite zur anderen. Ungeschickt hob er die Arme, als wollte er irgendwo Halt finden, um einen Sturz zu vermeiden.

Das schaffte er nicht mehr.

Mir fiel er entgegen, sodass ich zurückweichen musste, um von ihm nicht erwischt zu werden. Sein Aufschlag auf dem Boden hörte sich irgendwie endgültig an.

Das war es auch.

Es gab keine drei lebende Leichen mehr. Das geweihte Silber in meiner Waffe hatte den Ersten vernichtet. Wer es war, konnte ich im Dunkel nicht sehen, es spielte auch keine große Rolle. Ich stellte jedenfalls fest, dass auch meine Knie zitterten. Ich musste mich zunächst einmal ausruhen und wieder zu Atem kommen.

Da meine Stablampe im Gang lag und ich die Gestalt dennoch identifizieren wollte, holte ich mein Feuerzeug hervor und ließ die Flamme über ihr Gesicht tanzen.

Von den Bildern her kannte ich den etwas eckigen Schädel mit dem harten Männergesicht.

Er war Erich Buchholz, den meine Kugel endgültig erlöst hatte! Sein Gesichtsausdruck hatte sich nicht verändert. Auch als endgültig Toter starrte er mich aus leblosen Augen an, als wollte er mich für meine Tat irgendwie anklagen.

Ich war eigentlich froh, dass ich ihn hier erwischt hatte. So war seiner Frau der Anblick erspart geblieben. Ich richtete mich wieder auf und dachte daran, dass noch zwei weitere Zombies frei herumliefen, und auch die konnten eine Hölle entfesseln.

Über die Brüstung kletterte ich und machte mich an eine schnelle Durchsuchung des Stalls. Der Blutgeruch des getöteten Pferdes hing noch immer in der Luft. Ich atmete so flach wie möglich, schaute in andere Boxen und sah nur den dünnen, hellen Finger meiner Taschenlampe, ein anderes Ziel entdeckte ich nicht.

Weder einen Zombie noch ein Pferd.

So ging ich wieder zurück. Ich spürte selbst, dass der Kampf mich geschlaucht hatte, aber meine Energie kehrte auch wieder zurück, und als ich die Tür aufzog, freute ich mich über den kühlen Luftstrom, der mein erhitztes Gesicht traf.

Zwei Schritte kam ich weit, als mein Optimismus jäh zusammenbrach, denn es waren Schreie der Angst, die mir entgegengellten.

Innerhalb einer Sekunde wurde mir alles klar. Man hatte mich weggelockt und gehofft, dass mir einer der Zombies das Leben nehmen würde. Inzwischen hatten die anderen beiden freie Bahn …

Am schlimmsten hatte es Silvie getroffen. Sie starrte ihren Mann an und war unfähig, auch nur den kleinsten Finger zu rühren. Dieser Anblick schaffte sie.

Ein Mensch, der auf den Tag genau ein Jahr in der Erde gelegen hatte, kam nun zurück, um das Finale eines mörderischen Vatertags einzuläuten.

Auf seine Weise!

Er ging vor. Jeder Schritt kam den Frauen tastend und überlegend vor, was er aber nicht war, denn ein Zombie konnte nicht so geschmeidig laufen wie ein Mensch.

Dafür war er gefährlicher.

Nach seinem Eintritt waren vielleicht erst fünf Sekunden vergangen. Bisher hatten ihn nur die Frauen entdeckt, das änderte sich, denn die anderen Gäste sahen ihn ebenfalls und sprangen von ihren Stühlen hoch.

Ein älterer Mann streckte so heftig einen Arm aus, dass ein Weinglas umkippte. Die Stimme dröhnte durch den Raum. »Verdammt, wer ist das? Ober, werfen Sie den Kerl raus!«

Ein blonder junger Mann eilte herbei, während die Gäste ihm zuschauten und durcheinander sprachen.

Nur die Frauen begriffen die Gefahr, als sich der Ober zwischen sie und den Zombie schob.

»Nicht, Helmut, nicht!«, rief Evelyn Binussek und sprang auf.

Der Mann hörte nicht.

Und Jerome Woeber hob mit einer schwerfällig wirkenden Geste seinen Revolver.

Genau in dem Augenblick wollte Helmut ihn an der Schulter packen, zuckte aber zurück, starrte auf die Waffe und hörte den Schuss.

Er war das Zeichen zu einer nachfolgenden Stille, die sich lähmend über die Gäste legte.

Der Ober ächzte leise. Er kniete sich hin und presste die Hände gegen den Körper, während er den Kopf in den Nacken gelegt hatte und Jerome Woeber ungläubig anblickte. Einige sahen, dass Blut aus dem Mund des jungen Mannes lief, der von Jerome Woeber einen Stoß bekam und zwischen leere Stühle kippte.

Woeber aber ging vor. Er hatte sich längst ein Ziel ausgesucht. Es war der Tisch, an dem auch seine Frau saß. Sein rechter Arm, der auch die Schusswaffe hielt, schwang auf und nieder, aber nie zielte er direkt auf Silvie, möglicherweise wollte er sie auch auf eine andere Art und Weise umbringen.

Silvie Woeber rührte sich nicht. Es war ihr einfach unmöglich, die Gefahr zu begreifen, in der sie schwebte. Sie starrte ihren Mann an, der Mund bewegte sich, wollte Worte aussprechen, doch mehr als ein zischendes Atmen drang nicht daraus hervor.

Brigitte Buchwald erging es ebenfalls nicht anders. Die Augen hinter den Brillengläsern hatten sich geweitet. Beide Hände lagen neben dem Essgeschirr flach auf der Tischplatte, und ihr Gesicht glich einer Maske aus Talg.

Jerome Woeber, der Untote, störte sich nicht an ihm im Weg stehenden Stühlen oder Tischen. Wenn sie ihn behinderten, riss er sie kurzerhand mit. Dann zerbrach das kostbare Geschirr.

Ihm machte es nichts.

Und er hastete weiter. Nur mehr wenige Schritte trennten ihn von seinem eigentlichen Ziel.

Sein Gesicht war zerschlagen, zerbeult, zum Teil auch blutig. Er hatte in der Hütte etwas abbekommen, und der rote Saft war auch in seinen Bart gelaufen und zwischen den Haaren getrocknet.

Noch schwang sein Arm auf und nieder. Bis er die richtige Entfernung erreicht hatte.

Dann stach die Waffe vor, und die Mündung zielte wie ein dunkles Auge auf das Gesicht von Silvie Woeber.

Er wollte es zerstören.

Silvie tat nichts, Brigitte auch nicht. Nur Evelyn Binussek behielt in diesem schrecklichen Augenblick die Nerven. Sie hatte genau gesehen, dass der Zombie nicht so fließend und rasch reagierte wie ein Mensch, es blieb ihnen noch eine hauchdünne Chance.

Noch nie im Leben hatte sie nach ihrer Freundin getreten. Das tat sie jetzt.

Unter dem Tisch hob sie das Bein an, und einen Moment später schnellte es vor, während sich Evelyn selbst nach hinten drückte, um eine bessere Position zu erreichen.

Und sie traf genau.

Ihr Fuß hämmerte so kräftig in Silvies Hüfte, dass die Frau vom Stuhl katapultiert wurde und zu Boden schlug.

Der Zombie drückte ab.

Er hatte die berühmte Sekunde zu lange gewartet, denn das Geschoss wischte über die fallende Silvie hinweg und schlug in die Wand.

Dieser Schuss war das Zeichen!

Bisher hatten die Menschen voller Entsetzen auf ihren Stühlen gehockt und einfach nicht gewagt, sich zu rühren oder etwas zu unternehmen. Das änderte sich blitzartig.

Die Panik kam wie eine Welle.

In das dumpfe Krachen der Tische und Stühle mischten sich die

Schreie der Gäste und das Klirren des Porzellans. Jeder wollte so schnell wie möglich den Raum verlassen und nahm auf keinen Rücksicht.

Auch der Zombie geriet aus dem Konzept. Er sah die rennenden Menschen, drehte sich und schoss.

Er drückte einfach ab. Scheiben zerklirrten, dumpf krachten die Abschüsse, Schreie gellten, Schritte trampelten, und nicht jeder Flüchtling nahm den normalen Ausgang. Einige von ihnen liefen kurzerhand in den parkähnlichen Garten, um sich dort zu verbergen.

Es glich schon einem Wunder, dass niemand von den Kugeln getroffen wurde. Nicht einmal einen Streifschuss bekamen sie ab, und auch die drei Witwen konnten entkommen.

Evelyn hatte dafür gesorgt. Sie krochen auf dem Boden aus der Gefahrenzone und näherten sich der Tür, wo für einen Moment das schreckensbleiche Gesicht des Herrn Contini erschien, der ebenfalls die Übersicht verloren hatte.

Jerome Woeber stand mitten im Raum und betätigte noch immer die Waffe, doch er hatte sich verschossen. Bis er es merkte, dauerte es eine Weile. Dann schüttelte er den Kopf und schleuderte die für ihn wertlose Waffe in die Ecke.

Marionettengleich drehte er sich nach links, denn er hatte bereits ein neues Ziel.

Es war der normale Ausgang. Dorthin flüchteten auch die drei Freundinnen, denen jetzt geholfen wurde. Ober halfen ihnen auf die Beine.

Der Zombie irrte durch den Speisesaal. Dass er auf zerbrochenes Geschirr und Glas trat, störte ihn nicht, er hatte ein Ziel, und das ließ er nicht aus den Augen.

Neben dem Kamin befand sich der Durchgang zur Küche. Für einen Augenblick sah es so aus, als wollte er diesen Ausgang nehmen, aber er drehte ab und ging zum Dessert-Büffet.

Er blieb so dicht vor dem langen Tisch stehen, dass er ihn schon berührte. Das war ihm nicht genug. Seine Hände glitten unter den Rand und kippten den Tisch.

All die Leckereien klatschten auf den Teppich.

Ein Koch erschien.
Es war ein großer, kräftiger Mann. Die helle Mütze war ihm vom Kopf gerutscht. Das schwarze Haar zeigte einen kurzen Schnitt, und der Mann hielt in der rechten Hand eine große Pfanne und in der linken ein gefährliches Haumesser, mit dem man Knochen zerschlagen konnte.
Mit diesen Waffen näherte er sich dem Zombie.
Der sah den anderen, drehte sich und zog seine zweite Waffe.
Nahe genug war der Koch inzwischen heran und drosch zu. Das Pfannenunterteil dröhnte auf Jerome Woebers Schädel. Der Untote wurde in die Knie gedrückt, und der Koch schrie triumphierend auf, wobei er den rechten Arm hob und die Klinge des Haumessers nach unten schleudern wollte.
Da schoss die lebende Leiche.
Die Waffe in seiner Hand schlug ein wenig in die Höhe. Ihm machte es nichts aus, denn sein Ziel hatte er erreicht. Die Kugel erwischte das Bein des Kochs.
Der Mann konnte sich nicht mehr halten, brach zusammen, und der weiße Stoff seines Hosenbeins färbte sich allmählich rot. Er stöhnte vor Schmerzen und versuchte, sich aus der unmittelbaren Gefahrenzone zu rollen. Dabei geriet er in die Nähe des flackernden Kaminfeuers, das seine Gestalt mit einem zuckenden Schein übergoss.
Jerome Woeber kümmerte sich nicht um ihn. Er wankte weiter auf die Glastür des Ausgangs zu, die nicht geschlossen war.
Im Foyer drängten sich die Menschen. Evelyn Binussek hatte sich zu Herrn Contini gesellt. Sie umklammerte seinen rechten Arm, redete von John Sinclair und davon, dass nur er die lebende Leiche stoppen konnte.
Contini nickte immer, sprechen konnte er nicht, denn er sah, wie sich der Zombie dicht hinter der Türschwelle nach links wandte und auf das Treppenhaus zuging, wo sich auch der Zugang zum Pool und zu den Fahrstühlen befand.
Für die angststarren Gäste war die unmittelbare Gefahr vorbei. Was der Zombie in den oberen Etagen wollte, wusste keiner. Aber da ging er auch nicht hin.

Durch eine kleine Treppe war der Gang unterbrochen worden. Hinter der Treppe führte er noch ein Stück weiter, um vor der Glastür zu enden, die zum Pool führte.

Gegen diese Tür stemmte sich der Zombie und torkelte in den warmen Raum des Hallenschwimmbads, wo auch die Solariumsbänke standen und es ebenfalls zur Sauna ging.

»Was will er denn da?«, flüsterte jemand im Foyer.

Eine Frau fragte: »Was ist das für ein Mensch, der so ... ?« Ihre Stimme erstickte.

Die Antwort bekam sie von Evelyn Binussek. »Das ist ein Zombie, also ein lebender Toter ...«

Ich brauchte nicht weit zu laufen, um auf die ersten Gäste zu stoßen, die den Speisesaal fluchtartig verlassen hatten. Zudem sah ich, dass die Scheiben des Restaurants an gewissen Stellen zerstört waren. Die klirrenden Geräusche hatte ich während des Kampfes mit dem Zombie gar nicht gehört.

Ich schnappte mir den ersten Gast. Einen älteren Mann, der einen blauen Anzug trug. An der Schulter wirbelte ich ihn herum, und er schrie erschreckt auf. Er hatte auch Angst, von mir geschlagen zu werden, denn er duckte sich schon.

Ich schüttelte den Kopf. »Keine Sorge, ich will nur von Ihnen wissen, was passiert ist.«

Sein zur Deckung erhobener Arm streckte sich. Der Zeigefinger deutete schräg auf die hellerleuchtete und zerstörte Fensterfront des Restaurants.

»Er... er kam durch den Garten und schoss.«

»Hat es Verletzte oder Tote gegeben?«

»Ja ... ich ... ich glaube.«

Diese Antworten reichten mir. Es war nicht schwer, sich vorzustellen, was die Menschen mitgemacht hatten, als sie plötzlich dem schießwütigen Zombie gegenüberstanden.

Und erst die drei Witwen.

Mir lief ein kalter Hauch den Rücken hinab, als ich an die Frauen dachte. Hoffentlich lebten sie noch.

Es war schon Zufall, dass die Glastür nichts abbekommen hatte. Eine ihrer beiden Hälften war auch wieder zugeschwungen und wurde von mir aufgedrückt.

Ich starrte in das Chaos.

Ein völliges Durcheinander aus umgekippten Stühlen, Tischen, zerbrochenem Porzellan und vielem mehr. Ich sah den Ober.

In seinem schwarzen Anzug wirkte er wie ein lebloser großer Vogel. Schnell war ich bei ihm, drehte ihn ein wenig zur Seite und erkannte mit einem Blick, dass ihm nicht mehr zu helfen war.

Eine Kugel hatte ihn erwischt.

Meine Wut wurde größer, das Gesicht blasser. Ich hatte es geahnt, meine schlimmsten Befürchtungen waren eingetreten. Die beiden jungen Leute hatten Glück gehabt, der Ober weniger, aber wo steckte der Zombie?

Oder waren es zwei?

Ich kam wieder hoch, umrundete einen am Boden liegenden Tisch und vernahm das Stöhnen aus dem Teil des Restaurants, in dem das Grillfeuer im Kamin flackerte.

Dort lag jemand.

An der Kleidung erkannte ich, dass es sich bei ihm um den Koch handelte. Er war verletzt, konnte nicht aufstehen, weil die Beinwunde ihn daran hinderte. Jetzt versuchte er, in die Küche zu kriechen. Als er mich herankommen sah, hielt er inne.

»Fliehen Sie!«, keuchte er. »Fliehen Sie …«

»Wo ist er?«

»Draußen …«

Die Antwort hatte mir gereicht. Bis zur Tür war es nicht weit. Noch bevor ich sie erreichte, konnte ich schon einen Blick in das Foyer werfen, wo sich die Gäste aufhielten, sich flüsternd unterhielten. Sie wurden auch nicht still, als ich erschien, stehen blieb und die drei suchte, auf die es mir ankam.

Evelyn Binussek hatte mich entdeckt. »Mr. Sinclair!«, rief sie. »Mr. Sinclair …« Sie löste sich von Herrn Contini und kam auf mich zu. »Er ist da …«

Ich packte sie an beiden Schultern und schüttelte sie durch, dass ihre dunklen Haare flogen. »Wo?«

»Im Hotel, er hat es nicht geschafft. Wir leben noch, aber...«
»Wo ist er hingelaufen?«
Herr Contini hatte meine letzte Frage genau gehört. Er drängte sich vor. Auch sein Gesicht war trotz der Sonnenbräune bleich geworden. Der Blick flackerte.
»Er ist vom Foyer aus in die Schwimmhalle gelaufen. Dann haben wir nichts mehr gesehen.«
Ich ließ Evelyn los und drehte mich um. »Okay«, sagte ich, »den Weg kenne ich jetzt. Bleiben Sie alle zurück.«
»Sie wollen allein ... ?«
»Ja, Herr Contini, allein!«
Der gute Mann trat vor Schreck einen Schritt zurück und schlug hastig ein Kreuzzeichen. Das konnte er nicht fassen, aber mir persönlich blieb keine andere Wahl, wenn ich das Grauen stoppen wollte.
»Hat das Bad noch einen zweiten Ausgang?«, fragte ich.
»Ja, zum Park hin.«
»Verschlossen?«
Herr Contini nickte.
»Danke, das war's. Drücken Sie die Daumen!« Ich wandte mich ab und stieß die Verbindungstür zwischen Foyer und Flur auf. Sie schwappte wieder zu, schloss schalldicht, sodass das ängstliche Gemurmel hinter mir zurückblieb.
Ich kam mir vor wie unter einer Glocke. Den Weg zum Schwimmbad konnte ich nicht verfehlen. Die kleine Treppe blieb zurück, und jetzt befand ich mich mit der Schwimmhalle auf einer Höhe. Nur mehr eine Glastür trennte mich von dem Raum.
Bevor ich sie aufdrückte, zog ich die Beretta. Dieser Zombie sollte mich diesmal nicht überraschen, wie sein Artgenosse im Pferdestall. Die feuchtwarme Luft roch nach Treibhaus. Sie erschwerte sogar das Atmen. Auf der Stelle brach mir der Scheiß aus.
Vor mir lag ein Raum, den ich diagonal durchschauen konnte. An der Holzdecke brannten Leuchtstoffröhren. Ihr kaltes Licht schuf lange Streifen und blitzende Reflexe auf der Wasseroberfläche, die nur mehr von wenigen Wellen gekräuselt wurde.
Der Pool selbst war ebenso leer wie die bequemen Badesessel, die an den Rändern des Pools verteilt standen.

Ich sah auch die zweite Tür, die verschlossen war. Dahinter lag die Finsternis, weil die nächste erleuchtete Lampe einfach zu weit entfernt stand.

Von meinem untoten Gegner sah ich nichts. Falls sich die lebende Leiche versteckt hielt, hatte sie sich einen guten Platz ausgewählt. Vielleicht sogar in der Sauna, deren hölzerne Eingangstür sich links von mir befand.

Einen Grund, weshalb er sich ausgerechnet dort verstecken sollte, konnte ich mir nicht vorstellen, aber welcher Zombie reagiert schon logisch oder normal?

Wohl kaum einer …

Ich hielt mich dicht an der Wand. Rechts von mir befand sich der Pool. Der Zwischenraum, der mir als Weg diente, war nicht gerade breit. Bei einem Kampf würden wir wohl beide im Wasser landen.

Ich erreichte die Sauna. In der Holztür war im oberen Drittel eine Scheibe eingelassen worden, durch die ich blickte, meinen Gegner aber nicht entdeckte.

Das hatte nichts zu bedeuten, er konnte sich auch in dem Raum versteckt halten, denn die Ruhebänke entdeckte ich nicht. Zudem war die Tür nicht verschlossen, die ich sehr behutsam aufzog, weil ich mich nicht schon jetzt verraten wollte.

Bevor ich die Sauna betrat, drehte ich mich blitzschnell um, doch kein Zombie hielt sich offen in meinem Rücken auf.

Eng und stickig kam sie mir vor. Nach rechts schaute ich, um die Ruhebänke zu sehen. Sie waren leer. Hinter mir vernahm ich ein leises Knarren. Als ich mich umdrehte, sah ich, dass die Tür langsam zufiel.

Jeden Winkel nahm ich mir genau vor, schaute auch unter die Ruhebänke und fand alles sehr sauber und leer.

Außer mir befand sich niemand in der Nähe. Zudem nahm ich auch nicht den Modergeruch wahr, den der Zombie ausströmte. Hierher hatte er sich nicht geflüchtet.

Dann musste er noch in der Schwimmhalle stecken. Ich nahm mir vor, das Becken einmal zu umkreisen. Dabei dachte ich auch an die wie aufgeblasen wirkenden, dicken Sessel. Sie eigneten sich vorzüglich als Deckung oder Versteck.

Mit dem Fuß drückte ich die Tür wieder nach außen. Zuvor hatte ich durch die Scheibe in die Schwimmhalle gepeilt, jedoch nichts Verdächtiges entdeckt.

Die Bewegung sah ich genau in der Sekunde, als ich schon auf der Türschwelle stand.

Der Zombie hatte tatsächlich hinter einem der Sessel gelauert und kam hoch.

Es war eine schnelle, ziemlich fließende Bewegung. In seiner Hand blinkte das Metall einer Waffe, und er schoss auch sofort.

Nicht nur einmal drückte er ab, gleich zweimal versuchte er es, weil er sichergehen wollte, mich auch zu treffen.

Als Mensch hatte Jerome Woeber wohl nie eine Pistole oder einen Revolver in der Hand gehalten, das war auch mein Glück, denn seine Schüsse lagen zu weit daneben. Sie jagten in die geflieste Wand, wo die Kugeln zu Querschlägern wurden und davonsirrten.

Ein Geschoss klatschte sogar ins Wasser.

Bevor ich zurückfeuern konnte, duckte sich der Zombie wieder hinter seine Deckung.

Und auch mich hielt nichts mehr in der Saunakabine. Ich wollte raus und ihn packen.

Geduckt und mit einem Sprung ließ ich die Kabine hinter mir zurück, wäre auf dem Boden fast ausgerutscht und in den Pool gefallen, und wandte mich sofort nach rechts, um das Becken zu umlaufen und von der Schmalseite des Raumes her an den Zombie zu gelangen.

Er zeigte sich noch nicht. Wahrscheinlich hörte er meine Schritte, und ich erreichte sehr schnell die ersten Sessel, an denen ich mich mit schussbereiter Waffe vorbeidrückte.

Wenn er jetzt hochkam, erwischte ich ihn. Ich sprang über den vorletzten Ruhesessel hinweg und hatte dann den erreicht, hinter dem Jerome Woeber in Deckung lag.

Plötzlich nicht mehr.

Er sprang zwar nicht hoch, nein, er machte es geschickter. Das ziemlich schwere Sitzmöbel bekam von ihm einen Stoß, sodass es auf mich zukatapultiert wurde.

Es gelang mir nicht mehr, rechtzeitig genug auszuweichen. Gegen meine Beine krachte es, brachte mich aus dem Rhythmus, und deshalb fehlte auch mein zu hastig abgegebener Schuss. Ich war wütend gewesen und nicht kalt genug an die Sache herangegangen.

Jetzt bekam ich die Quittung.

Der Zombie feuerte auch.

Ich sah noch sein bärtiges Gesicht, duckte mich und schlug einfach mit der linken Hand kreisförmig zu.

Die Waffe erwischte ich, als er abdrückte. Fast hätte das Mündungsfeuer meine Finger versengt, ich stolperte nach vorn, über den Sessel und rammte mit der rechten Schulter den nach Moder stinkenden Zombie.

Diesen Stoß verkraftete er nicht, vor meinen Augen klatschte der Zombie in das Wasser.

Lachen konnte ich darüber nicht, da ich im nächsten Moment ebenfalls im Pool lag. Möglicherweise sah es komisch aus, als ich mit vorgestrecktem Arm nach unten fiel und in das Becken tauchte.

Über mir schwappte das Wasser zusammen.

Für die Länge zweier Lidschläge sah ich nichts. Die Umgebung nahm einen bläulichen und milchigen Schein an, in dem alles andere nur mehr konturenhaft zu erkennen war. Wie auch der Zombie.

Als ich auftauchte, war er schon oben und zog sein Messer, während er mit seiner Waffe zuschlug.

Ich hob soeben noch den Arm, sodass mich der schwere Gegenstand nicht am Kopf traf. Dafür schien mein Ellbogen in zahlreiche Stücke zu zerplatzen, als er mich dort erwischte.

Stehen konnten wir beide. Es war nicht die tiefste Stelle des Beckens, wo wir uns befanden.

Ich hielt meine Beretta noch fest. Um zu schießen, musste ich sie über die Wasseroberfläche bringen. Leider reichte mir das Wasser bis zur Brust.

Jerome Woeber, der kleiner war als ich, bekam das Zeug in den Mund, was ihn nicht davon abhielt, mit dem Messer zuzustoßen.

Er führte die Klinge sogar über der Oberfläche, damit sie von keinem Widerstand gehemmt wurde.

Ich drehte mich, das Messer fehlte. Nur Flüssigkeit spritze mir ins Gesicht.

Ich wischte es weg, ließ mich nach hinten fallen, lag auf dem Rücken und brachte meinen Arm so weit hoch, wie es möglich war.

Der Zombie kam mir nach. Haare und Bart klebten an seinem Kopf und im Gesicht. Beides wirkte wie das Fell einer nassen Katze.

Ich feuerte.

Der Arm mit dem Messer stach schon wieder hoch, als die lebende Leiche von meiner geweihten Silberkugel erwischt wurde. Es war ein Volltreffer. Der Zombie kippte nach hinten, schlug mit den Armen um sich, sodass er das Wasser aufschäumte, bevor er allmählich in die Tiefe sank, wobei er auf mich wie ein toter Klotz wirkte.

Ich atmete tief ein, wischte mir das Wasser aus dem Gesicht und kletterte aus dem Becken.

Der Sessel, der mich so behindert und gestört hatte, war umgekippt. Ich nahm auf der Kante Platz, fand ein Badetuch in der Nähe und wickelte mich darin ein, während ich mir gleichzeitig noch die Haare abfrottierte.

Ich schaute auf das Wasser.

Unter der Oberfläche trieb er dahin. Er hatte Jerome Woeber geheißen und zweimal gelebt. Das war nun vorbei. Diesmal würde er nicht mehr zurückkehren.

Erst Erich Buchwald, jetzt er.

Nur einer fehlte noch.

Claus Binussek!

Bisher hatte ihn niemand gesehen, und die vernichteten Zombies konnten wir nicht fragen. War er schon im Hotel? Hielt er sich noch draußen auf? Das waren die Fragen, die mich stark beschäftigten, denn ich musste ihn fassen. Auch eine einzelne lebende Leiche konnte eine Hölle entfachen, wenn sie es richtig anstellte.

Mit ziemlich wackligen Knien schlich ich mich am Poolrand entlang und näherte mich dem Ausgang. Der erste Niesanfall erwischte mich, bevor ich die Tür aufgestoßen hatte. Es war schon meine Ersatzkleidung, die ich trug. Die nächste Zeit musste ich in nassen Klamotten herumlaufen.

Sie standen nicht nur im Foyer, sondern auch im Gang. Ganz vorn sah ich Herrn Contini und die drei Witwen. Der Hotelmanager hielt eine Flasche in der Hand. Schweigend reichte er sie mir. Diesen Schluck konnte ich jetzt gebrauchen.

Was es war, wusste ich nicht. Ich hatte aber nach dem Schluck das Gefühl, als würden sich Zehen- und Fingernägel gleichzeitig lösen. Sogar die Knöpfe hatten Mühe, an der Kleidung zu bleiben. Einen Hustenanfall bekam ich auch, schüttelte mich und gab dem Mann die Flasche wieder zurück.

»Das ist wie Medizin«, sagte Contini.

»Ja, so schmeckte es auch.«

Silvie Woeber löste sich von den anderen und blieb dicht vor mir stehen. Sie brauchte die Frage nicht erst auszusprechen. Ich las sie in ihren Augen.

»Ja, er ist erledigt«, erklärte ich.

Sie wirkte gefasst und fragte: »Kann ich ihn sehen?«

»Sicher.«

Wir gingen bis zum Eingang der Schwimmhalle. Durch die Glastür konnte sie schauen. Ihre Hände und das Gesicht hatte sie dagegen gepresst. Sie schluckte, drehte sich um und sagte mit rauer Stimme: »Es war gut so, Mr. Sinclair. Es war verdammt gut…«

Dann begann sie zu weinen …

Wir hielten uns in einem Nebenraum des Foyers auf. Wieder saß ich zwischen den drei Frauen und hatte auch Brigitte Buchwald erzählt, was mit ihrem Gatten geschehen war.

Regungslos hatte sie die Nachricht aufgenommen. Sie weinte nicht einmal, nahm es starr hin, und vielleicht war das sogar noch schlimmer.

»Es bleibt demnach nur noch mein Mann Claus«, stellte Evelyn Binussek mit rauer Stimme fest.

»Sicher.« Mehr sagte ich nicht und schaute mich um. Die Gäste wollten nicht auf ihre Zimmer. Sie hatten sich in den unteren Räumen verteilt. Nur mehr flüsternd wurde gesprochen. Herr Contini hatte die Polizei holen wollen, ich war dagegen gewesen. So blieb praktisch alles, was passiert war, unter uns.

Das wirklich tolle Hotel war zu einer gespenstischen Kulisse geworden. Die Menschen wirkten wie Marionetten, die an langen Bändern hingen, aber nicht bewegt wurden, weil der Schrecken sie einfach noch zu sehr festhielt.

Man hatte mir eine Decke gebracht, in die ich eingewickelt war. Dennoch fror ich.

Dem Koch ging es besser. Er war verbunden worden, und dann erschien auch Herr Stahlmenger.

Ich habe selten einen so überraschten Menschen gesehen wie ihn. Der Hotelmanager erklärte ihm flüsternd, was vorgefallen war. Mich aber interessierten andere Probleme.

»Wo kann Ihr Mann stecken?«, fragte ich Evelyn Binussek.

Die Geste war schon verzweifelt, mit der sie die Schultern hob.

»Überlegen Sie!«

Die Frau schüttelte den Kopf. »Die drei Männer haben immer zusammengehalten und wenig erzählt, wenn sie hier Urlaub gemacht haben. Sie kannten sich schon so lange und ...«

»Was ist eigentlich mit diesem Ober?«, fragte ich.

»Meinen Sie Thomas?«

»Ja.«

»Was soll ich Ihnen da sagen? Vielleicht haben sie gehört, dass er und die drei Freunde oft genug ...«

»Dann weiß er mehr über die Männer als Sie, zum Beispiel.«

»Das könnte man so sagen.«

»Ich muss mit ihm reden.«

»Das können Sie.«

»Haben Sie ihn gesehen.«

Evelyn schüttelte den Kopf. »Nein, er ist verschwunden. Das wundert mich eigentlich auch.«

»Moment.« Ich drehte mich um und rief nach Herrn Contini. Er kam sofort. Heinz Stahlmenger befand sich in seinem Schlepptau.

»Um was geht es, Mr. Sinclair?«

»Sie haben einen Ober namens Thomas. Ihn hätte ich gern gesprochen.«

»Natürlich, das ist…« Er begann einen neuen Satz: »Verflixt, wo ist er denn? Jetzt bin ich aber baff. Der hat sich verdrückt.«

»Möglich. Sicherlich hatte er seine Gründe.«

»Wie meinen Sie das?«

Ich winkte ab. »Ach, nur so.« Dann stand ich auf. »Können Sie mir sagen, wo er sein Zimmer hat?«

»Ja, im Anbau.«

»Und wie komme ich dahin?«

Contini war überrascht. »Glauben Sie denn wirklich, dass er Ihnen weiterhelfen kann.«

»Er war zumindest mit den drei Männern befreundet und hat einiges über sie gewusst.«

»Das ist natürlich möglich. Ich will Ihnen auch keine Steine in den Weg legen. Warten Sie, ich werde Sie begleiten …«

»Das kann ich doch machen!«, bot sich Herr Stahlmenger an. »Ich kenne mich auch aus.«

Dagegen wollte ich nichts sagen, da ich Heinz Stahlmenger als einen unerschrockenen Burschen kennen gelernt hatte.

»Wenn ich das meiner Familie erzähle, glaubt sie mir kein Wort.«

Ich winkte ab. »Lassen Sie mal.«

»Vielleicht haben Sie Recht.«

Die Decke hatte ich abgelegt. Natürlich war die Kleidung klamm und feucht, ich spürte den Wind doppelt so stark, und er kam mir verdammt eisig vor.

Dicht an der Hotelmauer gingen wir entlang. Dort befand sich ein schmaler, plattierter Pfad. Zweimal musste ich den Kopf einziehen, um nicht gegen die eisernen Außenlampen zu stoßen.

»Kannten Sie die drei Männer eigentlich gut?«, fragte ich ihn.

»Das kann man nicht sagen. Wir haben uns mal gesehen, aber befreundet waren wir nicht.«

»Und dieser Thomas? Was halten Sie von ihm?«

Die Antwort bekam ich nicht sofort. Heinz Stahlmenger wartete, bis wir das Ende des Hotelgebäudes erreicht hatten. Dort führte ein ziemlich breiter Weg zum Park hin, zum Reitstall und damit auch zum Anbau. Stahlmenger hatte hier auch seinen Privatwagen abgestellt. Es war ebenfalls ein BMW.

»Thomas ist schon in Ordnung«, sagte er. »Wir haben gemeinsam manche Wanderung unternommen. Er ist auch schon einige Male mit mir geflogen. Ich kann über ihn nichts Negatives behaupten. Es sei denn, ich will Ihnen Lügen erzählen.«

»Das sollen Sie natürlich nicht.« Ich wechselte das Thema. »Was haben die Ärzte im Krankenhaus von Thun gesagt, als Sie den jungen Mann brachten?«

»Sie haben sofort geholfen und zum Glück keine unnützen Fragen gestellt. Wenn irgendetwas ist, werden sie sich an mich halten, aber ich glaube nicht, dass es irgendwelche Komplikationen geben wird.«

Wir hatten inzwischen den Anbau erreicht. Ich befand mich wieder in der Nähe des Reitstalls. Aus der zerstörten Glasfront des Restaurants fiel der Lichtschein auf den Rasen und legte noch einen feinen Schleier über den Pool.

Der Verkehr in Kandersteg war längst eingeschlafen. Nur hin und wieder fuhr ein Wagen über die Hauptstraße. Wir hörten dann das Schmatzen der Reifen.

Ich fror noch immer und klapperte auch ein wenig mit den Zähnen. Heinz Stahlmenger deutete auf eine schmale Tür. Aus der Ärmelöffnung seiner grünen Parkajacke schaute die Hand wie ein bleicher Pfeil hervor. »Das ist der Eingang.«

»Und wo finde ich sein Zimmer?«

»Unter dem Dach. Ich gehe mit hoch ...«

Er wollte schon vorlaufen. Ich hielt ihn an der Jacke zurück. »Nein, bleiben Sie lieber hier! Warten Sie auf mich. Es wird bestimmt nicht lange dauern.«

Heinz Stahlmenger war überrascht. »Sie reden wie ein Polizist, der einen Verdächtigen besucht.«

»Ich bin auch Polizist.«

»Und wie verhält es sich mit dem Verdächtigen?«
»Das werden wir sehen.«
»Nein, Herr Sinclair. Ich kann mir nicht vorstellen, dass Thomas etwas mit der Sache zu tun hat. Er ist doch keine lebende Leiche. Das hätten wir längst bemerkt.«
»Ich habe auch nicht behauptet, dass er etwas damit zu tun hat. Ich möchte ihn nur über die drei Männer ausfragen. Zwei habe ich erst ausschalten können. Einer fehlt noch. Und der kann auch als Einzelperson verdammt gefährlich werden, glauben Sie mir.«
»Soll ich die Augen aufhalten?«
»Das wäre mir lieb.«
»Okay, ich warte dann. Wenn ich den Zombie sehe …« Heinz Stahlmenger hob die Schultern, »eine Waffe habe ich nicht…«
»Laufen Sie weg und alarmieren Sie mich!«
»Das ist nicht meine Art.«
»In diesem Falle aber besser.« Ich nickte ihm noch einmal zu und nahm den direkten Weg zur Haustür. Sie besaß keinen Knauf, nur eine Klinke und war nicht verschlossen. In einen engen Flur gelangte ich. Alles war aus Holz. Und es roch, als wäre es soeben frisch gestrichen worden.

Ich stieg die enge Treppe hoch, erreichte die erste Etage und musste noch weiter. Hier wurde das Stiegenhaus schmaler und die einzelnen Stufen höher.

Unter dem Dach blieb ich in einem kleinen Flur stehen. Drei Türen sah ich, davon konnte ich mir eine aussuchen. Die richtige wurde schon geöffnet. Thomas musste meine Schritte gehört haben. Er stand auf der Schwelle und schaute mich erstaunt an.
»Zu Ihnen wollte ich«, sagte ich.
»Wirklich?«
»Ja.«
Er gab den Weg frei. »Dann kommen Sie rein.«
Der Ober hatte sich umgezogen. Er trug Freizeitkleidung. Eine dunkle Hose und einen ebenfalls dunklen Pullover. Über einer Stuhllehne hing eine Lederjacke, die er sich ebenfalls überstreifte. »Ich wollte gerade gehen, wissen Sie.«
»Nach alldem, was passiert ist?«

»Wieso?« Er fragte mich zu erstaunt, sodass ich seine Worte schon als Lüge entlarvte.

»Sie müssen doch etwas von dem Drama mitbekommen haben, das sich im Restaurant abgespielt hat?«

»Sie meinen das mit dem Verrückten?« Er trat in die Mitte des Zimmers und blieb dort stehen, wo auch seine Hi-Fi-Anlage den Platz gefunden hatte. Es war ein mattglänzender schwarzer Kassettenturm. Die beiden Lautsprecher hingen in den Winkeln der schrägen Decke. Licht gaben zwei moderne Stahlleuchten. Eine Seite des Zimmers wurde von einem großen Einbauschrank eingenommen. Er besaß weiße Lamellentüren. Schwarz waren dafür die bequemen Sitzmöbel. Auch die Tische und Kommoden sowie das Gehäuse des Fernsehapparates.

Ich schüttelte den Kopf. »Ein Verrückter war es nicht, Thomas. Das Restaurant ist von einem Zombie, einem lebenden Toten betreten worden. Begreifen Sie das?«

Er verschränkte lässig die Arme vor der Brust und gestattete sich ein Grinsen. »Das können Sie einem Jugendlichen erzählen, der gern Horrorfilme sieht, aber nicht mir.«

»Es ist die Wahrheit.«

»Und weiter?«

»Ich bin hier, weil Sie mir unter Umständen helfen können. Es ging um drei Zombies. Zwei habe ich erledigen können. Einer ist noch übrig. Sie haben alle drei gekannt, sehr gut sogar. Wie ich hörte, waren Sie zu deren Lebzeiten mit ihnen befreundet gewesen. Wissen Sie jetzt schon, wen ich meine, oder muss ich Ihnen die Namen sagen?«

»Das brauchen Sie nicht. Wer ist denn noch übrig?«

»Claus Binussek.«

Er deutete auf einen Sessel. »Nehmen Sie Platz, Herr Sinclair. Ich kann mir vorstellen, dass es ein längeres Gespräch zwischen uns beiden gibt.«

»Das liegt an Ihnen.«

»Wieso?«

Ich ließ mich in den Sessel fallen und hockte sehr tief. »Es kommt immer darauf an, was Sie mir zu berichten haben.«

Thomas löste sich von seinem Platz und ließ sich in den zweiten Sessel fallen. »Eigentlich hatte ich heute in die Disko gewollt, aber daraus wird wohl nichts.«

»Das ist nicht gesagt.«

Er winkte ab. »Machen Sie es nicht so spannend! Sagen Sie mir, was Sie wissen wollen!«

»Claus Binussek, Jerome Woeber und Erich Buchwald waren gute Freunde, die ihren eigenen Vatertag feierten und sich von früher her kannten. Sie haben vieles gemeinsam unternommen und sind auch gemeinsam gestorben. Woran, Thomas? Auf diese Frage hat mir bisher niemand eine Antwort gegeben, deshalb will ich den Grund von Ihnen wissen.«

Er schaute an mir vorbei auf den Einbauschrank, der sich in meinem Rücken befand. »Und Sie meinen, dass ich Ihnen helfen könnte?«

»Damit rechne ich.«

»Wer hat Ihnen denn das gesagt?«

»Man berichtete mir, dass Sie oft genug mit den dreien zusammen waren. Sicherlich haben Sie über viele Dinge gesprochen, die auch diesen schrecklichen Fall in einem anderen Licht erscheinen lassen. Sie sind am Oeschinensee gestorben, wie ich hörte. Was ist dort genau passiert, Thomas? Wieso konnten sie nicht in ihren Gräbern bleiben? Dafür muss es einen Grund geben.«

»Den ich auch nicht weiß.«

»Sehen Sie, da bin ich mir eben nicht sicher. Ich habe einfach das Gefühl, dass Sie mehr wissen, als Sie zugeben.«

Er lachte kratzig. »Wer hat Ihnen denn das gesagt?«

»Ich weiß es.«

Seine Mundwinkel verschoben sich. »Bestimmt die Weiber, wie?« Er winkte ab. »Ist auch egal, aber Sie haben Recht, Sinclair, ich weiß wirklich mehr, und ich weiß auch, aus welchem Grunde sie gestorben sind oder man sie getötet hat.«

»Dann hat sich mein Besuch schon gelohnt.«

Er nickte. »Das hat er sich wirklich, Sinclair. Ja…« Er lächelte wieder. »Die Sache damals war wirklich außergewöhnlich, wenn nicht sogar einmalig. Sie sind freiwillig in den Tod gegangen, nachdem wir uns am See getroffen haben.«

»Sie auch?«

»Klar, denn auf mich hörten sie, Sinclair. Auf mich haben sie immer gehört, die drei Herren.« Er hatte sich vorgebeugt und begann plötzlich scharf und gemein zu grinsen.

Allmählich ließ er seine Maske fallen. Ich tat so, als hätte ich nichts bemerkt, und schüttelte nur verwundert den Kopf, um ihn weiter aus der Reserve zu locken.

Aus einem Kasten nahm er eine Zigarette. Gelassen steckte er sie zwischen die Lippen und zündete sie mit einem flachen Feuerzeug an. All seine Bewegungen wirkten so lässig, in der Art des Siegers.

»Wir waren oben am See«, sagte er Rauch ausstoßend. »Und da wollten die drei Männer den Beweis sehen.«

»Welchen?«, fragte ich.

»Den für die Existenz des Teufels!«

Eine lässig klingende Antwort. Passend zu seiner Haltung, aber mich bestätigte und elektrisierte sie gleichzeitig. Dennoch ließ ich mir nichts anmerken und fragte: »Was soll das denn wieder heißen?«

»Tun Sie nicht so, Sinclair! Sie wissen längst Bescheid!«

»Wäre ich dann zu Ihnen gekommen, um Ihnen Fragen zu stellen, Thomas? Bestimmt nicht.«

»Was wollen Sie denn wissen?«

»Wie sie gestorben sind.«

»Sie waren oben am See. In der Einsamkeit. Schon als Studenten liebten sie dies, und sie nannten sich selbst die drei Philosophen. Da sie verschiedenen Nationalitäten angehörten, EG-Denker. Ja, sie saßen zusammen und redeten. Über alles Mögliche. Vor allen Dingen über die Welt und deren Kräfte, die auf sie wirkten.«

»Über Gott?«, fragte ich leise.

Der lässige Thomas schüttelte sich grinsend. »Nehmen Sie diesen Ausdruck nicht mehr in den Mund.«

»Sie fürchten sich?«

»Wollen Sie etwas über die Toten wissen?«

»Ja, fahren Sie fort.«

»Die drei waren jung. Das Leben lag vor ihnen, sie wollten es nie mehr hergeben. Und in der Philosophie ist auch die Seite erwähnt, die man mit Magie bezeichnen kann. Irgendjemand kam auf die Idee, es einmal mit Magie zu versuchen. Alle waren einverstanden und schworen darauf, dies zu tun. Ein Jahr ließen sie sich Zeit. Jeder forschte für sich. Erst ein Jahr später wollten sie sich hier in Kandersteg erneut treffen und ihre Erfahrungen austauschen. Das geschah auch. Unabhängig voneinander hatten sie geforscht, doch ein jeder war zu demselben Ergebnis gekommen. Es gab jemand, der alles ändern konnte. Satan!«

Als Thomas das Wort aussprach, leuchteten seine Augen. Für mich stand längst fest, dass er der Treiber, der Initiator war, aber ich ließ ihn weiter erzählen.

»Satan gibt ewiges Leben.« Der Ober flüsterte jetzt und drückte seine Zigarette aus. »Was Faust versucht hatte, wollten die drei schaffen. An dem einsamen Seeufer führten sie die Beschwörungen durch. Sie hatten sich ausgezeichnet vorbereitet, und sie schafften das, was nur wenigen Menschen vergönnt war: den Kontakt zur Hölle. Sie bekamen den direkten Draht zum Teufel. Er hörte sie an und war auch bereit, ihnen das ewige Leben zu geben, allerdings nicht sofort. Später wollte er auf sie zurückkommen. Damit waren die drei Kandidaten einverstanden. So gingen sie wieder und führten ihr normales Leben. Sie machten Karriere in verschiedenen Berufen, und sie heirateten sogar. Nur zur Kirche gingen sie nicht, denn etwas steckte in ihnen, das wie eine kleine Flamme brannte und erst später zu einem Feuer wurde, als bereits Jahre nach dem ersten Kontakt vergangen waren. Dann kam es mit der Wucht eines Sturmwindes über sie. Plötzlich war ihnen alles klar. Sie trafen sich wieder, denn ein jeder hatte die Nachricht des Teufels bekommen. Er war bereit, ihnen das ewige Leben zu geben.«

»Und welche Rolle spielten Sie?«, unterbrach ich den Ober.

»Mich hatten sie inzwischen kennen gelernt. Sie glaubten, dass ich ein normaler Ober oder Mensch wäre, ein Irrtum, denn auch ich habe mich der Hölle verschrieben. Ich bin vom Satan ausgeschickt worden, um zu beobachten. Ich achte darauf, dass Menschen, die sich dem Teufel verschrieben haben, auch ihr Versprechen einhalten. Und wie erstaunt waren die drei, als ich sie plötzlich daran erinnerte. Wir stiegen gemeinsam zum Oeschinensee hoch und gingen zu der Stelle, wo die Männer die erste Beschwörung durchgeführt hatten. Da stellte ich sie vor die Wahl, denn ich sprach im Namen des Teufels und erkundigte mich, ob sie noch immer das ewige Leben haben wollten. Sie stimmten zu. Ich stellte die Bedingungen.«

»Den Tod, nicht wahr?«

»Richtig, Sinclair. Ich verlangte von ihnen den Tod. Erst wenn sie sich selbst umbrachten, würde der Teufel ihre Seelen nehmen und ihnen gleichzeitig das ewige Leben geben.«

»Wie haben sie reagiert?«

Thomas lachte. »Plötzlich bekamen sie Angst, Angst, wie sie nur Menschen haben können. Sie wollten nicht, sie wehrten sich, aber ich ließ ihnen keine Chance.«

»Haben Sie die drei getötet?«

»Ja, ich sorgte dafür.«

»Welche Waffen nahmen Sie?«

Er winkte ab. »Was spielt das für eine Rolle. Jedenfalls starben sie, und ich konnte alles so drehen, dass es wie ein Unfall aussah. Sie wurden gefunden und hier in Kandersteg begraben. Sie selbst haben sich nicht an ihr Abkommen halten wollen. Der Teufel aber hält sein Versprechen immer. Als sich dieser Vatertag wiederholte, ließ er sie aus den Gräbern steigen, um das Grauen zu verbreiten.«

»Zwei sind vernichtet«, sagte ich.

»Das stimmt leider. Sie waren auch nicht einkalkuliert, Sinclair. Ich weiß, wer Sie sind. Man nennt Sie den Geisterjäger, und Sie haben dem Satan schon so manches Mal ein Bein gestellt. Gratuliere, nur frage ich mich, wie sie den dreien auf die Spur gekommen sind.«

»Durch ein Tonband«, erwiderte ich.

»Was?«

»Ja, es gibt Dinge, an denen auch der Teufel nicht vorbeikommt. Dinge, die er nicht aus der Welt schaffen kann. Auch als Tote reagierten sie zu gefühlsmäßig. Sie wollten ihre Frauen zum

Jahrestag nach Kandersteg kommen lassen. Evelyn Binussek bekam eine geisterhafte Nachricht. Sie hörte die Stimme ihres Gatten auf einem noch jungfräulichen Band. Da sie von vornherein nicht so recht an den natürlichen Tod ihres Mannes glauben wollte, war sie doch ziemlich überrascht und gleichzeitig auch entsetzt, sodass sie sich mit mir in Verbindung setzte, denn über mich hatte sie bereits gelesen. So kam ich ins Spiel.«

Thomas nickte. »Ich muss Ihnen ein Kompliment machen. Nicht umsonst nennt man Sie Geisterjäger. Sie haben tatsächlich die Nerven behalten.« Er blickte mich lauernd an. »Haben Sie eigentlich noch irgendwelche Fragen?«

»Zu den drei Zombies im Moment nicht. Ich will mehr über Sie wissen.«

»Ich bin uninteressant«, erklärte er. »Sie können mich als einen Mitläufer bezeichnen …«

»Sind Sie ein Mensch?«

»Erlauben Sie«, sagte Thomas und breitete die Arme aus. »Wirke ich wie ein Tier?«

»Das nicht, aber ich kenne genügend Dämonen, die sich ein menschliches Aussehen geben. Zumindest stehen Sie auf der Seite des Teufels. Sie haben es selbst zugegeben, Sie sind ein Beobachter, vom Satan geschickt. Haben Sie auch von ihm das schreckliche ewige Leben bekommen?«

»Ich werde es wohl haben«, erwiderte er süffisant grinsend.

Ich hob die Schultern. »Okay, lassen wir das einmal dahingestellt. Wie ich vorhin schon erwähnte, zwei Zombies habe ich erledigen können. Mir aber fehlt der dritte. Würden Sie die Freundlichkeit besitzen, mir sein Versteck zu nennen?«

»Nein!«

Er hatte mir die Antwort breit lächelnd gegeben. Ich ging auf sein Spiel ein und lächelte ebenfalls. Auch noch, als ich das Kreuz urplötzlich hervorholte.

Damit hatte Thomas nicht gerechnet. Das überhebliche Grinsen in seinem Gesicht verschwand ebenso wie die sonnenbraune Farbe der Haut. Mir schien er allmählich grün im Gesicht zu werden. Seine Augendeckel zuckten, ebenfalls die Mundwinkel. Er stieß Geräusche aus, die mich an ein zischendes Luftholen erinnerten, wobei ich mir nicht einmal sicher war, ob er überhaupt zu atmen brauchte.

Ich hielt das Kreuz so, dass er es sehen musste. Es war meine starke Waffe, dem Guten geweiht, hergestellt von dem großen Propheten Hesekiel, als er in babylonischer Gefangenschaft steckte und er auch dort seine Visionen über sich entwickelnde Religionen, Kräfte und Mythen bekam. Er war wie das Allessehende Auge, dieses alte Symbol, das die Menschen im alten Testament ebenso verehrt hatten wie die Ägypter.

»Es ist das Kreuz«, sagte ich mit leiser Stimme. »Das Zeichen, vor dem der Satan einen Heidenrespekt hat. Auch du wirst es nicht überwinden können, Teufelsdiener. Wenn du mir nicht freiwillig sagst, wo sich der dritte Zombie befindet, werde ich dich dazu zwingen. Durch das Kreuz, das ich dir vor dein Gesicht halten werde…«

Thomas hob die Hände. Sein Blick flackerte. Die Gesichtshaut sah noch immer so unnatürlich aus, denn vor meiner Beretta schien er keine Angst gehabt zu haben, aber das Kreuz musste auf ihn wirken wie ein Tiefschlag, denn mit seiner Existenz hatte er wohl nicht gerechnet.

»Meine Frage war doch klar und deutlich, nicht wahr?«

»Sicher.«

»Ich glaube, du würdest das Kreuz in einem Reflex auffangen, wenn ich es dir zuwerfen würde. Das wäre ein interessanter Test für mich. Denn ich könnte sehen, wie jemand reagiert, der auf der anderen Seite steht und das Kreuz …«

»Hör auf!«, schrie er mich an.

Sofort stoppte ich meinen Redeschwall. »Bitte, ich bin ganz Ohr!«, fügte ich wesentlich leiser hinzu.

Er hatte den Mund geöffnet. Zwar besaß der Ober nach wie vor ein menschliches Gesicht, doch er war kein Mensch mehr. Statt normalen Speichels floss eine glasige Flüssigkeit aus seinem Mund und rann am Kinn entlang. Bei diesem Typen hatte ich es mit einem Dämon zu tun, zumindest mit einem stark beeinflussten Menschen.

Er wischte diesen grün schillernden Speichel mit zitternder Hand weg und nickte. »Ich weiß, wo er steckt.«

»Dann rede!«

»Was bekomme ich dafür?«

Ich lachte auf. »Willst du mir Bedingungen stellen? In deiner Lage?«

»Klar…«

Ich hob das Kreuz ein wenig an. »Hast du immer noch nicht begriffen, dass du dich in einer wesentlich schlechteren Position befindest? Ich bin derjenige, der…«

»Das bist du nicht.«

»Wieso nicht?«

»Weil der Satan mich schützt.«

»Wer ist schon der Satan? Ich habe das Kreuz, und sein Schatten ist so groß, dass er auch vom Teufel nicht übersprungen werden kann. Das solltest du dir merken. Nein, der Teufel kann dir nicht mehr helfen. In diesem Falle ist die Hölle ausgebrannt.«

Er versuchte einen neuen Trick. »Wenn du es wegsteckst, werde ich dir sagen, wo sich Claus Binussek befindet!«

»Das wirst du auch so!« Meine Stimme klang so, dass der andere spüren musste, wie wenig ich jetzt noch seinen Widerspruch duldete.

Er hob die rechte Hand und spreizte seine fünf Finger ab. »Ist ja schon gut«, sagte er. »Ist alles gut. Du wirst ihn sehen. Sehr bald schon.« Er kicherte.

»Wo?«

»Ich habe mich um ihn gekümmert!«, flüsterte Thomas. »In dem allgemeinen Durcheinander im Restaurant fiel es überhaupt nicht auf. Ich wollte auch nicht, dass sie sich schon so früh blicken ließen, aber sie merkten, dass jemand da war, den sie als Feind betrachteten. Dich, Sinclair! Dich verdammten Hund bezeichneten sie als Feind. Wenigstens einen wollte ich vor den verfluchten Silberkugeln retten …«

Er redete und redete. Ich hörte ihn auch, aber ich hörte ihm nicht zu. Irgendetwas hatte sich in dem Raum verändert. Es war nicht allein mein Kreuz, das die Aura des Unheimlichen sehr genau spürte und sich leicht erwärmt zeigte, da musste noch etwas anderes dahinterstecken. Leider kam ich nicht darauf, was es war. Ich versuchte vergeblich, es zu identifizieren.

Befand sich der Satan etwa unsichtbar zwischen uns?

Ich wusste genau, dass er sich so etwas hin und wieder leistete. Er versuchte es ja immer mit allen Tricks. Nach den letzten großen Niederlagen würde er trotzdem nicht aufgeben. Dazu kannte ich ihn viel zu gut. Irgendetwas störte mich.

Da wusste ich es.

Es war der Geruch.

Nach Grab, nach Friedhof, Vergänglichkeit und Moder roch es. In alten Grüften lauerte dieser Gestank oft genug, aber wurde auch von Wesen abgegeben, die aus dem Grab kamen.

Von Zombies, zum Beispiel…

Plötzlich wurde mir verdammt kalt. Jetzt war mir auch klar, weshalb Thomas so viel sagte. Er hatte mich nur ablenken wollen, und das war ihm auch gelungen.

Für einen winzigen Moment streifte mein Blick sein Gesicht. Mir blieb das Aufleuchten in seinen Augen nicht verborgen, und das zeigte einen gewissen Triumph.

Ich schnellte hoch.

Und diesmal verfluchte ich den Sessel mit der zu weichen und zu tiefen Sitzfläche. Ich hatte Schwierigkeiten. Thomas, der mich beobachtete, verstummte plötzlich, sodass ich das andere Geräusch in meinem Rücken hören konnte.

Es war ein unterdrückt klingendes Gurgeln.

Der Zombie!

Taumelnd kam ich auf die Füße, drehte mich, und das war genau der Moment, in dem sich die lebende Leiche nach vorn warf, um mich brutal zu töten …

Und das mit zwei Messern!

Er trug sie in seinen beiden Händen. Diese langen Klingen wirkten wie verkürzte Lanzen. Im Bruchteil einer Sekunde, die für mich sehr lang wurde, nahm ich den Eindruck auf.

Claus Binussek hatte im Schrank gelauert. Zwei Türen standen offen. Er hatte sie lautlos aufschieben können und war ebenso unhörbar näher gekommen.

Sein Körper zeigte noch die Spuren des gewaltigen Kampfes, den er mit den beiden jungen Leuten in der Hütte geführt hatte. Von den Axthieben war sein Körper gezeichnet.

Dieses Wesen lebte und wollte selbst töten.

Es fiel nach unten. Dabei streckte der Untote seine beiden Arme noch weit aus, damit er die Messer in meinen Körper stoßen konnte. Nur hatte er nicht mit meiner Reaktion gerechnet.

Ich war im letzten Augenblick hochgekommen, befand mich allerdings in keiner sehr guten Lage, da ich Schwierigkeiten hatte, das Gleichgewicht zu halten. Zudem konnte ich mich in dem kleinen Raum zwischen Tisch und Sessel nicht gut bewegen. In einem Reflex hatte ich den Körper noch zur Seite gedrückt und stieß mit der Wade gegen die Tischkante, sodass ich erneut das Übergewicht bekam.

Die beiden Messer rasten auf den Sessel zu und hinein.

Sie stachen durch den Stoff, drangen tief in das Futter, wurden wieder hervorgerissen und schnitten dabei den Stoff so weit auf, dass aus diesen *Wunden* das Innenfutter quoll und sich über der Sitzfläche verteilte.

Ich wollte Distanz zwischen uns bringen und verhakte mich mit der Hacke an einem der metallenen Tischbeine.

Dadurch geriet ich ins Taumeln.

»Ja, bring ihn um!«, brüllte Thomas, den ebenfalls nichts mehr auf seinem Sitz gehalten hatte. »Kill ihn, mach ihn fertig! Jag ihm den Stahl zwischen die …«

Ich kam wieder hoch.

Auch der Zombie war bereit. Er hatte beide Klingen wieder aus dem Futter hervorgezogen. Verzerrt war sein Gesicht. In den dunklen Haaren klebte noch der Dreck. Die Pupillen wirkten wie verdrehte, gläserne Kugeln, der Mund stand weit offen, sodass mir ein Gestank entgegenwehte, der mir den Magen in die Höhe treiben konnte.

Ich saß noch.

Rechts von mir sah ich Thomas, der sich zurückgezogen hatte und nicht eingriff.

Für mich war der Zombie wichtiger, denn sein Trieb war es, zu zerstören. Menschliches Leben galt bei ihm nichts.

Ich wollte aber beide und tat etwas, das mich gleichzeitig Zeit kostete. Mein Kreuz schleuderte ich nach rechts, genau in die Richtung, wo dieser Thomas stand.

Ich wollte ihn treffen, denn mir war klar, dass er den geweihten Kräften nichts entgegensetzen konnte. Ob ihn das Kreuz erwischte, sah ich nicht mehr, da der Zombie seine zweite Attacke startete.

Er lief in meinen Tritt.

Geschmeidig hatte ich meinen Körper aus der sitzenden Lage in die Höhe gewuchtet und gleichzeitig mein Bein vorschnellen lassen. Mein Freund Suko hatte mir diesen Trick beigebracht, und damit erreichte ich auch bei Claus Binussek mein Ziel.

Unterhalb der Messerspitzen und auch jenseits der Gürtellinie wurde er erwischt. Zombies sind nie sicher auf den Beinen. Da machte Binussek ebenfalls keine Ausnahme. Er konnte den Treffer nicht ausgleichen und musste zurück.

Für mich gab es nur eins.

Nachsetzen!

Ich hörte einen hellen Knall, achtete nicht darauf, weil für mich der Zombie zählte.

Er war weiter zurückgewichen, als ich angenommen hatte. Nahe dem Schrank, aus dem er geschlichen war, befand er sich und stieß mit dem Rücken gegen die offene Tür.

Ich holte die Beretta hervor.

Er sah die Waffe. Sein Gesicht bewegte sich mit, als er den Mund auf und zu klappte. Vielleicht hatte er mir etwas sagen wollen, dazu kam er nicht mehr. Möglicherweise gingen seine Worte auch im Krachen des Schusses unter, und die kleine Mündungsflamme, die für einen Moment zu sehen war, wurde für den Zombie zu einer Todesblume.

Die Kugel hieb ihn zurück.

Fast hätte ich meinen können, ein Hammerhieb hätte ihn erwischt, so stark wurde er nach hinten getrieben und damit auch noch in den Schrank hinein.

Dort fiel er zusammen.

Dass seine Arme nach unten sanken, sah ich noch, aber nicht mehr, wie er sich in dieser Reflexbewegung die beiden Klingen noch selbst in den Körper stieß, denn ich hatte mich umgedreht, um mich um den zweiten Gegner zu kümmern.

Mein Kreuz sah ich, den Ober jedoch nicht.

Er war verschwunden!

Vor Wut biss ich mir fast auf die Zunge, schaute noch einmal auf den Zombie, der innerhalb des Schranks zusammengesackt war, nahm das Kreuz an mich und jagte auf die Tür zu.

Mir konnte alles passieren, nur durfte ich diesen gefährlichen Teufelsdiener nicht entkommen lassen …

Heinz Stahlmenger war zwar dick angezogen, doch das Stillstehen bereitete ihm keine Freude. Er wäre am liebsten wieder dorthin zurückgegangen, wo er die Stimmen hörte. Aber er hatte John Sinclair versprochen, die Stellung zu halten, und davon wollte er nicht abgehen.

An dieser Schmalseite des Hotels war es ziemlich düster. Nur ab und zu glitt das Restlicht eines Scheinwerferpaars in der Nähe vorbei, ansonsten regierte die Dunkelheit.

Stahlmenger schaute auf seine Uhr.

Jetzt war Sinclair schon über eine Viertelstunde oben, und der Grund war für Stahlmenger unverständlich. Im Gegensatz zur Meinung dieses englischen Polizisten war Thomas für ihn ein normaler Mensch, auf den wohl kein Verdacht fiel. Er hatte sich mit dem Ober stets gut verstanden und so manch feuchtfröhlichen Abend oder manche lange Nacht an der Bar des Hotels verbracht. Der hatte bestimmt nichts mit dem Tod und dieser unnatürlichen Rückkehr der drei Freunde zu tun.

Fünf Schritte vor und wieder fünf Schritte zurück ging Heinz Stahlmenger. Häufig blickte er auf seine Uhr und schaute auf die schmale Haustür.

War es schlimm, wenn er mal nachschaute?

Nein, ob er nun vor dem Bau oder im Flur auf den Mann wartete, das spielte keine Rolle. Und verschlossen war die Tür auch nicht, deshalb zog Stahlmenger sie auf.

Wärme und polternde Geräusche empfingen ihn. Die Laute drangen aus der oberen Etage zu ihm herab, und sie hörten sich an, als würde jemand sehr schnell die Holztreppe hinabeilen. Am Fuß der Treppe blieb Heinz Stahlmenger stehen. Er schaute hoch, sah bis zum ersten Absatz auch die Gestalt, die dort erschien.

Es war Thomas. Und er hatte es verdammt eilig, wie jemand, der von der Angst oder einem schlechten Gewissen getrieben wurde.

Erst jetzt betrachtete Heinz Stahlmenger diesen Ober aus anderen Augen. Wer so rannte, hatte etwas zu verbergen. Auch den Rest der Treppe nahm der Mann mit drei Sprüngen.

Stahlmenger wollte ihn aufhalten. Vor der untersten Stufe baute er sich auf und rief: »Halt!«

Das Lachen und der Faustschlag trafen ihn zur gleichen Zeit. Thomas hatte sich abgestoßen und war auf ihn zugehechtet. Stahlmenger konnte sich noch ein wenig zur Seite drehen, aber es erwischte ihn dennoch.

Die Knöchel schrammten an seiner linken Gesichtshälfte entlang. Er bekam zudem noch einen Tritt mit und wurde in den Flur hineingeschleudert, wo er gegen die Wand krachte und daran zu Boden rutschte.

»Wolltest du mich aufhalten?« Er hörte die Stimme des Flüchtenden und das hämische Lachen. Dann traf ihn die kalte Nachtluft, als Thomas die Haustür aufriss und verschwand.

Heinz Stahlmenger aber lag am Boden. Ein deutscher Minister hatte mal den Satz geprägt »Ich glaub, mich tritt ein Pferd.« Wie von einem Pferdehuf getroffen, kam sich Stahlmenger auch vor. Er war nicht bewusstlos geworden, nur hatte er das Gefühl, als wäre sein Kopf auf das Doppelte angeschwollen.

Er lag auf dem Boden und kam sich trotzdem vor, als befände er sich in einem abstürzenden Hubschrauber.

Zeit gab es für ihn nicht mehr. Ob eine Minute oder nur zehn Sekunden vergangen waren, wusste er nicht, als es ihm trotz der Schmerzen gelang, sich wieder in die Höhe zu stemmen.

Zum Glück befand sich die Wand in der Nähe, sie benutzte er als

Hilfsmittel, blieb stehen und lehnte sich gegen das Holz, wobei er noch das Gefühl hatte, die Wand würde hinter ihm nachgeben.

Er vernahm auch die dröhnenden Schläge. Zunächst konnte er sich diese Geräusche nicht erklären, bis ihm einfiel, den Kopf zur Treppe hin zu drehen, und dort sah er die Gestalt.

Es war John Sinclair, der die letzten Stufen mit einem Sprung nahm und neben ihm stehen blieb.

Sofort erkannte ich, was mit Stahlmenger geschehen war. Dieser Thomas hatte ihn überrascht und fast ausgeknockt. Dabei konnte der Mann von Glück sprechen, nicht härter erwischt worden zu sein.

Ich fasste ihn an.

Stahlmenger. ging es schon wieder etwas besser. »Verdammt, Sinclair, ich habe mich überraschen lassen.«

»Geht es wieder?«

»So einigermaßen. Nur die Brille ist kaputt, aber das lässt sich wieder reparieren.«

»Haben Sie gesehen, wo er hingelaufen ist?«

»Nein, er erwischte mich ja hier im Flur. Auf jeden Fall ist er verschwunden.«

»Okay, gehen wir!«

»Und der Zombie?«

»Ist erledigt.«

Stahlmenger sagte nichts. Er hielt sich an meiner Seite und hatte seine Hände gegen den Kopf gepresst. Die kühle Luft tat ihm gut. Tief atmete er ein. Wir gingen ein paar Schritte, dann blieb ich stehen, denn ich wollte von Heinz Stahlmenger wissen, wo sich unser Gegner unter Umständen versteckt halten konnte.

»Ich weiß es nicht.«

»Hat er einen Wagen?«

»Ja, klar.«

»Dann wird er …«

Stahlmenger legte mir seine Hand auf die Schultern. »Nein, so dürfen Sie nicht denken. Der hat zwar ein Fahrzeug, doch es steht ihm nicht zur Verfügung, weil es zur Inspektion ist. Er kann sich nur mehr in Kandersteg aufhalten.«

»Falls er sich kein anderes Auto stiehlt.«

»Das ist möglich.«

Und bei mir war guter Rat teuer. Wie sollten wir diesen verdammten Kerl finden, der von den Kräften der Hölle beschützt wurde? Es gab in dem Ort und Umgebung sicherlich Hunderte von Verstecken, die ich leider nicht kannte.

»Zu Fuß wird er kaum gehen«, sagte Stahlmenger leise. Wenn wir jetzt die Polizei einschalten, würde dieser einsame Wanderer auffallen. So schlau ist er bestimmt.«

»Was könnte er dann noch unternehmen?«, fragte ich.

Stahlmenger überlegte, stöhnte und hielt sich nach wie vor den Kopf, während ich auf Geräusche und Stimmen achtete, die vom Hotel her zu uns drangen.

»Ja«, sagte mein Helfer plötzlich. »Das genau kann es sein. Das ist möglich.«

»Was?«

Er ließ die Hände sinken und schaute mir ins Gesicht. »Der Zug, Sinclair. Es fährt noch ein letzter Zug in den Tunnel. Wenn es einen Fluchtweg für ihn gibt, ist der ideal.«

Ich war auf einmal elektrisiert. »Und wann startet der Zug?«

Stahlmenger schaute auf seine Uhr. »Vielleicht in einer Viertelstunde. Wahrscheinlich früher.«

»Wie weit ist es bis zum Bahnhof?«

»Wir können meinen Wagen nehmen. Der steht hier. Allerdings müssen Sie fahren.«

»Mach ich glatt.«

Ich hatte noch das Kreischen der Reifen in den Ohren, als wir an dem so bekannten Verladebahnhof von Kandersteg gehalten hatten, ausgestiegen waren und den langen Bahnsteig betraten.

Der Zug wartete bereits.

Und es waren auch schon erste Autos auf die Verladewagen gerollt. Zwar waren nicht alle Wagons belegt, aber das konnte man auch nicht verlangen.

Die Autos standen dort mit ausgeschalteten Scheinwerfern, und ihre Fahrer hatten es sich bequem gemacht.

Wo steckte unser Gegner?

Ich schaute mich zusammen mit Heinz Stahlmenger um. Dieser Ober konnte überall seinen Platz gefunden haben. Es war möglich, dass er unter oder in einem Wagen lag, und um diese Zeit wirkte der Bahnhof gespenstisch leer, denn es brannten nur wenige Lichter. Wir befanden uns noch auf dem Bahnsteig für normale Fahrgäste und wurden von einem Beamten der Eisenbahn misstrauisch gemustert. Erst als wir den Lichtkreis einer Lampe durchschritten, wurde das Gesicht des Mannes freundlicher, denn er hatte Heinz Stahlmenger erkannt und begrüßte ihn auch.

»Was treibt Sie denn als Pilot an den Bahnhof, Herr Stahlmenger. Und dazu noch zu dieser späten Stunde.«

»Jetzt lassen Sie sich nur eine gute Ausrede einfallen«, bat ich ihn flüsternd. »Der Mann darf keinen Verdacht schöpfen.«

»Geht schon klar.« Ich blieb stehen, während mein Helfer vorging. »Wir wollten uns nur umschauen. Ich habe einen Bekannten aus London zu Besuch. Er reist morgen wieder ab und wollte sich unbedingt mal anschauen, wie es zugeht, wenn die Wagen auf den Autozug fahren.«

»Das hätten Sie am Tage besser haben können.«

Stahlmenger hob die Schultern. »Wissen wir auch, aber wir hatten leider keine Zeit. Wann fährt denn der Zug ab?«

Der Mann schaute auf seine Uhr. »In genau drei Minuten. Wenn Sie noch etwas sehen wollen, müssen Sie sich beeilen.«

»Danke, das werden wir.«

Ich nickte dem Beamten ebenfalls zu, der seine rechte Hand an den Mützenschirm legte und in die entgegengesetzte Richtung weiterging.

»Puh!«, stöhnte Stahlmenger, »das war knapp.«

»Sie waren gut.«

»Danke. Was meinen Sie, Sinclair, wie gut ich erst ohne Kopfschmerzen bin!«

»Das habe ich gesehen, als Sie flogen.«

Ein nächtlicher Bahnhof ohne Betrieb kann desillusionierend wirken. Das bekam auch ich zu spüren, als ich neben Heinz Stahlmenger über den Bahnsteig schritt. Es war zwar nicht still, irgendwo knackte und bewegte sich immer etwas, aber unsere Schritte waren dennoch die einzig lauten Geräusche, bis zu dem Zeitpunkt, als von der Straße her ein Wagen in die Kurve fuhr und sein kaltes Scheinwerferlicht auch uns für einen Moment berührte. Der Wagen rollte der Auffahrtrampe entgegen und befand sich wenig später auf dem Zug, wo er langsam ausrollte.

Wir hatten mittlerweile die Schlange der flachen Wagons erreicht. Von einem halbrunden Metalldach waren sie bedeckt. Dieses Dach wurde von eisernen Gitterstäben gehalten, die gleichzeitig auch die sich an den Seiten befindlichen Sicherheitstrennwände abstützten.

Wir wurden gesehen. Irgendwie träge und müde sahen die Bewegungen der Fahrer aus, wenn sie die Köpfe drehten und uns anschauten.

Für uns waren es unbekannte Gesichter. Das des Obers Thomas entdeckten wir nicht unter ihnen.

Ich hatte mitgezählt. Nur zwölf Wagen war die Autoschlange lang. Dafür lohnte es sich kaum, den langen Zug durch den Tunnel zu fahren, und wir konnten auch nicht mehr weitergehen, da wir das Ende des normalen Bahnsteigs erreicht hatten.

Dicht vor dem Beginn des Schotters blieben wir stehen. Ziemlich ratlos, wie ich zugeben musste. Von den Bergen wehte der kalte Nachtwind. Er brachte den Geruch von Schnee mit und fuhr uns durch die Kleidung.

»Vatertag!«, murmelte Heinz Stahlmenger und begann zu lachen. »Sie haben ihn vorverlegt und ihn zu einem tödlichen Tag gemacht. Mein Gott, was es nicht alles gibt.«

»Da sagen Sie was.«

»Und Sie schlagen sich immer mit Zombies und ähnlichen Gestalten herum, Sinclair?«

»So ist es.«

»Wie kommt es dann, dass Sie noch leben?«

»Glück, eine gute Ausbildung und ein noch besserer Schutzengel.«

»Den letzten braucht man wohl besonders.«

»Sicher«, erwiderte ich beim Umdrehen und schaute wieder die Strecke zurück, die wir gekommen waren.

Bis auf den Bahnbeamten, mit dem wir gesprochen hatten, war sie leer. Der Mann trat soeben aus einer Tür, schaute auf seine Uhr und steckte eine Trillerpfeife zwischen die Lippen.

Auch Heinz Stahlmenger hatte die Bewegung gesehen. »Er fährt genau pünktlich ab, und wir haben unseren Freund noch immer nicht gefunden. So ein Pech.«

Ich hob die Schultern. »War auch nur mehr ein Verdacht. Nicht jeder kann sich bestätigen.«

»In diesem Fall hätte ich es gehofft.«

Durch die flache Wagonschlange lief ein Ruck, als die Lok anzog. Auch die Fahrer wurden plötzlich wieder wacher. Sie richteten sich auf und schauten nach vorn.

Ich sah noch ein Schild, auf dem stand, dass es verboten war, die Wagen als Fußgänger zu betreten oder die Fahrzeuge während der Fahrt zu verlassen.

Darum kümmerte sich Thomas nicht.

Wie ein Geist erschien er plötzlich an der gegenüberliegenden Seite. Er klammerte sich an dem Gitter fest, wahrscheinlich hatte er neben den Schienen gelegen und turnte mit geschickten Bewegungen auf den anfahrenden Autozug.

Ich sah noch sein blitzendes Lachen und hörte Heinz Stahlmenger schreien: »Verdammt, da ist er ja!«

Und wie er da war!

Aber ich auch. Um meinen Begleiter kümmerte ich mich nicht. Ich wollte den Teufelsdiener. Der Zug war schneller geworden, aber er rollte noch auf meiner Höhe.

Ich wagte es.

Mit einem Sprung löste ich mich vom Bahnsteig, bekam eine der Stangen zu packen, während meine Füße noch auf dem Beton glitten. Schnell zog ich die Beine an, rollte mich über die waagerecht verlaufende Trennwand hinweg und konnte noch einen Blick zurückwerfen.

Das letzte, was ich sah, waren die beiden entsetzten und bleichen Gesichter Stahlmengers und des Bahnbeamten. Der Zug beschleunigte weiter!

Ich wusste nicht genau, wann der Tunnel kam, aber dass er kommen würde, war so sicher wie das Amen in der Kirche.

Zunächst einmal musste ich mich um mich selbst kümmern und auch versuchen, das Gleichgewicht zu halten, was bei höherer Geschwindigkeit gar nicht so einfach war. Am Gitter konnte ich mich festhalten, deshalb suchte ich mir die linke Seite aus und fand an einer Stange mit der rechten Hand den nötigen Halt.

Vorbeigehuscht waren die Fassaden der Bahnhofsgebäude. Bahnsteige sah ich ebenfalls nicht mehr. Nur abzweigende Gleise, die wie blanke, lange Finger in verschiedene Richtungen führten und an den Stellen heller glänzten, die vom weißen Licht der brennenden Lampen bestrahlt wurden.

Auch wenn ich mich festhielt, es war kein Vergnügen, mit diesem Zug zu fahren. Der Fahrtwind war verdammt unangenehm. Er pfiff mir so kalt ins Gesicht, dass mir die Tränen kamen und ich fast die Haare knattern hörte, wenn sie hochgewirbelt wurden.

Der Tunnel lag kurz hinter Kandersteg, das wusste ich. Wir würden durch den Lötschberg fahren und im Wallis wieder zum Vorschein kommen. Goppenstein hieß der erste Haltepunkt auf der anderen Seite des Tunnels. Wie lange die Fahrt durch die Schwärze dauerte, wusste ich nicht, denn ich hatte mich nach der genauen Zeit vorher nicht erkundigen können.

Noch ratterten wir durch die Nacht. Die abgestellten Wagen bewegten sich. Den letzten in der Reihe sah ich ungefähr zehn Meter vor mir. Ob mich die beiden vorn sitzenden Personen beobachtet hatten, konnte ich nicht sagen. Jedenfalls drehten sie sich nicht um, und das Licht hatten sie auch nicht eingeschaltet.

War das Tal dort, wo Kandersteg lag, relativ weit, so änderte sich dies. Es verengte sich immer mehr. Ich hörte auch das Rauschen eines Flusses und sah die Berge zu beiden Seiten näher rücken. An der linken Seite brannten noch vereinzelte Lichter, wo kleinere Häuser, wie von einer Riesenhand geworfen, verstreut auf den Hängen standen.

All die Eindrücke hatte ich aufgenommen und mich auch um den Zug gekümmert, denn er war am wichtigsten.

Neben Thomas natürlich.

Wenn ich ehrlich war, müsste ich zugeben, dass er sich in einer ausgezeichneten Lage befand. Der würde keinerlei Hemmungen kennen und sich Geiseln nehmen. Im dunklen Tunnel würde es dann zu Szenen kommen, die ich mir lieber nicht ausmalte.

Konnte ich ihn vor der Einfahrt packen?

Wahrscheinlich unmöglich, denn bisher hatte ich ihn nicht mehr gesehen. Er musste sich zwischen den abgestellten Fahrzeugen versteckt halten. Vielleicht lag er auch flach auf dem Boden, dann war er am sichersten.

Ich blieb auch nicht stehen und bewegte mich nach vorn. Und das war nicht einfach auf dem ziemlich schnell fahrenden Zug. Ich musste mich festhalten, wurde von einer Seite auf die andere gedrückt, griff immer wieder nach und näherte mich dem letzten Wagen nur mit kleinen, oft abgehackt wirkenden Schritten.

Zudem peitschte auch weiterhin der beißende Wind gegen mich und rüttelte an meiner Figur.

Die Finger wurden allmählich klamm. Handschuhe hatte ich nicht bei mir, und noch immer war von dem anderen nichts zu erkennen.

Allmählich bekam ich ein ungutes Gefühl. Es wurde auch nicht besser, als ich den letzten Wagen erreichte. Es war ein Opel Rekord. Weshalb der Fahrer sich plötzlich umdrehte, wusste ich nicht, reagierte instinktiv richtig und ließ mich in die Knie sacken, sodass er mich zum Glück nicht erkennen konnte. So blieb ich.

Und ich hörte auch den schrillen Pfiff.

Zwar bin ich kein Eisenbahner, aber ich wusste genau, was dieser Pfiff zu bedeuten hatte.

Wir befanden uns dicht vor dem Tunnel.

Ich kam noch einmal hoch, starrte nach vorn, glaubte auch, dass sich Geräusche verändert hatten und sie irgendwie dumpfer klangen, und sah vor mir einen gewaltigen Schlund, der sich gedankenschnell näherte und den Zug im nächsten Augenblick gefressen hatte. Schlagartig fiel die Schwärze über mich!

Man konnte wirklich Herzklopfen bekommen, weil die Dunkelheit so plötzlich gekommen war, und ich stand da, nahm den anderen Geruch auf, lauschte auf die echohaften Fahrgeräusche und merkte auch, dass sich die Luft verändert hatte.

Sie war längst nicht mehr so rein und klar. Irgendwie schmeckte sie nach Staub, Ruß und Dreck.

Das Rattern der Räder, das Schaukeln der Wagons, das Pfeifen der Luft und das Ächzen des Metallgestänges, dies alles verwandelte sich für mich zu einem höllischen Inferno. Satans Reich schien seine Pforten geöffnet zu haben, um mich zu begrüßen.

Ich war ein Mensch, der sich immer schnell umstellen musste. Nach einigen Sekunden hatte ich mich an die neue Umgebung gewöhnt, und auch die Finsternis kam mir nicht mehr so absolut vor.

Ich wollte nach vorn.

Den letzten Wagen hatte ich schließlich erreicht. Auf der linken Seite befand ich mich. Zwischen den Trenngittern und den Autos befand sich ein immer noch so großer Zwischenraum, sodass ich ihn ohne Schwierigkeiten begehen konnte.

Festhalten musste ich mich trotzdem, denn das Schaukeln und Schwanken hörte nicht auf.

Die Fahrer dachten nicht daran, die Innenbeleuchtung einzuschalten. Wahrscheinlich machten sie ein Nickerchen. Diese Tunnelstrecke war auch ideal für Liebespaare.

An dem ersten Wagen hatte ich mich vorbeigeschoben und erreichte die hintere Stoßstange des zweiten. Auch wenn sich mein Gegner in der Nähe befand, hören würde ich ihn nicht, da die anderen Geräusche alles überdeckten.

Weiter schob ich mich vor. An dem nächsten Wagen vorbei. Das Fabrikat erkannte ich in der Dunkelheit nicht einmal. Dann sah ich es doch, weil der Fahrer, plötzlich und sehr überraschend für mich, die Innenbeleuchtung einschaltete.

Er sah mich als Schatten.

Auf seinem Sitz flog er plötzlich zurück, und in seinem Gesicht las ich den Schrecken.

Ich legte einen Finger gegen den Mund, dennoch wollte er

schreien. Da griff ich zur Radikalkur, zog die Fahrertür auf, die er nicht verschlossen hatte, und zeigte ihm meinen Ausweis.

»Polizei!«, fügte ich hinzu.

Wahrscheinlich hatte der gute Mann nicht bemerkt, dass ich ihm einen englischen Ausweis präsentiert hatte, weil er einfach zu überrascht gewesen war, jetzt nickte er nur.

Ich musste laut sprechen, damit er mich auch hören konnte. »Könnten Sie das Licht für eine Weile anlassen?«, fragte ich.

»Ja…«

»Danke.«Ich war schon wieder weg. Aus dem Wagen tauchte ich und drehte mich. Noch in der Bewegung vernahm ich ein dröhnendes Geräusch. Es wollte so gar nicht zu der übrigen Kulisse passen, und es war über mir aufgeklungen.

Ich riss den Kopf hoch.

Da traf mich der Hieb. Zum Glück nicht mitten im Gesicht, nur an der Stirn, auch das reichte, um mich zurückzustoßen, sodass ich mit dem Rücken hart gegen das Trenngitter prallte.

Auf dem Wagen hatte der Ober gelauert und mich wirklich kalt erwischt. Auch sein zweiter Schlag traf. Diesmal die Oberseite meines Schädels, sodass ich in die Knie brach und einfach nichts dagegen unternehmen konnte. Ich hörte mich noch selbst stöhnen und bekam voll die dritte Attacke mit, denn mein Gegner hatte sich vom Autodach gelöst und war mir mit beiden Füßen zuerst in den Rücken gesprungen.

Jetzt drückte er mich noch tiefer in den Raum zwischen Geländer und Wagen.

Noch immer brannte die Innenbeleuchtung. Der Fahrer musste hautnah mitbekommen, was sich abspielte. Diejenigen Personen, die in dem Fahrzeug dahinter saßen sicherlich auch.

Keiner griff ein.

Ich musste mich allein aus dieser höllischen Situation herauswinden. Unter mir spürte ich die Härte der Eisenplanken. Sie drückten gegen mein Knie, und jeden Stoß bekam ich doppelt mit.

Bei normalen Kräften hätte ich den anderen vielleicht abschütteln können, aber der Ober hatte mich fast bewusstlos geschlagen, und er schlang jetzt einen Arm um meine Kehle, um den Kopf zurückzuziehen. Seine Stimme erreichte mein Ohr.

Sie klang zischend und keuchend, auch voller Hass, als er sagte: »Ich schneide dir die Kehle durch. Wenn du den kalten Stahl der Klinge spürst, ist es bereits zu spät...«

Ich wollte mit dem Rücken hochbocken, selbst das gelang mir nicht, weil der Griff des anderen einfach zu hart war und mich niederzwang. Allmählich bekam ich Angst, brauchte aber nicht über dieses Gefühl nachzudenken, denn ich bekam Hilfe.

Es war der Fahrer, dem ich meinen Ausweis gezeigt hatte. Er sprang buchstäblich über seinen eigenen Schatten, als er die Tür aufstieß und sich aus dem Fahrzeug wand. Dass er den Feuerlöscher in den Händen gehalten hatte, erfuhr ich erst später. Jedenfalls schlug er damit zu. Er hatte sich nicht getraut, gegen den Kopf des Obers zu schlagen, so traf er die Schulter, aber dieser Treffer reichte aus.

Der Griff lockerte sich.

Und ich sprengte ihn.

Es war ein verzweifelter Akt der Selbstverteidigung. Ich wuchtete mich hoch, die Arme auch, und mit den Ellenbogen traf ich ein Ziel.

»Laufen Sie doch weg!«, hatte der Fahrer geschrien. Das konnte ich aber nicht, denn als ich auf den Beinen stand, erfasste mich der Schwindel. Ich klammerte mich am Gestänge fest, mein Kopf pendelte, ich riss den Mund weit auf, und die pfeifende Luft drang bis tief in den Rachen.

Mein Kopf hatte einiges mitbekommen. Ich hatte das Gefühl, er wäre mit Pudding gefüllt, und erst der Schrei ließ mich herumfahren. Nicht schnell, dazu war ich nicht mehr in der Lage, aber ich konnte erkennen, was geschehen war.

Aus dem Wagen fiel das Licht, und es traf auch meinen Lebensretter, der quer auf den beiden Vordersitzen lag. Nur seine Beine schauten noch aus dem Fahrzeug hervor. Im Gesicht blutete er. Dort hatte ihn der Stich mit dem Messer getroffen.

Ich tastete nach meiner Beretta, als Thomas wieder hochkam. Für einen Moment hatte ich das Gefühl, als würden seine Augen glühen, als er mich anschaute, auch die Bewegung sah und sie richtig deutete.

Er zog sich zurück. Schnell und geschmeidig wie ein Schatten tauchte er im nächsten Augenblick in die nahe Finsternis, von der er verschluckt wurde.

Ich hatte das Nachsehen.

Zuerst musste ich mich um den Mann kümmern. Auf dem Rücken lag er. Seine rechte Gesichtshälfte war blutgetränkt. In der Wange klaffte ein breiter Schnitt. Dort hatte ihn die Klinge getroffen.

»Das überleben Sie«, sagte ich ihm und griff in den Fond, wo auch die Autoapotheke lag.

Ich wollte ihn verbinden, dagegen hatte er etwas. »Nein, holen Sie sich den verdammten Mörder...«

»Okay, mache ich.«

Der Mann war wirklich in Ordnung. Sollte alles gut verlaufen, beschloss ich, mich bei ihm mit einer Kiste Whisky zu bedanken. Natürlich hatte dieser Ober es verstanden, die Gunst der Minute zu nutzen. Er war meinen Blicken entschwunden. Sicherlich lauerte er irgendwo vor mir in der Finsternis. Auch ich musste zusehen, dass ich aus dem unmittelbaren Bereich der kleinen Lichtinseln wegkam. Ein wuchtig geschleudertes Messer war bei diesem Geräusch nicht zu hören.

Auch der andere besaß ein Messer. Sie schienen hier große Mode geworden zu sein. Noch besser als eine Pistole oder ein Revolver. Mit einer Klinge konnte er mich nicht so schnell überraschen.

Noch immer rasten wir rumpelnd und zitternd durch den engen Tunnel. Jeden Stoß gaben die Wagons weiter. Ich, sowieso nicht mehr ganz auf der Höhe, kam mir vor wie ein Betrunkener. Nicht nur meine schwankenden Bewegungen trugen dazu bei, auch der Schädel, der auf das Doppelte angeschwollen zu sein schien.

Mit zitternden Knien bewegte ich mich weiter. Es war mir jetzt egal, ob man mich sah oder nicht, deshalb stützte ich mich auch an den geparkten Wagen ab.

Vor mir schaltete abermals jemand die Innenbeleuchtung ein. In dem Fahrzeug neben mir auch. Ich sah das Erschrecken der beiden Insassen. Das junge Mädchen schaffte es gerade noch, seinen Rock wieder über die Knie zu ziehen.

Dafür blieb die Bluse offen, doch für so etwas hatte ich keinen Blick, denn ich musste weiter.

Ein zweites Mal sollte es dem anderen nicht mehr gelingen, mich zu überraschen.

Als bei dem Wagen vor mir die Innenbeleuchtung aufstrahlte, hatte ich für einen Moment geglaubt, einen Schatten zu sehen. Das konnte natürlich auf einer Täuschung beruhen, ich aber wollte sichergehen und orientierte mich in dieser Richtung.

Das Einschalten der Innenbeleuchtung hatte eine Kettenreaktion zur Folge. In allen Wagen wurde es hell, sodass dieses Licht aus den Fahrzeugen rasende Geisterautos machte.

Ich konnte jetzt besser sehen, meinen Gegner aber trotzdem nicht entdecken. Kein Insasse stieg aus. Ein sehr großer Vorteil, da der Teufelsdiener bestimmt keine Rücksicht nehmen würde.

Ich sah auch die Tunnelwände. Als grauschwarze Scharten huschten sie mit rasender Geschwindigkeit vorbei. Hin und wieder passierten wir eine Positionsleuchte an der Wand, ansonsten fraß uns weiterhin das düstere Maul des Lötschbergs.

Wie lange waren wir unterwegs?

Genau konnte ich es nicht sagen. Bei dieser Anspannung verging die Zeit zu langsam.

An der rechten Seite der abgestellten Wagenschlange bewegte ich mich vorbei. Bei jedem Fahrzeug, das ich passierte, sah ich die Gesten der Insassen, die mir klar machen sollten, dass ich zu verschwinden hätte.

Ich ging weiter.

Im Tunnel befand sich eine Kurve. In sie jagte der Zug hinein. Ich bekam die starke Fliehkraft zu spüren, die mich von den Beinen gerissen hätte, wäre es mir nicht rechtzeitig gelungen, mich festzuhalten. So wie mir musste es auch dem Teufelsdiener ergehen, und ich starrte scharf nach vorn, ob ich ihn nicht doch noch entdeckte.

Nur mehr zwei Wagen befanden sich vor mir.

Hielt sich Thomas vielleicht zwischen ihnen auf?

Nein, er hatte seinen Platz auf einem Autodach gefunden. Flach wie eine Flunder hatte er dort gelegen und durch seine gespreizten Arme Halt bekommen.

Obwohl ich am Rücken keine Augen besaß, sah ich ihn. Im rechten Außenspiegel des zweitletzten Wagens erkannte ich die Bewegung in meinem Rücken. Der Körper war sprungbereit, auf Händen und Knien hielt er sich, um sich in meinen Nacken zu wuchten.

Ich wirbelte herum und schleuderte meinen rechten Arm mit der Beretta in die Höhe.

Da sprang der andere.

Und ich schoss!

Verfehlen konnte ich ihn nicht. Er musste förmlich in meine Kugel hineinfallen, und das wäre auch geschehen, wenn mir der Zufall oder die Strecke nicht einen Streich gespielt hätte, denn genau in diesem Augenblick fuhr der Zug aus der Kurve. Ob ich wollte oder nicht, die Bewegung musste ich einfach mitmachen, und so verfehlte meine Kugel ihr Ziel.

Und auch der Sprung des Obers geriet außer Kontrolle. Statt auf mich zu fallen, knallte der Mann auf den Kofferraum des neben mir parkenden Wagens. Der dunkle Volvo wurde durchgeschüttelt und schwankte noch stärker als normal.

Ich flog nach hinten, gleichzeitig auch nach rechts. Nicht sehr schnell, eher im Zeitlupentempo, aber mir gelang es nicht, mich dagegen zu wehren. Da ich die Beretta nicht aus den Fingern geben wollte, gelang es mir nur, mich mit einer Hand festzuklammern. Zum Glück fand ich einen der senkrechten Stäbe.

Die Menschen neben mir im Auto hatten jetzt gesehen, dass ich eine Waffe besaß. Sie dachten wohl an einen Überfall und verriegelten schnell die Türen.

Ich fing mich wieder.

Zudem hatte ich mich inzwischen an diese ungewöhnliche Zugfahrt gewöhnt. Irgendwie würde ich den Hundesohn schon kriegen, das stand für mich fest. Zudem musste auch er seine Mühe gehabt haben, gegen die Fliehkraft anzukämpfen.

Wo hielt er sich versteckt?

Zuletzt hatte ich ihn auf dem Kofferraum des Volvos liegen sehen, aber da war er nicht mehr. Als ich zwei Schritte vorging, auf den Kofferraum, und in die Lücke zwischen den beiden hintereinander abgestellten Wagen schaute, sprang er plötzlich hoch.

Er kam wie ein Kastenteufel, wie ein Geist oder wie ein Gespenst. Jedenfalls war er da und zu allem entschlossen. Hinter dem hochgerissenen Messerarm sah ich sein Gesicht, und es war zu einer schrecklichen Fratze entstellt. Im Licht der schummrigen Beleuchtung wirkte es sowieso noch schlimmer, als es tatsächlich war, und der Stoß mit dem Messer kam präzise, gnadenlos und schnell.

Ich zuckte zur Seite, drehte die Waffe und wollte schießen, als er mich ansprang.

Wendig wie eine Katze war er. Sein Arm schien immer länger zu werden, und die fünf gespreizten Finger hatten sich als Ziel mein rechtes Handgelenk ausgesucht. Er packte zu.

Nicht genau bekam er es zu fassen, dafür schrammten seine Fingernägel über die dünne Haut an der Innenseite des Gelenks und rissen dort blutige Furchen. Mit der rechten Hand wollte er mir gleichzeitig das Messer in den Körper stoßen.

Ich hatte mehr Glück. Den linken Arm riss ich hoch, und meine Finger umschlossen sein Gelenk wie eine Klammer, sodass es mir durch diese Abwehr gelang, seinen tödlichen Messerarm abzublocken.

Dicht vor meinem Gesicht war die Klinge zur Ruhe gekommen. In den folgenden Sekunden kam es darauf an, wer die stärksten Kräfte besaß. Unser Kampf spielte sich in dem engen Raum zwischen Wagen und Trenngitter ab, wobei ich mit dem Rücken zur Absperrung stand und durch die Kraft des anderen in Gefahr geriet, über sie hinweggeschleudert zu werden.

Er war kleiner als ich, auch schmaler, aber er besaß Kräfte, die man ihm kaum zutraute. Es gelang ihm, meine rechte Schusshand so zur Seite zu drücken, dass die Mündung nicht mehr auf ihn, sondern ins Leere zielte. Aufgeben wollte er um keinen Preis.

Mit Entsetzen stellte ich fest, dass in seinem rechten Messerarm mehr Kraft steckte als in meiner abwehrenden Linken.

Das Messer kam näher …

Die blanke Klinge zeigte noch einige Blutstropfen!

»Ich kriege dich!«, brüllte er. »Verdammt, ich kriege dich!«

Da riss ich mein Knie hoch.

Einmal, zweimal, dreimal.

Es waren wuchtige Stöße, die ihn zusammenzucken ließen und die Kraft aus seinem Körper trieben.

Er sackte nach unten, zog sich zurück, berührte schon mit seinen Knien den Boden. Ich richtete die Mündung der Beretta auf ihn, als er sich noch einmal mit aller ihm zur Verfügung stehenden Kraft in die Höhe wuchtete und mit stoßbereiter Klinge auf mich zusprang.

Ich wich mit einem huschenden Sidestepp aus.

Damit hatte er nicht gerechnet und zudem den Sprung auch sehr hoch angesetzt, sodass er über die Abtrennung hinwegflog und plötzlich gegen die Innenwand des Tunnels klatschte.

Noch in derselben Sekunde wurde sein Körper zu einem rasenden, sich überschlagenden Etwas, das fast von dem beißenden und scharfen Fahrtwind zwischen Wand und Zug in halber Höhe gehalten wurde, bevor die Erdanziehung stärker wurde und der Körper vor meinen Augen in der Tiefe verschwand.

Der Sog riss ihn zwischen die Räder, und ich glaubte, noch das Rumpeln zu hören, als er mehrere Male überrollt wurde.

Es gab ihn nicht mehr.

Er war verschwunden.

Ich stand da, hatte den Mund geöffnet und atmete. Die Luft zog ich pfeifend ein, spürte jetzt wieder den Druck im Schädel und wunderte mich, dass der Sauerstoff so rein schmeckte. Dass wir den Tunnel verlassen hatten, merkte ich nicht einmal, da ich nach vorn gefallen war und über dem Kofferraum eines Wagens lag.

Erschöpft und erledigt, aber als Gewinner!

So richtig bewusstlos bin ich nicht geworden, obwohl ich kaum mitbekam, was um mich herum geschah. Irgendjemand hob mich an, dann wurde ich weggetragen und hatte plötzlich den Wunsch nach Schlafen und träumte gleichzeitig davon, in meiner Wohnung und in meinem eigenen Bett zu liegen.

Es blieb ein Traum.

Als ich die Augen öffnete, erkannte ich die Wahrheit. In einem Sanitätsraum hatte man mich verfrachtet. Um mich herum standen drei Männer. Zwei davon waren Polizisten. Der dritte, ein Sanitäter, verarztete meine Platzwunden an der Stirn.

»Wenn Sie fertig sind, haben wir einige Fragen an ihn.«

»Sie können jetzt schon fragen. Wenn Sie nur einen Schluck zu trinken hätten …«

»Aber keinen Alkohol«, warnte der Sani.

»Klar.«

Ich bekam kaltes Wasser, leerte das Glas mit kleinen Schlucken und ließ auch zu, dass mir ein Pflaster auf die Stirn geklebt wurde. Danach stand ich auf.

Es war nicht so einfach, denn meine Beine zitterten. Auf einer Bank fand ich einen Platz.

Davor standen ein Tisch und zwei Stühle, auf denen die beiden Polizisten ihre Plätze fanden. »Man hat uns aus Kandersteg alarmiert«, erklärten sie mir. »Ein Herr Stahlmenger…«

»Ja, ich weiß Bescheid.«

»Und? Wie erklären Sie sich das?«

»Hier.« Ich griff in die Tasche, holte den Ausweis hervor und ließ ihn über die blanke Platte des Tisches rutschen.

Während sich die Beamten mit dem Dokument beschäftigten, dachte ich über den letzten Kampf nach. Ich hatte alles geben müssen und viel Glück gehabt. Und oft sind es diese kleinen Dämonen, dämonischen Diener oder die oft harmlos erscheinenden Gegner, die einem Menschen wie mir alles abverlangten.

Manchmal mehr als die Dämonenfürsten.

Dass Thomas, der Drahtzieher im Hintergrund, erledigt war, davon konnte ich ausgehen. Selbst ein Zombie hätte so etwas nicht überstanden. Wahrscheinlich würde man ihn kaum mehr identifizieren können.

»Dann sind Sie ja ein Kollege«, sagte der Schweizer Beamte, als er mir meinen Ausweis wieder zuschob.

»Sicher.«

»Und was haben Sie auf dem Zug zu suchen gehabt?«

»Einen Mörder«, erwiderte ich. »Einen verfluchten Mörder, aber den gibt es nicht mehr. Er ist überrollt worden.«

Die Tür wurde geöffnet, und der Sanitäter brachte den Mann herein, der mir das Leben gerettet hatte. Ich konnte dabei zuschauen, wie er einen fachmännisch angelegten Verband bekam.

Wir grinsten uns dabei zu, auch wenn die Polizisten noch so viele Fragen hatten.

»Das können wir alles klären, wenn Sie mir ein Gespräch nach London gestatten.«

»Gern!«

Ich klingelte Sir James aus dem Bett. Es wurde ein längerer Dialog, und mein Chef versprach mir, sich so rasch wie möglich mit den Schweizer Behörden in Verbindung zu setzen, um alles zu regeln. Danach gratulierte er mir dazu, dass es mir gelungen war, die Zombie-Pest zu vernichten.

»Es war ein toller Vatertag«, sagte ich.

»Toll?«

»Nein, Sir, höllisch.« Damit legte ich auf und wandte mich an meinen Lebensretter. »Ich möchte Ihren Namen und die Anschrift erfahren, denn ich bin Ihnen noch etwas schuldig.«

»Was ich getan habe, war meine Pflicht«, wiegelte er ab.

»Dennoch möchte ich Ihnen als kleines Dankeschön eine Kiste Whisky zukommen lassen.«

Für einen Moment schaute er erstaunt. »Ja!«, rief er dann. »Das ist natürlich ein Wort. Sogar ein feuchtes …«

Wir lachten beide …

ENDE

**Kreuzzug der Templer**

In der Nacht verließen die Templer-Zombies die Kathedrale der Angst. Jahrhunderte lang hatten sie in den neun Höllenkreisen des Teufels überlebt. Jetzt aber hatte der Satan sie zurückgeschickt. So traten die Templer ihren letzten Kreuzzug an. Doch sie wollten keine Stadt von den Ungläubigen befreien, sie hatten ein anderes Ziel – die Bibel des Baphomet …

ISBN 3-404-73300-2

BASTEI LÜBBE